Charles Baudelaire
Sämtliche Werke / Briefe

Band 7

Charles Baudelaire
Sämtliche Werke / Briefe

In acht Bänden

Herausgegeben von
Friedhelm Kemp und Claude Pichois
in Zusammenarbeit mit
Wolfgang Drost

Band 7

Zweitausendeins

Richard Wagner
Meine Zeitgenossen
Armes Belgien!

1860-1866

Übersetzungen von Friedhelm Kemp.
Kommentar von Wolfgang Drost, Friedhelm Kemp
und Ulrike Riechers.

Lizenzausgabe mit freundlicher Genehmigung
des Carl Hanser Verlages.

Herstellung der Lizenzausgabe:
Dieter Kohler & Bernd Leberfinger, Nördlingen.
Druck: Brönner & Daentler, Eichstätt.
Einband: G. Lachenmaier, Reutlingen.
Umschlag: Angelo Marabese.

Diese Ausgabe gibt es nur bei Zweitausendeins
im Versand (Postfach, D-60381 Frankfurt am Main) oder
in den Zweitausendeins-Läden in Berlin, Essen, Frankfurt, Freiburg,
Hamburg, Köln, München, Nürnberg, Saarbrücken, Stuttgart.

In der Schweiz über buch 2000,
Postfach 89, CH-8910 Affoltern a. A.

ISBN 3-86150-094-9

BRIEFE
1860-1863

AN ALPHONSE DE CALONNE

Donnerstag, 5. Januar [1860]
(Mitternacht)

Mein lieber de Calonne,

Ich habe lange gezaudert, ob ich Sie heute abend besuchen sollte. Da ich den Streit verabscheue, bin ich nicht gekommen! Ich will Ihnen unumwunden schreiben, und ich will, daß Sie mir glauben, wenn ich Ihnen versichere, daß ich Ihnen jetzt ohne jeden Groll schreibe.

Die Freundschaft, die Sie mir, glaube ich, eingeflößt haben, wird dadurch in nichts verringert; doch sollen Sie wissen, daß ich mich, Sie mögen noch so liebenswürdig und herzlich sein, Ihrer Zuchtrute nicht mehr unterwerfen werde, außer bei den schon bewilligten Veränderungen. Denn ich bin natürlich verpflichtet, Ihnen den Schluß des *Opiums* zu liefern.

Ja, ich werde unseren Vertrag einhalten und Ihnen bis zu der vereinbarten Menge von zwölf Bogen (wenn das *Opium* abgeschlossen vorliegt, werde ich Ihnen deren fast acht geliefert haben) alles, was ich schreibe, anbieten; aber diese Unschlüssigkeiten, diese Verstümmelungen, diese Abänderungen werden nicht mehr stattfinden. Das heißt, nachdem ich Ihnen Manuskripte im Umfang von zwölf Bogen angeboten haben werde, werde ich mich für frei halten, gleichviel ob Sie diese insgesamt angenommen oder ob Sie sie abgelehnt haben.

Beachten Sie bitte, mit welcher Behutsamkeit ich hier Dinge vorbringe, die zu sagen mir einiges Unbehagen bereitet. Mein Name und meine Begabung sollten mich vor jenen kleinlichen Behelligungen durch den klassischen *Chefredakteur* schützen. Sie haben dies auch im allgemeinen getan, und ich gebe Ihnen mein Ehrenwort, daß Sie der Erste sind, dem ich so viel Willfährigkeit bewiesen habe.

Heute morgen noch! Sehr lange war der Beginn einer Rede erwogen, vorbereitet worden. Endlich habe ich den Einsatz gefunden, der durch seine Feierlichkeit den ersten Takten eines Orchesters

gleicht. Doch bums! Sie finden, ein kurzer Nachruf nähme sich als Einleitung besser aus.
Und zwar auf einen Mann, von dem ich zehn Bände kenne und der vielleicht dreißig geschrieben hat!
Auf einen Mann, der eine der Hauptgestalten einer Schule ist! zwanzig knappe Zeilen! – Wer würde da nicht meine Partei ergreifen?
Zusammenfassend wiederhole ich:
Es gibt Grade des Alters und der Kenntnisse, bei denen man solcher Maßregelungen enthoben ist. Sie schaden mir, und natürlich schaden Sie sich; ich habe versprochen, in der zweiten Hälfte zwei Stücke zu kürzen, die ich für die klassischen Stücke dieses Mannes halte; ich werde es tun. Und nachher werde ich aufbegehren.
Zeigen Sie meinen Brief irgendeinem Ihrer Freunde (einem Mann von Geist, wohlverstanden), und Sie werden sehen, was er dazu sagt.
– Ganz der Ihrige übrigens; seien Sie davon überzeugt.
– Sollte es zu einem solchen Bruch kommen, und sollte ich Ihnen dann noch etwas schulden, so bitte ich Sie, überzeugt zu sein, daß ich meine Verpflichtungen einhalten werde.

Ch. Baudelaire

AN RICHARD WAGNER

[Paris,] Freitag, 17. Februar 1860

Monsieur,

Ich habe mir immer vorgestellt, daß ein großer Künstler, und wäre er den Ruhm noch so sehr gewöhnt, für ein aufrichtiges Kompliment dennoch nicht unempfindlich sein würde, wenn dieses Kompliment wie ein Schrei der Dankbarkeit wäre, und daß endlich dieser Schrei einen sehr *besonderen* Wert haben könnte, wenn er von einem Franzosen käme, das heißt von einem Menschen, der für die Begeisterung wenig geschaffen und der in einem Land geboren ist, wo man sich auf Poesie und Malerei kaum mehr versteht als auf Musik. Vor allem möchte ich Ihnen sagen, daß ich Ihnen *den höchsten musikalischen Genuß* verdanke, *den ich je empfunden habe*. Ich bin in einem Alter, wo man sich kaum noch damit vergnügt, an berühmte Männer zu schreiben, und ich hätte es noch länger hinausgeschoben, Ihnen durch einen Brief meine Bewunderung zu bezeugen, wenn mir nicht täglich unwürdige, lächerliche Artikel vor Augen kämen, in denen man sein möglichstes tut, Ihr Genie zu verleumden. Sie sind nicht der erste Mann, Monsieur, um dessentwillen ich unter meinem Land leide und für es erröte. Kurz, die Empörung hat mich getrieben, Ihnen meine Erkenntlichkeit zu bezeugen; ich habe mir gesagt: ich will nicht, daß man mich mit all diesen Dummköpfen in einen Topf wirft.

Als ich das erste Mal die Salle des Italiens aufsuchte, um Ihre Werke zu hören, war ich schlecht aufgelegt und sogar, wie ich gestehen muß, voll schlimmer Vorurteile; doch das ist verzeihlich; ich war schon so oft hereingefallen; wie oft habe ich nicht die Musik eines anmaßenden Scharlatans hören müssen! Sie haben mich sogleich bezwungen. Was ich empfand, ist unbeschreiblich, und wenn Sie die Güte haben, mich nicht lächerlich zu finden, werde ich versuchen, es Ihnen zu übersetzen. Zuerst war mir, als kennte ich diese Musik, und als ich später darüber nachsann, begriff ich, woher diese Täuschung kam; mir war, als wäre diese Musik *die meine*, und ich erkannte sie, wie jeder das erkennt, was er zu lieben bestimmt ist. Für jeden anderen als einen Mann des Geistes wäre dieser Satz unendlich lächerlich, insbesondere wenn jemand ihn schreibt, der, wie ich, *nichts von Musik versteht*, und dessen ganze Erziehung sich darauf beschränkt, einige schöne Stücke von Weber und Beethoven gehört zu haben (mit großem Vergnügen freilich).

Was an Ihrer Musik mich dann vor allem traf, war die Größe. Sie stellt das Große dar, und sie treibt zu Großem. Überall in Ihren Werken habe ich die Feierlichkeit der großen Klänge, der großen Naturschauspiele, und die Feierlichkeit der großen menschlichen Leidenschaften wiedergefunden. Man fühlt sich sogleich hingerissen und bezwungen. Eines der seltsamsten Stücke, die mir eine neue musikalische Empfindung vermittelten, ist jenes, welches bestimmt ist, eine religiöse Verzückung zu malen. Die Wirkung, die der *Einzug der Gäste auf der Wartburg* und das *Hochzeitsfest* hervorrufen, ist ungeheuer. Ich empfand die ganze Majestät eines Lebens von größerer Weite, als es uns vergönnt ist. Und noch etwas: ich habe oft ein Gefühl der wunderlichsten Art empfunden, den Stolz nämlich und die Wonne, zu verstehen, mich durchdringen, mich überwältigen zu lassen; eine wahrhaft sinnliche Wollust, die derjenigen gleicht, wenn man in die Lüfte aufsteigt oder auf dem Meer dahinfährt. Und gleichzeitig atmete die Musik manchmal den Stolz des Lebens. Diese tiefen Harmonien schienen mir ganz allgemein jenen Rauschmitteln zu gleichen, die den Puls der Einbildungskraft beschleunigen. Schließlich empfand ich auch – bitte, lachen Sie nicht! – gewisse Eindrücke, die wahrscheinlich von meiner Geistesbeschaffenheit und dem, was mich häufig beschäftigt, herrühren. Überall ist da etwas, das einen mit sich fortreißt und hinaufträgt, das immer höher hinaufwill, etwas alle Schranken Übersteigendes, über alle Grenzen Hinaustragendes. Um dies zu erläutern, möchte ich der Malerei ein Gleichnis entlehnen. Ich stelle mir ein Gemälde vor, und auf diesem eine weite Fläche von düsterem Rot. Wenn dieses Rot die Leidenschaft darstellt, so sehe ich, wie es sich stufenweise, durch alle Übergänge des Roten und Rosigen, zur Weißglut eines Schmelzofens steigert. Es schiene schwierig, ja unmöglich, etwas noch Glühenderes zu erreichen; und doch zieht eine letzte Rakete eine noch weißere Spur durch das Weiß, das ihr als Untergrund dient. Das ist dann, wenn Sie wollen, der letzte Aufschrei der Seele, wenn ihre Verzükkung sich aufs äußerste verschärft hat.

Ich hatte begonnen, einige Betrachtungen über die Stücke aus *Tannhäuser* und *Lohengrin*, die wir gehört haben, aufzuschreiben; aber ich bin mir der Unmöglichkeit, alles zu sagen, bewußt geworden.

So könnte ich an diesem Brief unaufhörlich fortschreiben. Wenn Sie dies haben lesen können, danke ich Ihnen dafür. Es bleiben mir nur wenige Worte hinzuzufügen. Seit dem Tag, an dem ich Ihre Musik gehört habe, sage ich mir immerzu, vor allem in meinen schlimmen Stunden: *Wenn ich doch wenigstens heut abend etwas Wagner hören könnte!* Es gibt gewiß noch andere Menschen, denen es wie mir geht. So müssen Sie zuletzt doch mit einem Publikum zufrieden gewesen sein, dessen Instinkt der kläglichen Weisheit der

Journalisten weit überlegen war. Weshalb sollten Sie nicht noch einige Konzerte geben, in denen wir noch andere, neue Stücke hören würden? Sie haben uns einen Vorgeschmack neuer Genüsse vermittelt; haben Sie das Recht, uns das Übrige vorzuenthalten? – Noch einmal, Monsieur, ich danke Ihnen; Sie haben mich mir zurückgegeben und dem Großen, in schlimmen Stunden.

Ch. Baudelaire

Ich unterlasse es, Ihnen meine Adresse mitzuteilen; Sie möchten sonst vielleicht glauben, ich wollte Sie um etwas bitten.

AN EUGÈNE CRÉPET

[Paris, um den 10. April 1860]

Mein lieber Crépet,

Sie quälen mich gräßlich und vergeblicherweise. Ich habe auf diese *notices* (ihret- sowohl als auch meinetwegen) großen Fleiß und große Sorgfalt verwendet. *Was ich geschrieben habe, ist gut und unwiderleglich*. Dennoch habe ich Ihnen, aus Gefälligkeit und Entgegenkommen, bereits versprochen, einige Stellen umzuarbeiten. Das *ist bereits geschehen*, in dem *Barbier* zum Beispiel. Wie aber wollen Sie, daß ich irgendwelche Korrekturen anbringe, da ich keine Fahnen in Händen habe? Wie wollen Sie, daß ich, *zum dritten Mal*, die Stelle über diesen Hanswurst von Laprade umschreibe, da ich die Fahne nicht vor Augen habe? Dabei wissen Sie doch, daß ich einen zweiten Abzug erbeten hatte, was nach dem Brief, den ich von Ihnen erhalten hatte, meinerseits die Bereitschaft voraussetzte, Ihnen abermals gefällig zu sein, indem ich den Text noch einmal umzuschreiben versuchte.
Sie werden sich nicht meine Abwesenheit zunutze machen, um meinen Text zu verändern; einmal, weil das unanständig wäre, zum andern, weil eine Abmachung zwischen uns besteht, daß, wenn ich mich gewissen Änderungen widersetzen sollte, Boyer diese Arbeit übernehmen würde; endlich, weil es sich gehörte, daß

ich fürs erste von meinen *notices* einen Text in der Gestalt meiner ursprünglichen Niederschrift erhielte.
(Hinsichtlich dessen möchte ich bemerken, daß ich sehr glücklich wäre, den *Gautier,* und den *Barbier* zu erhalten, die vermutlich korrigiert und vielleicht schon gegossen sind.)
Es gäbe vielleicht noch eine Art und Weise, jede Schwierigkeit auszuräumen. Was habe ich von Ihnen und Gide an Geld erhalten? Trotz der Ausgaben, die mich drücken, könnte ich Ihnen das zurückzahlen, oder ich würde Ihnen die Mittel an die Hand geben, es sich zurückzahlen zu lassen.
Ich bitte Sie inständig, in diesem äußersten Vorschlag keinerlei Impertinenz zu erblicken. Auch für mich wäre dies nur ein letzter, verzweifelter Ausweg.
Ihr sehr ergebener

Ch. Baudelaire

AN EUGÈNE CRÉPET

[Paris, Mittwoch, 9 (?) Mai 1860]

Mein lieber Crépet, heute morgen packte mich die Lust, mich wieder zu Ihnen auf den Weg zu machen; aber ich bleibe besser bei der Arbeit.
Gestern schon habe ich mit dem V. Hugo für Sie begonnen. Er wird Montag fertig sein, und Sie könnten, wenn es Ihnen paßt, gegen 6 Uhr kommen, um das Manuskript von mir zu fordern.
Hinter einem solchen Eifer, daß ich derart alles andere liegen lasse, steckt, wie Sie erraten werden, ein dringendes Bedürfnis. Ich brauche (durch Monsieur Gide) für morgen 100 Francs, und Montag weitere 100 Francs.
Mein *Hugo* wird lang sein, zu lang; wenn er für diesen Betrag nicht ausreicht, wählen wir noch einen anderen Dichter, unter den Modernen.
Ich brauche Ihnen, da Sie Bescheid wissen, nicht eigens zu versichern, daß dieser Artikel für mich einem Gewaltstreich gleichkommt. Ich werde Hugo sogar selber davon unterrichten, um mich nicht geniert zu fühlen.

Und jetzt schicken Sie mir bitte *alles*, was Sie von Hugo unter Ihren Büchern haben. Ich muß mich vierundzwanzig Stunden lang daran ersättigen. Ganz der Ihre.

C. B.

Ich bin den ganzen Tag zu Hause, nur um 6 Uhr gehe ich aus.

Charles Baudelaire

AN EUGÈNE CRÉPET

[Paris, Freitag, 11 (?) Mai 1860]

Mein Lieber, alles ist in schönster Ordnung, nur das mit den 100 Francs nicht. Ich finde es sehr begreiflich, daß Sie zuerst das Manuskript wollen; aber eine ganze Woche warten zu sollen, das ist viel. Doch läßt sich vielleicht eine Lösung finden: – kein Geld vor Montag; montags jedoch 200 Francs für den vollständigen Text über Hugo. Das hieße freilich, daß Sie mir ein wenig entgegenkämen; doch anderseits kann ich mich vor Montag keinem anderen Dichter zuwenden; ich will Hugo meine ganze Zeit widmen; ich glaube wohl derjenige zu sein, der dabei den größten Reichtum entfaltet, und was Sie dabei mehr zahlen (ich spreche von den 200 Francs), fällt nicht ins Gewicht.

Das bringt mich auf die Frage der Länge. Ich habe nicht die Absicht, sechzehn Seiten vollzuschreiben. – Ich habe vergessen, was die Redaktion zahlt. – So niedrige Erwägungen bleiben bei mir ganz außer Betracht. – Ich werde versuchen, auf maximal zehn Seiten das zu sagen, was mir zu Hugo Vernünftiges einfällt.

Sie müssen doch zugeben, daß Sie, wenn Sie mir die Kürze meiner ersten *notices* zum Vorwurf machen, in einen seltsamen Widerspruch verfallen. Sie haben demnach vergessen, daß mir nichts lieber gewesen wäre, als mehr Raum zu haben, und daß Sie es waren, der mir so schreckliche Bedingungen auferlegte.

Über Gautier, über Barbier, über Petrus Borel hätte ich, mit Vergnügen, zehn Seiten schreiben können.

Wenn Sie Boileau zehn Seiten einräumen, wie viele werden Sie dann Ronsard und Hugo widmen?

Ich fasse zusammen: ich werde an Hugo schreiben, um ihn wissen zu lassen, daß ich, der Kleine und Unzulängliche, ihm gegenüber alle Rechte der Freiheit beanspruchen werde. – Ich halte es für ein leichtes (wie leicht im Ganzen, vermag ich nicht abzusehen), Ihnen den erbetenen Dienst hinsichtlich der Gedichte, die Sie zitieren wollen, zu leisten. – Allem, was die Politik angeht, werde ich aus dem Wege gehen; ich halte es auch für unmöglich, von den politischen Satiren zu sprechen, *nicht einmal, um sie zu tadeln;* wollte ich allerdings auf sie eingehen, so stände ich eher auf Hugos Seite als auf der des Bonaparte und seines Staatstreichs, obwohl ich jede Art von politischen Schimpfreden für eine Torheit halte. – Also unmöglich. – Doch werde ich kurz auf die soziale Frage zu sprechen kommen, auf die Utopie, die Todesstrafe, die modernen Religionen, usw.

Vor kurzem erhielt ich einen Brief von Hugo, der ungewöhnlich herzlich war, und sehr geistreich, was noch seltsamer ist (anläßlich Méryons).

Das alles wird unser Vorhaben augenscheinlich erleichtern.

Antworten Sie mir auf *alle* Punkte. Sagen Sie mir, wen noch ich mir *unter den Zeitgenossen* als meiner Natur gemäß vornehmen könnte, um diese neuerliche Schuld auszugleichen.

Mit dem Manuskript über Hugo werden auch die Fahnen zu Ihnen zurückkehren.

Sie wissen, ich schreibe alles. Ich habe demnach eine Schuld von 245 oder 265 beglichen. Der Beleg ist mir augenblicklich nicht zur Hand. Ich wiederhole: wenn Sie mit dieser Art von Veröffentlichungen fortfahren, wird *Maturin* das ausgleichen. Und wenn Sie über das in Arbeit befindliche Werk nicht hinausgelangen, gebe ich Ihnen einen *Bonus* auf wen Sie wollen.

Ganz der Ihrige. C. B.

Wenn ich am Montag nicht um 11 Uhr bei Ihnen bin, seien Sie doch um 5 bei mir.

Die Briefmarke fehlt; ich bitte um Vergebung.

AN PHILOXÈNE BOYER

[Paris, 15. Mai 1860]

Mein lieber Boyer, mein Buch, das nicht broschiert ist, steht kurz vor dem Erscheinen. Ein neues Buch ist immer eine Gelegenheit, die Leute wiederzusehen, die man seit langem nicht gesehen hat; womit gesagt sein soll, daß ich Leuten, die Ihnen nützlich sein können, alles sagen könnte, was ich über Sie denke. Sie wissen, wen ich meine, falls Ihre Projekte noch die gleichen sind.

Heute möchte ich meinerseits Sie um einen Dienst bitten, einen wunderlichen Dienst. SIE MÜSSEN, ohne sich anmerken zu lassen, daß ich dahinterstecke, Crépet KRÄFTIG den Kopf waschen. Ich werde noch verrückt, so sehr plagt er mich. »Dieser Anfang ist gewöhnlich, trivial, übrigens überflüssig; X. verdient nicht soviel Raum, weil Sie Y. so wenig Raum gegönnt haben (was zu seinen Lasten geht). Diesem da servieren Sie eine Unverschämtheit (wo es sich im Gegenteil um ein Kompliment handelt), usw..., usw..., usw..., usw..., usw..., usw..., usw... usw..., usw..., usw..., usw...«

Ihm zuliebe habe ich schon drei *Artikel ruiniert.* ALLE müssen, scheints, umgeschrieben werden. Dabei habe ich sie schon DREIMAL überarbeitet. Das alles, um nicht als Bourgeois dazustehen; diese Eitelkeit treibt ihn, Leute zu martern, die zu lesen und zu schreiben verstehen. Ich bin soeben der Notwendigkeit entronnen, mich mit de Calonne zu *streiten,* dessen Dummheit widerlicher, doch weniger störrisch ist. Ich wiederhole Ihnen, daß ich es leid bin.

Sie werden sich erinnern, was ich gesagt habe; andere wären weniger anständig als ich; doch ich werde, durch Malassis, durch meine Mutter, durch meine Freunde, durch Gott oder durch den Teufel ein Mittel finden, diesem Schwachkopf sein Geld ins Gesicht zurückzuspucken, auf Grund dessen er sich solche Rechte anmaßt. Um mich schadlos zu halten, werde ich jedoch verlangen, daß die Setzerei mir von allen meinen Artikeln einen Fahnenabzug herstellt.

Reden Sie darüber mit Babou, falls Sie ihn sehen. Kein Wort zu Asselineau. Bei ihm habe ich mich schon beklagt, und er wiederholt

immer wieder, ich sei ein Feigling. Und es ist doch nicht meine Schuld, wenn der Crépet mich ärger plagt als jeden andern.
Ganz der Ihre. Meine ergebensten Empfehlungen an Madame Boyer.

Ch. Baudelaire

Ein komisches Detail: er glaubt, ich hätte ihm einen Streich spielen wollen mit meinem Artikel über Pétrus Borel. Er hält *Borel* für einen Hanswurst, der es nicht verdient, in der Collection *Crépet* aufzutreten. Er hat keine Ahnung, welche Gelegenheit sich ihm da bietet. – Ein Wort nur noch, in aller Unschuld: Ziehen Sie mich aus dem Dorngestrüpp, in das Sie mich geworfen haben.
Kürzlich erfuhr ich, daß er, bei einem Freundschaftsmahl, *inter pocula,* die politische Würde herausgestrichen habe. Freilich ist das lächerlich; hier aber geht es um Ähnliches, nur sind die Folgen lästiger. Es geht gegen seine Würde, eine Arbeit für wohlgeraten zu halten, wenn er sie nicht selber getan hat. – Unter uns beiden, mein Lieber, sind alle Vertraulichkeiten angebracht und erlaubt. Ich sage Ihnen allen Ernstes: *Schützen Sie mich*. Übrigens wird der Ton dieses Briefes Ihnen verraten, daß ich mit meinen Nerven am Ende bin.

C. B.

AN MADAME AUPICK

[Neuilly, um den 5. Januar 1861]

Meine gute liebe Mutter, über Deinen Brief habe ich weinen müssen, ich, der niemals weint. Arme Maman, gräme Dich nicht zu sehr über Deine Einsamkeit. Wer weiß, ob dieses Jahr nicht einiges Erfreuliche bereithält? Die Freuden sind wie die Schmerzen, beide kommen so unerwartet!
Ich werde Dir der Länge nach erzählen, was alles mich erzürnt und geängstigt hat. Hätte ich Geld gehabt, ich hätte mich sofort aufgemacht. Außer den Geldsorgen haben mich seelische Beschwernisse geplagt, und das alles ist leider noch nicht überstanden.

Du hast sehr gut daran getan, mir zu schreiben. Denn ich war äußerst besorgt. Du darfst es mir nicht übelnehmen, wenn ich mich kurz fasse – doch nein, es soll gleich heute alles heraus.
Um Gedanken oder Bilder aufs Papier zu bringen, bedarf es, wie Du weißt oder errätst, eines gewissen Schwungs, einer gewissen geistigen Freudigkeit, die mit großer Unruhe oder großem Zorn unvereinbar ist; und so verhindern Kummer und Gram, wenn sie überhandnehmen, daß man zu Geld kommt.
Du weißt auch, daß ich nach Neuilly gezogen bin, um weniger Geld auszugeben und um einer kranken Frau gefällig zu sein.
Nun aber sollst Du erfahren, was vorgefallen ist, und wisse vor allem, daß ich meinen Zorn zwei ganze Wochen lang bezwungen habe.
Wenn man neunzehn Jahre mit einer Frau und für sie gelebt hat, so hat man ihr alle Tage etwas zu sagen. Als ich hier ankam, fand ich nun einen Bruder vor, der vor einem Jahr aufgetaucht war und der sich von morgens 8 Uhr bis abends 11 Uhr in Jeannes Zimmer aufhielt. Keine freie Sekunde für Vertraulichkeiten. Da ich sie schonen wollte in dem Zustand, in dem sie sich befindet, habe ich mich lange zurückgehalten; eines Abends endlich um Mitternacht habe ich ihr mit aller erdenklichen Rücksicht gesagt, ich sei ihretwegen hierher gekommen, ich hätte kein Recht, ihren Bruder zu verjagen, da ich jedoch nur als Nebenperson geduldet würde, sei ich entschlossen, mich zu meiner Mutter zurückzuziehen, die meiner ebenfalls bedürfte, – es sei keineswegs meine Absicht, sie ohne Geld zu lassen, aber da ihr Bruder sie zu meinem Nachteil ganz in Anspruch nehme, wäre es nur gerecht, daß dieser Bruder, der mehr als ein Schriftsteller verdiente – und der keine Schulden in Höhe von 50000 Francs hat, zu denen noch laufend die Zinsen kommen –, seine kranke Schwester unterstütze und sich hinfort mit zwei Dritteln oder der Hälfte an ihren unerläßlichen Ausgaben beteilige. – Ich war auf einen Ausbruch von Verärgerung und Gereiztheit gefaßt. – Doch nichts dergleichen, nur viele Tränen. Sie kenne meine Ergebenheit, sie wisse, was mich quält, wie ich mich ängste; *was ich sagte, sei durchaus gerechtfertigt;* sie werde in ihren Bruder dringen, seine Geschäfte wieder aufzunehmen; sie habe jedoch allen Grund zu befürchten, meine Forderung würde

übel aufgenommen, *weil er in all den Jahren der Abwesenheit seiner Mutter niemals Geld geschickt hätte.*
– Tatsächlich hat sie anderntags die Sache zur Sprache gebracht: »Du bist den ganzen Tag hier. Du hinderst mich, mit Charles zu leben. Er hat sich, zu einem Teil meinetwegen, in unentwirrbare Schwierigkeiten verwickelt; er wird sich zurückziehen, aber er zählt darauf, daß du von nun an zur Hälfte für meinen Lebensunterhalt aufkommst.« –
Du wirst niemals erraten, was er darauf antwortete; eine so dumme und so barbarische Antwort, daß ich dem Menschen, wenn er sie mir gegenüber getan hätte, das Gesicht mit Stockhieben zerschlagen hätte. – »Ich müßte Schwierigkeiten und Entbehrungen doch gewöhnt sein, – wenn einer die Verantwortung für eine Frau übernähme, so wüßte er auch, daß er über die nötigen Mittel verfügte, – er hingegen hätte niemals Geld auf die Seite gelegt, – und auch für die Zukunft solle man nicht auf ihn zählen.«
Ich habe Jeanne gefragt, *was eine solche Antwort ihrer Meinung nach bedeute.* Ich meinerseits hatte den Verdacht, da stecke etwas dahinter, sie habe womöglich hohe Schulden bei ihrem Bruder gemacht, woraus dieser die Berechtigung ableiten zu dürfen glaubte, sich keinen Zwang aufzuerlegen. Mit möglichster Schonung habe ich sie dieserhalb befragt. »Wieviel hast du dir seit *einem Jahr* von deinem Bruder entliehen, während ich im Hotel lebte?«
»Er hat mir nur 200 Francs gegeben.« Das war ihre Antwort. – Auf gut französisch heißt das, daß das Leben bei seiner Schwester ihm jegliche Bequemlichkeit bot, so daß nichts ihn drängte, zu seinen Beschäftigungen zurückzukehren. Deshalb ist es auch nicht weiter erstaunlich, daß sie so schlecht gekleidet ist und ihre Arzneimittel nicht bezahlen kann.
So viele Tränen in diesem gealterten Gesicht, diese ganze Unentschlossenheit in einem geschwächten Wesen haben mich gerührt; mein Zorn hat sich gelegt. Doch ich lebe in einer beständigen Gereiztheit, die zu vermindern meine äußeren Beschäftigungen auch nicht gerade geeignet sind.
(Um Dir davon eine Vorstellung zu geben: ich benötige 4000 Francs bis zum 10., und ich habe nur 1860.)
So stehen die Dinge.

Wenn Jeanne das Bedürfnis hat, mich zu sehen, kommt sie in mein Zimmer. Dieser Herr verläßt das ihrige nicht, – und wenn ich mich entschließe, aus Paris fortzugehen, wird er seiner kranken Schwester nicht zu Hilfe kommen.
Ich habe mich oft genug und mit guten Gründen eines monströsen Egoismus beschuldigt. Doch so hoch habe ich den meinen weiß Gott niemals hinaufgetrieben.
Aber was kostet Dich denn Deine Klippe? Diese Klippe hat mich auf einen finsteren Gedanken gebracht. Du wirst ihn erraten; aber sollte das wirklich möglich sein, daß einer aus einem solchen grauenvollen Wirrwarr für sich Gewinn schlagen möchte?
Denke an meine Vormundschaft, und liebe mich, und gib Dir Mühe, gesund zu bleiben.

Charles

AN AUGUSTE POULET-MALASSIS

[Paris,] 16. Januar 1861

Mein lieber Freund,

Ich bin hart genug gegen mich selbst, und doch hatten all meine Abenteuer mich krank gemacht. Und da ich nicht mehr wußte, wo mir der Kopf stand, hatte ich De Broise beauftragt, Sie von meinem Tun und Treiben zu unterrichten; ich war zu gehetzt, um Ihnen selber zu schreiben.
Ich habe ihm das Geld für alle Wechsel ausgehändigt und schulde ihm jetzt noch 230 Francs. Hätte ich frei über meine Zeit verfügen können, so hätte ich mir bereits zweimal selber Geld verschaffen können. Ich werde mich dessen jetzt annehmen, und *in sehr wenigen Tagen* soll er sein Geld haben. Ich würde gerne mehr tun, und der verzweifelte Brief, den ich gestern früh von Ihnen erhalten habe, beweist mir, daß es dringend ist. Ich werde darauf noch zurückkommen.
Meine große Entfernung von Paris hat zu dieser Vergeudung nicht wenig beigetragen, während jener vierzehn Tage. Hinzu kamen

unvermeidliche Ausgaben: 20 Francs bei Tenré, 25 bei Schwartz, 10 bei Gélis, und 74 bei Lemercier (die Affäre Morel).
Was ich vor Monatsende zu erhalten habe, beläuft sich auf 400 Francs.
Vor allem möchte ich mich erleichtern und Ihnen sagen, was ich niemandem gesagt habe. Sie werden ermessen, was ich erduldet habe, und was ich noch erdulde. Ich habe mich aus Neuilly davongemacht, weil ich meine Würde nicht länger einer schimpflichen und lächerlichen Situation aussetzen wollte. Fündundzwanzig Tage lang befand ich mich einem Mann gegenüber, der den ganzen Tag in dem Zimmer seiner Schwester verbrachte, von morgens 8 bis abends 11, und der mich derart hinderte, meinem einzigen Vergnügen nachzugehen, das heißt, mich mit einer alten, kranken Frau zu unterhalten. Als ich ihm, durch die Stimme seiner Schwester, zu verstehen geben wollte, daß meine äußerst bedrängte Lage oder ein unvorhergesehener Zwischenfall ihn seinerseits nötigen könnte, etwas zu unternehmen, um seiner Schwester das Leben zu erleichtern und mir bei dieser Aufgabe behilflich zu sein, war die Antwort, die er mir übermitteln ließ: *nein,* nein, für jetzt, und in alle Zukunft. Später hat er sich eines anderen besonnen: er wäre bereit, etwas zu tun, wenn ich meinerseits ihm einen Teil dessen verschriebe, was an persönlichem Vermögen mir noch verbliebe. Man stelle sich das vor: ein Herr, der wer weiß woher zurückkommt, der uns vom Monde niederfällt, der sich um seine Schwester niemals die geringsten Sorgen gemacht hat, der nun zum ersten Mal seine Ergebenheit beweisen könnte, *wagt* es, dem Garantien abzuverlangen, der neunzehn Jahre lang das getan hat, was zu tun seine Pflicht gewesen wäre, der er nicht nachgekommen ist! Oh! und das ist noch nicht alles! Unter vielen Tränen hat das Geschöpf mir schließlich gestanden, daß ihr Bruder seit einem Jahr *bei ihr lebte*, ihr jedoch 200 Francs GELIEHEN habe!! ... Ich bitte tausendmal um Vergebung, mein lieber Malassis, daß ich Sie mit diesen Schändlichkeiten behellige. – Ich war gezwungen, zwischen einem Halunken und einer unglücklichen Frau zu leben, deren Geisteskräfte nachgelassen haben. Ich bin entflohen; ich bin noch krank davon vor Empörung; mir ist ganz schwach im Hirn, und würden Sie glauben, daß es mir schwerfällt, eine Stunde hintereinander zu schreiben?

Vor einigen Tagen haben Sie mich entzückt, als Sie schrieben, *mit Hartnäckigkeit, mit Geduld und mit Verstellung* wäre alles zu retten. Gestern schreiben Sie mir das Gegenteil, und Sie sähen eine Katastrophe voraus. Sollte dieses Hin und Her in Ihren Vorstellungen nicht von einem Wechsel zwischen Hoffnung und Entmutigung herrühren, oder von einem Mangel an Kühnheit in Ihrer Familie? Ruhm und vielleicht Geld erwarten Sie am Ausgang Ihres Unternehmens; bleiben Sie bei dem, was Sie sich vorgesetzt haben. Im Falle einer Katastrophe denken Sie an die *Fleurs* und an die *Paradis*, an denen mir viel liegt.

Was meine Schuld betrifft, so sehe ich nur eine Lösung: Ihnen unaufhörlich kleine Summen zu geben. Ich gehe meine Papiere durch, und ich entdecke, daß es mir gelungen ist, dem Hôtel de Dieppe in achtzehn Monaten einen *enormen* Betrag zu zahlen. Ein Gleiches wird mir für Sie gelingen. Aufrichtig, ich will es.

Auf De Broises Unzulänglichkeit brauche ich hier nicht näher einzugehen. Er zündet sein Gas an und heizt seinen Ofen.

De Broise glaubte übrigens, ich sei *zu früh* dran; ich glaubte *das Gegenteil*. Sie glauben, *es sei weder dies noch das*. Denken Sie doch gelegentlich einmal darüber nach.

Morgen früh werde ich vermutlich einen Brief von Ihnen erhalten, den die Ungeduld Ihnen eingegeben hat. Ich werde ihn nur mit Zittern öffnen. Ein Brief, ein Läuten an der Tür, ein Nichts jagen mir einen Schrecken ein. Mein Wille ist in einem kläglichen Zustand, und wenn ich nicht, *aus Hygiene, und trotz allem*, den Kopf in eine Arbeit stecke, bin ich verloren.

Ein Wort noch, hinsichtlich Ihres Bruders Édouard, obwohl diese Dinge mich nichts angehen. Jemand, den ich Ihnen nicht zu nennen brauche, ist ihm auf einem Maskenball begegnet, in Gesellschaft einer Bande von kleinen Narren, und er erging sich in den seltsamsten Reden; bald sagte er, er wolle sich zum Militär melden, bald, er wolle, ganz allein, etwas gründen. *Und das alles*, sagte er, *hinge von einem gewissen Bescheid ab, den er aus Alençon erwarte.* Sollte der Tollkopf etwa an eine kleine Zeitung für die Jugend denken?

C. B.

Ganz der Ihre.

[Paris, etwa 20. März 1861]

Mein lieber Freund, Ihres Briefes bedurfte es nicht; denn seit mehreren Tagen wälzte ich dies alles in meinem Kopf herum, und der Besuch bei Hetzel war schon gemacht. So stand ich im Begriff, Ihnen zu schreiben.

Es tut mir sehr leid, Sie zu betrüben; aber trotz des so oft wiederholten Schreckenswortes: *Wir würden sinken,* sehe ich mich genötigt, Sie um das vielleicht Unmögliche zu bitten, kurz um einen großen Freundschaftsdienst; *wobei ich mir vorbehalte, mich nach der Zahlung auf die Beine zu machen und einige Tage später das in Ihre persönlichen Geschäfte gerissene Loch, ganz oder wengistens zu einem Teil, zu stopfen.* Bitte, urteilen Sie selbst:

25. März	1 000 Tenré (unmöglich).
25. März	500 Schwartz (unmöglich).
25. März	350 Gélis (unmöglich).
1. April	500 Lemercier (unmöglich).
10. April	1 100 Hetzel.

Die Wechselreiterei ist also unmöglich, denn diesmal werden alle Zinsen zu gleicher Zeit fällig. Sie könnten vielleicht bei Lemercier oder bei Gélis einen andern als mich vorschieben; Sie müssen nämlich wissen, daß man mich, um das Unglück voll zu machen, einiger protestierter Wechsel wegen verfolgte: 1900 Francs (von denen nur 600 mich *unmittelbar* betreffen). Auch da sind Schwartz und Gélis drin verwickelt. Eine nicht ungefährliche Sache, wie Sie leicht erraten.

Und jetzt zu Hetzel. – Hetzels Bankier hat seine Zahlungen eingestellt. – Er bedient sich jetzt (einmal im Monat) der Diskontbank, – einmal im Monat, das heißt vom 25 BIS 30. Ich habe mit ihm gesprochen. Er würde Ihre Wechsel gerne übernehmen; doch ich weiß, daß das Comptoir National sie das erste Mal abgelehnt und daß schließlich sein Bankier sie übernommen hatte. Er hat mir angeboten, sie in Belgien zu diskontieren; ich fürchte jedoch, mit der Firma, an die er sich dort wenden möchte, geht es bergab, woran die Affäre Mirès nicht unschuldig sein dürfte.

Außerdem hat er mir gesagt, in einigen Monaten würde er, Ihre

Zustimmung vorausgesetzt, sich gerne der *Réflexions sur quelques-uns de mes contemporains* annehmen. Für die *Curiosités* rät er uns dringend einen anderen Titel zu wählen; der jetzige sei unverkäuflich, auch wenn der Inhalt noch so unterhaltsam wäre.
Ich möchte noch einige Worte hinzufügen, Worte, wie ich Sie nur Ihnen sagen kann. Seit langem schon bin ich am Rand des Selbstmords, und was mich zurückhält, ist ein Grund, der mit Feigheit und sogar mit Bedauern nichts zu tun hat. Es ist der Stolz, der mich hindert, ein Durcheinander zu hinterlassen. *Es wird etwas da sein, um meine Schulden zu bezahlen.* Nur bedarf es dazu genauer Aufstellungen für den, dem es obliegt, alles zu regeln. Ich bin, wie Sie wissen, weder wehleidig noch ein Lügner. Seit zwei Monaten vor allem bin ich in eine besorgniserregende Schlaffheit und Mutlosigkeit versunken. Ich fühlte mich von einem Übel befallen, wie es Gérard gekannt hat, von der Furcht, nicht mehr denken und keine einzige Zeile schreiben zu können. Erst seit vier oder fünf Tagen habe ich feststellen können, daß ich in dieser Hinsicht noch nicht ganz erstorben bin. Das ist ein wichtiger Punkt.
Edgar Poe in einer schönen Ausgabe, die Theaterstücke vielleicht, das dürfte genügen, meine zwar immer und allzu rasch anwachsende Schuld zu tilgen. Doch ich komme da immer auf meine fixe Idee zurück: diese Schuld mit Hilfe regelmäßiger Zinszahlungen schlummern zu lassen. Wissen Sie, daß ich alle zwei, alle zweieinhalb Monate in einen Strom von Laufereien hingerissen werde? Zeit und Geld gehen dabei drauf, der Wille gerät ins Fiebern, ich leide Qualen, wenn ich nur einen Türknopf drehe. Zu allem Überfluß wird diese Schuld, die ich mir doch nur aufgeladen hatte, um mich in Honfleur niederzulassen, jetzt zu einem Hemmnis, da ich in Paris sein muß, und immer auf der Lauer.
Es verlangt mich sehr danach, Sie hier zu sehen. Es geht nicht um Lustbarkeiten der Kameraderie, es geht um Sie, um Ihre Angelegenheiten. Seit mehreren Jahren geht der Verlag schlecht (alle Verlage gehen schlecht). Nehmen Sie die Untüchtigkeit dieses wackeren De Broise hinzu, und Sie können sich vorstellen, wie das weitergehen wird. Alle Welt, keineswegs Leute, die Ihnen feindlich, sondern solche, die Ihnen wohlgesinnt sind, sagen von Ihnen: »Von Werbung

verstehen diese Herren überhaupt nichts.« Sainte-Beuve fragte mich gestern: Wo ist Malassis? – In Alençon. – *Aber er ist verrückt.* – Er ist damit beschäftigt, das Buch von Hatin fertigzustellen. – Wozu hat man denn seinen Setzer? war sein letztes Wort.
Töricht, wie Sie sind, fragen Sie mich nach meinem Buch! Ist das meine Angelegenheit? De Broises Anwesenheit in Paris hat mich und das Buch erledigt. Ich weiß, daß Buloz und Montégut etwas Umfangreiches darüber versprochen haben, für wann aber? Montégut behauptet für mehrere Monate im Rückstand zu sein. Sainte-Beuve hat versprochen, für wann aber?
Ich fasse zusammen: ich glaube, Lemercier und Gélis sind Ihnen möglich, *durch mich* jedoch werden sie erst später möglich sein. Hetzel sehe ich am 25. wieder, oder nach dem 25. – Ich glaube, Gélis ist Ihnen möglich, *unter der Voraussetzung, daß jetzt bei ihm wenig vorhanden ist,* und daß die zu diskontierenden Wechsel *nicht* nach Gefälligkeit *riechen.*
Ganz der Ihre.

C. B.

Das Porträt und die Reklame sind nicht einmal in *L'Artiste* erschienen.

AN MADAME AUPICK

[Paris,] Freitag, 29. [März] 1861

All dem zum Trotz, was ich zu erledigen habe, wollte ich Dir den heutigen Tag widmen; nun aber ist es schon fünf Uhr, und da Du Deine Ostern in Ruhe begehen willst, empfiehlt es sich, die Geschichte all meiner Schmerzen noch um zwei Tage zu verschieben. Außerdem *weiß ich,* weil *ich es will,* daß *dies bald ein Ende nehmen wird.*
Ganz allgemein möchte ich Dir nur sagen, daß Deine letzten Briefe nichts als Unsinn, Irrtümer und absurde Unterstellungen enthalten. Ich leide, das ist alles. Ich bin mehrmals krank gewesen; ich habe Jeanne nicht wiedergesehen. Im übrigen, ich wiederhole es, sind alle Deine Briefe voller Unsinn.

Keine alberne literarische Eitelkeit treibt mich, Dich zu fragen, ob Du eine Nummer der *Revue contemporaine* erhalten hast, in der Verse von mir stehen. Es soll nur nichts verloren gehen. Wer weiß, ob Du nicht eines Tages glücklich sein wirst, alles, was ich geschrieben habe, zu sammeln?

Du hast mir ganze Packen von Greueln geschickt. Ich werde mich nie daran gewöhnen.

Ich werde es so einrichten, daß Du Sonntagabend einen Brief erhältst, den ich schon vor einem Monat, zwei Monaten, was weiß ich, begonnen habe –, vorausgesetzt, die Briefe werden in Honfleur am Sonntagabend ausgetragen.

Ich bin bei der *Revue européenne;* – und völlig brouilliert mit der *Contemporaine*. Du weißt, daß ich mich seit zwei Jahren oft mit Musik beschäftigt habe. Eine umfangreiche Arbeit von mir über Richard Wagner wird am 31. erscheinen. Muß ich sie Dir schicken?

Ich umarme Dich. Charles

AN MADAME AUPICK

[Paris, Februar oder März 1861]

Ach! liebe Mutter, haben *wir noch Zeit,* um glücklich zu sein? Ich wage es nicht mehr zu glauben; – vierzig Jahre, eine Vormundschaft, riesige Schulden und schließlich, schlimmer als alles, die Kraft zu wollen verloren, verdorben! Wer weiß, ob der Geist selber nicht in Mitleidenschaft gezogen ist? Ich weiß es nicht, ich kann es nicht mehr wissen, weil ich zu jeder Anstrengung außerstande bin.

Vor allem will ich Dir etwas sagen, was ich Dir nicht oft genug sage, und was Du gewiß nicht weißt, vor allem, wenn Du mich dem äußeren Schein nach beurteilst, dies nämlich, daß meine Zärtlichkeit für Dich beständig zunimmt. Und es ist schändlich, gestehen zu müssen, daß diese Zärtlichkeit mir nicht einmal die Kraft verleiht, mich wieder aufzurichten. Ich betrachte die vergangenen Jahre, die gräßlichen Jahre, ich verbringe meine Zeit damit, über die Kürze des Lebens nachzudenken; sonst nichts; und dabei

rostet der Wille mehr und mehr ein. Wenn je ein Mensch in seiner Jugend den Spleen und die Hypochondrie gekannt hat, so war gewiß ich es. Und dennoch verlangt es mich danach, zu leben, und wie gerne wollte ich ein wenig Sicherheit, Berühmtheit, Selbstzufriedenheit kennenlernen! Etwas Schreckliches sagt mir: *niemals*, und etwas anderes spricht doch zu mir: *versuch's!*
Von soviel Plänen und Projekten, die sich in zwei oder drei Kartons angehäuft haben, welche ich nicht mehr zu öffnen wage, was davon werde ich je ausführen? nichts vielleicht.

1. April 1861

Diese vorstehende Seite wurde vor einem Monat geschrieben, vor sechs Wochen, zwei Monaten, ich weiß nicht mehr wann. Ich lebe in einem beständigen Zustand nervösen Entsetzens; gräßlicher Schlaf, gräßliches Erwachen; unfähig zu jedem Tun. Meine Exemplare lagen einen Monat auf meinem Tisch, ehe ich mich dazu aufraffen konnte, sie zu verpacken. An Jeanne habe ich nicht geschrieben, ich habe sie fast drei Monate lang nicht mehr gesehen; natürlich habe ich ihr, weil dies unmöglich war, nicht einen Groschen geschickt. (Gestern hat sie mich aufgesucht; sie kommt aus dem Spital, und ihr Bruder, von dem ich glaubte, er unterstütze sie, hat in ihrer Abwesenheit einen Teil ihrer Möbel verkauft. Sie wird den Rest verkaufen müssen, um einige Schulden zu bezahlen.)
In dieser gräßlichen Geistesverfassung, Hilflosigkeit und Hypochondrie war ich wieder dem Selbstmord nahe; jetzt kann ich es ja sagen, da die Anwandlung vorüber ist; zu jeder Stunde des Tages verfolgte diese Vorstellung mich. Ich sah darin die völlige Befreiung, die Befreiung von allem. Gleichzeitig, aus einem seltsamen, doch nur scheinbaren Widerspruch, habe ich *drei Monate lang* zu *jeder Stunde* gebetet (zu wem? zu welchem bestimmten Wesen? ich weiß es nicht, gar nicht), um zwei Dinge zu erlangen: für mich die Kraft zu leben; für dich lange, lange Jahre. Dein Verlangen zu sterben, laß mich dies hier anmerken, ist sehr töricht und sehr wenig liebevoll, da Dein Tod ein letzter Schlag für mich wäre, der jede Möglichkeit des Glücks vereiteln würde.
Endlich verschwand die fixe Idee, eine heftige und unvermeidbare Tätigkeit hat sie verjagt, der Aufsatz über Wagner, den ich in drei

Tagen in einer Druckerei improvisierte; ohne das Drängen der Druckerei wäre ich damit niemals zu Rande gekommen. Seither bin ich wieder zurückgefallen, krank vor Mattigkeit, vor Grauen und Angst. – Zwei- oder dreimal war ich körperlich in einer recht schlimmen Verfassung; eines jedoch ist mir besonders unerträglich: wenn ich einschlafe, und selbst im Schlaf, höre ich sehr deutlich Stimmen reden, sie sagen ganze Sätze, doch sehr banale, sehr triviale Sätze, die mit dem, was mich beschäftigt, nicht das Geringste zu tun haben.

Deine Briefe sind eingetroffen; sie waren nicht danach angetan, mir eine Erleichterung zu verschaffen. Du bist immer bewaffnet, um mich mit der Menge zu steinigen. Dies alles reicht, wie Du weißt, bis in meine Kindheit zurück. Wie bringst Du es nur fertig, für Deinen Sohn immer alles andere als eine *Freundin* zu sein, außer in Geldangelegenheiten, vorausgesetzt, und da kommt die ganze Torheit und Großzügigkeit Deines Charakters zum Vorschein, daß dabei die ganze Last auf Dich fällt? Ich hatte für Dich im Inhaltsverzeichnis sorglich alle neuen Stücke angemerkt. So war es Dir ein leichtes, festzustellen, daß sie sich alle vortrefflich einfügten. Ein Buch, an dem ich zwanzig Jahre gearbeitet habe und *dessen Neuauflage zu verhindern* überdies *nicht in meiner Macht steht*.

Was Monsieur Cardine angeht, so liegt da ein ernster Fall vor, doch in einem gänzlich anderen Sinne, als Du glaubst. Inmitten all meiner Schmerzen will ich nicht, daß ein Priester daherkommt, um im Geist meiner alten Mutter wider mich zu streiten, und ich werde da Ordnung schaffen, wenn ich kann, wenn ich die Kraft habe. Das Betragen dieses Mannes ist monströs und unerklärlich. Und Bücher verbrennt man heutzutage nicht mehr, außer bei den Narren, die Papier brennen sehen wollen. Und ich war dumm genug, mich eines kostbaren Exemplars zu berauben, ihm zu Gefallen und um ihm etwas zukommen zu lassen, wonach er seit drei Jahren verlangt hatte! und für meine Freunde fehlen mir die Exemplare! – Immer hast Du mich vor jemand auf die Knie genötigt. So vor Monsieur Émon. Erinnere Dich. Und jetzt vor einem Priester, der nicht einmal Takt genug hat, um Dir einen kränkenden Gedanken zu verbergen. Er hat nicht einmal begriffen, daß diesem

Buch ein katholischer Gedanke zugrunde liegt; aber das steht auf einem anderen Blatt.
Was mich vor allem vor dem Selbstmord bewahrt hat, waren zwei Gedanken, die Dir sehr kindisch vorkommen mögen. Einmal, daß es meine Pflicht sei, Dir ins einzelne gehende Aufzeichnungen für die Zahlung all meiner Schulden zu liefern, und daß ich demnach *zuerst nach Honfleur gehen müßte,* wo alle meine, nur für mich allein verständlichen Dokumente geordnet sind. Mein zweiter Gedanke war, soll ich es Dir gestehen? daß es sehr hart sei, ein Ende zu machen, ehe ich nicht wenigstens meine kritischen Werke veröffentlicht hätte, wenn ich schon auf die Dramen verzichtete (es gibt da noch einen Plan zu einem zweiten), auf die Romane, und schließlich auf ein großes Buch, von dem ich seit zwei Jahren träume: *Mon cœur mis à nu,* darin ich all meinen Zorn und all meine Wut aufhäufen werde. Ah! wenn dieses Buch jemals das Licht der Welt erblickt, so werden die *Bekenntnisse Jean-Jacques'* farblos daneben erscheinen. Du siehst, ich träume immer noch. Unglücklicherweise hätte ich, um dieses seltsame Buch zu verfertigen, große Mengen von Briefen von dem und jenem aufheben müssen, die ich seit zwanzig Jahren verschenkt oder verbrannt habe.
– Schließlich hat, wie schon gesagt, eine heftige Arbeit mich für dreimal vierundzwanzig Stunden aus meiner Dumpfheit und Krankheit gerissen. Die Krankheit wird wiederkehren.
Was Du hinsichtlich der Vormundschaft sagst, hat einige Überlegungen bei mir ausgelöst: ich glaube, ich habe endlich einen *gemischten* Behelf ausfindig gemacht, der mich *nur zur Hälfte* ruinieren, der mir weite Räume der Muße verschaffen und mir infolgedessen erlauben würde, *Deine Einkünfte zu vermehren,* da ich, ob meine Arbeiten mir auch nur wenig einbrächten, allerhöchstens *nur die Hälfte* davon für mich benötigen würde. *Ich werde Dir das erklären.* Diese verfluchte Erfindung! die mütterliche Erfindung eines allzu sehr um Geld besorgten Geistes, die mich entehrt, in immer wieder auflebende Schulden gestürzt, die in mir jede Liebenswürdigkeit getötet und sogar meine vollständige Ausbildung zum Künstler und Schriftsteller behindert hat. Die Verblendung schafft uns ärgere Plagen als die Bosheit. Eines ist sicher: die

gegenwärtige Lage kann nicht von Dauer sein. Ich glaube nicht, ich könnte verrückt werden; aber ich kann so menschenscheu werden, daß man mich für verrückt hält.

Kaum hatte ich Deinen Brief gelesen, habe ich an Ducreux geschrieben, ich wolle nicht, daß er Dich belästige, und es sei meine Aufgabe allein, ihn zu bezahlen; übrigens würde er Ende des Monats von mir hören. Nun ist der neue Monat da, und ich habe nichts. Ich wollte auf keinen Fall etwas von Dir (wie oft denke ich an die 23 000 Francs!), und nun bin ich es heute, der Dich inständig bittet, mir diese 200 Francs zu schicken. Ich gestehe Dir unverhohlen, daß ich von dieser Summe 50 oder 60 Francs abzweigen werde für mein Hotel (dem ich von Zeit zu Zeit etwas zukommen lassen muß bis zu dem Tag, da ein Umschwung zum Besseren mir erlauben wird, nach Honfleur zu ziehen, ohne Befürchtung, meine Ruhe, von der die Deinige abhängt, könnte dort gestört werden), oder für einige unentbehrliche Toilettegegenstände.

Ich bitte Dich inständig; und bediene Dich der Eisenbahn (gegenüber den Dampfschiffen), oder schicke einen eingeschriebenen Brief. Ich glaube, der genaue Betrag ist 190 Francs; doch mir ist so, als nähmen die Ämter (die Post zumindest) nur runde Summen. Wenn Du kannst, richte es so ein, daß das Geld übermorgen in meinen Händen ist.

Es ist immer gefährlich, wenn Du selber, was es auch sei, für mich bezahlst; das könnte, wie Du unschwer errätst, die Leute ermutigen.

Ich werde hier für Wechsel in Höhe von 2000 Francs verfolgt, von denen 1300 zu Lasten von Herrn de Calonne gehen; ich bin mit ihm brouilliert; er hat sich mir gegenüber schändlich betragen. Diese Wechsel waren Vorschüsse. Infolgedessen gehört der Erlös aus allem, was ich für die *Revue européenne* schreibe und schreiben werde, bereits Herrn de Calonne. Nichts von meinen Honoraren fließt mir zu. Darüber hinaus schulde ich gleichzeitig diese 700 Francs, die mich unmittelbar betreffen. Du siehst, da bedarf es des Mutes. Von allem, was ich einnehme, darf ich nichts für mich behalten. Unterhaltung und Vergnügen, ich weiß nicht mehr, was das ist. – Und um nach Honfleur zurückkehren zu können, dazu bedarf es mindestens eines Monats, dreißig Tage, unablässiger

Arbeit. Findest Du nicht auch, daß ich die ersten Dummheiten meiner frühen Jahre teuer genug bezahle?
Ich wollte Dir noch manches andere sagen. Doch es fehlt mir an Papier und Zeit. Sei gut zu mir; erinnere Dich, daß Du sehr oft ungerecht bist, ohne es zu ahnen, vor allem, wenn Du mich beschuldigst, ich ließe es an Liebe zu Dir fehlen. Um Dir das Gegenteil zu beweisen, habe ich den Anfang meines Briefes aufgehoben, der in einem Augenblick geschrieben wurde, da ich Deine Vorwürfe noch nicht erhalten hatte.

Charles

Du kannst Dir nicht vorstellen, wie oft ich in meinen Plänen mein Leben mit dem Deinen verknüpft habe.
Hast Du die *Contemporaine* erhalten? Ich werde Dir die *Européenne* schicken. Ich habe keine Zeit, meinen Brief noch einmal durchzulesen.

AN AUGUSTE VACQUERIE

[Paris,] 4. April 1861

Mein lieber Vacquerie,

Es wäre sehr schnöde, wenn ich Ihnen nicht dankte. Ich habe die abscheuliche Angewohnheit, im Theater zu leiden und die Stücke nicht einmal zu verstehen. Ihnen aber, Ihrem Stück bin ich durch 7 Akte hindurch aufmerksam gefolgt; ein wahres Wunder, das Sie da vollbracht haben.
Seit Jahren schon hatte ich keinem Schauspiel mehr beigewohnt. Nun höre ich endlich ein Drama, und zwar eines der allervortrefflichsten; schön geordnet; logisch durchdacht; und immer groß. Das Bewundernswürdigste daran ist, daß trotz der Sorgfalt, mit der im einzelnen eines aus dem andern abgeleitet wird, die Aufmerksamkeit niemals erlahmt; sie scheint sich im Gegenteil zu verdoppeln, und sie fürchtet nur, sie könnte nicht allen Schönheiten des Werkes gewachsen sein.

Wie glücklich sind Sie, daß Sie sich darauf verstehen, einer Idee alles zu entnehmen, was sie enthält! Allen Ernstes, ohne Lüge und Schmeichelei, Sie haben mir eines der lebhaftesten Vergnügen verschafft, die ich seit langem empfangen habe. Abgesehen von allem Geschick, daß Sie bewiesen haben, verdient es in meinen Augen höchstes Lob, daß Sie eine immer lebhafte, leidenschaftliche Handlung aus einer reinen Abstraktion entwickelt haben, aus *einer so unbestimmten und ungreifbaren Idee wie der Idee der Ehre* (nicht meine Worte). Ich glaube sogar, das Publikum ist von solcher *Originalität* anfangs ein wenig verstört. So was hat es seit langem schon nicht mehr gesehen!

Ich finde jedoch, Ihr gedungener Räuber, den Sie mir so sehr gerühmt haben, destilliert und *expliziert* seine Rolle allzu umständlich. Diese Preziosität verleiht der komischen Partie die Kälte eines Hors-d'œuvre. Ich finde, die Person (der Schauspieler) verläßt hier ihren Bereich und verletzt so die Perspektive.

Wenn Sie Rouvière sehen, sagen Sie ihm doch bitte, wie glücklich er mich gemacht hat. Sie müssen mit ihm zufrieden gewesen sein, mit seinem Adel und mit seiner Eleganz im Heroismus.

Und jetzt werde ich wieder hingehen, auf meine Kosten; sollte ich Ihrer jedoch noch einmal bedürfen, so würde ich es ohne Scheu gestehen.

Ich möchte den ganzen seelisch-sittlichen Mechanismus der Sache noch einmal studieren.

Ganz der Ihre. Charles Baudelaire

AN MADAME AUPICK

[Paris, 6. Mai 1861]

Meine liebe Mutter, wenn Du wahrhaftig das Genie der Mütterlichkeit besitzest, und wenn Du es noch nicht leid bist, komm nach Paris, komm mich besuchen, ja komm mich holen. Tausend schreckliche Gründe hindern mich daran, nach Honfleur zu fahren, um dort das zu finden, dessen ich so sehr bedarf, ein wenig Mut und Zärtlichkeiten. Ende März schrieb ich Dir: *Werden wir uns jemals wiedersehen?* Ich war in einer jener Krisen, in denen die schreckliche Wahrheit sich einem enthüllt. Ich gäbe ich weiß nicht was darum, einige Tage bei Dir zu verbringen, bei Dir, dem einzigen Menschen, an dem mein Leben hängt, acht Tage, drei Tage, einige Stunden.

Du liest meine Briefe nicht aufmerksam genug, Du glaubst, ich lüge, oder ich übertriebe zumindest, wenn ich von meinen Verzweiflungen rede, von meiner Gesundheit, von meinem Grauen vor dem Leben. Ich sage Dir, daß ich Dich sehen möchte, und daß ich nicht nach Honfleur eilen kann. Deine Briefe enthalten zahlreiche Irrtümer und falsche Vorstellungen, die man im Gespräch zurechtrücken könnte und die aufzulösen ganze Bände beschriebenen Papiers nicht hinreichen würden.

Jedesmal, wenn ich zur Feder greife, um Dir meine Lage zu schildern, überfällt mich Angst; ich fürchte, Dich zu töten, Deinen schwachen Körper zu zerstören. Und ich stehe, ohne daß Du es ahnst, unaufhörlich am Rand des Selbstmords. Ich glaube, daß Du mich leidenschaftlich liebst; bei aller Blindheit des Geistes besitzest Du einen so großen Charakter! In meiner Kindheit habe ich Dich leidenschaftlich geliebt; später, unter dem Druck Deiner Ungerechtigkeiten, habe ich es Dir gegenüber an Respekt fehlen lassen, als ob eine mütterliche Ungerechtigkeit das Kind zu einem Mangel an Respekt ermächtigte; ich habe mein Betragen oft bereut, wenn ich auch, meiner Gewohnheit nach, nichts davon habe verlauten lassen. Ich bin nicht mehr das undankbare, ungebärdige Kind. Langes und häufiges Nachdenken über mein Schicksal und über Deinen Charakter hat mir geholfen, all meine Fehler einzusehen, und Deine ganze Großmut. Aber das Unheil ist nun einmal geschehen, durch Deine Unklugheiten und durch meine Fehler. Wir sind augenscheinlich dazu bestimmt, uns zu lieben, einer für den anderen zu leben, unser Leben so anständig, so sanft wie möglich zu beschließen. Und doch bin ich unter den schrecklichen Umständen, in denen ich stecke, überzeugt, daß einer von uns beiden den andern umbringen wird, und daß wir uns zuletzt gegenseitig umbringen werden. Nach meinem Tod wirst Du nicht länger leben, das ist klar. Ich bin das Einzige, was Dich am Leben erhält. Nach Deinem Tod, vor allem, wenn Du an einer durch mich verursachten Erschütterung sterben solltest, würde ich mich töten, das ist unzweifelhaft. Dein Tod, von dem Du oft mit allzu großer Ergebenheit sprichst, würde an meiner Lage nichts ändern: die Vormundschaft bliebe aufrecht erhalten (warum sollte sie abgeschafft werden?), nichts wäre bezahlt, und ich hätte zu allen meinen Schmerzen noch *die gräßliche Empfindung einer völligen Vereinsamung*. Ich, mich umbringen, das ist absurd, nicht wahr? »So willst du deine alte Mutter denn ganz allein lassen«, wirst Du sagen. Wahrhaftig! wenn ich auch kein Recht dazu habe, so glaube ich doch, daß die Menge der Schmerzen, die ich seit nunmehr *fast dreißig Jahren* erdulde, mich entschuldigen würde. *»Und Gott!«* wirst Du sagen. Ich wünsche von ganzem Herzen (wie aufrichtig, kann niemand wissen außer mir!), ich könnte glauben, ein äußeres und unsichtbares Wesen nähme Anteil an meinem Geschick; aber was soll ich tun, damit ich es glaube?

(Der Gedanke an Gott bringt mich wieder auf diesen verdammten Pfarrer. In den schmerzlichen Empfindungen, die dieser Brief Dir verursachen wird, sollst Du ihn nicht zu Rate ziehen. Dieser Pfarrer ist mein Feind, vielleicht aus bloßer Dummheit.)

Um auf den Selbstmord zurückzukommen, der zwar keine fixe Idee ist, dessen Vorstellung jedoch in regelmäßigen Abständen wiederkehrt, so gibt es da etwas, das zu Deiner Beruhigung dienen wird. Ich kann mich nicht umbringen, ohne vorher meine Angelegenheit geordnet zu haben. Alle meine Papiere sind in Honfleur, in einem großen Durcheinander. Es wäre demnach in Honfleur eine große Arbeit zu leisten. Und einmal dort, könnte ich mich aus Deiner Nähe nicht mehr entfernen. Denn Du darfst überzeugt sein, daß ich Dein Haus nicht durch eine abscheuliche Tat beflekken würde. Auch würdest Du darüber verrückt werden. Und warum der Selbstmord? der Schulden wegen? Ja, und doch, der Schulden könnte man Herr werden. Der eigentliche Grund ist vielmehr eine grauenhafte Erschöpfung, das Ergebnis einer unmöglichen Situation, die sich schon *allzu lange* hinzieht. Jede Minute beweist mir, daß ich die Lust am Leben verloren habe. In meiner Jugend hast Du eine große Unklugheit begangen. Deine Unklugheit und *meine alten Fehler* lasten auf mir, und halten mich gefangen. Meine Lage ist gräßlich. Es gibt Leute, die mich grüßen, es gibt Leute, die mir den Hof machen, es gibt deren vielleicht welche, die mich beneiden. Meine literarische Lage ist mehr als gut. Ich kann schreiben, was ich will. Alles wird gedruckt. Da meine Geistesart nicht populär ist, werde ich wenig Geld verdienen, aber ich werde einen großen Ruhm hinterlassen, ich weiß es, – vorausgesetzt ich habe den Mut, zu leben. Aber meine geistige Gesundheit; abscheulich; – vielleicht verloren. Ich habe noch Pläne: *Mon cœur mis à nu, Romane,* zwei *Theaterstücke,* davon eines für das Théâtre-Français; wird dies alles jemals geschrieben werden? *Ich glaube es nicht mehr.* Was mein Ansehen betrifft, ist meine Lage entsetzlich, – und das ist das Schlimmste. Keine Ruhe, niemals. Beleidigungen, Beschimpfungen, Schmähungen, von denen Du Dir keine Vorstellung machen kannst, und die alle Phantasie zersetzen, sie lähmen. Ich verdiene ein bißchen Geld, das ist wahr; wenn ich keine Schulden hätte, und *wenn ich kein Vermögen mehr hätte,* WÄRE ICH REICH – bedenke doch, was ich hier sage! –, ich könnte Dir Geld geben, ich könnte gefahrlos für Jeanne sorgen. Von ihr soll gleich noch die Rede sein. *Du* hast diese Erklärungen hervorgerufen. – All dieses Geld verfliegt in einem aufwendigen und ungesunden Dasein (denn ich lebe sehr schlecht) und in der Zahlung oder vielmehr unzureichenden Tilgung alter Schulden, in Kosten für den Gerichtsvollzieher, für Stempelpapier, usw.

Gleich werde ich zu handfesten, das heißt zu dringlichen Dingen übergehen. Denn wahrlich, man muß mir helfen, mich zu retten, und Du allein kannst mich retten. Heute will ich Dir alles sagen. Ich bin allein, ohne Freunde, ohne Geliebte, ohne Hund und ohne Katze, denen ich mein Leid klagen könnte. Ich habe nur das Bildnis meines Vaters, und das bleibt immer stumm.

Ich bin in dem gleichen schrecklichen Zustand wie im Herbst 1844. Eine Niedergeschlagenheit, die schlimmer als Wut ist.

Aber meine körperliche Gesundheit, deren ich für Dich, für mich, für die Erfüllung meiner Pflichten bedarf –, wie es darum bestellt ist, das muß nun auch zur Sprache kommen, obwohl Du dem kaum genügend Aufmerksamkeit schenkst. Ich will hier nicht von jenen nervösen Beschwerden reden, die mich Tag um Tag immer mehr herunterbringen und die jeden Mut vernichten, Erbrechen,

Schlaflosigkeit, Albträume, Ohnmachtsanfälle. Davon habe ich Dir schon allzu oft erzählt. Aber es ist nutzlos, sich Dir gegenüber in schamhaftes Schweigen zu hüllen. Du weißt, daß ich mir sehr jung schon eine venerische Krankheit zugezogen habe, die ich später völlig geheilt glaubte. Nach 1848 ist sie in Dijon erneut ausgebrochen. Wieder wurde sie gelindert. Jetzt kehrt sie zurück und nimmt neue Formen an: Flecken auf der Haut und eine außerordentliche Müdigkeit in allen Gelenken. Du darfst mir glauben; *ich weiß da Bescheid.* Vielleicht vergrößert in der Traurigkeit, in die ich versunken bin, mein Grauen das Übel. Aber ich bedarf einer strengen Diät, und bei dem Leben, das ich führe, werde ich sie nicht aufrecht erhalten können.
Ich lasse das alles beiseite, um mich aufs neue meinen Träumereien hinzugeben; ehe ich auf das Projekt zu sprechen komme, das ich Dir eröffnen will, ist dies mir eine wahre Lust. Wer weiß, ob es mir noch einmal vergönnt sein wird, Dir meine ganze Seele aufzuschließen, *die Du niemals gewürdigt noch gekannt hast!* Ich schreibe dies ohne Zögern nieder, so sehr weiß ich, daß es wahr ist.
In meiner Kindheit gab es eine Zeit der leidenschaftlichen Liebe zu Dir; höre und lies ohne Furcht. Ich habe Dir niemals soviel davon gesagt. Ich erinnere mich einer Spazierfahrt im Fiaker; Du verließest ein Krankenhaus, wohin man Dich geschickt hatte, und zum Beweis, daß Du an Deinen Sohn gedacht hattest, zeigtest Du mir Federzeichnungen, die Du für mich gemacht hattest. Findest Du, ich hätte ein so schreckliches Gedächtnis? Später, die Place Saint-André-des-Arcs und Neuilly. Lange Spaziergänge, beständige Zärtlichkeiten! Ich erinnere mich der Quais, die am Abend so traurig waren. Ach! das war für mich die gute Zeit der mütterlichen Zärtlichkeiten! Vergib mir, daß ich die eine *gute Zeit* nenne, die für Dich gewiß schlecht war. Aber ich lebte immer in Dir; Du warst allein für mich da. Du warst für mich zugleich ein Idol und ein Kamerad. Du wirst vielleicht erstaunt sein, daß ich so leidenschaftlich von einer Zeit sprechen kann, die so weit zurückliegt. Ich bin selber erstaunt. Vielleicht tauchen diese längst vergangenen Dinge wieder mit solcher Lebhaftigkeit in meinem Geist herauf, weil das Verlangen nach dem Tod mich abermals überkommen hat.

Du weißt, welcher gräßlichen Erziehung Dein Gatte mich später unterwerfen wollte; ich bin nun vierzig Jahre alt, und ich kann nicht ohne Schmerzen an die Internatszeit zurückdenken und an die Furcht, die mein Stiefvater mir einflößte. Ich habe ihn dennoch geliebt, und heute bin ich auch weise genug, ihm Gerechtigkeit widerfahren zu lassen. Aber er war doch schließlich von störrischem Ungeschick. Ich will darüber rasch hinweggehen, denn ich sehe Tränen in Deinen Augen.
Schließlich bin ich geflüchtet, und seither war ich gänzlich verlassen. Mein einziges Trachten galt dem Vergnügen, der Lust; ich lebte in einer beständigen Aufgeregtheit; die Reisen, die schönen Möbel, die Gemälde, die Mädchen, usw. Allzu grausam muß ich heute dafür büßen. Was die Vormundschaft betrifft, so habe ich dazu nur ein Wort zu sagen: ich kenne heute den ungeheuren Wert des Geldes, und ich verstehe, wie ernst alles ist, was mit Geld zusammenhängt; ich begreife, daß Du des Glaubens sein konntest, Du seiest geschickt, und Du handeltest zu meinem Besten; eine Frage bleibt jedoch, eine Frage, die mich immer verfolgt hat: warum ist es Dir niemals eingefallen, folgende Überlegungen anzustellen: »Es mag ja sein, daß mein Sohn in seiner Lebensführung sich niemals wie ich nach Gebühr betragen wird; aber es wäre doch auch möglich, daß er in anderer Hinsicht ein bedeutender Mann würde. Wie soll ich mich dann verhalten? Werde ich ihn zu einem widersprüchlichen Doppelleben verurteilen, zu einem einerseits geachteten Leben, zu einem verhaßten und verachteten anderseits? Werde ich ihn dazu verurteilen, bis in sein Alter kläglich abgestempelt herumzulaufen; mit einem schädlichen Malzeichen, das ihn lähmen wird und allen Grund zur Traurigkeit bietet?« Kein Zweifel, wenn es zu dieser Vormundschaft nicht gekommen wäre, hätte ich alles aufgezehrt. Dann hätte ich wohl oder übel an der Arbeit Gefallen finden müssen. Doch die Vormundschaft wurde eingerichtet, *alles ist aufgezehrt, und ich bin alt und unglücklich*.
Ist eine Verjüngung noch möglich? Darum allein geht es.
Dieser ganze Rückblick auf die Vergangenheit hatte keinen anderen Zweck, als Dir zu zeigen, daß ich einige Entschuldigungen geltend machen, wenn nicht gar eine vollständige Rechtfertigung

fordern kann. Wenn Du aus dem, was ich hier schreibe, Vorwürfe heraushörst, so wisse zumindest, daß dies meine Bewunderung für Dein großes Herz, meine Dankbarkeit für Deine Hilfsbereitschaft nicht im geringsten vermindert. Du hast Dich immer aufgeopfert. Dich aufzuopfern ist Dein einziges Genie. Weniger aus Vernunftgründen als aus Barmherzigkeit. Ich aber verlange mehr von Dir. Ich bitte Dich zugleich um Rat, Unterstützung, völliges Einverständnis zwischen Dir und mir, um mich herauszuarbeiten. Inständig bitte ich Dich, komm, komm. Die Kraft meiner Nerven ist verbraucht, Mut und Hoffnung sind versiegt. Ich sehe nur unabsehbar Entsetzliches vor mir. Ich sehe meine schriftstellerische Existenz auf ewig behindert. Ich sehe eine Katastrophe. Du könntest doch den oder jenen Freund, Ancelle zum Beispiel, bitten, Dich für acht Tage bei sich aufzunehmen. Ich gäbe ich weiß nicht was darum, Dich zu sehen, Dich in meine Arme zu schließen. Ich fühle eine Katastrophe herannahen, und ich kann jetzt nicht zu Dir kommen. Paris bekommt mir schlecht. Schon zweimal habe ich eine schwere Unvorsichtigkeit begangen, die Du mit einem härteren Namen belegen würdest; ich werde am Ende noch den Kopf verlieren.

Ich erbitte mein Glück von Dir, und ich erbitte das Deine, soweit uns *das* zu kennen noch vergönnt sein könnte.

Du hast mir erlaubt, Dir einen Plan zu eröffnen; hier ist er: ich erbitte eine halbe Maßnahme. Die Freistellung eines hohen Betrages, der etwa auf 10000 zu begrenzen wäre: 2000, um mich hier unverzüglich frei zu machen; 2000 in Deine Hände, um ein Jahr lang unvorhergesehenen oder vorausgesehenen Notwendigkeiten begegnen, dringend Benötigtes, Kleidung usw. anschaffen zu können. (Jeanne wird in ein Heim gehen, wo ich für das Unerläßliche aufkommen werde.) Von ihr soll übrigens sogleich noch die Rede sein. Wieder bist Du es, die das herausgefordert hat. Schließlich 6000 zu Händen von Ancelle oder Marin, die langsam, nach und nach, behutsam ausgegeben werden sollen, so daß vielleicht mehr als 10000 bezahlt werden könnten und jede Erschütterung sowie jeder Skandal in Honfleur vermieden würden.

Ein Jahr lang hätten wir Ruhe. Ich wäre ein großer Dummkopf und ein rechter Schurke, wenn ich mir das nicht zu meiner Verjüngung

zunutze machte. Alles Geld, das ich während dieser Zeit verdienen würde (10000, vielleicht nur 5000), *würde in Deine Hände fließen.* Ich würde Dir keine meiner geschäftlichen Angelegenheiten, keines meiner Honorare verheimlichen. Statt das Loch zu stopfen, würde auch dieses Geld zur Tilgung der Schulden verwendet. – Und so fort, die folgenden Jahre hindurch. So wäre ich denn *vielleicht* imstande, dank der unter Deinen Augen erfolgten Verjüngung, *alles zu bezahlen,* ohne daß mein Kapital um mehr als 10000 verringert würde, die 4600 der vergangenen Jahre freilich nicht mitgerechnet. Und das Haus wäre gerettet. Denn auch das ist eine der Überlegungen, die mir immer vor Augen stehen.
Wenn du Dich zu diesem Projekt der Glückseligkeit entschließen könntest, möchte ich am Monatsende, oder vielleicht sogleich, wieder bei Dir wohnen. Ich ermächtige Dich, mich abholen zu kommen. Du begreifst wohl, daß es da noch eine Menge Einzelheiten gibt, die sich in einem Brief nicht mitteilen lassen. Ich möchte, mit einem Wort, daß jeder Betrag nur mit Deiner Einwilligung, nach reiflichen Erörterungen zwischen Dir und mir, bezahlt würde, mit einem Wort, daß Du *mein wahrer Vormund* würdest. Daß man gezwungen sein kann, eine so schauderhafte Vorstellung mit dem so sanften Gedanken an eine Mutter zu verbinden!
In diesem Fall müßte man leider den kleinen Beträgen, den kleinen Einnahmen, 100, 200 da oder dort, die das Pariser Leben einem gelegentlich verschafft, Lebewohl sagen. Es ginge dann um große Spekulationen und dicke Bücher, auf deren Bezahlung man länger warten müßte. – Gehe nur mit Dir selber zu Rate, mit Deinem Gewissen und Deinem Gott, da Du das Glück hast, zu glauben. Ancelle gegenüber übe Zurückhaltung. Er ist ein guter Mensch; aber er ist beschränkt. Es geht über seinen Verstand, daß ein eigensinniger Taugenichts, dem er Mores beibringen mußte, ein bedeutender Mann sein könnte. Er würde mich aus Starrköpfigkeit KREPIEREN lassen. Statt immer nur an das Geld zu denken, denke ein wenig an den Ruhm, an die Ruhe, und *an mein Leben.*
In diesem Fall würde ich, wie gesagt, nicht mehr nur vierzehn Tage oder ein, zwei Monate bei Dir wohnen. Ich würde mich ständig bei Dir aufhalten, es sei denn, wir gingen für einige Zeit gemeinsam nach Paris.

Die Korrekturarbeiten könnten mit der Post befördert werden.
Noch eine Deiner falschen Vorstellungen muß ich berichtigen, die in Deinen Briefen unaufhörlich wiederkehrt. *Ich langweile mich niemals in der Einsamkeit, ich langweile mich niemals bei Dir.* Ich weiß nur, daß ich unter Deinen Freunden leiden werde. Damit will ich mich abfinden.
Manchmal ist mir der Gedanke gekommen, einen Familienrat zusammenzurufen oder mich einem Gerichtshof zu stellen. Weißt Du wohl, daß ich gute Argumente vorzubringen hätte, und wären es nur folgende: *Ich habe unter schauderhaften Bedingungen acht Bücher verfaßt. Ich kann meinen Lebensunterhalt verdienen. Die Schulden, die ich in meiner Jugend gemacht habe, bringen mich um.*
Ich habe es nicht getan, aus Respekt vor Dir, aus Rücksicht auf Deine entsetzliche Empfindlichkeit. So habe die Güte, mir Dank dafür zu wissen. Ich wiederhole Dir: ich habe es mir zur Pflicht gemacht, in allem nur noch zu Dir meine Zuflucht zu nehmen.
Vom nächsten Jahr an werde ich Jeanne die Einkünfte aus dem verbleibenden Kapital zur Verfügung stellen. Sie wird sich irgendwohin zurückziehen, um ihre Tage nicht in völliger Einsamkeit zu verbringen. Folgendes ist ihr widerfahren: um sie loszuwerden, hat ihr Bruder sie ins Spital gesteckt, und als sie dort wieder herauskam, entdeckte sie, daß er einen Teil ihrer Möbel und ihrer Kleider verkauft hatte. Seit vier Monaten, seit meiner Flucht aus Neuilly, habe ich ihr 7 Francs gegeben.
Ich bitte Dich inständig: die Ruhe, gib mir die Gelegenheit zur Ruhe, zur Arbeit, und ein wenig Zärtlichkeit.
In allem, was mich augenblicklich bedrängt, gibt es offenkundig Dinge, wo gräßliche Eile geboten ist; so habe ich abermals, in diesen unvermeidlichen trüben Bankgeschäften, den Fehler begangen, für meine persönlichen Schulden mehrere hundert Francs zu unterschlagen, die mir nicht gehörten. *Es gab da gar keinen anderen Ausweg.* Selbstverständlich glaubte ich, den Schaden unverzüglich wiedergutmachen zu können. Jemand, der sich augenblicklich in London aufhält, verweigert mir 400 Francs, die er mir schuldet. Ein anderer, der mir 300 Francs übergeben sollte, ist auf Reisen. So kommt immer wieder etwas Unvorhergesehenes dazwischen. –

Heute habe ich *den schrecklichen Mut* aufgebracht, dem von mir Hintergangenen zu schreiben und ihm mein Vergehen einzugestehen. Wie er das aufnehmen wird, weiß ich nicht. Aber ich mußte mein Gewissen entlasten. Ich hoffe, aus Rücksicht auf meinen Namen und meine Begabung wird man keinen Staub aufwirbeln und sich vielleicht gedulden.

Leb wohl. Ich bin erschöpft. Um nochmals auf meinen Gesundheitszustand zurückzukommen: seit fast drei Tagen habe ich weder geschlafen noch gegessen; meine Kehle ist wie zugeschnürt. – Und dabei muß ich arbeiten.

Nein, ich sage Dir nicht Lebewohl; denn ich hoffe, Dich wiederzusehen.

Oh! bitte, lies dies aufmerksam; gib Dir Mühe, alles recht zu verstehen.

Ich weiß, daß dieser Brief Dir Schmerzen bereiten wird, doch wirst Du darin gewiß auch einen Ton der Sanftheit, der Zärtlichkeit, ja sogar der Hoffnung finden, wie Du ihn nur allzu selten vernommen hast.

Und ich liebe Dich. C. B.

AN MADAME AUPICK

[Paris,] 7. Mai [1861]

Meine liebe Mutter, ich hätte Dich doch nicht in einen solchen Schrecken versetzen sollen; heute morgen waren, ohne ersichtlichen Grund, das Fieber, der Krampf in der Kehle und das Zittern mit einem Mal verschwunden, und ich konnte wieder essen.

Doch die Schwierigkeiten, die Besorgnisse dauern alle fort. Was für unerträgliche Anfälle!

Du hast nicht bemerkt, daß der *Wagner* einen unveröffentlichten Nachtrag enthält. Ich hatte Dir dies auf der ersten Seite vermerkt.

Was die Artikel der Kritiker betrifft, damit wirst Du Dich abfinden müssen. Seit mehreren Jahren schon hättest Du Dich daran gewöhnen können, und das wird sich auch in Zukunft nicht ändern.

Ich habe den Betreffenden gesehen, dessen Besuch ich fürchtete.
Welche Demütigung!
Keine Briefmarken.
Ich glaubte, es wäre recht, wenn ich Dir gleich schriebe.

Charles

AN [?]

[Paris,] 11. Juli 1861

Monsieur, wenn es sich um meine Werke handelt, verweigere ich niemandem die Freiheit, ein Urteil darüber zu fällen; das ist Geschmackssache. Ich maße mir nicht an, demjenigen, welchen sie langweilen, zu beweisen, daß er Unrecht hat, sie nicht zu lieben.
Hier geht es um etwas anderes: ich tue meine Meinung über einen berühmten Musiker kund, ich setze mich mit den Kritikern auseinander: nun steht es bei ihnen, mir die Unstimmigkeiten dessen, was ich vorbringe, nachzuweisen.
Und glücklicherweise darf man sich der Mühe unterziehen, Verleumdern Vernunft beizubringen, welche der Hunger selbst nicht entschuldigen könnte, wenn sie ebenso schmähsüchtige wie überflüssige Artikel schreiben.
Wenn ich in gewissen Blättern – regelmäßig erscheinenden, falls sie es soweit bringen; von Winkelredakteuren verfaßten jedenfalls – lese, ich verkaufte meine Manuskripte an deutsche Zeitungen, so ist es unter meiner Würde, mich dessen zu erwehren.
Bosheiten sind mir gleichgültig, wenn sie von Unbekannten unterzeichnet sind, sie hinterlassen mir jedoch einen schmerzlichen Eindruck, wenn sie von Leuten stammen, die mir, wie Sie, Dank schuldig sind.
Die Künste sind ganz allgemein ein Feld der Auseinandersetzungen, aber es wäre doch ein wunderliches Paradox, wenn die Musik zu einem Schlachtfeld würde.
Mehr habe ich hierzu nicht zu sagen, Monsieur.

Ch. Baudelaire

AN ABEL VILLEMAIN
STÄNDIGEN SEKRETÄR DER ACADÉMIE FRANÇAISE

[Paris,] 11. Dezember 1861

Monsieur,

Ich habe die Ehre, Sie davon in Kenntnis zu setzen, daß ich in die Liste der Kandidaten eingetragen zu werden wünsche, die sich um einen der gegenwärtig freien Sitze der Académie française bewerben, und ich bitte Sie, Ihre Kollegen von meinen diesbezüglichen Absichten zu unterrichten.

Ich bin imstande, allzu nachsichtigen Blicken einige Titel vorzuweisen: gestatten Sie mir, Ihnen *einen Gedichtband* in Erinnerung zu rufen, der mehr Aufsehen erregt hat, als in seiner Absicht lag; *eine Übersetzung*, die einen großen unbekannten Dichter in Frankreich populär gemacht hat; eine strenge und eingehende *Studie* über die Wonnen und Gefahren, die in den *Rauschmitteln* enthalten sind; schließlich eine große Anzahl von *Broschüren und Artikeln* über die wichtigsten Künstler und die Schriftsteller meiner Zeit.

In meinen eigenen Augen jedoch, Monsieur, ist dies eine höchst unzulängliche Aufzählung, vor allem wenn ich die hier genannten Titel mit all jenen zahlreicheren und eigenartigeren vergleiche, die ich mir erträumt hatte. Glauben Sie mir demnach, Monsieur, und ich bitte Sie, es zu wiederholen, daß meine Bescheidenheit nicht erheuchelt ist; sondern eine Bescheidenheit, die mir nicht nur die Umstände befehlen, sondern auch mein Gewissen, dessen Urteil ebenso streng ist wie das aller großen Ehrgeizigen.

Um die ganze Wahrheit herauszusagen: die vornehmste Erwägung, die mich treibt, mich schon um Ihre Stimmen zu bewerben, ist folgende: falls ich mich zu diesem Schritt erst entschlösse, wenn ich mich Ihrer Stimmen *würdig fühlte*, ich würde mich *niemals* um sie bewerben. So habe ich mir gesagt, daß es alles in allem vielleicht besser wäre, sogleich zu beginnen; wenn mein Name einigen unter Ihnen bekannt ist, so wird meine Kühnheit vielleicht im guten aufgenommen, und einige, *wunderbarerweise* erhaltene,

Stimmen werden mir als eine großzügige Ermutigung gelten und als eine Aufforderung zu künftigen höheren Leistungen.
Ich bitte Sie, Monsieur, die Versicherung meiner Hochachtung zu genehmigen und diese Ihren Herrn Kollegen zu übermitteln.

Charles Baudelaire

AN ALFRED DE VIGNY

[Paris, um den 16. Dezember 1861]

Monsieur,

Viele Jahre hindurch war es mir ein Herzenswunsch, Ihnen als einem der Meister, denen unsere Liebe gilt, vorgestellt zu werden. Meine Kandidatur an der Académie française lieferte mir einen Vorwand, Sie in den letzten Tagen aufzusuchen, um mich selber Ihnen vorzustellen. Ich erfuhr jedoch, daß Sie leidend waren, und so glaubte ich, die Rücksicht gebiete mir, davon Abstand zu nehmen. Nun sagte mir gestern Herr Patin, daß eine spürbare Besserung eingetreten sei, und so faßte ich den Entschluß, mich aufzumachen, um Sie ein paar Minuten lang mit meiner Person zu behelligen.
Ich bitte Sie inständigst, verabschieden Sie mich sogleich und ohne Umstände, wenn Sie befürchten, ein noch so kurzer Besuch könnte Sie ermüden, und wäre es der Besuch eines Ihrer glühendsten und ergebensten Bewunderer.

Ch. Baudelaire

AN VICTOR DE LAPRADE

[Paris,] Montag, 23. Dezember 1861

Monsieur,

Ich bin derart abgehetzt und mit lästigen Geschäften überhäuft, daß ich noch keine freie Minute gefunden habe, um Ihnen, meinem ersten Antrieb folgend, zu sagen, wie sehr mich, als Dichter, der ministerielle Strafakt betrübt und beleidigt hat, der in Ihnen kürzlich einen unserer besten und unserer wichtigsten Dichter getroffen hat. Ich bin hier um so aufrichtiger, als ich fühle, daß die strenge Maßnahme, im Rückschlag sozusagen, (in den Augen der oberflächlich Urteilenden) auch den in Mitleidenschaft ziehen wird, welchen man als Ihren Denunzianten ansehen wird. Und dieser ist einer meiner ältesten Freunde. Der Minister, dessen Entscheid Sie trifft, kompromittiert ihn. Es ist jedoch nicht gestattet, aus der Heftigkeit der literarischen Kritik auf ein ausdrückliches Verlangen zu schließen, dem Angegriffenen einen Schaden zufügen zu wollen. Der Kritiker ist unschuldig und wird doch bestraft. – Ich habe in den letzten Tagen Gelegenheit gehabt, mich über diese Angelegenheit mit den Herren Patin und de Vigny zu unterhalten und dabei gesehen, daß sie bei diesen beiden vor allem das Gefühl der Traurigkeit ausgelöst hat. Der Theorie des Ministers zum Trotz werden wir in Frankreich uns niemals daran gewöhnen, einen Professor wie einen Domestiken behandelt zu sehen; unsere ganze Erziehung verbietet uns dies.

– Ich habe kürzlich Herrn Paul Chenavard getroffen und ihn gebeten, Ihnen ein Wort zu meinen Gunsten zu schreiben. Sie wissen vielleicht nicht, daß ich mir habe einfallen lassen, bei der Akademie zu kandidieren, als ob es in meinem bereits so komplizierten Leben der schmerzlichen Abenteuer nicht schon genug gegeben hätte, und als ob mir an schmählichen Behandlungen nicht schon genug widerfahren wäre. Ach! Monsieur, was für ein Geschäft habe ich mir da aufgeladen! Man hat mir gesagt: »Die meisten dieser Herren kennen Sie nicht, und einigen sind sie *leider* bekannt.« Wenn ich es gewagt hätte, hätte ich mich um den Sitz des Père Lacordaire beworben, weil er ein frommer Mann

und weil er ein *Romantiker* ist; doch man hat mir gesagt, meine Kandidatur selber sei bereits ein Ärgernis, auch ohne die Dreingabe, der Nachfolger eines Mönches sein zu wollen; da habe ich meine Bewunderung für den Père Lacordaire verdrängt und mich gestellt, als hätte ich Scribes Sitz im Sinne.
Chenavard hat sich nach besten Kräften bemüht, mich von meiner Narrheit abzubringen; aber da der Anfang nun einmal gemacht ist, muß das durchgestanden werden. Er hat mir auch gesagt, daß Sie zu einer Partei gehörten (ich weiß nicht, welche Parteien einander unter der Bevölkerung des Parnaß bekämpfen, und *ich will da auch keine Nachforschungen anstellen, selbst auf die Gefahr hin, für einen Einfaltspinsel zu gelten*). Ich habe ihm jedoch geantwortet, ich hielte Sie für einen Royalisten und leider wäre mein Platz bei den Antipoden Ihrer Überzeugung, aber ich nähme nachdrücklich das Recht für mich in Anspruch, widersinnig zu sein, und obwohl es den Anschein hätte, daß jeder Republikaner verpflichtet sei, auch Atheist zu sein, wäre ich stets ein leidenschaftlicher Katholik gewesen, was zwischen uns eine gewisse Gemeinsamkeit stifte, ganz abgesehen von der des Rhythmus und des Reimes. Hierauf ist mein Freund Chenavard, ich muß es gestehen, in ein schallendes Gelächter ausgebrochen; der Philosoph, der scharfsinnige Kopf hatte niemals den Katholiken unter den *Fleurs du Mal* gewittert. Immerhin, angenommen es handle sich da um ein diabolisches Werk, gibt es, könnte man fragen, jemanden, der katholischer wäre als der Teufel?
Um jedoch ernsthaft zu reden, Monsieur, ich habe da eine große Dummheit begangen, und ich will durchhalten, um ihr den Anstrich eines wohldurchdachten Unternehmens zu geben. Um meine Ansprüche zu begründen, würde ich auf die ersten drei Bände meiner Übersetzungen nach Edgar Poe verweisen; (der vierte, *Eureka,* ein wissenschaftliches Werk unter diesem ungeheuerlichen Titel, ist im Druck); – auf meine beklagenswerten *Fleurs du Mal* (vielleicht besitzen Sie die letzte Ausgabe nicht; sie bietet einen überarbeiteten Text und wurde um fünfunddreißig neue, dem allgemeinen Rahmen angepaßte Stücke erweitert. Ich werde versuchen, Ihnen ein Exemplar zu schicken); – auf meinen Traktat über die Rauschmittel *(Paradis artificiels),* der mir von Herrn Villemain

diese gewaltige Albernheit eingetragen hat, die er mit unbeschreiblicher Feierlichkeit von sich gab: »Die Toxikologie, Monsieur, ist nicht die Moral!« Zweifelsohne; das liegt auf der Hand; aber ist es nicht unvermeidlich, dort, wo von Giften die Rede ist, auch von Moral zu reden? – und auf eine recht beträchtliche Menge von Studien über die Schriftsteller dieser Zeit, über die Maler, die Bildhauer, die Kupferstecher, die Musiker, usw.

Dies alles, ich gestehe es, ist fast nichts, vor allem im Vergleich zu dem Erträumten.

Verzeihen Sie mir, Monsieur, diesen langen Brief, aber ich erleichtere mich bei jemandem, den ich nicht kenne und der mir vielleicht eine gewisse Sympathie entgegenbringt, für die Mühsal, welche mir meine ersten Besuche verursacht haben. Sie haben mir in Wahrheit die Nerven zerschlagen. Die verdiente Strafe für meinen unzeitigen Ehrgeiz. Vielleicht werde ich nicht das Vergnügen haben, Sie zu sehen, wenn Sie nach Paris kommen. Vielleicht werde ich mich ans Ufer des Meeres retten, nachdem sämtliche Akademiker, welche üblicherweise aufzusuchen ich verpflichtet bin, mich abgekanzelt oder beleidigt haben. (Immerhin werde ich Paris nicht verlassen, ohne Monseigneur d'Orléans meine Aufwartung gemacht zu haben. Ich will meine Dummheit sorgfältig und gewissenhaft durchführen). Ich bitte Sie demnach, diesen Brief als Äquivalent eines offiziellen Besuches gelten zu lassen. Wenn es einen Fall gibt, wo die republikanischen Formeln nicht lächerlich sind, so gilt dies gewiß unter Dichtern; so empfangen Sie denn, Monsieur, meine brüderlichen Grüße.

Charles Baudelaire

Wenn Sie Herrn Joséphin Soulary und Herrn Armand Fraisse verbunden sind, grüßen Sie sie bitte freundschaftlich von mir. Wenn Sie Herrn Janmot kennen, sagen Sie ihm, daß ich seit langem danach trachte, ihm Gerechtigkeit widerfahren zu lassen und daß ich eine umfangreiche Arbeit vorbereite, die den Titel *Les Peintres philosophes* tragen wird; vielleicht auch *Les Peintres qui pensent*, oder etwas in der Richtung. Die Atmosphäre Lyons, die ich gut kenne, ist eine sehr besondere Atmosphäre. –

[Paris,] Weihnachten, 25. Dez[ember] 1861

Arme liebe, so verlassene Maman! Dein letzter Brief hat mich sehr betrübt, und angesichts der langen Zeit, die ich verstreichen ließ, bis ich mich zu einer Antwort entschloß, sollte man meinen, er wäre mir nicht so nahe gegangen, nicht wahr? Wie! diese elende kleine Reise nach Paris hat einen so nachhaltigen Eindruck auf Dich gemacht, daß Du Dich nun langweilst, Du, die sich niemals langweilte. Dein Brief hat mich sehr erstaunt, so sehr hatte ich mich daran gewöhnt, Dich für jemand zu halten, dem eine große Energie zu eigen ist, eine solche Standfestigkeit, daß sich, wie ich Dir gestehen muß, in meine Liebe zu Dir sehr viel Bewunderung mischt. Ich will Dir nicht schmeicheln; aber ich bin wie alle anderen Menschen; ich bewundere vor allem, was ich selber nicht besitze; und mehr noch: ohne eine gewisse Bewunderung bin ich der Zuneigung gar nicht fähig. (Dies, nebenbei gesagt, erklärt Dir meine Kälte gegen meinen Bruder. Ganz abgesehen davon, daß ich einiges gegen ihn auf dem Herzen habe; denn er hat, im Unterschied zu Dir, nichts unternommen, um meinen Groll durch eine überschwengliche Anhänglichkeit zu besänftigen.) Hier, hinsichtlich dessen, Frau Batons Blatt, das ich Dir zurückschicke.

Wenn Du mich fragst, wie ich so roh sein kann, Dich so lange ohne Nachrichten und ohne Trost zu lassen, ich, der ich für Dich alles bin, und der kein anderes Mittel hat, Dir zu danken und Dich zu unterhalten, als Dir von sich zu erzählen, so muß ich als erstes sagen, daß ich mehrere Male krank war, dann (und dies ist der beklagenswerte Hauptgrund), daß, wenn ich das Unglück habe, eine Pflicht zu versäumen, die Erfüllung dieser Pflicht mir anderntags noch schwerer fällt, ja daß sie von Tag zu Tag immer schwerer zu erfüllen ist, bis die Ausführung mir zuletzt als etwas Unmögliches erscheint. Das hängt mit dem Zustand der Angst und des nervösen Grauens zusammen, in dem ich beständig lebe, und meine Bemerkung bezieht sich auf alle möglichen Pflichten, selbst auf die so angenehme und so natürliche, meiner Mutter einen Brief zu schreiben. Wenn ich in Schwierigkeiten stecke, muß ich mich gewaltsam daraus befreien; was ich aber unterdessen leide, siehst

Du, das ist unaussprechlich! – Schließlich sind im November zwei Katastrophen, Schlag auf Schlag, über mich hereingebrochen. Und jetzt, als ob ich mir nicht schon genug aufgeladen hätte, habe ich dem allen mit meiner Kandidatur eine neue Schwierigkeit hinzugefügt. Ach! wenn ich das geahnt hätte! welche Marter! welche Mühsal! Du kannst Dir nicht vorstellen, was dieser wunderliche Einfall mich an Unannehmlichkeiten, an Briefen, an Vorkehrungen kostet. Ich habe erst einige Mitglieder der Akademie gesehen; und schon sind meine Nerven ganz zerschlagen davon. Immerhin hat diese ermüdende Episode doch etwas Gutes: sie beschäftigt mich. Man kann nun einmal ohne eine Narrheit, ohne ein *Steckenpferd* nicht leben. Und immer sehe ich den Selbstmord vor mir, als die einzige und vor allem als die leichteste Lösung all der schrecklichen Komplikationen, in denen ich seit so vielen, vielen Jahren zu leben verdammt bin. Meistens sage ich mir: wenn ich lebe, werde ich immerfort so leben, als Verdammter, und wenn der natürliche Tod eintritt, werde ich alt, verbraucht, aus der Mode gekommen sein, bis über die Ohren verschuldet und auf immer durch diese niederträchtige Vormundschaft entehrt. Wenn ich hingegen mit einem Schlag dem allen ein Ende bereite, nachdem ich zuvor die nötige Energie aufgebracht hätte, über alle meine Angelegenheiten eine genaue Aufstellung zu machen, dann müßten die Reste meines Vermögens der Zahlung meiner Schulden dienen. Doch auch ohne Schulden scheint mir das Leben, an sich, jeden Vergnügens beraubt zu sein.
Zu anderen Malen sage ich mir: Du weißt es doch, *es gibt da deine Mutter,* die du nicht vergessen darfst, und der zum Dank ein paar Freuden zu bereiten du verpflichtet bist. Dieser beständige Kampf in meinem Geist ermüdet mich; meine Melancholie verschleißt meine Fähigkeiten; füge dem hinzu, daß ich oft finde, man lasse mir keine Gerechtigkeit widerfahren, und daß ich sehe, wie den Dummköpfen alles nach Wunsch gerät.
Die einzige gute Nachricht, die Du mir gibst (und glaube mir, daß mir das Sorgen machte und daß ich meine Überlegungen darüber angestellt hatte), war die, daß Deine Verdauung endlich in Ordnung ist. Die einzige gute Nachricht, die ich Dir geben kann, ist die, daß es mit meinem Kopf zum besten steht und daß ich kürzlich,

inmitten der heftigsten Beunruhigungen, die Kraft zur Arbeit fand, um eine lange Studie zu beenden, mit der ich sehr zufrieden bin, und anläßlich derer ich mich dann noch ein wenig mehr mit der *Revue des Deux Mondes* zerstritten habe. – Augenblicklich ist es mir unmöglich zu arbeiten, all dieser akademischen Scherereien wegen.

Ich schreibe ohne rechte Ordnung: ich habe Dir so viel zu sagen. Glaube mir, wenn Du willst: ich versichere Dir, daß ich diesen unbesonnenen Streich vor allem Deinetwegen begangen habe. Das Einzige, was *mich* daran interessiert, sind die armseligen Bezüge, die mit dieser Mitgliedschaft verbunden sind, und von denen ich nicht einmal genau weiß, wie hoch sie sind. Denn Du errätst wohl, daß ich in meinem Herzen kein Bedürfnis nach Anerkennung *durch all diese alten Trottel* verspüre. (Ich bediene mich des Ausdrucks, dessen sich einige unter ihnen selber bedienen, um die anderen zu charakterisieren.) Doch ich habe mir gesagt, daß öffentliche Ehren Dir sehr viel bedeuten und daß es Dir eine große Freude bereiten würde, wenn ich *durch ein Wunder,* so muß man es wohl nennen, Erfolg hätte. Freilich habe ich mir auch gesagt: wenn ich wider alle Erwartung Erfolg hätte, würde meine Mutter vielleicht endlich begreifen, daß ich nicht länger in einer entehrenden Lage leben könnte. Dann könnten wir vielleicht eine Lösung finden. Eine meiner größten Befürchtungen war diese: ich bin so verhaßt, und es gibt Leute von einer solchen Bösartigkeit, daß ich eines Morgens in einer kleinen Zeitung auf einen Satz wie den folgenden stoßen werde: Seit wann sind die Entmündigten berechtigt, in solchen Versammlungen einen Sitz einzunehmen? – oder auch: Es entspricht der Natur der Sache, daß ein Entmündigter sich um einen Sitz unter all *diesen kindischen Greisen* bewirbt. – Gott sei Dank, ist mir dergleichen *noch* nicht begegnet. – Diese verfluchte Vormundschaft hat mich von jeher ängstlich und linkisch gemacht. Mir ist immer, als trüge ich eine schimpfliche Wunde an mir, die für jedermann sichtbar wäre. Ermiß danach, was ich seit siebzehn Jahren leide.

Wenn wir uns wiedersehen, werde ich Dich vielleicht durch die Schilderung einiger meiner Besuche zum Lachen bringen. Aber niedergeschrieben würde ein ganzer Band daraus. Lamartine wollte mich von meinem Plan abbringen; er meinte, in meinem Alter sollte man sich nicht der Gefahr einer Ohrfeige aussetzen (ich sehe wohl jung aus). De Vigny, den ich noch nicht kannte, hat allen andern seine Tür verschließen lassen, um mit mir allein zu sein, und hat mich drei Stunden behalten. Er ist der Einzige, der sich bisher für mich interessiert; was er dadurch bewiesen hat, daß er mir gestern hat ausrichten lassen, ich möchte in zehn Tagen wieder zu ihm kommen, nachdem ich einige andere Mitglieder gesehen hätte, um ihm über meine Eindrücke zu berichten. Wie Lamartine hat er mir anfangs abraten wollen; als ich ihm jedoch sagte, daß ich, auf den Rat von Sainte-Beuve hin, damit begonnen hätte, meine Kandidatur bei dem Sekretariat öffentlich bekanntzugeben, war auch er der Meinung, da daß Unglück nun einmal geschehen sei, müsse ich unbedingt durchhalten. Mérimée, mit dem ich befreundet bin, war für mich nicht anzutreffen. (Er hat offensichtlich einen eigenen Kandidaten, für den er arbeitet. Da er dem Hof nahesteht, hat er einen Anhänger des Kaisers als Kandidaten im Auge.) Mein Besuch bei Herrn Viennet war eine Komödie, die zu erzählen einen Band füllen würde. Herr Villemain ist ein Pedant und ein Dummkopf, ein feierlicher Affe, den die Art, wie er mich empfangen hat, vielleicht einmal sehr teuer zu stehen kommt, wenn Gott mir das Leben vergönnt. Herr Patin, vor dem man mich gewarnt hatte, war reizend. Bald schon völlig entmutigt, voller Wut und Ekel, hatte ich einen, wie mir schien, glänzenden Einfall. Als ich sah, wieviel Zeit ich verlor, wollte ich mir meine Besuche, wie die Ärzte, bezahlen lassen, nicht von *meinen Kranken,* sondern von dem Publikum; das heißt, ich entwarf den Plan, den Verlauf dieser Besuche Tag für Tag aufzuzeichnen; dabei würde *ein höchst possierliches Buch* zustande kommen, das man veröffentlichen könnte, wenn die Diskussionen über die Wahl noch im schönsten Gange sind, oder gleich hinter der Wahl. Du errätst die Folgen: als erstes, die Akademie wäre mir für immer verschlossen gewesen, darüber hinaus hätte man mich der Unredlichkeit angeklagt. Man hätte mich beschuldigt, ich hätte mich den Leuten in der vorgefaßten Absicht aufgedrängt, sie für mich in einer komischen Haltung posieren zu lassen. Alfred de Vigny, dem ich unverschämterweise von diesem schönen Plan

erzählte, sagte mir, ich sei nicht der Erste, dem so etwas eingefallen sei; schon Victor Hugo habe einstmals mit dieser Versuchung gespielt; da er jedoch schließlich gewählt wurde, habe er sein Buch nicht veröffentlicht.
Letzten Endes darf ich wohl sagen, daß meine Kandidatur sehr viel weniger Ärgernis erregt hat, als ich fürchtete. Viele Leute haben sie sogar ganz natürlich gefunden, und haben sogar meinen Mut gelobt.
Zwei Sitze sind vakant: Scribe und Lacordaire. Es gibt unzählige Anwärter; dem Vernehmen nach sollen es insgesamt siebzehn sein. Folgender Namen erinnere ich mich: Dufaure, Rechtsanwalt. De Carné, politischer Schriftsteller. De Broglie, kleine Marionette der *Revue des Deux Mondes,* der einen Sitz neben seinem Papa einnehmen möchte, welcher der Akademie, *vermutlich in seiner Eigenschaft als ehemaliger Minister,* angehört; der Erzbischof von Paris (!!!), etc., etc., etc., etc. Literarische Anwärter: Gozlan (keine Aussichten, glaube ich); Jules Lacroix, der Bruder des Bibliophilen Jacob; – Cuvillier-Fleury, der Journalist der *Débats;* mein Freund Octave Feuillet (große Aussichten); Camille Doucet (Verfasser abscheulicher Lustspiele, Abteilungsleiter im Staatsministerium), etc., etc. Théophile Gautier, der Einzige, dessen Wahl die Akademie rehabilitieren würde, will seine Würde nicht aufs Spiel setzen und bewirbt sich nicht. – Und wie viele Intrigen! Welche Geheimnistuerei! Und ich habe mich in dieses ganze Gewölk hineinbegeben, ohne näher Bescheid zu wissen.
(*Kanntest Du Herrn Lebrun nahe genug,* um ihm ein Wort zu meinen Gunsten zu schreiben? Allerdings sähe ich Deinen Brief gerne vorher.)
Zwei weitere kleine Martern übergehe ich. Ich mache meine Besuche *zu Fuß,* in Lumpen (das macht mir wenig aus), und es kostet mich unbeschreibliche Mühen, Malassis und Michel Lévy ein paar Exemplare meiner Bücher abzulocken, um sie denen zu geben, die den Wunsch äußern, sie lesen zu wollen. Ich spreche nur von Schriftstellern unter den Mitgliedern der Akademie. Denn was die Politiker angeht, die Thiers, die Guizot und andere gefährliche Intriganten, so habe ich gute Lust, sie nicht einmal aufzusuchen.
Es ist ein großes Unglück für mich, daß ich mich nicht bemüht

habe, Herrn Mérimée vor einigen Monaten auf meine Seite zu bringen; denn es ist offensichtlich, daß er auf seine Kollegen großen Einfluß hat. Er hätte mir gewiß geraten, noch etwas zu warten. Aber er hätte sich vielleicht verpflichtet, mir bei einer späteren Wahl behilflich zu sein.

Uff! Reden wir von etwas anderem. Hier kommt nun das Heldenlied von dem, was mir im November widerfahren ist; ein trauriges Lied, wie Du sehen wirst.

Wie ich Dir gesagt hatte, hoffte ich Anfang November zu Dir zurückzukehren und mich endlich daran zu machen, meine uralten Pläne zu verwirklichen: ein seßhaftes und Tag für Tag der Arbeit gewidmetes Leben; seltene und kurze Reisen nach Paris, nur um alles mündlich zu erledigen. Da verschwinden mit einem Male, innerhalb weniger Tage, die beiden Revuen, auf die ich mich stützte, die *Fantaisiste* und die *Européenne*. (De Calonne war der Stärkere, und die Minister haben sich bereit erklärt, die Subvention weiter zu zahlen, und haben ihm die *Européenne* geopfert. Ich kann nicht zu ihm zurückkehren; wir stehen miteinander auf Hauen und Stechen, und ich weiß, daß er nicht zahlen wird. Er wird die für einen anderen Zweck bestimmten 140000 Francs verfressen, oder seine Frau wird sie für ihre Toiletten ausgeben.) – Da sitze ich nun mit Manuskripten da, die nur schwer irgendwo unterzubringen sind. – Nun, ich habe nicht gleich den Kopf verloren. – Ich hatte Dir nicht gesagt (um Dich zu überraschen, hatte ich es Dir verschwiegen), daß ich ein Mittel gefunden hatte, den berühmten Schal auszulösen. So sagte ich mir denn, daß ich immerhin *eintausend* Francs zur Hand hätte; mit einem solchen Betrag könnte man viele Leute hinhalten, und so würde ich ganz gemächlich den Zeitpunkt erreichen, an dem ich, nach Erledigung meiner Besuche, mich wieder an die Arbeit machen, neue Verbindungen anknüpfen und schließlich aufbrechen könnte.

Dann machte ich einen Besuch bei der *Revue des Deux Mondes*, wo ich sehr gut aufgenommen wurde. (Seither, wie ich Dir schon sagte, sind wir völlig zerstritten; verschlimmert wurde dieser Bruch noch durch einen dieser Briefe, wie ich sie zu schreiben imstande bin, wenn der Zorn über mich kommt.)

So mache ich mich denn mit meinem Schal auf den Weg. Das

Gewebe ist anscheinend wirklich sehr schön; doch das veraltete Dessin ist ein unüberwindliches Hindernis für den Verkauf. Ich sagte mir jedoch: mit 300 Francs gewinnt man immerhin Zeit, und die *gleiche* Anstalt, die mir diese Summe schon ZWEImal dafür gegeben hat, wird dies auch ein drittes Mal tun. Ich gehe also wieder dorthin: – 100 Francs! – Unerklärlich, nicht wahr? Ich wollte unbedingt wissen, wieso. – Da erfuhr ich denn, wenn der Neujahrstag herannahe, häuften sich bei ihnen die Kaschmirschals, und man suche es daher den Leuten zu verleiden, sie versetzen zu wollen. Das eindeutige Ergebnis meiner Spekulation: ein Verlust von 200 Francs.
Diese 100 Francs sind das einzige Geld, das ich mir seit unserer Trennung verschaffen konnte. Ich bin *ohne Zeitung,* zu Neujahr droht mir *eine ungeheure Krise,* ich muß leben und bin völlig erschöpft von all den Mühseligkeiten, die mir das eingetragen hat, was ich meinen *unbesonnenen Streich* nenne, nämlich meine verfluchte Kandidatur; gar nicht zu reden von denen, die mir eine beständig kranke Frau verursacht, die es zu unterstützen und zu trösten gilt, und der ich nur dann mit Leichtigkeit etwas Geld geben könnte, wenn ich nicht mehr in Paris lebte. – Dennoch *habe ich einen Schwur getan,* daß ich alles tun werde, um nicht in einer jener gräßlichen Erschlaffungen zu versinken, in denen Du mich schon so oft erblickt hast, und daß ich versuchen werde, so vielem zugleich standzuhalten. Nur weiß ich nicht wie.
Augenscheinlich denkst Du, ich wollte Dich wieder einmal *bestehlen;* NIEMALS. Wieder einmal einen Druck auf Ancelle ausüben? Ebensowenig. Ich würde frohen Mutes mein ganzes Vermögen opfern, um endlich *meine Ruhe und meine Freiheit* zu bezahlen; aber weiterhin das Kapital annagen, anknabbern, ohne ein befriedigendes Ergebnis zu erzielen, das will ich nicht.
Was denn? wirst Du fragen. – Könntest Du bei Dir den einen oder anderen Gegenstand ausfindig machen, die geeignet wären, die Spekulation mit dem Schal noch einmal (doch diesmal mit mehr Glück) zu versuchen? Zwei Bedingungen sind unerläßlich: *es müssen Dinge sein, die gänzlich* UNNÜTZ *sind, und mit denen für Dich keinerlei wertvolle Erinnerungen verknüpft sind.* In diesem Fall tätest Du gut daran, mir einige Hinweise zu geben, was sie unge-

fähr wert wären; denn ich verstehe mich nur auf *Bücher, Bilder* und *Stiche*.

Ich werde Dir wieder schreiben, um Dir die einzelnen Phasen meiner lächerlichen Unternehmung (immer noch die *Akademie*) zu schildern. Ich müßte, nach de Vigny, noch zwei oder drei andere Mitglieder ausfindig machen, die bereit wären, nachdrücklich für mich einzutreten. De Vigny, den ich vorher nie gesehen hatte, war bewundernswert. Die Geburt verleiht offensichtlich Tugenden, und ich glaube, eine große Begabung setzt große Güte voraus. Ich hingegen, ich bin zu unglücklich, um der Güte näherzukommen, und wenn ich am Leben bleibe, werde ich zuletzt wohl irgendein gräßliches Buch schreiben, um dessentwillen man mich aus diesem niederträchtigen Land hinausjagen wird.

Lamartine hat mir ein so ungeheures, ein so kolossales Kompliment gemacht, daß ich es nicht zu wiederholen wage; aber ich glaube, seinen schönen Worten sollte man nicht trauen. Er ist ein wenig *catin*, er prostituiert sich gelegentlich (er hat sich nach Dir erkundigt. Eine Höflichkeit, für die ich ihm Dank weiß. Er ist doch schließlich ein Mann von Welt.)

Dein lieber Brief, der mich so sehr gerührt hat, eben wegen seiner Zärtlichkeit, macht mich nur traurig. Es ist so schmerzlich, zu fühlen, daß man unfähig ist, denen, die man liebt, das Leben zu erleichtern, sie zu trösten, sie zu stärken. Dies ist gewiß eine der Kümmernisse, die am schwersten zu tragen sind. Und sie traf mich in den schlimmsten Augenblicken.

Vor Mitternacht müssen noch viele Briefe geschrieben sein, und es ist vier Uhr. Ich will nichts unversucht lassen und mich vor dem 30. an mehrere Leute wenden. Meine Besuche unterbreche ich für einige Tage; *es bleibt mir nichts anderes übrig*.

Wenn es mir gelänge, mich im Januar durch Arbeit wieder hochzubringen, indem ich meinen Ehrgeiz ins Gefecht schickte, so würde ich hier aufbrechen, sobald ich meine Besuche erledigt hätte. Die Wahl wird wohl Ende Januar stattfinden, oder Anfang Februar. – Ich umarme Dich. – Halte mich für den allerelendesten Narren, nicht aber für einen Undankbaren, oder für einen Menschen, der nicht weiß, was Zärtlichkeit ist.

Charles

AN [JULES DE SAUX]

[Paris,] 30. Dezember 1861

Monsieur,

Es wäre sehr begreiflich, wenn Sie vergessen hätten, daß wir uns in letzter Zeit zweimal begegnet sind, und daß ich Ihnen meine Absicht kundgetan habe, mich an Sie und an den Herrn Minister zu wenden, um für unverdiente Beschwernisse eine Linderung zu erlangen. Ich habe lange gezögert, bis zum letzten Tag des Jahres, wie Sie sehen. Mein Verhalten entspringt einer gewissen Scham; es widerstrebt mir, mich in Geldverlegenheiten an einen anderen als an mich selbst zu wenden, und schließlich bin ich der – *vermutlich abscheulichen* – Überzeugung, daß weniges so uninteressant ist wie ein Gelehrter, ein Dichter oder ein Künstler. Seit ich das Vergnügen hatte, Ihnen zu begegnen, haben neuerliche Umstände meine Lage verschlimmert, insbesondere der Absturz zweier *Revuen,* Schlag auf Schlag, in demselben Monat, – zwei *Revuen,* auf die ich mich stützte, und deren eine die *Revue européenne* ist. Es steht mir nicht zu, mit einer Administration zu rechten, ob sie gut daran tut, eine Zeitung zu opfern, die sie selber gegründet hat; vielleicht tut sie gut daran; ich weiß jedoch, daß es Schriftsteller von einigem Verdienst gibt, die nicht zu Herrn de Calonne zurückkehren können; ich zum Beispiel, der ich ihm einen sehr beträchtlichen Betrag zurückgezahlt habe, um mich berechtigterweise von ihm entfernen zu können, und der ich, in Anbetracht meines Namens, meines Ranges und meines Alters, die lächerlichen Honorare nicht annehmen kann, die er seinen Mitarbeitern bieten wird. Im übrigen hege ich gegen ihn keinen Haß, keinen Groll, und um nichts in der Welt wollte ich ihm schaden.

Kurz, Monsieur, ich befinde mich in einer Lage, die mich nötigt, mich an Sie zu wenden. Ich habe nie an Ihrem Wohlwollen gezweifelt, aber es wird Ihnen nicht verborgen bleiben, daß es hart ist für einen vollkommenen Arbeiter, gestehen zu müssen, daß sein Handwerk ihm nicht seinen Lebensunterhalt sichert. Ein Mal, *ein einziges Mal, ausnahmsweise,* wünschte ich, der Herr Minister wollte die Güte haben, mir einen jener Beträge zu gewähren, die einem bedrängten Menschen wirklich heraushelfen, indem sie ihm einen etwas größeren Freiraum der Muße verschaffen. 1000 Francs zum Beispiel. Das bedeutete für mich eine Sicherheit von drei Monaten. Seit mehr als drei Jahren schläft ein Drama, das für eines der großen Theater des Boulevard bestimmt ist, in meinem Schreibtisch, – in groben Zügen entworfen, nur zusammengezimmert, und immer noch unvollendet, all der Plackereien eines gehetzten Lebens wegen, – ein großes politisches Drama (ohne die von Höflingen gewöhnten Plattheiten), ein vaterländisches Stück, in dem ich die literarische Qualität mit dem Vergnügen an prächtigen Szenen verbinden wollte. Das ist gewiß ein guter Gedanke, und wir Dichter sind gezwungen, zu solchen Gedanken unsere Zuflucht zu nehmen, uns in *Ex-Zentrische* Milieus zu flüchten, da die literarischen Zentren (wie die *Comédie-Française*) nur noch große Vaudevilles ohne Couplets spielen wollen.

Wenn ich von dem Herrn Minister erlangen könnte, worum ich ihn durch Ihre Vermittlung bitte, so würde ich mich schleunigst in meine Einsamkeit retten, um dieses Vorhaben entschlossen zu einem guten Ende zu führen.

Ich fürchte, Monsieur, der Augenblick ist mir nicht günstig. Sie könnten manches geltend machen: ein erschöpftes Budget, die in allen Verwaltungsdingen unvermeidlichen Verzögerungen, und schließlich die gebotene Frist von zehn Tagen zwischen der Unterzeichnung durch den Minister und der Zahlung aus der Staatskasse. Doch ich zähle auf Ihre offenkundige Bereitwilligkeit, viele Schwierigkeiten zu überwinden, selbst jene, die sich bei Jahresbeginn immer einstellen.

Aus der Art, wie ich Sie bedränge, werden Sie auf die Dringlichkeit des Dienstes schließen, um den ich Sie bitte. Um das Komische mit dem Betrüblichen zu verbinden, darf ich Ihnen gestehen, daß ich, nachdem ich mich offiziell um einen der freigewordenen Sitze der *Académie française* beworben habe, in dieser letzten Zeit, begreiflicherweise, mir nicht einmal das Vergnügen machen konnte, den Mitgliedern der Akademie, die danach vielleicht verlangen mochten, einige Exemplare meiner Werke zu überreichen. Dieses komische Detail – falls ein Mensch komisch ist, den es danach verlangt, daß man ihm Gerechtigkeit widerfahren lasse

– genügt, um Ihnen zu zeigen, daß dieser (vielleicht ein wenig brummige) Brief für Sie allein geschrieben wurde; es sei denn, Sie hielten es für angebracht, ihn dem Herrn Minister vorzuweisen. Aber Herr Fould kannte mich; für Herrn Walewski bin ich ein Unbekannter. Kurzum, ich wäre Ihnen unendlich verbunden, wenn Sie Herrn Bellaguet nur die wesentlichen Punkte meines Antrags übermittelten. Ohne die Ehre zu haben, Ihnen näher verbunden zu sein, habe ich Ihnen einen fast vertraulichen Brief geschrieben. Ich hoffe, ich habe recht daran getan, wußte ich doch, wes Geistes Kind der ist, an den ich mich wandte. –

– Genehmigen Sie, Monsieur, mit dem Ausdruck meiner Dankbarkeit die Versicherung meiner Hochachtung.

Charles Baudelaire,
22, rue d'Amsterdam

AN ALFRED DE VIGNY

[Paris,] Sonntag, 26. Januar [18]62

Monsieur,

Ich bin überzeugt, daß Sie mich nicht für fähig hielten, auch nur einen Augenblick lang die wunderbare Art zu vergessen, mit der Sie mich empfangen haben, noch die Erlaubnis, die Sie mir gaben, auf Sie als Ratgeber zählen zu dürfen. Ende Dezember und zu Beginn dieses Monats habe ich einige vergebliche Anstrengungen unternommen, um einige dieser Herren anzutreffen, an deren Empfang mir viel gelegen war, die Herren Sandeau, de Sacy, Ponsard, Saint-Marc Girardin, Legouvé. Dann überfielen mich wieder meine periodischen Kopfschmerzen *(das Einzige, was in Herrn Viennets Augen meine Kandidatur rechtfertigen könnte)*; dann ein heftiger moralischer Schmerz, einer von denen, *die ungesagt zu bleiben wünschen* (wie die Engländer sagen); dann eine Gesundheitsstörung; und schließlich gab es da Arbeiten, die dringend erledigt werden wollten. Mehr als genug, um die Entmutigung bei einem so paradoxen Unternehmen wie dem meinigen zu

erklären. Dennoch will ich es aktiv weiterbetreiben. Ich besitze jetzt eine genügende Anzahl von Exemplaren meines bescheidenen literarischen Gepäcks, um sie zu überreichen.
Den ganzen Anfang des Februar werde ich meinen Besuchen widmen.
Alles recht erwogen, bin ich nicht unzufrieden darüber, so lange getrödelt zu haben; das hat mir erlaubt, über eine Menge Dinge nachzudenken, die mir so gut wie unbekannt waren.
Ehe ich jedoch einen endgültigen Entschluß fasse, wollte ich Ihre Meinung hören. Je nachdem, wie Ihre Antwort ausfällt, werde ich, vor Mittwoch, an Herrn Villemain einen Brief schreiben, der bestimmt ist, den Herren Akademikern mitgeteilt zu werden.
Dieser ein wenig ungezwungene Brief, wie der eines Neulings wohl sein darf, wird im wesentlichen auf folgende Argumente hinauslaufen: *daß, in Ermangelung einer völligen Übereinstimmung zwischen den Werken des Verstorbenen und denen des Bewerbers, die leidenschaftliche Bewunderung des letzteren mir ein hinreichender Grund zu sein scheint, sich für einen der freigewordenen Sitze zu entscheiden;*
Daß, dieser Theorie zufolge, der vollkommenste unter allen erdenklichen Bewerbern sich enthalten müßte, falls er in dem Leben und den Werken des Verstorbenen nicht noch anderes fände als Beweggründe zu einer wohlüberlegten Bewunderung, das heißt Zuneigung und Begeisterung;
Daß, da der Pater Lacordaire mich zu dieser Zuneigung bewegt, nicht nur der Bedeutung wegen, die dem von ihm Gesagten zukommt, sondern auch der Schönheit wegen, die er seinen Worten verliehen hat, und da er nicht nur die Vorstellung eines christlichen Autors weckt, sondern zugleich eine romantische Farbgebung aufweist (ich werde das ein wenig anders sagen), *so bitte ich Herrn Villemain, seine Kollegen davon zu unterrichten, daß ich für den Sitz des Paters Lacordaire optiere.*
Vermittels dessen gewinne ich, scheint mir, einige Tage mehr, und so könnte ich vielleicht, wenn ich nur Herrn de Broglie allein gegenüberstehe, da Philarète Chasles seine Kandidatur zurückgezogen hat, die Stimmen einiger *hommes de lettres* erhalten.
Und kurzum, Gefühl und Instinkt bereden mich dahin, daß es

immer angebracht ist, sich *utopisch* zu verhalten, das heißt wie jemand, der gewiß ist, gewählt zu werden, obwohl er mit Sicherheit weiß, daß dies nicht der Fall sein wird.
Das erste Mal, als ich zu Sainte-Beuve von meinem Plan sprach, sagte er lachend: »Sehr gut; da erkenne ich Ihren Charakter. Ihr Unternehmen erstaunt mich nicht; ich möchte wetten, um Ihrer Verwegenheit die Krone aufzusetzen, werden Sie für Lacordaires Sitz optieren.« Das war in der Tat meine Absicht; doch diese scherzhafte Bemerkung machte mich wankend, und ich fürchtete, ich könnte allzu exzentrisch erscheinen, vor allem in den Augen der Leute, die mich gar nicht kennen.
Wollte ich meinen Beweis der *erforderlichen Zuneigung* mit äußerster Strenge durchführen, so würde ich eine kritische und biographische Studie über den Pater Lacordaire verfassen und diese bei der Aufnahme des Kandidaten drucken lassen; aber das hieße auf ein Wunder setzen, und es genügt, daß diesem Plan ein Verdacht der Unverschämtheit anhaftet, um ihn meinerseits fallenzulassen.
Ich werde keinen Entschluß fassen, bevor ich nicht Ihre Meinung vernommen habe. Ich muß Ihnen sagen, daß ich einen Brief beinahe ähnlichen Inhalts an meinen vortrefflichen Freund Sainte-Beuve geschrieben habe, und daß ich von ihm gleichfalls eine Antwort erwarte.
Ich war ernstlich krank, doch, von der Gesundheit, der Trägheit, der Arbeit und mehreren anderen Erwägungen abgesehen, empfand ich eine gewisse Verlegenheit, mich Ihnen wieder zu nähern, nachdem ich Ihnen meine Bücher zugesandt hatte.
Bedenken Sie, Monsieur, was uns Literaten von vierzig Jahren diejenigen bedeuten, die unsere Jugend belehrt, unterhalten, bezaubert haben, unsere Meister, mit einem Wort!
Sie haben vermutlich nicht erraten, warum ich Ihnen eine kleine Zeitung zugehen ließ, die einige Verse von mir enthält; der einzige Grund war ein Sonett über einen *gewissen Sonnenuntergang*, in dem ich *meine Anhänglichkeit* zum Ausdruck bringen wollte!
Halten Sie bitte mit Ihrer Meinung nicht zurück, denn in Dingen, wo es mir fast an jeder Erfahrung fehlt, wäre es für mich keine Beschämung, verkehrte Überlegungen angestellt zu haben.

Ich bitte Sie einmal mehr, Monsieur, den Ausdruck meiner Dankbarkeit und meiner sehr ergebenen Zuneigung zu genehmigen.

Charles Baudelaire
22, rue d'Amsterdam

AN ALFRED DE VIGNY

[Paris, 30. Januar 1862]

Monsieur,

Hier der fürchterliche Artikel von Sainte-Beuve, das Manifest.
Hier auch zweimal sechs vortreffliche Balladen von Théodore de Banville, die Sie gewiß interessieren werden.
Ich kann doch, ohne mir etwas zu vergeben, Sonette in *Le Boulevard* veröffentlichen, da ein Dichter wie Banville sich nicht scheut, mir dort Gesellschaft zu leisten.
Alle die schrecklichen Komplimente, mit denen meine Verse zu bedenken Sie die Güte gehabt haben, lassen mich für meine Elaborate in Prosa fürchten. Doch Sie haben mich nach Ihrem Wohlwollen durstig gemacht.
Wenn man mit Ihnen zusammen ist, vergißt man sich so sehr, Monsieur, daß ich es gestern versäumt habe, Ihnen Genaueres über das gute Ale und das schlechte Ale zu sagen. Da Sie es mit dieser Diät versuchen wollen, hüten Sie sich wie vor der Pest (das ist keine Übertreibung; ich war krank davon) vor jeder Flasche mit dem Etikett *Harris*. Das ist das reinste Gift!
Obwohl *Allsopp* und *Bass* gute Hersteller sind (*Bass* vor allem), ist auch ihren Etiketten zu mißtrauen, weil man hier auf Fälschungen hereinfallen kann. Das Vernünftigste ist, Sie wenden sich an einen der beiden anständigen Lieferanten, die ich Ihnen namhaft machen werde, und verlassen sich auf deren Redlichkeit.
Rue de Rivoli, ganz nahe an der Place de la Concorde, einer mit Namen *Gough,* der Mietwohnungen vermittelt und gleichzeitig spanische Weine und, neben englischen Likören, auch Biere verkauft.

Dann, zwei Schritt von mir entfernt, wohl Nr. 26 der *Rue d'Amsterdam,* die Schenke *Saint Austin.* Nicht zu verwechseln mit einer anderen Schenke, die etwas früher kommt und die von einem Deutschen geführt wird. Bier und Porter sind dort ausgezeichnet und preiswert.
Ich glaube, *Gough* verkauft auch sehr altes Ale, neben den gewöhnlichen Sorten. Aber dieses ist äußerst stark.
Nicht wahr, Sie verargen es mir nicht, daß ich mich derart in die kleinen Einzelheiten mische, welche die Pflege Ihrer Gesundheit betreffen, und daß ich Ihnen meine Erfahrungen als Pariser mitteile.
Ihr sehr dankbar ergebener

Charles Baudelaire

Es ist mir im Augenblick unmöglich, *Le Corbeau* aufzufinden, samt der *Méthode de composition,* die dieses Gedicht als Kommentar begleitet.

AN GUSTAVE FLAUBERT

[Paris,] 31. Januar 1862

Mein lieber Flaubert,

Sie sind ein wahrer Krieger. Sie verdienten, in die himmlischen Heerscharen eingereiht zu werden. Sie haben den blinden Glauben der Freundschaft, der die wahre Politik einschließt.
Aber, Sie vollkommener Einsiedler, haben Sie denn den berüchtigten Artikel von Sainte-Beuve über die Akademie und die Kandidaturen nicht gelesen? Seit einer Woche liefert er überall den Gesprächsstoff, und in der Akademie muß er einen mächtigen Widerhall ausgelöst haben.
Maxime Du Camp hat mir gesagt, ich sei entehrt; ich fahre jedoch fort, meine Besuche zu machen, obwohl gewisse Akademiemitglieder erklärt haben sollen (aber ist das auch wahr?), sie würden mich nicht einmal bei sich zu Hause empfangen. Ich habe mich

da unbesonnenerweise auf etwas eingelassen, was ich nicht bereue. Auch wenn ich keine einzige Stimme erhalten sollte, würde ich es doch nicht bereuen. Eine Wahl wird am 6. Februar stattfinden, ich aber möchte versuchen, für die letzte (Lacordaire, am 20. Februar) zwei oder drei Stimmen zu erringen. Ich werde (falls nicht noch eine ernsthaft in Frage kommende Kandidatur auftaucht) allein dem lächerlichen kleinen Fürsten de Broglie gegenüberstehen, dem Sohn des Herzogs, der seinerseits der Akademie bereits angehört. Es heißt, er sei schon im voraus ernannt. Diese Leute werden es noch so weit treiben, die Wahl ihres Hausmeisters *durchzusetzen,* wenn der Hausmeister ein Orleanist ist.
Auf bald. Wir werden uns gewiß sehen. Ich träume immer von der Einsamkeit, und wenn ich vor Ihrer Rückkehr aufbrechen sollte, würde ich Sie auf ein paar Stunden besuchen. – Dort, bei Ihnen. –
Wieso haben Sie nicht erraten, daß Baudelaire soviel heißen sollte wie: Auguste Barbier, Th. Gautier, Banville, Flaubert, Leconte de Lisle, nämlich: *reine Literatur?* Ein paar Freunde haben das sofort begriffen, und das hat mir einiges Wohlwollen eingetragen.
Dank, und ganz der Ihre.

Ch. Baudelaire

Haben Sie bemerkt, daß man, wenn man mit einer Stahlfeder schreibt, sich vorkommt, als marschiere man in Holzschuhen über wackelige Steine?

AN GUSTAVE FLAUBERT

[Paris,] Montag, 3. Februar [18]62

Mein lieber Freund,

Herr Sandeau war reizend, seine Frau war reizend, und es kommt mir so vor, als wäre ich ebenso reizend gewesen wie sie, denn wir haben gemeinsam ein Loblied Ihnen zu Ehren angestimmt, das so harmonisch war, daß es wahrhaftig einem von meisterhaften Künstlern ausgeführten Terzett glich.

Was meine Angelegenheit betrifft, hat Sandeau mir den Vorwurf gemacht, ihn nicht vorbereitet zu haben. Ich hätte ihn früher aufsuchen sollen. Er werde jedoch für mich ein Wort bei einigen seiner Freunde in der Akademie einlegen, und *vielleicht, vielleicht* könnte ich, sagte er, die Stimmen einiger Protestanten bei der Abstimmung für den durch Lacordaires Tod freigewordenen Sitz gewinnen. Das ist alles, wonach ich verlange.
Allen Ernstes, Madame Sandeaus Begeisterung für Sie ist groß, und Sie haben in ihr einen Anwalt, einen mehr als eifrigen Panegyriker. Das hat mich angestachelt, mit ihr zu wetteifern, und es ist mir gelungen, einige lobenswürdige Eigenschaften aufzuspüren, die sie vergessen hatte.
Hier ist Sandeaus Brief. Hier ein kleines Zeitungsblatt, das Sie vielleicht unterhalten wird.
Ganz der Ihre. Auf bald.

Ch. Baudelaire

AN SAINTE-BEUVE

[Paris,] Montagabend [3. Februar 1862]

Mein lieber Freund, ich gebe mir alle Mühe, die Stunden zu erraten, in denen Sie sich von Ihrer Arbeit erholen, und es will mir nicht gelingen.
Ihrem Rat folgend, habe ich kein Wort geschrieben; aber ich setze geduldig meine Besuche fort, um derart zu verstehen zu geben, daß ich im Hinblick auf die Wahlentscheidung über den freigewordenen Sitz des Pater Lacordaire die Stimmen einiger *Hommes de lettres* erringen möchte.
Ich denke, Jules Sandeau wird meinethalben mit Ihnen reden; er hat mir sehr liebenswürdig gesagt: *Sie überraschen mich zu spät, doch ich werde mich unterrichten, ob man etwas für Sie tun kann.*
Alfred de Vigny habe ich zweimal gesehen, und jedes Mal hat er mich drei Stunden bei sich behalten. Das ist ein bewundernswürdiger und entzückender Mann, doch zu Taten wenig imstande, ja eher von ihnen abratend. Er hat mir jedoch die wärmste Sympathie

bekundet. – Sie wissen nicht, daß der Monat Januar für mich ein Monat der Betrübnisse, der Kopfschmerzen war, wozu noch eine Wunde kam. Ich sage das, um Ihnen zu erklären, warum ich meine Demarchen unterbrochen hatte.

Gesehen habe ich Lamartine,
Patin,
Viennet,
Legouvé,
de Vigny,
Villemain (grauenhaft!);
Sandeau.

Weiß Gott, der anderen entsinne ich mich nicht mehr. Weder Ponsard, noch Saint-Marc Girardin und de Sacy habe ich antreffen können.

Ich habe endlich einige Exemplare einiger Bücher an *zehn* derjenigen schicken können, deren Werke ich kenne. Diese Woche werde ich einige dieser Herren sehen.

Ich habe in der *Revue anecdotique* (ohne meine Unterschrift; ein niederträchtiges Betragen, nicht wahr?) eine einigermaßen zutreffende Darstellung Ihres vorzüglichen Artikels veröffentlicht. Den Artikel selber habe ich Alfred de Vigny geschickt, der ihn nicht kannte und der mir gegenüber sein Verlangen bekundete, ihn zu lesen.

Was die Politikusse angeht, nach denen ich keinerlei Gelüst trage, so werde ich die mit dem Wagen abfahren. Sie bekommen nur meine Visitenkarte und nicht mein Gesicht zu sehen.

Ich habe heute abend Ihren *Pontmartin* gelesen. Verzeihen Sie mir, wenn ich sage: »Was für eine Verschwendung Ihres Talents!« Diese Ihre Verschwendung hat für mich bisweilen etwas Ärgerniserregendes. Mir scheint, wenn ich gesagt hätte: »Die höchsten Angelegenheiten werden bisweilen von geschäftigen Schwachköpfen vertreten und gefördert«, so hätte ich meiner Ansicht nach das Meine getan. Sie aber verfügen über besondere Talente, um noch einiges verstehen zu geben und ahnen zu lassen. – Selbst den strafwürdigsten Biestern lassen Sie eine köstliche Höflichkeit angedeihen. Diesem Herrn Pontmartin ist alle Literatur von Grund auf verhaßt.

(Wissen Sie auch, daß er dem Vernehmen nach der Sohn eines

Mannes ist, der sich durch Ankäufe aus dem Besitz der Emigranten bereichert hat? Das ist vielleicht eine Verleumdung; wenn es jedoch wahr ist, verleiht es seiner These eine um so höhere Komik.)
Ich habe Ihnen einen kleinen Packen Sonette geschickt. Demnächst schicke ich Ihnen mehrere Packen mit *Rêvasseries* in Prosa, nicht miteingerechnet eine umfangreiche Arbeit über die *Peintres de mœurs* (Zeichnungen, Aquarelle, Lithographien, Stiche).
Ich unterlasse es, Sie zu fragen, ob es Ihnen gut geht. *Das ist allzu offenkundig.*
Ich umarme Sie und drücke Ihnen die Hände. – (Geschrieben gleich nach der Rückkehr von meinem vergeblichen Besuch bei Ihnen.)

Charles Baudelaire
22, Amsterdam

AN ABEL VILLEMAIN,
STÄNDIGEN SEKRETÄR DER ACADÉMIE FRANÇAISE

[Paris,] Montag, 10. Februar 1862

Monsieur,

Ich bitte Sie, meinen Namen von der Liste der Kandidaten, die sich um den Sitz des R. P. Lacordaire bewerben, zu streichen, und Ihre Herrn Kollegen von diesem meinem Verzicht freundlichst zu unterrichten.
Erlauben Sie mir, Monsieur, mich gleichzeitig Ihrer Stimme zu bedienen, um denjenigen unter diesen Herren, die zu sehen ich das Vergnügen gehabt habe, für die überaus liebenswürdige und herzliche Art zu danken, mit der sie mich empfangen haben. Ich bitte sie, überzeugt zu sein, daß die Erinnerung daran mir kostbar sein wird.
Genehmigen Sie, Monsieur le Sécrétaire perpétuel, die Versicherung meiner tiefen Ergebenheit.

Charles Baudelaire

[Paris,] 17. März 1862

Ich bedarf Deiner Ratschläge hinsichtlich des Anstands nicht, und es erübrigt sich, *die Hand auf mein Herz* zu legen.

Im allgemeinen verberge ich mein Leben, und meine Gedanken, und meine Ängste, sogar vor Dir.

Ich kann und will Dir nicht erzählen, was alles mich drückt. Das würde zunächst mindestens fünfzig Seiten in Anspruch nehmen. Und über diese fünfzig Seiten hin würde ich dann leiden.

So beschränke ich mich auf folgendes:

Ist es, in Anbetracht meines Charakters, den Du einigermaßen kennst – empfindlich, verschwenderisch, heftig, den Stolz über alles setzend –, *wahrscheinlich, daß ich aus reinem Geiz eine Unmenschlichkeit begehe? Aus Geiz!* Aber was habe ich denn seit siebzehn Jahren anderes getan als ihr zu vergeben? (Ich gestehe, da die Frau schön war, liegt der Verdacht nahe, mein Langmut sei nicht frei von Eigennutz gewesen.) Was aber habe ich drei Jahre hindurch getan, als Krankheit und Alter über sie kamen? Ich habe das getan, was der Egoismus der Männer im allgemeinen nicht tut. Ich habe sogar in die Mildtätigkeit eine Art Begeisterung des Stolzes hineingelegt.

Zwei Tage nach der Katastrophe wollte ich eine intrigante und unverschämte Magd vor die Türe setzen, die allerlei Hausmittel kaufte und den Anordnungen der Ärzte zuwiderhandelte. Jeanne gab mir zu verstehen, es sei an mir, ihre Wohnung zu verlassen, und sie würde das Mädchen behalten. Ich bin gegangen und habe mich wieder auf die Socken gemacht, um Geld für sie aufzutreiben.

Ein anderes Beispiel: eines Tages erhalte ich in Honfleur, das ist nun fast schon drei Jahre her, einen Brief von ihr, in dem sie sich beklagt, das Kostgeld für den Aufenthalt im Krankenhaus sei nicht gezahlt worden und sie laufe Gefahr, hinausgeworfen zu werden. – Wütend schreibe ich an Malassis, der sich verpflichtet hatte, für mich zu zahlen. Hierauf schickt er mir die *Empfangsbestätigung* der Bahnverwaltung. – Nun schreibe ich dieser einen beleidigenden Brief. Und hierauf schickt mir nun die Bahnverwaltung die *Empfangsbestätigung* der Krankenhausleitung. Ich hatte mich lächerlich gemacht. Jeanne, die Arme, hatte den kindischen Einfall gehabt, mir den geschuldeten Betrag auf diese Weise ein zweites Mal zu entlocken – ohne sich im mindesten um die Aufregung zu kümmern, in die diese Lüge mich versetzen könnte, ohne sich darum zu kümmern, wie lächerlich ich dastand und in welche Händel sie mich verwickelte.

So sind die Frauen; so sind die Kinder; so sind die Tiere. Freilich haben die Tiere keine Bücher, keine Philosophie, keine Religion; folglich auch keine Ehre. Deshalb sind sie weniger schuldig.

Ich habe Dir vor achtzehn Monaten Geld entlockt, auch Ancelle zu einer größeren Zahlung bewogen, um mich in Neuilly einzurichten; – und als ich dorthin zog, fand ich einen Bruder vor, der seiner Schwester seit achtzehn Jahren nie zu Hilfe gekommen war, und der mir durch seine beharrliche Anwesenheit zur Genüge bewies, daß er nicht begriff, wie arm ich war. Ich bediene mich da sehr maßvoller Worte. – Da habe ich mich davongemacht.

Im Januar dann hat sich etwas Ungeheuerliches ereignet, das mich ganz krank gemacht hat; – ich habe niemandem etwas davon gesagt – und ich will auch nichts davon sagen. – Das würde mir die Kehle zerkratzen.

Vor einigen Tagen sagte Malassis mir, Jeanne sei mit der Bitte zu ihm gekommen, ihr Bücher und Zeichnungen abzukaufen. Malassis ist kein Antiquar. Er stellt neue Bücher her. Es gibt in Paris mehrere hundert Antiquare. Ich vermute daher, sie hat sich Malassis ausgesucht, um mich einzuschüchtern, um meine Eitelkeit zu verletzen. Mag sie doch die Souvenirs verkaufen, die jeder Mann bei einer Frau zurückläßt, mit der er lange Zeit gelebt hat; das ist mir gleichgültig. Aber ich mußte mich der Demütigung unterziehen, meinem Verleger vage Erklärungen zu liefern, wie diejenigen, welche Dir zu liefern Du mich heute nötigst.

Der Anfang Deines Briefes läßt mich vermuten, Du wärest da beinah auf ihre Machenschaften hereingefallen; Du tust Dir etwas darauf zugute, großzügiger als ich zu sein. Damals, als ich Jeanne zu verstehen gegeben habe, auf mich dürfe sie nicht mehr zählen, hatte ich ihr kurz vorher alles gegeben, was ich besaß; im Vertrauen auf mein Genie und meinen Stern, daß sie mir schon zu dem Nötigen verhelfen würden.

Wenn Du nachgibst, so besteht die Gefahr, daß Du nächsten Monat, nächste Woche wieder angebettelt wirst, und dies ins Unabsehbare. In demselben Augenblick, da ich durch Malassis erfuhr, daß sie sich darauf verlegt hatte, mich zu belästigen und einzuschüchtern, sagte ich mir: »Wenn es mir demnächst gelingt, einige Beträge zusammenzuscharren, so werde ich IHR etwas zukommen lassen, doch auf einem so wunderlichen Umweg, daß sie mich unmöglich als den Absender erraten kann. Denn wenn sie es erriete, würde sie meine Schwäche als eine Anerkennung ihrer Ansprüche und als eine Ermutigung auffassen.«

Du siehst, ich bin kein Untier.

Deine Arglosigkeit, Deine Ahnungslosigkeit, wenn einer Dich hereinzulegen versucht, Deine Naivität, Dein Zartgefühl machen mich lachen. Glaubst Du denn, wenn ich es nur wollte, ich könnte Dich nicht ruinieren und Dich auf Deine alten Tage ins Elend stürzen? Weißt Du nicht, daß ich gerissen genug bin und über die erforderliche Beredsamkeit verfüge? Aber ich halte mich zurück, und bei jeder neuen Krise sage ich mir: »Nein; meine Mutter ist alt und arm, man muß sie in Ruhe lassen; ich muß selber Mittel und Wege finden, um mich herauszuarbeiten.«

Ich kenne nichts Dümmeres als das *reine Gefühl*, die einzige Eingebung der Frauen und der Kinder. – Das Gefühl treibt das Kind, wenn es nur kräftig genug ist, seinen Vater eines Marmeladetopfes wegen umzubringen oder um, wenn es achtzehn ist, Spitzen für ein Straßenmädchen zu kaufen; es treibt die Frau, ihren Gatten zu töten, um teuren Schmuck zu kaufen oder einen Halunken auszuhalten; – genau so, wie es den Hund treibt, alles durcheinander zu werfen, um sich eines Stückes Fleisch zu bemächtigen; – während eine so einfache Überlegung wie die folgende: »Meine Launen oder selbst die Befriedigung meiner Bedürfnisse dürfen die Freiheit der anderen nicht beeinträchtigen« – ausschließlich den *Männern* vorbehalten ist.

Ich bitte Dich um Vergebung, daß ich Dir gegenüber den Pedanten und Misanthropen hervorkehre. Von allem, was ich hier behaupte, bin ich überzeugt. Ich habe eine schreckliche Erziehung empfangen, und es ist vielleicht *zu spät,* mich selbst noch zu retten. Interessant sind die Frauen erst, das steht für mich fest, wenn sie sehr alt sind.

Das bringt mich auf Frau Bâton; – sie ist dreifach glücklich, und dennoch undankbar. Sie ist ALT; also ist sie die törichten Leidenschaften los. Sie ist ALLEIN; also ist sie niemandem Rechenschaft schuldig. Sie ist REICH; also hat sie leichteren Zugang zu allem, was den Geist erhebt. Mag sie sich männlichen Leidenschaften hingeben, der Wissenschaft oder der Nächstenliebe. Ich habe wahrhaftig keine Zeit, mich von eingebildetem Elend rühren zu lassen.

Was Frau de Montherot angeht, so wußte ich durch einen meiner Freunde, den Leiter der *Illustration,* daß sie in Honfleur war. Da ich weiß, daß Du stets geneigt bist, mein Zimmer zur Verfügung zu stellen, habe ich eine gewisse Ängstlichkeit erkennen lassen; er hat mich jedoch beruhigt: Frau de Montherot sei eine zu unbedeutende Person, als daß sie sich einfallen ließe, in Büchern und Stichen herumzuwühlen.

Soeben habe ich an Jeanne geschrieben. Antworte also nicht. Ich bin genötigt, die Unannehmlichkeit, von mir und meinen Angelegenheiten zu sprechen, auf einen anderen Tag zu verschieben.

Ich bin nach wie vor fest entschlossen, nach Honfleur zurückzukehren; aber was alles ist vorher noch zu erledigen!

Meine leichtfertige Bewerbung um einen Sitz in der Akademie hat mir nicht geschadet. Es ist da einiges vorgefallen, das ich Dir erzählen werde. – Es versteht sich von selbst, daß ich an *Scribes* Sitz nicht interessiert bin; diese Wahl ist auf den April verschoben worden.

Nur gegen Herrn Villemain habe ich einiges auf dem Herzen, was ich ihm *öffentlich* kundtun werde.

Herr Biot ist gestorben, Herr Littré wird seinen Platz einnehmen.

Ich bin Dir gegenüber sehr im Rückstand mit meinen Nachrichten.

Mein Schreiben, in dem ich meine Bewerbung zurückzog, bevor *Lacordaires* Nachfolger gewählt wurde, hat in der *Akademie* einiges Aufsehen erregt, – *nicht zum Unguten.*

Ich umarme Dich. – Charles. –

[Paris,] 29. März 1862

Meine liebe Mutter, ich schreibe Dir, um Dich dringendst zu bitten, mir, *wenn Du kannst*, für dieses Monatsende zu Hilfe zu kommen. Ich habe meinem Hotelinhaber für übermorgen 300 Francs versprochen *(vor allem muß ich hier Frieden haben)*. Ich hatte 375 Francs für ihn bestimmt, die mir von *La Presse* zustehen werden. (*L'Esprit et le style de M. Villemain*, drei Artikel, bestellt, geschrieben und abgeliefert.) Die Diskussion über die *Adresse* war so langwierig und hat in den Zeitungen so viel Raum eingenommen, daß für die Literatur lange Zeit kein Platz war. Doch ist das nun endlich vorbei; meine drei Artikel werden im April erscheinen, jeder für sich, wöchentlich einmal vermutlich. Wenn Du das ermöglichen kannst, erhältst Du von mir das Geld zurück, das ich für den Hotelinhaber bestimmt hatte. (Nebenbei, ich betrachte mich immer noch als verpflichtet, Dir sobald wie möglich 500 Francs zurückzuzahlen, da Du mir am Neujahrstag die 200 Francs wieder zugeschickt hast, die ich Dir erstattet hatte.) *Wir werden das regeln, wenn ich bei Dir bin.*

Ich versichere Dir, daß in meinem Leben keine Unordnung herrscht. Mit jedem Tag nimmt die Ordnung darin einen größeren Raum ein. Ich bin traurig, bin auf alles gefaßt, selbst darauf, bis an mein Lebensende leiden zu müssen; ich habe mich mit der Vormundschaft abgefunden und bin nur entschlossen, schlechthin alles zu tun, was getan werden muß, um sie aufzuheben. – Vier Bände werde ich dieses Jahr zu veröffentlichen haben. Ich wette, diese vier Bände werden *unbemerkt* bleiben. Man läßt mir nicht Gerechtigkeit widerfahren. Sobald ich über jeden dieser Bände einen Vertrag abgeschlossen und die Artikel – fertige, und noch unfertige –, die dazu gehören, vollendet habe, werde ich zu Dir zurückkehren. Um das zu tun, brauche ich nicht einmal die Honorare abzuwarten. Ich werde jemand eine Vollmacht hinterlassen, daß er das Geld statt meiner in Empfang nimmt und damit die Leute bezahlt, die von mir Geld erhalten sollen.

Die *Poèmes en prose* werden ebenfalls in *La Presse* erscheinen.

1000 Francs! aber sie sind, leider! *noch nicht* ABGESCHLOSSEN. Die *Dandies littéraires* werden in *La Presse* erscheinen. *Vielleicht* auch die *Peintres philosophes.* Ich muß in Paris bleiben, um das alles abzuschließen. Und als Letztes: ich glaube, Hetzel wird den Wiederabdruck der *Poèmes en prose* erwerben, um sie als Buch zu veröffentlichen.
Wie die Einnahmen für dies alles zu verteilen sind, das ist bereits festgelegt.
Ich habe noch zwei andere Hilfsquellen, die jedoch weniger sicher sind als die Arbeit. Wie vieler Jahre der Mühsal und der Bestrafung bedarf es doch, um die einfachsten Wahrheiten zu lernen, die zum Beispiel, daß die Arbeit, so unangenehm sie sein mag, das einzige Mittel ist, nicht oder weniger unter dem Leben zu leiden!
Es scheint, daß ich Ancelle auf die eine oder andere Weise etwas mehr als 1000 Francs verschaffen muß, um die Konvertierung der Staatsanleihen zu bewerkstelligen. Das ist höchst lästig; er hätte sehr viel besser daran getan, die Papiere zu verkaufen, oder sie anderswo zu plazieren. In dieser Angelegenheit möchte ich Deine Hilfe nicht in Anspruch nehmen.
Ich werde also bald zu Dir zurückkehren, nicht, um auf Deine Kosten sparsamer zu leben (wie Du unliebenswürdigerweise zu verstehen gibst), sondern *des Vergnügens wegen, bei Dir zu sein* und in *guter Gesellschaft* zu leben. Ich muß Dir gestehen, daß, je länger ich lebe, jede Gesellschaft und jede Unterhaltung mich ermüden und bedrücken.
Du wirst diesen Brief weniger trostlos finden als die übrigen. Ich weiß nicht, woher der Mut mir zurückgekehrt ist: sehe ich doch keinen Anlaß, das Leben erfreulich zu finden.
Letztlich las ich bei Flaubert einige Kapitel seines nächsten Romans; das ist wunderbar; ich habe dabei ein Gefühl neidvoller Bewunderung empfunden, das mir die Seele gestärkt hat. Hugo wird seine *Misérables,* einen Roman in zehn Bänden, veröffentlichen. Ein Grund mehr, daß meine armen Bücher, *Eureka, Poèmes en prose* und *Réflexions sur quelques-uns de mes contemporains,* keine Beachtung finden werden.
Über vierzig Jahre alt zu sein, meine Schulden abzuzahlen und mit Literatur Geld verdienen zu müssen, in einem Land, das

nur die Vaudevilles und den Tanz liebt! was für ein gräßliches Los!
Du machst mir Vorwürfe, ich hätte es in meinem letzten Brief an Zärtlichkeit fehlen lassen. Es hätte Dir, liebe Mutter, aber doch einfallen sollen, daß Du durch Deine Fragen über Jeanne unerträgliche Erinnerungen in mir aufgestört hast. Habe weiter Nachsicht mit mir, und wisse, daß Deine Nachsicht niemals ihre Wirkung verfehlen wird.

Benötigst Du chinesische Vorhänge? Ich habe welche zu 5 Francs das Stück gefunden. Ist das teuer? Ich habe sie nicht gekauft.
Du hast mir geschrieben, Du hättest gerne Chateaubriands *Mémoires d'outre-tombe*. Ich habe sie mir für dich verschafft. Danke mir nicht. Ich habe sie umsonst bekommen.
In dieser letzten Zeit habe ich *gräßliche, gräßliche* rheumatische Schmerzen gehabt; ich freue mich schon im voraus auf die sommerliche Hitze.
Du hast wohl begriffen, nicht wahr, daß es Sinn und Zweck hat, wenn ich noch vierzehn Tage oder einen Monat in Paris bleibe? Wie zum Teufel soll ich in Honfleur Nachforschungen über die Maler und Stecher anstellen? Wie soll ich mir dort die Mengen nötiger Bücher für meine kritischen Artikel besorgen? Gottlob wird das alles ein Ende nehmen. Und ich hoffe in Honfleur neue Formen für Werke der reinen Einbildungskraft zu finden, zu erfinden.

Ob Dein Brief meiner Bitte stattgibt oder nicht, er wird jedenfalls übermorgen um 8 Uhr in der Frühe hier eintreffen. Dieser Mann ist in Bedrängnis, er hat um 10 Uhr eine Zahlung zu leisten. Ich habe eine gräßliche Angst davor, mich der Verachtung eines inferioren Menschen, von dem ich ein wenig abhänge, auszusetzen. Geht alles zu meinen Gunsten aus, so versteht es sich, daß der *Villemain* Dir gehört. Mit jeder Nummer (es wird deren drei geben) erhältst Du das Honorar des Artikels.
Vor mir wird noch eine *neue Kiste mit Gemälden und Stichen* (die mein einziges Vergnügen sind) bei Dir eintreffen, vermutlich in der dritten Woche des April.

Ich umarme Dich; bald werden wir lange miteinander plaudern können.

Charles

Möchtest Du Deinen Chateaubriand sofort, oder möchtest Du warten?
Noch etwas, das mir die Stimmung verdirbt.
Seit zwei Monaten warte ich auf die Veröffentlichung von vier Artikeln, die *Le Monde illustré* bringen will.
Und bei der *Illustration* verspricht man mir seit siebzehn Wochen meine Fahnen für *Montag*, immer für den nächsten Montag!
Ich bin untröstlich, daß ich diese wichtige Arbeit einer Bilder-Zeitung anvertraut habe. Diese Zeitungen werden nicht gelesen. – Aber im Augenblick wußte ich nicht, wo ich damit unterkommen könnte.
Es wird ein Moment kommen, wo meine Manuskripte an vier oder fünf verschiedenen Stellen liegen; wie lästig das ist! Und dann mit einem Male treffen die Fahnen alle zur gleichen Zeit ein.
Ich fürchte, die Diskussion über das Budget wird weiterhin noch allzuviel Platz beanspruchen. Doch gottlob gibt es auch Atempausen.
(*La Presse* macht keine Vorauszahlungen. Ich schuldete Dir dieses Wort der Erklärung.)

AN THÉOPHILE GAUTIER

[Paris,] 4. August 1862

Mein lieber Théophile,

Es wäre sehr liebenswürdig von Dir, wenn Du über das Unternehmen der Radierer etwas Angenehmes sagtest. Das ist mit Sicherheit ein sehr guter Einfall, und die Sammlung wird Werke enthalten, die Dir gefallen werden. Es scheint mir angebracht, diese Reaktion zugunsten eines Genre, das alle Einfaltspinsel gegen sich hat, zu unterstützen.

A propos, ich schulde Dir noch Dank, und zwar von ganzem Herzen, für Deinen Artikel über mich in der *Collection Crépet*. Das ist das erste Mal in meinem Leben, daß man mich lobt, wie ich gelobt zu werden wünschte.
Ganz der Deine.

Ch. Baudelaire

AN MADAME AUPICK

[Paris,] Sonntag, [10.] August 1862

Liebe Maman, Du langweilst Dich vielleicht, nicht wahr, und sehr? Ich komme bald. Ich habe schon meine Vorkehrungen getroffen, das heißt, ich habe mich selbst in die Unmöglichkeit versetzt, am Ende des Monats nicht aufzubrechen.
Es gibt, glaube ich, wenige Beispiele eines Lebens, das so sinnlos vergeudet wird wie das meine; und das Seltsamste daran ist, daß es mir keinerlei Vergnügen macht.
Ich will Dir nicht schildern (ich habe auch nicht die Zeit dazu), welche außerordentlichen Kämpfe ich gegen mich selbst führe, worüber ich verzweifle, was ich mir erträume; – ich will Dir auch nicht zum hundertsten Mal versichern, daß Du das einzige lebende Wesen bist, an dem ich Anteil nehme. Mir scheint, da ich es Dir gesagt habe, mußt Du mir glauben. Ich fühle, daß ich in einer Krise stecke, in einer Phase, in der es einen großen Entschluß zu fassen gilt, das heißt, genau das Gegenteil zu tun von allem, was ich bisher getan habe: nur den Ruhm zu lieben, unaufhörlich zu arbeiten, auch *ohne Hoffnung auf Entlohnung*, jedes Vergnügen zu unterdrücken und das zu werden, was man einen großen Typus an Größe nennt. Schließlich zu versuchen, ein *kleines* Vermögen zu erwerben. Ich verachte die Leute, die das Geld lieben; aber ich habe eine gräßliche Furcht vor der Abhängigkeit und dem Elend im Alter.
Ich werde also am 31., am 1., am 2. oder 3. dort eintreffen, wo ich oder besser, wo wir zu Hause sind. Da Du mich so sehr liebst, daß Du alles aufwendest, um Dich nur für die Dinge zu

interessieren, die mich unterhalten, werde ich Dir dies vergelten und Dir beweisen, daß ich Dich kenne, daß ich Dich liebe, daß ich ein mütterliches Herz und was es wiegt, zu schätzen weiß.
Endlich! Endlich! Ende des Monats, glaube ich dem Grauen des menschlichen Angesichts entfliehen zu können. Du kannst Dir nicht vorstellen, bis zu welchem Grad die Pariser Rasse heruntergekommen ist. Das ist nicht mehr jene reizende und liebenswürdige Welt, die ich einstmals gekannt habe: die Künstler wissen nichts, die Literaten wissen nichts, nicht einmal die Orthographie. Diese ganze Welt ist abscheulich geworden, sie steht womöglich noch tiefer als die Weltleute. *Ich bin ein Greis*, eine Mumie, und man verargt es mir, daß ich weniger unwissend bin als der Rest der Menschheit. Welche Dekadenz! Außer d'Aurevilly, Flaubert, Sainte-Beuve gibt es keinen, mit dem ich mich verständigen kann. Nur Th. Gautier kann mich verstehen, wenn ich von Malerei spreche. *Mir graut vor dem Leben*. Ich wiederhole es: – ich fliehe vor dem Menschengesicht, vor allem aber dem der Franzosen.
Ich werde Dir ein sehr schönes Buch mitbringen; aber ich will etwas Umfangreiches darüber schreiben: *Second Tableau de Paris par Sébastien Mercier, Paris pendant la Révolution de 93, jusqu'à Bonaparte*. Das ist wunderbar.
Les Misérables hast Du gewiß erhalten, die ich Dir nicht geschickt hatte (mit Absicht, erst nach Ostern), weil ich (vielleicht zu Unrecht) der Meinung war, Du wolltest erst nach Ostern wieder Romane lesen; – auch zwei Artikel habe ich geschickt, einer von mir, einer von d'Aurevilly. Das ist ein widerliches und albernes Buch. Bei dieser Gelegenheit habe ich gezeigt, daß ich mich auf die Kunst des Lügens verstehe. Er hat mir einen durch und durch lächerlichen Dankesbrief geschrieben. Das beweist, daß ein großer Mann ein Dummkopf sein kann.
Dein Chateaubriand (die belgische Ausgabe) ist in den Büros des *Innenministeriums* hängen geblieben.
Dein Geld werde ich mitbringen, wenn ich zu Dir komme.
Ich habe noch zwanzig Tage vor mir, um Abmachungen mit *La Presse*, den *Débats*, *Le Monde illustré*, der *Revue britannique*, usw. zu treffen, damit gewisse Schulden trotz meiner Abwesenheit beglichen werden.

Ich liebe Dich und ich umarme Dich. Sage mir, daß es Dir gut geht (wenn es wahr ist), und daß Du lange leben wirst, sehr lange noch, für mich und nur für mich. Du siehst, ich bin gierig und egoistisch wie ein Verliebter.
Den morgigen Tag werde ich in Fontainebleau verbringen. Eine grausame Plackerei!

AN ARSÈNE HOUSSAYE

[Paris,] 18. August 1862

Mein lieber Houssaye,

Wenn Sie mir heute nicht zu Hilfe kommen, werde ich *schon heute ohne Unterkunft* sein, und in einer Lage, daß mir die nötige Ruhe fehlen wird, um ein wenig zu arbeiten. Ich hoffte immer, *La Presse* würde mit dem Abdruck meiner *Variétés* beginnen und damit gemächlich von Woche zu Woche oder alle vierzehn Tage fortfahren. Ich versichere Sie, es schmerzt mich sehr, mich an Ihre Börse zu wenden. Aber an wen soll ich mich in diesem Augenblick wenden? Niemand ist in Paris. – Das wäre, wenn Sie wollen, ein Vorschuß, den Sie wieder einbehalten würden, oder ein *Darlehen;* denn sobald das Werk einmal abgeschlossen vorliegt, weiß ich jemand, der mir den Gesamtbetrag vorschießen wird.
Die Summe, die ich benötige, ist zu hoch, als daß ich in irgendeiner Form das Recht hätte, sie von Ihnen zu erbitten; doch 250 Francs, die etwa soviel ausmachen wie zwei große Artikel *Variétés,* die Sie schon haben, würden mir vielleicht erlauben, meinen Gläubiger einige Tage lang hinzuhalten.
Erlauben Sie mir, ich bitte Sie, hier zudringlich zu sein; es eilt, und die Sache ist von Wichtigkeit. Und erlassen Sie es mir, Sie meiner Erkenntlichkeit zu versichern. Das ist die Mode derer, die vergessen.
Ganz der Ihre.

Ch. Baudelaire

AN CHAMPFLEURY

[Paris, um den 4. März 1863]

Mein lieber Freund,

Ich habe Sie herzlich gern, aber Sie sind sehr hartnäckig! Ich wußte wohl, daß mein Brief vorgezeigt würde. Legen Sie denn wirklich so großen Wert darauf, meine Würde in einer Umgebung zu kompromittieren, wo Sie die Ihrige kompromittiert haben? Ihnen zu Gefallen werde ich tun, was ich kann, aber was ich kann, wird nicht sehr viel sein.

Als ich Ihnen schrieb, hatte ich Erkundigungen eingezogen. Sie wissen, wie sehr ich die leichten Mädchen liebe und wie sehr ich die philosophierenden Frauen hasse.

Und das Déjeuner? Ja, doch bei mir, Sonntag um zwölf.

Ganz der Ihre.

C. B.

AN CHAMPFLEURY

[Paris,] 6. März 1863

Mein lieber Freund,

Die Sphinx und der bizarre Mensch, das sind immer Sie, und Sie sind *auf sehr natürliche Weise* bizarr, denn die Kunst käme auf so etwas nicht. Wie! Sie schreiben mir einen Brief, in dem Sie es darauf anlegen, unangenehm zu sein, weil ich Ihnen gestanden habe, daß ich mir aus schlechter Gesellschaft nichts mache! Mein Freund, ich habe sie seit je verabscheut; die Schufte und die Dummen, und die Verbrecher, haben einen Beigeschmack, der einige kurze Minuten gefallen mag; die schlechte Gesellschaft jedoch, dieses Schaumgekräusel an den Rändern der Gesellschaft! unmöglich! – Sie schreiben, mein Brief habe einen *verborgenen* Sinn; ich will Ihnen diesen Sinn erklären, der Ihnen, meine ich, in die Augen hätte springen sollen:

Champfleury hat den fröhlichen Charakter eines Spaßvogels, von dem mir wenig zu eigen ist. Champfleury hat eine komische Welt entdeckt, voller Frauen ohne Gemahl und voll heiratsfähiger junger Mädchen, die nicht an den Mann zu bringen sind, mit pedantischen Frauenzimmern, die so tun, als liebten sie die Philosophie. Champfleury weiß wie ich, daß eine Frau unfähig ist, auch nur zwei Zeilen des Katechismus zu verstehen. Aber er will, ich soll seine Fröhlichkeit teilen, und er malt sich jetzt schon das Vergnügen aus, das ihm der Anblick meines Zusammenpralls mit dieser dummen Person bereiten wird. (Dementsprechend war meine Antwort, daß ich Ihnen zu Gefallen zu allem bereit sei, dies jedoch sei mir verdrießlich.)

Da haben Sie den verborgenen Sinn. Und was die kleine Tugendpredigt am Ende Ihres Briefes anbelangt, die ein so prächtiges Selbstlob einschließt, so hätte ich dazu lediglich anzumerken, daß, wenn man so viel Gutes von sich selbst hält, es wenig generös ist, die anderen damit niederzuwalzen. Es liegt auf der Hand: Sie sind ein glücklicher Mensch, *glücklich durch sich selbst,* und *ich* bin es nicht, denn ich bin immer unzufrieden mit mir.

Erlauben Sie mir auch, Ihnen zu sagen, daß ich aus Ihrem Brief einen spöttischen und verärgerten Ton heraushöre, der von Ihnen zu mir, in unserem Alter, nicht recht angebracht ist. Wie! einem alten Freund gegenüber reizt das Wort *Würde* Sie zu solchen Ermahnungen!

Kommen Sie, ich bitte Sie; besuchen Sie mich Sonntagnachmittag; andernfalls müßte ich glauben, Sie sind mir böse.

Ganz der Ihre C. B.

Da Sie das Komische lieben: lesen Sie doch Lamartines letzten *entretien* (anläßlich der *Misérables*). Eine höchst amüsante Lektüre, die ich Ihnen anrate. Da Sie überscharfsinnig sind, bitte ich Sie, zwischen dem und meinem Brief keinerlei Beziehung zu sehen. Antworten Sie mir umgehend. – Anliegend die falsche Erklärung, um die Sie mich bitten.

[Paris,] Montag, 10. August [1863]

Meine liebe Mutter, ich bin voller Plagen und dauernd unterwegs. Mach mir keine Vorwürfe, wenn ich Dir nur kurz antworte.

Die bewußte große Sache ist schiefgegangen, oder vielmehr vertagt worden. Ich war Schurken in die Hände gefallen, und Schurke hin, Schurke her, habe ich doch lieber mit Michel Lévy zu tun, und verhandele mit ihm direkt.

Er kommt den 25. zurück.

Die Sache mit den öffentlichen Vorträgen ist auf den November vertagt worden. Ich habe einen Brief von Monsieur Vervoort erhalten, dem Präsidenten der Abgeordnetenkammer, und Präsidenten des *Club artistique,* der mein Angebot für den November vermerkt hat.

Dennoch glaube ich, daß ich Freitag oder Samstag nach Belgien aufbrechen werde, um Artikel in der *Indépendance belge* zu schreiben, und vor allem, um meine unterbrochenen Bücher abzuschließen; ich habe gegen Paris und Frankreich ein Grauen gefaßt. Wenn es nicht Deinetwegen wäre, so wünschte ich, niemals dorthin zurückzukehren.

Wenn ich Freitag aufbreche, so kehre ich nach Paris zurück, nachdem ich Geschäfte in Belgien angeknüpft habe; ich werde dann die Angelegenheit Poe mit Michel verhandeln, und ich komme nach Honfleur, um dort den November abzuwarten.

Bitte, keine Vorwürfe, bitte. Es scheint, daß meine arme Schwägerin einen schwachen Charakter hat. Aber wer hat ihn nicht, diesen schwachen Charakter, auf die eine oder andere Weise?

Wenn ich Samstag in Brüssel bin, werde ich selbstverständlich von dort aus gleich an Dich schreiben.

Inzwischen umarme ich Dich aus der Ferne. Charles

AN ÉTIENNE CARJAT

[Paris,] 6. Okt[ober 18]63

Mein lieber Carjat,

Manet hat mir soeben die Photographie gezeigt, mit der er zu Bracquemond unterwegs war; ich gratuliere Ihnen, und ich danke Ihnen. Das ist nicht vollkommen, *weil diese Vollkommenheit unmöglich ist;* aber ich habe selten etwas so Wohlgeratenes gesehen. Ich bin verlegen, Sie um so viel zu bitten, und ich weiß nicht, wie ich mich Ihnen erkenntlich zeigen könnte; aber wenn Sie das Cliché noch nicht vernichtet haben, machen Sie mir doch *einige* Abzüge davon. *Einige,* das heißt, *was Ihnen möglich ist.* Und wenn ich Ihnen zudringlich erscheine, lege ich Wert darauf, daß Sie es mir sagen, – nicht zu hart jedoch.

Manet hat mich mit einer völlig unerwarteten Nachricht überrascht. Er bricht heute abend nach Holland auf, woher er *mit seiner Frau* zurückkehren wird. Er hat jedoch einige Entschuldigungen; denn seine Frau ist, scheint es, schön, sehr gut, und eine große Künstlerin. So viele Kostbarkeiten in einer einzigen weiblichen Person, ist das nicht ungeheuerlich?

Antworten Sie, falls dies Sie zu Hause antrifft.

Der Ihrige.

Charles Baudelaire

AN ALGERNON CHARLES SWINBURNE

[Paris,] 10. Okt[ober 18]63

Monsieur,

Einer meiner Freunde, einer meiner ältesten Freunde, begibt sich nach London; – Herr Nadar, den kennenzulernen Ihnen gewiß ein Vergnügen sein wird. Ich bitte Sie herzlich, für ihn alles zu tun, was Sie gewiß für mich getan hätten, wenn ich mich aufgemacht hätte, um zu dem Publikum Ihres Heimatlandes zu sprechen. Hinweise, Ratschläge, Ankündigungen, vieles ist da vonnöten.

Ich bin Nadar unendlich zu Dank verpflichtet, daß er mich um Briefe für meine wenigen *acquaintances* in London gebeten hat; denn er hat mich derart gezwungen, mich Ihnen gegenüber einer seit langem unabgetragenen großen Schuld zu entledigen. Ich meine den wunderbaren Artikel (über *Les Fleurs du Mal*), den Sie im September 1862 im *Spectator* veröffentlicht haben.
Eines Tages ist Richard Wagner mir um den Hals gefallen, um sich für eine Broschüre zu bedanken, die ich über *Tannhäuser* geschrieben hatte; seine Worte dabei waren: *»Ich hätte niemals geglaubt, daß ein französischer Schriftsteller so vielerlei so leicht verstehen könnte.«* Da ich kein ausschließlicher Patriot bin, habe ich aus seinem Kompliment nur die liebenswürdige Meinung herausgehört.
Erlauben Sie mir nun, Ihnen meinerseits zu sagen: *»Ich hätte niemals geglaubt, daß ein englischer Schriftsteller sich so tief in das französische Schöne, die französischen Absichten und die französische Prosodie hineinversetzen könnte.«* Nachdem ich jedoch in derselben Augustnummer Ihre Verse gelesen hatte, aus denen zugleich ein so wahres und ein so zartes Gefühl spricht, war ich keineswegs mehr erstaunt; im Grunde verstehen nur die Dichter die Dichter.
Erlauben Sie mir indessen, anzumerken, daß Sie meine Verteidigung ein wenig zu weit getrieben haben. Ich bin durchaus kein solcher *Moralist*, wie Sie liebenswürdigerweise zu glauben vorgeben. Ich bin nur (ebenso wie Sie vermutlich) der Überzeugung, daß jedes Gedicht, jedes *wohlgeratene* Kunstwerk natürlicher- und unvermeidlicherweise eine unausgesprochene *Moral* enthält. Die herauszufinden, Sache des Lesers ist. Ich hege sogar einen sehr entschiedenen Abscheu vor jeder ausschließlichen moralischen *Absicht* in einem Gedicht.
Haben Sie doch die Güte, mir Ihre Veröffentlichungen zu schicken; es wäre mir ein großes Vergnügen. – Ich stehe im Begriff, mehrere Bücher zu veröffentlichen: ich werde sie Ihnen eines nach dem andern zusenden.
Genehmigen Sie, Monsieur, den herzlichen Ausdruck meiner Dankbarkeit und meiner Sympathie.

Charles Baudelaire

In Paris, 22, rue d'Amsterdam.
In Honfleur, rue de Neubourg.
In *Paris* bleibe ich noch bis zum Ende dieses Monats, den ganzen Dezember bin ich in *Brüssel*.

AN JAMES MCNEILL WHISTLER

[Paris,] 10. Oktober 1883

Cher Monsieur,

Einer meiner besten und meiner *ältesten Freunde*, Herr Félix Nadar, begibt sich nach London, mit der Absicht, glaube ich, *dem Publikum* die Abenteuer *zu erzählen*, die er mit seinem großen Ballon ausgestanden hat, und ebenfalls, nehme ich an, *um das englische Publikum mit seinen Überzeugungen hinsichtlich eines neuen Mechanismus bekanntzumachen, der an die Stelle des Ballons treten soll.*
Wie Sie wissen, haben wir einmal ein wenig von den Aussichten gesprochen, mich in London durch Lesungen bekannt zu machen.
Ich bitte Sie, lassen Sie Nadar alle Ratschläge und alle Auskünfte zugute kommen, die Sie mir selber zum Geschenk gemacht hätten; mit zwei Worten, alles, was Sie für Herrn Nadar tun, dessen will ich in meinem Herzen gedenken. Aber Sie werden ihn ja selber sehen und erkennen, daß er Ihre Wertschätzung verdient.
Übermitteln Sie meine freundschaftlichen Grüße an Legros, und vergessen Sie nicht, Nadar Ihre wunderbaren Radierungen zu zeigen. Ich kann mir das hohe Vergnügen vorstellen, das sie ihm bereiten werden.
Genehmigen Sie, cher Monsieur, die Versicherung meiner vollkommenen Gefühle.

Charles Baudelaire

Da ich ihm auch einen Brief für Herrn C. A. Swinburne mitgeben wollte, habe ich die Gelegenheit wahrgenommen, letzterem mein tiefes Bedauern über meine Vergeßlichkeit und meine scheinbare Undankbarkeit auszudrücken.

C.B.

In Paris: 22, rue d'Amsterdam.
In Honfleur: rue de Neubourg.
In Brüssel weiß ich noch nicht unter welcher Adresse.

AN VICTOR HUGO

[Paris,] 17. De[zember] 1863

Monsieur,

Obwohl ich mich niemals entschließen kann, die Menschen, für die ich die größte Zuneigung und Achtung empfinde, um das Geringste zu bitten, so komme ich doch heute zu Ihnen, um Sie um einen *großen*, einen *enormen* Dienst zu bitten. Unzufrieden mit den Pariser Verlegern, und, nicht ohne Grund, der Meinung, daß man mir keineswegs Gerechtigkeit widerfahren läßt, hatte ich den Entschluß gefaßt, mich im Ausland nach einem Verleger umzutun, für drei Bücher, deren erstes die *Paradis artificiels* sind, und die beiden anderen Bände: *Les Réflexions sur mes contemporains* (schöne Künste und Literatur). Um die Blicke mit Gewalt auf diese Werke zu lenken, hatte ich beschlossen, in Brüssel öffentliche Lesungen zu veranstalten, mit wohlausgewählten Stücken, den besten selbstverständlich, zum Beispiel: *Vom Wesen des Lachens, – Eugène Delacroix, sein Werk, seine Ideen und seine Sitten, – Der Maler des modernen Lebens, – Edgar Poe, sein Leben und seine Werke, – Victor Hugo, – Théophile Gautier, – Th. de Banville und Leconte de Lisle, – Richard Wagner,* – und meine Würdigungen sogar zu erhärten durch Zitate aus den Werken der betreffenden Autoren; denn von der Bildung der Belgier halte ich nicht viel.
Nun erfahre ich, daß Herr Lacroix im Begriff steht, Sie zu besuchen. Der große Dienst bestünde darin, daß Sie ihn wissen lassen, was Angenehmes Ihnen zu meinen Büchern und zu mir einfällt,

und daß Sie ihn von meiner Absicht hinsichtlich der Lesungen unterrichten. Das wäre, ich wiederhole es, ein sehr großer Dienst, denn Herr Lacroix muß ein unbedingtes Vertrauen zu Ihrem Urteil haben, und ich hoffe, die Lesungen werden ihn darin noch bestärken.

Ich erkundige mich häufig nach Ihnen; ich höre, daß Sie sich eines bewundernswürdigen Zustands erfreuen. Die Gesundheit im Dienste des Genies! Wie glücklich sind Sie doch, Monsieur!

Ich habe die Absicht, Ihnen demnächst die (abermals vermehrten) *Fleurs du Mal* zuzusenden, zusammen mit dem *Spleen de Paris*, der ihnen als Pendant dienen soll. Ich habe versucht, dort alle Bitterkeit und alle schlechte Laune, von denen ich voll bin, auszudrücken. – Ich hätte Ihnen vor einigen Tagen *Eureka* schicken sollen (den vierten Band meiner *Poe*-Übersetzungen), ein seltsames Buch, das den Anspruch erhebt, uns zu enthüllen, wie das Universum erschaffen wurde und wieder zerstört werden wird; der geizige Herr Lévy hat es jedoch für angebracht gehalten, von meiner Liste der zu versendenden Exemplare die Namen der Personen zu streichen, die ihm nicht unmittelbar von Nutzen sein können. Ich werde *mein* oder vielmehr *sein* Verschulden Ihnen gegenüber ein andermal wiedergutmachen.

Wenige Tage vor dem Monatsende werde ich nach Brüssel aufbrechen. Wenn Sie mir zehn Minuten Ihrer Zeit gönnen können, um mir zu schreiben, werden Sie mich glücklich machen; es würde das Vertrauen zu meiner Unternehmung stärken. Ich ahne freilich, wie lästig solche Briefe Ihnen oft sein mögen, und ich möchte Ihnen um nichts in der Welt Ungelegenheiten bereiten.

Meine Adresse in Paris ist: *22, rue d'Amsterdam*. Ich weiß noch nicht, wo ich in Brüssel wohnen werde.

Leben Sie wohl, Monsieur; glauben Sie an meine unveränderliche Zuneigung und Bewunderung. – Sie sind ein mächtiger Herr, aber Sie sind, wie Sie sehen, allen Unannehmlichkeiten Ihrer herrscherlichen Stellung ausgesetzt. Jeder kommt mit einer Bitte zu Ihnen.

Charles Baudelaire

[Paris,] 31. Dez[ember] 1863

Meine gute liebe Mutter, nichts ist unangenehmer als mit dem Blick auf die Uhr an seine Mutter zu schreiben; ich möchte jedoch, daß morgen einige liebe Worte zu Dir gelangen, und einige gute Versprechungen, denen Du so viel Glauben schenken magst, wie Du willst. Ich habe die abscheuliche Angewohnheit, alle meine Pflichten, *selbst die angenehmsten*, immer auf morgen zu verschieben. So habe ich auch so viele Jahre hindurch die Erledigung so vieler wichtiger Dinge auf morgen verschoben, und darum befinde ich mich heute in einer so lächerlichen Lage, einer ebenso schmerzlichen wie lächerlichen Lage, trotz meines Alters und meines Namens. Noch nie war mir am Ausgang eines Jahres so feierlich zumute wie diesmal. Und wenn ich mich auch über Gebühr kurz fasse, wirst Du mich doch vollkommen verstehen, wenn ich Dir sage: – daß ich Dich von Herzen bitte, *gesund zu bleiben, Dich zu pflegen, so lange zu leben, wie Du nur kannst, und mir noch einige Zeit Deine Nachsicht zu gewähren.*

Alles, was ich tun werde, oder alles, was ich in diesem Jahr (1864) zu tun hoffe, hätte ich in dem nunmehr verflossenen tun sollen und auch können. Aber eine schreckliche Krankheit hat sich meiner bemächtigt, die mich noch nie so sehr verwüstet hat wie dieses Jahr, ich meine die Neigung, meinen *Träumen* nachzuhängen, ich meine *die Entkräftung, die Mutlosigkeit und die Unentschlossenheit.* Wirklich, der Mensch, dem es gelingt, sich von einem Laster zu heilen, ist in meinen Augen unendlich viel tapferer als der Soldat oder der Mann, der sich im Zweikampf schlagen wird. Wie aber heilt man sich? Wie macht man aus Hoffnungslosigkeit Hoffnung? Wie verwandelt man Feigheit in Willen? Ist diese Krankheit eine eingebildete, oder ist sie echt? Ist sie eine echte geworden, nachdem sie eine eingebildete war? Sollte sie das Ergebnis einer körperlichen Erschöpfung, einer unheilbaren Schwermut nach so vielen Jahren voller Erschütterungen gewesen sein, die ich ohne Tröstungen in der Einsamkeit und dem Unwohlsein verbracht habe? Ich weiß es nicht; ich weiß nur, daß ich vor allem und jedem nichts als Ekel empfinde, und dies namentlich vor jedem Vergnügen (das hat sein

Gutes), und daß das einzige Gefühl, das mich mein Leben noch empfinden läßt, ein *unbestimmtes* Verlangen nach Berühmtheit, Rache und Reichtum ist.
Doch selbst für das Wenige, das ich geleistet habe, hat man mir so wenig Gerechtigkeit widerfahren lassen!
Ich habe ein paar Menschen gefunden, die den Mut gehabt haben, *Eureka* zu lesen. Das Buch wird sich schlecht verkaufen, doch darauf mußte ich gefaßt sein; für Franzosen ist das zu abstrakt.
Ich werde nun wirklich aufbrechen. Ich gebe mir noch *fünf* Tage, *acht* allerhöchstens, um bei drei Zeitungen Geld zusammenzuscharren, den einen oder anderen zu bezahlen, und das Nötige einzupacken.
Wenn nur der Ekel über diese Expedition nach Belgien mich nicht schon überkommt, sobald ich in Brüssel eingetroffen sein werde! Das ist jedoch eine ernste Sache. Die Lesungen, die mir nur einen bescheidenen Betrag einbringen können (1000, 1500 oder 2000 Francs), vorausgesetzt ich habe genügend Geduld, sie auch durchzuführen, und es ist mir danach zumute, diesen Tölpeln zu gefallen, sind nur der Nebenzweck meiner Reise. Den wahren kennst Du; es geht darum, Herrn Lacroix, einem belgischen Verleger, drei Bände *Variétés* zu verkaufen, und zwar gut zu verkaufen.
Mich schaudert, wenn ich an mein Leben dort denke. Die *Lesungen, Fahnen zu korrigieren, die aus Paris kommen,* Fahnen von *Zeitungen,* und Fahnen von *Michel Lévy,* und schließlich, während dessen, die abschließende Arbeit an den *Poèmes en prose*. Ich habe jedoch so etwas wie die unbestimmte Vorstellung, die Neuheit des Ortes könnte mir guttun und mich etwas in Schwung versetzen.
Ich habe zuviel von mir gesprochen; doch ich weiß, Du liebst das. Sprich mir von Dir, *von Deiner Stimmung* und *von Deiner Gesundheit.*
Ich hatte Hugo zum Helfershelfer bei meiner Unternehmung machen wollen. Ich wußte, daß Herr Lacroix an einem bestimmten Tag auf Guernesey sein würde. Ich hatte Hugo gebeten, sich zu meinen Gunsten zu verwenden. Soeben erhalte ich einen Brief von Hugo. Die Stürme über dem Ärmelkanal haben meine Berechnungen durcheinandergebracht, und mein Brief traf erst ein, *als der Verleger schon seit vier Tagen abgereist war.* Hugo schreibt mir,

er würde dies durch einen Brief wettmachen, doch nichts wiegt das *gesprochene Wort* auf.
Ich umarme Dich von ganzem Herzen.

C.B.

Vor meiner Abreise schicke ich Dir noch eine Kleinigkeit zu Neujahr, wahrscheinlich ein Buch nach deinem Geschmack. Ich weiß schon, welches.

RICHARD WAGNER
UND DER »TANNHÄUSER« IN PARIS

I

Versetzen wir uns, mit Ihrem Einvernehmen, um dreizehn Monate zurück, an den Zeitpunkt, wo alles seinen Anfang nahm, und es sei mir gestattet, in dieser Würdigung häufig in meinem eigenen Namen zu sprechen. Dieses *Ich,* das in vielen Fällen zu Recht als ungehörig empfunden wird, ist jedoch der Ausdruck großer Bescheidenheit; es zieht dem Schriftsteller die strengsten Grenzen der Aufrichtigkeit. Indem es seine Aufgabe beschränkt, erleichtert es sie ihm. Schließlich braucht man kein Meister in der Wahrscheinlichkeitsrechnung zu sein, um die Gewißheit zu erlangen, daß diese Aufrichtigkeit unter den unparteiischen Lesern Freunde finden wird; der unbefangene Kritiker hat offenbar einige Aussichten, wenn er nur seine eigenen Eindrücke schildert, zugleich auch die einiger unbekannter Gesinnungsgenossen zu schildern.

Vor dreizehn Monaten also gab es in Paris einen großen Lärm. Ein deutscher Komponist, der lange Zeit, ohne unser Wissen, unter uns gelebt hatte, arm, unbekannt, mit kümmerlichen Arbeiten sein Leben fristend, den indes das deutsche Publikum schon seit nunmehr fünfzehn Jahren als einen Genius feierte, kehrte in die Stadt zurück, die einstmals Zeuge seiner jugendlichen Entbehrungen gewesen war, um seine Werke unserem Urteil zu unterbreiten. Paris hatte bis dahin wenig von Wagner reden gehört; man hatte eine schwache Vorstellung davon, daß jenseits des Rheins die Frage einer Reform des lyrischen Dramas verhandelt wurde, und daß Liszt die Ansichten des Reformators mit Feuereifer zu seinen eigenen gemacht hatte. Herr Fétis hatte sich zum Ankläger gegen ihn erhoben, und wer sich der Mühe unterzieht, die Hefte der *Revue et Gazette musicale de Paris* zu durchblättern, wird wieder einmal feststellen können, daß die Schriftsteller, die sich rühmen, die abgewogensten, die klassischsten Ansichten zu vertreten, sich weder der Abgewogenheit, noch der Mäßigung, ja nicht einmal der gewöhnlichsten Höflichkeit befleißigen, wenn es darum geht, Ansichten zu kritisieren, die den ihrigen widersprechen. Die von Herrn Fétis verfaßten Aufsätze sind nichts als eine betrübliche Streit- und Schmähschrift; die Gehässigkeit des alten Dilettanten diente jedoch nur dazu, die Wichtigkeit der Werke zu beweisen, die er mit dem Bannfluch belegte und der Lächerlichkeit preisgab. Übrigens hat seit dreizehn Monaten, bei keineswegs nachlassender Neugier des Publikums, Richard Wagner noch weit ärgere Kränkungen über sich ergehen lassen müssen. Vor einigen Jahren schon hatte Théophile Gautier indessen, von einer Reise nach Deutschland zurückgekehrt, wo eine Aufführung des »Tannhäuser« ihn sehr bewegt hatte, im *Moniteur* seine Eindrücke mit jener Fülle und Genauigkeit geschildert, die allen seinen Schriften einen unwiderstehlichen Reiz verleihen. Aber diese verschiedenen Bekundungen, die in weiten Abständen erfolgten, waren im Geist der Menge nicht haften geblieben.

Sobald die Anschläge verkündeten, daß Richard Wagner in der *Salle des Italiens* ausgewählte Stücke aus seinen Kompositionen dirigieren würde, da ereignete sich wieder einmal jene uns schon sattsam bekannte Tatsache, die das instinktive, übereilte Bedürfnis der Franzosen bezeugt, sich über alles und jedes ihre Meinung zu bilden, ehe sie die Sache bedacht oder geprüft haben. Die einen verkündigten wahre Wunder, und die andern beeiferten sich, Werke, die sie noch gar nicht gehört hatten, aufs äußerste herabzusetzen. Dieser närrische Zustand dauert heute noch an, und man kann wohl sagen, daß über einen unbekannten Gegenstand noch niemals soviel hin und her geredet wurde. Kurz, es war vorauszusehen, daß Wagners Konzerte ein wahres Schlachtgewühl der widerstreitenden Doktrinen heraufbeschwören würden, eine jener feierlichen Krisen der Kunst, eine jener Auseinandersetzungen, wo Kritiker, Künstler und Publikum sich wie gewohnt in ein leidenschaftliches Durcheinander stürzen; glückliche Krisen, welche die Gesundheit und den Reichtum im geistigen Leben einer Nation bekunden, und die wir seit Victor Hugos großen Tagen sozusagen verlernt haben. Folgende Zeilen entnehme ich einem Feuilleton, das Hector Berlioz am 9. Februar 1860 veröffentlicht hat: »Das Foyer des Théâtre-Italien bot einen seltsamen Anblick am Abend des ersten Konzerts: Wutanfälle, Geschrei, heftige Auseinandersetzungen, die alle Augenblicke im Begriff zu stehen schienen, in Tätlichkeiten auszuarten.« Ohne die Anwesenheit des Kaisers hätte der gleiche Skandal sich vor einigen Tagen in der Oper ereignen können, vor allem deshalb, weil diesmal ein *wahreres*

Publikum der Aufführung beiwohnte. Ich entsinne mich, nach einer der Generalproben einen der angesehensten Pariser Kritiker gesehen zu haben, wie er breitspurig aufgepflanzt vor der Billettkontrolle stand und den Leuten derart fast den Ausgang versperrte; wie ein Verrückter steigerte er sich in ein hemmungsloses Gelächter; wie einer jener Unglücklichen, die man in den Kliniken für Geisteskranke als manisch Übererregte bezeichnet. Der Arme, der annahm, sein Gesicht sei allen bekannt, schien sagen zu wollen: »Seht, wie ich lache, ich, der berühmte S...! Befleißigt euch demnach, euer Urteil dem meinen anzugleichen!« In dem bereits erwähnten Feuilleton von Berlioz liest man weiterhin, allerdings in sehr viel weniger warmen Worten, als man von ihm hätte erwarten dürfen: »Was man jetzt alles an Unsinn, an Aberwitz und sogar an Lügen zu hören bekommt, übersteigt jede Vorstellung, und beweist zur Genüge, daß, bei uns zumindest, Leidenschaft und Voreingenommenheit allein sich des Wortes bemächtigen und Vernunft und guten Geschmack am Reden hindern, wenn es darum geht, eine Musik zu würdigen, die anders klingt als jene, die man überall hört.«

Wagner war kühn gewesen: in dem Programm seines Konzertes gab es keine Solonummern für einzelne Instrumente, keine Lieder, noch irgendeine jener Darbietungen, wie sie ein Publikum liebt, dem es die Virtuosen und ihre Kunststücke angetan haben. Nur Ensembles, Chöre oder symphonische Stücke. Der Kampf war freilich heftig; aber, sich selbst überlassen, fing das Publikum Feuer bei einigen jener unwiderstehlichen Stücke, deren Sinn sich ihm deutlicher erschloß, und Wagners Musik trug aus eigener Kraft den Sieg davon. Die Ouvertüre des »Tannhäuser«, der feierlich-großartige Marsch im zweiten Aufzug, besonders das Vorspiel zu »Lohengrin«, das *Hochzeitsfest* und der *Brautchor* fanden überschwenglich Beifall. Vieles blieb wohl dunkel, doch die unparteilichen Geister sagten sich: »Da diese Kompositionen für die Bühne bestimmt sind, gilt es abzuwarten; was hier nicht genügend zum Audruck kommt, wird durch die Darstellung geklärt werden.« Was man gehört hatte, ließ jedoch schon unzweifelhaft erkennen, daß Richard Wagner als Symphoniker, als Künstler, der, was die Menschenseele durchwühlt, durch tausendfache Tonverbindungen ausdrückt, auf höchster Höhe stand, wo nur die größten Meister seinesgleichen sind.

Ich habe oft sagen hören, die Musik könne sich nicht rühmen, was es auch sei mit der gleichen Bestimmtheit zu übersetzen, wie es das Wort oder die Malerei tut. Das ist zwar in einem gewissen Grade wahr, trifft jedoch nicht völlig zu. Sie übersetzt auf ihre Weise, und mit den ihr eigenen Mitteln. In der Musik, wie in der Malerei und selbst im geschriebenen Wort, der bestimmtesten aller Künste, bleibt stets eine Lücke, welche die Einbildungskraft des Zuhörers ergänzt.

Ähnliche Erwägungen wie diese werden Wagner bewogen haben, die dramatische Kunst, das heißt die Vereinigung, das *Zusammenwirken* mehrerer Künste, für die Kunst par excellence, die Kunst der höchsten Synthese und der größten Vollkommenheit zu halten. Wenn wir nun den hilfreichen Beitrag der Darstellung, der Ausstattung, der Verkörperung der erträumten Gestalten durch lebende Schauspieler und selbst das gesungene Wort für einen Augenblick beiseite lassen, so bleibt es doch immer noch unbestreitbar, daß je beredter die Musik ist, der Eindruck, den wir empfangen, desto rascher und richtiger ist; desto größer auch ist die Aussicht, daß in empfindungsfähigen Menschen ähnliche Vorstellungen geweckt werden, wie sie den Künstler inspirierten. Als Beispiel soll mir sogleich das berühmte Vorspiel zu »Lohengrin« dienen, dem Berlioz mit fachlichen Ausdrücken so hohes Lob zollt. Ich meinerseits möchte mich hier damit begnügen, seinen Wert anhand der Vorstellungen aufzuzeigen, die es auslöst.

In dem Programmheft, das seinerzeit im Théâtre-Italien verteilt wurde, lese ich: »Von den ersten Takten an *taucht* die Seele des Einsamen, der fromm das heilige Gefäß erwartet, *in die unendlichen Räume*. Nach und nach sieht er eine seltsame Erscheinung sich bilden, die Körper und Gestalt gewinnt. Diese Erscheinung wird bestimmter, und *die wunderspendende Engelschar,* die in ihrer Mitte das heilige Gefäß trägt, zieht an ihm vorüber. Der heilige Zug kommt näher; das Herz des Gotterwählten beginnt zu glühen; es schwillt, es dehnt sich aus; unaussprechliche Sehnsucht erwacht in ihm; *er gibt sich einer wachsenden Seligkeit hin,* während *die leuchtende Erscheinung* immer näher kommt, und wenn

der Gral endlich selber ihm inmitten der heiligen Schar erscheint, *versinkt er in ekstatische Anbetung, als wäre jäh die ganze Welt verschwunden.*
Unterdessen gießt der Gral seine Segnungen über den Heiligen im Gebet aus und weiht ihn zu seinem Ritter. Dann *sänftigen allmählich die glühenden Flammen ihren Glanz;* in heiligem Jubel, der Erde zulächelnd, die sie verläßt, schwingt die Engelschar sich in die Himmelshöhen zurück. Den Gral hat sie in der Hut der Reinen zurückgelassen, *in deren Herzen der himmlische Trank sich ergossen hat,* und die hehre Schar verschwindet wieder *in die Tiefen des Raumes,* wie aus ihm sie zuvor sich genaht.«
Der Leser wird sogleich verstehen, warum ich diese Stellen durch Unterstreichung hervorhebe. Ich greife jetzt zu Liszts Buch und schlage die Seite auf, wo die Phantasie des berühmten Pianisten (der zugleich Künstler und Philosoph ist) auf seine Weise dasselbe Stück in Worte übersetzt:
»Dieses Vorspiel umschließt und offenbart *das mystische Element,* das in dem ganzen Stück stets gegenwärtig und stets verborgen ist ... Um uns die unaussprechliche Macht dieses Geheimnisses zu lehren, zeigt Wagner uns zuerst *die unbeschreibliche Schönheit des Heiligtums,* das ein Gott bewohnt, der die Unterdrückten rächt und der von seinen Getreuen nichts als *Liebe und Glauben* verlangt. Er weiht uns in den heiligen Gral ein; vor unseren Augen läßt er den Tempel aus unverweslichem Holz erschimmern, seine Wohlgeruch hauchenden Mauern, seine *goldenen* Pforten, sein Gebälk aus *Asbest,* seine Säulen aus *Opal,* seine Wände aus *Zymophan;* nur wer sein Herz zu Gott erhoben hat und dessen Hände rein sind, darf diesen leuchtenden Hallen nahen. Nicht als wirkliches Bauwerk in seiner ganzen übermächtigen Herrlichkeit läßt er uns diesen Tempel gewahr werden, sondern als wollte er unsere schwachen Sinne schonen, zeigt er ihn uns zuerst im Widerschein *einer azurnen Flut* oder sein Abbild *in einem regenbogenfarbenen Gewölk.*
Am Anfang ist die Melodie wie eine *weite schlummernde Wasserfläche, ein sich verbreitender Ätherdunst,* daß das heilige Bild sich darauf für unsere profanen Augen abzeichne; diese Wirkung ist ausschließlich den auf acht verschiedene Pulte verteilten Geigen

anvertraut, die, nach mehreren Takten harmonischer Klänge, in den höchsten Noten ihres Registers fortfahren. Hierauf nehmen die sanftesten Holzbläser das Motiv wieder auf; Hörner und Fagotte fallen ein und bereiten den Einsatz der Trompeten und Posaunen vor, welche die Melodie zum vierten Mal wiederholen, *mit einem blendenden Glanz und Farbenspiel,* als ob in diesem Augenblick der einzigartige heilige Bau *in seiner ganzen leuchtenden und strahlenden Pracht* vor *unseren geblendeten Augen* erschienen wäre. Doch das *lebhafte Flimmern und Funkeln,* das sich gradweise zu *dieser Übergewalt des Sonnenlichtes* steigert, erlischt rasch, wie ein *himmlischer Schimmer.* Der *zarte Dunst* des Gewölks schließt sich, die Vision verschwindet nach und nach in demselben *buntschimmernden* Weihrauch, aus dem sie hervorgetreten war, und das Stück endet mit den ersten sechs Takten, die jetzt *noch ätherischer* geworden sind. Die ihm eigentümliche *mystische Idealität* wird vor allem durch das im Orchester durchgehaltene *Pianissimo* hervorgerufen, das nur für den kurzen Augenblick unterbrochen wird, in dem die *Blechinstrumente* die wunderbaren Linien des einzigen Motivs dieses Vorspiels *aufleuchten* lassen. So ist das Bild, das sich, wenn wir dieses erhabene *Adagio* hören, unseren ergriffenen Sinnen zuerst darbietet.«

Sei es mir nun selber erlaubt, hier die unvermeidliche Übersetzung zu schildern, mit Worten wiederzugeben, die meine Einbildungskraft mir von demselben Stück lieferte, als ich es zum ersten Mal, mit geschlossenen Augen, hörte und mich gewissermaßen der Erde enthoben fühlte. Ich würde es gewiß nicht wagen, meinen *Träumereien* hier selbstgefällig nachzuhängen, wenn es nicht von Nutzen wäre, sie den vorangegangenen *Träumereien* hinzuzufügen. Der Leser weiß ja, welches Ziel wir verfolgen: nachzuweisen, daß die echte Musik in verschiedenen Gehirnen verwandte Vorstellungen hervorruft. Es wäre übrigens keineswegs lächerlich, hier a priori zu argumentieren, ohne sich auf eine nähere Untersuchung und Vergleiche einzulassen; denn es wäre in der Tat überraschend, wenn der Klang *nicht imstande wäre,* die Farbe zu suggerieren, wenn die Farben *nicht imstande wären,* die Vorstellung einer Melodie zu vermitteln, und wenn Klang und Farbe ungeeignet wären, Gedanken wiederzugeben; da die Dinge sich doch immer in wechselseitigen Analogien mitgeteilt haben, seit Gott die Welt durch sein Wort als ein vielfaches und unteilbares Ganzes hervorgebracht hat.

La nature est un temple où de vivants piliers
Laissent parfois sortir de confuses paroles;
L'homme y passe à travers des forêts de symboles
Qui l'observent avec des regards familiers.

Comme de longs échos qui de loin se confondent
Dans une ténébreuse et profonde unité,
Vaste comme la nuit et comme la clarté,
Les parfums, les couleurs et les sons se confondent.

(Die Natur ist ein Tempel, wo aus lebendigen Pfeilern zuweilen wirre Worte dringen; der Mensch geht dort durch Wälder von Symbolen, die mit vertrauten Blicken ihn beobachten.
Wie langer Hall und Widerhall, die fern vernommen in eine finstere und tiefe Einheit schmelzen, weit wie die Nacht und wie die Helle, antworten die Düfte, Farben und Töne einander.)

Ich fahre also fort. Ich erinnere mich, daß ich von den ersten Takten an einem jener glücklichen Eindrücke erlag, die fast allen mit Einbildungskraft begabten Menschen aus ihren Träumen, im Schlaf, bekannt sind. Ich fühlte mich *der Bande der Schwerkraft* entledigt, und in der Erinnerung lebte das außerordentliche Entzücken wieder auf, das einen *auf den Höhen* umweht. (Angemerkt sei hier im Vorbeigehn, daß ich den eben zitierten Text des Programmheftes nicht kannte.) Dann malte ich mir unwillkürlich den köstlichen Zustand eines Menschen aus, der in völliger Einsamkeit sich an große Träume verliert, in einer Einsamkeit jedoch mit *einem unendlichen Horizont, weithin von zerstreutem Licht beschienen; die Unendlichkeit* ohne jeden weiteren Schmuck als sie selber. Bald hatte ich die Empfindung einer zunehmenden *Helle,* einer mit solcher Schnelligkeit wachsenden *Intensität des Lichtes,* daß die Abstufungen, für welche das Wörterbuch uns Ausdrücke liefert, nicht hinreichen würden, *diesen beständig sich erneuernden*

Zuwachs an Glanz und Weiße auszudrücken. Ich war nun völlig eingenommen von der Vorstellung einer Seele, die sich in einem leuchtenden Raum bewegt, einer Ekstase *aus Wollust und Erkenntnis,* hoch hinschwebend und der irdischen Welt entrückt.

Es dürfte nicht schwer sein, das zu bezeichnen, was jede dieser Übersetzungen von den beiden anderen unterscheidet. Für Wagner erscheint *eine Engelschar, die ein heiliges Gefäß herbeibringt;* Liszt sieht *einen monumentalen Wunderbau,* der als Dunstgebilde in einem Wolkenspiegel erscheint. In meinem Traum kommen sehr viel weniger materielle Gegenstände vor: er ist unbestimmter und abstrakter. Doch das Wesentliche sind hier die Ähnlichkeiten. Wenige schon würden genügen, meine These zu beweisen; glücklicherweise sind sie jedoch zahlreich und von überschüssiger Schlagkraft. Jedesmal begegnet uns die Empfindung einer *geistigen und körperlichen Seligkeit;* der *Einsamkeit und Entrücktheit;* der Versenkung in *etwas unendlich Großes und Schönes;* und schließlich die Empfindung *eines bis an die letzten vorstellbaren Grenzen ausgedehnten Raumes.*

Kein anderer Musiker außer Wagner verfügt in so hohem Grade über das Vermögen, die Tiefe des physischen wie des geistigen Raumes zu *malen.* Dies ist eine Feststellung, die zu treffen schon mehrere Geister, und nicht die schlechtesten, bei mehreren Gelegenheiten nicht umhin konnten. Er besitzt die Kunst, in zarten Abstufungen alles wiederzugeben, was den geistigen wie den natürlichen Menschen in hohem Trachten über sich hinauslockt. Wenn man dieser glühenden, despotischen Musik lauscht, scheint es einem bisweilen, als sähe man, in die Finsternisse gemalt, traumzerrissen, die schwindelerregenden Bilder wieder vor sich, die das Opium hervorruft.

Von diesem Augenblick, das heißt von dem ersten Konzert an war ich besessen von dem Wunsch, in das Verständnis dieser einzigartigen Werke tiefer einzudringen. Ich hatte (wenigstens erschien mir dies so) einen geistigen Eingriff, eine Offenbarung erfahren. Meine Lust war so heftig und so fürchterlich gewesen, daß ich nicht anders konnte als unaufhörlich dorthin zurückzustreben. In dem, was ich empfunden hatte, war gewiß vieles, was mir durch Weber und Beethoven bereits bekannt war, doch war da auch etwas Neues, das näher zu bestimmen mir nicht gelang, und dieses Unvermögen versetzte mich in einen Zustand des Zornes und der Neugier, denen eine seltsame Lust beigemischt war. Tagelang, wochenlang sagte ich zu mir: »Wo könnte ich wohl heut abend etwas Musik von Wagner hören?« Diejenigen meiner Freunde, welche ein Klavier besaßen, mußten mehr als einmal daran glauben. Wie es allem Neuen widerfährt, erklangen symphonische Stücke von Wagner bald allabendlich in den offenen Kasinos vor einer Menge, der es die trivialen Vergnügungen angetan haben. Die flammende Majestät dieser Musik fuhr dort hernieder, wie der Blitz in ein verrufenes Haus schlägt. Das sprach sich schnell herum, und so genossen wir des öfteren das komische Schauspiel ernster, feinfühliger Menschen, die sich dem Gewühl einer ungesunden Menge aussetzten, um in Erwartung eines Besseren den feierlichen *Einzug der Gäste auf der Wartburg* oder die Musik des majestätischen Hochzeitsfestes aus dem »Lohengrin« zu genießen. Die häufigen Wiederholungen derselben melodischen Phrasen in Stücken, die der nämlichen Oper entnommen waren, setzten jedoch geheimnisvolle Absichten und eine Methode voraus, die mir unbekannt waren. Ich beschloß, das Warum zu erforschen und meine Lust in Erkenntnis zu verwandeln, noch bevor eine szenische Darstellung mir einen völligen Aufschluß verschaffen würde. Ich bedrängte Freunde und Feinde mit meinen Fragen. Ich nahm mir das unverdauliche und abscheuliche Pamphlet von Herrn Fétis vor und fraß mich hindurch. Ich las Liszts Buch, und schließlich besorgte ich mir, anstelle der beiden nicht übersetzten Werke »Die Kunst und die Revolution« und »Das Kunstwerk der Zukunft«, das ins Englische übersetzte, dessen deutscher Titel »Oper und Drama« lautet.

II

Die französischen Pläsanterien nahmen unterdes ihren Fortgang, und der platte Journalismus vollführte rastlos seine professionellen Lausbübereien. Da Wagner ohne Unterlaß wiederholt hatte, die (dramatische) Musik sei *Rede* des Gefühls, sie müsse dem Gefühl mit derselben Genauigkeit entsprechen wie das Wort, wenn auch offensichtlich auf eine andere Weise, indem sie das Unbestimmte des Gefühls ausspricht, das, was sich dem allzu bestimmten Wort entzieht (womit er nichts sagte, was nicht jeder Verständige hätte gelten lassen), verfiel eine große Anzahl von Leuten, die sich von den feuilletonistischen Witzbolden hatten beschwatzen lassen, auf den Gedanken, der Meister schreibe der Musik die Macht zu, die Dinge getreulich abschildern zu können, das heißt, er verkehre die Rollen und die Funktionen der Künste. Es wäre ebenso überflüssig wie langweilig, alle schalen Witze herzuzählen, die sich auf dieses Mißverständnis gründeten; bald der Bosheit, bald der Unwissenheit entsprungen, gelang es ihnen indes, die öffentliche Meinung im voraus irrezuführen. Mehr jedoch noch als anderswo ist es in Paris unmöglich, einer Feder Einhalt zu gebieten, die sich für amüsant hält. Da Wagner die allgemeine Aufmerksamkeit auf sich gezogen hatte, wurden wir bald mit Artikeln und Broschüren überschwemmt, die uns in sein Leben einweihten, in seine durch lange Jahre hin fortdauernden Kämpfe, in all seine Qualen und Mühseligkeiten. Unter diesen heute wohlbekannten Dokumenten will ich nur jene auswählen, die mir am meisten geeignet scheinen, die Natur und den Charakter des Meisters zu erhellen und näher zu bestimmen. Der Mann, der geschrieben hat, *wen nicht schon in der Wiege eine Fee mit dem Geist der Unzufriedheit an allem Bestehenden begabt habe, dem werde es niemals gelingen, das Neue zu entdecken,* mußte in den Konflikten des Lebens zweifellos mehr Schmerzen als jeder andere finden. Eben diese Leidensfähigkeit, die allen Künstlern gemeinsam und die um so größer ist, je ausgebildeter ihr Instinkt für das Rechte und Schöne ist, liefert mir die Erklärung für Wagners revolutionäre Ansichten. Verbittert durch so viele Fehlschläge, enttäuscht von soviel Träumen, mußte er in einem gewissen Augenblick dahin gelangen, auf eine verruchte Gemeinsamkeit zwischen der schlechten Musik und den schlechten Regierungen zu schließen; ein verzeihlicher Irrtum bei einem nervösen und übersensiblen Geist. Besessen von dem höchsten Verlangen, das Ideal in der Kunst endlich den Sieg behalten zu sehen über die Routine, durfte er (eine echt menschliche Illusion) die Hoffnung nähren, daß Revolutionen im politischen Bereich die Sache der Revolution in der Kunst fördern würden. Wagners eigener Erfolg hat seine Hoffnungen und Vorhersagen Lügen gestraft; denn es bedurfte in Frankreich des Befehls eines *Despoten,* um das Werk eines Revolutionärs zur Aufführung zu bringen. So haben wir es bereits in Paris erlebt, daß die Monarchie die romantische Entwicklung begünstigte, während die Liberalen und die Republikaner sich hartnäckig an die Schablonen der sogenannten klassischen Literatur klammerten.

Aus dem, was Wagner selber über seine Jugend mitgeteilt hat, erfährt man, daß er schon als Kind im Theater zu Hause war, sich in den Kulissen umhertrieb und Komödien schrieb. Webers und später Beethovens Musik wirkten auf sein Gemüt mit unwiderstehlicher Kraft, und als er reifer und erfahrener geworden war, wurde es ihm bald unmöglich, anders als auf doppelte Weise, dichterisch und musikalisch, zu denken und jede Idee gleichzeitig in zweierlei Gestalt zu erschauen, wobei die eine der beiden Künste sich zu entfalten begann, wenn die andere an ihre Grenzen stieß. Der dramatische Instinkt, der unter seinen Fähigkeiten einen so großen Raum einnahm, weckte unfehlbar in ihm den Trieb, sich gegen alle Leichtfertigkeiten, Plattheiten und Absurditäten der zur Vertonung bestimmten Stücke aufzulehnen. So brachte die Vorsehung, die über die Revolutionen in der Kunst wacht, in einem jungen deutschen Kopf das Problem zur Reife, welches das 18. Jahrhundert so sehr erregt hatte. Wer die *Lettre sur la musique* aufmerksam gelesen hat, die den *Quatre poèmes d'opéras traduits en prose française* als Vorwort dient, kann in dieser Hinsicht weiter keinen Zweifel haben. Die Namen Gluck und Méhul werden dort oft mit leidenschaftlicher Sympathie genannt. Ob es Herrn Fétis, der die Vorherrschaft der Musik im lyrischen Drama auf ewige Zeiten gesichert sehen möchte, nun gefällt oder nicht, so ist doch die Meinung solcher Geister wie Gluck, Diderot, Voltaire und Goethe nicht zu verachten. Wenn die beiden letzteren ihre Lieblingstheorien später widerrufen haben, so geschah dies aus Entmutigung, und weil sie alle Hoffnung aufgegeben hatten. Während ich diesen »Brief über die Musik« durchlas, erwachte, wie von einem Echo geweckt, die Erinnerung an verschiedene Stellen bei Diderot in mir, wonach die wahre dramatische Musik gar nichts anderes sein kann als der Schrei oder der Seufzer der in Noten gesetzten und dem Rhythmus unterworfenen Leidenschaft. Die nämlichen wissenschaftlichen, dichterischen, künstlerischen Probleme kehren im Lauf der Jahrhunderte unaufhörlich wieder, und Wagner gibt sich nicht für einen Erfinder aus, sondern nur für einen, der eine altüberlieferte Idee bestätigt, welche gewiß noch mehr als einmal abwechselnd unterliegen und siegen wird. Alle diese Fragen sind in Wahrheit äußerst einfach, und es ist keine geringe Überraschung, eben jene gegen die Theorien der »Zukunftsmusik« (um mich eines ebenso ungenauen wie in Gebrauch gekommenen Ausdrucks zu bedienen) sich auflehnen zu sehen, deren häufige Klagen über die Qualen, welche das nach üblichen Regeln zusammengeschusterte Opernlibretto jedem vernünftigen Menschen bereitet, uns noch in den Ohren klingen.

Aus demselben »Brief über die Musik«, in welchem der Autor uns eine sehr kurze und klare Darstellung des Inhalts seiner drei früheren Werke, »Die Kunst und die Revolution«, »Das Kunstwerk der Zukunft« und »Oper und Drama«, liefert, erfahren wir, daß er dem griechischen Theater ein lebhaftes Interesse entgegenbringt, eine ganz natürliche, ja fast unvermeidliche Erscheinung bei einem Musikdramatiker, der in der Vergangenheit die Rechtfertigung seines Abscheus vor dem Gegenwärtigen und hilfreiche Anweisungen für die Herbeiführung neuer Bedingungen des lyrischen Dramas suchen mußte. In seinem Brief an Berlioz sagte er schon vor mehr als einem Jahr: »Ich frug mich, welches die Stellung der Kunst zur Öffentlichkeit sein müßte, um dieser eine unentweihbare Ehrfurcht für sich einzuflößen, und, um die Lösung dieser Frage nicht ganz nur in die Luft zu konstruieren, nahm ich mir die Stellung zum Anhalte, die einst die Kunst zum öffentlichen Leben der Griechen einnahm. Hier traf ich denn auch sofort auf das Kunstwerk par excellence, nämlich das *Drama,* in welchem die nächste und tiefste künstlerische Absicht sich am deutlichsten und allgemein-verständlichsten kundgeben kann. Wir staunen heute noch zu Recht, daß einst dreißigtausend Griechen mit höchster Teilnahme der Aufführung von Tragödien, wie den Aeschyleischen, beiwohnen konnten; fragen wir jedoch, welches die Mittel zur Hervorbringung jener außerordentlichen Wirkungen waren,

so erkennen wir, daß sie eben in der Vereinigung aller Künste zu dem einzig wahren, großen Kunstwerke lagen. Dies brachte mich auf die Untersuchung des Verhaltens der einzelnen Künste zueinander, und nachdem ich mir das der *Plastik* zur *Mimik* erklärt hatte, prüfte ich die Beziehungen der Musik zur Poesie näher, und hier fand ich Aufklärungen, die mich über vieles, was mich bis dahin beunruhigt hatte, hell ins Reine brachten.
Ich erkannte nämlich, daß genau da, wo die Grenzen der einen Kunst sich unübersteiglich einfänden, mit unzweifelhafter Bestimmtheit die Wirksamkeit der anderen Kunst beginne: daß somit durch eine innige Vereinigung beider Künste das jeder einzelnen Unausdrückbare mit überzeugendster Klarheit ausgedrückt werde; wogegen das Bemühen, durch die Mittel der einen Kunstart allein das nur beiden Mögliche auszudrücken, zur Ausartung, zur Verirrung in das rein Unverständliche, zum Verderbnis der einzelnen Kunst selbst führen müsse.«
Und in dem Vorwort seines letzten Buches kommt er mit folgenden Worten auf das nämliche Thema zurück: »In einigen seltenen Leistungen genialer Künstler hatte ich für mein dramatisch-musikalisches Ideal einen realen Anhalt gewonnen; nun gewährte mir die Geschichte auch für das von mir gedachte ideale Verhältnis des Theaters zur Öffentlichkeit ein typisches Modell. Ich fand es im Theater des alten Athen; dort, wo das Theater seine Räume nur an besonderen heiligen Festtagen öffnete, wo mit dem Genusse der Kunst zugleich eine religiöse Feier begangen ward, an welcher die ausgezeichnetsten Männer des Staates sich selbst als Dichter und Darsteller beteiligten, um gleich Priestern vor der versammelten Bevölkerung der Stadt und des Landes zu erscheinen, welche mit so hoher Erwartung von der Erhabenheit des vorzuführenden Kunstwerkes erfüllt war, daß ein Aischylos, ein Sophokles die tiefsinnigsten aller Dichtungen, sicher ihres Verständnisses, dem Volke vorführen konnten.«
Das unbedingte, despotische Verlangen nach der Erfüllung eines dramatischen Ideals, wo alles, angefangen von einer vorgeschriebenen, durch die Musik mit solcher Sorgfalt herausgearbeiteten Deklamation, daß es dem Sänger unmöglich ist, auch nur in einer einzigen Silbe davon abzuweichen, eine wahre, von der Leiden-

schaft gezeichnete Klangarabeske, bis zu einer ins kleinste gehenden Vorsorge, was die Dekoration und Inszenierung betrifft, hat Wagners Schicksal bestimmt. Das lebte wie eine unablässige Forderung in ihm. Seit dem Tage, da er die alten Praktiken des Librettos hinter sich ließ und mutig seinen »Rienzi« verleugnete, ein Jugendwerk, das ihm einen großen Erfolg eingebracht hatte, ist er auf dem Wege zu diesem gebieterischen Ideal fortgeschritten, ohne auch nur um eine Handbreit von ihm abzuweichen. So hat es mich denn auch nicht weiter verwundert, in denjenigen seiner Werke, die man übersetzt hat, insbesondere im »Tannhäuser«, im »Lohengrin« und in dem »Fliegenden Holländer«, einer vortrefflichen Methode des Aufbaus, einem Geist der Ordnung und der Gliederung zu begegnen, der an die Architektur der antiken Tragödien erinnert. Aber die Erscheinungen und Ideen, die im Laufe der Jahrhunderte periodisch wiederkehren, erfahren bei jeder Neuschöpfung, den Umständen entsprechend, in der Abwandlung entscheidende Ergänzungen. Die strahlende Venus der Alten, Aphrodite, die Schaumgeborene, hat die schauerlichen Finsternisse des Mittelalters nicht unbeschädigt überlebt. Sie bewohnt nicht mehr den Olymp oder die Gestade eines Wohlgeruch hauchenden Archipelagus. Sie hat sich tief in eine Höhle zurückgezogen, eine prächtige Höhle, gewiß, doch von Flammen erleuchtet, die nicht mehr die des menschenfreundlichen Apolls sind. Als sie unter die Erde hinabstieg, ist Venus der Hölle nähergekommen, und bei gewissen Greuelfesten versäumt sie es sicherlich niemals, dem Erzdämon, dem Fürsten des Fleisches und Herrn der Sünde, ihre Reverenz zu erweisen. Und ob Wagners Dichtungen auch ein aufrichtiges Wohlgefallen an der klassischen Schönheit und ein echtes Verständnis für sie verraten, tragen sie dennoch, und zwar in hohem Grade, das Gepräge der Romantik. Wenn sie uns mit der Erhabenheit eines Sophokles und eines Aischylos anrühren, nötigen sie den Geist gleichzeitig, der allerkatholischsten Gestaltenwelt der Mysterienspiele zu gedenken. Sie gleichen jenen großartigen Visionen, mit denen das Mittelalter die Wände seiner Kirchen bedeckte oder die es auf seinen prächtigen Tapisserien darstellte. Sie alle tragen entschieden sagenhafte Züge: der »Tannhäuser« ist eine Sage, der »Lohengrin« eine Sage, und Sage ist auch der »Fliegende Holländer«. Und nicht nur ein jedem poetischen Gemüt innewohnender natürlicher Hang hat Wagner auf dieses augenscheinliche Sondergebiet geführt; er folgte vielmehr einer klaren Entscheidung, die er bei seinen Untersuchungen über die günstigsten Bedingungen für das Musikdrama getroffen hatte.

Er hat selber Sorge getragen, die Frage in seinen Büchern zu klären. Nicht alle Stoffe sind in der Tat gleichermaßen geeignet, ein Drama großen Stils zu liefern, das den Stempel der Allgemeingültigkeit trägt. Es wäre offensichtlich sehr bedenklich, wollte man ein köstliches und höchst vollkommenes Genrebild in ein Freskogemälde übersetzen. Vor allem in dem überall gleichen Menschenherzen und in der Geschichte dieses Herzens wird der dramatische Dichter allgemein verständliche Bilder finden. Um das ideale Drama in voller Freiheit zu schaffen, wird man gut daran tun, alle Schwierigkeiten zu beseitigen, die aus technischen, politischen oder selbst allzu genauen historischen Details entstehen. Ich lasse das Wort dem Meister selber: »Das einzige Lebensbild der Menschheit, das ein poetisches genannt wird, ist dasjenige, in welchem die nur der abstrakten Vernunft erklärlichen Motive verschwinden, um den rein menschlichen Gefühlsregungen zu weichen, die das Herz regieren. Diese Tendenz (hinsichtlich der Erfindung des dichterischen Gegenstandes) ist das höchste Gesetz, das für die Form und den Ausdruck der dichterischen Darstellung maßgebend ist ... Die rhythmische Anordnung, sowie der (fast schon musikalische) Schmuck des Reimes sind für den Dichter Mittel, sich einer Wirkung des Verses, der Phrase zu versichern, die das Gefühl wie durch Zauber gefangen nimmt und bestimmt. In dieser seinem eigensten Wesen notwendigen Tendenz des Dichters sehen wir ihn endlich an der Grenze seiner Kunst anlangen, auf welcher die Musik unmittelbar berührt wird, und als das gelungenste Werk des Dichters müßte uns daher dasjenige gelten, welches in seiner letzten Vollendung gänzlich Musik würde.

Als den idealen Stoff des Dichters glaubte ich daher den *Mythos* bezeichnen zu müssen. Der Mythos ist das ursprünglich namenlos entstandene Gedicht des Volkes, das wir zu allen Zeiten von den großen Dichtern der vollendeten Kulturperioden immer wieder neu behandelt antreffen. Bei dem Mythos verschwindet in der Tat die konventionelle, nur der abstrakten Vernunft erklärliche Form der menschlichen Verhältnisse fast vollständig, um dafür das ewig Verständliche, rein Menschliche, aber eben in der unnachahmlichen, konkreten Form zu zeigen, welche jedem echten Mythos seine so schnell erkenntliche individuelle Gestalt verleiht.«

An anderer Stelle greift er das gleiche Thema auf und schreibt: »Ich verließ ein für allemal das historische Gebiet und wendete mich der Sage zu ... Alles nötige Detail zur Beschreibung und Darstellung des Historisch-Konventionellen, was eine bestimmte, entlegene Geschichtsepoche, um den Vorgang genau verständlich zu machen, erfordert, und was vom historischen Roman- oder Dramendichter in unseren Zeiten deshalb so umständlich breit ausgeführt wird, konnte ich übergehen ... Die Sage, in welche Zeit und welche Nation sie auch fällt, hat den Vorzug, von dieser Zeit und dieser Nation nur den rein menschlichen Inhalt aufzufassen und diesen Inhalt in einer nur ihr eigentümlichen, äußerst prägnanten und deshalb schnell verständlichen Form zu geben. Eine Ballade, ein volkstümlicher Refrain genügt, augenblicklich uns diesen Charakter mit größter Eindringlichkeit bekannt zu machen ... Wie durch die charakteristische Szene, so durch den sagenhaften Ton wird der Geist sofort in denjenigen *träumerischen* Zustand versetzt, in welchem er bald bis zu dem völligen *Hellsehen* gelangen soll, wo er dann einen neuen Zusammenhang der Phänomene der Welt gewahrt, den er mit dem Auge des gewöhnlichen Wachens nicht gewahren konnte ...«

Wie sollte Wagner nicht den heiligen, göttlichen Charakter des Mythos auf bewundernswerte Weise verstehen, er, der zugleich Dichter und Kritiker ist? Eben aus der Vielseitigkeit seiner Fähigkeiten und aus seiner hohen kritischen Intelligenz habe ich manchen Grund zum Mißtrauen hinsichtlich seines musikalischen Genies ableiten gehört, und deshalb scheint mir die Gelegenheit hier günstig, einen weitverbreiteten Irrtum zu widerlegen, der vielleicht hauptsächlich in dem häßlichsten der menschlichen Gefühle, dem des Neides, wurzelt. »Jemand, der so viel über seine Kunst räsoniert, ist außerstande, auf natürlichem Wege schöne Werke hervorzubringen«, sagen die einen, die dem Genie damit seine Vernünftigkeit absprechen, und ihm eine rein instinktive, sozusagen pflanzenhafte Art des Hervorbringens zuweisen. Andere wollen in Wagner einen Theoretiker sehen, der seine Opern nur geschrieben habe, um nachträglich den Wert seiner eigenen Theorien zu bestätigen. Dies ist nicht nur völlig falsch, da der Meister, wie man weiß, schon sehr jung damit begonnen hat, dichterische und musikalische Versuche verschiedener Art hervorzubringen, und da er sich nur schrittweise eine Vorstellung des lyrischen Dramas entwickelt hat, sondern es ist sogar ganz und gar unmöglich. Das wäre etwas völlig Neues in der Geschichte der Künste, daß ein Kritiker zum Dichter würde, eine Verkehrung sämtlicher psychischer Gesetze, eine Ungeheuerlichkeit. Das Gegenteil trifft zu: alle großen Dichter werden natürlicherweise, unausweichlich, Kritiker. Ich beklage die Dichter, die sich allein von ihrem Instinkt leiten lassen; ich halte sie für unvollständig. In dem geistigen Leben jener Großen kommt es unfehlbar zu einer Krise, wo es sie drängt, ihre Kunst zu durchdenken, die verborgenen Gesetze zu erforschen, denen sie als Schaffende gehorchen, und aus diesem Studium eine Reihe von Vorschriften abzuleiten, deren göttliches Ziel die Unfehlbarkeit der poetischen Hervorbringungen ist. Es wäre ein Wunder, wenn ein Kritiker Dichter würde, und es ist unmöglich, daß ein Dichter nicht einen Kritiker enthält. Der Leser wird deshalb nicht erstaunt sein, wenn ich den Dichter für den besten aller Kritiker halte. Diejenigen, welche es dem Musiker Wagner zum Vorwurf machen, daß er Bücher über die Philosophie seiner Kunst geschrieben hat, und die daraus den Verdacht schöpfen, seine Kunst sei demnach kein natürliches, spontanes Erzeugnis, müßten ebenfalls leugnen, daß Leonardo, Hogarth, Reynolds imstande gewesen seien, gute Bilder zu malen, aus dem einfachen Grunde, weil sie die Grundregeln ihrer Kunst abgeleitet und untersucht haben. Wer spricht besser über Malerei als unser großer Delacroix? Diderot, Goethe, Shakespeare, lauter schaffende Künstler, und jeder ein bewundernswürdiger Kritiker. Als erstes trat die Poesie hervor und behauptete sich, und aus ihr folgte das Studium der Regeln. So und nicht anders entwickelt sich die menschliche Tätigkeit. Da nun jeder die Welt im kleinen darstellt, da die Entwicklung eines einzelnen Menschengehirns im kleinen die Geschichte des Weltgeistes wiederholt, so wäre es (in Ermangelung von Beweisen, die doch vorhanden sind) angemessen und natürlich, vorauszusetzen, daß Wagners geistige Entwicklung analog zu der des Menschengeistes verlaufen ist.

III

»Tannhäuser« stellt den Kampf der beiden Prinzipien dar, die das menschliche Herz zu ihrem vornehmsten Schlachtfeld erkoren haben, wo das Fleisch wider den Geist, die Hölle wider den Himmel, Satan wider Gott streitet. Und dieser Dualismus wird uns auch sogleich, in der Ouvertüre, mit unglaublichem Geschick vorgeführt. Was hat man nicht schon alles über dieses Stück geschrieben? Dennoch darf man annehmen, daß es noch Stoff für mancherlei Thesen und wortreiche Kommentare liefern wird; denn es ist den wahrhaft künstlerischen Werken eigentümlich, eine unerschöpfliche Quelle von Anregungen zu sein. Die Ouvertüre, sage ich, faßt den Grundgedanken des Dramas in zwei Gesängen zusammen, der frommen Pilgerweise und dem Gesang der Lust, die hier, mit Liszt zu reden, »als die beiden Glieder einer Gleichung aufgestellt werden, die dann im Finale ihre Lösung findet«. Die Weise des *Pilgerchors* erklingt als erste, mit der Autorität des höchsten Gesetzes, um sogleich den wahren Sinn des Lebens nachdrücklich anzudeuten, Gott als das Ziel, zu dem wir Pilger auf Erden alle unterwegs sind. Wie aber das innige Gottempfinden in jedem Gewissen bald den Gelüsten des Fleisches erliegt, so ertrinkt der Gesang, der das Heilige vertritt, nach und nach in den Seufzern der Wollust. Schon erhebt sich und wächst in jedem die wahre, die fürchterliche, die alles beherrschende Venus. Und wer diese wunderbare Ouvertüre des »Tannhäuser« noch nicht gehört hat, stelle sich hier nun nicht den Gesang eines gewöhnlichen Liebespaares vor, das in einer Gartenlaube die Zeit totzuschlagen versucht, oder die Klänge eines weinseligen Haufens, der Gott in der Sprache des Horaz lästert. Es geht um etwas anderes, das zugleich wahrer und weit unheimlicher ist. Sanftes Schmachten, von Fiebern durchschauerte, von Ängsten zerrissene Wonnen, unablässige Umkehr zu einer Wollust, die den Durst zu löschen verheißt und doch niemals löscht; wütende Zuckungen des Herzens und der Sinne, herrische Befehle des Fleisches, das ganze Diktionär der Onomatopöen der Liebe macht sich hier vernehmlich. Endlich gewinnt das fromme Thema nach und nach wieder die Oberhand, langsam, stufenweise, und saugt das andere in einem friedlichen, strahlenden Sieg auf, einem Sieg wie dem des unwiderstehlichen Wesens über das kränkliche und zügellose Wesen, des heiligen Michael über Luzifer.

Zu Beginn dieses Aufsatzes habe ich von der machtvollen Art Wagners gesprochen, mit der er in dem Vorspiel zum »Lohengrin« die mystische Glut, das inbrünstige Streben des Geistes nach der unzugänglichen Gottheit ausgedrückt hat. In der Tannhäuser-Ouvertüre, in dem Kampf der beiden einander widerstreitenden Prinzipien, tritt seine Begabung nicht minder machtvoll und kunstreich hervor. Woher nur hat der Meister diese glühenden Klänge der Fleischeslust, diese abgründige Kenntnis des Teufels im Menschen geschöpft? Von den ersten Takten an beben die Nerven im Einklang mit der Melodie; alles Fleisch erinnert sich und beginnt zu zittern. Jedes wohlausgebildete Gehirn trägt zwei Unendlichkeiten in sich, den Himmel und die Hölle, und in jedem Bilde einer dieser Unendlichkeiten erkennt es sogleich die eine Hälfte seiner selbst. Auf den satanischen Kitzel einer unbestimmten Liebe folgen bald Entrükkungen, Verzückungen, Siegesschreie, das Ächzen der Dankbarkeit, und dann ein wildes Geheul, Anklagen des hingeschlachteten Opfers und das ruchlose Hosianna des Schlächters, als ob die blinde Roheit im Drama der Liebe immer ihren Platz einnehmen und der Sinnengenuß, nach einer unentrinnbaren satanischen Logik, zu den Wonnen des Verbrechens führen müßte. Wenn dann das religiöse Thema, durch das entfesselte Böse sich hindurcharbeitend, nach und nach die Ordnung wiederherstellt und sich abermals behauptet, wenn es sich von neuem in seiner ganzen machtvollen Schönheit über dieses Chaos ersterbender Lüste erhebt, empfindet die ganze Seele eine Art Erfrischung, eine Seligkeit der Erlösung; ein unaussprechliches Gefühl, das sich zu Beginn der dritten Szene wiederholt, wenn Tannhäuser, der Venusgrotte entronnen, sich im wirklichen Leben wiederfindet, von dem frommen Geläut der heimatlichen Glocken umgeben, wenn das einfältige Lied des Hirten ertönt, der Gesang der Pilger sich nähert, angesichts des Kreuzes an der Straße, dieses Sinnbildes aller Lasten, die es auf allen Straßen zu tragen gilt. Hier macht sich ein gewaltiger Kontrast geltend, der sich unseres Geistes unwiderstehlich bemächtigt und der an Shakespeares großartig-ungezwungene Manier erinnert. Eben weilten wir noch in den Tiefen der Erde (denn Venus wohnt, wie gesagt, der Hölle nah), wir atmeten eine düftegeschwängerte, doch beklemmende Luft in einer rosigen Helle, deren Licht nicht der Sonne entstammte; wir glichen dem Ritter Tannhäuser selber, der, von entnervenden Wonnen übersättigt, *sich nach Schmerzen sehnt!* Ein erhabener Ruf, den sämtliche zünftigen Kritiker bei Corneille bewundern würden, den jedoch bei Wagner vielleicht keiner anerkennen will. Endlich sind wir auf die Erde zurückversetzt; wir atmen ihre frische Luft, wir nehmen dankbar ihre Freuden, demütig ihre Schmerzen hin. Die arme Menschheit ist ihrer Heimat zurückgegeben.

Als ich soeben den wollüstigen Teil der Ouvertüre zu schildern versuchte, bat ich den Leser, sich die gewöhnlichen Lobgesänge auf die Liebe aus dem Sinn zu schlagen, wie sie einem Verliebten vielleicht bei guter Laune einfallen. Hier ist in der Tat alles Triviale verbannt; was sich hier manifestiert, ist eher das Überschäumen einer energischen Natur, die alle Kräfte, welche sie der Ausbildung des Guten schuldet, in das Böse ergießt; das ist die zügellose, grenzenlose, chaotische, bis zur Höhe einer Gegenreligion, einer Religion des Satans, hinaufgesteigerte Liebe. So hat der Komponist in der musikalischen Übersetzung jene Plattheit vermieden, die nur allzuoft die Ausmalung des *populärsten* – fast hätte ich gesagt: des pöbelhaftesten – Gefühls begleitet; und dazu genügte es ihm, das Übermaß im Begehren und in der Kraft zu schildern, das unbezwingbare, maßlose Sehnen eines gefühlvollen Gemüts, das vom Wege abgeirrt ist. Ebenso hat er sich in der plastischen Darstellung der Idee glücklich von der lästigen Überzahl der Opfer, der unzähligen Elviren, gelöst. Die reine Idee, in Venus allein verkörpert, spricht sehr viel vernehmlicher und mit größter Beredsamkeit. Hier sehen wir keinen gewöhnlichen Lüstling, *der von einer Schönen zur andern flattert,* sondern den Mann schlechthin, der in heimlicher Ehe mit dem absoluten Ideal der Wollust lebt, mit der Königin aller weiblichen Teufel, Faune und Satyrn, die seit dem Tod des großen Pan unter die Erde verbannt sind, das heißt mit der unzerstörbaren und unwiderstehlichen Göttin der Liebe selbst.

Eine in der Untersuchung musikalischer Bühnenwerke weit geübtere Hand als die meine wird, an eben dieser Stelle, dem Leser einen in technischer und jeder anderen Hinsicht vollständigen Bericht über diesen merkwürdigen und verkannten »Tannhäuser« erstatten*; so muß ich mich hier auf allgemeine Ausblicke beschränken, die bei aller Raschheit doch von Nutzen sein dürften. Und ist es denn für manche Geister nicht bequemer, sich über die Schönheit einer Landschaft dadurch ein Urteil zu bilden, daß man eine Höhe ersteigt, statt sämtliche Wege, die sie durchziehen, einen um den andern abzulaufen?

Ich möchte lediglich zum großen Lobe Wagners darauf hinweisen, daß, trotz der Bedeutung, die er der dramatischen Dichtung zu Recht beimißt, die Ouvertüre des »Tannhäuser«, wie das Vorspiel zu »Lohengrin«, auch denen völlig verständlich ist, denen das Libretto unbekannt wäre; und ferner, daß diese Ouvertüre nicht nur den seelischen Dualismus enthält, auf dem das Drama beruht, sondern auch die klar herausgehobenen wichtigsten Formeln, welche die Aufgabe zu erfüllen haben, die im Fortgang des Werkes auftretenden allgemeinen Empfindungen zu schildern, wie die nachdrücklichen Wiederholungen der teuflich-wollüstigen Melodie und des religiösen Motivs oder *Pilgerchors,* so oft es die Handlung erfordert, erkennen lassen. Was den großen Marsch im zweiten Aufzug betrifft, so hat er schon seit langem den Beifall selbst der heftigsten Widersacher errungen, und man darf ihm das gleiche Lob spenden wie den beiden bereits erwähnten Ouvertüren: was er ausdrücken will, das drückt er auf die einleuchtendste, farbigste Art der Vergegenwärtigung aus. Wer, wenn er diese so reichen und stolzen Klänge vernimmt, diesen elegant gegliederten prächtigen Rhythmus, diese königlichen Fanfaren, könnte sich etwas anderes vorstellen als feudale Prachtentfaltung, einen Aufzug ritterlicher

* Der erste Teil dieses Aufsatzes erschien in der *Revue européenne,* wo Monsieur Perrin, der frühere Direktor der Opéra-Comique, dessen Sympathien für Wagner bekannt sind, die Aufgabe des Musikkritikers erfüllt.

Gestalten, in farbenfrohen Gewändern, alle hochgewachsen, alle starken Willens und einfältigen Glaubens, ebenso großartig bei ihren Festen wie fürchterlich in ihren Kriegen?

Was sollen wir von Tannhäusers Erzählung sagen, in der er seine Pilgerfahrt nach Rom schildert, wo die dichterischen Schönheiten durch die Melodie so bewundernswürdig vervollständigt und von ihr getragen werden, daß beide Elemente nur noch ein untrennbares Ganzes bilden? Man fürchtete die Länge dieses Stückes, und doch enthält die Erzählung, wie man erfahren hat, eine unwiderstehliche dramatische Kraft. Die Traurigkeit, die Niedergeschlagenheit des Sünders während seiner rauhen Fahrt, seine Freudigkeit beim Anblick des höchsten Priesters, der von den Sünden losspricht, seine Verzweiflung, als dieser ihm erklärt, daß es für sein Vergehen keine Erlösung gebe, und schließlich das in seiner grauenhaften Begeisterung unaussprechliche Gefühl der Freude in der Verdammnis; Wort und Musik vereinigen sich, dies alles auf so bestimmte Weise zu sagen, zum Ausdruck zu bringen und zu übersetzen, daß es fast unmöglich ist, es sich auf andere Weise gesagt vorzustellen. Und man versteht nun auch, daß ein solches Unglück nur durch ein Wunder aufgehoben werden kann, und man entschuldigt den unglücklichen Ritter, daß er abermals den geheimnisvollen Weg zu der unterirdischen Grotte einschlägt, um wenigstens die Huld der Hölle bei seiner teuflischen Buhle wieder zu erlangen.

Das Drama »Lohengrin« trägt, wie das des Tannhäusers, das heilige, geheimnisvolle und doch allgemein verständliche Gepräge der Sage. Eine junge Fürstin wird eines scheußlichen Verbrechens, des Brudermords, bezichtigt; sie besitzt kein Mittel, ihre Unschuld zu beweisen. So soll ihre Sache durch ein Gottesurteil entschieden werden. Kein Ritter tritt für sie in die Schranken; sie aber vertraut auf eine seltsame Vision: ein unbekannter Krieger war ihr im Traum erschienen. Und dieser Ritter wird ihre Verteidigung übernehmen. In der Tat, im letzten Augenblick, als jeder sie bereits für schuldig hält, naht ein Nachen dem Ufer, von einem Schwan an einer goldenen Kette gezogen. Lohengrin, der Ritter des heiligen Grals, der Beschützer der Unschuldigen, der Verteidiger der Schwachen, hat den Ruf vernommen, in der entlegenen Wunderburg, wo dieses göttliche Gefäß als kostbarer Schatz gehütet wird, das zweimal geheiligte, durch das Abendmahl und durch das Blut des Heilands, das Joseph von Arimathia aus seiner Seitenwunde darin auffing. Lohengrin, der Sohn Parsifals, steigt aus seinem Nachen, in glänzender Silberrüstung, den Helm auf dem Haupte, den Schild im Rücken, ein kleines goldnes Horn zur Seite, auf sein Schwert gelehnt. »Wenn ich im Kampfe für dich siege«, spricht Lohengrin zu Elsa, »willst du, daß ich dein Gatte sei? ... Elsa, soll ich dein Gatte heißen, ... mußt eines du geloben mir: Nie sollst du mich befragen, noch Wissens Sorge tragen, woher ich kam der Fahrt, noch wie mein Nam' und Art!« Und Elsa: »Nie, Herr, soll mir die Frage kommen!« Und als Lohengrin feierlich die Formel des Gelöbnisses wiederholt, antwortet Elsa: »Mein Schirm! Mein Engel! Mein Erlöser, der fest an meine Unschuld glaubt! Wie gäb' es Zweifels Schuld, die größer, als die an dich den Glauben raubt? Wie du mich schirmst in meiner Not, so halt' in Treu' ich dein Gebot!« Und entzückt sie an seine Brust erhebend, ruft Lohengrin aus: »Elsa, ich liebe dich!« Der Dialog ist hier von einer Schönheit, wie sie uns in Wagners Dramen häufig begegnet, ganz durchtränkt von dem Zauber des Ursprünglichen, ganz ins Erhabene gesteigert durch die ideale Empfindung, ohne daß die Feierlichkeit die natürliche Anmut im geringsten minderte.

Lohengrins Sieg verkündet Elsas Unschuld; der Zauberin Ortrud und Friedrich von Telramund, zwei Bösewichten, denen daran gelegen ist, daß Elsa verurteilt werde, gelingt es, die weibliche Neugier in ihr zu erregen, ihre Freude durch den Zweifel zu trüben, und nun bedrängen sie die Verstörte, bis sie ihr Gelöbnis bricht und ihren Gatten auffordert, ihr seine Herkunft zu gestehen. Der Zweifel hat den Glauben getötet, und der verschwundene Glaube nimmt das Glück mit sich fort. Lohengrin streckt Friedrich, der aus dem Hinterhalt auf ihn eindringt, mit einem Streich tot zu Boden, und vor dem König, den Rittern und dem versammelten Volke enthüllt er seine wahre Herkunft:

»... Wer dem Gral zu dienen ist erkoren,
den rüstet er mit überirdischer Macht;
an dem ist jedes Bösen Trug verloren,

wenn ihn er sieht, weicht dem des Todes Nacht.
Selbst wer von ihm in ferne Land' entsendet,
zum Streiter für der Tugend Recht ernannt,
dem wird nicht seine heil'ge Kraft entwendet,
bleibt als sein Ritter dort er unerkannt;
so hehrer Art doch ist des Grales Segen,
enthüllt – muß er des Laien Auge fliehn;
des Ritters drum sollt Zweifel ihr nicht hegen,
erkennt ihr ihn, – dann muß er von euch ziehn. –
Nun hört, wie ich verbotner Frage lohne!
Vom Gral ward ich zu euch dahergesandt:
mein Vater Parsifal trägt seine Krone,
sein Ritter, ich – bin Lohengrin genannt.«

Der Schwan erscheint wieder am Ufer, um den Ritter in seine Wunderheimat zurückzuführen. In der Verblendung ihres Hasses offenbart die Zauberin, daß der Schwan niemand anders ist als Elsas Bruder, den sie durch einen Zauber in das Tier hineingebannt hat. Lohengrin besteigt den Nachen, nachdem er ein glühendes Gebet an den Gral gerichtet hat. Eine Taube nimmt die Stelle des Schwanes ein, und statt seiner steht Gottfried, der junge Herzog von Brabant, da. Der Ritter ist zum Monsalvat heimgekehrt. Elsa, die Zweiflerin, Elsa, die wissen, prüfen, untersuchen wollte, Elsa hat ihr Glück verloren. Das Ideal ist entflogen.
Wie der Leser gewiß bemerkt haben wird, weist diese Sage eine auffallende Ähnlichkeit mit dem antiken Mythos von Psyche auf, die ihrerseits ein Opfer dämonischer Neugier wurde, und die, als sie das Inkognito ihres göttlichen Gemahls nicht achten wollte und das Verborgene erhellte, ihres ganzen Glückes verlustig ging. Elsa leiht Ortrud ihr Ohr, wie Eva der Schlange. Die ewige Eva geht in die ewige Falle. Überliefern Völker und Rassen einander ihre Sagen, wie Menschen sich ihren Besitz, ein überkommenes Erbe oder wissenschaftliche Geheimnisse vermachen? Fast möchte man es glauben, so auffällig ist die seelisch-sittliche Analogie zwischen den Mythen und Sagen, die in verschiedenen Gegenden entstanden sind. Doch diese Erklärung ist zu einfach, um einen philosophischen Geist auf die Dauer zu befriedigen. Wo die Allego-

rie eine Schöpfung des Volkes ist, kann sie nicht mit jenen Samenkörnern verglichen werden, die ein Ackersmann brüderlich einem anderen überläßt, der sie in seinem Boden eingewöhnen möchte. Nichts, das ewig und allgemein ist, bedarf der Eingewöhnung. Die erwähnte geistig-sittliche Analogie ruht gleich dem Abdruck eines göttlichen Siegels auf allen Volksmärchen. Das mag, wenn man so will, das Zeichen eines einzigen Ursprungs, der Beweis einer unanfechtbaren Verwandtschaft sein, doch nur unter der Bedingung, daß man diesen Ursprung nirgendwo anders als in dem Uranfang und gemeinsamen Ursprung aller Menschen sucht. Der oder jener Mythos mag als der Bruder eines anderen gelten, auf die gleiche Weise, wie man den Neger einen Bruder des Weißen nennt. In gewissen Fällen leugne ich weder die Verwandtschaft noch die Abhängigkeit; ich glaube nur, daß in sehr vielen anderen eine oberflächliche Ähnlichkeit oder selbst die seelisch-geistige Analogie zu Fehlschlüssen verleiten kann, und daß, um unseren Vergleich aus dem Pflanzenreich wiederaufzunehmen, der Mythos ein Baum ist, der überall gedeiht, in jedem Klima, unter jeder Sonne, von selbst und ohne Ableger. Die Religionen und die Dichtungen der vier Weltteile liefern in dieser Hinsicht eine Überfülle von Beweisen. Wie die Sünde überall ist, so ist die Erlösung überall, der Mythos überall. Nichts ist so kosmopolitisch wie das Ewige. Man möge mir diese Abschweifung, die sich mir hier unwiderstehlich aufdrängte, freundlichst verzeihen. Ich kehre nun zu dem Schöpfer des »Lohengrin« zurück.

Immer wieder begegnet uns bei Wagner eine unverkennbare Vorliebe für die feudale Prachtentfaltung, für homerische Versammlungen, in denen ein gewaltiger Vorrat von vitalen Kräften sich entfaltet, für begeisterte Massen, die Träger und Vermittler menschlicher Elektrizität, die den heroischen Stil mit natürlicher Heftigkeit hervortreibt. Das Hochzeitsfest und der Brautchor des »Lohengrin« bilden ein würdiges Gegenstück zum Einzug der Gäste auf der Wartburg im »Tannhäuser«, den sie vielleicht an Majestät und Eindringlichkeit noch übertreffen. Immer jedoch voller Geschmack und auf Nuancen bedacht, hat der Meister hier nicht das Gewühl dargestellt, in dem sich das Bürgervolk bei einem solchen Anlaß bewegen würde. Selbst auf dem Höhepunkt ihres heftigsten Tobens drückt die Musik nur die Aufgewühltheit von Menschen aus, die den Regeln der Etikette unterworfen sind; eine höfische Gesellschaft unterhält sich, und selbst trunken vor Lust bewahrt sie noch den Rhythmus des Schicklichen. Im Wechsel mit der anbrandenden Freude der Menge ertönt der sanfte, zärtliche und feierliche Brautgesang; der Sturm des allgemeinen Jubels kontrastiert in mehrfachen Reprisen mit dem gedämpften, von Rührung durchklungenen Rhythmus, der Elsas Vereinigung mit Lohengrin feiert.

Ich habe schon von gewissen melodischen Phrasen gesprochen, deren beständige Wiederkehr in verschiedenen Stücken, die dem gleichen Werk entnommen waren, mein Ohr bei dem ersten Konzert, das Wagner in der Salle des Italiens gab, lebhaft beschäftigt hatte. Im »Tannhäuser« hatte das wiederholte Erscheinen der beiden Hauptthemen, des religiösen Motivs und des Gesanges der Lust, die Aufgabe, die Aufmerksamkeit des Publikums zu wecken und es in eine der neuen Situation entsprechende Stimmung zu versetzen. Im »Lohengrin« findet dieses das Gedächtnis stützende System eine noch weiter ins einzelne gehende Anwendung. Jeder Person ist, gleichsam als Wappen, eine Melodie beigegeben, die ihren seelisch-sittlichen Charakter darstellt und auf die Rolle deutet, die sie im Verlauf des Stückes zu spielen bestimmt ist. Hier trete ich bescheiden hinter Liszt zurück und überlasse ihm das Wort, dessen Buch *(Lohengrin et Tannhäuser)* ich bei dieser Gelegenheit allen Freunden einer tiefen und verfeinerten Kunst empfehlen möchte. Trotz der etwas seltsamen Sprache, in der er sich auszudrücken beliebt, einem Idiom, das seinen Wortschatz verschiedenen Sprachen entlehnt zu haben scheint, versteht er es, uns die ganze Rhetorik des Meisters höchst reizvoll zu übersetzen:

»Der Betrachter, der vorbereitet ist und sich damit abgefunden hat, *keinem jener vereinzelten Stücke zu begegnen, die, eines um das andere auf dem Faden einer Intrige aufgereiht, die Substanz unserer üblichen Opern bilden,* sieht sich aufgefordert, mit besonderem Interesse drei Akte hindurch die tief durchdachte, erstaunlich geschickte und dichterisch intelligente Kunst der Kombination zu verfolgen, mit welcher Wagner, *vermittels mehrerer Haupt- und*

Leitphrasen, einen melodischen Knoten schürzt, der sein ganzes Drama ausmacht. Die Windungen, die diese Phrasen beschreiben, indem sie sich mit den Worten der Dichtung verbinden und verschlingen, sind von einer aufs höchste bewegenden Wirkung. Will man jedoch, nachdem man diese Wirkung bei der Aufführung erfahren hat und ihr erlegen ist, näherhin feststellen, was einen da so lebhaft erregt hat, und die Partitur dieses so neuartigen Werkes studieren, dann bleibt man erstaunt über alle Absichten und Abstufungen, die es umfaßt und die beim ersten Hören aufzunehmen man nicht imstande wäre. Welches sind die Dramen und Epen der großen Dichter, die man nicht lange studieren muß, um sie in ihrer vollen Bedeutung zu erfassen?
Durch ein Verfahren, das Wagner auf eine gänzlich unvorhergesehene Weise anwendet, gelingt es ihm, das Reich und die Ansprüche der Musik weiter auszudehnen. Wenig zufrieden mit der Macht, die sie über die Herzen ausübt, indem sie die ganze Stufenleiter der menschlichen Gefühle darin weckt, ermöglicht er es ihr, unsere Ideen zu erregen, sich an unsere Denkkraft zu wenden, uns zum Nachdenken aufzurufen, und stattet sie mit einer moralischen und intellektuellen Bedeutung aus ... Melodisch zeichnet er den Charakter seiner Person und ihrer vornehmsten Leidenschaften, und diese Melodien erscheinen, *im Gesang oder in der Begleitung*, jedesmal dann, wenn die Leidenschaften und die Gefühle, deren Ausdruck sie sind, auf dem Spiel stehen. Diese systematische Persistenz ist verbunden mit einer Kunst der Verteilung, welche, aufgrund der Feinheit der psychologischen, poetischen und philosophischen Aperçus, die sie beweist, auch die Neugier jener aufs höchste zu stacheln geeignet wäre, für welche die Achtel- und Sechzehntelnoten nur tote Buchstaben und leere Hieroglyphen sind. Wagner nötigt unseren betrachtenden Nachsinn und unser Gedächtnis zu einem fortwährenden Exerzitium; und dadurch allein entreißt er die Wirkung der Musik dem verschwommenen Bereich der Rührung und fügt ihrem Zauber einige der Vergnügungen des Geistes hinzu. Durch diese Methode, welche die leichten Genüsse erschwert, die sonst *eine Reihe von wenig miteinander verwandten Gesangsnummern* uns verschafft, zwingt er seine Zuhörer zu einer ungewöhnlichen Aufmerksamkeit; gleichzeitig aber

bereitet er denen, die sie zu kosten verstehen, vollkommenere Empfindungen. Seine Melodien sind, gewissermaßen, *personifizierte Ideen;* ihre Wiederkehr kündigt dasjenige der Gefühle an, welches die ausgesprochenen Worte nicht ausdrücklich anzeigen; ihnen überträgt Wagner die Aufgabe, uns alle Geheimnisse der Herzen zu enthüllen. Es gibt da Phrasen, zum Beispiel jene in der ersten Szene des zweiten Aufzugs, welche sich wie eine giftige Schlange ihren Weg durch die Oper bahnen, die Opfer umschlingen und vor ihren heiligen Verteidigern flüchten; es gibt andere, wie jene des Vorspiels, die nur selten wiederkehren, mit den höchsten und göttlichsten Offenbarungen. Die Situationen oder die Personen von einiger Wichtigkeit finden musikalisch ihren Ausdruck in einer Melodie, die zu ihrem feststehenden Symbol wird. Da diese Melodien nun von seltener Schönheit sind, so sagen wir denen, die sich bei der Prüfung einer Partitur mit einem Urteil über die Verhältnisse zwischen Achtel- und Sechzehntelnoten begnügen, daß die Musik dieser Oper, selbst wenn sie ihres schönen Textes entraten müßte, immer noch eine Hervorbringung ersten Ranges wäre.«

In der Tat, auch ohne die Poesie wäre Wagners Musik immer noch ein dichterisches Werk, da sie mit allen Eigenschaften ausgestattet ist, die ein wohlgeratenes Gedicht ausmachen. Sie erläutert und erklärt sich selber, so sehr sind alle Dinge hier vereinigt, verbunden, aufeinander abgestimmt und, wenn es erlaubt ist, sich eines Barbarismus zu bedienen, um den Superlativ einer Eigenschaft auszudrücken, *konkateniert.*

Le Vaisseau fantôme, oder »Der fliegende Holländer«, ist die so volkstümliche Geschichte jenes Ewigen Juden der Meere, dem jedoch ein hilfreicher Engel unter einer Bedingung die Erlösung erwirkt hat: *Wenn der Kapitän, der alle sieben Jahre das feste Land betreten wird, dort einem treuen Weib begegnet, wird er gerettet sein.* Als der Unglückliche ein gefährliches Kap umschiffen wollte und der Sturm ihn jedes Mal wieder abtrieb, hatte er einmal ausgerufen: »Ich werde diese unübersteigbare Schranke bezwingen, und sollte ich die ganze Ewigkeit hindurch kämpfen!« Und die Ewigkeit hatte die Herausforderung des verwegenen Seefahrers angenommen. Seither hatte das unheimliche Schiff sich da

oder dort sehen lassen, an verschiedenen Küsten, dem Sturmwind trotzend mit der Verzweiflung eines Kriegers, der den Tod sucht; immer aber blieb es vom Sturm verschont, und selbst der Pirat schlug bei seinem Anblick ein Kreuz und floh davon. Die ersten Worte des Holländers, nachdem sein Schiff Anker geworfen hat, sind düster und feierlich: »Die Frist ist um, und abermals verstrichen sind sieben Jahr. – Voll Überdruß wirft mich das Meer ans Land ... Ha, stolzer Ozean! In kurzer Frist sollst du mich wieder tragen! ... Nirgends ein Grab! Niemals der Tod! Dies der Verdammnis Schreckgebot ... Tag des Gerichtes! Jüngster Tag! Wann brichst du an in meine Nacht? ...« Neben dem Gespensterschiff hat ein norwegisches Schiff Anker geworfen; die beiden Kapitäne lernen sich kennen, und der Holländer bittet den Norweger, »ihm auf kurze Frist sein Haus zu vergönnen ..., ihm eine neue Heimat zu geben«. Er bietet ihm ungeheure Schätze, deren betörender Glanz jenen erstaunt, und zuletzt fragt er ihn unvermittelt: »Hast du eine Tochter? ... Sie sei mein Weib! ... Nie werd' ich die Heimat erreichen: zu was frommt mir der Güter Gewinn? Läßt du zu dem Bund dich erweichen, oh! so nimm meine Schätze dahin!« – »Wohl hab' ich eine schöne Tochter, mit treuer Kindeslieb' ergeben mir.« – »Dem Vater stets bewahr' sie ihre Liebe! Ihm treu, wird sie auch treu dem Gatten sein.« – »Du gibst Juwelen, unschätzbare Perlen, das höchste Kleinod doch, ein treues Weib.« – »Du gibst es mir? ... Werd' ich die Tochter heut' noch sehn?«
In dem Zimmer des Norwegers unterhalten mehrere Mädchen sich von dem *Fliegenden Holländer,* und Senta, von einer fixen Idee besessen, in träumerisches Anschauen eines geheimnisvollen Bildnisses versunken, singt die Ballade, in welcher die Verdammnis des Seefahrers erzählt wird:

»Traft ihr das Schiff im Meere an,
blutrot die Segel, schwarz der Mast?
Auf hohem Bord der bleiche Mann,
des Schiffes Herr, wacht ohne Rast ...
  Wie ein Pfeil fliegt er hin,
ohne Ziel, ohne Rast, ohne Ruh! – –
Doch kann dem bleichen Manne Erlösung einstens noch werden,

fänd' er ein Weib, das bis in den Tod getreu ihm auf Erden! ...
  Betet zum Himmel, daß bald
  ein Weib Treue ihm halt!

Bei bösem Wind und Sturmes Wut
umsegeln wollt' er einst ein Kap;
er flucht und schwur mit tollem Mut:
In Ewigkeit laß ich nicht ab!
  Und Satan hört's!
  Nahm ihn beim Wort!
  Und verdammt zieht er nun
durch das Meer ohne Rast, ohne Ruh! – –
Doch, daß der arme Mann noch Erlösung fände auf Erden,
zeigt' Gottes Engel an, wie sein Heil ihm einst könne werden:
Ach! Könntest du, bleicher Seemann, es finden!
  Betet zum Himmel, daß bald
  ein Weib Treue ihm halt!

Vor Anker alle sieben Jahr,
ein Weib zu frein, geht er ans Land: –
er freite alle sieben Jahr,
noch nie ein treues Weib er fand. –
  Die Segel auf!
  Den Anker los!
  Falsche Lieb', falsche Treu'!
Auf, in See, ohne Rast, ohne Ruh!«

Und plötzlich, aus dem Abgrund ihrer Träumerei auftauchend, ruft Senta, von Begeisterung hingerissen, aus: »*Ich* sei's, die dich durch ihre Treu' erlöse! Mög' Gottes Engel mich dir zeigen! Durch mich sollst du das Heil erreichen!« Magnetisch zieht das Unglück den Geist des Mädchens an; sein wahrer Verlobter ist der verdammte Kapitän, den nur die Liebe loskaufen kann.
Endlich erscheint der Holländer, den Sentas Vater ihr vorstellt; und er ist der Mann, den das Bildnis zeigt, das sagenhafte Antlitz an der Wand. Als der Holländer, dem schrecklichen Melmoth gleich, den Immalées, seines Opfers, Schicksal rührt, ihr eine allzu

gefährliche Ergebenheit ausreden möchte, als der von Mitleid ergriffene Verdammte das Werkzeug des Heiles zurückstößt, als er, in aller Eile sein Schiff besteigend, sie dem Glück der Familie und der gewöhnlichen Liebe überlassen will, widersetzt sie sich und bleibt dabei, ihm folgen zu wollen: »Wohl kenn' ich dich! Wohl kenn' ich dein Geschick! Ich kannte dich, als ich zuerst dich sah!« Und er, in der Hoffnung, sie abzuschrecken: »Befrag die Meere aller Zonen, befrag den Seemann, der den Ozean durchstrich: – Er kennt dies Schiff, das Schrecken aller Frommen: den *fliegenden Holländer* nennt man mich!« Und sie antwortet, das absegelnde Schiff mit ihrer Ergebenheit und ihren Rufen verfolgend: »Preis' deinen Engel und sein Gebot! Hier steh ich, treu dir bis zum Tod!« Und sie stürzt sich in das Meer. Das Schiff versinkt. Zwei luftige Gestalten entsteigen den Fluten: die verklärten Gestalten Sentas und des Holländers.

Den Unglücklichen um seines Unglücks willen zu lieben, ist ein zu hoher Gedanke, als daß er anderswo erwachen könnte als in einem unschuldigen Herzen, und es war gewiß ein sehr schöner Einfall, die Erlösung eines Verfluchten von der leidenschaftlichen Vorstellungskraft eines jungen Mädchens abhängen zu lassen. Das ganze Drama ist mit sicherer Hand angelegt, ohne Umschweife; jede Situation kräftig herausgearbeitet; und die Gestalt der Senta trägt eine übernatürliche und unwahrscheinliche Größe in sich, die bezaubert und Furcht einflößt. Die äußerste Einfachheit der Dichtung verstärkt noch ihre Wirkung. Alles ist an seinem Platz, alles wohlgeordnet und im rechten Verhältnis. Die Ouvertüre, die wir im Théâtre-Italien gehört haben, ist tief und schauerlich wie der Ozean, der Wind und die Finsternis.

Ich sehe mich genötigt, meinen Ausführungen engere Grenzen zu ziehen, und ich glaube, ich habe (für heute wenigstens) genug gesagt, um einem unvoreingenommenen Leser Wagners Absichten und seine dramatische Form begreiflich zu machen. Außer »Rienzi«, dem »Fliegenden Holländer«, »Tannhäuser« und »Lohengrin« hat er noch »Tristan und Isolde« komponiert, und vier weitere Opern, die eine Tetralogie bilden und deren Stoff der Nibelungensage entnommen ist. Hinzu kommen zahlreiche kritische Schriften. Dies sind die Arbeiten des Mannes, dessen Person und dessen ideale Bestrebungen den Pariser Maulaffen so lange ausgiebigen Stoff geliefert haben und die der Leichtsinn seit über einem Jahr tagtäglich mit seinem Spott bedenkt.

IV

Man kann jederzeit für einen Augenblick von dem systematischen Teil absehen, den jeder große bewußte Künstler notwendigerweise in jedes seiner Werke einführt; tut man das, so bleibt doch zu untersuchen und festzustellen, durch welche persönliche Eigentümlichkeit er sich von den anderen unterscheidet. Ein Künstler, ein Mann, der dieses großen Namens wahrhaftig würdig ist, muß etwas besitzen, das wesentlich *sui generis* ist, dank dessen er *er* und kein anderer ist. So betrachtet, sind die Künstler voneinander verschieden, wie der Geschmack einer Frucht von dem einer anderen verschieden ist, und der Vorrat an Metaphern, über den wir Menschen verfügen, ist vielleicht nicht umfassend genug, um eine hinreichend genaue Bestimmung für alle bekannten und alle *möglichen* Künstler zu liefern. Wir haben bereits zwei Menschen in Wagner festgestellt, den Mann der Ordnung und den Mann der Leidenschaft. Hier geht es um den leidenschaftlichen, den gefühlvollen Menschen. Dem geringsten seiner Musikstücke hat er seine Persönlichkeit mit so glühenden Zügen eingeschrieben, daß es nicht schwer sein dürfte, seine Haupteigenschaft ausfindig zu machen. Von Anfang an hatte eine Überlegung mich lebhaft beschäftigt: daß nämlich der Künstler in dem wollüstigen und orgiastischen Teil der Tannhäuser-Ouvertüre die gleiche Kraft und Energie entfaltet hatte wie in der mystischen Glut, welche das Vorspiel des »Lohengrin« kennzeichnet. Das gleiche Streben hier wie dort, der gleiche titanische Ansturm und ebenso das gleiche Raffinement, das gleiche subtile Können. Was mir demnach vor allem anderen auf unvergeßliche Weise die Musik dieses Meisters zu charakterisieren scheint, ist die nervöse Intensität, die Heftigkeit in der Leidenschaft und im Wollen. Mit der sanftesten oder der schrillsten Stimme drückt diese Musik alles aus, was sich in den tiefsten Tiefen des Menschenherzens verbirgt. Ein ideales Streben herrscht freilich in allen seinen Kompositionen vor; aber, wenn Wagner sich durch die Wahl seiner Stoffe und durch sein dramatisches Verfahren der Antike nähert, so ist er durch die leidenschaftliche Energie seines Ausdrucks heutzutage der wahrste Vertreter der Moderne. Und alles Wissen, alle Anstrengungen, alle Berechnungen dieses reichen Geistes sind recht eigentlich nur die sehr ergebenen und sehr beflissenen Diener dieser unwiderstehlichen Leidenschaftlichkeit. Das hat, gleichviel welchen Stoff er behandelt, eine Feierlichkeit von höchstem Nachdruck zur Folge. Durch diese Leidenschaft treibt er alles gleichsam ins Übermenschliche hinauf; durch diese Leidenschaftlichkeit versteht er alles und macht er alles verständlich. Alles, was die Worte *Wille, Verlangen, Konzentration, nervöse Intensität, Explosion* bezeichnen, fühlt und ahnt man in seinen Werken. Ich glaube mich nicht zu täuschen noch andere irrezuführen, wenn ich behaupte, daß ich darin die Hauptmerkmale des Phänomens sehe, das wir *Genie* nennen; oder zumindest, daß man bei der Untersuchung alles dessen, was wir bisher zu Recht *Genie* genannt haben, besagte Merkmale wiederfindet. Ich gestehe, daß mir in Dingen der Kunst die Maßlosigkeit nicht zuwider ist; die Mäßigung ist mir noch nie als das Zeichen einer kräftigen künstlerischen Natur erschienen. Ich liebe jenen Überschwang an Gesundheit, jene gewaltsamen Ausbrüche der Willenskraft, die sich den Werken einzeichnen wie die glühende Lava in vulkanischem Gelände, und die im gewöhnlichen Leben oft die erquickende Phase kennzeichnen, die auf eine schwere moralische oder physische Krise folgt.

Was mag nun aus der Reform werden, die der Meister in der Anwendung der Musik auf das Drama einführen will? Hier etwas Bestimmtes vorauszusagen, ist unmöglich. Sehr allgemein und vage mag man mit dem Psalmisten sagen, daß früher oder später die Erniedrigten erhöht und die Erhöhten gedemütigt werden, doch mehr nicht, was über den üblichen Verlauf aller menschlichen Angelegenheiten hinausreichte. Wir haben gesehen, wie manches, was man für unsinnig erklärte, später zum Vorbild wurde, dem die Menge nacheiferte. Das gesamte heutige Publikum entsinnt sich des heftigen Widerstands, auf den Victor Hugos Dramen und Eugène Delacroix' Bilder stießen. Wir haben ja auch schon darauf hingewiesen, daß der Streit, der das Publikum gegenwärtig spaltet, ein bereits vergessener, unversehens neu entfachter Streit war, und daß Wagner selber in der Vergangenheit die ersten Elemente *des Fundamentes* fand, *auf dem er sein Ideal errichtete.* Soviel steht fest, daß seine Lehre danach angetan ist, alle Leute von Geist zu vereinigen, die der Verkehrtheiten der Oper seit langem überdrüssig sind, und es ist nicht erstaunlich, daß insbesondere die Schriftsteller ihre Sympathie für einen Musiker bekundeten, der sich rühmt, Poet und Dramaturg in einem zu sein. Ebenso hatten die Schriftsteller des achtzehnten Jahrhunderts Glucks Werken zugejubelt, und ich kann nicht umhin, festzustellen, daß diejenigen, welche sich von Wagners Werken am stärksten abgestoßen fühlen, auch eine entschiedene Abneigung gegen seinen Vorläufer an den Tag legen.

Schließlich kann der Erfolg oder Mißerfolg des »Tannhäuser« absolut nichts beweisen; er entscheidet auch nichts über die günstigen oder ungünstigen Aussichten für die Zukunft. Nehmen wir einmal an, der »Tannhäuser« wäre ein abscheuliches Werk – er hätte *in den Himmel gehoben* werden können. Und angenommen, er sei vollkommen, so könnte er doch Empörung auslösen. Die eigentliche Frage, die nach der Reform der Oper, ist nicht entschieden, und die Schlacht wird ihren Fortgang nehmen; hat sie ein wenig nachgelassen, wird sie aufs neue entbrennen. Ich hörte kürzlich sagen, wenn Wagner mit seinem Drama ein glänzender Erfolg beschieden wäre, so wäre dies doch eine rein persönliche Angelegenheit, und sein Verfahren würde letztlich ohne Einfluß auf die Schicksale und Umgestaltungen des lyrischen Dramas bleiben. Ich halte mich durch das Studium der Vergangenheit, das heißt des Ewigen, für ermächtigt, das genaue Gegenteil zu vermuten: auch durch eine gänzliche Niederlage wird die Möglichkeit neuerlicher Versuche in der nämlichen Richtung in keiner Weise vernichtet, und ich könnte mir leicht vorstellen, daß man in nicht zu ferner Zukunft sehen wird, wie nicht nur neue Schöpfer, sondern sogar Männer von längst beglaubigtem Ansehen gewisse Ideen, die Wagner in Umlauf gesetzt hat, sich auf diese oder jene Weise zunutze machen und glücklich durch die von ihm geschlagene Bresche ziehen werden. In welchem Geschichtsbuch hat man denn je gelesen, daß eine große Sache durch einen einzigen Streich zugrunde gegangen sei?

18. März 1861

Noch einige Worte

»Der Beweis ist erbracht! Die *Zukunftsmusik* ist begraben!« schreien voll Freude alle Auspfeifer und Verschworenen. »Der Beweis ist erbracht!« plappern alle Einfaltspinsel des Feuilletons ihnen nach. Und sämtliche Maulaffen respondieren einhellig in aller Unschuld: »Der Beweis ist erbracht!«

In der Tat, ein Beweis ist erbracht worden, der wohl noch abertausendmal erbracht werden wird, bevor die Welt untergeht; der Beweis zum ersten, daß kein großes und ernstes Werk im Gedächtnis der Menschheit eine Stelle einnehmen und seinen Platz in der Geschichte gewinnen wird, ohne lebhaften Anfeindungen ausgesetzt zu sein; ferner, daß zehn hartnäckige Personen mit Hilfe schriller Pfeifen imstande sind, die Darsteller aus der Fassung zu bringen, über ein wohlwollendes Publikum den Sieg davonzutragen und mit ihrem mißtönenden Protest selbst gegen die gewaltigen Klänge eines Orchesters sich durchzusetzen, besäße dieses auch die mächtige Stimme des Ozeans. Dabei trat auch ein bemerkenswerter Mißstand zutage: ein Abonnementsystem, bei dem die Plätze für ein ganzes Jahr vermietet werden, schafft eine Art von Aristokratie, die, wenn es ihr genehm ist, jederzeit, aus einem beliebigen Grunde oder weil es in ihrem Interesse liegt, das große Publikum von jedem Anteil an der Beurteilung eines Werkes auszuschließen vermag. Man führe das nämliche Abonnementsystem an anderen Theatern, etwa an der Comédie-Française, ein, und wir werden dort bald den nämlichen Bedenklichkeiten und Skandalen begegnen. Eine beschränkte Gesellschaft wird dem ungeheuren Publikum von Paris das Recht rauben können, ein Werk zu würdigen, über welches das Urteil allen zusteht.

Die Leute, die sich Wagners entledigt zu haben glauben, haben sich zu früh gefreut; viel zu früh, wie wir ihnen versichern können. Ich möchte ihnen dringend raten, einen Triumph, der überdies nicht zu den ehrenvollsten gehört, weniger laut zu feiern, und sich für die Zukunft sogar mit Resignation zu wappnen. Was wissen sie von dem Schaukelspiel der menschlichen Angelegenheiten, von Flut und Ebbe der Leidenschaften?! Sie ahnen auch nicht, mit welcher Geduld und welcher Hartnäckigkeit die Vorsehung jene stets ausgestattet hat, denen sie ein Amt überträgt. Die gegenläufige Bewegung hat bereits begonnen; sie setzte an eben dem Tage ein, als Böswilligkeit, Dummheit, Routine und Mißgunst im Verein das Werk zu begraben versuchten. Die Ungeheuerlichkeit des Unrechts hat tausend Sympathien geweckt, die sich nun auf allen Seiten bemerkbar machen.

*

Personen, die fern von Paris leben, die diese ungeheuerliche Anhäufung von Menschen und Steinen fasziniert und ängstigt, muß das, was dem Tannhäuser-Drama unerwarteterweise widerfahren ist, wie ein Rätsel vorkommen. Es wäre ein leichtes, das, was geschehen ist, aus dem unglücklichen Zusammentreffen mehrerer Ursachen, von denen einige der Kunst fremd sind, zu erklären. Gestehen wir sogleich den alles beherrschenden Hauptgrund: Wagners Oper *ist ein ernstes Werk*, das eine beharrliche Aufmerksamkeit fordert; man begreift, welche ungünstigen Aussichten mit dieser Vorbedingung in einem Lande verknüpft sind, wo die alte Tragödie ihren Erfolg vor allem den Annehmlichkeiten verdankte, die sie dem Bedürfnis nach Zerstreuung bot. In Italien schlürft man Sorbet oder erzählt sich die neuesten Klatschgeschichten während den Zwischenaktmusiken, für welche die Mode keinen Beifall verlangt; in Frankreich pflegt man Karten zu spielen. »Das ist eine Unverschämtheit, daß Sie mich zwingen wollen, Ihrem Werk mit angespannter Aufmerksamkeit zu folgen«, ruft der störrische Abonnent; »was ich von Ihnen erwarte, ist eher eine die Verdauung fördernde Unterhaltung als eine Gelegenheit, meinen Geist zu üben.« Neben diesem Hauptgrund müssen andere genannt werden, die jedem bekannt sind, in Paris zumindest. Der kaiserliche Befehl, der dem Fürsten so sehr zur Ehre gereicht, und für den man ihm, meine ich, aufrichtig danken darf, ohne sich dadurch

den Vorwurf der Liebedienerei zuzuziehen, hatte gegen den Künstler viele Mißgünstige und viele jener Maulaffen aufgebracht, die stets ihre Unabhängigkeit zu bekunden glauben, wenn sie *all'unisono* in ein Gebell ausbrechen. Die kürzlich erlassene Verfügung, die der Zeitung und der Rede einige Freiheiten einräumte, hat ein lang unterdrücktes natürliches Ungestüm entfesselt, das sich wie ein tollwütiges Tier auf den erstbesten Passanten gestürzt hat. Dieser Passant war der »Tannhäuser«, dessen Aufführung das Staatsoberhaupt genehmigt hatte und den die Gemahlin eines auswärtigen Gesandten offen protegierte. Welche herrliche Gelegenheit! Ein ganzes französisches Theater hat sich mehrere Stunden lang an den Schmerzen dieser Frau geweidet, und, was weniger bekannt ist, sogar die Gattin Wagners ist bei einer dieser Vorstellungen beleidigt worden. Ein gewaltiger Sieg!
Eine mehr als unzulängliche Inszenierung, die einem ehemaligen Singspieldichter übertragen worden war (kann man sich *Les Burgraves* von Herrn Clairville inszeniert vorstellen?); ein nachlässig und unsauber spielendes Orchester; ein deutscher Tenor, auf den man vornehmlich seine Hoffnungen gesetzt hatte und der mit bedauernswerter Beharrlichkeit nicht abläßt, falsch zu singen; eine verschlafene Venus, die man in ein Bündel weißer Fetzen gekleidet hatte und deren Aussehen nicht vermuten ließ, daß sie vom Olymp herabgestiegen oder der schillernden Phantasie eines mittelalterlichen Künstlers entsprungen sei; sämtliche Plätze für zwei Aufführungen einer Menge überlassen, in der den meisten jedes ideale Streben entweder zuwider oder zumindest gleichgültig war, – alle diese Umstände müssen ebenfalls in Betracht gezogen werden. Nur Mademoiselle Sax und Morelli (und ihnen zu danken bietet sich hier eine willkommene Gelegenheit) haben dem Sturme Trotz geboten. Es wäre nicht geziemend, nur ihr Talent zu loben; man muß auch ihre Unerschrockenheit rühmen. Sie haben in der allgemeinen Verwirrung standgehalten; ohne auch nur einen Augenblick nachzugeben, sind sie dem Komponisten treu geblieben. Morelli, mit seiner bewundernswerten italienischen Geschmeidigkeit, hat sich dem Stil und Geschmack des Komponisten getreulich angepaßt, und die Besucher, die ihn näher kennenzulernen oft Gelegenheit hatten, sagten, diese Fügsamkeit sei ihm zugute ge-

kommen und er habe sich noch niemals so vorteilhaft ausgenommen wie in der Rolle des Wolfram. Was aber sollen wir von Herrn Niemann sagen, von seinen Schwächen, seinem kläglichen Gehabe, seinem gekränkten Betragen eines verzogenen Kindes, wir, die wir Theaterstürmen beigewohnt haben, wo Männer wie Frédérick und Rouvière, und sogar Bignon selber, obwohl sein Ruhm ihn weniger dazu ermächtigte, dem Fehlurteil des Publikums offen die Stirne boten, sich desto eifriger ihrem Spiel widmeten, je ungerechter jenes sie behandelte, und beharrlich mit dem Autor gemeinsame Sache machten? – Schließlich hat auch die Frage des Balletts, die man zu einer entscheidenden Frage hinaufgetrieben und monatelang beredet hatte, nicht wenig zu dem Aufruhr beigetragen. »Eine Oper ohne Ballett? Was soll das heißen?« sagte die Routine. »Was soll das heißen?« sagten die Beschützer der Mädchen. »Nehmen Sie sich in acht!« warnte sogar selber den Autor der aufgeschreckte Minister. Zur Entschädigung ließ man auf der Bühne preußische Regimenter in kurzen Röckchen manövrieren, die wie Kriegsschüler ihre mechanischen Bewegungen vollführten; und ein Teil des Publikums sagte beim Anblick all dieser Beine und von einer schlechten Inszenierung getäuscht: »Das ist ein schlechtes Ballett und eine Musik, die nicht für den Tanz geschaffen ist.« Der gesunde Menschenverstand erwiderte: »Das ist kein Ballett; aber das sollte ein Bacchanal sein, eine Orgie, wie die Musik anzeigt, und wie sie bisweilen an der Porte-Saint-Martin, im Ambigu, im Odéon, und sogar in Theatern minderen Ranges, zu sehen war, die zu bieten die Oper jedoch außerstande ist, die sich auf überhaupt nichts versteht.« Und so war es auch kein künstlerischer Grund, sondern lediglich die Ungeschicklichkeit der Machinisten, was dazu führte, daß ein ganzes Tableau (das neuerliche Erscheinen der Venus) fortfallen mußte.

Daß Männer, die sich den Luxus einer Mätresse unter den Tänzerinnen der Oper leisten können, den Wunsch haben, die Talente und Schönheiten des von ihnen Eingekauften möglichst oft ans Licht gestellt zu sehen, ist gewiß ein fast väterliches Gefühl, das jedermann versteht und gerne entschuldigt; daß aber die nämlichen Männer, ohne sich um die Wünsche des Publikums und das Vergnügen der anderen zu kümmern, die Aufführung eines Werkes, das ihnen mißfällt, unmöglich machen, weil es den Forderungen ihrer Beschützerstellung nicht entspricht, – das ist untragbar. Behaltet euren Harem und hütet seine geheiligten Traditionen; aber laßt uns ein Theater haben, wo Menschen, die nicht wie ihr denken, andere Genüsse finden können, die mehr nach ihrem Geschmack sind. So werden wir uns gegenseitig los, und jeder wird zufrieden sein.

*

Man hoffte, diesen Rasenden ihr Opfer zu entreißen, indem man es dem Publikum an einem Sonntag bot, das heißt einem Tag, an dem die Abonnenten und der Jockey-Club das Theater gerne einer Menge überlassen, die sich die freien Plätze und ihre Muße zunutze macht. Jene aber hatten zu Recht vermutet: »Wenn wir zulassen, daß es heute zu einem Erfolg kommt, wird die Administration darin einen hinreichenden Grund sehen, uns das Werk dreißig Tage lang vorzusetzen!« Und so gingen sie abermals zum Angriff über, in voller Bewaffnung, das heißt mit vorgefertigten Mordinstrumenten. Das Publikum, das gesamte Publikum, hat zwei Akte lang gekämpft, und in seinem durch die Entrüstung verdoppelten Wohlwollen hat es nicht nur den unwiderstehlichen Schönheiten applaudiert, sondern selbst noch den Stellen, die es befremdeten oder verwirrten, sei es, weil eine unübersichtliche Darstellung sie verdunkelte, sei es, weil sie, um nach Gebühr geschätzt zu werden, einer Sammlung bedurften, die hier nicht möglich war. Doch diese Stürme der Empörung und der Begeisterung riefen augenblicklich eine nicht minder heftige und für die Widersacher weniger ermüdende Reaktion hervor. In der Hoffnung, daß die Unruhestifter ihm für seine Gutherzigkeit Dank wissen würden, schwieg das gleiche Publikum: es wollte vor allem das Werk kennenlernen und sich ein Urteil bilden. Die *wenigen* Pfeifer jedoch haben *mutig* durchgehalten, *ohne Grund und ohne Aufhören;* die wunderbare Erzählung von der Pilgerfahrt nach Rom war nicht zu vernehmen (ob sie überhaupt gesungen wurde?), und der ganze dritte Akt ging im Tumult unter.
In der Presse kein Widerstand, kein Protest, außer dem von Franck

Marie, in *La Patrie*. Berlioz hat sich einer Meinung enthalten; ein negativer Mut. Danken wir ihm, daß er der allgemeinen Kränkung keine weitere hinzugefügt hat. Und dann hat ein ungeheurer Wirbelsturm sich sämtlicher Federn und Zungen bemächtigt, daß sie um die Wette unaufhaltsam dummes Zeug gefaselt haben, als wäre jener seltsame Geist über sie gekommen, der in den Massen abwechselnd Wunder an Bravour und schmählicher Feigheit bewirkt; den kollektiven Mut und die kollektive Charakterlosigkeit; den französischen Enthusiasmus und das panische Davonlaufen der Gallier.

Den »Tannhäuser« brauchte man dazu überhaupt nicht gehört zu haben.

*

So erheben sich denn nun auch von allen Seiten die Beschwerden; jeder möchte Wagners Werk sehen, und jeder beklagt sich, man sei ein Opfer der Tyrannei. Die Administration aber hat vor ein paar Verschwörern den Kopf eingezogen, und das für die weiteren Aufführungen bereits entrichtete Geld wurde zurückgezahlt. Und als unerhörtes Schauspiel, wenn das Ärgernis, dem wir beigewohnt haben, überhaupt noch überboten werden kann, sehen wir heute eine Direktion klein beigeben und, den Ermutigungen durch das Publikum zum Trotz, darauf verzichten, höchst einträgliche Aufführungen fortzusetzen.

Es scheint übrigens, daß der Vorfall Schule macht, und daß das Publikum nicht mehr als der höchste Richter über die Darstellung von Bühnenstücken gilt. Eben, da ich diese Zeilen schreibe, erfahre ich, daß ein schönes Drama, bewunderswert gebaut und in einem vorzüglichen Stil geschrieben, nach einigen Tagen von einer anderen Bühne abgesetzt werden soll, wo es Aufsehen erregt hatte, und dies den Bemühungen einer gewissen unfähigen Kaste zum Trotz, die sich einst die Klasse der Gebildeten nannte und die heute an Geist und Zartgefühl hinter dem Hafenpöbel zurückbleibt. Der Verfasser ist freilich närrisch genug, wenn er glauben mochte, die Leute würden für etwas so Ungreifbares, gasartig sich Verflüchtigendes wie die *Ehre* Feuer fangen. Sie sind höchstens gut genug, sie zu *begraben*.

Was sind die mysteriösen Gründe dieser Vertreibung? Hätte der Erfolg die künftigen Unternehmungen des Direktors gestört? Sollten unbegreifliche Erwägungen von offizieller Seite seinen guten Willen gebeugt, seine Interessen vergewaltigt haben? Oder soll man die Ungeheuerlichkeit annehmen, um sich ein höheres Ansehen zu geben, könne ein Direktor sich stellen, als sehne er sich nach guten Stücken, und kaum habe er seinen Zweck erreicht, kehre er schleunigst zu seinem wahren Geschmack, dem der Dummköpfe, zurück, der offensichtlich der ergiebigste ist? Noch unerklärlicher ist die Schwäche der Kritiker (unter denen sich einige Dichter befinden), die ihrem Erzfeind schmeicheln und die, wenn sie manchmal in einem vorübergehenden Anfall von Mut seinen Krämergeist tadeln, nichtsdestoweniger fortfahren, in einer Unzahl von Fällen seine Betriebsamkeit durch alle nur denkbaren Gefälligkeiten zu ermutigen.

*

Während dieses ganzen Tumultes und angesichts der jämmerlichen Späße des Feuilletons, über die ich erröte, wie ein feinfühliger Mensch über eine in seiner Gegenwart begangene Gemeinheit, verfolgte mich ein grausamer Gedanke. Obwohl ich jenen übertriebenen Patriotismus, dessen Dämpfe das Gehirn verdunkeln können, in meinem Herzen stets sorgsam erstickt habe, erinnere ich mich doch meiner gräßlichen Leiden, wenn ich, an fernen Küsten, unter den verschiedensten Sorten von Menschen, an der Gästetafel Stimmen vernahm, die sich (zu Recht oder Unrecht, gleichviel!) über Frankreich lustig machten. All meine kindliche Liebe, die ich sonst wohlweislich zurückhielt, brach dann ungehemmt hervor. Als ein klägliches Mitglied der Akademie es vor einigen Jahren für angebracht hielt, in seine Aufnahmerede eine Würdigung des genialen Shakespeare einzuflechten – den er vertraulich den alten *Williams,* oder den guten *Williams,* nannte, was allenfalls einem Türhüter der Comédie-Française hätte einfallen können –, da empfand ich schaudernd den Schaden, den dieser Pedant, der nicht einmal der Rechtschreibung kundig ist, meinem Vaterland zufügte. Tatsächlich haben sämtliche englische Zeitungen sich einige Tage lang auf die betrüblichste Weise über uns lustig gemacht. Wenn es nach ihnen ging, so wußten die französischen Literaten nicht einmal, wie man Shakespeares Namen schrieb; von seinem Genie verstanden sie nichts, und das verdummte Frankreich kannte nur zwei Autoren, Ponsard und Alexandre Dumas fils, »die Lieblingsdichter des neuen Kaiserreichs«, wie die *Illustrated London News* hinzufügten. Man beachte, wie hier der politische Haß sich dem beleidigten literarischen Patriotismus gesellt.

So sagte ich mir auch bei all diesen Anstößigkeiten, die Wagners Werk ausgelöst hatte: »Was wird Europa von uns denken, und was wird man in Deutschland von Paris sagen? Da geht eine Handvoll Lärmmacher hin und entehrt durch ihr Betragen die ganze Nation!« Aber nein, das darf nicht sein. Ich glaube, ich weiß, ich schwöre, daß es unter den Literaten, den Künstlern und sogar unter den Weltleuten noch eine ganze Anzahl wohlerzogener Menschen gibt, die Gerechtigkeitssinn haben und deren liberaler Geist für alles Neue, das sich ihm darbietet, empfänglich ist. Deutschland hätte unrecht, zu glauben, Paris sei nur von Gassenbuben bevölkert, die sich mit den Fingern schneuzen, um diese an dem Rücken eines großen Mannes abzuwischen, der vorbeikommt. Ein solcher Verdacht wäre nicht frei von Parteilichkeit. Auf allen Seiten, wie gesagt, regt sich der Widerspruch; die unerwartetsten Bekundungen der Sympathie sind Wagner zuteil geworden, um ihn zum Durchhalten in seiner Bestimmung zu ermutigen, Wenn das so fortgeht, so dürfte mancher Mißmut sich bald getröstet sehen und der »Tannhäuser« seine Auferstehung feiern, und zwar an einem anderen Ort, wo die Abonnenten der Oper ihn zu verfolgen kein Interesse haben werden.

*

Es ist soweit: die Idee ist in die Welt gesetzt, die Bresche ist geschlagen, darauf kommt es an. Mehr als ein französischer Komponist wird sich Wagners heilsame Gedanken zunutze machen wollen. Mag das Werk auch nur so kurze Zeit vor dem Publikum erschienen sein, der Befehl des Kaisers, dem wir die Aufführung verdanken, hat dem französischen Geist wirkungsvoll Beistand geleistet. Als einem Geist der Logik und der Ordnungsliebe wird es ihm leichtfallen, seine Evolutionen folgerecht fortzusetzen. Unter der Republik und dem Ersten Kaiserreich hatte die Musik sich zu einer Höhe erhoben, die ihr, während die Literatur darniederlag, in jenen Zeiten einen Ruhmestitel sicherte. War das Oberhaupt des Zweiten Kaiserreichs nur neugierig, das Werk eines Mannes zu hören, von dem bei unsern Nachbarn viel die Rede war, oder bewegte ihn ein höherer Gedanke des Patriotismus und der Verständnisbereitschaft? Jedenfalls wird schon seine bloße Neugier uns allen von Nutzen gewesen sein.

8. April 1861

SCHRIFTEN ZUR LITERATUR

BETRACHTUNGEN
ÜBER EINIGE MEINER ZEITGENOSSEN

I
VICTOR HUGO

I

Seit vielen Jahren schon weilt Victor Hugo nicht mehr unter uns. Ich erinnere mich einer Zeit, da man seiner Gestalt als einer der häufigsten in der Menge begegnete; und oftmals habe ich mich gefragt, wenn ich ihn wieder und wieder im Wirbel der Feste oder in der Stille einsamer Orte erscheinen sah, wie er die Erfordernisse seiner unermüdlichen Arbeit mit diesem erhabenen, doch gefährlichen Wohlgefallen an Spaziergängen und Träumereien versöhnen mochte. Dieser scheinbare Widerspruch ist offensichtlich das Ergebnis einer sehr geregelten Lebensführung und einer kräftigen geistigen Veranlagung, die es ihm erlaubt, im Gehen zu arbeiten oder vielmehr nur arbeitend gehen zu können. Ohne Unterlaß, an allen Orten, im hellen Sonnenlicht, von der Menge umflutet, in den Heiligtümern der Kunst, längs den staubigen, dem Wind ausgesetzten Bücherkästen, schien Victor Hugo die äußere Natur in stiller Nachdenklichkeit aufzufordern: »Tritt nur tief in meine Augen ein, auf daß ich mich deiner erinnere.«
Zu der Zeit, von der hier die Rede ist, einer Zeit, da er in allem, was die Literatur betraf, eine wahre Tyrannei ausübte, traf ich ihn manchmal in der Gesellschaft von Édouard Ourliac, durch den ich auch Pétrus Borel und Gérard de Nerval kennenlernte. Er machte auf mich den Eindruck eines sehr sanften, sehr machtvollen Mannes, der immer Herr seiner selbst war und sich auf die knappe Weisheit einiger unwiderleglicher Grundsätze stützte. Seit langem schon hatte er, nicht nur in seinen Büchern, sondern auch in dem Schmuck, womit er sein persönliches Leben versah, eine ausgeprägte Vorliebe für die Bauwerke der Vergangenheit, für ein

pittoreskes Mobiliar, für Porzellan und Stiche, kurz für die ganze geheimnisvoll schimmernde und funkelnde Ausstattung versunkener Zeiten bekundet. Der Kritiker, dessen Auge diese Besonderheit vernachlässigte, wäre kein echter Kritiker; denn nicht nur bestätigt diese Vorliebe für das Schöne und selbst für das Wunderliche, wie es in der bildenden Kunst zum Ausdruck kommt, Victor Hugos literarischen Charakter; nicht nur bestätigte sie seine revolutionäre, oder vielmehr erneuernde, literarische Doktrin, sie offenbarte sich darüber hinaus als unentbehrliche Ergänzung eines allgemeinen poetischen Grundzugs. Wenn Pascal, von asketischem Eifer entflammt, hartnäckig darauf besteht, hinfort mit Strohstühlen zwischen vier nackten Wänden zu leben; wenn ein Pfarrer von Saint-Roch (ich erinnere mich nicht mehr, welcher), zur großen Empörung der in den *comfort* verliebten Prälaten, sein ganzes Mobiliar aufs Pfandhaus schickt, so ist das recht, so ist das schön und groß. Sehe ich jedoch einen Schriftsteller, der dem Druck des Elends nicht ausgesetzt ist, das vernachlässigen, was den Augen eine Freude ist und der Einbildungskraft Unterhaltung bietet, so wandelt mich die Versuchung an, ihn für einen sehr unvollständigen Schriftsteller zu halten, um nichts Ärgeres zu sagen.

Durchwandern wir die kürzlich entstandenen Gedichte Victor Hugos, so erkennen wir: wie er war, so ist er geblieben; ein nachdenklicher Wanderer, ein Einsamer, doch zugleich begeistert in das Leben verliebt, ein Träumer und zugleich einer, der fragt und forscht. Aber nicht mehr in der waldigen, buntblühenden Umgebung der großen Stadt, auf den bewegten Quais der Seine, auf den von Kindern wimmelnden Spazierwegen läßt er heute seine Füße und Blicke schweifen. Wie Demosthenes unterredet er sich mit den Fluten und dem Wind; früher streifte er einsam an Stätten, die von menschlichem Leben brodelten; heute wandert er in öden Räumen, die sein Gedanke bevölkert. Und derart ist er vielleicht noch größer und einzigartiger. Eine höhere Feierlichkeit ist hinfort den Farben seiner Träumerei beigemischt, und im Wettstreit mit der des Ozeans hat seine Stimme einen tieferen, volleren Klang gewonnen. Aber dort in der Ferne wie hier erscheint er uns immer wie das leibhaft wandelnde Standbild der Meditation.

2

In den schon so weit zurückliegenden Zeiten, von denen die Rede war, jenen glücklichen Zeiten, als die Schriftsteller unter- und füreinander eine Gesellschaft bildeten, der die Überlebenden nachtrauern, ohne je dergleichen wiederzufinden, war Victor Hugo die Instanz, an die jeder sich wandte, um von ihr das Losungswort zu empfangen. Niemals war ein Königtum legitimer, natürlicher, dankbarer anerkannt, nachdrücklicher bestätigt durch die Ohnmacht, sich dagegen aufzulehnen. Vergegenwärtigt man sich, wie es um die französische Dichtung stand, ehe er erschien, und welche Verjüngung sie seit seinem Hervortreten gewonnen hat; bedenkt man das Wenige, das sie gewesen wäre ohne dieses sein Hervortreten; wie viele geheimnisvolle, tiefe Empfindungen, die ausgedrückt wurden, stumm geblieben wären; wie vielen Geistern er zur Geburt verholfen hat, wie viele Männer, die er zum Strahlen gebracht hat, trüb und unscheinbar geblieben wären, so ist es unmöglich, in ihm nicht einen jener seltenen, von der Vorsehung uns zugesandten Geister zu erblicken, die im Bereich der Literatur das Heil aller bewirken, wie andere im Bereich der Moral und wieder andere in dem der Politik. Die von Victor Hugo geschaffene Bewegung dauert noch unter unseren Augen fort. Daß ihm ein mächtiger Beistand zuteil wurde, wird niemand in Abrede stellen; wenn aber heutigen Tages reife Männer, junge Leute, Frauen von Welt ein Gefühl für das haben, was gute Dichtung ist, rhythmisch durchgegliederte und von lebhaften Farben beseelte Poesie, wenn der öffentliche Geschmack sich zu Genüssen erhoben hat, die er vergessen hatte, so verdankt man dies Victor Hugo. Von ihm auch geht der mächtige Antrieb aus, der unsere gelehrten und begeisterten Architekten veranlaßt, unsere Kathedralen wiederherzustellen und unsere alten steingewordenen Erinnerungen vor dem Verfall zu bewahren. Es wird niemanden etwas kosten, dies alles einzugestehen, außer denen, die in der Gerechtigkeit nicht ihre Lust finden.

Von Victor Hugos dichterischen Fähigkeiten kann ich hier nur in gebotener Kürze reden. In mancher Hinsicht wird dies auf nicht mehr als eine Zusammenfassung dessen hinauslaufen, was von vielen Seiten an Vorzüglichem zu diesem Thema bereits gesagt worden ist; vielleicht gelingt es mir, dies oder jenes etwas kräftiger herauszuarbeiten.

Victor Hugo war, von Anfang an, der Mensch, der aufs höchste begabt und unverkennbar erkoren war, durch die Poesie das auszudrücken, was ich das *Geheimnis des Lebens* nennen möchte. Die Natur, die, wohin wir uns auch wenden, sich uns darbietet und die uns wie ein Geheimnis umhüllt, erscheint uns gleichzeitig unter mehreren Aspekten, deren jeder, je nach dem Grad, wie er unsere Intelligenz, unser Gefühl anregt, sich um so lebhafter in unseren Herzen spiegelt: Gestalt, Haltung und Bewegung, Licht und Farbe, Klang und Wohllaut. In Victor Hugos Versen vernehmen wir die gleiche Musik wie in den tiefen Harmonien der Natur; als Bildhauer meißelt er seinen Strophen die unvergeßliche Gestalt der Dinge ein; als Maler illuminiert er sie mit ihrer eigenen Farbe. Und als wäre es die Natur selber, die sie uns lieferte, überwältigen diese drei Wahrnehmungen das Gemüt des Lesers in einem einzigen Totaleindruck. Diesem dreifach empfangenen Eindruck entspringt die *Moral der Dinge*. Kein Künstler ist universaler als er, höher begabt dafür, mit den Kräften des alles durchpulsenden Lebens in Verbindung zu treten, freudiger dazu aufgelegt, unaufhörlich ein Bad zu nehmen in der Natur. Sein Ausdruck ist nicht nur deutlich, er ist eine wörtliche Übersetzung dessen, was er klar und deutlich geschrieben liest; was aber sich nur dunkel und verworren offenbart, überliefert er uns mit der *unentbehrlichen Dunkelheit*. Allüberall in seinen Werken stoßen wir auf außerordentliche Züge dieser Art, die man Gewaltstreiche zu nennen versucht sein könnte, wüßten wir nicht, daß sie ihm völlig natürlich sind. Victor Hugos Vers versteht es, der menschlichen Seele nicht nur das zu übersetzen, was sie an der sichtbaren Natur unmittelbar vergnügt, sondern darüber hinaus die flüchtigsten, die verwickeltsten, die sittlichsten Empfindungen – ich spreche hier vorsätzlich von sittlichen Empfindungen –, die wir der sichtbaren Welt verdanken, der unbeseelten oder unbeseelt genannten Natur; nicht nur die Gestalt eines außermenschlichen Wesens, Pflanze oder Mineral, sondern auch seine Physiognomie, seinen Blick, seine Trauer, seine Sanftheit, seine strahlende Freudigkeit, seinen abstoßenden Haß, seine Verzückung oder sein Grauen; kurz, mit anderen Worten, alles

Menschliche in gleichviel welchem Gegenstand, und alles Göttliche, alles Heilige oder Teuflische ebenfalls.

Wer kein Dichter ist, versteht nicht, um was es hier geht. Eines Tages trat Fourier auf, um uns, mit allzu prächtigem Gehabe, die Mysterien der *Analogie* zu offenbaren. Ich bestreite keineswegs, daß einigen seiner umständlichen Entdeckungen ein gewisser Wert zukommt, kann mich jedoch des Verdachts nicht erwehren, daß er ein allzu sehr auf materielle Exaktheit versessener Kopf war, um keine Irrtümer zu begehen und um auf einen Streich die seelische Gewißheit der Intuition zu erlangen. Ebensogut hätte er es sich angelegen sein lassen können, uns alle vortrefflichen Dichter zu offenbaren, an denen die lesende Menschheit sich erzieht wie in der Betrachtung der Natur. Im übrigen hatte schon Swedenborg, der eine sehr viel größere Seele besaß, uns gelehrt, daß *der Himmel ein sehr großer Mensch ist;* daß allem, Gestalt, Bewegung, Zahl, Farbe, Duft, im Bereich des *Geistes* wie in dem der *Natur,* eine zeichenhafte Bedeutung zukommt, daß eines auf das andere verweist, daß alles umkehrbar ist und einander *entspricht.* Lavater, der sich in der Darlegung dieser allenthalben gültigen Wahrheit auf das Menschengesicht beschränkte, hatte uns den geistigen Sinn des Umrisses, der Gestalt, der Größenmaße übersetzt. Wenn wir darüber hinausgehen (und dazu sind wir nicht nur berechtigt, es fiele uns sogar unendlich schwer, dies nicht zu tun), so gelangen wir zu jener Wahrheit, daß alles Hieroglyphe ist, und wir wissen, daß die Symbole nur mehr oder weniger dunkel sind, je nach der Lauterkeit, dem guten Willen oder der angeborenen Hellsicht der Seelen. Was aber ist ein Dichter (ich nehme das Wort hier in seinem weitesten Sinne), wenn er uns die Zeichen der Welt nicht übersetzt, nicht entziffert? Bei den vorzüglichen Dichtern gibt es keine Metapher, keinen Vergleich, kein Epitheton, die nicht unter den vorwaltenden Umständen von mathematisch genauer Angemessenheit wären, weil diese Vergleiche, diese Metaphern und diese Epitheta aus dem unerschöpflichen Fundus der *analogia universalis* geschöpft sind, und weil sie nirgendwo anders geschöpft werden können. Und nun frage ich, ob man, bei sorgfältiger Nachforschung, nicht allein in unserer Geschichte, sondern in der Geschichte aller Völker, viele Dichter fände, die, wie Victor Hugo,

uns ein so prächtiges Repertorium menschlicher und göttlicher Analogien bieten. Ich finde in der Bibel einen Propheten, dem Gott befiehlt, ein Buch zu essen. Ich weiß nicht, in welcher Welt Victor Hugo im voraus das Wörterbuch der Sprache gegessen hat, die zu sprechen er berufen war; aber ich sehe, daß das französische Lexikon, wie es aus seinem Munde kommt, eine Welt geworden ist, ein vielfarbiges Universum in melodischer Bewegung. Welchen historischen Umständen, philosophischen Schicksalsmächten, astralen Konjunktionen dieser Mann es verdankt, daß er unter uns geboren wurde, ist mir unbekannt, und ich halte mich nicht für verpflichtet, dies hier zu untersuchen. Vielleicht nur deshalb, weil Deutschland Goethe, weil England Shakespeare und Byron gehabt hatte, stand Frankreich rechtmäßig Victor Hugo zu. In der Geschichte der Völker kommt, wie ich sehe, jedes einmal an die Reihe, die Welt zu erobern; vielleicht ist es um die Herrschaft der Poesie ebenso bestellt wie um die des Schwertes.
Diesem durch seinen Umfang einzigartigen Vermögen, das äußere Leben in sich hineinzunehmen, und seiner machtvollen Begabung zur Meditation verdankt Victor Hugo eine sehr besondere Art von Poesie: eindringlich fragend, geheimnisvoll und, wie die Natur, unermeßlich und bis ins kleinste durchorganisiert, gelassen und aufgewühlt. Voltaire sah nirgends ein Geheimnis, oder nur in sehr wenigem. Victor Hugo aber durchhaut den gordischen Knoten der Dinge nicht mit dem militärischen Ungestüm eines Voltaire; seine hochempfindlichen Sinne offenbaren ihm Abgründe; er sieht das Geheimnis überall. Und in der Tat, wo wäre es nicht? Daher stammt jenes Gefühl des Grausens, das mehrere seiner schönsten Gedichte durchdringt; daher jene Turbulenzen, jene Häufungen, jenes Zerstürzen und Niederprasseln in seinen Versen, jene Massen gewittriger Bilder, die wie ein fliehendes Chaos rasch vorüberziehen; daher jene häufigen Wiederholungen von Wörtern, deren jedes bestimmt ist, die alles überwältigenden Finsternisse oder das rätselhafte Antlitz des Mysteriums auszudrücken.

3

So besitzt Victor Hugo nicht nur Größe, sondern Universalität. Wie vielfältig ist sein Repertoire! und, obgleich immer *eins* und aufs äußerste verdichtet, wie vielgestaltig ist es doch! Ich weiß nicht, ob unter den Liebhabern von Gemälden viele mir gleichen, aber ich kann mich eines heftigen Anfalls von schlechter Laune nicht erwehren, wenn ich von einem Landschaftsmaler (er sei noch so vollkommen), von einem Tier- oder einem Blumenmaler mit der gleichen Emphase reden höre, die angebracht wäre, wenn man einen universalen Maler (das heißt einen wahren Maler) loben wollte, einen Rubens, einen Veronese, einen Velasquez oder einen Delacroix. Ich bin in der Tat der Meinung, daß, wer nicht alles zu malen versteht, nicht verdient, Maler genannt zu werden. Den eben erwähnten berühmten Meistern gelingt alles vollkommen, was jedem dieser Spezialisten auch gelingt, und sie besitzen darüber hinaus eine Einbildungskraft und ein schöpferisches Vermögen, das den Geist aller Menschen lebhaft anspricht. Soll ich mir einen vollkommenen Künstler vorstellen, so genügt meinem Geist die Vollkommenheit in einer einzigen Gattung nicht, er geht sogleich darüber hinaus und fordert die Vollkommenheit in allen Gattungen. Das gleiche gilt von der Literatur im allgemeinen und von der Poesie im besonderen. Wer nicht imstande ist, alles zu malen, Paläste und zerfallene Hütten, zärtliche Gefühle und die der Grausamkeit, die beschränkten Empfindungen verwandtschaftlicher Zuneigung und die allgemeine Menschenliebe, die Anmut des Pflanzenlebens und die Wunderwerke der Baukunst, alles Sanfteste und alles Gräßlichste, das Innige und die äußere Schönheit jeder Religion, die sittliche wie die physische Physiognomie jeder Nation, kurzum alles, vom Sichtbaren bis zum Unsichtbaren, vom Himmel bis zur Hölle, der, sage ich, ist nicht wahrhaft Dichter in der ganzen ungeheuren Bedeutung des Wortes und nach dem Herzen Gottes. Da sagt man von dem einen: dies ist ein Dichter des *häuslichen Lebens*, oder der Familie; von dem andern, er sei ein Dichter der Liebe, und von wieder einem andern, er sei ein Dichter des Ruhmes. Mit welchem Recht aber unterwerfen Sie eines jeden Talente einer solchen Beschränkung? Wollen Sie damit behaupten, wer den Ruhm besungen habe, sei, *eben deshalb,* außerstande, die Liebe zu feiern? Sie verringern derart die universelle Bedeutung des Wortes *Poesie*. Es sei denn, Sie wollten damit lediglich zu verstehen geben, die Umstände, die von dem Dichter unabhängig sind, hätten ihn, *bisher,* auf eine Sondergattung eingeschränkt; andernfalls stünde für mich fest, daß Sie von einem armseligen Dichter sprechen, von einem unvollständigen Dichter, wie geschickt auch immer er in *seiner* Gattung sein mag.

Ah! bei Victor Hugo erübrigen sich solche Unterscheidungen, denn er ist ein Genius, der keine Grenzen kennt. Hier sind wir entzückt, verzaubert und ganz umfangen wie von dem Leben selbst. Wie mit dem Pinsel eines meisterhaften Landschaftsmalers schildert er in seinen Büchern die zarte Helligkeit der Luft, die hohe Wölbung des Himmels, die Gestalt eines Baumes, den Blick eines Tieres, die Umrisse eines Hauses. Und alles ist von Leben durchpulst. Wenn er das Meer malt, kommt kein *Seegemälde* dem gleich. Die Schiffe, die über seine Oberfläche hinstreichen oder sich durch sein Tosen einen Weg bahnen, werden, mehr als all diejenigen irgendeines anderen Malers, jenes Aussehen leidenschaftlicher Kämpfer haben, jenes Willenhafte und Animalische, das von einem geometrischen, mechanisch bewegten Gebilde aus Holz, Eisen, Tauen und Segeltuch so geheimnisvoll ausgeht: ein von Menschen geschaffenes ungeheures Tier, dem Wind und Flut die Schönheit der Fortbewegung verleihen.

Was die Liebe angeht, den Krieg, die Freuden des Familienlebens, die Betrübnisse des Armen, die Feste und Feierlichkeiten der Nation, alles, was vornehmlich dem Menschen angehört und was in den Bereich der Genremalerei und der Historienmalerei fällt, wo sähen wir dies alles reicher und überzeugender dargestellt als in den lyrischen Gedichten Victor Hugos? Hier wäre es gewiß angebracht, wenn der Raum es erlaubte, die seelische Atmosphäre näher zu kennzeichnen, die über diesen Gedichten schwebt, die sie durchzieht und die auf das Fühlbarste an dem Temperament des Autors teilhat. Sie scheint mir sehr offensichtlich bestimmt von einer Liebe, die gleicherweise dem sehr Starken wie dem sehr Schwachen gilt, und die Anziehung, die diese beiden Extreme auf den Dichter ausüben, entspringt einem einzigen gemeinsamen

Grund: der Kraft selber, der unverbrauchten angeborenen Frische, mit der er ausgestattet ist. Die Kraft begeistert und berauscht ihn; er sucht sie auf wie eine Verwandte: brüderlich angezogen. Und hingerissen derart, unwiderstehlich, von jedem Symbol des Unendlichen, dem Meer, dem Himmel; fasziniert von allen antiken oder mittelalterlichen Vertretern der Kraft, den Riesen Homers oder der Bibel, den Rittern, den Paladinen; von ungeheuren Tieren und fürchterlichen Fabelwesen. Wie im Scherz streichelt und liebkost er, was schwächlichen Händen einen Schrecken einjagen würde; er regt und bewegt sich im Unendlichen, schwindellos. Zum Ausgleich, einem anderen Antrieb folgend, der doch der gleichen Wurzel entspringt, zeigt der Dichter sich stets als der mitfühlende Freund alles dessen, was schwach, einsam, betrübt ist; väterlich angezogen von allem, was verwaist ist. Der Starke, der in allem, was stark ist, einen Bruder ahnt, sieht seine Kinder in allem, was des Schutzes oder Trostes bedürftig ist. Eben der Stärke und der Sicherheit, die sie dem verleiht, der sie besitzt, entspringt der Geist der Gerechtigkeit und der Nächstenliebe. So ereignen sie sich unaufhörlich, in den Gedichten Victor Hugos, jene liebevollen Hinwendungen zu den gefallenen Frauen, zu den Armen, die das Räderwerk unserer Gesellschaft zermalmt, zu den Tieren, den geschundenen Opfern unserer Freßgier und Herrschsucht. Wenige haben den Zauber und das Entzücken wahrgenommen, welche die Güte der Stärke hinzufügt, wie dies in den Werken unseres Dichters so oft der Fall ist. Ein Lächeln und eine Träne in dem Antlitz eines Kolosses, das ist von fast göttlicher Originalität. Selbst in jenen kurzen, der sinnlichen Liebe geweihten Gedichten, jenen Strophen von so wollüstiger und so melodischer Schwermut, vernimmt man, wie die ständige Begleitung eines Orchesters, die tiefe Stimme der Nächstenliebe. Unter dem Liebhaber spürt man einen Vater und einen Beschützer. Hier begegnet uns nicht jene predigende Moral, die, mit ihrem pedantischen Gehabe, ihrem lehrhaften Ton, die schönsten Gedichte verderben kann, sondern eine inspirierte Moral, deren Einhauch sich unsichtbar in den poetischen Gehalt mischt, wie unwägbare Geisterkräfte das Getriebe der Welt durchwalten. Nicht als Zweck und Ziel drängt die Moral sich in diese Kunst; sie vermischt sich ihr und verschmilzt mit ihr wie im Leben selbst. Der Dichter ist Moralist, ohne es zu wollen, aus Fülle und Überfluß der Natur.

4

Das Grenzen- und Maßlose, das Ungeheure sind Victor Hugos natürlicher Herrschaftsbereich; dort bewegt er sich wie in der ihm von Geburt her angemessenen Atmosphäre. Die Genialität, die er von jeher in der Schilderung alles *Monströsen,* das den Menschen umgibt, entfaltet hat, ist wahrhaft gewaltig. Vor allem in diesen letzten Jahren jedoch hat er den metaphysischen Einstrom in sich aufgenommen, der von alledem ausgeht; Neugier eines Ödipus, den unzählige Sphinxe umlagern. Wer indessen entsinnt sich nicht der schon vor langer Zeit entstandenen *Pente de la rêverie?* In einem großen Teil seiner neuesten Gedichte scheint das Vermögen, das bei der Entstehung dieses berauschenden Gedichtes das leitende war, sich ebenso folgerecht wie übermächtig entfaltet zu haben. Es ist, als hätte die Frage sich seither immer häufiger vor dem träumenden Dichter erhoben, und als hätte die Natur für seine Augen auf allen Seiten unaufhörlich stachlige Probleme hervorgetrieben. Wie nur hat der *eine* Vater die Zweiheit erzeugen können, und wie hat er sich schließlich in ein unzählbares Gewimmel von Zahlen verwandelt? Mysterium. Soll oder kann die unendliche Gesamtheit aller Zahlen sich von neuem in die ursprüngliche Einheit zusammenziehen? Mysterium. Die tiefsinnige Betrachtung des Himmels nimmt in den letzten Werken des Dichters eine ungeheure und beherrschende Stelle ein. Welchen Gegenstand er auch behandeln mag, der Himmel beherrscht und überwölbt ihn als eine unveränderliche Kuppel, wo das Mysterium mit dem Licht schwebt, wo das Mysterium funkelt, wo das Mysterium zu neugierigen Träumen einlädt, wo das Mysterium den entmutigten Gedanken zurückstößt. Ach! Newton und Laplace zum Trotz ist die astronomische Gewißheit selbst heute nicht so groß, daß die Träumerei in den weiten, von der modernen Wissenschaft noch unerforschten Zwischenwelten keine Stätte fände. Alles berechtigt den Dichter dazu, daß er seinen Gedanken ein ihn überwältigendes

Labyrinth von Konjekturen durchirren läßt. Es gibt kein, gleichviel zu welcher Zeit und von wer weiß welcher Philosophie aufgeworfenes oder in Angriff genommenes Problem, das sich nicht eingestellt hätte, um unausweichlich seine Stelle in den Werken des Dichters zu fordern. Die Welt der Gestirne und die Welt der Seelen, sind sie endlich oder unendlich? Entstehen unablässig neue Wesen im unermeßlich Großen wie im Allerwinzigsten? Was wir für die unendliche Vervielfältigung der Wesen zu nehmen geneigt sind, sollte es nur eine Kreisbewegung sein, welche diese nämlichen Wesen wieder aufleben läßt in Zeiträumen und unter Bedingungen, die einem höchsten, allumgreifenden Gesetz unterstehen? Sollten Stoff und Bewegung nur das Aus- und Einatmen eines Gottes sein, der im Wechsel die Welten ins Leben entläßt und sie wieder in seinen Schoß zurückruft? Alles Vielfache, wird es wieder Eines werden? und werden neue Welten, dem Denken dessen entsprungen, dessen einziges Glück und dessen einzige Tätigkeit ein unaufhörliches Hervorbringen ist, eines Tages die Stelle unseres Universums einnehmen und all derer, die wir rings um uns aufgehangen sehen? Und die Konjektur über die geistige und sittliche Bestimmung all dieser Welten, unserer unbekannten Nachbarn, nimmt auch sie nicht natürlicherweise ihre Stelle ein in den unermeßlichen Bereichen der Poesie? Aufeinanderfolgende, gleichzeitige, langsame oder plötzliche, fortschreitende oder abgeschlossene Perioden des Keimens, Knospens, Erblühens, Berstens von Sternen, Gestirnen, Sonnen und Sternbildern, seid ihr nur Formen, in denen das Leben der Gottheit sich manifestiert, oder Wohnstätten, die seine Güte oder seine Gerechtigkeit für Seelen bereitet hat, welche er erziehen und Schritt um Schritt sich selber nahebringen möchte? Ewig befragte, vielleicht auf immer unbekannte Welten, oh! sagt, seid ihr zu Paradiesen, Höllen, Orten der Läuterung bestimmt, zu Kerkern, wohnlichen Landhäusern, Palästen, usw.? ... Welche neuen Systeme und Komplexe mögen dereinst in unerwarteter Gestalt, in unvorhergesehener Zusammenordnung, noch nicht verzeichneten Gesetzen unterworfen, allen planenden Launen einer dem menschlichen Zirkel durch ihre Ausmaße und ihre Komplikationen sich entziehenden Geometrie nacheifernd, dem Limbus der Zukunft entspringen? und was läge in diesem Gedanken so *Exorbi-*

tantes, so Ungeheuerliches, daß es über die legitimen Grenzen der dichterischen Konjektur hinausläge? Ich lege Wert auf dieses Wort *Konjektur,* das den außer-wissenschaftlichen Charakter aller Poesie einigermaßen zulänglich bezeichnet. In den Händen eines anderen Dichters als Victor Hugo hätten derartige Themen und Gegenstände allzu leicht die didaktisch lehrhafte Form annehmen können, welche die größte Feindin der wahren Poesie ist. In Versen die *bekannten* Gesetze erzählen, nach denen eine sittliche oder eine Sternenwelt sich bewegt, heißt etwas längst Entdecktes beschreiben, für welches allein das Fernrohr oder der Zirkel der Wissenschaft zuständig ist, heißt sich auf die Aufgaben der Wissenschaft beschränken und in ihre Funktionen eingreifen, heißt schließlich, deren längst eingeführte und festgelegte Sprache lästigerweise mit dem hier überflüssigen, ja gefährlichen Schmuck der Reime behängen. All jenen Träumereien, die das unendlich abwechslungsreiche Schauspiel des Lebens auf dieser Erde und am Himmel uns eingibt, sich zu überlassen, ist jedoch das unanfechtbare Recht eines jeden Menschen, folglich auch des Dichters, dem es vergönnt ist, in einer prächtigen Sprache, die weder Prosa noch Musik ist, die ewigen Konjekturen der fragenden Menschheit zu übersetzen.
Durch die Beschreibung dessen, was ist, erniedrigt der Dichter sich und steigt auf die Stufe des Professors herab; wo er das Mögliche erzählt, bleibt er seiner Aufgabe getreu; er ist eine Kollektivseele, die weint, die hofft und die bisweilen ahnend schaut.

5

Einen neuen Beweis des gleichen unfehlbaren Geschmacks liefert uns das letzte Werk, das zu genießen Victor Hugo uns auferlegt hat, ich meine *La Légende des siècles.* Außer in der morgenrötlichen Frühe der Völker, wo die Poesie gleichzeitig der Ausdruck ihres Gemüts und das Repertorium ihrer Kenntnise ist, verstößt die versifizierte Historie gegen die Gesetze, welche die beiden Gattungen regieren, die Geschichtsschreibung und die Poesie; sie ist eine Beleidigung beider Musen. In den aufs höchste verfeinerten

Epochen der Kultur vollzieht sich in der Welt des Geistes eine Arbeitsteilung, die jeden Teil für sich kräftigt und vervollkommnet; und wer dann noch den Versuch unternimmt, ein episches Gedicht zu schreiben, wie es den Völkern in ihrer Jugend vertraut war, läuft Gefahr, die magische Wirkung der Poesie zu schwächen, sei es auch nur infolge der unerträglichen Länge des Werkes, und die Geschichte zugleich eines Teiles der Weisheit und Strenge zu berauben, welche ältere Nationen von ihrer Darstellung fordern. Das Ergebnis ist meist nur eine lächerliche Lästigkeit. Allen ehrenwerten Anstrengungen eines französischen Philosophen zum Trotz, der des Glaubens war, man könnte aus dem Stegreif, ohne die Begnadung der Alten und ohne ein gründliches Studium, den Vers für eine poetische These in Dienst nehmen, ist eine Gestalt wie die Napoleons heute noch allzu geschichtlich, um in die Sage einzugehen. Es ist dem Menschen, selbst dem Genie, nicht mehr erlaubt noch möglich, die Jahrhunderte derart durch einen Kunstgriff in die Ferne zu entrücken. Auf so etwas konnte nur ein Philosoph, ein Professor verfallen, das heißt ein Mensch, der sich das Leben vom Leibe hält. Wenn Victor Hugo, in seinen ersten Gedichten, versucht, uns Napoleon als eine legendäre Gestalt zu zeigen, so ist, der da spricht, immer noch ein Pariser, ein ergriffen träumender Zeitgenosse; er beschwört die *mögliche* Legende der Zukunft; er reduziert sie nicht aus eigener Machtvollkommenheit auf etwas Vergangenes.

Um aber auf die *Légende des siècles* zurückzukommen, so hat Victor Hugo mit ihr die einzige epische Dichtung geschaffen, die von einem Menschen seiner Zeit für die Leser seiner Zeit geschaffen werden konnte. Fürs erste, das Werk besteht größtenteils aus kurzen Gedichten, und bei manchen ist ihre Kürze nicht weniger erstaunlich als ihr Nachdruck. Dies ist bereits ein wichtiger Umstand, der von einer unfehlbaren Kenntnis all dessen zeugt, was in der modernen Poesie möglich ist. Ferner, da er es darauf abgesehen hatte, das moderne Epos zu schaffen, das heißt das Gedicht, das sich auf die Geschichte als seinen Ursprung beruft oder diese vielmehr zum Vorwand nimmt, hat Victor Hugo sich wohl gehütet, der Geschichte etwas anderes als das zu entnehmen, was sie der Poesie rechtmäßiger- und fruchtbarerweise zur Verfügung stellt:

nämlich die Sage, den Mythos, die Fabel, in denen das nationale Leben sich gleichsam verdichtet hat, die wie tiefe Brunnen sind, in denen das Blut und die Tränen der Völker schlummern. Endlich hat er nicht vornehmlich diese oder jene Nation, die Leidenschaften dieses oder jenes Jahrhunderts besungen; er hat unverzüglich seinen Standpunkt auf einer jener Höhen der philosophischen Betrachtung gewählt, von wo aus des Dichters Blick allen Evolutionen der Menschheit mit gleicher Anteilnahme erzürnt oder gerührt zu folgen vermag. Wie majestätisch läßt er die Jahrhunderte an uns vorüberziehen, gleich Gespenstern, die aus der Wand treten; wir alle haben gesehen, mit welcher Sicherheit und Überlegenheit er sie sich bewegen läßt, jedes in dem Gewand, das ihm ansteht, mit seinem wahren Gesicht, in seinem unverstellten Betragen. Es wäre kein unmögliches Unterfangen, wollte ich im einzelnen darlegen, mit welcher sublimen und subtilen Kunst, mit welcher erschreckenden Eingeweihtheit dieser Zauberkünstler die Jahrhunderte reden, sich bewegen und agieren läßt; worauf ich jedoch vor allem aufmerksam machen möchte, ist der Umstand, daß diese Kunst nur in der Welt der Sage sich ungezwungen bewegen konnte, und daß (von der hohen Begabung des Magiers einmal abgesehen) der Bereich, auf den seine Wahl gefallen war, die Entwicklung des Schauspiels in seinen einzelnen Aufzügen erleichterte.

Aus der Ferne seines Exils, wohin unsere Blicke und Ohren gerichtet sind, kündigt der geliebte und verehrte Dichter uns neue Gedichte an. In diesen letzten Zeiten hat er uns bewiesen, daß, aller eigenen Begrenzungen unbeschadet, das Reich der Poesie nichtsdestoweniger, dem Recht des Genius nach, fast unbegrenzt ist. In welchem Bereich, mit welchen neuen Mitteln wird er den erneuten Beweis dafür führen? Sollte es etwa (ich greife auf gut Glück in den Lostopf) die *bouffonnerie* sein, die unsterbliche Fröhlichkeit, die Freude, oder sollte es das Übernatürliche sein, das Feenhafte und Wunderbare, dem er, wie allem übrigen, Züge des Unermeßlichen, des Übersteigerten zu verleihen weiß, mit denen er uns hinfort auf ungeahnte Weise verzaubern möchte? Dies vorherzusagen, steht der Kritik nicht zu; ungescheut jedoch, weil der Dichter es wieder und wieder bewiesen hat, wird sie behaupten dürfen, daß er einer der so seltenen Sterblichen ist –

seltener noch im Bereich der Literatur als in jedem anderen –, die mit den Jahren neue Kräfte gewinnen und die, durch ein unaufhörlich sich wiederholendes Wunder, sich verjüngen und kräftigen bis an den Rand des Grabes.

II

AUGUSTE BARBIER

Wollte ich behaupten, das Ziel, das Auguste Barbier sich vorgesetzt hatte, sei ausschließlich und von Anfang an das Schöne gewesen, so würde ihn das vermutlich verstimmen, und er hätte offensichtlich allen Grund dazu. Seine Verse mögen noch so prächtig sein, seine Liebe galt nicht vornehmlich dem *Vers* als solchem. Er war augenscheinlich auf etwas anderes aus, das er seiner Natur nach für sehr viel edler und höher hält. Ich besitze weder die hinreichende Autorität noch genügend Beredsamkeit, um ihn eines Besseren zu belehren; doch möchte ich die sich bietende Gelegenheit wahrnehmen, um diese bis zum Überdruß abgedroschene Frage des Bündnisses zwischen dem Guten und dem Schönen, die nur infolge der allgemein verbreiteten Geistesschwäche verdunkelt und zweifelhaft geworden ist, noch einmal abzuhandeln.
Ich tue dies um so lieber, als einerseits der Ruhm dieses Dichters feststeht und die Nachwelt ihn nicht vergessen wird, und als andrerseits ich selber für seine Gaben von einer ungeheuren Bewunderung erfüllt bin, die schon weit zurückreicht. Er hat herrliche Verse geschrieben; er verfügt über eine natürliche Beredsamkeit; seine Seele ist immer wieder eines Aufschwungs fähig, der den Leser mitreißt. Seine kräftige und malerische Sprache besitzt fast den Zauber des Lateinischen. Sie erstrahlt von dem Glanz des Erhabenen. Seine frühen Gedichte sind allen in Erinnerung geblieben. Kein Ruhm könnte wohlverdienter sein. Das alles ist unbestreitbar.
Aber der Ursprung dieses Ruhmes ist nicht *rein;* denn er entsprang der *Gelegenheit*. Die Dichtung genügt sich selbst. Sie ist ewig, und niemals darf sie eine äußere Hilfe in Anspruch nehmen. Nun

verdankt aber Auguste Barbier einen Teil seines Ruhmes den Zeitumständen, in die hinein er seine ersten Gedichte schleuderte. Was sie bewunderswert macht, ist der lyrische Schwung, der sie beseelt, und nicht, wie er selber gewiß glaubt, die hochanständige Gesinnung, die auszudrücken ihnen aufgetragen ist. *Facit indignatio versum,* sagt uns ein Dichter des Altertums, den, so groß er sein mag, eigene Gründe zu dieser Behauptung veranlaßten; das trifft zwar zu; doch es ist auch wohl sicher, daß der dem bloßen Vers zuliebe entstandene Vers, um schön zu sein, dem aus *Entrüstung* entstandenen Vers einiges voraus hat. Die Welt ist voller Leute, die sehr entrüstet sind und die dennoch niemals schöne Verse machen werden. So stellen wir gleich zu Anfang fest, daß Auguste Barbier, wenn er ein großer Dichter war, dies deshalb gewesen ist, weil er die Fähigkeiten oder einen Teil der Fähigkeiten besaß, die den großen Dichter ausmachen, und nicht deshalb, weil er den empörten Gedanken der anständigen Leute Ausdruck verlieh.

In dem öffentlichen Irrtum liegt in der Tat eine leicht zu entwirrende Verwechslung. Ein gewisses Gedicht ist schön und ehrenhaft; aber es ist nicht schön, *weil* es ehrenhaft ist. Ein anderes ist schön und unehrenhaft; aber es verdankt seine Schönheit nicht seiner Unmoral, oder vielmehr, um es rundheraus zu sagen, was schön ist, hat mit Anstand, Ehrenhaftigkeit und deren Gegenteil nichts zu tun. Zwar tritt, wie ich wohl weiß, sehr oft der Fall ein, daß die wirklich schöne Dichtung die Seelen in eine himmlische Welt hinaufträgt; die Schönheit ist eine so kräftige Eigenschaft, daß sie die Seelen unfehlbar veredelt; aber diese Schönheit ist etwas durch und durch Unbedingtes, und es lohnte sich wohl, eine Wette darauf einzugehen, daß du Dichter, wenn du dir von vornherein einen sittlichen Zweck auferlegen willst, der Macht deiner Poesie beträchtlichen Abbruch tust.

Um diese den Kunstwerken auferlegte Bedingung der Moralität steht es wie um jene andere, nicht weniger lächerliche Bedingung, der einige sie unterwerfen wollen, die nämlich, sie sollten Gedanken oder *Ideen* ausdrücken, die einer der Kunst fremden Welt entstammen, wissenschaftliche *Ideen,* politische *Ideen,* usw... Solcherart ist der Ausgangspunkt der Schief- und Verkehrtdenker, oder zumindest der Anti-Poeten, die sich über die Poesie zu räsonieren anmaßen. Die Idee, sagen sie, ist das Wichtigste (sie sollten sagen: Idee und Form sind zweierlei in einem); natürlich, unausweichlich sagen sie sich bald: Da die Idee das Wichtigste par excellence ist, darf man die Form, als das weniger Wichtige, ohne ernstliche Folgen vernachlässigen. Das Ergebnis ist die Vernichtung der Poesie.

Bei Auguste Barbier nun, der seine Natur nach Dichter, und zwar ein großer Dichter ist, hat das beständige und ausschließliche Bedachtsein darauf, anständige oder nützliche Gedanken auszudrücken, nach und nach dazu geführt, daß eine leichte Mißachtung der Sprachreinheit, des Abgerundeten und Vollendeten sich einstellte, die allein schon hinreichte, einen Abstieg zu bezeichnen.

In *La Tentation* (seinem ersten Gedicht, das in den späteren Ausgaben der *Ïambes* ausgeschlossen wurde) hatte er sogleich eine Größe, eine Hoheit der Haltung bewiesen, die seine wahre Auszeichnung ist, und die ihn niemals verlassen hat, selbst in den Augenblicken, wo er die gröbsten Verstöße gegen die Reinheit der Poesie beging. Diese natürliche Größe, diese lyrische Beredsamkeit erstrahlten in allen Gedichten, welche den Ereignissen der Revolution von 1830 und den daraus entstandenen geistigen oder sozialen Wirren *angepaßt* waren. Aber diese Gedichte, ich wiederhole es, waren Umständen *angepaßt,* und sie mögen noch so schön sein, sie tragen dennoch den kläglichen Stempel des Umstandes und der Mode. *»Mon vers, rude et grossier, est honnête homme au fond«* (Mein Vers, rauh und grob, ist im Grunde ein Ehrenmann), ruft der Dichter aus; aber hat er wohl als Dichter in dem Geschwätz der Bürger die Gemeinplätze einer läppischen Moral aufgelesen? Oder hat er als anständiger Mann die *Melpomene in der weißen Tunika* (was nur hat Melpomene mit der Anständigkeit zu schaffen?) auf unsere Bühne zurückrufen und die Dramen eines Victor Hugo und eines Alexandre Dumas von dort vertreiben wollen? Ich habe festgestellt (ich sage es, ohne zu lachen), daß die in den Nutzen und die Moral allzu verliebten Leute gerne die Grammatik vernachlässigen, worin sie es denen gleichtun, welche die Leidenschaft übermannt. Es ist ein schmerzlicher Anblick, einen so hochbegabten Dichter den Artikel oder das besitzanzeigende Adjektiv

ausmerzen zu sehen, wenn diese Ein- oder Zweisilber ihn stören, oder ihn ein Wort im Gegensinn zu dem üblichen gebrauchen zu sehen, weil dieses Wort die von ihm benötigte Silbenzahl aufweist. Ich glaube in solchen Fällen nicht an ein Unvermögen; ich lege dergleichen eher der natürlichen Nachlässigkeit der inspirierten Dichter zur Last. In seinen Gesängen über den Niedergang Italiens und über die elenden Zustände Englands und Irands (*Il Pianto* und *Lazare*) findet er wie immer, ich wiederhole es, erhabene Töne; doch die nämliche Versessenheit auf Nutzen und Moral bringt die edelsten Regungen um ihre Wirkung. Wenn ich nicht fürchtete, einen des Respekts in jeder Hinsicht so würdigen Mann zu verleumden, so würde ich sagen, daß dies schon der Grimasse nahe kommt. Ist so etwas vorstellbar, eine *grimassierende Muse?* Und hier nun stößt man abermals auf einen Fehler, auf eine weitere Affektation. Ich meine nicht die nachlässigen Reime, nicht die unterdrückten Artikel, sondern: eine gewisse platte Feierlichkeit oder feierliche Plattheit, die einst als majestätische und tiefe Einfalt zu gelten beanspruchte. Es gibt Moden in der Literatur wie in der Malerei, wie in der Kleidung; so war eine Zeitlang in der Dichtung, in der Malerei das *Naive* der Gegenstand großer Bemühungen, eine neue Art von Preziosität. Die Plattheit galt als etwas Herrliches, und ich erinnere mich, daß Édouard Ourliac mir lachend, als ein Musterstück der Gattung, diesen Vers aus seinen eigenen Werkstatt zitierte:
»*Les cloches du couvent de Sainte-Madeleine* ...«
Ähnliche Verse findet man haufenweis in den Gedichten von Brizeux, und es sollte mich nicht wundern, wenn die Freundschaft mit Antony Deschamps und Brizeux dazu beigetragen haben sollte, Auguste Barbier zu dieser dantesken Grimasse zu verführen.

Überall in seinem Werk begegnen uns die nämlichen Fehler und die nämlichen Vorzüge. Alles wirkt spontan, wie dem Augenblick entsprungen; bei allem Ungeschick oder Versagen findet sich immer wieder der kräftig kerbende Strich, nach lateinischer Manier. Ich brauche hier, nehme ich an, nicht näher darauf einzugehen, daß *Pot-de-vin, Érostrate, Chants civils et religieux* Werke sind, die jedes auf einen moralischen Zweck hinauslaufen. Ich überspringe einen kleinen Band mit *Odelettes,* dem man ein betrübliches Ringen um die Anmut der Antike nur allzu sehr anmerkt, und wende mich nun den *Rimes héroïques* zu. Hier, um es freimütig herauszusagen, erscheint und offenbart sich die ganze Narrheit des Jahrhunderts in ihrer ahnungslosen Blöße. Unter dem Vorwand, Sonette zu Ehren der großen Männer zu verfertigen, hat der Dichter den Blitzableiter und den mechanischen Webstuhl besungen. Man ahnt, bis zu welchen ans Wunderbare grenzenden Lächerlichkeiten diese Verwirrung der Ideen und der Funktionen uns beflügeln könnte. Einer meiner Freunde hat sich der Arbeit unterzogen, ein anonymes Gedicht auf die Erfindung eines Dentisten zu verfassen; die Verse mögen gut und der Autor von seinem Werk überzeugt gewesen sein. Doch wer wollte, selbst wenn dies der Fall sein sollte, behaupten, es handele sich um Poesie? Ich gestehe, wenn ich derartige Vergeudungen von Rhythmen und Reimen erblicke, überfällt mich eine desto größere Traurigkeit, je größer der Dichter ist; und man könnte, glaube ich, angesichts zahlreicher Symptome, ohne daß dies bei irgend jemand ein Gelächter auslöste, den allermonströsesten, den allerlächerlichsten und unhaltbarsten Irrtum als Wahrheit ausgeben, diesen nämlich, es sei *das Ziel der Poesie, die Aufklärung unter dem Volk zu verbreiten und, mit Hilfe von Reim und Metrum, die wissenschaflichen Entdeckungen leichter im Gedächtnis der Menschen zu befestigen.*

Wenn der Leser mir aufmerksam gefolgt ist, wird er nicht erstaunt sein, daß ich diesen Artikel, in dem die schmerzlichen Empfindungen den Spott bei weitem überwiegen, folgendermaßen zusammenfasse: *Auguste Barbier ist ein großer Dichter, und er wird gerechterweise immer als ein solcher gelten. Aber er war sozusagen ein großer Dichter wider Willen; er hat versucht, seine großartigen dichterischen Fähigkeiten durch eine falsche Idee, die er sich von der Poesie gemacht hat, zugrunde zu richten; glücklicherweise waren diese Fähigkeiten kräftig genug, um sogar dem Dichter, der sie herabwürdigen wollte, Widerstand zu leisten.*

III
MARCELINE DESBORDES-VALMORE

Hat nicht mehr als einmal einer Ihrer Freunde, wenn Sie ihm eine Ihrer Vorlieben oder Ihrer Passionen anvertrauten, dem entgegengehalten: »Wie seltsam! das steht doch in einem völligen Mißverhältnis zu allen Ihren sonstigen Passionen und zu allem, was Sie als Ihre Lehre vertreten?« Und Ihre Antwort war: »Sehr wohl möglich, doch das ist nun einmal so. Ich liebe dies, vermutlich eben des heftigen Widerspruchs wegen, den mein ganzes Wesen dabei empfindet.«

Das ist mein Fall Madame Desbordes-Valmore gegenüber. Wenn der Schrei, wenn der unwillkürliche Seufzer einer auserwählten Seele, wenn das verzweifelte Trachten des Herzens, wenn das, was unversehens und ohne Nachdenken sich ausspricht, wenn alles, was einem gnadenhaft zufällt und von Gott kommt, genügt, um einen großen Dichter hervorzubringen, so ist Marceline Valmore ein großer Dichter und wird immer ein solcher sein. Es ist zwar wahr, wenn man sich die Zeit nimmt, alles festzustellen, was ihr von dem fehlt, was sich durch Arbeit erwerben läßt, so finden wir ihre Größe merklich verringert; kaum aber überfällt einen die heftigste Ungeduld und Verzweiflung über Nachlässigkeit, Gepolter und Durcheinander, die man als besonnener und immer verantwortlicher Mann für vorsätzliche Trägheit hält, da erhebt sich unversehens eine unerwartete, unvergleichliche Schönheit und trägt uns unwiderstehlich in den Himmel der Poesie hinauf. Niemals war irgendein Dichter natürlicher; keiner war je weniger künstlich. Niemand hat diesen Zauber nachahmen können, weil hier alles original und ursprünglich ist.

War es je der Wunsch eines Mannes, seine Frau oder seine Tochter möchte die Gaben und Ehren der Muse genießen, so konnte er nichts anders: er mußte ihnen diejenigen wünschen, welche Madame Valmore zuteil wurden. Unter den ziemlich zahlreichen Frauenspersonen, die sich heutzutage auf die literarische Arbeit geworfen haben, finden sich nur sehr wenige, deren Werke, wenn nicht gar ihre Angehörigen, ja selbst ihr Liebhaber darüber in Verzweiflung gerieten (denn auch die Männer mit sehr wenig Schamgefühl legen bei dem geliebten Gegenstand auf Schamhaftigkeit Wert), zumindest nicht durch eine jener männlichen Albernheiten verunziert werden, die bei einer Frau die Ausmaße einer Ungeheuerlichkeit annehmen. Wir haben die philanthropische Autorin kennengelernt, die systemversessene Priesterin der Liebe, die republikanische Dichterin, die Poetin der Zukunft in der Nachfolge Fouriers oder Saint-Simons; und unsere Augen, die das Schöne lieben, haben sich niemals an all diese steifbedächtigen Häßlichkeiten gewöhnen können, an all diese ruchlose Niedertracht (denn es gibt sogar Poetinnen der Verruchtheit), an diesen ganzen gotteslästerlichen Abklatsch der Hervorbringungen des männlichen Geistes. Madame Desbordes-Valmore war Frau, war immer Frau und war nichts anderes als Frau; doch sie war in außerordentlichem Grade der dichterische Ausdruck aller natürlichen Schönheiten der Frau. Ob sie das schmachtende Verlangen des jungen Mädchens singt, die düstere Verzweiflung einer verlassenen Ariadne oder die glühenden Entzückungen der Mutterliebe, immer bewahrt ihr Gesang den köstlichen Tonfall der Frau; nichts Entlehntes, kein erkünstelter Zierat, nichts als *das Ewig-Weibliche,* um mit dem deutschen Dichter zu reden. In ihrer Aufrichtigkeit selber hat Madame Valmore demnach ihren Lohn gefunden, das heißt einen Ruhm, den wir für ebenso fest und dauerhaft halten wie den Ruhm der vollkommenen Künstler. Diese Fackel, die sie vor unseren Augen schwingt, um die geheimnisvollsten Haine des Gefühls zu erhellen, oder deren Schein, um sie zu neuem Leben zu erwecken, bis zu den heimlichsten Erinnerungen an unsere Kindheit oder aus der Zeit unserer Verliebtheit hinabreicht, diese Fackel hat sie in der tiefsten Tiefe ihres eigenen Herzens entzündet. Victor Hugo hat die Schönheiten und die Bezauberungen des Familienlebens ausgedrückt, mit der Großartigkeit, die uns bei ihm überall begegnet; doch allein in den Gedichten der von einer glühenden Liebe beseelten Marceline wird man jene Wärme des mütterlichen Nestes wiederfinden, an die einige unter den Söhnen des Weibes, weniger undankbar als die übrigen, eine köstliche Erinnerung bewahren. Wenn ich nicht befürchtete, der Leser könnte in einem allzu animalischen Vergleich einen Mangel an Respekt dieser bewundernswerten Frau gegenüber erblicken, so würde ich gerne sagen, ich fände in ihr die Anmut, die Besorgtheit, die Geschmeidigkeit und die Heftigkeit, mit denen die Katze oder ein Löwenweibchen die geliebten Jungen umhegt.

Man hat gesagt, Madame Valmore, deren erste Gedichte schon vor sehr langer Zeit (1818) erschienen sind, sei in unserer Zeit rasch vergessen worden. Vergessen von wem, ich bitte Sie? Von denen, die, weil sie gefühllos sind, sich an nichts erinnern. Sie besitzt die Eigenschaften der kräftigen Größe, die sich dem Gedächtnis einprägen, die tiefen, unerwarteten Einblicke in das menschliche Herz, die zauberhaften Ausbrüche der Leidenschaft. Kein Autor pflückt leichter die unvergleichliche Formel für ein Gefühl, den unbewußten Ausdruck des Erhabenen. Wie die allereinfachsten und leichtesten Vorkehrungen für diese stürmische Feder, die nicht weiß, was sie treibt, ein unüberwindliches Hemmnis sind, so bietet zur Entschädigung, was für andere der Gegenstand mühseliger Zurüstungen ist, sich ihr mit natürlicher Selbstverständlichkeit an; sie sucht nicht, sie findet unaufhörlich. Wahre Wunder wirft sie aufs Papier, mit der Sorglosigkeit, wie man sie sich bei kurzen Mitteilungen erlaubt, die für den Briefkasten bestimmt sind. Eine mitfühlende und leidenschaftliche Seele, wie sie selber sich treffend, doch wie immer absichtslos, in folgendem Vers charakterisiert:

Tant que l'on peut donner, on ne veut pas mourir!
(Solange man geben kann, so lang will man noch nicht sterben!)

Als einer allzu sensiblen Seele, auf der die Rauhheiten des Lebens eine untilgbare Spur hinterließen, war ihr vor allem, der nach Lethe Verlangenden, erlaubt, in einen Schrei wie diesen auszubrechen:

> *Mais si de la mémoire on ne doit pas guérir,*
> *A quoi sert, ô mon âme, à quoi sert de mourir?*
> (Wenn aber das Gedächtnis nicht heilen soll,
> wozu dann dient, o meine Seele, wozu dient das Sterben?)

Gewiß, niemand hatte mehr als sie das Recht, in dem ersten Gedicht eines kürzlich erschienenen Bandes zu schreiben:

Prisonnière en ce livre une âme est contenue!
(Als Gefangene ist in diesem Buch eine Seele enthalten!)

In dem Augenblick, da der Tod herbeikam, um sie abzulösen von dieser Welt, in der sie eine so gelehrige Schülerin des Leidens war, und sie hinaufzutragen in den Himmel, nach dessen friedlichen Freuden sie sich so glühend sehnte, war Madame Desbordes-Valmore, diese unermüdliche Priesterin der Muse, die nicht zu schweigen verstand, weil sie allezeit voller Schreie und Gesänge war, die sich ergießen wollten, noch damit beschäftigt, einen weiteren Gedichtband erscheinen zu lassen, dessen Fahnen sie eine um die andere auf ihrem Schmerzenslager empfing, das sie seit zwei Jahren nicht mehr verließ. Diejenigen, die ihr bei der Vorbereitung dieser ihrer Abschiedsgrüße liebevoll behilflich waren, haben mir gesagt, daß wir auch dort den starken Glanz einer Vitalität finden werden, die sich niemals so lebendig fühlte als im Schmerz. Dieses Buch wird nun, leider! nur ein postumer Grabkranz sein, der zu allen anderen schon so leuchtenden hinzukommt, wie sie auf eine Gruft gehören, die unter ihren Kränzen eine der blühendsten ist.
Ich habe immer ein Gefallen daran gefunden, in der äußeren sichtbaren Natur Beispiele und Metaphern zu finden, die mir dienlich sein könnten, die Erfahrungen und Genüsse einer geistigen Welt zu charakterisieren. Ich sinne dem nach, was Madame Valmores Poesie mich empfinden ließ, als ich sie mit diesen Augen der Jugend las, die bei den reizbaren Männern zugleich so glühend und so scharfblickend sind. Diese Poesie erscheint mir wie ein Garten; nichts aber gemahnt hier an die großartige Feierlichkeit von Versailles; auch hat er nichts von der malerischen und theatralischen Weitläufigkeit der Gärten Italiens, dessen Gelehrsamkeit sich so vortrefflich auf die Kunst des *Garten-Baus (aedificat hortos)* versteht; und nichts, nein gar nichts von dem *Flötental* oder dem *Tartarus* unseres alten Jean Paul. Sie ist ein einfacher englischer Garten, romantisch und romanesk. Dichte Blumenbeete stellen dort die Gefühle dar, wie sie bei ihr in solcher Fülle sich aussprechen. Reglose helle Teiche, die alles ringsum widerspiegeln, das sich verkehrt in das auf dem Wasser ruhende Himmelsgewölbe neigt, sind ein Sinnbild der ganz mit Erinnerungen übersäten tiefen

Entsagung. Nichts fehlt in diesem anmutigen Garten eines anderen Zeitalters, weder einige gotische Ruinen im Versteck einer ländlichen Umgebung, noch das unbekannte Mausoleum, das, wo eine Allee sich wendet, unser Gemüt überrascht und es mahnt, der Ewigkeit zu gedenken. Verschlungene, schattige Wege öffnen sich unversehens auf weite Horizonte. So mündet das Sinnen der Dichterin, wenn es nach Laune in Mäandern sich ergangen hat, in weite Durchblicke auf die Vergangenheit oder die Zukunft; doch diese Himmelsräume sind zu weit, um unverändert rein zu sein, und die Temperatur dieses Landstriches zu heiß, als daß sich nicht Gewitterwolken dort ansammelten. Während der Spaziergänger die von Trauer verhangenen Weiten betrachtet, fühlt er, wie die Tränen der Hysterie, *hysterical tears*, ihm in die Augen steigen. Erschlafft lassen die Blumen ihr Haupt hängen, und die Vögel reden nur mit gedämpfter Stimme. Nach einem Blitz als Vorboten ein Donnerschlag: gewaltig erhebt sich die lyrische Stimme; endlich gibt eine unvermeidliche Sintflut von Tränen allem Niedergeschlagenen, Leidenden und Entmutigten die Frische und die Festigkeit einer neuen Jugend zurück!

IV

THÉOPHILE GAUTIER

Der Schrei des Gefühls ist immer absurd; aber er ist erhaben, weil er absurd ist. *Quia absurdum!*

Que faut-il au républicain?
Du cœur, du fer, un peu de pain!
*Du cœur pour se venger,**
Du fer pour l'étranger,
Et du pain pour ses frères!

* Variante: *Pour le danger* (in der Gefahr). – *Pour se venger* ist mehr im Ton dieses Liedes, das Goethe, mit größerem Recht als die *Marseillaise,* den Hymnus der Kanaille hätte nennen können.

(Was benötigt der Republikaner? Ein Herz, ein Eisen, ein wenig Brot! Ein mutiges Herz, um sich zu rächen, ein Eisen für den Fremden, und Brot für seine Brüder!)

Dies sagt die *Carmagnole;* da haben wir den absurden und erhabenen Schrei.
Wünscht man, in einer anderen Ordnung der Gefühle, etwas genau Entsprechendes? So schlage man Théophile Gautier auf: die mutige, liebestrunkene Geliebte will den feigen, unentschlossenen Liebhaber entführen; er sträubt sich und hält ihr entgegen, die Wüste sei ohne Schatten und ohne Wasser, und die Flucht voller Gefahren. Und in welchem Ton antwortet sie? Im unbedingten Ton des Gefühls:

Mes cils te feront de l'ombre!
Ensemble nous dormirons
Sous mes cheveux, tente sombre.
Fuyons! Fuyons!

Sous le bonheur mon cœur ploie!
Si l'eau manque aux stations,
Bois les larmes de ma joie!
Fuyons! Fuyons!

(Meine Wimpern werden dir Schatten bieten! Gemeinsam werden wir unter dem dunklen Zelt meiner Haare schlafen. Laß uns fliehen! Laß uns fliehen!
Unter der Last des Glückes erliegt mein Herz! Wenn es, wo wir rasten, an Wasser fehlt, trinke die Tränen meiner Freude! Laß uns fliehen! Laß uns fliehen!)

Es wäre ein leichtes, bei demselben Dichter andere Beispiele von gleicher Qualität zu finden:

J'ai demandé la vie à l'amour qui la donne!
Mais vainement …

(Ich habe die Liebe, die es uns spendet, um Leben gebeten! Doch vergebens ...)

ruft Don Juan, den der Dichter im Land der Seelen bittet, ihm das Rätsel des Lebens zu erklären.

Hiermit wollte ich nur als erstes beweisen, daß Théophile Gautier als der vollkommene Künstler, der er ist, darum nicht minder jene berühmte Eigenschaft besitzt, welche ihm abzusprechen die Gaffer unter den Kritikern nicht müde werden: das Gefühl. Wie oft, und mit welcher Magie der Sprache! hat er nicht das Allerzarteste der Zärtlichkeit und der Schwermut ausgedrückt! Nur wenige haben geruht, diese wunderbaren Blüten näher zu betrachten; warum, entzieht sich meiner Kenntnis, und ich vermag darin kein anderes Motiv zu entdecken als den angeborenen Abscheu der Franzosen vor der Vollkommenheit. Unter den zahllosen Vorurteilen, auf die Frankreich so stolz ist, sei hier die landauf landab geläufige Ansicht vermerkt, die natürlich auch unter den Vorschriften der Vulgärkritik obenan steht, die nämlich, daß es einem Werk, das *zu gut* geschrieben ist, *unweigerlich* an Gefühl fehlt. Weil es im Volk, weil es in der Familie herrscht, lockt ausschließlich das Gefühl die Menge, von der diejenigen, unter deren Fuchtel sie steht, die gutgeschriebenen Werke tunlichst fernhalten. Gestehen wir es deshalb nur sogleich, daß Théophile Gautier, ein hochgeschätzter Feuilletonist, als Romancier schlecht bekannt, als Reiseschriftsteller wenig geschätzt und als Dichter fast *unbekannt* ist, vor allem, wenn man die geringe Beliebtheit seiner Gedichte angesichts ihrer glänzenden und ungeheuren Verdienste erwägt.

In einer seiner Oden schildert Victor Hugo uns Paris im Zustand einer toten Stadt, und in diesem düsteren Traum voller Größe, in dieser Anhäufung verdächtiger Ruinen, umspült von einem Wasser, *das sich an allen lärmenden Brücken brach,* nun *hinstreichend wieder durch flüsternd sich neigendes Röhricht,* gewahrt er noch drei Monumente von kräftigerer, unzerstörbarerer Art, die genügen, unsere Geschichte zu erzählen. Man versuche einmal, sich die französische Sprache als eine tote Sprache vorzustellen. In den Schulen der neuen Nationen lehrt man die Sprache eines Volkes, das einmal groß war, des französischen Volkes. Welchen Autoren werden die Professoren und Sprachforscher dann wohl die Kenntnis der Grundregeln und der Reize der französischen Sprache entnehmen? Sollten sie zu diesem Behuf etwa die Rumpelkammern des Gefühls oder dessen, was heutzutage Gefühl heißt, durchstöbern? Doch diese Erzeugnisse, die sich der Hochschätzung meiner Zeitgenossen erfreuen, werden dank ihrer Fehlerhaftigkeit die unverständlichsten und so gut wie unübersetzbar sein; denn nichts ist dunkler als der Irrtum und das Durcheinander. Wenn in jenen Zeiten, die uns vielleicht näher bevorstehen, als der moderne Dünkel wähnt, ein in das Schöne verliebter Gelehrter Théophile Gautiers Gedichte entdeckt, so ahne ich, so verstehe ich, so sehe ich seine Freude. Hier endlich spricht sie zu ihm, die wahre französische Sprache! die Sprache der großen Geister, der höchsten Verfeinerung! Mit welchem Entzücken schweift sein Blick in allen diesen so reinen und so kostbar geschmückten Versen! Wie ahnt er und schätzt er alle unzulänglich bekannten Möglichkeiten unserer schönen Sprache! Und welchen Ruhm erwirbt sich der intelligente Übersetzer, der sich anschickt, wider diesen großen Dichter zu streiten: unsterblich ruht er einbalsamiert in Trümmern, die ihn sorglicher hüten als das Gedächtnis seiner Zeitgenossen! Als Lebenden peinigte ihn der Undank der Seinen; er hat lange warten müssen; endlich aber empfängt er seinen Lohn. Hellsichtige Kommentatoren erkennen, was unsere Literatur mit dem sechzehnten Jahrhundert verbindet. Ein neues Licht fällt auf die Geschichte der Generationen. Victor Hugo wird auf den Universitäten gelehrt und ausgelegt; jeder Gebildete aber weiß, daß das Studium seiner glanzvollen Hervorbringungen der Ergänzung durch das Studium von Gautiers Gedichten bedarf. Einige werden sogar feststellen, daß, wo der erhabene Poet sich mitunter von Begeisterungen hinreißen ließ, die seiner Kunst eher abträglich waren, der treuere, gesammeltere kostbare Dichter die Grenzen der seinigen niemals überschritten hat. Anderen wird es nicht entgehen, daß er der französischen Poesie sogar neue Kräfte verliehen, daß er ihr Repertoire vergrößert, ihren Wortschatz bereichert hat, ohne jemals gegen die strengsten Regeln der Sprache zu verstoßen, die seine Geburt ihm zu sprechen befohlen hat.

Ein glücklicher, ein beneidenswerter Mann! Immer hat er nur das

Schöne geliebt; immer nur nach dem Schönen hat er getrachtet; und auch dann, wenn ein grotesker oder häßlicher Gegenstand sich ihm darbot, hat er es verstanden, ihm eine geheimnisvolle symbolische Schönheit zu entlocken! Mit einer einzigen Fähigkeit begabt, die wie ein Verhängnis sich seiner bemächtigt hatte, hat er unermüdlich, mühelos alle Haltungen, alle Blicke, alle Farben, die uns in der Natur begegnen, ausgedrückt, und nicht minder den geheimen inneren Sinn, der in allem, was sich dem menschlichen Auge zur Betrachtung darbietet, enthalten ist.

Sein Ruhm ist ein doppelter und zugleich einer. Für ihn sind der Gedanke und der Ausdruck nicht zweierlei, kein Widerspruch, den zu versöhnen es großer Anstrengungen oder feiger Zugeständnisse bedarf. Ihm allein vielleicht steht es zu, ohne Emphase zu sagen: *Es gibt keinen Gedanken, für den es nicht auch einen passenden Ausdruck gäbe!* Wenn ich, um der Zukunft die Théophile Gautier geschuldete Gerechtigkeit zu entreißen, mir Frankreich verschwunden vorgestellt habe, so deshalb, weil ich weiß, daß der menschliche Geist, sobald er bereit ist, aus der Gegenwart herauszutreten, einer reineren Vorstellung der Gerechtigkeit fähig ist. Wie der Reisende, wenn der Weg ihn hinaufträgt, die Topographie des ihn umgebenden Landes besser begreift. Ich will nicht wie die grimmigen Propheten ausrufen: Diese Zeiten sind nahe! Ich beschwöre kein Unheil herbei, nicht einmal, um den Ruhm meiner Freunde zu befördern. Ich habe eine Fabel erfunden, um den schwachen oder blinden Geistern die Beweisführung zu erleichtern. Denn wer unter den Lebenden, der Augen hat, begriffe nicht, daß man Théophile Gautier eines Tages zitieren wird, wie man La Bruyère, Buffon, Chateaubriand zitiert, das heißt als einen der unfehlbarsten und seltensten Meister in allem, was Sprache und Stil betrifft?

V
PÉTRUS BOREL

Es gibt Namen, die sprichwörtlich werden und als Adjektive dienen. Wenn im Jahre 1859 eine kleine Zeitung den ganzen Ekel und die ganze Verachtung ausdrücken will, die ihr eine Dichtung oder ein Roman voll düsterer Ungeheuerlichkeiten einflößt, so fällt das Wort: *Pétrus Borel!* und alles ist gesagt. Das Urteil ist gesprochen, der Autor ist zerschmettert.

Pétrus Borel, oder *Champavert le Lycanthrope,* der einen Band *Rhapsodies,* die *Contes immoraux* und *Madame Putiphar* schrieb, war einer der Sterne am düsteren Himmel der Romantik. Ein vergessener oder erloschener Stern, wer erinnert sich seiner heute noch, und wer kennt ihn genügend, daß er berechtigt wäre, so entschieden von ihm zu reden? *»Ich«,* sagte ich gerne, wie Medea, *»ich, sage ich, und das genügt!«* Édouard Ourliac, sein Kamerad, scheute sich nicht, über ihn zu lachen; aber Ourliac war ein kleiner Voltaire vom Lande, dem jeder Überschwang zuwider war, vor allem die überschwengliche Liebe zur Kunst. Nur Théophile Gautier, dessen umfassender Geist sich an allem Vorhandenen erfreut, und dem es, faßte er auch den festesten Vorsatz, unmöglich wäre, irgend etwas Interessantes, Subtiles oder Pittoreskes zu vernachlässigen, er allein lächelte mit Vergnügen über die bizarren Ausgeburten des genialen Werwolfs.

Zurecht nannte er sich einen Lykanthropos! Mann-Wolf oder Werwolf, welche Fee oder welcher Dämon warf ihn in die finsteren Wälder der Melancholie? Welcher böse Geist beugte sich über seine Wiege und sprach zu ihm: *Ich verbiete dir zu gefallen!* Es gibt in der geistigen Welt etwas Geheimnisvolles, das *le Guignon* heißt, und keiner von uns hat das Recht, mit dem Schicksal zu hadern. Es ist die Göttin, die sich am wenigsten erklärt, und die, mehr als jeder Papst oder Lama, das Vorrecht der Unfehlbarkeit besitzt. Ich habe mich sehr oft gefragt, wie und warum ein Mann wie Pétrus Borel, der in mehreren Szenen seiner *Madame Putiphar* eine echte epische Begabung gezeigt hatte (insbesondere in den Szenen am Anfang, wo er die wüste nordische Trunksucht des Vaters der Heldin ausmalt; dort, wo der einstmals vergewaltigten

Mutter, die niemals aufgehört hat, ihre Schmach zu hassen, das Lieblingspferd den Leichnam ihres geliebten Sohnes, des armen Vengeance, bringt, des mutigen Jünglings, der schon im ersten Treffen fiel, und den sie so sorglich zu ihrem Rächer erzogen hatte; endlich in der Schilderung der Gräßlichkeiten und der Folterqualen im Kerker, wo er Maturins Stärke erreicht); ich habe mich gefragt, sage ich, wie der Dichter, der das in seiner Klangfülle und in seiner vor Heftigkeit fast primitiven Farbgebung so seltsame Gedicht hervorgebracht hat, das *Madame Putiphar* als Prolog vorausgeht, an manchen Stellen auch eine solche Unbeholfenheit an den Tag legen, so stolpern und holpern, ein solcher Pechvogel sein konnte. Ich habe keine eindeutige Erklärung dafür; ich kann nur auf Symptome hindeuten, Symptome einer morbiden Natur, die in den Widerspruch um des Widerspruchs willen verliebt und immer bereit war, gegen jede Strömung zu schwimmen, ohne deren Gewalt zu ermessen, noch die eigene Kraft abschätzen zu können. Bei allen Menschen, oder bei fast allen, neigt die Schrift sich nach rechts; Pétrus Borel gab der seinigen eine so entschiedene Neigung nach links, daß sämtliche Buchstaben, die im übrigen sehr gepflegt daherkamen, wie reihenweis niederkartätsche Fußsoldaten aussahen. Hinzu kam, daß jede Arbeit ihm Schmerzen bereitete: der geringste, der allerbeliebigste Brief, eine Einladung, eine Geldsendung kostete ihn zwei oder drei Stunden erschöpfenden Nachdenkens, der Streichungen und Verbesserungen nicht zu gedenken. Schließlich ist auch die wunderliche Orthographie, die sich in *Madame Putiphar* spreizt, als ein wohlerwogener Verstoß gegen die Gewohnheiten der Leserschaft, ein Zug, der diese grimassierende Physiognomie vervollständigt. Das ist gewiß keine mondäne Orthographie, wie sie Voltaires Köchinnen gefallen hätte, oder dem Sieur Erdan, sondern im Gegenteil eine überaus pittoreske Orthographie, die jede Gelegenheit wahrnimmt, mit großem Gepränge auf die Etymologie zurückzugreifen. Nicht ohne ein schmerzliches Mitgefühl kann ich mir all die ermüdenden Gefechte vorstellen, die, um seinen typographischen Traum zu verwirklichen, der Autor den Setzern geliefert haben muß, die den Druck seines Manuskriptes zu besorgen hatten. So begnügte er sich nicht damit, die moralischen Gewohnheiten des Lesers zu verletzen, er legte es noch zusätzlich darauf an, sein Auge durch das Druckbild zu necken und zu ärgern.

Mehr als einer wird sich vermutlich fragen, warum wir einem Geist, den wir selber für so unvollkommen halten, eine Stelle in unserer Galerie einräumen. Dies geschieht jedoch nicht nur, weil dieser Geist, bei all seiner Schwerfälligkeit, seiner Grellheit, seiner Unvollkommenheit, mitunter eine strahlende und genaue Note gen Himmel aufsteigen ließ, sondern auch deshalb, weil er in der Geschichte unseres Jahrhunderts eine nicht unwichtige Rolle gespielt hat. Seine Spezialität war die *Lycanthropie*. Ohne Pétrus Borel gäbe es eine Lücke in der Romantik. In der ersten Phase unserer literarischen Revolution wandte die Phantasie der Dichter sich vor allem der Vergangenheit zu; sie wählte häufig den melodisch rührenden Ton der Wehmut. Später gewann die Melancholie einen entschiedeneren, wilderen und irdischeren Tonfall. Ein misanthropischer Republikanismus verbündete sich mit der neuen Schule, und Pétrus Borel war der aufs äußerste getriebene, paradoxeste Ausdruck des Geistes der *Bousingots,* oder des *Bousingo;* denn es bleibt wohl immer erlaubt, sich nicht entscheiden zu können, wie man diese Worte schreiben soll, die ein Produkt der Mode und der Umstände sind. Diese zugleich literarische und republikanische Gesinnung war, im Gegensatz zu der demokratischen Leidenschaft der Bourgeoisie, die uns später so grausam unterdrückt hat, von einem grenzenlosen, vorbehaltlosen, erbarmungslosen aristokratischen Haß gegen die Könige und gegen das Bürgertum beseelt und gleichzeitig von einem allgemeinen Wohlgefallen an allem, was in der Kunst die Farben und Formen übersteigerte, an allem, was zugleich heftig, pessimistisch und byronesk war; ein seltsamer Dilettantismus, den einzig die hassenswerten Umstände erklären können, von denen eine gelangweilte und turbulente Jugend sich eingeschlossen sah. Hätte die Restauration sich ruhmreich behauptet, die Romantik hätte sich nicht von dem Königtum abgewendet; und diese neue Sekte, welche der gemäßigten politischen Opposition, der Malerei eines Delaroche oder der Poesie eines Delavigne die gleiche Verachtung entgegenbrachte wie dem König, der die Entwicklung des *juste-milieu* förderte, hätte keinen Grund gefunden, sich zu bilden.

Ich meinesteils gestehe aufrichtig, daß ich, auch wenn dem etwas Lächerliches anhaften sollte, stets eine gewisse Sympathie für diesen unglücklichen Schriftsteller empfunden habe, dessen mißratenes Genie, voller Ehrgeiz und Unbeholfenheit, nichts hervorgebracht hat als umständliche Skizzen, stürmische Blitze, und Gestalten, deren angeborene Größe entstellt wird durch eine allzu große Bizarrerie in der Art, wie sie herausgeputzt sind oder wie sie reden. Er hat, mit einem Wort, eine eigene Farbe, eine Würze *sui generis;* auch wenn er uns nur durch sein Wollen bezaubert, was schon sehr viel ist! aber er liebte die Literatur mit einer wilden Inbrunst, und um uns heute drängen sich die hübschen und wendigen Schriftsteller, die jederzeit bereit sind, die Muse für den Töpfersacker zu verkaufen.

Als wir im vergangenen Jahr im Begriff standen, diese vielleicht allzu strengen Anmerkungen niederzuschreiben, erreichte uns die Nachricht, daß der Dichter in Algier gestorben war, wohin er sich, fern von allen literarischen Geschäften, entmutigt oder sie verachtend, zurückgezogen hatte, ohne dem Publikum einen seit langem angekündigten *Tabarin* geliefert zu haben.

VI

HÉGÉSIPPE MOREAU

Was dem einen zum Unglück ausschlägt, verhilft einem andern zu seinem Glück. Gérard de Nervals unstetes Wanderleben, das so lange seine ganze Lust war, führt in eine Melancholie, als deren einzig mögliches Ende und einzig mögliche Heilung zuletzt der Selbstmord erscheint. Edgar Poe, der ein großes Genie war, wird, von der Trunkenheit überwältigt, in der Gosse aufgefunden. Ein langes Geheul, unerbittliche Verwünschungen erheben sich nach ihrer beider Tod. Jeder will sich das Mitleid ersparen und wiederholt das übereilte Urteil des Egoismus: Warum sollte man die beklagen, die ihr Leiden verdient haben? Übrigens betrachtet die Welt den Unglücklichen gerne als einen Unverschämten. Wenn aber dieser Unglückliche bei all seinem Elend Geist hat, wenn er, wie Gérard, mit einer strahlenden, tätigen, lichtvollen, aufnahmewilligen und -fähigen Intelligenz begabt ist; wenn er, wie Poe, ein ungeheures Genie ist, tief wie der Himmel und wie die Hölle, oh! dann wird die Unverschämtheit des Unglücks untragbar. Sieht es nicht danach aus, als sei das Genie ein Vorwurf und eine Beleidigung für die Menge! Besitzt der Unglückliche jedoch weder Genie noch Wissen, läßt sich in ihm keinerlei Überlegenheit entdecken, keinerlei Unverschämtheit, nichts, das die Menge hindert, sich mit ihm auf die gleiche Stufe zu stellen und ihn dementsprechend als ihresgleichen zu behandeln, dann dürfen wir feststellen, daß das Unglück und selbst das Laster imstande sind, eine ungeheure Quelle des Ruhmes zu werden.

Gérard hat zahlreiche Bücher verfaßt, Reiseschilderungen oder Novellen, die alle das Siegel eines hohen Geschmacks tragen. Poe hat mindestens zweiundsiebzig Novellen hervorgebracht, darunter eine von der Länge eines Romans; er hat köstliche Gedichte in einem Stil von höchster Originalität und vollkommener Korrektheit geschrieben, mindestens achthundert Seiten kritischer Aufsätze und Beiträge, und schließlich ein Buch der hohen Philosophie. Alle beide, Poe und Gérard, waren also, trotz ihrer ungehörigen Lebensweise, ausgezeichnete *hommes de lettres,* in des Wortes weitester und feinster Bedeutung; demütig beugten sie sich unter das unvermeidliche Gesetz; freilich arbeiteten sie nach Laune, wann es sie ankam, nach einer mehr oder minder geheimnisvollen Methode, aber sie waren tätig, geschäftig, machten sich ihre Träume oder ihre Meditationen zunutze; kurzum, herzhaft entschlossene Vertreter ihres Berufes.

Hégésippe Moreau, der wie sie in einer zivilisierten Welt ein nomadisierender Araber war, ist fast das Gegenteil eines *homme de lettres*. Sein Gepäck ist nicht schwer, doch eben die Leichtigkeit dieses Gepäcks hat es ihm erlaubt, schneller als andere berühmt zu werden. Einige Chansons, einige Gedichte halb im klassischen, halb im romantischen Geschmack haben für träge Gedächtnisse nichts Abschreckendes. Ihm schlug alles zum Guten aus; nie war ein geistiges Schicksal glücklicher. Sein Elend wurde ihm als Arbeit ausgelegt, die Unordnung seines Lebens als unverstandenes Genie. Er wanderte umher, und er sang, wenn die Lust dazu ihn anwandelte. Wir kennen jene zur Trägheit verlockenden Theorien, die, einzig auf Gleichnisse sich stützend, dem Dichter erlauben, sich für einen geschwätzigen Vogel zu halten, leicht, verantwortungslos, ungreifbar, der bald auf diesem, bald auf jenem Zweig seine Wohnstatt hat. Hégésippe Moreau war ein verwöhntes Kind, das diese Verwöhnung nicht verdiente. Doch man muß dieses wunderbare Schicksal erklären, und ehe von den verführerischen Eigenschaften die Rede sein wird, die einen Augenblick lang zu glauben erlaubten, er würde ein echter Dichter, möchte ich zeigen, wie das zerbrechliche, doch ungeheure Gerüst seiner allzu großen Beliebtheit zustande kam.

Jeder Faulpelz und jeder Vagabund ist ein Pfosten dieses Gerüstes. Jeder unbegabte Taugenichts ist natürlicherweise ein Komplize jener Verschwörung. Wenn es sich um einen wirklich großen Mann handelte, so würde sein Genie dazu dienen, das Mitleid mit allem Unglück in seinem Leben zu verringern, indes mancher Mittelmäßige ohne allzu große Gefahr, sich lächerlich zu machen, danach trachten kann, so hoch emporzusteigen wie Hégésippe Moreau, und falls er unglücklich ist, natürlicherweise daran interessiert ist, an ihm als Beispiel zu beweisen, daß alle Unglücklichen Dichter sind. Hatte ich Recht zu sagen, das Gerüst sei ungeheuer? Es hat seinen tragenden Grund mitten im Herzen der Mittelmäßigkeit; es ist erbaut aus der Eitelkeit des Unglücks: unerschöpfliche Materialien!

Ich sagte Eitelkeit des Unglücks. Es gab einmal eine Zeit, da es unter den Dichtern Mode war, sich nicht mehr über geheimnisvolle, schwer bestimmbare Schmerzen zu beklagen, ein der Dichtung kongeniales Leiden, sondern über durchaus bestimmte, tatsächliche Übelstände, über die Armut zum Beispiel; man sagte stolz: »Ich habe Hunger und mich friert!« Es war ehrenvoll, solche Schmutzereien in Verse zu setzen. Keine Scham warnte den Reimer, daß er, Lüge um Lüge, besser daran täte, sich dem Publikum als einen Mann zu schildern, der in asiatischem Reichtum schwelgt und in einer Welt des Luxus und der Schönheit lebt. Hégésippe verfiel in diese große antipoetische Unart. Er sprach viel von sich, und weinte viel über sich selbst. Mehr als einmal äffte er die düsteren Attitüden eines Antony oder eines Didier nach, aber er verband damit, was er für einen weiteren Reiz hielt, den grollenden und mürrischen Blick des Demokraten. Ja, die Natur hatte ihn verwöhnt, aber er bemühte sich wenig, seine Gaben zu vervollkommnen; sogleich warf er sich in die Menge derer, die ohne Unterlaß rufen: »O stiefmütterliche Natur!« und die der Gesellschaft vorwerfen, sie um *ihren Anteil betrogen* zu haben. Er machte sich aus sich selbst eine gewisse ideale Gestalt, die eines unschuldig Verdammten, der von Geburt an unverdienten Leiden ausgesetzt war.

> Un ogre, *ayant flairé la chair qui vient de naître,*
> *M'emporta,* vagissant, *dans* sa robe de prêtre,
> *Et je grandis,* captif, *parmi ces écoliers,*
> Noirs frelons *que Montrouge essaime par milliers.*

(*Ein Oger,* der das eben geborene Fleisch gewittert hatte, trug mich, als ich noch ein *wimmerndes* Kind war, in *seinem Priestergewand* davon, und so wuchs ich, *ein Gefangener,* unter jenen Schülern heran, die als *schwarze Hornissen* zu Tausenden in Montrouge schwärmen.)

Dieser *Oger* (ein Geistlicher) muß wahrhaftig ein Unhold gewesen sein, um den kleinen Hégésippe derart als *wimmerndes* Kind davonzutragen, in *seinem Priestergewand,* seinem stinkenden und abstoßenden Priestergewand (Soutane)! Ein grausamer Kinderdieb! Der *Oger* ist, wie das Wort zu verstehen gibt, jemand, den es nach rohem Menschenfleisch gelüstet; warum übrigens sollte er *das Fleisch gewittert* haben? Sehen wir doch schon im folgenden Vers, daß der junge Hégésippe nicht aufgefressen wurde, daß er im Gegenteil (wenn auch freilich als *Gefangener*) wie fünfhundert seiner Mitschüler heranwuchs, die der Oger ebenfalls nicht gefressen hatte, und die er Latein lehrte, was dem Märtyrer Hégésippe erlauben wird, seine eigene Sprache etwas weniger schlecht zu schreiben als alle diejenigen, denen das Unglück erspart blieb, einem *Oger* zur Beute zu fallen. Man wird gewiß das tragische *Priestergewand* wiedererkannt haben, ein altes Requisit aus dem Plunderkasten eines Claude Frollo und eines Lamennais. Das ver-

leiht dem Ganzen eine romantische Färbung, wie Hégésippe Moreau sie verstand; und jetzt kommt die demokratische Note: *Schwarze Hornissen!* Fühlt man die ganze Tiefe dieses Wortes? Hornisse steht als Antithese zu Biene, einem sehr viel interessanteren Insekt, weil es von Geburt arbeitsam und nützlich ist, wie der junge Hégésippe, die arme kleine Biene, die man bei den Hornissen eingesperrt hat. Man sieht, hinsichtlich der demokratischen Gefühle ist er kaum feinfühliger als in seinen romantischen Ausdrükken, und er beträgt sich wie die Maurer, für welche die Pfarrer Nichtstuer und Nichtnutze sind.
Diese unglücklichen vier Verse resümieren vorzüglich die moralische Note in Hégésippe Moreaus Gedichten. Ein romantisches Klischee wird an ein dramatisches angeklebt, nicht mit ihm amalgamiert. Alles bei ihm besteht aus Klischees, die man in Bündeln auf einen Karren geworfen hat. Das alles bildet keine Gesellschaft, das heißt ein Ganzes, sondern so etwas wie die zusammengerüttelte Ladung eines Omnibus. Victor Hugo, Alfred de Musset, Barbier und Barthélémy liefern ihm abwechselnd ihren Anteil. Er entlehnt Boileau dessen symmetrische, dürre, harte, doch funkelnde Form. Von Delille stammt die abgestandene Periphrase, eine entbehrliche hochgeschraubte Alte, die höchst wunderlich in feierlichem Aufzug daherkommt inmitten der zügellosen und rohen Bilder der Schule von 1830. Von Zeit zu Zeit ergötzt und betrinkt er sich nach klassischem Muster, auf die im Caveau übliche Manier, oder er zerlegt seine lyrischen Gefühle in Couplets à la Béranger und à la Désaugiers; die sorgsam in Strophen-Schubfächer unterteilte Ode gelingt ihm ebenso gut wie diesen beiden. Zum Exempel sehe man *Les Deux Amours*. Noch ganz erfüllt von der Erinnerung an eine ideale Liebe, ergibt ein Mann sich einer banalen Liebschaft. Nicht das Gefühl, nicht das Sujet ist hier zu tadeln; abgegriffen zwar, wohnt ihm doch ein tiefer poetischer Gehalt inne. Aber es wird hier auf wider-menschliche Weise behandelt. Mit einer kläglichen mathematischen Regelmäßigkeit werden die beiden Lieben, wie in den Eklogen Vergils, eine um die andere abgehandelt. Das ist Moreaus großes Malheur. Gleichviel welchen Gegenstand er sich vornimmt, in welcher Gattung er sich versucht, immer ist er der Schüler irgendeines andern.

Einer entlehnten Form fügt er als Originales nur den *mauvais ton* hinzu, wenn etwas so allgemein Verbreitetes wie der *mauvais ton* original genannt werden kann. Obwohl stets ein gelehriger Schüler, ist er zusätzlich ein Pedant, und selbst in die Gefühle, die am meisten geeignet sind, der Pedanterie zu entrinnen, bringt er ich weiß nicht welche Gewohnheiten der Sorbonne und des Quartier Latin hinein. Das ist nicht die Wollust des Epikuräers, sondern eher die klösterliche, erhitzte Sinnlichkeit des Schulfuchses, die Sinnlichkeit des Gefängnisses und des Schlafsaals. Seine verliebten Scherze sind plump und roh, wie die eines Gymnasiasten in den Sommerferien. *Gemeinplätze der lüsternen Moral,* Überreste von der Tafel des vorigen Jahrhunderts, die er mit der durchtriebenen Naivität eines Kindes oder eines Gassenjungen aufwärmt und feilbietet.

Ein Kind! das ist das rechte Wort, und aus seinem Inbegriff im weitesten Sinne werde ich alles entwickeln, was ich hinsichtlich seiner Lobenswertes zu sagen habe. Selbst gesetzt den Fall, er denke wie ich, wird der oder jener vielleicht finden, ich sei im Tadel sehr weit und im Ausdruck dieses Tadels zu weit gegangen. Das mag wohl sein; doch fände ich darin, falls es zuträfe, nichts gar zu Schlimmes und hielte mich nicht für gar so schuldig. Handlung und Gegenhandlung, Gunst und Grausamkeit fordern einander wechselseitig heraus. Das Gleichgewicht verlangt, wiederhergestellt zu werden. Das ist das Gesetz, und das Gesetz ist wohlbeschaffen. Man bedenke doch, daß es sich hier um einen Mann handelt, aus dem man den Fürsten der Dichter hat machen wollen, in einem Land, das Ronsard, Victor Hugo und Théophile Gautier hervorgebracht hat, und daß man erst kürzlich mit großem Lärm zu einer Unterschriftensammlung aufrief, um ihm ein Denkmal zu errichten, als handelte es sich um einen jener außerordentlichen Männer, deren vernachlässigtes Grab einen Schandfleck in der Geschichte eines Volkes bildet. Haben wir es denn mit einer jener Willensnaturen wie Soulié oder Balzac zu tun, die einem feindlichen Geschick Widerstand leisteten, mit einem Manne, auf dem schwere Pflichten lasteten, der sich ihnen bescheiden unterwarf und sich unermüdlich zur Wehr setzte gegen das wachsende Ungeheuer seiner versagenden Kräfte? Moreau liebte den Schmerz nicht;

er erkannte ihn nicht als eine Wohltat an, und er ahnte nichts von seiner aristokratischen Schönheit! Diese Höllen blieben ihm übrigens erspart. Will man so viel Mitgefühl, so viel Zärtlichkeit von uns fordern, so müßte es sich schon um jemand handeln, der selber zärtlich und mitfühlend war. Hat er die Qualen eines unersättlichen Herzens erduldet, die schmerzlichen Zuckungen einer verkannten liebenden Seele? Nein. Er gehörte zur Klasse jener Reisenden, die sich auf geringe Kosten mit wenigem zufriedengeben, denen Brot, Wein, Käse *und die erste Beste* genügen.

Aber er war *ein Kind*, immer frech, oft anmutig, manchmal bezaubernd. Er hat die Gelenkigkeit und das Überraschende der Kindheit. In der literarischen Jugend, wie in der körperlichen Jugend, liegt eine gewisse *beauté du diable*, die manche Unvollkommenheit verzeihlich macht. Hier finden wir Schlimmeres als Unvollkommenheiten, bisweilen jedoch bezaubert uns etwas, das über die *beauté du diable* hinausgeht. Trotz dieser Anhäufung von Entlehntem und Nachempfundenem, das uns zu liefern Moreau das ewige Kind, der ewige Schüler sich nicht enthalten konnte, begegnet uns doch manchmal der Tonfall der unwillkürlich hervorbrechenden Wahrheit, der unvermittelte, ursprüngliche Tonfall, den man mit keinem anderen verwechseln kann. Er besitzt wahrhaftig die Gnade, die gnadenhafte Gabe; er, der oft so albern Ruchlose, er, der so törichte Papagei der Eckensteher der Demokratie, er hätte allen Grund gehabt, tausendmal jene Gnade zu segnen, der er alles verdankt, seine Berühmtheit und die Vergebung all seiner literarischen Laster.

Wenn wir in diesem Packen von Entlehnungen, in diesem Gemengsel von unbestimmten und unfreiwilligen Plagiaten, in diesem Geknatter bürokratischer oder schülerhafter Geistesblitze auf eines dieser unerwarteten Wunder stoßen, von denen soeben die Rede war, so empfinden wir etwas, das einem ungeheuren Bedauern gleicht. Kein Zweifel, der Schriftsteller, dem in einer seiner guten Stunden *La Voulzie* oder das Lied von *La Ferme et la Fermière* gelungen ist, war berechtigt, nach einem besseren Los zu trachten. Da es Moreau, ohne Studium, ohne Arbeit, trotz seines schlechten Umgangs, ohne jede Bedachtsamkeit darauf, wie er die günstigen Stunden vorsätzlich zurückrufen könnte, bisweilen gelang, auf eine so freimütige, so schlichte, so anmutige Weise originell zu sein, in einem wieviel höheren Grade und wieviel häufiger wäre es ihm gelungen, wenn er sich der Regel, dem Gesetz der Arbeit unterworfen hätte, wenn er sein eigenes Talent gereift, zurechtgewiesen und angespornt hätte! Er wäre, alles läßt dies vermuten, ein bedeutender *homme de lettres* geworden. Allerdings wäre er nicht das Ideal der Nichtstuer und der Gott der Kneipen. Das ist nun allerdings ein *Ruhm*, den nichts aufzuwiegen vermöchte, nicht einmal der wahre Ruhm.

VII
THÉODORE DE BANVILLE

Théodore de Banville war sehr jung schon berühmt. *Les Cariatides* stammen aus dem Jahr 1841. Ich entsinne mich noch, mit welchem Erstaunen man diesen Band durchblätterte, in dem man solche Reichtümer, ein wenig durcheinander, ein wenig gemischt, angehäuft findet. Man wiederholte sich das Alter des Verfassers, und nur wenige waren bereit, eine so erstaunliche Frühreife für möglich zu halten. Paris war damals nicht, was es heute ist, ein Tohuwabohu, ein wüstes Durcheinander, ein von unnützen Dummköpfen bevölkertes Babel, die sich kein Gewissen daraus machen, wie sie die Zeit totschlagen, und die sich jedem literarischen Genuß hartnäckig verweigern. Zu jener Zeit bestand das *tout Paris* aus jener Elite von Männern, die beauftragt waren, die Meinung der anderen zu bilden, und die, wenn ein Dichter hervortritt, immer die ersten sind, es gewahr zu werden. So war es nur natürlich, daß sie den Autor der *Cariatides* als einen Mann begrüßten, vor dem eine lange Laufbahn sich erstreckte. Théodore de Banville erschien als einer jener ausgezeichneten Geister, denen die Poesie die Sprache ist, die sie am leichtesten sprechen, und deren Gedanke sich von selber dem Rhythmus anbequemt.
Überfluß und Glanz waren diejenigen seiner Eigenschaften, die sogleich unwiderstehlich ins Auge fielen; die häufigen unwillkürlichen Nachahmungen jedoch, selbst die Vielfalt des Tones, je nach-

dem welchem Einfluß dieses oder jenes Vorgängers der junge Dichter erlegen war, trugen nicht wenig dazu bei, den Geist des Lesers von der vornehmsten Fähigkeit des Autors abzulenken, von jener, die später seine hohe Eigenheit, sein Ruhm, sein Warenzeichen sein sollte, die Sicherheit nämlich im lyrischen Ausdruck. Wohlgemerkt, ich bestreite nicht, daß die *Cariatides* bereits einige jener wunderbaren Stücke enthalten, die mit seinem Namen zu zeichnen der Dichter auch heute stolz sein könnte; ich möchte lediglich darauf hinweisen, daß das Buch in seiner Gesamtheit, bei allem Glanz und aller Vielfalt, nicht unverzüglich die besondere Natur des Autors offenbarte, sei es nun, daß diese Natur noch nicht genügend *durchgebildet*, sei es, daß der Dichter noch der Faszination durch alle Dichter der großen Epoche ausgesetzt war.
In den *Stalactites* jedoch, zwischen 1843 und 1845, erscheint der Gedanke klarer und schärfer umrissen; man errät schon deutlicher, wonach er auf der Suche ist. Sparsamer verteilt, erstrahlt die Farbe dennoch in einem lebhafteren Licht, und der Umriß eines jeden Gegenstandes zeichnet sich deutlicher ab. In dem sich wachsend entfaltenden Werk des Dichters bezeichnen die *Stalactites* eine besondere Phase, wo man den Eindruck gewinnt, er habe seiner anfänglich allzu verschwenderischen, allzu unbeherrschten Fähigkeit des Überströmens Widerpart bieten wollen. Mehrere der besten Stücke, aus denen dieser Band sich zusammensetzt, sind sehr kurz und befleißigen sich der knappen Eleganz der antiken Töpferkunst. Immerhin noch später erst, nachdem der Dichter sich in tausend Schwierigkeiten, in tausend gymnastischen Künsten getummelt hat, die nach ihrem wahren Wert zu schätzen nur die wahren Liebhaber der Muse imstande sind, bringt er, den Überschwang seiner ursprünglichen Anlage und die Erfahrung seines reifen Alters in vollkommenem Zusammenklang vereinigend, eines durch das andre fördernd, Gedichte voll meisterhafter Geschicklichkeit und von einem Zauber *sui generis* hervor, wie etwa *La Malédiction de Vénus, L'Ange mélancolique,* und vor allem gewisse erhabene Stanzen, die keine Überschrift tragen, die man jedoch in dem sechsten Buch der Gesamtausgabe seiner Gedichte findet, Stanzen, die eines Ronsard würdig wären, ihrer Kühnheit, ihrer Geschmeidigkeit und ihres weiten Schwunges wegen, und

deren Anfang schon im Ton der hohen Rede daherkommt und übermenschliche Sprünge des Stolzes und der Freude verkündet:

Vous en qui je salue une nouvelle aurore,
Vous tous qui m'aimerez,
Jeunes hommes des temps qui ne sont pas encore,
O bataillons sacrés!

(Ihr, in denen ich ein neues Morgenrot begrüße, ihr alle, die ihr mich lieben werdet, junge Männer der Zeiten, die noch nicht sind, o heilige Scharen!)

Worin aber beruht dieser geheimnisvolle Zauber, den zu besitzen der Dichter selber gestanden und den er derart gesteigert hat, daß er ihm schließlich zu einem Vermögen wurde, das nirgends versagt? Wenn wir auch außerstande sind, diesen Zauber genau zu bestimmen, so finden wir doch vielleicht einige Worte, um ihn zu beschreiben, so gelingt es uns doch vielleicht, zu einem Teil wenigstens zu entdecken, woher er stammt.
Ich habe einmal, ich weiß nicht mehr wo, gesagt: »Banvilles Poesie stellt die schönen Stunden des Lebens dar, das heißt die Stunden, da man sich glücklich fühlt, zu denken und zu leben.«
Bei einem Kritiker lese ich: »Um die Seele eines Dichters zu erraten, oder zumindest das, was ihn vor allem beschäftigt, durchforsche man seine Werke nach dem Wort oder den Worten, die darin am häufigsten auftreten. Dem wird man entnehmen, wovon er besessen ist.«
Wenn meine Empfindungen, als ich sagte: »Banvilles Talent stellt die schönen Stunden des Lebens dar«, mich nicht getäuscht haben (was übrigens sogleich überprüft werden soll), und wenn ich in seinen Werken ein Wort finde, das in seiner häufigen Wiederholung eine natürliche Neigung oder einen entschiedenen Vorsatz zu verraten scheint, so bin ich berechtigt, daraus zu schließen, daß dieses Wort dazu dienen kann, besser als jedes andere das Wesen seiner Begabung zu kennzeichnen, sowie gleichzeitig die Empfindungen *in den Stunden des Lebens, da zu leben uns das höchste Wohlgefühl bereitet.*

Dieses Wort nun ist das Wort *lyre,* das für den Autor augenscheinlich mit einem erstaunlich weitausgreifendem Sinn verknüpft ist. Die *Leier* entspricht in der Tat jenem fast übernatürlichen Zustand, jener Intensität des Lebens, da die Seele *singt,* da sie *gezwungen* ist, *zu singen,* wie der Baum, der Vogel und das Meer. Durch eine Überlegung, die vielleicht zu Unrecht an ein mathematisches Verfahren erinnert, komme ich demnach zu dem Schluß, daß, da Banvilles Poesie vor allem die Vorstellung der *schönen Stunden* weckt, da sie ferner den Augen beharrlich das Wort *lyre* bietet und die *Leier* ausdrücklich beauftragt ist, die *schönen Stunden,* die glühende geistige Vitalität, den hyperbolischen Menschen mit einem Wort, zu übersetzen, so ist Banvilles Begabung wesentlich, entschieden und vorsätzlich lyrisch.

Es gibt in der Tat eine lyrische Art zu fühlen. Die Menschen, welche die Natur am meisten benachteiligt hat, die, welchen das Glück am wenigsten Muße vergönnt, haben bisweilen solche reichen Eindrücke empfangen, so lebhafte Empfindungen, daß die Seele davon wie erleuchtet ist, daß es sie gleichsam emporhebt. In diesen wunderbaren Augenblicken strebt unser ganzes Inneres allzu leicht, allzu sehnend sich dehnend aufwärts in die Lüfte, höheren Regionen zu.

So gibt es denn auch notwendigerweise ein lyrisches Sprechen, und eine lyrische Welt, eine lyrische Witterung, Landschaften, Männer, Frauen, Tiere, die alle teilhaben an der Stimmung, wie die Leier sie fordert.

Stellen wir als erstes fest, daß die Hyperbel und die Apostrophe Sprachformen sind, die ihr nicht nur die angenehmsten, sondern auch die notwendigsten sind, weil diese Formen natürlicherweise einem gesteigerten Zustand der Lebendigkeit entspringen. Ferner bemerken wir, daß jede lyrische Gestimmtheit unserer Seele uns nötigt, die Dinge nicht in ihrer Besonderheit, in dem, was sie von andern unterscheidet, zu sehen, sondern auf ihr Wesentliches vereinfacht und verallgemeinert. Die Leier vermeidet gern alle Einzelheiten, an denen der Roman sich weidet. In einem synthetischen Verfahren greift die lyrische Seele weit aus; der Geist des Romanschreibers ergötzt sich an der Analyse. Diese Erwägung dient uns als Erklärung, warum Mythologie und Allegorie dem

Dichter so genehm sind, und welche Schönheit er in beiden findet. Die Mythologie ist ein Wörterbuch lebendiger Hieroglyphen, die jedermann bekannt sind. Hier ist die Landschaft, wie die Gestalten, von einer aufs äußerste gesteigerten Magie umkleidet; sie wird zur *Bühne*. Die Frau ist nicht nur ein Wesen von höchster Schöne, wie Eva oder Venus schön ist; um die Reinheit ihrer Augen auszudrücken, entlehnt der Dichter seine Vergleiche nicht nur allen lichten, schimmernden, durchsichtigen Dingen, allen hellsten Spiegeln und allen schönsten Kristallisationen der Natur (im Vorbeigehn sei hier auf Banvilles Vorliebe für die Edelsteine hingewiesen), darüber hinaus gilt es, die Frau mit einer Art Schönheit auszustatten, wie sie nur bei einem Wesen denkbar ist, das einer höheren Welt angehört. Hierbei fällt mir ein, daß unser Dichter an drei oder vier Stellen seiner Gedichte, wo er die Frauen mit einer unvergleichlichen und unerreichlichen Schönheit schmücken möchte, sagt, sie hätten *Köpfe wie Kinder*. Das ist ein genialer Einfall, und ein ausgesprochen lyrischer, das heißt in das Übermenschliche verliebter. Offenkundig ist in diesem Ausdruck der Gedanke enthalten: dasjenige sei unter allen schönen Menschengesichtern das schönste, dessen Helle ungetrübt, dessen Fläche von keinen Runzeln verunstaltet sei, wie das gelebte Leben, Leidenschaft, Zorn, Sünde, Angst, Sorge sie hinterlassen. Vermöge seiner Natur bewirkt jeder lyrische Dichter unvermeidlich eine Rückkehr in das verlorene Eden. Alles, Menschen, Landschaften, Paläste, wird in der lyrischen Welt *verherrlicht*. So ist denn auch, der unfehlbaren Logik der Natur zufolge, das Wort *apothéose* eines derjenigen, welche sich unwiderstehlich unter der Feder des Dichters einstellen, wenn dieser (zu seinem nicht geringen Vergnügen) eine Mischung von Herrlichkeit und Licht zu beschreiben hat. Und wenn der lyrische Dichter Gelegenheit findet, von sich selbst zu sprechen, wird er sich nicht als jemand schildern, der über einen Tisch gebeugt dasitzt, eine weiße Seite mit schrecklichen kleinen schwarzen Zeichen bekritzelnd, mit dem widerspenstigen Satz ringend oder auf den Fahnen gegen den Unverstand eines Korrektors ankämpfend, nicht in einem ärmlichen, trübseligen oder unaufgeräumten Zimmer; ebenso wenig, wie er, wenn er als Toter erscheinen möchte, sich uns in einem Holzkasten zeigt, wo er unter dem Laken fault. Das hieße lügen. Abscheulich! Das hieße der wahren *Wirklichkeit* widersprechen, nämlich seiner eigenen Natur. Der tote Dichter kann nicht anders als von hilfreichen Dienern umgeben sein, Nymphen, Huris und Engeln. Er kann nirgendwo anders ruhen als in immergrünen elysäischen Gefilden, oder in Palästen, die schöner sind und weiträumiger als die Dunstgebäude, welche die sinkende Sonne errichtet.

Mais moi, vêtu de pourpre, en d'éternelles fêtes,
Dont je prendrai ma part,
Je boirai le nectar au séjour des poètes,
A côté de Ronsard.

Là, dans ces lieux, où tout a des spendeurs divines,
Ondes, lumière, accords,
Nos yeux s'enivreront de formes féminines
Plus belles que des corps;

Et tous les deux, parmi des spectacles féeriques
Qui dureront toujours,
Nous nous raconterons nos batailles lyriques
Et nos belles amours.

(Ich aber, *in Purpur gewandet, auf ewigen Festen,* von denen ich mir mein Teil nehme, werde ich den Nektar trinken, dort wo die Dichter weilen, an der Seite Ronsards.
Dort, an jenen Orten, *wo alles von göttlichen Strahlen erglänzt,* Wellen, Licht, Akkorde, werden unsere Augen sich an weiblichen Formen berauschen, *schöneren, als die Leiber sind;*
Und alle beide, von feenhaften Schauspielen umgeben, die ewig dauern, werden wir uns unsre *lyrischen* Schlachten erzählen, und wie schön unsere Liebsten waren.)

Mir gefällt das; in dieser Liebe zum Luxus über das Grab hinaus sehe ich eine Bestätigung der Größe. Mich rühren die Wunder und die Herrlichkeiten, welche der Dichter jedem zuerkennt, der die Leier schlägt. Ich bin glücklich darüber, wie hier, ohne Umschweife, unbescheiden, rücksichtslos, die absolute Vergöttlichung des Dichters behauptet wird, und ich hielte sogar den für einen Dichter von schlechtem Geschmack, der bei dieser Gelegenheit nicht meiner Meinung sein sollte. Ich gebe freilich zu, um eine solche *Erklärung der Dichterrechte* zu wagen, muß man durch und durch lyrisch sein, und wenige haben zu diesem Wagnis das *Recht*.

Nun ja, wird man mir entgegenhalten, der Dichter mag noch so lyrisch sein, aber kann er denn niemals aus seinen Ätherhöhen herabsteigen, wird er niemals das Leben spüren, das ihn umfließt und hinträgt, niemals das Schauspiel des Lebens sehen, die unaufhörliche Fratzenhaftigkeit des Menschentiers, die Brechreiz erregende Albernheit des Weibes, usw.? ... Doch, gewiß! der Dichter versteht sich darauf, ins Leben hinabzusteigen; nur glaube man nicht, wenn er sich dem bequemt, es geschähe ohne ein Ziel, und er verstünde sich nicht darauf, aus seiner Reise Nutzen zu ziehen. Häßlichkeit, Dummheit – er wird ihnen einen neuen Zauber entlocken. Doch auch hier werden seine Narrenspäße etwas Hyperbolisches behalten; indem er sie übertreibt, nimmt er ihnen jede Bitterkeit, und die Satire wird – ein Wunder, wozu seine Natur diesen Dichter befähigt – sich ihres ganzen Hasses in einem Freudenausbruch entledigen, der seine Unschuld dem karnevalesken Übermut verdankt.

Selbst in der idealen Poesie kann die Muse, ohne sich etwas zu vergeben, sich unter die Menschenkinder mischen. Auch unter den Lebenden wird sie überall etwas ausfindig machen, das ihr zu einem neuen Schmuck dient. Ein moderner Flitter kann ihrer göttlichen Schöne eine köstliche Anmut, eine neue Schärfe (etwas Pikantes, wie man früher sagte) verleihen. Phädra im Reifrock hat die in Sachen des Geschmacks empfindlichsten Geister Europas entzückt; mit um so größerem Recht mag Venus, die eine unsterbliche Göttin ist, wenn sie Paris besuchen will, ihren Wagen in die Boskette des Luxembourg hinablenken. Was berechtigte einen zu dem Verdacht, dieser *Anachronismus* wäre ein Verstoß gegen die Regeln, die der Dichter sich auferlegt hat, gegen das, was wir seine lyrischen *Überzeugungen* nennen können? Kann man denn im Ewigen einen Anachronismus begehen?

Um die ganze Wahrheit, unserer Überzeugung nach, herauszusagen: Théodore de Banville darf als ein Originaldichter von der höchsten Art gelten. Wirft man in der Tat einen Blick auf die Gesamtheit der zeitgenössischen Dichtung und ihre besten Vertreter, so wird man unschwer feststellen, daß sie einen hochkomplexen Zustand der Mischung und Vermischung erreicht hat; plastischer Formensinn, philosophischer Gedankenreichtum, lyrische Begeisterung, humoristischer Witz verbinden und vermengen sich dort in unendlich verschiedenartigen Dosierungen. Die moderne Poesie hat gleichzeitig von allem etwas an sich, von der Malerei, von der Musik, von der Bildhauerei, von der Kunst der Arabeske, von der spöttischen Weltweisheit, von dem Geist der wissenschaftlichen Untersuchung, und sie mag noch so glücklich, noch so geschickt ausgestattet sein, die sichtlichen Zeichen einer Verfeinerung, die sie verschiedenen Künsten verdankt, sind nicht zu verkennen. Mancher könnte darin vielleicht Symptome der Verderbnis erblikken. Doch das ist eine Frage, auf die ich hier nicht näher eingehen möchte. Einzig Banville ist, wie ich schon sagte, ausschließlich, natürlicherweise und vorsätzlich lyrisch. Er hat auf die älteren poetischen Ausdrucksmittel zurückgegriffen, die ihm vermutlich völlig ausreichend und seinen Zwecken gemäß erschienen.
Doch das hier von der Wahl der Mittel Gesagte gilt nicht minder für die Wahl der Gegenstände, von dem Thema an sich selbst betrachtet. Bis zu einem ziemlich weit vorgetriebenen Punkt der Moderne war das einzige Ziel der Kunst, insbesondere der Poesie und Musik, die Gemütsverzauberung; sie entwarf Bilder der Glückseligkeit, die im Gegensatz standen zu dem gräßlichen Leben der Mühsal und des Kampfes, das uns umbrandet.
Beethoven begann damit, die Welten der Schwermut und der unheilbaren Verzweiflung aufzuwühlen, die wie dichte Gewölke den inneren Himmel des Menschen überziehen. Maturin im Roman, Byron in der Poesie, Poe in der Poesie und im analytischen Roman – der eine trotz seiner Weitschweifigkeit und Redseligkeit, denen Alfred de Musset auf so abscheuliche Weise nachgeeifert hat; der andere trotz seiner aufreizenden Knappheit – haben dem Lästerlichen in der Leidenschaft wunderbaren Ausdruck verliehen; sie haben funkelnde, blendende Strahlen auf den Luzifer geworfen,

der in jedem Menschenherzen verborgen haust. Ich will damit sagen, daß der modernen Kunst eine wesentlich dämonische Tendenz innewohnt. Und dieser höllische Anteil des Menschen, den sich selbst zu erklären dem Menschen eine Lust ist, scheint täglich zuzunehmen, als ob der Teufel sich damit vergnügte, ihn durch künstliche Verfahren zu vergrößern; nach dem Vorbild derer, die das Geflügel mästen, schoppt er das Menschengeschlecht geduldig in seinen Gehegen, um sich eine saftigere Nahrung zu bereiten.
Théodore de Banville jedoch verweigert sich dem: sich hinabzubeugen über diese blutigen Sümpfe, diese Abgründe des Schmutzes. Wie die Kunst der Antike drückt er nur das Schöne aus, nur das Freudige, Edle, Große, rhythmisch Bewegte. So vernehmen wir denn auch in seinen Werken keine Dissonanzen, weder die Mißklänge des Hexensabbats, noch das Kreischen der Ironie, dieser Rache des Besiegten. Alles in seinen Versen, selbst die Wollust, hat etwas Festliches und Unschuldiges. Seine Poesie ist nicht nur eine Trauer, ein wehmütiges Zurückblicken, sie ist vielmehr Rückwendung zu einem paradiesischen Zustand. In dieser Hinsicht dürfen wir ihn demnach als ein von höchstem Mut durchdrungenes Original betrachten. Im beklemmenden Dunstkreis des Satanischen oder Romantischen, von Verwünschungen umgellt, ist er kühn genug, die Güte der Götter zu besingen und ein vollkommener *Klassiker* zu sein. Dieses Wort möge hier in seinem edelsten Sinn, in seiner wahrhaft historischen Bedeutung verstanden werden.

VIII

PIERRE DUPONT

Nach 1848 erfreute Pierre Dupont sich großer Berühmtheit. Die Liebhaber der strengen und gepflegten Literatur fanden vielleicht, dieser Ruhm sei zu groß; doch die Rache, die ihn ereilt hat, übertrifft nun das Maß, denn Pierre Dupont wird heutzutage über Gebühr vernachlässigt.
1843, 44 und 45 ging eine ungeheure, unabsehbare Wolke, die keineswegs aus Ägypten kam, über Paris nieder. Diese Wolke spie

die Neo-Klassiker aus, die es mit mehreren Legionen Heuschrekken wohl aufnehmen konnten. Das Publikum war Victor Hugos so müde, seiner unerschöpflichen Fähigkeiten, seiner unzerstörbaren Schönheiten, so aufgebracht, ihn immerzu *den Gerechten* nennen zu hören, daß es seit geraumer Zeit in seiner Kollektivseele beschlossen hatte, den erstbesten Klotz, der ihm auf den Kopf fallen würde, als seinen Gott zu verehren. Es ist da jedesmal eine schöne Geschichte zu erzählen, wenn sämtliche Dummköpfe sich zugunsten einer Mittelmäßigkeit verschwören; es gibt jedoch wahrhaftig Fälle, wo man, bei aller Wahrheitsliebe, sich damit abfinden muß, daß niemand einem glaubt.

Diese neuerliche Eingenommenheit der Franzosen für die klassische Dummheit drohte, sich lange zu behaupten; glücklicherweise traten von Zeit zu Zeit kräftige Symptome des Widerstands zutage. Théodore de Banville hatte bereits, wenn auch vergeblich, die *Cariatides* erscheinen lassen; alle darin enthaltenen Schönheiten waren von der Art, die beim Publikum für den Augenblick auf Ablehnung stoßen mußte, weil sie das melodische Echo der mächtigen Stimme waren, die man ersticken wollte.

Da kam Pierre Dupont uns mit wenigem zu Hilfe; und dieser bescheidene Beistand tat eine ungeheure Wirkung. Ich berufe mich auf alle diejenigen unserer Freunde, die sich damals schon dem Studium der Literatur gewidmet hatten und die das Wiederaufleben dieser Häresie bekümmerte; und ich glaube, sie werden wie ich gestehen, daß Pierre Dupont eine vortreffliche Ablenkung war. Er war wahrhaftig ein Damm, der dazu diente, die Fluten des Wildbachs abzuwenden, bis er versiegte und sich selbst erschöpfte.

Bis dahin war unser Dichter noch unentschieden geblieben, nicht in seinen Sympathien, doch in seiner Art zu schreiben. Er hatte einige brave, maßvolle Gedichte veröffentlicht, die erkennen ließen, daß es ihm nicht an Bildung fehlte; ein echter eigener Ton war jedoch nicht zu vernehmen, und als höchstes Vorbild hatte er sich wohl Casimir Delavigne vorgesetzt. Plötzlich traf ihn eine Erleuchtung. Er entsann sich der Gefühle, die er als Kind hatte, der latenten Poesie der Kindheit, die einstmal so oft geweckt worden war durch das, was wir die namenlose Poesie nennen können: das Lied; nicht jenes des sogenannten Schriftstellers, der an seinem dienstlichen Schreibtisch hockt und seine bürokratischen Mußestunden nutzt, sondern das Lied des Erstbesten, des Ackermanns, des Maurers, des Fuhrmanns, des Matrosen. Das Album der *Paysans* war in einem klaren und entschiedenen, einem frischen, malerischen, ungekünstelten Stil geschrieben, und der Satz wurde hingetragen, wie ein Reiter von seinem Pferd, von schlicht empfundenen Melodien, die leicht zu behalten waren und die der Dichter selber komponiert hatte. Man erinnert sich des Erfolges. Er war sehr groß, er war allgemein. Die Schriftsteller (ich meine die wahren) fanden dort ihre Nahrung. Die Weltleute waren für diese ländliche Anmut nicht unempfindlich. Der Muse aber wuchs der große Beistand zu, daß diese Chansons den Geist des Publikums zur wahren Poesie zurückführten, die, wie es scheint, unbequemer ist und schwerer zu lieben als die Routine und die alten Moden. Die Bukolik war wiedergefunden; wie die falsche Bukolik eines Florian hatte sie ihre Reize, vor allem aber besaß sie einen eindringlichen, tiefen Tonfall, der dem Gegenstand selber entsprach und rasch einen schwermütigen Beiklang gewann. Die Anmut dort war natürlich, und keine künstliche Zutat, wie bei den Malern und Schriftstellern des achtzehnten Jahrhunderts. Sogar einige Roheiten trugen dazu bei, das Zartgefühl der rauhen Menschen sichtbarer zu machen, deren Freuden und Schmerzen diese Gedichte erzählten. Daß ein Bauer freimütig gesteht, der Tod seiner Frau würde ihn weniger betrüben als der Tod seiner Ochsen, schockiert mich nicht mehr, als wenn ich sehe, wie die Gaukler ihre Pferde mit größerer väterlicher Sorgfalt und liebevoller Zärtlichkeit behandeln als ihre Kinder. Unter dem gräßlichen Stumpfsinn des Handwerks verbirgt sich die Poesie des Handwerks; Pierre Dupont hat es verstanden, sie ausfindig zu machen, und oft hat er ihr auf überzeugende Weise Ausdruck verliehen.

1846 oder 47 (es war wohl eher 1846), auf einem unserer sorglosen Spaziergänge (wie glücklich streiften wir damals umher, als wir noch nicht, das Auge auf die Standuhr geheftet, das Papier mit unseren Schriftzügen bedeckten, unbeschwerte junge Leute, o mein lieber Pierre, entsinnst du dich noch?), erwähnte Pierre Dupont ein kleines Gedicht, das er soeben verfaßt hatte und über dessen Wert er sich nicht recht im klaren war. Und mit jener bezaubernden

Stimme, die er damals besaß, sang er mir den prächtigen *Chant des Ouvriers* vor. Er war wirklich sehr unsicher und wußte nicht recht, was er von seinem Werk halten sollte; er wird es mir nicht verargen, daß ich dieses Detail hier öffentlich erzähle, das übrigens nicht der Komik entbehrte. Was da zum Vorschein kam, war für ihn eine neue Ader; ich sage *für ihn,* denn ein Geist, der geübter als der seine gewesen wäre, den Wegen, auf denen er sich entwikkelte, zu folgen, hätte ahnen können, daß es ihn, nach dem Album der *Paysans,* bald dahin ziehen würde, die Schmerzen und Freuden aller Armen zu singen.
Wenn es dabei auch nicht ohne Rhetorik abgeht, wenn ich dabei als Rhetor dastehe, und das nicht ohne Stolz, warum sollte ich über das Geständnis erröten, daß ich tief gerührt war?

Mal vêtus, logés dans des trous,
Sous les combles, dans les décombres,
Nous vivons avec les hiboux
Et les larrons amis des ombres.
Cependant notre sang vermeil
Coule impétueux dans nos veines;
Nous nous plairions au grand soleil
Et sous les rameaux verts des chênes!

(Schlecht gekleidet, in Löchern hausend, unterm Dach, in Trümmern, leben wir mit den Eulen und den Spitzbuben, die das Dunkel lieben. Ungestüm jedoch fließt rotes Blut in unsern Adern; im hellen Sonnenschein wäre uns wohl, und unter den grünen Zweigen der Eiche!)

Ich weiß, Pierre Duponts Werke sind keine Erzeugnisse eines vollkommenen, geläuterten Geschmacks; aber er besitzt den Instinkt, wenn nicht das wohlüberlegte Gefühl für die vollkommene Schönheit. Wie etwa folgendes Beispiel beweist: Was wäre gewöhnlicher, was trivialer als der Blick, den die Armut auf ihren Nachbarn, den Reichtum, wirft? Hier aber mischt sich so etwas wie poetischer Stolz hinein, eine Ahnung hoher Genüsse, deren man sich würdig fühlt: ein wahrer Geniestreich. Welch langer Seufzer! welche Sehn-

sucht! *Auch wir verstehen die Schönheit der Paläste und der Parke! Wir auch ahnen die Kunst des Glücklichseins!*
War dieser Gesang eines jener flüchtigen Atome, die in der Luft treiben und deren Zusammenballung Sturm, Gewitter, Ereignis wird? War er eines jener Künftiges ankündigenden Symptome, wie hellsichtige Männer sie damals in großer Anzahl in der geistigen Atmosphäre Frankreichs erblickten? Ich weiß es nicht; jedenfalls paßte dieser schmetternde Hymnus bald, sehr bald schon, wunderbar in eine allgemeine Revolution auf dem Felde der Politik und ihrer Anwendungsgebiete. Er wurde, fast unverzüglich, der Losungsruf der enterbten Klassen.
Die Bewegung dieser Revolution hat den Geist des Dichters Tag für Tag getragen und mitgerissen. Alle Ereignisse fanden einen Widerhall in seinen Versen. Hier ist jedoch der Hinweis angebracht, daß Pierre Duponts Instrument zwar von edlerer Art ist als dasjenige Bérangers, daß es jedoch keine jener kriegerischen Trompeten ist, wie die Nationen sie in dem Augenblick vernehmen wollen, der den großen Schlachten vorausgeht. Es gleicht nicht

... Ces trompes, ces cymbales
Qui soûlent de leur son le plus morne soldat,
Et le jettent, joyeux, dans la grêle des balles,
*Lui versant dans le cœur la rage du combat.**

(Jenen Hörnern, jenen Zimbeln, die mit ihren Tönen den verdrossensten Soldaten berauschen und ihn freudig in den Hagel der Kugeln werfen, Kampfeswut ihm ins Herz ergießend.)

Pierre Dupont ist eine zärtliche Seele, mit einem Hang zur Utopie, und eben darin wahrhaft bukolisch. Alles in ihm ist der Liebe zugewandt, und der Krieg, wie er sich ihn vorstellt, hat nur die Bestimmung, die allumfassende Versöhnung vorzubereiten:

Le glaive brisera le glaive,
Et du combat naîtra l'amour!

* Pétrus Borel. Vorrede in Versen zu *Madame Putiphar*.

(Das Schwert wird das Schwert zerbrechen, und aus dem Streit wird die Liebe geboren!)

Die Liebe ist stärker als der Krieg, sagt er noch in dem *Chant des Ouvriers.*

Sein Geist verfügt über eine gewisse Stärke, in der Güte immer mit einbegriffen ist; und seine Natur, die wenig danach beschaffen ist, sich mit den ewigen Gesetzen der Zerstörung abzufinden, will nur tröstliche Ideen gelten lassen, in denen sie das ihr Gemäße wiederfindet. In ihm herrscht der Instinkt (und welch ein edler Instinkt ist der seinige!) über das Verstandesvermögen. Sich mit Abstraktionen abzugeben, widerstrebt ihm, und mit den Frauen ist ihm das seltene Vorrecht gemeinsam, daß bei ihm sämtliche poetischen Qualitäten wie seine Fehler dem Gefühl entstammen.

Dieser Anmut, dieser weiblichen Zärtlichkeit verdankt Pierre Dupont seine ersten Gesänge. Zum großen Glück hatte der revolutionäre Tatendrang, der in jener Epoche fast alle Geister hinriß, den seinigen nicht gänzlich von seiner *natürlichen* Bahn abgebracht. Niemand hat mit sanfteren, eindringlicheren Worten die kleinen Freuden und die großen Schmerzen der kleinen Leute ausgedrückt. In der Sammlung seiner Chansons stellt sich uns eine ganze kleine Welt dar, wo die Seufzer des Menschen häufiger ertönen als seine Freudenschreie, und wo die Natur, für deren unsterbliche Frische unser Dichter ein wunderbares Gefühl besitzt, den Auftrag zu haben scheint, den Armen und Verlassenen zu trösten, zu beschwichtigen und in Schlummer zu wiegen.

Allem, was den sanften und zärtlichen Gefühlen angehört, weiß er einen verjüngten Ausdruck zu verleihen, der seine Neuheit der Aufrichtigkeit der Empfindung verdankt. Aber zu dem Gefühl der Zärtlichkeit, der allumfassenden Nächstenliebe tritt bei ihm eine betrachtende Gemütsverfassung, die dem französischen Lied bisher fremd gewesen war. Die Betrachtung der unsterblichen Schönheit der Dinge gesellt sich in seinen kleinen Gedichten unaufhörlich dem Gram, den die Dummheit und Armut des Menschen verursachen. Er besitzt, ohne sich dessen bewußt zu sein, einen gewissen *turn of pensiveness,* der ihn den besten unter den englischen didaktischen Dichtern naherückt. Selbst die Galanterie (denn dieser

Sänger des bäuerlichen Lebens versteht sich durchaus darauf, galant zu sein, sogar mit einer gewissen Verfeinerung) hat in seinen Versen etwas nachdenklich Rührendes an sich. In manch einer seiner Kompositionen hat er, durch spontane Akzente eher als durch einen kunstvollen Wechsel der Töne, gezeigt, wie empfänglich er für die ewige Anmut war, die zu uns spricht von den Lippen und aus dem Blick der Frau:

La nature a filé sa grâce
Du plus beau fil des ses fuseaux!

(Die Natur hat ihre Anmut aus dem schönsten Faden ihrer Spindeln gesponnen!)

Und anderswo, die Revolutionen und sozialen Kriege beiseitelassend, singt der Dichter voll zarter, wollüstiger Empfindung:

Avant que tes beaux yeux soient clos
Par le sommeil jaloux, ma belle,
Descendons jusqu'au bords des flots,
Et détachons notre nacelle.
L'air tiède, la molle clarté
De ces étoiles qui se baignent,
Le bruit des rames qui se plaignent,
Tout respire la volupté.
O mon amante!
O mon désir!
Sachons cueillir
L'heure charmante!

Du parfums comme de lueurs
La nacelle amoureuse est pleine;
On dirait un bouquet de fleurs
Qui s'effeuille dans ton haleine;
Tes yeux, par la lune pâlis,
Semblent emplis de violettes;
Tes lèvres sont des cassolettes,
Ton corps embaume comme un lis!

Vois-tu l'axe de l'univers,
L'étoile polaire immuable?
Autour, les astres dans les airs
Tourbillonnent comme du sable.
Quel calme! que les cieux sont grands,
Et quel harmonieux murmure!
Ma main dedans ta chevelure
A senti des frissons errants!

Lettres plus nombreuses encor
Que tout l'alphabet de la Chine,
O grands hiéroglyphes d'or,
Je vous déchiffre et vous devine!
La nuit, plus belle que le jour,
Écrit dans sa langue immortelle
Le mot que notre bouche épelle,
Le nom infini de l'Amour!
O mon amante!
O mon désir!
Sachons cueillir
L'heure charmante!

(Ehe eifersüchtig der Schlaf deine schönen Augen schließt, meine Schöne, laß uns zu den Fluten niedersteigen und unseren Nachen vom Ufer lösen. Die laue Luft, die sanfte Helle dieser Sterne, die sich baden, das Geräusch der Ruder, die sich beklagen, alles atmet Wollust. – O meine Geliebte, o mein Verlangen, die reizende Stunde, laß sie uns pflücken!
Von Düften wie von ungewissem Schimmer ist der verliebte Nachen voll; als entblätterte ein Strauß sich in deinem Atem; deine vom Mondlicht bleichen Augen scheinen von Veilchen erfüllt; betörende Dämpfe steigen von deinen Lippen auf, dein Leib haucht balsamischen Geruch wie eine Lilie!
Siehst du die Achse des Universums, den unbeweglichen Polarstern? Ringsum die Gestirne in den Lüften wirbeln wie Sand. Welche Stille! wie sind die Himmel weit, und welch ein harmoni-

sches Flüstern! Wie du erschauerst, meine Hand hat es in deinem Haar gefühlt!
Zahlreichere Buchstaben noch als das ganze chinesische Alphabet, o große goldene Hieroglyphen, ich entziffre und ich ahne euch! Schöner als der Tag schreibt die Nacht in ihrer unsterblichen Sprache das Wort, das unser Mund buchstabiert, den unendlichen Namen der Liebe! – O meine Geliebte, o mein Verlangen, die reizende Stunde, laß sie uns pflücken!)

Dank eines Verfahrens, das den Verliebten eigentümlich ist, wenn sie Dichter sind, oder den Dichtern, wenn sie verliebt sind, tragen alle Reize der Landschaft zur Verschönerung der Frau bei, und der Landschaft kommt gelegentlich aller Zauber zugute, den die geliebte Frau unwissentlich über den Himmel, über die Erde und über die Fluten ausgießt. Auch dies ist einer der häufigen Züge, deren Gepräge Pierre Duponts Dichtungsart trägt, wenn er sich vertrauensvoll in solche Bereiche wirft, die ihm günstig sind, und wenn er sich, unter Vernachlässigung alles dessen, was wahrhaft *sein* zu nennen ihm nicht ansteht, der freien Entfaltung seiner Natur überläßt.
Ich hätte mich gerne des längeren über Pierre Duponts Fähigkeiten und Vorzüge geäußert, der, trotz einer allzu lebhaften Vorliebe für die lehrhaften Kategorien und Unterteilungen, – welche in der Poesie häufig nur ein Zeichen der Schwäche sind, da schon die natürliche lyrische Entfaltung alles Didaktische und Deskriptive in hinreichender Weise enthalten sollte, – trotz zahlreicher sprachlicher Nachlässigkeiten und einer wie diese fast unvorstellbaren *Laschheit* der Form, einer unserer kostbarsten Dichter ist und bleibt. Ich habe manch einen, dem es an Sachverstand keineswegs fehlte, sagen hören, das Ausgearbeitete, das Ausgeschmückte, kurz die Vollkommenheit, stoße ihn ab und hindere ihn, sozusagen *Vertrauen* zu dem Dichter zu fassen. Diese seltsame Ansicht (mir wenigstens kommt sie seltsam vor) ist sehr danach angetan, den Geist zur Nachsicht zu bewegen hinsichtlich der wechselseitigen Unvereinbarkeiten im Geist der Dichter und in der Gemütsart der Leser. Erfreuen wir uns also unserer Dichter, unter der Voraussetzung allerdings, daß sie die edelsten Fähigkeiten, die unentbehrli-

chen Fähigkeiten besitzen, und nehmen wir sie, wie Gott sie geschaffen hat und sie uns gewährt, da man uns versichert, eine unserer Fähigkeiten könne nur zunehmen, wenn eine andere mehr oder minder geopfert wird.
Ich bin genötigt, hier innezuhalten. Um mit einigen Worten zu schließen: Pierre Dupont gehört jener natürlichen Aristokratie der Geister an, die der Natur unendlich viel mehr verdanken als der Kunst, und die, wie zwei andere große Dichter, Auguste Barbier und Madame Desbordes-Valmore, nur aus dem, was ihrer Seele ursprünglich ist, den Ausdruck, den Gesang, den Schrei gewinnen, die bestimmt sind, sich jedem Gedächtnis unauslöschlich einzugraben.

IX

LECONTE DE LISLE

Ich habe mich oft gefragt, ohne eine Antwort zu finden, warum die Kreolen im allgemeinen in den literarischen Arbeiten ohne jede Originalität, ohne Erfindungs- und Ausdruckskraft sind. Sie gleichen weiblichen Seelen, die nur für die Betrachtung und den Genuß geschaffen sind. Sogar die Zartheit, die Zierlichkeit ihres Körpers, der Samtblick ihrer Augen, die schauen, ohne zu beobachten, die ungewöhnliche Schmalheit ihrer überhohen Stirnen, alles, was an ihnen so oft bezaubert, gibt zu erkennen, daß ihnen die Arbeit und das Denken zuwider sind. Etwas Schmachtendes in ihrem Betragen, etwas Liebenswürdiges und Gefälliges, ein natürliches Nachahmungsvermögen, das sie übrigens mit den Negern teilen, und das einem kreolischen Dichter, er mag noch so vornehm sein, fast immer etwas Provinzielles verleiht, dies etwa war es, was uns an den Besten von ihnen allgemein aufgefallen ist.
Monsieur Leconte de Lisle ist die erste und einzige Ausnahme, die mir begegnet ist. Angenommen, es ließen sich deren noch andere finden, so bleibt er doch gewiß die erstaunlichste und ausgeprägteste. Gäbe es da nicht allzu wohlgeratene, allzu berauschende Schilderungen, die der Dichter seinen Kindheitserinnerungen verdankt,

und die dem Auge des Kritikers von Zeit zu Zeit dessen Herkunft verraten, es wäre unmöglich zu entdecken, daß er das Licht der Welt auf einer jener düftereichen Vulkaninseln erblickt hat, wo die Menschenseele, sanft gewiegt von allen sinnlichen Reizen ihrer Umgebung, mit jedem Tag das Geschäft des Denkens verlernt. Seine leibliche Erscheinung schon dementiert die Vorstellung, die man sich für gewöhnlich von einem Kreolen macht. Eine mächtige Stirn, ein weites und breites Haupt, helle, kühlblickende Augen liefern zu allererst ein Bild der Kraft. Unter diesen beherrschenden Zügen, die sich sogleich bemerkbar machen, scherzt ein lächelnder Mund, den eine unaufhörliche Ironie beseelt. Endlich ist, um das Dementi im Geistigen wie im Körperlichen zu vervollständigen, der solide Ernst seines Gesprächs allezeit, in jedem Augenblick, mit jenem Spott gewürzt, der die Kraft bestätigt. So ist er nicht nur gelehrt, nicht nur hat er diesen poetischen Blick, der an allem den poetischen Zug gewahrt und ihn hervortreten zu lassen versteht, sondern er besitzt auch Witz, eine seltene Eigenschaft bei den Dichtern; Witz im volkstümlichen Verstand des Wortes und in seinem höchsten Sinne. Wenn dieses Vermögen zum Spott und zur Bouffonnerie in seinen poetischen Werken nicht ausdrücklich zutage tritt, so deshalb, weil es sich verbergen will, weil es verstanden hat, daß es seine Pflicht ist, sich zu verbergen. Da Leconte de Lisle ein wahrer Dichter ist, ein Dichter des Ernstes und der Betrachtung, ist ihm die Vermischung der Gattungen ein Greuel, und er weiß, daß die Kunst ihre mächtigsten Wirkungen nur erzielt, wenn die Opfer, die man bringt, in einem angemessenen Verhältnis zu der Seltenheit ihres Zieles stehen.

Ich möchte gerne die Stelle näher bezeichnen, die dieser ruhige und kräftige Dichter, einer unserer teuersten und unserer kostbarsten, in unserem Jahrhundert einnimmt. Das unterscheidende Merkmal seiner Poesie ist ein Gefühl intellektuellen Adels, das allein schon genügte, um die geringe Beliebtheit des Autors zu erklären, wüßten wir nicht andrerseits, daß in Frankreich die Unbeliebtheit sich an alles heftet, was nach irgendeiner Art von Vollkommenheit trachtet. Durch seinen angeborenen Geschmack für die Philosophie und durch seine Fähigkeit zur malerischen Beschreibung erhebt er sich hoch über jene Salon-Melancholiker, jene Hersteller von Alben und Keepsakes, bei denen alles, Philosophie und Poesie, auf die Empfindung der jungen Damen abgestimmt ist. Das wäre, als wollte man Ary Scheffers Fadheiten oder die banalen Bilder in unseren Meßbüchern mit den kräftigen Gestalten eines Peter Cornelius auf die gleiche Stufe stellen. Den einzigen Dichter, mit dem man Leconte de Lisle, ohne sich lächerlich zu machen, vergleichen könnte, wäre Théophile Gautier. Diese beiden Geister haben das gleiche Gefallen am Reisen; beider Einbildungskraft ist von Natur aus kosmopolitisch. Beide lieben es, die Stimmung zu wechseln und ihren Gedanken nach den verschiedenartigen Moden einzukleiden, welche die Zeit in die Ewigkeit ausstreut. Théophile Gautier jedoch verleiht den Einzelheiten ein lebhafteres Relief und eine leuchtendere Farbe, während Leconte de Lisle vor allem auf philosophische Durchbildung bedacht ist. Beide lieben den Orient und die Wüste; beide bewundern die Ruhe als ein Prinzip der Schönheit. Beide gießen über ihre Dichtung ein leidenschaftliches Licht aus, das bei Théophile Gautier eher sprüht, bei Leconte de Lisle mehr einen ruhigen Schein verbreitet. Alles, womit die Menschen sich betrügen, ist ihnen gleicherweise einerlei, und es kostet sie keine Mühe, auf nichts hereinzufallen. Einen anderen Mann noch, ob auch in einem von dem seinen verschiedenen Bereich, könnte man neben Leconte de Lisle nennen, und zwar Ernest Renan. Trotz der Verschiedenheit, die sie trennt, wird jeder hellere Blick diesem Vergleich zustimmen. Bei dem Dichter wie bei dem Philosophen finde ich jene glühende, doch unparteiliche Neugier für die Religionen, und jene gleiche Gesinnung allumfassender Liebe, nicht für das Menschengeschlecht als solches, sondern für die verschiedenen Gestalten, die der Mensch, je nach den Zeitaltern und Himmelsstrichen, der Schönheit und der Wahrheit verliehen hat. Der eine so wenig wie der andere verfällt je dem Aberwitz der Unfrommheit. In schönen Versen von ruhiger Leuchtkraft die unterschiedlichen Verhaltensweisen zu schildern, in deren Ausübung der Mensch bis heute Gott angebetet und das Schöne gesucht hat, dies war, nach der vollständigsten Sammlung seiner Verse zu urteilen, das Ziel, welches Leconte de Lisle seiner Poesie vorgesetzt hat.

Seine erste Pilgerfahrt führte ihn nach Griechenland; und seine

Gedichte, in denen die klassische Schönheit nachklang, erregten sogleich die Aufmerksamkeit der Kenner. Später trat er mit einer Reihe von Gedichten nach lateinischem Muster hervor, die ich meinesteils sehr viel höher stelle. Um mir jedoch keine Ungerechtigkeit zuschulden kommen zu lassen, muß ich gestehen, daß hier wohl der Gegenstand mein Urteil bestimmt, und daß meine natürliche Vorliebe für Rom mich hindert, das alles zu empfinden, was ich bei der Lektüre seiner griechischen Gedichte schätzen sollte.

Nach und nach verlockte ihn seine Reiselust in geheimnisvollere Welten des Schönen. Ungeheuer ist der Anteil, den er den Religionen Asiens eingeräumt hat, und in majestätischen Fluten hat er dort seinen natürlichen Abscheu vor allem hinfällig Flüchtigen, für das Geschwätz des Lebens ergossen, und seine unendliche Liebe zu dem Unveränderlichen, dem Ewigen, dem *göttlichen Nichts*. Zu anderen Malen wiederum, wie in einem Anfall plötzlicher Laune, zog es ihn zu den Schneefeldern Skandinaviens, und er schilderte uns die nordischen Gottheiten, die das strahlende Kind aus Judäa wie Nebelgebilde über den Haufen stieß und zerstreute. Was ich jedoch in Leconte de Lisles Werken, bei aller Majestät, mit der sie daherkommen, und bei aller verständigen Gründlichkeit, mit der er so verschiedenartige Gegenstände behandelt hat, allem anderen vorziehe, das ist eine gewisse völlig neuartige Ader, ein Erzgang, der ihm und niemand anderem als ihm allein angehört. Die Gebilde dieser Art sind selten, und vielleicht, weil diese Gattung ihm die natürlichste war, hat er sie am meisten vernachlässigt. Ich meine jene Gedichte, in denen er, ohne näheren Bezug auf die Religion und den Gestaltenwandel des menschlichen Denkens, die Schönheit geschildert hat, wie sie sich seinem ursprünglichen und individuellen Blick darbot: die mächtigen, alles zermalmenden Naturgewalten; die Majestät des Tieres in seinem Lauf und in seiner Ruhe; die Anmut der Frau in den von der Sonne begünstigten Klimaten, schließlich die göttliche Heiterkeit der Wüste und die furchterregende Großartigkeit des Ozeans. Dort ist Leconte de Lisle ein Meister und ein großer Meister. Dort hat die Dichtung in ihrem Triumphgang kein anderes Ziel mehr als sich selbst. Die wahren Liebhaber wissen, daß ich von Gedichten sprechen möchte wie *Les Hurleurs, Les Éléphants, Le Sommeil du condor,* usw., vor allem wie *Le Manchy,* ein unvergleichliches Meisterwerk, das eine Welt beschwört und veranschaulicht, wo die Schönheit und Magie der Tropen mit all ihren geheimnisvollen Reizen erschimmern, mit denen keine südländische, griechische, italienische oder spanische Schönheit es aufnehmen kann.

Es bleibt mir nur noch wenig zu sagen. Leconte de Lisle beherrscht seine Ideen, er meistert seine Vorstellungen; doch das wäre fast nichts, wenn er nicht zugleich die Handhabung seines Werkzeugs besäße. Seine Sprache ist immer edel, entschieden, kräftig, ohne schrille Töne, ohne falsche Scham; sein Wortschatz ist von großer Fülle; seine Wortzusammenfügungen sind stets erlesen und seiner Geistesart streng angepaßt. Weitausgreifend und sicher regiert er den Rhythmus, und sein Instrument hat den sanften, doch tief und weithin hallenden Klang einer Altstimme. Seine Reime, die genau sind, ohne ins allzu Zierliche zu verfallen, erfüllen die Bedingung der erstrebten Schönheit und entsprechen regelmäßig jener widersprüchlichen und geheimnisvollen Liebe des Menschengeistes zu Überraschung und Symmetrie.

Was jene mangelnde Beliebtheit angeht, von der eingangs die Rede war, so glaube ich ein Echo dessen zu sein, was der Dichter selber denkt, wenn ich behaupte, daß sie ihn nicht betrübt, und daß das Widerspiel nichts zu seiner Befriedigung beitrüge. Ihm genügt es, unter denen beliebt zu sein, die selber würdig sind, ihm zu gefallen. Im übrigen gehört er jener Familie von Geistern an, die für alles, was nicht überlegen ist, eine so gelassene Verachtung empfinden, daß sie nicht einmal geruht, sich auszudrücken.

X
GUSTAVE LE VAVASSEUR

Es ist manches Jahr her, seit ich Gustave Le Vavasseur zum letzten Mal gesehen habe, doch mit Vergnügen denke ich immer an die Zeit zurück, da ich ihn häufig besuchte. Ich erinnere mich noch, daß ich, wenn ich morgens bei ihm eindrang, ihn mehr als einmal fast nackt überraschte, wie er in höchst gefährdetem Gleichgewicht auf übereinander getürmten Stühlen schwankte. Er versuchte, die Kunststücke nachzumachen, die wir tags zuvor bei Leuten gesehen hatten, deren Beruf es war, dergleichen vorzuführen. Der Dichter gestand mir, daß alle Kraftakte und Geschicklichkeitsübungen ihn eifersüchtig machten, und daß er bisweilen das Glück erfahren habe, sich selber zu beweisen, daß er imstande war, es diesen Leuten *gleichzutun*. Man glaube mir jedoch, daß ich den Dichter nach diesem Geständnis keineswegs lächerlich oder dadurch beeinträchtigt fand; eher hätte ich ihn für seinen Freimut gelobt und für diese Treue zur eigenen Natur; im übrigen entsinne ich mich manch eines Mannes, von nicht geringerer Seltenheit und Hoheit der Natur, als er sie besaß, der von einer ähnlichen Eifersucht auf den Torero, den Komödianten und all diejenigen geplagt war, welche ihre Person dem Publikum als gloriose Speise hinwerfen und damit Zirkus und Theater zur Begeisterung hinreißen.
Gustave Le Vavasseur hat die Kraftakte immer leidenschaftlich geliebt. Eine Schwierigkeit ist für ihn so verführerisch wie eine Nymphe. Das Hindernis entzückt ihn; die Pointe und das Wortspiel berauschen ihn; keine Musik klingt ihm lieblicher als die des dreifachen, vierfachen, vervielfältigten Reimes. Er ist *auf naive Weise kompliziert*. Ich habe niemals einen Menschen gesehen, der mit solchem Pomp und solchem Freimut als Normanne daherkam. So flößen auch Pierre Corneille, Brébeuf, Cyrano ihm größeren Respekt und eine größere Zärtlichkeit ein als jedem anderen, der nicht wie er ein solcher Liebhaber des Ausgesuchten, Gewundenen, Spitzfindigen wäre, der Pointe, die alles zusammenfaßt und wie eine Feuerwerksblume aufbricht. Und nun stelle man sich, im Verein mit diesem unbefangen bizarren Geschmack, eine seltene Vornehmheit des Herzens und des Geistes, eine ebenso gründliche

wie ausgedehnte Bildung vor, so mag es vielleicht gelingen, sich ein zutreffendes Bild von diesem Dichter zu machen, der einmal unter uns weilte und der, seit langem in seine Region zurückgekehrt, dort gewiß seinen neuen und ernsten Aufgaben mit dem gleichen brennenden Eifer, der gleichen Sorgfalt obliegt, mit denen er einst seine prächtigen Strophen ausarbeitete, die so metallisch klingen und funkeln. *Vire et les Virois* sind ein kleines Meisterwerk und das vollkommenste Probestück dieses köstlichen Geistes; das gemahnt an die fintenreichen Künste eines Fechters, denen sich, wider Erwarten, das verträumte Sichwiegen der Melodie hinzugesellt. Denn, es verdient, wiederholt zu werden, Le Vavasseur ist ein Geist von umfassender Bildung und, nicht zu vergessen, einer der angenehmsten und gewandtesten Plauderer, die wir gekannt haben, in einer Zeit und in einem Land, wo die Kunst des Plauderns unter die verschollenen Künste gerechnet werden darf. Bei aller Sprunghaftigkeit ist seine Unterhaltung darum nicht weniger gediegen, nahrhaft, anregend, und die Geschmeidigkeit seines Geistes, auf die er ebenso stolz sein kann wie auf die seines Körpers, erlaubt ihm, alles zu verstehen, alles zu schätzen, alles zu fühlen, selbst das, was ihm, auf den ersten Blick, seiner Anlage nach am fernsten zu liegen scheint.

LES MARTYRS RIDICULES
VON LÉON CLADEL

Einer meiner Freunde, der gleichzeitig mein Verleger ist, bat mich, dieses Buch zu lesen, mit der Versicherung, es werde mir Vergnügen machen. Nur mit äußerstem Widerwillen fand ich mich dazu bereit; denn man hatte mir gesagt, der Verfasser sei ein junger Mann, und die heutige Jugend flößt mir, ihrer neuen Fehler wegen, ein Mißtrauen ein, das die ihr zu allen Zeiten eigenen Fehler bereits genugsam rechtfertigten. Wenn ich mit der Jugend in Berührung komme, empfinde ich das nämliche Unbehagen wie bei der Begegnung mit einem vergessenen Schulkameraden, der Börsenmakler geworden ist und den die inzwischen verflossenen zwanzig oder dreißig Jahre nicht hindern, mich zu duzen oder mir auf den Bauch zu klopfen. Kurz, ich fühle mich in schlechter Gesellschaft.
Indessen hatte der fragliche Freund recht vermutet; etwas hatte ihm gefallen, das auch mich reizen sollte; das war gewiß nicht das erste Mal, daß ich mich täuschte; aber ich glaube wohl, es war das erste Mal, daß ich soviel Vergnügen darüber empfand, mich getäuscht zu haben.
Es gibt in der Pariser *gentry* vier verschiedene Sorten von Jugend. Eine, reich, dumm, müßig, die keine anderen Gottheiten verehrt als die Hurerei und die Gefräßigkeit, diese Musen der ehrlosen Greise; diese geht uns nichts an. Eine andere, dumm, ohne andere Sorge als das Geld, die dritte Gottheit der Greise; diese, deren Bestimmung es ist, ein Vermögen anzuhäufen, interessiert uns ebenso wenig. Doch gehen wir weiter. Es gibt eine dritte Art von jungen Menschen, die danach *trachten, das Volk glücklich zu machen,* und die in der Zeitung *Le Siècle* Theologie und Politik studiert haben; das sind meist kleine Anwälte, denen es wie so vielen anderen gelingt, sich für die Tribüne zurechtzuschminken, sich als Robespierre aufzuspielen und ihrerseits *ernste* Dinge zu *deklamieren,* wenn auch ganz gewiß in einem minder reinen Stil als er; denn die Grammatik wird bald etwas ebenso Vergessenes sein wie die Vernunft, und bei der Geschwindigkeit, mit der wir in die Finsternis hineinmarschieren, haben wir allen Grund zu

hoffen, daß wir im Jahre 1900 in der völligen Schwärze angelangt sein werden.
Die Zeit, da Louis-Philippe herrschte, lieferte gegen Ende bereits zahlreiche Beispiele der schwerfälligen epikureischen und der an der Börse spekulierenden Jugend. Die dritte Kategorie, die Bande der Politiker, wurde aus der Hoffnung geboren, die *Wunder* der Februarrevolution sich erneuern zu sehen.
Was nun die vierte angeht, so weiß ich, obwohl ich sie entstehen sah, dennoch nicht, wie sie entstand. Von selber wohl, spontan, wie die unendlich Kleinen in einer Karaffe fauligen Wassers, der großen französischen Karaffe. Das ist die literarische Jugend, die *realistische* Jugend, die sich, kaum daß sie die Kindheit hinter sich hat, der *art réalistique* ergibt (neue Sachen brauchen neue Wörter!). Was sie unmißverständlich kennzeichnet, ist ein angeborener entschiedener Haß gegen Museen und Bibliotheken. Indes hat auch sie ihre Klassiker, insbesondere Henri Murger und Alfred de Musset. Sie weiß nicht, mit welchem bitteren Spott Murger von der *Bohème* sprach; und bei dem *Anderen* sind es nicht seine noblen Attitüden, denen nachzueifern sie sich bemühen wird, sondern seine Anfälle von alberner Eingebildetheit, seine ruhmredige Trägheit, um die Stunde, da er, wie ein Commis-Voyageur in den Hüften sich wiegend, eine Zigarre im Schnabel, vom Diner bei einem auswärtigen Gesandten aufbricht, um sich ins Spielkasino oder in einen Plaudersalon zu begeben. Aus ihrem schrankenlosen Vertrauen auf das Genie und die Inspiration leitet sie das Recht ab, sich keinerlei Gymnastik zu unterwerfen. Sie weiß nicht, daß das Genie (wenn man überhaupt den winzigen Keim zu einem großen Manne schon so nennen darf) wie der Seiltänzer in der Ausbildung lernen muß, tausendmal Gefahr zu laufen, sich insgeheim die Knochen zu brechen, ehe es vor dem Publikum auftritt; daß, mit einem Wort, die Inspiration nur der Lohn der täglichen Übung ist. Sie hat schlechte Sitten, alberne Liebschaften, ist ebenso eingebildet wie träge, und schneidert sich ihr Leben nach dem Schnittmuster gewisser Romane zurecht, wie die ausgehaltenen Mädchen vor zwanzig Jahren sich bemühten, den Darstellungen von Gavarni zu gleichen, der selber vielleicht niemals den Fuß in ein Tingeltangel gesetzt hat. So formt der geistreiche Mann das

Volk, und der Visionär erschafft die Wirklichkeit. Ich kenne einige Unglückliche, die sich an Ferragus XXIII. berauscht hatten und die ernstlich mit dem Plan umgingen, einen Geheimbund zu stiften, um, wie eine Horde ein erobertes Reich aufteilt, alle Ämter und Reichtümer der modernen Gesellschaft untereinander zu teilen.

Diese klägliche kleine Kaste hat Léon Cladel schildern wollen; mit welchem heftigen Grimm, wird der Leser bald erkennen. Der Titel hatte mich nachhaltig beschäftigt, seiner offenkundigen Widersprüchlichkeit wegen, und nach und nach, je mehr ich mich in die Sittenschilderungen des Buches vertiefte, begann ich, ihn in seiner Bedeutsamkeit zu schätzen. Ich sah sie an mir vorbeidefilieren, die *Märtyrer* der Dummheit, der Einbildung, der Ausschweifung, der Trägheit, die auf dem Rücken der Hoffnung reitet, der eitlen Liebeleien, der weisen Selbstsucht, usw...; alle *lächerlich*, doch wirklich *Märtyrer;* denn sie leiden aus Liebe zu ihren Lastern, und sie opfern sich ihnen mit einer außerordentlichen Gutgläubigkeit. Ich begriff nun, warum man mir vorausgesagt hatte, daß dieses Werk mich verführen würde; ich traf hier auf eines jener satirischen Werke, eines jener Bücher des *trockenen Humors,* deren Komik man um so besser begreift, als sie stets in Begleitung der Emphase, der unzertrennlichen Gefährtin der Leidenschaften, auftritt.

Diese ganze schlechte Gesellschaft, mit ihren niedrigen Gewohnheiten, ihren abenteuerlichen Sitten, ihren unheilbaren Illusionen, war schon von Murger mit seinem lebhaften Pinsel abgemalt worden; das nämliche Sujet kann jedoch, bei einem Wettbewerb, mehrere Gemälde liefern, deren jedes, wenn auch aus einem anderen Grunde, bemerkenswert ist. Murger scherzt, während er Dinge erzählt, die oft sehr traurig sind. Cladel, dem es an schwankhafter Laune ebensowenig gebricht wie an Traurigkeit, erzählt uns mit *künstlerischer* Feierlichkeit allerlei Vorkommnisse von erbärmlicher Komik. Szenen, deren dauernder Anblick seinen zarten Geist allzu sehr betrüben könnte, deutet Murger nur eben an, oder er geht rasch vorüber. Cladel malt sie ingrimmig aus; keine Einzelheit will er auslassen, kein Geständnis vergessen; er öffnet die Wunde, um sie besser zu zeigen, schließt sie wieder, kneift ihre fahlen Lippen und läßt ein gelblich bleiches Blut herausspritzen. Er handhabt die Sünde mit wißbegieriger Neugier, dreht und wendet sie, untersucht wohlgefällig alle Umstände und entfaltet in der Prüfung des Bösen den gewissenhaften Eifer eines Kasuisten. Alpinien, der Haupt*märtyrer,* schont sich nicht; ebenso bereit, seine Laster zu streicheln wie sie zu verfluchen, bietet er, in seinem beständigen Hin- und Herschwanken, das belehrende Schauspiel der unheilbaren Krankheit unter dem sie verhüllenden Schleier der periodisch wiederkehrenden Reue. Er ist Beichtvater und Beichtkind in einer Person; indem er sich freispricht, rühmt er sich zugleich der Bußübungen, die er über sich verhängt, bis es wieder so weit ist, daß er, neuerlich begangener Dummheiten wegen, die Ehre und das Recht erwirbt, sich abermals zu verdammen. Ich hoffe, einige unserer Weltkinder werden sich mit Vergnügen in ihm wiedererkennen.

Das Mißverhältnis zwischen dem Ton und dem Gegenstand, ein Mißverhältnis, das nur der Weise empfindet, der dies alles mit gleichmütigem Blick betrachtet, ist ein Mittel der Komik, dessen Wirksamkeit in die Augen springt; es wundert mich sogar, daß die Sittenschilderer und Satiriker sich seiner nicht häufiger bedienen, namentlich in allem, was die Liebe betrifft; ruht hier doch ein Vorrat des Komischen, der nur selten ausgebeutet wird. Ein Wesen mag noch so groß sein, und noch so nichtig im Vergleich zu dem Unendlichen, Pathos und Emphase sind ihm dennoch erlaubt und unentbehrlich: die Menschheit ist wie eine Kolonie jener Ephemeren an den Ufern des Hypanis, von denen man so hübsche Fabeln geschrieben hat; und selbst die Ameisen könnten für ihre politischen Affären die Trompete Corneilles ansetzen, allerdings eine nach Maßgabe ihres Mundes verkleinerte. Und was die verliebten Käfer angeht, so halte ich die rhetorischen Figuren, deren sie sich bedienen, um ihre Leidenschaften zu ächzen, keineswegs für armseliges Gestammel; jede Mansarde vernimmt allabendlich tragische Tiraden, die der Comédie-Française niemals zugute kommen werden. Cladels Kunst der Seelenerforschung ist sehr groß, und darin liegt seine Stärke; seine minutiöse und rücksichtslose, turbulente und fieberglühende Kunst wird sich im Laufe der Zeit gewiß zu einer strengeren und kälteren Form bändigen, die seine moralischen Qualitäten in ein helleres Licht setzen, sie dem Auge offener darstellen wird. Es gibt Fälle, wo infolge dieser Überfülle das Wertvolle sich nicht mehr von dem Fehlerhaften unterscheiden läßt, woran nichts auszusetzen wäre, wenn die Mischung vollkommen wäre. Leider jedoch bricht, während sein Scharfblick lustvoll alles durchdringt, seine Empfindsamkeit, erbost darüber, daß sie verdrängt wurde, gleichzeitig ungestüm und rücksichtslos hervor. So zeigt er uns an einer der besten Stellen des Buches einen Biedermann, einen Offizier voll Ehre und Geist, doch vorzeitig gealtert, durch Kummer und Sorgen, die ihn schwächen, und durch den falschen Sorgenbrecher der Trunksucht dem Gespött einer Bande von Saufbrüdern ausgeliefert. Dem Leser ist Pipabs' ehemalige moralische Größe bekannt, und der gleiche Leser leidet selber das Martyrium dieses einst wackeren Mannes mit, der da hüpft, kriecht, große Reden schwingt, sich ziert, den Galan spielt, um von jenen jungen Henkern was zu erlangen? Das Almosen eines letzten Glases Absinth. Plötzlich bricht die Empörung des Autors sich mit Stentorstimme Bahn aus dem Munde einer seiner Personen, die unverzüglich das gerechte Urteil über die Vergnügungen dieser Farbenkleckser spricht. Die Rede ist sehr beredt und sehr erhebend; leider kommt die persönliche Entrüstung, die ihm die Einfalt seines Herzens eingibt, allzu unverhüllt zum Ausdruck. Auch unter seiner Maske gibt der Dichter sich zu erkennen. Das Höchste der Kunst hätte darin bestanden, eiskalt und verschlossen zu bleiben, und dem Leser das ganze Verdienst der Empörung zu überlassen. Der Eindruck des Gräßlichen wäre dadurch gesteigert worden. Daß die offizielle Moral hier auf ihre Kosten kommt, ist unbestreitbar; die Kunst jedoch verliert dabei, und mit der wahren Kunst die wahre Moral: der moralische Dünkel verliert niemals etwas.

Cladels Personen scheuen vor keinem Geständnis zurück; zu unserer Unterrichtung stellen sie sich in ihrer ganzen Blöße dar. Die Frauen – eine, der ihre animalische Sanftheit, ihre gänzliche Bedeutungslosigkeit vielleicht, in den Augen ihres verhexten Liebhabers fälschlich das Air einer Sphinx verleiht; eine andere, eine gezierte Modistin, die ihre Phantasie mit allen Brennesseln der George Sand aufgepeitscht hat, – beehren einander mit den Verneigungen einer anderen Welt, tragen dick auf und reden sich gegenseitig mit *Madame!* an. Ein Liebespaar vertreibt sich eines Abends die Zeit in den Variétés und wohnt einer Aufführung der *Vie de Bohème* bei; auf dem Heimweg zu ihrem Elendsloch streiten sie sich im Stile des Stückes; mehr noch, jeder von beiden vergißt, wer er ist, und verwechselt sich mit der Person, die ihm am meisten gefallen hat, und läßt sich bei deren Namen nennen; und keiner von beiden bemerkt die Verkleidung. So sieht Murger (der arme Schatten!) sich hier in einen Dolmetscher verwandelt, in ein Wörterbuch der *Bohème,* einen mustergültigen *Briefsteller für Liebende* im Jahre *des Heils* 1861. Ich bin überzeugt, nach einem solchen Zitat wird man Cladels Begabung zur finsteren Karikatur nicht mehr in Abrede stellen. Noch ein Beispiel: um sich einige Ablenkung von der unerträglichen Trübsal zu verschaffen, in die seine Sittenlosigkeit, sein Nichtstun und seine unsteten Träumereien ihn versenkt haben, entschließt Alpinien, der in jedem Betracht der Erste in der Kohorte dieser *lächerlichen Märtyrer* ist (immer wieder muß man auf den Titel zurückkommen), sich eines Tages, die seltsamste Wallfahrt zu unternehmen, die man je in den närrischen Religionen erwähnt finden mag, welche die Ohnmacht der einsamen Müßiggänger ersonnen hat. Da die Liebe, das heißt die Libertinage, die zur Gegenreligion erhobene Ausschweifung, ihm nicht den erhofften Lohn eingetragen hat, jagt Alpinien dem Ruhm nach und, auf den Friedhöfen umherirrend, beschwört er die Bilder der großen Verstorbenen; er küßt ihre Büsten und fleht sie an, ihm ihr Geheimnis, das große Geheimnis, zu verraten: »Was muß man tun, um so groß zu werden wie ihr?« Wenn sie gute Ratgeber wären, könnten die Büsten antworten: »Zu Hause bleiben, nachdenken und viel Papier beschmieren!« Aber dieses so einfache Mittel liegt für einen hysterischen Träumer nicht in Reichweite. Der Aberglaube scheint ihm natürlicher. In der Tat erinnert diese auf so klägliche Weise lustige Erfindung an den neuen Kalender der Heiligen, den die *positivistische* Schule aufgestellt hat.

Der Aberglaube! sagte ich. Er spielt eine große Rolle in der einsamen, innerlichen Tragödie des armen Alpinien; und nicht ohne köstlich-schmerzliche Rührung sieht man sein geplagtes Gemüt – in dem der kindischste Aberglaube, hier wie im Geist der Völker ein dunkles Symbol der ewigen Wahrheit, von den reinsten Empfindungen echter Frömmigkeit durchzogen ist, – sich bisweilen zurückwenden zu den heilsamen Eindrücken der Kindheit, zu der Jungfrau Maria, zu dem stärkenden Gesang der Glocken, zu dem tröstlichen Dämmer der Kirche, zu der Familie, zu seiner Mutter; – der Mutter, diesem immer offenen Schoß für die verlorenen Söhne und die unbeholfenen Streber, *die es zu nichts gebracht haben!* Es steht zu hoffen, daß Alpinien von diesem Augenblick an halb gerettet ist; es fehlt ihm nur noch, ein Mann der Tat, ein Mann der Pflicht von Tag zu Tag zu werden.

Manch einer glaubt, die Satire sei aus Tränen gemacht, aus funkelnden, zu Kristallen erstarrten Tränen. Gesegnet seien in diesem Fall die Tränen, die uns Gelegenheit zum Lachen geben, das so köstlich und so selten ist, und dessen heller Klang im übrigen die vollkommene Gesundheit des Autors beweist!

Was die Nutzanwendung des Buches anbelangt, so quillt sie daraus hervor wie die Wärme aus gewissen chemischen Mischungen. Es ist erlaubt, die Heloten sich besaufen zu lassen, um die Edlen von der Trunksucht zu heilen.

Und hinsichtlich des Erfolges, den niemand vorauswissen kann, möchte ich nur sagen, daß ich ihn diesem Buche wünsche, weil es möglich wäre, daß er den Autor zu neuen Werken ermutigte, daß ein solcher Erfolg jedoch, den man so leicht nur der Gunst des Augenblicks verdankt, nicht im geringsten all das Gute vermindern würde, das der Seele und dem Talent des Verfassers zuzuschreiben, dieses Buch mich veranlaßt, welches ihnen beiden seinen Ursprung verdankt.

Sainte-Beuves großer Artikel über *die nächsten Wahlen in der Akademie* war ein wirkliches Ereignis. Es wäre wohl für einen Außenstehenden, einen neuen *Hinkenden Teufel,* höchst reizvoll gewesen, der akademischen Sitzung an jenem Donnerstag beizuwohnen, der auf die Veröffentlichung dieses bemerkenswerten Manifestes folgte. Sainte-Beuve hat sich allen Groll und Unwillen dieser doktrinären, orleanistischen, heute aus Oppositionsgeist frommen, oder um es genauer zu sagen: frömmelnden, politischen Partei zugezogen, die das Institut mit ihren verhätschelten Kreaturen bevölkern und das Heiligtum der Musen in ein Parlament von Mißvergnügten verwandeln möchte; »Staatsmänner, die keine Werke vorzuweisen haben«, wie ein anderes Mitglied der Akademie sie verächtlich nennt, das, obwohl ein Mann von höherer Geburt, in literarischer Hinsicht der Sohn seiner Werke ist. Die Macht der Intriganten reicht weit zurück; denn vor langer Zeit schon hat Charles Nodier sich an den eben zitierten Ungenannten gewandt und ihn angefleht, er möge sich bewerben und seinen Freunden die Autorität seines Namens leihen, um die Verschwörung der doktrinären Partei zu vereiteln, »dieser Politiker, die sich *wie Diebe* schändlicherweise eines Sitzes bemächtigen, der einem armen Schriftsteller *zusteht*«.
Sainte-Beuve, der in seinem beherzten Artikel überall mit seinem Mißmut eines alten *homme de lettres* gegen die Prinzen, die großen Herren und die Politikaster kaum hinter dem Berg hält, läßt jedoch erst gegen Ende seiner ganzen angesammelten Galle freien Lauf: »Dem drohenden Schicksal ausgesetzt zu sein, aus der gleichen Nuance und bald aus *einer und derselben Familie* nicht mehr herauszukommen, dem Los ausgeliefert zu sein, wenn man noch zwanzig Jahre lebt, Herrn Dupins Wort sich bewahrheiten zu sehen: ›In zwanzig Jahren werdet ihr in der Akademie noch eine doktrinäre Rede vernehmen‹; und das, während ringsum alles sich verändert und auf dem Wege ist; – ich halte das nicht mehr aus, und *ich bin nicht der Einzige;* mehr als einer meiner Mitbrüder

empfindet wie ich; *das ist auf die Dauer erstickend! das schnürt einem den Hals ab!*
Und das ist der Grund, warum ich vor aller Welt manche Dinge sage, auf die ich, wenn es sich machen ließe, lieber innerhalb der Akademie vor einigen Mitgliedern näher eingegangen wäre. Ich habe dem Publikum Meldung erstattet.«
Und anderwärts: »*Jemand,* den es unterhält, dergleichen an den Fingern abzuzählen, ließ verlauten: Wenn Herr Dufaure dem sanften Druck nachgegeben hätte, unter den man ihn setzen wollte, so wäre er im Institut der siebzehnte und in der Akademie der neunte Minister Louis-Philippes gewesen.«
Der ganze Artikel ist ein Meisterwerk der guten Laune, der Munterkeit, der Weisheit, des gesunden Menschenverstands und der Ironie. Wer die Ehre hat, den Verfasser des *Joseph Delorme* und der *Volupté* näher zu kennen, weiß an ihm eine Fähigkeit zu schätzen, in deren Genuß die Öffentlichkeit nicht kommt, verfügt er doch über eine Unterhaltungsgabe, deren abwechslungsreiche, leidenschaftliche, scharfsinnige und dennoch stets verständige Beredsamkeit nicht ihresgleichen hat, nicht einmal bei denen, die als höchste Meister in der Kunst des Plauderns gelten. Und von dieser zwanglosen Beredsamkeit ist hier alles durchtränkt. Nichts fehlt, weder die ironische Würdigung der falschen Zelebritäten, noch der tiefe, überzeugende Tonfall eines Schriftstellers, der die Ehre einer Gesellschaft, der er angehört, wiederherstellen möchte. Alles findet man dort, sogar die *Utopie*. Um da, wo es um die Zuwahl neuer Mitglieder geht, alles *Ungefähre* zu verjagen, worin *die großen Herren sich so gerne gefallen,* äußert Sainte-Beuve den Wunsch, die Académie française möchte, wie die übrigen Akademien, in Sektionen unterteilt werden, die den unterschiedlichen literarischen Verdiensten entsprechen: Sprache, Theater, Poesie, Geschichte, Beredsamkeit, Roman (»diese so moderne, so abwechslungsreiche Gattung, der die Akademie bisher nur einen geringen Raum gönnt«), usw. Dann, sagt er, wäre es möglich, die Berechtigung der Ansprüche zu diskutieren, sie nachzuprüfen und dem Publikum die Rechtmäßigkeit einer Entscheidung begreiflich zu machen.
Leider weist Sainte-Beuves sehr vernünftige Utopie eine große

Lücke auf; was fehlt, ist die berüchtigte Sektion des *Ungefähren*, und so steht zu befürchten, daß an dem, was hier vorsätzlich unerwähnt bleibt, jede künftige Reform scheitert.
Im Laufe seines Artikels liefert der Dichter und Journalist uns, während er die Verdienste einiger Kandidaten gegeneinander abwägt, die unterhaltsamsten Einzelheiten. So erfahren wir zum Beispiel, daß Herr Cuvillier-Fleury, ein »im Schweiße seines Angesichts ingeniöser Kritiker, der alles, selbst die Literatur, von der Dachluke des Orleanismus aus sehen möchte, und den man niemals zu einer Ungeschicklichkeit zu reizen braucht, da er deren auch ungebeten gerne und häufig begeht«, – wenn er von seinen Verdiensten spricht, niemals zu sagen verfehlt: » ›Das beste meiner Werke ist in England!‹ Pfui Teufel! welch ein Geruch der Antichambre und Schulmeisterei! Um Herrn Thiers zu loben, nannte er ihn eines Tages ›einen beredsamen Marco-Saint-Hilaire‹. Einen schlimmeren Bärendienst hätte er ihm kaum erweisen können! Als Kandidat rechnet er damit, seine Mitarbeiter am *Journal des Débats*, die bereits Mitglieder der Akademie sind, und mehrere andere Freunde unter den Politikern auf seiner Seite zu haben. Die *Débats*, England und Frankreich, das ist viel. Er hat die besten Aussichten.«
Günstig gesinnt oder zur Nachsicht neigend zeigt Sainte-Beuve sich nur einigen Schriftstellern gegenüber. So erweist er, im Vorbeigehn, Léon Gozlan Gerechtigkeit. »Er gehört zu denen, die bei einer Diskussion und Unterhaltung über ihre Veröffentlichungen am meisten gewinnen würde; *er ist der Akademie nicht genügend bekannt.*« Der Verfasser fordert Herrn Alexandre Dumas fils auf, sich zur Wahl zu stellen. Man errät, daß diese neue Kandidatur sein Gewissen von einer großen Verlegenheit entlasten würde. Die nämliche Einladung ergeht an Herrn Jules Favre, für Lacordaires Sitz. Man muß wohl, bei einiger Redlichkeit, und gleichviel welcher Partei man angehört, bekennen, daß Jules Favre der große Redner unserer Zeit ist, und daß seine Reden *die einzigen* sind, *die man mit Vergnügen liest*. – Herr Charles Baudelaire, dessen barbarischen und unbekannten Namen manches Mitglied der Akademie zu buchstabieren sich genötigt sah, wird eher gestreichelt als gekratzt: »Herrn Baudelaire ist es gelungen, sich an der

äußersten Spitze einer für unbewohnbar geltenden Landzunge, und jenseits der Grenzen der bekannten romantischen Welt, einen wunderlichen, reichgeschmückten, doch auch koketten und geheimnisvollen Kiosk zu errichten ... Diesen seltsamen Kiosk aus Intarsien, in einem Kompositstil von höchst bewußter Originalität, der seit einiger Zeit die Blicke auf sich zieht, am äußersten Ende des romantischen Kamtschatka, nenne ich *la Folie Baudelaire*. Der Verfasser ist befriedigt, etwas Unmögliches geleistet zu haben.« Sainte-Beuve scheint Herrn Baudelaire an den Leuten rächen zu wollen, die ihn als einen übelbeleumdeten und schlechtgekämmten Werwolf schildern; denn etwas später spricht er von ihm, väterlich und vertraulich, als von »einem netten Jungen, der über eine gepflegte Sprache verfügt und sich als ein Meister der klassischen Formen erweist«.

Die Odyssee des unglücklichen Herrn de Carné, dieses ewigen Kandidaten, der »jetzt wie ein Schatten am Rande der beiden Wahlen hinirrt«, ist ein Meisterstück hoher und saftiger Ironie.

Den Gipfel, auf dem das närrische Unwesen sich in seiner ganzen magistralen Fülle spreizt, erreicht es jedoch anläßlich der närrischsten und verblüffendsten Kandidatur, die, seit es die Akademie gibt, je ersonnen wurde: »Auf ging die Sonne! Ihr Sterne, weichet!«

Und wer ist dieser Kandidat, dessen strahlender Ruhm alle übrigen erbleichen läßt, wie Chloes Antlitz, noch ehe sie sich gewaschen hat, den Glanz der Morgenröte überstrahlt? Ach, man muß es euch wohl sagen, denn erraten würdet ihr es niemals: *Monsieur le prince de Broglie,* der Sohn von *Monsieur le duc de Broglie,* der bereits der Akademie angehört. Der General Philippe de Ségur durfte einen Sitz neben seinem Vater, dem alten Grafen de Ségur, einnehmen; der General war jedoch jemand, der mit den Schriften des Tacitus vertraut war, und er hatte die *Histoire de la Grande Armée* geschrieben, ein großartiges Werk. *Monsieur le prince de Broglie* seinerseits ist schlicht und recht ein Porphyrogenitus. »*Auch er hat sich der Mühe unterzogen, geboren zu werden* ... Sein zartes Gewissen mag ihn zu der Überzeugung bewogen haben, er schulde dem Gedächtnis des Père Lacordaire eine öffentliche Lobrede, und so opfert er sich auf.«

Jemand, der vor zwei- oder dreiundzwanzig Jahren dieses

schmächtige Männlein gekannt hat, versichert uns, daß es auf den Schulen eine Hurtigkeit der Feder erlangt hätte, die es befähigte, den Worten auf dem Fuß zu bleiben und seinem Professor eine getreue und komplette Nachschrift seines Vortrags zu liefern, samt allen dazugehörigen Wiederholungen und Nachlässigkeiten. War dem Lehrer unbedachtsamerweise ein Fehler entschlüpft, so fand er ihn in dem Manuskript des kleinen Fürsten sorgfältig aufbewahrt. Welcher Gehorsam! und welche Geschicklichkeit!

Und was hat dieser Kandidat seither getan? Immer das gleiche. Als Erwachsener wiederholt er die Lehren seiner heutigen Professoren. Er ist ein vollkommener Papagei, den nicht einmal Vaucanson nachbilden könnte.

Sainte-Beuves Artikel war danach angetan, die Presse aufmerksam zu machen. In der Tat sind inzwischen zwei weitere Artikel über den gleichen Gegenstand erschienen, einer von Herrn Nefftzer, der andere von Herrn Texier. Dieser zieht zuletzt den Schluß, allen Schriftstellern von einigem Verdienst bliebe wohl nichts übrig als die Akademie zu vergessen und sie im Vergessen hinsterben zu lassen. *Finis Poloniae.* Solche Männer jedoch wie die Herren Mérimée, Sainte-Beuve, de Vigny, denen daran gelegen ist, die Ehre der Gesellschaft, der sie angehören, wieder aufzurichten, können einen so verzweifelten Entschluß nicht ermutigen.

WIE HERR VILLEMAIN DENKT UND SCHREIBT

Ventosa isthæc et enormis loquacitas.

Worte, Worte, Worte!

Die Literatur führt zu allem,
wenn man sie nur zeitig genug verläßt.
(Worte eines Verräters)

ANFANG

Ich sehne mich nach Schmerzen. – Ich habe Villemain lesen wollen. – Zwei Arten von Schriftstellern, die der Literatur Ergebenen und die Verräter. – Porträt des wahren Kritikers. – Metaphysik. – Einbildungskraft.

Da Villemain nur über bekannte Themen schreibt, die jedermann geläufig sind, erübrigt sich eine Darstellung dessen, was man sein Werk nennt. Nehmen wir uns deshalb nur die Themen vor, die uns vor allem vertraut und lieb sind, und sehen wir zu, ob er sie verjüngt hat, wenn nicht aus philosophischem Geist, so zumindest doch durch die Neuartigkeit einer malerischen Darstellungsweise.

SCHLUSS

Villemain, ein ebenso unbekannter wie geschätzter Autor. Jeder Schriftsteller hat ein besonderes Anliegen, das er vor allem vertritt: Chateaubriand dieses, Balzac jenes, Byron jenes, Hugo jenes; – Villemains Besonderheit ist die betriebsame und zänkische Überflüssigkeit, worin er Thersites gleicht. Seine Sätze sind vollgestopft mit Überflüssigem; er hat keine Ahnung von der Kunst, wie man einen Satz schreibt, wie man ein Buch anlegt. Dunkelheit, die aus der Unübersichtlichkeit des locker Hingestreuten entsteht.

Wenn er bescheiden wäre … – da er aber bösartig ist …

Anekdoten, die anzuführen wären.

»Seither hat man sie parodiert« (die Volkserhebungen). – (*La Tribune,* S. 477)
Die Revolution von 1830 war demnach gut, die Februarrevolution schlecht (!).
Das in seinem Skeptizismus tiefe Wort von Sainte-Beuve zitieren. In einem der Sache angemessenen leichten Ton heißt es bei ihm von dem Jahr 1848: »...«
Was darauf hinausläuft, daß alle Revolutionen gleich viel wert sind und nur dazu dienen, die hartnäckige Leichtfertigkeit der Menschen zu zeigen.
Beständige Anspielungen eines Staatsmannes ohne Werke bei Villemain.
Vermutlich ist er erst, seit er nicht mehr Minister sein kann, ein so eifriger Christ geworden.
Er möchte immer zeigen, daß er über die ganze Geschichte aller Familien wohlunterrichtet ist. Klatsch, Tratsch, großsprecherisches Gehabe eines Lakaien, der von seinen ehemaligen Herren spricht und sie gelegentlich verrät. Die niederträchtige Gewohnheit, an den Türen zu horchen.
Irgendwo spricht er gerührt von seinen »stattlichen Ämtern«.
Serviler Geschmack bis in die unmäßige Verwendung von großen Anfangsbuchstaben: »*L'État, le Ministre,* etc., etc.«
Die gesamte Familie eines hohen Beamten ist heilig, und niemals werden dessen Frau, dessen Sohn oder Schwiegersohn erwähnt, ohne daß er etwas zu deren Gunsten hinzusetzt, das gleichzeitig dazu dient, die Verehrung des Autors kundzutun und den Satz abzurunden.
So recht die Gewohnheiten eines Pensionatsleiters, der die Eltern seiner Zöglinge zu verstimmen fürchtet.
Eher scheinbarer als wirklicher Kontrast zwischen Villemains hochmütigem Betragen im Leben und seiner Haltung als Historiker, wo er sich wie ein Bürovorsteher vor einer Exzellenz beträgt.
Einer, der unfehlbar ein Zitat anbringt, welches er um des Vergnügens willen, es anbringen zu können, gelernt hat, der das, was er da hersagt, jedoch nicht versteht.

Der *tiefe* Grund, warum Villemain Chateaubriand haßt, diesen Grandseigneur, der groß genug war, um ein Zyniker zu sein. (Artikel des kleinen de Broglie.) Der Haß eines *mittelmäßigen* Menschen ist stets ein *ungeheurer* Haß.

PINDAR

(Éssai sur le génie de Pindare et sur le génie lyrique)
Abermals die Schubfächer, die Schränke, die Schachteln, die Preisverleihungen, das Herbarium, die Sammlungen eines Schülers, der Austernschalen aufliest, um den Naturkundigen zu spielen. Nichts, absolut nichts zu der *anonymen Lyrik,* und das in einem Essay über die lyrische Dichtung!
Longfellow ist ihm eingefallen, doch er hat Byron, Barbier und Tennyson übergangen, zweifelsohne weil ein Professor ihm immer größere Zuneigung einflößt als ein Dichter.
Pindare, ein Diktionär, ein Kompendium, nicht des lyrischen Geistes, sondern der ihm, Villemain, bekannten lyrischen Autoren.

VILLEMAIN DER HISTORIKER

Narbonne, Chateaubriand, jeder ein Vorwand, um die Geschichte der Zeit zu erzählen, das heißt, um seine Rachsucht zu befriedigen. Letztlich ein kleinliches Verfahren; ein Verfahren der Ohnmacht, die nach Originalität hascht.
Les discours à la Tite-Live. Napoleon im Kreml wird ebenso geschwätzig und geschraubt wie Villemain.
Villemain entschädigt sich dafür, daß er keine Tragödien geschrieben hat. Gewohnheiten, die er von der Tragödie übernimmt. Unendliche Reden statt einer Unterhaltung. Dialoge, die nur aus Tiraden bestehen, und stets ein *Vertrauter.* Er selber der Vertraute von Decazes und Narbonne, wie Narbonne der Vertraute Napoleons.
(Man sehe die famose Anekdote von dreißig Seiten über die Terrasse von Saint-Germain. Die Anekdote von General Foy in der

Sorbonne und bei Villemain. Daraus schöne Beispiele für seinen Stil. Villemain zeigt ihm *seine Übersetzungen.*)

KURZER ÜBERBLICK ÜBER VILLEMAINS WERK

Cours de littérature. – Banales Kompendium, das eines Professors der Rhetorik würdig wäre. Die wunderbaren Paranthesen des Stenographen: »Beifall. Heftige Bewegung. Wiederholter Beifall. Lachen im Auditorium.« – Seine Art, über Joseph de Maistre und Xavier de Maistre zu urteilen. Der servile Professor: statt Joseph de Maistre philosophische Gerechtigkeit widerfahren zu lassen, macht er der geistlosen Jugend des Quartier Latin den Hof. (Doch was er zu sagen hatte, nötigte ihn damals zu einem fast einfachen Stil.)
Lascaris. Cromwell. – Wir wollen großmütig sein und es bei ein paar Zitaten bewenden lassen.
Souvenirs contemporains. Les Cent-Jours. Monsieur de Narbonne. – Villemain hat eine niedrige Manie: er legt Wert darauf, uns wissen zu lassen, daß er bedeutende Leute gekannt hat.
Was sollen wir von *Choix d'études* sagen? Ungenießbare Preisverleihungen und Berichte im Amtsstil über die Wettbewerbe der Académie française.
Was sein *Lucain* wert ist, wäre nachzuprüfen.
La Tribune française ist, in einer unerträglichen Phrasendrescherei, die Besprechung der *Mémoires d'outre-tombe,* gewürzt mit einem Kommentar des Hasses und der Mittelmäßigkeit.

SEIN HASS AUF CHATEAUBRIAND

Hier spricht die platte Verständigkeit eines Schulmeisters, gänzlich außerstande, den großen Edelmann in Zeiten des Niedergangs nach Gebühr zu schätzen, der umkehren möchte zu dem Leben der Wilden.
Anläßlich Chateaubriands Betragen als junger Offizier macht er ihm Vorwürfe wegen seines Wohlgefallens an einer schmucken

Ausrüstung. Er macht ihm den Vorwurf, sein Genie entspringe dem Inzest. Ach, was kümmert es mich, woher es entspringt, wenn ich mich des Genies erfreue!
Später macht er ihm den Tod seiner Schwester Lucile zum Vorwurf. Überall wirft er ihm vor, daß er es an Zartgefühl fehlen lasse. Ein Chateaubriand hat nun einmal ein anderes Gemüt als ein Villemain. Wie mag das Gemüt des ständigen Sekretärs aussehen?
(Die famose Apostrophe anläßlich des Todes von Madame de Beaumont wiederfinden.)
Der zu Hause hockende Schulmeister findet es seltsam, daß der Reisende sich als Wilder und als Waldläufer gekleidet hat. Er macht ihm den Vorwurf, mit Napoleon um die Berühmtheit zu wetteifern. War das denn nicht auch eine von Balzacs Leidenschaften? Napoleon ist ein Substantiv, das soviel wie Herrschaft bedeutet, und – Herrschaft um Herrschaft – mag es doch Menschen geben, die es hier lieber mit Chateaubriand halten als mit Napoleon.
(Die Stelle über die schriftstellerische Verjüngung nachlesen. Eine große wirkungssüchtige Abschweifung, die nichts Neues enthält, ohne jeden Zusammenhang mit dem, was vorausgeht, und dem, was folgt.
Als Muster seiner abscheulichen Art zu erzählen *La Mort du duc de Berry* nachlesen, das reinste Kauderwelsch.
Nachlesen das berühmte Zitat hinsichtlich der Pedanterie, das ihn so sehr verstimmt.)

HINSICHTLICH SEINES TONES, WENN ER VON CHATEAUBRIAND SPRICHT

Ein Villemain wird niemals verstehen, daß ein Chateaubriand Anrechte auf Straflosigkeit und Nachsicht hat, nach denen alle Villemains der Menschheit stets vergeblich trachten werden.
Villemain kritisiert Chateaubriand hauptsächlich seiner Unbesonnenheiten und seines *unziemlichen* Betragens wegen, die würdige Kritik eines Plattfüßlers, dem die Literatur nur dazu dient, sich hinaufzuarbeiten. (Siehe das Epigraph.)

Der Geist eines Angestellten und Bürokraten, die Moral eines Domestiken.
Um einem Koloß auf den Bauch zu klopfen, muß man sich hinaufrecken können.
Villemain, ein mißgestalter Alraun, der sich die Zähne an einem Grab zerbeißt.
Immer lauthals schreiend, geschäftig ohne Gedanken, immer mißvergnügt, immer Denunziant, hat er den Beinamen eines *Thersites der Literatur* verdient.
Nebeneinander gelesen und Seite um Seite verglichen, bilden die *Mémoires d'outre-tombe* und die *Tribune française* eine zugleich grandiose und urkomische Harmonie. Unter der Stimme Chateaubriands, die dem Brausen der großen Gewässer gleicht, vernimmt man das gedämpfte Grollen des neidischen und ohnmächtigen Schulmeisters.
Es kennzeichnet die Dummköpfe, daß sie der Bewunderung unfähig sind und keine Achtung vor dem Verdienst haben, namentlich, wenn es arm ist. *(Anekdote der Nr. 30.)*
Villemain ist der Bewunderung so gänzlich unfähig, daß er, der tausend Fuß unter La Harpe steht, in Joubert *eher den geistreichsten Amateur als einen wahren Künstler* sieht.
Fordert man einen weiteren Beweis für die Treffsicherheit des Herrn Villemain, und für die Gewissenhaftigkeit, mit der er ein Buch einer näheren Prüfung unterzieht, so werde ich die *Anekdote von dem tibetanischen Baum* erzählen.

VILLEMAINS STILISTISCHES VERFAHREN UND SEINE GEISTIGEN GEWOHNHEITEN

Villemain ist dunkel; warum? Weil er nicht denkt.
Angeborener Abscheu vor der Klarheit, dessen ersichtliches Zeichen seine Liebe zu einem anspielungsreichen Stil ist.
Villemains Satz, wie der aller gedankenlosen Schwätzer (oder der Schwätzer, in deren Interesse es liegt, ihre Gedanken zu verbergen, Advokaten, Börsenspekulanten, Geschäftsleute, Weltleute), beginnt mit einer Sache, geht zu mehreren anderen über, und landet

bei etwas, das mit den vorausgegangenen Dingen so wenig Zusammenhang hat wie diese untereinander. Daher die Verfinsterung. Gesetz des Durcheinanders.
Sein Satz entsteht durch Anhäufung, wie eine Stadt im Laufe der Jahrhunderte, wo jeder Satz doch in sich ein durchgegliedertes Gebäude sein soll: alle diese Gebäude zusammen bilden dann die Stadt, welche das Buch ist.
(Mit dem Rotstift Beispiele suchen in den fünf Bänden, die ich noch nicht durchgesehen habe.)
Immer ein Gemengsel von nichtssagenden Phrasen; die Wörter fallen, fallen von dieser tropfsüchtigen Feder wie der Speichel von den Lippen eines geschwätzigen Schwachkopfs: ein plätschernder Morast von Phrasen, wo man keinen Ausweg, keinen Lichtschimmer sieht, ein finsterer Sumpf, in dem der ungeduldige Leser ersäuft.
Der Stil eines Beamten, Formulierungen wie aus einer Kanzlei, Kauderwelsch eines Bürgermeisters, abgerundete Sätze wie die eines Pensionatsleiters.
Sein ganzes Werk eine einzige Preisverleihung.
Die Welt des Geistes und die geistigen Begabungen werden nach Kategorien eingeteilt, die nur willkürlich sein können, da ihm jeder philosophische Sinn fehlt.

NACHTRAG ZU DEN ABSCHLIESSENDEN BEMERKUNGEN

Er ist unfreiwillig komisch und feierlich zu gleicher Zeit, wie die Tiere: Affen, Hunde und Papageien. Von allen dreien hat er etwas an sich.
Villemain, ein Christ, seit er nicht mehr Minister sein kann, wird sich niemals zur Nächstenliebe (Liebe, Bewunderung) erheben.
Wenn man Villemain liest, durchwandert man eine Sahara der Langeweile; zuweilen stößt man auf eine Oase des Grauens, wenn sein widriger Charakter zum Vorschein kommt.
Als Unterrichtsminister hat Villemain uns zur Genüge bewiesen, wie sehr er die Literatur und die Schriftsteller verabscheut.

Auszug aus der *Biographie pittoresque des Quarante, par le portier de la Maison:*

»Wer ist dieser Werwolf mit struppigem Haar, schwankenden Ganges, verlotterter Kleidung? Das ist der Letzte der Unseren der Ordnung des Alphabets nach, nicht aber dem Rang seines Verdienstes nach, das ist Herr Villemain. Seine ›Geschichte Cromwells‹ weckte mehr als nur Hoffnungen. Sein Roman über Lascaris hat sie nicht erfüllt. Zwei Menschen stecken in unserem Professor, der Schriftsteller und der Pensionsempfänger der Regierung. Wenn der eine sagt: *›Los! gehn wir!‹* ruft der andere ihm zu: *›Halt, keinen Schritt!‹* Wenn der erste einen großherzigen Gedanken gebiert, läßt der zweite sich unter die Brüderschaft der wohlmeinenden Literatur einreihen. Wo wird diese rasende Herablassung je haltmachen? Es ist ja nicht weit vom Collège de France nach Montrouge! Es ist so schwierig, ohne eine Stellung auszukommen, wenn man schon so lange eine ausfüllt ... und dann Monsieur l'Abbé, Madame la marquise, Seine Exzellenz, die Trüffel, der Champagner, die Orden, die Empfänge, die Andachten, die Affiliationen ... So ist das nun einmal.«

Ja, leider, so ist das alles!

Altes Epigramm

Quelle est la main la plus vile
De Martainville ou de Villemain?
Quelle est la plus vile main
De Villemain ou de Martainville?

PAUL DE MOLÈNES

Paul de Molènes, einer unserer liebenswürdigsten und zartfühlendsten Romanciers, ist gestorben, an den Folgen eines Sturzes auf der Reitbahn. Nach der Verabschiedung der Garde mobile war Paul de Molènes in die Armee eingetreten; er gehörte zu denen, die nicht einmal der Verlust ihrer Charge und der harte Dienst als einfacher Soldat abschrecken konnten, so lebhaft und unwiderstehlich war in ihm das Gefallen am militärischen Leben, ein Gefallen, das aus seiner Kindheit stammte, und das, um sich zu befriedigen, von einer unvorhergesehenen Revolution profitierte. Das ist gewiß bei einem Literaten ein kräftiger Zug von Originalität. Daß ein ehemaliger Militär in der Muße eines besinnlichen Alters zum Literaten wird, daran ist überhaupt nichts Überraschendes; daß jedoch ein junger Schriftsteller, der schon die Reize des Erfolgs gekostet hat, sich aus reiner Lust zur Waffe und zum Krieg einem Revolutionskorps anschließt, das ist schon lebendiger, seltsamer und, sagen wir es nur, eindrucksvoller.

Niemals hat ein Autor sich in seinen Werken unbefangener dargestellt als Paul de Molènes. Er hat das große Verdienst gehabt, in einer Zeit, wo die Philosophie ausschließlich dem Egoismus zu Diensten steht, den Nutzen, die Schönheit, den sittlichen Wert des Krieges zu beschreiben, ja sogar oft zu demonstrieren. »*La guerre pour la guerre!*« hätte er gern gesagt, wie andere »*L'art pour l'art!*« sagen, überzeugt, wie er war, daß die Disziplin, das Opfer und der göttliche Geschmack am Tode alle Tugenden in sich begreifen.

Im Bereich der Literatur gehörte Paul de Molènes der Klasse der Herren von verfeinertem Geschmack und der Dandies an; er besaß deren ganze angeborene Größe, und was die leichten Sonderbarkeiten, die unterhaltsamen Ticks betrifft, die mit dieser Größe oft verknüpft sind, so trug er sie leicht und mit größerem Freimut als jeder andere. Alles an ihm, selbst der Fehler, wurde Anmut und Zierde.

Sein Ansehen war gewiß geringer, als er es verdiente. Die *Histoire de la garde mobile*, die *Étude sur le colonel Latour du Pin*, die *Commentaires d'un soldat sur le siège de Sébastopol* sind Arbeiten, die im Gedächtnis der Dichter fortzuleben würdig sind. Doch man wird ihm später Gerechtigkeit widerfahren lassen; denn wir dürfen der vollen Gerechtigkeit gewiß sein.

Er, der allen Gefahren der Krim und der Lombardei glücklich entronnen war, und der nun als Opfer eines stumpfen, ungebärdigen Tieres in den banalen Schranken einer Reitbahn gestorben ist, war kürzlich zum Kommandanten einer Schwadron befördert worden. Seit noch nicht langer Zeit war er mit einer reizenden jungen Frau vermählt, in deren Nähe er sich so glücklich fühlte, daß er denen, die ihn fragten, wo er denn nun leben, welche Garnisonsstadt sein Aufenthaltsort sein werde, aus beseligtem Herzen zur Antwort gab: »Wo auf Erden ich bin, wohin ich gehe, ich wüßte es nicht zu sagen, da ich im Paradiese bin!«

Der Autor dieser Zeilen hat Paul de Molènes lange Zeit gekannt; er hat ihn ebenso sehr geliebt wie bewundert, und er schmeichelt sich, daß es ihm gelungen sei, seine Zuneigung zu gewinnen. Er würde sich glücklich schätzen, wenn dieses Zeugnis der Sympathie und der Bewunderung für einige Augenblicke die Augen seiner unglücklichen Witwe von ihrem Schmerz ablenken könnte.

Und hier nun die Titel seiner wichtigsten Werke:

Mémoires d'un gentilhomme du siècle dernier. (Zuerst erschienen unter dem Titel *Mémoires du Baron de Valpéri.*)

La Folie de l'épée (ein charakteristischer Titel).

Histoires sentimentales et militaires (ein Titel, in dem das doppelte Temperament des Verfassers gut zum Ausdruck kommt: verliebt in das Leben, sorglos dem Tode gegenüber).

Histoires intimes.

Commentaires d'un soldat (Sebastopol und der italienische Krieg).

Chroniques contemporaines.

Caractères et récits du temps.

Aventures du temps passé.

L'Enfant et l'Amant.

LES MISÉRABLES
VON VICTOR HUGO

I

Vor einigen Monaten schrieb ich, anläßlich des großen Dichters, des kraftvollsten und volkstümlichsten Dichters Frankreichs, folgende Zeilen, die in sehr kurzer Zeit eine noch augenscheinlichere Bestätigung finden sollten als durch die *Contemplations* und die *Légende des siècles:*

»Hier wäre es gewiß angebracht, wenn der Raum es erlaubte, die seelische Atmosphäre näher zu kennzeichnen, die über diesen Gedichten schwebt, die sie durchzieht und die auf das Fühlbarste an dem Temperament des Autors teilhat. Sie scheint mir sehr offensichtlich bestimmt von einer Liebe, die gleicherweise dem sehr Starken wie dem sehr Schwachen gilt, und die Anziehung, die diese beiden Extreme auf den Dichter ausüben, entspringt einem einzigen gemeinsamen Grund: der Kraft selber, der unverbrauchten angeborenen Frische, mit der er ausgestattet ist. Die Kraft begeistert und berauscht ihn; er sucht sie auf wie eine Verwandte: brüderlich angezogen. Und hingerissen derart, unwiderstehlich, von jedem Symbol des Unendlichen, dem Meer, dem Himmel; fasziniert von allen antiken oder mittelalterlichen Vertretern der Kraft, den Riesen Homers oder der Bibel, den Rittern, den Paladinen; von ungeheuren Tieren und fürchterlichen Fabelwesen. Wie im Scherz streichelt und liebkost er, was schwächlichen Händen einen Schrecken einjagen würde; er regt und bewegt sich im Unendlichen, schwindellos. Zum Ausgleich, einem anderen Antrieb folgend, der doch der gleichen Wurzel entspringt, zeigt der Dichter sich stets als der *mitfühlende Freund alles dessen, was schwach, einsam, betrübt ist; väterlich angezogen von allem, was verwaist ist.* Der Starke ahnt in allem, was stark ist, einen Bruder aber er *sieht seine Kinder in allem, was des Schutzes oder Trostes bedürftig ist.* Eben der Stärke und der Sicherheit, die sie dem verleiht, der sie besitzt, entspringt der *Geist der Gerechtigkeit und der Nächstenliebe.* So ereignen sie sich unaufhörlich, in den

Gedichten Victor Hugos, *jene liebevollen Hinwendungen zu den gefallenen Frauen, zu den Armen, die das Räderwerk unserer Gesellschaft zermalmt,* zu den Tieren, den geschundenen Opfern unserer Freßgier und Herrschsucht. Wenige haben den Zauber und das Entzücken wahrgenommen, welche die Güte der Stärke hinzufügt, wie dies in den Werken unseres Dichters so oft der Fall ist. Ein Lächeln und eine Träne in dem Antlitz eines Kolosses, das ist von fast göttlicher Originalität. Selbst in jenen kurzen, der sinnlichen Liebe geweihten Gedichten, jenen Strophen von so wollüstiger und so melodischer Schwermut, vernimmt man, *wie die ständige Begleitung eines Orchesters, die tiefe Stimme der Nächstenliebe.* Unter dem Liebhaber spürt man einen Vater und einen Beschützer. Hier begegnet uns nicht jene predigende Moral, die, mit ihrem pedantischen Gehabe, ihrem lehrhaften Ton, die schönsten Gedichte verderben kann, sondern eine inspirierte Moral, deren Einhauch sich, unsichtbar, in den poetischen Gehalt mischt, wie unwägbare Geisterkräfte das Getriebe der Welt durchwalten. Nicht *als Zweck und Ziel* drängt die Moral sich in diese Kunst; sie vermischt sich ihr und verschmilzt mit ihr wie das Leben selbst. Der Dichter ist Moralist, ohne es zu wollen, *aus Fülle und Überfluß der Natur.*«

Eine einzige Zeile bedarf hier einer Änderung; denn in den *Misérables* erscheint die Moral ausdrücklich *als Zweck und Ziel,* wie dies übrigens schon aus dem Geständnis des Dichters hervorgeht, das er dem Buch als Vorwort vorausgestellt hat:

»Solange es, auf Grund der Gesetze und der Sitten, eine gesellschaftliche Verdammnis gibt, die inmitten der Zivilisation künstlich Höllen schafft und das göttliche Schicksal durch ein menschliches Verhängnis verwirrt, ... solange es auf Erden Unwissenheit und Elend gibt, so lange können Bücher wie dieses nicht überflüssig sein.«

»Solange ...« Das heißt, leider: IMMER! Aber es ist hier nicht der Ort, solche Fragen näher zu erörtern. Wir wollen nur dem wunderbaren Talent Gerechtigkeit widerfahren lassen, mit welchem der Dichter sich der öffentlichen Aufmerksamkeit bemächtigt und sie wie den widerspenstigen Kopf eines trägen Schülers zwingt, sich über die ungeheuren Abgründe des sozialen Elends zu beugen.

II

Im Überschwang der Jugend mag es dem Dichter vor allem gefallen, die Pracht und Herrlichkeit des Lebens zu besingen; denn alles, was das Leben an Glanz und Reichtum enthält, zieht vornehmlich den Blick der Jugend auf sich. Das reifere Alter hingegen wendet sich sorgenvoll forschend den Problemen und Geheimnissen zu. Es liegt etwas so tief Befremdendes in jenem schwarzen Fleck, den die Armut auf der Sonne des Reichtums bildet, oder, wenn man so will, in jenem glänzenden Fleck des Reichtums auf den unermeßlichen Finsternissen des Elends, daß ein Dichter, ein Philosoph, ein Literat schon ein vollkommenes Ungeheuer sein müßte, um davon nicht manchmal bis zu quälenden Ängsten ergriffen und betroffen zu sein. Gewiß, diesen Literaten gibt es nicht; es kann ihn nicht geben. Alles demnach, was hier den einen von dem anderen trennt, das Einzige, worin sie verschiedener Meinung sind, betrifft die Feststellung, ob das Kunstwerk einen anderen Zweck haben kann als *die Kunst,* ob die Kunst nicht gehalten ist, nur *sich selbst* zu verehren, oder ob ihr ein Zweck, ein mehr oder minder edles, ein höheres oder niedrigeres Ziel, vorgeschrieben werden kann.

Vor allem in ihrer vollen Reife, sagten wir, fühlen die Dichter, wie gewisse finstere und dunkle Fragen sich ihres Geistes bemächtigen, die sie wie seltsame Abgründe anziehen. Es wäre jedoch eine grobe Täuschung, wollte man Victor Hugo in die Klasse jener schöpferischen Naturen einordnen, die sich so lange Zeit ließen, bis sie all diese Fragen, die das Weltgewissen aufs höchste beschäftigen, forschend zu durchschauen versuchen. Von Anfang an, dürfen wir sagen, seit den ersten Schritten auf seiner so strahlenden literarischen Laufbahn finden wir bei ihm jenes Mitgefühl für die Schwachen, die Geächteten und die Verdammten. Früh schon hat in seinen Werken die Idee der Gerechtigkeit sich durch ein Verlangen nach der Ehrenrettung aller Verachteten bekundet. *Oh, n'insultez jamais une femme qui tombe! Sur le Bal de l'Hôtel de Ville, Marion de Lorme, Ruy Blas, Le Roi s'amuse* sind Dichtungen, die hinreichend Zeugnis ablegen für diese schon früh auftretende Tendenz, fast möchte man sagen: diese Besessenheit.

III

Ist es wirklich nötig, den Inhalt der *Misérables* oder vielmehr des ersten Teiles der *Misérables* näher darzustellen? Das Werk ist augenblicklich in allen Händen, und jeder kennt die Handlung und den Zusammenhang. Es scheint mir wichtiger, das Verfahren zu untersuchen, dessen der Verfasser sich bedient hat, um die Wahrheiten, in deren Dienst er sich gestellt hat, ins rechte Licht zu setzen.

Dieses Buch ist ein Buch der Nächstenliebe, das heißt ein Buch, das danach beschaffen ist, den Geist der Nächstenliebe zu wecken und herauszufordern; ein fragendes Buch, das dem Leser Fälle von sozialer Verstricktheit, schreckliche, herzzerreißende Fälle, vor Augen führt und ihm die Gewissensfrage stellt: »Nun, wie denkst du darüber? Welche Folgerungen ziehst du daraus?«

Was die literarische Gestalt des Buches angeht, das übrigens mehr eine Dichtung als ein Roman ist, so finden wir für diese bereits in dem Vorwort zu *Marie Tudor* ein vorausdeutendes Symptom; was uns abermals einen Beweis liefert für die Beständigkeit der moralischen und literarischen Vorstellungen bei diesem vortrefflichen Autor:

»... Die Klippe des Wahren ist das Kleine; die Klippe des Großen ist das Falsche ... Bewundernswürdige Allmacht des Dichters! Er bildet Dinge, die uns betreffen, und die leben wie wir. Hamlet zum Beispiel ist ebenso wahr wie irgendeiner von uns, und größer! Hamlet ist gewaltig, und doch wirklich. Denn Hamlet ist nicht du, ist nicht ich, er ist wir alle. Hamlet ist nicht ein Mensch, er ist *der* Mensch.

Unablässig das Große durch das Wahre hindurch, das Wahre durch das Große hindurch freizulegen, dies also ist – nach der Überzeugung dessen, der dieses Schauspiel verfaßt hat – das Ziel des Dichters auf dem Theater. Und diese beiden Worte, *groß* und *wahr,* umschließen alles. Die Wahrheit enthält das Sittliche, das Große enthält das Schöne.«

Niemand wird verkennen, daß der Autor in den *Misérables* lebendige Abstraktionen, ideale Gestalten erschaffen wollte, deren jede einen der hauptsächlichen, zur Entwicklung seiner These notwendigen Typen darstellt, die er zur Höhe des Epos hinaufgehoben hat. Dieser Roman ist wie ein Gedicht gebaut, in dem jede Person außergewöhnlich ist, diese ihre *Ausnahme*stellung jedoch nur der hyperbolischen Art verdankt, mit der sie etwas *Allgemeines* vertritt. Die Art, wie Victor Hugo diesen Roman entworfen und ausgeführt hat, wie er hier die reichen Elemente, die für gewöhnlich besonderen Werken vorbehalten sind (den lyrischen Sinn, den epischen Sinn, den philosophischen Sinn), zu einer unbeschreiblichen Mischung verschmolzen hat, um ein neues korinthisches Erz daraus zu gewinnen, bestätigt abermals die schicksalhafte Bestimmung, die ihn als jüngeren Menschen dazu trieb, die Ode und die Tragödie in ihrer überlieferten Gestalt bis auf jenen Punkt zu erneuern, das heißt bis hin zu den Gedichten und Schauspielen, die wir kennen.

So ist Monseigneur Bienvenu die aufs höchste gesteigerte Nächstenliebe, er ist der fortwährende Glaube an das Opfer seiner selbst, das unbedingte Vertrauen in die Nächstenliebe als das vollkommenste Mittel der Belehrung. In der Schilderung dieses Mannes begegnen uns Töne und Pinselstriche von bewundernswerter Zartheit. Man sieht, der Verfasser hat mit Lust daran gearbeitet, diesen engelsgleichen Mustermenschen zur Vollkommenheit auszuarbeiten. Monseigneur Bienvenu gibt alles, hat nichts für sich und kennt kein anderes Vergnügen, als sich selber immerfort, unermüdlich, ohne das geringste Bedauern, für die Armen, die Schwachen und selbst für die Schuldigen aufzuopfern. Demütig dem Dogma sich unterwerfend, ohne es ergründen zu wollen, hat er sich die Erfüllung der Gebote des Evangeliums zur Hauptaufgabe gemacht. »Eher gallikanisch als ultramontan«, im übrigen ein Mann der vornehmen Gesellschaft, und wie Sokrates mit der Macht der Ironie und des treffenden Wortes begabt. Man hat mir erzählt, unter einer der Regierungen unserer näheren Vergangenheit habe ein gewisser Pfarrer von Saint-Roch, der sein Hab und Gut mit den Armen teilte, sich eines Morgens angesichts neuer Forderungen aller Mittel beraubt gesehen; worauf er sich ohne langes Besinnen entschloß, sein gesamtes Mobiliar, seine Gemälde und sein Silber in das Hôtel des Ventes zu schicken. Ein Zug, wie er völlig in Monseigneur Bienvenus Charakterbild paßt. Man berichtet jedoch, um in der Geschichte des Pfarrers von Saint-Roch fortzufahren, daß das Gerücht dieser Tat, die dem Herzen des Gottesmannes von einfacher Selbstverständlichkeit, der weltlichen Moral jedoch allzu schön erschien, sich verbreitet habe, bis zum König gelangt sei, und daß dieser kompromittierte Pfarrer schließlich zum Erzbischof beordert wurde, um dort einen sanften Verweis über sich ergehen zu lassen. Denn diese Art Heroismus hätte als ein mittelbarer Vorwurf gegen alle Pfarrer ausgelegt werden können, die zu schwach sind, um sich bis zu solcher Höhe zu erheben.

Valjean ist der naive, unschuldige Rohling; er ist der unwissende Proletarier, der sich eines Vergehens schuldig macht, das jeder von uns gewiß entschuldigen würde (er stiehlt ein Brot), das jedoch, von Rechts wegen bestraft, ihn in die Schule des Bösen, das heißt in das Bagno, bringt. Dort bildet und verfeinert sein Geist sich in den schwermütigen Betrachtungen der Sklaverei. Endlich wird er entlassen, verschlagen, fürchterlich und gefährlich. Die Gastfreundschaft des Bischofs vergilt er mit einem neuerlichen Diebstahl; dieser jedoch rettet ihn durch eine schöne Lüge, in der Überzeugung, daß Vergebung und Nächstenliebe die einzigen Leuchten sind, die alle Finsternisse vertreiben können. In der Tat, die Erleuchtung dieses Gewissens findet statt, doch nicht rasch genug, um das Gewohnheitstier, das in diesem Manne lebt, an einem abermaligen Rückfall zu hindern. Valjean (nunmehr Monsieur Madeleine) ist anständig, reich und mächtig geworden. Er hat eine bis dahin arme Gemeinde, deren Bürgermeister er ist, bereichert, fast zivilisiert. Er hat sich in einen wunderbaren Mantel der Ehrbarkeit gehüllt; er ist mit guten Werken bedeckt und gepanzert. Es kommt jedoch der unheilvolle Tag, an dem er erfährt, daß ein falscher Valjean, ein törichter, verworfener Sosias, statt seiner verurteilt werden soll. Was tun? Steht es denn unerschütterlich fest, daß das innere Gesetz, das Gewissen, ihm befiehlt, dadurch, daß er sich selber anzeigt, dieses ganze mühsam errichtete Gebäude seines neuen Lebens einzureißen? »Das Licht, das jeden Menschen erleuchtet, der in diese Welt kommt«, ist es hinreichend, um solche verworrenen Finsternisse zu erhellen? Monsieur Madeleine geht als Sieger, doch nach welchen schrecklichen Kämpfen! aus diesem

Meer der Qualen hervor, und wird wieder Valjean aus Liebe zum Wahren und Gerechten. Das Kapitel, in dem diese Auseinandersetzung des Mannes mit sich selbst *(Tempête sous un crâne)*, mit seinem Zaudern, seinen Vorbehalten, seinen Widersprüchen, seinen falschen Trostgründen, seinen verzweifelten Ausflüchten, eingehend, ausführlich, umständlich nachgezeichnet wird, enthält Seiten, die nicht nur der französischen Literatur, sondern der Literatur der denkenden Menschheit auf ewig zum Ruhm gereichen werden. Daß diese Seiten geschrieben wurden, ist ein Ruhmestitel für den Menschen als vernunftbegabtes Wesen! Man müßte viel und lange, sehr lange suchen, bis man in einem anderen Buche Seiten fände, die es mit diesen aufnehmen könnten, in denen die ganze fürchterliche Kasuistik entfaltet wird, die dem Herzen des Menschenwesens von Anfang an eingeschrieben ist.

In dieser Galerie der Schmerzen und der düsteren Dramen gibt es eine gräßliche, abstoßende Gestalt; das ist der Gendarm, der Sträflingsaufseher, die strenge, unerbittliche Gerechtigkeit, die Gerechtigkeit, die sich auf nichts einläßt, das Gesetz ohne Auslegung, der grimmige Verstand (aber kann ein solcher noch verständig genannt werden?), der die mildernden Umstände niemals begriffen hat, mit einem Wort, der Buchstabe ohne den Geist; das ist der abscheuliche Javert. Ich habe keineswegs unvernünftige Leute anläßlich dieses Javert sagen hören: »Aber das ist doch schließlich ein anständiger Mensch; er hat seine eigene Größe.« Hier wäre wohl de Maistres Ausspruch am Platz: »Ich weiß nicht, was ein anständiger Mensch ist!« Ich meinesteils gestehe, und sollte mir dies den Vorwurf zuziehen, selber schuldig zu sein (»wer zittert, fühlt sich schuldig«, sagte dieser Narr von Robespierre), daß Javert mir als ein unverbesserliches Ungeheuer erscheint, nach Gerechtigkeit hungernd wie das wilde Tier nach blutigem Menschenfleisch, kurz, als der Feind schlechthin.

Und hier möchte ich ein Bedenken anmelden. So außerordentlich, so entschieden in Umriß und Bewegung die idealen Gestalten einer Dichtung auch sein mögen, so dürfen wir doch annehmen, daß sie, wie die Gestalten im wirklichen Leben, einmal begonnen haben. Ich weiß, der Mensch kann in jedem Beruf eine Art Eifer entfalten. Er wird Jagdhund und Kampfhund in allen Verrichtungen. Und das ist gewiß nicht ohne Schönheit, da es der Leidenschaft entspringt. Man kann demnach *mit Begeisterung* Polizist sein; aber tritt man *aus Begeisterung* in die Polizei ein? Ist dies nicht vielmehr einer jener Berufe, die man nur unter dem Druck gewisser Umstände ergreifen kann, und aus Gründen, denen jeder Fanatismus fremd ist?

Es erübrigt sich, denke ich, all die zärtlichen, herzzerreißenden Schönheiten zu erzählen und zu erläutern, die Victor Hugo über die Person der Fantine ausgegossen hat, die gefallene Grisette, die moderne Frau, die sich dem Verhängnis ausgeliefert sieht, zwischen einer Arbeit, die nichts einbringt, und der legalen Prostitution wählen zu müssen. Wir wissen schon seit langem, daß er sich darauf versteht, den Schrei der Leidenschaft im Abgrund auszudrücken, das Ächzen und die wütenden Tränen der Löwenmutter, der man ihre Jungen geraubt hat! Hier sehen wir uns auf die natürlichste Weise veranlaßt, abermals anzuerkennen, wie sicher, doch auch mit welcher leichten Hand dieser robuste Maler, dieser Schöpfer von Riesengestalten, die Wangen der Kindheit färbt, ihre Augen funkeln läßt, ihren unbekümmerten Mutwillen beschreibt. Dann scheint er ein Michelangelo, der sich herabläßt, mit Lawrence oder Velasquez zu wetteifern.

IV

Les Misérables sind demnach ein Buch der Nächstenliebe, eine unüberhörbare Aufforderung zur Umkehr, die an eine Gesellschaft ergeht, die allzu sehr in sich selber verliebt ist und das unsterbliche Gesetz der Brüderlichkeit zu wenig achtet; ein Plädoyer für die *Elenden* (jene, die unter dem Elend *leiden* und die das Elend *entehrt*) aus dem redebegabtesten Munde unserer Zeit. Unbeschadet all dessen, was in der Art, wie hier in den Augen der strengen Philosophie die Begriffe des Problems aufgestellt werden, an vorsätzlichen Erschleichnissen oder unbewußter Parteilichkeit mit unterlaufen mag, so denken wir doch, genauso wie der Autor, *daß Bücher dieser Art niemals überflüssig sind.*

Victor Hugo ist für den Menschen, und dennoch ist er nicht gegen

Gott. Er hat Vertrauen zu Gott, und dennoch ist er nicht gegen den Menschen.
Er verwirft den Aberwitz des sich empörenden Atheismus, und dennoch billigt er nicht die blutgierige Gefräßigkeit eines Moloch oder eines Teutates.
Er glaubt, daß der Mensch gut geboren wird, und dennoch, selbst angesichts seiner unaufhörlichen Katastrophen, beschuldigt er Gott nicht der Grausamkeit und der Bosheit.
Ich glaube, eben für diejenigen, die in der rechtgläubigen Lehre, in der reinen Theorie des Katholizismus, eine wenn auch nicht vollständige, so doch zumindest verständnisvollere Erklärung aller beunruhigenden Geheimnisse des Lebens finden, muß Victor Hugos neues Buch *willkommen* sein (*le Bienvenu,* wie der Bischof, dessen siegreiche Nächstenliebe es erzählt); das Buch, dem sie ihren Beifall nicht versagen, das Buch, dem sie Dank zollen werden. Ist es nicht nützlich, daß von Zeit zu Zeit der Dichter, der Philosoph das eigensüchtige Glück ein wenig bei den Haaren packt und zu ihm spricht, während er es mit der Schnauze in das Blut und in den Schmutz stößt: »Sieh dein Werk, und trinke dein Werk!«
Auch nach so vielen, seit so langer Zeit versprochenen Fortschritten bleiben von der Erbsünde, leider! immer noch genügend Spuren, um ihre unvordenkliche Wirklichkeit festzustellen!

SHAKESPEARES DREIHUNDERTSTER GEBURTSTAG

An den Schriftleiter des »Figaro«

Monsieur,

Mehr als einmal, wenn ich den *Figaro* las, empörte mich die sudlerhafte Ungeniertheit, die leider einen Teil der Begabung Ihrer Mitarbeiter ausmacht. Um es frei herauszusagen: diese Sorte nörgelnder Literatur, die man das *petit journal* nennt, hat für mich wenig Unterhaltsames und beleidigt fast immer meinen angeborenen Gerechtigkeitssinn und mein Schamgefühl. Jedesmal indessen, wenn eine grobe Dummheit, eine monströse Heuchelei, eine von jenen, die unser Jahrhundert in unerschöpflicher Fülle hervorbringt, sich vor mir aufreckt, begreife ich sogleich den Nutzen des *petit journal.* Sie ersehen hieraus, daß ich selber bereit bin, mir fast unrecht zu geben.
Deshalb habe ich es für angebracht gehalten, Ihnen eine jener Ungeheuerlichkeiten, eine jener possierlichen Albernheiten anzuzeigen, ehe sie sich zu ihrer ganzen Pracht entfaltet.

Der 23. April ist das Datum, heißt es, an dem selbst Finnland die dreihundertste Wiederkehr von Shakespeares Geburtstag begehen muß. Ich weiß nicht, ob Finnland ein geheimnisvolles Interesse daran hat, einen Dichter zu feiern, der nicht in diesem Land geboren ist, ob es Verlangen danach trägt, auf den englischen Dichter-Komödianten einen anzüglichen Trinkspruch auszubringen. Ich begreife zur Not, daß die Schriftsteller ganz Europas sich aus einem gemeinsamen Gefühl der Bewunderung für einen Dichter zusammentun wollen, den seine Größe (wie die mehrerer anderer großer Dichter) zum Kosmopoliten macht; dennoch möchte ich beiläufig darauf hinweisen, daß es zwar vernünftig sein mag, die Dichter aller Länder zu feiern, daß es jedoch noch angemessener wäre, wenn jedes Land zuerst seine eigenen feierte. Jede Religion hat ihre Heiligen, und ich stelle zu meinem Leidwesen fest, daß man sich hierzulande noch kaum Gedanken gemacht

hat, ob Chateaubriands oder Balzacs Geburtstag nicht durch eine Gedenkfeier zu ehren wäre. Ihr Ruhm, wird man mir entgegenhalten, ist noch allzu jung. Wie wäre es dann etwa mit Rabelais?
Soviel also steht fest. Wir gehen von der Annahme aus, daß eine spontane Regung der Dankbarkeit alle Schriftsteller Europas antreibt, das Andenken Shakespeares vorbehaltlos und ohne Hintergedanken zu ehren.
Entspringt jedoch, was die Pariser Literaten bewegt, einem ebenso uneigennützigen Gefühl, oder gehorchen sie unter Umständen, ohne es selber zu wissen, einer sehr kleinen Coterie, die ihrerseits einen persönlichen Sonderzweck verfolgt, der mit Shakespeares Ruhm nur wenig zu tun hat?
Da mir hinsichtlich dessen einige scherzhafte Bemerkungen und einige Beschwerden zu Ohren gekommen sind, möchte ich Ihnen diese nicht vorenthalten.
Einige Personen sind an einem bestimmten Ort, der hier nichts zur Sache tut, zusammengekommen. Herr Guizot hätte dem in Aussicht genommenen Komitee angehören sollen. Man wollte damit gewiß in ihm den Unterzeichner einer kläglichen Shakespeare-Übersetzung ehren. Herrn Villemains Name stand ebenfalls auf der Liste. Er hat sich ehemals, mehr schlecht als recht, über das englische Theater vernehmen lassen. Das genügt als Vorwand, obwohl dieser seelenlose Alraun sich vor dem Standbild des leidenschaftlichsten Dichters der Welt seltsam genug ausnehmen dürfte.
Es ist mir unbekannt, ob der Name von Philarète Chasles, der so viel dazu beigetragen hat, die englische Literatur bei uns beliebt zu machen, auf der Liste stand; ich bezweifle das nachdrücklich, und ich habe gute Gründe dafür. Hier in Versailles, einige Schritte von mir entfernt, wohnt ein alter Dichter, der einen ehrenvollen Platz in der literarischen Bewegung der Romantik eingenommen hat; ich meine Émile Deschamps, den Übersetzer von »Romeo und Julia«. Nun, Monsieur, würden Sie es glauben, daß dieser Name nicht ohne einigen Widerspruch durchgegangen ist? Wenn ich Sie bäte, das Warum zu erraten, Sie würden es niemals erraten. Émile Deschamps war lange Zeit einer der Hauptangestellten des Finanzministeriums gewesen. Allerdings hat er dort, vor ebenfalls sehr langer Zeit, seine Entlassung eingereicht. Jemandem Gerechtigkeit

widerfahren zu lassen, ist jedoch die geringste Sorge der Herren Handlanger der demokratischen Literatur, und dieser Haufe kleiner junger Leute hat so viel damit zu tun, seine Geschäfte zu betreiben, daß er manchmal mit Erstaunen vernimmt, ein alter Biedermann, dem sie sehr viel verdanken, sei noch nicht gestorben. Es wird Sie nicht erstaunen, zu erfahren, daß Théophile Gautier um ein Haar ausgeschlossen worden wäre, als *Spitzel*. (Spitzel ist ein Ausdruck für einen Autor, der Artikel über das Theater und die Malerei in dem offiziellen Staatsblatt schreibt.) Ich bin keineswegs erstaunt, und Sie wohl ebenfalls nicht, daß gegen den Namen von Philoxène Boyer Einwände erhoben wurden. Boyer ist ein *bel esprit,* ein sehr schöner Geist, in des Wortes bester Bedeutung! Mit einer einfühlsamen und groß empfindenden Einbildungskraft begabt, ist er ein sehr belesener Schriftsteller, der Shakespeares Werke seinerzeit in glanzvollen Improvisationen kommentiert hat. Das alles ist wahr, ist unbezweifelbar; doch, ach! der Unglückliche hat sich gelegentlich Bekundungen eines monarchischen Lyrismus zuschulden kommen lassen, die ein wenig zu lebhaft ausgefallen waren. Und seine Begeisterung war gewiß aufrichtig; doch gleichviel! angesichts dieser peinlichen Oden sind in den Augen jener Herren all seine Verdienste als Shakespeare-Kenner null und nichtig. Was Auguste Barbier, den Übersetzer des »Julius Cäsar«, und Berlioz, den Komponisten von »Romeo und Julia«, angeht, so bin ich ohne nähere Auskünfte. Charles Baudelaire, dessen Vorliebe für die angelsächsische Literatur wohlbekannt ist, war vergessen worden. Eugène Delacroix darf sich glücklich schätzen, gestorben zu sein. Man hätte ihm ohne jeden Zweifel die Türen zum Festmahl vor der Nase zugeschlagen, ihm, der auf seine Weise »Hamlet« übersetzt hat, der jedoch auch ein korruptes Mitglied des Munizipalrats war; er, das aristokratische Genie, das die Feigheit so weit trieb, höflich zu sein, selbst seinen Feinden gegenüber. Um diese Verluste wettzumachen, werden wir den Demokraten Biéville einen Trinkspruch, *mit einigen Vorbehalten,* auf die Unsterblichkeit dessen ausbringen sehen, dem wir »Macbeth« verdanken, und den köstlichen Legouvé, und den Saint-Marc Girardin, diesen widerwärtigen Schmeichler der mittelmäßigen Jugend, und den anderen Girardin, den Erfinder des Schneckenkompaß und der

Subskription um einen Groschen pro Kopf für die Abschaffung des Krieges!
Der Gipfel des Grotesken jedoch, das *Nec plus ultra* des Lächerlichen, das unwiderlegliche Symptom der Heuchelei bei dieser ganzen Veranstaltung ist die Ernennung Jules Favres zum Komiteemitglied. Jules Favre und Shakespeare! Erfassen Sie diese Nachbarschaft in ihrer ganzen Ungeheuerlichkeit? Gewiß, Herr Jules Favre ist gebildet genug, um Shakespeares Schönheiten zu verstehen, und auf Grund dessen mag er kommen; wenn er jedoch nur für zwei Heller gesunden Menschenverstand besitzt, und wenn er Wert darauf legt, den alten Dichter nicht zu kompromittieren, so bleibt ihm nichts anderes übrig, als die absurde Ehre, die ihm da angetragen wird, abzulehnen. Jules Favre in einem Shakespeare-Komitee! Das ist noch grotesker als ein Dufaure in der Akademie!
In Wahrheit aber haben die Herren Organisatoren des *kleinen* Festes ganz andere Sorgen als die Verherrlichung der Poesie. Zwei Dichter, die bei der bereits erwähnten Zusammenkunft anwesend waren, wiesen bald darauf hin, daß man diesen oder jenen vergessen habe, bald darauf, daß man dieses oder jenes unternehmen sollte; und ihre Hinweise waren ausschließlich literarischer Natur; jedesmal jedoch hielt einer der kleinen Menschenfreunde ihnen entgegen: »Sie haben keine Ahnung, *worum es geht.*«
Keine Lächerlichkeit wird uns bei dieser Feier erspart bleiben. Natürlich soll Shakespeare auch auf dem Theater gefeiert werden. Wenn es um eine Aufführung zu Ehren Racines geht, so spielt man, nach dem festlichen Gelegenheitsgedicht, *Les Plaideurs* und *Britannicus;* feiert man Corneille, so werden es *Le Menteur* und der *Cid* sein; und im Falle Molières *Pourceaugnac* und *Le Misanthrope*. Der Direkter eines großen Theaters indes, ein Mann der Sanftheit und der Mäßigung, der es mit niemandem verderben will, sagte kürzlich zu dem Dichter, der beauftragt war, etwas zu Ehren des englischen Trauerspieldichters zusammenzustellen: »Versuchen Sie, das Lob der französischen Klassiker dabei unterzubringen, und anschließend spielen wir dann, um Shakespeare besser zu ehren, *Il ne faut jurer de rien!*« Ein kleines *proverbe* von Musset.
Kommen wir jedoch auf den wahren Zweck dieses großen Jubiläums zu sprechen. Wie Sie wissen, Monsieur, kam es 1848 zu

einem ehebrecherischen Bündnis zwischen der literarischen Schule von 1830 und der Demokratie, einem monströsen und hochverwunderlichen Bündnis. Olympio verleugnete die berühmte Doktrin des *l'art pour l'art,* und seither haben er, seine Familie und seine Schüler nicht aufgehört, das Volk zu predigen, für das Volk zu sprechen und sich bei jeder Gelegenheit als die Freunde und unermüdlichen Beschützer des Volkes zu zeigen. »*Tendre et profond amour du peuple!*« Seither hat alles, was in der Literatur zu lieben sie imstande sind, einen revolutionären und philanthropischen Anstrich gewonnen. Shakespeare ist Sozialist. Er war sich dessen nicht bewußt, doch gleichviel. Eine Art paradoxer Kritik hat bereits versucht, den Monarchisten Balzac, den Mann des Thrones und des Altars, in einen Mann des Umsturzes und des Niederreißens zu verkehren. Solche betrügerischen Entstellungen sind uns inzwischen geläufig. Wir leben indes, Monsieur, wie Sie wissen, in einer Zeit der Teilnahme, und es gibt eine Klasse von Menschen, in deren Kehle knotendick die Trinksprüche, Festreden und Aufrufe stecken, die sie bisher nirgends anbringen konnten und für die sie höchst natürlicherweise eine Gelegenheit suchen. Ich kenne Leute, die aufmerksam die Sterblichkeit, vor allem unter den Berühmtheiten, überwachten und die eifrig die Angehörigen und die Friedhöfe aufsuchten, um das Lob des Verstorbenen zu singen, den sie niemals gekannt hatten. Ich nenne Ihnen Victor Cousin als den Fürsten in dieser Gattung.

Jedes Bankett, jedes Fest bietet eine schöne Gelegenheit, um diese französische Phrasendrescherei zu befriedigen; die Redner sind das, woran es am wenigsten mangelt; und die kleine Coterie, die dieser Dichter hinter sich herschleift (in dem Gott, aus einem unerforschlichen Geist der Mystifikation, die Dummheit mit dem Genie verbunden hat), war der Meinung, nun sei der günstige Augenblick gekommen, diese unbezähmbare Manie zur Beförderung folgender Ziele zu nutzen, wobei Shakespeares Geburtstag ihr nur als Vorwand diente:

1.) den Erfolg von Victor Hugos Buch über Shakespeare vorzubereiten und anzuheizen, eines Buches, das, wie alle seine Bücher voller Schönheiten und Dummheiten, selbst seine aufrichtigsten Bewunderer vielleicht noch betrüben wird;

2.) einen Trinkspruch auf Dänemark auszubringen. Eine Angelegenheit von brennendem Interesse; und dies ist wohl das Geringste, was man Hamlet schuldet, der immerhin der bekannteste dänische Prinz ist. Ein solcher Trinkspruch wäre auch sehr viel passender als der auf Polen, der, dem Vernehmen nach, auf einem Bankett zu Ehren Daumiers ausgebracht wurde.

Anschließend sollen dann, wie es sich gerade ergibt und dem besonderen *Crescendo* der Dummheit bei den an einem einzigen Ort versammelten Massen entsprechend, noch diverse Trinksprüche ausgebracht werden: auf Jean Valjean, auf die Abschaffung der Todesstrafe, auf die Abschaffung des Elends, auf die *Brüderlichkeit aller Menschen,* auf die Verbreitung der Aufklärung, auf den *wahren* Jesus Christus, den *Gesetzgeber der Christen,* wie man ehemals sagte, auf Herrn Renan, auf Herrn Havin, usw..., kurz, auf alle dem 19. Jahrhundert eigentümlichen Dummheiten, in dem zu leben uns das ermüdende Glück beschieden ist, und in dem jeder, wie es scheint, des natürlichen Rechtes beraubt ist, *sich seine Brüder zu wählen.*

Monsieur, ich vergaß, Ihnen zu sagen, daß die Frauen von dem Fest ausgeschlossen wurden. Schöne Schultern, schöne Arme, schöne Gesichter und glänzende Toiletten hätten der demokratischen Nüchternheit einer solchen Feier abträglich sein können. Vielleicht könnte man jedoch einige Schauspielerinnen einladen, und sei es nur, um sie auf den Einfall zu bringen, ein wenig Shakespeare zu spielen und mit der Smithson und der Faucit zu wetteifern.

Drucken Sie dies mit meiner Unterschrift, wenn es Ihnen angebracht scheint; verzichten Sie darauf, wenn sie Ihrer Meinung nach nicht von Belang ist.

Genehmigen Sie, Monsieur, die Versicherung meiner vorzüglichen Hochachtung.

***

BRIEF AN JULES JANIN

[I]
An Herrn Jules Janin

Anläßlich des mit Éraste gezeichneten Feuilletons
über Heinrich Heine und die Jugend der Dichter

Er *auch*, er *selber*, »Er wußte, wie man singt und wie man weint; er kannte *das tränenfeuchte Lächeln*, usw...«
Wie seltsam, nicht wahr, daß ein Mensch ein Mensch ist?
Ehe Catilina die Waffen ergriff, schrieb er an den Senator Quintus Cecilius: »Ich vermache dir meine teure Gattin Orestilla und meine teure Tochter ...«
Mérimée (*Mérimée höchstselbst* !!!) fügt dem hinzu: »es erfreut und erstaunt einen zugleich, menschlichen Gefühlen bei einem solchen Ungeheuer zu begegnen.«
Wie seltsam, daß ein Mensch ein Mensch ist!
Was all die angeführten kleinen französischen Unanständigkeiten betrifft, so nimmt sich das neben der Dichtung Heinrich Heines, Byrons und Shakespeares wie eine Vogelpfeife oder ein Spinett neben einem gewaltigen Orchester aus. Unter den Bruchstücken, die Sie von Heine zitieren, ist keines, das all dem Gesäusel und Getändel derer, die Sie bewundern, nicht unendlich überlegen wäre. – So hat der Verfasser des *Âne mort et la femme guillotinée* der Ironie den Abschied gegeben; er will nicht mehr, daß vom Tod die Rede sei, von dem Schmerz, von der Hinfälligkeit der menschlichen Gefühle. »Laßt mich keine düsteren Bilder sehen; fort mit all diesem Grinsen! Laßt mich Horaz übersetzen und Behagen aus ihm schlürfen, Horaz, dem es der muntere Singsang angetan hat, ein wackerer *littératisant*, der den Lesern keine Nervenschmerzen bereitet, wie all diese mißgestimmten modernen Leiern.«
Am Ende wäre ich doch begierig zu erfahren, ob Sie auch ganz sicher sind, *daß Béranger ein Dichter ist*. (Ich war des Glaubens, niemand wagte es noch, von diesem Menschen zu sprechen.)
– Ob sie auch ganz sicher sind, daß *eine schöne Trauerfeierlichkeit* ein Beweis für das Genie und die Redlichkeit des Verstorbenen

ist. (Ich meinesteils glaube das Gegenteil; ich glaube, nur die Spitzbuben und Dummköpfe werden mit großem öffentlichen Leichenprunk begraben.)

– Ob Sie auch ganz sicher sind, daß Delphine Gay eine Dichterin ist.

– Ob Sie glauben, der schmachtende Musset sei ein *guter* Dichter.

– Ich wäre auch begierig zu erfahren, was der Name des grotesken Viennet neben dem Namen von Banville zu suchen hat.

– Und neben Auguste Barbier Hégésippe Moreau, *ein widerwärtiger Pedant,* der sich in der schmutzigsten Ausschweifung wälzt und von belgischem Priesterhaß glüht.

Schließlich, warum Sie sich für Leconte de Lisle der Schreibweise *Lecomte Delille* bedienen und ihn derart mit dem verächtlichen Verfasser der *Jardins* durcheinanderbringen.

Cher Monsieur, wenn ich mich des Zornes, den Sie in mir aufgeregt haben, gänzlich entladen wollte, ich schriebe Ihnen mindestens fünfzig Seiten, und ich bewiese Ihnen, daß, Ihrer These zuwider, unser armes Frankreich nur sehr wenige Dichter hat, und darunter keinen einzigen, den man Heine entgegensetzen könnte. – Doch Sie lieben die Wahrheit nicht; Sie lieben die Proportionen nicht; Sie lieben die Gerechtigkeit nicht; Sie lieben die Kombinationen nicht; Sie lieben weder den Rhythmus noch das Metrum, noch den Reim; das alles fordert zu große Sorgfalt, um es darin zu etwas zu bringen. Es ist so süß, sich auf dem Kopfkissen der *vorgefaßten Meinung* zum Schlummer zu betten!

Wissen Sie auch, Monsieur, daß Sie von Byron zu leichtfertig reden? Er hatte Ihre Qualität und Ihren Fehler; – einen großen Überfluß, den großen Wogengang, eine große Geschwätzigkeit, – aber er besaß auch, was den Dichter ausmacht: eine diabolische Persönlichkeit. Wahrhaftig, Sie machen mir Lust, ihn zu verteidigen.

Monsieur, ich habe des öfteren Schmähbriefe von Unbekannten erhalten, manchmal von anonymen Schreibern, von Leuten, die vermutlich Zeit zu verlieren hatten. Ich hatte heute abend Zeit zu verlieren; ich wollte, Ihnen gegenüber, den guten Ratgebern nacheifern, die häufig über mich hergefallen sind. Ich gehöre ein wenig zu Ihren Freunden; ich habe Sie sogar bisweilen bewundert;

ich kenne die französische Dummheit bis auf den Grund; wenn ich jedoch einen französischen Schriftsteller (dessen Urteil in *gehobenen Kreisen* etwas gilt) unbedachtsam daherreden sehe, dann überkommen mich solche Wutanfälle, die alles verzeihlich machen, selbst den anonymen Brief.
Ich verspreche Ihnen hiermit, daß bei dem nächsten Besuch, den Ihnen zu machen ich das Vergnügen haben werde, ich schuldbewußt an meine Brust klopfen werde, nicht meiner Ansichten, sondern meines Betragens wegen.

[II]

Monsieur, Ihre Feuilletons sind mir ein Hochgenuß, – in der *Indépendance*, die es Ihnen gegenüber bisweilen ein wenig an Respekt fehlen läßt und Ihnen mit Undank lohnt. Die Art, einen Autor vorzustellen, *à la Buloz*. Auguste Barbier in der *Revue de Paris*. Der Widerruf. Die *Indépendance* hat strenge Überzeugungen, die es ihr nicht erlauben, Königinnen im Unglück zu bemitleiden. Ich lese Sie also; denn ich gehöre ein wenig zu Ihren Freunden, falls Sie freilich wie ich des Glaubens sind, die Bewunderung erzeuge eine Art Freundschaft.
Ihr Feuilleton jedoch von gestern abend hat mich gehörig in Rage versetzt. Und ich will Ihnen auch erklären, warum.
Heinrich Heine war also ein Mensch! Seltsam. Catilina war also ein Mensch. Und doch ein Ungeheuer, denn er konspirierte für die Armen. Heinrich Heine war böse, – ja, wie die empfindlichen Menschen, die es schwer ertragen, mit der Kanaille leben zu müssen; *Kanaille* sind für mich die Leute, die von Poesie nichts verstehen (das *Genus irritabile vatum*).
Betrachten wir es doch ein wenig näher, dieses Herz des jungen Heinrich Heine.
Die Verse aus einzelnen Gedichten, die Sie anführen, sind reizend, aber ich sehe wohl, was Sie daran abstößt: die Traurigkeit, die Ironie. Wenn J.-J. Kaiser wäre, er erließe eine Verordnung, daß es unter seiner Herrschaft verboten wäre, zu weinen oder sich aufzuhängen, oder auch nur auf eine gewisse Weise zu lachen. *Quand Auguste avait bu … Sie sind ein glücklicher Mensch*. Ich

bedaure Sie, Monsieur, daß Sie so leicht glücklich sind. Wie tief muß ein Mensch gesunken sein, um sich für glücklich zu halten! Vielleicht ist es ein Anfall von sardonischer Laune; vielleicht setzen Sie ein Lächeln auf, um den Fuchs zu verbergen, der Ihnen den Busen zerfleischt. Wenn dem so sein sollte, ist alles in Ordnung. Wenn meine Zunge einen solchen Satz aussprechen könnte, würde sie wie gelähmt erstarren.

Sie lieben nicht die Diskrepanz, die Dissonanz. Fort mit den Störenfrieden, die Sie aus dem sanften Schlummer Ihres Glückes aufwekken. Es lebe Florian mit seinen Liederchen. Fort mit den mächtigen Klagelauten des Ritters Tannhäuser, *der sich nach Schmerzen sehnt.* Sie lieben die Musikstücke, die man hören kann, ohne ihnen zu lauschen, und die Tragödien, mit deren Lektüre man in der Mitte beginnen kann.
Fort mit all den Dichtern, die Dolche, Galle und Flaschen mit Laudanum in ihren Taschen tragen. Das ist ein trauriger Mensch, er empört mich. – Gibt es denn kein Käthchen, hat es deren denn nie gegeben? Es lebe Horaz, der seine Hühnermilch schlürft, ich meine seinen Falerner, und als ein braver Kerl sein Lieschen zwickt, als ein wackerer *littératisant,* ohne Teufeleien und Wutanfälle, ohne *œstus!*

Im Hinblick auf die schönen Leichenbegängnisse erwähnen Sie, glaube ich, das von Béranger. Da war weiter nichts Schönes dran, scheint mir. Ein Polizeipräfekt hat gesagt, er habe sich davongemacht; das einzig Schöne war Madame Colet, die sich durch die Stadtsergeanten drängelte. Und nur Pierre Leroux fand das Wort des Tages: Ich hatte ihm doch seit je vorausgesagt, daß sein Begräbnis ein Reinfall sein würde.

Béranger? Einiges Zutreffende über diesen Zotenreißer ist bereits gesagt worden. Dem wäre noch manches hinzuzufügen. Lassen wir das.

Musset. Poetisches Vermögen; doch wenig zur Freude geneigt. Es steckt ein Widerspruch in Ihrer These. Übrigens ein schlechter

Dichter. Man findet ihn heute bei den Straßenmädchen zwischen den Hunden aus gesponnenem Glas, dem Liederbuch des *Caveau* und den Porzellanfiguren, die sie in den Lotterien von Asnières gewonnen haben. Ein schmachtender Totengräber.

Sainte-Beuve. Oh! auf den lasse ich nichts kommen. Können Sie diese Art Schönheit erklären? Ein Werther unter den Jüngern des Äskulap. Abermals ein Widerspruch in Ihrer These.

Banville und Viennet. Eine große Katastrophe. Viennet, ein vollkommener Ehrenmann. Ein Held als Zerstörer jeglicher Poesie; aber die Reime!!! und selbst der gesunde Menschenverstand!!! – Ich weiß, Sie handeln nie aus Eigennutz ... Was nur mag hier der Antrieb gewesen sein –

Delphine Gay! – Leconte de Lisle. Finden Sie den wirklich so unterhaltsam, ganz nach Ihren Wünschen, Hand aufs Herz? – Und Gauthier? Und Valmore? und ich? – mein Trick.

Die Paraphrase des *genus irritabile vatum* biete ich hier nicht nur, um Heinrich Heine zu verteidigen, sondern alle Dichter insgesamt. Diese armen Teufel (welche die Krone des Menschengeschlechts sind) werden von jedermann beleidigt. Wenn sie Durst haben und nach einem Glas Wasser verlangen, gibt es immer einen Trimalchio, der sie Trunkenbolde schilt. Trimalchio wischt sich die Finger an den Haaren seiner Sklaven ab; sollte ein Dichter jedoch den Anspruch erheben, einige Bürger in seinem Stall halten zu dürfen, würde manch einer Anstoß daran nehmen.

Sie sagen: Lauter schöne Sachen, von denen ich niemals etwas verstehen werde ... Die Neokritiker ...
Lassen Sie doch diesen altmodischen Ton, der Ihnen zu nichts dienlich sein wird, nicht einmal bei dem Herrn Villemain.

Jules Janin will keine betrüblichen Bilder mehr sehen.
Und Charlots Tod?
Und der Kuß unterm Fallbeil?

Und Hassan, der, aufgepfählt, mit Entzücken den morgendlichen Bosporus überblickt?
Und die Bourbe, und die Kapuziner? Und die Krebsgeschwüre, die unter dem glühenden Eisen rauchen?

Wenn der Teufel alt wird, verwandelt er sich ... in einen Schäfer. Gehn Sie Ihre weißen Schäfchen weiden.

Nieder mit den Selbstmördern. Nieder mit den schlimmen Possenreißern. Unter Ihrer Herrschaft würde man niemals sagen dürfen: Gérard hat sich erhängt, Janino Imperatore. Sie hätten sogar Agenten, Inspektoren, welche die Leute ins Haus zurückjagten, auf deren Lippen nicht die Grimasse des Glücks schwebte.
Catilina, ein geistreicher Kopf ohne Zweifel, da er Freunde in der Partei seiner Gegner hatte, was nur für einen Belgier unbegreiflich ist.

Immer wieder Horaz und Margoton. Sie werden sich hüten, Juvenal zu wählen, oder Lukan, oder Petronius. Diesen mit seinen erschreckenden Unanständigkeiten, seinen bedauerlichen Gaukelstreichen. (Sie ergriffen gerne Partei für Trimalchio, *weil er glücklich ist,* gestehen Sie es nur.) Jenen, wie er Brutus und Pompejus nachtrauert, mit seinen aus dem Grab heraufbeschworenen Toten, seinen thessalischen Hexen, die den Mond in trostlosen Ebenen auf dem Grase tanzen lassen; und jenen anderen mit seinem wütenden Gelächter. Denn es wird Ihnen nicht entgangen sein, daß Juvenal seinem Ärger immer zugunsten der Armen und Unterdrückten Luft macht. Ah! der garstige Schmutzfink! – Es lebe Horaz, und all jene, denen Babettchen gefälllig ist!

Trimalchio ist dumm, *aber er ist glücklich*. Er ist so eitel, daß seine Diener vor Lachen platzen, aber *er ist glücklich*. Er breitet einen plumpen Luxus aus und stellt sich, als sei er ein Feinschmecker; er ist lächerlich, aber er ist *glücklich*. Ah! vergeben wir den *Glücklichen*. Das *Glück* ist eine schöne *Entschuldigung* für alles und jedes, nicht wahr?

Ah! Sie sind glücklich, Monsieur. Wie! – Wenn Sie sagten: Ich bin tugendhaft, so verstünde ich, was damit gesagt sein soll: Ich leide weniger als andere. Aber nein; Sie sind *glücklich*. Leicht zufriedenzustellen demnach? Sie tun mir leid, und meine schlechte Laune kommt mir distingierter vor als Ihre Glückseligkeit. – Ich gehe sogar so weit, Sie zu fragen, ob das Schauspiel, das die Erde Ihnen bietet, Ihnen genügt. Wie! haben Sie niemals die Lust verspürt, *auf- und davonzugehen,* und sei es auch nur, um endlich einmal etwas anderes zu sehen? Ich habe sehr gute Gründe, den zu bedauern, der den Tod nicht liebt.

Byron, Tennyson, Poe und Cie.
Der melancholische Himmel der modernen Poesie. Sterne erster Größe.
Warum ist es zu dieser Veränderung gekommen? Eine schwerwiegende Frage, die Ihnen zu erklären ich keine Zeit habe. Aber Ihnen ist es nicht einmal eingefallen, sie sich zu stellen. Die Dinge haben sich geändert, weil sie sich ändern mußten. Ihr Freund, der Herr Villemain, wispert Ihnen das Wort *décadence* ins Ohr. Ein sehr bequemes Wort zum Gebrauch für unwissende Pedanten. Ein unbestimmtes Wort, hinter dem unsere Trägheit und Ihre Gleichgültigkeit gegenüber dem Gesetz sich verbergen.
Warum denn immer die Freude? Um Sie zu zerstreuen vielleicht? Warum sollte die Trauer nicht auch ihre Schönheit haben? Und das Grauen ebenfalls? Und alles? Gleichviel was.

Ich sehe, was Sie im Sinne haben. Ich weiß, worauf Sie hinauswollen. Wenn es nach Ihnen ginge, würden Sie kaum noch dazu raten, Totenköpfe in die Suppenterrine zu tun und sich den kleinen Leichnam eines Neugebornen als Fichu um den Hals zu hängen. (Solche Scherzreden hat man sich indes herausgenommen; das waren freilich noch gute Zeiten!) – Darüber wäre allerdings viel zu sagen. – Sie kränken mich in meinen teuersten Überzeugungen. Das Wichtigste am Braten ist die Sauce, das heißt das Genie.

Warum sollte der Dichter nicht ebensogut ein Giftezermahler als ein Konditor, ein Schlangenzüchter für Mirakel und Spektakel sein, ein in seine Reptilien verliebter Psylle, der die eisigen Liebkosungen ihrer Umschlingungen ebenso genießt, wie er sich an dem Schrecken der Menge weidet?

Zwei gleichermaßen lächerliche Partien in Ihrem Feuilleton. Sie verkennen Heines Poesie, und die Poesie im allgemeinen. Absurde These über die Jugend der Dichter. Weder alt noch jung, er ist. Er ist, was er will. Jungfräulich besingt er die Ausschweifung, nüchtern die Trunkenheit.
(Ihre widerliche Liebe zur Freude bringt mich auf Herrn Véron, der eine *littérature affectueuse* fordert. Ihr Wohlgefallen an der Ehrbarkeit ist auch nur Sybaritismus. Herr Véron hat das in aller Unschuld gesagt. *Le Juif errant* muß ihn nachhaltig betrübt haben. Auch er trachtete nach den sanften Gefühlen, die uns nicht in unserer Ruhe stören.)

Hinsichtlich der Jugend der Dichter.
Erlebte Bücher, erlebte Gedichte.
Befragen Sie da Herrn Villemain. Trotz seiner unverbesserlichen Liebe zu Solözismen zweifle ich doch, ob er den schlucken wird.

Byron, Geschwätzigkeit, Weitschweifigkeit. Einige Ihrer Eigenschaften, Monsieur. Zum Ausgleich jedoch jene erhabenen Fehler, die den großen Dichter ausmachen. Die mit dem Gefühl des Schönen untrennbar verbundene Melancholie, und eine glühende, diabolische Persönlichkeit. Ein salamandrischer Geist.

Byron. Tennyson. E. Poe. Lermontow. Leopoardi. Espronceda. – Aber sie haben kein Lieschen besungen. – Und wie! ich habe keinen Franzosen genannt. Frankreich ist arm.
Französische Poesie. Die Ader versiegt unter Ludwig XIV. Sie lebt wieder auf mit Chénier (Marie-Joseph), denn der andere ist nur ein Ebenist der Marie-Antoinette.
Endlich Verjüngung und Ausbruch unter Karl X.

Ihr französischer Singsang. Spinett und Orchester. Poesie, die eben nur die Haut ritzt. Thomas Hoods Kupido.
Das Paket der Dichter, die Sie da zusammenkoppeln wie Dachs-

hunde und Windhunde, wie Marder und Giraffen.
Wir wollen sie nun einzeln vornehmen.
Und Théophile Gautier? Und ich?

Lecomte Delille. Ihre Unachtsamkeiten. *Jean Pharond.* Pharamond. *Jean Beaudlair.* Schreiben Sie nicht *Gauthier,* wenn Sie Ihre Vergeßlichkeit wiedergutmachen wollen, und ahmen Sie nicht die Verleger nach, die ihn so wenig kennen, daß sie seinen Namen verstümmeln. Wie man ein Stück Prosa in Verse setzt. Und Sie waren dabei. Der Tick von Villefranche.
Ein angeborener Tick.
Natürliche Funktion.
Villefranche
und Argenteuil.
Gascogne.
Franche-Comté.
Normandie.
Belgien.

Sie sind ein glücklicher Mensch. Das genügt Ihnen, um Sie über alle Irrtümer hinwegzutrösten. Sie verstehen nichts von der Architektur der Worte, von der Plastik der Sprache, nichts von Malerei, von Musik, noch von Poesie. Trösten Sie sich. Balzac und Chateaubriand waren unfähig, einen passablen Vers hervorzubringen. Allerdings verstanden sie sich darauf, die guten Verse anderer zu erkennen.

Anfang. Mein Wutanfall. Steine in meinen Garten, oder vielmehr in unseren Garten.
In dem Artikel *Janin.*
Janin lobt Cicero, eine kleine journalistische Posse. Damit will er vielleicht dem Herrn Villemain ein wenig um den Bart gehen.
Cicero, ein Philippist. Ein widerwärtiger Emporkömmling.
Das ist unser Cäsar, heute. (De Sacy)
Janin hat gewiß seine Gründe, Viennet unter den Dichtern zu nennen. So hat er gewiß auch einen guten Grund, Cicero zu loben. Cicero gehört nicht der Akademie an, dennoch könnte man sagen, durch Villemain und die orleanistische Bande sei er dort vertreten.

DER SCHAUSPIELER ROUVIÈRE

Ich habe Rouvière lange gekannt ... – *Philibert* Rouvière hat mir niemals ins einzelne gehende Angaben über seine Geburt, seine Erziehung, usw... gemacht. In einem mit Bildern versehenen Sammelband über die bedeutendsten Schauspieler in Paris habe ich seinerzeit den Artikel über ihn geschrieben. In diesem Artikel findet man jedoch nichts anderes als eine wohlbegründete Würdigung seines Talents, eines bis zum äußersten bizarren Talents, das seine Rolle durchdachte und nervös übertrieb, wobei letzteres meist überwog.

Rouvières Hauptrollen waren: *Mordaunt,* in *Les Mousquetaires,* ein Mann des grimmigen Hasses, ein Anhänger Cromwells, der durch die Bürgerkriege hindurch nur danach trachtete, seine berechtigten persönlichen Rachegelüste zu stillen.

In dieser Rolle erregte Rouvière Angst und Grausen. Er war ganz *aus Eisen.*

Karl IX., in einem anderen Stück von Alexandre Dumas. Wie er diese Gestalt *zum Leben erweckte,* das rief allgemeines Entzücken hervor. Da Rouvière *Maler* gewesen war, fielen solche Gewaltstreiche ihm leichter als einem anderen.

Der Abbé *Faria,* in dem *Grafen von Monte-Cristo.* In dieser Rolle ist Rouvière nur ein einziges Mal aufgetreten. – *Hostein, der Direktor, und Alexandre Dumas haben* Rouvières Art zu spielen NIEMALS RECHT BEGRIFFEN.

Hamlet (von Meurice und Dumas). Großer Erfolg Rouvières. – Doch er spielte Hamlet als Südländer; ein wütender, nervöser, ungestümer Hamlet. Goethe, der behauptet, Hamlet sei blond und wohlbehäglich, wäre nicht zufrieden gewesen.

Mephistopheles, in dem abscheulichen, von Dennery *bearbeiteten Faust.* Rouvière war schlecht. Er war sehr geistreich und bemühte sich um Feinheiten, die mit seinem südländischen Temperament in dem wunderlichsten Widerspruch standen.

Maître Favilla, von George Sand. Außerordentlicher Erfolg! Rouvière, der immer nur bittere, grimmige, ironische, gräßliche Naturen *gespielt* hatte, war diesmal ein wunderbarer Darsteller in

einer väterlichen, sanften, liebenswürdigen, idyllischen Rolle. Das hängt, meiner Ansicht nach, mit einer wenig bekannten Seite seiner Natur zusammen: Liebe zur Utopie, zu den revolutionären Idyllen; – seine Verehrung für Jean-Jacques, Florian und Berquin.
Die Rolle des *Arztes*, in *Le Comte Hermann, von Alexandre Dumas*. – Dumas selber mußte zugeben, daß Rouvière erhabene Augenblicke hatte.
Othello, – in dem *Othello* von Alfred de Vigny. – Vortrefflich gelang Rouvière der Ausdruck der ausgesuchten, emphatischen, von unterdrückter Wut bebenden Höflichkeit eines orientalischen Hahnreis.
Und noch viele andere Rollen, deren ich mich nicht mehr entsinne.
Seiner Gestalt und seinem Aussehen nach war Rouvière ein kleiner nerviger, dunkelhäutiger Südländer, der seinen ihm eigentümlichen Akzent bis zuletzt behalten hat und der im Gespräch bisweilen unerwartete Feinheiten hervorkehrte ... – kein Komödiant, ging er den Komödianten aus dem Wege. – Dennoch hatte er sich aus Abenteuerlust einer Truppe von Gauklern angeschlossen, um ihre Sitten zu studieren. – Obwohl Schauspieler, durchaus ein Mann von Welt, sehr beredt.
Der Gesinnung nach ein Schüler Jean-Jacques Rousseaus. Ich erinnere mich der wunderlichen Vorwürfe, die er mir eines Tages machte, als er mich vor dem Laden eines Juwelenhändlers antraf.
»Eine Hütte«, sagte er, »ein Herd, ein Stuhl, und ein Brett, um meinen göttlichen Jean-Jacques daraufzulegen, das genügt mir. – Den Luxus zu lieben, ist unanständig.«
Als Maler war er ein Schüler von Gros.
Als Rouvière, der sehr arm war, vor einigen Monaten krank geworden war, verfielen einige seiner Freunde darauf, eine Verkaufsausstellung seiner Bilder zu veranstalten; sie hatte nicht den geringsten Erfolg.
Auch als Maler war er, in gewisser Hinsicht, was er als Schauspieler war. – Bizarr, geistreich und unvollständig.
Ich entsinne mich jedoch eines reizenden Bildes, auf welchem man *Hamlet* sieht, *wie er seine Mutter zwingt, das Bildnis des verstorbenen Königs zu betrachten*. – Ein ultra-romantisches Gemälde, das, wie man mir sagte, Herr de Goncourt gekauft hat.

Théophile Silvestre besitzt hübsche Zeichnungen von Rouvière. Lange Zeit hat Herr Luquet (der Partner von Herrn Cadart) ein Bild *(Die Girondisten im Kerker)* angeboten, das er für einen Géricault ausgab und in dem ich sofort einen Rouvière erkannte ... eine große Komposition, wild und ungeschickt, fast kindisch, doch von großem Feuer.

Eugène Delacroix hatte eine große Bewunderung für Rouvière als Schauspieler.

Champfleury hat ihn in einer seltsamen Studie festgehalten, in der Novelle *Le Comédien Trianon*.

[illegible] besitzt [illegible] Zeichnungen von [illegible]
[illegible]
[illegible]
[illegible] und in dem [illegible] einen [illegible]
[illegible]
[illegible] großen [illegible]
Eugène Delacroix [illegible]
[illegible]
[illegible] Drama.

SCHRIFTEN ZUR BILDENDEN KUNST

EUGÈNE DELACROIX' FRESKEN IN SAINT-SULPICE

Der Gegenstand des Gemäldes auf der linken Seitenwand der Kapelle, die Monsieur Delacroix ausgemalt hat, ist in folgenden Versen des Buches Genesis enthalten:

»Nachdem er alles, was er hatte, übers Wasser geführt hatte,
Blieb er an dieser Stätte allein. Und ein Mann erschien, der rang mit ihm, bis der Morgen anbrach.

Und da der Mann sah, daß er ihn nicht übermochte, rührte er die Sehne seiner Hüfte an, daß sie alsbald verdorrte;

Und er sprach zu ihm: Laß mich gehen, denn die Morgenröte bricht an. Und Jakob antwortete: Ich lasse dich nicht, du segnest mich denn!

Da fragte der Mann ihn: Wie heißest du? Er antwortete: Ich heiße Jakob.

Und jener sprach: Du sollst hinfort nicht mehr Jakob heißen, sondern Israel; denn da du über Gott vermochtest, wie viel mehr wirst du gegen Menschen vermögen?

Und Jakob fragte ihn: Sage doch, wie du heißest: Er antwortete: Warum fragst du nach meinem Namen? Und er segnete ihn daselbst.

Und Jakob hieß die Stätte Phanuel, und sprach: Ich habe Gott gesehen von Angesicht zu Angesicht, und meine Seele ward gerettet.

Und die Sonne ging alsbald auf vor ihm, als er von Phanuel weiterging, und er hinkte an einem Fuße.

Darum essen die Kinder Israel keine Spannader der Tiere bis auf den heutigen Tag, darum daß die Spannader an dem Schenkel Jakobs berührt ward, also daß er gelähmt blieb.«

Bei dieser seltsamen Legende, die von vielen allegorisch ausgelegt wird und der die Kabbalisten und die Swedenborgianer gewiß eine verschiedene Bedeutung zuschreiben, hat Delacroix sich, wie es ihm zukam, an den Wortverstand gehalten und sich alles zunutze gemacht, was ein Maler seines Temperaments diesem Stoff abgewinnen konnte. Der Ort der Handlung ist an der Furt des Jabbok; ein freudiges goldenes Morgenlicht fällt durch die üppigste und

kräftigste Vegetation, die sich nur ersinnen läßt, eine Vegetation, die man patriarchalisch nennen möchte. Links stürzt ein heller Bach stufenweise herab; rechts im Hintergrund ziehen die letzten Reihen der Karawane davon, welche Esau die reichen Geschenke Jakobs zuführen: »zweihundert Ziegen, zwanzig Böcke, zweihundert Lämmer und zwanzig Widder, dreißig Kamelstuten mit ihren Füllen, vierzig Kühe, zwanzig Stiere, zwanzig Eselinnen und zwanzig ihrer Füllen«. Im Vordergrund liegen die Kleider und Waffen am Boden, deren Jakob sich entledigt hat, um mit dem geheimnisvollen *Mann* zu ringen, den der Herr ausgesandt hat. Der natürliche Mensch und der übernatürliche Mensch kämpfen jeder seiner Natur nach: Jakob stemmt sich nach vorne wie ein Widder, all seine Muskeln sind angespannt; der Engel läßt sich den Kampf gefallen, sanft, gelassen wie einer, der ohne Muskelanstrengung den Sieg behalten wird, und ohne dem Zorn zu gestatten, daß er die göttliche Form seiner Glieder entstellt.
Die Decke nimmt ein Rundbild ein, das den überwundenen Luzifer zeigt, den der Erzengel Michael unter sich tritt. Es ist dies eines jener legendären Sujets, denen wir in mehreren Religionen begegnen und die selbst im Gedächtnis der Kinder einen Platz einnehmen, obwohl seine Spuren in den Worten der Heiligen Schrift nicht leicht zu verfolgen sind. Im Augenblick entsinne ich mich nur eines Verses bei Jesaja, der allerdings dem Namen *Luzifer* nicht den legendären Sinn beilegt, eines Verses in der Epistel Sankt Judä, wo lediglich von einem Streit des Erzengels Michael mit dem Teufel über dem Leichnam Moses die Rede ist, und schließlich des einzigen, des berühmten Verses 7 im zwölften Kapitel der Apokalypse. Wie dem auch sei, die Legende gehört zum unzerstörbaren Bestand; sie hat Milton eine der großen Schilderungen seines Epos geliefert; man begegnet ihr in allen Museen auf Gemälden von Meisterhand. Hier entfaltet sie ihre ganze großartige Dramatik; leider nötigt das durch das Fenster im Oberteil der äußeren Mauer schräg einfallende Licht den Betrachter zu einer lästigen Anstrengung, die den Genuß beeinträchtigt.
Auf der rechten Wand ist die berühmte Geschichte Heliodors dargestellt, wie die Engel ihn aus dem Tempel jagen, in dessen Schatzhaus einzudringen er gekommen war. Alles Volk lag im

Gebet, die Frauen stießen laute Klagen aus; jedermann glaubte, alles wäre verloren und der heilige Schatz würde von dem Abgesandten des Seleucus gewaltsam entführt werden.

»Da zeigte sich der Geist des allmächtigen Gottes auf eine augenscheinliche Weise, so daß alle, die Heliodor zu gehorchen gewagt hatten, durch Gottes Macht auf einen Schlag zu Boden fielen und vor Schrecken außer sich kamen.

Denn sie sahen ein Pferd erscheinen mitsamt einem fürchterlichen Reiter im schönsten Schmucke; dieses stürzte heftig mit den Vorderhufen auf Heliodorus; der darauf saß aber, schien goldene Waffen zu haben.

Noch zwei andere Jünglinge erschienen zu gleicher Zeit, in herrlicher Kraft und Schönheit, glanzumfunkelt und in prächtiger Kleidung; die standen zu beiden Seiten Heliodors, und geißelten ihn, jeder auf seiner Seite, und schlugen ihn unaufhörlich.«

In dem farbigen Bau eines prächtigen Tempels, auf den ersten Stufen der Treppe, die zu dem Schatzhaus führt, liegt der gestürzte Heliodor unter einem Pferd, das ihn mit seinem göttlichen Huf an den Boden bannt, um ihn den Ruten der beiden Engel desto bequemer auszuliefern; diese geißeln ihn mit kräftigen Streichen, doch nicht ohne jene beharrliche Gelassenheit, wie sie solchen mit himmlischer Macht ausgestatteten Wesen geziemt. Der Reiter, von wahrhaft engelhafter Schönheit umleuchtet, bewahrt in seiner Haltung die ganze Feierlichkeit und Ruhe seiner überirdischen Abkunft. Oberhalb der Treppe, von einer höheren Stelle aus, betrachten mehrere Personen mit Grauen und Entzücken die Vollstreckung dieses göttlichen Strafgerichts.

Niemals, nicht einmal in der *Großmut des Kaisers Trajan,* oder in dem *Einzug der Kreuzfahrer in Konstantinopel* hat Delacroix ein so prächtig und meisterhaft übernatürliches Kolorit entfaltet; niemals eine so *vorsätzlich* epische Zeichnung. Ich weiß wohl, es gab da Leute, Maurer vermutlich, vielleicht auch Baumeister, die anläßlich des letztgenannten Werkes das Wort *Dekadenz* fallen ließen. Hier ist es angebracht, in Erinnerung zu rufen, daß die großen Meister, Dichter oder Maler, Hugo oder Delacroix, ihren schüchternen Bewunderern immer um mehrere Jahre voraus sind.

Hinsichtlich des Genies ist das Publikum eine Uhr, die nachgeht.

Wer unter denen, die zu sehen verstehen, begreift nicht, daß das erste Bild des Meisters alle späteren im Keim enthielt? Daß er jedoch seine natürlichen Gaben unaufhörlich vervollkommnet, daß er sie sorgfältig schärft, daß er ihnen neue Wirkungen entlockt, daß er selber seine Natur aufs äußerste steigert, das ist unvermeidlich, schicksalhaft vorausbestimmt und lobenswert. Dies eben kennzeichnet Delacroix' Genie als dessen Hauptmerkmal, daß es keine Dekadenz kennt; es zeigt nur Fortschritt um Fortschritt. Allein, was ihn auszeichnet, war von Anfang an so reich, so mitreißend, so unwiderstehlich, selbst für die stumpfesten Gemüter, daß sie für den tagtäglichen Fortschritt unempfindlich sind; nur die mit Urteilskraft Begabten haben den klaren Blick dafür.
Es war da soeben von den Meinungen einiger *Maurer* die Rede. Dieses Wort dient mir, um jene Sorte grober und materieller Geister (deren Zahl unendlich groß ist) zu kennzeichnen, welche die Gegenstände nur nach ihrem Umriß schätzen, oder schlimmer noch, nach ihren drei Dimensionen: Breite, Tiefe und Höhe, genau wie die Wilden oder die Bauern. Ich habe gewisse Vertreter jener Klasse oftmals eine Hierarchie der Qualitäten aufstellen hören, die für mich völlig unverständlich ist; so etwa die Behauptung, daß die Fähigkeit, die einen Maler instand setzt, einen genauen Umriß, oder einem anderen erlaubt, einen Umriß von übernatürlicher Schönheit zu schaffen, dem Vermögen überlegen sei, das sich darauf versteht, Farbe mit Farbe auf bezaubernde Weise zu verbinden. Die Farbe träumt nicht für diese Leute, sie denkt nicht, sie spricht nicht. Wenn ich die Werke eines dieser Männer betrachte, die recht eigentlich als Koloristen gelten, mache ich mich augenscheinlich eines Vergnügens schuldig, das nicht von edler Art ist; gerne würden sie mich einen Materialisten schelten und sich selber das aristokratische Epitheton der Spiritualisten vorbehalten.
Diese oberflächlichen Geister bedenken nicht, daß die beiden Vermögen sich niemals gänzlich sondern lassen, und daß sie beide aus einem sorgfältig entwickelten gemeinsamen Urkeim hervorgehen. Die äußere Natur bietet dem Künstler nur eine sich ständig erneuernde Gelegenheit, diesen Keim zu pflegen; sie ist nur eine lockere Anhäufung von Materialien, die untereinander zu verbinden und in eine Ordnung zu bringen, der Künstler aufgefordert ist, ein

incitamentum, ein Weckruf für seine schlummernden Fähigkeiten. Um genau zu sein: die Natur kennt weder Linie noch Farbe. Der Mensch schafft die Linie und die Farbe. Zwei Abstraktionen, die ihren ebenbürtigen Adel demselben Ursprung verdanken.
Ein geborener Zeichner (ich stelle ihn mir als Kind vor) beobachtet in der unbewegten oder beweglichen Natur gewisse Schlangenlinien, die ihm ein gewisses Vergnügen bereiten und die auf dem Papier festzuhalten ihm Freude macht, wobei er in der Linienführung ihre Krümmungen nach Laune vermindert oder übertreibt; so lernt er es, der Zeichnung Schwung, Eleganz, Kräftigkeit zu verleihen. Nehmen wir nun ein Kind, dem es bestimmt ist, den Teil der Kunst zu vervollkommnen, den man Kolorit nennt: aus dem Zusammenprall oder der glücklichen Übereinstimmung zweier Farbtöne und aus der Lust, die es dabei empfindet, wird es die unendliche Wissenschaft der abgestuften Farbverbindungen entwickeln. In beiden Fällen bot die Natur nur den Anreiz.
Die Linie und die Farbe, beide sind ein Anlaß zu denken und zu träumen; das Vergnügen, das wir ihnen verdanken, ist jedesmal von verschiedener Art, doch völlig gleichwertig und gänzlich unabhängig von dem Sujet des Bildes.
Ein Gemälde Delacroix', das man aus allzu großer Entfernung erblickt, um den Reiz der Umrisse abschätzen oder die mehr oder minder dramatische Qualität des Sujets beurteilen zu können, durchdringt uns bereits mit einer übernatürlichen Wollust. Eine magische Atmosphäre scheint sich auf uns zubewegt zu haben und uns nun zu umhüllen. Düster, und dennoch köstlich, leuchtend, doch ruhevoll, beweist dieser Eindruck, der sich unserem Gedächtnis für immer einprägt, daß wir es mit dem wahren, dem vollkommenen Koloristen zu tun haben. Und die Untersuchung des Sujets, wenn man nähertritt, vermindert dieses ursprüngliche Vergnügen nicht, noch fügt sie ihm etwas hinzu, weil dessen Ursprung anderswo liegt und mit gedanklicher Schärfe nichts zu tun hat.
Ich kann das Beispiel auch umkehren. Eine gut gezeichnete Gestalt erfüllt uns mit einem Vergnügen, das mit der Person des Dargestellten nichts zu schaffen hat. Lustvoll oder schrecklich, verdankt diese Gestalt ihren Zauber nur der Arabeske, die sie aus dem Raum herausschneidet. Die Glieder eines Märtyrers, den man

schindet, der Leib einer wollüstig hingegossenen Nymphe verursachen, wenn sie kunstvoll gezeichnet sind, ein Vergnügen, an dem das Sujet keinen Teil hat; sollte es sich bei Ihnen anders verhalten, so sähe ich mich zu der Annahme genötigt, Sie wären ein Henker oder ein Lüstling.

Aber ach! wozu, wozu dient es, diese unnützen Wahrheiten unablässig zu wiederholen?

EXPOSITION MARTINET

Die Zeit liegt noch nicht weit zurück, da man fortwährende Ausstellungen von Malerei für unmöglich hielt. Monsieur Martinet hat bewiesen, daß dieses Unmögliche ein leichtes ist. Alle Tage wird die Ausstellung auf dem Boulevard des Italiens von Künstlern, Schriftstellern, Weltleuten besucht, deren Zahl beständig zunimmt. Es ist jetzt erlaubt, dieser Einrichtung ein ernstliches Gedeihen vorauszusagen. Eine sehr strenge Auswahl unter den auszustellenden Gegenständen war allerdings offensichtlich eine der unentbehrlichen Voraussetzungen dieser Gunst des Publikums. Diese Vorbedingung war rücksichtslos erfüllt worden, und dieser Rücksichtslosigkeit verdankt das Publikum das Vergnügen, seine Augen durch eine Reihe von Werken spazieren zu führen, von denen nicht eines, gleichviel aus welcher Schule, als schlecht oder nur als mittelmäßig eingestuft werden darf. Das Komitee, das der Auswahl der Gemälde vorsteht, hat bewiesen, daß man alle Gattungen lieben und aus jeder nur das Beste auswählen kann; die breiteste Unparteilichkeit im Bunde mit der gewissenhaftesten Strenge. Eine gute Lehre für die Juries unserer großen Ausstellungen, die immer Mittel und Wege fanden, zugleich auf Ärgernis erregende Weise nachsichtig und unnötigerweise ungerecht zu sein.

*

Mit der Ausstellung ist ein vortreffliches kleines Journal verbunden, das über den regelmäßigen Zu- und Abgang der Gemälde Bericht erstattet, wie jene Hafenbulletins, die den Interessenten täglich Auskunft über die ein- und auslaufenden Schiffe liefern. In diesem Blatt, in dem man bisweilen neben Artikeln allgemeineren Inhalts auf Gelegenheitsbeiträge stößt, sind uns einige merkwürdige Seiten aufgefallen, die von einem Herrn Saint-François unterzeichnet sind, von dem auch einige sehr eindrucksvolle Bleistiftzeichnungen stammen. Saint-François schreibt in einem vertrackten und verworrenen Stil, wie jemand, der sein gewöhnliches Werkzeug gegen ein anderes vertauscht, das ihm weniger vertraut ist; aber er hat Ideen, echte Ideen. Etwas Seltenes bei einem Künstler: er kann denken.

*

Legros, dem es die herben Wonnen der Religion angetan haben, hat zwei prächtige Gemälde geliefert, eines, das man in der letzten Ausstellung auf den Champs-Elysées bewundern konnte (die knienden Frauen vor einem Kreuz in einer gesammelten, leuchtenden Landschaft); das andere, unlängst entstandene, stellt Mönche verschiedener Altersstufen dar, die sich vor einem heiligen Buch niedergeworfen haben, in dem gewisse Stellen auszulegen sie demütig beflissen sind. Ganz nahe neben diesen beiden Bildern, von denen das letztgenannte an die kräftigsten spanischen Darstellungen gemahnt, hängt ein berühmtes Gemälde von Delacroix, und dennoch, ebendort, an dieser gefährlichen Stelle, leben sie ihr eigenes Leben. Damit ist alles gesagt.

*

Aufgefallen ist uns noch eine *Überschwemmung*, von Eugène Lavieille, die bei diesem Künstler von einem beharrlichen Fortschritt zeugt, selbst nach seinen vortrefflichen Winterlandschaften. Lavieille hat eine sehr schwierige Aufgabe vollbracht, die selbst einen Dichter erschrecken könnte; es ist ihm gelungen, den unendlichen, bewußtlosen Zauber und die unsterbliche Freudigkeit der Natur in einem ihrer gräßlichsten Spiele auszudrücken. Unter diesem bleiernen und wie der Leib eines Ertrunkenen von Wasser geschwollenen Himmel spielt heiter-unbekümmert ein seltsames Licht, und die Häuser, die Gehöfte, die Villen, die in dem See halb versunken sind, scheinen sich wohlgefällig in dem regungslosen Spiegel zu betrachten, der sie umgibt.

*

Doch das große Fest, für das man sich Herrn Martinet, nach Delacroix immerhin, zu Dank verpflichtet fühlt, ist der *Sardana-*

pal. Manches Mal waren meine Träume angefüllt von den prächtigen Gestalten, die auf diesem großen Bild agieren, das selber so wunderbar wie ein Traum ist. Das Wiedersehen mit diesem *Sardanapal* bringt mir meine Jugend zurück. Wie weit in die Vergangenheit trägt uns die Betrachtung dieses Gemäldes! Eine wunderbare Zeit, in der sie gemeinsam herrschten, Devéria, Gros, Delacroix, Boulanger, Bonington, usw., die Künstler der großen romantischen Schule, das Schöne, das Hübsche, das Anmutige, das Erhabene!

Gab es je eine Gestalt, die eine ungeheuerlichere Vorstellung von der asiatischen Despotie vermittelte als dieser Sardanapal mit dem geflochtenen schwarzen Bart, der da, in seine Musseline gehüllt, weiblich hingelagert auf seinem Scheiterhaufen stirbt? Und dieser ganze Harem betörender Schönheiten, wer heute wäre imstande, ihn mit diesem Feuer, mit dieser Frische, mit dieser poetischen Begeisterung zu malen? Und dieser ganze *sardanapaleske* Luxus, der in der Einrichtung funkelt, in der Kleidung, in dem Zaumzeug, dem Tafelgeschirr und den Kleinodien, wer? wer?

DIE RADIERUNG IST IN MODE
[Erste Fassung der »Maler und Radierer«]

Die Radierung kommt entschieden in Mode. Allerdings hoffen wir nicht, daß diese Gattung sich solche Gunst erringt, wie dies in London vor einigen Jahren der Fall war, als ein Klub zur Verherrlichung der Radierung gegründet wurde und die Damen von Welt selber sich etwas darauf zugute taten, mit der Nadel in den Weichgrund zu zeichnen. Das hieße die Versessenheit doch zu weit treiben.

Erst kürzlich hat ein junger amerikanischer Künstler, James Whistler, in der Galerie Martinet eine Serie von Radierungen ausgestellt, Blätter voller Feinheit und Aufgewecktheit wie die Improvisation und die Inspiration; Darstellungen von den Ufern der Themse; ein wunderbares Gewühl von Takelwerk, Rahen und Tauen; ein Chaos von Nebel, Schloten und korkzieherartig gewundenen Rauchwolken; die tiefe, reich- und vielgestaltige Poesie einer riesigen Hauptstadt.

Zweimal hintereinander hat vor kurzem, im Abstand von wenigen Tagen, Méryons Kollektion bei einer öffentlichen Versteigerung das Dreifache des ursprünglichen Preises erzielt.

In alldem haben wir ersichtlich ein Symptom von wachsender Bedeutung. Dennoch möchten wir nicht behaupten, daß der Radierung demnächst eine völlige Volkstümlichkeit beschieden sein wird. Sie ist eine allzu persönliche und demzufolge allzu aristokratische Gattung, um noch andere Menschen als die Schriftsteller und Künstler zu begeistern, Leute, die für alles lebhaft Persönliche eingenommen sind. Nicht nur dient die Radierung dazu, die Individualität des Künstlers zu verherrlichen, es ist dem Künstler sogar unmöglich, der Platte nicht seine intimste Individualität einzuschreiben. Weshalb man wohl behaupten kann, seit der Entdekkung dieser Gattung habe es ebenso viele Arten, sie zu pflegen, gegeben, als es *radierende* Künstler gab. Von dem Grabstichel gilt nicht das gleiche, oder die Abstufungen im Ausdruck der Persönlichkeit sind hier zumindest sehr viel geringer.

Man kennt Legros' kühne und weite Radierungen: kirchliche Zere-

monien, Prozessionen, nächtliche Gottesdienste, priesterliche Größe, klösterliche Strenge, usw., usw.
Bonvin hat kürzlich bei Herrn Cadart (dem Verleger der Werke von Bracquemond, Flameng, Chifflart) ein Heft mit Radierungen zum Verkauf angeboten, die wie seine Bilder mit großem Fleiß, kräftig und sorgfältig ausgeführt sind.
Bei demselben Verleger hat Jongkind, der liebenswürdige und unbefangene holländische Maler, einige Platten hinterlegt, denen er das Geheimnis seiner Träumereien anvertraut hat, seltsame Abkürzungen seiner Malerei, Skizzen, die all jene Liebhaber zu lesen verstehen werden, die es gewohnt sind, die Seele eines Malers aus seinem flüchtigsten Gekritzel zu entziffern (*Gekritzel* war der Ausdruck, dessen sich, ein wenig leichtfertigerweise, der wackere Diderot bediente, um Rembrandts Radierungen zu kennzeichnen).
André Jeanron, Ribot, Manet haben sich ebenfalls in Radierungen versucht, die bei Herrn Cadart eine gastliche Aufnahme in seiner Auslage der Rue Richelieu gefunden haben.
Schließlich erfahren wir noch, daß John Lewis Brown dabeisein möchte. Brown, der trotz seiner englischen Herkunft unser Landsmann ist und in dem alle Kenner schon einen kühneren und feineren Nachfolger Alfred de Dreux', und vielleicht einen Rivalen Eugène Lamis, wittern, wird es gewiß gelingen, in die Finsternisse der Platte alle Lichter und alle Anmut seiner anglo-französischen Malerei auszustreuen.
Unter den verschiedenen Ausdrucksmitteln der bildenden Kunst ist die Radierung dasjenige, welches dem literarischen Ausdruck am nächsten kommt und am meisten geeignet ist, uns den spontanen Menschen zu verraten. Darum: Es lebe die Radierung!

Seit der spannungsreichen Epoche, in welcher die Künste und die Literatur in Frankreich gleichzeitig einen ungeahnten Aufschwung nahmen, hat der Sinn für das Schöne, das Kraftvolle und selbst das Pittoreske beständig abgenommen und sich von Stufe zu Stufe verschlechtert. Mehrere Jahre hindurch schien der Ruhm der École française sich in einem einzigen Manne zu verdichten (womit ich hier keineswegs auf Monsieur Ingres angespielt haben möchte), dessen Fruchtbarkeit und Energie, bei all ihrer Größe, doch nicht hinreichten, uns über die Erbärmlichkeit des übrigen hinwegzutrösten. Wie jedem erinnerlich, ist es noch nicht lange her, da gehörte die Herrschaft ringsum unumstritten dem schmuck und säuberlich Gemalten, dem Hübschen, dem Albernen, dem Verschnörkelten und auch dem anspruchsvoll Hingesudelten, das, ins andere Extrem verfallend, dem Auge eines wahren Liebhabers nicht minder verhaßt ist. Diese Armut an Einfällen, dieses kleinliche Herumtapsen im Ausdruck, und schließlich all die bekannten Lächerlichkeiten der französischen Malerei genügen, um den ungeheuren Erfolg zu erklären, den Courbets Bilder bei ihrem ersten Erscheinen erzielten. Diese Reaktion, die mit dem prahlerischen Wirbel jeder Reaktion erfolgte, war unumgänglich. Man muß Courbet diese Gerechtigkeit widerfahren lassen, daß er nicht wenig dazu beigetragen hat, den Geschmack für das Einfache, das Redliche wiederherzustellen, und die absichtslose, unbedingte Liebe zur Malerei. In allerjüngster Zeit haben zwei andere, noch junge Künstler sich mit ungewöhnlicher Kraft hervorgetan.

Ich meine Alphonse Legros und Édouard Manet. Man erinnert sich der eindrucksvollen Bilder von Legros: *Das Angelus* (1859), in dem die traurige und entsagungsvolle Frömmigkeit der armen Pfarreien so gut zum Ausdruck kam; *Das Exvoto,* das man in einem späteren Salon und in der Galerie Martinet bewundert und das Monsieur de Balleroy erworben hat; Mönche, die vor einem heiligen Buch knien, als führten sie miteinander fromm und bescheiden ein Streitgespräch über dessen Auslegung, eine Versammlung von Professoren in ihrer Amtstracht, die in einer wissenschaft-

lichen Auseinandersetzung begriffen sind, und die man heute bei Herrn Ricord bewundern kann.
Manet hat einen *Gitarrenspieler* gemalt, der in dem letzten Salon lebhaftes Aufsehen erregte. In dem nächsten Salon wird man von ihm mehrere Bilder sehen, die ganz von spanischer Würze durchsättigt sind, so daß man des Glaubens sein könnte, der spanische Genius habe sich nach Frankreich geflüchtet. Mit einem entschiedenen Geschmack für die Wirklichkeit, die moderne Wirklichkeit – was schon ein gutes Anzeichen ist – verbinden Manet und Legros jene lebhafte und kühn ausgreifende, empfängliche Einbildungskraft, ohne welche, gerade herausgesagt, alle besten Fähigkeiten nichts weiter als Diener ohne Herren, Beamte ohne Regierung sind.
Es versteht sich, daß in dieser mit Nachdruck auf eine Erneuerung drängenden Bewegung dem Stich und der Radierung eine bedeutende Rolle zufiel. Wie sehr diese edle Kunst des Stechens und Ätzens in Verruf geraten war, wie sehr sie vernachlässigt wurde, ist leider! nur allzu offenkundig. Wenn früher ein Kupferstich angezeigt wurde, der ein berühmtes Gemälde wiedergab, so drängten die Kunstliebhaber sich zur Subskription, um die ersten Abzüge zu erhalten. Nur wenn man die Werke der Vergangenheit durchblättert, begreift man die Herrlichkeiten des Grabstichels. Unter den graphischen Techniken war nur eine so tot wie der Kupferstich; ich meine die Radierung. Allerdings hat diese so subtile und großartige, so naive und tiefe, so heitere und strenge Gattung, die paradoxerweise die verschiedensten Eigenschaften miteinander vereinigen kann, und die dem persönlichen Ausdruck des Künstlers so gefügig ist, sich bei dem breiten Publikum niemals einer größeren Beliebtheit erfreut. Wenn es sich nicht um Drucke von Rembrandt handelt, deren klassische Autorität selbst die Unwissenden zur Anerkennung nötigt, und die der Diskussion enthoben sind, wer kümmert sich schon ernstlich um Radierungen? Wer außer den Sammlern kennt die verschiedenen Formen der Vollkommenheit in dieser Gattung, welche die früheren Jahrhunderte uns hinterlassen haben? Das achtzehnte Jahrhundert ist voll von reizvollen Radierungen; man findet sie für fünf Groschen in staubigen Kartons, wo sie häufig lange Zeit auf eine kundige Hand warten müssen.

Gibt es heute, selbst unter den Künstlern, noch viele, welche die so geistreichen, so leichten und so bissigen Stiche kennen, die Trimolet, wehmütigen Angedenkens, vor einigen Jahren zu Auberts komischen Almanachen beisteuerte?
Es sieht jedoch danach aus, als kehrte man zur Radierung zurück, oder zumindest treten Bemühungen hervor, die uns dies zu hoffen erlauben. Die jungen Künstler, von denen soeben die Rede war, sie und mehrere andere, haben sich um einen unternehmungsfreudigen Verleger, Herrn Cadart, geschart und sich ihrerseits an ihre Mitbrüder gewandt, um eine regelmäßige Veröffentlichung von Originalradierungen ins Leben zu rufen, – deren erste Lieferung übrigens bereits erschienen ist.
Es war begreiflich, daß diese Künstler sich einer Gattung und einer Methode der Darstellung zuwandten, bei denen, wenn ihnen ein volles Gelingen beschieden war, der Charakter des Künstlers auf die entschiedenste Weise sich ausspricht, – eine übrigens geschwinde und wenig kostspielige Methode; ein wichtiger Umstand in einer Zeit, wo jeder den niedrigen Preis für die Hauptsache hält und nicht bereit wäre, für die langsamen Bemühungen des Stichels den ihnen gebührenden Betrag zu entrichten. Allerdings lauert hier eine Gefahr, der mehr als einer nicht entrinnen wird; die Nachlässigkeit nämlich, Unkorrektheit, Unentschiedenheit und unzulängliche Ausführung. Es ist so bequem, eine Nadel über diese schwarze Platte spazieren zu führen, die allzu getreu sämtliche Arabesken der Phantasie, sämtliche Schraffuren der Laune wiedergeben wird! Manch einer, vermute ich, wird sich sogar auf seine Kühnheit (ist dies auch das rechte Wort?) etwas einbilden, wie die Leute, die schlampig daherkommen und dies für ein Zeichen von Unabhängigkeit halten. Daß Männer von reifer und tiefer Begabung (wie zum Beispiel Legros, Manet, Jongkind) dem Publikum ihre radierten Entwürfe und Skizzen anvertrauen, ist in Ordnung, sie haben das Recht dazu. Die Menge der Nachahmer kann jedoch allzu zahlreich werden, und es steht zu befürchten, dies könnte bei dem Publikum eine nunmehr berechtigte Mißachtung für eine so liebenswürdige Gattung hervorrufen, der ja bereits der Fehler anhaftet, außerhalb seiner Reichweite zu liegen.
Wir möchten gerne glauben, daß, dank den Anstrengungen so

intelligenter Künstler wie Seymour Haden, Manet, Legros, Bracquemond, Jongkind, Méryon, Millet, Daubigny, Saint-Marcel, Jacquemart, und anderer, deren Liste ich nicht vor Augen habe, die Radierung ihre ehemalige Vitalität zurückgewinnt; aber hoffen wir nicht, was man auch zu ihren Gunsten geltend machen mag, daß sie sich der gleichen Gunst erfreut wie in London, zu den schönen Zeiten des *Etching-Club*, als die Ladies selber sich etwas darauf zugute taten, eine unerfahrene Nadel durch den Weichgrund spazieren zu führen. Eine britische Versessenheit, ein Anflug von Raserei, der eher ein schlechtes Omen wäre.
Erst kürzlich hat ein junger amerikanischer Künstler, James Whistler, in der Galerie Martinet eine Serie von Radierungen ausgestellt, Blätter voller Feinheit und Munterkeit wie die Improvisation und die Inspiration; Darstellungen von den Ufern der Themse; ein wunderbares Gewühl von Takelwerk, Rahen und Tauen; ein Chaos von Nebel, Schloten und korkzieherartig gewundenen Rauchwolken; die tiefe, reich- und vielgestaltige Poesie einer riesigen Hauptstadt.
Man kennt Legros' kühne und weite Radierungen, die er in ein Album versammelt hat: kirchliche Zeremonien, prächtig wie Träume oder vielmehr wie die Wirklichkeit; Prozessionen, nächtliche Gottesdienste, priesterliche Erhabenheit, klösterliche Strenge; und einige Blätter, auf denen er uns Edgar Poe mit herber, einfältiger Majestät übersetzt hat.
Ebenfalls bei Cadart hat Bonvin kürzlich ein Heft mit Radierungen zum Verkauf angeboten, die wie seine Bilder mit großem Fleiß, kräftig und sorgfältig ausgeführt sind.
Bei demselben Verleger hat Jongkind, der liebenswürdige und unbefangene holländische Maler, einige Platten hinterlegt, denen er das Geheimnis seiner Erinnerungen und seiner Träumereien anvertraut hat, stille Träumereien wie die Ufer der großen Flüsse und die Horizonte seines edlen Vaterlandes, – seltsame Abkürzungen seiner Malerei, Skizzen, die all jene Liebhaber zu lesen verstehen werden, die es gewohnt sind, die Seele eines Künstlers aus seinem flüchtigsten *Gekritzel* zu entziffern. Gekritzel nannte der wackere Diderot ein wenig leichtfertig Rembrandts Radierungen, leichtfertig, wie es einem Moralisten wohl ansteht, wenn er sich

darauf einläßt, etwas weit außerhalb des Feldes der Moral Liegendes abzuhandeln.
Charles Méryon, der echte Typ des vollendeten Radierers, konnte sich der Aufforderung nicht entziehen. Er wird uns demnächst neue Werke schenken. Herr Cadart besitzt noch einige seiner alten. Sie werden selten; denn in einem, übrigens durchaus berechtigten, Anfall von schlechter Laune hat Méryon jüngst die Platten zu seinem Album *Paris* zerstört. Und alsbald erzielte die Kollektion Méryon auf zwei öffentlichen Versteigerungen rasch hintereinander das Vier- bis Fünffache des ursprünglichen Preises.
Durch die Herbheit, die Feinheit und Festigkeit seiner Zeichnung erinnert Méryon an die vorzüglichsten alten Radierer. Selten haben wir die natürliche Feierlichkeit einer ungeheuren Stadt mit höherer Poesie dargestellt gesehen. Die Majestät der angehäuften Steinmassen, die *Glockentürme, deren Finger gen Himmel weist,* die Obelisken der Industrie, die dem Firmament ihren Rauch in dicken Schwaden entgegenspeien, die erstaunlichen Gerüste der in Ausbesserung befindlichen Bauwerke, die dem festen Körper der Architektur ihre durchbrochene Architektur von so spinnwebenhafter paradoxer Schönheit hinzufügen, der nebelverhangene Himmel, von Zorn und Groll beladen, die Tiefe der Perspektiven, welche die Vorstellung von allen Dramen, die sich dort abspielen noch erhöht, – keines der vielfältigen Elemente, aus denen der schmerzliche und glorreiche Dekor der Zivilisation sich zusammensetzt, ist dort vergessen.
Bei demselben Verleger haben wir auch den berühmten Blick auf San Francisco gesehen, den Méryon mit gutem Recht seine Meisterzeichnung nennen darf. Herr Niel, der die Platte besitzt, würde sich als ein wahrer Wohltäter erweisen, wenn er von Zeit zu Zeit einige Abzüge herstellen ließe. Der Absatz dürfte gesichert sein.
In all diesem sehe ich ein glückliches Symptom. Dennoch möchte ich nicht behaupten, daß der Radierung demnächst eine völlige Volkstümlichkeit beschieden sein wird. Bedenken wir doch: ein wenig unpopulär zu sein, ist eine Art Weihe. Die Radierung ist wahrlich eine allzu *persönliche* und demzufolge allzu *aristokratische* Gattung, um noch andere Menschen zu begeistern außer denen, die von Natur aus Künstler und daher für alles lebhaft Persönliche einge-

nommen sind. Nicht nur dient die Radierung dazu, die Individualität des Künstlers zu verherrlichen, es würde dem Künstler sogar sehr schwerfallen, der Platte nicht seine intimste Persönlichkeit einzuschreiben. Weshalb man wohl behaupten kann, seit der Entdeckung dieser Gattung von Graphik habe es ebenso viele Arten, sie zu pflegen, gegeben, als es Radierer gab. Von dem Grabstichel gilt nicht das gleiche, oder die Abstufungen im Ausdruck der Persönlichkeit sind hier zumindest sehr viel geringer.

Kurzum, ich würde gerne als schlechter Prophet dastehen, und sollte ein größeres Publikum in die gleiche Frucht wie wir beißen, so hätten wir nichts dagegen. Wir wünschen diesen Herren und ihrer Veröffentlichung eine gute und dauerhafte Zukunft.

EUGÈNE DELACROIX
WERK UND LEBEN

An den Herausgeber
der »Opinion nationale«

Monsieur,

Einmal noch, ein letztes Mal, möchte ich dem Genius Eugène Delacroix' huldigen, und ich bitte Sie deshalb, diese wenigen Seiten in Ihre Zeitung aufnehmen zu wollen; ich werde dort versuchen, in aller möglichen Kürze einen Überblick über die Geschichte seiner Begabung zu geben, die Gründe seiner meines Erachtens immer noch nicht genugsam anerkannten Überlegenheit darzulegen, und schließlich einige Anekdoten und einige Betrachtungen über sein Leben und seinen Charakter zu liefern.
Ich habe das Glück gehabt, als sehr junger Mann schon (seit 1845, wenn ich mich recht entsinne) mit dem berühmten Verstorbenen in Verbindung gestanden zu haben, und in der Zeit meines Umgangs mit ihm, bei welchem der Respekt meinerseits und seine Nachsicht mit mir ein gegenseitiges Vertrauen und die Vertraulichkeit nicht ausschlossen, hatte ich genügend Muße, mir die genauesten Vorstellungen, nicht nur über sein künstlerisches Verfahren, sondern auch über die intimsten Eigenschaften seiner großen Seele zu bilden.
Sie werden nicht von mir erwarten, Monsieur, daß ich hier eine eingehende Untersuchung von Delacroix' Werken liefere. Abgesehen davon, daß jeder von uns sie nach seinen Kräften im Laufe der Jahre angestellt hat, je mehr der große Maler die Arbeiten seines Geistes eine nach der anderen der Öffentlichkeit zugänglich machte, wäre deren Aufzählung so lang, daß eine solche Untersuchung, wollte man jedem seiner Hauptwerke auch nur einige Zeilen widmen, fast einen Band füllen würde. So genüge es uns, hier ein knappes Resümee zu bieten.
Seine Monumentalgemälde schmücken die Wände des *Salon du Roi* in der Chambre des Députés, der Bibliothek der Chambre des

Députés, der Bibliothek des Palais du Luxembourg, der Galerie d'Apollon des Louvre, und des Salon de la Paix des Hôtel de Ville. Diese Ausschmückungen enthalten eine ungeheure Menge allegorischer, religiöser und historischer Gegenstände, die sämtlich dem edelsten Bereich des Menschengeistes angehören. Was seine sogenannten Staffeleibilder angeht, seine Skizzen, seine Grisaillen, seine Aquarelle, usw., so beläuft deren Zahl sich insgesamt auf etwa zweihundertsechsunddreißig Stück.

Die großen Sujets, die er in verschiedenen *Salons* ausgestellt hat, umfassen siebenundsiebzig Gemälde. Ich entnehme diese Angaben dem Katalog, den Théophile Silvestre, in seiner *Histoire des peintres vivants,* seinen vortrefflichen Ausführungen über Eugène Delacroix angehängt hat.

Ich habe selber mehr als einmal versucht, diesen ungeheuren Katalog zu erstellen; aber meine Geduld ist an dieser unglaublichen Fruchtbarkeit gescheitert, so daß ich dieses Unternehmen zuletzt, erschöpft, aufgegeben habe. Sollte Théophile Silvestre sich geirrt haben, so hat er sich allenfalls nach unten verschätzt.

Ich glaube, Monsieur, daß es hier vor allem darauf ankommt, das Charakteristische in Delacroix' Genie ausfindig zu machen und zu versuchen, es näher zu umreißen; festzustellen, wodurch er sich von seinen berühmtesten Vorgängern unterscheidet, denen er zugleich doch ebenbürtig an die Seite tritt; und schließlich, soweit das geschriebene Wort dazu imstande ist, die magische Kunst zu zeigen, dank derer es ihm gelungen ist, das *Wort* durch bildliche Darstellungen zu übersetzen, die an Lebendigkeit und Angemessenheit die aller anderen Schöpfer auf diesem Gebiet übertreffen, – in einem Wort, mit welcher *Spezialität* die Vorsehung Eugène Delacroix innerhalb der historischen Entwicklung der Malerei beauftragt hatte.

I

Was ist Delacroix? Was war seine Rolle, seine Sendung in dieser Welt? Dies ist die erste Frage, die ich untersuchen möchte. Ich werde mich kurz fassen, und ich trachte nach raschen Schlußfolge-

rungen. Flandern hat Rubens, Italien hat Raffael und Veronese; Frankreich hat Lebrun, David und Delacroix.
Ein oberflächlicher Geist könnte, auf den ersten Blick, Anstoß nehmen an der Zusammenstellung dieser Namen von Vertretern so unterschiedlicher Qualitäten und Methoden. Ein aufmerksameres geistiges Auge wird jedoch sogleich sehen, daß sie alle etwas Verwandtes gemein haben, daß zwischen ihnen eine Art Brüderlichkeit oder Vetternschaft besteht, die ihrer Liebe zum Großen, zum Nationalen, zum Unermeßlichen und Universalen entspringt, einer Liebe, die ihren Ausdruck immer in der sogenannten dekorativen Malerei oder in den *grandes machines* gefunden hat.
Gewiß, manche anderen haben solche *grandes machines* gemalt, die hier genannten jedoch haben sie auf eine Weise gemalt, die am meisten geeignet war, dem Gedächtnis der Menschen eine ewige Spur einzuprägen. Wer ist der Größte unter diesen so verschiedenartigen großen Männern? Jeder mag dies nach seinem Gutdünken entscheiden, je nachdem, wie sein Temperament ihn treibt, diesem oder jenem den Vorzug zu geben: Rubens mit seiner wuchernden, strahlenden, fast jovialen Fülle, Raffael mit seiner sanften Hoheit, seiner harmonischen Ausgewogenheit, Veronese mit seiner paradiesischen Farbe, auf der gleichsam ein nachmittägliches Licht liegt, David in seiner kargen, straffen Strenge, oder Lebrun in seiner dramatischen und fast literarischen Beredsamkeit.
Keiner dieser Männer ist ersetzbar; nach einem ähnlichen Ziel trachtend, haben sie verschiedene Mittel angewandt, die sie ihrer eigenen Natur entnahmen. Delacroix, der Letztgekommene, hat mit bewunderswerter Heftigkeit und Inbrunst das ausgedrückt, was die anderen nur unvollkommen übersetzt hatten. Mit einigen Einbußen vielleicht, wie es auch ihnen übrigens widerfahren war? Mag sein; doch darum geht es hier nicht.
Ich bin keineswegs der einzige, der mit Nachdruck auf die verhängnisvollen Folgen hingewiesen hat, die mit einer im Wesen der Persönlichkeit begründeten Genialität verknüpft sind; und es könnte, nach allem, wohl möglich sein, daß die schönsten Hervorbringungen des Genius, außerhalb des reinen Himmels, das heißt auf dieser armen Erde, wo die Vollkommenheit selber unvollkommen ist, nur um den Preis eines unvermeidlichen Opfers zustande kommen.

Was aber schließlich und endlich, Monsieur, werden Sie mich fragen, was ist denn dieses mysteriöse Etwas, das Delacroix zum Ruhme unseres Jahrhunderts besser übersetzt hat als irgendein anderer? Es ist das Unsichtbare, das Unfaßbare, der Traum, die Nerven, es ist die *Seele;* und dies – wohlgemerkt, Monsieur – mit keinen anderen Mitteln als Umriß und Farbe. Hierin hat er alle übertroffen; mit der Vollkommenheit eines vollendeten Malers, mit der Strenge eines scharfsinnigen Schriftstellers, mit der Beredsamkeit eines leidenschaftlichen Musikers. Es ist dies übrigens eines der Kennzeichen des geistigen Zustandes unserer Zeit, daß die Künste danach trachten, wenn sie einander schon nicht ergänzen, sich doch zumindest gegenseitig neue Kräfte zu verleihen.
Delacroix ist von allen Malern derjenige, von dem die größte *Suggestivkraft* ausgeht, derjenige, dessen Werke, selbst wenn man zweitrangige und untergeordnete auswählt, am stärksten zum Denken anregen und uns die größte Anzahl poetischer Gefühle und Gedanken ins Gedächtnis zurückrufen, die zwar schon bekannt sind, die man jedoch für immer in der Nacht der Vergangenheit begraben glaubte.
Delacroix' Werk kommt mir manchmal wie eine Art Mnemotechnik der Größe und der angeborenen Leidenschaft des universalen Menschen vor. Dieses sehr besondere und völlig neuartige Verdienst Monsieur Delacroix', das ihm erlaubt hat, auch die heftigste Bewegung des Menschen im Umriß einzufangen, und mit der Farbe das, was man die Atmosphäre des menschlichen Dramas nennen könnte, oder die seelische Verfassung des Künstlers, – dieses ihm ganz eigene Verdienst hat ihm stets die Zuneigung der Dichter gewonnen; und wenn es erlaubt wäre, aus einer rein materiellen Erscheinung eine philosophische Bestätigung abzuleiten, so würde ich Sie bitten, Monsieur, in Erwägung zu ziehen, daß man in der Menge, die herbeigeeilt war, um ihm die letzten Ehren zu erweisen, sehr viel mehr Literaten als Maler zählen konnte. Um es ungescheut herauszusagen: diese letzteren haben ihn niemals völlig verstanden.

II

Und was schließlich ist daran so verwunderlich? Wissen wir doch, daß die Zeit eines Michelangelo, eines Raffael, eines Leonardo da Vinci, sagen wir gar eines Reynolds, seit langem vorbei und daß das allgemeine intellektuelle Niveau der Künstler erheblich gesunken ist. Es wäre gewiß ungerecht, wollte man unter den Künstlern unserer Tage Philosophen, Dichter und Gelehrte finden; aber man wäre doch berechtigt, von ihnen zu fordern, sie sollten der Religion, der Poesie und der Wissenschaft ein etwas höheres Interesse entgegenbringen, als dies bei ihnen der Fall ist.

Was wissen sie denn schon außerhalb ihrer Ateliers? was lieben sie? was drücken sie aus? Delacroix jedoch war nicht nur ein in sein Handwerk verliebter Künstler, sondern darüber hinaus ein Mann von allgemeiner Bildung, im Gegensatz zu den übrigen modernen Künstlern, die größtenteils kaum mehr als berühmte oder unbekannte Sudler sind, traurige Spezialisten, die Alten wie die Jungen; bloße Handwerker, liefern die einen akademische Gestalten, die anderen Früchte, und wieder andere allerlei Haus- und Hoftiere.

Eugène Delacroix liebte alles, verstand alles zu malen, und wußte alle Arten von Begabungen zu schätzen. Er besaß das empfänglichste Gemüt für alle Wahrnehmungen und Eindrücke, er war der eklektischste und unparteilichste Genießer.

Ein großer Leser, das versteht sich von selbst. Die Dichter, die er las, hinterließen in ihm grandiose und rasch verdeutlichte Bilder, völlig ausgeführte Gemälde sozusagen. Wie verschieden er auch in seinem Verfahren und in der Malweise von seinem Lehrer Guérin sein mag, so hat er doch von der großen republikanischen und kaiserlichen Schule die Liebe zu den Dichtern geerbt und ich weiß nicht welche verteufelte Lust, mit dem geschriebenen Wort zu wetteifern. David, Guérin und Girodet entzündeten ihren Geist an Homer, an Vergil, an Racine und Ossian. Delacroix war der ergreifende Übersetzer Shakespeares, Dantes, Byrons und Ariosts. Eine wichtige Ähnlichkeit und eine leichte Abweichung.

Doch wir wollen uns, wenn es Ihnen recht ist, ein wenig näher auf das einlassen, was man die Lehre des Meisters nennen könnte, eine

Lehre, die ich meinerseits nicht allein der fortgesetzten Betrachtung aller seiner Werke, sondern auch der vergleichenden Betrachtung einiger von ihnen verdanke, wie uns dies auf der Weltausstellung von 1855 vergönnt war, und darüber hinaus manchem Gespräch, das ich mit ihm geführt habe.

III

Delacroix war leidenschaftlich in die Leidenschaft verliebt, und kalt entschlossen, die Mittel zu finden, die es ihm erlaubten, der Leidenschaft den höchsten Grad des sichtbaren Ausdrucks zu verleihen. Wo diese beiden Bestrebungen zusammentreffen, finden wir in ihnen, im Vorbeigehn gesagt, die beiden Kennzeichen der kräftigsten, der aufs höchste entwickelten Genialität, die kaum danach angetan ist, ängstlichen Gemütern zu gefallen, welche leicht zufriedenzustellen sind und die in den schlaffen, matten, unvollkommenen Werken eine hinlängliche Nahrung finden. Eine ungeheure Leidenschaft im Bunde mit einer gewaltigen Willenskraft, so war dieser Mann.

Eines wurde er nicht müde zu wiederholen:

»Da ich es für das Wichtigste halte, den Eindruck, den der Künstler von der Natur empfangen hat, zu übersetzen, muß dieser sich nicht notwendigerweise im voraus aller schnellsten Mittel versichert haben, die einer solchen Übersetzung dienlich sein können?«

Ganz offenkundig war in seinen Augen die Einbildungskraft die kostbarste Gabe, das wichtigste Vermögen; dieses Vermögen blieb jedoch ohnmächtig und unfruchtbar, wenn ihm nicht eine rasche Geschicklichkeit zu Diensten stand, die imstande war, dem großen despotischen Vermögen in seinen ungeduldigen Launen zu folgen. Er war gewiß nicht genötigt, das Feuer seiner Einbildungskraft zu schüren, das immer in Weißglut stand; doch er fand den Tag stets zu kurz, um seine Ausdrucksmittel zu erforschen.

Dieser unaufhörlichen Aufmerksamkeit sind auch die fortwährenden Untersuchungen zuzuschreiben, die er der Farbe, der Qualität der Farben widmete, seine Neugier für alles, was die Chemie betraf, und seine Unterhaltungen mit den Herstellern von Farben.

Hier steht er Leonardo da Vinci nahe, der von den gleichen Gegenständen und Nachforschungen besessen war.
Trotz seiner Bewunderung für alle glühenden Erscheinungen des Lebens wird Eugène Delacroix sich stets von jenem Pöbel vulgärer Künstler und Literaten unterscheiden, deren kurzsichtiger Geist sich hinter dem vagen und dunklen Wort *Realismus* versteckt. Das erste Mal, als ich Monsieur Delacroix sah, 1845, wenn ich mich nicht täusche (wie die Jahre schnell und verschlingend enteilen!), sprachen wir viel von Gemeinplätzen, das heißt von den weitesten und doch einfachsten Fragen: so, zum Beispiel, von der Natur. Hier, Monsieur, bitte ich Sie um Erlaubnis, mich selber zu zitieren, denn keine Umschreibung könnte die Worte aufwiegen, die ich seinerzeit fast unter dem Diktat des Meisters niedergeschrieben habe:
»›Die Natur ist nur ein Wörterbuch‹, wiederholte er häufig. Um die Reichweite dessen, was dieser Satz besagt, zu erfassen, muß man sich die zahlreichen gebräuchlichen Verwendungsweisen eines Wörterbuchs vergegenwärtigen. Man sucht dort die Bedeutung der Wörter, die Entstehung der Wörter, die Etymologie der Wörter; schließlich entnimmt man ihm alle Elemente, aus denen ein Satz und eine Erzählung sich zusammensetzen; niemand ist aber jemals auf den Gedanken verfallen, das Wörterbuch selber für eine *Komposition* im dichterischen Verstande des Wortes zu halten. Die Maler, die der Einbildungskraft folgen, entnehmen ihrem Wörterbuch die Elemente, die mit ihrer Vorstellung übereinstimmen; indem sie diese Elemente mit einer gewissen Kunst zurichten, verleihen sie ihnen jedoch eine völlig neue Physiognomie. Diejenigen, denen die Einbildungskraft fehlt, schreiben das Wörterbuch ab. Dem entspringt ein sehr großes Übel: die Banalität, der man unter den Künstlern vor allem bei denen begegnet, die ihrer Besonderheit wegen der äußeren Natur am nächsten stehen, wie etwa die Landschaftsmaler, die es im allgemeinen für einen Triumph halten, wenn es ihnen gelingt, ihre Persönlichkeit auszuschalten. Vor lauter Schauen und Kopieren vergessen sie zu empfinden und zu denken.
Für diesen großen Maler waren, sind, will ich sagen, alle Teile der Kunst, von denen der eine diesen, der andere jenen für das

Wichtigste hält, insgesamt nur sehr bescheidene Dienerinnen eines einzigen höheren Vermögens. Eine sorgfältige Ausführung ist unerläßlich, weil die Sprache des Traumes genau übersetzt sein will; äußerste Raschheit wird gefordert, damit von dem außerordentlichen Eindruck, der die Erfindung begleitet, nichts verlorengeht; und daß die Aufmerksamkeit des Künstlers sich bis auf die äußerliche Sauberkeit seines Werkzeugs erstreckt, versteht sich fast von selbst, da es darauf ankommt, alle Vorkehrungen zu treffen, daß die Ausführung behende und entschieden erfolgt.«

Im Vorbeigehn sei hier angemerkt, daß ich nie eine so sorgfältig und behutsam vorbereitete Palette gesehen habe wie die Delacroix'. Das glich einem kunstvoll zusammengestellten Blumenstrauß.

»Bei einer solchen Methode, die durch und durch logisch ist, müssen alle Gestalten, ihre Verhältnisse zueinander, die Landschaft oder das Interieur, die ihnen als Hintergrund oder Horizont dienen, ihre Kleidung, kurz, alles den einen Zweck befördern, die zeugende Idee ins vollste Licht zu setzen, und alles muß noch ihre ursprüngliche Farbe, ihre Livree sozusagen, tragen. Wie ein Traum von einer eigenen farbigen Atmosphäre umgeben ist, ebenso bedarf eine Komposition gewordene Vorstellung dessen, daß sie sich in einem farblichen Milieu bewege, das ihrer Besonderheit entspricht. Es gibt da offensichtlich an irgendeiner Stelle des Bildes einen besonderen Ton, der zum Schlüssel wird und die übrigen beherrscht. Jeder weiß, daß Gelb, Orange, Rot Vorstellungen der Freude, des Reichtums, des Ruhmes und der Liebe wecken und darstellen; aber es gibt unzählige gelbe oder rote Atmosphären, und alle übrigen Farben werden logischerweise und in abgestufter Menge von der herrschenden Atmosphäre affiziert werden. Die Kunst des Koloristen hat offenbar in gewisser Hinsicht etwas mit der Mathematik und der Musik zu tun.

Ihre zartesten Verrichtungen werden jedoch von einem Gefühl geleitet, dem lange Übung eine unbeschreibliche Sicherheit verliehen hat. Man sieht, daß dieses große Gesetz der allgemeinen Harmonie manches Geflacker und manche Roheit, selbst bei den berühmtesten Künstlern, verurteilt. Es gibt Gemälde von Rubens, die einen nicht nur an ein farbenprächtiges Feuerwerk, sondern gleich an mehrere auf einmal abgebrannte Feuerwerke denken lassen. Je größer das Gemälde ist, desto breiter muß der Pinselstrich sein, das versteht sich von selbst; doch empfiehlt es sich, die einzelnen Striche nicht ineinander verlaufen zu lassen; sie verschmelzen schon ganz natürlicherweise aus einer Entfernung, die das Gesetz des Zusammenklangs bestimmt, nach dem sie einander zugeordnet sind. Die Farbe gewinnt dadurch an Kraft und Frische.

Ein gutes Gemälde, das dem Traum, der es erzeugt hat, treu und ebenbürtig ist, soll wie eine Welt hervorgebracht werden. Ebenso wie die Schöpfung, die wir vor Augen haben, das Ergebnis mehrerer Schöpfungsakte ist, wobei jeder folgende die vorausgegangenen ergänzt, ebenso besteht ein harmonisch durchgeführtes Gemälde aus einer Serie von einander überlagernden Gemälden, in denen jede neue Schicht dem Traum eine höhere Wirklichkeit verleiht und ihn um eine Stufe der Vollkommenheit näherbringt. Ganz im Gegensatz dazu erinnere ich mich, in den Ateliers von Paul Delaroche und Horace Vernet riesige Gemälde gesehen zu haben, nicht als Entwürfe, sondern bereits in der Ausmalung, das heißt in gewissen Partien durchaus vollendet, während andere nur durch einen schwarzen Umriß oder eine leere Stelle angedeutet waren. Man könnte derartige Werke mit einer rein manuellen Arbeit vergleichen, bei der eine bestimmte Fläche in einer festgesetzten Zeit zu bedecken ist, oder mit einer langen Straße, die in eine große Anzahl von Etappen unterteilt ist. Sobald eine Etappe erledigt ist, hat man sie hinter sich; und wenn die ganze Strecke durchlaufen ist, hat der Künstler sich seines Bildes entledigt.

All diese Vorschriften werden offensichtlich mehr oder minder durch das unterschiedliche Temperament des Künstlers abgewandelt. Ich bin jedoch überzeugt, daß dies die sicherste Methode für die Maler mit einer reichen Einbildungskraft ist. Allzu große Abweichungen von dieser Methode dürfen deshalb als ein Zeugnis dafür gelten, daß einem zweitrangigen Teil der Kunst eine normwidrige und ungerechtfertigte Wichtigkeit beigemessen wurde.

Ich fürchte nicht den Einwand, daß es widersinnig sei, eine große Anzahl verschiedenartiger Individuen der gleichen Erziehungsmethode zu unterwerfen. Denn offensichtlich sind keine Rhetorik und keine Prosodie eine willkürlich ersonnene Tyrannei, sondern jede eine Sammlung von Regeln, welche das geistige Wesen seiner Organisation nach fordert. Und noch niemals haben Prosodie und Rhetorik die Originalität verhindert, in ihrer Eigenart hervorzutreten. Das Gegenteil, daß sie nämlich die Entfaltung der Originalität begünstigt haben, wäre unendlich viel zutreffender.

Um mich kurz zu fassen, bin ich genötigt, eine ganze Anzahl von Korollarien zu übergehen, die sich aus der Grundform ergeben, darin sozusagen das ganze Formularium der wahren Ästhetik enthalten ist, das sich folgendermaßen ausdrücken läßt: Das ganze sichtbare Universum ist nur eine Vorratskammer von Bildern und Zeichen, denen die Einbildungskraft eine Stelle anweist und einen relativen Wert verleiht; es ist eine Art Nahrung, welche die Einbildungskraft verdauen und verwandeln muß. Alle Fähigkeiten der menschlichen Seele müssen der Einbildungskraft unterstellt werden, die sich aller insgesamt zu ihren Zwecken bedient. Ebenso wie eine gute Kenntnis des Wörterbuchs nicht notwendigerweise die Kenntnis der künstlerischen Gestaltung in sich schließt, und wie die künstlerische Gestaltung selber nicht die universale Einbildungskraft voraussetzt, ebenso kann der Fall eintreten, daß ein *guter* Maler kein *großer* Maler ist. Ein großer Maler aber ist unweigerlich ein guter Maler, weil die universale Einbildungskraft die Einsicht in alle Mittel und das Verlangen nach ihrem Erwerb umschließt.

Es liegt auf der Hand, daß den hier schlecht und recht erläuterten Grundsätzen nach (so vieles wäre noch zu sagen, insbesondere über die Teile, worin alle Künste übereinstimmen, und über die Ähnlichkeiten in ihren Methoden!) die ungeheure Klasse der Künstler, das heißt der Menschen, die sich dem Ausdruck des Schönen ergeben haben, sich in zwei deutlich geschiedene Lager verteilen läßt. Dieser, der sich selber einen *Realisten* nennt (ein doppeldeutiges Wort von schwankender Bedeutung), und den wir, um seinen Irrtum schärfer zu kennzeichnen, einen *Positivisten* nennen werden, sagt: »Ich will die Dinge so darstellen, wie sie sind, oder wie sie wären, falls es mich nicht gäbe.« Die Welt ohne den Menschen. Und jener, der Mann der Einbildungskraft, sagt: »Ich will die Dinge mit meinem Geist erhellen und den Widerschein davon auf andere Geister fallen lassen.« Obgleich diese einander grundsätzlich widersprechenden Methoden jedes Sujet steigern und mindern können, von der religiösen Szene bis zur bescheidenen Landschaft, so hat sich der Mann der Einbildungskraft doch meist in der religiösen Malerei und in der *Fantaisie* hervorgetan, während die sogenannte Genremalerei und die Landschaft den trägen und matten Geistern ein weites Betätigungsfeld zu bieten schienen ...

Delacroix' Einbildungskraft? Niemals hat Furcht diese angewandelt, die steilen Höhen der Religion zu erklimmen; der Himmel gehört ihr, wie die Hölle, wie der Krieg, wie der Olymp, wie die Wollust. Er ist wahrhaft das Muster des Dichter-Malers! Er ist einer der seltenen Auserwählten, und die Weite seines Geistes umfaßt die Religion als einen ihm zugehörigen Bereich. Seine glühende Phantasie gleicht einer Totenkapelle, lodernde Flammen, purpurne Inbrust allüberall. Alle Leiden der *Passion* wecken seine Leidenschaft; aller Glanz der Kirche erleuchtet ihn. Eins ums andere ergießt er über seine inspirierten Gemälde Blut, Licht und Finsternis. Gerne fügte er, glaube ich, als eine Steigerung den Erhabenheiten des Evangeliums die ihm natürliche Pracht hinzu.

Ich habe von Delacroix eine kleine *Verkündigung* gesehen, wo der Engel, der Maria besucht, nicht allein war, sondern feierlich im Geleit von zwei anderen Engeln erschien, und dieser himmlische Hofstaat tat eine mächtige und zauberhafte Wirkung. Eines seiner frühen Bilder, *Christus am Ölberg* (›Herr, laß diesen Kelch an mir vorübergehen‹), strömt über von weiblicher Zärtlichkeit und poetischer Salbung. Der Schmerz und das Gepränge, wie sie in der Religion so stark zum Ausdruck kommen, wecken immer ein Echo in seinem Geiste.«

Und kürzlich noch, anläßlich jener Engels-Kapelle in Saint-Sulpice (*Heliodor wird aus dem Tempel verjagt* und *Jakobs Kampf mit dem Engel*), seines von der Kritik so dümmlich behandelten Werkes, sagte ich:

»Niemals, nicht einmal in der *Großmut des Kaisers Trajan*, oder in dem *Einzug der Kreuzfahrer in Konstantinopel* hat Delacroix ein so prächtig und meisterhaft übernatürliches Kolorit entfaltet; niemals eine so *vorsätzlich* epische Zeichnung. Ich weiß wohl, es gab da Leute, Maurer vermutlich, vielleicht auch Baumeister, die anläßlich des letztgenannten Werkes das Wort *Dekadenz* fallen ließen. Hier ist es angebracht, in Erinnerung zu rufen, daß die großen Meister, Dichter oder Maler, Hugo oder Delacroix, ihren schüchternen Bewunderern immer um mehrere Jahre voraus sind.

Hinsichtlich des Genies ist das Publikum eine Uhr, die nachgeht. Wer unter denen, die zu sehen verstehen, begreift nicht, daß das erste Bild des Meisters alle späteren im Keim enthielt? Daß er jedoch seine natürlichen Gaben unaufhörlich vervollkommnet, daß er sie sorgfältig schärft, daß er ihnen neue Wirkungen entlockt, daß er selber seine Natur aufs äußerste steigert, das ist unvermeidlich, schicksalhaft vorausbestimmt und lobenswert. Dies eben kennzeichnet Delacroix' Genie als dessen Hauptmerkmal, daß es keine Dekadenz kennt; es zeigt nur Fortschritt um Fortschritt. Allein, was ihn auszeichnet, war von Anfang an so reich, so mitreißend, so unwiderstehlich, selbst für die stumpfesten Gemüter, daß sie für den tagtäglichen Fortschritt unempfindlich sind; nur die mit Urteilskraft Begabten haben den klaren Blick dafür.

Es war da soeben von den Meinungen einiger *Maurer* die Rede. Dieses Wort dient mir, um jene Sorte grober und materieller Geister (deren Zahl unendlich groß ist) zu kennzeichnen, welche die Gegenstände nur nach ihrem Umriß schätzen, oder schlimmer noch, nach ihren drei Dimensionen: Breite, Tiefe und Höhe, genau wie die Wilden oder die Bauern. Ich habe gewisse Vertreter jener Klasse oftmals eine Hierarchie der Qualitäten aufstellen hören, die für mich völlig unverständlich ist; so etwa die Behauptung, daß die Fähigkeit, die einen Maler instand setzt, einen genauen Umriß, oder einem anderen erlaubt, einen Umriß von übernatürlicher Schönheit zu schaffen, dem Vermögen überlegen sei, das sich darauf versteht, Farbe mit Farbe auf bezaubernde Weise zu verbinden. Die Farbe träumt nicht für diese Leute, sie denkt nicht, sie spricht nicht. Wenn ich die Werke eines dieser Männer betrachte, die recht eigentlich als Koloristen gelten, mache ich mich augenscheinlich eines Vergnügens schuldig, das nicht von edler Art ist; gerne würden sie mich einen Materialisten schelten und sich selber das aristokratische Epitheton der Spiritualisten vorbehalten.

Diese oberflächlichen Geister bedenken nicht, daß die beiden Vermögen sich niemals gänzlich sondern lassen, und daß sie beide aus einem sorgfältig entwickelten gemeinsamen Urkeim hervorgehen. Die äußere Natur bietet dem Künstler nur eine sich ständig erneuernde Gelegenheit, diesen Keim zu pflegen; sie ist nur eine lockere Anhäufung von Materialien, die untereinander zu verbinden und in eine Ordnung zu bringen, der Künstler aufgefordert ist, ein *incitamentum,* ein Weckruf für seine schlummernden Fähigkeiten. Um genau zu sein: die Natur kennt weder Linie noch Farbe. Der Mensch schafft die Linie und die Farbe. Zwei Abstraktionen, die ihren ebenbürtigen Adel demselben Ursprung verdanken.

Ein geborener Zeichner (ich stelle ihn mir als Kind vor) beobachtet in der unbewegten oder beweglichen Natur gewisse Schlangenlinien, die ihm ein gewisses Vergnügen bereiten und die auf dem Papier festzuhalten ihm Freude macht, wobei er in der Linienführung ihre Krümmungen nach Laune vermindert oder übertreibt; so lernt er es, der Zeichnung Schwung, Eleganz, Kräftigkeit zu verleihen. Nehmen wir nun ein Kind, dem es bestimmt ist, den Teil der Kunst zu vervollkommnen, den man Kolorit nennt: aus dem Zusammenprall oder der glücklichen Übereinstimmung zweier Farbtöne und aus der Lust, die es dabei empfindet, wird es die unendliche Wissenschaft der abgestuften Farbverbindungen entwickeln. In beiden Fällen bot die Natur nur den Anreiz.

Die Linie und die Farbe, beide sind ein Anlaß zu denken und zu träumen; das Vergnügen, das wir ihnen verdanken, ist jedesmal von verschiedener Art, doch völlig gleichwertig und gänzlich unabhängig von dem Sujet des Bildes.

Ein Gemälde Delacroix', das man aus allzu großer Entfernung erblickt, um den Reiz der Umrisse abschätzen oder die mehr oder minder dramatische Qualität des Sujets beurteilen zu können, durchdringt uns bereits mit einer übernatürlichen Wollust. Eine magische Atmosphäre scheint sich auf uns zubewegt zu haben und uns nun zu umhüllen. Düster, und dennoch köstlich, leuchtend, doch ruhevoll, beweist dieser Eindruck, der sich unserem Gedächtnis für immer einprägt, daß wir es mit dem wahren, dem vollkommenen Koloristen zu tun haben. Und die Untersuchung des Sujets, wenn man nähertritt, vermindert dieses ursprüngliche Vergnügen

nicht, noch fügt sie ihm etwas hinzu, weil dessen Ursprung anderswo liegt und mit gedanklicher Schärfe nichts zu tun hat.
Ich kann das Beispiel auch umkehren. Eine gut gezeichnete Gestalt erfüllt uns mit einem Vergnügen, das mit der Person des Dargestellten nichts zu schaffen hat. Lustvoll oder schrecklich, verdankt diese Gestalt ihren Zauber nur der Arabeske, die sie aus dem Raum herausschneidet. Die Glieder eines Märtyrers, den man schindet, der Leib einer wollüstig hingegossenen Nymphe verursachen, wenn sie kunstvoll gezeichnet sind, ein Vergnügen, an dem das Sujet keinen Teil hat; sollte es sich bei Ihnen anders verhalten, so sähe ich mich zu der Annahme genötigt, Sie wären ein Henker oder ein Lüstling.
Aber ach! wozu, wozu dient es, diese unnützen Wahrheiten unablässig zu wiederholen?«
Vielleicht aber, Monsieur, schätzen Ihre Leser diese Rhetorik sehr viel weniger als die Einzelheiten über die Person und die Sitten unseres so schmerzlich vermißten großen Künstlers, die ihnen zu liefern ich selber schon ungeduldig bin.

IV

Vor allem in den Schriften Eugène Delacroix' tritt jene Doppelnatur zutage, von der schon die Rede war. Viele Leute, Sie wissen es, Monsieur, haben ihr Erstaunen darüber geäußert, daß er seine Ansichten so weise abgewogen und in einem so maßvollen Stil mitgeteilt hat; was die einen bedauern, die anderen billigen. *Les Variations du beau,* die Studien über *Poussin, Prud'hon, Charlet* und die übrigen Stücke, die er, sei es in *L'Artiste,* dessen Inhaber damals Monsieur Ricourt war, sei es in der *Revue des Deux Mondes,* veröffentlicht hat, liefern insgesamt eine Bestätigung jenes Doppelcharakters der großen Künstler, der sie als Kritiker treibt, diejenigen Eigenschaften mit größerer Lust zu loben und zu untersuchen, deren sie als Schöpfer im höchsten Maße bedürftig sind und die zu jenen, die sie im Überfluß besitzen, im Gegensatz stehen. Hätte Eugène Delacroix das gelobt und gepriesen, was wir vor allem an ihm bewundern, die Heftigkeit, das Jähe in der

Gebärde, das Ungestüm der Komposition, die Magie der Farbe, wir hätten wahrhaftig allen Grund, uns zu wundern. Warum das suchen, was man in fast überflüssiger Menge besitzt, und wie nicht das rühmen, was uns seltener und schwerer zu erlangen vorkommt? Wir werden, Monsieur, das gleiche bei den genialen Schöpfern, Malern oder Schriftstellern, jedesmal sich ereignen sehen, wenn sie sich der Kritik zuwenden. Zur Zeit, als die beiden Schulen, die klassische und die romantische, einander heftig befehdeten, konnten einfache Gemüter sich vor Verwunderung gar nicht fassen, wenn sie Eugène Delacroix unaufhörlich Racine, La Fontaine und Boileau rühmen hörten. Ich kenne einen von inneren Stürmen durchbebten Dichter, den ein Vers Malherbes mit seiner melodischen Symmetrie und abgezirkelten Genauigkeit in lange Verzückungen versetzt.

Die literarischen Bruchstücke des großen Malers mögen uns übrigens noch so abgewogen, so besonnen und säuberlich im Ausdruck wie in der Absicht erscheinen, es wäre doch töricht zu glauben, sie seien leicht und mit der Sicherheit seiner Pinselführung niedergeschrieben worden. So sicher er sich fühlte, wenn er das, was er dachte, auf eine Leinwand *schrieb,* so sehr fürchtete er, es möchte ihm nicht gelingen, seinen Gedanken auf dem Papier zu *malen.* »Die Feder«, pflegte er oft zu sagen, »ist nicht mein *Werkzeug;* ich fühle, daß ich das Rechte denke, aber die Forderung nach Ordnung, der zu gehorchen ich gezwungen bin, erschreckt mich. Würden Sie es glauben, daß die Nötigung, eine Seite zu schreiben, mir Kopfschmerzen verursacht?« Diese Verlegenheit, die einem Mangel an Gewohnheit entsprang, erklärt wohl auch gewisse, ein wenig abgenutzte, ja *abgedroschene* Wendungen, *im Empirestil,* die dieser von Natur so distingierten Feder allzuoft entschlüpfen.

Was Delacroix' Stil am offenkundigsten kennzeichnet, ist die Knappheit und eine Art unaufdringlicher Intensität, das gewöhnliche Ergebnis der Konzentration aller geistigen Kräfte auf einen gegebenen Punkt. *»The hero is he who is immovably centred«,* sagt jenseits des Meeres der Moralist Emerson, der, obwohl er als das Haupt der langweiligen Schule der Bostonians gilt, doch eine gewisse Schärfe des gedanklichen Ausdrucks in der Art des Seneca besitzt, die zum Nachdenken reizt. *»Der Held ist unverrückbar in* *sich gesammelt.«* – Diese Maxime, die das Haupt des amerikanischen *Transzendentalismus* für die Lebensführung und den Bereich der menschlichen Geschäfte aufstellt, ist im Bereich der Dichtung und der Kunst nicht minder anwendbar. Man könnte ebensogut sagen: »Der literarische Held, das heißt der wahre Schriftsteller, ist unverrückbar in sich gesammelt.« Es wird Sie deshalb nicht überraschen, Monsieur, daß Delacroix eine ausgesprochene Vorliebe für die knappen und gesammelten Schriftsteller besaß, diejenigen, deren schmucklose Prosa die raschen Bewegungen des Gedankens wiederzugeben scheint, und deren Satz einer Gebärde gleicht; Montesquieu zum Beispiel. Ich kann Ihnen ein bemerkenswertes Beispiel dieser fruchtbaren und poetischen Kürze liefern. Sie werden gewiß wie ich dieser Tage in *La Presse* von Paul de Saint-Victor eine vortreffliche Studie über die Decke der Galerie d'Apollon gelesen haben. Die verschiedenen Auffassungen von der Sintflut, die Art und Weise, wie die Sintflutsagen auszulegen sind, die moralische Bedeutung der Episoden und Vorgänge, die insgesamt dieses wunderbare Bild vereinigt, nichts ist vergessen; und das Bild selbst wird eingehend in jenem anmutigen, ebenso geistreichen wie farbigen Stil beschrieben, von dem der Verfasser uns schon so manches Beispiel geliefert hat. Dennoch bleibt einem von dem allen nur etwas gespenstisch Verschwommenes im Gedächtnis, etwas wie der ungewisse Schimmer einer Verbreiterung. Und nun vergleiche man diese ausführliche Erörterung mit den folgenden wenigen Zeilen, die mir soviel kraftvoller vorkommen, und sehr viel geeigneter, *à faire tableau,* selbst gesetzt den Fall, ein solches Bild, wie sie es schildern, wäre gar nicht vorhanden. Ich kopiere hier nur das Programm, das Delacroix unter seinen Freunden verteilte, als er sie einlud, das fragliche Werk zu besichtigen:

Apoll als Sieger über die Pythonschlange

»Der Gott, auf seinem Wagen stehend, hat bereits einen Teil seiner Pfeile verschossen; seine Schwester Diana, hinter ihm heranfliegend, bietet ihm ihren Köcher dar. Schon von den Pfeilen des Gottes der Wärme und des Lichtes durchbohrt, windet das blutüberströmte Untier sich und verhaucht in einem flammenglühenden Rauch die Reste seines Lebens und seiner ohnmächtigen Wut. Die Gewässer der Sintflut beginnen zu versiegen, auf den Gipfeln der Berge lagern sie die Leichen der Menschen und Tiere ab, oder sie tragen sie mit sich davon. Der Anblick der Erde, die nun mißgestalteten Ungeheuern, unreinen Ausgeburten des Schlammes, ausgeliefert ist, empört die Götter. Wie Apoll haben sie sich bewaffnet: Minerva, Merkur eilen herbei, sie auszurotten, in Erwartung der Ewigen Weisheit, daß sie den öden Erdkreis aufs neue bevölkere; Herkules zerschmettert sie mit seiner Keule; Vulkan, der Gott des Feuers, verscheucht vor sich die Nacht und die unreinen Dünste, während Boreas und die Zephire mit ihrem Wehen die Wasser auftrocknen und die Wolken endgültig zerstreuen. Die Nymphen der Ströme und Flüsse haben ihr Schilfbett wiedergefunden und ihre noch vom Schlamm und allerlei Überresten verschmutzten Gefäße. Die ängstlicheren Gottheiten betrachten von ferne diesen Kampf der Götter mit den Elementen. Von den Himmelshöhen indessen steigt schon die Victoria herab, den siegreichen Apoll zu kränzen, und Iris, die Götterbotin, entfaltet ihre Schärpe in den Lüften, zum Zeichen, daß das Licht den Sieg davongetragen hat über die Finsternisse und den Aufruhr der Gewässer.«

Ich weiß wohl, daß der Leser hier aufgefordert ist, vieles zu erraten, mit dem Verfasser dieser Beschreibung sozusagen zusammenzuarbeiten; aber glauben Sie wirklich, Monsieur, daß die Bewunderung für den Maler mich in diesem Fall zu einem Visionär macht, und daß ich mich gänzlich irre, wenn ich hier die Spur der aristokratischen Gewohnheiten zu entdecken glaube, wie man sie durch die Lektüre guter Bücher erwirbt, und jener Redlichkeit des Denkens, welche gewisse Weltleute, Militärs, Abenteurer oder nur einfache Hofleute in den Stand gesetzt hat, bisweilen auf Teufel komm heraus sehr schöne Bücher zu schreiben, denen wir Leute vom Handwerk unsere Bewunderung nicht versagen können?

V

Eugène Delacroix war eine seltsame Mischung von Skeptizismus, Höflichkeit, Dandysmus, glühender Willenskraft, List, Despotismus, und schließlich einer besonderen Art von Güte und zurückhaltender Zärtlichkeit, die dem Genie allenthalben beigesellt sind. Sein Vater gehörte zu jener Rasse starker Männer, deren letzte Vertreter wir in unserer Kindheit gesehen haben; die einen glühende Anhänger Jean-Jacques Rousseaus, die anderen entschiedene Schüler Voltaires, die alle gemeinsam, mit der gleichen Entschlossenheit, auf die Französische Revolution hingearbeitet haben, und von denen die Überlebenden, Jakobiner oder Cordeliers, sich reinen und guten Glaubens (dies festzuhalten ist wichtig) den Bestrebungen Napoleons angeschlossen haben.

Eugène Delacroix hat zeitlebens die Spuren dieser revolutionären Herkunft behalten. Wie von Stendhal kann man auch von ihm sagen, daß es ihm äußerst zuwider war, zum Narren gehalten zu werden. Skeptiker und Aristokrat, kannte er die Leidenschaft und das Übernatürliche nur aus dem ihm auferlegten Umgang mit dem Traum. Voll Haß auf die Menge, sah er in ihr kaum etwas anderes als Bilderstürmer, und die 1848 an einigen seiner Werke verübten Gewalttätigkeiten waren nicht danach angetan, ihn zu der politischen Gefühlsduselei unserer Zeiten zu bekehren. Er hatte sogar, in Stil, Betragen und Meinungen, etwas von Victor Jacquemont an sich. Ich weiß, dieser Vergleich kommt einer Beleidigung nahe; man möge ihn deshalb nur mit aller gehörigen Einschränkung gelten lassen. In Jacquemont findet man etwas von der Revolte des bürgerlichen Schöngeists und eine Spottsucht, die gleicherweise geneigt ist, die Diener Brahmas wie die Jesu Christi zu mystifizieren. Durch den dem Genie stets innewohnenden Geschmack gewarnt, konnte Delacroix niemals auf dergleichen Schändlichkeiten verfallen. Mein Vergleich gilt deshalb nur dem Geist der Vorsicht und Nüchternheit, der beide kennzeichnet. Auch wirkten die Erbmerkmale, die das 18. Jahrhundert in seiner Natur hinterlassen hatte, als seien sie vor allem jener Klasse zu verdanken, die den Utopisten ebenso fern stand wie den wutschnaubenden Zerstörern, der Klasse der höflichen Skeptiker, der Sieger und Überlebenden, die im allgemeinen mehr von Voltaire herkamen als von Jean-Jacques. Auf den ersten Blick erschien Delacroix deshalb einfach als ein Mann der *Aufklärung,* im ehrenwerten Verstand dieses Wortes, als ein vollendeter *gentleman* ohne Vorurteile und ohne Leidenschaften. Erst ein häufigerer Umgang erlaubte einem, unter diesen Firnis zu dringen und die dunklen Bereiche seiner Seele zu ahnen. Hinsichtlich seiner äußeren Erscheinung und seines Betragens drängt der sehr viel berechtigtere Vergleich mit Monsieur Mérimée sich auf. Bei beiden begegnete man der gleichen leicht affektierten äußerlichen Kälte, die ein scheues Gemütsleben bedeckte, und einer glühenden Leidenschaft für das Gute und Schöne; unter dem gleichen verstellten Anschein des Egoismus der gleichen Ergebenheit für seine heimlichen Freunde und seine Lieblingsideen.

Es gab da in Delacroix viel von einem *Wilden;* das war der kostbarste Teil seiner Seele, der ganz der Malerei seiner Träume und dem Dienst an seiner Kunst gewidmete Teil. Auch von dem Weltmann war viel an ihm; dieser Teil war bestimmt, den ersten zu verhüllen und Vergebung für ihn zu erwirken.

Er war, glaube ich, zeitlebens immer sehr besorgt, es die andern nicht merken zu lassen, wenn sein Herz sich empörte, und nicht als ein Genie zu erscheinen. Sehr berechtigter und unvermeidlicher Weise herrscherlich ausgestattet, verstand er sich auf tausenderlei Liebenswürdigkeiten, die dies nicht zum Vorschein kommen ließen. Als hätte man den Krater eines Vulkans kunstvoll unter lauter Blumensträußen versteckt.

Ein anderer Zug, durch den er Stendhal glich, war seine Vorliebe für einfache Formeln, kurze Maximen, eine gute Lebensführung. Wie alle Menschen, die auf Methode um so mehr erpicht sind, je weniger ihr glühendes und empfindsames Temperament sie dort hinzuziehen scheint, liebte Delacroix es, solche kleinen Katechismen der praktischen Moral aufzustellen, welche die Leichtsinnigen und Nichtstuer, denen jede ernste Beschäftigung fremd ist, schnöderweise für Binsenwahrheiten halten, die das Genie jedoch nicht verachtet, seiner Verwandtschaft mit der Einfalt wegen; gesunde, kräftige, einfache und strenge Maximen, die dem als Panzer und Schild dienen, den das Verhängnis seines Genies in eine unaufhörliche Schlacht wirft.

Bedarf es hiernach noch der Erwähnung, daß die gleiche Gesinnung einer verachtenden festen Weisheit auch Delacroix' Ansichten auf dem Felde der Politik bestimmte? Er glaubte, daß nichts sich ändert, obwohl alles sich zu ändern scheint, und daß gewisse Krisenzeiten in der Geschichte der Völker unweigerlich verwandte Erscheinungen wiederbringen. Kurzum, seine Denkart in dergleichen Dingen kam, vor allem hinsichtlich ihrer kalten, jeden Trost verweigernden Resignation, der Gesinnung eines Historikers sehr nahe, dem ich meinesteils eine Ausnahmestellung einräume, und den Sie selber, Monsieur, der Sie mit diesen Thesen so vertraut sind und der Sie das Talent zu schätzen wissen, selbst wenn es Ihnen widerspricht, mehr als einmal zu bewundern genötigt sind. Ich meine Monsieur Ferrari, den scharfsinnigen und gelehrten Verfasser der »Geschichte der Staatsvernunft«. Wer in Monsieur Delacroix' Gegenwart gesprächsweise sich der kindischen Schwärmerei des Utopisten überließ, bekam daher sehr bald die Wirkung seines bitteren Lachens zu spüren, das von einem sarkastischen Mitleid durchtränkt war, und wenn einer, unbesonnenerweise, vor ihm die große Chimäre der Jetztzeit, den monströsen Ballon der unaufhörlichen Vervollkommnung und des unaufhaltsamen Fortschritts, steigen ließ, so stellte er gerne die Frage: »Und wo sind eure Phidiasse? wo eure Raffaels?«

Man soll jedoch nicht glauben, dieser strenge gesunde Menschenverstand habe Monsieur Delacroix etwas von seiner Anmut geraubt. Dieser herzhafte Unglaube und diese Weigerung, sich zum Narren halten zu lassen, würzten, wie ein Byron'sches Salz, seine so poetische und so farbige Unterhaltung. Ebenso entnahm er sich selbst, sehr viel mehr als er sie seinem langen Umgang mit Leuten von Welt entlehnte, – sich selbst, das heißt seinem Genie und dem Bewußtsein seiner Genialität, eine Sicherheit, eine wunderbare Selbstverständlichkeit des Betragens, im Verein mit einer Höflichkeit, die, wie ein Prisma, alle Nuancen zuließ, von der herzlichsten Gutmütigkeit bis zur untadeligen Impertinenz. Er verfügte wohl über zwanzig verschiedene Arten, *»mon cher Monsieur«* zu sagen, die für ein geübtes Ohr eine wunderliche Skala der Gefühle erkennen ließen. Denn schließlich, das muß wohl heraus, weil es mir ein neues Motiv des Lobes bietet, obwohl Eugène Delacroix ein genialer Mensch war, oder weil er ein vollständiges Genie war, hatte er sehr viel vom Dandy an sich. Seinem eigenen Geständnis nach hatte er sich in seiner Jugend mit Vergnügen den materiellen Eitelkeiten des Dandysmus überlassen, und lachend, doch nicht ohne ein gewisses Wohlgefallen, erzählte er, daß er, zusammen mit seinem Freund Bonington, nachdrücklich darauf hingearbeitet habe, unter der eleganten Jugend den englischen Geschmack in Schuhwerk und Kleidung durchzusetzen. Dieses Detail, meine ich, dürfte nicht gleichgültig sein; denn keine Einzelheit, deren man sich erinnert, ist belanglos, sobald es darum geht, das Naturell gewisser Menschen zu schildern.

Wie gesagt, was bei einem aufmerksamen Beobachter an Monsieur Delacroix den stärksten Eindruck hinterließ, war, trotz des dämpfenden Schleiers seiner äußerst gepflegten Umgangsformen, der natürliche Teil seiner Seele. Alles an ihm war Energie, eine Energie jedoch, die den Nerven und dem Willen entsprang; denn dem Körperbau nach war er schmächtig und zart. Ein Tiger, der auf seine Beute lauert, hat nicht so glühende Augen, und seine Muskeln beben nicht von solcher Ungeduld, wie dies bei unserm großen Maler sichtlich der Fall war, wenn seine ganze Seele einer Idee zuschnellte oder sich eines Traumes bemächtigen wollte. Selbst die physische Beschaffenheit seiner Physiognomie, seine Hautfarbe wie die eines Peruaners oder Malaien, seine großen, schwarzen Augen, die nur deshalb klein wirkten, weil die Aufmerksamkeit die Lider zusammenzog, und die das Licht gleichsam verkosteten, sein dichtes, glänzendes Haar, seine eigensinnige Stirn, seine gepreßten Lippen, denen eine unaufhörliche Willensanspannung einen Ausdruck von Grausamkeit verlieh, kurz, seine ganze Person ließ eine exotische Herkunft vermuten. Mehr als einmal, wenn ich ihn ansah, mußte ich an die Herrscher des ehemaligen Mexiko denken, an jenen Moctezuma, dessen zu Opfern geschickte Hand dem Sonnengott hoch auf der Pyramide seines Altars an einem einzigen Tag dreitausend Menschengeschöpfe hinschlachtete, oder etwa an einen jener indischen Fürsten, in deren Augen, bei aller Pracht der strahlendsten Feste, ein ungestilltes Verlangen und eine unerklärliche Sehnsucht schwelen, eine Art Erinnerung an unbekannte Dinge, die ihre Seele mit Heimweh erfüllt. Man wird leicht feststellen, daß auf Delacroix' Bildern der ihnen eigentümliche allgemeine Grundton etwas von der Farbe orientalischer Landschaften und Interieurs hat, und daß er einen ähnlichen Eindruck erweckt, wie man ihn in den Ländern zwischen den Wendekreisen empfindet, wo eine ungeheure Zerstreuung des Lichtes für ein empfindliches Auge, trotz der Heftigkeit der Lokalfarben, fast die Wirkung einer allgemeinen Dämmerung hervorruft. Die Moralität seiner Werke, falls es überhaupt erlaubt ist, in der Malerei von Moral zu sprechen, trägt offenkundig einen molochistischen Zug. Alles in seinem Werk ist nichts als Verwüstung, Gemetzel, Feuersbrünste; alles gibt Zeugnis von der ewigen und unverbesserlichen Barbarei des Menschen. Die Städte in Rauch und Flammen, die niedergemachten Opfer, die vergewaltigten Frauen, ja selbst noch die Kinder unter den Pferdehufen oder unter dem Dolch ihrer rasenden Mütter; dieses ganze Werk, sage ich, gleicht einem furchtbaren Hymnus zu Ehren des unentrinnbaren Schicksals und des unheilbaren Schmerzes. Mitunter zwar, denn es fehlte ihm gewiß nicht an Zärtlichkeit, hat er seinen Pinsel dem Ausdruck zarter und wollüstiger Empfindungen geweiht; aber auch dort war die durch nichts zu vertreibende Bitterkeit reichlich ergossen, und Sorglosigkeit und Freude (die gewöhnlichen Begleiter der einfältigen Lust) fehlten. Einmal nur, glaube ich, hat er sich in das Gebiet des Komischen und Närrischen gewagt, doch als hätte er gewittert, daß dieses seiner Natur nicht erreichbar oder ihrer unwürdig war, hat er von weiteren Versuchen Abstand genommen.

VI

Ich kenne mehr als einen, der das Recht hat zu sagen: *»Odi profanum vulgus«;* wer aber darf siegessicher hinzufügen: *»et arceo«?* Das allzu häufige Händeschütteln erniedrigt den Charakter. Wenn je ein Mann eine durch Gitter und Schlösser gutgeschützte *tour d'ivoire* besaß, so war es Eugène Delacroix. Und wer hat seinen *Elfenbeinturm,* das heißt sein Geheimnis, mehr geliebt? Er hätte ihn, glaube ich, gerne mit Kanonen bestückt und in einen Wald oder auf einen unzugänglichen Fels versetzt. Wer hat das *home,* als Heiligtum und Schlupfhöhle, mehr geliebt? Wie andere die Verborgenheit der Ausschweifung zuliebe suchen, so sucht er die Verborgenheit um der Inspiration willen, und dort überlieferte er sich ihr in wahren Besäufnissen an Arbeit. »*The one prudence in life is concentration; the one evil is dissipation*«, sagt der amerikanische Philosoph, den wir bereits zitiert haben.

Delacroix hätte diese Maxime schreiben können; jedenfalls hat er sie streng praktiziert. Er war zu sehr *Weltmann,* um die Welt nicht zu verachten; und die Anstrengungen, die er unternahm, um nicht allzu sichtbar *er selbst* zu sein, veranlaßten ihn natürlicherweise, unsere Gesellschaft vorzuziehen. *Unsere* meint hier nicht nur den bescheidenen Verfasser dieser Zeilen, sondern auch einige andere, Junge oder Alte, Journalisten, Dichter, Musiker, in deren Gegenwart er sich frei entspannen und gehenlassen konnte.

In seiner köstlichen Studie über Chopin nennt Liszt Delacroix als einen der eifrigsten Besucher des Dichter-Musikers und berichtet dort, daß er in tiefes Träumen zu versinken liebte bei den Klängen dieser leichten und leidenschaftlichen Musik, die einem schimmernden Vogel gleicht, der über den gräßlichen Tiefen eines Abgrunds gaukelt.

So durften wir, dank der Aufrichtigkeit unserer Bewunderung, als sehr junger Mensch schon dieses so wohlverwahrte Atelier betreten, wo, trotz unseres harten Klimas, eine äquatoriale Wärme herrschte, und wo das erste, was ins Auge fiel, eine nüchterne Feierlichkeit war und der strenge Ernst der alten Schule. So sahen in unserer Kindheit die Ateliers der ehemaligen Rivalen Davids aus, dieser ergreifenden Heroen, die seit langem verschwunden sind. Man fühlte, daß in dieser Zurückgezogenheit nur ein Geist wohnen konnte, dem jede Leichtfertigkeit fremd war und der niemals dem Kitzel unzähliger wechselnder Launen erlag.

Dort sah man keine rostigen Rüstungen, keinen malaiischen Kris, keine gotischen Alteisenwaren, keine kostbar gefaßten Juwelen, keinen Trödel, keinen Plunder, nichts von dem, was bei seinem Eigentümer das Gefallen am Zeitvertreib und das rhapsodische Umherschweifen einer kindlichen Verträumtheit verrät. Ein wunderbares Porträt von Jordaens, das er wer weiß wo aufgespürt hatte, einige Studien und einige Kopien, die der Meister selber

angefertigt hatte, genügten zur Ausschmückung dieses geräumigen Ateliers, dessen gesammelte Stimmung von einem gedämpften, einem besänftigten Licht erhellt war.
Man wird diese Kopien wahrscheinlich bei dem Verkauf der Zeichnungen und Gemälde Delacroix' sehen, dessen Termin, wie man mir gesagt hat, für den nächsten Januar festgelegt ist. Er hatte zwei sehr verschiedene Arten, ein Bild zu kopieren. Eine, frei und großzügig, halb Treue halb Verrat, bei der er viel von sich selbst hineinlegte. Diesem Verfahren entsprang eine reizvolle Mischung und Kreuzung, die den Geist in eine angenehme Unentschiedenheit versetzte. Diesen paradoxen Anblick bot mir eine große Kopie der *Wunder des heiligen Benedikt* von Rubens. Bei der anderen Art von Kopien betrug Delacroix sich als der gehorsamste und ergebenste Sklave seines Vorbilds, und er erreichte eine Genauigkeit in der Nachahmung, welche diejenigen bezweifeln mögen, die diese Wunderwerke nicht gesehen haben. Zu dieser Gattung gehören die Kopien nach zwei Köpfen Raffaels im Louvre; hier hat der Kopist den Ausdruck, Stil und Manier so getreulich wiedergegeben, daß man abwechselnd die Originale für die Übersetzungen, und umgekehrt, halten könnte.
Nachdem er ein Frühstück, leichter als das eines Arabers, eingenommen und seine Palette bis ins kleinste mit der Sorgfalt einer Blumenbinderin oder eines Schaufensterdekorateurs in einem Stoffladen komponiert hatte, suchte Delacroix sich der Vorstellung des unterbrochenen Werkes wieder zu nähern; bevor er sich jedoch in seine stürmische Arbeit warf, überkamen ihn oft jene Anfälle von Mattigkeit, jene Ängste, jene Anwandlungen von nervöser Schwäche, die einen an die Pythia gemahnen, wenn sie der Überwältigung durch den Gott sich zu erwehren sucht, oder an Jean-Jacques Rousseau, wie er eine Stunde lang herumtrödelt, in Papieren wühlt, Bücher auf- und zuschlägt, bevor er die Feder zum Schreiben ansetzt. War der Künstler aber erst einmal dem Bann des Werkes erlegen, so gab es kein Innehalten, ehe nicht die physische Erschöpfung ihn dazu nötigte.
Eines Tages, als wir auf das für Künstler und Schriftsteller stets so fesselnde Thema der Arbeitshygiene und der Lebensführung zu sprechen kamen, sagte Delacroix zu mir:

»Früher, in meiner Jugend, konnte ich mich nur an die Arbeit machen, wenn für den Abend ein Vergnügen in Aussicht stand, eine musikalische Veranstaltung, ein Ball oder sonst eine Unterhaltung. Heute aber bin ich nicht mehr wie die Schüler, ich kann arbeiten ohne Unterbrechung und ohne jede Hoffnung auf Lohn. Im übrigen«, fuhr er fort, »wenn Sie wüßten, wie eine beharrliche Arbeit einen hinsichtlich der Vergnügungen nachsichtig und wenig anspruchsvoll stimmt! Der Mann, der sein Tagwerk geleistet hat, wird geneigt sein, den Dienstmann von der Gasse geistreich genug zu finden und mit ihm Karten zu spielen.«

Bei diesem Ausspruch mußte ich an Machiavell denken, der mit den Bauern Würfel spielte. Und eines Tages, es war ein Sonntag, erblickte ich Delacroix im Louvre, in Begleitung seiner alten Dienerin, derselben, die ihn dreißig Jahre hindurch so hingebungsvoll gepflegt und bedient hat, und er, der Elegante, der Raffinierte, der Vielbelesene und -bewanderte, verschmähte es nicht, dieser vortrefflichen Frau, die ihm übrigens mit vertrauensvoller Beflissenheit lauschte, die Geheimnisse der assyrischen Bildwerke zu erklären. Sogleich kam mir die Erinnerung an Machiavell und an unsere Unterredung wieder in den Sinn.

In Wahrheit war, während seiner letzten Lebensjahre, alles, was Vergnügen heißt, daraus verschwunden; ein einziges, herb, fordernd und schrecklich, hatte ihrer aller Stelle eingenommen: die Arbeit, die nun sehr viel mehr als nur eine Leidenschaft war, die eher den Namen der Besessenheit verdient hätte.

Nachdem Delacroix die Tagesstunden der Malerei gewidmet hatte, sei es in seinem Atelier, sei es auf den Gerüsten, wohin ihn seine großen dekorativen Arbeiten riefen, fand er noch Kräfte in seiner Liebe zur Kunst, und er hätte seinen Tag schlecht ausgefüllt gefunden, wenn er die Abendstunden am Feuer, beim Schein der Lampe, nicht dazu benutzt hätte, zu zeichnen, das Papier mit Träumen, mit Plänen zu bedecken, mit Gestalten, die der Zufall ihm in den Weg geführt hatte, manchmal auch dazu, die Zeichnungen anderer Künstler zu kopieren, deren Temperament von dem seinigen am weitesten entfernt war; etwas rasch hinzuwerfen und dadurch festzuhalten, war seine Leidenschaft; jeder Ort, jede Gelegenheit war ihm recht dazu. Eine ziemlich lange Zeit hindurch hatte er die Gewohnheit angenommen, bei den Freunden zu zeichnen, in deren Gesellschaft er seine Abende verbrachte. Daher besitzt Monsieur Villot heute eine stattliche Anzahl vorzüglicher Zeichnungen aus dieser fruchtbaren Feder.

Er sagte einmal zu einem jungen Mann meiner Bekanntschaft: »Wenn Sie nicht geschickt genug sind, von einem Menschen, der sich aus dem Fenster stürzt, eine Skizze anzufertigen in der Zeit, die er benötigt, um vom vierten Stock aufs Plaster zu fallen, so werden Ihnen die großen Maschinen niemals gelingen.« In dieser ungeheuren Hyperbel liegt für mich beschlossen, was ihn sein ganzes Leben vornehmlich beschäftigte: wie man weiß, war er immer darauf bedacht, in der Ausführung rasch und sicher genug zu arbeiten, daß von der Intensität des Vorgangs oder der Idee sich nichts verflüchtigte.

Delacroix war, wie viele beobachten konnten, ein Mann des Gesprächs. Mit einiger Belustigung jedoch bemerkte man, daß er das Gespräch wie eine Ausschweifung, wie eine Vergeudung fürchtete, bei der er Gefahr lief, seine Kräfte zu verlieren. Kaum war man bei ihm eingetreten, sagte er als erstes:

»Heute morgen werden wir nicht miteinander schwätzen, nicht wahr? oder nur sehr wenig, sehr wenig.«

Und dann plauderte er drei Stunden lang. Seine Unterhaltung war funkelnd, geistreich, doch voller Fakten, Erinnerungen und Anekdoten; kurz, ein nahrhaftes Wort.

Wenn er zum Widerspruch gereizt wurde, zog er sich für den Augenblick zurück, und statt sich seinem Gegner frontal entgegenzuwerfen, wobei man doch immer Gefahr läuft, in die Scharmützel des Salons mit der Grobheit eines Volksredners dreinzufahren, spielte er eine Zeitlang mit seinem Gegner, um dann mit unvorhergesehenen Argumenten oder Fakten erneut zum Angriff überzugehen. Das war wohl die Unterhaltung eines streitbaren Mannes, der jedoch zugleich ein Sklave der Höflichkeit war, einer durchtriebenen, vorsätzlich nachgiebigen Höflichkeit, bald zurückweichend, bald unvermutet vorpreschend.

In der Intimität des Ateliers ließ er sich gerne dazu herbei, sich über seine Zeitgenossen unter den Malern zu äußern, und oft genug haben wir bei solchen Gelegenheiten die Nachsicht des

Genies bewundert, die vielleicht einer besonderen Art von Unbefangenheit oder Genußfreudigkeit entspringt.
Er hatte erstaunliche Schwächen für Decamps, der heute sehr an Wertschätzung eingebüßt hat, der aber in seinem Geist vermutlich noch durch die Macht der Erinnerung herrschte. Ebenso für Charlet. Einmal hat er mich eigens zu dem Zweck zu sich kommen lassen, um mich heftig *auszuschelten* anläßlich eines respektlosen Artikels, in dem ich mich an diesem verzogenen Kind des Chauvinismus vergangen hatte. Vergeblich versuchte ich ihm zu erklären, daß mein Tadel nicht dem Charlet der frühen Werke, sondern dem seiner Verfallszeit galt; nicht dem edlen Historienmaler der alten Kämpfer, sondern dem Schöngeist der Kneipen. Doch habe ich niemals Vergebung erlangen können.
Er bewunderte Ingres in gewissen Teilen seines Werkes, und es erforderte gewiß ein hohes kritisches Vermögen, um aus Vernunftgründen das zu bewundern, was seinem Temperament zuwider sein mußte. Er hat sogar sehr sorgfältige Kopien von Photographien angefertigt, die nach einigen jener sehr genauen Porträts mit der Bleimine gemacht worden waren, wo sich Ingres' hartes und eindringliches Talent am besten würdigen läßt, wie es sich, je mehr eingeengt, mit desto größerer Wendigkeit entfaltet.
Horace Vernets abscheuliche Farbe hinderte ihn nicht, das kraftvoll Persönliche zu empfinden, das die meisten seiner Bilder beseelt, und er fand erstaunliche Ausdrücke zum Lobe dieses unermüdlichen Glühens und Sprühens. Seine Bewunderung für Meissonier ging ein wenig zu weit. Er hatte sich, fast mit Gewalt, der Zeichnungen bemächtigt, die Meissonier als Studien zu der Komposition seines besten Bildes, *La Barricade,* gedient hatten; wo dieser sich auf die Wiedergabe mit dem Bleistift beschränkt, kommt seine Begabung übrigens sehr viel energischer zum Ausdruck als in seinen Gemälden. Von Meissonier sagte er oft, wie mit einem besorgten Blick in die Zukunft: »Schließlich hat er von uns allen doch die größten Aussichten zu überdauern!« Seltsam zu sehen, wie der Schöpfer so großer Dinge den fast beneidet, der sich nur in den kleinen auszeichnet!
Der Einzige, dessen Name danach angetan war, diesem aristokratischen Mund einige Schimpfworte zu entlocken, war Paul Delaro-

che. In den Werken dieses Malers fand er vermutlich nichts, das ihnen zur Entschuldigung hätte dienen können, und unauslöschlich bewahrte er die Erinnerung an die Qualen, die diese schmutzige und bittere Malerei ihm verursacht hatte, *mit Tinte und Schuhwichse gemalt,* wie Théophile Gautier, glaube ich, einmal in einem Anfall von Unabhängigkeit gesagt hat.
Derjenige jedoch, dem er sich am liebsten zuwandte, um sich in weitläufigen Gesprächen zu ergehen, war der Mann, der ihm sowohl der Begabung nach wie in seinen Ideen am wenigsten glich, sein wahrer Antipode, ein Mann, dem man noch nicht die ganze ihm geschuldete Gerechtigkeit hat widerfahren lassen, und dessen Gehirn, obwohl von Dünsten befangen wie der rauchgeschwärzte Himmel seiner Geburtsstadt, eine Menge bewundernswerter Dinge enthält. Kein anderer als Paul Chenavard.
Delacroix lächelte über die abstrusen Theorien des malenden Lyoneser Philosophen, und in den Augen des zur Abstraktion neigenden Pädagogen war die Lust an der reinen Malerei ein leichtfertiges, wenn nicht gar sträfliches Vergnügen. Doch bei aller Entfernung voneinander, und eben auf Grund dieser Entfernung, liebten sie es, zusammenzukommen, und wie zwei durch Enterhaken verbundene Schiffe kamen sie nicht mehr voneinander los. Beide waren übrigens sehr gebildet und, mit einem bemerkenswerten Sinn für Geselligkeit begabt, trafen sie sich auf dem gemeinsamen Felde der Gelehrsamkeit. Man weiß, das ist gemeinhin nicht die Eigenschaft, durch welche die Künstler glänzen.
Chenavard war demnach für Delacroix eine seltene Schatzgrube. Welch ein Vergnügen, sie in einem unschuldigen Streit miteinander agieren zu sehen! Des einen Rede kam wuchtig daher wie ein Elephant in voller Kriegsrüstung, die des anderen bebte wie ein Florett von gleicher Schlankheit und Biegsamkeit. In seinen letzten Lebensstunden bekundete unser großer Maler das Verlangen, seinem Freund und Widersprecher die Hand zu drücken. Aber dieser war damals fern von Paris.

VII

Die sentimentalen und preziösen Frauen werden vielleicht Anstoß daran nehmen, wenn sie erfahren, daß wie Michelangelo (man erinnere sich des letzten Verses in einem seiner Sonette: »Skulptur, du göttliche, du bist meine einzige Geliebte!«) Delacroix die Malerei zu seiner einzigen Muse, seiner einzigen Geliebten, seiner ausschließlichen und ihm ganz genügenden Lust erwählt hatte.

Gewiß war er ein großer Liebhaber des Weibes in den aufgewühlten Stunden seiner Jugend. Wer hat diesem furchteinflößenden Idol nicht allzu große Opfer gebracht? Und wer weiß nicht, daß seine eifrigsten Diener eben diejenigen waren, welche sich zu beklagen nicht aufhören? Doch lange schon vor seinem Ende hatte er die Frau aus seinem Leben verbannt. Als Muselman hätte er sie vielleicht nicht aus der Moschee verjagt, aber er wäre doch erstaunt gewesen, sie dort eintreten zu sehen; welche Art Gespräch sie mit Allah führen mochte, blieb ihm unerfindlich.

In dieser Frage, wie in vielen anderen, gewannen orientalische Vorstellungen mit despotischer Gewalt in ihm die Oberhand. Die Frau war in seinen Augen so etwas wie ein Kunstgegenstand, köstlich und wohl geeignet, den Geist anzuregen, doch ein unbotmäßiger und verstörender Kunstgegenstand, wenn man ihm Eingang ins eigene Herz verstattet, ein Zeit und Kräfte gefräßig verschlingender.

Ich entsinne mich, daß ich ihm einst an einem öffentlichen Ort das Gesicht einer Frau von eigentümlicher Schönheit zeigte, das von tiefer Melancholie gezeichnet war; für die Schönheit war er nicht unempfindlich, doch hinsichtlich des übrigen sagte er mit einem kleinen Lachen: »Melancholisch, meinen Sie denn, daß eine Frau dazu überhaupt imstande ist?« Womit er wohl zu verstehen geben wollte, daß, um der Melancholie fähig zu sein, der Frau etwas *Wesentliches* fehle.

Das ist nun leider eine höchst beleidigende Theorie, und es liegt mir fern, verleumderische Ansichten über ein Geschlecht zu befürworten, das sich so oft durch glühende Tugenden ausgezeichnet hat. Dennoch wird man mir beipflichten, daß es eine Theorie der Vorsicht ist; daß der begabte Mann gut und mehr als gut daran tut, sich mit Vorsicht zu wappnen in einer Welt voller Fallstricke, und daß der geniale Mann das Vorrecht auf bestimmte Lehren besitzt (vorausgesetzt, sie gefährden nicht die Ordnung), die wir bei dem bloßen Bürger oder Familienvater mit Recht als anstößig empfänden.

Auch auf die Gefahr hin, nach der Meinung rührseliger Gemüter einen Schatten auf sein Andenken zu werfen, muß ich hinzufügen, daß ihm zärtliche Schwächen für die Kinder ebenfalls fremd waren. Kinder sah er im Geiste nur als Wesen, deren Hände mit Konfitüren verschmiert waren (womit sie die Leinwand und das Papier besudeln), oder sie schlugen die Trommel (was einen beim Nachdenken stört), oder sie waren Brandstifter und gefährliche Tiere wie die Affen.

»Ich erinnere mich sehr gut«, sagte er manchmal, »daß ich als Kind ein *Ungeheuer* war. Die Erkenntnis der Pflicht erwirbt man nur sehr langsam, und nur durch den Schmerz, durch die Strafe und durch die fortschreitende Übung der Vernunft verringert der Mensch nach und nach seine natürliche Bosheit.«

So vollzog er, aus dem bloßen gesunden Menschenverstand, eine Rückkehr zum katholischen Denken. Denn man darf wohl behaupten, daß hinsichtlich des Menschen im allgemeinen das Kind der Erbsünde sehr viel nähersteht.

VIII

Es sah ganz danach aus, als hätte Delacroix alle Kräfte seines männlich tiefen Gemüts dem strengen Gefühl der Freundschaft vorbehalten. Es gibt Menschen, die sich leicht von dem Erstbesten einnehmen lassen; andere behalten sich die Anwendung ihrer göttlichen Fähigkeiten für die großen Gelegenheiten vor. Der berühmte Mann, von dem ich Sie mit solchem Vergnügen unterhalte, liebte es nicht, daß man ihn mit kleinen Dingen behelligte, aber er war immer bereit, sich hilfreich, mutig, unermüdlich zu erweisen, wenn es um etwas Wichtiges ging. Die ihn gut gekannt haben, haben an ihm bei mancher Gelegenheit die sehr englischen Tugenden der Treue, der Festigkeit und Verläßlichkeit schätzen gelernt. Wenn er

an die anderen hohe Ansprüche stellte, so war er nicht minder streng gegen sich selbst.
Nur mit Betrübnis und mißgelaunt will ich hier auf gewisse Anschuldigungen eingehen, die man gegen Eugène Delacroix erhoben hat. Ich habe Leute ihn des Egoismus, ja sogar des Geizes beschuldigen hören. Beachten Sie jedoch, Monsieur, daß dieser Vorwurf stets von den unzähligen Durchschnittsseelen gegen jene erhoben wird, die darauf bedacht sind, ihre Großzügigkeit ebenso wie ihre Freundschaft denen zu erweisen, die ihrer würdig sind.
Delacroix war sehr sparsam; dies war für ihn das einzige Mittel, bei Gelegenheit sehr großzügig zu sein: ich könnte dies durch einige Beispiele beweisen, doch hält mich die Furcht zurück, weder von ihm noch von denen, die ihm zu Dank verpflichtet sind, dazu ermächtigt zu sein.
Beachten Sie auch, daß viele Jahre hindurch seine Gemälde sich sehr schlecht verkauften, und daß die hohen Kosten seiner dekorativen Auftragsarbeiten fast den ganzen ausgesetzten Lohn verschlangen, wenn er nicht gar aus eigener Tasche zuzahlte. Wie oft hat er nicht seine Verachtung des Geldes bewiesen, wenn arme Künstler das Verlangen erkennen ließen, eines seiner Werke zu besitzen! Wie die Ärzte von liberaler und großzügiger Gesinnung, die ihre Patienten bald bezahlen lassen, bald sie umsonst behandeln, verschenkte er seine Bilder dann oder überließ sie zu jedem beliebigen Preis.
Vergessen wir auch nicht, Monsieur, daß der höhere Mensch mehr als jeder andere verpflichtet ist, auf die Verteidigung seiner Person bedacht zu sein. Man darf wohl sagen, daß die Gesellschaft insgesamt einen beständigen Krieg gegen ihn führt. Daß dem so ist, haben wir mehr als einmal feststellen können. Seine Höflichkeit wird ihm als Kälte ausgelegt; seine noch so gedämpfte Ironie heißt Bosheit; seine Sparsamkeit Geiz. Sollte der Unglückliche es jedoch an Voraussicht fehlen lassen, so sagt die Gesellschaft: »Ihm geschieht ganz recht; daß er nun darben muß, ist die Strafe für seine Verschwendungssucht.«
Ich kann versichern, daß in Dingen des Geldes und des Haushaltens Delacroix durchaus Stendhals Ansicht teilte, eine Ansicht, welche Größe und Vorsicht versöhnt:

»Der Mann von Geist«, sagte dieser letztere, »soll sich befleißigen, das für ihn strikt Notwendige zu erwerben, um von niemandem abzuhängen (zu Stendhals Zeit war das ein Einkommen von 6000 Francs); hat er sich diese Sicherheit jedoch einmal verschafft und er verliert seine Zeit damit, sein Vermögen zu vermehren, so ist er ein Elender.«

Nach dem Notwendigen zu trachten und das Überflüssige zu verachten, entspricht der Lebensführung eines Weisen und eines Stoikers.

Was unseren Maler in seinen letzten Jahren häufig und nachhaltig beschäftigte, war das Urteil der Nachwelt und die ungewisse Haltbarkeit seiner Bilder. Bald entzündete seine hochempfindliche Einbildungskraft sich an der Vorstellung eines unsterblichen Ruhmes, bald äußerte er sich voller Bitterkeit über die Hinfälligkeit der Leinwände und der Farben. Zu anderen Malern erwähnte er voll Neid die alten Meister, die fast alle das Glück hatten, von geschickten Stechern übersetzt zu werden, deren Nadel oder Stichel sich der Natur ihrer Begabung anzupassen verstand, und er bedauerte es heftig, seinen Übersetzer nicht gefunden zu haben. Diese Brüchigkeit des gemalten Werkes, im Vergleich zu der Beständigkeit des gedruckten Werkes, war eines seiner immer wiederkehrenden Gesprächsthemen.

Wenn dieser so schmächtige und so hartnäckige, so nervöse und so tapfere Mann, dieser in der Geschichte der europäischen Kunst einzigartige Mensch, der kränkelnde und fröstelnde Künstler, der unaufhörlich davon träumte, die Mauern mit seinen großartigen Erfindungen zu bedecken, einer jener Lungenentzündungen erlag, deren Annäherung er, wie es scheint, konvulsivisch vorausahnte, so überkam uns etwas Ähnliches wie jene seelische Niedergeschlagenheit, jene Empfindung wachsender Vereinsamung, wie wir sie schon, als Chateaubriand, als Balzac starb, erfahren hatten, und wie erst kürzlich das Verschwinden Alfred de Vignys sie erneut auslöste. Ein großer nationaler Trauerfall bewirkt eine Erschlaffung der allgemeinen Vitalität, eine Verdunkelung des Geistes, die einer Sonnenfinsternis gleicht, der augenblicklichen Nachahmung des Weltendes.

Ich glaube indes, ein solches Ereignis erschüttert vor allem jene stolzen Einsamen, die sich anders keine Familie schaffen können als durch geistige Verbindungen. Die Mehrzahl der übrigen Bürger gelangt erst nach und nach zu der Erkenntnis, was alles das Vaterland durch den Verlust des großen Mannes verloren hat, und welche Leere er durch sein Scheiden hinterläßt. Indes bedarf es eines nachdrücklichen Hinweises.

Ich danke Ihnen von ganzem Herzen, Monsieur, daß es mir vergönnt war, alles frei herauszusagen, was mir die Erinnerung an eines der seltenen Genies unseres unglücklichen Jahrhunderts eingab, – dieses so armen und zugleich so reichen Jahrhunderts, das bald zu viel fordert, bald zu nachsichtig und allzu oft ungerecht ist.

ÜBER EUGÈNE DELACROIX
SEIN WERK, SEINE IDEEN, SEINE LEBENSART
[Vortext zu der Lesung in Brüssel, Mai 1864]

Meine Herren, seit langem wünschte ich mir, zu Ihnen zu kommen und Ihre Bekanntschaft zu machen. Mein Gefühl sagte mir, daß ich wohlaufgenommen würde. Verzeihen Sie mir diese Selbstgefälligkeit. Fast ohne es zu ahnen, haben Sie mir Mut gemacht.

Vor einigen Tagen sagte einer meiner Freunde, einer Ihrer Mitbürger, zu mir: »Seltsam! Sie sehen glücklich aus! Sollte das etwa daher kommen, daß Sie nicht mehr in Paris sind?«

In der Tat, meine Herren, ich empfand bereits jenes Behagen, von dem einige der Franzosen mir berichtet hatten, die hierhergekommen waren, um sich mit Ihnen zu unterhalten. Ich meine damit jene geistige Gesundheit, jene Art von Glückseligkeit, die in einer Atmosphäre der Freiheit und des Wohlwollens gedeiht und an die wir Franzosen wenig gewöhnt sind, jene vor allem, die, wie mich, Frankreich niemals verwöhnt hat.

Heute möchte ich zu Ihnen über Eugène Delacroix sprechen. Das Vaterland eines Rubens, eines der klassischen Länder der Malerei, wird, denke ich, das Ergebnis einiger Betrachtungen über den französischen Rubens mit Vergnügen aufnehmen; der große Meister von Antwerpen kann, *ohne sich etwas zu vergeben,* unserem erstaunlichen Delacroix eine brüderliche Hand reichen.

Als Delacroix vor einigen Monaten starb, war dies für jeden ein unvermuteter Schicksalsschlag; keiner seiner ältesten Freunde war davon unterrichtet, daß seine Gesundheit seit drei oder vier Monaten höchst gefährdet war. Eugène Delacroix hat niemandem das abstoßende Schauspiel eines Todeskampfes bieten wollen. Wenn ich mir im Hinblick auf diesen großen Mann einen trivialen Vergleich erlauben darf, so würde ich sagen, daß er wie die Katzen oder die wilden Tiere gestorben ist, die sich einen heimlichen Schlupfwinkel suchen, um die letzten Zuckungen ihres Lebens dort zu verbergen.

Sie wissen es, meine Herren, ein Schlag, der uns trifft, eine Kugel, ein Schuß, ein Dolchstoß, ein Schornstein, der herabfällt, ein Pferd, das stürzt, bereiten dem Verletzten zuerst keinen großen Schmerz. Die Bestürzung gewährt ihm noch keinen Raum. Einige Minuten später jedoch begreift das Opfer den ganzen Ernst seiner Verletzung. So erging es mir, meine Herren, als ich Delacroix' Tod erfuhr; ich war wie betäubt, und erst zwei Stunden später fühlte ich, wie eine Trostlosigkeit sich meiner bemächtigte, die Ihnen zu schildern ich nicht versuchen werde, und die sich in folgende Worte zusammenfassen läßt: »Ich werde ihn niemals wiedersehen, niemals, niemals, ihn, den ich so sehr geliebt habe, ihn, der mich seiner Liebe gewürdigt und der mich so viel gelehrt hat.« Ich eilte dann zu dem Hause des großen Verstorbenen, und zwei Stunden lang sprach ich von ihm mit der alten Jenny, einer jener Dienerinnen aus alter Zeit, die aus der Verehrung für ihren berühmten Herrn einen persönlichen Adel gewinnen. Zwei Stunden lang standen wir, redend und weinend, vor jenem finsteren Kasten, den ein paar kleine Kerzen beleuchteten und auf dem ein ärmliches Kruzifix aus Kupfer lag. Denn ich habe nicht das Glück gehabt, zeitig genug zu kommen, um ein letztes Mal das Angesicht des großen Dichter-Malers zu betrachten. Doch lassen wir diese Einzelheiten; es gibt da vieles, das ich nicht enthüllen könnte, ohne daß Haß und Zorn mich überwältigen würden.

Sie haben, meine Herren, von dem Verkauf von Delacroix' Bildern und Zeichnungen gehört, Sie wissen, daß der Erfolg alle Erwartungen übertroffen hat. Gewöhnliche Atelierstudien, denen der Meister keinerlei Bedeutung beilegte, erzielten das Zwanzigfache des Preises, den er bei Lebzeiten für seine besten Werke, durch und durch vollendete Kostbarkeiten, erzielte. Inmitten des Aufsehens und des Ärgernisses, das dieses von seinem Tod noch überschattete Ereignis erregte, sagte Alfred Stevens zu mir: »Wenn Eugène Delacroix dieser Rehabilitierung seines Genius von einem entrückten Ort aus beiwohnen kann, so muß ihm dies zu einem Trost gereichen für vierzig Jahre der Ungerechtigkeit.«

Sie wissen, meine Herren, daß 1848 die Republikaner, die man *républicains de la veille* nannte, einiges Ärgernis an dem sie überbietenden Eifer der *républicains du lendemain* nahmen, welche sich um so enragierter gebärdeten, als sie fürchteten, nicht aufrichtig genug zu wirken.

So antwortete ich Alfred Stevens denn: »Schon möglich, daß Delacroix' Schatten sich für einige kurze Augenblicke in seinem Stolz geschmeichelt fühlt, der auf Komplimente allzu lange verzichten mußte; doch ich sehe in all dieser Raserei der Bourgeois, die wieder einmal in eine Mode vernarrt sind, für den großen Dahingegangenen nur einen neuen Grund, sich von seiner hartnäckigen Verachtung der menschlichen Natur nicht abbringen zu lassen.«
Einige Tage später schrieb ich dies, weniger um Sie zu bewegen, mir beizupflichten, als um mich von meinem Schmerz abzulenken.

VERKAUF DER SAMMLUNG EUGÈNE PIOT

Es ist mir immer schwergefallen zu begreifen, wie ein Sammler sich von seiner Sammlung anders als durch den Tod trennen könnte. Ich spreche hier, wohlverstanden, nicht von jenen Amateur-Spekulanten, hinter deren protzigem Geschmack sich die reine Geldgier verbirgt. Ich spreche von denen, die, leidenschaftlich suchend, lange Zeit hindurch Kunstgegenstände zusammengetragen haben, die mit ihrer persönlichen Natur übereinstimmen. Jedem von diesen muß seine Sammlung wie eine Familie, eine Familie seiner Wahl, erscheinen. Doch leider gibt es in dieser Welt andere Nötigungen als den Tod, die fast ebenso unerbittlich wie dieser sind und die allein die Tragödie der Trennung und des ewigen Abschieds erklären können. Immerhin darf man hinzufügen, daß, wer die schönen oder seltenen Dinge, die er besaß, so manches Jahr hindurch wirklich wahrgenommen, eingehend betrachtet und untersucht hat, in seiner Erinnerung so etwas wie ein tröstliches Bild des einstmals Besessenen bewahrt.

Samstag, den 23. April, und Sonntag, den 24., wird die Sammlung Herrn Eugène Piots, des Begründers der Zeitung *Le Cabinet de l'amateur,* öffentlich ausgestellt werden. Die wohlgeratenen Sammlungen, die von Ernst und Aufrichtigkeit zeugen, sind selten. Diese, die allen wahren Kunstliebhabern wohlbekannt ist, ist das Ergebnis des Abrahmens, der erlesene Rest mehrerer Sammlungen, die Herr Piot selber bereits früher angelegt hatte. Ich habe selten eine so interessante Auswahl von Bronzen gesehen, interessant im doppelten Hinblick auf Kunst und Geschichte. Italienische Bronzen der Renaissance; Plastiken aus gebranntem Ton; emaillierte Terrakotten; Michelangelo, Donatello, Giovanni da Bologna, Luca della Robbia; Fayencen der verschiedensten Herkunft und Herstellung, alle ersten Ranges, insbesondere die hispanoarabischen; orientalische Bronzegefäße, ziseliert, graviert und in getriebener Arbeit; Teppiche und Stoffe im asiatischen Stil; einige Gemälde, darunter ein Kopf der heiligen Elisabeth von Raffael, mit Temperafarben auf Leinwand gemalt; zwei köstliche Porträts von Rosalba Carriera; eine Zeichnung von Michelangelo, und bemerkenswerte Zeichnungen von Meissonier, nach den kostbarsten Rüstungen des Musée d'Artillerie; venezianische Miniaturen, Miniaturen aus handgeschriebenen Büchern; antike Marmorarbeiten, griechische und solche der Renaissance, antike Töpfer- und Glaswaren; schließlich dreihundertsechzig Medaillen der Renaissance, aus verschiedenen Ländern, die zusammen einen ganzen geschichtlichen Diktionär in Bronze bilden; dies etwa ist der Überblick, den der wunderbare Katalog bietet; dies waren die untersuchten oder vielmehr, wie die Schätze von Charles Sauvageot selig, bescheiden in vier oder fünf Mansarden aufgestapelten Kunstschätze, die in zwei Tagen der Begehrlichkeit derer ausgeliefert werden, welche von der edlen Leidenschaft für das Altertum beseelt sind. Das Schönste und Bemerkenswerteste in dieser Sammlung sind jedoch gewiß die drei Bronzen Michelangelos. In der diesen Bronzen gewidmeten Anmerkung hat Herr Piot es, mit einer bei den Kunstliebhabern mehr als selten anzutreffenden Zurückhaltung, vermieden, sich für eine gänzlich gesicherte Zuschreibung auszusprechen, als wollte er den Kennern das Verdienst lassen, dort die sichtbare und unbezweifelbare Klaue des Meisters zu erkennen. Und unter diesen Bronzen, von denen keine den beiden anderen an Schönheit nachsteht, hinterläßt den nachhaltigsten Eindruck die Maske Michelangelos selber, in der die Trauer dieses glorreichen Genius einen so tiefen Ausdruck gefunden hat.

ARMES BELGIEN!

TITEL

Das groteske Belgien
Das wahre Belgien
Belgien ganz nackt
Das ausgezogene Belgien

Eine Hauptstadt zum Lachen
Eine groteske Hauptstadt
Die Hauptstadt eines Affenlandes

I. PRÄLIMINARIEN

Daß man, was auch Danton sagen mag, »das Vaterland immer an den Schuhsohlen mit forträgt«.
Frankreich sieht recht barbarisch aus, wenn man es aus der Nähe betrachtet. Doch man gehe nur nach Belgien, und schon sieht man sein Vaterland mit milderen Blicken.
Wie Joubert Gott dankte, daß er ihn als Mann und nicht als Frau erschaffen hatte, so dankt man ihm schließlich, einen nicht als Belgier, sondern als Franzosen erschaffen zu haben.
Großes Verdienst, ein Buch über Belgien zu schreiben. Man spricht von der Langeweile, und doch soll, was man sagt, unterhaltsam sein; man spricht von *nichts*, und es soll doch unterrichtend sein.
Eine Skizze von Belgien zu entwerfen, hat obendrein den Vorteil, daß man gleichzeitig eine Karikatur der französischen Dummheiten liefert.
Ganz Europa hat sich verschworen, Belgien zu schmeicheln. Belgien, das in Komplimente verliebt ist, nimmt sie immer ernst.
Wie man bei uns vor zwanzig Jahren die Freiheit, den Ruhm und das Glück der Vereinigten Staaten von Amerika besang! Nicht minder töricht verhält man sich heutzutage Belgien gegenüber.
Warum die Franzosen, die in Belgien gelebt haben, nicht die Wahrheit über dieses Land sagen. Weil sie in ihrer Eigenschaft als Franzosen nicht gestehen können, daß sie einem Irrtum aufgesessen sind.

Ein kleines Gedicht über Amina Boschetti.
Ein Armer, der einen Luxusgegenstand erblickt, ein trauriger Mensch, den in der Kirche der Geruch seiner Jugend anweht, so einer war ich, als ich Amina vor mir sah. Aminas Arme und Beine. Die Voreingenommenheit für die mageren Sylphiden. Der fröhliche Kraftakt. Die nette Person. – Gnerri. Der Gin. Das Talent in der Wüste. Es heißt, Amina sei untröstlich. Sie lächelt bei einem Volk, das nicht zu lächeln versteht. Sie voltigiert bei einem Volk, wo jedes Weib mit einem einzigen seiner Elephantenfüße ein Tausend Eier zerstampfen könnte.

Anfang
Frankreich ist gewiß ein barbarisches Land. Belgien ist es nicht minder.
Die Zivilisation hat sich vielleicht zu einem noch nicht entdeckten kleinen Volksstamm geflüchtet.
Hüten wir uns vor der gefährlichen Neigung der Pariser zu Verallgemeinerungen.
Wir haben Frankreich vielleicht zu viel Übles nachgesagt.
Man muß sein Vaterland immer an den Schuhsohlen mit forttragen. Das ist ein Desinfizierungsmittel.
Man fürchtet hier zu verdummen. Eine allgemeine Schläfrigkeit liegt in der Luft. Langsamkeit überall. (Daß da einer vor der Eisenbahn herläuft, ist ein Symbol dafür.)
Soll ich sagen, daß die Welt für mich unbewohnbar geworden ist –?

II. BRÜSSEL

Erste Eindrücke. Es heißt, jede Stadt, jedes Land habe seinen Geruch. Paris, sagt man, riecht oder *roch* nach Sauerkohl. Das Kap riecht nach Hammel. Es gibt tropische Inseln, die nach Rosen, nach Moschus oder Kokosöl riechen. Rußland riecht nach Leder. Lyon riecht nach Kohle. Der Orient ganz allgemein riecht nach Moschus und Aas. Brüssel riecht nach Schmierseife. Die Hotelzimmer riechen nach Schmierseife. Die Betten riechen nach Schmier-

seife. Die Servietten riechen nach Schmierseife. Die Trottoirs riechen nach Schmierseife. Man wäscht die Häuserfassaden und die Trottoirs, selbst wenn es in Strömen regnet. Eine nationale, eine unaufhaltsame Wut des Reinemachens.
Allgemeine *Fadheit* des Lebens. Zigarren, Gemüse, Blumen, Obst, Küche, Augen, Haar, alles ist *fad,* alles ist traurig, schal, schläfrig. Die Gesichter der Menschen verschwommen, finster, schläfrig. Die Franzosen haben eine gräßliche Angst, von dieser *Schlafsucht angesteckt* zu werden.
Nur die Hunde sind lebendig; sie sind hier die Negersklaven.
Brüssel, sehr viel lärmender als Paris; warum. Das unregelmäßige Pflaster; die Brüchigkeit und Schalldurchlässigkeit der Häuser; die Enge der Straßen; das Geschrei überall, roh und hemmungslos; die allgemeine Ungeschicklichkeit; das *nationale Gepfeife* (was das ist), und das Bellen der Hunde.
Wenige Trottoirs, oder unterbrochene Trottoirs (eine Folge der aufs äußerste getriebenen individuellen Freiheit). Gräßliches Pflaster. Kein Leben auf der Straße. – Viele Balkone, niemand auf den Balkonen. Die *Spione,* ein Zeichen der Langeweile, der Neugier und der Ungastlichkeit.
Trübseliger Anblick einer Stadt ohne Fluß.
Die Läden ohne Schaufenster. Das Flanieren, das den mit Einbildungskraft begabten Völkern so viel Vergnügen macht, unmöglich in Brüssel. Nichts zu sehen, und die Wege unmöglich.
Unzählige Kneifer. Warum. Bemerkung eines Optikers. Erstaunlich viel Bucklige.
Das belgische oder vielmehr das Brüsseler Gesicht, düster, formlos, fahl oder vom Trinken gerötet, seltsam gebaute Kiefer, bedrohlicher Stumpfsinn.
Die Fortbewegungsart der Belgier, verstört und schwerfällig. Sie blicken beim Gehen hinter sich, und stoßen überall an.

Belgische Putzwut.
Nachahmungstrieb bei den kleinen Mädchen.
Den ganzen Tag lang säubern kleine Mädchen ein kleines Stück Trottoir mit einem kleinen Lappen. Künftige Hausfrauen.

Hunde. Die Neger Belgiens. – Traurigkeit der Tiere. Die Hunde werden ebensowenig gestreichelt wie die Frauen. Es ist unmöglich, sie zum Spielen zu bringen oder zur Ausgelassenheit. Sie sind dann so erstaunt wie eine Prostituierte, die man mit Fräulein anredet. Aber welcher Eifer zur Arbeit!

Ich habe gesehen, wie ein dicker und kräftiger Mann sich in seinen Karren legte, um sich von seinem Hund bergauf schleppen zu lassen.

Da haben wir die Diktatur des Wilden in den wilden Ländern, wo der Mann keine Arbeit anrührt.

Brüssel. Erste Eindrücke.

Brüssel, eine lärmendere Stadt als Paris. – Warum?

1.) abscheuliches *Pflaster,* auf dem die Wagenräder holpern und springen.

2.) *Ungeschick, Roheit, Unbeholfenheit* der Bevölkerung, die zahlreiche Unfälle verursachen.

(Was dieses Ungeschick der Bevölkerung angeht, ist die Art nicht zu vergessen, wie die Belgier sich fortbewegen, – wobei sie immer in eine andere Richtung schauen. – Welche Vorsichtsmaßnahmen des Ausweichens ein zivilisierter Mensch treffen muß, um nicht mit einem Belgier zusammenzustoßen. – Ein Belgier geht nicht, er purzelt durch die Gegend.)

3.) Das Gepfeife überall.

4.) Ein hervorstechender Charakterzug: alles schreit, kreischt, plärrt; lauter Possenreißer. Das Heulen der belgischen Tiere.

In Paris, das doch unendlich viel größer und volkreicher ist, vernimmt man nur ein ungeheures, unbestimmtes und sozusagen samtenes Summen.

Pensionate. – Ob die Belgier sich amüsieren oder ob sie nachdenken, sie gleichen immer einem Pensionat – Männer, Weiber, Knaben, Mädchen. –

Sogar die Frauen pissen nur in Trupps. *Elles vont en pisserie,* wie Béroalde sagt.

Wie ich mich eines Trupps besoffener Brüsseler Damen erwehren mußte.

Der Tick des grundlosen Lachens, vor allem bei den Frauen.
Das Lächeln ist fast unmöglich. Ihre Gesichtsmuskeln sind nicht geschmeidig genug, um einer solchen sanften Bewegung zu dienen.

Charakteristische Züge im Straßenleben und in der Bevölkerung.
Der Kneifer, mit einer Schnur, der auf der Nase hockt.
Die Vielzahl verglaster Augen, selbst unter den Offizieren.
Ein Optiker sagte mir, die meisten Kneifer, die er verkauft, seien aus reinem Fensterglas. So ist dieser nationale Kneifer nichts anderes als eine unglückliche Bemühung um Eleganz und ein weiteres Zeichen für den äffischen Nachahmungstrieb und Konformismus.

Allgemeine Charakterzüge. – Alles bietet meist einen komfortablen Anblick.
Sauberkeit der Vorhänge und Store.
Blumen in reicher Menge.
Die Ausstattung der Zimmer von mäßigem Reichtum.
Hinter dem Haus ein kümmerliches Gärtchen.
Die erstaunliche Ähnlichkeit zwischen allen Wohnungen.
Aus der Nähe betrachtet, ist der Luxus nicht nur eintönig, sondern Ramsch.

Die Belgier sind ein pfeifendes Volk, wie die dummen Vögel. Was sie pfeifen, sind keine Melodien.

Ein heftig herausgeschleudertes Gepfeife. Das einem die Ohren zerreißt.
Eine unheilbare Gewohnheit aus der Kinderzeit.
Die Kinder sind von abscheulicher Häßlichkeit. Verlaust, schmutzig, rotzig, Gesindel.
Häßlichkeit und Schmutzigkeit. Auch in sauberem Zustand wären sie noch garstig anzusehen.

Ein pfeifendes Volk, und das grundlos in schallendes Gelächter ausbricht. Ein Zeichen von Verblödung.

Alle Belgier, ohne Ausnahme, sind Hohlköpfe.

Das belgische Gesicht, oder vielmehr das des Brüsselers.
Chaos.
Formlos, deformiert, rauh, schwer, hart, unfertig geblieben, mit dem Messer geschnitzt.
Eckiges Zahnwerk.
Ein Mund, der nicht fürs Lächeln geschaffen ist.
Freilich, sie lachen, aber ihr Lachen ist albern, unmäßig, *ohne jeden erkennbaren Anlaß*.
Düsteres Gesicht, blicklos, wie das eines Zyklopen, nicht eines einäugigen, sondern eines blinden Zyklopen.
Die Verse Pétrus Borels zitieren. Das Fehlen des Blickes hat etwas Schreckliches.
Eine monströs dicke Zunge bei mehreren, was die Aussprache teigig und pfeifend macht.

Seltsamer Anblick der Münder auf der Straße und überall.
Keine Lippen der Wollust.
Keine Lippen des Befehls.
Keine Lippen der Ironie.
Keine Lippen der Beredsamkeit.
Gähnende Latrinen des Schwachsinns.

Gähnende Kloaken.
Formlose Münder.
Unfertige Gesichter.

Gewiß, die trostloseste Ansicht erkältet das Herz nicht so sehr wie der Anblick eines menschlichen Gesichtes, in dem wir vergeblich einen Ausdruck zu entdecken suchen, der dem entspricht, was wir empfinden.

Brüssel. – Physiognomie, leibliche Beschaffenheit.
Brüssel ist das Land der Buckligen, die Domäne der Krüppel.
Warum?
Ist es das Wasser, ist es das Bier, ist es die Unsauberkeit der Stadt und der Wohnungen?
Schließlich ist das immer noch die gleiche Rasse wie ehemals.

Ebenso wie die pinkelnden und kotzenden Burschen und die Kirmesse der Ostade und der Teniers immer noch das getreulichste Abbild der flämischen Lustigkeit und Spaßigkeit sind, ebenso begegnen uns im heutigen Leben die steifen, plumpen Gestalten der primitiven Maler des Nordens.

Das belgische Auge, weit aufgerissen, starren Blicks, unverschämt (für die Fremden).
Das unschuldige Auge von Leuten, die nicht alles auf einen Blick erfassen können.
Alles und jedes ist für ein belgisches Auge so unübersichtlich, daß es Zeit braucht, um es in den Blick zu bekommen.
Das belgische Auge hat die unschuldige Unverschämtheit des Mikroskops.

Rücken wir diesen Umstand der allgemeinen Häßlichkeit dieses Volkes neben diesen anderen Umstand: seinen allgemeinen Haß auf die Schönheit. (*Am Rande:* Die Häßlichkeit kann die Schönheit nicht verstehen.) Zum Beispiel: das Lachen auf der Straße und in Versammlungen beim Anblick der wahren Schönheit, – das grundsätzliche Unvermögen der belgischen Künstler, Raffael zu verstehen.
Ein junger Schriftsteller hat kürzlich einen geistreichen Einfall gehabt, an dem doch einiges nicht stimmt. Die Welt geht ihrem Ende entgegen. Die Menschheit ist altersschwach. Ein Barnum der Zukunft zeigt den heruntergekommenen Menschen seiner Zeit eine schöne Frau der Vergangenheit, die man auf künstlichem Wege herübergerettet hat. »Wie!« sagen sie, »so schön wie das da hat die Menschheit einmal sein können?« Das ist nicht wahr, behaupte ich. Der heruntergekommene Mensch bewundert sich, und er wird die Schönheit Häßlichkeit nennen. Man sehe nur die kläglichen Belgier.

Die Belgier können nicht gehen. Sie füllen eine ganze Straße mit ihren Füßen und Armen aus. Da sie ohne jede Geschmeidigkeit sind, wissen sie nicht, wie man ausweicht, jemanden vorbeiläßt; schwerfällig prallen sie auf das Hindernis.

Kälte des Blickes, verschlagen, mißtrauisch.
Der Ausdruck ist zugleich grimmig und ängstlich. Der Blick unbestimmt, und selbst wenn sie einem ins Gesicht schauen, immer verschwommen. Eine mißtrauische Rasse, weil sie sich für noch schwächer hält, als sie ist.

Frauen. – Die Frau existiert nicht. Der schmutzige Teint auseinandergelaufener bleicher Gesichter. Und da sie an Liebkosungen nicht gewöhnt ist, weiß sie nicht, wie man gefällt. So gibt sie sich in dieser Hinsicht auch keinerlei Mühe.
Es gibt hier Weibchen und Männchen. Es gibt keine Galanterie. – Und keine gut angezogenen Frauen.

Brüssel. – Gewohnheiten auf der Straße.
Die Gangart des Belgiers unsinnig und schwerfällig.
Die Belgier blicken im Gehen hinter sich. Als ob eine törichte Neugier ihren Kopf nach hinten zöge, während eine automatische Bewegung sie vorwärtstreibt. – Ein Belgier kann mit derart umgewendetem Kopf dreißig oder vierzig Schritte machen, dann aber kommt unfehlbar der Moment, an dem er gegen einen Menschen oder einen Gegenstand rennt. Ich habe manchen Bogen geschlagen, um einem Belgier, der auf mich zukam, auszuweichen.
In einer Menge bedrängt der Belgier seinen Nachbarn vor sich mit beiden Fäusten. Da hilft nichts anderes als eine plötzliche Kehrtwendung, wobei man ihm, wie aus Versehen, mit dem Ellbogen einen kräftigen Stoß in die Magengrube versetzt.

III. BRÜSSEL. *Das Leben, Tabak, Küche, Weine.*

Der Tabak. Nachteile der Freizügigkeit.
Die Küche. Kein gebratenes Fleisch. Alles ist geschmort. Alles ist mit ranziger Butter zubereitet (aus Sparsamkeit oder weil man den Geschmack liebt). Abscheuliches Gemüse (sei es von Natur, sei es der Butter wegen). Niemals ein Ragout. (Die belgischen Köche glauben, ein kräftig gewürztes Gericht sei ein Gericht, an das man sehr viel Salz getan hat.)

Bezeichnend ist das Fehlen eines Desserts und eines Zwischengerichts. Kein Obst (das aus Tournai – ist es eigentlich gut? – wird nach England exportiert). So muß man sich das Obst aus Frankreich oder Algerien kommen lassen.
Schließlich ist das Brot abscheulich, feucht, weich, verbrannt.
Stellen wir neben die *berüchtigte Lüge von der belgischen Freiheit* und der *belgischen Reinlichkeit* die *Lüge von dem wohlfeilen Leben* in Belgien.
Alles ist *viermal* so teuer als in Paris, wo nur die Miete teuer ist. Hier ist alles teuer, außer der Miete.
Man kann, wenn man die Kraft dazu hat, *à la belge* leben. Schilderung der belgischen Kost und Hygiene.
– Die Weine. – Der Wein ist etwas Besonderes, er gehört zum kostbaren Trödelkram des Lebens. Wunderbare Weinkeller, sehr wohlversehen, *alle gleich*. Teure und schwere Weine, die zu Kopf steigen. Die Belgier *zeigen* ihre Weine. Sie trinken sie nicht, weil sie ihnen schmecken, sondern aus Eitelkeit, aus *Konformismus,* um den Franzosen zu gleichen.
– Belgien, das Paradies der Handlungsreisenden in Weinen.
Was das Volk trinkt. Der Faro und der Genever.
Der Faro wird aus der großen Latrine, der Senne, gewonnen; ein Auszug aus den Exkrementen der Stadt, die man einem Verteiler zuführt. So trinkt die Stadt, seit Jahrhunderten, ihren eigenen Urin.

IV. SITTEN. DIE FRAUEN UND DIE LIEBE.

Keine *Frauen,* keine *Liebe.*
Warum?
Keine Galanterie bei den Männern, keine Scham bei den Frauen. Die Scham, ein verbotener Gegenstand, oder einer, nach dem kein Bedürfnis besteht. Allgemeines Porträt der Flamin, oder zumindest der Brabanterin. (Die Wallonin vorläufig beiseite gelassen.)
Der physiognomische Ausdruck hat im allgemeinen etwas vom Schöps und vom Hammel. – Das Lachen unmöglich, weil die Muskeln sich sperren, auch der Zähne und der Kieferbildung wegen.

Der Teint meist fahl, manchmal weinrot. Die Haare gelb. Die Beine, die Brüste, riesig, voller Unschlitt.
Dic Füßc, grauenhaft!!!
Im allgemeinen kündigt sich sehr früh schon eine monströse Leibesfülle an, sumpfig aufgequollen, eine Folge der feuchten Atmosphäre und der Gefräßigkeit der Frauen.
Der Gestank der Frauen. Anekdoten.
Obszönität der belgischen Damen. Anekdoten von den Latrinen und Straßenecken.
Hinsichtlich der Liebe ist auf die Unflätigkeiten der alten flämischen Maler zu verweisen. Verliebte Greise. Dieses Volk hat sich nicht verändert, und was die flämischen Maler zeigen, ist immer noch wahr.

Hier gibt es *Weiber.* Es gibt keine *Frauen.*
– Die belgische Prostitution, hohe und niedere Prostitution. Wie man die französischen *biches* nachahmt. Französische Prostitution in Brüssel.
– Auszüge aus dem Polizeireglement für die Prostitution.

Die Frau im allgemeinen.
Die Nase wie bei einem Hanswurst,
die Stirne wie bei einem Hammel,
Augenlider wie Zwiebelhäute.
Farblose, blicklose Augen,
ein monströs kleiner Mund, oder die gänzliche Abwesenheit eines Mundes (keine Worte, kein Kuß!),
ein eingezogener Unterkiefer,
Elephantenbeine auf Plattfüßen (Balken auf Planken).
Ein lila Teint,
und zu dem allen die Dünkelhaftigkeit
und das Sichaufplustern einer Taube.

Die Frauen auf der Straße.
Ihre Füße.
ihre Waden,
ihr Gestank.

Da sie es gewohnt sind, den Männern, wenn sie daherkommen, das Trottoir einzuräumen, stößt man unweigerlich mit ihnen zusammen, wenn man ihnen Platz machen möchte und sie gleichfalls heruntergestiegen sind; zum Dank für die wohlgemeinte Absicht, wird man als Grobian behandelt.

Sitten. Brüssel. Die Frauen.
Ein Heilmittel gegen die Liebe, der Ausdruck stammt von Ludwig XIII.
Hier ist es für den Mann kein Verdienst, keusch zu bleiben.
Priapus selber würde traurig.
Die beiden Geschlechter leben getrennt.
Bei den Männern keine Galanterie.
Bei den Frauen keine Koketterie, kein Widerstand, keine Scham.
Bei den Männern kein Ruhm, keine Eroberung, kein Verdienst.
Alle Frauen blond, fade, mit hervorstehenden blauen oder grauen Schafsaugen.
Ein Kaffernmädchen wäre hier ein Engel.
Üppigkeit und Frühreife der jungen Mädchen, eine speckige Frühreife.
Gemüse, das man in einem Sumpfgelände angepflanzt hat.
Die Frauen wissen nicht zu gehen. – Sie ziehen sich nicht an, wenn sie ausgehen.
Einige Französinnen – ausgehalten, doch sehr traurig. Einige wunderliche Stellen aus dem Polizeireglement für die Prostitution anführen.

Die Liebe glänzt durch Abwesenheit.
Was man hier Liebe nennt, ist eine rein tierische Gymnastik, die zu beschreiben sich erübrigt.

Keine Galanterie, keine Schamhaftigkeit.
Die belgische Frau.
Das Pinkeln und Scheißen der belgischen Damen.
Die belgische Mutter auf dem Abort (bei offener Türe) spielt mit ihrem Kind und lächelt den Nachbarn zu.
Ein erstaunliches Wohlgefallen an den menschlichen Ausscheidun-

gen, das man in den alten Bildern wiederfindet. Diese Maler lieferten höchst getreuliche Abschilderungen ihres Vaterlandes.
In einer kleinen Straße versperren sechs pinkelnde belgische Damen den Durchgang, die einen stehend, die andern hockend, alle in großer Toilette.
Die Reinlichkeit der belgischen Frauen. Es ist nicht leicht, selbst auf der Straße den Gestank einer belgischen Dame, sowie den ihrer Tochter, nicht zu merken (Montagne de la Cour).

V. SITTEN *(Fortsetzung)*

Belgische Grobheit (selbst unter den Offizieren). Liebenswürdigkeiten der Kollegen, in den Zeitungen. Tonfall der belgischen Kritik, des belgischen Journalismus.
Verletzte belgische Eitelkeit.
Belgische Eitelkeit in Mexiko.
Niedrigkeit und domestikenhafte Gesinnung.
Belgische Moral. Ungeheuerlichkeit im Verbrechen.
Gerichtliche Entscheidungen über Waisen und alte Leute.

Belgiens Kriminalität und Unmoral.
Hier ist ein Verbrechen unmenschlicher, dümmer als anderswo.
Vergewaltigung eines vierzehn Monate alten Kindes.
Unerhörte Sittenlosigkeit der Geistlichkeit. Die Pfarrer rekrutieren sich aus dem häßlichen Bauernstand.

Besonders roher und bestialischer Charakter der belgischen Trunkenheit.
Ein Vater ist betrunken. Er kastriert seinen Sohn.
Man beachte bei diesem Verbrechen nicht nur die Roheit, sondern auch den Modus des Verbrechens.
Ein Belgier kann mit den Geschlechtsorganen nur spielen oder draufschlagen. Eine wahre Besessenheit.

Roheit. Belgische Bestialität. – Der Mann, der sich auf den Jahrmärkten bereichert, indem er lebendige Hunde auffrißt.
Frauen und Kinder schauen zu.

Das belgische Gehirn.
Die belgische Unterhaltung.
Es ist ebenso schwierig, den belgischen Charakter näher zu bestimmen, wie den Belgier auf der Leiter der Lebewesen unterzubringen.
Er ist *Affe,* aber er ist auch *Molluske.*
Eine unerhörte Leichtfertigkeit, eine erstaunliche Schwerfälligkeit.
Er ist leicht zu unterdrücken, wie die Geschichte beweist; ihn zu zertreten, ist fast unmöglich.
Halten wir uns, um ihn zu beurteilen, an gewisse Vorstellungen: Affenhaftigkeit, Nachahmungstrieb, Konformismus, gehässige Ohnmacht, – und man wird alles in diesen verschiedenen Abteilungen unterbringen können.
Ihre Laster sind Nachahmungen.
Der belgische Stutzer.
Der belgische Patriot.
Der belgische Massenmörder.
Der belgische Freidenker, dessen Hauptmerkmal es ist, zu *glauben,* daß *man das, was man sagt, nicht glaubt,* weil er es nicht versteht.
Nachäfferei der französischen Ungläubigkeit. Die belgische Obszönität, eine Imitation der gewagten Witze der Franzosen.
Anmaßung und Dünkel. – Zudringliche Vertraulichkeit. – Bildnis eines *üblen Subjekts* von einem Wallonen.
Allgemeiner und grundsätzlicher Abscheu vor dem Geist. Was Herrn de Valbezen, dem französischen Konsul in Antwerpen, widerfuhr.
Das gräßliche Lachen. – Schallendes Gelächter ohne jeden Grund. – Man erzählt eine ergreifende Geschichte; der Belgier bricht in Gelächter aus, um einen glauben zu machen, er habe verstanden. – Die Belgier sind Widerkäuer, die nichts verdauen.

Belgische Zivilisation.
Der Belgier ist sehr zivilisiert.
Er trägt Hose, Mantel, Regenschirm, wie andere Menschen auch. Er besäuft sich und fickt wie die Leute, die über Quiévrain hinaus wohnen. Er stellt sich, als hätte er die Syphilis, um dem Franzosen

zu gleichen. Er weiß, wie man sich einer Gabel bedient. Er ist verlogen, roh, er ist verschlagen, er ist sehr zivilisiert.

Belgische Unwissenheit, Eitelkeit und Schurkerei.
Ich habe in Brüssel unglaubliche Dinge gesehen.
Architekten, die von der Geschichte der Architektur keine Ahnung haben.
Maler, die noch niemals einen Stich nach Raffael betrachtet haben, und die ein Bild nach einer Photographie malen.
Frauen, die einen beschimpfen, wenn man ihnen einen Blumenstrauß überreicht.
Damen, die, während sie ihrer *Verrichtung* obliegen, die Türe des Aborts offen lassen.
Nachgemachte Modegecken, die sämtliche Frauen vergewaltigt haben.
Freidenker, die sich vor Gespenstern fürchten.
Patrioten, die alle Franzosen abschlachten wollen (diese tragen den rechten Arm in einer Binde, um glauben zu machen, sie hätten sich geschlagen).
Und schließlich (das ist das Gros der Nation) eine Menge Leute, die, wenn man den Namen Gottes erwähnt, einem sagen: Was Sie da sagen, glauben Sie doch selber nicht. – Man ergänze: weil ich nicht verstehe.

Affen in allem.
Kleine Skizze des belgischen Stutzers. Er sagt stolz: *Je me la casse,* – oder auch: *Messieurs, vous me la faites à l'oseille.* – Ist eine Frau in seiner Nähe, die einen ihm nicht vertrauten Wohlgeruch ausströmt, gleich ruft er: *Ça schlingue rudement ici!* Dann ist er außer sich vor Freude; er hält sich für einen Pariser und blickt mit Verachtung auf den Herzog von Brabant, der bürgerliche Zigarren für einen Groschen raucht.

Erstaunliche Anmaßung der Belgier, in allen Bereichen. – Jemand hat dies oder jenes geleistet, – ein Buch geschrieben, ein Bild gemalt, eine Tat vollbracht; – ich könnte das Nämliche leisten (das ist offenkundig!), also bin ich seinesgleichen.

Unfähigkeit, ein Gespräch zu führen. – Ich liebe die Belgier nicht. – Warum? – Weil sie kein Französisch können. – Monsieur, sagt der Belgier, da gibt es doch noch die Hottentotten. – Monsieur, die Hottentotten sind weit weg, und Sie sind ganz nah; auch hat man mich, um es gerade herauszusagen, wissen lassen, daß die Hottentotten schon seit langem … verdammt sind. – Was? weil sie kein Französisch können? – Ja, Monsieur.

Ein einziges Mal nur habe ich in einem Theater einen Mann gesehen, der durch seine Haltung und Kleidung die öffentliche Aufmerksamkeit auf sich zu lenken suchte.
Obwohl er einen hellen Anzug und Mantel trug, und Ringe über amethystfarbenen Handschuhen, blieb er unbeachtet.
Übrigens sind die Belgier immer schlecht angezogen, obwohl sie sich viel Mühe geben, gut angezogen zu sein. Nichts steht ihnen.
Die glänzendste Erscheinung ginge hier in der allgemeinen Gleichgültigkeit unter. Ein eitler Mann gedeiht hier nicht.

Von der Verachtung der Belgier für die berühmten Männer.
Ihre Vertraulichkeit im Umgang mit einem berühmten Mann.
Gleich geben sie ihm einen Klaps auf den Bauch und duzen ihn, als hätten sie sich in Marolles zusammen im Staub und im Dreck gewälzt.

Jeder ist überzeugt, *weil er ein Mensch ist,* könnte er es auch so weit bringen. *Homo sum, nihil humani a me alienum puto*. In neuer Übersetzung.

Allgemeine Prahlsucht, hinsichtlich der Frauen, des Geldes, der Duelle, usw.
In einem Land, wo niemand dem andern Gerechtigkeit widerfahren läßt, muß jedermann sich selber rühmen.
Überdies täuscht niemand niemanden, da jeder weiß, daß sein Nachbar eben solch ein Lügner ist wie er. Allerhöchstens glaubt er die Hälfte von dem, was da vorgebracht wird!
Die Bescheidenheit ist hier übel dran. Sie kann weder verstanden noch belohnt werden. Wenn ein verdienter Mann sagt: Ich habe nur wenig getan, – so schließt man daraus natürlicherweise, daß er nichts getan hat.

Bei so viel Schwerfälligkeit keinerlei Festigkeit. Eine unglaubliche Plumpheit im Bunde mit einer erstaunlichen Wendigkeit.
Die Geschwindigkeit ist der Plumpheit proportional. Immer die Hammelherde, rechts, links, im Norden, im Süden, die *en bloc* angestürzt kommt.
Ich habe noch nie einen Belgier gesehen, der es gewagt hätte, anderen die Stirn zu bieten, nicht etwa tausend, sondern zehn Personen, mit den Worten: »Sie täuschen sich«, – oder: »Sie sind ungerecht.« Diese Leute denken nur *en bloc*.
Deshalb ist hier auch nichts so sehr in Mode, nichts gilt mehr und wird höher geachtet als der Eselstritt. Das *Vae victis* hat niemals größere Begeisterung ausgelöst. So habe ich denn, weil dieses Volk immer wieder erobert wurde, das Recht, ihm mit Genugtuung zu sagen: »*Vae victis*.«

Das Bonmot in Belgien. – Hier hat es das Bonmot sehr schwer (zum Beispiel: *encore un Français qui est venu découvrir la Belgique*); die Bonmots stammen meist von einem französischen Vaudevillisten. Hunderttausend können sich seiner zehnmal am Tag bedienen, ohne daß es sich abnutzt. Wie das Moschuskorn, das seinen Duft verströmt, ohne an Gewicht einzubüßen. Wie die mit Schnaps getränkte Kirsche, die man mit einer Schnur an der Decke aufgehängt hat und die, ob auch unzählige Kinder immer wieder daran lecken, doch lange Zeit heil bleibt. Mit dem Unterschied freilich, daß ein etwas schlaueres Kind sie mitunter verschluckt, während es Tausenden von Belgiern nicht gelingt, ein Bonmot ganz zu erschnappen. Oder vielmehr, sie schlucken es, ohne es zu verdauen, sie geben es wieder von sich, reichen es herum, schlucken es abermals ohne Ekel, geben es wiederum von sich mit dem nämlichen Gleichmut. Ein glückliches Volk! sparsam und mäßig in seinen Vergnügungen! Ein glückliches Volk, dessen Organe so beschaffen sind, daß jedes geistige Besäufnis sich von selbst verbietet!

Geist einer Kleinstadt. Eifersüchteleien. Üble Nachrede. Verleumdungen.
Neugier für das, was der Nachbar treibt. Genugtuung über das Unglück, das dem anderen zustößt.
Die Ursache sind Müßiggang und Unfähigkeit.

Neugier einer Kleinstadt.
Wenn die Allegorie in der Literatur wieder ihre Liebhaber fände, könnte der Dichter für den *Tempel der Verleumdung* keinen besseren Ort ausfindig machen als Brüssel.
Ein Belgier neigt sich zu Ihrem Ohr: »Verkehren Sie nicht mit dem. Das ist ein Schurke.« Und ein anderer seinerseits: »Verkehren Sie nicht mit jenem. Das ist ein Verbrecher.« – Und so alle, die einen über die andern.
Doch sie fürchten den schlechten Umgang nicht, denn sie sehen sich, dulden sich und besuchen einander gegenseitig, obwohl die ganze Nation – dem Vernehmen nach – aus lauter Verbrechern besteht.
Als ich merkte, daß man mich verleumdete, wollte ich dieser nationalen Leidenschaft, was mich betraf, Einhalt gebieten, und, armer Tropf, der ich bin! habe ich mich der Ironie bedient.
All denen, die mich fragten, warum ich so lange in Belgien bliebe (denn sie mögen es nicht, wenn die Ausländer allzu lange bleiben), habe ich *unter dem Siegel der Verschwiegenheit* gestanden, daß ich ein Spitzel sei.
Und man hat mir geglaubt!
Anderen sagte ich, ich sei in die Verbannung gegangen, weil ich in Frankreich unaussprechliche Untaten begangen hätte; ich hoffte jedoch zuversichtlich, dank der fürchterlichen Korruption, die in Frankreich an der Macht sei, würde ich bald begnadigt werden.
Und man hat mit geglaubt!
Derart aufs äußerste gereizt, habe ich nun erklärt, ich sei nicht nur ein Mörder, sondern auch Päderast. Diese Enthüllung hat ein völlig unerwartetes Ergebnis gezeitigt. Die belgischen Musiker haben daraus geschlossen, Richard Wagner sei Päderast.

Denn es will einem Belgier nicht in den Schädel, ein Mann könne einen anderen Mann loben, ohne dabei ein eigensüchtiges Motiv zu verfolgen.

Wenn man sich längere Zeit hier aufhält, fragt alle Welt: Der Herr hat wohl sein Vaterland verlassen müssen?
So unbegreiflich kommt es ihnen vor, man könnte *zum Vergnügen* hierbleiben und freiwillig unter ihnen leben.
Ich habe immer Lust zu antworten: Ja, Monsieur, weil ich meinen Vater umgebracht und weil ich ihn ungekocht gegessen habe.
Aber man würde mir glauben.
Der Belgier ist wie der Russe, er fürchtet, man könnte ihn näher kennenlernen wollen. Er will seine Wunden verbergen.

VIII. SITTEN IN BRÜSSEL

Gehorsam und KONFORMISMUS.
Allgemeiner Trieb, sich zu vergesellschaften.
Unzählige Gesellschaften (Überreste der ehemaligen Zünfte).
Denkfaulheit bei dem Einzelnen.
Wenn sie sich zu Gesellschaften zusammenschließen, erübrigt sich für den Einzelnen das Denken.
Die Gesellschaft der *Joyeux*.
Ein Belgier würde sich nicht für glücklich halten, wenn er nicht andere Glückliche sähe, die es auf die nämliche Weise sind. *Durch sich selber* glücklich zu sein, ist ihm daher unmöglich.

Gehorsam und Konformismus.
»Wenn Sie das Glück gefunden zu haben glauben, verspüren Sie dann nicht das Bedürfnis, das Rezept auch anderen mitzuteilen?«
»Nein.«
»Ich schon, – ich würde mich nicht für glücklich halten, wenn ich die anderen nicht das gleiche Leben führen sähe wie ich. *So nämlich beweise ich mir mein Glück.*«
Das waren die Reden eines Belgiers, der sich, ohne Aufforderung

meinerseits, vier Stunden lang an mich geheftet hat, um mir zu erzählen, daß er sehr reich sei, daß er allerlei Sehenswürdigkeiten besitze, daß er verheiratet sei, daß er Reisen unternommen habe, daß er öfters seekrank gewesen sei, daß er sich aus Paris der Cholera wegen fortgemacht habe, daß er in Paris eine Fabrik besitze, deren Vorarbeiter alle einen Orden hätten, – und dies alles, weil ich in der Hoffnung, ihn loszuwerden, gesagt hatte, für mich gäbe es kein Glück außer in der Einsamkeit.

Die Belgier denken nur in Trupps (Freimaurer, Freidenker, Gesellschaften jeder Art), und sie amüsieren sich nur in Trupps (Unterhaltungsgesellschaften, Gesellschaften für die Aufzucht von Buchfinken) (die kleinen Mädchen, die alle immer Arm in Arm gehen; – die Knaben gleichfalls, ebenso die Männer, ebenso die Frauen).
Männlein und Weiblein pinkeln nur in Trupps.
Ganze Trupps von Frauen, die mich angegriffen haben und die ich nur mit meiner Zigarre in die Flucht schlagen konnte.

Liebe der Belgier für die Gesellschaften, die Halbgesellschaften, die Viertelsgesellschaften ... Unendliche Unterabteilungen.
Disziplinarische Maßnahmen, wie man sich zu amüsieren, zu weinen, sich zu freuen, zu beten hat. – Alles geschieht *à la prussienne*.
Und dies alles bezeugt das Unvermögen des Einzelnen, allein zu weinen, allein zu beten und sich ganz allein zu amüsieren.
Alte Überreste der Dummheiten der Feudalzeit: Eidschwüre, Sippschaft, Stände, Zünfte, Innungen, Nationen.
Van der Noot herrscht noch.
(Seltsame Mißverständnisse zwischen den beiden Revolutionen, der von Brabant und der Französischen.)

Es gibt kein anderes Volk, das derart für den Konformismus geschaffen ist wie das belgische.
Hier rottet man sich zusammen, um zu denken, um sich zu amüsieren, um zu lachen. Die Belgier bilden Gesellschaften, um sich eine Meinung zu bilden. Deshalb gibt es auch keine anderen Leute, die es so sehr erstaunt und mit Verachtung erfüllt, wenn andere eine Meinung haben, die mit der ihren nicht übereinstimmt. Infolgedes-

sen ist es einem Belgier unmöglich zu glauben, ein Mensch glaube das, was *er* nicht glaubt. Und deshalb ist jeder, der anderer Meinung ist, unaufrichtig.
Ich kenne wenige belgische Katholiken. Ich halte sie für ebenso dumm, für ebenso bösartig, und vor allem für ebenso träge wie die atheistischen Belgier.
– »Warum gehen Sie in die Kirche, wenn Sie kein Meßbuch haben?«

IX. SITTEN IN BRÜSSEL

Die *Spione*.
Die belgische Herzlichkeit.
Ungefälligkeit.
Noch einmal die belgische Grobheit. *Das gallische Salz der Belgier*.
Das *Pißmännchen* und das *Kotzmännchen*, zwei nationale Standbilder, die ich symbolisch finde. – Exkrementelle Späße.

Die belgische Herzlichkeit findet ihren unmißverständlichen Ausdruck in dem *Spion*, der unmißverständlich wissen läßt, daß der Inwohner sich langweilt, und daß er nicht geneigt ist, jedem zu öffnen, der an seine Türe klopft.
Sie findet ihren Ausdruck in dem Fehlen von Lampen, um die Zigarren daran anzuzünden. Man kann seine Zigarre nur in dem Laden anzünden, wo man sie kauft.
– in der Unwilligkeit der Leute, wenn man sie, um sich zurechtzufinden, um eine Auskunft bittet. (*Gott for dam!* lassen Sie mich gefälligst in Frieden!)
Der eine oder andere ist vielleicht bereit, einem den Weg zu erklären; doch er stellt es so ungeschickt an, daß man nichts begreift.
»Monsieur, du gehst da hinunter, und dann folgst du der Avenue, und dann wendest du dich ...«, und dabei nennt er mitunter die Örtlichkeiten, die man kennen müßte, um zu wissen, was er meint.
»Nach rechts ..., nach links«, die Sprache kennen sie nicht.

Malassis' Aufzeichnungen. – Der König bürstet seinen Hut; nach dem Staub kommt nun der Regen. Mehrere Millionen Menschen bürsten ihre Hüte und wischen sich den Staub von den Schultern.
Kult der Belgier für ihre Hüte.
Die Belgier lieben ihre Hüte, wie der Landmann bei Pierre Dupont seine Ochsen liebt.
Die Zündhölzer sind ebenfalls kostbare Gegenstände. Man muß sparsam mit ihnen umgehen.
Die Stühle ohne querlaufende Verstrebungen.
Dubois' Wort über die Hunde. (Bring deinen Hund nicht hierher; er wäre gekränkt, wenn er mitansehen müßte, wie seinesgleichen hier Karren schleppt. – Zumindest aber, Monsieur, müssen sie hier keinen Maulkorb tragen.) Ein schönes Kapitel zu schreiben über diese kräftigen Hunde, über ihren Eifer und ihren Stolz. Man sollte meinen, sie wollten die Pferde beschämen.

»Kratze einen zivilisierten Russen«, pflegte Napoleon zu sagen, »und du findest einen Tartaren.«
Das stimmt, selbst für die reizendsten Russen, die ich gekannt habe.
Kratze einen belgischen Fürsten, und du findest einen Grobian.

Grobe Ungezogenheiten im Straßenleben.
– Hier macht man einer Frau nicht das Trottoir frei.
– Neben einem Fürsten dieses Landes ist ein französischer Arbeiter ein Aristokrat.
Grobschlächtigkeit ihrer Scherze.
Das *gallische Salz* der Belgier. Meine Abscheu vor dem berühmten *gallischen Salz.*
Die französische Scheiße und die belgische Scheiße, zwei Formen der gleichen Art zu spaßen.
Das Pißmännchen. Das Kotzmännchen.
Diese Grobschlächtigkeit wiederholt sich in der Liebe. Sogar in der Liebe eines Vaters zu seinen Kindern. Die nackten Hintern bei Jordaens. Das gehört zum flämischen Leben. Das wiederholt sich im politischen Leben.
Beispiele aus den Zeitungen anführen.

Das wiederholt sich bei der Geistlichkeit. Der Klerus ist possenhaft und ärgerniserregend.

X. SITTEN IN BRÜSSEL

Langsamkeit und Trägheit der Belgier; bei dem Mann von Welt, bei den Angestellten und bei den Arbeitern.
Verdrossenheit und Umständlichkeiten auf den Ämtern.
Die Post, das Telegraphenamt, der Packhof.
Anekdoten über die Ämter.

Belgische Langsamkeit. – Ein Brunnengräber wird von nachstürzendem Geröll begraben.
Großes Geschrei. Arbeiter werden gesucht. Dringende Bitten um Hilfe.
Mehrere Tage verstreichen. Die Sonntagsruhe wird eingehalten, unbeschadet der Ermahnungen Christi.
Endlich gelingt es, den Leichnam hervorzuholen. Nun sucht man zu beweisen, daß der unter dem Geröll Begrabene schon bei dem Unfall an Erstickung gestorben ist.

Ein Volk, das nicht schreibt und auch keine Gedanken mitzuteilen hat.
Nicht übermittelte Telegramme.
Ein Volk, das nichts Wichtiges und Dringliches zu sagen hat, kann sich nicht vorstellen, andere Völker hätten irgend etwas Dringliches zu übermitteln.
Wie Gott den Menschen nach seinem Bilde erschaffen hat, so stellt der belgische Volksstamm sich die anderen Völker nach seinem Gleichnis vor.

XI. SITTEN IN BRÜSSEL

Belgische Moralität. Die Kaufleute. Verherrlichung des Erfolgs. Das Geld. – Geschichte eines Malers, der Jefferson Davis ausliefern wollte, um die Prämie zu gewinnen.

Allgemein verbreitetes gegenseitiges Mißtrauen, Zeichen einer allgemeinen Unmoral. Bei keiner Handlung, nicht einmal bei einer schönen Tat, setzt der Belgier ein edles Motiv voraus.
Die Unredlichkeit der Kaufleute (Anekdoten).
Der Belgier ist immer bereit, sich zu freuen, wenn einem anderen ein Unglück zustößt. Auch kann man darüber stundenlang reden, und er langweilt sich so sehr!
Jedermann neigt hier zur Verleumdung. Dem bin ich mehrmals zum Opfer gefallen.
Allgemeiner Geiz. Große Vermögen. Keine Wohltätigkeit. Als gäbe es da eine Verschwörung, das Volk im Elend und in der Verdummung zu halten.
Jeder ist Händler, selbst die Reichen. Jeder handelt mit altem Trödel.
Haß auf die Schönheit, als Pendant zu dem *Haß auf den Geist.*
Kein Konformist zu sein, das ist das große Verbrechen.

Belgische Moralität. – Es gibt hier keine berufsmäßigen Diebe. Aber dieser Mangel wird durch die überall verbreitete Unredlichkeit reichlich wettgemacht.
So sind in den Staaten, in denen die Prostitution nicht rechtlich geregelt ist, alle Frauen käuflich.

Belgische Moralität. – Verwée würde gerne Jefferson Davis ausliefern, um die 500 000 Francs zu gewinnen. Babou ist empört. »Zum Teufel! DA er doch ein Verbrecher ist?« – Babou schlägt zurück: »Wenn Sie heute für irgendeinen Betrag einen Verbrecher ausliefern, so werden Sie morgen einen anständigen Menschen ausliefern.«
J. Leys schämt sich für seinen Landsmann, sucht zu vermitteln.
»Sie würden ihn aus Patriotismus ausliefern; und dann ließen Sie sich einen Auftrag für das Museum in Washington erteilen.«
(Falls es ein Museum in diesem Fuchsloch der Yankees geben sollte.)
»Keineswegs«, – sagt Verwée, der treuherzig bei seiner Niederträchtigkeit bleibt, – »ich nähme zuerst die 500 000 Francs, –

und dann würde ich mich vielleicht bereitfinden, ein Bild für das Museum zu malen.«
Belgische Moralität.

In einem Land, in dem jeder mißtrauisch ist, ist offensichtlich jedermann ein Dieb.

Vorsichtsmaßnahmen in den Familien. – Ein Vater hat zwei Söhne: der eine wird liberal sein, ältere Linie; der andere klerikal, jüngere Linie.
So ruht die Zukunft der Familie auf den beiden Möglichkeiten der Zukunft. Folglich kann sie nur gewinnen.
Was auch geschieht, sie ist gesichert.

Allgemein verbreitete Unredlichkeit.
Achtung vor den Juden!
Achtung vor allem vor den deutschen Russen!
Was ein deutscher Russe ist.
Einige hübsche Beispiele der belgischen Unredlichkeit.
Diese Leute bestehlen einander übrigens in aller Gemächlichkeit, und wer dabei als Sieger hervorgeht, erfreut sich der größten Hochachtung.

Der Belgier bleibt unzugänglich, wie die Frau, weil er nichts mitzuteilen hat, und man selber bleibt ihm unzugänglich, seiner Undurchdringlichkeit wegen. – Nichts ist so geheimnisvoll, so tief und so nichtig wie das Nichts!
Sein Fremdenhaß.
Wie er den Franzosen haßt und verachtet!
Ein neidischer Müßiggänger, kann er nicht ohne Verleumdungen leben.
Es besteht kein Anlaß zur Furcht, man könnte ihn betrüben, indem man ihm die Wahrheit über ihn selber sagt. Auch wenn er lesen kann, liest er nicht.

Barbarei und Grobheit *überall,* ohne Ausnahme, wobei man sich lebhaft bemüht, zivilisierte Manieren zur Schau zu tragen. *Manieren!!!*

Feindliche Atmosphäre.
Der Blick und das Gesicht des Feindes überall, überall.
Die Verleumdung, der Diebstahl, usw...
In den ersten Tagen indes tierische Neugier, wie die der Enten, die in Scharen ans Ufer kommen, wenn sich dort etwas rührt.
Das Vorurteil von der belgischen Gastfreundschaft.
Ratschläge für Franzosen, die möglichst wenig leiden möchten.

Eine unsympathische Rasse. – Haß auf die Schönheit. – Belgische Schamhaftigkeit. – Belgischer Dandysmus.
In Belgien merkt man überall den Feind. Tyrannei des menschlichen Gesichts, hier härter als anderswo. Der erstaunte, stumpfsinnige Blick, bei Männern, Frauen und Kindern.
– Oh! wie dumm der Herr da aussieht!
– Wirkung, die eine schöne Frau in Brüssel hervorriefe. Nähere Untersuchung des Hasses oder der Fröhlichkeit, welche die Schönheit hervorruft. Die Schönheit ist selten. Geschichte der Madame Müller. – Französische Halunken. – Hier ist jedermann ein Halunke.

XII. SITTEN IN BRÜSSEL

Das Vorurteil von der *belgischen Sauberkeit*. Worin sie besteht. – Saubere Dinge und schmutzige Dinge in Belgien. Einträgliche Gewerbe: die Anstreicher, welche die Decken weiß tünchen. Undankbare Gewerbe: Badeanstalten.
Armenviertel. Wie das Volk sich beträgt. Nacktheit. Trunksucht. Bettelei.

Zu den schmutzigen Dingen gehört die Senne,
ein so trübes, dickflüssiges Gewässer, daß auch der hellste Sonnenstrahl keinen Lichtschimmer darauf hervorriefe.
Sanierung der Senne.
Ein einziges Mittel: sie umzuleiten, daß sie nicht mehr durch Brüssel fließt, wo die Abflußrohre aller Latrinen in sie münden.

Belgische Sauberkeit. Sehr eindrucksvoll: viel Weißes überall. Anfangs angenehm. Und dann unangenehm. Seltsame Farben: hellrosa und hellgrün.
Saubere Dinge: Fußböden, Vorhänge, Öfen, Fassaden, Aborte.
Schmutzige Dinge: der menschliche Körper und die menschliche Seele. (Und das einzige Parfum ist die ewige Schmierseife.)
Die Anstreicher, welche die Decken weiß tünchen – ein vielbeschäftigtes Gewerbe. Vielleicht ist das ewige Streichen der Häuser in diesem Klima notwendig. Man sprengt, wenn es regnet.

Häßlichkeit und Elend. Über die Prostitution. – Das Elend, das in allen Ländern das Herz des Philosophen so leicht rührt, kann ihm hier nur den unwiderstehlichsten Ekel einflößen, so sehr ist das Gesicht des Armen von dem Erbübel des Lasters und einer unheilbaren Niedrigkeit geprägt!

Die Kinder, die doch fast überall hübsch anzusehen sind, sind hier abstoßend, räudig, grindig, verdreckt, verschissen.
Man muß die Armenviertel sehen, und muß die Kinder sehen, wie sie sich nackt in den Exkrementen wälzen. Ich glaube allerdings nicht, daß sie die Scheiße auch fressen.

Selbst die alte Frau, das geschlechtslose Wesen, das überall anderswo das große Verdienst hat, das Gemüt zu rühren, ohne die Sinne aufzustacheln, behält hier in ihren Zügen die ganze Häßlichkeit und die ganze Dummheit, die der jungen schon im Mutterleib aufgeprägt wurde. So weckt sie weder Höflichkeit noch Achtung, noch Zärtlichkeit.

XIII. BELGISCHE VERGNÜGUNGEN

Haben etwas Finsteres und Eisiges.
Düsteres Schweigen.
Überall herrscht der gleiche *Konformismus.* Man amüsiert sich nur in Trupps.
Das Vaux Hall.

Das Casino.
Das Théâtre Lyrique.
Das Théâtre de la Monnaie.
Die Vaudevilles français.
Mozart am Théatre du Cirque.
Julius Langenbach und seine Truppe (kein Erfolg, weil sie begabt war).
Wie ich einen ganzen Theatersaal dazu gebracht habe, einem alten lächerlichen Tänzer zu applaudieren.

Volkstümliche Tanzveranstaltungen.
Ballspiele.
Bogenschießen.

Die Fastnacht in Brüssel. Niemals bietet man seiner Tänzerin etwas zu trinken an. Jeder hüpft schweigend auf der Stelle. Roheit der Kinderspiele.

Vielzahl der Feste.
Alles ist Anlaß für ein Fest.
Kirmeß in den Straßen.
Triumphbögen für alle Sieger.

Der ernsten Musik lauscht man aufmerksam;
hat die Musik Witz, wird man unruhig.
Um zu verstehen zu geben, daß man den Takt begriffen hat, pocht man mit seinem Stock aufs Parkett.
Jedes Konzert hat einen französischen Teil; man fürchtet sich freilich, Franzose zu sein, aber man fürchtet sich auch, nicht für einen Franzosen zu gelten.

Brüssel. Vergnügungsstätten. – Es gibt deren keine.
Ein Ball im Haus »Zur Wölfin«.
Majestätischer Tanz, doch von Bären getanzt. Eine Art *Pavane*, aus der ein Choreograph etwas sehr Reizendes machen könnte. Einige Tänze älterer Herkunft. (Die Belgier bieten ihren Tänzerinnen keine Erfrischungen an.)

Vaux Hall und Zoologischer Garten.
Les pots plus que pourris.
Eisiges Publikum.
Es klatscht nicht, vermutlich aus Angst, es könnte sich irren.

Volksvergnügungen. Maskenbälle. – Totenstille.
Die Musik selber *verbreitet Stille.*
Man tanzt wie auf einem Leichenbegängnis.
Ein Maskenball gleicht dem Begräbnis eines Freidenkers.
Die Frauen können nicht tanzen, weil der Oberschenkel und der Schenkelhals eingezwängt sind. Die Beine sind Stöcke, an denen Planken sitzen.
Die Männer! oh! Karikaturen der Franzosen!
Die Kostüme. – Dominos aus Perkal. – Kattun-Pakete. Liederliches Lumpengesindel, liederlicher und lumpiger als jedes bekannte Lumpenpack. Widerwärtig tierisches Betragen. – Ach! wie abscheulich sind diese barbarischen Affen!
Zweitausend Typen von absoluter Häßlichkeit ertragen zu müssen!

XIV. UNTERRICHTSWESEN

Universitäten des Staates, oder der Gemeinde. Freie Universitäten. Athenäen.
Kein Latein, kein Griechisch. Man studiert für den Beruf. Haß auf die Poesie. Man lernt, wie man Ingenieur oder Bankier wird.
Keine Metaphysik.
Der *Positivismus* in Belgien. Hannon und Altmeyer, den Proudhon »jenes alte Käuzchen!« nannte! sein Porträt, sein Stil.
Allgemeiner Haß auf die Literatur.

Belgien haßt jede Literatur, und insbesondere La Bruyère.

– Stil der seltenen Bücher, die hier geschrieben werden.
– Einige Proben des belgischen Vokabulars.
Man kann nicht französisch, *niemand* kann es, doch alle Welt *stellt sich,* als könne man nicht flämisch. So will es der gute Geschmack. Daß sie es sehr wohl können, beweisen sie dadurch, daß sie ihre flämischen Dienstboten auf flämisch *anschnauzen.*

Brüssel. Belgische Redewendungen.
Maladies confidentielles.
Dieser belgische Ausdruck hat mich nachhaltig beschäftigt.
Confidentielles kommt mir absurd vor; denn, wenn es auch zutrifft, daß diese Krankheiten nur im geheimen und privat übermittelt werden, so verkündet man doch, zumindest bei den Franzosen nicht, im voraus, selbst wenn sie einem selber bekannt ist, die fragliche *Vertraulichkeit* demjenigen, welchem man sie mitzuteilen *wünscht.*
Freude und Jubel! *Eureka!* Diese Redewendung hat ihren Ursprung vermutlich in dem äußerst prüden, zimperlichen und feinsinnigen Charakter dieses scharfsinnigen belgischen Volkes! – Ich nehme deshalb an, in Brüssels guter Gesellschaft sagt ein junges Mädchen nicht:
Ce jeune homme m'a foutu la vérole!
– und ein junger Mann wird von einem wohlerzogenen Mädchen nicht sagen:
Elle m'a poivré!
Sondern sie zieht es vor, sich vernehmen zu lassen: *Dieser junge Mann hat mir etwas sehr Grausames anvertraut!* oder auch: *Dieser junge Mann hat mir etwas so Gräßliches anvertraut, daß mir die Haare davon ausgefallen sind!*
Und er: *Sie hat mir etwas anvertraut, woran ich mich noch lange erinnern werde!* oder auch: *Was ich ihr anvertraut habe, daran werden ihre Nachkommen sich noch bis ins dritte Glied erinnern!*
O ihr guten belgischen Apotheker! Euer Wortschatz hat es mir angetan, und in euren Anpreisungen bedient ihr euch mit Vorliebe des Euphemismus!

Im allgemeinen übt der Literat hier ein anderes Gewerbe aus. Meist ist er Angestellter.
Ansonsten keine Literatur, keine französische zumindest. Ein oder zwei Liederdichter, die Bérangers Schlüpfrigkeiten auf abscheuliche Weise nachäffen. Ein Romancier, ein Nachahmer jener Affen, die Champfleury kopieren. Gelehrte, Annalisten oder Chronisten, – das heißt Leute, die zusammenscharren, und andere, die für wenig Geld einen Haufen Papiere kaufen (Kostenabrechnungen für Bauten und andere Dinge, die festlichen Einzüge von Fürsten, Sitzungsberichte der Gemeinderäte, Kopien aus Archiven) und die das Ganze dann en bloc als ein Geschichtswerk verkaufen.
Genaugenommen ist hier jedermann *Annalist* (in Antwerpen ist jedermann Bilderhändler; in Brüssel gibt es auch reiche Sammler, die Trödler sind).
Der Ton des Journalismus. Zahlreiche Beispiele. Lächerliche Anzeigen des *Office de publicité*. – *L'Indépendance belge*. – *L'Écho du parlement*. – *L'Étoile belge*. – *Le Journal de Bruxelles*. – *Le Bien public*. – *Le Sancho*. – *Le Grelot*. – *L'Espiègle*. – Usw., usw.
Literarischer Patriotismus. Plakat einer Theateraufführung.

Ganz Belgien ist dem infamen *Siècle* ausgeliefert, das in Frankreich nur lächerlich ist, das jedoch bei barbarischen Völkern wie diesem ein infames Blatt ist.

XVII. BELGISCHE GOTTLOSIGKEIT. *Ein Kapitel, das es in sich hat! wie auch das folgende.*

Beschimpfungen des Papstes. – Propaganda der Gottlosigkeit. – Bericht über den Tod des Erzbischofs von Paris (1848). – Vorstellung des »Jesuiten«, von Pixérécourt, am Théâtre Lyrique. – Der Jesuit als Marionette. – Eine Prozession. – Königliche Subskription für die Begräbnisse. – Gegen eine katholische Lehrerin. – Hinsichtlich des Gesetzes über die Friedhöfe. – Bürgerliche Begräbnisse. – Leichname, die man sich streitig macht, die man entwendet. –

Begräbnis eines *Solidaire.* – Bürgerliches Begräbnis einer Frau. – Untersuchung der Satzungen der *Libre pensée.* – Testamentsformel. – Eine Wette unter denen, die den lieben Gott gefressen haben!

XVIII. GOTTLOSIGKEIT UND PRETROPHOBIE

Noch einmal die *Libre pensée!* Noch einmal die *Solidaires* und die *Affranchis!* Noch eine Testamentsformel, um der Kirche den Leichnam zu entwenden. Ein Artikel von Charles Sauvestre, in der *Opinion nationale,* über die *Libre pensée.* – Noch einmal die gestohlenen Leichname. – Beisetzung eines Abbé, der als Freigeist gestorben ist. – Jesuitophobie. – Näheres über *Unseren wackeren De Buck,* einen ehemaligen Galeerensträfling, den die Jesuiten verfolgt haben. – Eine Versammlung der *Libre pensée* in meinem Hotel, im *Grand Miroir.* – Philosophische Betrachtungen eines Belgiers. – Noch ein Begräbnis eines *Solidaire* zu der Melodie: *»Ah! zut! alors! si Nadar est malade!«*

Die klerikale Partei und die liberale Partei. Beide gleicherweise dumm. – Der berühmte Boniface, oder Defré (der belgische Paul-Louis Courier) fürchtet sich vor den Gespenstern der Toten; gräbt die Leichname von Kindern aus, die ohne Sakramente gestorben sind, um sie in geweihter Erde zu bestatten; glaubt, daß er eines tragischen Todes sterben wird wie Courier, und läßt sich abends begleiten, um nicht von den Jesuiten ermordet zu werden. – Mein erstes Zusammentreffen mit diesem Schwachkopf. Er war betrunken. – Er hat das Klavierspiel unterbrochen, als er aus dem Garten zurückkam, wohin er gegangen war, um dort zu speien, weil er eine Rede halten wollte, zugunsten des *Fortschritts,* und gegen Rubens als katholischen Maler.

– Die Gegner der Todesstrafe, – zweifelsohne selber sehr interessiert daran, in Belgien wie in Frankreich.

– Die belgische Gottlosigkeit ist eine Nachahmung der französischen Gottlosigkeit, doch in die dritte Potenz erhoben.

– Der Winkel, wo man die Hunde, die Verworfenen verscharrt.

– Belgische Bigotterie.

– Häßlichkeit, Liederlichkeit, Bosheit und Dummheit des flämischen Klerus. – Siehe die Lithographie »Das Begräbnis« von Rops.
– Bei den belgischen Kirchgängern fallen einen die christlichen Menschenfresser Südamerikas ein.
– Das einzige religiöse Programm, daß man den belgischen *Freidenkern* auferlegen könnte, wäre das Programm des französischen Zauberkünstlers de Caston.
– Seltsame Ansicht eines Gefährten von Dumouriez über die Parteien in Belgien: »Es gibt nur zwei Parteien, die Saufbrüder und die Katholiken.« – Dieses Land hat sich nicht verändert.

Belgien ist mehr als jedes andere Land voller Leute, die glauben, daß Jesus Christus *ein großer Mensch* war, daß die *Natur* nur Gutes lehrt, daß die *allgemeine Moral* den Dogmen in allen Religionen vorausgegangen ist, daß *der Mensch alles kann* und daß die Dampfkraft, die Eisenbahn und die Gasbeleuchtung den *ewigen* Fortschritt der Menschheit bezeugen.

Politik. Pretrophobie. – Eine Versammlung der *Libre Pensée* in meinem Hotel.
Verschiedene Reden.
Ein Fanatiker beklagt sich, daß die *Freidenker* noch zu schwach sind, um zu verhindern, daß die Seuche in ihre Wohnungen eindringt.
Es genügt nicht, daß einer *Freidenker* für sich ist, seine Frau darf weder zur Messe noch zur Beichte gehen.
Telemach, Kalypso, Jesus Christus, usw., usw., usw., usw... und andere Mythologien. Moral und Gefühl sind alles.
Eine drückende Hitze, ich muß meinen Rock ausziehen – dös is Gott! Ein kalter Luftzug, ich muß ihn wieder anziehen – dös is Gott!
Man hat den Ursulinen ein Grundstück überlassen, sie werden unsere Kinder vergiften.
Armellinis bürgerliches Begräbnis – »folgte die Menge der Freien Denker«.
Glückliches Volk, das deren eine Menge besitzt!
Wir haben deren nur alle Jahrhunderte einen.

Politik. Pretrophobie. – Die klerikale Partei und die revolutionäre Partei.
Beide tun einander gegenseitig Unrecht.
Aber welche Heftigkeit!
Was die Revolutionäre sind. Beispiel, Defré.
Sie glauben alle von den französischen Liberalen aufgebrachten Dummheiten.
(Abschaffung der Todesstrafe. Victor Hugo herrscht wie Courbet. In Paris soll es dem Vernehmen nach 30000 Bittsteller für die Abschaffung der Todesstrafe geben. 30000 Personen, die sie verdienen. Du zitterst, so bist du schon schuldig. Zumindest bist du hier interessiert. Die übertriebene Liebe zum Leben ist ein Abstieg ins Tierische.) Bei uns ist der Atheismus höflich. Hier ist er heftig, dummdreist, emphatisch.
Die belgische Dummheit ist eine ungeheure Nachahmung der französischen Dummheit, sie ist die französische Dummheit hoch drei.

Drei Gesellschaften, deren Ziel es ist, die Bürger zu überreden, ja sie zu zwingen, wie die Hunde zu sterben. Was der Hundewinkel ist. Das Kuriose dabei ist, daß diese *»künftigen Hunde«* mit den Christen zusammen beerdigt werden wollen.
Die *libre pensée (penseye)* für die Oberklasse, das heißt für die reichen Bestien, hat eine Zeitung: *Le Libre Examen, journal rationaliste,* aus dem ich hier einige Stellen anführe …
… Woraus man entnehmen kann, was ein Rationalist ist.
Die beiden anderen Gesellschaften (für das Bürgerpack) sind die *Affranchis* und die *Solidaires*. Begräbnisse mit Musik. Blechmusik. Posaunen.
Ein bürgerliches Trauergeleit zieht über die Place de la Monnaie.
Leichname, die man an der Tür der Kneipen abstellt.
Gestohlene Leichname. (Man hat uns einen Leichnam gestohlen!) Ob sie ihn wohl aufessen wollten?
Gefahr, sich gleichviel welcher Bande anzuschließen. Abdankung des Individuums.

Und dann kehren sie betrunken heim, blasen in ihre Posaunen: *Ah! zut! alors si ta sœur est malade!*, ziehen absichtlich vor einer Kirche vorbei, machen einen Umweg, um ein Pfarrhaus zu plagen, und sind sehr stolz, einen *Solidaire* ins Nichts geworfen zu haben.
Wer nicht an die Unsterblichkeit seines Wesens glaubt, spricht sich selbst das Urteil, – pflegte Robespierre zu sagen.
Stellen anführen aus der Satzung und den Testamentsformeln der Freidenker.
Pelletan soll einer der ihrigen sein.
Einige Reden, wie sie auf den Gräbern der *Solidaires* und der *Freidenker* gehalten wurden.

Würde des belgischen Klerus. – Die Predigt gegen die Trunksucht; der Prediger war ein betrunkener Redemptorist.
Wie er eins ums andere die Probleme löste.

Die Frage der Friedhöfe und der Begräbnisse.
Brutalitäten des Klerus. Der Hundewinkel, wo man die Verworfenen verscharrt. Der Leichnam, der über die Mauer geworfen wurde.
Im übrigen zeigt »Das Begräbnis« (von Rops) (Geschichte des Priesters, der Cadart Vorwürfe macht) die Grobschlächtigkeit des belgischen Klerus. Dieser Klerus ist grob, weil er belgisch, und nicht weil er römisch ist.
Warum sollte schließlich der Klerus es dem Rest der Nation nicht an Grobheit gleichtun? Wie gewisse Prostituierte, die von der Galanterie ebensowenig eine Ahnung haben wie gewisse Priester von der Religion.

Bei den Belgiern muß ich an die Stämme christlicher Menschenfresser in Südamerika denken. Bei ihnen hängen christliche Symbole an den Bäumen, deren Bedeutung ihnen unbekannt ist.
Auf welcher Stufe des Menschengeschlechts oder des Affengeschlechts soll man einen Belgier unterbringen?
Die christliche Idee (der unsichtbare Schöpfergott, allwissend, allbewußt, alles voraussehend) findet keinen Eingang in ein belgisches Gehirn.
Hier gibt es nur Atheisten oder Abergläubische.

XIX. POLITIK

Wahlsitten. Käuflichkeit. Man weiß, was eine Wahl in jeder Örtlichkeit kostet. Wahlskandale.
Parlamentarische Politik. (Zahlreiche Beispiele.)
Belgische Beredsamkeit.
Groteske Diskussion über die Vorsichtsmaßnahmen bei den Wahlen.
Das republikanische Meeting. Eine Nachahmung des Jakobinertums.
Belgien immer im Rückstand, seine Uhren gehen nach.

(Nichts ist lächerlicher, als die Zahl zum Maßstab der Wahrheit zu machen.)
Das allgemeine Wahlrecht und das Tischrücken. Das ist der Mensch, der die *Wahrheit* im Menschen sucht (!!!)
Die Abstimmung ist demnach nur ein Mittel, *eine Polizei* zu schaffen. Es ist eine Mechanik, der allerletzte Behelf, *ein Desiderat*.

Hinsichtlich des billigen Lebens, wohlfeil ist hier nur ein Sitz in der Kammer. Eine Wahl ist hier nicht allzu teuer. Es gibt Deputierte, die für die ihrige nicht mehr als 30000 Francs bezahlt haben. Das ist verhältnismäßig billig, wenn man England oder die Vereinigten Staaten zum Vergleich heranzieht. Das beweist, daß ein belgisches Gewissen nicht teuer ist, und daß der belgische Gaumen nicht heikel ist.

XX. POLITIK

Es gibt kein belgisches Volk im genauen Wortsinn. Es gibt flämische und wallonische Rassen, und es gibt verfeindete Städte. Man sehe Antwerpen. Belgien, ein diplomatischer Harlekin.
Die höchst wunderliche Geschichte der Brabanter Revolution, gegen einen philosophischen König, die sich in der Französischen Revolution einer philosophischen Revolution gegenübersah.
Ein konstitutioneller König ist ein Automat in einem Hôtel garni.

– Belgien ist das Opfer des Wahlzensus. Warum hier keiner nach dem allgemeinen Wahlrecht verlangt. Die Konstitution ist nur ein Fetzen. Die Konstitutionen sind *Papier*. Die Sitten sind *alles*. – Die belgische Freiheit ist ein Wort. Sie steht auf dem Papier; aber es gibt sie nicht, *weil niemand ihrer bedarf*.
Komische Situation in der Kammer in einem gewissen Moment. Beide Parteien gleich stark, mit einem Unterschied von einer Stimme. – Die Wahlen waren ein *großartiges Schauspiel*, wie die französischen Zeitungen sich ausdrücken.
Schilderung einer Wahlversammlung. – Politisches Geschwätz. Politische Beredsamkeit. Emphase. Mißverhältnis zwischen den Worten und dem Gegenstand.

Es gibt kein belgisches Volk. Wenn ich *das belgische Volk* sage, so ist dies demnach eine Abkürzungsformel; das bedeutet: die verschiedenen Rassen, aus denen die belgische Bevölkerung besteht.

Belgien ist ein Homunculus.
Dieser aus einem alchemistischen Unternehmen der Diplomatie hervorgegangene *Homunculus* hält sich für einen Menschen.
Die Überheblichkeit der unendlich Kleinen.

Antwerpen möchte frei sein. Gent möchte frei sein. Alle Welt möchte frei sein. Und jeder Bürgermeister möchte König sein.
Ebenso viele Parteien wie Städte.
Ebenso viele Kirmessen wie Straßen. Denn es gibt Straßenkirmessen.

Mißverständnis.
Joseph II. Er stand uns näher.
Er war doch wenigstens ein Utopist!
Die Frage bleibt.
Die Brabanter Revolution: die Klerikalen.
Die Meetings: die nachgeholte Französische Revolution.
Undankbarkeit der Belgier gegen die Französische Republik und das Kaiserreich.

Belgien ist das öffentliche Schaugerüst des Wahlzensus. Was wäre aus Frankreich geworden, wenn man den Zensus gesenkt hätte? Konstitutionelle Verblödung.
Der Zensus liegt bei 30 Francs.
Das allgemeine Wahlrecht würde Belgien den Priestern ausliefern. Darum wollen *die Liberalen* es nicht.
Immer die große Frage der Konstitution (toter Buchstabe) und der Sitten (die lebendige Konstitution).
In Frankreich lebt man unter der Tyrannei des Gesetzes, das durch die Sanftheit und Freiheit der Sitten gemildert wird.

In Frankreich wird die Freiheit durch die Furcht vor der Regierung eingeschränkt.
– In Belgien wird sie durch die nationale Dummheit unterdrückt.
– Kann man frei sein, und wozu mag es dienlich sein, die Freiheit in einem Land zu dekretieren, wo keiner sie begreift, wo keiner nach ihr verlangt, und wo keiner ein Bedürfnis nach ihr hat?
Die Freiheit ist ein Luxusgegenstand, wie die Tugend. Wenn der Belgier sich den Bauch vollgeschlagen hat, was braucht er mehr? Nach Mexiko, da gibt es Schinken!

XXI. DIE ANNEXION

Die Annexion ist in Belgien ein ständiges Gesprächsthema. Das erste Wort, das ich hier hörte, als ich vor zwei Jahren ankam. Weil sie immerzu davon reden, haben sie unsere Papageien des französischen Journalismus genötigt, das Wort zu wiederholen. – Ein großer Teil Belgiens verlangt danach. Doch das ist ein schlechter Grund. Frankreich müßte sich zuerst dazu bereitfinden. Belgien ist ein zerlumpter, rotziger Bengel, der einem gutaussehenden Herrn um den Hals fällt und zu ihm sagt: »Adoptieren Sie mich, seien Sie mein Vater!« – Der Herr muß dazu auch bereit sein.
Ich bin gegen die Annexion. Wir haben schon genug Dummköpfe in Frankreich, all unsere früheren Annektierten im Bordelais, im Elsaß und anderswo nicht mitgerechnet.
Aber ich wäre nicht gegen eine Invasion oder eine Razzia, nach

Art der Antike oder eines Attila. Alles, was es hier Schönes gibt, könnte in den *Louvre* verbracht werden. Das alles gehört uns rechtmäßiger als den Belgiern, weil sie nichts davon verstehen. – Und dann lernten die belgischen Damen die Turcos kennen, die nicht sehr heikel sind.
Belgien ist ein *beschissener Stecken;* das vor allem macht es unverletzlich. *Rührt nicht an Belgien!*
Die Tyrannei der Schwachen. Frauen und Tiere. Darauf beruht Belgiens Tyrannei in der öffentlichen Meinung Europas. Was Belgien schützt, ist ein Gleichgewicht der Rivalitäten, freilich; was aber geschähe, wenn die Rivalen sich untereinander verständigten? Ja, was dann?
(Alles Übrige kommt in den Epilog, mit den Vermutungen über die Zukunft und den Ratschlägen an die Franzosen.)

Invasion. Annexion. – Belgien will nicht überfallen werden, aber es möchte, daß einen die Lust ankommt, es zu überfallen.
Es ist ein schwerfälliges Weibsstück, daß gerne die männlichen Begierden weckte.
Um jedoch bei der Wahrheit zu bleiben, wäre der wallonische Teil nicht damit einverstanden?

Invasion. – Ein so oft erobertes Land, das es verstanden hat, trotz der so häufigen Besetzung durch fremde Eindringliche seine Sitten zu bewahren, sollte sich nicht so ängstlich stellen. Dieses kleine Volk ist stärker, als es aussieht.

Razzia. – Die Flamen haben alles von dem Herzog von Alba ertragen, der nur zehntausend Spanier hatte, und sie haben sich erst gegen ihn erhoben, als er ihnen den Zwanzigsten auferlegte.
Guter Rat an gleichviel welche europäische Armee. *Niemals eine Annexion.* Eine Razzia, jederzeit.
Damit soll man beginnen. Eine Razzia der Kunstdenkmäler, der Gemälde, der Kunstgegenstände jeder Art.
Razzia der Reichtümer.
Alles, was schön ist, kann man abtransportieren. Jede Nation hat das Recht zu sagen: *Das gehört mir, weil die Belgier es nicht genießen.*

Annexion. Razzia. – Die Annexion! immerzu die Annexion! Von nichts anderem hört man hier reden.
Denn der Kaiser herrscht hier, er ist die erste Macht, wie es der *Kladderadatsch* bewiesen hat (die Stelle suchen).
(Drei Mächte: die Kammer, *L'Indépendance belge* und der Kaiser der Franzosen.) Konstitutionelle Regierung, eine Trias der Mächte.
Verwées Meinung. Belgien vergißt als erstes, daß *die Annexion moralisch bereits stattgefunden hat,* daß es zweitens jedoch der *Einwilligung Frankreichs* bedürfte.
– Man halte doch den Erstbesten auf der Straße an und spreche zu ihm: *Seien Sie mein Adoptivvater,* vor allem, wenn man ein schmutzstarrender, rotziger Bengel ist. Der Aal, der will, daß man ihm die Haut abzieht, der aber schreit, ehe man sie ihm abzieht.
Die Nase des Mesners.
Wie ich die Annexion verstehe: *Wir bemächtigen uns des Bodens, der Gebäude und der Reichtümer; alle Einwohner werden deportiert.* – Unmöglich, sie als Sklaven zu verwenden. Sie sind zu dumm.
Bösartigkeit der kleinen Länder (Belgien, Schweiz), *Bösartigkeit der Schwachen,* der kleinen Köter und der Buckligen.
Immerhin können Umstände eintreten, die den diplomatischen Harlekin in zwei Stücke zerlegen; die eine Hälfte fiele an Holland, die andre an Frankreich.
Meine Ansicht über die Wallonen.
Es gibt auf der ganzen Welt nur *eine einzige Person, die von der Annexion träumt, das ist Belgien selbst.* Der *berühmte* Wiertz allerdings sah das anders.
Sollen die Hyperboreer doch in den Norden zurückkehren!

Verlogener Patriotismus. – Belgischer Patriotismus.
Ein einziger Patriot, Victor Joly, in einem Land, wo es kein Vaterland gibt.
Sein Porträt.

Belgien wird öffentlich ausgeboten. Will jemand es zu diesem Preis erstehen?

Holland tut den Mund nicht auf. Frankreich desgleichen. Belgien ist unverkäuflich.
Es ist ein beschissener Stecken.

XXII. DIE ARMEE

Ist im Vergleich beträchtlicher als die übrigen Armeen Europas; doch sie zieht niemals in den Krieg. Eine seltsame Art, die Staatsgelder zu verwenden!
Sollte diese Armee ins Feld ziehen, so hätte sie Schwierigkeiten mit dem Marschieren, was an dem belgischen Fuß liegt. Doch es sind viele Männer darunter, die bald tüchtige Soldaten würden.
All diese bartlosen Soldaten (man wird nur für sehr kurze Zeit eingezogen) haben Kindergesichter.
In dieser Armee kann ein Offizier nur zu avancieren hoffen, wenn der höhere Offizier eines natürlichen Todes stirbt oder durch Selbstmord aus dem Leben scheidet.
Großer Mißmut bei vielen jungen Offizieren, die im übrigen gut ausgebildet sind und bei Gelegenheit vortreffliche Militärs wären.
Rhetorische Übungen an der Militärschule, Berichte über imaginäre Schlachten, – ein trauriger Behelf, um sich über die Tatenlosigkeit hinwegzutrösten, wenn man für den Krieg erzogen ist.
In der Armee herrscht eine größere Höflichkeit als in der übrigen Nation. Kein Wunder: überall adelt, veredelt und zivilisiert das Schwert.

XXIII. DER KÖNIG LEOPOLD I.

Sein Porträt. Anekdoten. Sein Tod. Die Trauerfeierlichkeiten.

Leopold I., ein armseliges kleines deutsches Prinzlein, hat es, wie man so sagt, verstanden, *ohne viel Aufhebens seinen Weg zu machen*. Er ist nicht im Fiaker in die Verbannung gefahren. Er kam in Holzschuhen, und er starb mit einem Vermögen über hundert Millionen, von ganz Europa in den Himmel erhoben.

Kürzlich hat man ihn für *unsterblich* erklärt. (Lächerlicher Panegyrikus. Leopold und Vapereau.)
Ein mittelmäßiger Mensch, aber verschlagen und von bäuerlicher Hartnäckigkeit, hat dieser jüngste Sohn aus dem Hause Sachsen-Coburg alle Welt hereingelegt, *er hat sich gehörig bereichert* und schließlich alles Lob ergaunert, das man nur den Helden zollt.
Was Napoleon I. von ihm hielt.
Sein Geiz, seine Raffgier. – Seine stumpfsinnigen Vorstellungen eines deutschen Fürsten von der Etikette. Seine Beziehungen zu seiner Familie. – Seine Pensionen. Die Pension, die er von Napoleon III. erhielt.
Anekdote von dem Gärtner.
Seine Vorstellungen davon, was ein Park und was ein Garten ist, deretwegen man ihn für einen Liebhaber der *schlichten Natur* hielt, und die doch nur eine Folge seines Geizes waren.
Man fälscht die Zeitungen, damit der König nichts Beunruhigendes über seine Krankheit zu lesen bekommt.
Was eines Morgens der Innenminister hinter mir sagte. Lächerlicher Widerwille, mit dem der König sich gegen den Tod sträubte. – Sein Unglaube hinsichtlich dieses Gegenstandes. – Er verjagt die Ärzte. – Er bestiehlt seine Mätresse.
Energische Invasion der Herzogin von Brabant und ihrer Kinder. Mit Gewalt preßt sie ihm ein Kruzifix auf den Mund und fragt ihn, ob er nichts zu bereuen habe.
Gemeinsame Züge zwischen dem Tod des Königs und allen übrigen belgischen Todesfällen. – Seine drei Kaplane, die sich den Leichnam streitig machen. – Herr Becker trägt den Sieg davon, *weil er besser Französisch spricht* (!).
– Beginnt die große Komödie der Trauerfeierlichkeiten. – Schwarze Banderolen, Lobreden, Apotheosen, – große Besäufnis, allgemeines Gepisse und Gekotze der ganzen Bevölkerung. – Alle Belgier sind auf der Straße, recken die Nase in die Luft, stehen schweigend und eng aneinandergedrängt wie auf einem Maskenball. – Das ist ihre Art, sich zu amüsieren. – *In der Tat,* noch nie hatte Brüssel ein solches *Fest* gesehen. – Es war *sein erster König,* der da gestorben war. – Der neue König hält seinen Einzug zu den Klängen des *Roi barbu qui s'avance* (ungelogen). – Niemand lacht. – Einige

Belgier singen: *Soyons soldats,* um es den elenden *fransquillons* mit ihren Annexionsabsichten zu zeigen.

Da der König seine Krankheit nicht zur Kenntnis nehmen wollte, trug man Sorge, Spezialausgaben der Zeitungen für ihn zu drukken, wo man jede Anspielung auf sein baldiges Ableben vermied und nur von seiner Genesung sprach, derart daß er allein nicht wußte, daß er im Sterben lag.

Der Tod des Königs. – Drei Tage vor seinem Ableben höre ich in der Rue de Louvain den Innenminister hinter mir (im Hinblick auf die Gebete):
»Das sind Huldigungen, die man der *Rô-aillauté* erweist; ist der *Rôa* aber erst einmal tot, so bleibt nur der Protestant, – und das wird gewaltige Scherereien geben.«
Erklärung: Die drei Kaplane, der lutherische, der kalvinistische und der anglikanische, wollen sich jeder des königlichen Leichnams bemächtigen.
So bietet der Tod des Königs ein Beispiel der *Konformität* mit allen übrigen belgischen Todesfällen.
Immer der Leichnam des Patroklus, immer Herr Wiertz.
Eine andere Frage: Wird er in Laeken beigesetzt oder in England? Letzteres wäre kein Zeichen eines guten Patrioten.

Die drei Kaplane.
Die Belgier machen aus allem ein Fest, sogar aus dem Tod des Königs.
Die Schenken sind voll.
Acht Tage lang tut das Volk nichts.
Was würde bei uns geschehen, wenn das Volk acht Tage lang faulenzte?
Es würde Böses tun, mit Inbrunst.
Und was für ein Genuß, acht Tage lang Kanonenschüsse abzufeuern!
Da halten die Belgier sich für wahre Artilleristen.

Der Geiz des Königs.
Ein Erbe von 100 Millionen. Als Resultat der unermüdlichsten Raffsucht.

Sein Traktament als Gemahl der Prinzessin Charlotte, – das ihm bis zu seinem Tode gezahlt wurde.
Seine Einsparungen bei der Erhaltung der Schlösser (Courbet).
Sein Betragen gegenüber Madame Meyer und *M. Meyer.*
Neyts Wort über den Tod Leopolds I.: *»Welch ein Glücksfall für die Kneipen!«*

XXIV. Schöne Künste

In Belgien keine Kunst; die Kunst hat sich aus dem Land zurückgezogen.
Keine Künstler, außer Rops.
Die Komposition, unbekannt. Die Philosophie dieser ungebildeten Gesellen, eine Philosophie à la Courbet.
Nur das malen, was man sieht. (So wirst *du* auch nicht malen, was *ich* nicht sehe.) Spezialisten. – Ein Maler für die Sonne, einer für den Mond, einer für die Möbel, einer für die Stoffe, einer für die Blumen, – und Unterabteilungen für weitere Spezialitäten, ins Unendliche, wie in der Industrie. – Die Zusammenarbeit wird unvermeidlich.
Nationales Wohlgefallen am Gemeinen. Die alten Maler sind demnach getreuliche Historiker der flämischen Gemütsverfassung. – Hier schließt die Emphase nicht die Dummheit aus, – was den berühmten Rubens erklärt, diesen in Satin gekleideten Flegel.
Über einige moderne Maler, alle *pasticheurs,* alle Doubletten der französischen Talente. – Der Geschmack der Kunstliebhaber. – Herr Prosper Crabbe. – Die Niederträchtigkeiten des berühmten Herrn Van Praet, Minister des Königshauses. – Meine einzige Zusammenkunft mit ihm. – Wie man zu einer Sammlung gelangt. – Die Belgier bemessen den Wert der Künstler nach dem Preis ihrer Bilder. – Einige Seiten über diesen abscheulichen *puffiste,* den man Wiertz nennt, *die* Attraktion für die englischen Touristen. – Nähere Schilderung des Museums in Brüssel. – Entgegen der geltenden Meinung ist Rubens dort durch schwächere Bilder vertreten als in Paris.
Die Bildhauerei, ein schieres Nichts.

Die flämische Malerei glänzt nur durch Eigenschaften, die mit den geistigen Eigenschaften nichts zu tun haben.
Geistlos, doch manchmal eine reiche Farbgebung, und fast immer eine erstaunliche Geschicklichkeit der Pinselführung. Keine Komposition, oder eine lächerliche Komposition. Unwürdige Sujets, Pinkler, Scheißer und Kotzer. Abstoßende und eintönige Späße, in denen die ganze Geistesverfassung der Rasse sich ausspricht. Kerle von erschreckender Häßlichkeit. Diese armen Leute haben sehr viel Talent aufgewandt, um ihre Mißbildungen darzustellen.
In dieser Rasse repräsentiert Rubens *die Emphase, die die Dummheit nicht ausschließt.* Rubens ist ein Flegel, der sich in Satin gekleidet hat.

Der begabteste, heißt es, unter den belgischen Malern, derjenige, welchen die Faro-Trinker und Erdäpfel-Esser gerne mit Michelangelo vergleichen, Alfred Stevens, malt gewöhnlich eine kleine Frau (das ist *seine* Tulpe), immer dieselbe, wie sie einen Brief schreibt, einen Brief empfängt, einen Brief versteckt, wie sie einen Blumenstrauß empfängt, einen Blumenstrauß versteckt, kurzum, all diese albernen Nettigkeiten, die Devéria, ohne weiter viel Aufhebens davon zu machen, für 100 Groschen verkaufte. – Das große Unglück dieses auf Genauigkeit versessenen Malers ist der Umstand, daß der Strauß, der Stuhl, der Brief, die Spitze, usw... eins ums andere der wichtige Gegenstand werden, das, was einem in die Augen springt. – Kurzum, *durch und durch* ein flämischer Maler, insofern er im ganz und gar *Nichtigen* vollkommen ist, oder in der *Nachahmung der Natur,* was auf das gleiche hinausläuft.

Moderne Malerei. – Liebe zur Spezialität.
Es gibt einen Künstler, der nur Pfingstrosen malt.
Ein Künstler wurde getadelt, weil er alles malen wollte.
Wie, sagte man, kann er sich auf irgend etwas verstehen, da er sich auf nichts verlegt hat? Denn hier muß man sich schwerfällig auf etwas legen, um für ernst zu gelten.

Die Kunst hat sich aus diesem Land zurückgezogen.
Eine grobe Kunst allenthalben.

Ein kleinliches Ausmalen alles Unlebendigen.
Sie malen ihren Viehbestand.
Philosophie der belgischen Maler, Philosophie unseres Freundes Courbet, ein Giftmischer mit Hintergedanken (Nur das malen, was man sieht! So wirst *du* auch nur das malen, was *ich* sehe).

Es gibt literarische Maler, allzu literarische. Doch es gibt auch schweinische Maler (man sehe all diese flämischen Schmutzereien; sie mögen noch so gut gemalt sein, sie beleidigen doch den Geschmack).

In Frankreich findet man, ich sei zu sehr Maler.
Hier findet man, ich sei zu sehr Literat.

Alles, was über den Geisteshorizont dieser Maler hinausreicht, gilt ihnen als literarische Kunst.

Die Art, wie die Belgier über den Wert der Bilder diskutieren. Der Betrag, immer die Höhe des Betrages. Das dauert drei Stunden. Wenn sie drei Stunden lang die Verkaufspreise angeführt haben, glauben sie über Malerei gesprochen zu haben.
Und dann, man muß die Bilder verstecken, um sie wertvoll zu machen. Das Anschauen verschleißt die Bilder.
Hier ist alle Welt Bilderhändler.
In Antwerpen wird jeder Nichtsnutz Maler.
Die kleinliche Malerei überall.
Verachtung der großen.

Bildersammler und -liebhaber.
Stehen auf der gleichen Stufe wie die Bilderhändler und sind auch selber Händler.
Als ich die Bildergalerie eines Ministers besuchte und David lobte, sagte dieser: »*Bei Davidi* [sic] *scheint sich eine Hausse anzukündigen?*«
Meine Antwort war: »Bei den Leuten von Geist gab es für David niemals eine Baisse.«

Die Herren Belgier wissen nicht, was große Kunst, was die dekorative Malerei ist.
An großer Kunst (wie sie sich ehemals in den Kirchen der Jesuiten entfalten konnte) gibt es hier nur die *Munizipal*malerei (immer das Municipium, die Gemeinde), das heißt, aufs Ganze gesehen, eine anekdotische Malerei, die große Flächen bedeckt.

Unabhängige Malerei.
Wiertz. Scharlatan. Schwachkopf, Dieb.
Glaubt, er habe eine Sendung zu erfüllen.
Wiertz der literarische Malerphilosoph. Moderne Hirngespinste.
Der Christus der Menschenfreunde. Philosophische Malerei.
Von ähnlicher Torheit wie Victor Hugo am Ende der *Contemplations*.
Abschaffung der Todesstrafe.
Unendliche Macht des Menschen.
Die kupferfarbenen Mengen.
Die Inschriften an den Wänden. Grobe Beschimpfungen der französischen Kritiker und Frankreichs. Sentenzen von Wiertz überall.
Monsieur Gagne. Utopien. Brüssel, die Hauptstadt der Welt. Paris, Provinz. Bignons Wort über die Dummheit der Verrückten.
Die Bücher, die Wiertz veröffentlicht hat. Plagiate. Er kann nicht zeichnen, und seine Dummheit ist ebenso groß wie seine Kolossalgestalten.
Kurzum, ein Scharlatan, der sich durchzusetzen verstanden hat.
Was aber wird Brüssel mit all dem nach seinem Tode anfangen?
Das Trompe-l'œil.
Der Backenstreich.
Napoleon in der Hölle.
Der Löwe von Waterloo.
Wiertz und V. Hugo wollen die Menschheit retten.

XXV. ARCHITEKTUR, KIRCHEN, GOTTESDIENST

Moderne bürgerliche Baukunst. Schund. Brüchigkeit der Häuser.
Keine Harmonie. Unvereinbare Bauelemente. – Gute Materialien.

– Der blaue Stein. – Alte Stile werden übernommen. – In den öffentlichen Gebäuden ahmt man Frankreich nach. – Beim Kirchenbau hält man sich an Vergangenes.
Die Vergangenheit. – Die Gotik. – Das 17. Jahrhundert.
– Beschreibung der Grand' Place in Brüssel (sehr gepflegt).
– In Belgien, das immer im Rückstand ist, bleiben die Stile zurück und halten sich länger.
– Ein Loblied auf den Stil des 17. Jahrhunderts, ein verkannter Stil, von dem es in Belgien prächtige Beispiele gibt.
– *Renaissance* in Belgien. – Übergangszeit. – Jesuitenstil. – Stile des 17. Jahrhunderts. – Rubens-Stil.
– Die Kirche des *Béguinage* in Brüssel, *Saint-Pierre* in Mecheln, die *Jesuitenkirche* in Antwerpen, *Saint-Loup* in Namur, usw., usw...
(V. Hugos Eintreten zugunsten der Gotik hat unserem Verständnis für die Baukunst sehr geschadet. Wir haben uns allzu lange bei ihr aufgehalten. – Philosophie der Geschichte der Baukunst, *wie ich sie sehe*. – Analogien mit den Korallenriffen, den Bänken der Madreporen, der Bildung der Kontinente, und schließlich mit dem Lebendigen überhaupt. – Nirgends eine Lücke. – Beständig im Zustand des Übergangs. – Man könnte das Rokoko die letzte Blüte der Gotik nennen.)
– Coebergher, Faydherbe und Francquaert.
– Victor Jolys Meinung über Coebergher, immer von Victor Hugo beeinflußt.
– Allgemeiner Reichtum der Kirchen. – Ein wenig Kuriositätenladen, auch etwas Trödelkramhaftes.
Beschreibung dieser Art Reichtum.
Einige Kirchen, seien es gotische, oder aus dem 17. Jahrhundert. Farbige Statuen. Reich ausgeschmückte Beichtstühle; – Beichtstühle des *Béguinage*, in Mecheln, in Antwerpen, in Namur, usw...
– Die *Chaires de Vérité*. – Sehr verschiedenartig. – Die wahre flämische Skulptur ist aus Holz und erreicht ihren Höhepunkt in den Kirchen. – Eine nicht skulpturale, nicht monumentale Skulptur; sie hat etwas vom Spielzeug, vom Schmuckstück, geduldig und sorgfältig ausgearbeitet. – Doch auch diese Kunst ist tot wie die übrigen, sogar in Mecheln, wo sie so schön in Blüte stand.

– Beschreibung einiger Prozessionen. Spuren der Vergangenheit, die sich in frommen Bräuchen erhalten haben. – Großer Aufwand.
– Erstaunliche Naivität in der Art, wie religiöse Vorstellungen in Szene gesetzt werden.
(Im Vorbeigehn ein Hinweis auf die unglaubliche Menge der belgischen Feste. Es ist immer Feiertag. – Woran man erkennt, daß dies ein Volk von Nichtstuern ist.)
– Die belgische Frömmigkeit, schwachsinnig. Aberglaube. Der christliche Gott übersteigt das Fassungsvermögen eines belgischen Gehirns.
– Die Geistlichkeit, schwerfällig, grob, zynisch, geil, habgierig. Mit einem Wort: belgisch. Der Klerus hat die Revolution von 1831 gemacht, und er glaubt, das ganze belgische Leben unterstehe ihm.
– Kehren wir noch einmal kurz zu den Jesuiten und dem Jesuitenstil zurück. Ein genialer Stil. Der vieldeutige und komplexe Charakter dieses Stils. – (Kokett und schrecklich.)
– Große Öffnungen, große Fenster, viel Licht – ein Gemisch von Gestalten, Stilen, Zieraten und Symbolen. – Einige Beispiele. – Ich habe Tigertatzen gesehen, die als Schnörkel dienten. – Im allgemeinen von außen schmucklose Kirchen, mit Ausnahme der Fassade.

Brüssel. Architektur.
Ein Topf und ein Reiter auf dem Dach sind die auffälligsten Beweisstücke für einen ausgefallenen Geschmack in der Baukunst.
Ein Pferd auf einem Dach! ein Blumentopf auf einem Giebel!
Das hängt mit dem zusammen, was ich den *Spielzeug*-Stil nenne.
Moskowitische Kirchtürme. Auf einem byzantinischen Turm hängt eine Glocke oder vielmehr ein Eßzimmerglöckchen, – was mich lockt, es herunterzunehmen und meinen Dienern – Giganten – zu läuten.

Die schönen Häuser an der *Grand' Place* erinnern an jene seltsamen Möbel, die man *Cabinets* nennt. Spielzeug-Stil.
Schöne Möbel sind übrigens immer so etwas wie kleine Bauwerke.

Die Grand' Place.
Vor der Bombardierung durch Villeroi, und selbst heute noch, eine großartige Anlage. Kokett und feierlich. – Das Reiterstandbild. Die Embleme, die Büsten, die verschiedenen Stile, das Gold überall, die Giebel, das Rubens zugeschriebene Haus, die Karyatiden, das Heck eines Schiffes, das Hôtel de Ville, das Haus des Königs, eine Welt der architektonischen Paradoxien. Victor Hugo (siehe Dubois und Wauters).
Der Quai, wo die Kähne anlegen.

Brüssel. Baukunst und zurückgebliebene Literaten.
Coebergher und Victor Joly.
»Wenn ich diesen Coebergher zu packen bekäme!« sagt Joly, – »ein Schuft, der den religiösen Stil verdorben hat!«
Die Kenntnis davon, daß es diesen Coebergher, den Baumeister der Kirche des *Béguinage,* der Augustiner und der Birgittinen, gibt, verdanke ich dem *Magasin pittoresque.* Vergeblich hatte ich mich bei mehreren Belgiern nach dem Namen des Baumeisters erkundigt.
V. Joly ist bei *Notre-Dame de Paris* stehengeblieben. – »In einer Jesuitenkirche« – sagte er, – »kann er nicht beten.« – Er braucht es gotisch.
Es gibt Faulenzer, die in der Farbe der Vorhänge an ihrem Fenster einen Vorwand finden, um niemals zu arbeiten.

Kirchen. Brüssel.
Verschlossene Kirchen.
Was geschieht mit dem Geld, das man von den Touristen einnimmt?
Die Katholische Religion in Belgien ähnelt zugleich dem neapolitanischen Aberglauben und der protestantischen Pedanterie.

Eine Prozession. Endlich! Banderolen an einem Seil, das über die Straße gespannt ist. Delacroix' Wort über die Fahnen. In Frankreich hat man die Prozessionen unterdrückt, aus Rücksicht auf einige Mörder und einige Ketzer. Erinnert ihr euch noch des Weihrauchs, der Rosen, die herniederregnen, usw..?
Byzantinische Banner, die so schwer sind, daß einige nur hängend getragen wurden.

Fromme Bürger. Ebenso dümmliche Gestalten wie die der Revolutionäre.

Eine weitere Prozession, anläßlich des Wunders der durchbohrten Hostien.
Große farbige Statuen.
Farbige Kruzifixe.
Schönheit der bemalten Skulptur.
Der ewige Gekreuzigte über der Menge. – Sträucher von künstlichen Rosen.
Meine Rührung.
Glücklicherweise sah ich die Gesichter derjenigen nicht, welche diese prächtigen Bilder trugen.

Kirchen. Brüssel.
Sainte-Gudule.
Prächtige Fenster.
Schöne intensive Farben, wie diejenigen, mit denen ein tiefes Gemüt alle Gegenstände des Lebens überkleidet.
Sainte-Catherine. Katholischer Duft. Exvoto. Bemalte, geschminkte und herausgeputzte Marienbilder. Ein entschiedener Geruch nach Wachs und Weihrauch.
Immer die riesigen theatralischen Kanzeln. Die ganze Inszenierung aus Holz. Hohe Kunstfertigkeit, daß es einen gelüsten könnte, ein Mobiliar in Mecheln oder Löwen zu bestellen.

Immer sind die Kirchen geschlossen, sobald der Gottesdienst vorbei ist. Man muß also *pünktlich* sein Gebet verrichten, *à la prussienne.*
Von den Touristen wird eine Abgabe erhoben.
Wenn man gegen Ende des Gottesdienstes eine Kirche betritt, wird man auf eine Tafel verwiesen, und dort liest man: …

Ein wackerer Buchhändler, der Bücher gegen die Priester und die Klosterfrauen druckt, und der seine Bildung vermutlich aus den Büchern bezieht, die er druckt, versichert mir, es gäbe keinen

Jesuitenstil, in einem Land, das die Jesuiten mit ihren Gebäuden überzogen haben.

Versuch, den Jesuitenstil näher zu bestimmen.
Kompositstil.
Kokette Barbarei.
Manches Mißratene.
Bezaubernder schlechter Geschmack.
Die Kapelle in Versailles.
Das Collège in Lyon.
Das Boudoir der Religion.
Riesige Strahlenkränze.
Trauer in Marmor (schwarz und weiß).
Säulen Salomos.
Statuen (Rokoko), die an den Kapitellen der Säulen, selbst der gotischen Säulen, hängen.
Exvoto (großes Schiff).
Eine Kirche in verschiedenartigen Stilen ist ein geschichtliches Diktionär. Der natürliche Mörtel der Geschichte.
Bemalte, herausgeputzte und bekleidete Marienbilder.
Grabsteine. Grabdenkmäler, die an den Säulen angebracht sind (J.-B. Rousseau).
Außerordentliche Kanzeln, Rokoko, dramatische Beichtstühle. Im allgemeinen in den Skulpturen ein häuslicher Stil, und an den Kanzeln das Spielzeughafte.
Die Kanzeln sind übersät von Emblemen, ein pompöses Durcheinander von religiösen Symbolen, die ein geschickter Meißel von Mecheln oder Löwen herausgearbeitet hat.
Palmbäume, Ochsen, Adler, Greife; die Sünde, der Tod, pausbäkkige Engel, die Passionswerkzeuge, Adam und Eva, der Gekreuzigte, allerlei Laubwerk, Felsen, Vorhänge, usw..., usw...

Meist ein riesiger farbiger Kruzifixus, der vor dem Chor des Hauptschiffes in der Wölbung aufgehängt ist (?). (Ich liebe die farbigen Skulpturen.)
Das, was ein Photograph unter meinen Freunden Jesus Christus am Trapez nennt.

Jesuitenkirchen. Jesuitischer *style flamboyant*. Rokoko der Religion, alte Eindrücke aus Kupferstichwerken. Die Wunder des Diacre Pâris (Jansenimus, Achtung!).
Die Kirche des *Béguinage*. Köstlicher Eindruck von Weiße. Die Jesuitenkirchen sehr luftig, sehr hell.
Jene hat die ganze schneeige Schönheit einer jungen Kommunikantin.
Flammende Vasen, Giebelfenster, Büsten in den Nischen, geflügelte Köpfe, Statuen über den Kapitellen.
Reizende Beichtstühle.
Religiöse Koketterie.
Der Marienkult, sehr schön in allen Kirchen.

Kirche der *Chapelle*.
Ein bemalter Kruzifixus, und darunter *Nuestra Señora de la Soledad* (Unsere liebe Frau von der Einsamkeit).
Im Gewand einer Begine. Große Trauer, große Schleier, schwarz und weiß, das Kleid aus schwarzem Etamin.
In Naturgröße.
Ein goldenes Diadem, mit Glasperlen inkrustiert.
Strahlenförmig eine goldene Aureole.
Ein schwerer Rosenkranz, wie Klosterfrauen ihn tragen.
Das Gesicht ist bemalt.
Alles düster-spanisch, die Farbe, der Stil.
(De Quincey, Unsere Lieben Frauen.)
Ein weißes Gerippe, das sich von einem schwarzen Marmorgrab herabbeugt, das an der Wand angebracht ist.
(Noch erstaunlicher als das in Saint-Nicolas-du-Chardonnet.)

XXVI. DIE LANDSCHAFT RINGS UM BRÜSSEL.

Fett, üppig, feucht, wie die flämischen Weiber, – finster wie die flämischen Männer. – Sehr schwarz begrünt. – Feuchtes, kaltes, warmes und feuchtes Klima, die vier Jahreszeiten an einem Tag. – Nur spärlich von Tieren bevölkert. Keine Insekten, keine Vögel. Selbst das Tier flieht diese verfluchten Gegenden.

Die Umgebung von Brüssel bietet den Anblick eines fetten, reichen und düsteren Landes. Spät, doch dicht begrünt. Feuchter Dunst. Die Natur gleicht den Bewohnern.
Wunderbarer Feldbau. Alles ist angebaut. Rege Feldarbeit. Abschüssiges Gelände bearbeitet man mit Hacke und Spaten.
Doch in diesem reichen Bauernland umgeben einen Scharen von abscheulichen, schmutzigen, gelbgesichtigen Kindern, die einen hartnäckig anbetteln, mit einem Geplärre, das auf die Nerven geht. Und das sind nicht etwa Kinder von armen Leuten. Manchmal mischen die Eltern, reiche Hofbesitzer, sich ein: *»Ach, die kleinen Schleckermäuler! sie wollen sich ein Stück Kuchen dafür kaufen!«*
Und dieses Volk behauptet, es sei ein freies Volk. An jeder Schranke, das heißt alle ..., muß man eine Abgabe entrichten. Überreste aus der Feudalzeit. Die Schranken sind verpachtet.

Die Landschaft.
Das Gelände rings um Brüssel, schmutzig oder sandig, verhindert jeden Spaziergang.
Alle Parke sind ungepflegt und vernachlässigt.

Die Schönheit des *Quai des Barques,* und der *Allée Verte.*
Die Wasserlinsen und das Gänsekraut. Plötzlich ist die ganze Fläche davon überzogen. – Ein grüner Teppich, auf dem man spazierengehen möchte, der nur leider den Gewässern das schöne schillernde Farbenspiel raubt.

XXVII. SPAZIERGANG IN MECHELN

Mecheln ist eine brave kleine Begine unter ihrer Kapuze. – Mechanische Musik in der Luft. – Die *Marseillaise* als Glockenspiel. – Hier ist es, als ob alle Tage Sonntag wäre. – Viele Gläubige in den Kirchen. Gras auf den Straßen. Alter spanischer Nachgeruch. Das *Béguinage.* Mehrere Kirchen. – Saint-Rombout. Notre-Dame. Saint-Pierre. – Malereien zweier Jesuitenbrüder über Themen der Heidenmission. *Durchlaufendes* Beichtgestühl. Die Kanzel ein wunderbares Symbol, das den Jesuiten die Weltherrschaft verheißt, – die einzige skulpturale Skulptur, die ich gesehen habe. – Es riecht nach Wachs und Weihrauch. – Rubens und Van Dyck. – Botanischer Garten. Ein heller, rascher Bach. – Guter Moselwein im *Hôtel de la Levrette*. – Was eine *Sondergesellschaft* ist.

Botanischer Garten.
Allgemeiner Eindruck der Ruhe, des Festtags, der Frömmigkeit.
Mechanische Musik in der Luft. In ihr kommt die Freude eines Volkes von Automaten zum Ausdruck, das sich nur nach den Regeln einer Disziplin zu vergnügen versteht. Die Glockenspiele dispensieren den Einzelnen davon, für seine Freude einen Ausdruck zu suchen. – In Mecheln hat jeder Tag etwas von einem Sonntag an sich.
Alter spanischer Nachgeruch.
Saint-Romboud (Raimbault, Rombauld), gotisch.
Die Kirche Saint-Pierre.
Die Geschichte des heiligen Franciscus Xaverius, von zwei Brüdern, beide Maler und Jesuiten, gemalt, und symbolische Anklänge an diese Geschichte auf der Fassade. Einer von ihnen legt seine Bilder in roten Tönen an.
Theatralischer Stil *à la Restout*. Charakter der Jesuitenkirchen. Hell und weiß.
Diese Kirchen scheinen immer zu kommunizieren.
Ganz Saint-Pierre ist von prunkvollen Beichtstühlen umgeben, die ohne Unterbrechung fortlaufen und derart eine breite Einfassung der einfallsreichsten, üppigsten und wunderlichsten symbolischen Skulpturen darstellen.
Das Resümee der Jesuitenkirche ist die Kanzel. Der Weltglobus. Die vier Weltteile. Aloysius von Gonzaga, Stanislas Kostka, Franciscus Xaverius, der heilige François Régis.
Die alten Frauen und die Beginen. Automatische Frömmigkeit. Vielleicht das wahre Glück. Starker Geruch nach Wachs und Weihrauch, der in Paris fehlt. Etwas, das man nur in den Dorfkirchen wiederfindet. Die Hallen der Tuchhändler. Flämisches Louis-quatorze.

Ein rascher, grüner Bach fließt durch Mecheln. Doch das schläfrige Mecheln ist keine Nymphe; es ist eine Begine, deren verhaltener Blick sich kaum aus dem Dunkel der Kapuze hervorwagt.
Es ist eine kleine Alte, nicht betrübt, nicht tragisch, doch geheimnisvoll genug für das Auge des Fremden, der mit all den geregelten kleinen Feierlichkeiten der Andacht nicht vertraut ist.
(Religiöse Bilder, – *fromm, doch nicht gläubig,* – nach Michelangelo.)

Weltliche Weisen, die man den Glockenspielen angepaßt hat. Aus dem, was da durcheinanderklang, glaubte ich einige Noten der *Marseillaise* herauszuhören. Wie er da von den Glocken daherkam, verlor der Hymnus der Kanaille etwas von seiner Herbheit. Von den Hämmern kleingehackt, war das nicht mehr das große traditionelle Geheul, er schien vielmehr eine kindliche Anmut zu gewinnen. Als ließe die Revolution es sich einfallen, die Sprache des Himmels nachzustottern. Ohne böse Miene empfing der helle blaue Himmel diese irdische Huldigung im Verein mit allen anderen.

Und wenn du so viele Altäre, Kapellen und Beichtstühle besucht hast, lieber Reisender, und dich nun ein sinnliches Gelüsten ankommt, so begib dich in das Hôtel de la Levrette, nicht um dort, große Götter! zu Abend zu speisen (denn man speist nicht in Belgien, außer man sei imstande, diese unaufhörliche *Prozession* belgischer Gerichte über sich ergehen zu lassen: gekochtes *Ochsenfleisch, Hammelbraten,* oder was sich so nennt, *Kalbfleisch, Beefsteaks, Kalbsköpfe,* und *Koteletts* als Zwischengericht, und *Schinken* mit Salaten als Dessert) – sondern um dort einen gewissen Moselwein zu trinken, fest, fein, trocken, frisch und hell, der mir eine vage Erinnerung wie von Honig und Moschus hinterlassen hat. Es fehlte nur der Weihrauch.

XXVIII. SPAZIERGANG IN ANTWERPEN

Begegnung mit dem Erzbischof von Mecheln. – Das Land flach, Bäume und Wiesen dunkelgrün – Neue (!) und alte Befestigungen, mit englischen Gärten. Endlich eine Stadt, die nach einer Großstadt aussieht! – Die Place de Meir. Das Rubens-Haus. Das Haus des Königs. – Flämische *Renaissance.* Das Rathaus. – Die Kirche der Jesuiten, ein Meisterwerk. – Noch einmal der *Jesuitenstil* (ein wildes Gemisch, Schachbrettfiguren, Leuchter, ein mystisches und schreckliches Boudoir, Trauer in Marmor, theatralische Beichtstühle, Theater und Boudoir, Glorienscheine und helle Verglasungen, Engel und Amoretten, Apotheosen und Seligsprechungen). – Was ich von den berühmten Gemälden von Rubens, von den verschlossenen Kirchen und von den Mesnern halte. – Kalvarienberge und Madonnen. – Gewisse Häuser in einem pompösen modernen Stil. – Antwerpen hat etwas Hoheitsvolles. Die Schönheit eines großen Flusses. Von dem aus man Antwerpen sehen muß. – Die Becken Napoleons I. – Henri Leys. – Das Haus des Verlegers Plantin. – Der Rydeck, Tanzvergnügungen und Prostitution. Alles, was man von dem Rydeck erzählt, ist *dummes Gerede.* Das ist so etwas wie ein weitläufiges Bordell in der Pariser Banlieue.

Die Sitten in Antwerpen, von gräßlicher Grobheit. Die Kellner in den Restaurants haben etwas Finsteres an sich.

XXIX. SPAZIERGANG IN NAMUR

Man geht selten nach Namur. Eine Stadt, welche die Reisenden vernachlässigen, natürlich weil die Esels*führer* nicht davon sprechen. – Die Stadt Vaubans, Boileaus, van der Meulens, Bossuets, Fénelons, Jouvenets, Rigauds, Restouts, usw.... Erinnerungen an den *Lutrin.* – *Saint-Loup,* das Meisterwerk der Meisterwerke der Jesuiten. Allgemeiner Eindruck. Einige Einzelheiten. Jesuiten als Baumeister, Jesuiten als Maler, Jesuiten als Bildhauer, Jesuiten als Ornamentisten. – Die Kirche der Rekollekten. – Saint-Aubain, ein kleiner Petersdom aus Ziegeln und blauem Stein von außen, innen

weiß, und mit einem konvexen Portal. – Nicolaï, ein falscher Rubens. – Die Straße der blinden Finken. (Der Herzog von Brabant, heute Leopold II., Präsident einer Akademie von Finkenzüchtern.)
– Seltsamkeiten der Prostitution in Namur.
– Wallonische Bevölkerung. – Mehr Höflichkeit.
– Je ein Porträt von Félicien Rops und von seinem Schwiegervater, einer gestrengen Magistratsperson, und doch jovial, ein großer Jäger und großer Zitator. Er hat ein Buch über die Jagd geschrieben, und er hat mir Verse von Horaz zitiert, Verse aus den *Fleurs du Mal* und Sätze von d'Aurevilly. – Hat mir einen reizenden Eindruck gemacht. – Der einzige Belgier, der Latein kann und auf Französisch zu plaudern versteht.
– Ich gerate nach Luxemburg, ohne es zu merken.
– Die Landschaft schwarz. Die *Meuse*, mit steilen Böschungen, vom Nebel verhangen.
– Der Wein von Namur.

XXX. SPAZIERGANG IN LÜTTICH

Das Palais der Fürstbischöfe. – Weinkeller. – Trunkenheit. – Man tut, als hätte man den französischen Esprit gepachtet.

XXXI. SPAZIERGANG IN GENT

Sankt-Bavon. Einige schöne Dinge. Grabstätten. – Eine rohe Bevölkerung. – Eine alte Stadt aufständischer Bauern, die sich ein wenig abseits hält, und sich als Großstadt gebärdet. Eine traurige Stadt.

XXXII. SPAZIERGANG IN BRÜGGE

Eine gespenstische Stadt, eine mumifizierte Stadt, fast völlig erhalten. Das riecht nach Tod, nach Mittelalter, ein schwarzes Venedig, die üblichen Gespenster und die Gräber. – Großes Béguinage;

Glockenspiele. Einige Denkmäler. Ein Werk, das Michelangelo zugeschrieben wird. Aber Brügge geht auch dahin.

XXXIII. EPILOG

Die Zukunft. Ratschläge an die Franzosen.

Belgien ist das, was Frankreich vielleicht geworden wäre, wenn es in den Händen der Bourgeoisie geblieben wäre. Belgien ist ohne Leben, doch nicht ohne Korruption. – Zerstückt, aufgeteilt, überfallen, besiegt, verprügelt, ausgeplündert, vegetiert Belgien fort, molluskenhaft, ein schieres Wunder. – *Noli me tangere,* wäre der rechte Wahlspruch für dieses Land. – Wer aber wollte einen *beschissenen Stecken* anfassen? – Belgien ist ein Monstrum. Wer wollte es adoptieren? – Es hat jedoch *mehrere* Elemente der Auflösung in sich. Der diplomatische Harlekin kann von einem Augenblick zum andern in Stücke gehen. – Ein Teil könnte an Preußen fallen, der flämische Teil an Holland, und die wallonischen Provinzen an Frankreich. – Ein großes Unglück für uns. – Porträt des Wallonen. – Unbeherrschbare Rassen, nicht eines Überschusses an Vitalität wegen, sondern wegen der völligen Abwesenheit von Ideen und Gefühlen. Das reine Nichts. – Hier sind geschäftliche Interessen im Spiele, mit denen ich mich nicht befassen möchte. – Antwerpen wäre gerne *freie Stadt.* – Die Frage der Annektierung, noch einmal. – Kleine Städte (Brüssel, Genf), böse Städte. Kleine Völker, böse Völker.
Kleine Ratschläge für Franzosen, die dazu verdammt sind, in Belgien zu leben, damit sie nicht zu sehr bestohlen, noch zu sehr beleidigt, noch zu sehr vergiftet werden.

Dem verdrießlichen Kritiker, dem lästigen Beobachter hielte das schläfrige und stumpfsinnige Belgien gerne entgegen: »Ich bin glücklich; weckt mich nicht auf!«

Man hat den Belgier in einzelne Stücke zerhackt; er lebt immer noch. Ein Wurm, den man zu zertreten vergessen hat.

Er ist durch und durch verdummt, aber er ist widerstandsfähig wie eine Molluske.

Ein Hyperboreer, ein Gnom ohne Lider, ohne Augäpfel und ohne Stirn, und der hohl klingt, wie ein leeres Grab, wenn man mit einer Waffe daran stößt.

Belgien ist ein Fall, der die Theorie von der Tyrannei der Schwachen bestätigt.
Niemand würde es wagen, Belgien anzurühren.
Noli me tangere, ein schöner Wahlspruch für dieses Land.
Es ist heilig.

Nach langem Suchen, warum es die Belgier überhaupt gibt, bin ich darauf gekommen, daß sie vielleicht frühere Seelen waren, die man, um sie für gräßliche Laster zu bestrafen, in die häßlichen Körper eingeschlossen hätte, die nach ihrem Bilde sind.
Ein Belgier ist eine Hölle, die auf Erden lebt.

Es ist mir bisweilen durch den Kopf gegangen, ob Belgien nicht vielleicht eine jener in die Schöpfung verteilten, abgestuften Höllen ist und ob die Belgier nicht, wie *Kircher* von gewissen Tieren annimmt, die Geister ehemaliger verbrecherischer und verworfener Menschen sind, die in mißgestalte Körper eingeschlossen wurden.
Man wird Belgier, weil man gesündigt hat.
Ein Belgier ist sich selber seine Hölle.

Das Schicksal Belgiens; vielleicht im *Epilog.*
Annexion?
Zerstückelung?
Nichts leichter als das. Belgien ist dazu völlig bereit.
Es würde selber seine Hand dazu reichen.
Nichts leichter, als Belgien zu erobern. Nichts schwieriger, als es zu zähmen.
Und was soll man dann damit anfangen? Was nützt es, Leute in die Sklaverei zu stürzen, die nicht einmal ein Ei zu kochen verstehen?

Politik. Epilog. Invasion.
Belgien ist das, was Frankreich geworden wäre, wenn die Herrschaft Louis-Philippes fortbestanden hätte, – ein schönes Beispiel konstitutioneller Verblödung.
Leidender Stolz der Böoter.
Ein Volk von Fröschen, die sich als Ochsen aufspielen möchten.

Manche Städte (Brüssel, Genf) gleichen prüden Jungfern, die glauben, sie weckten die Begierde.
Dieses Thema der Invasion kehrt in der Unterhaltung unaufhörlich wieder.
Aber niemand, zum Teufel! will euch haben.

Epilog.
Heute, Montag, den 28. August 1865, bin ich an einem heißen, feuchten Abend durch die Mäander einer Straßenkirmes umhergewandert, und in den Straßen des *Coin du Diable,* des *Rempart des Moines,* von *Notre-Dame-du-Sommeil,* der *Six Jetons* und mehreren anderen gewahrte ich zu meiner lebhaften Genugtuung häufige Symptome der Cholera, die in der Luft lagen. Habe ich es häufig genug angerufen, dieses vergötterte Ungeheuer? Habe ich den Vorzeichen seiner Ankunft aufmerksam genug nachgeforscht? Wie sehnt man es doch herbei, dieses geliebte Grauen, diesen unparteiischen Attila, diese göttliche Geißel, die unter ihren Opfern keine Wahl trifft? Habe ich den Herrn Meinen Gott flehentlich genug bestürmt, er möge sie raschestens aussenden über die stinkenden Ufer der *Senne*? Und wie werde ich endlich diesen Anblick genießen: das im Todeskampf verzerrte Gesicht dieses häßlichen Volkes, umschlungen von den Windungen seines Flusses, der dem Styx nacheifert, dieses *zur Gosse gewordenen Briareus,* in dem mehr Exkremente treiben, als die Luft darüber Fliegen ernährt. – Ja, genießen werde ich sie, das Entsetzen und die Qualen der Rasse mit dem gelben, dem nanking-gelben Haar und dem lila Teint!

Die belgische Gastfreundschaft.
Es ist soviel von ihr die Rede gewesen, daß die Belgier selber daran glauben.

Die belgische Gastfreundschaft besteht darin, daß man die armen, verhungerten Franzosen packt und sie unverzüglich nach England verfrachtet,
oder darin, die Journalisten zu *knebeln,* sie kräftig zu beschimpfen, und sie über irgendeine Grenze hinauszubefördern; dann soll der Kaiser sie dafür entlohnen, der nichts von ihnen verlangt hat.
Sobald man jedoch erfährt, daß ein Franzose Geld hat, behält und hütet man ihn sorglich, *um ihn auszusaugen.* Ist er dann ruiniert, wirft man ihn unversehens ins Schuldgefängnis, wo man ihn auf anderem Wege weiter ausbeutet (das Bett, der Tisch, die Stühle, usw...)
Derart ist die belgische Gastfreundschaft (die alle Reisenden einbezieht) eine politische Einnahmequelle, oder schiere Menschenfresserei.

Wenn man den Belgiern zumutet, den Gedanken an eine Revolution *ernsthaft* in Erwägung zu ziehen, sind sie entsetzt. *Tugendsame alte Jüngferlein.* Wenn ICH bereit bin, als Republikaner zu handeln, *dann tue ich wissentlich das Böse.*
Ja! *Es lebe die Revolution!*
jederzeit! allem zum Trotz!
Ich aber mache mir nichts vor! ich habe mir niemals etwas vorgemacht! Ich sage: *Es lebe die Revolution!* wie ich sagen würde: *Es lebe die Zerstörung! Es lebe die Sühne! Es lebe die Strafe! Es lebe der Tod!*
Nicht nur wäre ich glücklich, Opfer zu sein, es wäre mir auch nicht zuwider, Henker zu sein – um die Revolution auf die eine wie die andere Weise zu empfinden!
Wir haben alle den republikanischen Geist in den Adern, wie die Syphilis in den Knochen. Wir sind alle infiziert: Demokraten und Syphilitiker.

[SAMMLUNGEN]

Moderne Sammlungen

Sammlung Goethals (?)
Sammlung Crabbe
Sammlung Van Praet.
Französische Maler, lauter französische Maler! Nur Bilder von Leuten, die ich nur allzu gut kenne.
Außer Leys, Madou (Charlet – Johannot), Willems und den beiden Stevens alles übrige: französische Malerei.
Demnach schulden die modernen französischen Künstler dem eine schöne Kerze, der diese Sammlungen zusammengestellt hat.
Was Arthur Stevens ist, – der älteste der beiden Malerbrüder. – Hat etwas Wellenhaftes, Weibliches, *à la française*. Hat sich eher im Leben unterrichtet als aus Büchern gebildet. Wenige Leidenschaften, doch *leidenschaftlich in die Leidenschaft verliebt*. Verkostet das Leben in jeglicher Gestalt. Kurzum ein *Dilettant*. Als Maler ein *kosmopolitischer* Geist. – Diesen Charakter mit dem *gentleman-amateur* in Verbindung bringen, wie Guys, der Maler der Modernität, ihn sich vorstellt.
Arthur liest mir einen Verkaufskatalog vor, mit *übertrieben hohen Preisen,* und schließt mit den Worten: *Das alles dient der Kunst und den Künstlern.* – Ich breche in ein Gelächter aus.
Der Vermittler; der Cicerone; der Übersetzer; der Kommentator. (?)
– Ich bin reich und ich liebe die Malerei. Ich gehe zu dem Künstler, und ich sage: »Wieviel?«
Aber die Kunstliebhaber kennen sich nicht aus. Sie wählen nicht selbst. – So dient ihnen der Vermittler als Kommentator; ein wenig wie der Publizist, der in politischen Dingen dem Abonnenten die Meinung vorkaut.
(Dies alles leicht, wie About, nur ernsthafter.)
Porträt des Kunstliebhabers im allgemeinen. Keine Seele.
Sehr viel Eitelkeit. (Ich besitze! *also* verstehe ich!!!)
A. Stevens' Wunderlichkeiten.

Arglosigkeit.
Die Frauen und die Kinder.
Liebt die Illusion.
(Was sich mit meiner Liebe für gemalte Frauen vergleichen läßt.)
(Ganz allgemein haben die beiden betreffenden Sammlungen, Crabbe und Van Praet, den Fehler, daß sie von den Malern, die in ihnen vertreten sind, eine zu hohe Vorstellung vermitteln. Warum?)

Katalog der Sammlung M. Crabbe

Diaz. Flimmerndes Licht, das sich durch riesige Schattenflächen seinen Weg bahnen muß.
Dupré. Zauberhafte abendliche Luftspiegelungen.
Leys. Archaische Manier. Seine erste Manier war naiver.
Rosa Bonheur. Das beste Bild, das ich je von ihr gesehen habe; eine Bonhomie, die hier die Distinktion vertritt.
Decamps. – Eines seiner besten Bilder. Ein hoher Himmel mit hügeligen Wolken, ein weiter Blick.
– Auf kleiner Fläche eine ungeheure Landschaft. Balaams Esel. Hat Doré vorweggenommen.
– Drei Soldaten, die bei der Passion mit am Werk waren. Fürchterliche Banditen nach Art des Salvator Rosa. Die Dornenkrone und das Szepter aus Rohr erläutern den Beruf dieser Halunken.
Madou. Ein flämischer Charlet.
Cabat. Sehr schön, sehr selten, sehr schattig, dichtes Gras und Buschwerk, *eine wunderbare Ausführung*, ein wenig hart, vermittelt die höchste Vorstellung von Cabat, der heute ein wenig in Vergessenheit geraten ist.
Ricard. Ein falscher Rembrandt. Sehr gelungen.
Paul Delaroche. Vermittelt eine bessere Vorstellung von Delaroche, als dies gewöhnlich der Fall ist. Eine einfache, gefühlvolle Studie.
Meissonier. – Ein kleiner sinnender Raucher. Echter Meissonier ohne hohe Ansprüche. Vortrefflich.
Troyon. 1860. Vortreffliche Stücke. Ein Hund richtet sich an einem Erdhügel auf, in wendig straffer Haltung, und blickt zum fernen Himmelsrand.
– Kühe. Weiter Horizont. Ein Fluß. Eine Brücke.

– Ochse auf einem Pfad.
Robert-Fleury. Zwei historische Szenen. Wieder das beste Stück. Hohe Einsicht in das Wesen des Theaters.
Jules Breton. Zwei Bilder.
Alfred Stevens. Ein junges Mädchen prüft vor einem Toilettespiegel die Falten seines Kleides.
Ein junges Mädchen, jungfräulich, vergeistigt, zieht die Handschuhe aus, um sich ans Klavier zu setzen.
Ein wenig trocken, ein wenig glasig.
Sehr geistreich, köstlicher als der ganze Stevens.
Eine junge Frau betrachtet einen Blumenstrauß auf einer Konsole.
Bei Stevens hat man die distingierte und seltsame Harmonie seiner Farbgebung nicht genügend gelobt.
Joseph Stevens. Das elende Logis eines Gauklers.
Ein sehr eindrucksvolles Bild. Bekleidete Hunde, der Gaukler ist ausgegangen und hat einem der Hunde eine Husarenmütze übergestülpt, damit er sich nicht rühren kann: reglos hockt er vor dem Fleisch- und Zwiebelgericht, das auf dem Ofen kocht. Zu geistreich.
Jacque. Feiner ausgeführt als alle Jacques. Ein Geflügelhof, den man durch die Lupe betrachten kann.
Knyff. Gedämpftes Sonnenlicht. Leuchtend helle Flecken. Ein wenig nachlässig. A la Daubigny.
Verboeckhoven. Erstaunlich, glasig, von einer peinlichen Genauigkeit, die Meissonier, Landseer, H. Vernet neidisch machen könnte. Farbgebung à la Demarne.
Koekkoek. Weißblech, Zink, ein sogenanntes Amateurbild. Immer noch eines seiner besten.
Verwée. Solide.
Corot. Zwei. In einem Transparenz, zarte Halbtrauer, abendliche Seelendämmerung.
Th. Rousseau. Wunderbar, gemasert wie ein Achat. Zu viel Liebe zum Detail, zu wenig für das Gebaute in der Natur.
Millet. La Bruyères Lasttier, den Kopf zur Erde gebeugt.
Bonington. Inneres einer Kapelle. Ein wunderbares Diorama, so groß wie die Hand.
Willems. Zwei. – Flämische Preziosität. Der Brief. Das Händewaschen.

Gustave de Jonghe. Ein junges Mädchen im Ballkleid, das in einem Notenheft liest.
Eugène Delacroix. Tigerjagd. Delacroix, der Alchemist der Farbe. Wunderbar, tief, geheimnisvoll, sinnlich, schrecklich; die Farbgebung leuchtend und finster, überzeugende Ausgewogenheit. Die Bewegung des Mannes, und die Bewegung des Tieres. Wie das Tier das Gesicht verzieht, wie es wittert.
Grün, lila, dunkles Grün, zartes Lila, Zinnoberrot, düsteres Rot, ein finsteres Bukett.

VENUS BELGA
(Montagne de la Cour)

Ces mollets sur ces pieds montés,
Qui vont sous ces cottes peu blanches,
Ressemblent à des troncs plantés
  Dans des planches.

Les seins des moindres femmelettes,
Ici, pèsent plusieurs quintaux,
Et leurs membres sont des poteaux
Qui donnent le goût des squelettes.

Il ne me suffit pas qu'un sein soit gros et doux;
Il le faut un peu ferme, ou je tourne casaque.
Car, sacré nom de Dieu! je ne suis pas Cosaque
Pour me soûler avec du suif et du saindoux.

LA PROPRETÉ DES DEMOISELLES BELGES

Elle puait comme une fleur moisie.
Moi, je lui dis (mais avec courtoisie):
»Vous devriez prendre un bain régulier
Pour dissiper ce parfum de bélier.«

Que me répond cette jeune hébétée?
»Je ne suis pas, moi, de vous dégoûtée!«
– Ici pourtant on lave le trottoir
Et le parquet avec du savon noir!

VENUS BELGA

Diese Waden, auf diese Füße gesetzt, die unter diesen wenig weißen kurzen Röcken wandeln, gleichen Baumstümpfen, die man auf Planken gepflanzt hat.

Die Brüste der geringsten Weiber hier wiegen mehrere Doppelzentner, und ihre Glieder sind Pfosten, die einen für Gerippe einnehmen könnten.

Es genügt mir nicht, daß eine Brust dick und sanft sei; sie muß auch ein wenig fest sein, oder ich nehme Reißaus. Denn, Gott verdamm mich! ich bin doch kein Kosak, um mich an Talg und Schweineschmalz vollzufressen.

DIE REINLICHKEIT DER BELGISCHEN FRÄULEINS

Sie stank wie eine verschimmelte Blume. Ich sagte ihr (obzwar mit Höflichkeit): »Sie sollten regelmäßig ein Bad nehmen, um diesen Bocksgestank zu vertreiben.«

Was antwortet mir diese blöde junge Person? »*Mir* graust durchaus nicht vor Ihnen!« – Und hier wäscht man doch das Trottoir und den Fußboden mit Schmierseife!

»Bains«. – J'entre et je demande un bain. Alors le maître
Me regarde avec l'œil d'un bœuf qui vient de paître,
Et me dit: »Ça n'est pas possible, ça, sais-tu,
Monsieur!« – Et puis, d'un air plus abattu:
»Nous avons au grenier porté nos trois baignoires.«

J'ai lu, je m'en souviens, dans les vieilles histoires
Que le romain mettait son vin au grenier; mais,
Si barbare qu'il fût, ses baignoires, jamais!
Aussi, je m'écriai: »Quelle idée, ô mon Dieu!«

Mais l'ingénu: »Monsieur, c'est qu'on venait si peu!«

L'AMATEUR DES BEAUX-ARTS EN BELGIQUE

Un ministre, qu'on dit le Mecenas flamand,
Me promenait un jour dans son appartement,
Interrogeant mes yeux devant chaque peinture,
Parlant un peu de *l'art,* beaucoup de la *nature,*
Vantant le *paysage,* expliquant le *sujet,*
Et surtout me marquant *le prix* de chaque objet.
– Mais voilà qu'arrivé devant un portrait d'Ingres,
(Pédant dont j'aime peu les facultés malingres)
Je fus pris tout à coup d'une sainte fureur
De célébrer David, le grand peintre empereur!
– Lui, se tourne vers son fournisseur ordinaire,
Qui se tenait debout comme un factionnaire,
Ou comme un chambellan qui savoure avec foi
Les sottises tombant des lèvres de son roi,
Et lui dit, avec l'œil d'un marchand de la Beauce:
»Je crois, mon cher, je crois que David est en hausse![v]«

»*Badeanstalt*«. – Ich trete ein und verlange ein Bad. Der Bademeister betrachtet mich mit dem Auge eines Ochsen, der von der Weide kommt, und sagt zu mir: »Das ist nicht möglich, das, weißt du, Monsieur!« – Und dann, ein wenig niedergeschlagen: »Wir haben unsere drei Badewannen auf den Speicher geschafft.«

In alten Geschichtsbüchern entsinne ich mich gelesen zu haben, daß der Römer seinen Wein auf dem Speicher unterbrachte, niemals jedoch!, er mochte noch so barbarisch sein, seine Badewannen! So rief ich denn: »Was für ein Einfall, o mein Gott!«

Er jedoch, in aller Einfalt: »Wo doch so selten einer kam, Monsieur!«

DER KUNSTFREUND IN BELGIEN

Ein Minister, der als der belgische Maecenas gilt, führte mich eines Tages in seiner Wohnung spazieren, mir fragend in die Augen blickend vor jedem Bild: wortreich, doch war von *Kunst* nur wenig die Rede, viel von *Natur;* er lobte die *Landschaft,* erklärte das *Sujet,* vor allem aber nannte er nachdrücklich jedesmal den *Preis.* – Als wir dann vor einem Porträt von Ingres' Pinsel standen (ein Pedant, dessen schwächliches Können mir wenig zusagt), überkam mich plötzlich ein heiliges Rasen, David zu preisen, den großen kaiserlichen Maler! – Drauf wandte er sich seinem gewöhnlichen Lieferanten zu, der wie ein Wachtposten strammstand, oder wie ein Kammerherr, der gläubig die Torheiten schlürft, die von den Lippen seines Königs fallen, und spricht zu ihm, mit dem Auge eines Viehhändlers der Beauce: »Ich glaube, mein Lieber, ich glaube, bei David kündigt sich eine Hausse an!«

Joseph Delorme a découvert
Un ruisseau si clair et si vert
Qu'il donne aux malheureux l'envie
D'y terminer leur triste vie.
– Je sais un moyen de guérir
De cette passion malsaine
Ceux qui veulent ainsi périr:
Menez-les aux bords de la Senne.

»Voyez – dit ce Belge badin
Qui n'est certes pas un ondin –
La *contrefaçon* de la Seine.«
– »Oui – lui dis-je – une Seine obscène!«

Car cette Senne, à proprement
Parler, où de tout mur et de tout fondement*
L'indescriptible tombe en foule,
Ce n'est guère qu'un excrément
Qui coule.

* Les bords de la Senne, dans Bruxelles, sont occupés par des maisons qui trempent leurs fondations dans le liquide.

Joseph Delorme hat einen Bach entdeckt, so klar und grün, daß er die Unglücklichen lockt, dort ihr trauriges Leben zu enden. – Ich weiß ein Mittel, diejenigen, welche so zugrunde gehen wollen, von dieser ungesunden Leidenschaft zu heilen: Führt sie an die Ufer der Senne.

»Da sehen Sie» – spricht scherzend dieser Belgier, der gewiß kein Undin ist – »das, was bei uns Ihrer Seine *nacheifert.*« – »Ja«, sagte ich, »eine obszöne Seine!«

Denn diese Senne, um es genau zu sagen, wo von jeder Mauer und aus jedem Fundament* das Unbeschreibliche in Menge fällt, ist eigentlich nur ein flüssig sich fortbewegendes Exkrement.

* Die Ufer der Senne sind in Brüssel mit Häusern bebaut, deren Grundmauern in die Flüssigkeit hinabreichen.

On n'a jamais connu de race si baroque
Que ces Belges. Devant le joli, le charmant,
Ils roulent de gros yeux et grognent sourdement.
Tout ce qui réjouit nos cœurs mortels les choque.

Dites un mot plaisant, et leur œil devient gris
Et terne comme l'œil d'un poisson qu'on fait frire;
Une histoire touchante; ils éclatent de rire,
Pour faire voir qu'ils ont parfaitement compris.

Comme l'esprit, ils ont en horreur les lumières;
Parfois sous la clarté calme du firmament,
J'en ai vu qui, rongés d'un bizarre tourment,

Dans l'horreur de la fange et du vomissement,
Et gorgés jusqu'aux dents de genièvre et de bières,
Aboyaient à la Lune, assis sur leurs derrières.

ÉPIGRAPHE
POUR L'ATELIER DE M. ROPS, FABRICANT DE CERCUEILS, À BRUXELLES

Je rêvais, contemplant ces bières,
De palissandre ou d'acajou,
Qu'un habile ébéniste orne de cent manières:
»Quel écrin! et pour quel bijou!
Les morts, ici, sont sans vergognes!
Un jour, des cadavres flamands
Souilleront ces cercueils charmants.
Faire de tels étuis pour de telles charognes!«

Niemals noch hat man eine so wunderliche Rasse gesehen wie diese Belgier. Vor dem, was hübsch, was reizend ist, rollen sie große Augen und grunzen dumpf. Alles, was unsere sterblichen Herzen erfreut, ist ihnen ein Ärgernis.

Man mache einen Scherz, und ihr Auge wird grau und trüb wie das Auge eines Fisches in der Pfanne; man erzähle eine rührende Geschichte; um zu zeigen, daß sie auch alles wohl verstanden haben, brechen sie in ein schallendes Gelächter aus.

Wie das Gespenst scheuen sie die Lichter; manchmal, unter der stillen Klarheit des Sternenhimmels sah ich einige, die, von seltsamer Qual zerfressen,

im Grauen des Schmutzes und des Erbrochenen, bis an die Zähne vollgepumpt mit Genever und Bieren, auf ihrem Hintern hockend den Mond anbellten.

INSCHRIFT FÜR DIE WERKSTATT VON MONSIEUR ROPS, SARGFABRIKANT, IN BRÜSSEL

Träumend stand ich vor diesen Särgen aus Palisander und Mahagoni, die ein geschickter Kunsttischler auf hundert Arten verziert: »Was für ein Schrein! und für welches Schmuckstück! Die Toten hier kennen keine Scham! Eines Tages besudeln flämische Leichen diese reizenden Särge. Solche Schatullen herzustellen, für solche Äser!«

»Je voudrais bien – me dit un ami singulier,
Dont souvent la pensée alterne avec la mienne, –
Voir la Naïade de la Senne;
Elle doit ressembler à quelque charbonnier
Dont la face est toute souillée.«

– »Mon ami, vous êtes bien bon.
Non, non! Ce n'est pas de charbon
Que cette nymphe est barbouillée!«

OPINION DE M. HETZEL SUR LE FARO

»Buvez-vous du faro?« – dis-je à monsieur Hetzel;
Je vis un peu d'horreur sur sa mine barbue.
– »Non, jamais! le faro (je dis cela sans fiel!)
C'est de la bière deux fois bue.«

Hetzel parlait ainsi, dans un Café flamand,
Par prudence sans doute, énigmatiquement;
Je compris que c'était une manière fine
De me dire: »Faro, synonyme d'urine!«

»Observez bien que le faro
Se fait avec de l'eau de Senne.«
– »Je comprends d'où lui vient sa saveur citoyenne.
Après tout, c'est selon ce qu'on entend par eau!«

DIE NYMPHE DER SENNE

»Ich wollte gerne« – sprach ein seltsamer Freund zu mir, der oft meine Gedanken aufnimmt – »die Najade der Senne sehen; sie mag wohl einem Köhler gleichen, dessen Gesicht ganz und gar verschmutzt ist.«

– »Mein Freund, Sie sind allzu gütig. Nein, nein! Diese Nymphe ist nicht von Kohle verschmutzt!«

HERRN HETZELS MEINUNG ÜBER DEN FARO

»Trinken Sie Faro?« – fragte ich Herrn Hetzel; ein leichtes Grauen malte sich in seinem bärtigen Gesicht. – »Nein, niemals! der Faro (ich sage das ohne Gehässigkeit!) ist ein Bier, das man zum zweiten Male trinkt.«

So sprach Hetzel in einem flämischen Café, aus Vorsicht zweifelsohne, in Rätselworten; ich begriff, daß dies eine vornehme Art war, mir zu sagen: »Faro, ein Synonym für Urin!«

»Vergessen Sie nicht, zur Bereitung des Faros bedient man sich des Wasser der Senne.« – »Nun begreife ich, was ihm seinen bürgerlichen Geschmack verleiht. Es kommt dabei nur darauf an, was man unter Wasser versteht!«

UN NOM DE BON AUGURE

Sur la porte je lus: »*Lise Van Swieten.*«
(C'était dans un quartier qui n'est pas un Eden)
– Heureux l'époux, heureux l'amant qui la possède,
Cette Ève qui contient en elle son remède!
        Cet homme enviable a trouvé,
        Ce que nul n'a jamais rêvé,
Depuis le pôle nord jusqu'au pôle antarctique:
        Une épouse prophylactique!

LE RÊVE BELGE

La Belgique se croit toute pleine d'appas;
Elle dort. Voyageur, ne la réveillez pas.

L'INVIOLABILITÉ DE LA BELGIQUE

»Qu'on ne me touche pas! Je suis inviolable!«
Dit la Belgique. – C'est, hélas! incontestable.
Y toucher? Ce serait, en effet, hasardeux,
        Puisqu'elle est un bâton merdeux.

ÉPITAPHE POUR LÉOPOLD I.

Ci-gît un roi constitutionnel,
(Ce qui veut dire: Automate en hôtel
            Garni,)
      Qui se croyait sempiternel.
      Heureusement, c'est bien fini!

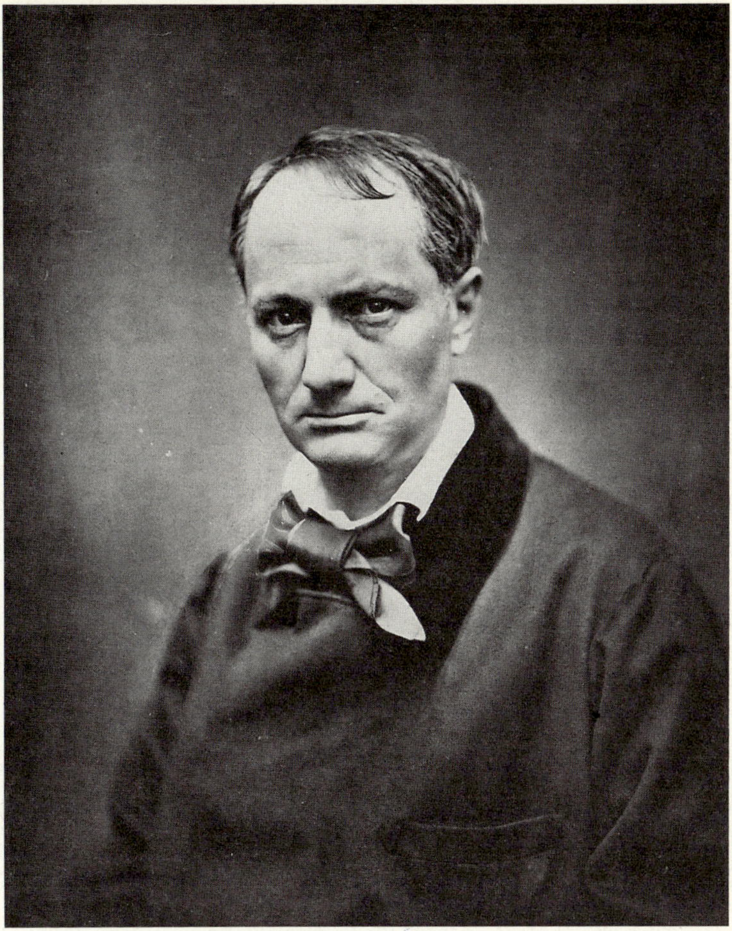

1 Baudelaire, Foto von Carjat (1861/62)

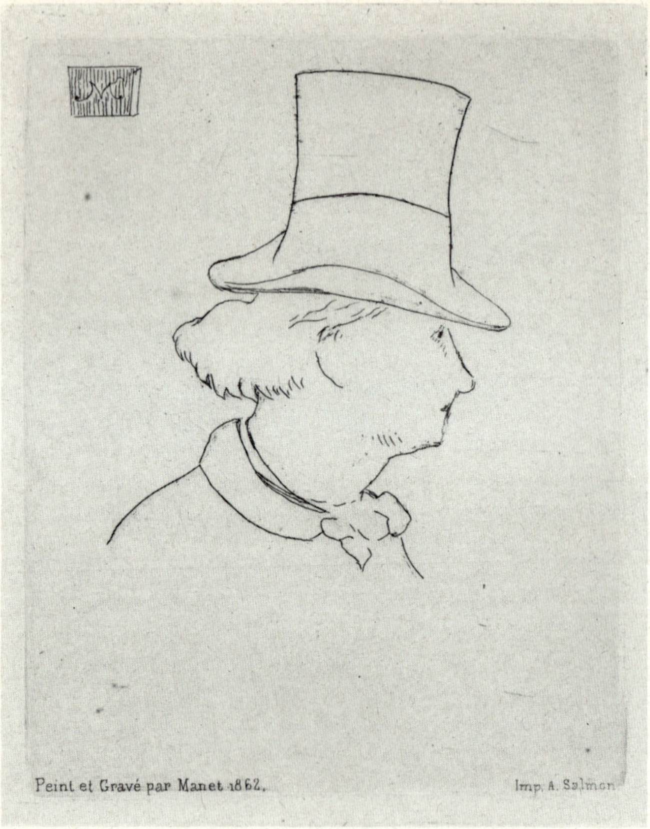

2 Baudelaire, Porträtskizze von Edouard Manet (1862)

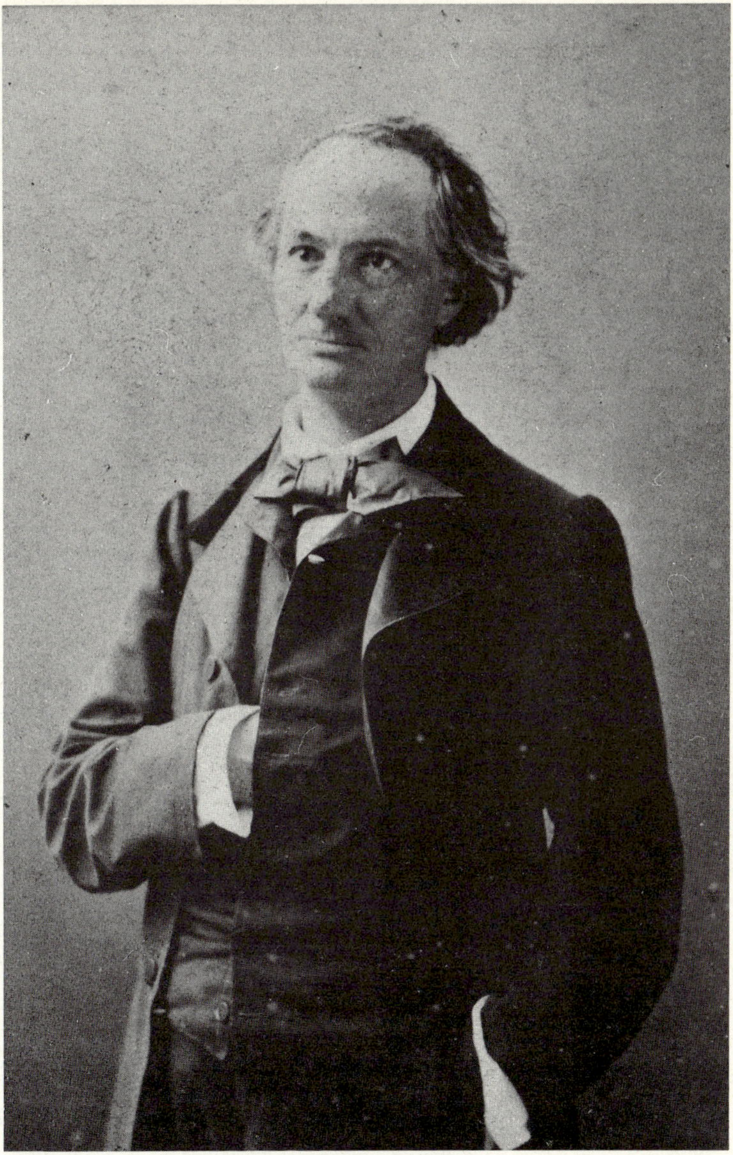

3 Baudelaire, Foto von Nadar (1862)

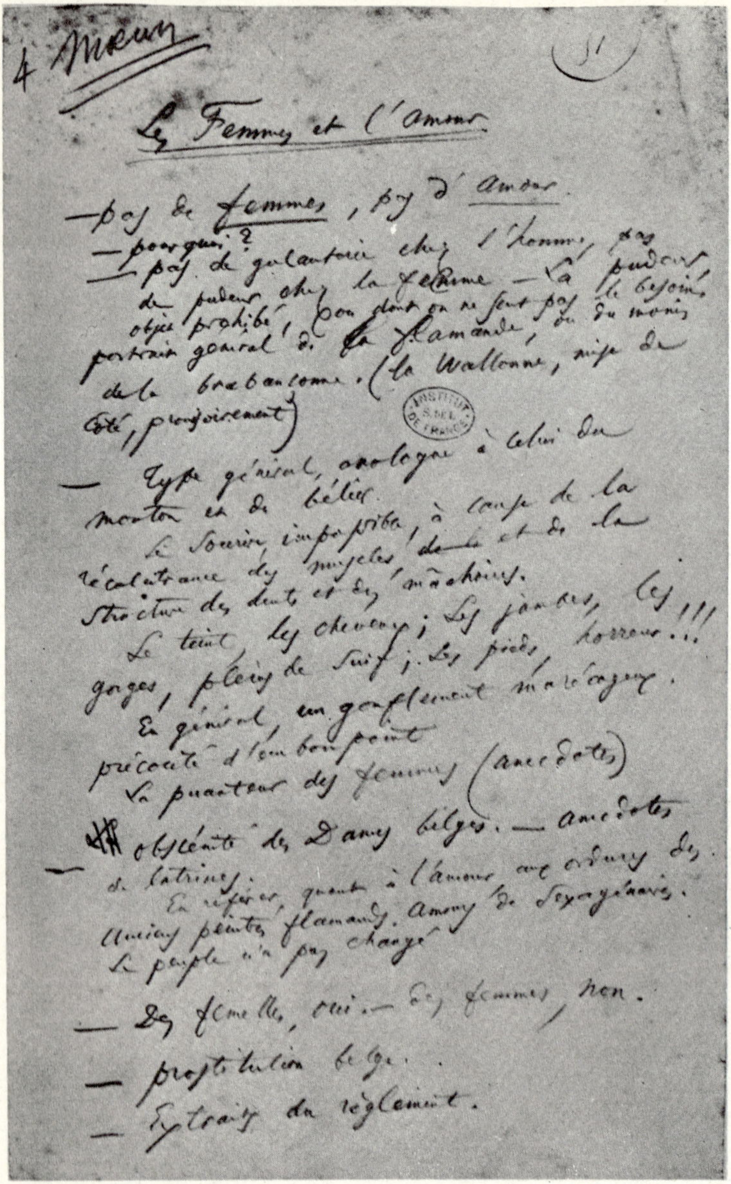
4 Mœurs

Les Femmes et l'Amour

— pas de femmes, pas d'amour.
— pourquoi?
— pas de galanterie chez l'homme, pas
de pudeur chez la femme — La pudeur,
objet prohibé, ou dont on ne sent pas le besoin.
portrait général de la flamande, ou du moins
de la brabançonne. (la Wallonne, mise de
côté, provisoirement)

— Type général, analogue à celui du
mouton et du bélier.
Le sourire, impossible, à cause de la
récalcitrance des muscles, et de la
structure des dents et des mâchoires.
Le teint, les cheveux, les jambes, les
gorges, pleins de suif; les pieds, horreur!!!
En général, un gonflement marécageux.
précocité d'embonpoint
La puanteur des femmes (anecdotes)

obscénité des Dames belges. — anecdotes
— de latrines.
En référer, quant à l'amour, aux ordures des
anciens peintres flamands. Amours de sexagénaires.
Le peuple n'a pas changé.

— Des femelles, oui — des femmes, non.

— prostitution belge.

— Extraits du règlement.

4 Baudelaire, Notizen zu »Pauvre Belgique!«

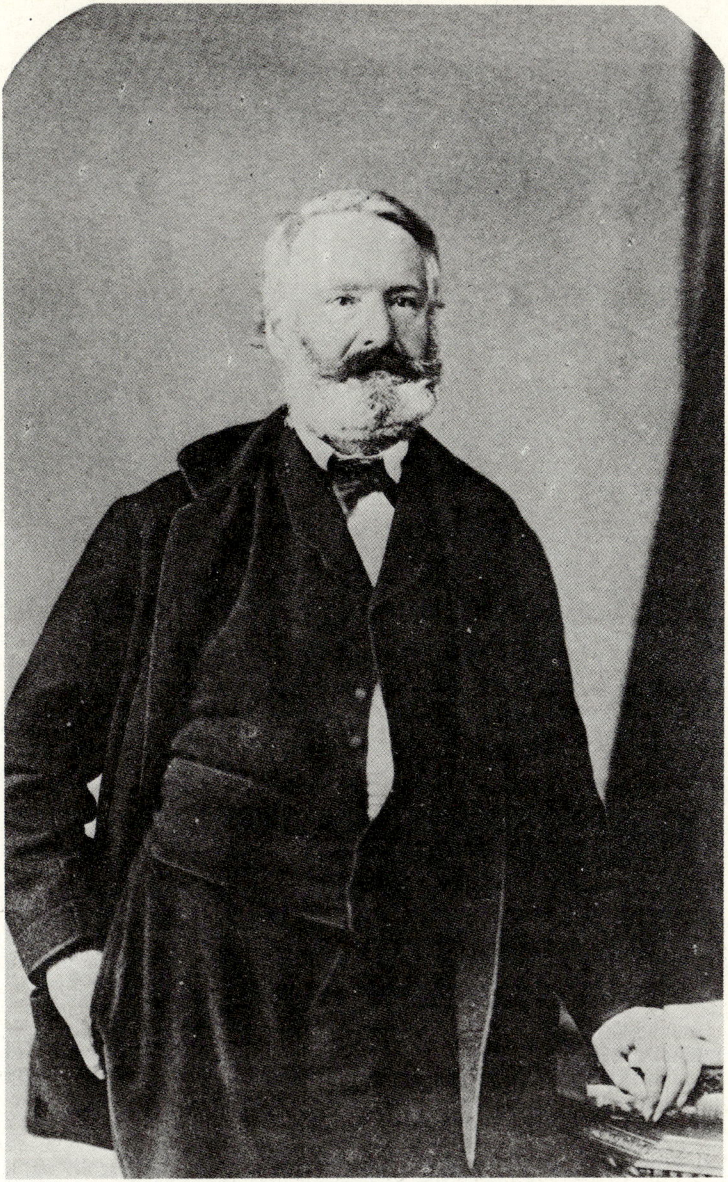

5 Victor Hugo, 1862

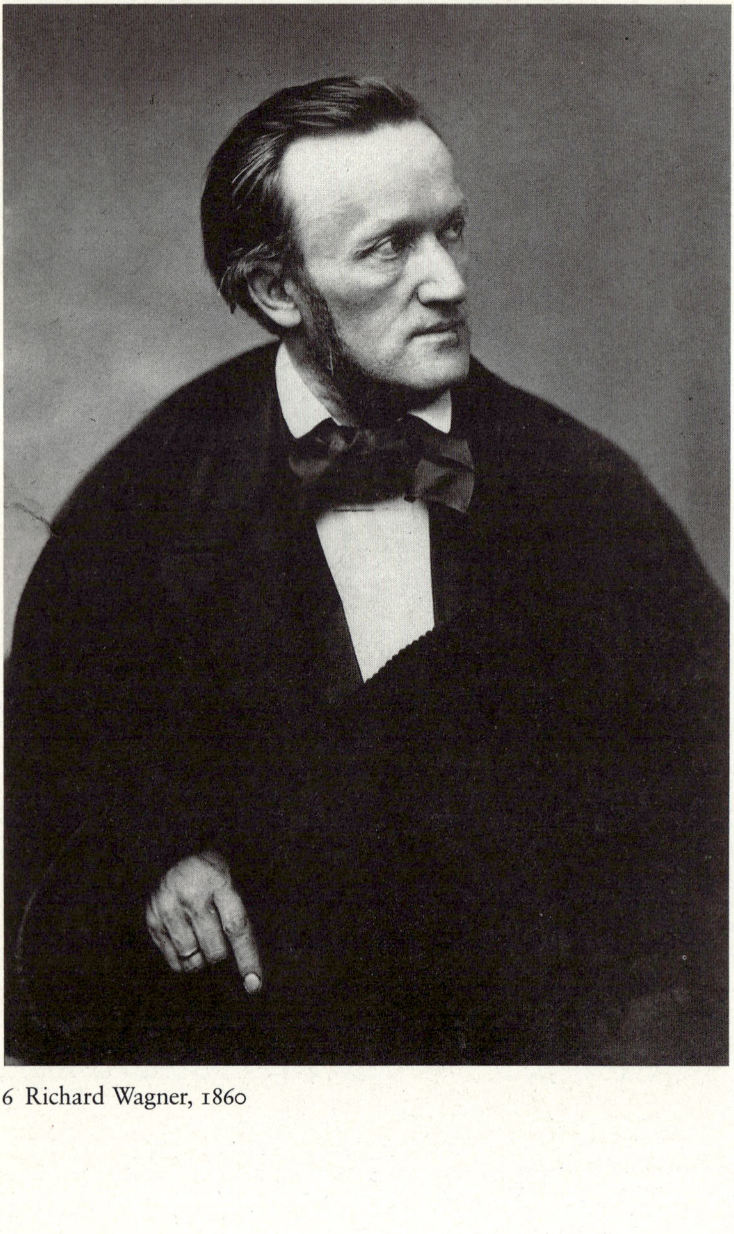

6 Richard Wagner, 1860

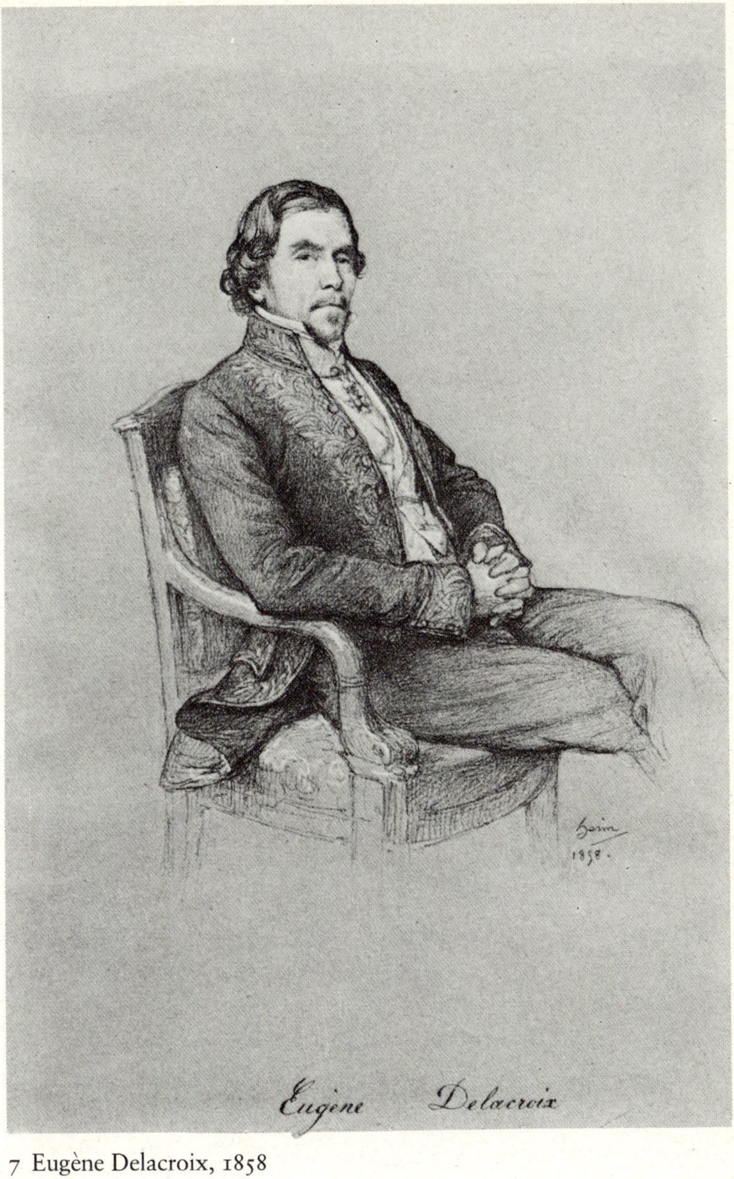

7 Eugène Delacroix, 1858

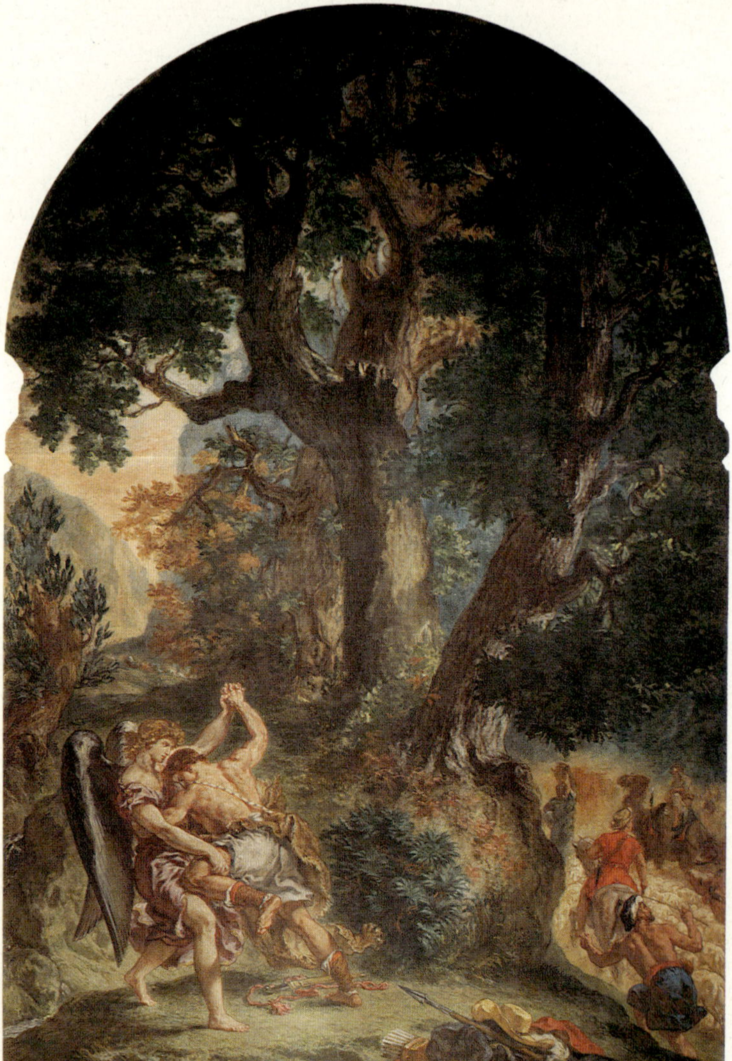

8 Eugène Delacroix, La Lutte de Jacob avec l'Ange

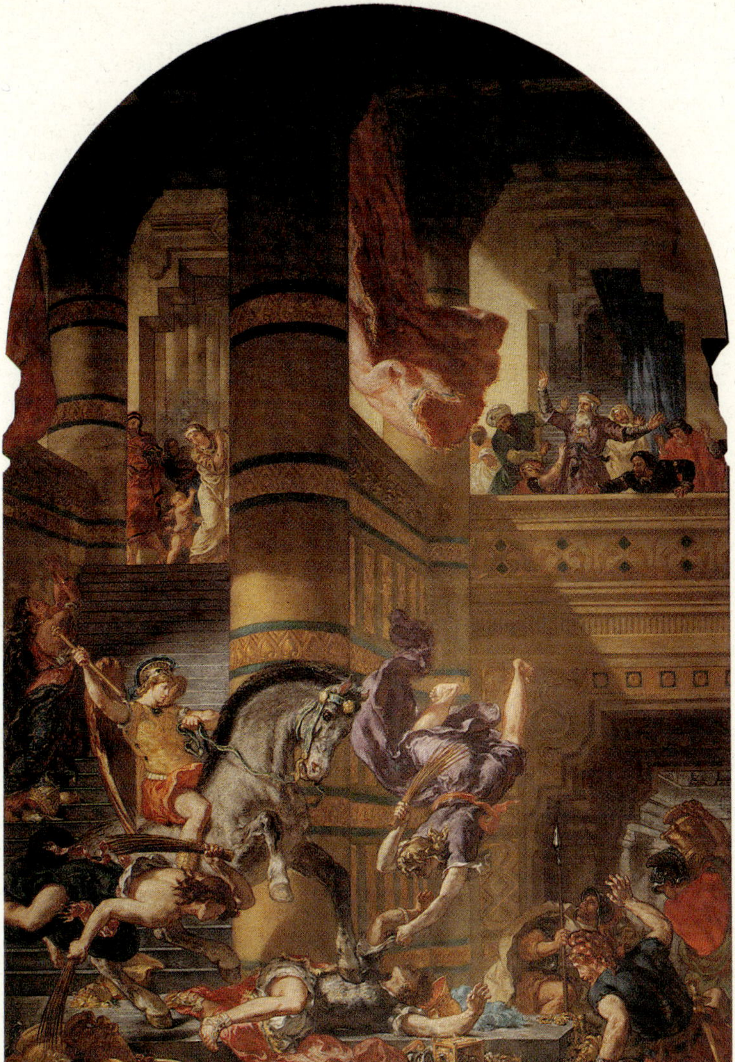

9 Eugène Delacroix, Héliodor chassé du Temple

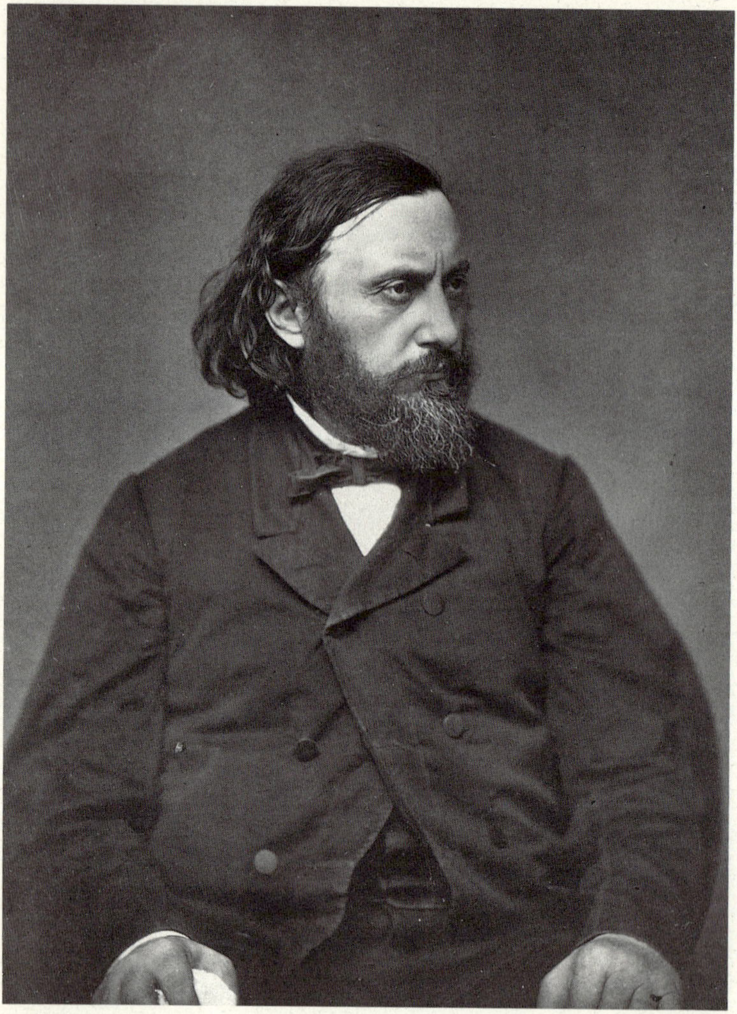

10 Pierre Dupont

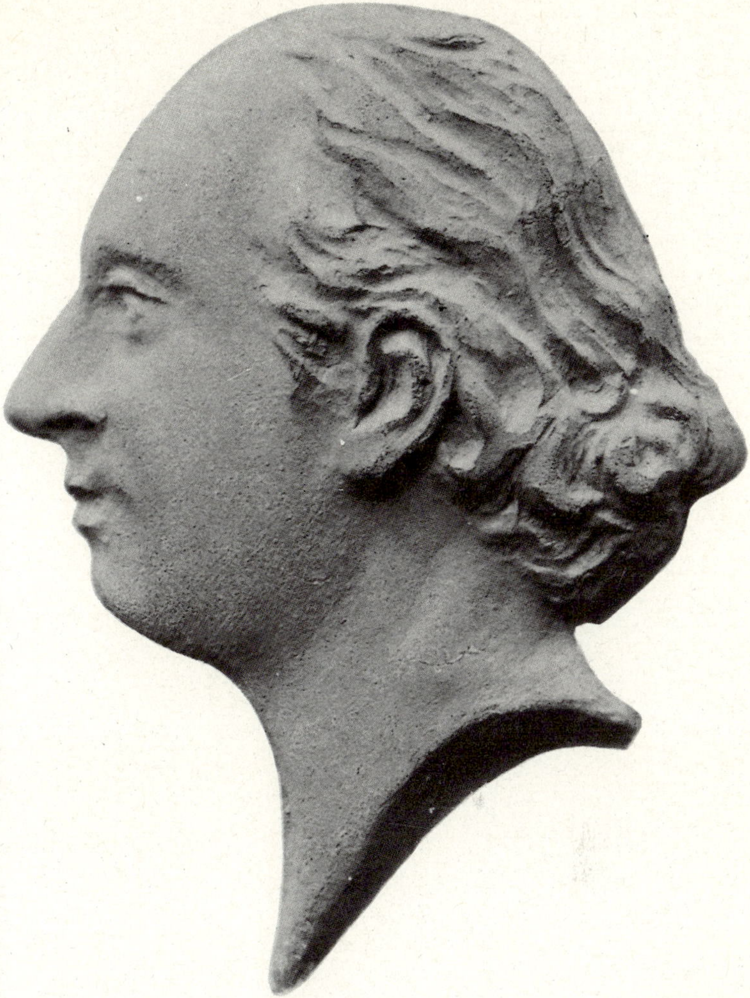

11 Hégésippe Moreau

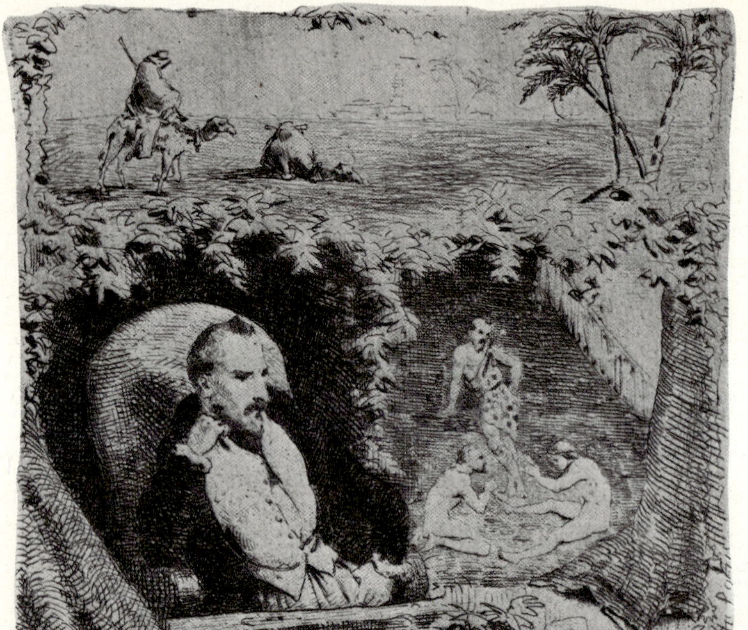

12 Pétrus Borel

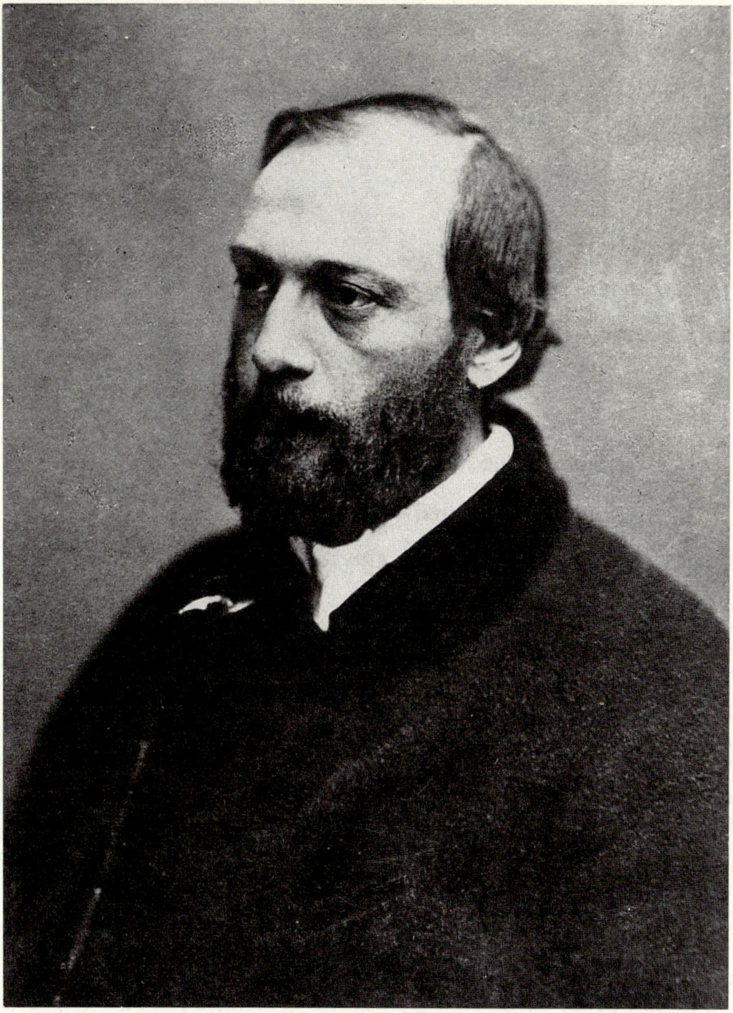

13 Théodor de Banville

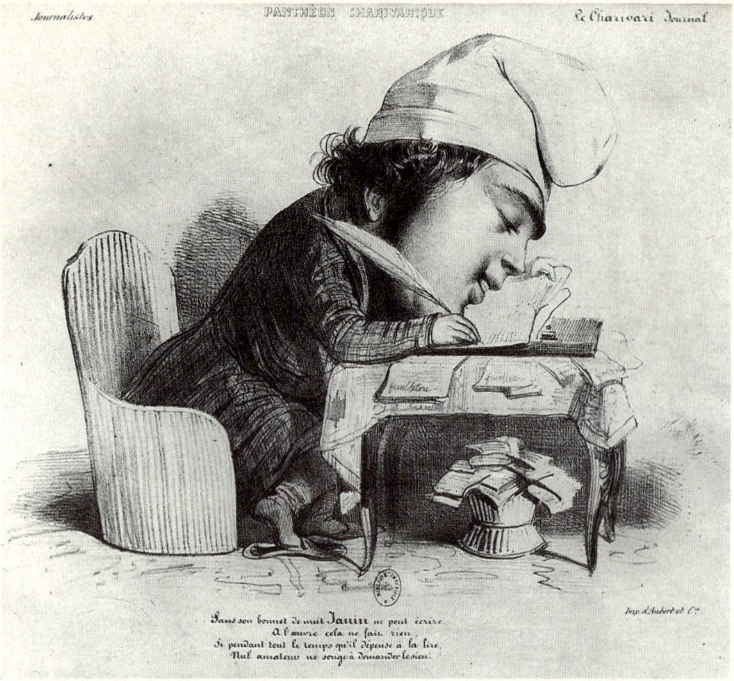

14 Jules Janin

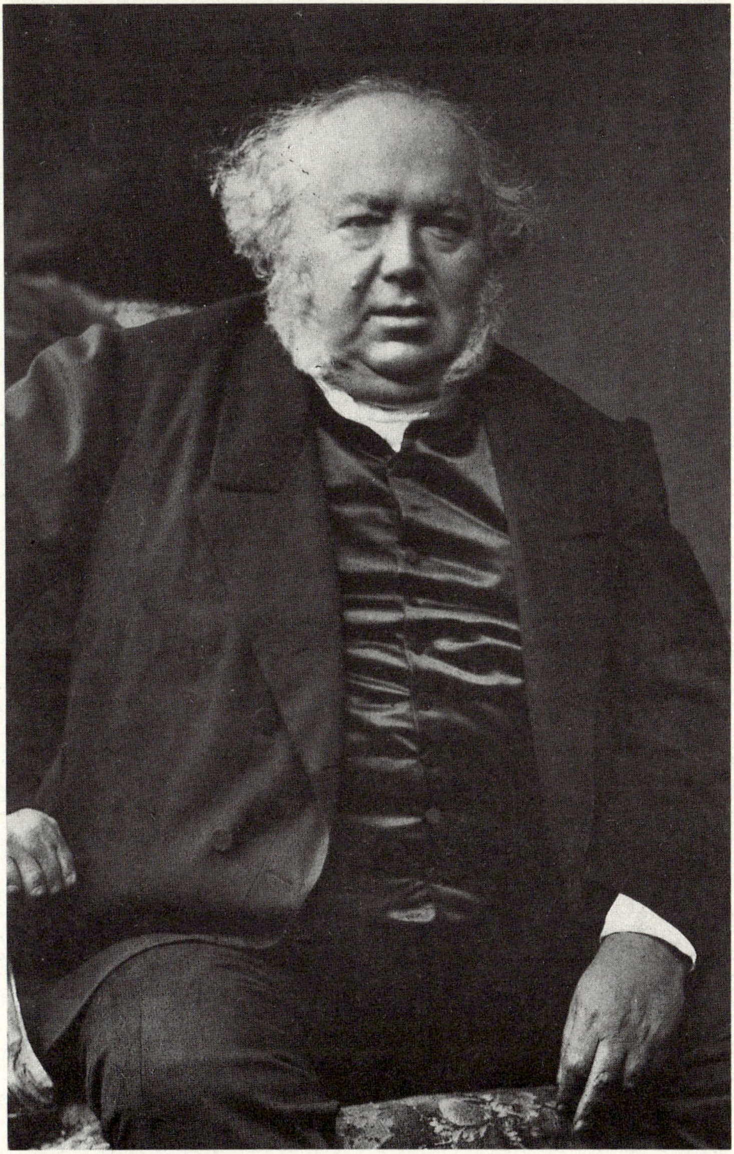

15 Jules Janin

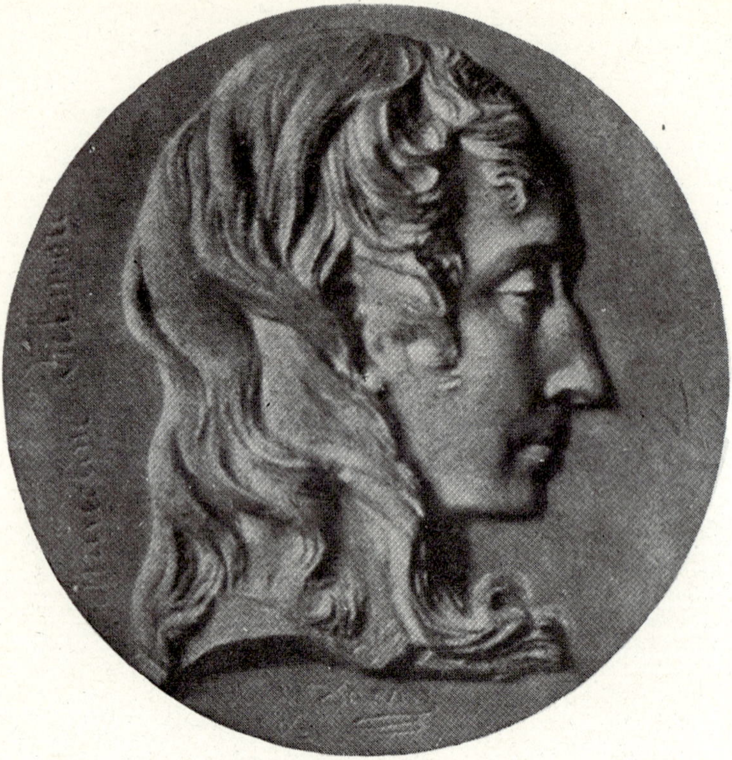

16 Marceline Desbordes-Valmore, vor 1851

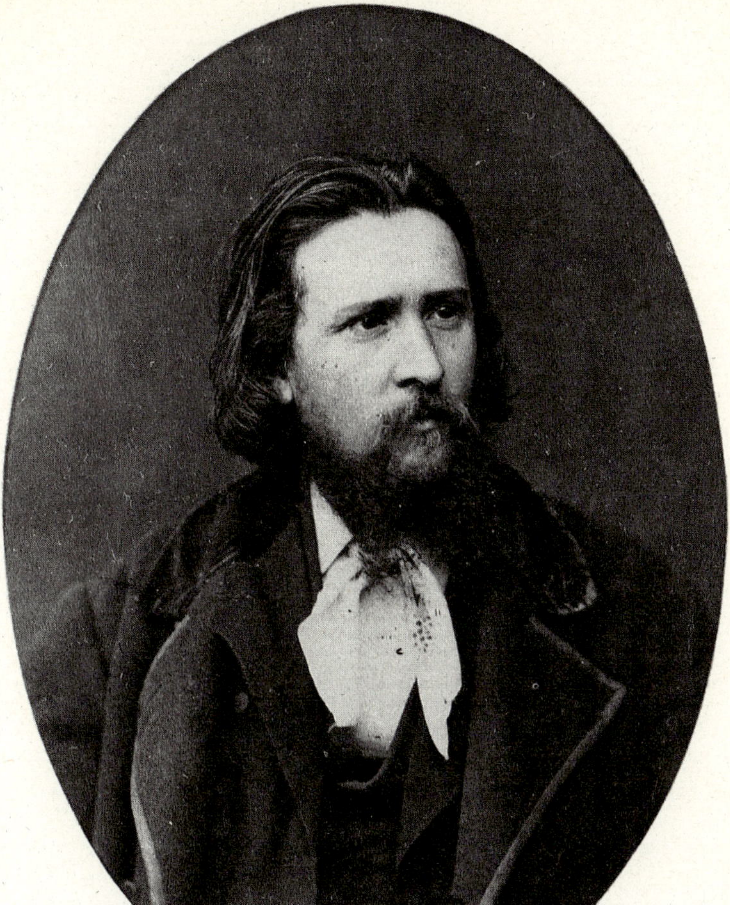

17 Léon Cladel

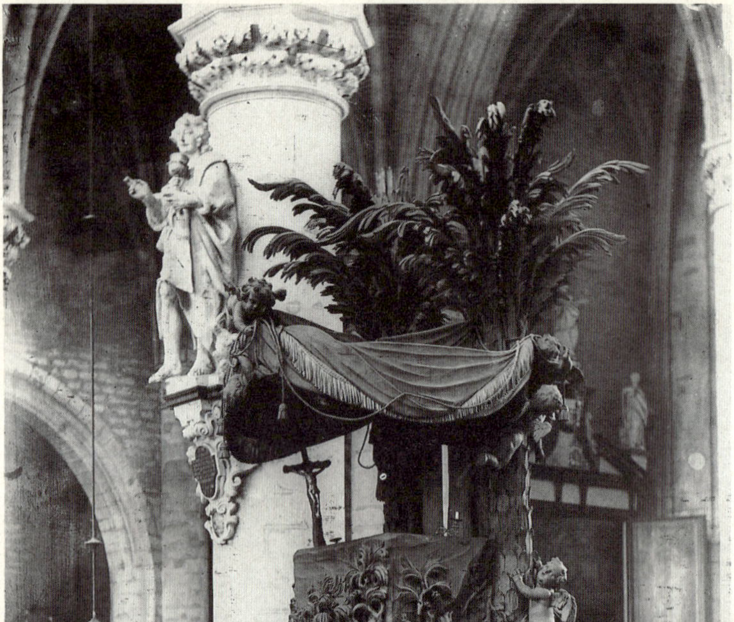

18 Barocke Kanzel von Notre-Dame-de-la-Chapelle, Brüssel

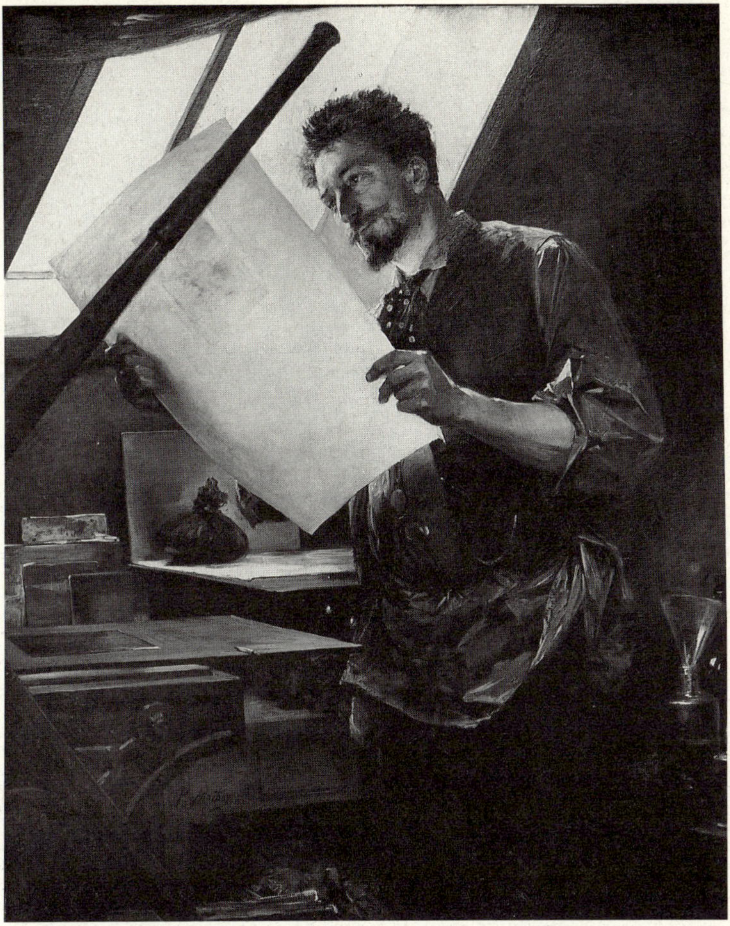

19 Félicien Rops

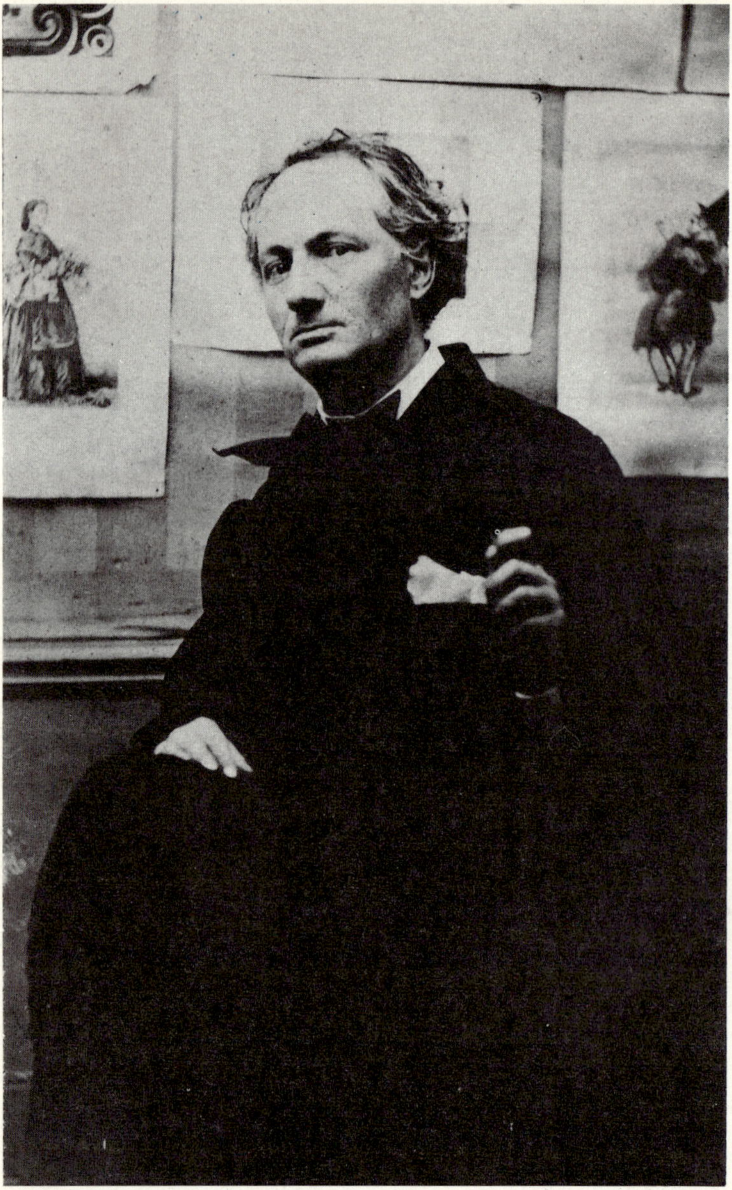

20 Baudelaire, Foto von Carjat (um 1863)

EIN VERHEISSUNGSVOLLER NAME

Über der Türe las ich: *»Lise Van Swieten«*. (Das war in einem Viertel, das kein Eden ist.) – Glücklich der Gatte, glücklich der Liebhaber, der diese Eva besitzt, die ihr Heilmittel in sich enthält! Dieser Beneidenswerte hat das gefunden, was keiner sich je erträumte, vom Nordpol bis zum Pol der Antarktis: eine prophylaktische Gemahlin!

DER BELGISCHE TRAUM

Belgien glaubt, es sei mit vielen Reizen ausgestattet. Es schläft. Wanderer, wecke es nicht auf.

BELGIENS UNVERLETZLICHKEIT

»Man rühre mich nicht an! Ich bin unverletzlich!« spricht Belgien. – Das ist, leider! unbezweifelbar. Es anzurühren? Das wäre in der Tat riskant, da es ein beschissener Stecken ist.

EPITAPH FÜR LEOPOLD I.

Hier ruht ein konstitutioneller König (was soviel besagt wie: ein Automat in einem Hôtel Garni), der sich für allerewigst hielt. Nun ist es, zum Glück! mit ihm vorbei!

ÉPITAPHE POUR LA BELGIQUE

On me demande une épitaphe
Pour la Belgique morte. En vain
Je creuse, et je rue et je piaffe;
Je ne trouve qu'un mot: »Enfin!«

L'ESPRIT CONFORME

[I]

Cet imbécile de Tournai
Me dit: »J'ai l'esprit mieux tourné
Que vous, Monsieur. Ma jouissance
Dérive de l'obéissance;

J'ai mis toute ma volupté
Dans l'esprit de Conformité;
Mon cœur craint toute façon neuve
En fait de plaisir ou d'ennui,
Et veut que le bonheur d'autrui
Toujours au sien serve de preuve.«

Ce que dit l'homme de Tournai,
(Dont vous devinez bien, je pense,
Que j'ai retouché l'éloquence)
N'était pas aussi bien tourné.

[II]

Les Belges poussent, ma parole!
L'imitation à l'excès,
Et s'ils attrapent la vérole,
C'est pour ressembler aux Français.

EPITAPH FÜR BELGIEN

Man bittet mich um ein Epitaph für das verstorbene Belgien. Vergeblich wühle ich und werfe mich und stampfe; ich finde nur ein einziges Wort: »Endlich!«

DER GEIST DER KONFORMISMUS

[I]

Dieser Trottel aus Tournai sagte zu mir: »Ich bin von glücklicherer Gemütsart als Sie, Monsieur. Meine Lust entspringt der Folgsamkeit;

Ich finde meine ganze Wonne in dem Geist des Konformismus; mein Herz fürchtet jede Neuerung in dem, was mich vergnügt oder was mich langweilt, und es will, daß das Glück des Nächsten dem seinigen stets als Beweis dient.«

Was der Mann aus Tournai sagte (dessen Beredsamkeit ich, wie Sie erraten, ein wenig verbessert habe), war weniger gut formuliert.

[II]

Die Belgier treiben, meiner Treu! das Nachahmen bis zur Übertreibung; und wenn sie die Syphilis erwischen, so geschieht das, um es den Franzosen gleichzutun.

LES PANÉGYRIQUES DU ROI

Tout le monde, ici, parle un français ridicule:
On proclame immortel ce vieux principicule.
Je veux bien qu'immortalité
Soit le synonyme
De longévité,
La différence est si minime!

Bruxelles, ces jours-ci, déclarait (c'est grotesque!)
Léopold immortel. – Au fait, il le fut presque.

LE MOT DE CUVIER

»En quel genre, en quel coin de l'animalité
Classerons-nous le Belge?« Une Société
Scientifique avait posé ce dur problème.
Alors le grand Cuvier se leva, tremblant, blême,
Et pour toutes raisons criant: »Je jette aux chiens
Ma langue! Car, messieurs les Académiciens,
L'espace est un peu grand depuis les singes jusques
Jusques aux mollusques!«

Alle Welt hier spricht ein lächerliches Französisch: unsterblich nennt man dieses alte Prinzlein. Von mir aus mag Unsterblichkeit als ein Synonym für Langlebigkeit gelten; der Unterschied ist wahrlich klein!

Brüssel in diesen Tagen erklärte (das ist grotesk!), Leopold sei unsterblich. – In der Tat, beinahe war er es.

CUVIERS WORT

»In welcher Gattung, in welchem Winkel des Tierreichs wollen wir den Belgier unterbringen?« Eine wissenschaftliche Gesellschaft hatte dieses schwierige Problem aufgeworfen. Da erhob sich der große Cuvier, zitternd, bleich, und rief statt aller weiteren Argumente: »Ich geb's auf! Denn, meine Herren Akademiker, der Raum ist doch ein wenig groß von den Affen bis hin zu den Mollusken!«

AU CONCERT, À BRUXELLES

On venait de jouer de ces airs ravissants
Qui font rêver l'esprit et transportent les sens;
Mais un peu lâchement; hélas! à la flamande.
»Tiens! l'on n'applaudit pas ici?« fis-je. – Un voisin,
Amoureux, comme moi de musique allemande,
Me dit: »Vous êtes neuf dans ce pays malsain,
Monsieur? Sans ça, vous sauriez qu'en musique,
Comme en peinture et comme en politique,
Le Belge croit qu'on le veut attraper,
– Et puis qu'il craint surtout de se tromper.«

UNE BÉOTIE BELGE

La Belgique a sa Béotie!
C'est une légende, une scie,
Un proverbe! – Un comparatif
Dans un état superlatif!
Bruxelles, ô mon Dieu! méprise Poperinghe!
Un vendeur de trois-six blaguant un mannezingue!
Un clysoir, ô terreur! raillant une seringue!
Bruxelles n'a pas droit de railler Poperinghe!
Comprend-on le comparatif
(C'est une épouvantable scie!)
A côté du superlatif?
La Belgique a sa Béotie!

IM KONZERT, BRÜSSEL

Man hatte jene mitreißenden Weisen gespielt, die den Geist ins Träumen versetzen und die Sinne begeistern; ein wenig schlaff zwar, leider! *à la flamande.* »Wie? Hier klatscht man nicht?« sagte ich. – Ein Nachbar, der wie ich in deutsche Musik verliebt war, sagte: »Sie sind wohl ein Neuling in diesem ungesunden Land, Monsieur? Sonst wüßten Sie, daß bei der Musik wie bei der Malerei und in der Politik der Belgier des Glaubens ist, man wolle ihn hereinlegen, – und daß er vor allem sich zu täuschen fürchtet.«

EIN BELGISCHES BÖOTIEN

Belgien hat sein Böotien! Das ist eine Sage, ein Kehrreim, ein Sprichwort! – Ein Komparativ in einem superlativischen Zustand! Brüssel, o mein Gott, verachtet Poperinge! Ein Schnapshändler spottet über einen Weinhändler! Ein Klistier macht sich, o Graus, über eine Spritze lustig! Brüssel hat kein Recht, sich über Poperinge lustig zu machen! Versteht man den Komparativ (das ist ein fürchterlicher Kehrreim!) neben dem Superlativ? Belgien hat sein Böotien!

Le Belge est très civilisé;
Il est voleur, il est rusé;
Il est parfois syphilisé;
Il est donc très civilisé.
Il ne déchire pas sa proie
Avec ses ongles; met sa joie
À montrer qu'il sait employer
À table fourchette et cuiller;
Il néglige de s'essuyer,
Mais porte paletot, culottes,
Chapeau, chemise même et bottes;
Fait de dégoûtantes ribotes;
Dégueule aussi bien que l'Anglais;
Met sur le trottoir des engrais;
Rit du Ciel et croit au progrès
Tout comme un journaliste d'Outre-
Quiévrain*; – de plus, il peut foutre
Debout comme un singe avisé.

Il est donc très civilisé.

* *Les gens d'outre-Quiévrain,* c'est sous ce nom qu'en Belgique on désigne communément les Français.

Der Belgier ist sehr gesittet; er stiehlt, er ist verschlagen; er hat bisweilen die Syphilis; er ist demnach sehr gesittet. Er zerreißt seine Beute nicht mir den Klauen; hat seine höchste Lust daran, uns vorzuführen, wie er bei Tisch sich der Gabel und des Löffels zu bedienen weiß; er vergißt zwar, sich zu säubern, doch trägt er Mantel, Hose, Hut, ein Hemd sogar und Stiefel; ergibt sich widerwärtigen Saufereien; speit so wacker wie ein Engländer; streut Mist aufs Trottoir; verlacht den Himmel und glaubt an den Fortschritt, ganz wie ein Journalist *jenseits von Quiévrain**; – und ficken kann er im Stehen wie ein gescheiter Affe.

Er ist demnach sehr gesittet.

* *Les gens d'outre-Quiévrain* – mit diesem Namen bezeichnen die Belgier gewöhnlich die Franzosen.

[I]

Le grand juge de paix d'Europe*
A donc dévissé son billard!
(Je vous expliquerai ce trope**).
Ce Roi n'était pas un fuyard
Comme notre Louis-Philippe.
Il pensait, l'obstiné vieillard,
Qu'il n'était jamais assez tard
Pour *casser* son ignoble *pipe*.***

[II]

Léopold voulait sur la Mort
Gagner sa première victoire.
Il n'a pas été le plus fort;
Mais dans l'impartiale histoire
Sa résistance méritoire
Lui vaudra ce nom fulgurant:
»Le cadavre récalcitrant«.

* Surnom donné à Léopold par la niaiserie politique française. Rengaine.
** Ce vers est adressé aux Belges. Voir la note de M. Proudhon sur l'ignorance des Belges relativement aux figures de Rhétorique.
*** Autre figure empruntée à l'argot parisien.

[I]

Der große Friedensrichter Europas* hat also sein Billard auseinandergeschraubt! (Ich werde euch diesen Tropus erklären**.) Dieser König war kein Ausreißer wie unser Louis-Philippe. Er dachte, der störrische Greis, es wäre niemals spät genug, seine widerliche *Pfeife* zu *zerbrechen*.***

[II]

Leopold wollte über den Tod seinen ersten Sieg erstreiten. Doch er war nicht der Stärkste. In der unparteiischen Geschichte aber wird sein verdienstvoller Widerstand ihm diesen blitzenden Namen eintragen: »Der widerspenstige Leichnam«.

* Ein Beiname, den Leopold der politischen Albernheit der Franzosen verdankt. Abgedroschen.

** In diesem Vers werden die Belgier angeredet. Siehe Proudhons Anmerkung über die Unwissenheit der Belgier hinsichtlich der Figuren der Rhetorik.

*** Eine weitere, ebenfalls dem Pariser Argot entlehnte Figur.

ANHANG

ZU DIESEM BAND

Diese erste deutsche Gesamtausgabe der Schriften Charles Baudelaires ist chronologisch geordnet. Der hier vorgelegte siebente Band enthält den Aufsatz über Richard Wagner und die Aufführung des »Tannhäuser« in Paris, sowie die Schriften zur Literatur und bildenden Kunst aus den Jahren 1860 bis 1865; ferner eine umfangreiche Auswahl aus den Aufzeichnungen zu dem Buch *Pauvre Belgique!* Die ausgewählten Briefe aus den Jahren 1860 bis 1863 überschneiden sich hie und da mit den Briefen aus den Jahren 1861 bis 1866 in Band VIII. Den Texten der Schriften und Briefe liegen die von Claude Pichois in der Bibliothèque de la Pléiade herausgegebenen kritischen Ausgaben der *Œuvres complètes* von 1975/76 (Band I, [5]1990; Band II, [3]1990) und der *Correspondance* von 1973 zugrunde.

Sämtliche Übersetzungen stammen von Friedhelm Kemp; der Kommentar zu den Schriften über die bildende Kunst, sowie zu den diesbezüglichen Teilen in den Aufzeichnungen über Belgien, von Wolfgang Drost und Ulrike Riechers.

Der Anmerkungsteil zu den Briefen ist folgendermaßen angelegt: bei jedem Brief werden, soweit erforderlich, die zu seinem Verständnis nützlichen biographischen Fakten, ferner Auskünfte über seine Veranlassung und den Empfänger gegeben; anschließend folgen nähere Angaben und Erklärungen zu einzelnen Stellen, die jeweils unter Beifügung der Seiten- und Zeilenzahl in Stichworten angeführt werden.

Die Erläuterungen ebenso wie die allgemeinen Auskünfte wollen in der Regel nicht mehr als eine unmittelbare Verständnishilfe geben; lediglich bei den Schriften zur Kunst wurde, wie schon in Band I, II und V, von dieser strengen Enthaltsamkeit abgewichen, da es ratsam schien, Baudelaires kunstkritische und ästhetische Ansichten im Kontext der Zeit schärfer zu profilieren. Bei folgenden Personen wurde auf allgemeine biographische Angaben, die leicht aus jedem Lexikon zu holen sind, in der Regel verzichtet: bei Charles Asselineau, Honoré de Balzac, Théodore de Banville, Jules Barbey d'Aurevilly, Jules Champfleury, François-René de

Chateaubriand, Gustave Flaubert, Théophile Gautier, Victor Hugo, Joseph de Maistre, Prosper Mérimée, George Sand, Charles-Auguste Sainte-Beuve; ferner bei Edgar Allan Poe, Eugène Delacroix und Richard Wagner.

Ausgiebig benutzt wurden für den Anmerkungsteil die Werkausgaben von Jacques Crépet, sowie die beiden bereits erwähnten Ausgaben der Bibliothèque de la Pléiade von Claude Pichois, der auch den Text des Anhangs gelesen, überprüft und durch manchen Hinweis verbessert und vervollständigt hat. Dafür sei ihm an dieser Stelle sehr herzlich gedankt. Ebenfalls sei hier Dank gesagt: Wolfgang Drost und Ulrike Riechers für ihre unermüdliche Hilfe; Oswald Georg Bauer für die Überprüfung des Textes über Richard Wagner und der Anmerkungen dazu; Susanne Schaup, München, für sachkundige Sorgfalt und Geduld bei der Einrichtung der Satzvorlage, der Überwachung der Drucklegung und für die Erstellung des Registers.

ANMERKUNGEN

BRIEFE
1860-1863

Nach dem Tod ihres Gatten, des Generals Aupick, am 27. April 1857, hatte Baudelaires Mutter Paris verlassen und sich für den Rest ihres Lebens nach Honfleur zurückgezogen, wo sie auf einem kleinen Anwesen ein Haus, die »Maison Joujou«, besaß. Seit dem Ende des gleichen Jahres trägt Baudelaire sich mit dem Gedanken, für einige Zeit (oder für immer) bei seiner Mutter zu leben. Er schafft einen Teil seiner Papiere und seiner Bücher nach Honfleur, hält sich jedoch nur zweimal etwas länger dort auf. Ende Sommer 1856 hatte er seine vierzehnjährige Liaison mit Jeanne Duval aufgelöst (siehe den Brief an Madame Aupick vom 11. September 1856, Bd. V, S. 14-17), was ihn nicht hinderte, zeitweilig wieder mit ihr zusammenzuwohnen. Am 5. April 1859 wird die durch einen Schlaganfall gelähmte Jeanne in eine Klinik eingeliefert, wo sie bis zum 19. Mai bleibt. Mitte Dezember 1860 zieht Baudelaire zu der halbseitig gelähmten Jeanne nach Neuilly, kehrt jedoch Anfang Januar 1861 wieder in das Hôtel de Dieppe, rue Amsterdam, zurück, wo er seit August 1859 wohnte und das er erst am 24. April 1864 endgültig verlassen wird.

Seit dem Sommer 1863 plant er eine Vortragsreise nach Belgien, um dort verschiedene Kunstsammlungen zu besuchen und zugleich Verhandlungen über eine Ausgabe seiner sämtlichen Werke mit den Verlegern Lacroix und Verboeckhoven zu führen. In Brüssel, wo Baudelaire sechs »Vorträge« hält, wohnt er im Hôtel du Grand Miroir, rue de la Montagne. Er hält sich dreimal in Namur bei dem Maler Félicien Rops auf, besucht Mecheln, Antwerpen, Lüttich, Gent und Brügge.

Die Mehrzahl der folgenden Briefe ist an Madame Aupick gerichtet. – In allen Geldangelegenheiten, die sich durch das Anwachsen seiner Schulden und vielfache, nicht immer durchschaubare, gelegentlich auch das Illegale streifende Wechselgeschäfte beständig verkomplizierten, blieb Baudelaire zeitlebens von seinem Vormund Narcisse-Désiré Ancelle (1801-1888) abhängig, der seit 1851 Bürgermeister von Neuilly war.

In Baudelaires letzten Pariser Jahren von 1860 bis 1864 erscheinen die *Paradis Artificiels* (Bd. VI), die zweite, erweiterte Ausgabe der *Fleurs du Mal* (Bd. III), der große Aufsatz über Richard Wagner, der Nachruf auf Eugène Delacroix, die *notices* zu Band IV von Eugène Crépets Anthologie der *Poëtes français,* der große Essay über Constantin Guys (*Le Peintre de la vie moderne,* Bd. V) und die Übersetzung von E. A. Poes »kosmogonischem Traktat« *Eureka.* (Der fünfte Band der Übersetzungen nach E. A. Poe, *Histoires grotesques et sérieuses,* erscheint erst im Mai 1865).

Durch die gesamte Korrespondenz der sechziger Jahre ziehen sich Überlegungen und Bemühungen im Hinblick auf eine Gesamtausgabe der essayistischen Schriften zur Literatur und zur bildenden Kunst, über welche Baudelaire am 1. Januar 1860 einen Vertrag mit seinem Verleger und Freund Auguste Poulet-Malassis (1815-1878) abschließt. Im Rahmen einer vierbändigen Ausgabe seiner Schriften sollten diese beiden Bände die Titel *Opinions littéraires* und *Curiosités esthétiques* tragen.

Verwirklicht wurden diese Pläne erst postum 1868/69 in Band II *(Curiosités esthétiques)* und Band III *(L'Art Romantique)* der ersten Gesamtausgabe.

7 AN ALPHONSE DE CALONNE, 5. Januar 1860
Alphonse de Bernard, vicomte de Calonne (1818-1902), war seit 1855 der Eigentümer der *Revue contemporaine,* die unter ihm zu einem offiziellen Blatt wurde. Die Regierung gewährte ihm eine regelmäßige finanzielle Unterstützung, die ihm im September 1859 entzogen und seitdem an die im Februar 1859 gegründete *Revue européenne* gezahlt wurde. Schon im Dezember 1861 jedoch mußte die *Revue européenne* ihr Erscheinen einstellen, und die kaiserliche Gunst wandte sich wieder der *Revue contemporaine zu.*

7 *6 den Streit verabscheue:* In der *Revue contemporaine* erschien am 15. und 31. Januar 1860 Baudelaires Bearbeitung der *Confessions of an English Opium Eater* von Thomas De Quincey, unter dem Titel *Enchantements et tortures d'un mangeur d'opium.* Baudelaire hatte Calonne im Dezember 1859 den ersten Teil des Manuskriptes übergeben. Dieser hatte gegen einige längere Zitate Einwände erhoben (siehe Bd. VI, S. 29). – *17 vereinbarten Menge von zwölf Bogen:* Baudelaire hatte mit Calonne schon 1857 eine dahingehende Abmachung getroffen, daß er ihm insgesamt zwölf Bogen, gegen ein Honorar von 250 Francs pro Bogen, liefern werde. Er hatte von Calonne wiederholt Vorschüsse auf noch nicht gelieferte Manuskripte erhalten.

8 *1 kurzer Nachruf:* siehe Bd. VI, S. 162 f. – *5 Hauptgestalten einer Schule:* der sogenannten *Lake Poets* (siehe Bd. VI, S. 305).

8 AN RICHARD WAGNER, 17. Februar 1860
Alle näheren Angaben über Baudelaires Umgang mit Wagner siehe S. 416 ff. – Eine Antwort Wagners auf diesen ersten (und einzig erhaltenen) Brief Baudelaires an ihn ist nicht überliefert.

11 AN EUGÈNE CRÉPET, 10. April 1860
Von Eugène Crépet herausgegeben, erschien 1861/62 eine vierbändige Anthologie *Les Poëtes français,* deren vierter Band ausschließlich zeitgenössischen Dichtern seit Lamartine gewidmet war. Über jeden einzelnen Dichter verfaßten die Mitarbeiter an dieser Anthologie jeweils eine längere oder kürzere *notice.* Baudelaire schrieb deren zehn, von denen er acht bereits geliefert hatte und von denen drei schließlich nicht aufgenommen wurden. Ausführlichere Angaben über dieses Unternehmen und Baudelaires Beteiligung daran siehe in den Anmerkungen zu den »Betrachtungen über einige meiner Zeitgenossen«, S. 432.

11 *21* Victor de *Laprade* (1812-1883), Lyriker im Stile Lamartines, Mitglied der Académie française, in Baudelaires Augen einer jener Ketzer, welche die Vorherrschaft der Moral in der Kunst vertraten. In der erhaltenen überarbeiteten Fassung der *notice* über Barbier, die dann schließlich doch nicht in Crépets Anthologie *Les Poëtes français* aufgenommen wurde, wird Laprade nicht mehr genannt. Siehe auch Baudelaires Brief an Laprade vom 23. Dezember 1861 (S. 44 ff.). – *30 Boyer:* siehe Baudelaires Brief an ihn vom 15. Mai 1860, S. 15 f.

12 *7 Gide:* Casimir Gide, der Verleger, bei dem die ersten drei Bände der *Poëtes français* 1861 auf Crépets Kosten erschienen; der vierte Band erschien 1862 bei Louis Hachette.

12 AN EUGÈNE CRÉPET, 9. Mai 1860

12 *26 Monsieur Gide:* s.o. zu 12, 7.

13 AN EUGÈNE CRÉPET, 11. Mai 1860

13 *32 Boileau:* s.u. zu S. 172, *19*, und 282, *11*.

14 *1 an Hugo schreiben:* Ein Brief Baudelaires an Victor Hugo aus diesen Tagen ist nicht überliefert. – *5 erbetenen Dienst, hinsichtlich der Gedichte:* Crépet hatte Baudelaire gebeten, sich bei Hetzel, einem der Verleger Victor Hugos, dafür zu verwenden, daß dieser den kostenlosen Abdruck einiger Gedichte Hugos in der Anthologie *Les Poëtes français* gestatte. – *8 politischen Satiren:* Gemeint sind die 1853 in Brüssel erschienenen *Châtiments*, Hugos heftige Invektiven gegen »Napoleon den Kleinen« und sein Regime. – *15 einen Brief von Hugo:* vom 29. April (Lettres/B 191). Hugo bedankt sich darin für einen Brief Baudelaires vom 13. Dezember 1859, in dem dieser ihm zwei Seiten aus seinem »Salon 1859«, Méryons Radierungen betreffend (siehe Bd. V, S. 194 f.), handschriftlich mitgeteilt hatte. – *27 Maturin:* s.u. zu S. 120, *33*. Baudelaire beabsichtigte, Maturins Roman *Melmoth the Wanderer* zu übersetzen.

15 AN PHILOXÈNE BOYER, 15. Mai 1860

Philoxène Boyer (1827-1867), schrieb einen Versband, *Les Deux Saisons* (1867), und zwei Dramen, *Sapho* (1850) und *L'Engagement* (1851); über diesen höchst lebendigen und anregenden Freund Baudelaires siehe Asselineaus Aufzeichnungen in B/Asselineau, 191-215. Auch er war einer der Mitarbeiter an Crépets Anthologie, für die er 13 Beiträge schrieb.

15 *3 mein Buch: Les Paradis artificiels,* die erst Ende Mai ausgeliefert wurden. – *7 Sie wissen, wen ich meine:* vielleicht Arsène Houssaye (1814-1869), Herausgeber der Zeitschriften *L'Artiste* und 1861/62 *La Presse*. – *24 de Calonne:* s.o. zu S. 7. – *35* Hippolyte *Babou* (1824-1878), Kritiker und Romancier, mit dem Baudelaire befreundet war; ebenfalls ein Mitarbeiter der Anthologie, für die er 44 *notices* verfaßte. – *36* Charles *Asselineau* (1820-1874) lernte Baudelaire schon 1845 kennen; seit etwa 1850 ist er sein unzertrennlicher Freund. Er hielt ihm die Grabrede, schrieb das erste Buch über ihn und war, zusammen mit Théodore de Banville, der Herausgeber der ersten Gesamtausgabe seiner Werke. Nach Baudelaires Tod erschienen *Charles Baudelaire – Sa Vie et son Œuvre* (Lemerre, Paris 1869; wiederabgedruckt in B/Asselineau, 59-155) und *Baudelairiana* (E.-J. Crépet, Paris 1906). Siehe auch Pichois/Ziegler und Lloyd, 101-112. Baudelaire hatte 1859 seinen Novellenband *La Double Vie* besprochen (siehe Bd. V, S. 77-82).

16 *12 inter pocula:* beim Bechern.

16 AN MADAME AUPICK, um den 5. Januar 1861

17 *9 nach Neuilly gezogen bin:* zu Jeanne Duval, mit der Baudelaire seit Mai 1842 liiert war. – *16 einen Bruder:* Über diesen nach Baudelaires Berichten höchst zweifelhaften Gesellen fehlen jede näheren Auskünfte: vermutlich handelte es sich um einen Liebhaber Jeannes.

19 *8 Deine Klippe:* Madame Aupicks Haus befand sich auf einem Grundstück, das über Felsen steil zum Meer hin abfiel. Die Steilküste wurde beständig von den Wellen unterspült, so daß eine dauernde Einsturzgefahr bestand, die erhebliche Kosten verursachte.

19 AN AUGUSTE POULET-MALASSIS, 16. Januar 1861

20 Eugène *De Broise:* war mit Poulet-Malassis' Schwester Adeline-Henriette verheiratet und seit 1855 Geschäftsteilnehmer des Verlages und der Druckerei. – *31 große Entfernung von Paris:* Baudelaire lebte seit Mitte Dezember 1860 bis Anfang Januar 1861 in Neuilly bei Jeanne.

20 *1* Jules-Henri-Louis *Tenré:* Mitinhaber des Bankhauses Tenré fils et Cie, rue Lafitte. Ein Exemplar der Erstausgabe der FM, das 1971 bei Sotheby in London versteigert wurde, trägt die Widmung: »*À M. Tenré fils, / Souvenir de bonne Camaraderie, / Ch. Baudelaire*«. – *Schwartz:* Bankier. – *2 Gélis:* Mitinhaber des Bankhauses Léon Gélis et Cie, rue de Rivoli. – *Lemercier:* Makler und Diskonteur, Faubourg Montmartre. – Jean *Morel:* der ehemalige Leiter der *Revue française,* der bankrott gemacht hatte.

21 *16 De Broise:* s. o. zu S. 19, *20.* – *27 Ihres Bruders Édouard:* war Seemann gewesen, desertierte 1858/59 auf der Insel Maurice; gehörte von August bis November der *Société Poulet-Malassis et De Broise* an; ging dann nach Algerien und starb im August 1862 als Gefreiter des 3. Zuavenregiments im Militärkrankenhaus von Batna.

22 AN AUGUSTE POULET-MALASSIS, 20. März 1861

22 *5* Pierre-Jules *Hetzel* (1814-1886), einer der bedeutendsten französischen Verleger des 19. Jahrhunderts. Er war ein entschiedener Gegner der häufigen belgischen Nachdrucke; lebte seiner republikanischen Überzeugungen wegen ab 1852 in Brüssel, kehrte jedoch nach der Amnestie vom 17. August 1859 (siehe Bd. V, S. 295) nach Paris zurück. Er hielt sich nach wie vor häufig in Brüssel auf, wo Baudelaire ihn traf. Am 13. Januar 1863 verkaufte Baudelaire ihm die *Poèmes en prose* und die *Fleurs du Mal,* deren Rechte er bereits an Poulet-Malassis abgetreten hatte. Bei Abschluß dieses Vertrages erhielt er von Hetzel einen Vorschuß in Höhe von 1200 Francs, der erst nach Baudelaires Tod zurückerstattet wurde. Über ihn siehe A. Parménie und C. Bonnier de La Chapelle, *Histoire d'un éditeur et de ses auteurs, P.-J. Hetzel (Stahl),* Paris 1853. – *19 Wechselreiterei:* frz. *la navette;* (meist betrügerischer) Austausch, Verkauf von Wechseln zur Geldbeschaffung. – *35 Affaire Mirès:* Jules-Isaac Mirès, mächtiger Finanzmann, Inhaber der Zeitungen *Le Pays* und *Le Constitutionnel,* der sich auf waghalsige Spekulationen eingelassen hatte, war am 17. Februar 1861 verhaftet und eingesperrt worden. In dem darauf folgenden Prozeß wurde er verurteilt.

23 *1 Réflexions . . .:* »Betrachtungen über einige meiner Zeitgenossen«, siehe S. 137-198. – *14 Übel . . ., wie es Gérard gekannt hat:* Baudelaire war mit Gérard de Nerval (geb. 1808) befreundet, der sich am 26. Januar 1855 in einem Anfall von Geistesgestörtheit erhängt hatte. – *20 die Theaterstücke:* Baudelaire denkt an die beiden projektierten Schauspiele »Der Trunkenbold« (Bd. II, S. 211-217) und »Der Marquis von den I. Husaren« (Bd. V, S. 271-281).

24 *2 Alençon:* Dort befand sich die Druckerei der *Société Poulet-Malassis et De Broise.* – *3* Louis-Eugène *Hatin:* Von ihm erschien bei Poulet-Malassis zwischen 1859 und 1861 ein achtbändiges Werk, *Histoire politique et littéraire de la Presse en France, avec une introduction historique sur les origines du Journal et la Bibliographie des journaux depuis leur origine.* – *5 meinem Buch:* die zweite Ausgabe der FM, die Anfang Februar ausgeliefert worden war. – *7* François *Buloz* (1803-1877), Herausgeber der *Revue des Deux Mondes,* in

der Armand de Pontmartin (1811-1890) am 4. August 1861 eine abschätzige Rezension der zweiten Ausgabe der FM veröffentlichte. – Émile *Montégut* (1825-1895), ebenfalls ein Mitarbeiter der *Revue des Deux Mondes,* wo er häufig über die englische und amerikanische Literatur, insbesondere über Emerson schrieb, den er auch übersetzte. Von ihm erschien keine Rezension der FM; ebensowenig von *Sainte-Beuve.* – *19 Das Porträt und die Reklame:* Baudelaire hatte Arsène Houssaye, dem Herausgeber des *Artiste,* über De Broise den Text einer *note* und die Genehmigung, sein Porträt von Félix Bracquemond zu verwenden, zukommen lassen: »Charles Baudelaires Porträt, das wir unseren Abonnenten bieten, gezeichnet und gestochen von M. Bracquemond, schmückt die zweite Ausgabe der *Fleurs du Mal,* die demnächst, um fünfunddreißig neue Gedichte vermehrt, bei der Librairie Malassis et De Broise erschienen wird.« (Corr/Pl II, 128). Das Porträt wurde erst am 1. November 1862 in *L'Artiste* mit einem von Baudelaires Vorschlag abweichenden Text und mit zwei Strophen aus dem Gedicht *Les Petites Vieilles* (Bd. III, S. 236 ff.) veröffentlicht.

24 AN MADAME AUPICK, 29. März 1861

25 *3 Verse von mir:* Die *Revue contemporaine* vom 28. Februar 1861 enthielt Baudelaires Gedicht *La Voix* (Bd. IV, S. 60) und seine Übersetzung *Le Calumet de paix,* nach Henry Wadsworth Longfellows indianischem Sagenzyklus *Hiawatha.* – *12 bei der Revue européenne:* wo am 1. April der Aufsatz *Richard Wagner et »Tannhäuser« à Paris* erschien.

25 AN MADAME AUPICK, Februar oder März 1861

26 *14 meine Exemplare:* der zweiten Ausgabe der FM. – *20 ihr Bruder:* s. o. zu S. 17, *16.*

27 *23 Monsieure Cardine:* Der Abbé Jean-Baptiste Cardine war von 1856 bis 1868 Pfarrer an der Kirche Sainte-Catherine in Honfleur. – *35 Monsieur Émon:* Jean-Louis Émon und seine Frau, mit denen Madame Aupick befreundet war und die im Sommer in Honfleur wohnten. Émon war der Testamentsvollstrecker des Generals Aupick; am 24. August 1848 war er ein Mitglied des Familienrats gewesen, der Ancelle zu Baudelaires amtlichem Vormund bestellte. Am Tage der Bestattung des Generals Aupick am 30. April 1857 hatte er Baudelaire im Beisein der Trauergäste gedemütigt (siehe Bd. III, S. 21).

28 *11 die Dramen:* s. o. zu S. 23, *20.* – *12 die Romane:* Baudelaires Titel und Entwürfe zu Romanen und Novellen siehe Bd. VI, S. 269-281. – *14 Mon cœur mis à nu:* siehe Bd. VI, S. 222-258. – *16 Bekenntnisse Jean-Jacques':* Gemeint sind die 1782-1789 postum erschienenen *Confessions* von Jean-Jacques Rousseau (1712-1778). – *22 eine heftige Arbeit:* die Beendigung des Aufsatzes über Richard Wagner.

29 *3 Ducreux:* Lithograph, Drucker und Händler, rue de Vaugirard. – *8 die 23 000 Francs:* Baudelaires Schuld an seine Mutter, von der schon in einem Brief an Poulet-Malassis vom 18. Oktober 1860 die Rede ist (Corr/Pl II, 100). – *26 de Calonne:* s. o. zu S. 7.

30 *13 die Contemporaine:* s. o. zu S. 25, *3.* – *die Européenne:* Dort war am 1. April der Aufsatz über Richard Wagner erschienen.

30 AN AUGUSTE VACQUERIE, 4. April 1861

Auguste Vacquerie (1819-1895) war einer der treuesten Anhänger Victor Hugos, der für den verbannten Dichter in Frankreich eintrat. Sein Schauspiel *Les Funérailles de l'Honneur* war am 30. März 1861 am Théâtre de la Porte-Saint-Martin uraufgeführt worden. Siehe hierzu auch Baudelaires Nachtrag zu seinem Aufsatz über Richard Wagner (S. 130f.).

31 *12 Ihr gedungener Räuber:* in Vacqueries Stück Zorzo, ein Bastardsohn des Don César de Bazan, der von Vannoy gespielt wurde. – *17 Rouvière:* über ihn siehe Bd. II, S. 218-224, und in diesem Band Baudelaires Nekrolog (S. 245-247). In Vacqueries Stück spielte Rouvière die Rolle des Haupthelden, Don Jorge de Lara.

31 AN MADAME AUPICK, 6. Mai 1861

33 *16 diesen verdammten Pfarrer:* der Abbé Cardine; s. o. zu S. 27, *23*. – *35 eine große Unklugheit:* die Veranlassung der Vormundschaft 1844.

34 *8 Mon cœur mis à nu, Romane, zwei Theaterstücke:* s. o. zu S. 28, *14*, 28, *12* und S. 23, *20*. – *29 Herbst 1844:* nachdem er Ancelle als amtlichem Vormund unterstellt worden war.

35 *4 eine venerische Krankheit:* Im Frühjahr 1841 war Baudelaire an der Syphilis erkrankt. – *5 in Dijon:* Dort hielt Baudelaire sich von Anfang Dezember 1849 bis Mitte Januar 1850 auf. – *19 In meiner Kindheit . . .:* Baudelaire denkt an die Zeit nach dem Tode seines Vaters bis zur zweiten Eheschließung seiner Mutter (Februar 1827 bis November 1828).

36 *3 Internatszeit:* Im Collège Royal in Lyon, vom Januar 1832 bis Februar 1836.

37 *32* Hippolyte *Marin* (1817-1903), ein Freund Ancelles, Rechtsanwalt in Paris.

38 *10 das Haus:* s. o. zu S. 19, *8*. In einem Brief an Madame Aupick vom 11. Oktober 1860 liest man: »Was Du von dem Erdrutsch im Garten schreibst, habe ich alles aufmerksam gelesen. Wie traurig. Armes Häuschen! Wenn ich genügend Kraft und Gesundheit finde, um alle meine quälenden Kümmernisse zu überleben, bin ich fest gewillt, es nicht nur nie zu verkaufen, sondern es auch nie mit einer Hypothek zu belasten.« (Bd. III, S. 45)

39 *5 deinen Freunden:* die Émons; s. o. zu S. 27, *35*. – *10 acht Bücher:* die *Fleurs du Mal*, die *Paradis artificiels*, die beiden Broschüren über Gautier und Wagner, drei Bände mit Übersetzungen nach E. A. Poe und vermutlich der *Salon de 1846* (da Baudelaire den *Salon de 1845* selber verworfen hatte). – *22 ihr Bruder:* s. o. zu S. 17, *16*. – *34 Jemand, der sich augenblicklich in London aufhält:* Catulle Mendès (1841-1909), der vom 15. Februar bis 15. November die *Revue fantaisiste* herausgab, in der ab 25. Juli die für Eugène Crépet geschriebenen *notices* erschienen. – *36 Ein anderer:* Robert Stoepel (geb. 1821 in Berlin) komponierte eine »romantische Symphonie«, *The Song of Hiawatha*, nach Longfellow (s. o. zu S. 25, *3*), die am 8. Januar 1859 in Boston uraufgeführt wurde. Stoepel und seine Frau, die Sängerin Matilda Heron, welche die Symphonie in Europa aufzuführen beabsichtigten, kamen im November 1860 nach Paris. Am 20. November traf Stoepel Baudelaire, der sich bereit erklärte, das Libretto mit Texten Longfellows zu übersetzen. Baudelaire, der sich gleich an die Arbeit machte, rechnete mit einem Honorar von 1500 Francs. Als Stoepel Anfang Dezember auf Nimmerwiedersehn nach London verschwand, wo *Hiawatha* am 12. Februar 1861 in Covent Garden aufgeführt wurde, schuldete er Baudelaire für die inzwischen geleistete Arbeit bereits 400 Francs. Siehe Œuvres/Pl, 243-268 und die Anmerkungen dazu.

40 *1 dem von mir Hintergangenen:* Poulet-Malassis. In einem Brief vom gleichen

Tag gesteht Baudelaire seinem Freund und Verleger, daß er eine diesem zustehende Summe unterschlagen und für sich selbst ausgegeben habe.

40 AN MADAME AUPICK, 7. Mai 1861

40 *27 einen unveröffentlichten Nachtrag:* siehe S. 125-133 und die Anmerkungen dazu.

41 *1 den Betreffenden:* Poulet-Malassis; s. o. zu S. 40, *1*.

41 AN ?, 11. Juli 1861

41 *13 einen berühmten Musiker:* Richard Wagner.

42 AN ABEL VILLEMAIN, 11. Dezember 1861

Abel-François Villemain (1790-1870) war der Ständige Sekretär der Académie française, an der in diesem Jahr zwei Sitze, der des Romanciers Eugène Scribe und der des Dominikanerpaters Henri Lacordaire (s. u. zu S. 58, *25*), freigeworden waren. Baudelaires Bewerbung um einen dieser Sitze war ein (vorauszusehender) Mißerfolg, der seinen Niederschlag in einem Artikel, »Eine Reform in der Akademie« (S. 206 ff.) und in dem Entwurf zu einem weiteren Artikel, »Wie Herr Villemain denkt und schreibt« (S. 211-218) fand. Nähere Angaben über diese Kandidatur und über Villemain S. 446 ff. und 448 ff.

42 *11 einen Gedichtband:* die *Fleurs du Mal*. – *13 eine Übersetzung:* mehrere Sammelbände mit Übersetzungen nach E. A. Poe: *Histoires extraordinaires* (1856), *Nouvelles Histoires extraordinaires* (1857), *Aventures d'Arthur Gordon Pym* (1858). – *15 Studie über die ... Rauschmittel: Les Paradis artificiels* (1860).

43 AN ALFRED DE VIGNY, um den 16. Dezember 1861

Im Zusammenhang mit seiner Bewerbung um einen Sitz in der Académie française hat Baudelaire am 16. Dezember Alfred de Vigny einen Besuch abgestattet, über den sich von Vigny eine Tagebuchaufzeichnung abschriftlich erhalten hat (siehe Corr/Pl II, 750). Noch am Abend desselben Tages bedankte sich Baudelaire in einem Brief an Vigny für die große Freundlichkeit, mit der er ihn empfangen hatte (siehe Bd. III, S. 46 f.).

43 *15* Henri *Patin* (1793-1876), Professor an der Sorbonne, Verfasser mehrerer Werke über die griechischen Tragiker und die lateinische Dichtung.

44 AN VICTOR DE LAPRADE, 23. Dezember 1861

Sainte-Beuve hatte am 16. September den Dichter Victor-Richard de Laprade, der ein Gegner des Kaiserreichs war, angegriffen. Auf diesen Artikel antwortete Laprade mit einer Satire in Versen, *Les Muses d'État*, die am 25. November in *Le Correspondant* erschien. Daraufhin enthob Gustave Rouland, der Unterrichtsminister, Laprade mit einem Dekret vom 14. Dezember seines Amtes als Literaturprofessor an der Faculté des Lettres von Lyon. Laprade gehörte der Académie française seit 1859, als Nachfolger Alfred de Mussets, an. Baudelaire und er schätzten sich nicht. Siehe auch die Anmerkung zu S. 11, *21*. – *12 ihren Denunzianten:* Sainte-Beuve. – *19 den Herren Patin und de Vigny:* denen Baudelaire seiner Kandidatur bei der Académie française wegen bereits einen Besuch abgestattet hatte. – *25 Paul Chenavard:* ein Lyoneser Maler, mit dem Baudelaire befreundet war. Über ihn siehe vor allem den Aufsatz »Die philosophische Kunst« (Bd. V, S. 258-268).

45 *33 die letzte Ausgabe:* Aus Laprades Nachlaß ist ein Exemplar der zweiten Ausgabe der FM mit einer handschriftlichen Widmung Baudelaires erhalten. – *20 Monseigneur d'Orléans:* Félix-Antoine-Philibert Dupanloup (1802-1878), Bischof von Orléans, Mitglied der Académie française. – *28 Joséphin Soulary* (1815-1891), ein Lyoneser Dichter, dessen *Sonnets humoristiques* (1858) Baudelaire schätzte. – *Armand Fraisse* (1830-1877), ebenfalls ein Lyoneser Dichter, einer der besten Kritiker seiner Zeit, der über Baudelaire insgesamt sechs Artikel geschrieben hat (siehe Cl. und V. Pichois, *Armand Fraisse, Sur Baudelaire,* Gembloux 1973). – *30* Louis *Janmot:* über diesen Lyoneser Maler siehe ebenfalls »Die philosophische Kunst« (Bd. V).

47 AN MADAME AUPICK, 25. Dezember 1861

47 *17 meinen Bruder:* Baudelaires Halbbruder Claude-Alphonse (1805-1862), aus der ersten Ehe seines Vaters. – *21 Frau Baton:* Palmyre Batton, die Witwe eines Komponisten, eine Jugendfreundin Madame Aupicks aus deren Pensionatszeit, die ihr gelegentlich in Honfleur Gesellschaft leistete.

49 *2 lange Studie:* »Der Maler des modernen Lebens« (Bd. V, S. 213-258). Der Essay erschien am 26., 29. November und 3. Dezember 1863 im *Figaro.* – *37 Lamartine:* Baudelaire hatte ihn um den 20. Dezember besucht. Lamartine hatte im April 1848 Baudelaires Stiefvater, den General Aupick, zum Botschafter in Konstantinopel ernennen lassen.

50 *3 De Vigny:* den Baudelaire am 16. Dezember besucht hatte. – *14 Mérimée:* Er hielt sich damals in Compiègne, am kaiserlichen Hof, auf und reiste am 22. Dezember nach Cannes. – *18* Guillaume *Viennet* (1777-1868), der letzte Klassizist; schrieb Fabeln, Episteln und Tragödien. – *22 Patin:* s. o. zu S. 43, 15.

51 *11* Jules *Dufaure* (1798-1881), Rechtsanwalt und ehemaliger Minister, ein Gegner Napoleons III.; er wurde im April 1863 in die Akademie gewählt. – Louis *de Carné* (1804-1876), Diplomat, Historiker; wurde ebenfalls im April 1863 in die Akademie gewählt. – *12* Albert duc *de Broglie* (1821-1901), Mitarbeiter der *Revue des Deux Mondes* und des *Correspondant;* er wurde am 22. Februar als der Nachfolger von Lacordaire gewählt. – *13 neben seinem Papa:* Léonce-Victor de Broglie (1785-1870), Minister unter Louis-Philippe. – *15 Erzbischof von Paris:* François Morlot (1795-1862), Erzbischof und Kardinal. – *16* Léon *Gozlan* (1803-1866), schrieb Romane in der Nachfolge Balzacs und über diesen ein Buch *Balzac en pantoufles* (1856). – *17 Jules Lacroix* (1809-1887), schrieb Romane und Schauspiele, bearbeitete Sophokles und Shakespeare. Sein Bruder Paul Lacroix, *»le Bibliophile Jacob«,* verfaßte Romane, Erzählungen und historische Sammelwerke. – *18 Cuvillier-Fleury:* s. u. zu S. 208, 7. – *19 Octave Feuillet:* wurde am 3. April 1862 der Nachfolger Scribes. – *Camille Doucet* (1812-1893), Theaterschriftsteller und kaiserlicher Beamter für Bühnenangelegenheiten; er wurde im April 1865 als Nachfolger von Vigny in die Akademie aufgenommen und wurde 1876 ihr Ständiger Sekretär. – *26* Pierre *Lebrun* (1785-1873), Mitschüler des Generals Aupick auf der École spéciale militaire de St-Cyr bei Versailles; später, wie dieser, Senator. – *35* Adolphe *Thiers* (1797-1877), einflußreicher Politiker und bedeutender Historiker; schrieb eine *Histoire de la Révolution française* (1824-1827) und eine *Histoire du Consulat et de l'Empire* (1845-1862). – François *Guizot* (1787-1874), Staatsmann und Historiker, der Rivale Thiers'.

52 *15 Fantaisiste:* Die *Revue fantaisiste* hatte am 15. November ihr Erscheinen

eingestellt. – *Européenne:* 14 Tage später verschwand auch die *Revue européenne,* in deren letzter Nummer vom 1. Dezember Leconte de Lisles Rezension der zweiten Ausgabe der FM erschienen war. In dieser Zeitschrift hätte auch der Essay über Constantin Guys erscheinen sollen, auf den Baudelaire bereits einen Vorschuß in Höhe von 300 Francs erhalten hatte. – *De Calonne:* s. o. zu S. 7. – *25 den berühmten Schal:* Es handelt sich um einen Kaschmirschal Madame Aupicks, den Baudelaire bereits zweimal aufs Pfandhaus getragen hatte (siehe Bd. VI, S. 45).

54 *14 Lamartine:* s. o. zu S. 49, *37*. – *17 catin:* Dirne.

55 AN JULES DE SAUX, 30. Dezember 1861

Jules de Saux war Kabinettschef des ehemaligen Staatsministers Alexandre Walewski (1810-1868), eines illegitimen Sohnes Napoleons I. Baudelaire hatte im Laufe des Jahres 1860 viermal eine Unterstützung, in einer Gesamthöhe von 1300 Franken, von dem Unterrichtsministerium erhalten. Da inzwischen das Staatsministerium für solche Zuwendungen zuständig war, hatte er sich Anfang Januar 1861 an Jules de Saux gewandt und um eine Unterstützung in Höhe von jeweils 500 Francs für sich und für Constantin Guys ersucht. Nach einigen Verzögerungen hatte Baudelaire dann im April 300 Francs erhalten. Auf dieses neuerliche Gesuch erfolgte eine hinhaltende Antwort; Anfang Februar 1862 wurde Baudelaire bei dem Kabinettschef vorstellig, der sich daraufhin bei Walewski für ihn verwandte und abermals eine Unterstützung von 300 Francs vorschlug, die Baudelaire bald darauf erhielt. Das Original dieses Briefes befindet sich in den Archives nationales; der Adressat wurde von Pichois erschlossen.

55 *15 Absturz zweier Revuen:* der *Revue fantaisiste* und der *Revue européenne;* s. o. zu 52, *15*. – *19 eine Zeitung zu opfern:* s. o. zu S. 7.

56 *4 ein Drama: Le Marquis de Ier Houzards* (Bd. V, 271-281).

57 4 Achille *Fould* (1800-1867), Finanzmann und Minister. – 6 Louis-François *Bellaguet* war der Leiter des Büros für wissenschaftliche und literarische Angelegenheiten im Staatsministerium.

57 AN ALFRED DE VIGNY, 26. Januar 1862

Vigny beantwortete diesen Brief Baudelaires umgehend; sein Dankschreiben vom 27. Januar 1862 hat sich erhalten (B/Lettres, 382 f.). Er habe die *Fleurs du Mal,* die Baudelaire ihm in der 2. Ausgabe übergeben hatte, gelesen und wiedergelesen. Wenn seine Gesundheit es erlaube, möge Baudelaire ihn doch am Nachmittag des 29. Januar zu einem Gespräch besuchen. Was seine Kandidatur auf einen Sitz in der Académie française betrifft, so rät er Baudelaire dringend ab, weitere Schritte zu unternehmen.

57 24 Jules *Sandeau* (1811-1883), schrieb Gesellschaftsromane, war Mitarbeiter der *Revue des Deux Mondes* und gehörte der Académie française seit 1858 an. – *Sacy, Ponsard, Saint-Marc Girardin, Legouvé:* s. u. zu S. 244, *31*, 131, *30*, 232, *35* und 232, *35*. – *27 Viennets:* s. o. zu S. 50, *18*.

58 *25 Pater Lacordaire:* Jean-Baptiste-Henri Lacordaire (1802-1861), Jurist, Theologe, 1827 zum Priester geweiht, war bis 1834 mit Lamennais verbündet, der die Trennung von Staat und Kirche forderte. Als dieser seiner *Paroles d'un croyant* wegen mit dem Kirchenbann belegt wurde, trennte Lacordaire sich von ihm und wurde zum Verteidiger der Kirche gegen die Dissidenten. 1840 trat er in den Dominikanerorden ein und predigte bis 1851 in Notre-Dame von Paris.

Er war erst 1861 in die Académie française gewählt worden. – *34 de Broglie:* s.o. zu S. 51, *12.* – *35 Philarète Chasles:* s.u. zu S. 231, *25.*

59 *31 kleine Zeitung: Le Boulevard* vom 12. Januar 1861, der *Le Coucher du soleil romantique* (Bd. IV, 6) und andere Gedichte von Baudelaire enthielt.

60 AN ALFRED DE VIGNY, 30. Januar 1862

Baudelaire hatte Vigny, auf dessen Einladung hin, am 29. Januar zum zweiten Mal besucht.

60 *8 fürchterliche Artikel:* in *Le Constitutionnel* vom 20. Januar. Siehe S. 206 ff. und die Anmerkungen dazu. – *11 ohne mir etwas zu vergeben:* Vigny hatte Baudelaire Vorwürfe gemacht, daß er sich selbst nicht ernst genug nehme, daß er sich verzettele, daß er sein »wahres und seltenes Talent« vergeude. Zu seiner Verteidigung führt Baudelaire das Beispiel seines Freundes Théodore de Banville an, von dem soeben, am 5. und 19. Januar, Verse in ebendemselben *Boulevard* erschienen waren. – *15 lassen mich für meine Elaborate in Prosa fürchten:* Baudelaire hatte seinem zweiten Brief an Vigny, vom 16. Dezember 1861, außer den beiden Broschüren über Gautier und Wagner und den *Paradis artificiels,* einige seiner Prosagedichte (vermutlich die neun *poëmes en prose,* die am 1. November 1861 in der *Revue fantaisiste* erschienen waren; siehe Bd. VIII, S. 349) zugeschickt, die Vigny offensichtlich noch nicht gelesen hatte.

61 *1 zwei Schritt von mir entfernt:* von dem Hôtel de Dieppe. – *14 Le Corbeau ... Méthode de composition:* Es handelt sich um Baudelaires Prosaübersetzung des Gedichtes *The Raven* von E. A. Poe, die er zusammen mit einem Vortext und der Übersetzung des Essays *The Philosophy of Composition* am 20. April 1859 in der *Revue française* veröffentlicht hatte. Siehe Bd. II, S. 362-364.

61 AN GUSTAVE FLAUBERT, 31. Januar 1862

61 *20 Sie sind ein wahrer Krieger:* Baudelaire hatte sich am 24. Januar brieflich an Flaubert gewandt (Corr/PL II, 218), und ihn gebeten, sich bei Jules Sandeau für ihn zu verwenden. Flaubert hatte daraufhin am 26. Janaur an Sandeau geschrieben, er möge Baudelaire doch seine Stimme für die Wahl in der Académie française geben: »... wenn ich der ehrenwerten Gesellschaft angehörte, sähe ich ihn gerne zwischen Villemain und Nisard sitzen! Was für ein Bild!« (Flaubert, *Correspondance* III, Paris 1991, 203) Sandeau, den Baudelaire dann Anfang Februar besuchte, antwortete am 31. Januar, er halte zwar große Stücke auf Baudelaire und seine Begabung, seine Bewerbung habe jedoch wie ein Sprengkörper gewirkt, und er wisse nicht recht, wie er sich verhalten solle (Corr/Pl II, 766). – *23 Sie vollkommener Einsiedler:* Flaubert lebte streng zurückgezogen im Haus seiner Mutter in Croisset und kam nur gelegentlich besuchsweise nach Paris. – *berüchtigten Artikel von Sainte-Beuve:* vom 20. Januar in *Le Constitutionnel;* siehe Baudelaires anonymen Artikel »Eine Reform in der Akademie« (S. 206 ff.) und die Anmerkungen dazu. In Flauberts Antwortschreiben vom 2. Februar liest man: »Woher soll ich den Artikel von Sainte-Beuve kennen? Wer sollte mir von ihm erzählt haben? da ich doch niemanden sehe?« (Lettres/B 159). – *28 Maxime Du Camp* (1822-1894), Journalist und Romanschriftsteller, ein Freund Flauberts.

62 *7 Fürsten de Broglie:* s.o. zu S. 21, *12.* – *14 Dort, bei Ihnen:* in Croisset. – *17 Auguste Barbier, Th. Gautier, Banville ... Leconte de Lisle:* siehe S. 151-155, 160-164, 175-183, 192-196.

62 AN GUSTAVE FLAUBERT, 3. Februar 1852

62 *28 Sandeau:* s.o. zu S. 57, 24.

63 *13 Sandeaus Brief:* an Flaubert (s.o. zu S. 61, 20), den Flaubert an Baudelaire geschickt hatte, mit der Bitte um Rückerstattung. – *kleines Zeitungsblatt:* nicht feststellbar.

63 AN SAINTE-BEUVE, 3. Februar 1862

63 *29 Vigny habe ich zweimal gesehen:* am 16. Dezember 1861 und am 29. Januar 1862.

64 *18 in der Revue anecdotique:* Dort erschien Baudelaires Artikel »Eine Reform in der Akademie« (siehe S. 206 ff.). – *27 Ihren Pontmartin:* ein sanftmütiger Artikel Sainte-Beuves über den Kritiker Armand de Pontmartin (1811-1890), Mitarbeiter der *Revue des Deux Mondes* und der *Revue contemporaine,* mit dem Sainte-Beuve brouilliert war.

65 *4 einen kleinen Packen Sonette:* die am 12. Januar in *Le Boulevard* erschienen waren und die Baudelaire bereits an Vigny geschickt hatte. – *5 Rêvasseries in Prosa:* neue *poèmes en prose,* die Baudelaire im Dezember 1861 an Arsène Houssaye, den Herausgeber von *La Presse,* geschickt hatte. – *6 Peintre des mœurs:* Der projektierte Aufsatz kam nicht zustande. Baudelaire hatte sich dazu Aufzeichnungen gemacht (Œuvres/Pl II, 725-728), die größtenteils auf ein Werk der Brüder Edmond und Jules Goncourt (*La Femme au dix-huitième siècle,* Paris 1862) zurückgehen.

65 AN ABEL VILLEMAIN, 10. Februar 1862

66 AN MADAME AUPICK, 17. März 1862

66 *14 seit siebzehn Jahren:* Baudelaires Liaison mit Jeanne Duval begann im Mai 1842. Über die Auseinandersetzungen mit ihr und ihrem »Bruder« in Neuilly siehe Baudelaires Brief an Madame Aupick vom 5. Januar 1861 (S. 17). – *29 Ein anderes Beispiel:* Hierzu sind zwei Briefe an Poulet-Malassis vom 5. und 8. Mai 1859 überliefert (Corr/Pl I, 571 und 572).

69 *5 Frau Baton:* s.o. zu S. 47, 21. – *13 Frau de Montherot:* die Frau eines Diplomaten, der der erste Sekretär des Generals Aupick in Madrid war, wo dieser von Juni 1851 bis April 1853 den Posten eines Botschafters bekleidete. – *14 Leiter der Illustration:* Gemeint ist der Chefredakteur Edmond Texier, bei dem Baudelaire 1861 den »Maler des modernen Lebens« zu veröffentlichen hoffte (siehe Corr/Pl II, 212). – *32* Jean-Baptiste *Biot* (geb. 1774), Astronom, Mathematiker, Physiker, Chemiker und Mitglied der Académie française, war am 2. Februar 1862 gestorben. Als Émile *Littré* (1801-1881), ein entschiedener Positivist, zur Wahl stand, widersetzte sich ihr Monseigneur Dupanloup, der Bischof von Orléans. Littré wurde er 1871 in die Akademie gewählt, worauf Dupanloup seinen Austritt erklärte. – *34 Mein Schreiben:* an Villemain vom 10. Februar (siehe S. 65).

70 AN MADAME AUPICK, 29. März 1862

70 *7 von La Presse:* Die satirische Studie über Villemain wurde niemals vollendet; es ist sogar zweifelhaft, ob Abmachungen darüber mit Aresène Houssaye, dem damaligen Herausgeber von *La Presse,* bestanden. – *9 die Adresse:* Es handelt sich um das im Zuge der Liberalisierung der gesetzgebenden Versammlung

gewährte *droit d'adresse,* wonach hinfort auch die Abgeordneten der Opposition das Recht hatten, sich unmittelbar an den Kaiser zu wenden. – *25 Vier Bände:* Über einen dieser Bände, *Réflexions sur quelques-uns de mes contemporains,* war bereits am 1. Januar 1860 ein Vertrag mit Poulet-Malassis abgeschlossen worden.

71 *3 Die Dandies littéraires:* ein Projekt, das Baudelaire immer wieder beschäftigt hat, zu dem jedoch keine Vorstudien erhalten sind. – *4 die Peintres philosophes:* siehe »Die philosophische Kunst«, Bd. V, S. 259-268. – *5 Hetzel:* s. o. zu S. 22, 5. – *16 Konvertierung der Staatsanleihen:* Um bei einem kürzlich veränderten Zinsfuß den gleichen Ertrag aus den Staatsanleihen in Baudelaires Vermögen zu sichern, war ein Ausgleichsbetrag von 1000 Francs zu entrichten. – *30 bei Flaubert . . .:* Flaubert hatte sich in Paris aufgehalten und bei dieser Gelegenheit Baudelaire einige Kapitel seines neuen Romans *Salammbô,* den er am 20. April des gleichen Jahres abschloß, zu lesen gegeben. – *33 Misérables:* Siehe S. 221-229.

72 *11 Mémoires d'outre-tombe:* Chateaubriands nachgelassene Biographie war als Buch 1849 zum ersten Mal erschienen. – *20 Maler und Stecher:* im Hinblick auf einen Aufsatz über die *Peintres de mœurs;* s. o. zu S. 65, 6. – *26 Dieser Mann:* Auguste Jousset, der Inhaber des Hôtel de Dieppe. – *30 der Villemain:* siehe S. 69, *30* und 70, *7*.

73 *7 vier Artikeln:* Bei dreien handelt es sich um Übersetzungen nach E. A. Poe, die 1862, 1863 und 1865 in *Le Monde illustré* erschienen. – *10 meine Fahnen:* des Aufsatzes über Constantin Guys, *Le Peintre de la vie moderne* (Bd. V, 213-258), der jedoch erst im November/Dezember 1863 im *Figaro* erschien.

73 AN THÉOPHILE GAUTIER, 4. August 1862

73 *26 das Unternehmen der Radierer:* die *Société des Aqua-fortistes,* über die Baudelaire im April und September zwei Artikel veröffentlichte; siehe S. 260 f. und S. 262 ff. Gautier bespricht dann die ersten beiden Lieferungen von Chevalier und Cadart am Ende eines Artikels vom 27. Oktober in *Le Moniteur,* in dem zuerst von Baudelaires *Paradis artificiels* die Rede ist. Im folgenden Jahr schrieb Gautier ein Vorwort, *Un mot sur l'eau-forte,* für den Band, in dem man die zwölf ersten Lieferungen vereinigt hatte. Dieser Text vom 1. August 1863 wurde 1880 in den Sammelband *Tableaux à la Plume* aufgenommen.

74 *2 Deinen Artikel über mich:* im vierten Band der *Poëtes français,* der Ende Juli ausgeliefert worden war.

74 AN MADAME AUPICK, 10. August 1862

74 *31 Ich werde also . . .:* Aus der geplanten Reise nach Honfleur wurde nichts. Siehe Baudelaires Brief an Madame Aupick vom 22. September 1862 (Bd. VIII, 14).

74 *4 dem Grauen des menschlichen Angesichtes:* De Quincey in seinen *Confessions* spricht einmal von *»the tyranny of the human face«,* ein Ausdruck, den man in den *Paradis artificiels* und in *Pauvre Belgique!* wiederfindet. – *19 Second Tableau de Paris:* Louis-*Sébastien Mercier* (1740-1814) schrieb unter anderem ein *Tableau de Paris, Portraits des rois de France* in vier Bänden (1783) und *Paris pendant la Révolution* (1789-1798), *ou le Nouveau Paris* in sechs Bänden (1799). Dieses letztere Werk hatte Poulet-Malassis in zwei Bänden wieder aufgelegt, mit einem Vorwort von Louis Lacour. Wie Baudelaire am 15. Mai

1862 an Arsène Houssaye schrieb, trug er sich mit dem Gedanken, einen Aufsatz über Mercier zu schreiben. – Siehe Louis-Sébastian Mercier, »Mein Bild von Paris« (Auswahl), mit einem Nachwort von Jean Villain, insel taschenbuch, Frankfurt 1979. – 22 *Les Misérables:* die beiden ersten Lieferungen von Victor Hugos Roman. Baudelaire hatte sie am 20. April in *Le Boulevard* besprochen; siehe S. 221-229. – 26 *d'Aurevilly:* Barbey d'Aurevilly hatte über Hugos Roman am 19. April und 28. Mai zwei ablehnende Artikel in *Le Pays* geschrieben. – 29 *lächerlichen Dankesbrief:* vom 24. April (Lettres/B 194 und die Anmerkungen S. 453 f.). – 31 *in den Büros des Innenministeriums hängen geblieben:* weil es sich um einen unerlaubten belgischen Nachdruck handelte.

76 AN ARSÈNE HOUSSAYE, 18. August 1862
Arsène Houssaye (1814-1896), von 1844 bis 1849 und 1849/50 Herausgeber des *Artiste,* 1861/62 Herausgeber der Zeitung *La Presse,* in der im August/September 1862 eine Folge von 26 *Petits Poëmes en prose* mit einer Widmung an ihn erschien (siehe Bd. VIII, S. 349 f.).
76 13 *Variétés:* Verschiedenes, eine Rubrik im Feuilleton von *La Presse.*

77 AN CHAMPFLEURY
Mit Jules Husson, genannt Fleury, dann Champfleury (1821-1889), war Baudelaire seit 1846 befreundet, als sie beide Mitarbeiter am *Corsaire-Satan* waren. 1848 hatte er in dieser Zeitschrift drei Bände mit Erzählungen von Champfleury besprochen; siehe Bd. II, S. 163-166.
Champfleury hatte Baudelaire am 27. Februar eine Einladung der Malerin Frédérique-Émilie-Auguste O'Connell (geb. Miethe, aus Berlin; 1823-1885) übermittelt, die gerne den »Übersetzer E. A. Poes« bei sich empfangen hätte, um sich mit ihm über »die philosophischen Ideen« des amerikanischen Autors zu unterhalten. Baudelaire hatte Madame O'Connel in seinen beiden »Salons« von 1846 und 1859 (siehe Bd. I, S. 250 und Bd. V, S. 186) erwähnt. Er hatte die Einladung am 27. oder 28. Februar abgelehnt. Auf Champfleurys abermaliges Drängen schrieb er dieses kleine Billet, um seine Ablehnung zu rechtfertigen.

77 AN CHAMPFLEURY, 6. März 1862
Antwort auf einen am gleichen Tage überbrachten Brief von Champfleury: »Mein lieber Baudelaire, Sie spielen immer bewundernswert und ›als ein vollkommener Schauspieler‹ die allerersten Rollen eines *sphynx.* / Ich hatte den verborgenen Sinn Ihres Briefes nicht verstanden und hatte unschuldigerweise versprochen, Sie mitzubringen. / Da dieser Besuch Ihnen zuwider ist, ist die Angelegenheit damit für mich erledigt, und ich werde Sie kommenden Sonntag nicht behelligen … Was allerdings meine kompromittierte Würde angeht, so muß ich mich gegen Ihren Vorwurf verwahren. Besuchen Sie keine übleren Orte; versuchen Sie wie ich ein arbeitsames Leben zu führen; seien Sie so unabhängig wie ich; kommen Sie ganz ohne die andern aus, und dann können Sie von Würde sprechen. / Ich nehme allerdings Ihre Äußerung nicht wichtiger als nötig und schreibe sie Ihrer zugleich erkünstelten und natürlichen Bizarrerie zu. / Herzlich der Ihre. / Champfleury.« (B/Lettres 81 f.). – Die Wendung »als ein vollkommener Schauspieler« stammt aus Baudelaires Fußnote zu der Abteilung *Révolte* im ersten Druck der FM von 1857 (siehe Bd. III, S. 418).
78 28 *Lamartines letzten entretien:* Entretien 83 und 87 in Lamartines *Cours*

familier de littérature, in denen er die von Hugo angegriffene Gesellschaft verteidigt; siehe Léon Cellier, *Baudelaire et Hugo,* Paris 1970, 200f. – *32 die falsche Erklärung:* die von Champfleury erbetenen »wenigen Zeilen über eine Abwesenheit, die ihn verhindere, sich dorthin zu begeben, wo man Edgar Poe und seinen Übersetzer bewundert«. Dieses Gefälligkeitsschreiben ist nicht erhalten. – Die beiden Freunde blieben bis Mai 1865 brouilliert.

79 AN MADAME AUPICK, 10. August 1863

79 *5 Die bewußte große Sache:* Verhandlungen mit dem nicht näher bekannten Bankier Namslauer, dem Baudelaire Ende Mai eine Aufstellung seiner Werke mit genaueren Angaben zugestellt hatte. – *10 öffentlichen Vorträge:* die Baudelaire in Belgien halten wollte und deretwegen bereits Verhandlungen geführt worden waren. – *11 Monsieur Verwoort:* belgischer Politiker, Verteidiger am Berufungsgericht in Brüssel und Präsident des dortigen *Cercle littéraire et artistique,* wo Baudelaire 1864 aus seinen Schriften lesen wird. – *16 Artikel in der Indépendance belge:* Der Herausgeber dieser Brüsseler Zeitung war Léon Bérardi, mit dem Baudelaire schon in Korrespondenz stand. – *25 meine arme Schwägerin:* die Witwe seines Halbbruders Alphonse.

80 AN ÉTIENNE CARJAT, 6. Oktober 1863

Étienne Carjat (1828-1906) machte sich zuerst durch Porträtkarikaturen einen Namen, mit denen er die von ihm gegründeten Zeitschriften *Le Diogène* und *Le Boulevard* illustrierte. 1860 gründete er einen Verlag für photographische Vervielfältigungen. Er hat Baudelaire wiederholt photographiert (1861-62, 1863 und 1866; siehe Ico 34, 35, 50 und 59). – *5* Félix *Bracquemond* (1833-1914); von ihm stammt das Porträt Baudelaires, das der zweiten Ausgabe der FM als Frontispiz beigegeben wurde.

80 *14 Manet:* Baudelaire hatte Édouard Manet 1862 kennengelernt. Nur späte Briefe Manets an Baudelaire, aus dem Jahr 1865, sind überliefert (Lettres/B 228-239). – *15 mit seiner Frau:* Suzanne Manet war eine vorzügliche Pianistin, die den auf den Tod erkrankten Baudelaire 1866/67 häufig in der Klinik besuchte, um ihm Wagner vorzuspielen.

80 AN ALGERNON CHARLES SWINBURNE, 10. Oktober 1863

Algernon Charles Swinburne (1837-1909) hatte bisher nur einen Band, *The Queen Mother. Rosamond. Two Plays* (1861), veröffentlicht. Sein Artikel über die *Fleurs du Mal* in *The Spectator* vom 6. September 1862 war ohne Namensnennung erschienen. Baudelaire hatte ihn im Juni 1863 an seine Mutter geschickt (siehe Bd. VIII, S. 22 und die Anmerkung dazu).

80 *25 Einer meiner Freunde:* der Photograph und Aeronaut *Nadar* (Félix Tournachon, 1820-1910), dem Baudelaire dieses Empfehlungsschreiben mitgab, das dieser jedoch ebensowenig wie das folgende Empfehlungsschreiben an Whistler verwendete. Vermutlich ist Nadar damals überhaupt nicht nach England gefahren, was den Umstand erklärt, daß die beiden Briefe sich später mit ihren Umschlägen »in einer Schublade« wiederfanden (Nadar, *Charles Baudelaire intime,* Paris 1911; Le Porié-sur-Vie 1990, 73 ff.).

81 *2 acquaintances:* Anglizimus, Bekanntschaften. – *33 eines nach dem andern zuzusenden:* Baudelaire sandte Swinburne Ende 1863 seinen Aufsatz über Richard Wagner mit der Widmung: »*À M. Algernon C. Swinburne, / Bon*

souvenir / et mille remerciements.« Auf die vorzeitige Meldung von Baudelaires Ableben, im April 1867, schrieb Swinburne das Gedicht *Ave atque Vale. In Memory of Charles Baudelaire,* das im Januar 1868 in *The Fortnightly Review* erschien.

82 *3 den ganzen Dezember bin ich in Brüssel:* Baudelaire fuhr erst am 24. April 1864 nach Brüssel.

82 AN JAMES MCNEILL WHISTLER, 10. Oktober 1863

82 *10 Abenteuer ..., die er mit seinem großen Ballon ausgestanden hat:* Nadar war am 4. Oktober mit dreizehn Passagieren in seinem Ballon *Le Géant* (den er lieber, nach Jean Paul, *Le Titan* getauft hätte) vom Champs de Mars bei Paris aufgestiegen; er gelangte jedoch nur bis Meaux. Bei seinem zweiten Aufstieg mit neun Passagieren (darunter seine Frau) am 18. Oktober geriet der Ballon auf seinem Flug nach Osten am Morgen des 19. bei Hannover in einen Sturm, der das Luftschiff schleifte und es bei Rethen an der Aller zu Boden drückte. Sämtliche Passagiere überlebten die Katastrophe. Nadar hat diese Abenteuer in seinem Buch *A terre & en l'air ... Mémoires du Géant* (1864; ^{2}1865) ausführlich beschrieben. – 22 Alphonse *Legros* (1837-1911), Maler und Radierer, der 1863 wegen mangelnder Anerkennung auf Anraten Whistlers nach London übergesiedelt war. Baudelaire schätzte ihn und war mit ihm befreundet; siehe »Salon 1859« (Bd. V, S. 151 f.). – *29 Brief für Herrn C. A. Swinburne:* s. o. S. 80 f.

83 AN VICTOR HUGO, 17. Dezember 1863

83 *16 nach einem Verleger umzutun:* Lacroix et Verboeckhooven.

84 *10 Fleurs du Mal:* Baudelaire hatte Hugo die zweite Ausgabe der FM zugesandt, mit der Widmung: *»à Victor Hugo / Témoignage d'admiration, / de sympathie et de Dévouement. / C. B.«* Hugo hatte sich dafür am 10. April 1861 bedankt (B/Lettres 193). – *Spleen de Paris:* siehe Bd. VIII. – *13 Eureka:* war Ende November bei Michel Lévy erschienen. – *24 mir zu schreiben:* Hugos Antwort, die er Baudelaire durch Paul Meurice übermitteln ließ, ist nicht erhalten. Sie gelangte gegen Ende des Monats Dezember in Baudelaires Hände.

85 AN MADAME AUPICK, 31. Dezember 1863

86 24 *Fahnen von Michel Lévy:* der *Histoires grotesques et sérieuses,* des fünften und letzten Bandes mit Übersetzungen nach E. A. Poe, der im März 1864 erschien. – 34 *Brief von Hugo:* s. o. zu S. 84, 24.

87 *6 ein Buch nach Deinem Geschmack:* nicht bekannt.

RICHARD WAGNER UND DER »TANNHÄUSER« IN PARIS

1. April 1861, Revue européenne, unter dem Titel *Richard Wagner;* 14. und 21. April, 5. Mai 1861, La Presse théâtrale et musicale (Nachdruck unter dem gleichen Titel); *Richard Wagner et »Tannhäuser« à Paris,* E. Dentu, Paris Ende April 1861; AR; Œuvres/Pl II.

Richard Wagner (1813-1883) hat sich mehrmals in Paris aufgehalten. Schon im Winter 1838/39 trug er sich in Riga mit dem Gedanken, nach Paris zu ziehen, um in der damaligen Opernhauptstadt der Welt »als dramatischer Komponist sein Auskommen zu suchen«. Vor allem hoffte er, dort seine erste Oper »Rienzi« wirkungsvoll herausbringen zu können. Vom September 1839 bis April 1842 weilte er dort die größte Zeit »in immer hilfloser bedrängter Lage«. Nach seiner Teilnahme an der Revolution in Dresden hielt Wagner sich dreimal kürzere Zeit in Paris auf: im Juni 1849, im Februar 1850 und im Oktober 1853. Als im Sommer 1859 seine Bemühungen um eine Niederlassung in Baden und um eine Aufführung des »Tristan« in Karlsruhe gescheitert waren, entschloß er sich, von Luzern nach Paris zu ziehen, um dem »Tristan« dort zur Uraufführung zu verhelfen. Er traf am 15. September 1859 in Paris ein und glaubte nun, sich »für zeitlebens als Pariser Niedergelassener ansehen zu dürfen« (Wagner/Leben, 606). Im Januar/Februar 1860 gab er drei Konzerte und erreichte schließlich, daß seine romantische Oper »Tannhäuser« auf Befehl des Kaisers im März 1861 an der Oper dreimal aufgeführt wurde. Die Ereignisse dieses Pariser Aufenthalts hat Wagner ausführlich in den diktierten Aufzeichnungen über sein Leben erzählt (Wagner/Leben, 605-667). Außerdem verfaßte er schon im März 1861 einen brieflichen »Bericht über die Aufführung des ›Tannhäuser‹ in Paris«, den er später in seine »Gesammelten Schriften und Dichtungen« aufnahm (Wagner/GS VII, 138-149). In den weiteren Umkreis gehören als größere Schrift noch Wagners Vorwort zu der französischen Übersetzung seiner Operndichtungen (»Zukunftsmusik«, Wagner/GS VII, 87-137), ferner die Mitteilung »Über die Aufführung des ›Tannhäuser‹« (Wagner/GS V, 123-159) und die programmatischen Erläuterungen zu den Ouvertüren des »Fliegenden Holländer« und des »Tannhäuser«, sowie zu dem Vorspiel des »Lohengrin« (Wagner/GS V, 176-181).

Wagners Name taucht in Baudelaires Korrespondenz zum ersten Mal im Juli 1849 auf, in einem Brief an einen unbekannten Empfänger (Corr/Pl I, 157), dem Baudelaire einen nicht näher feststellbaren Schoman als »einen Musiker von großem Talent« empfiehlt, der Dresden nach den Revolutionstagen verlassen mußte: »Herr Schoman möchte eine Studie über den ›Tannhäuser‹ veröffentlichen ... Unsere gemeinsame Bewunderung für Wagner stimmt mich zuversichtlich, daß Herr Schoman bei Ihnen eine günstige Aufnahme finden wird. Wenn Sie seinem Ansuchen stattgeben, werden Sie der Sache dessen dienen, dem die Zukunft unter den Meistern die höchste Krone zuerkennen wird.« Von Wagners Musik können Baudelaire damals höchstens einige wenige Stücke aus den bis dahin entstandenen Opern bekannt gewesen sein. Liszts Aufsatz über den »Tannhäuser«, der am 18. Mai 1849 in dem *Journal des Débats* erschienen war, dürfte er gelesen haben. Von seinen Freunden hatten Gautier und Nerval wiederholt über Wagner geschrieben. 1860 setzte sich dann Champfleury (Jules Husson, 1821-1889; siehe Corr/Pl II, 1457) »durch eine hinreißende liebenswürdige Broschüre« über Wagners Konzerte für dessen Musik ein. »In anscheinend flüchtig hingeworfenen Aphorismen war hier eine so große Empfindung von meiner Musik und selbst meiner Persönlichkeit ausgesprochen, wie ich sie zuvor ähnlich nur in Liszts Auslassungen über ›Lohengrin‹ und ›Tannhäuser‹, seitdem aber in dieser prägnanten und schwungvollen Art nie wieder erfahren habe. Meine hierauf folgende persönliche Bekanntschaft mit Champfleury führte mir einen sehr einfachen und in einem gewissen Sinne gemütlichen Menschen zu, dessengleichen sonst nur selten, und zwar als einer aussterbenden Gattung der französischen Bevölkerung zugehörend, angetroffen werden dürfte.

In ihrer Art noch bedeutender war aber die Annäherung des Dichters Baudelaire an mich. Diese eröffnete sich durch einen Brief an mich, worin er mir seine Eindrücke von meiner Musik als auf einen Menschen, der durchaus nur Farben-, aber keinen Tonsinn gehabt zu haben glaubte, bewirkt hätte. Seine in der seltsamsten Phantastik mit bewußter Kühnheit sich bewegenden Auslassungen hierüber zeigten mir in ihm sofort im mindesten einen Menschen von sehr ungewöhnlichem Geiste, welcher mit ungestümer Energie den von mir empfangenen Eindrücken in ihren weitesten Konsequenzen folgte. Seiner Namensunterschrift fügte er die Angabe seiner Wohnung nicht bei, um, wie er erklärte, mich nicht zu dem Gedanken zu verleiten, er wolle etwas von mir. Es versteht sich, daß ich auch ihn aufzufinden wußte und ihn demjenigen Kreise von Bekannten einreihte, welchen ich von jetzt an die Abende des Mittwoch zu ihrem Empfange bei mir ankündigte.« (Wagner/Leben 620)

Champfleury war es denn auch, der Wagners nicht erhaltene Antwort auf Baudelaires Brief vom 17. Februar 1860 (siehe S. 8-11) überbrachte. In einem Brief an Champfleury vom 28. Februar 1860 (Corr/Pl I, 680 f.) heißt es dann: »Ich werde Wagner unverzüglich schreiben, um ihm von ganzem Herzen zu danken. Ich werde ihn besuchen, doch nicht sogleich ... Wenn Sie ihn vor mir sehen, sagen Sie ihm, daß es für mich ein großes Glück sei, einem Mann von Genie die Hand zu drücken, den der ganze *Pöbel* der frivolen Geister beleidigt.« Weitere Briefe Baudelaires an Wagner sind nicht überliefert. Von Wagner an Baudelaire haben sich drei Billette und zwei Briefe in französischer Sprache erhalten. In dem ersten dieser beiden Briefe, der Ende März/Anfang April 1861 geschrieben wurde, beschwert Wagner sich eingangs über mehrere ablehnende Kritiken und erwähnt seine schwierigen finanziellen Verhältnisse. Er fährt dann fort:

»Unter meinen Freunden sind einige, die mir einen Vorwurf daraus machen, daß die Opéra mehr als 300 000 Francs für mich ausgegeben hat. Man beschuldigt mich der Undankbarkeit. Doch diese jungen Leute, die gekommen sind, um mich zu grüßen und zu trösten, stärken mich und machen mich ganz glücklich. Sie sind einer von ihnen ... die Jugend hat mich immer angezogen, und ich liebe alles, was jung ist, alles, was schön ist. In dieser Hinsicht habe ich sehr schöne Erfahrungen unter den jungen Leuten dieser Stadt gemacht. Ich liebe sie, weil ich Freundschaft für sie empfinde. Man kann niemandes Freund sein, wenn man ihn nicht liebt.

Ah! Liebe und Freundschaft! Darin finde ich meinen Lohn. Ich gehe als Sieger hervor; ich bin Sieger über dieses Unglück, das mir diese Gesellschaft von Jockeys bereitet hat ... Diese jungen Leute sind schuld, daß mir der Kranz nicht zuteil wurde. Und Sie wissen, wie sehr ich unter diesem Gedanken gelitten habe. Aber andere junge Leute waren für mich. Und darum erfüllt mich eine unendliche Dankbarkeit für Euch, die Ihr so gut seid ...

Ich sehe, daß die Jugend, wenn sie nicht zu den Mitgliedern des Jockey-Clubs gehört, eine große Portion gesunden Menschenverstand hat. Sie versteht mich. Und Sie, Sie widmen meinem Werk sehr schöne Seiten. Sie stehen in der ersten Reihe jener liebenswürdigen und mir ergebenen Jugend. Ja, es ist unerläßlich, man muß schön sein, um geliebt zu werden. Ich habe das niemals so gut verstanden. Schönheit und Freundschaft sind die schönsten Dinge, und das Niederträchtige kann niemand lieben. Diese ganze Jugend ist eine Gesellschaft von aufrichtigen Freunden, denen die Schönheit zu eigen ist. Und darum glaube ich, daß die Alten gepfiffen haben.

Die Liebe ist ein großartiges Band für das Verstehen, und die Liebe bindet die Freundschaft, wie einer Ihrer jüngeren Kollegen sagt. Denn in jeder Freundschaft ist Liebe. Ja, gewiß, Liebe, denn anders könnte ich mir nicht erklären, wie man einem Manne wirklich treu sein könnte, ohne ihn aufrichtig zu lieben. Darum bin ich glücklich, Ihnen begegnet zu sein.

Wenn man einen Freund nicht lieben könnte, so könnte man kein aufrichtiger Freund sein. Und was wäre das für ein trauriges Leben! Es wäre das Nichts. Männer und Frauen bedürfen dieser gegenseitigen Liebe. Ich liebe Sie, weil Sie mein Freund sind, und darum schreibe ich Ihnen.« (B/Lettres, 397 f.)

Hiernach scheint Wagner, als er diesen Brief schrieb, bereits einige Seiten von Baudelaires Artikel gekannt zu haben. Nach dem Erscheinen dieses Artikels in der *Revue européenne* schrieb er ihm am 15. April 1861 folgenden Dankesbrief (B/Lettres, 399 f.):

»Mein lieber Herr Baudelaire!
Ich war mehrmals bei Ihnen, ohne Sie anzutreffen. Sie werden sich denken können, wie sehr mich danach verlangt, Ihnen zu sagen, welche unendliche Befriedigung Sie mir durch Ihren Artikel bereitet haben, der mich ehrt und der mich mehr als alles, was je über mein armes Talent gesagt wurde, ermutigt. Wäre es nicht möglich, Ihnen bald mündlich zu sagen, wie berauschend es war, diese schönen Seiten zu lesen, die mir, wie es das beste Gedicht tut, – die Eindrücke erzählten, die bei einer so überlegenen Organisation wie der Ihrigen hervorgerufen zu haben ich mir schmeicheln darf?

Seien Sie tausendmal bedankt für diese Wohltat, die Sie mir verschafft haben, und glauben Sie mir, daß ich stolz bin, mich Ihren Freund nennen zu dürfen.

Auf bald, nicht wahr? Ganz der Ihrige,

Richard Wagner«

Nach seiner Ankunft in Paris plante Wagner zunächst mit Hilfe französischer Freunde eine »deutsche Opernsaison in Paris«, bei der seine drei Opern »Tannhäuser«, »Lohengrin« und »Tristan« aufgeführt werden sollten. Um diesen Plan zu befördern, beschloß er, zuerst »einige größere Konzertaufführungen zu veranstalten«, und zwar an der Großen Oper. Er wandte sich dieserhalb mit einem Gesuch an den Kaiser, erhielt jedoch keine Antwort; was Wagner auf den Einfluß des mit Meyerbeer befreundeten Finanzministers Achille Fould zurückführte. Schließlich gelang es ihm, den Leiter der Italienischen Oper dahin zu bewegen, daß er ihm die Salle Ventadour des Théâtre-Italien für drei Abende überließ. Die drei Konzerte fanden am 25. Januar, 1. und 8. Februar statt. Gespielt wurden die Ouvertüre zum »Fliegenden Holländer«; aus »Tannhäuser« die Ouvertüre, der Einzug der Gäste auf der Wartburg, die Romerzählung und der Pilgerchor, der Venusberg; das Vorspiel zu »Tristan«; aus dem »Lohengrin« das Vorspiel, der Brautzug, das Hochzeitsfest und der Brautchor. Über das erste Konzert schreibt Wagner: »... die

Aufnahme aller Stücke, welche ich aus meinen verschiedenen Opern bis zu ›Tristan und Isolde‹ gewählt hatte, war von seiten des Publikums eine vollständig günstige, ja enthusiastische. Ich erlebte es hier, daß ein Stück, der Marsch aus ›Tannhäuser‹, durch stürmischen Applaus unterbrochen wurde, und zwar, wie es schien, aus Freude an der Überraschung davon, daß meine Musik, von der man so viel Gegenteiliges behauptet hatte, so lang zusammenhängende Melodien aufwies.

Sehr befriedigt, sowohl von der Ausführung des Konzertes als der Aufnahme, die es gefunden, hatte ich an den folgenden Tagen die entgegengesetzten Eindrücke zu überwinden, welche durch die Auslassungen der Presse hierüber in mir hervorgerufen wurden ... Vor allem beängstigte es mich aber, daß das vollständig gefüllt erscheinende Haus keine größere Einnahme, als es sich fand, abgeworfen hatte. Wir hatten zwischen fünf- und sechstausend Franken eingenommen, aber über elftausend Franken Unkosten gehabt. Die letzteren hätten nun zum Teil ersetzt werden können, sobald bei dem zweiten, weniger kostbaren Konzerte eine möglichst gesteigerte Einnahme erwartet werden durfte ... Die geringen Bestellungen zum zweiten Konzert, welches am 1. Februar gegeben wurde, hatten meine Agenten sogar in die Nötigung versetzt, für eine künstliche Anfüllung des Saales Sorge zu tragen, um wenigstens den Anschein zu retten; ich mußte sie hierin vollkommen gewähren lassen und war späterhin verwundert, zu erfahren, wie sie es angefangen hatten, die ersten Ränge dieses aristokratischen Theaters in einer Weise zu bevölkern, daß alle Welt, selbst unsere Feinde, hierdurch getäuscht wurden. Die wirkliche Einnahme betrug dagegen wenig über zweitausend Franken, und nun bedurfte es allerdings meiner Hartnäckigkeit und meiner Verachtung aller Nöte, die mir hieraus entstehen konnten, um das für den 8. Februar angesagte dritte Konzert nicht abzubestellen.« (Wagner/Leben, 617 f.)

Wagner unternimmt nun über Mittelspersonen weitere Schritte, lernt schließlich sogar Alphonse Royer, den Direktor der Oper, kennen. »Auch nach diesem Beginne eines unmittelbaren Verkehrs mit der kaiserlichen Behörde schien es in meiner Angelegenheit zu fast gar nichts kommen zu wollen, als eines Vormittags Graf Hatzfeld mich mit der Nachricht überraschte, der Kaiser habe am vergangenen Abende den Befehl zur Aufführung meines ›Tannhäuser‹ erteilt. Die entscheidende Veranlassung hierzu sei von der Fürstin Metternich gegeben worden. Diese sei, als man soeben in der Umgebung des Kaisers über mich sich unterhalten habe, hinzugetreten, und, vom Kaiser um ihre Meinung befragt, habe sie, welche die Oper in Dresden gesehen hatte, mit solch herausforderndem Enthusiasmus sich über den ›Tannhäuser‹ geäußert, daß der Kaiser ihr sofort das Versprechen gegeben habe, den Befehl zur Aufführung desselben zu erteilen. Zwar sei Fould, dem noch am selben Abende der Befehl zuging, in höchste Wut hierüber ausgebrochen; Napoleon habe ihm aber bedeutet, er könne nicht zurück, denn er habe der Fürstin Metternich sein Wort gegeben.« (Wagner/Leben, 624 f.)

Wagner tritt nun in nähere Verhandlungen mit Royer, der keine angelegentlichere Sorge hat, als ihn »von der Notwendigkeit einer Umänderung des zweiten Aktes zu überzeugen, weil hier die Einführung eines großen Balletts unumgänglich sei«. (Wagner/Leben, 625; s. u. zu S. 128, *13*) Wagner weigert sich, einen solchen Eingriff vorzunehmen, entschließt sich jedoch, die Venusbergszene im ersten Aufzug durch ein Bacchanale zu erweitern. Als Hauptdarsteller war für die Rolle des Tannhäuser der Tenorist Albert Niemann (1831-1917), ein Mitglied der Berliner Oper, gewonnen worden, mit dem Wagner jedoch schon bei den Proben Schwierigkeiten hatte und den er in seinen Lebenserinnerungen im Zusammenhang mit diesen Proben einmal eine »vor Feigheit wild gewordene Bestie« nennt. Die Rolle der Venus war einer »ziemlich grotesken aber üppigen Jüdin«, Fortunata Tedesco, übertragen worden, »welche aus Portugal und Spanien von italienischen Operntriumphen zurückkehrte«. Wie Baudelaire ist auch Wagner voll des Lobes für den »italienischen Baritonisten« Morelli, den Darsteller des Wolfram, und für Marie Sax, »eine noch unverdorbene junge Sängerin mit sehr schöner Stimme«, in der Rolle der Elisabeth; bei ihr handelt es sich um die Tochter des Pariser Instrumentenbauers Adolphe Sax, des Erfinders des Saxophons. Das Orchester leitete Pierre Louis Philippe Dietsch; die Dekorationen stammten von Désiré Joseph Despléchin; die Kostüme von Alfred Albert; Regie: Eugène Cormon; Choreographie: Lucien Petipa.

Nach mühseligen und teilweise entmutigenden Vorbereitungen (insgesamt 164 Proben seit Mitte September) fand die erste Aufführung des ›Tannhäuser‹ am 13. März 1861 statt. Da die Direktion des Théâtre Impérial de l'Opéra ihm bedeutet hatte, »daß die Besetzung des Auditoriums bei solchen Gelegenheiten ganz in die Hände des Hofes und seiner Dependenzien gelegt sei« (Wagner/Leben 648), hatte Wagner den meisten seiner Freunde keine Plätze oder nicht die von ihnen gewünschten zur Verfügung stellen können. Dennoch war dieser Abend, dem der Kaiser persönlich beiwohnte, in seinen Augen ein Erfolg.

In seinem »Bericht über die Aufführung des ›Tannhäuser‹ in Paris« vom 27. März 1861, der am 7. April in Leipzig in der »Deutschen Allgemeinen Zeitung« erschien, ist Wagner mehr als geneigt, dem Pariser Publikum »sehr angenehme Eigenschaften zuzusprechen, namentlich die einer sehr lebhaften Empfänglichkeit und eines wirklich großherzigen Gerechtigkeitsgefühles. Ein Publikum, ich sage: ein ganzes Publikum, dem ich persönlich durchaus fremd bin, das durch Journale und müßige Plauderer täglich die abgeschmacktesten Dinge über mich erfuhr, und mit einer fast beispiellosen Sorgfalt gegen mich bearbeitet wurde, ein solches Publikum viertelstundenlang wiederholt mit den anstrengendsten Beifallsdemonstrationen gegen eine Clique für mich sich schlagen zu sehen, müßte mich, und wäre ich der Gleichgültigste, mit Wärme erfüllen. Ein Publikum, dem jeder Ruhige sofort die äußerste Eingenommenheit gegen mein Werk ansah, war aber durch eine wunderliche Fürsorge derjenigen, welche am ersten Aufführungstage einzig die Plätze zu vergeben, und mir die Unterbringung meiner wenigen persönlichen Freunde fast gänzlich unmöglich gemacht hatten, an diesem Abende im Theater der Großen Oper versammelt; rechnen Sie hierzu die ganze Pariser Presse, welche bei solchen Gelegenheiten offiziell eingeladen wird, und deren feindseligste Tendenz gegen mich Sie einfach aus ihren Berichten entnehmen können, so glauben Sie wohl, daß ich von einem großen Siege vermeine sprechen zu dürfen, wenn ich Ihnen ganz wahrhaft zu berichten habe, daß der keinesweges hinreißenden Aufführung meines Werkes stärkerer und einstimmigerer Beifall geklatscht wurde, als ich persönlich es in Deutschland noch erlebt habe.«

Die eigentlichen Tonangeber der Opposition griffen nun, »um eine genügend störende Diversion« zustande zu bringen, »zu dem Mittel, nach Stichworten, welche sie in den Generalproben verabredet hatten, in gröbliches Gelächter auszubrechen«. Vor allem an dem dritten Akt »vergriffen sich die bezeichneten Häupter, und suchten jedes Aufkommen der nötigen gesammelten Stimmung durch Ausbrüche heftigen Lachens, wozu die geringfügigsten Anlässe kindische Vorwände bieten mußten, zu hindern. Von diesen widerwärtigen Demonstrationen unbeirrt, ließen weder meine Sänger sich werfen, noch das Publikum sich abhalten, ihren tapferen Anstrengungen, denen oft reichlicher Beifall lohnte, seine teilnehmende Aufmerksamkeit zu widmen; am Schlusse aber wurde, beim stürmischen Hervorruf der Darsteller, endlich die Opposition gänzlich zu Boden gehalten.

Daß ich nicht geirrt hatte, den Erfolg dieses Abends als einen vollständigen Sieg abzusehen, bewies mir die Haltung des Publikums am Abende der zweiten Aufführung [am 18. März]; denn hier entschied es sich, mit welcher Opposition ich fortan es einzig nur noch zu tun haben sollte, nämlich mit dem hiesigen Jockeyklub, den ich so wohl nennen darf, da mit dem Rufe *à la porte les Jockeys* das Publikum selbst laut und öffentlich meine Hauptgegner bezeichnet hat. Die Mitglieder dieses Klubs, deren Berechtigung dazu, sich für die Herren der Großen Oper anzusehen, ich Ihnen nicht näher zu erörtern nötig habe, und welche durch die Abwesenheit des üblichen Balletts um die Stunde ihres Eintrittes in das Theater, also gegen die Mitte der Vorstellung, in ihrem Interesse sich tief verletzt fühlten, waren mit Entsetzen inne geworden, daß der ›Tannhäuser‹ bei der ersten Aufführung eben *nicht* gefallen war, sondern in Wahrheit triumphiert hatte. Von nun an war es ihre Sache, zu verhindern, daß diese ballettlose Oper ihnen Abend für Abend vorgeführt würde, und zu diesem Zwecke hatte man sich, auf dem Wege vom Diner zur Oper, eine Anzahl Jagdpfeifen und ähnliche Instrumente gekauft, mit welchen alsbald nach ihrem Eintritte auf die unbefangenste Weise gegen den ›Tannhäuser‹ manövriert wurde. Bis dahin, nämlich während des ersten und bis gegen die Mitte des zweiten Aktes, hatte nicht eine Spur von Opposition sich mehr bemerklich gemacht, und der anhaltendste Applaus hatte ungestört die am schnellsten beliebt gewordenen Stellen meiner Oper begleitet. Von nun an half aber keine Beifallsdemonstration mehr: vergebens demonstrierte selbst der Kaiser mit seiner Gemahlin zum zweiten Male zu Gunsten meines Werkes; von denjenigen, die sich als Meister des Saales betrachten und sämtlich zur höchsten Aristokratie Frankreichs gehören, war die unwiderrufliche Verurteilung des ›Tannhäuser‹ ausgesprochen. Bis an den Schluß begleiteten Pfeifen und Flageoletts jeden Applaus des Publikums.« (Wagner/GS VII, 144-146)

Wagner wollte hierauf die Oper zurückziehen, willigte jedoch auf Drängen der Direktion in eine dritte Aufführung unter der Bedingung ein, daß sie an einem Sonntag stattfinde (s. u. zu S. 129, *8*). Er blieb dann »bei dieser im Betreff ihres möglichen Erfolges zweifelhaften dritten Aufführung zu Haus«. Baudelaire hat dieser Aufführung am 24. März, ebenso wie der zweiten, mit Sicherheit beigewohnt. In seinen Lebenserinnerungen gibt Wagner eine eingehende Schilderung der Vorkommnisse (Wagner/Leben, 650 ff.).

Für den andern Morgen bestellte Wagner hierauf seinen Freund Charles Truinet, den Archivar der Académie Impériale de Musique, »um mit ihm die Note an die Direktion zu redigieren, gemäß welcher ich zum Schutze der Sänger, welche ich von einem Teile des Publikums, gegen den die kaiserliche Administration keine Sicherstellung zu ergreifen vermöge, nicht mehr statt meiner mißhandelt wissen dürfte, meine Partitur zurückzöge und jede weitere Aufführung als Autor verböte. Das Erstaunliche war, daß ich mit diesem Einschreiten gar nicht etwa eine Prahlerei ausübte; denn wirklich war eine vierte und fünfte Aufführung bereits angesetzt, und die Administration hielt mir entgegen, daß sie auch ihre Verpflichtungen gegen das Publikum habe, welches sich zu diesen Vorstellungen fortgesetzt herandränge. Ich veranstaltete hiergegen durch Truinet, daß mein Brief sofort tags darauf im *Journal des Débats* abgedruckt wurde, und nun erfolgte nach wiederum einigem Zögern die Erklärung der Administration, daß sie in die Zurücknahme meines Werkes einwillige.« (Wagner/Leben, 652)

Nach einigen kürzeren Reisen, die Wagner nach Karlsruhe, Wien, Zürich und München führten, kehrte er Ende Mai nach Paris zurück, um dort seinen Hausstand aufzulösen. Auch Liszt hielt sich damals wieder dort auf, und Wagner berichtet in seinen Lebenserinnerungen von einem Frühstück, zu dem der Komponist Gounod sie beide eingeladen hatte, »welches ungemein langweilig verfloß und nur durch des armen Baudelaire wie im Geleise der Verzweiflung sich bewegenden Esprit belebt wurde. Dieser, ›*criblé de dettes*‹ wie er mir sagte, täglich genötigt, auf extravagante Mittel für seine Erhaltung zu sinnen, hatte sich mir wiederholt mit den abenteuerlichsten Vorschlägen zur Ausbeutung meines ruhmvollen Fiasko genähert. Ganz unfähig meinerseits, auf irgendeinen derselben einzugehen, mußte ich mich jetzt freuen, diesen geistvollen Menschen unter die Adlerflügel des Lisztschen ›Ascendants‹ geflüchtet anzutreffen. Liszt führte ihn überall hin, wo unter gewissen Umständen Fortune zu verhoffen war; ob ihm dies zu etwas verhalf, konnte ich nicht erfahren, sondern nur, daß er bald nach dieser Zeit, und zwar, wie ich glaube, nicht im Übermaße des Glückes, starb.« (Wagner/Leben, 661)

Auch von Champfleury und dem ihm sehr zugetanen Auguste de Gaspérini verabschiedete Wagner sich in einer hellen Mondnacht mit dem Versprechen, sie nach Wien einzuladen, wenn es dort, wie er nun hoffte, zu der Uraufführung des »Tristan« käme. Am 18. September jedoch schreibt Wagner an Gaspérini: »Ich weiß nicht, ob sie [Champfleury und Baudelaire] dies allzu ernstgenommen haben; jedenfalls war ich guten Willens, und ich fühle mich verpflichtet, sie die Verzögerung der Aufführung meiner Oper wissen zu lassen. Übernehmen Sie doch bitte, mein lieber Freund, ihnen die diesbezüglichen Nachrichten mündlich oder schriftlich zu übermitteln. Grüßen Sie sie auch recht herzlich von mir.«

Die erste Übersetzung von Baudelaires Aufsatz über Richard Wagner und den »Tannhäuser« in Paris stammt von Max Bruns; sie erschien in dem 3. Band der von ihm veranstalteten »Werke in deutscher Ausgabe«, Bruns, Minden 1902. Eine zweite Übersetzung, von Heinrich Steinitzer, enthält der dritte Band der von Franz Blei herausgegebenen »Ausgewählten Werke«: »Kritische und nachgelassene Schriften«, Georg Müller, München 1925; Wiederabdruck in: Richard Wagner, »Tannhäuser«, hrsg. von Dietrich Mack, Insel Taschenbuch 378, Frankfurt 1979. – Steinitzers Übersetzung ist wenig geglückt, gelegentlich auch fehlerhaft; sie wurde jedoch verglichen und zu Rate gezogen. Sie ist auch gekürzt. Die Zitate aus Wagners Schriften wurden von Steinitzer weggelassen: »wer sich dafür interessiert, mag sie in den ›Gesammelten Schriften und Dichtungen‹ nachlesen.« Ebenfalls weggelassen wurden Liszts Ausführungen in seinem Buch *Lohengrin et Tannhäuser de Richard Wagner,* ferner die Inhaltsangabe des »Fliegenden Holländers« und die Zitate daraus ebenso wie die Gralserzählung aus dem III. Akt des »Lohengrin«.

Baudelaire konnte kein Deutsch. Seine Zitate stammen aus französischen Übersetzungen. Statt einer mißlichen und ungehörigen Rückübersetzung wurde hier jedesmal auf Wagners Text zurückgegriffen, der sich dabei gelegentlich geringfügige Veränderungen und Anpassungen gefallen lassen mußte. Auch die Texte von Wagners Opern kannte Baudelaire nur in französischer Prosa, so daß er außerstande war, das Besondere ihrer Diktion zu erfassen. Hier blieb jedoch kein anderer Weg, als jeweils die Verse des deutschen Originals zu zitieren.

S. 91, 2 *um dreizehn Monate zurück:* Baudelaire denkt an die drei Konzerte, die Wagner am 25. Januar, am 1. und 8. Februar in der Salle Ventadour des Théâtre-Italien gegeben hatte. – *19 kehrte in die Stadt zurück:* am 15. September 1859. – *25* Franz *Liszt* (1811-1886) und Wagner waren seit langem befreundet und trafen sich häufig. Liszts Tochter Cosima wurde, nach ihrer Scheidung von Hans von Bülow, 1870 Wagners zweite Frau. Wagner hatte Liszt gleich nach ihrem Erscheinen Baudelaires Broschüre geschenkt, und Baudelaire hatte dies durch Minna Wagner erfahren. Um einem angekündigten Besuch Liszts zuvorzukommen, entschließt Baudelaire sich um den 10. Mai 1861, ihn seinerseits aufzusuchen. Da er ihn nicht antrifft, hinterläßt er ein kurzes Billett: »... Ich weiß, daß Sie um den 20. abreisen. Ich werde wiederkommen. Seit manchen Jahren schon wünschte ich mir eine Gelegenheit, Ihnen die ganze Sympathie zu bezeugen, die mir Ihr Charakter und Ihr Talent einflößen.« (Corr/Pl II, 162) Baudelaire kannte Liszts Schrift *Lohengrin et Tannhäuser de Richard Wagner* (Leipzig 1851); Wagner hatte ihm Ende 1860/ Anfang 1861 sein Handexemplar dieser Schrift geliehen (siehe B/Lettres, 395 f.). Liszt selber schenkte ihm sein Buch *Des Bohémiens et de leur musique en Hongrie* (Paris 1859), mit der Widmung *»à Charles Baudelaire sympathie admirative et dévouée / F. Liszt«*. Das dort in einer Prosaübersetzung zitierte Gedicht »Die drei Zigeuner« von Nikolaus Lenau inspirierte Baudelaire zu einer Passage in seinem Prosagedicht *Les Vocations* (Bd. VIII, S. 240 ff.). Am 20. Dezember 1863 erschien in der *Revue nationale et étrangère* das Franz Liszt gewidmete Prosagedicht *Le Thyrse* (Bd. VIII, S. 248). Siehe auch W. T. Bandy, *Baudelaire and Liszt,* in: Modern Language Notes, Dez. 1938, 584 f. – *26* François-Joseph *Fétis* (1784-1871), belgischer Musikgelehrter, Organist, Komponist von Kirchenmusik und Opern; gründete 1827 in Paris die *Revue et Gazette musicale de Paris;* veröffentlichte die *Biographie universelle des musiciens et bibliographie générale de la musique* (8 Bände, Brüssel 1835-1844; erweiterte Neuausgabe Paris 1878-1880). Fétis war einer der erbittertsten Gegner Wagners. Seine »Anklageschrift« erschien am 6., 13., 20. und 27. Juni, am 11. und 25. Juli und 8. August 1852 in der von ihm herausgegebenen Zeitschrift unter dem Titel: *Wagner, sa vie, son système de rénovation de l'Opéra, ses œuvres comme poète et comme musicien, son parti en Allemagne, appréciation de la valeur de ses idées. – 35 Dilettanten: dilettantiste;* hier soviel wie Liebhaber der italienischen Musik, insbesondere Rossinis.

S. 92, *5 Théophile Gautier:* Siehe S. 160 ff. Gautier hatte in Wiesbaden eine Aufführung des ›Tannhäuser‹ gesehen. Er berichtete darüber in *Le Moniteur* vom 29. September 1857 und äußerte dort den Wunsch nach einer Aufführung der Oper in Paris. – *29 Victor Hugos großen Tagen:* in den zwanziger und dreißiger Jahren. Baudelaire denkt insbesondere an die heftigen Kämpfe und Auseinandersetzungen bei den beiden ersten Aufführungen seines Dramas *Hernani* im Februar 1830. – *31 Hector Berlioz* (1803-1869). Das Feuilleton, aus dem Baudelaire zitiert, war im *Journal des Débats* erschienen. Berlioz nahm es später in einen Sammelband seiner Schriften auf (*À travers champs,* 1862). – *35 Anwesenheit des Kaisers:* Napoleon III. hat die erste und die zweite Vorstellung des ›Tannhäuser‹ am 13. und 18. März besucht.

S. 93, 2 *einer der angesehensten Pariser Kritiker:* Paul Scudo (1806-1864), ebenfalls ein erbitterter Gegner Wagners; Mitarbeiter der *Revue des Deux Mondes,* wo er sich im März und April 1860 zu Wagners Konzerten geäußert hatte.

S. 94, *27 Programmheft:* Wagner hatte zu seinen Konzerten eine kleine, in Paris gedruckte Broschüre *(Concert de Wagner)* an das Publikum verteilen lassen. Das

Titelblatt trug den Vermerk: »Angesichts der Unmöglichkeit, seine Opern als Ganzes zu Gehör zu bringen, erlaubt der Verfasser sich, dem Publikum einige erklärende Zeilen anzubieten, zum besseren Verständnis der herausgelösten einzelnen Stücke, die er ihm heute vorstellt.« Baudelaire zitiert wörtlich, die Hervorhebungen stammen jedoch von ihm.

S. 95, *13 Liszts Buch: Lohengrin et Tannhäuser de Richard Wagner,* Leipzig 1851. Die von Baudelaire zitierte Stelle findet sich dort S. 48-50; auch hier stammen die Hervorhebungen von ihm, mit Ausnahme des *Adagio* im Schlußsatz (96, *20*). Baudelaire hat eine kleine Kürzung vorgenommen: nach *»colonnes d'opale«* (95, *26*) nennt Liszt noch *»ogives d'onyx«*. – *26 Zymophan:* eine milchige, ins Bläuliche spielende Substanz.

S. 97, *4 La nature est un temple ...:* die beiden Quartette des Sonetts *Correspondances* aus den *Fleurs du Mal;* siehe Bd. III, S. 68/69 und die Anmerkungen dazu.

S. 98, *4 der irdischen Welt entrückt:* vgl. hierzu auch die Gedichte *Élévation, La Musique* und *Le Vin des amants* (Bd. III, S. 66-69, 190/191, 280-283). – *37 Weber und Beethoven:* siehe den Brief an Wagner vom 17. Februar 1860 (S. 9).

S. 99, *8 in den offenen Kasinos:* insbesondere das *Casino* in der Rue Cadet. – *24 Pamphlet von Herrn Fétis:* s. o. zu S. 91, *26*. – *26 »Die Kunst und die Revolution«:* eine Schrift aus dem Jahre 1849 (Wagner/GS, III, 8-41). – *27 »Das Kunstwerk der Zukunft«:* ebenfalls 1849 erschienen (Wagner/GS, III, 42-177). – *28 »Oper und Drama«:* erste Auflage in drei Bänden, Leipzig 1851 (Wagner/GS III, 222-320, und IV, 1-229). Die (unzulängliche) englische Übersetzung dieses Werkes war zwischen dem 19. Mai 1855 und dem 26. April 1856 in London, in der Zeitschrift *The Musical World,* erschienen. Der (ungenannte) Übersetzer war John Bridgeman (siehe den Beitrag von James K. Wallace in Buba V, 2, vom 9. April 1970). Ob Baudelaire diese Übersetzung auch gelesen hat, ist höchst zweifelhaft.

S. 100, *22 wen nicht schon in der Wiege ...:* Baudelaire entnimmt diesen Gedanken dem 1852 erschienenen Artikel von Fétis (s. o. zu S. 91, *26*). Dieser wiederum spielt auf eine Stelle in Wagners Schrift ›Eine Mitteilung an meine Freunde‹ (1851) an: »Das schöne Meerweib Wachhilde hatte dem König Wiking ein Söhnlein geboren: dem nahten die drei Nornen, um ihm Gaben zu verleihen. Die erste Norn verlieh ihm Leibesstärke, die zweite Weisheit, und der erfreute Vater führte die beiden dankend zum Hochsitze neben sich: die dritte aber verlieh dem Söhnlein ›den nie zufried'nen Geist, der stets auf Neues sinnt‹. Den Vater erschreckte diese Gabe, und er versagte der jüngsten Norn den Dank: entrüstet hierüber, nahm diese, zur Strafe des väterlichen Undankes, ihre Gabe zurück ... Die eine verschmähte Gabe: ›der nie zufried'ne Geist, der stets auf Neues sinnt', bietet uns allen bei unserer Geburt die jugendliche Norn an, und durch sie allein könnten wir einst alle ›Genies‹ werden; jetzt, in unserer erziehungssüchtigen Welt, führt nur noch der Zufall uns diese Gabe zu, – der Zufall, *nicht erzogen zu werden.* Vor der Abwehr eines Vaters, der an meiner Wiege starb, sicher, schlüpfte vielleicht die so oft verjagte Norn an meine Wiege, und verlieh mir ihre Gabe, die mich Zuchtlosen nie verließ, und, in voller Anarchie, das Leben, die Kunst, und mich selbst zu meinem einzigen Erzieher machte.« (Wagner/GS IV, 250f.)

S. 101, *8 ... klassischen Literatur klammerten:* Baudelaire bezieht sich auf jene Jahre der Restauration, wo die »Romantiker« Legitimisten und die Liberalen Voltairianer und »Klassiker« oder besser Klassizisten waren. Baudelaire distanziert sich hier von den Anhängern Wagners, die großenteils Republikaner waren: Auguste de Gaspérini, Léon Leroy, Émile Ollivier, ein Schwiegersohn Liszts, der dessen älteste Tochter Blandine geheiratet hatte. – 24 *Lettre sur la musique:* In der Librairie Nouvelle von Achille Bourdilliat erschienen im Dezember 1860 (vordatiert auf 1861) *Quatre poëmes d'opéra traduits en prose française: Le Vaisseau fantôme* (Der fliegende Holländer), *Tannhäuser, Lohengrin, Tristan et Iseult,* in der Übersetzung von Paul Amand Challemel-Lacour (1827-1896), einem französischen Republikaner, der nach dem Staatsstreich vom 2. Dezember 1851 verbannt wurde und bis 1859 als Professor für französische Literatur in Zürich lebte. »Ich erfreute mich mit sonderbarer Gelauntheit an der Publikation einer Übersetzung meiner vier bis dahin erschienenen Operndichtungen, welche ich mit einem sehr ausführlichen Vorworte, an Herrn Frédéric Villot gerichtet, eingeleitet hatte. Die Übersetzung von allem diesen hatte mir Herr Challemel-Lacour besorgt, ein Mann, den ich als früheren politischen Flüchtling bei Herwegh in Zürich gelegentlich kennengelernt hatte und welcher mir nun als geistvoller Übersetzer so vortreffliche Dienste geleistet hatte, daß alle Welt über den Wert seiner Arbeit günstig urteilte. Den deutschen Urtext des Vorwortes hatte ich dem Buchhändler J. J. Weber in Leipzig unter dem Titel ›Zukunftsmusik‹ zur Veröffentlichung übergeben.« (Wagner/Leben, 642) Dieses Vorwort ist die *Lettre sur la musique.* In den »Gesammelten Schriften« trägt der Urtext die Überschrift: »›Zukunftsmusik‹. An einen französischen Freund (Fr. Villot) als Vorwort zu einer Prosa-Übersetzung meiner Operndichtungen« (Wagner/GW VII, 87-137). Frédéric Villot, ein Freund Delacroix', war Conservateur des tableaux du Louvre; er protegierte auch den jungen Komponisten Saint-Saëns (1835-1922). Wagner hatte eine »ernstliche Zuneigung« zu ihm gefaßt und glaubte das Vorwort zu der Übersetzung seiner Operndichtungen »keinem Würdigeren als ihm widmen zu können«. (Wagner/Leben 627) In diesem Vorwort resümiert Wagner seine in ›Oper und Drama‹ entwickelten Gedanken über das Musikdrama. – 27 Christoph Willibald *Gluck* (1714-1787), der in seinen Opern *Alceste* (1776), *Armide* (1777) und *Iphigénie en Tauride* (1779) der französischen *tragédie classique* nacheiferte. Zwischen seinen Anhängern und denen des italienischen Opernkomponisten Nicola Piccini (1728-1800) entstand der langjährige Streit der *gluckistes* und *piccinistes,* aus dem Gluck 1779 mit seiner *Iphigénie en Tauride* als Sieger hervorging. – Étienne-Nicolas *Méhul* (1763-1817), französischer Opernkomponist; seine erfolgreichste Oper war *Joseph en Égypte* (1807). – 34 *alle Hoffnung aufgegeben hatten:* »Hier glaube ich vor allem die irrige Meinung derjenigen zu widerlegen zu haben, welche in dem eigentlichen Operngenre das Ideal, wenn nicht erreicht, so doch unmittelbar vorbereitet wähnten. Schon in Italien, mehr aber in Frankreich und Deutschland, hat dieses Problem die bedeutendsten Geister der Literatur beschäftigt. Der Kampf der Gluckisten und Piccinisten in Paris war nichts anderes als ein, seiner Natur nach unentscheidbarer, Kontrovers darüber, ob das Ideal des Dramas in der Oper zu erreichen sei; diejenigen, welche diese These bejahend aufrecht erhalten zu dürfen glaubten, wurden trotz ihrer anscheinenden Siege durch die Gegner im bedenklichen Schach gehalten, sobald diese in der Oper die Musik in der Weise prädominierend bezeichneten, daß dieser allein und nicht der Poesie ihre Erfolge beizumessen seien. Voltaire, der theoretisch der ersteren Ansicht geneigt war, sah dem konkreten Falle gegenüber sich doch wieder zu dem niederschlagenden Ausspruche genötigt: *»Ce qui est trop sot pour être dit, on le chante.«* (Was zu dumm ist, um gesagt zu werden, das singt man.) In Deutschland, wo, von Lessing zuerst angeregt, zwischen Schiller und Goethe das gleiche Problem, und zwar mit entschiedener Neigung zur günstigsten Erwartung von der Oper, diskutiert wurde, bestätigte der Letztere, Goethe, im schlagendsten Widerspruch zu seiner theoretischen Meinung, ganz unwillkürlich den Ausspruch Voltaires; er selbst verfaßte nämlich verschiedene Operntexte, und, um sich auf das Niveau des Genres zu stellen, hielt er es für gut, in Erfindung wie Ausführung sich so trivial wie möglich zu halten, so daß wir nur mit Bedauern diese höchst seichten Stücke unter die Zahl seiner Dichtungen aufgenommen sehen können.« (Wagner/ZM 102) Goethes Texte zu Singspielen und Opern entstanden in den Jahren 1773 bis 1787, vor der Bekanntschaft mit Schiller. Baudelaires »später« erklärt sich aus einer Unkenntnis dieses Sachverhalts. – *36 verschiedenen Stellen bei Diderot:* Baudelaire denkt vermutlich an den *Neveu de Rameau,* den Goethe ins Deutsche übersetzt hat, obwohl Diderot in der *Lettre sur les sourds et muets* und in dem *Troisième Entretien sur le Fils naturel* die gleichen Ansichten vertritt (siehe Jean Thomas, *Diderot et Baudelaire,* Édition Hippocrate, 1938, 5).

S. 102, *9 Zukunftsmusik:* Eben diesen Ausdruck wählte Wagner ja als Haupttitel des deutschen Textes der *Lettre sur la musique.* – *24 Brief an Berlioz:* ›Ein Brief an Hector Berlioz‹ (Wagner/GS VII, 82-86), dessen französische Fassung am 22. Februar 1860 in dem *Journal des Débats* erschienen war. – *25 »Ich frug mich ...:* Wagner/GS VII, 84f.

S. 103, *18 »In einigen seltenen Leistungen ...:* Wagner/ZM 99.

S. 104, *5 Rienzi:* Wagners »große tragische Oper« ›Rienzi, der Letzte der Tribunen (Nach Bulwers gleichnamigem Roman)‹ wurde am 20. Oktober 1842 an der Kgl. Hofoper in Dresden uraufgeführt. Am 2. Januar 1843 fand dort die Uraufführung des ›Fliegenden Holländers‹ statt. Es folgten die »romantischen Opern«, ›Tannhäuser und der Sängerkrieg auf Wartburg‹ (Uraufführung 19. Oktober 1845, ebenfalls an der Dresdner Hofoper) und ›Lohengrin‹ (Uraufführung 28. August 1850, in Weimar). – *25 Greuelfesten: solennités abominables.* Baudelaire denkt an den Hexensabbat. Näheres über die dort übliche Reverenz erfahren wir aus Goethes Paralipomena zu ›Faust I‹, wo der Zeremonienmeister einem zur Audienz zugelassenen Demokraten die Anweisung erteilt: »Beliebt dem Herrn, den hinter Teil zu küssen!«

S. 105, *17 »Das einzige Lebensbild ...:* Wagner/ZM 104f.

S. 106, 7 *»Ich verließ ein- für allemal ...«:* Wagner/ZM 120f.

S. 107, 27 William *Hogarth* (1697-1764), englischer Karikaturist. – Joshua *Reynolds* (1723-1792), englischer Porträtist.

S. 109, *3 Onomatopöen:* Wortbildungen nach einem Naturlaut oder nach dem Klang einer Sache.

S. 110, *10 sich nach Schmerzen sehnt:* »Nicht Lust allein liegt mir am Herzen, aus Freuden sehn ich mich nach Schmerzen.« Worte Tannhäusers zu Venus (I, 2). – *33 unzähligen Elviren:* Elvira, bei Molière und Mozart eine von Don Juan verlassene Geliebte. – *35 der von einer Schönen zur andern flattert: voltigeant de belle en belle.*

S. 111, *1 seit dem Tod des großen Pan:* Plutarch in seiner Schrift ›Von den Weissagungen‹ erzählt, unter Kaiser Tiberius habe ein ägyptischer Schiffer namens Thamus bei der Insel Paxis dreimal eine Stimme vernommen, die ihm befahl, wenn er nach Palodes komme, solle er dort verkündigen, der große Pan sei tot. »Kaum war er nach Palodes gekommen, so höreten Wind und Strom auf. Thamus trat vorn auf das Schiff und rief gegen das Land zu: Der große Pan ist tot. Sobald er solches gerufen hatte, so hörete man ein großes Seufzen und Wehklagen, als von einer Menge solcher Personen, die darüber erstaunt und betrübt wären.« (B. Hederich, *Gründliches mythologisches Lexikon,* 1770, Spalte 1866) – *26 großen*

Marsch: Einzug der Gäste auf der Wartburg. – *N:* Diese Fußnote findet sich zum ersten Mal in der Broschüre. Émile Perrin, vormals Direktor der Opéra comique, später der Grand Opéra, war ein Bewunderer Wagners, der sich jedoch nicht kompromittieren wollte. So las man in seinem Artikel über die Aufführung des ›Tannhäuser‹ in der *Revue Européenne* vom 15. März 1862, der kaum eine halbe Seite umfaßt: »Wir haben hier weder die Zeit noch die Absicht, auf das Werk Richard Wagners und dessen Kritik näher einzugehen.« Allerdings war Perrin in einem früheren Artikel (15. Februar 1860) nachdrücklich für Wagner eingetreten. Baudelaire scheint angenommen zu haben, daß Perrin eine umfangreichere Rezension des ›Tannhäuser‹ liefern würde.

S. 113, *7 »Wenn ich im Kampfe für dich siege ...:* ›Lohengrin‹ II, 3. – *35 »Wer dem Gral zu dienen ist erkoren ...:* ›Lohengrin‹ III, 3.

S. 114, *25 Mythos von Psyche:* das Märchen von Amor und Psyche in dem Roman ›Der goldene Esel‹ von Apuleius (2. Jh. n. Chr.).

S. 115, *34 Hochzeitsfest:* ›Lohengrin‹, II, 4. – *Brautchor:* ›Lohengrin‹ III, 1.

S. 116, *23 dessen Buch (Lohengrin et Tannhäuser):* s. o. zu S. 95, *13*. Baudelaire hat den Wortlaut des zitierten Textes gelegentlich leicht verändert; die Hervorhebungen stammen von ihm.

S. 118, *26 konkateniert: concaténées,* wörtl. verkettet. In der Logik ist ein konkatenierter Schluß, ein Kettenschluß, eine verkürzte Form der Schlußkette, bei der die der ersten Prämisse folgenden Prämissen weggelassen und nur die Folgerungen verkürzt wiedergegeben werden. – *27 Le Vaisseau fantôme:* das Geister-, das Gespensterschiff, der französische Titel des ›Fliegenden Holländers‹. – *30 Ewigen Juden der Meere:* Wagner selber hat den »fliegenden Holländer« mit dem »ewigen Juden« verglichen, in seiner ›Mitteilung an seine Freunde‹ (1851): »... diesem immer und ewig, zweck- und freudlos zu einem längst ausgelebten Leben verdammten Wanderer blühte keine irdische Erlösung; ihm blieb als einziges Streben nur die Sehnsucht nach dem Tode, als einzige Hoffnung die Aussicht auf das Nichtmehrsein. Am Schlusse des Mittelalters lenkte ein neuer, tätiger Drang die Völker auf das *Leben* hin: weltgeschichtlich am erfolgreichsten äußerte er sich als Entdekkungstrieb. Das Meer ward jetzt der Boden des Lebens, aber nicht mehr das kleine Binnenmeer der Hellenenwelt, sondern das erdumgürtende Weltmeer. Hier war mit einer alten Welt gebrochen; die Sehnsucht des Odysseus nach Heimat, Herd und Eheweib zurück, hatte sich, nachdem sie an den Leiden des ›ewigen Juden‹ bis zur Sehnsucht nach dem Tode genährt worden, zu dem Verlangen nach einem Neuen, Unbekannten, noch nicht sichtbar Vorhandenen, aber im voraus Empfundenen, gesteigert.« (Wagner/GS IV, 265) Diese Thematik steht in einer auffälligen Verwandtschaft zu den beiden Schlußstrophen des 1859 zum ersten Mal veröffentlichten Gedichtes *Le Voyage* aus den FM (Bd. III, 338); die nämlichen Stichworte lösen verwandte Assoziationen aus: Tod – Kapitän – Meer – Unbekanntes – Neues. – Siehe hierzu auch Dieter Borchmeyer, *Das Theater Richard Wagners,* Stuttgart 1982, 184 f.

S. 119, *6 »Die Frist ist um ...«:* ›Der fliegende Holländer‹ I, 2. – *17 »ihm auf kurze Frist sein Haus zu vergönnen«:* I, 3. – *30 »Traft ihr das Schiff ...«:* die Ballade der Senta, II, 1.

S. 120, *33 Melmoth:* Gemeint ist der von Baudelaire geschätzte und öfters erwähnte Roman *Melmoth the Wanderer* (1820) von Charles Robert Maturin (1782-1824). Melmoth hat seine Seele dem Teufel verkauft, für ein unabsehbar verlängertes Leben, das ihm auf die Dauer zur Last wird.

S. 121, *5 »Wohl kenn ich dich ...«:* ›Der fliegende Holländer‹ III, 2. – *34 ›Tristan und Isolde‹:* komponiert zwischen 1857 und 1859; Uraufführung 1865 am Münchener Hoftheater. – *35 Tetralogie:* ›Der Ring des Nibelungen‹ (›Das Rheingold‹, ›Die Walküre‹, ›Siegfried‹, ›Götterdämmerung‹); Textbuch vollendet 1852; erste öffentliche Ausgabe des ›Ring‹-Textes 1863; Uraufführung der ganzen Tetralogie Bayreuth 1876.

S. 123, *30 mit dem Psalmisten:* »Die hohen Augen erniedrigest du.« (Ps 18, 28); ähnliche Wendungen, die Baudelaires Text näherstehen, bei Jesaias und Hesekiel, bei Matthäus und Lukas.

S. 124, *3 des Fundamentes ..., auf dem er sein Ideal errichtete:* Baudelaire spielt hier auf eine bereits zitierte Stelle aus Wagners ›Zukunftsmusik‹ an: »In einigen seltenen Leistungen genialer Künstler hatte ich für mein dramatisch-musikalisches Ideal einen realen Anhalt gewonnen ...« (S. 103, *18*). In der französischen Übersetzung, die Baudelaire vorlag, lautet diese Stelle: *»J'avais trouvé dans quelques rares créations d'artistes une base réelle où asseoir mon idéal dramatique et musical.«*

S. 125, *5 Zukunftsmusik:* »Namentlich faßte er (Theodor Uhlig) sogleich einen Hauptgegner, den von Ferdinand Hiller in Köln geworbenen Herrn Bischoff, welcher für mich und meine Freunde die Bezeichnung ›Zukunftsmusiker‹ erfunden hatte, scharf in das Auge und geriet mit ihm in eine länger andauernde, ziemlich ergötzliche Polemik. Die Grundlage des bis zum europäischen Skandal allmählich angewachsenen Problems der sogenannten ›Zukunftsmusik‹, eine Bezeichnung, welche Liszt sehr bald mit guter und stolzer Laune akzeptierte, war nun gelegt. Wohl hatte ich durch den Titel meines Buches ›Kunstwerk der Zukunft‹ zu jener Erfindung die eigentliche Veranlassung gegeben: zum völligen Schlachtruf ward die Bezeichnung jedoch erst erhoben, seitdem ›Das Judentum in der Musik‹ alle Schleusen der Wut über mich und meine Freunde geöffnet hatte.« (Wagner/Leben, S. 480) Auch in seinem ›Brief an Hector Berlioz‹ kommt Wagner auf die »Phrase einer *›musique de l'avenir‹* « zu sprechen (Wagner/GS VII, 85). – *35 Der kaiserliche Befehl:* s. o. S. 419, *31*.

S. 127, *4 kürzlich erlassene Verfügung:* Nach dem Attentat von Orsini auf Napoleon III. war die Presse Anfang 1858 einer strengeren Zensur unterworfen worden, die durch ein neuerliches Dekret gelockert worden war. – *9 Gemahlin eines auswärtigen Gesandten:* Pauline Fürstin Metternich (1836-1919), geb. Gräfin Sandor, verheiratet mit dem österreichischen Botschafter Richard Fürst Metternich-Winneburg, Sohn des Staatskanzlers Metternich. Bei der dritten Aufführung des ›Tannhäuser‹ war die Fürstin Metternich zu Hause geblieben; »sie hatte bereits während der beiden ersten Vorstellungen den offen beleidigenden Hohn unserer Gegner zu ertragen gehabt.« Baudelaires Freund Nadar hatte der Fürstin auf ihre Bitte hin die Schrift über Wagner und den ›Tannhäuser‹ zugesandt. Nach einigen Wochen erhielt er sie unaufgeschnitten, von ein paar liebenswürdigen Zeilen begleitet, zurück. »Frau von Metternich, obwohl eine Fürstin, hat vergessen, mir auf das, was ich über sie und Wagner gesagt habe, zu antworten. Sitten des 19. Jahrhunderts.« (›Mein entblößtes Herz‹ XIV; siehe Bd. VI, S. 232). – *13 Gattin Wagners:* Minna Wagner, geb. Planer, mit der Wagner seit 1858 in einem gespannten Verhältnis lebte. Sie starb 1866. Bei der zweiten Aufführung des ›Tannhäuser‹ war Minna »den Beleidigungen ihrer Nachbarn, die sie in der Eigenschaft meiner Frau erkannt hatten, nicht entgangen ...« (Wagner/Leben, 649) – *15 einem ehemaligen Singspieldichter:* Eugène Cormon (1811-1903), Regisseur der Oper. – *16 Les Burgraves:* Versdrama in drei Episoden von Victor Hugo; Uraufführung 1843. – 17 Louis-

François *Clairville* (1811-1879), fruchtbarer Verfasser von Singspielen *(vaudevilles).* – *18 ein deutscher Tenor:* Über die Besetzung des ›Tannhäuser‹ siehe S. 419f.

S. 128, *6 Frédérick* Lemaître (1800-1876), berühmter Schauspieler, vor allem als Heldendarsteller in romantischen Dramen. – Philibert *Rouvière:* s.u. zu S. 245ff. – Eugène *Bignon* (1817-1858), ebenfalls berühmter Darsteller in romantischen Dramen. – *10 die Frage des Balletts:* Der Staatsminister Graf Walewski, dem die Oper unterstand, hatte Wagner, als dieser ihm durch den Fürsten Metternich vorgestellt wurde, in einer »sehr persuasiven Rede« kundgegeben, »daß man durchaus meine Fortune wünsche und mir den größten Sukzeß zu bereiten gedenke: ich habe dies, so schloß er, in meinen Händen, sobald ich mich dazu entschlösse, dem zweiten Akte meiner Oper ein Ballett einzufügen; es solle sich hierbei nicht etwa um ein geringes handeln: es wurden mir die allerberühmtesten Tänzerinnen von Petersburg und London vorgeschlagen, unter denen ich nur wählen sollte; ihr Engagement sei sofort beschlossen, sobald ich ihrer Mitwirkung meinen Erfolg anvertrauen wollte. Ich glaube, daß ich mit nicht mindrer Beredsamkeit erwiderte, als ich alle diese Propositionen ablehnte; daß ich damit aber gänzlich ohne Erfolg blieb, beruhte darauf, daß ich den Herrn Minister nicht zu verstehen schien, als er mir erklärte, ein Ballett im ersten Akte zähle für gar keines, weil diejenigen *habitués,* denen bei einem Opernabende einzig am Ballett es liege, neuerer Zeit erst um 8 Uhr dinierten und somit erst gegen 10 Uhr, also um die Mitte der Opernaufführung das Theater zu besuchen gewohnt seien. Meiner Einwendung, daß, wenn ich diese Herrn mir nicht verpflichten könnte, ich dafür wohl auf einen andern Teil des Publikums im richtigen Sinne zu wirken vermöchte, entgegnete er mit unerschütterlicher Feierlichkeit, daß diese Herrn es einzig wären, auf deren Mithilfe zu einem guten Erfolge gerechnet werden könne, da sie Macht genug besäßen, selbst dem üblen Verhalten der Presse Trotz zu bieten. Als ich auch für diese Rücksicht taub blieb und mich erbot, lieber mein Werk gänzlich zurückzuziehen, ward mir wiederum mit großem Ernste versichert, durch den Befehl des Kaisers, welchen alle Welt auszuführen habe, sei ich Herr der Sache; man würde in allem meinen Wünschen nachkommen, wogegen er mir nur einen freundschaftlichen Rat erteilen zu müssen geglaubt habe.

Das Resultat dieser Unterredung machte sich mir nun bald in vielen Anzeichen bemerklich. Mit Feuer warf ich mich auf die Ausführung der großen und exzentrischen Tanzszenen des ersten Aktes, für welche ich jetzt auch den Ballettmeister Petitpas mir zu gewinnen suchte; ich forderte Unerhörtes, vom gewohnten Ballettwesen gänzlich Abliegendes; ich verwies auf die Tänze der Mänaden und Bacchanten und versetzte ihn hiermit nur in ein Erstaunen darüber, daß ich vermeinte, es würde so etwas, was er sehr wohl verstünde, mit seinen niedlichen Tanz-Eleven herauszubringen sein: denn, so eröffnete er mir, auf die eigentlichen Tänzerinnen der Oper hätte ich, da ich mein Ballett in den Anfang des ersten Aktes verlegt, doch wohl von selbst verzichtet ... War es mir im Grunde recht, mit jenen vornehmen Ballettdamen nichts zu tun zu haben, so drang ich nun desto mehr darauf, daß das eigentliche Ballettkorps in eine bedeutende Bewegung gesetzt werde. Ich wollte das männliche Personal auf einen bedeutenden Fuß gebracht wissen, erfuhr aber, daß hierfür, außer einigen Schneidern, welche für monatlich 50 Franken während der Pas der Solotänzerinnen verlegen an den Kulissen figurierten, nichts aufzutreiben sei. Endlich wollte ich die Sache durch das Kostüm erzwingen und erbat mir hierfür bedeutende Vorlagen; nun erfuhr ich aber, nachdem ich durch manche Hinterhältigkeit ermüdet war, durch die aufrichtige Mitteilung meines treuen

Freundes Truinet, daß die Direktion entschlossen sei, für das gänzlich verloren erachtete Ballett nicht einen Sou auszugeben.« (Wagner/Leben, 643 f.) – 24 *Porte-Saint-Martin:* ein Pariser Boulevardtheater. – 25 *Ambigu:* ursprünglich ein Marionettentheater, später ein Theater für Vaudevilles, Melodramen und Feerien, seit 1828 auf dem Boulevard de la Porte-Saint-Martin. – *Odéon:* 1779 gegenüber dem Eingang des Jardin du Luxembourg erbaut. – 29 *(das neuerliche Erscheinen der Venus):* ›Tannhäuser‹ III, 3: »(In einer hellen, rosigen Beleuchtung erscheint Venus, auf ihrem Lager ruhend): Willkommen, ungetreuer Mann ... Tannhäuser (indem er sich in wilder Entschlossenheit von Wolfram losreißt): Mein Heil, mein Heil hab' ich verloren, nun sei der Hölle Lust erkoren!« Mit der Schleierdekoration für »die zauberhafte Erscheinung des Venusberges« war Wagner schon 1845 bei der Uraufführung des ›Tannhäuser‹ in Dresden nicht zufrieden gewesen (siehe Wagner/GS V, 150f.).

S. 129, 8 *Man hoffte, diesen Rasenden ihr Opfer zu entreißen:* Nach der zweiten Aufführung wollte Wagner die Oper zurückziehen und willigte in eine dritte nur unter der Bedingung, »daß sie an einem Sonntage, also außer dem Abonnement, somit unter Umständen, welche die Abonnenten nicht reizen, und dagegen dem eigentlichen Publikum den Saal vollständig einräumen sollten, stattfinde. Mein Wunsch, diese Vorstellung auch auf der Affiche als ›letzte‹ zu bezeichnen, ward nicht für zulässig gehalten, und mir blieb nur übrig, meinen Bekannten persönlich sie als solche anzukündigen. Diese Vorsichtsmaßregeln hatten aber die Besorgnis des Jockeyklubs nicht zu zerstören vermocht; vielmehr glaubte derselbe in dieser Sonntagsaufführung eine kühne und für seine Interessen gefährliche Demonstration erkennen zu müssen, nach welcher, die Oper einmal mit unbestrittenem Erfolge zur Aufführung gebracht, das verhaßte Werk ihnen leicht mit Gewalt aufgedrungen werden dürfte ... Somit entsagten die Herren ihren anderweitigen Vergnügungen für diesen Abend, kehrten abermals mit vollster Rüstung in die Oper zurück, und erneuerten die Szenen des zweiten Abends. Diesmal stieg die Erbitterung des Publikums, welches durchaus verhindert werden sollte, der Aufführung zu folgen, auf einen, wie man mir versicherte, bis dahin ungekannten Grad, und es gehörte wohl nur die, wie mir scheint, unantastbare soziale Stellung der Herren Ruhestörer dazu, sie vor tätlicher übler Behandlung zu sichern. Sage ich es kurz, daß ich, wie ich erstaunt über die zügellose Haltung jener Herren, ebenso ergriffen und gerührt von den heroischen Anstrengungen des eigentlichen Publikums, mir Gerechtigkeit zu verschaffen, bin ...« (»Bericht über die Aufführung des ›Tannhäuser‹ in Paris«, Wagner/GS VII, 147) – 10 *Jockey-Club:* Dieser war, nach dem Cercle de l'Union, der zweitälteste der exklusiven *cercles* von Paris. Er war 1834 gegründet worden, unter dem Namen »Cercle de la Société d'encouragement pour l'amélioration de la race chevaline«, und hatte 1855 über 600 Mitglieder aus der hohen Geburts- und Geldaristokratie. – 37 *In der Presse kein Widerstand:* Baudelaire übertreibt; mit Ausnahme des *Figaro* hatte vor allem die »kleine Presse« gegen die Art, wie man die Oper zu Fall brachte, protestiert. Auch Champfleury, Louis Ulbach und andere waren für Wagner eingetreten. Siehe Georges Servières, *Tannhäuser à l'Opéra en 1861,* Paris 1895. Wagner selber erinnert sich: »Jetzt wurde ich mit vielen energischen Verfechtern meiner Sache bekannt gemacht; namentlich in den kleinen, von Meyerbeer noch nicht beachteten Journalen wurde ich wirklich gefeiert, und manche sehr gute Phrase kam hierbei zum Vorschein. Irgendwo las ich, mein ›Tannhäuser‹ sei *›la symphonie chantée‹.* – Baudelaire zeichnete sich durch eine sehr geistreiche und scharfe Broschüre in der gleichen Angelegenheit aus.« (Wagner/

Leben, 654) – *Franck Marie:* Sein Artikel war am 24. März 1861 erschienen. – *1 Berlioz:* Wagner war Berlioz, mit dem er schon 1855 in London zusammengetroffen war, in Paris wiederbegegnet. Er gehörte jetzt zu Wagners Gegnern, überließ es jedoch anderen, ihn zu erledigen. – *27 ein schönes Drama: Les Funérailles de l'Honneur,* Drama in sieben Akten von Auguste Vacquerie, das am 30. März 1861 an dem Theater de la Porte-Saint-Martin uraufgeführt worden war, mit Rouvière (s. u. zu S. 245 ff.) in der Hauptrolle des Don Jorge de Lara. Das Stück wurde nach wenigen Tagen abgesetzt. Siehe auch den Brief Baudelaires an Auguste Vacquerie vom 31. März 1861 (S. 30f.) und die Anmerkungen dazu. »Sonderbarerweise vermischte man mein Schicksal auch mit dem eines Herrn de la Vacquerie, welcher mit einem Drama *Les Funérailles de l'Honneur* ebenfalls in skandalöser Weise durchgefallen war. Diesem gaben seine Freunde ein Ehrenbankett, zu welchem auch ich eingeladen wurde. Wir beide wurden bei dieser Gelegenheit enthusiastisch gefeiert; man hörte glühende Reden über die ›Encanaillierung‹ des Publikums und schweifte etwas in das politische Gebiet hinüber, welches meinem Festgenossen durch seine Verwandtschaft mit Victor Hugo leicht zuzuweisen war.« (Wagner/Leben 654) Auguste Vacqueries Bruder Charles hatte Hugos Tochter Léopoldine geheiratet, mit der zusammen er am 4. Dezember 1843 bei Villequier in der Seine ertrunken war.

S. 131, 27 *klägliches Mitglied der Akademie:* François *Ponsard* (1814-1876), Advokat, Dramatiker, Mitglied der Académie française. Baudelaire, der ihn verabscheute, spielt auf seinen *»discours de réception«* vom 4. Dezember 1856 an.

S. 132, 5 *Alexandre Dumas fils* (1824-1895), der Sohn von Alexandre Dumas (1802-1870), schrieb gesellschaftskritische Romane und Schauspiele. Sein größter Erfolg war 1848 der Roman *La Dame aux camélias,* den er 1852 für das Théâtre du Vaudeville dramatisierte. Diese Bearbeitung diente Verdi für seine Oper *La Traviata* (1853). In dem Vorwort zu seinem Schauspiel *Le Fils naturel* (1858) liest man: »Alle Literatur, die sich nicht die Vervollkommnung, die sittliche Besserung, das Ideal, das Nützliche mit einem Wort, zum Ziel setzt, ist eine rachitische und ungesunde Literatur.« – *6 Illustrated London News:* Dort erschien am 13. Dezember 1856 ein Artikel *Shakespeare and Literature in France* (siehe Buba VIII, 2). – *26 seine Auferstehung feiern:* Die »eigentümliche Popularität«, die Wagner durch den Skandal des ›Tannhäuser‹ erlangt hatte, veranlaßte von mehreren Seiten Bemühungen, der Oper doch noch zu ihrem Recht zu verhelfen. »Der Direktor des Théâtre lyrique sah sich mit allen Kräften nach einem Tenor für den ›Tannhäuser‹ um, und nur daß er ihn nicht fand, nötigte ihn, auf die Absicht, meine Oper sogleich wieder zu geben, zu verzichten. Mr de Beaumont, Direktor der Opéra comique, befand sich am Bankrott und hoffte sich mit dem ›Tannhäuser‹ zu retten, in welchem Sinne er mit Anträgen mir auf das lebhafteste zusetzte.« (Wagner/Leben, 654) Es gab sogar Pläne, ein »Théâtre Wagner« zu gründen. Alles dieses führte jedoch zu nichts; die nächste Aufführung des ›Tannhäuser‹ in Paris fand erst 1895 statt.

BETRACHTUNGEN
ÜBER EINIGE MEINER ZEITGENOSSEN

Mit einem einleitenden Text von Sainte-Beuve erschien 1861/62 eine vierbändige Anthologie, *Les Poëtes français,* herausgegeben von Eugène Crépet (1827-1892), deren vierter Band ausschließlich zeitgenössischen Dichtern seit Lamartine gewidmet war. Zu den insgesamt 22 Mitarbeitern dieser Anthologie gehörten, neben Baudelaire, auch Charles Asselineau, Hippolyte Babou, Théodore de Banville, Barbey d'Aurevilly, Théophile Gautier und Jules Janin. Jeder dieser Mitarbeiter verfaßte über den betreffenden Dichter eine *notice,* auf welche bibliographische Angaben und ausgewählte Gedichte folgten. Baudelaire schrieb zehn dieser *notices,* von denen drei (über Barbier, Borel und Moreau) schließlich nicht aufgenommen wurden.

Das erste erhaltene Dokument über die Beziehungen zwischen Crépet und Baudelaire ist eine von diesem unterzeichnete Quittung vom 21. Juli 1859, auf der er bescheinigt, von Crépet 50 Francs als Vorauszahlung auf das Honorar für sieben *notices littéraires* erhalten zu haben (Corr/Pl I, 589). Diese sieben *notices* (über Barbier, Borel, Gautier, Marceline Desbordes-Valmore, Dupont, Moreau und Hugo oder Leconte de Lisle) gingen im August an Crépet, mit der Bitte, als Druckvorlage eine Reinschrift herstellen zu lassen (die Baudelaire dann in den nächsten Monaten einer gründlichen Überarbeitung unterzog). Drei weitere Beiträge wurden später vereinbart. Sämtliche *notices* wurden (bisweilen zweimal) gesetzt, doch kam es bald zu Mißhelligkeiten, da der liberale Republikaner Crépet an manchen von Baudelaires dezidierten Verwerfungen und ironisch abschätzigen Formulierungen Anstoß nahm (siehe Baudelaires Briefe an Crépet aus dem April und Mai 1860, S. 11 ff., und die Anmerkungen dazu). Außer dem Artikel über Moreau erschienen diese *notices* unter dem Sammeltitel *Réflexions sur quelques-uns de mes contemporains* zwischen dem 15. Juni und dem 15. August als Vorabdruck in der von Catulle Mendès herausgegebenen *Revue fantaisiste,* deren Text 1869 von den Herausgebern der AR übernommen wurde.

Baudelaires Mitarbeit an Crépets Anthologie hat sich nachweislich nicht auf seine eigenen Beiträge beschränkt. Bei den mündlichen Beratungen dürfte er sowohl hinsichtlich der Auswahl der Dichter als auch der jeweiligen Auswahl ihrer Gedichte, zumindest was die von ihm vorgestellten Autoren betraf, nicht ohne Einfluß gewesen sein. Obwohl Crépet in seinem letzten erhaltenen Brief an Baudelaire vom 14. September 1862 ihm das Verletzende des »fast stets herablassenden, gebieterischen und quasi-diktatorischen Akzents« in seinen Briefen vorhält (Lettres/B, 106), war er nicht nachtragend. 1887 veröffentlichte er Baudelaires *Œuvres posthumes et correspondances inédites,* zusammen mit einer *étude biographique* (wiederabgedruckt in B/Crépet). Sein Sohn Jacques Crépet wurde dann ab 1922 der verdienstvolle Hauptherausgeber der Œuvres/Conard.

Crépets Anthologie war ein Mißerfolg; seine Unkosten beliefen sich auf 60000 Francs; nur Band IV erlebte zwei weitere Auflagen, 1863 und 1878.

Von folgenden Beiträgen Baudelaires haben sich Fahnen erhalten: Borel, Dupont, Le Vavasseur. Die wichtigsten Varianten wurden in den Anmerkungen berücksichtigt. Grundsätzlich wurde der Übersetzung der Text von AR zugrunde gelegt.

I. VICTOR HUGO

15. Juni 1861, Revue fantaisiste; Les Poëtes français IV, 1862; AR; Œuvres/Pl II.

In *Les Poëtes français* folgen auf diesen Text bibliographische Angaben, die vermutlich von E. Crépet stammen, der es bedauert, daß die augenblicklichen Verleger Hugos ihn nur zum Abdruck einer allzu beschränkten Auswahl von Gedichten ermächtigen konnten. So wurde, als Gegenstück zu *Le Lac* von Alphonse de Lamartine, nur ein einziges größeres Gedicht, nämlich *La Tristesse d'Olympio* (aus *Les Rayons et les Ombres*, 1840; Text und dt. Übersetzung von Hanno Helbling, in: Französische Dichtung, Bd. 2, München 1990, 254-267) aufgenommen. Die Auswahl umfaßt außerdem: *Soleils couchants* (aus *Les Feuilles d'automne*, 1831), *»Puisque j'ai mis ma lèvre à ta coupe ...«*, *»Oh! n'insultez jamais une femme qui tombe!«*, *»Le grand homme vaincu peut perdre en un instant ...«* (aus *Les Chants du crépuscule*, 1835), *Écrit sur la vitre d'une fenêtre flamande* (aus *Les Rayons et les ombres*, 1840), *La Vache*, *»La tombe dit à la rose ...«* (aus *Les Voix intérieures*, 1837).

Baudelaire hatte Hugo um den 15. Mai 1860 in einem nicht erhaltenen Brief gebeten, den Abdruck einiger seiner Gedichte in der geplanten Anthologie zu gestatten. Hugo bat daraufhin um nähere Auskünfte über dieses Unternehmen (in einem Brief vom 19. Juli 1860; Lettres/B 192 f.). Sämtliche Gedichte, die dann in die Anthologie Aufnahme fanden, stammen aus Werken, die vor Hugos Exil in Frankreich veröffentlicht worden waren. Vermutlich hatten die belgischen Verleger ihre Genehmigung verweigert.

Wie alle jungen Leute seiner Generation war Baudelaire schon als Schüler ein begeisterter Leser Hugos; in der zweiten Ausgabe der *Fleurs du Mal* sind ihm die drei Gedichte *Le Cygne*, *Les Sept Vieillards* und *Les petites Vieilles* (Bd. III, S. 226-243) gewidmet. Außer der *notice* für Crépets Anthologie schrieb Baudelaire eine Rezension über die erste Lieferung des Romans *Les Misérables* (siehe S. 221 ff.). Die Beziehungen zwischen beiden waren gespannt, die Urteile übereinander widersprüchlich. Gesehen haben sie sich nur wenige Male, zuletzt im Oktober 1865 in Brüssel. Baudelaire hat Hugo die beiden Ausgaben der *Fleurs du Mal* von 1857 und 1861 mit einer Widmung zugesandt, und Hugo hat sich jedesmal dafür bedankt (am 30. August 1857 und am 10. April 1861; siehe Lettres/B, 186 und 183 f.). Baudelaires Broschüre mit dem ersten Aufsatz über Théophile Gautier enthält als Vorwort ein von ihm erbetenes Schreiben Hugos (Bd. V, S. 301 f.). Eine detaillierte Nachzeichnung der Beziehungen zwischen Baudelaire und Hugo und eine Darstellung ihres Verhältnisses zueinander liefern Léon Cellier, *Baudelaire et Hugo*, Paris 1970, und Micheline Rosenfeld, *Baudelaire lecteur de Victor Hugo, 1837-1866*, Etba IX (1981), 73-178. Siehe auch Lloyd 159-189.

S. 137, *6 nicht mehr unter uns:* Nach dem Staatsstreich von 1851 mußte Hugo, der sich 1847 als Pair von Frankreich für die Rückkehr des Prinzen Louis Napoléon eingesetzt hatte, fliehen. Er begab sich zuerst nach Belgien und lebte dann bis 1870 auf den Kanalinseln Jersey und Guernesey. Im November 1853 hatte er in Brüssel den gegen Napoleon III. und seine Machtergreifung gerichteten Gedichtzyklus *Châtiments* veröffentlicht. Als Napoleon III. 1859 seine verbannten Gegner amnestierte, weigerte Hugo sich, nach Frankreich zurückzukehren; siehe Baudelaires Brief an ihn vom 23. (?) September 1859 (Bd. V, 56 ff.). – *19 Bücherkästen:* an den Seine-Quais. – *24 Édouard Ourliac* (1813-1848), Novellist und Essayist, einer von Baudelaires frühesten literarischen Bekannten. – *25 Pétrus Borel:* siehe S. 165 ff.

und die Anmerkungen dazu. – *Gérard de Nerval* (1808-1855) gehörte ebenfalls zu Baudelaires frühem Bekanntenkreis.

S. 138, *12 Pfarrer von Saint-Roch:* entweder der Abbé Jean-Baptiste Marduel, Pfarrer von Saint-Roch zwischen 1749 und 1787, oder sein Neffe, Claude-Marie Marduel, welcher der gleichen Pfarrei von 1787 bis 1833 vorstand. – *21 kürzlich entstandenen Gedichte:* Baudelaire denkt offensichtlich an die beiden Bände der 1856 erschienenen *Contemplations* und die beiden Bände der ersten Serie der *Légende des siècles* (1859). – *28 Wie Demosthenes ...:* Der attische Redner Demosthenes (384-322 v. Chr.) soll seine schwächliche Stimme geschult haben, indem er am Meeresufer gegen Wind und Wellen ansprach.

S. 139, *27 der mächtige Antrieb:* durch den Roman *Notre-Dame de Paris* (1831).

S. 141, 4 Charles *Fourier* (1772-1837), der in seinen Schriften die Idee einer *analogie universelle* vertreten und mit dem Baudelaire vor 1848 sympathisiert hatte. – *13* Emanuel *Swedenborg* (1688-1772), der schwedische Naturforscher und Visionär, den Baudelaire sehr schätzte. – *14 daß der Himmel ein sehr großer Mensch ist:* Nach dieser Lehre Swedenborgs von dem Himmel als *homo maximus* besteht eine Entsprechung *(correspondentia)* aller Teile des Himmels mit allen Teilen des Menschen. Dieser Große oder Größte Mensch ist der »Leib Gottes«. Siehe Emanuel Swedenborg, ›Homo maximus. Der himmlische und der leibliche Mensch.‹ Mit einer Einführung von Ernst Benz, Weilheim/Obb. 1962. – *18* Johann Kaspar *Lavater* (1741-1801) war dem französischen Publikum durch die Übersetzung seiner ›Physiognomischen Fragmente zur Beförderung der Menschenkenntnis und Menschenliebe‹ (1775-1778) bekannt geworden, von der eine zehnbändige Ausgabe, *L'Art de connaître les Hommes par la Physionomie,* mit über 500 Kupfern, 1805-09 in Paris erschienen war. Diese Ausgabe dürfte Baudelaire gekannt haben, da sie im Nachlaß seines Vaters nachgewiesen ist. Siehe auch G. T. Clapton, *Lavater, Gall et Baudelaire,* in: *Revue de littérature comparée,* April/Juni 1933.

S. 142, *2 einen Propheten, ... ein Buch zu essen:* Baudelaire verwechselt den Propheten Hesekiel, dem Gott einen Brief (Hes 3, 1), und Johannes auf Patmos, dem ein Engel ein Büchlein zu essen befiehlt (Offenb 10, 9).

S. 146, *12 Pente de la rêverie:* der »Hang zur Träumerei«, Gedicht XXIX aus *Les Feuilles d'automne* (1831). – *30* Isaac *Newton* (1642-1727), englischer Physiker und Astronom, der die Gesetze der Schwerkraft entdeckte. – Pierre-Simon marquis de *Laplace* (1749-1827), französischer Mathematiker und Astronom.

S. 148, *20 ... zu übersetzen:* Zu den Betrachtungen dieses Absatzes dürfte Baudelaire, unter anderem, auch E. A. Poes kosmogonischer Essay *Eureka* angeregt haben, den er gerade übersetzte; diese Übersetzung erschien im Dezember 1863. – *23 wo er das Mögliche erzählt:* Im Unterschied zum Geschichtsschreiber ist es nach Aristoteles, in seiner ›Poetik‹, nicht die Aufgabe des Dichters »das, was wirklich ist, zu erzählen, sondern das, was hätte geschehen können, d. h. was nach Wahrscheinlichkeit oder Notwendigkeit möglich ist«. – *29 La Légende des siècles:* In einem Brief an Poulet-Malassis vom 1. Oktober 1859 schreibt Baudelaire: »*La Légende des siècles* nimmt sich als Buch entschieden besser aus als *Les Contemplations,* mit Ausnahme immer noch einiger moderner Torheiten.« Und in Briefen an die Mutter, ebenfalls vom Oktober 1859, nennt er das Werk »ein schönes Buch«; »niemals war Hugo so malerisch und so erstaunlich wie in dem Anfang von *Ratbert* (Das Konzil von Ancona), *Zim-Zizimi, Le Mariage de Roland, La Rose de l'Infante;* man begegnet dort glanzvollen Fähigkeiten, über die er allein verfügt.« (Corr/Pl I, 605, 607, 609)

S. 149, *10 französischen Philosophen:* Edgar Quinet (1803-1875) in seinem Versepos *Napoléon* (1836).

S. 150, 24 *neue Gedichte:* die weiteren Serien der *Légende des siècles*, die jedoch erst 1877 und 1883 erschienen.

II. AUGUSTE BARBIER

15. Juli 1861, Revue fantaisiste; AR; Œuvres/Pl II.

Das wichtigste Werk Auguste Barbiers (1805-1882) ist sein Erstling, die *Ïambes* von 1831. Es folgten *Il Pianto* (1833), Gedichte über das unterdrückte Italien, und Gedichte über England und seine frühe Industrialisierung in der Verssammlung *Lazare*, die zusammen mit den *Ïambes* und *Il Pianto* unter dem Titel *Satires et poèmes* (1837; 5., erweiterte Auflage 1845) erschien. Spätere Veröffentlichungen waren *Chants civils et religieux* (1841), *Rimes heroïques* (1843) und *Chansons et odelettes* (1851). Barbier wurde berühmt mit einem Gedicht auf die Julirevolution von 1830: *La Curée*, das er in die *Ïambes* aufnahm (Text und dt. Übersetzung von Heinrich Leuthold, in: Französische Dichtung, Bd. II, München 1990, 308-315).

In Baudelaires erstem Aufsatz über Pierre Dupont aus dem Jahr 1851 las man im Hinblick auf den hier ungenannten Auguste Barbier: »... jeder wahre Dichter soll eine Inkarnation sein, und um diese meine Ansicht durch ein Beispiel aus jüngster Zeit zu vervollständigen: wenn, ungeachtet all dieser literarischen Leistungen, ungeachtet all dieser Anstrengungen, die Gesetze der Wahrheit beiseite zu schieben, ungeachtet all dieses Dilettantismus, diesem mit unzähligen Listen gerüsteten *Voluptuosismus*, ein Dichter auftritt, unbeholfen bisweilen, doch fast immer groß, der in flammenglühenden Worten die Heiligkeit des Aufstandes von 1830 verkündet und das Elend in England und Irland besingt, so war, ungeachtet seiner unzulänglichen Reime, ungeachtet seiner Pleonasmen, seiner nicht zu Ende geführten Perioden, die Frage entschieden, und die Kunst hinfort von Sittlichkeit und Nutzen nicht mehr zu trennen.« (Bd. II, S. 170) Der einschränkenden Kritik und der massiven Vorwürfe wegen, die Baudelaire in dieser *notice* gegen Barbier geltend macht, wurde sein Beitrag von der Anthologie der *Poëtes français* ausgeschlossen; Crépet beauftragte Léon de Wailly mit einem neuen Text, der dann abgedruckt wurde.

S. 152, *5 Facit indignatio versum:* Die Entrüstung macht den Vers; ein Zitat aus den Satiren (I, 79) des römischen Dichters Juvenal (ca. 60-140 n. Chr.).

S. 153, 25 *Mon vers rude et grossier ...:* ein Vers aus dem Prolog der *Ïambes*. – *29 Melpomene:* die Muse der tragischen Dichtung. In seinem Gedicht *Melpomène*, in den *Ïambes*, rügt Barbier die Unmoral des zeitgenössischen Theater: »*O fille d'Euripide, ô belle fille antique, / O Muse, qu'as-tu fait de ta blanche tunique?*« (O Tochter des Euripides, o schönes Mädchen der Antike, o Muse, was hast du aus deiner weißen Tunika gemacht?) – *32 Alexandre Dumas* (1802-1870), der erfolgreichste Dramatiker zwischen 1825 und 1849; noch erfolgreicher als Verfasser von Feuilletonromanen (*Les Trois Mousquetaires*, 1844; *Le Comte de Monte-Cristo*, 1844/45).

S. 154, 22 *Édouard Ourliac:* s. o. zu S. 137, 24. – 25 Auguste *Brizeux* (1803-1858), bretonischer Heimatdichter; seine Gedichtsammlung *Les Ternaires* erschien 1843. – 27 *Antony Deschamps* (1800-1869), romantischer Dichter, übersetzte Dantes *Divina Commedia* (1829). Er war der jüngere Bruder von Émile Deschamps (1791-

1871); siehe S. 231, *31* und die Anmerkung dazu. – *34 Pot-de-vin, Érostrate:* in *Satires et poèmes.*

S. 155, *8 Einer meiner Freunde:* Mathieu Dairnvaell, der ebenso wie Baudelaire Mitarbeiter an den *Mystères galants des Théâtres de Paris* (1844) war; in seiner *Physiologie des étudiants, des grisettes et des bals de Paris* (1849) hatte er die Zahnprothesen eines Pariser Dentisten namens Fattet gefeiert.

III. MARCELINE DESBORDES-VALMORE

1. Juli 1861, Revue fantaisiste; Les Poëtes français IV, 1862; AR; Œuvres/Pl II.

Marceline Desbordes-Valmore (1786-1859), Schauspielerin, mit einem Schauspieler verheiratet und Mutter von fünf Kindern, war die bedeutendste Dichterin der französischen Romantik. Die wichtigsten Ausgaben ihrer Gedichte sind: *Elégies, Marie et Romances* (1819); *Poésies* (1822); *Élégies et Poésies nouvelles* (1825); die Sammelausgabe der *Poésies* in 3 Bänden (1830); *Pleurs* (1833); *Bouquets et Prières* (1843); *Poésies inédites* (1860); *Les Œuvres poétiques, Édition complète,* hrsg. von M. Bertrand, 2 Bände, Grenoble 1973.

Die Auswahl in den *Poètes français* umfaßt folgende Gedichte: *Souvenir (»Quand il pâlit un soir ...), Romance (»S'il avait su ...«)* (aus *Élégies et Poésies nouvelles*); *Malheur à moi* (aus *Pleurs*); *Les Roses de Saadi, La Jeune Fille et le Ramier, Le Nid solitaire* (aus *Poésies inédites*).

Zu Baudelaires *notice* siehe Éliane Jasenas, *Marceline Desbordes-Valmore devant la critique,* Genf/Paris 1962.

S. 157, *6* Charles *Fourier* (1772-1837), Sozialreformer, dessen Ideen der junge Baudelaire nicht fernstand; s. o. zu S. 141, 4. – Claude-Henri de Rouvroy, conte de *Saint-Simon* (1760-1825); vertrat einen Staatssozialismus mit einer streng nach den Bedürfnissen und Fähigkeiten der Bürger gestaffelten Struktur. – *19 das Ewig-Weibliche:* Anspielung auf den Schlußchor in Goethes ›Faust II‹.

S. 158, *4 Man hat gesagt:* Jules Janin (s. u. zu S. 236ff.) in seinem Nekrolog auf Marceline Desbordes-Valmore (gest. 23. Juli 1859), der am 1. August in dem *Journal des Débats* erschienen war und den Janin im gleichen Jahr in einen Sammelband *Critique. Portraits et caractères contemporains* aufgenommen hatte. – *23 ... on ne veut pas mourir:* aus *A Celles qui pleurent,* dem einleitenden Gedicht der Sammlung *Bouquets et Prières,* in dem die Dichterin ihre Leserinnen anredet. Baudelaire, der aus dem Gedächtnis zitiert, schreibt irrtümlich: *on ne* peut *pas mourir.* – *28 Mais si de la mémoire ...:* Schlußverse des Gedichtes *Tristesse* aus den *Poésies inédites.*

S. 159, *1 Prisonnière ...:* ebenfalls aus *A celles qui pleurent.* Baudelaire schreibt: *une âme est* renfermée. – *12 Diejenigen ...:* Sainte-Beuve und Auguste Lacaussade, der damalige Herausgeber der *Revue européenne.* – *15 Dieses Buch:* eben die *Poésies inédites,* die, als Baudelaire seinen Beitrag schrieb, noch nicht vorlagen. – *30 (aedificat hortos):* ein Cicero entlehntes Beispiel der lateinischen Schulgrammatiken. – *31 Flötental ... Tartarus ...:* Baudelaire schreibt *Ténare* (statt *Tartare*). Es handelt sich um zwei Teile des Parkes von Lilar in Jean Pauls Roman »Titan« (1800-1803), den Baudelaire aus der raffenden Bearbeitung von Philarète Chasles kannte, die 1834/35 in vier Bänden erschienen war. – *32 einfacher englischer Garten:* Diesen Vergleich übernimmt Baudelaire von Sainte-Beuve, aus dessen erstem Artikel über Marceline Desbordes-Valmore, der am 1. August 1833 in der *Revue des Deux Mondes* erschienen war und den Sainte-Beuve später in seine *Portraits contemporains* aufnahm.

IV. THÉOPHILE GAUTIER

15. Juli 1861, Revue fantaisiste; Les Poëtes français IV, 1862; AR; Œuvres/Pl II.

Über seinen Freund und Meister Théophile Gautier, dem Baudelaire 1857 die *Fleurs du Mal* gewidmet hatte, veröffentlichte er 1859 eine Broschüre, deren Text zuvor in *L'Artiste* erschienen war (siehe Bd. V, S. 83-112, und die Anmerkungen dazu). Vgl. Charles Baudelaire, *Théophile Gautier.* Deux études. Édition critique, annotée et commentée par Philippe Terrier, Etba XI, Neuchâtel 1985, und Lloyd 123-143.

Von Gautier waren bisher als Gedichtwerke erschienen: *Poésies* (1830), *Albertus* (1833), *La Comédie de la Mort* (1838), *Poésies complètes* (1845; 1855; 1858), *Émaux et Camées* (1852; 1853; 1858).

Die Mehrzahl der für die Anthologie ausgewählten Gedichte war den *Poésies complètes* entnommen: *Les Papillons (Pantoum), La Chimère, Pastel, Chinoiserie, L'Horloge, À Zurbaran, Ténèbres;* die letzten drei Gedichte erwähnt Baudelaire auch in seinem ersten Aufsatz über Gautier (Bd. V, S. 109). Nur ein Gedicht stammt aus der Sammlung *Émaux et Camées: Inès de las Sierras.*

S. 160, *23 quia absurdum!:* Baudelaire spielt auf den berühmten, dem Kirchenlehrer Tertullian (ca. 150-230) zugeschriebenen Ausspruch »*credo quia absurdum*« (ich glaube, weil es absurd ist) an. – *N die Marseillaise:* das von Rouget de L'Isle 1792 für die Rheinarmee gedichtete Lied, die heutige französische Nationalhymne. Wo Goethe die Marseillaise den »Hymnus der Kanaille« genannt haben soll, ließ sich nicht nachweisen.

S. 161, *4 Carmagnole:* ein Lied der französischen Revolution, das um 1792 auftauchte, als Ludwig XVI. im Gefängnis des Temple eingesperrt worden war. Die Melodie kam aus Savoyen oder Piemont nach Paris, mitgebracht von den aus dem italienischen Feldzug heimkehrenden Revolutionssoldaten: Carmagnola war eine kleine Festung in Piemont. Das Lied beginnt: »*Madam' Véto avait promis De faire égorger tout Paris.*« Und die beiden Strophen enden mit dem Refrain: »*Dansons la Carmagnole, Vive le son du canon!*« (Mit Madame Véto war die Königin Marie-Antoinette gemeint; die neue Konstitution hatte dem König ein Vetorecht eingeräumt.) Die Carmagnole war ein ungeheurer Erfolg; man tanzte sie auf den Bällen, sang sie im Theater und um die Guillotine. – Die von Baudelaire zitierte Strophe stammt jedoch nicht aus der ursprünglichen Carmagnole, sondern aus einem anderen Revolutionslied, von Florian (s. o. zu S. 185, *16*), *Le nom de frère*, das auf die gleiche Melodie gesunden wurde. Der Originaltext der von Baudelaire zitierten dritten Strophe lautet: »*Que faut-il aux républicains, Une arme, du cœur et du pain. L'arme, pour l'étranger, Du cœur, pour le danger, Et du pain pour ses frères. Soyons unis, Et du pain pour ses frères, Soyons unis, mes amis.*« (*Histoire de France par les chansons*, hrsg. von P. Barbier/F. Vernillat, IV, 150) – *13 Mes cils te feront ...:* Baudelaire zitiert die siebte und neunte Strophe des Gedichtes *La Fuite* aus den *Poésies complètes* (1845). – *29 J'ai demandé la vie ...:* Worte Don Juans aus *La Mort dans la vie* (in *La Comédie de la Mort*, 1838).

S. 162, *27 In einer seiner Oden: À l'Arc de Triomphe*, aus *Les Voix intérieures* (1837). – *30 das sich an allen lärmenden Brücken:* wörtlich bei Hugo: *Quand cette rive où l'eau se brise aux ponts sonores / Sera rendue aux joncs murmurants et penchés.*

S. 163, *22 Hellsichtige Kommentatoren:* Sainte-Beuve, Philarète Chasles, Gérard de Nerval u. a.

S. 164, 27 Jean de *La Bruyère* (1645-1696), der Verfasser der *Caractères*, den Baudelaire ebensosehr schätzte und häufiger erwähnt wie den Naturforscher Georges Louis Leclerc, conte de *Buffon* (1707-1788). In Baudelaires ursprünglichem Text, wie er in die *Poëtes français* aufgenommen wurde, folgte auf den Namen Chateaubriands noch der von Hugo.

V. PÉTRUS BOREL

15. Juli 1861, Revue fantaisiste; AR; Œuvres/Pl II.

Pétrus Borel (Joseph Pétrus Borel de Hauterive, 1809-1859), *le Lycanthrope* (der Werwolf), wie er sich selber nannte, gehörte ab 1830 dem exzentrischen Flügel der Romantik an. Er gründete die Zeitschrift *Le Satan*, die 1844 mit der Zeitschrift *Le Corsaire* verschmolz und bis 1847 den Titel *Le Corsaire-Satan* führte. Baudelaire war ein Mitarbeiter dieser Zeitschrift. Pétrus Borel veröffentlichte einen Gedichtband *Rhapsodies* (1832), einen Erzählungsband *Champavert, contes immoraux* (1833) und einen Roman *Madame Putiphar* (1839), der in der zweiten Hälfte des 18. Jahrhunderts spielt und in dem auch der Marquis de Sade auftritt. Madame Putiphar ist Madame Pompadour, auf deren Betreiben der Held des Romans die gräßlichsten Kerkerstrafen erduldet. Eine zweite Ausgabe des Romans erschien 1877, herausgegeben von Jules Claretie, der bereits 1865 eine Schrift *Pétrus Borel Le Lycanthrope, sa Vie et ses Œuvres* veröffentlicht hatte.

Trotz der heftigen Bedenken Eugène Crépets gegen diesen Beitrag hatte er ihn setzen lassen, und Baudelaire bat im Juni 1861 um einen zweiten Abzug. Dennoch wurde der Beitrag schließlich ausgeschieden; Pétrus Borel ist in den *Poëtes français* nicht vertreten. – Über ihn siehe Enid Starkie, *Petrus Borel The Lycanthrope. His Life and Times*, London 1954.

S. 165, *12 erloschener Stern:* Seit *Madame Putiphar* hatte Pétrus Borel kein größeres Werk mehr veröffentlicht. – *14 wie Medea:* in Corneilles Tragödie *Médée* (1635), I, 5, v. 321. – *15 Ourliac:* s.o. zu S. 137, *24*. – *28 le Guignon:* fam. Pech; siehe das Gedicht *Le Guignon* (Unstern) in den FM (Bd. III, S. 80), und die Einleitung zu Baudelaires Essay ›Edgar Allan Poe. Sein Leben und seine Werke‹: »Es gibt unausweichliche Verhängnisse; es gibt in der Literatur jedes Landes Menschen, die das Wort *guignon* in geheimnisvollen Zeichen in die gewundenen Falten ihrer Stirne geschrieben tragen.« (Bd. II, S. 260)

S. 166, *6 Maturin:* s.o. zu S. 120, *33*. – *9* Prolog: Dieser Prolog ist in Versen (176 Alexandriner); er hätte in Crépets Anthologie aufgenommen werden sollen. Baudelaire zitiert daraus in seiner *notice* über Pierre Dupont (siehe S. 187) und in seinen Aufzeichnungen über Belgien (s.u. zu S. 367, *3*). Er veranlaßte Léon Cladel, den Prolog in seinem Roman *Les Martyrs ridicules* wieder abzudrucken (siehe S. 444f.). – *30 Erdan:* André-Alexandre Jacob (1826-1878) veröffentlichte 1854 unter dem Pseudonym Erdan *Les Révolutionnaires de l'A B C*. Das erste Kapitel dieses Buches trägt als Motto einen Satz Voltaires (in dem von Köchinnen nicht die Rede ist). Drei Seiten später ist dann von der »Orthographie der Köchinnen« die Rede, über die man 1829 gelacht habe und die man heute nur noch mit verächtlicher Nachsicht hinnehme. In Baudelaires Erinnerung haben diese beiden Stellen sich kontaminiert.

S. 167, *18 Bousingots:* 1830 bis 1832 schieden die Romantiker sich in die *Bousingots* (auch *Bouzingots*) und die *Jeune-France*. In seinen *»romans goguenards«*

(spöttische Romane) hat Gautier das exzentrische Verhalten beider Gruppen karikiert. Die Jeune-France pflegten eine extravagante Eleganz; die Bousingots hingegen kleideten sich wie die Mitglieder des Konvents, bewaffneten sich mit enormen Knütteln und trugen Hüte aus gummiertem Leder. – *34* Paul *Delaroche* (1797-1856), erfolgreicher Historienmaler (siehe Bd. I, S. 191). – *35* Casimir *Delavigne* (1793-1843), Lyriker und Dramatiker, der liberale Ideen vertrat. – *36 juste-milieu:* die richtige Mitte; das die Mitte zwischen den politischen Parteien haltende gemäßigte Regierungssystem Louis Philippes, das seine Gegner spottweise mit diesem Namen bedachten.

S. 168, *12 die Muse für den Töpfersacker zu verkaufen:* eine etwas krause oder verbogene Anspielung. Judas hatte den Herrn um dreißig Silberlinge verraten. Als er nun sah, »daß er verdammt war zum Tode, gereute es ihn, und brachte herwieder die dreißig Silberlinge den Hohenpriestern und den Ältesten ... Und er warf die Silberlinge in den Tempel, hub sich davon, ging hin, und erhängte sich selbst. Aber die Hohenpriester nahmen die Silberlinge, und sprachen: Es taugt nicht, daß wir sie in den Gotteskasten legen; denn es ist Blutgeld. Sie hielten aber einen Rat, und kauften den Töpfersacker darum zum Begräbnis der Pilger.« (Matth 27,3-7) – *16 in Algier:* Pétrus Borel ging 1846 nach Algier, heiratete dort und wurde Kolonialbeamter. 1855 wurde er seines Amtes enthoben und lebte seither in dem bizarren Bau des *Castel de Haute-Pensée,* das er sich selber hatte errichten lassen. – *19 Tabarin:* ein im letzten Kapitel von *Madame Putiphar* angekündigter Roman in zwei Bänden, der nie erschienen ist.

VI. HÉGÉSIPPE MOREAU

AR; Œuvres/Pl II.

Hégésippe Moreau (1810-1838), Lyriker, Republikaner, lebte als Drucker und Korrektor in Provins bei Paris; er veröffentlichte zwei Gedichtbände, *Poésies* (1833) und *Le Myositis* (1838) und sozialkritische Pamphlete; postum erschien noch ein Erzählungsband *Contes à ma sœur* (1851). 1860 brachte der Verlag Garnier frères eine Ausgabe seiner *Œuvres,* mit einem einleitenden Text von Sainte-Beuve, heraus. Eine zweibändige Ausgabe der *Œuvres complètes* erschien 1890. Siehe auch B. Benoît-Guyot, *La Vie maudite d'Hégésippe Moreau,* Paris 1945; Lloyd, 239-251.

Ein Fahnenabzug dieses Beitrags für die *Poëtes français* hat sich erhalten; er erschien jedoch weder in der *Revue fantaisiste* noch in der Anthologie, vermutlich weil Crépet fand, daß Baudelaire hier in seinem Antirepublikanismus zu weit gegangen sei. Er beauftragte deshalb Théodore de Banville, den benötigten Text für ihn zu verfassen. In seinem längeren Beitrag schreibt Banville: »Trotz des übertriebenen Lobes, das man ihm zuteil werden ließ, trotz der ungerechten Angriffe, denen er ausgesetzt war, und, was noch ernster ist, trotz seiner selbst, denn die halbe Zeit täuschte er sich über den rechten Weg und konnte ihn nicht finden, bleibt Moreau ein liebenswürdiger Dichter mit einem zärtlichen Herzen, einer anmutigen Stimme, ein liebliches Lachen und Flüstern, ein Flötenlied in Arkadien zur Zeit der Myrten und Rosen.« Der Moreau, der sich nach Banvilles Ansicht getäuscht hat, war der Moreau politischer Satiren und leichtfertiger Lieder. Auch Sainte-Beuve spricht sein Bedauern darüber aus, daß Moreau sich bisweilen in die Politik verirrte.

S. 169, *13 Gérard:* Gérard de Nerval. – *16 von der Länge eines Romans: The*

Adventures of Arthur Gordon Pym. – *19 ein Buch der hohen Philosophie:* der kosmogonische Essay *Eureka,* den Baudelaire gerade übersetzte. – *36 unverstandenes Genie:* eine Anspielung auf Alexandre Dumas' Schauspiel *Kean ou Désordre et Génie* (1836).

S. 170, *37 Antony:* Drama von Alexandre Dumas (1831). – *Didier:* die männliche Hauptfigur in Victor Hugos Drama *Marion de Lorme* (1831).

S. 171, *10 Un ogre ...:* Verse aus dem Gedicht *Elégie à mon ami A.-R. Loison,* das Moreau in seinem Wochenblatt *Diogène* veröffentlichte, welches in Provins erschien und versifizierte Pamphlete enthielt. – *13 Montrouge:* Dort befand sich ein 1668 gegründetes Seminar der Jesuiten, aus dem sie 1762 verjagt worden waren und in das sie 1814 zurückkehrten. – *34 Claude Frollo:* der finstere Domprobst in Victor Hugos Roman *Notre-Dame de Paris* (1831). – Félicité-Robert de *Lamennais* (1782-1854), christlicher Demokrat, dessen Ideen und Überzeugungen dem jungen Baudelaire vor 1848 vertraut und sympathisch gewesen waren.

S. 172, *18* Auguste *Barbier:* s. o. S. 151 ff. – Auguste-Marseille *Barthélemy* (1794-1867), schrieb Pamphlete gegen die Restauration und Hymnen auf die Julirevolution. Zusammen mit seinem Freund Joseph Méry (1797-1866) gab er 1831/32 das Wochenblatt *Némésis* heraus, in dem beide ihre dichterischen Pamphlete veröffentlichten. Moreaus *Diogène* eiferte ihnen nach. – *19* Nicolas *Boileau*-Despréaux (1636-1711), der Zuchtmeister des französischen Klassizismus; schrieb *Satires, Épîtres* und ein *Art poétique.* – *20* Jacques *Delille* (1738-1813), schrieb bukolische und lehrhafte Dichtungen. – *24 Caveau:* Das *Caveau moderne,* ein Dichterverein, der in der Schenke zum *Rocher de Cancale* zusammenkam, um dort »mit Gesang gewürzte Mahlzeiten« abzuhalten, war 1805 gegründet worden. Zu den Mitgliedern dieses Vereins zählten auch der Liederdichter Marc-Antoine-Madeleine *Désaugiers* (1772-1827, seit 1815 Direktor des Théâtre du Vaudeville) und der von Baudelaire verabscheute Pierre-Jean de *Béranger* (1780-1857). Dieser Verein löste sich 1817 auf. 1826/27 präsidierte Désaugiers seinem Nachfolger, dem kurzlebigen *Réveil du Caveau.* 1834 erstanden die *Enfants du Caveau,* die unter dem alten Namen *Caveau moderne* zu Baudelaires Zeiten, wie vor alters, »dem Gesang und den Tafelfreuden huldigten«. – *26 Béranger:* In Moreaus Gedichtsammlung *Le Myosotis* findet sich auch ein Chanson mit dem Titel *Béranger.* – *28 Les deux amours:* aus *Le Myosotis.* – *34 wie in den Eklogen Vergils:* Baudelaire denkt hier vor allem an das dritte und siebente Gedicht der *Bucolica,* in denen jeweils zwei Hirten einen regelmäßigen Wechselgesang anstimmen.

S. 173, *11 Gemeinplätze der lüsternen Moral: lieux communs de morale lubrique* (Boileau, *Satires* X, *Contre les femmes,* v. 141). – 27 Pierre de *Ronsard* (1524-1585), das Haupt der Pléiade, den die Romantik wieder zu Ehren gebracht hatte. – *33* Melchior Frédéric *Soulié* (1800-1847), Verfasser erfolgreicher Schauerromane. – *37 Moreau liebte den Schmerz nicht:* im Gegensatz zu Richard Wagners Tannhäuser: »Nicht Lust allein liegt mir am Herzen, aus Freuden sehn ich mich nach Schmerzen.« (Siehe S. 110, 10)

S. 174, *9 und die erste Beste:* In seinen *Caractères et anecdotes* erzählt Sébastien Roch Nicolas de Chamfort (1741-1794): »Duclos sprach eines Tages von dem Paradies, das jeder sich auf seine Weise bereitet. Madame de Rochefort sagte zu ihm: ›Für Sie, Duclos, braucht es da nur diese vier: Brot, Wein, Käse und die erste Beste.‹« (Chamfort, *Œuvres,* hrsg. von Arsène Houssaye, Paris 1852, 89.) – *13 beauté du diable:* Jugendfrische, weil deren Reiz vergänglich ist. – *33 La Voulzie:* Moreaus berühmtestes Gedicht, eine Elegie aus *Le Myosotis,* die Crépet ebenso wie die Romanze *La Fermière,* aus der gleichen Gedichtsammlung, für seine Anthologie vorgesehen hatte und nach Banvilles *notice* darin abdruckte.

VII. THÉODORE DE BANVILLE

1. August 1861, Revue fantaisiste; Les Poëtes français IV, 1862; 24. August 1862, Le Boulevard; AR; Œuvres/Pl II.

Théodore de Banville (1823-1891) gehörte von 1842 bis 1846 zu dem gleichen Freundeskreis wie Baudelaire, Pierre Dupont und der Maler Émile Deroy. Trotz mancher Unterschiede des Temperaments und der Kunstauffassung blieben die beiden nahe Freunde. An ihn ist eines von Baudelaires frühesten Gedichten gerichtet, ein Sonett aus dem Jahre 1845 (Bd. I, S. 72). Banville war Baudelaires Testamentsvollstrecker; zusammen mit Asselineau gab er die postume Ausgabe der *Œuvres complètes* (1868-1870) heraus. Siehe auch Lloyd 217-229.

Von Banville lagen bis zum Erscheinen der *Poëtes français* folgende Gedichtveröffentlichungen vor: *Les Cariatides* (1842), *Les Stalactites* (1846), *Odelettes* (1857), *Le Sang de la coupe* (1857) *Odes funambulesques* (1857), *Poésies complètes* (1858) und *Améthystes* (1862). Die letzten drei Titel waren sämtlich bei Baudelaires Verleger Poulet-Malassis erschienen.

Vier Gedichte von Banville waren in die Anthologie aufgenommen worden: *Vénus couchée* (aus *Les Cariatides*), *À la Font-Georges* (aus *Les Stalactites*), *À Théophile Gautier* (aus *Odelettes*), *L'Invincible* (aus *Le Sang de la coupe*).

S. 176, *33 La Malédiction de Vénus, L'Ange mélancholique:* Baudelaire zitiert die beiden Gedichttitel nach dem *Livre sixième* der *Poésies complètes,* Paris 1858. – *34 gewisse erhabene Stanzen:* ein Gedicht ohne Überschrift, ebenfalls aus dem *Livre sixième* der *Poésies complètes* von 1858.

S. 177, *17 ich weiß nicht mehr wo:* »Théodore de Banville ist nicht eigentlich ein Materialist; er leuchtet. In seiner Dichtung liegt die Stimmung glücklicher Stunden.« (»Raketen« IX, Bd. VI, S. 200) – *20 Bei einem Kritiker:* bei Sainte-Beuve, in einem Aufsatz über Senancour (*Portraits contemporains,* Paris 1855, Bd. III, 116).

S. 180, *8 Mais moi, vêtu de pourpre ...:* aus demselben Gedicht ohne Titel, das Baudelaire bereits zitiert hat. Die Hervorhebungen sind von ihm.

S. 181, *29 Phädra:* Baudelaire denkt an Racines Tragödie *Phèdre* (1677). – *32 wenn sie Paris besuchen will:* Anspielung auf das Gedicht *Malédiction de Vénus.*

S. 182, *31 Maturin:* s. o. zu S. 120, *33.*

VIII. PIERRE DUPONT

15. August 1861, Revue fantaisiste; Les Poëtes français IV, 1862; AR; Œuvres/Pl II.

Pierre Dupont (1821-1870) und Baudelaire lernten sich vermutlich schon um 1840 kennen; eine gemeinsame Freundschaft und gemeinsame politische Überzeugungen verbanden die beiden in den Jahren 1846 bis 1851. Dupont veröffentlichte seine *Chants et Chansons,* mit meist eigenen Melodien, von 1851 bis 1854 in vier Bänden, deren erster 27 Lieferungen umfaßte. Die 20. Lieferung, die Ende August 1851 herauskam, enthielt einen längeren Text von Baudelaire, der als Vorwort zu dem ganzen Band aufzufassen ist (Bd. II, S. 169-180, und die Anmerkungen dazu). Siehe auch Lloyd, 19-32.

In die Anthologie fanden folgende Lieder Aufnahme: *Le Chant des ouvriers* (von 1848), *Les Bœufs* (von 1846) und *Le Repos du soir;* als Quelle wird eine Ausgabe der *Chansons,* Paris 1860, angegeben.

S. 183, *32 eine ungeheure, unabsehbare Wolke:* »diese Wolke spie Herrn François Ponsard aus, der für sich allein soviel wie mehrere wert war« (*F*). Der Dramatiker Ponsard (1814-1867) war neben Émile Augier der Hauptvertreter der antiromantischen *»école du bon sens«,* gegen die Baudelaire 1851 seinen Aufsatz ›Die sittsamen Dramen und Romane‹ schrieb (Bd. II, 182-188).

S. 184, 4 *den Gerechten:* nach dem athenischen Feldherrn Aristides, dem das Volk den Beinamen des Gerechten gegegen hatte und der, wie Hugo, ins Exil ging. – *6 den erstbesten Klotz:* Anspielung auf La Fontaines Fabel *Les Grenouilles qui demandent un roi* (III, 4). Den Fröschen, die nach einem König verlangen, wirft Jupiter einen Klotz herunter (auf dem sie jedoch, statt ihn zu »verehren«, herumtanzen). – *7 Gott zu verehren:* Hier folgen in *F* einige von Baudelaire gestrichene Sätze: »Ich werde später vielleicht einmal die Verschwörung des Klotzes erzählen, und obwohl ich nicht hoffen darf, daß man mir glauben wird, so werde ich meine Leser doch wohl zum Lachen bringen. Seither sind andere Klötze hoch aus dem Leeren auf uns heruntergefallen; aber keiner war ein so prächtiger Klotz wie der erste. Und da keiner sich ihm zu nahen wagte, flößte er immer noch Respekt ein. / So herrschte er denn, überflüssig, und schuldig, ohne es zu wissen.« – *16 Cariatides:* s. o. den Vortext zu der *notice* über Théodore de Banville. – *18 mächtigen Stimme:* der Stimme Victor Hugos, In den *F* liest man statt dessen: »die das Publikum um jeden Preis ablehnen wollte, denn eben deswegen hatte es ja nach der Herrschaft des ganz und gar Nichtigen verlangt.« – *33 Casimir Delavigne:* s. o. zu S. 167, *35.*

S. 185, *16* Jean-Pierre Claris de *Florian* (1755-1794), schrieb Fabeln und pastorale Romanzen.

S. 186, *1 Chant des Ouvriers:* Auf dieses Lied kommt Baudelaire schon in seinem ersten Aufsatz über Dupont zu sprechen; er nennt es dort einen »bewundernswürdigen Schrei des Schmerzes und der Schwermut« (Bd. II, S. 174).

S. 187 N *Pétrus Borel:* siehe Baudelaires *notice* über ihn S. 165 ff. In dem Prolog zu seinem Roman *Madame Putiphar* schildert Pétrus Borel »drei wackere Ritter«, die sich in seiner finsteren Brust unaufhörlich bekämpfen. Ächzend erduldet er ihre Axthiebe, aber seine Klagen spornen sie nur wie freudige Hörner und Zymbeln zu vermehrtem Grimm an. Der erste dieser Ritter, ein eleganter Jüngling im Harnisch, ist die Weltlust, die Sinnenfreude; der zweite, ein feister Mönch auf einem ausgemergelten Maultier, symbolisiert die Wüste, die Zurückgezogenheit des Klosterlebens; der dritte, ein gespenstischer Zwerg mit stählerner Sense, ist der Tod, das Nichts. – *30 Le glaive brisera le glaive ...:* Diese Verse aus dem *Chant des nations* aus dem Jahre 1848 (*Chants et Chansons,* I) zitiert Baudelaire schon in seinem ersten Aufsatz über Dupont (Bd. II, S. 177).

S. 188, *35 turn of pensiveness:* In seiner Rezension von Asselineaus Novellenband *La Double Vie* braucht Baudelaire den Ausdruck *touched with pensiveness* (Bd. V, S. 77), den er Thomas de Quincey (1785-1859) entlehnt und auch im I. Kapitel seines ›Opiumessers‹ (Bd. VI, S. 105) wiederholt.

S. 189, *8 La nature a filé sa grâce ...: La Brune,* ein Lied aus dem Jahr 1846. – *14 Avant que tes beaux yeux soient clos ...:* das Lied *La Promenade sur l'eau.*

IX. LECONTE DE LISLE

15. August 1861, Revue fantaisiste; Les Poëtes français IV, 1862; AR; Œuvres/Pl II.

Charles Leconte de Lisle (1818-1894) wurde auf La Réunion als Sohn eines Pflanzers und Militärarztes geboren. Er kam 1837 nach Frankreich, um dort die Rechte zu studieren, und lebte seit 1846 in Paris. Er übersetzte die Ilias und die Odyssee sowie Gedichte des Theokrit. 1852 erschienen seine *Poèmes antiques* (erweiterte, endgültige Fassung 1874). Es folgten *Poèmes et Poésies* (1855), *Poésies complètes* (1855; bei Baudelaires Verleger Poulet-Malassis) und *Poèmes barbares* (1862).

Leconte de Lisle hatte Baudelaire am 4. April 1861 mitgeteilt, die *Revue européenne* habe ihn um eine Besprechung der zweiten Ausgabe der *Fleurs du Mal* gebeten: »Ich bin sehr glücklich über die Gelegenheit, die sich mir bietet, alles, was ich von Ihnen denke, zu sagen.« (B/Lettres 208) Die Rezension erschien am 1. Dezember 1861. Im Umgang scheint Leconte de Lisle Wert darauf gelegt zu haben, zu Baudelaire, den er seit 1846 kannte, einen gewissen Abstand zu wahren.

Vier Gedichte wurden in die Anthologie aufgenommen: *Les Jungles* (aus *Poèmes barbares*), *Midi* (aus *Poèmes antiques*), *Le Manchy* und *Le Sommeil du Condor* (aus *Poésies complètes*).

S. 192, *16 die Kreolen:* wie Léonard (geb. 1744 auf Guadeloupe), Bertin (geb. 1752 auf La Réunion) und Parny (geb. 1753 ebd.).

S. 194, *1 Keepsakes:* jährlich erscheinende Taschenbücher. – *3 Ary Scheffer* (1795-1858), den Baudelaire in seinem ›Salon 1846‹ gnadenlos kritisiert hatte; in Kapitel XIII. »Von Ary Scheffer und von den sentimentalen Affen« (siehe Bd. I, S. 258 ff.). – *5 Peter* Joseph von *Cornelius* (1783-1867), deutscher Maler, Nazarener, Akademiedirektor in München; Baudelaire erwähnt ihn in seinen beiden ›Salons‹ von 1845 und 1846, ebenso in seinem unvollendeten Aufsatz ›Die philosophische Kunst‹ (Bd. V, S. 260). – *23 Ernest Renan* (1823-1892) war damals, nach verschiedenen Forschungsreisen, Professor für Hebräisch am Collège de France, ehe er diesen Lehrstuhl nach dem Erscheinen seines Buches *La Vie de Jésus* (1863) verlor. – *37 führte ihn nach Griechenland:* Baudelaire denkt an die Gedichte, die Leconte de Lisle zwischen 1845 und 1847 in *La Phalange* veröffentlichte.

S. 195, *3 Gedichten nach lateinischem Muster:* die *Études latines* in den *Poèmes antiques*. – *15 göttlichen Nichts: le néant divin,* die letzten Worte des Gedichtes *Midi*. – *17 zog es ihn zu den Schneefeldern Skandinaviens:* Leconte de Lisles Sammlung *Poèmes barbares* erschien erst 1862; in der bibliographischen Notiz, die auf Baudelaires Text folgt, wird darauf hingewiesen.

S. 196, *1 Les Hurleurs, Les Eléphants:* aus *Poèmes et Poésies.*

X. GUSTAVE LE VAVASSEUR

1. August 1861, Revue fantaisiste; Les Poëtes français IV, 1862; AR; Œuvres/Pl II.

Gustave Le Vavasseur (1819-1896) war gebürtiger Normanne; er ging nach Paris, um dort die Rechte zu studieren; Baudelaire lernte ihn im Winter 1840/41 kennen und schloß Freundschaft mit ihm. Es bestand auch der Plan, gemeinsam einen Gedichtband zu veröffentlichen. Baudelaire entschloß sich jedoch im letzten Moment, seine Gedichte zurückzuziehen. Le Vavasseur tat sich hierauf mit Ernest Prarond und Auguste Dozon zusammen und brachte mit diesen einen Band *Vers*

(1843) heraus. Le Vavasseur veröffentlichte *Poésies fugitives* (1846), *Dix mois de révolution* (1849) und *Farces et Moralités* (1850). Seine *Œuvres complètes* (5 Bände) erschienen 1888-1896 in Paris.

Die Anthologie enthielt vier Gedichte von ihm: *Vire et les Virois, À Nicolas Le Vavasseur, poète du XVIIe siècle, »Était-tu de Paris, de Falaise ou de Rome ...«, Épilogue* (aus *Poésies fugitives*).

S. 197, 7 *fast nackt:* An diesem Ausdruck hatte Crépet Anstoß genommen; er fürchtete, Le Vavasseur könnte sich durch diese Schilderung verletzt fühlen (Brief an Baudelaire vom 3. Juni 1861; B/Lettres 104). Baudelaire entgegnete, er kenne seinen Le Vavasseur und es bestehe kein Anlaß zu Befürchtungen (Lettres/Pl II, 173 f.). Dieser Einspruch veranlaßte ihn sogar, das anstößige Faktum noch ein wenig zu verstärken. Las man in *F* zuerst: *»Un matin, en pénétrant chez lui, je le surpris presque nu ...«*, so änderte Baudelaire dies in: *»Je me souviens que, plus d'une fois, en pénétrant chez lui, le matin, je le surpris presque nu ...«* – *30* Georges de *Brébeuf* (ca. 1618-1661), übersetzte die von Baudelaire geschätzte *Pharsalia* von Lukan und parodierte das VII. Buch der *Aeneis* von Vergil. – Savinien *Cyrano* de Bergerac (1619-1655), Soldat und Freidenker; schrieb die postum veröffentlichten *Histoire comique des états et empires de la Lune* (1656) und *Histoire comique des états et empires du Soleil* (1662).

S. 198, *3 in seine Region:* die Normandie.

LES MARTYRS RIDICULES VON LÉON CLADEL

15. Oktober 1861, Revue fantaisiste; 1862 als Vorwort zu Léon Cladels Roman *Les Martyrs ridicules;* AR; Œuvres/Pl II.

Léon-Alpinien Cladel, geb. 1835 in Montauban-en-Quercy (Tarn-et-Garonne), kam im März 1857 nach Paris, wo er sich dank der Zuwendungen seiner Mutter kümmerlich als Literat durchschlug. Baudelaire lernte ihn im Winter 1859/60 auf der Redaktion der von Catulle Mendès herausgegebenen *Revue fantaisiste* kennen, bei der Cladel das Manuskript einer Novelle, *Aux Amours éternelles,* eingereicht hatte. Baudelaire erbot sich, dem jungen Autor behilflich zu sein, seinen Stil zu verbessern, sei es auch anhand der bereits gesetzten Fahnen. Cladel machte von diesem Anerbieten mit Begeisterung Gebrauch. Die Novelle erschien dann am 15. August in der *Revue fantaisiste* mit folgender Widmung: »An Charles Baudelaire. Cher Monsieur, die Lektüre Ihrer Werke hat in mir viele Träume aufgeregt. Einer dieser Träume hat Gestalt angenommen, er nennt sich: *Aux Amours éternelles.* Jedes Geschöpf gehört seinem Schöpfer. Ich weiß, daß Sie diesen Versuch in dem *genre noir,* in dem Sie sich auszeichnen, freundlich aufnehmen werden. L. C.«

Als Cladel Baudelaires Verleger Poulet-Malassis das Manuskript seines ersten Romans, *Les Martyrs ridicules,* vorlegte, erklärte dieser sich bereit, ihn herauszubringen; unter der Voraussetzung, daß Baudelaire ein Vorwort dazu verfaßte und daß er das Manuskript, zusammen mit dem Autor, einer gründlichen Durchsicht unterzöge. »*Les Martyrs ridicules* wurden nach Baudelaires Anweisungen gänzlich überarbeitet und umgeschrieben. Ich habe sogar den Verdacht, daß die Zusammenarbeit noch weiter ging. Der Abdruck des Vorwortes in Versen aus *Madame*

Putiphar vor dem dritten Teil des Buches, geht gewiß auf Baudelaire zurück, denn der junge Cladel hatte bis 1862 niemals etwas von Borel gehört.« (Poulet-Malassis an Albert de La Fizelière, 24. März 1868; Corr/Pl II, 1165) Wie groß der Anteil Baudelaires an der Überarbeitung dieses Romans war, läßt sich, da keinerlei Unterlagen sich erhalten haben, nicht mehr feststellen. (Siehe hierzu W. F. Aggeler, *Baudelaires Part in the Composition of Léon Cladel's Les Martyrs ridicules,* in: Studies in Philology, 1961, 627-639). Der Druck der endgültigen Fassung erschien dann mit der Jahreszahl 1862; das Buch wurde jedoch schon im Dezember 1861 ausgeliefert.

Die Hauptfigur des Romans, Alpinien Maurthal, den Baudelaire einen »hysterischen Träumer« nennt, ist unverkennbar eine Art kritisches Selbstporträt des jungen Cladel, der Paris schon bald wieder verließ, nachdem sein Vater bei Montauban eine Mühle erworben hatte, in der er seinem schriftstellernden Sohn zu arbeiten erlaubte. Cladel entwickelte sich dort zu einem fruchtbaren und engagierten Romancier der Bauernwelt des Quercy. Er starb 1892 in Sèvres.

Cladels Erinnerungen an Baudelaire, *Chez feu mon maître,* erschienen am 1. September 1876 in dem *Musée des Deux Mondes* (B/Crépet 235-249; ein Auszug daraus in B/Urteil 156 f.); in erweiterter Gestalt in einer Novelle, *Dux (Bonshommes,* 1879). Siehe auch Judith Cladel, *La Vie de Léon Cladel,* Paris 1905, und Judith Cladel, *Maître et Disciple, Charles Baudelaire et Léon Cladel,* Paris 1951.

S. 199, *28 Le Siècle:* die republikanische, antiklerikale Zeitung, die Baudelaire verabscheute und die verächtlich zu machen er kaum eine Gelegenheit versäumte. – *31 Robespierre:* Baudelaire war ein Bewunderer Robespierres.

S. 200, *12 realistische Jugend:* siehe hierzu Baudelaires Aufzeichnungen ›Da es ihn denn schon einmal gibt, den Realismus ...‹ (Bd. II, 204-206). – *16 Henri Murger* (1822-1861), schrieb die *Scènes de la vie de Bohème,* die 1848 in *Le Corsaire,* dann 1851 in Buchform erschienen und die Puccini zu seiner Oper *La Bohème* (1896) verwendete. – *Alfred de Musset* (1810-1857). Über ihn schreibt Baudelaire am 18. Februar 1860 an Armand Fraisse: »Außer im Alter der Erstkommunion, also in einem Alter, wo alles, was mit Freudenmädchen und seidenen Leitern zu tun hat, wie eine Religion wirkt, habe ich *diesen ausgemachten Gecken* nie leiden mögen, die Unverschämtheit dieses verwöhnten Herrensöhnchens, der Himmel und Hölle für Wirtshausabenteuer bemüht, die morastige Flut seiner Grammatik- und Prosodiefehler, und schließlich seine totale Unfähigkeit, zu verstehen, durch welche Arbeit etwas Erträumtes zum Kunstwerk wird.« (Bd. III, S. 35) – *36 Gavarni,* eigentlich Sulpice-Guillaume Chevalier (1804-1866), bedeutender Karikaturist, den Baudelaire in seinem frühen Aufsatz »Einige französische Karikaturisten« gewürdigt hatte (Bd. I, S. 323 ff.) »Gavarni ist der Schöpfer der *Lorette.*«

S. 201, *2 Ferragus XXIII.:* des Haupt des Ordens der *Dévorants,* einer Geheimgesellschaft in den drei Romanen der *Histoire des Treize* von Balzac *(Ferragus; La Duchesse de Langeais; La Fille aux yeux d'or).*

S. 202, *23 Ephemeren an den Ufern des Hypanis:* Von diesen spricht Aristoteles in seiner *Historia animalium* (V, 19, 26): »Am Hýpanis, dem Fluß am kimmerischen Bosporus, werden zur Zeit der Sommersonnenwende eine Art Beutel, größer als Weinbeeren, vom Strom herabgetrieben, aus denen, wenn sie bersten, ein geflügeltes vierbeiniges Tier ausschlüpft. Es lebt und fliegt bis zum Abend; wenn die Sonne sinkt, schwindet es hin und stirbt mit Sonnenuntergang, nachdem es einen einzigen Tag gelebt hat; weshalb es auch Eintagswesen *(ephémeron)* genannt wird.« Baudelaire erinnert sich jedoch vermutlich einer Stelle in Ciceros ›Gesprächen in Tusculum‹ (I, 90): »Beim Flusse Hypanis, der vom europäischen Gebiete her in den Pontos hineinfließt, soll es nach Aristoteles gewisse Tierchen geben, die einen Tag lang leben ... Vergleiche unsere längste Lebenszeit mit der Ewigkeit: so werden wir uns etwa in derselben Kürze finden wie jene Tierchen.«

S. 204, *1 Aufführung der Vie de Bohème:* Murger hatte sein Buch selber für die Bühne bearbeitet; Uraufführung 1849. – *30 neuen Kalender der Heiligen:* den von Auguste Comte erfundenen Kalender. Der erste Monat dort heißt *l'Humanité,* der fünfte *la Fraternité,* der siebte *le Fétichisme,* der zehnte *la Femme* oder *la Providence morale,* der dreizehnte *le Prolétariat* oder *la Providence générale.*

S. 205, *16 Heloten:* Leibeigene in Sparta; zur Warnung und zur Abschreckung ließ man sie vor der spartanischen Jugend sich betrinken und unanständige Tänze tanzen.

EINE REFORM IN DER AKADEMIE

Zweite Hälfte Januar 1862, Revue anecdotique; Œuvres P 1908; Œuvres/Pl II.

Zwei Sitze (von insgesamt vierzig) der Académie française waren im Laufe des Jahres 1861 freigeworden; der des Dramatikers Eugène Scribe (geb. 1791) am 20. Februar, und der des Dominikanerpaters Jean-Baptiste-Henri Lacordaire (geb. 1802; s. o. zu S. 58, 25) am 21. November. Am 11. Dezember 1861 wandte Baudelaire sich mit einem Schreiben an Abel Villemain, den ständigen Sekretär der Akademie, um sich unter die Bewerber auf einen der vakant gewordenen Sitze einschreiben zu lassen (siehe S. 42). Hierauf schickte er sich an, die für den Erfolg eines solchen Schrittes nötigen Besuche bei den Mitgliedern der Akademie zu machen. In der zweiten Dezemberhälfte besuchte er zuerst Henri Patin (1793-1876), Professor für lateinische Literatur an der Sorbonne, und den Dichter Alfred de Vigny (siehe S. 43 und S. 57). In einem etwa um den 20. Dezember geschriebenen Brief an Arsène Houssaye liest man dann: »Die nötigen Angaben für meine Kandidatur sind geschrieben. (Das Gerücht ist wieder zu mir gedrungen, da diese Kandidatur eine *Verunglimpfung* der Akademie sei, hätten mehrere jener Herren beschlossen, für mich nicht sichtbar zu sein. Aber das ist allzu unwahrscheinlich, um möglich zu sein.)« (Bd. VIII, S. 7) Am 23. Dezember schreibt Baudelaire an Victor de Laprade (siehe S. 44ff.). Dann besucht er Lamartine und Viennet (siehe Baudelaires Brief an seine Mutter vom 25. Dezember, S. 49f.). Am Weihnachtstag bittet er Houssaye, ihm den »großen Gefallen« zu tun, seine Kandidatur an zwei Stellen anzuzeigen: »Sie werden mich übrigens leicht verstehen, wenn ich Ihnen sage, daß ich, da ich persönlich keinerlei Hoffnungen nähre, mir ein *Vergnügen* daraus gemacht habe, mich als *Sündenbock* für alle unglücklichen Schriftsteller herzugeben.« (Bd. VIII, 8)

Am 20. Januar 1862 veröffentlichte Sainte-Beuve, der der Académie française seit 1844 angehörte, in der Zeitung *Le Constitutionnel* einen Artikel *Des prochaines élections à l'Académie,* der, vor allem seiner Reformvorschläge wegen, einiges Aufsehen erregte. Um den 24. Januar bedankte Baudelaire sich bei ihm für den ausführlichen Hinweis auf seine Person und sein Werk (siehe Bd. III, S. 47ff.). Zwischen dem 24. und 30. Januar erscheint dann in der *Revue anecdotique* Baudelaires anonymer Beitrag *Une Réforme à l'Académie,* den er am 30. Januar an Vigny schickt (siehe S. 60), und auf den er Sainte-Beuve am 3. Februar hinweist.

Unterdessen hatte er auch Legouvé und Sandeau besucht. Mérimée, Ponsard und Saint-Marc Girardin hatte er vergebens aufgesucht. Nachdem Sainte-Beuve ihn in einem Schreiben vom 9. Februar gebeten hatte, von seinen Bemühungen um die Nachfolge auf dem Sitz Lacordaires abzulassen (B/Lettres 341 f.), entschloß Baudelaire sich am 10. Februar, seine Kandidatur in einem Schreiben an Villemain (siehe S. 65) zurückzuziehen. In einem Brief vom gleichen Tag an die Mutter heißt es dann: »Soeben habe ich meine Kandidatur auf den Sitz des Père Lacordaire zurückgezogen; ich versichere Dir, daß ich weise handle; *ich weiß jetzt,* daß ich ernannt werden werde, aber wann? Das weiß ich nicht.« (Corr/Pl II, 230)

Der Nachfolger Scribes wurde dann der Romancier Octave Feuillet (1821-1890) und der Lacordaires eben der von Baudelaire so grimmig verspottete jüngere Duc de Broglie. Der unglückliche Ausgang dieses abenteuerlichen Unternehmens und der frostige Empfang durch Villemain hatten bei Baudelaire ein Bedürfnis nach Rache geweckt, dem er durch einen Aufsatz über Villemains Gesinnung und Stil Luft zu machen sich anschickte. Dieser Aufsatz über *L'Esprit et le style de M. Villemain,* zu dem er umfangreiche Materialien zusammengetragen hatte, blieb Entwurf (siehe S. 211-218).

S. 206, 4 *Hinkenden Teufel:* der Roman *Le Diable boiteux* (1707) von Alain-René Lesage (1668-1747). Dieser hinkende Teufel macht einem Studenten die Dächer und Wände von Madrid durchsichtig, so daß er unbemerkt das Leben der Einwohner beobachten kann. – *5 Sitzung an jenem Donnerstag:* Wie aus einem Brief von Sainte-Beuve an Poulet-Malassis vom 3. Februar 1861 hervorgeht, verlief diese Sitzung ohne jeden Zwischenfall. – *8 orleanistischen ... Partei:* jene Mitglieder der Académie française, die noch aus der Zeit des Bürgerkönigs Louis-Philippe d'Orléans stammten. – *10 Institut:* Die Académie française ist eine der fünf Akademien, die dem Institut de France angehören. – *13 ein anderes Mitglied der Akademie:* Alfred de Vigny. – *17 Charles Nodier* (1780-1844), einer der liebenswürdigsten Romantiker; schrieb phantastische Erzählungen; war seit 1833 Mitglied der Académie française gewesen. – *28 aus einer und derselben Familie:* der De Broglie, die Anführer der Royalisten, die der konstitutionellen Monarchie anhingen. – *30 André Dupin* (1783-1865), Jurist und Politiker, der selber der Akademie angehörte.

S. 207, 8 Jules *Dufaure* (1798-1881), Rechtsanwalt, Minister unter Louis-Philippe, ein Gegner Napoleons III.; wurde im April 1863 in die Akademie gewählt. – *14 Joseph Delorme:* Sainte-Beuves Erstling *Vie, Poésies et Pensées de Joseph Delorme* (1829). – *15 Volupté:* Sainte-Beuves autobiographischer Roman von 1834.

S. 208, 7 Alfred-Auguste *Cuvilliers-Fleury* (1802-1887), als Literaturkritiker regelmäßiger Mitarbeiter des *Journal des Débats.* Als ehemaliger Lehrer des Duc d'Aumale, des Sohnes Louis-Philippes, war er ein überzeugter Orleanist. Er wurde im April 1866 in die Académie française aufgenommen. – *13 in England:* Der Duc d'Aumale lebte unter dem Kaiserreich in England in der Verbannung. – *14* Adolphe *Thiers* (1797-1877), bedeutender Politiker und Historiker; schrieb eine *Histoire de la Révolution française* (1823-1827) und eine *Histoire du consulat et de l'empire* (1845-1862). – *15* Émile-Marc *Hilaire* (1796-1887), bekannt unter dem Namen Marco (de) Saint-Hilaire; hatte unter der Julimonarchie dazu beigetragen, die Legende und den Kult Napoleons zu verbreiten. – *24 Léon Gozlan* (1803-1866), schrieb Romane in der Nachfolge Balzacs und ein Buch *Balzac en pantoufles* (1856). – *27 Alexandre Dumas fils:* s.o. zu S. 132, 5). – *30 Jules Favre* (1809-1880), Rechtsanwalt und Politiker. Siehe Baudelaires Brief an Nadar vom 16. Mai 1859 (Bd. VI, S. 23 f.).

S. 209, 7 *la Folie Baudelaire:* ein Wortspiel: *folie* bedeutet einerseits Wahnsinn, Narrheit, Verrücktheit, andererseits bezeichnet das Wort ein Lusthaus. Sainte-Beuve hatte Baudelaire in seinem Artikel einen *»gentil garçon«* und einen »höflichen, respektvollen, vorbildlichen Kandidaten« genannt. Baudelaire bedankte sich bei ihm um den 24. Januar 1862 für den Dienst, den er ihm erwiesen habe. »Es verletzte mich sehr (aber ich ließ mir nichts anmerken), daß man mich seit einigen Jahren als Werwolf bezeichnete, als unmöglichen und garstigen Menschen ... Eines Tages sagte eine Frau zu mir: ›Wie merkwürdig, Sie sind ja ganz anständig; ich war überzeugt, daß Sie immer betrunken sind und schlecht riechen.‹ Sie wiederholte die Nachrede ... In Bezug auf das, was Sie *mein Kamtschatka* nennen, so glaube ich, wenn ich häufig einen so kräftigen Zuspruch erhielte, daß ich fähig wäre, ein riesiges *Sibirien* daraus zu machen, aber eines, das warm wäre und bevölkert.« (Bd. III, S. 47) – *15* Louis *de Carné* (1804-1876), Diplomat, Historiker, Anhänger von Guizot; wurde im April 1863 in die Académie française aufgenommen. – *21 »Auf ging die Sonne! Ihr Sterne, weichet!« »Le soleil est levé, retirez-vous, étoiles.«* Ein Vers von Georges de Scudéry (1601-1667), den Sainte-Beuve in seinem Artikel zitiert. Er stammt aus einem Gedicht über die Komödie *La Veuve* von Pierre Corneille. – *23 Chloes Antlitz:* vage Anspielung auf den Hirtenroman ›Daphnis und Chloe‹ von Longus (verm. 2./3. Jh. n. Chr.). – *27 General Philippe de Ségur:* Philippe-Paul de Ségur (1780-1874), General und Historiker; seine *Histoire de Napoléon et de la Grande-Armée pendant l'année 1812* erschien 1824. – *28 seinem Vater:* Louis-Philippe de Ségur (1753-1830), Diplomat und Historiker. – *32 Porphyrogenitus:* ein im Purpur Geborener, Beiname der während der Regierungszeit des Vaters geborenen Prinzen des griechischen Kaisertums nach Konstantin.

S. 210, *11 Jacques de Vaucanson* (1700-1782), französischer Mechaniker, ein Erbauer berühmter Automaten; darunter ein Flötenspieler und eine Ente, die Goethe 1805 »in den jämmerlichsten Umständen« unter den Merkwürdigkeiten des Hofrats Beireis in Helmstedt sah (›Tages- und Jahreshefte‹). – *15 Nefftzer:* Der Artikel von Auguste Nefftzer war am 26. Januar 1862 in *Le Temps* erschienen; der von Edmond *Texier* am 27. Januar in *Le Siècle.* – *19 Finis Poloniae:* (Das ist) das Ende Polens!, ein Ausruf, der dem polnischen General Thadeusz Kosciuszko (1746-1817) zugeschrieben wird, als sein Aufstand gegen Rußland (nach der zweiten Teilung Polens im Jahre 1793) mit seiner Niederlage bei Maciejowice (1794) zusammenbrach. Balzac zitiert diesen Ausruf in seinem Roman *La Cousine Bette* (1846).

WIE HERR VILLEMAIN DENKT UND SCHREIBT

1. März 1907, Mercure de France; Œuvres P 1908; Œ P I; Œuvres/Pl II.

Im Zuge seiner Bewerbungsvisiten bei den Mitgliedern der Académie française hatte Baudelaire auch deren ständigen Sekretär Abel-François Villemain im Dezember 1861 aufgesucht. In Poulet-Malassis' *Revue anecdotique* liest man Anfang Januar 1862 folgende Schilderung, die auf Baudelaire zurückgehen dürfte:

»Zwei Angriffe von Herrn Villemain und Baudelaires Entgegnungen darauf werden die Neugierigen erkennen lassen, in welchem Ton diese Herren sich unterhalten haben. M. Villemain: Sie bewerben sich um einen Sitz in der Akademie, Monsieur; wieviel Stimmen haben Sie denn? – M. Baudelaire: Es wird dem Herrn Secrétaire perpétuel nicht unbekannt sein, daß die Satzung es den Herren Akademikern verbietet, ihre Stimmen zu versprechen: ich habe also keine Stimme bis zu dem Tag, an dem man mir zweifelsohne keine geben wird. – M. Villemain *(mit Nachdruck):* Originalität ist niemals meine Stärke gewesen. – M. Baudelaire: Monsieur, was wissen Sie davon?« (Œuvres/Pl II, 1173)

Am 25. Dezember 1861 schreibt Baudelaire an seine Mutter: »Herr Villemain ist ein Pedant und ein Dummkopf, ein feierlicher Affe, den die Art, wie er mich empfangen hat, vielleicht einmal sehr teuer zu stehen kommt, wenn Gott mir das Leben vergönnt.« Und am 17. März 1862: »Gegen Herrn Villemain habe ich einiges auf dem Herzen, was ich ihm *öffentlich* kundtun werde.« (Siehe S. 69 und 72) Baudelaires Entwurf eines Artikel über *L'Esprit et le style de M. Villemain,* der für *La Presse* bestimmt war, wurde niemals ausgearbeitet. In seinen Briefen ist jedoch wiederholt von diesem Plan die Rede.

Abel-François Villemain (1790-1870) war Literarhistoriker, Kritiker und zeitweilig Politiker. Von 1816 bis 1830 war er Professor der Rhetorik an der Sorbonne, zwischen 1830 und 1848 zweimal Erziehungsminister. 1821 wurde er in die Académie française aufgenommen, deren ständiger Sekretär er seit dem Anfang der dreißiger Jahre war. Er veröffentlichte eine stattliche Reihe oft umfangreicher Werke zur französischen und ausländischen Literatur der Gegenwart und Vergangenheit, in denen er sich der damals neuen literaturgeschichtlichen Darstellung und Betrachtung bediente.

Baudelaires Ansichten über ihn finden in vielen Punkten eine Bestätigung durch Sainte-Beuve, der Villemain schon in den dreißiger Jahren kennenlernte. In Sainte-Beuves privaten *Observations et pensées* seiner sogenannten *Cahier vert* und *Cahier brun* findet sich eine Fülle von Eintragungen über Villemains Charakter, sein Auftreten und seine Geistesart. Eine Auswahl dieser Aufzeichnungen erschien 1926 unter dem Titel *Mes Poisons* (hrsg. von V. Giraud); eine kritische Ausgabe des *Cahier vert* veranstaltete Raphaël Molho (Sainte-Beuve, *Cahiers I, Le Cahier vert, 1834-1847,* Paris 1973).

Sainte-Beuve nennt Villemain »eine abwechselnd unverschämte oder kriecherische Natur« (*Cahiers I,* 151), und einmal gar »den bösartigsten Affen« (ebd., 307); seinem Urteil fehle es im Grunde vollkommen an Solidität und seinem Charakter an Redlichkeit. »Man durchstoße das Papier, und dahinter ist nichts« (ebd., 307). »Villemain ist gleichzeitig eine Zierde und eine Lästigkeit für die Akademie; wollte man dort arbeiten und ernsthafte Entschlüsse fassen, er wäre ein unübersteigbares Hindernis« (ebd., 371). Auch Sainte-Beuve wirft Villemain vor, daß seine oft geistreichen und treffenden Bemerkungen meist halt- und ziellos seien: »eine schwimmende Insel, ein schimmerndes Delos, das unaufhörlich in eine andere Richtung treibt« (ebd., 371). Villemain scheint häßlich, mißgestaltet gewesen zu sein. »Villemain, immer ein Schmeichler oder unverschämt; er versteht es nicht, ein Mensch zu sein. Er hat zu nichts Mut, ›er hat nicht einmal den Mut, bucklig zu sein‹, sagte Heine« (ebd., 250). Baudelaire nennt ihn zweimal einen Alraun; einmal vergleicht er ihn auch mit Thersites.

Auch Vigny, der Baudelaire so freundlich aufnahm und sich so lange mit ihm unterhielt, hatte gegen Villemain einiges auf dem Herzen, nachdem er 1845/46 bei seiner Wahl in die Académie française höchst unliebsame Erfahrungen mit ihm gemacht hatte. Über die damaligen Vorkommnisse und Intrigen hat er eine ausführliche und gründlich dokumentierte Schilderung hinterlassen. Siehe in seinen von Jean Sangnier herausgegebenen *Mémoires inédits* (Paris 1958) das »zweite Buch«, *L'Affaire de l'Académie* (S. 181-304).

Baudelaires Sammlung von Belegen für den von ihm verabscheuten Stil Villemains und seine Denkungsart ist sehr umfangreich. In dem endgültigen Aufsatz, falls er zustande gekommen wäre, hätte gewiß nur eine Auswahl daraus Verwendung gefunden. Diese Auszüge aus Villemains Schriften blieben hier größtenteils unberücksichtigt, zumal von ihrem eigentümlichen Gestus in der Übersetzung das meiste verloren gegangen wäre.

S. 211, 2 *Ventosa isthaec ...:* Diese aufgeblähte und ungeheure Geschwätzigkeit; Zitat aus dem *Satyricon* des Petronius (1. Jh. n. Chr.). – 3 *Worte, Worte, Worte!: Words, words, words!* Hamlet zu Polonius, in Shakespeares *Hamlet* (II, 2). – 4 *Die Literatur führt zu allem ...:* ein Ausspruch, der in dieser oder ähnlicher Form Jules Janin oder Villemain zugeschrieben wurde. – 7 *Ich sehne mich nach Schmerzen:* Baudelaire zitiert hier, wörtlich, die Worte Tannhäusers zu Venus in Wagners ›Tannhäuser‹ (I, 2), nach der ihm bekannten französischen Übersetzung (siehe S. 110, 10). – 23 *Thersites:* der häßliche, freche und bösartige Schreier in Homers Ilias, den Odysseus zum Ergötzen der Griechen mit Schlägen züchtigt.

S. 212, 2 *»Seither hat man sie parodiert!:* Stichworte aus einem längeren Zitat, das Baudelaire aus Villemains Werk *La Tribune moderne, première partie, M. de Chateaubriand, sa vie, ses écrits, son influence littéraire et politique sur son temps* (Paris 1858) ausgezogen hat. – 6 *Wort von Saite-Beuve:* nicht feststellbar. – 12 *Staatsmannes:* Villemain war zweimal Ministre de l'Instruction publique, vom 13. Mai 1839 bis zum 1. März 1840 und vom 29. Dezember 1840 bis zum 30. Dezember 1844. Damals war er dem katholischen Unterrichtswesen wenig gewogen. – 34 *Einer, der unfehlbar ein Zitat anbringt:* wörtlich: *Citateur automate.* Bei Sainte-Beuve liest man: »Wenn ein Zitat sich einmal Villemains Geist bemächtigt hat, kann er nicht mehr davon ablassen; da hilft nichts; dieses Zitat beherrscht alles und läßt keinen Raum in ihm für weitere Beobachtungen oder Überlegungen. Er zitiert und *re*zitiert einem die Stelle wieder und wieder, ohne sonst etwas hören zu wollen.« (*Mes Poisons*, 182 f.) – 28 *des kleinen de Broglie:* Gemeint ist Léonce-Victor duc de Broglie (1785-1870), Minister unter Louis-Philippe und Vater des dann als Nachfolger Lacordaires in die Académie française gewählten Albert de Broglie. Er hatte am 1. Juli 1850 in der *Revue des Deux Mondes* eine wenig freundliche *»étude morale et littéraire«* über Chateaubriand veröffentlicht. – 6 *Essai sur le génie ...:* Villemains *Essai sur le génie de Pindare et sur la poésie lyrique dans ses rapports avec l'élévation morale et religieuse des peuples* war 1859 erschienen. – 12 Henry Wadsworth *Longfellow* (1807-1882), war Professor am Bowdoin College (Brunswick, Maine) und in Harvard gewesen. – *Barbier:* s. o. S. 151 ff. – 18 *Narbonne:* Louis conte de Narbonne-Lara hatte unter der Revolution eine bedeutende Rolle gespielt; Villemain kommt auf ihn in seinen *Souvenirs contemporains* (1854) zu sprechen. – 22 *Les discours à la Tite-Live:* Diese Reden nach der Art des römischen Historikers Titus Livius (59 v. Chr.-17 n. Chr.) finden sich ebenfalls in den *Souvenirs contemporains.* – 28 *Élie duc de Decazes* (1780-1860), franz. Staatsmann unter Ludwig XVIII. – 31 *Anekdote von General Foy:* in dem ersten Teil der *Souvenirs contemporains: Souvenirs de la Sorbonne en 1825.* Maximilien-Sébastien *Foy* (1775-1825), General unter Napoleon I., liberaler Abgeordneter unter Ludwig XVIII.

S. 214, 2 *seine Übersetzungen:* der Reden des Demosthenes. – 4 *Cours de littérature:* Der erste Teil von Villemains *Cours de littérature française* erschien 1828; den zweiten Teil, *Tableau du dix-huitième siècle* (1838) erhielt Baudelaire 1838 am Collège Louis-le-Grand als Schulpreis. – 7 *Xavier de Maistre* (1763-1852), der

Bruder Joseph de Maistres; schrieb u.a. *Voyage autour de ma chambre* (1794). – *13 Lascaris. Cromwell: Lascaris ou les Grecs du XVe siècle* (1825); *Histoire de Cromwell* (1819). – *18 Choix d'études sur la littérature contemporaine* (1857). – *21 Lucain:* über Lukan schreibt Villemain in seinen *Études de littérature ancienne et étrangère* (1854). – *22 La Tribune française:* statt korrekt: *La Tribune moderne;* s.o. zu S. 212, 2.

S. 215, 2 *Inzest:* In einem Zitat, das Baudelaire ausgezogen hat, spielt Villemain auf Chateaubriands Verhältnis zu seiner Schwester *Lucile* an *(»une sœur trop tendre et trop aimée«).* – *8 Madame de Beaumont:* Pauline de Montmorin-Saint-Hérem, comtesse de Beaumont (1768-1803). Ihr Mann wurde in den Kerkern der Revolution ermordet; ihre Mutter und einer ihrer Brüder starben auf dem Schafott. Nach 1800 wurde sie Chateaubriands Geliebte und gehörte zu dem engsten Freundeskreis um ihn. Sie starb am 4. November 1803 in Rom und wurde in der Kirche San Luigi dei Francesi beigesetzt (Chateaubriand, *Mémoires d'outre-tombe,* XV, 5). In einem Brief an seinen Freund Fontanes schrieb Chateaubriand damals: »Wenn der Fremde unglücklich ist, wenn er die Asche, die er geliebt hat, unter die Asche so vieler berühmter Menschen gemischt hat, welcher Zauber wird ihn nicht von dem Grabmal der Cecilia Metella [an der Via Appia antica] zu dem Sarg einer unglücklichen Frau geleiten!« (*Mémoires d'outre-tombe,* XV, 7) – Dies löste bei Villemain folgende *Apostrophe* aus: »Ich bitte um Vergebung, großer Schriftsteller; um Vergebung, glanzvoller und edler Genius! Es mag eine Art melancholischer Ablenkung von diesen angehäuften Ruinen und erloschenen Scheiterhaufen ausgehen, deren poetisches Museum Rom gleichsam ist. Für uns gewöhnliche Menschen jedoch, bei denen Herz und Verstand nicht unter der Herrschaft der Phantasie stehen, wären weder Metella noch Cornelia, noch sämtliche römischen Schatten imstande, uns, ich sage nicht einen Zauber, sondern einen Trost auf dem Grabstein unserer kürzlich beweinten Freundin finden zu lassen.« (*La Tribune moderne,* 136) – *18 Stelle über die schriftstellerische Verjüngung:* In Kapitel 3 der *Tribune moderne* las Baudelaire eine »Abschweifung von elf Seiten über die verschiedenen Epochen und die Zeiten der Erneuerung der Literatur«, in der Villemain, Baudelaires Auszügen nach, lauter Gemeinplätze über den Einfluß bestimmter Landschaften auf die Einbildungskraft der Dichter häuft. – *22 La Mort du duc de Berry:* Der Duc de Berry (geb. 1778), der zweite Sohn Karls X., wurde 1820 ermordet. In Baudelaires Augen ist Villemains Schilderung dieses Attentats nicht mehr als ein Schüleraufsatz. – *24 das berühmte Zitat hinsichtlich der Pedanterie:* Chateaubriand rühmt sich wiederholt, eine unsystematische Erziehung im nahen Umgang mit der Natur genossen zu haben, die ihn, zusammen mit dem Soldatenleben und seinen Reisen, davor bewahrt habe, ein Pedant zu werden, und die ihm »das linkische Betragen, die schmutzigen Gewohnheiten der ehemaligen Schriftsteller ebenso wie die Anmaßung, die Dreistigkeit, den Neid und die prahlerische Eitelkeit der neuen Autoren« erspart habe (*Mémoires d'outre-tombe,* II, 7). Diese Stelle mißfällt Villemain; Chateaubriand lasse sich selber hier eine allzugroße Schonung widerfahren und mißhandle zugleich alle Welt. – *34 das Epigraph:* s.o. S. 211, 4.

S. 216, *5 Alraun:* Der Alraun, die Alraune oder Mandragora (auch Galgenmännlein genannt) ist eine mißgestaltete Wurzel, deren man sich zu Zauberzwecken bedient. Auch in seinem Artikel über Shakespeares dreihundertsten Geburtstag (1864) nennt Baudelaire den Ständigen Sekretär der Akademie einen Alraun (S. 231, 23). – *8 Thersites der Literatur:* s.o. zu S. 211, 23. Es ist mehr als wahrscheinlich, daß Baudelaire diese Kennzeichnung Villemains von einem Gespräch mit Sainte-

Beuve her in Erinnerung geblieben ist. Bei diesem liest man im Januar 1847: »Villemain – die Stimme einer Sirene, im übrigen von dem Geschlecht des Thersites.« (*Cahiers I*, Paris 1973, 342) Kurz zuvor hatte Sainte-Beuve seinen *»petit ami libertin«* Baudelaire empfangen und sich mit ihm unter anderem über Balzac und Hugo (*»un âne de génie*, sagte Baudelaire«) unterhalten (ebd. 333). – *11 Tribune française:* s.o. zu S. 212, 2. – *18 Anekdote der Nr. 30:* ebensowenig auffindbar wie die *Anekdote von dem tibetanischen Baum.* – *20* Jean-François de *La Harpe* (1739-1803), Dramatiker und Literaturkritiker; veröffentlichte einen bedeutenden *Cours de littérature ancienne et moderne* (1786-98). – Joseph *Joubert* (1754-1824) gehörte dem Freundeskreis um Chateaubriand und Madame de Beaumont an. Aus seinen umfangreichen unveröffentlichten Aufzeichnungen gab Chateaubriand 1838 eine kleine Auswahl unter dem Titel *Recueil et pensées* heraus. Eine vollständige Ausgabe seiner *Carnets* in zwei Bänden besorgte André Beaunier, Paris 1938.

S. 217, 22 *Sinn fehlt:* Hier folgen bei Baudelaire ausgewählte Beispiele von Villemains »akademischem und inkorrektem Stil«, sowie seinem »anspielungsreichen Stil«.

S. 218, *1 Biographie pittoresque ...:* Pittoreske Biographie der Vierzig, von dem Pförtner des Hauses; ein Pamphlet von Garay de Montglave (1826). – *7 Lascaris:* s.o. zu S. 214, *13* – *Montrouge:* s.o. zu S. 171, *13*. – 22 *Quelle est la main la plus vile ...:* welches ist die nichtswürdigste, niederträchtigste, gemeinste Hand. – *25* Alphonse-Louis-Dieudonné *Martainville* (1776-1830), Journalist unter der Restauration; er hatte 1818 ein antiliberales Blatt, *Le Drapeau blanc,* gegründet. – Anschließend (Œuvres/Pl II, 201-214) meist längere Zitate, vor allem aus der *Tribune moderne,* mit gelegentlichen Anmerkungen Baudelaires zu einzelnen Stellen.

[PAUL DE MOLÈNES]

Erste Hälfte März 1862, Revue anecdotique (Nekrolog, ohne Überschrift, ohne Namensnennung); Œ P; Œuvres/Pl II.

Paul Gaschon de Molènes (1821-1862), dessen Bekanntschaft Baudelaire vermutlich durch Barbey d'Aurevilly gemacht hat, war Soldat und Schriftsteller. Er nahm am Krimkrieg und an dem Italienfeldzug teil. 1853 veröffentlichte er einen Band Novellen, *Caractères et récits du temps.* Den Stoff einer dieser Novellen, *Souffrances d'un houzard,* wollte Baudelaire in einem Theaterstück bearbeiten. Entwürfe zu diesem Theaterstück, das den Titel *Le Marquis du Ier Houzards* hätte tragen sollen, haben sich erhalten (siehe Bd. V, S. 271-281). 1857 hatte Baudelaire ein Exemplar der *Fleurs du Mal* an Paul de Molènes geschickt, der sich dafür in einem Brief bedankte (Lettres/B, 273 f.). Von Baudelaire ist nur ein einziger Brief an Molènes überliefert (vom 12. Mai 1860; siehe Bd. V, S. 61 f.); Molènes Antwort auf diesen Brief hat sich ebenfalls erhalten (Lettres/B, 274 f.). Baudelaire zählte Paul de Molènes zu den Vertretern des *Dandysme littéraire,* über den er einen Essay zu schreiben beabsichtigte, der nie zustande kam.

S. 219, 4 *Garde mobile:* Paul de Molènes war zuletzt Kapitän in einem Kavallerieregiment. Im Februar 1848 war er in die republikanische Garde nationale mobile eingetreten, wo er sich während des Juniaufstandes auszeichnete, verwundet wurde und die *croix d'honneur* empfing. – *23 andere:* Gautier vor allem. – *24 der göttliche Geschmack am Tode: le goût divin de la mort.* Diese und verwandte

Formulierungen, in der Nachfolge de Maistres, sind charakteristisch für den späten Baudelaire. – 33 *Histoire de la garde mobile:* in dem Buch *Caractères et récits du temps*. – 34 *Étude sur le colonel Latour du Pin:* Dieser Oberst hatte ebenfalls an dem Krimkrieg teilgenommen; Molènes erwähnt ihn mehrmals in seinen *Commentaires d'un soldat sur la guerre de Crimée et le siège de Sébastopol,* die im Januar/Februar 1860 in der *Revue des Deux Mondes* erschienen waren. Eine selbständige Arbeit über den Colonel Latour du Pin ist nicht nachzuweisen. Seine Kommentare über den Krimkrieg vereinigte Molènes dann mit einem Artikel *La Guerre d'Italie* (1. Juni 1860, ebenfalls in der *Revue des Deux Mondes*) zu dem Bande *Commentaires d'un soldat,* der noch 1860 erschien (2. Auflage 1866).

S. 220, 8 *reizenden jungen Frau:* Die Comtesse de Molènes veröffentlichte 1886 einige Erinnerungen an Baudelaire in *Le Gaulois* (B/Urteil, 104f., 193f.). – 21 *Mémoires d'un gentilhomme du siècle dernier:* 1858; zweite Auflage eines Buches, das, als es 1845 zum ersten Mal erschien, den Titel *Mémoires du baron de Valpéri* trug. – 23 *La Folie de l'épée* erschien 1861; die *Histoires sentimentales et militaires* 1855; die *Histoires intimes* 1860; die *Chroniques contemporaines* 1859; die *Aventures du temps passé* 1853; *L'Amant et l'enfant* (so der korrekte Titel) 1861.

LES MISÉRABLES VON VICTOR HUGO

20. April 1862, Le Boulevard; AR; Œuvres/Pl II.

Victor Hugos umfangreicher Roman *Les Misérables* (Die Elenden) spielt in der Zeit der Restauration und unter dem Bürgerkönigtum; er enthält Schilderungen der Julirevolution und der Pariser Arbeiteraufstände von 1832-1834. Die Hauptgestalt ist der entlassene Galeerensträfling Jean Valjean. Der Roman umfaßt fünf Teile, die sich auf zehn Bände verteilen; er erschien ab Ende März/Anfang April 1862 in fünf Lieferungen zu je zwei Bänden. Baudelaires Besprechung bezieht sich nur auf den ersten Teil. Am 13. April brachte der *Boulevard* folgende Vorankündigung:

»Wir haben das Vergnügen, unseren Lesern mitzuteilen, daß der *Boulevard* in seiner nächsten Nummer einen kritischen Artikel über die *Misérables,* von M. Charles Baudelaire, veröffentlichen wird. Der Verfasser der *Fleurs du Mal* und der *Paradis artificiels* gehört unter den seltenen Schriftstellern, welche die Bewegung der großen romantischen Schule fortsetzen, zu denen, die am meisten befähigt sind, den Meister zu rühmen. Der, welcher Victor Hugo den Dichter so gut erläutert hat, wird nun den Romancier Hugo erläutern.«

Victor Hugo bedankte sich von Guernesey aus am 24. April 1862 (Lettres/B 194):

»Monsieur,
eine große Seite zu schreiben, ist Ihnen natürlich; die erhabenen und starken Dinge entfahren Ihrem Geist, wie die Funken aus der Esse sprühen, und die *Misérables* boten Ihnen Gelegenheit zu einer tiefen und hochsinnigen Untersuchung.

Ich danke Ihnen. Ich war schon einmal so glücklich, die Verwandtschaft zwischen Ihrer Gesinnung und der meinen festzustellen; wir alle kreisen um diese große Sonne, *das Ideal.*

Ich hoffe, Sie werden diese schöne Arbeit über dieses Buch und über alle Fragen, die ich zu lösen oder wenigstens zu stellen versucht habe, fortsetzen. Das ist die

Ehre der Dichter, den Menschen Licht und Leben in dem heiligen Kelch der Kunst zu reichen. Sie tun es, und ich versuche es. Wir widmen uns beide dem Fortschritt durch die Wahrheit.

Ich drücke Ihnen die Hand.

Victor Hugo«

Ob Baudelaire weitere Bände der *Misérables* gelesen hat, ist nicht bekannt. Über seinen Artikel und über Hugos Dankesbrief äußert er sich am 10. August 1862 in einem Brief an die Mutter (siehe S. 75). In seinem *Recueil d'anecdotes* erzählt Charles Asselineau, die beste Kritik des Romans *Les Misérables* habe Baudelaire geliefert. »Ach!« sagte er zornig, »was sollen diese sentimentalen Verbrecher, die sich über Zweifrankenstücke Gewissensbisse machen, die sich auf stundenlange Erörterungen mit ihrem Gewissen einlassen und Tugendpreise stiften? Warten Sie, ich werde einen Roman schreiben, in dem ich einen Verbrecher, einen Mörder, Dieb, Brandstifter und Korsaren, auftreten lasse, der mit folgendem Satz enden wird: ›Und im Schatten dieser Bäume, die ich gepflanzt habe, umgeben von einer Familie, die mich verehrt, von Kindern, die mich lieben, und einer Frau, deren Abgott ich bin, – genieße ich in Frieden die Früchte all meiner Verbrechen!‹« (B/Crépet 300.)

Baudelaire hat sich noch einige kurze Notizen zu einer Rezension von Victor Hugos 1866 erschienenem Roman *Les Travailleurs de la mer* gemacht. Madame Hugo hatte ihm auf Bitten ihres Mannes Anfang März 1866 in Brüssel ein Exemplar des Buches übergeben, und Hugo hatte auf einem Einzelblatt eine Widmung »nachgereicht«: *»À M. Ch. Baudelaire / son ami / Victor Hugo«*. Die wenigen flüchtigen Notizen wurden Mitte März 1866, in den letzten Tagen vor Baudelaires Zusammenbruch in Namur, niedergeschrieben. (Siehe Œuvres/Pl II, 244 und 1194f.)

S. 221, 4 *Vor einigen Monaten schrieb ich:* in dem Beitrag über Victor Hugo für Eugène Crépets Anthologie *Les Poëtes français,* der am 15. Juni 1861 in der *Revue fantaisiste* erschienen war (siehe S. 137-151). – 7 *Contemplations: Les Contemplations* (Die Betrachtungen), ein Gedichtzyklus in sechs Büchern, der 1856 in zwei Bänden erschien und ein großer Erfolg wurde; Hugos bedeutendstes Gedichtwerk neben der *Légende des siècles* (über diese s. o. zu S. 148, 29).

S. 223, 32 *Oh, n'insultez ... Sur le Bal ...:* Oh, beleidigt niemals eine Frau, die fällt!, Über den Ball im Rathaus von Paris; zwei Gedichte aus den 1835 erschienenen *Chants du crépuscule.* – 34 *Marion de Lorme:* Versdrama in fünf Akten, 1829. Eine Aufführung dieses Dramas hat Baudelaire zu seinem ersten Brief an Hugo inspiriert. Er schreibt dort am 25. Februar 1840: »die Schönheit dieses Dramas hat mich so entzückt und mich so glücklich gemacht, daß es mein dringender Wunsch ist, den Autor persönlich kennenzulernen und ihm zu danken.« (Siehe Bd. I. S. 33f.) – *Ruy Blas:* Versdrama, Uraufführung 1838; das Drama spielt im Spanien Karls II. am Ende des 17. Jahrhunderts. – *Le Roi s'amuse:* Versdrama in fünf Akten, Uraufführung 1832; dieses Drama spielt am Hof des französischen Königs Franz I. Die Hauptfigur ist der mißgestaltete Hofnarr Triboulet. Das Stück bildete die Vorlage für Verdis Oper *Rigoletto* (1851).

S. 224, 17 *Marie Tudor:* Drama in drei »Tagen« (1833), das Georg Büchner ins Deutsche übersetzte. Marie Tudor, »Maria die Blutige«, Tochter König Heinrichs VIII. aus seiner ersten Ehe, Königin von England von 1553 bis 1558.

S. 225, 9 *korinthisches Erz:* ein kostbares Metall von unbekannter Natur im

Altertum. – *15 Monseigneur Bienvenu:* der mildtätige Bischof Myriel, in dessen Haus der Sträfling Jean Valjean Aufnahme findet und dem er ein wertvolles Tafelgeschirr stiehlt. – *32 Pfarrer von Saint-Roch:* s.o. zu S. 138, *12*.

S. 226, *30 Sosias:* soviel wie Doppelgänger; Diener des Königs Amphytrion in Molières, von Kleist übersetzter (und bearbeiteter) Komödie (nach Plautus), dem dort der Gott Merkur als sein Doppelgänger begegnet (und übel mitspielt). – *34 »Das Licht ...«:* Joh 1, 9.

S. 227, *3 Tempête sous un crâne:* Sturm unter einem Schädel. – *22 Javert:* der Polizist und Spitzel, der Valjean nachforscht. – *25 de Maistres Ausspruch:* »Ich weiß nicht, was das Leben eines Schurken ist, ich war niemals einer; aber das eines anständigen Menschen *(d'un honnête homme)* ist abscheulich.« Joseph de Maistre (1753-1821) in einem Brief an den Chevalier de Saint-Réal (*Lettres et opuscules inédits,* Paris 1851, Bd. I, 407). – *27 »wer zittert, fühlt sich schuldig«:* Robespierre in einer Rede vom 11. Germinal des Jahres II: »Ich sage, wer immer in diesem Augenblick zittert, ist schuldig, denn die Unschuld fürchtet niemals die öffentliche Überwachung.«

S. 228, *9 Fantine:* Ihr Name steht über dem ersten Teil des Romans; sie stirbt im Spital an Schwindsucht. – *20* Sir Thomas *Lawrence* (1769-1830), berühmter englischer Porträtist. – *21 Velasquez* (1599-1660), Maler des spanischen Barock. – *26 die Elenden:* Das Wort *misérable* hat die gleiche schillernde Doppelbedeutung wie im Deutschen: »elend« und (in seinem ursprünglichen Sinne) »erbärmlich«.

S. 229, *4 Moloch:* ein Götze der Phönizier, Ammoniter und Moabiter, dem Menschenopfer dargebracht wurden (siehe 3. Mos 20, 2 und Jer 32, 35). – *Teutates:* ein Gott der alten Gallier und Germanen, dem ebenfalls Menschenopfer dargebracht wurden (Tacitus, *Germania,* 9). – *17 bei den Haaren packt:* ein verwandtes Bild wie oben S. 222, *36*. Hier spielt offensichtlich eine Erinnerung an die Massagetenkönigin Tomyris herein, die, nachdem sie den älteren Kyros besiegt hatte, sein abgeschlagenes Haupt in einen Sack mit Menschenblut tauchte und dabei sprach: »Du hast mich zugrunde gerichtet durch die listige Gefangennahme meines Sohnes; nun will ich dich, wie ich gedroht habe, mit Blut sättigen.« (Herodot I, 214) – *21 immer noch genügend Spuren:* »Theorie der wahren Zivilisation. Sie liegt weder im Gas, noch im Dampf, noch im Tischrücken, sondern einzig und allein in der Verminderung der Spuren der Erbsünde.« (›Mein entblößtes Herz‹ XXXII; siehe Bd. VI, S. 245)

SHAKESPEARES DREIHUNDERTSTER GEBURTSTAG

14. April 1864, Figaro (als offener Brief); Œ P 1908; Œuvres/Pl II.

William Shakespeare war am 23. April 1564 in Stratford on Avon geboren worden. Europa und die Vereinigten Staaten rüsteten sich, die dreihundertste Wiederkehr dieses Tages feierlich zu begehen. Victor Hugo hatte ein Buch *William Shakespeare* geschrieben, das am 15. April ausgeliefert werden sollte. Es war als eine Art Vorwort zu der Übersetzung sämtlicher Shakespearedramen gedacht, die sein Sohn François-Victor unternommen hatte und die von 1859 bis 1866 in 18 Bänden erschien. Shakespeare feiern hieß demnach, Hugo, und mit ihm die Demokratie, feiern. Am 4. April hatte sich ein Komitee gebildet, dem Freunde und Bewunderer Hugos angehörten; allen voran Paul Meurice und Auguste Vacquerie.

Dieses Komitee hatte Hugo gebeten, auf einem Festbankett am 23. April *in absentia* den Ehrenvorsitz zu übernehmen. Baudelaire war ebenfalls eingeladen worden, hatte jedoch in einem Schreiben an Vacquerie abgesagt, da er in Anbetracht seiner Reise nach Brüssel, »zu seinem Bedauern« an dieser Zusammenkunft nicht teilnehmen könne. – Baudelaires Artikel ist der vorletzte, den er vor seiner Abreise nach Belgien veröffentlichte. Er erschien ohne Namensnennung (obwohl solches Anonymat selten ein Geheimnis blieb) und könnte dazu beigetragen haben, daß die Regierung die Veranstaltung am 16. April untersagte.

S. 230, 4 *Mehr als einmal ...:* Baudelaire war im *Figaro* in den vergangenen Jahren wiederholt geschmäht und parodiert worden. Am 4. Juni hatte dort Gustave Bourdin, der Schwiegersohn von Jean-Hippolyte Villemessant, dem Leiter der Zeitung, die *Fleurs du Mal* verrissen und die Staatsanwaltschaft auf diese »Abscheulichkeiten« aufmerksam gemacht (siehe Bd. IV, S. 124f.).

S. 231, *17* François *Guizot* (1787-1874), Historiker, Minister, Literatur- und Kunstkritiker; übersetzte Gibbon und veröffentlichte 1821-1824 eine revidierte Fassung der 1776-1783 in 20 Bänden erschienenen Übersetzung der Dramen Shakespeares von Pierre Letourneur. – *18 Komitee:* Zu den Mitgliedern dieses Komitees gehörten Auguste Barbier, Hector Berlioz, Alexandre Dumas, Jules Favre, George Sand, Théophile Gautier, François-Victor Hugo, Legouvé, Littré, Paul Meurice, Michelet. – *20 Villemain:* s. o. S. 211-218. In seinen *Mélanges historiques* hatte er 1828 einen *Essai littéraire sur Shakespeare* veröffentlicht. – *23 Alraun:* s. o. zu S. 216, *5*. – *25 Philarète Chasles* (1798-1875), Kritiker, Professor am Collège de France; veröffentlichte 1852 einen Sammelband *Études sur William Shakespeare, Marie Stuart et l'Arétin;* außerdem lieferte er (zusammen mit Lebas und Mennechet) 1836 eine Übersetzung von ›Richard III.‹, ›Romeo und Julia‹ und dem ›Kaufmann von Venedig‹. Über ihn siehe Cl. Pichois, *Philarète Chasles et la vie littéraire au temps du romantisme* (2 Bde, 1965). – *28 Versailles:* wo sich Baudelaire vermutlich aufhielt, als er diesen Artikel schrieb. – *31* Émile *Deschamps* (1791-1871) gehörte dem ersten *cénacle* der Romantiker an, war mit Victor Hugo und Alfred de Vigny befreundet; hatte ›Romeo und Julia‹ und (zusammen mit Vigny) ›Macbeth‹ übersetzt. Die beiden Übersetzungen waren 1844 in einem Band erschienen. Ein Exemplar dieses Bandes schickte er im Juli 1857 an Baudelaire als Gegengabe für die übersandten *Fleurs du Mal*. Sechs Briefe von Deschamps an Baudelaire aus den Monaten Juli bis September 1857 sind überliefert; einer davon ist ein Gedicht *Sur Les Fleurs du Mal, À quelques censeurs* (siehe Lettres/B, 123-134).

S. 232, 2 *in dem offiziellen Staatsblatt: Le Moniteur universel,* der in der Tat das *Journal Officiel* des Zweiten Kaiserreichs war. Gautier hatte dort am 4. April in seinem Feuilleton auf die für den 23. April geplante Veranstaltung hingewiesen. – *11 Philoxène Boyer:* s. o. zu S. 15. – *20 dieser peinlichen Oden:* vor allem die *Ode à la Paix,* die 1852 am Théâtre-Français rezitiert worden war: eine Huldigung an Napoleon III., um deretwillen Boyers republikanische Freunde ihn einen Judas nannten. – *22 Auguste Barbier:* siehe S. 151-155. – *23 Berlioz:* Komponierte eine »symphonische Dichtung« *Roméo et Juliette*. – *28 Auf seine Weise ›Hamlet‹ übersetzt hat:* Baudelaire spielt auf Delacroix' Bild *Hamlet et Horatio au cimetière* an, das sich heute im Louvre befindet. – *29 korruptes Mitglied des Munizipalrats:* Delacroix hatte von 1852 bis 1860 der Stadtverwaltung von Paris angehört. – *32* Edouard Desnoyers de *Biéville* war Theaterkritiker an der von Baudelaire am meisten verabscheuten Zeitung, *Le Siècle*. Er war seiner *Vorbehalte* wegen berühmt, mit denen er seine Lobeserhebungen einschränkte. – *35* Ernest *Legouvé* (1807-1903),

Dramatiker und Moralist. – *Saint-Marc Girardin* (1801-1873), antiromantischer Kritiker und Publizist, der über vierzig Jahre lang für das *Journal des Débats* und die *Revue des Deux mondes* schrieb. Von 1833 bis 1863 war er Professor an der Sorbonne. Sein *Cours de littérature dramatique* in fünf Bänden erschien 1843-68. – *37 anderen Girardin:* Émile de Girardin (1806-1881), Publizist und Journalist; gründete und leitete die Zeitung *La Presse*. Dort hatte 1850 der Journalist Jules Allix einen enthusiastischen Artikel über die »Entdeckung« zweier Spaßvögel geschrieben, wonach die Schnecken sich durch eine Art sympathetischen Kompaß miteinander verständigten.

S. 233, *5 Jules Favre:* s.o. zu S. 208, *30*. – *14 Dufaure:* s.o. zu S. 207, *8*. – *26 Les Plaideurs:* Racines einzige Komödie, 1688. – *27 Britannicus:* 1669. – *Le Menteur:* Corneilles bekannteste Komödie, 1643. – *28 Le Cid:* 1637. – *Monsieur de Pourceaugnac:* eine *comédie-ballet* von 1669. – *Le Misanthrope:* Komödie in Versen, 1666. – *29 Direktor eines großen Theaters:* Marc Fournier, Leiter des Théâtre de la Porte-Saint-Martin, wo am 23. April eine Festaufführung stattfinden sollte. Vorgesehen war, nach Gautiers Bericht in *Le Moniteur* vom 4. April, ›Hamlet‹ (in einer Bearbeitung von Paul Meurice), ein Verschnitt von ›Heinrich V.‹ und ›Falstaff‹ (von Paul Meurice und Auguste Vacquerie) und Fragmente aus dem ›Sommernachtstraum‹. – *34 Il ne faut jurer de rien:* Dieses *proverbe* (Sprichwortkomödie) Alfred de Mussets erschien zuerst 1836 in der *Revue des Deux mondes,* dann in dem Sammelband *Comédies et Proverbes* (1840).

S. 234, *3 Olympio:* Gemeint ist Victor Hugo, nach seinem Gedicht *Tristesse d'Olympio,* aus *Les Rayons et les Ombres* (1840). – *7 »Tendre et profond amour du peuple!«:* Zärtliche und tiefe Liebe zum Volk. – *23 Victor Cousin* (1792-1867), Professor an der Sorbonne, Erziehungsminister; schrieb in sieben Bänden einen *Cours de la philosophie moderne* (1841-1846). Baudelaire kannte die zweite, unter dem Titel *Du vrai, du beau, et du bien* veröffentlichte Auflage seines *Cours de philosophie* von 1836; ein Werk, auf das er gelegentlich anspielt. – *27 Coterie:* geschlossene Gesellschaft, auch kleinerer politischer oder literarischer Zirkel.

S. 235, *1 Trinkspruch auf Dänemark:* Anspielung auf die im März 1863 erfolgte Einverleibung Schleswigs in Dänemark, die im Winter 1864 den Krieg Österreichs und Preußens gegen Dänemark auslöste. Am 18. April erstürmten die Preußen die Düppeler Schanzen, hinter die sich die Dänen zurückgezogen hatten. Napoleon III. hatte sich geweigert, in dem Konflikt zugunsten Dänemarks zu intervenieren. – *5 auf Polen:* Das Bankett zu Ehren Daumiers hatte am 30. März stattgefunden; Baudelaire, Champfleury und Asselineau hatten daran teilgenommen. – *10 Jean Valjean:* die Hauptgestalt in Victor Hugos Roman *Les Misérables* (siehe S. 262 f.). – *12 auf den wahren Jesus Christus:* vermutlich den von Jules *Renan* in seinem *Vie de Jésus* (1863). – *14* Joseph *Havin:* Chefredakteur des *Siècle*. – *25 Harriett Smithson:* englische Schauspielerin, die in Frankreich in Shakespeares Stücken auftrat; sie heiratete Hector Berlioz. – *Faucit:* Helena Saville (1817-1898), berühmte Darstellerin in Rollen aus Shakespeares Stücken am Theater von Covent-Garden. – *26 Drucken Sie ...:* Diese Schlußformel dürfte zwischen Villemessant und Baudelaire abgesprochen gewesen sein.

Ms; Œuvres posthumes; Œ P I; Œuvres/Pl II.

Am 13. Februar 1865 veröffentlichte die *Indépendance belge* in Brüssel, unter dem Pseudonym Eraste, ein Feuilleton ihres Pariser Mitarbeiters Jules Janin: *Henri Heine et la jeunesse des poètes.* Schon am gleichen Tag heißt es in einem Brief Baudelaires an Heines Verleger Michel Lévy: »Haben Sie den niederträchtigen Artikel von Eraste gegen Heinrich Heine und die *poètes sataniques* gelesen? Ich bin dabei, eine Antwort zu schreiben.« (Corr/Pl II, 462) Und am 15. Februar liest man in einem Brief an den Verleger Julien Lemer: »Haben Sie das niederträchtige Feuilleton von *Eraste* über *Heinrich Heine und die Jugend der Dichter* gelesen? Janin macht dort seine Witze über die Melancholiker. Ich kann das einen Stein in meinen Garten nennen. Ich habe eine Antwort verfaßt.« (Corr/Pl II, 464) Und am 9. März, abermals an Lévy: »Meine Antwort an Jules Janin, anläßlich seines Artikels über *Heine und die Jugend der Dichter,* habe ich seit langem abgeschlossen. Nachdem das getan worden war, und zufrieden darüber, es getan zu haben, hielt ich sie zurück; ich habe sie an keine Zeitung geschickt.« (Corr/Pl II, 472)

Janins Artikel war ein Angriff auf Heines bittere Ironie, der er »die liebenswürdige Trunkenheit der Zwanzigjährigen« entgegenstellt, welche die französischen Dichter besungen hätten. Zuletzt heißt es: Heine »war allerdings das erste Opfer seiner unerschöpflichen Ironie, und als hätte er sich die abscheuliche Verpflichtung auferlegt, heute, morgen und immerdar zu lachen, ist ihm zu Lebzeiten die süße Lust der Tränen unbekannt geblieben; auch sind deren keine über seinem Sarg vergossen worden«.

Jules Janin (1804-1873) wuchs in Lyon und Paris auf. Nach einem kurzen Jurastudium wurde er Literatur- und Theaterkritiker. Ab 1835 war er der alleinige Berichterstatter über die Pariser Theateraufführungen in dem *Journal des Débats;* seine wöchentlichen Feuilletons veröffentlichte er 1858 in sechs Bänden unter dem Titel *Histoire de la littérature dramatique.* Auch ihm mißlang es zuerst, in die Académie française aufgenommen zu werden, und er verfaßte einen witzig-spöttischen *Discours de réception à la porte de l'Académie française* (1865). Fünf Jahre später wurde er dort der Nachfolger von Sainte-Beuve.

Janin und Heine, der 1831 nach Paris ins Exil ging, lernten sich schon in den frühen dreißiger Jahren kennen. Clara Wieck-Schumann berichtet in Briefen an ihren Vater vom März 1839, daß sie Heine und Janin zweimal bei Meyerbeer getroffen habe, der sie zu einem Diner eingeladen hatte. Bei einem dieser Diners war auch Alexandre Weill zugegen: »Heine ist nur Heine, wenn er lächelt – alle seine Gedichte entspringen seinen Mundwinkeln; Heine lächelt aber nicht allein mit dem Munde, sondern auch mit den Augen ...« (Gespräche über Heine, hrsg. von H. H. Houben, Frankfurt 1926, 331) Bei Heinrich Laube, in seinen ›Erinnerungen an Heine‹ (ebd., 570) liest man, am vertrautesten sei Heine in Paris mit Alexandre Dumas, Jules Janin und Gautier gewesen. Heine selber, in einem kleinen Beitrag über seinen Übersetzer Loève-Veimars, spricht 1855 von Janin (ohne ihn zu nennen) als von einem »alten Kameraden«, der »liebenswürdig menschlich intelligent« war (Sämtliche Schriften, hrsg. von K. Briegleb, VI, 1, München 1975, 524). Von Heines Lächeln heißt es 1835 bei Gutzkow, in einer Rezension von Heines zweitem ›Salon‹ (1833): »Dieses deutsche Heinische Lächeln, diese Mischung von Nachtigallengesang, harziger Waldluft, von versteckter Satire auf ganz versteckte Menschen, diese Mischung von Skandal, von Sentimentalität und Weltgeschichte:

wer verstünde das in Frankreich? ... Auch haben ihn die Franzosen gänzlich mißverstanden, und niemand mehr, als der ihm von allen am verwandtesten ist, Jules Janin. Dieses journalistische Genie beurteilte seine Reisebilder ..., aber der heimatliche Genius verwirrte den schwatzhaften J. Janin, Frankreichs klassischsten Pastetenbäcker. Heine wurde von ihm total mißverstanden. Denn nachdem er alles gelobt ... und von nichts gesprochen hatte, als von Swift, und wieder von Swift, bleibt ihm plötzlich sein Lob im Munde stecken, wo er auf Heines Satire kömmt. ›Wozu‹ – fragt der fremde Feuilletonist, – ›wozu aber unter all diesen Rosen der satirische Stachel, oder gar die Pechfackel der Revolution! Wozu bei so vieler Grazie so viel Gift? Wozu der Ärger über deutsche Perücken? Wozu diese ganze Misère der Politik unter all den sylphenhaften Scherzen, der Moniteur unter Veilchen und Liebe?‹ Dies ist der Tadel des Franzosen. Dies alles wundert ihn! O Jules Janin, du momentaner Mensch, du hast Deutschland nicht begriffen ... Du hast mehr getan, als ein Russe, du hast sogar einen Exilierten mißhandelt!« (Zitiert in: Heine, Sämtliche Werke III, München 1973, 917)

Über Baudelaires näheren Umgang mit Janin ist wenig bekannt. Sie werden sich nicht selten begegnet sein. Baudelaire trug Sorge, daß Janin Belegstücke von seinen Büchern zugingen. Die Reihenfolge der beiden Entwürfe seines offenen Briefes an Janin ist schwer zu bestimmen. Vermutlich stellen die Notizen von [II] größtenteils die erste Niederschrift dar. [I] wäre dann so etwas wie eine erste Ausarbeitung, die Baudelaire jedoch kaum schon als endgültige Fassung angesehen haben dürfte. Statt einer Unterschrift sieht man unter [I] das Zeichen eines Krummsäbels (eines Jatagan oder *baudelaire*).

S. 236, *6 Er auch, er selber: Heine.* Die folgenden Worte sind ein Zitat aus dem Artikel von Janin. – *9 Catilina* (108-62 v. Chr.) zettelte eine Verschwörung und einen Staatsstreich an, deren Ausführung und Gelingen vor allem Cicero durch seine Reden verhinderte. – *12* Prosper *Mérimée* (1803-1870), der wegen seiner ironischen Trockenheit bekannt war. Beide Zitate stammen aus dessen *Études sur l'Histoire romaine* (1844). – *22 L'Âne mort et la femme guillotinée:* Janins Roman von 1829, eine Art Parodie auf den romantischen Schauerroman. Baudelaire erwähnt ihn in seiner ›Auswahl tröstlicher Maximen über die Liebe‹ (Bd. I, S. 113). – *31 daß Béranger ein Dichter ist:* Janin hatte in seinem Feuilleton einen Halbvers des Lukrez zum Lobe Epikurs (*Tu pater, et rerum inventor; De rerum natura* III, 9.) auf den Liederdichter Pierre-Jean de Béranger (1780-1857) angewandt, für den Napoleon III. ein Staatsbegräbnis angeordnet hatte. Janin schreibt: »Da sieht man, durch welches Genie, und sagen wir nur alles, durch welche unsägliche Güte man ein nationaler Dichter wird. Und so bereitet man sich ein prächtiges Grabgeleite, dem ein ganzes Volk mit seiner Trauer folgt.«

S. 237, *4 Delphine Gay* (1804-1850), die Frau von Émile de Girardin (s. o. zu S. 232, *37*), schrieb Gedichte, Novellen und Komödien. Die frühen Romantiker verehrten sie. In seinem Artikel stellt Janin dem von ihm getadelten Heine eine ganze Phalanx französischer Dichter entgegen: Victor Hugo, Alfred de Vigny, Alfred de Musset, Sainte-Beuve und Mme de Girardin, Théodore de Banville und Viennet, Auguste Barbier, Hégésippe Moreau, Victor de Laprade, Lecomte Delille (sic!) und Pierre Dupont. – *8* Jean-Pons-Guillaume *Viennet* (1777-1868), schrieb Fabeln, Episteln und Satiren in klassizistischer Manier. – *Banville ... Barbier ... Moreau ... Leconte de Lisle:* siehe die »Betrachtungen über einige meiner Zeitgenossen« (S. 175 ff., 151 ff., 168 ff. und 192 ff.) – *13 verächtlichen Verfasser der Jardins:* s. o. zu S. 172, 20.

S. 238, *11 in der Indépendance:* In der *Indépendance belge* hatte Janin am 27. Oktober 1864 einen Artikel über die von Feuillet de Conches herausgegebenen Briefe der Königin Marie-Antoinette veröffentlicht und seine Teilnahme an dem Schicksal der unglücklichen Königin bekundet. Die republikanische Zeitung hatte sich von Janins Äußerungen distanziert. Sie kam sogar noch einmal auf diesen Artikel zurück: am 12. Dezember des gleichen Jahres las man in einem Beitrag von Gustave Frédérix, die Zeitung habe den Standpunkt der Wahrheit und der Gerechtigkeit vertreten, indem sie sich dagegen verwahrte, »daß das unglückliche Schicksal einer verführerischen Frau uns veranlassen könnte, die Befreiung und Erneuerung eines großen Volkes zu verfluchen«. – *14 à la Buloz:* Die *Revue des Deux Mondes* hatte am 1. Juni 1855 unter dem Titel *Les Fleurs du Mal* 18 Gedichte von Baudelaire veröffentlicht. François Buloz, der Herausgeber der Zeitschrift, hatte jedoch einen seiner Mitarbeiter beauftragt, den Zyklus durch einen Begleittext abzuschirmen (siehe Bd. I, S. 361). Ähnlich war *Auguste Barbier* behandelt worden, als die *Revue de Paris* im August 1830 sein später berühmtestes Gedicht *La Curée* druckte. – *27 Genus irritabile vatum:* das leicht erzürnbare Geschlecht der Dichter (Horaz, Epistolae II, 2, 102). – *32 J.-J.:* Jean-Jacques Rousseau. – *35 Quand Auguste avait bu, la Pologne était îvre:* Wenn August (der Starke, Kurfürst von Sachsen und König von Polen) getrunken hatte, war Polen betrunken. Ein Vers Friedrichs des Großen aus einer Epistel an seinen Bruder, den Prinzen Heinrich, den Voltaire in seiner *Épître à Catherine II* zitiert und kommentiert. (In Friedrichs Epistel liest man jedoch *Lorsque* statt *Quand.*) – *Sie sind ein glücklicher Mensch:* Janin rühmte sich gerne öffentlich seiner Erfolge und seines Glückes. 1840 erschien von ihm in der *Revue des Deux Mondes* die Schilderung der »Reise eines glücklichen Menschen«; 1841 besang er in einem Feuilleton (*Les Débats,* 18. Oktober) die Glückseligkeit, die er einer reichen Heirat verdankte; in *Les Petits Bonheurs* (1857) preist er die bescheidenen Freuden des Nichtstuns, das Vergnügen, eine Pfeife, eine schöne Uhr zu besitzen ... Seither hatte er in einer Lotterie das große Los gewonnen: die Palazzina Lazarini in Lucca. – Hinsichtlich des Glücklichseins ist Charles Péguy mit Baudelaire einer Meinung: »Ein glücklicher Mensch ist immer schuldig. Zumindest dessen, daß er glücklich ist. Dies aber ist das größte aller Verbrechen.« (*Les Suppliants parallèles, Œuvres en prose complètes* II, Paris 1988, 353)

S. 239, 4 *Fuchs ..., der Ihnen den Busen zerfleischt:* Anspielung auf eine Stelle in Plutarchs Lebensbeschreibung des Lykurg. Plutarch berichtet dort, daß man in Sparta die Knaben, um sie zur Kühnheit und Geschicklichkeit zu erziehen, zum Stehlen nötigte. Sie fürchteten sich so sehr, dabei ertappt zu werden, daß man von einem Knaben, der einen kleinen Fuchs gestohlen hatte und ihn unter seinem Gewand versteckt hielt, erzählt, er habe sich, ohne einen Laut von sich zu geben, den Leib von diesem Tier zerfleischen lassen, bis er auf der Stelle tot umfiel. – *8 Diskrepanz:* im Französischen *discrépance,* ein Anglizismus *(discrepancy).* – *10 Florian:* s. o. zu S. 185, *16.* – *11 der sich nach Schmerzen sehnt:* s. o. zu S. 110, *10.* – *17 Käthchen:* Margot, Margoton, Lisette (Lieschen) und Babette, Namen junger Mädchen in Bérangers Liedern. – *19 Falerner:* Wein aus Falerno, den Horaz in einer seiner Oden preist. – *20 littérarisant:* soviel wie Literaturhersteller. – *21 oestus:* lat. Wallung, Brandung, Hitze, Glut, nämlich der dichterischen Inspiration. – *25* Louise *Colet* (1808-1876), schrieb mehrere Gedichtbände, war die Geliebte Flauberts und Mussets. – *26 Pierre Leroux* (1797-1871), Philosoph und Sozialreformer; lebte damals im Exil auf Jersey. Über seinen Ausspruch und Louise Colets Betragen bei Bérangers Begräbnis ist nichts Näheres bekannt.

S. 240, 2 *Caveau:* s.o. zu S. 172, 24. – 6 *Ein Werther unter den Jüngern des Äskulap:* wörtlich: *Werther carabin.* Baudelaire übernimmt zur Hälfte einen Ausspruch Guizots (s.o. zu S. 231, 17) nach der Lektüre von Sainte-Beuves *Vie, Poésies et Pensées de Joseph Delorme* (1829). Der Held dieses Buches und der Verfasser dieser Gedichte wird als ein melancholischer, jungverstorbener Arzt vorgestellt. – 15 *Gauthier:* abermals einer von Janins Verstößen gegen die Orthographie von Eigennamen. – *Valmore:* Marceline Desbordes-Valmore (siehe S. 156ff.). – 20 *Trimalchio:* der vulgäre Parvenü, dessen Gastmahl in dem ›Satyrikon‹ des römischen Dichters Petronius (1. Jh. v. Chr.) geschildert wird. – 23 *Bürger in seinem Stall:* »Wenn ein Dichter vom Staat das Recht verlangte, einige Bürger in seinem Stall halten zu dürfen, würde das große Verwunderung erregen; wenn jedoch ein Bürger ein Stück gebratenen Dichter verlangte, würde man das ganz natürlich finden.« (›Raketen‹ 1; Bd. VI, S. 205) – 30 *Charlots Tod:* Hier und im folgenden spielt Baudelaire auf verschiedene Episoden in Janins Roman *L'Âne mort et la femme guillotinée* (1829) an.

S. 241, 5 *Wenn der Teufel alt wird, verwandelt er sich ...:* in ein altes Weib; sprichwörtliche französische Redensart. – 9 *Gérard hat sich erhängt:* Gérard de Nerval hatte sich am 26. Januar 1855 in der Rue de la Vieille Lanterne erhängt. – *Janino Imperatore:* Wenn Hänschen (Janin = der kleine Hans) als Kaiser regierte. – 15 *Margoton:* s.o. zu S. 239, 17. – *Juvenal* (ca. 60-140 n. Chr.), römischer Satiriker. – 16 *Lukan* (39-65 n. Chr.), Verfasser des unvollendeten Epos *De bello civili,* das meist als *Pharsalia* zitiert wird. Das Epos behandelt den Bürgerkrieg zwischen Pompejus und Cäsar. – *Petronius ... Trimalchio:* s.o. zu S. 240, 20. – 20 *aus dem Grab heraufbeschworenen Toten: Pharsalia* VI, 501-815. – 21 *thessalischen Hexen:* Erichtho, die bei Lukan den Toten heraufbeschwört, ist eine solche thessalische Zauberin, von denen dort auch berichtet wird, daß sie den Mond herunterzwingen und auf dem Grase tanzen lassen. – 22 *jenen anderen:* Juvenal. – 26 *Babettchen:* s.o. zu S. 239, 17.

S. 242, 7 *haben Sie niemals die Lust verspürt, auf- und davonzugehen ...:* vgl. das Gedicht *Le Rêve d'un curieux* (Bd. III, S. 327ff.) und das späte, erst postum veröffentlichte Prosagedicht *Any where out of the world* (Bd. VIII, S. 292ff.). – 11 Alfred *Tennyson* (1809-1892), aus dessen Gedicht *The Lotos-Eaters* (*Poems, Chiefly Lyrical,* 1832) Baudelaire zwei Verse für sein Gedicht *Le Voyage* entlehnte (siehe Bd. III, S. 423f.). – 18 *Villemain:* s.o. zu S. 211ff. – 27 *Totenköpfe in die Suppenterrine ...:* übertreibende Anspielung auf Jonathan Swifts (1667-1745) grimmiges Pamphlet ›Bescheidener Vorschlag, armer Leute Kinder in Irland ihren Eltern und Mitbürgern minder beschwerlich, und fürs Gemeinwesen ersprießlich zu machen‹ (1729). – 35 *Psylle:* Die Psyllen waren ein als Schlangenbeschwörer berühmtes Volk der Kyrenaika in Libyen.

S. 243, 8 Louis-Désiré *Véron* (1798-1867), gründete 1829 die *Revue de Paris,* war Direktor der Opéra, kaufte 1844 die Zeitung *Le Constitutionnel,* in dem Eugène Sues (1804-1875) Feuilletonroman *Le Juif errant* (1844/45) erschien. – 9 *littérature affectueuse:* Baudelaire entsinnt sich einer Stelle in *Les Hommes et les mœurs en France sous le règne de Louis-Philippe* (Paris 1853) von Hippolyte Castille: »All diese Schmerzen, die durch die Feder der Dichter und Romanciers nach Erbarmen schreien, reizen seine Nerven und bringen ihn um den Schlaf. Das heißt, sich dem Sybaritismus bis in die Lektüre ergeben. ›Schaffen Sie uns‹, sagt er, ›eine *liebevolle* Literatur‹.« – 10 *Sybaritismus:* Weichlichkeit, Üppigkeit; nach der wegen ihres Wohllebens bekannten altgriechischen Stadt Sybaris in Unteritalien. Véron war als

Lebemann bekannt und ein beliebter Gegenstand der Karikaturisten. – *17 Solözismen:* Verstöße gegen die Sprachrichtigkeit und die Wortfügung. – *22 salamandrischer Geist:* Der Salamander lebt der Sage nach im Feuer. – *23* Michail *Lermontow* (1814-1841); Baudelaire kannte seinen Roman ›Ein Held unserer Zeit‹ (1840) aus einer 1856 erschienenen Übersetzung. – Giacomo *Leopardi* (1798-1827); ihn kannte Baudelaire vielleicht aus einem Artikel von Sainte-Beuve, der 1844 in der *Revue des Deux Mondes* erschienen war. – José de *Espronceda* (1808-1842), Dichter der spanischen Romantik. Alle vier Genannten waren Dichter des Weltschmerzes, die jung starben. – *22 Marie-Joseph Chénier* (1764-1811), verfaßte Satiren, Episteln und patriotische Gesänge; schrieb auch ein Drama *Charles IX* (1789), das die Ereignisse der Bartholomäusnacht behandelt und das revolutionäre Publikum seiner Zeit begeisterte. Baudelaire schätzte ihn und liebte es, seine vollklingenden Verse zu rezitieren. – *der andere:* Marie-Josephs Bruder André Chénier (1762-1794), der unter der Schreckensherrschaft auf dem Schafott endete und dessen Gedichte erst 1819 aus dem Nachlaß herausgegeben wurden. Er ist der berühmtere von beiden, doch Baudelaire schätzte ihn wenig. In seinem ersten Aufsatz über Théophile Gautier wirft er ihm »seine weichliche Antike à la Louis XVI« vor (Bd. V, S. 91). – *31 Thomas Hoods Kupido:* Hinweis auf ein Gedicht von Thomas Hood (1799-1845): *On the Popular Cupid* (aus *Whims and Oddities*, in *Prose and Verse*, 1826), aus dem Baudelaire einen längeren Auszug in seinem ›Salon 1859‹ in seiner Übersetzung zitiert (siehe Bd. V, S. 161 f.).

S. 244, *4 Jean Pharond:* vielleicht ist Ernest Prarond (1821-1909) gemeint; dieser war befreundet mit Le Vavasseur (siehe S. 197 f.) und Philippe Chennevières, mit denen zusammen er die *»École normande«* gründete. – *5 Jean Beaudlair:* vermutlich eine der weiteren Verschreibungen Janins, die sich jedoch nicht in dem hier angegriffenen Artikel findet. In diesem werden Gautier und Baudelaire überhaupt nicht genannt; was einer der Hauptgründe für Baudelaires »Wutanfall« gewesen sein dürfte. – *8 Wie man ein Stück Prosa in Verse setzt:* Anspielung auf einen anderen Artikel Janins. – *9 Der Tick von Villefranche ...:* nicht zu erhellende Anspielungen. – *28 Janin lobt Cicero:* Janin hatte in der *Indépendance belge* am 8. März 1865 Cicero (und Viennet) gelobt; ein indirektes Kompliment für Villemain, der ein großer Bewunderer Ciceros war. – *31* Samuel-Ustazade *de Sacy* (1801-1879), Chefredakteur des *Journal des Débats*, und wie Villemain Mitglied der Académie française, hatte in dieser Zeitung am 14. und 20. März zwei umfangreiche Artikel über Napoleons III. Buch *Histoire de Jules César* veröffentlicht. Man las dort: »Aber Cicero, wie könnte man ihn preisgeben! Er ist unser Cäsar, der Cäsar der *gens de lettres!* Cäsars Reich ist untergegangen, Ciceros Reich wird niemals untergehen!« De Sacy versetzt damit dem kaiserlichen Geschichtsschreiber einen Hieb, womit er sich auf die Seite der *Orleanisten* (s. o. zu S. 206, *8*) stellt. In einem Brief Baudelaires an Sainte-Beuve vom 30. März 1865 liest man: »Haben Sie Janins abscheuliches Feuilleton gegen die melancholischen und spottsüchtigen Dichter (anläßlich Heinrich Heines) gelesen? *Und Viennets Name unter den großen Dichtern* Frankreichs! – und vierzehn Tage später ein Feuilleton, *in dem er Cicero herausstreicht!* Hält er Cicero etwa für einen Orleanisten oder für einen Akademiker? Monsieur de Sacy sagt: *Cicero ist* UNSER *Cäsar!* Oh! nein, nicht wahr?« (Bd. VIII, S. 78).

28. Oktober 1865, La Petite Revue (Nekrolog, gezeichnet: Ch. B.); Œuvres/Conard V (L'Art Romantique), 1925; Œuvres/Pl II.

Philibert Rouvière (1805-1865) war am 19. Oktober 1865 als Junggeselle in dürftigen Verhältnissen gestorben. Dem Nekrolog ging eine kurze Notiz (vermutlich von Poulet-Malassis) voraus: »Der folgende Artikel über den Schauspieler Rouvière, der in der vergangenen Woche starb, stammt von einem Schriftsteller, dem es mehr als jedem anderen zusteht, von den Originalen dieser Zeit zu sprechen.« Baudelaire hatte bereits 1855/56 in der 61. Lieferung der *Nouvelle Galerie des artistes dramatiques vivants* einen Aufsatz über Rouvière veröffentlicht (siehe Bd. II, S. 218-224). Außerdem hatte er gehofft, Rouvière werde die Hauptrolle in seinem Stück *L'Ivrogne* spielen (siehe Bd. II, S. 211-217).

S. 245, *11 Mordaunt:* in der Bühnenbearbeitung der *Trois Mousquetaires* (Uraufführung 1844) von Alexandre Dumas. – *17 Karl IX.:* der Bruder der Marguerite de Valois, Tochter Heinrichs II. und der Catarina Medici, Gemahlin Heinrichs IV., der sie verstieß; in dem Schauspiel *La Reine Margot* (1845), das Alexandre Dumas in Zusammenarbeit mit Auguste Maquet verfaßte. – *21 Grafen von Monte-Cristo:* Bühnenbearbeitung des Romans *Le Comte de Monte-Cristo* (1846) von Alexandre Dumas. – 22 Hippolyte *Hostein* (1814-1879), Leiter des von Dumas gegründeten Théâtre-Historique, dann von 1849 bis 1858 Leiter des Théâtre de la Gaîté, dann des Théâtre du Cirque (des späteren Théâtre du Châtelet). Ihm hatte Baudelaire 1860 sein Exposé des *Marquis du Ier houzards* eingereicht (siehe Bd. V, S. 271-281, und in diesem Band die Anmerkung zu S. 219). – *25* Paul *Meurice* (1820-1905), Dramatiker in der Nachfolge Hugos. – *27 Goethe, der behauptet:* »Ihm wird das Fechten sauer, der Schweiß läuft ihm vom Gesichte, und die Königin spricht: ›Er ist fett, laßt ihn zu Atem kommen.‹ Kann man sich ihn [Hamlet] da anders als blond und wohlbehäglich vorstellen?« Worte Wilhelms in ›Wilhelm Meisters Lehrjahre‹ (V, 6). – *29* Adolphe-Philippe *Dennery* (1811-1899), Verfasser populärer Dramen, Bearbeitungen und Libretti. – *33 Maître Favilla:* Uraufführung 1855.

S. 246, *4 Jean-Jacques:* Rousseau. – *Florian:* s. o. zu S. 185, *16*. – Arnaud *Berquin* (ca. 1749-1791), Verfasser von Kinderbüchern, veröffentlichte 1782/83 in 24 Lieferungen *L'Ami des enfants*. – *5 Le Comte Hermann:* Uraufführung 1849 am Théâtre-Historique. – *8 Othello:* genauer Titel dieser Tragödie in Versen *La Mort de Venise* (Uraufführung 1829 am Théâtre-Français). – *27* Antoine-Jean *Gros* (1771-1835), ein Schüler von David; seine bekanntesten Gemälde sind ›Die Pestkranken von Jaffa‹ (1804) und ›Napoleon auf dem Schlachtfeld von Eylau‹ (1808). – *37 Herr de Goncourt:* einer der Brüder Edmond und Jules Goncourt (1822-1896 und 1830-1870), Historiker, Kunstkritiker und Erzähler, die in ihrem *Journal* (unter dem 22. März 1865) den Verkauf von Rouvières Bildern erwähnen, jedoch ohne einen Hinweis darauf, daß sie selber eines dieser Bilder erworben hätten.

S. 247, *1 Théophile Silvestre* (1823-1876), Kunstkritiker, Freund und Bewunderer Delacroix', den dieser sehr viel mehr schätzte als den ihm fernerstehenden Baudelaire. – *2 Lucquet:* Mitinhaber der Firma Cadart et Lucquet; s. u. zu S. 261, *3*. – *4* Théodore *Géricault* (1791-1824); sein Hauptwerk ist »Das Floß der Medusa«, das im Salon von 1819 ausgestellt worden war und das sich heute im Louvre befindet. – *10 Le Comédien Trianon:* in den *Contes d'automne* (1854).

EUGÈNE DELACROIX' FRESKEN IN SAINT-SULPICE

15. September 1861, Revue fantaisiste; AR 1868; Œuvres/Pl II, 729-731. Der Abdruck in AR und Œuvres/Pl II ohne den Schluß des Artikels (S. 253, *28* – 256, *7*), den Baudelaire selber in seinem Nachruf auf Delacroix zitiert (S. 278, *34* – 281, *14*).

Der 64jährige Delacroix hatte im Frühjahr 1861 die bereits 1849 in Auftrag gegebene Ausmalung der den Engeln gewidmeten Kapelle der Pariser Kirche Saint-Sulpice beendet. Es ist seine letzte bedeutende Leistung im Bereich der Wandmalerei. Die Wand links vom Kapelleneingang zeigt den »Kampf Jakobs mit dem Engel«, die gegenüberliegende Wand »Heliodors Vertreibung aus dem Tempel«; das Dekkengemälde stellt den »Erzengel Michael im Kampf mit dem Satan« dar. Engelsfiguren bedecken die Zwickel. (Jack J. Spector, *The Murals of Eugène Delacroix at Saint-Sulpice,* New York 1967; Johnson V, 159-192, VI, Taf. 62-69) Delacroix war stolz auf sein Werk und hoffte zuversichtlich auf eine positive Aufnahme in der Öffentlichkeit. Er ließ am 29. Juli 1861 eine mit einem Prospekt verbundene Einladung drucken, die für Besucher und Journalisten Thema und Programm skizzierte. Die Kapelle war in der Zeit vom 31. Juli, dem Tag der Weihe, bis zum 3. August 1861 für die Besichtigung geöffnet. Delacroix wandte sich an den Dichter und Journalisten Théophile Gautier, an die Kunstkritiker Thoré-Bürger und Paul de Saint-Victor, außerdem an einflußreiche Persönlichkeiten wie den Baron Haussmann, den Finanzminister Achille Fould sowie den damals zurückgezogen lebenden Staatsmann Adolphe Thiers, der 1822 Delacroix' ›Dantebarke‹ als Werk eines Genies begrüßt hatte (siehe Bd. I, S. 206-208). Es ist wahrscheinlich, daß er auch Baudelaire aufgefordert hat, aber dafür besitzen wir keinen Beleg. Auf jeden Fall dankte der Maler Baudelaire für seinen Artikel in einem Brief vom 8. Oktober 1861.

»Ich danke Ihnen sehr aufrichtig, sowohl für Ihr Lob, als auch für die Überlegungen, die es begleiten und bestätigen, über diese geheimnisvollen Wirkungen der Linie und der Farbe, die leider nur wenige Adepten verspüren. Dieses Musikalische und Arabeskenhafte in einem Werk ist für viele Leute wie nicht vorhanden, die ein Bild betrachten, wie die Engländer eine Landschaft betrachten: das heißt, sie haben die Nase in ihrem *Reiseführer,* um sich gewissenhaft über den Ertrag des Landes an Getreide und anderen Handelsgütern zu unterrichten. Ebenso wollen die braven Kritiker verstehen, um beweisen zu können. Was sich nicht genau mit dem Zirkel ausmessen läßt, kann sie nicht zufriedenstellen; sie kommen sich wie betrogen vor angesichts eines Bildes, das nichts beweist und das nur Vergnügen bereitet« (Lettres/B 119f.).

Nicht alle Kritiker bewiesen die Weitsicht Baudelaires. Wenn auch Gautier Delacroix' Kühnheit in den Fresken als Vollendung der Romantik pries (*Le Moniteur universel,* 3. August 1861), Léo de Bernard in ihnen »die höchste Verherrlichung der religiösen Mysterien« sah (*Le Monde illustré,* 18. Januar 1862, 39) und Louis Ulbach von Delacroix' »Genie« sprach (*Le Courrier du Dimanche,* 4. August 1861), so verhielt sich der größte Teil der Kritiker ablehnend. Vitet spricht in der *Revue des Deux Mondes* am 1. April 1862 mit einigen Schnörkeln vom »Scheitern« Delacroix'. Thoré-Bürger mischt Lob mit Kritik (der Hl. Michael erscheine »ziemlich vulgär«; *Le Temps,* 9. August 1861): Saint-Victor stellt »der erlesenen Schönheit« »übermäßige Fehler« entgegen (*La Presse,* 4. Februar 1862), und Duplessis vermißt Größe, Verve und farbliche Harmonie und bemängelt die gröbliche Ausführung (*Les Deux Mondes: Illustration religieuse,* 30. Januar 1862). Lavergne benutzte seinen Tadel zu einer allgemeinen Attacke gegen die Romantik und diejenigen Kritiker, die, wie Gautier, für Delacroix Partei genommen hatten. – Eine Zusammenfassung der Rezeption geben Horner, 164f., Sérullaz, 165ff., Johnson, V, 164ff.

S. 251, *3 in folgenden Versen:* Genesis XXXII, 24-33. Baudelaire zitiert aus der Bibelübersetzung des jansenistischen Theologen Louis-Isaac Lemaistre de Sacy (1613-1684), die 1846 neu aufgelegt worden war. – *30 Kabbalisten:* Baudelaire kannte gewiß Adolphe Francks *La Kabbale ou la philosophie religieuse des Hébreux* (Paris 1843), der auf die symbolische Deutung der Bibel durch die Kabbalisten, insbesondere im Sohar, hinwies. In einem Brief vom 8. Januar 1860 an den Verleger Poulet-Malassis hatte Baudelaire von Meryons wunderlicher Anwendung kabbalistischer Praktiken berichtet (Bd. V, S. 61), sonst aber nirgendwo die Kabbala erwähnt. – *Swedenborgianer:* Die Anhänger Emanuel Swedenborgs (1688-1772) hatten die Kirche des Neuen Jerusalem gegründet und in Frankreich eine »religiöse und wissenchaftliche Zeitschrift«, *La Nouvelle Jérusalem,* herausgegeben. Swedenborg deutet in seinem Bibelkommentar *Arcana Coelestia* (›Himmlische Geheimnisse‹, 1749) detailliert die einzelnen Szenen des Kampfes Jakobs mit dem Engel als den Versuch, die Wahrheit mit dem Guten zu verbinden. – *33 Maler seines Temperaments:* Boissard berichtet, daß die zeitgenössische Kritik Delacroix den Vorwurf machte, diesem Gegenstand nicht den »Charakter der inneren Sammlung und Frömmigkeit« verliehen zu haben, »den man meist in unseren Kirchen sucht« (*Le Correspondant,* April 1862, 746).

S. 252, *2 patriarchalisch:* Baudelaire hatte im ›Salon 1859‹ das »patriarchalische Leben« im Orient als Nachklang des archaischen Geistes der Frühzeit bezeichnet (Bd. V, S. 175), den auch Delacroix auf seiner Reise nach Marokko empfunden hatte (Bd. I, S. 209). Für Thoré-Bürger war diese Landschaft »eines der bedeutendsten Stücke, die man je in einer Malerschule gewagt hat« (*Le Temps,* 9. August 1861); für Vitet ist es »die poetischste biblische Landschaft, die man sich vorstellen kann« (*Revue des Deux Mondes,* 1. April 1862, 711). Gautier weist zu Recht auf den Einfluß der Landschaft von Tizians »Martyrium des Hl. Petrus« in Venedig, S. Giovanni e Paolo, hin (1867 verbrannt), von dem Delacroix eine Kopie von der Hand Géricaults besaß (Johnson V, 165). – *19 in mehreren Religionen:* so in der altindischen, wo der Gott Indra die Schlange schlägt, oder im babylonischen Weltschöpfungsmythos, wo der Göttersohn Marduk als Lichtgestalt den Chaosdrachen Tiamat besiegt. Parallelen bestehen auch zum ägyptischen Sonnengott Horus, der den Drachen Typhon-Seth tötet, und zur griechischen Mythologie mit Apoll, der die Schlange Python vernichtet. – *23 Verses bei Jesaja:* In Kapitel XIV, Vers 12, wird die Höllenfahrt des Königs von Babel mit dem Sturz des Morgensterns, den man Luzifer gleichsetzte, verglichen. Den Namen Luzifer übertrugen die Kirchenväter auf Satan, weil sie einen Bezug zu Lukas X, 18 sahen. – *24 Epistel Sankt Judä:* Vers 9. – *27 Apokalypse: XII, 7;* »Und es erhob sich ein Streit im Himmel: Michael und seine Engel stritten mit dem Drachen; und der Drache stritt und seine Engel.« – 29 John *Milton* (1608-1674), Verfasser des religiösen Epos *Paradise Lost,* ›Das Verlorene Paradies‹. Der Kampf zwischen Michael und Satan wird im 6. Gesang beschrieben. Miltons Satansdeutung wirkt bis in Baudelaires *Litanies de Satan* nach (Bd. III, S. 314ff.). – *30 Gemälden von Meisterhand:* Michaels Sieg über Luzifer stellte Raffael 1518 dar (Louvre; unter Beteiligung von Giulio Romano). Eine Kopie dieses Gemäldes durch Pierre Mignard (1612-1695) befindet sich in Saint-Sulpice; einige Kritiker weisen auf die Ähnlichkeit von Delacroix' Fresko zu dem Gemälde hin. Ein Holzschnitt Dürers aus der Folge der Apokalypse behandelt das gleiche Thema, wie auch, neben vielen anderen, der Barockmaler Guido Reni. – *35 Geschichte Heliodors:* der syrische Minister Heliodor versuchte das Geld der Witwen und Waisen, das im Tempel aufbewahrt wurde, zu rauben (2. Makkabäer, Kap. 3). Raffaels Fresko aus den Stanzen des Vatikans hatte Pate gestanden, insbesondere die Gestalt des göttlichen Boten auf dem Pferde.

S. 253, *28 Großmut des Kaisers Trajan:* eigentlich die ›Gerechtigkeit Trajans‹ (1840; Rouen, Musée des Beaux-Arts). Siehe Bd. II, S. 247. – *29 Einzug der Kreuzfahrer* in Konstantinopel (1840; Louvre). Die »stürmische und düstere Harmonie« des Bildes hatte Baudelaire »bis ins Innerste« ergriffen (Bd. II, S. 247). – *31 vorsätzlich epische Zeichnung:* Bereits im ›Salon 1846‹ hatte Baudelaire die »Koloristen« als »epische Dichter« bezeichnet und sie den klassizistischen »Zeichnern«, als den »auf Abstraktionen bedachten Philosophen«, entgegengestellt (Bd. I, S. 206). – *33 Dekadenz:* Baudelaire denkt offenbar an Äußerungen von Dubosc de Pesquidoux (*L'Union,* 27. April 1859) oder Gabrielis (*Moniteur des Arts,* 25. Juni 1859), die von der *»décadence«* des Meisters sprachen (siehe Bd. V zu S. 153, 37). – *35* Victor *Hugo* (1802-1885), der romantische Dichter, den man Delacroix gerne an die Seite setzte. Baudelaire lehnte diesen Vergleich auf das entschiedenste ab (Bd. I, S. 210).

S. 254, *19 Hierarchie der Qualitäten:* Es geht um den Streit der Zeichner und Koloristen, der Poussinisten und Rubenisten. Die ersteren behaupteten den Vorrang der Linie gegenüber der Farbe, während die Rubenisten sich auf Tizian beriefen und die Wirkkraft der Farbe höher einschätzten. Diese Auseinandersetzung setzte sich bis ins 19. Jahrhundert fort. Baudelaire hatte jedoch erkannt, daß eine zu stark schematisierende Gegenüberstellung von klassizistischen Zeichnern und romantischen Koloristen weder Ingres noch Delacroix und ihren Anhängern gerecht würde. – *29 Materialisten:* Der Vorwurf des Materialismus und der Sinnlichkeit wurde traditionsgemäß den Koloristen von seiten der klassizistischen Ästheten gemacht, die die Zeichnung als Ausdruck der geistigen Durchdringung der Materie betrachteten.

S. 255, *1 incitamentum:* Baudelaire führt hier Gedanken fort, die er im ›Salon 1859‹ über die Rolle der Natur als »Wörterbuch« des schöpferischen Geistes formuliert hatte (Bd. V, S. 145). – *2 weder Linie noch Farbe:* Bereits 1846 hatte Baudelaire von der »ewigen, allgemeinen Bewegung«, der Vibration, in der sich die Natur befindet, gesprochen und erläutert, daß für Delacroix die Linie nicht existiert (Bd. I, S. 201, 214). – *5 ich stelle ihn mir als Kind vor:* hierzu siehe auch Baudelaires Essay über den ›Maler des modernen Lebens‹ (Bd. V, S. 220ff.). – *6 Schlangenlinien:* Soviel wie Arabesken. Dieser Begriff findet sich häufig in der Kunstkritik Baudelaires: »Arabeske der Komposition« oder des »Umrisses« (›Salon 1859‹, Bd. V, S. 203; ›Der Maler des modernen Lebens‹, Bd. V, S. 230). In den ›Intimen Tagebüchern‹ bezeichnet er die Arabeske als »vergeistigste« und »idealste« Form der Zeichnung (›Raketen‹ IV, V). Delacroix stimmt in seinem Dankesbrief an Baudelaire dem Gedanken von der Musikalität der arabeskenhaften Linienführung zu. – *19 unabhängig von dem Sujet:* Schon in der ›Weltausstellung 1855‹ hatte Baudelaire darauf hingewiesen, daß Delacroix' Bilder durch ihre Farbgebung bereits aus einer Entfernung, die den Gegenstand nicht erkennen läßt, wirken und dieses Phänomen aus der »Harmonie zwischen der Farbe und dem Gegenstand« erklärt (Bd. II, S. 250). Das *Sujet* eines Bildes machte für Baudelaire einen Teil des »Genies« des Künstlers aus (›Salon 1859‹, Bd. V, S. 196). Er verabscheute jedoch eine literarische oder gar im Anekdotischen steckenbleibende Kunst. Daß Baudelaire hier die Wirkung der Farbe und Linie losgelöst vom Sujet konzipiert, macht ihn zu einem der fortschrittlichsten Kunsttheoretiker seiner Zeit.

EXPOSITION MARTINET

Erste Hälfte Januar 1862, Revue anecdotique (ohne Signatur); Œuvres/Pl II.

W. T. Bandy hat diesen Artikel Baudelaire zugeschrieben (*The Revue anecdotique and Baudelaire,* in: *The Romanic Review,* Februar 1938, XXIX, 68-73). Diese Zuschreibung ist bisher nicht bestritten worden, erscheint jedoch nicht unproblematisch. Eine eingehende stilistische Untersuchung könnte zutage bringen, daß Baudelaire diesen Artikel nicht selbst geschrieben, aber möglicherweise inspiriert hat. Eine solche Hypothese würde die vom Schreiber gefällten ästhetischen Urteile über die Zeichnungen von Joly de Saint-François und die »prächtigen« Gemälde von Legros, über die Bedeutung von Ideen für die Kunst und die Unparteilichkeit des Urteils, die nicht ganz eindeutig Baudelaires Überzeugungen entsprechen, erklären. Louis Martinet (1814-1895), als Historienmaler Schüler von Gros, wurde durch seine Galerie auf dem Boulevard des Italiens im Hôtel des Marquis von Hertford bekannt. Er stellte dort 1860 fünfundzwanzig Gemälde Chardins (1699-1779) aus verschiedenen Privatsammlungen aus, 1862 Werke von Rembrandt, Ruysdael, Velasquez und Ribera und ab 1860 von jungen Künstlern vornehmlich diejenigen, die zum offiziellen Salon nicht zugelassen wurden. In den seit 1860 monatlich zu einem Teil wechselnden Austellungen waren Millet, Dupré, Th. Rousseau, Whistler u. a. vertreten, Manet 1863 mit vierzehn, 1865 mit neun Gemälden. Damit füllte Martinet neben dem bedeutenderen Durand-Ruel eine Lücke innerhalb des damaligen Kunstmarkts. Er gab den *»refusés«* – den von der Jury zurückgewiesenen Künstlern – die für den Absatz ihrer Bilder bitter notwendige Möglichkeit, sich einer interessierten Öffentlichkeit vorzustellen. Die Bedeutung dieser Galerie wird durch die Tatsache erhellt, daß Martinet 1862 zusammen mit Théophile Gautier die Société nationale des Beaux-Arts gründete, aus der sich 1881 die Société des artistes français entwickelte (vgl. Corr/Pl II, 176, 735 und 1019 f.).

S. 257, *14 als schlecht oder nur als mittelmäßig:* Martinet hielt auch ein Jahr später an seinem Grundsatz fest und erklärte am 15. April 1863 im *Courrier Artistique:* »Zahlreiche Künstler, deren Bilder von der Jury abgelehnt wurden, baten uns um eine Ausstellung in unserer Galerie. Hier ist unsere Antwort: Wir werden versuchen, alle Geächteten aufzunehmen. Das einzige, das wir streng bekämpfen, ist Mittelmäßigkeit. Jedes uns angebotene Kunstwerk, das frei von diesem Makel ist, ist willkommen« (zitiert nach John Rewald, ›Die Geschichte des Impressionismus‹, Köln 1965, 56). – *18 Unparteilichkeit:* 1846 hatte sich Baudelaire gegen dieses Prinzip ausgesprochen und von der Kritik gefordert, »parteiisch, leidenschaftlich« zu sein (Bd. I, S. 197). – *19 Juries:* Die Kritik an der akademisch ausgerichteten Jury des offiziellen Salon, die von sieben- bis achttausend Bildern wenig mehr als die Hälfte zulassen konnte, hatte sich 1859 zugespitzt. Eine damals von den zurückgewiesenen Künstlern organisierte Kundgebung gegen die Jury mußte von der Polizei aufgelöst werden. 1863 wurde der Protest so stark, daß die Regierung ihnen eine eigene Ausstellungsmöglichkeit – den *»Salon des Refusés«* zugestand. Martinet hatte im Rahmen seiner Möglichkeiten diese Lösung bereits praktiziert. – *22 kleines Journal: Le Courrier artistique,* der vom 15. Juni 1861 bis zum November 1865 erschien. Der überraschende Vergleich mit einem Hafenbulletin erklärt sich aus der Tatsache, daß die Gemälde laufend ausgewechselt wurden und es somit weder einen eigentlichen Ausstellungsbeginn noch ein Ende gab. – *28* Léon Joly de *Saint-François* (1822-1886), heute gänzlich vergessener Genre- und Landschaftsmaler, den Baudelaire sonst nicht erwähnt. Er nahm 1848-1857 öfters am Salon teil und stellte 1864 nach längerer Pause zwei Zeichnungen aus. Danach ist er wieder regelmäßig im Salon vertreten. Die Formulierung von dem Künstler, der »denken kann«, findet sich in Baudelaires Überlegungen zu einem Titel für seinen Aufsatz über »Die philosophische Kunst«: *Les Peintres qui pensent* (Die Maler, die denken; siehe Bd. V, S. 384). Er macht dort keinen Hehl aus seinen Vorbehalten gegenüber einer gedanklich befrachteten Kunst.

S. 258, *3 Legros:* Auf Alphonse *Legros'* (1837-1911) ›Angelus‹ war Baudelaire im ›Salon 1859‹ ausführlich eingegangen (Bd. V, S. 151 f.). Er besaß einige Werke von ihm (Corr/Pl II, 430). Der Maler war entscheidend von Courbets Realismus geprägt, dem er eine religiöse Note verlieh. – *6 Frauen vor einem Kreuz:* Mit diesem ›Exvoto‹ errang Legros im Salon 1861 den wohl größten Erfolg seiner künstlerischen Laufbahn (1860; Dijon, Musée des Beaux-Arts; Expo 1968/69, Nr. 528; Ausstellungskatalog *A. Legros,* Dijon 1957, Abb. II). – *7 Mönche:* ›Die Berufung des Hl. Franziskus‹ *(La Vocation de saint François),* datiert 1861; Alençon, Museum. Ausstellungskatalog *A. Legros,* Dijon 1957, Abb. IV. Vgl. auch unten S. 262, *30.* – *11 spanischen Darstellungen:* Legros war auf einer vierzehntägigen Spanienreise nur bis Katalonien gekommen. Der spanische Einfluß wurde eher von Courbet und anderen direkt durch die spanische Kunst geprägten Künstlern vermittelt (Alexander Seltzer, *Alphonse Legros, The Development of an Archaic Visual Vocabulary in 19th Century Art,* Diss., New York at Binghamton 1980, 99 ff.). Viele seiner Radierungen haben spanische Themen wie *La Messe dans une église espagnole* (›Messe in einer spanischen Kirche‹) und *Le Chœur d'une église espagnole* (s. u. zu S. 265, *20*). Baudelaire hatte die Begeisterung der Romantiker für die spanische Kunst geteilt (siehe Bd. I, zu S. 128, *25*). – *15 Eugène Lavieille* (1820-1889). Baudelaire hatte ihn als ernsthaften Corot-Schüler schon 1845 beachtet (siehe Bd. I, S. 172) und war von der elegischen Stimmung der im Salon 1859 ausgestellten Winterlandschaft höchst angetan (Bd. V, S. 190 f.). Das hier erwähnte Gemälde, *L'Inondation de Saint-Ouen en 1861* (Die Überschwemmung von Saint-Ouen), ist verschollen. Über die persönlichen Beziehungen zwischen Baudelaire und dem Maler siehe Georges Gendreau/Claude Pichois, *Baudelaire, Lavieille, Asselineau,* in: Buba VIII, Nr. 2, 1973, 13-16. – *28 Sardanapal:* ›Der Tod des *Sardanapal*‹, Salon 1827/28; Paris, Louvre. Baudelaire hatte 1855 das Fehlen dieses Gemäldes auf der Weltausstellung bedauert (Bd. II, S. 249). Er hob damals ebenfalls den femininen Zug des orientalischen Despoten hervor, der den Siegern nach seinem Freitod keines der Geschöpfe überlassen wollte, die seinem Vergnügen gedient hatten: Frauen, Pagen, Pferde, Hunde. Mit dem ›Sardanapal‹ zeigte Martinet eine Skizze zum Plafond der Apollogalerie (s. u. zu S. 269, *1*) sowie ein 1830 datiertes Ölbild ›Junger Tiger, mit seiner Mutter spielend‹ (Louvre; Johnson I, 35 f., II, Taf. 50 f.). 1860 hatte Martinet bereits 23 Werke von Delacroix ausgestellt.

S. 259, *6 Devéria:* Achille Devéria (1800-1857) war ein geschickter Illustrator insbesondere der romantischen Dichter, der gefällige oder oft auch freizügige Drucke produzierte. Er radierte auch Gemälde seines Bruders *Eugène* (1805-1865), der 1827 für einen Augenblick mit Delacroix verglichen wurde. – In dem Werk des David-Schülers und Historienmalers Antoine *Gros* (1771-1835) wird Baudelaire das »Erhabene« gesehen haben. – 7 Louis *Boulanger* (1807-1867), Schüler Achille Devérias, war ein enger Freund Victor Hugos, der ihn zu zahlreichen Werken inspirierte. – *Bonington:* s.u. zu S. 288, *6*. Bereits im ›Salon 1859‹ hatte Baudelaire von »jener glücklichen Zeit« geschwärmt, »da Seite an Seite mit einer neuen literarischen Schule eine neue Schule der Malerei blühte: Delacroix, die beiden Devéria, Boulanger, Poterlet, Bonington usw.« (Bd. V, S. 143).

DIE RADIERUNG IST IN MODE
[Erste Fassung der »Maler und Radierer«]

Erste Hälfte April 1862, Revue anecdotique (ohne Überschrift und ohne Signatur); Œuvres Pl II.

Abgesehen von dem Schluß des Artikels hat Baudelaire sämtliche Teile in unterschiedlicher Reihenfolge für die erweiterte Fassung *Peintres et aquafortistes* wiederverwendet; siehe S. 262 ff.

S. 260, *5 ein Klub:* Baudelaire hatte möglicherweise über Seymour Haden Kenntnis von dem 1838 gegründeten *Etching-Club,* dem dieser seit 1860 angehörte, vielleicht auch über Fantin-Latour oder Legros, die in Londoner Künstlerkreisen lebten. – *10* James Abbott McNeill *Whistler* (1834-1903) wurde in Lowell/Massachusetts geboren. Während seiner Lehrjahre in Paris (in Gleyres Atelier ab 1856) wurden die Freundschaft mit Fantin-Latour und Courbet sowie der Kreis um Manet und Degas für ihn bedeutsam. 1858 schuf er eine Folge von 13 Radierungen, die sog. »Französische Serie«, von Delâtre publiziert, 1859 sechzehn Radierungen mit Ansichten von der Themse (s.u. zu S.*265, 14*). Im Salon 1859 wurden zwei seiner Radierungen, *Portrait de femme* (›Frauenporträt‹) und *La Marchande de moutarde, Cologne* (›Mostrichhändlerin, Köln‹) ausgestellt; das Gemälde ›Am Klavier‹ war zurückgewiesen worden. Trotz seiner Übersiedlung nach London 1859 blieb er seinen französischen Freunden verbunden und stellte mehrfach in Paris aus. Auf seine Anregung ging Legros 1863 nach London. 1865 trat Whistler in die Société des Aquafortistes ein. Er fand zu Lebzeiten nur als Graphiker Anerkennung, vornehmlich mit seinen im impressionistischen Stil radierten Blättern. Siehe K.A. Lochnan, *The Etchings of Whistler,* New Haven, Yale University Press, 1984. – *11 Galerie Martinet:* siehe S. 257ff. – *19 Méryons Kollektion:* Charles Meryon (1821-1868) ist berühmt durch seine Ansichten von dem Paris vor der Umgestaltung durch den Baron Haussmann. Als Dokument historisch bedeutsam gehören seine Radierungen zu den bedeutendsten Werken der europäischen Druckgraphik. Meryon starb geistig umnachtet im Irrenhaus zu Charenton. Baudelaire widmete ihm im ›Salon 1859‹ einen längeren Abschnitt, obwohl er nicht ausgestellt hatte (Bd. V, S. 194f.). Die Société des Aquafortistes brachte 1865 eine Radierung von ihm heraus. – *35 Legros:* s.o. zu S. 258, *3* und zu S. 265, *20*.

S. 261, *3* François *Bonvin* (1817-1887). Baudelaire begegnete ihm persönlich und erwähnte in seinem Aufsatz über den Realismus »Courbets und Bonvins familiäre, bäuerliche Sujets« (Bd. II, S. 204). Er schätzte die »kräftige und überraschende Vitalität« seiner Porträts (›Salon 1859‹, Bd. V, S. 184) und bewahrte ihm seine Sympathie. Bonvin war 1862 und 1865 passives Mitglied der Société des Aquafortistes. Cadart publizierte 1861 seine Folge von ›Sechs Radierungen‹, die Baudelaire erwähnt: *Les Instruments de l'eau-forte* (›Die Instrumente der Radierung‹), *Fileuse bretonne* (›Bretonische Spinnerin‹), *Enfant mangeant sa soupe* (›Kind, seine Suppe essend‹), *Graveur, effet de lampe* (›Radierer bei Lampenlicht‹), *La Rue du Champ de l'Alouette* (›Die Straße des Champ de l'Alouette‹), *Le Joueur de guitare* (›Der Gitarrenspieler‹) (Beraldi II, 1885, 164; Gabriel P. Weisberg, *François Bonvin*, Paris 1979, 309-311, Abb. 345-350). Einige der hier von Baudelaire erwähnten Künstler wie Legros, Whistler, Fantin-Latour und Ribot stellten 1859 in Bonvins Atelier ihre vom Salon zurückgewiesenen Gemälde aus. – Alfred *Cadart* (1828-1875) begann 1859 seine Laufbahn als Verleger und Händler von Druckgraphik und Photographien. 1861 veröffentlichte er die ersten Folgen mit Originalradierungen von Legros, Bonvin und André Jeanron, denen 1862/63 weitere Publikationen von Jongkind, Manet, Daubigny u. a. folgten. Cadart wurde zu einem Herausgeber der Avantgarde. – 4 Félix *Bracquemond* (1833-1914) war einer der angesehensten Radierer seiner Zeit in Frankreich (Jean-Paul Bouillon, *Félix Bracquemond, les années d'apprentissage (1849-1859): la genèse d'un réalisme positiviste*, Thèse Paris 1987). Er spielte in der Société des Aquafortistes von Beginn an eine führende Rolle und radierte für sie das erste Blatt sowie weitere Radierungen in den folgenden Jahrgängen (Bailly-Herzberg I, II). Neben Reproduktionen schuf er auch eine Reihe berühmter Originalradierungen, darunter Bildnisse einiger Literaten und Künstler aus seinem Freundeskreis, z. B. von Baudelaire (Album, 206), Manet und Meryon (Expo 1968/69, Nr. 535). Er illustrierte Bücher von Baudelaires Verleger Poulet-Malassis. Der Dichter lehnte seinen Entwurf des Frontispiz für die zweite Ausgabe der FM ab (siehe Claude Pichois, *Poulet-Malassis, Baudelaire et Bracquemond* in: B/Etudes, 187-200; Ico, Nr. 109, 110, 112; Album, 205 f.). – Léopold *Flameng* (1831-1911) lieferte Illustrationen für die *Gazette des Beaux-Arts* und *L'Artiste* und schuf 1859 Radierungen für *Paris qui s'en va, Paris qui vient* (›Paris, das vergeht, Paris, das kommt‹) aus Anlaß der Umgestaltung der Stadt durch Haussmann mit Texten von Gautier, Champfleury u. a. Besonders geschätzt sind seine zahlreichen Reproduktionen nach Gemälden alter wie zeitgenössischer Meister (Rembrandt, Ingres, Laurens) wegen seiner geistreichen Wiedergabe des malerischen Charakters. – François Nicolas *Chifflart* (1825-1901), Maler und Illustrator, dessen ›Melancholie‹ nach Dürer Baudelaire 1856 als Titelblatt seiner Übersetzung von Poe's *Histoires extraordinaires* wählte. 1859 hatte Baudelaire seine Illustration zu Goethes ›Faust‹ gelobt (Bd. V, S. 174). Cadart war Chifflarts Schwager und hatte 1859 einen Teil seines *Œuvre*, ein Album mit 20 Abbildungen, davon 16 photographische Reproduktionen, herausgegeben. – 7 Johan Barthold *Jongkind* (1819-1891), ein holländischer Maler, der 1846 in Isabeys Pariser Atelier arbeitete. Die Enttäuschung über den ausbleibenden Erfolg ließ ihn 1855 zurück nach Holland gehen. Zwei Jahre später lernte er Courbet kennen und kehrte 1860 nach Paris zurück. Jongkind, ein Wegbereiter des Impressionismus, wird ein »Monet in Schwarz und Weiß« genannt werden (M. Melot, *L'Estampe impressionniste*, Paris 1974, 39). Cadart verlegte fast sein gesamtes, nur etwa 20 Blatt umfassendes, aber hervorragendes graphisches Werk (Delteil I, Abb. 1-20). Baudelaire erwähnt sein *Cahier des six eaux-fortes, Vues de Hollande* vom Februar 1862 (Delteil I, 1-7); das Deckblatt eines Exemplars trägt eine handschriftliche Widmung an Baudelaire (Expo 1968/69, Nr. 526). Baudelaire, der Jongkind 1862 besuchte (Lettres/B 198), besaß 1864/65 möglicherweise auch ein Gemälde von ihm (Corr/Pl II, 430). Jongkind war Mitglied der Société des Aquafortistes seit deren Gründung und radierte u.a. für die 2. Lieferung vom Oktober 1862 eine *Vue de la ville de Maaslins* (Bailly-Herzberg, I, 57, Abb. S. 73; II, 121-123). – *12 Gekritzel:* Diderot benutzt das französische Wort *griffonnage*, das vorbereitende Studien bezeichnet, statt des von Baudelaire zitierten *»gribouillage«*, das einen negativen Beigeschmack hat. Siehe Gita May, *Diderot devant la magie de Rembrandt*, Publications of the Modern Language Association of America, Sept. 1959, 390. – *15 André Jeanron* (1834-1873), Sohn und Schüler des bekannteren Philippe Auguste Jeanron. Cadart hatte 1861 einige Originalradierungen von André Jeanron herausgebracht, der zu den ersten Mitgliedern der Société des Aquafortistes gehörte. – Théodule Augustin *Ribot* (1823-1891), Maler und Radierer, zu dessen Vorbildern Courbet, spanische Barockmaler und Chardin gehörten. Er war neben Whistler und Legros einer der Künstler, die von der Jury des Salons 1859 zurückgewiesen wurden und die bei Bonvin (s.o. zu 261, *3*) ausstellten. 1862 und 1865 war er Mitglied der Société des Aquafortistes, für die er sieben Blätter radierte (Expo 1968/69, 126, Nr. 545). Zu dieser Zeit fertigte er ein Porträt Baudelaires, eine Federzeichnung mit Gouache nach einem Foto Carjats (Ico, Nr. 51), an. – Edouard *Manet* (1832-1883) und Baudelaire kannten sich seit 1858 oder 1859. Baudelaire widmete ihm 1859 sein Prosagedicht ›Der Strick‹ (Bd. VIII, S. 232). Manet stellte den Dichter auf der ›Musik in den Tuilerien‹ dar (1860-1862, London, National Gallery) und radierte 1862 zwei Porträts von ihm. – *16 Cadart:* s.o. zu S. 261, *3*. – *18 John Lewis Brown* (1829-1890), französischer Maler, Radierer und Lithograph, schottischer oder irischer Herkunft, in Bordeaux geboren. Baudelaire notiert Browns Namen zweimal in seinen *Carnets* (Œuvres/Pl I, 730, 752). – *21 Alfred de Dreux* (1810-1860) wurde von Baudelaire in den ›Salons‹ von 1845 und 1846 besprochen (Bd. I, S. 164, 256). – *22 Eugène*-Louis *Lami* (1800-1890) war von Baudelaire als liebenswürdiger Chronist der eleganten Gesellschaft und als »Poet eines Dandytums des Wagemutes und der Gelegenheit« bezeichnet worden (Bd. I, S. 282; Bd. V, S. 169, 217, 256, 258).

MALER UND RADIERER

14. September 1821, Le Boulevard; AR; Œuvres/Pl II.

Im Mai 1862 hatten Bracquemond (s.o. zu 261, 4), Legros (s.o. zu S. 258, *3*), der Schriftsteller Hippolyte Babou (s.o. zu S. 15, *25*) und der Kunsthändler Cadart (s.o. zu S. 261, 3) die Société des Aquafortistes gegründet. Ziel der Gesellschaft war laut Satzung die »Verbreitung und Vervollkommnung der Radierung«; die Redaktion verpflichtete sich, monatlich fünf Radierungen zu drucken. Der Subskriptionspreis für einen Jahrgang mit 60 Drucken betrug 50 Franken (Bailly-Herzberg I, 41). Die erste von Baudelaire erwähnte Lieferung (s.u. zu S. 264, *11*) erschien am 1. September 1862 bei Cadart und war Anlaß für Baudelaires hier abgedruckte Überarbeitung und Erweiterung des bereits im April veröffentlichten Artikels *L'Eau-forte est à la mode.* In einem Brief vom 4. August 1862 versuchte Baudelaire auch Gautier für die Unterstützung dieses Unternehmens zu gewinnen: »Es wäre reizend von Dir, wenn Du ein paar freundliche Worte über das Unternehmen der Radierer sagen könntest. Ihre Idee ist ganz sicher sehr gut« (Corr/Pl II,

253). Gautier ging auf die Anregung ein und schrieb im *Moniteur Universel* vom 27. Oktober 1862 einen Artikel sowie 1863 *Un Mot sur l'eau-forte* (›Ein Wort über die Radierung‹, abgedruckt bei Bailly-Herzberg I, 89 und 266-267) als Vorwort für die zwölf ersten in einem Band vereinigten Lieferungen. Baudelaire selbst dichtete für die von der Société des Aquafortistes veröffentlichte Radierung von Manets *Lola de Valence* eine vierzeilige Inschrift (Bd. IV, S. 54).

Die wenigen Seiten über die Radierung zeigen erneut Baudelaires sehr nahes Verhältnis zur Kunst. Er war ein Kunstliebhaber und Kenner. Seine leider verstreute Sammlung von Drucken und Handzeichnungen bezeugt das. In der Radierung liebte Baudelaire den persönlichen Ausdruck des Künstlers, er erkannte in dem Duktus der Linien die individuelle Handschrift, die das Künstlerische unverhüllter offenlegt, als es die Technik der Ölmalerei erlaubt. Er kannte den Unterschied zwischen einem Stich und einer Radierung und die daraus resultierenden Konsequenzen für den Künstler. Der Stecher gräbt mit seinem Grabstichel die Linien direkt in die Kupferplatte ein; die damit verbundene Anstrengung erfordert Disziplin und Festigkeit der Hand. Der Radierer hingegen kann mit verführerischer Leichtigkeit, auf deren Gefahr Baudelaire aufmerksam macht, seinen Griffel über den säurefesten Firnis gleiten lassen, der die Kupferplatte bedeckt. Die derart in den Firnis eingeritzten Linien legen die Platte frei, die nunmehr der Säure ausgesetzt wird. Diese ätzt überall da Vertiefungen in die Platte ein, wo der Stift des Radierers diese beim Zeichnen freigelegt hat. Nachdem der Firnis entfernt ist, werden die Vertiefungen mittels einer Rolle mit Druckerschwärze gefüllt. Die Platte ist nunmehr zum Druck bereit.

Baudelaires Sinn für die Radierung erklärt sich aus seiner Liebe für alte Graphik überhaupt. Er stöberte gerne in den Kartons mit Zeichnungen und alten Drucken der Antiquare und der Bouquinisten auf den Seine-Quais. Holzschnitte zu Vesalius' *Anatomie,* Kupferstiche von Goltzius, Radierungen von Rembrandt, Callot und vor allem Goya gehörten zu seiner Vorstellungswelt, regten ihn zum dichterischen Schaffen an und schlugen sich in manchen Gedichten der FM nieder (siehe Bd. III, S. 72, 82, 94, 121).

Die Überlegungen zur Radierung enthalten die einzige öffentliche Stellungnahme Baudelaires zu dem ihm befreundeten Maler Edouard Manet, der damals den Impressionismus entscheidend vorbereitete: Baudelaire hebt die Kraft seiner schöpferischen Phantasie und seinen Sinn für »die moderne Wirklichkeit« hervor. Allerdings wird die Anerkennung seiner Qualitäten durch die Koppelung seines Namens mit dem eines anderen Freundes, Alphonse Legros, relativiert, dessen *Angelus* er ein erstaunliches Lob im ›Salon 1859‹ gespendet hatte, und dem die Kraft und Bedeutung Manets abgeht. Überraschend ist auch sein Enthusiasmus für eine der schwächsten, mühsam nach Daguerreotypien gezeichneten Radierungen Meryons, den ›Blick auf San Francisco‹. Baudelaire hatte Meryons Genie begriffen, die Originalität Bracquemonds geschätzt, Jongkind anerkannt, der Manet in der Radierung nahekam und eine gewichtige Rolle bei der Entwicklung der impressionistischen Radierung in jenen Jahren spielte. Er war angetan von Whistler, dessen ›Französische Serie‹ von 1858 Michel Melot »super-impressionistisch« nennt (*L'Estampe impressionniste,* Paris 1974, 43). Baudelaire wußte ihre Feinheit zu schätzen, nannte »Improvisation«, was später den Namen *Impression* erhielt.

Baudelaire unterstützte die Ziele der Société des Aquafortistes, weil die Radierung der 1850er Jahre, wie Jean-Paul Bouillon (*L'Estampe impressionniste* in: Revue de l'Art, 1989, 76) hervorhebt, in der vordersten Linie der Opposition gegen das akademische System stand, das auch er sein Leben lang bekämpfte. Sie lag ihm am Herzen, weil sie eine exklusive Kunst ist, die Sinn für Subtilität und bemühende Vertiefung vom Betrachter fordert, eine »aristokratische« Kunst, wie er schreibt, weil die Maler-Radierung sein Verlangen nach Werken befriedigte, die die Individualität des Schöpfers trotz ihrer Reproduzierbarkeit unverfälscht zum Ausdruck bringen.

S. 262, *6 verschlechtert:* Auch im ›Salon 1859‹ gedenkt Baudelaire mit einer gewissen Wehmut der glücklichen Zeit der Romantik (Bd. V, S. 143). – *7 einem einzigen Manne:* nicht *Ingres,* sondern Delacroix. – *19* Gustave *Courbet* (1819-1877); mit der Malerei seines einstigen Freundes (Bd. II, S. 204 ff., S. 411 ff.) war Baudelaire immer wieder wegen dessen Mangels, wie er meinte, an schöpferischer Phantasie ins Gericht gegangen (Bd. V, S. 140, 149). Jetzt leistet er ihm ein wenig Abbitte. Der »ungeheure Erfolg«, von dem er spricht, war mehr ein Skandalerfolg, denn Courbets Realismus wurde im allgemeinen als häßlich, als zu tendenziös und sozialkritisch abgelehnt. So organisierte der Maler 1855 eine spektakuläre Sonderausstellung vor den Toren der Weltausstellung (siehe Bd. II, S. 417; Alan Bowness, *Courbet and Baudelaire,* in: *Gazette des Beaux-Arts,* XC, 1977, 189-199). – *20 Reaktion:* Ähnlich grundsätzliche Überlegungen finden sich in den Seiten zur ›Weltausstellung 1855‹ (Bd. II, S. 239). – *27 Legros:* s. o. zu S. 258, *3.* – *Manet:* s. o. zu S. 261, *15.* – *28 Das Angelus:* siehe Bd. V, S. 151 f. – *30 Das Exvoto:* s. o. zu S. 258, *6.* – *32* Albert de La Cour, comte de *Balleroy* (1828-1873) gehörte zu den ersten Mitgliedern der Société des Aquafortistes, für die er vier Radierungen schuf, auf die sich sein gesamtes graphisches Œuvre beschränkt. Er stellte seine Gemälde fast alljährlich in den Salons aus, teilte eine Zeitlang ein Studio mit Edouard Manet und wurde zusammen mit Baudelaire auf Fantin-Latours Gemälde *Hommage à Delacroix* (Ico, Nr. 52; Album, 226) dargestellt. Balleroy kaufte Legros das *Exvoto* »aus Freundschaft« ab; 1868 schenkte Legros es dem Museum von Dijon (Bailly-Herzberg II, 9). – *Mönche: La Vocation de saint François,* s. o. zu S. 258, *7.* – *34 Versammlung von Professoren:* vermutlich die *Discussion scientifique,* die in diesem Jahr 1862 auf der ersten Ausstellung der Société Nationale des Beaux-Arts und später im Salon 1863 zu sehen war. Das heute verschollene Gemälde war noch 1882 im Besitz Philippe Ricords (1800-1889), eines Chirurgen und Syphilisspezialisten, dessen Haus einem Museum glich. E. Chesneau schätzte das Gemälde als ein »schönes Werk« (*L'Art et les artistes modernes en France et en Angleterre,* Paris 1864, 173, 281).

S. 263, *3 Der Gitarrenspieler: Le Chanteur espagnol* (1860, New York, Metropolitan Museum; Rouart/Wildenstein, 50, Abb. 32) brachte Manet im Salon 1861 seitens der Jury eine »ehrenvolle Erwähnung« ein. Manets Radierung nach dem Gemälde wurde innerhalb einer Serie von acht Drucken 1862 von Cadart herausgegeben (Expo 1968/69, Nr. 579, 580), auf die Baudelaire in dem Artikel ›Die Radierung ist in Mode‹ (s. o. zu S. 261, *3*) anspielt. – *5 spanischer Würze:* Baudelaire meint den ›Jungen Mann im Majo-Kostüm‹ und ›Mlle Victorine im Kostüm eines Stierkämpfers‹ (beide New York, Metropolitan Museum; Rouart/Wildenstein 80 f., Abb. 70 und 66 f., Abb. 57); Manet stellte sie im *Salon des Refusés* 1863, zusammen mit dem berühmten, damals skandalösen ›Frühstück im Freien‹, aus. Spanischen Charakter hatten gleichfalls etliche der vierzehn Bilder, die Manet ab 1. März 1863 in der Galerie Martinet zeigte und die Mitglieder einer spanischen Tanzgruppe darstellten: ›Das spanische Ballett‹ (1862; Washington, Philipps Collection; Rouart/Wildenstein 64 f., Abb. 53). Der Exotismus spanischer Prägung gefiel Baudelaire

(s. o. S. 258, *11*). Manet kannte vermutlich das 1848 geschlossene ›Musée espagnol‹ im Louvre, das auch Baudelaire beeindruckt hatte (Bd. I, zu S. 128, 25). Um 1859 kopierte der Künstler im Louvre ein damals Velasquez zugeschriebenes Gemälde, ›Die kleinen Reiter‹ (Rouart/Wildenstein 40 f., Abb. 21), das als Radierung auch in der erwähnten Mappe *Huit eaux-fortes* 1862 erschien. 1865 verbringt Manet zum ersten Mal zwei Wochen in Spanien; seine *spanische* Periode nimmt darauf ein jähes Ende (J. Rewald, ›Die Geschichte des Impressionismus‹, Köln 1965, 94). – *9 Manet:* Die Erwähnung von Manet in diesem Artikel ist das einzige öffentliche Urteil Baudelaires über den Wegbereiter des Impressionismus. Baudelaire drückte seine Vorbehalte gegenüber Manet in dem berühmten Brief vom 11. Mai 1865 aus, wo er ihn als den Ersten im Verfall seiner Kunst charakterisiert: *»vous n'êtes que le premier dans la décrépitude de votre art«* (Bd. VIII, S. 85; dazu Drost 1989, 13 f.). Zugleich aber bat er brieflich Kritikerkollegen wie Gautier, Manet zu stützen. Die Société des Aquafortistes veröffentlichte in ihrer ersten Lieferung Manets Radierung nach seinem Gemälde *Les Gitanos* (Bailly-Herzberg I, 55, Nr. 4, Abb. S. 72). – *Legros:* Abgesehen von dem Qualitätsunterschied zwischen Manet und Legros besteht eine Gemeinsamkeit in ihrer Vorliebe für die spanische Kunst. Die Maler wurden möglicherweise 1859 durch Baudelaire aufeinander aufmerksam gemacht und waren bald freundschaftlich miteinander verbunden (Seltzer, 99). Legros' Porträt von Manet wurde im *Salon des Refusés* 1863 ausgestellt (Paris, Petit Palais; Ausstellungskatalog *Legros,* Dijon 1957, Kat. Nr. 7). – *10 Einbildungskraft:* Über die Bedeutung der schöpferischen Phantasie siehe im ›Salon 1859‹ Kapitel III und insbesondere Kapitel IV, »Die Herrschaft der Einbildungskraft« (Bd. V, S. 140-149). – *29 Rembrandt* hatte Baudelaire zu einer Strophe seiner *Phares* inspiriert, wobei auch Radierungen Anregungen gegeben hatten. Sein Name taucht immer wieder in Baudelaires Schriften zur Kunst auf, allein im ›Salon 1846‹ neunmal. Das Werk des Radierers wurde in Frankreich schon in der Mitte des 18. Jahrhunderts hoch geschätzt; 1751 erschien dort der erste Katalog seiner Radierungen. Die eigentliche Würdigung setzte jedoch erst in der Mitte des 19. Jahrhunderts ein. 1859 publizierte Charles Blanc *L'Œuvre complet de Rembrandt,* mit 40 Radierungen nach dem Meister von Léopold Flameng (s. o. zu S. 261, 4).

S. 264, *3* Joseph-Louis *Trimolet* (1812-1843). Baudelaire erläutert sein Werk und seine Technik in dem Aufsatz über die französischen Karikaturisten (Bd. I, S. 325 f.). Im ›Maler des modernen Lebens‹ (Bd. V, S. 217) wird er als »Chronist der Armut und des kleinbürgerlichen Lebens« erwähnt. Ein von *Aubert* herausgegebener Band, *Le Comic Almanach pour 1842,* enthält Illustrationen von Trimolet (Expo 1968/69, Nr. 427). – *11 erste Lieferung:* Die erste Lieferung der Société des Aquafortistes vom 1. September 1862 enthielt folgende Radierungen: Bracquemond, *L'Inconnu;* Daubigny, *Parc à moutons;* Legros, *Le Réfectoire;* Manet, *Les Gitanos;* Ribot, *La Prière* (alle abgebildet bei Bailly-Herzberg, I, 53-55, 72). – *30 Jongkind:* s. o. zu S. 261, 7.

S. 265, *1* Sir Francis *Seymour Haden* (1818-1910), Schwager von Whistler. Er studierte in Paris. Neben seiner Tätigkeit als hochangesehener Chirurg widmete er sich insbesondere ab 1858 immer wieder der Zeichnung und Radierung und trug wesentlich zu deren Entwicklung in England bei. 1862 und 1865 war er Mitglied der Société des Aquafortistes, für die er 1862 die *Vue de la Tamise* radierte (Bailly-Herzberg I, 59, Abb. S. 75). Er schuf insgesamt etwa 250 Blätter mit fast ausschließlich landschaftlichen Motiven im Stile Rembrandts, dessen Werk er mit großem Erfolg erforschte. 1880 gründete er die Gesellschaft der Painter-Etchers

(Maler-Radierer). – 2 Jean-François *Millet* (1814-1875), einer der ersten und bedeutendsten Bauernmaler des 19. Jahrhunderts. Baudelaire verurteilte unnachsichtig 1859 die von Millet angestrebte Heroisierung der Landarbeit (Bd. V, S. 188). Millets graphisches Werk umfaßt neben sechs Lithographien und zwei Glasradierungen 20 Radierungen aus den Jahren 1855-1863, die ebenfalls Themen aus der Welt der Bauern zeigen, wie z. B. ›Frau beim Buttern‹, 1855, ›Die große Schäferin‹, 1862 von Auguste Delâtre gedruckt und von Cadart veröffentlicht (Delteil, Abb. 10, 18). Millet hat für die Société des Aquafortistes nie eine Radierung geliefert, obwohl er 1862 auf der Liste der Mitglieder stand. – Charles-François *Daubigny* (1817-1878), einer der Maler, die den Impressionismus vorbereiteten. Baudelaire war 1859 von der »Anmut und Frische« seiner Landschaften bezaubert und fand sie trotz einiger Mängel »durchweg poetisch« (Bd. V, S. 187 f.). Daubigny war 1862 und 1865 Mitglied der Société des Aquafortistes und radierte für die erste Lieferung den *Parc à moutons* (›Schafsgehege‹; Bailly-Herzberg I, 54, Abb. S. 72). – Charles-Edme Cabin, gen. *Saint-Marcel* (1819-1890), Landschafts- und Tiermaler, Schüler von Aligny und Delacroix. 1862 und 1865 war er Mitglied der Société des Aquafortistes, ohne daß eine Radierung von ihm veröffentlicht worden wäre. Das sehr begrenzte graphische Œuvre war kaum bekannt; seine Ansichten vom Wald von Fontainebleau, die 1848, 1852 und 1863 entstanden, sind jedoch bemerkenswert (Beraldi XII, 1892, 5-6). – *3* Jules *Jacquemart* (1837-1880) war 1862 und 1865 Mitglied der Société des Aquafortistes, für deren erstes Album er das Frontispiz sowie weitere Radierungen schuf (Bailly-Herzberg, I, Abb. S. 71; Expo 1968/69, Nr. 520). Seit 1859 arbeitete er für die *Gazette des Beaux-Arts*. Neben einer ganz ausgezeichneten Illustrierung wissenschaftlicher Publikationen und Tafeln zu Gemmen, Juwelen und Keramik reproduzierte er in kleinem Format Gemälde von Leonardo, Michelangelo, Rembrandt, Vermeer van Delft, Goya u. a. – *Liste:* Zu den weiteren Künstlern des 1. Jahrgangs der Société des Aquafortistes gehören noch etwa 35 Künstler, von denen hier nur Corot, Lalanne und Mme O'Connel erwähnt seien. – *7 Etching-Club:* Baudelaires Einschätzung von dem allgemeinen Niveau der englischen Radierung in den 1840er Jahren wird von Curt Glaser geteilt und auch auf die Mitglieder des Etching-Clubs ausgeweitet, die sich in »harmlos seichten Banalitäten« gefielen und mit diesen »eine Folge von Prachtwerken« illustrierten, »die von dem Tiefstand des allgemeinen Geschmacks« Zeugnis ablegten (›Die Graphik der Neuzeit vom Anfang des 19. Jahrhunderts bis zur Gegenwart‹, Berlin 1922, 303). – *14 Ufern der Themse:* 1859 radierte Whistler die *Series of Sixteen Etchings of Scenes on the Thames and Other Subjects,* genannt *The Thames Set* (Expo 1968/69, Nr. 546-548; K. A. Lochnan, *The Etchings of Whistler,* New Haven, Yale University Press, 1984, Abb. 108, 111-113). Sie waren seit dem 15. Januar 1862 in der Galerie Martinet zu sehen. Whistler kritisierte Baudelaires Besprechung in einem Brief an Fantin-Latour: »Man macht in London bessere Artikel. Baudelaire sagt viele poetische Dinge über die Themse und nichts über die Radierungen selber« (zitiert nach Bailly-Herzberg, II, 93). Siehe auch Baudelaires Brief an Whistler am 10. Oktober 1863 (S. 82 f.). – *20 Album:* Legros veröffentlichte bei Cadart und Chevalier 24 Radierungen, *Esquisses à l'eau-forte par A. Legros,* deren Titelblatt eine Widmung an »seinen Freund Baudelaire« trug: *Dédié à son ami Baudelaire* (*Art in Paris 1845-1862,* Salons and other Exhibitions reviewed by Charles Baudelaire. Translated and edited by J. Mayne, London, ^{2}1965, Abb. 72). Baudelaire spielt hier an auf die *Procession dans les caveaux de Saint-Médard* (›Prozession in den unterirdischen Gewölben von St. Médard‹), *La*

Messe dans une église espagnole (›Messe in einer spanischen Kirche‹), *Le Réfectoire* (›Das Refectorium‹; Beraldi, IX, 1889, Nr. 48, 50-58; Expo 1968/69, Nr. 530-533). Nach Crépet besaß Baudelaire 32 Radierungen von Legros. – *23 herber ... Majestät:* Legros schuf 1861 für Poulet-Malassis acht Blätter zu Poes *Histoires extraordinaires* (Beraldi, IX, 1889, 102, Nr. 148-155), die Baudelaires Übersetzung illustrieren sollten. Sie gefielen dem Verleger jedoch nicht, so daß sie keine Verwendung fanden. Die von Cadart angefertigten Abzüge befinden sich in der Public Library von Boston (Arthur W. Heintzelman, *Legros' Illustrations for Poe's Tales,* in: Boston Public Library Quarterly 1956, 43-48; Mayne, Abb. 34, 35; Seltzer, Abb. 2-8/2-16). Baudelaire hatte Legros die Erzählungen Poes vorgelesen (Bailly-Herzberg, II, 134). – *35 Gekritzel:* s.o. zu S. 261, *12.*

S. 266, *5 neue Werke:* Nach einem Aufenthalt in der Irrenanstalt von Charenton 1858/59 – er litt an Schizophrenie – schuf Meryon einige wenige Blätter wie die *Tourelle rue de l'École de Médecine* (›Kleiner Turm in der Rue de l'École de Médecine‹, 1861), *La Rue des Chantres* (1862), *Collège Henri IV* (1864), *Bain-froid Chevrier* (›Das Kaltbad Chevrier‹, 1864) und für die Société des Aquafortistes *Le Ministère de la Marine* (1865; *Meryon,* Abb. S. 126-133). – *8 Album Paris:* Baudelaire meint Meryons *Eaux-fortes sur Paris,* 22 Blätter, die in drei Folgen 1852-1854 bei Delâtre erschienen waren (Expo 1968/69, Nr. 537-542). Delâtre hatte Baudelaire gebeten, begleitende Verse für die Veduten zu schreiben. Das Projekt gelangte nicht zur Ausführung, da Meryon keine Poesie, sondern nur eine kurze topographische Beschreibung wünschte (*Meryon,* 76). Er verfaßte selber Verse für einige seiner Stadtansichten. 1861 hatte Meryon die Platten bis auf wenige Ausnahmen zerstört, nachdem die Chalcographie des Louvre deren Übernahme abgelehnt hatte (ebd. 75). – *10 Vier- bis Fünffache:* 1888 brachte die ›Ansicht der Apsis von Notre-Dame de Paris‹ 120, 1894 sogar 275 Franken, wobei es sich freilich um seltene Zustände *avant la lettre* auf Chinapapier handelte (H. Mireur, *Dictionnaire des ventes d'art,* V, Paris 1911). Eine Radierung von Meryon kostete zu Baudelaires Zeiten etwa »1 Franken, 1 Franken 50 oder 2 Franken« (*Meryon/D. Y. Cameron,* Genf 1981, 67). – *11 Durch die Herbheit* (bis zum Ende des Absatzes) *dort vergessen:* nahezu wörtliche Wiederholung aus Baudelaires Besprechung im ›Salon 1859‹ (Bd. V, S. 194f.). – *26 Blick auf San Francisco:* Das nach fünf Daguerreotypien gezeichnete Panorama, *Vue de San Francisco,* war von den Bankiers J.B. Bayerque und A. Pioche in Auftrag gegeben worden. Meryon vollendete 1857 diese, wie er schrieb, »lange, schwierige und undankbare Arbeit« (Delteil II, Nr. 73). Baudelaires Urteil überrascht: die Radierung ist eines der trockensten und unkünstlerischsten Werke Meryons. – *28* Jules *Niel* (gest. 1872), Bibliothekar im Innenministerium, Freund und Sammler von Meryons Radierungen. Er vermittelte Meryon den Auftrag zu dessen einziger Arbeit für die Société des Aquafortistes, *Le Ministère de la Marine.* Cadart kaufte Niel die Kupferplatte ab.

EUGÈNE DELACROIX
WERK UND LEBEN

2. September, 14. und 22. November 1863, L'Opinion nationale; AR; Œuvres/Pl II.

In diesen Aufsatz über Delacroix hat Baudelaire, wie unten jeweils vermerkt, längere Passagen aus früheren Salonberichten und aus dem Artikel über die Fresken in Saint-Sulpice aufgenommen. Neu sind die Ausführungen zur Person Delacroix', über seinen Charakter, sein Aussehen, seine Lebensführung und seine treue Haushälterin Jenny. Wie in dem ›Salon 1859‹ weist Baudelaire wiederholt darauf hin, daß seine Kenntnisse sich auf eine lange bestehende persönliche Bekanntschaft mit dem Maler gründen; wir wissen jedoch nicht, welche Kenntnisse er aus persönlichen Gesprächen bezogen und was er durch andere erfahren hatte.

Delacroix stand dem 23 Jahre jüngeren, ihn bewundernden Dichter distanziert gegenüber. Zwar haben sich aus den Jahren 1851 bis 1861 insgesamt sieben, meist kürzere Briefe Delacroix' an Baudelaire (B/Lettres 112-120), meist Danksagungen für Artikel oder zugesandte Bücher, erhalten, doch weder diese Briefe noch Delacroix' Tagebücher zeugen von einer herzlichen oder auch nur freundschaftlichen Beziehung. *»Il m'ennuie à la fin«* (»Er geht mir auf die Nerven«), soll der Großbürger und Aristokrat über den Dichter, der in seinen Augen ein Bohemien war, gesagt haben (B/Lettres 112). – Über Baudelaire als Kritiker Delacroix' und über seine Beziehung zu dem Künstler siehe Austin, Horner, Moss sowie die Delacroix betreffenden Kommentare in Bd. I, II und V.

Baudelaire plante, diesen Aufsatz, der, wie er am 25. November 1863 an seine Mutter schreibt, viel Zorn und Beifall erregt habe (Corr/Pl II, 333), in den der bildenden Kunst gewidmeten Band seiner *Réflexions sur quelques-uns de mes contemporains* aufzunehmen. In den beiden Aufstellungen für Julien Lemer (1863) und Hippolyte Garnier (1865) figuriert der Aufsatz unter den Titeln *L'Œuvre, la vie et les mœurs d'Eugène Delacroix* und *La vie et les œuvres de Delacroix* (Corr/Pl II, 444, 591).

S. 268, *3 Herausgeber:* Der Direktor und Redakteur der *Opinion nationale* war der Saint-Simonist Adolphe Guéroult (1810-1872), den Baudelaire mehrfach in seinem *Carnet* erwähnt. – *11 nicht genügsam anerkannten:* Delacroix war lange Jahre umstritten und feierte erst 1855 auf der Weltausstellung einen großen Erfolg, der ihm 1857 endlich zur Aufnahme in die Académie des Beaux-Arts verhalf. Im Salon 1859 sah sich Delacroix erneut scharf attackiert (Bd. V, zu S. 153). Die Beisetzung erfolgte ohne größere offizielle Ehrung. – *14 seit 1845:* Die erste persönliche Begegnung zwischen Baudelaire und Delacroix fällt wahrscheinlich in das Jahr 1845. Das Engagement für den Maler in dem damaligen ›Salon‹ mag dem Dichter den Kontakt ermöglicht haben (siehe auch Austin, 16). – *32 Salon du Roi:* Es handelt sich um den ersten großen Zyklus (1833-1838) im Thronsaal des Palais Bourbon, damals Sitz des Parlaments. Dargestellt sind Szenen mit allegorischen Figuren: Gerechtigkeit und Landwirtschaft, Krieg und Handel. (Sérullaz, 27-47, Abb. 4-20; Johnson V, 3-31; VI, Taf. 1-15). – *33 Bibliothek der Chambre des Députés:* Nach den Vorarbeiten 1843/44 wurde der Zyklus unter Mitwirkung von Delacroix' Schülern Gustave Lassale-Bordes (1814-1868; siehe Bd. I, zu S. 223) und Louis de Planet (1814-1875; siehe Bd. I, zu S. 149) 1846-1847 ausgeführt. Die Malereien beziehen sich auf die Philosophie, Geschichte, Naturgeschichte, Jurisprudenz, Rhetorik, Literatur, Dichtung, Theologie und wurden begeistert aufgenommen. Paul de Saint-Victor meint in dem weiter unten erwähnten Nachruf auf Delacroix, daß zu seinen Zeiten »die Monumentalmalerei sich nie zu dieser Größe erhoben habe« (*La Presse,* 22. September 1863). (Sérullaz, 49-77, Abb. 21-73; Johnson V, 33-77, Taf. 16-38).

S. 269, *1 Bibliothek des Palais du Luxembourg:* Angeregt von Dantes *Vorhölle* verherrlichte Delacroix den menschlichen Genius: Alexander der Große, Homer, die Beredsamkeit, die Poesie, die Philosophie und die Theologie. Das 1846 vollendete Werk fand ebenfalls ein enthusiastisches Echo in der Kritik. In *L'Artiste* vom 4. Oktober 1846 erläuterte Delacroix selbst das Programm (Sérullaz, 85-109, Abb. 75-102; Johnson V, 87-114; VI, Taf. 41-49). – *Galerie d'Apollon des Louvre:* Im Zusammenhang mit den Wiederherstellungsarbeiten im Louvre erhielt Delacroix im März 1850 den Auftrag für das Deckengemälde der Apollogalerie, wobei er sich an das von Le Brun im 17. Jahrhundert vorgeschlagene Thema zu halten hatte: Apollo besiegt Python. Das sehr positiv besprochene Werk ist für Delacroix' neubarocke Tendenzen charakteristisch (Sérullaz, 111-126, Abb. 103-109; Johnson V, 115-131; VI, 50-53). – *2 Salon de la Paix des Hôtel de Ville:* Die 1871 beim Brand der Kommune zerstörte Dekoration des Friedenssaals aus den Jahren 1852-1854 erstreckte sich auf ein rundes Deckenfeld, 8 Kassetten und 11 Lünetten mit Allegorien und Gestalten der antiken Mythologie sowie den Taten des Herkules (Sérullaz, 129-147, Abb. 110; Johnson V, 133-157; Abb. 56-61, VI, Taf. 54-61). – *8 zweihundertsechsunddreißig Stück:* Baudelaire unterschätzt Delacroix' Œuvre, das etwa 600 Bilder und Wandgemälde (dazu über 200 verlorene Werke) sowie etwa 100 Lithographien und 24 Radierungen, Tausende von Zeichnungen, Aquarellen und Pastellen und etwa 60 Skizzenbücher umfaßt. – *10 siebenundsiebzig Gemälde:* Die Gesamtzahl der in den Salons ausgestellten Werke beläuft sich auf 92, ohne die 42 auf der Weltausstellung von 1855 gezeigten Gemälde. Von letzteren waren 26 bereits in früheren Salons ausgestellt. – *11 Histoire des peintres* [richtig: *artistes*] *vivants:* Dieses Werk von *Théophile Silvestre,* einem angesehenen Kunstkritiker (s. o. zu S. 247, 1), war 1856 in Paris erschienen. Baudelaire hatte das Exemplar von Poulet-Malassis ausgeliehen, da seines wohl in Honfleur geblieben war. Der von Baudelaire erwähnte *Katalog* war von L. de Virmond verfaßt worden. – *28 Spezialität:* Der Begriff der *»spécialité«,* den Baudelaire verwendet, stammt aus Balzacs Roman *Louis Lambert* und meint die geistige Durchdringung der gegenständlichen Welt; siehe Bd. V, zu S. 159, 27.

I

S. 270, *1* Peter Paul *Rubens* (1577-1640), dem »großen Koloristen« (›Salon 1845‹, Bd. I, S. 133), hatte Baudelaire die erste Strophe seiner *Phares* (Bd. III, S. 72) gewidmet. In seiner *notice* über Victor Hugo (1861) bezeichnet er ihn als »einen universalen Maler (das heißt einen wahren Maler)« und stellt ihn auf eine Ebene mit Veronese, Velasquez und Delacroix (siehe S. 143). Seine Vorbehalte kommen während seines Aufenthaltes in Belgien mit aller Schärfe zum Ausdruck: »Rubens, Dekadenz. Rubens, antireligiös. Rubens, fade. Rubens, Quelle von Banalität.« (Œuvres/Pl II, 937) – *Raffael* (1483-1520) und der Venezianer Paolo *Veronese* (1528-1588) spielten für die künstlerische Entwicklung Delacroix' eine große Rolle: er hatte Werke von Raffael kopiert (s. u. zu S. 291, *17*) und ihm 1830 einen Aufsatz gewidmet (Œuvres littér. II, 9-18). Von Veronese soll Delacroix selbst gesagt haben, daß er ihm alles verdanke (Charles Blanc, *Les Artistes de mon temps,* Paris 1876, 77; siehe auch Bd. V, zu S. 156, *17*). – *Lebrun:* Bereits 1855 hatte Baudelaire Charles Lebrun (1619-1690), den Hofmaler Ludwigs XIV., als einen der Künstler bezeichnet, mit dem Delacroix das »Gefühl für Komposition und das Dekorative« teile (›Weltausstellung 1855‹, Bd. II, S. 253). – Jacques Louis *David* (1748-1825), dessen *Marat* Baudelaire eingehend interpretiert hatte (Bd. I, S. 186 f.), erschien ihm als ein »von Myrmidonen geschmähter Koloß« (Bd. V, S. 130). – *8 Liebe zum*

Großen: Baudelaires eigene »unverbesserliche Liebe zum Großen« (in ganz wörtlichem Sinn) ist ein wesentlicher Zug seiner Ästhetik (siehe ›Salon 1859‹, Bd. V, S. 171). – *9 Universalen:* Auch Delacroix forderte für den Maler »die Notwendigkeit« der Universalität, d. h. in Geschichte, Dichtung und sogar Geographie bewandert zu sein (Journal, Januar 1857). – *29 Einbußen:* Baudelaire meint die »offenkundigen« Fehler Delacroix', die »dem Ungeschultesten in die Augen springen« (›Salon 1846‹, Bd. I, S. 222). In der ›Weltausstellung 1855‹ hat er jedoch die gelegentlichen »Schwächen oder Übertreibungen« in seiner Zeichnung gegen das ungeheure »Verdienst« aufgewogen, ein »unaufhörlicher und wirksamer Protest gegen die barbarische Invasion der geraden Linie zu sein« (Bd. II, S. 251).

S. 271, 4 *der Traum:* Der in der Romantik zentrale Begriff steht im Mittelpunkt des ›Salon 1859‹ in der Bedeutung von Vision, Inspiration, Imagination (siehe Bd. V, S. 136, 139, 146, 147, 199, 200). – *5 die Seele:* Delacroix war für Baudelaire einer der wenigen Künstler, die über die Darstellung der Oberfläche in die Tiefe des Seelischen stoßen (vgl. Bd. V, S. 160). Der Künstler selbst sah in der »Seele« die »Hauptquelle« des Interesses, das der Betrachter an einem Gemälde nimmt (Journal, 23. Januar 1857 und 31. Januar 1860, ›Über die Seele‹). – *6 Umriß und Farbe:* Baudelaire verzichtet hier auf eine Wiederholung seiner Ausführungen über die Farbe im ›Salon 1846‹ (Bd. I, S. 201-206) und die verschiedenen Arten der Zeichnung und des Konturs (Bd. I, S. 214; II, S. 251). – *8 Schriftstellers:* Delacroix hat ästhetische und kunstkritische Abhandlungen verfaßt und vielfach literarische Themen gemalt (vgl. Bd. II, S. 252); Baudelaire stellte ihn im ›Salon 1859‹ als »Muster des Dichter-Malers« hin (Bd. V, S. 154; dazu Uve Fischer, ›Das literarische Bild im Werk Eugène Delacroix'. Ein Beitrag zur Ikonographie des XIX. Jahrhunderts‹, Diss. Bonn, 1963). – *9 Musikers:* Chopin berichtet von Delacroix, er kenne alle Mozart-Opern auswendig (Johnson, III, 53). Delacroix, der Geige und Klavier spielte, liebte Cimarosa und Mozart, bewunderte Rossini und Chopin, verkannte dagegen völlig den Romantiker Berlioz und würdigte Beethoven nur unvollkommen (Austin, 15). Für Baudelaire erklingen aus Delacroix' Bildern »kapriziöse Melodien« und »gewaltige Akkorde« (›Salon 1845‹, Bd. I, S. 134); seine Farben rufen Assoziationen an Carl Maria von Weber wach (›Salon 1846‹, Bd. I, S. 222, und *Les Phares*, Bd. III, S. 75). – *14 Suggestivkraft:* Die von Delacroix' Bildern ausgehende Suggestivität war für Baudelaire ein wesentliches Merkmal seiner Kunst (›Weltausstellung 1855‹, Bd. II, S. 232, und ›Salon 1859‹, Bd. V, S. 133; siehe auch Drost 1976, 417ff.). – *20 Mnemotechnik:* Im ›Salon 1846‹ definierte Baudelaire die Kunst als »Mnemotechnik des Schönen« (Bd. I, S. 238); man vergleiche das Kapitel über die »Gedächtniskunst« im ›Maler des modernen Lebens‹ (Bd. V, S. 229-232). – *25 menschlichen Dramas:* Im ›Salon 1846‹ gibt Baudelaire das »Drama« als das für Delacroix spezifische »Reich« an und zieht einen Vergleich mit der Schauspielkunst (Bd. I, S. 222). – *27 Zuneigung der Dichter:* Musset und Gautier zollten seiner Individualität Respekt trotz ihnen offensichtlich erscheinender Mängel. Banville nannte Delacroix 1851 den inspiriertesten und leidenschaftlichsten Meister seiner Zeit, und Dumas sah 1859 sein Genie in der Magie der Farbe. Goethe war voll des Lobes und der Bewunderung für Delacroix' Steindrucke zu seinem ›Faust‹ (Eckermann, Gespräche mit Goethe, 26. Juli 1826). Weitere Urteile im Ausstellungskatalog Delacroix, Frankfurt 1987/88, 312ff. – *31 die letzten Ehren:* Baudelaires Aussage scheint nicht zuzutreffen. Neben Baudelaire, Champfleury und Castagnary folgten dem Trauerzug auf dem Père Lachaise Manet, Millet, Fantin-Latour, Meissonier, Nanteuil, Barye sowie die Photographen Nadar und Carjat. Beim Totenamt in Saint-Germain-des-Prés waren elf Mitglieder des Institut de France anwesend sowie einige Künstler und Kritiker.

II

S. 272, *3 Michelangelo ...:* Der Dichter hatte Michelangelo und Leonardo jeweils eine Strophe seiner *Phares* gewidmet (Bd. III, S. 72). – *4 Reynolds:* Baudelaire erwähnte 1846 Joshua Reynolds (1723-1792), den größten Porträtisten der englischen Malerei seiner Zeit, als ein Haupt der romantischen Schule (Bd. I, S. 248). – *23 eklektischste:* Baudelaire, der 1846 den Eklektizismus in der bildenden Kunst verdammt hatte (Bd. I, S. 256-258), hält ihn im nicht-kreativen Bereich des ästhetischen Genusses für berechtigt. – *28* Pierre-Narcisse *Guérin* (1774-1833), einer der Hauptrepräsentanten der klassizistischen französischen Malerei. 1815 trat Delacroix in sein Atelier ein. – *31* Anne-Louis *Girodet*-Trioson (1767-1824), Schüler Davids. Baudelaire hatte auf dem Umschlag seines ›Salon 1845‹ ein Buch über *David, Guérin, Girodet* angekündigt, das nie zustandekam. Teile der Vorarbeiten dazu fanden Eingang in das ›Musée Classique des Bazar Bonne-Nouvelle‹ (Bd. I, S. 185 ff.). 1855 bezeichnete Baudelaire diese Maler als »akademische Gespenster«, doch respektierte er ihr Verdienst, »das französische Wesen zum Geschmack am Heroischen« zurückgeführt zu haben (Bd. II, S. 236, 237). – *32* Jean *Racine* (1639-1699). Eine Aufführung seiner Tragödie *Phèdre* im Théâtre français inspirierte Guérin zu dem Gemälde ›Phädras Anklage gegen Hippolyt‹ (1802, Louvre); Girodet schuf Illustrationen zu Racines Werken. – *Ossian:* Unter diesem Namen als dem eines fiktiven gälischen Barden aus dem 3. Jahrhundert gab der Schotte James Macpherson (1736-1796) 1760 unter dem Titel *Fragments of Ancient Poetry* eine Sammlung gefühlvoller Dichtungen voller Weltschmerz heraus. Diese literarische Fälschung wurde in ganz Europa für die sich herausbildende Romantik von Bedeutung. Girodet malte 1801 für Schloß Malmaison ›Ossian und seine Krieger empfangen die Schatten der französischen Helden‹. – *33 Shakespeares* (1564-1616) ›Hamlet‹ hatte Delacroix zu Gemälden und Lithographien angeregt (siehe Bd. I, S. 216). – *Dante* Alighieri (1265-1321) gab das Thema zu der berühmten ›Dantebarke‹ (Louvre); eine Dichtung Lord *Byrons* (1788-1824) war die Quelle der ›Braut von Abydos‹ (Louvre); *Ariost* (1474-1533) hatte den Maler zu ›Angelica und der verwundete Medor‹ inspiriert; um jeweils nur ein Werk zu nennen. 1859 hatte Baudelaire noch Werke von Walter Scott, Goethe, Tasso und das Evangelium als Vorlagen erwähnt (Bd. V, S. 154).

S. 273, *3 auf der ›Weltausstellung von 1855‹:* In seinem Aufsatz über diese würdigte Baudelaire Delacroix eingehend, der in einer Art Retrospektive 42 Bilder ausgestellt hatte. – *4 manchem Gespräch:* Im ›Salon 1859‹ hatte Baudelaire an Delacroix' Unterhaltung die »bewundernswürdige Mischung von philosophischer Gründlichkeit, geistvoller Leichtigkeit und glühender Begeisterung« gepriesen (Bd. V, S. 130). Nach Moss (23) waren diese Unterhaltungen keineswegs zahlreich.

III

S. 273, *23 Einbildungskraft:* Im ›Salon 1859‹ hatte Baudelaire dem Begriff der Einbildungskraft, der »Königin der Fähigkeiten«, zwei Kapitel gewidmet und sie als die höchste Eigenschaft Delacroix' herausgestellt (Bd. V, S. 140-149, 153). Vgl. Wolfgang Stolte, ›Zur Imagination im Werk von Eugène Delacroix‹, Diss. Bonn 1978. – *25 rasche Geschicklichkeit:* Immer wieder hat Baudelaire auf Delacroix' Forderung nach Raschheit der Ausführung hingewiesen: in seinen ›Ratschlägen für junge Literaten‹ (Bd. I, S. 120), im ›Salon 1846‹ (Bd. I, S. 213) und im ›Salon 1859‹ (Bd. V, S. 146) sowie im ›Maler des modernen Lebens‹ (Bd. V, S. 231).

S. 274, *1 Leonardo da Vinci* war nicht nur Maler, Zeichner, Bildhauer und Architekt, sondern auch Ingenieur und bedeutender Naturforscher. Er schrieb einen *Trattato della Pittura* (1498 vollendet, erstmals 1651 veröffentlicht), der Delacroix sehr angeregt hatte (Journal, 3. April 1860). – *6 Realismus:* Seine Kritik äußerte Baudelaire in dem Entwurf ›Da es ihn denn schon einmal gibt, den Realismus‹ (Bd. II, S. 204-206) und bei der Analyse des literarischen Realismus in seiner Rezension von Flauberts *Madame Bovary* (Bd. V, S. 69 f.). Im ›Salon 1859‹ nannte er den Terminus Realist »ein doppeldeutiges Wort von schwankender Bedeutung« (s. u. S. 277, *31* und Bd. V, S. 149). Delacroix selbst wandte sich mit Entschiedenheit gegen den Realismus als »Antipoden der Kunst«, obwohl er sah, daß der Rückgriff auf die Natur der Erneuerung einer erschlaffenden und sich in der Manier verlierenden Kunst dienen sollte (Journal, 22. Februar 1860). – *13 Diktat des Meisters:* Die folgenden Abschnitte S. 274-278 sind eine nahezu wörtliche Übernahme aus dem Kapitel IV und V des ›Salon 1859‹ (Bd. V, S. 145-149 und 153-154). – *15 Die Natur ist nur ein Wörterbuch:* siehe Delacroix' damals unveröffentlichte Notizen (*Réalisme et idéalisme,* Œuvres Littér. I, 58). Baudelaire wies auf einen derartigen Ausspruch bereits 1846 hin (Bd. I, S. 214, 1). Moss hat entsprechende Stellen bei Delacroix nachgewiesen (Moss, 74 ff.).

S. 276, *4 die einzelnen Striche nicht ineinander verlaufen zu lassen:* Gegen die Technik des verriebenen Farbauftrags hatte sich Baudelaire schon im ›Salon 1846‹ anläßlich Delacroix' ausgesprochen (Bd. I, zu S. 205, 12). – *17* Hippolyte, gen. *Paul Delaroche* (1797-1856), Schüler von Gros und Schwiegersohn des gleich erwähnten Horace Vernet. Delaroche war ein außerordentlich erfolgreicher Historienmaler (siehe Bd. I, zu S. 191, 7) und bedeutender Lehrer. – *18 Horace Vernet*(1789-1863), Militärmaler und Lithograph, 1829-1835 Direktor der Académie de France in Rom. – *riesige Gemälde:* Vernets Gemälde ›Die Einnahme der Smalah des Abd-el-Kader‹ (siehe Bd. I, S. 397) mißt 4,89 × 21,39 m! Ein Gemälde des Historienmalers Delaroches wie die ›Einnahme des Trocadero‹ ist 3,30 × 4,95 m groß.

S. 277, *33 Positivisten:* In seinem sechsbändigen *Cours de philosophie positiviste* (1830-1842) hatte Auguste Comte (1798-1857), der Begründer des Positivismus, im Vertrauen auf den Fortschritt ein philosophisches Gebäude errichtet, das ganz auf wissenschaftlichem Geist beruht und jede metaphysische Perspektive ausschließt.

S. 278, *10 Höhen der Religion:* Schon 1846 gab Baudelaire seiner Überzeugung Ausdruck, daß »allein Delacroix religiöse Bilder zu malen versteht«, da »die ernste Trauer seines Temperaments vollkommen unserer Religion« entspreche (Bd. I, S. 216). – *21 kleine Verkündigung:* Diese *Annonciation* von 1841 mißt 30 × 42 cm (Bortolatto Nr. 358). – *25 Christus am Ölberg:* Salon 1827. Das Gemälde befindet sich in der Kirche Saint-Paul-Saint-Louis, Paris (Bortolatto Nr. 136). 1846 zeigte sich Baudelaire von der »Würde« und dem »tiefen Ernst« des Bildes beeindruckt (Bd. I, S. 216). – *30 Engels-Kapelle in Saint-Sulpice:* Baudelaire zitiert hier seinen Text von S. 253, *28* – 256, *7;* siehe die Anmerkungen zu diesen Seiten.

S. 281, *20 Schriften Eugène Delacroix':* Die Artikel *Des Variations du beau* (›Von den Variationen des Schönen‹) sowie über *Prud'hon* und *Charlet* erschienen am 15. Juli 1857, 1. November 1846 und 1. Juli 1862 in der *Revue des Deux Mondes,* der Aufsatz über *Poussin* am 26., 29. und 30. Juni 1853 im *Moniteur universel.* Alle diese sowie weitere Aufsätze sind von Élie Faure veröffentlicht: *Eugène Delacroix. Œuvres littéraires,* Paris 1923. Baudelaire hatte Delacroix zu überreden versucht, dem Verleger Poulet-Malassis seine Artikel zur Verfügung zu stellen. Das lehnte der Maler in einem Brief an Baudelaire vom 17. Februar 1858 ab, da er diese Schriften überarbeiten müsse und er andererseits die gleiche Bitte Théophile Silvestre abgeschlagen habe (Lettres/B 115 f.). Ein weiteres Zeugnis für Delacroix' literarisches Talent sind seine Tagebücher. Über seine Theorien siehe Karl Schawelka, ›Delacroix. Sieben Studien zu seiner Kunsttheorie‹, Diss. München, 1979. – *26 L'Artiste:* Dort hat Delacroix gelegentlich kleine Artikel veröffentlicht (s. o. zu S. 269, *1*); wahrscheinlich denkt Baudelaire an die Aufsätze über Raffael, Michelangelo und Lawrence, die 1829 und 1830 in der *Revue de Paris* erschienen waren, einer Zeitschrift, die 1832 in *L'Artiste* aufging. – *27 Ricourt:* Mit Achille Ricourt (1797-1879) war Baudelaire gut bekannt; er hatte ihm ein Manuskript seines Gedichts *Le Vin des Chiffonniers* gewidmet. – *Revue des Deux Mondes:* Dort hat Delacroix Artikel über Prud'hon (1846), Gros (1848), Charlet (1862) sowie in den Jahren 1850-1857 über Fragen der Zeichenlehre und des Schönheitsbegriffs veröffentlicht.

S. 282, *7 die beiden Schulen:* 1830 kam es in der sogenannten *Bataille d'Hernani,* anläßlich der Aufführung von Victor Hugos Drama *Hernani,* zu einem Höhepunkt in der Auseinandersetzung zwischen den Klassizisten und den Romantikern (siehe Bd. I, zu S. 198). – *10 Racine:* Delacroix' Tagebücher sind voll von Eintragungen über Racine, dessen »Perfektion« er stets bewunderte (Journal, [Mai 1853], 7. Sept. 1854) – Jean de *La Fontaines* (1621-1695) Fabeln »entzückten« Delacroix vor allem wegen ihrer künstlerischen Vollendung (Journal, 28. Februar 1851, 31. Mai 1853). – *11* Nicolas *Boileau*-Despréaux (1636-1711) gab 1674 in *L'Art poétique* eine Summe der Ästhetik der großen klassischen Epoche unter Ludwig XIV. – *Ich kenne einen ... Dichter:* Claude Pichois vermutet, daß Baudelaire sich selbst meint (Œuvres/Pl II, 754). – *12* François de *Malherbe* (1555-1628) wurde von Boileau als der Überwinder des Barocks und Wegbereiter der Klassik gefeiert. – *34* Ralph Waldo *Emerson* (1803-1882), amerikanischer Philosoph und Dichter, wurde nach seiner Europareise 1832/33, wo er die Philosophie des deutschen Idealismus (Kant, Schelling) kennenlernte, in Boston das geistige Haupt des Transzendentalismus, der sich gegen den Rationalismus der Aufklärung wandte. 1860 erschien sein Werk *The Conduct of Life* (›Die Führung des Lebens‹), aus dem Baudelaire hier – wie auch des öfteren in seinen Tagebüchern (siehe Bd. VI, S. 219 ff.) – zitiert (siehe Margaret Gilman, *Baudelaire and Emerson,* in: The Romanic Review, XXXIV, 1943, 211-222). Das Zitat stammt aus dem Kapitel *Considerations by the Way.* – *36* Lucius Annaeus *Seneca* (4 v. Chr.-65 n. Chr.), römischer Philosoph, Vertreter der Stoa.

S. 283, *11* Charles de Secondat, Baron de *Montesquieu* (1689-1755), französischer Schriftsteller und Staatsphilosoph, dessen Werk Delacroix gut kannte (Journal, 9., 13. und 19. Okt. 1849). Baudelaire hatte 1859 erneut Montesquieus *Considérations sur les causes de la grandeur des Romains et de leur décadence* (1734) gelesen und als »erhaben« bezeichnet (Bd. V, S. 53). – *13 Paul de Saint-Victor* (1827-1881), Literat und sehr unabhängiger, kompetenter Kritiker, der mit Delacroix befreundet war und in einer mit Herzlichkeit gemischten Distanz zu Baudelaire stand (Œuvres/Pl II, 1444). Er hatte 1855 Théophile Gautier als Theater- und Kunstkritiker in *La Presse* abgelöst. Sein Artikel über das Deckengemälde der Apollo-Galerie im Louvre erschien am 13. September 1863 (eine Wiederholung mit geringfügigen Veränderungen seines Artikels vom 4. November 1851) und war ein Teil der Studie über Delacroix, die am 4., 8., 13., 22. September und 1. Oktober 1863 in *La Presse* erschien. – *29 Werk zu besichtigen:* Aus einem Brief Delacroix' an Baudelaire vom 22. Oktober 1851 geht hervor, daß der Dichter bereits »einen Winkel des Bildes« im Atelier gesehen hatte (Lettres/B 113 f.). Delacroix drückt dort seine Genugtuung über Baudelaires Absicht aus, etwas darüber zu schreiben. Baudelaire verwirklichte diesen Plan jedoch nicht.

V

S. 285, *3 Dandysmus:* siehe das Kapitel ›Der Dandy‹ in Baudelaires Aufsatz über Constantin Guys (Bd. V, S. 241-245). – *6 sein Vater:* Charles Delacroix (1741-1805), ein glänzender Staatsmann, dessen Nachfolge Talleyrand als Außenminister angetreten hatte. Man behauptete damals, daß letzterer der natürliche Vater Eugènes sei. Das schien eine mögliche Erklärung dafür, daß Delacroix' erstes großes Gemälde, die ›Dantebarke‹ (1822), und das ›Massaker von Chios‹ (1824) trotz des Sturms der Entrüstung, den sie in der Öffentlichkeit entfesselten, vom französischen Staat gekauft wurden. Nach den Untersuchungen von Paul Loppin, *Delacroix père et fils*, Paris 1973, ist jedoch die Annahme von Talleyrands Vaterschaft nicht aufrecht zu erhalten. – *8 Jean-Jacques Rousseau* (1712-1778) hatte mit seiner These, daß der Mensch von Natur aus gut sei und erst die Gesellschaft ihn korrumpiert habe, auf die von der französischen Revolution angestrebte Neuordnung der Gesellschaft gewirkt. – *9* François-Marie Arouet, genannt *Voltaire* (1694-1778), ein Hauptvertreter der französischen Aufklärung, war durch sein vorurteilsloses Eintreten gegen jede Autorität (unter anderem der Kirche) ein Wegbereiter der Revolution. Baudelaire schätzte ihn nicht. – *11 Jakobiner:* So wurden die Republikaner nach ihrem Tagungsort, einem Pariser Jakobiner- beziehungsweise Dominikanerkloster, genannt. – *Cordeliers:* die Mitglieder eines während der Revolution sehr radikal eingestellten Klubs, der im Kloster der Cordeliers (einer alten Bezeichnung für die Franziskaner) tagte. – *15* Henri Beyle gen. *Stendhal* (1783-1842), bedeutender Romancier, Verfasser von *Le Rouge et le Noir* (›Rot und Schwarz‹, 1831). – *21 Gewalttätigkeiten:* Während der Februarrevolution verbrannte im Palais Royal das 1828 entstandene Gemälde ›Kardinal Richelieu liest die Messe‹. Das Gemälde *Corps de garde marocain* (1847; Chantilly, Musée Condé) wurde leicht beschädigt, als die Menge in die Tuilerien eindrang (Johnson III, 187). – *23 Victor Jacquemont* (1801-1832), Geologe und Botaniker, war mit Stendhal befreundet und hat an dessen Traktat *De l'Amour* mitgearbeitet. Die publizierte Korrespondenz seiner Forschungsreise nach Indien hatte Aufsehen erregt. – *28 Brahma:* nach indischem Glauben der Schöpfer und Lenker der Welt.

S. 286, *6 Firnis:* In seinen Tagebüchern bekennt Delacroix, wie »schwach und verletzlich« er sich fühle und wieviel Bedeutung der »Maske« zukomme (Journal, 16. Mai 1823). – *8* Prosper *Mérimée* (1803-1870), der Baudelaire nicht die gleiche

Verehrung und Sympathie entgegenbrachte wie dieser ihm: er meinte, man mache aus Baudelaire, diesem »Verrückten«, ein »verkanntes Genie« (Jacques Crépet, *Propos sur Baudelaire*, Paris 1957, 52). Mérimée »lebte maskiert, und ich war eine der wenigen Personen, vor denen er seine Maske ablegte«, sagte Turgenjew über ihn (Paul Léon, *Mérimée et son temps*, Paris 1962, 8). – *16 Weltmann:* In Constantin Guys, dem »Maler des modernen Lebens«, sieht Baudelaire die Pole einer vielschichtigen Künstlernatur, die zwischen dem Kind, das mit unverbrauchten Augen die Welt aufnimmt, und dem Weltmann steht. Er erläutert dort den letztgenannten Begriff (Bd. V, S. 219f.). – *27 Maximen:* Diese finden sich oft in Delacroix' *Journal:* »Keine Toleranz gegenüber skrupellosen Menschen« (12. Sept. 1822); »Haltet euch fern von verruchten Menschen, selbst wenn sie verständnisvoll, lehrreich und reizend sind« (5. August 1854). Stendhals Formel von der Schönheit als »Verheißung des Glücks« hatte Baudelaire so sehr frappiert, daß er sie mehrere Male in seinen Schriften zitiert (Bd. I, S. 110f.; Bd. V, S. 216).

S. 287, *3 auf dem Felde der Politik:* Delacroix wünschte ein möglichst ausgeglichenes politisches System, das ihm eine ungestörte künstlerische Arbeit erlaubte. In jüngeren Jahren war er liberal, dann recht konservativ: die Republik brachte ihm zu viel Unruhe. Siehe Eugène Véron, *Delacroix*, Paris-London 1887. – *13* Giuseppe *Ferrari* (1811-1876), italienischer Philosoph und Soziologe, lebte 1839-1859 in Paris, wo 1860 seine *Histoire de la raison d'État* erschien. Baudelaire interessierte sich für das Werk und seinen Autor, den er in seine Galerie der literarischen Dandys aufnehmen wollte (siehe Corr/Pl II, 26, 128). – *20 des unaufhaltsamen Fortschritts:* Baudelaire war 1855 heftig gegen die Fortschrittsgläubigkeit zu Felde gezogen (›Weltausstellung 1855‹, Bd. II, S. 232-235; vgl. auch Marc Eigeldinger, *Baudelaire et la problématique du progrès*, in: Drost (Hrsg.), »Fortschrittsglaube und Dekadenzbewußtsein im Europa des 19. Jahrhunderts«, Heidelberg 1986, 119-126). – *22 Phidias* (um 500-nach 438 v. Chr.), griechischer Bildhauer der Hochklassik. Für Delacroix hat sich nichts an der Hegelschen Auffassung geändert, daß in der Skulptur die Griechen den Höhepunkt dessen erreicht hätten, was in dieser Gattung geschaffen werden kann (*Des Variations du beau;* Œuvres littér. I, 48). – *33 untadeligen Impertinenz:* Baudelaire mag aus eigener Erfahrung sprechen, denn Delacroix begegnete seiner Bewunderung mit großer Distanz. Er vermied es sogar, ihn zu treffen (Moss, 208).

S. 288, *6* Richard Parkes *Bonington* (1802-1828) war mit seinen naturnahen Landschaftsbildern richtungweisend für die Schule von Barbizon gewesen. Delacroix hatte sich »um 1816 oder 1817«, wie er am 30. November 1861 an Thoré schrieb (Corr/Gén. IV, 286), mit dem jungen Maler angefreundet, als dieser im Louvre seine Studien betrieb. Er verbrachte 1825 mit ihm einige Monate in England. – *22 seiner Physiognomie:* Lee Johnson hat verschiedene zeitgenössische Beschreibungen zu einem »Porträt von Delacroix« zusammengetragen (Ausstellungskatalog ›Delacroix‹, Frankfurt 1987/1988, 17ff.). – *31 Moctezuma II.* (um 1466-1520), ein Azteken-Herrscher, der sein Reich durch Eroberungszüge vergrößerte und aus den eroberten Gebieten Menschenopfer gewann.

S. 289, *7 allgemeinen Dämmerung:* Baudelaire erinnert sich seiner Charakterisierung des »Sultans von Marokko« (Bd. I, S. 134). – *9 einen molochistischen Zug:* Dem Moloch wurden Menschenopfer dargebracht. Baudelaires Deutung der Malerei Delacroix' als Verherrlichung der Barbarei des Menschen mag dem Künstler einseitig erschienen sein und seine distanzierte Haltung zu dem Dichter bestimmt haben. In dem Eingangsgedicht der FM, *Au Lecteur,* werden Motive wie »Notzucht,

Gift, Dolch, Brand« genannt (Bd. III, S. 55), die Baudelaire hier als zentrale Themen des Künstlers aufführt. Er hat ihn offensichtlich als kongenial angesehen. – 22 *Gebiet des Komischen:* Zwischen 1820 und 1822 waren einige Karikaturen Delacroix' auf die Ärzte, Literaten, die Oper, die Zensur im *Miroir* als Lithographien erschienen (Delteil III).

VI

S. 289, 27 *Odi profanum vulgus ... et arceo:* »Ich will nichts wissen vom gemeinen Pöbel und halte ihn fern!« (Horaz, *Oden* III, 1). – *31 tour d'ivoire:* Der Begriff *Elfenbeinturm* wurde von Sainte-Beuve geprägt, um Alfred de Vignys Rückzug in Einsamkeit und Meditation fern vom tätigen Leben zu charakterisieren.

S. 290, 4 *The one prudence ...:* »Es gibt nur eine Lebensweisheit: die Konzentration; es gibt nur ein Übel: die Zerstreuung». Emerson, *The Conduct of Life;* s.o. zu S. 282, *34*. Auch diesen Satz hat Baudelaire in seinen Tagebüchern notiert (siehe Bd. VI, S. 220). – *15* Franz *Liszt* hatte 1852 ein Buch über den 1849 in Paris verstorbenen Frédéric Chopin publiziert. Delacroix, der von diesem und George Sand ein unvollendet gebliebenes Doppelporträt gemalt hatte, bewunderte Chopin als den »echtesten Künstler, dem ich begegnet bin« (Brief an Pierret vom 22. Juni 1842; Corr/Gén. II, 112). – *22 als sehr junger Mensch:* s.o. zu S. 268, *14*. – *wohlverwahrte Atelier:* Zwischen Oktober 1844 und Dezember 1857 wohnte Delacroix in der Rue Notre-Dame-de-Lorette 58, danach bis zu seinem Lebensende an der Place Furstenberg unweit von Saint-Germain-des-Prés, wo sein Atelier heute noch zu besichtigen ist. Delacroix' Haushälterin Jenny (s.u. zu S. 292, *13*) wies oft störende Besucher ab; auch Delacroix' Freunde haben sich vor allem gegen sein Lebensende beklagt, durch sie von dem Maler ferngehalten worden zu sein. – *23 äquatoriale Wärme:* Von ihr erzählt auch Théophile Silvestre; es sei in diesem Atelier erstickend heiß gewesen (Silvestre, 70), da Delacroix fast immer »fröstelte«. – *25 Rivalen Davids:* Baudelaires Vater François Baudelaire (1759-1827) war Amateurmaler gewesen und hatte als Verwaltungsbeamter beim Senat Kontakt zu Künstlern, die für das Palais du Luxembourg arbeiteten. Dazu Jean Ziegler, *François Baudelaire (1759-1827), peintre et amateur d'art,* in: Gazette des Beaux-Arts, 1979, XCIII, 109-124. – *36* Jacob *Jordaens* (1593-1678), einer der bedeutendsten flämischen Barockmaler, den Baudelaire, da er »persönlicher und aufrichtiger« als Rubens sei, höher als diesen schätzte (Œuvres/Pl II, 937; Drost 1960, 315-316).

S. 291, 4 *Verkauf der Zeichnungen ...:* Die Versteigerung fand vom 17. bis 29. Februar 1864 im Hôtel Drouot statt. – *7 Bild zu kopieren:* Delacroix betrachtete das Kopieren alter Meister als »Quelle immensen Wissens« (Journal, 13. Januar 1857) und hat allein nach Rubens über 32 Ölkopien angefertigt; auch Kopien nach Raffael, Tizian, Veronese haben sich erhalten (Bortolatto Nr. 859-899). – *12 Wunder des heiligen Benedikt:* Delacroix hatte das Gemälde 1841 kopiert, als es sich gerade bei einem Pariser Experten namens George befand. Bei der von Baudelaire erwähnten Versteigerung wurde die Kopie E. Péreire für 6500 Francs zugeschlagen (Bortolatto Nr. 877; Johnson, III, 3, Abb. 1). Das Gemälde von Rubens mißt 164 × 262 cm, die Kopie 130 × 195 cm. Heute befinden sich beide Gemälde in den Musées Royaux des Beaux-Arts zu Brüssel. Zum Vergleich dieser Bilder und ihrer unterschiedlichen Technik siehe Johnson, III, 3 f. und Louis Hourticq, *Rubens et Delacroix, à propos de deux tableaux de la collection de S.M. le Roi des Belges,* in: Revue de l'art ancien et moderne, XXVI, 1909, 215-228. – *17 zwei Köpfen Raffaels:* Delacroix hat mehrere Kopien nach Raffaels Gemälden und Zeichnungen im Louvre sowie nach Reproduktionsgraphiken angefertigt (Sara Lichtenstein, *Delacroix's Copies after Raphael,* in: Burlington Magazine, CXIII, 1971, 525-533, 592-603). Im ›Salon 1846‹ erwähnt Baudelaire ein Gemälde nach Raffael, »ein geduldig erarbeitetes Meisterwerk der Nachahmung«; Raffaels *La Belle Jardinière* im Louvre hatte als Vorbild für Delacroix' ›Heilige Jungfrau der Ernte‹ gedient (Bd. I, zu S. 212). Robaut führt drei Kopien nach Raffael aus der Zeit um 1817-1819 an (*L'Œuvre complet de Eugène Delacroix, peintures, dessins, gravures, lithographies ...,* Paris 1885, Reprint New York 1969, Nr. 1925-1927), die alle auf der oben erwähnten postumen Auktion versteigert wurden und heute verschollen sind: ›Triton‹, ›Allegorische Figur‹ und ›Bildnis eines Jünglings, auf den Ellbogen gestützt‹ (Johnson I, 177 f.). – *29 Jean-Jacques Rousseau:* s. o. zu S. 285, *8*. Baudelaire deutet vermutlich eine Passage im Buch XII der *Confessions* um, wo Rousseau nach dem Arrangieren seiner Bücher und Manuskripte diese im Stich läßt, um sich konkreten botanischen Nachforschungen zuzuwenden. – *36 Arbeitshygiene:* Dieses Thema erscheint immer wieder in Baudelaires ›Tagebüchern‹ (Bd. VI, S. 214 ff.).

S. 292, *11 Machiavell:* Niccolo Machiavelli (1469-1527) berichtet in einem Brief, daß er seine politische Abhandlung ›Der Fürst‹ verfaßte, nachdem er sich mit einfachen Arbeitern wie einem Schreiner und Fleischer in einem Gasthof unterhalten habe. Delacroix kannte diese Geschichte (Journal, 10. September 1854) über Alexandre Dumas, und auch Balzac erwähnt sie in seinen *Illusions perdues.* – *13 seiner alten Dienerin:* Jeanne-Marie Le Guillou gen. Jenny, Delacroix' Haushälterin, eine bretonische Bäuerin, von der er sagte, sie sei »das einzige Wesen, dessen Herz ihm ohne Einschränkung« gehöre (Journal, 8. Oktober 1855). Um 1840 malte Delacroix ein Porträt von ihr, das sich heute im Louvre befindet. – *18 assyrischen Bildwerke:* Delacroix bewunderte insbesondere die »Perfektion«, mit der dort die Tiere dargestellt waren (»Von den Variationen des Schönen« in: Œuvres littér. I, 38). – *25 Besessenheit:* Delacroix notierte in seinem Tagebuch: »Meine Tage vergehen mit Arbeit; ich bin glücklich, mich in die Studien zu vergraben. Glückliche, glückliche Zerstreuung! Wohliger Frieden, den die Leidenschaften nicht geben können!« (Journal, 25. November 1854). – *28 dekorativen Arbeiten:* s. o. zu S. 268, *32 ff.*

S. 293, 3 Frédéric *Villot* (1809-1875), Maler und Radierer, seit 1848 Konservator im Louvre, war mit Delacroix freundschaftlich verbunden. Er reproduzierte einige von Delacroix' Bildern. Der Maler erwähnt ihn häufig in seinem *Journal.*

S. 294, *3* Alexandre-Gabriel *Decamps* (1803-1860) hatte noch vor Delacroix in leuchtenden Farben orientalische Themen gemalt. Baudelaire gefielen 1846 seine Gemälde »voller Poesie und oft auch voller Verträumtheit«; er hatte schon 1845 hohe Erwartungen in diesen »hochbegabten Künstler« gesetzt (Bd. I, S. 141, 229, 232). 1847 sprach Delacroix von Decamps' *»génie«* (Journal, 11. März). 1860 war er von ihm enttäuscht, aber in einem Brief an Moreau vom 17. Januar 1863 zeigte er sich erneut »enthusiasmiert« (Corr/Gén. IV, 360 f.). – *5* Nicolas-Toussaint *Charlet* (1792-1845), den Baudelaire in seinem Aufsatz über ›Einige französische Karikaturisten‹ einen »Gelegenheitskünstler und einen ausschließlichen Patrioten« genannt hatte, »zwei Dinge, die dem Genie abträglich sind« (Bd. I, S. 308). Es ist möglich, daß Baudelaire sich im ›Salon 1859‹ (Bd. V, S. 166) und dem ›Maler des modernen Lebens‹ (Bd. V, S. 241) eingedenk Delacroix' Tadel sehr viel positiver äußert. Delacroix widmete Charlet einen Artikel in der *Revue des Deux Mondes* vom 1. Juli 1862 (Œuvres littér. II) und stellte ihn auf eine Stufe mit Gros, David, Prud'hon und Géricault (Journal, 31. August 1854). – *14* Dominique *Ingres* (1780-1867), Hauptvertreter der klassizistischen Richtung, galt als Antipode Delacroix'. Baudelaire, der sich in seiner Besprechung der Weltausstellung 1855 auf die Analyse dieser beiden Künstler beschränkte, war bei allem Enthusiasmus für Delacroix klug genug, auch Ingres' »unbestreitbare Verdienste« und »ausgezeichnete Eigenschaften« anzuerkennen (Bd. II, S. 238, 241). In Delacroix' Journal finden sich sehr kritische Äußerungen über Ingres (10. Mai 1854, 15. Mai 1855). Doch auch er sah seine Qualitäten (Journal, 1. Juni 1855) und verteidigte ihn gegen Angriffe »geistloser Schreiberlinge« (Silvestre 68). – *17 Photographien:* Es ist bekannt, daß Delacroix Zeichnungen nach Photographien Eugène Durieus angefertigt hat und daß er das Zeichnen nach Daguerreotypien empfahl (Aaron Scharf, *Art and Photography,* Harmondsworth 1968, 120). – *22 Horace Vernet:* s. o. zu S. 276, *18.* Baudelaire hatte diesen Publikumsliebling 1846 als »ganz und gar das Gegenteil des Künstlers« beschimpft (Bd. I, S. 254). Delacroix erwähnt Vernet, mit dem er persönlich bekannt war, nur selten in seinem *Journal.* Am 9. Januar 1859 spricht er negativ von den Künstlern, die »wie Vernet, alles *sofort* zu Ende bringen, und von dem schlechten Eindruck, der daraus resultiert«. Es ist anzunehmen, daß er auf die von Baudelaire kritisierte Malweise Vernets anspielt, bei seinen riesigen Gemälden einzelne Teile fertig auszumalen, während andere Partien der Leinwand noch leer oder lediglich durch Umrisse angedeutet waren. – *25* Ernest *Meissonier* (1815-1891) malte kleinformatige Genre- und Historienbilder, die Baudelaire wegen der Winzigkeit der Figuren immer wieder lächerlich machte (›Salon 1846‹, Bd. I, S. 268; ›Salon 1859‹, Bd. V, S. 131). – *28 La Barricade,* 1848 (Salon 1850/51; Paris, Louvre). Delacroix, der 1849 eine Zeichnung der »Barrikade« bei Meissonier gesehen hatte, schrieb dazu kritischer, als die Bemerkung Baudelaires es vermuten läßt: »Das ist in seiner Wahrheit furchtbar«; »vielleicht fehlt jenes *je ne sais quoi,* das *aus einem hassenswerten Objekt ein Kunstwerk* macht [...]. Ungeheures Verdienst trotz allem« (Journal, 5. März 1849; Mayne, Abb. 32). – *37 Paul Delaroche:* s. o. zu S. 276, 17. Auch Silvestre berichtet, daß Delaroche zu den Malern gehörte, gegen die Delacroix eine »furchtbare Antipathie« hegte (Silvestre 67). In seinen Tagebüchern spricht Delacroix von Delaroche mit unverhohlener Verachtung (Journal, 9. und 14. Dezember 1856).

S. 295, *5 Théophile Gautier:* hatte in seinem Nekrolog über Delaroche in *L'Artiste* vom 3. Mai 1857 die Formel vom Malen *»mit Tinte* [...] *und Schuhwichse«* (*La Presse,* 10. März 1837) wiederholt. – *13 seiner Geburtsstadt:* Lyon. – *14 Paul Chenavard* (1807-1895). Baudelaire hat Chenavards »eminente Gelehrsamkeit und verbissenen Fleiß« (›Salon 1846‹, Bd. I, S. 263; ›Salon 1859‹, Bd. V, S. 130) wie auch sein Talent als Gesprächspartner bewundert. Aber er war für ihn als Vertreter einer »philosophischen Kunst« »kein Maler«, sondern »ein großer Geist der Dekadenz«, der als ein »monströses Zeichen der Zeit« bleiben wird (›Die philosophische Kunst‹, Bd. V, S. 263, 265). – *15 abstrusen Theorien:* Diese beziehen sich auf den »Kalender einer Geschichtsphilosophie«, den Baudelaire kritisch in seinem Aufsatz über ›Die philosophische Kunst‹ vorstellt (Bd. V, S. 264). Delacroix berichtet von seinen Gesprächen mit Chenavard über dessen »berühmtes System der Dekadenz« (Journal, 31. August 1854). – *17 reinen Malerei:* Delacroix schrieb am 8. September 1854 in sein *Journal,* daß Chenavard »die Malerei nicht liebe und das auch zugebe«. Der Maler bekannte im übrigen, wieviele Anregungen er den Gesprächen mit Chenavard verdanke (Journal, 26. August 1854). – *33 fern von Paris:* 1851 hörte

Chenavard fast gänzlich mit dem Malen auf, reiste viel und verbrachte längere Zeit in Neapel und Florenz.

VII

S. 296, *3 Michelangelo:* Es handelt sich um einen Vers aus dem 12. Sonett der 1826 in Paris erschienenen Übersetzung von A. Varcollier: *»Io 'l so ch'amica ho sì l'alma scultura«:* »Ich weiß, daß ich als Geliebte die schöne Bildhauerkunst habe« (In der philologisch exakten Fassung ist von der Skulptur als der *Geliebten* des Bildhauers nicht die Rede; siehe Sonett CIX, 92 in der kritischen Ausgabe von Carl Frey, »Die Dichtungen des Michelagniolo Buonaroti«, Berlin, 1897, 194). Delacroix notierte am 1. Januar 1861 in sein *Journal,* daß er zur Staffelei »wie zu den Füßen der angebetetsten Mätresse« eile. Sie sei »sein einziges Trachten« (Brief vom 12. Januar 1861 an George Sand, Corr/Gén. IV, 228 f.). – *15 Gespräch ... mit Allah:* Baudelaire gebraucht ähnliche Formulierungen in seinen Tagebüchern: »Es hat mich immer erstaunt, daß man den Frauen Einlaß in die Kirchen gestattet. Was für Unterhaltungen mögen sie mit Gott führen?« (›Mein entblößtes Herz‹, XXVII, Bd. VI, S. 241). – *19 Die Frau:* Baudelaire fand bei Delacroix offenbar die Bestätigung seiner eigenen Misogynie. Am 5. Dezember 1863 schreibt er seiner Mutter, daß vor ihm noch niemand so schonungslos über die Frau gesprochen habe wie er in diesem Artikel und in seinem Essay über Constantin Guys (Corr/Pl II, 336). – *27 Melancholie:* für Baudelaire ein wesentliches Merkmal des Schönen. Er sieht es in dem Haupt einer Frau, »das gleichzeitig ... Träume von Wollust und Trauer erregt; Vorstellungen von Melancholie ... weckt« (›Raketen‹ X, Bd. VI, S. 202). Die »einzigartige, beharrliche Melancholie, die alle seine Werke atmen«, mache Delacroix »zu dem wahren Maler des neunzehnten Jahrhunderts« (›Salon 1846‹; Bd. I, S. 221).

VIII

S. 298, *5 Egoismus:* Baudelaire selbst bemerkt in einem Brief an Jules Troubat vom 5. März 1866, Delacroix sei doch »ein großer Egoist« (Corr/Pl II, 627) gewesen. – *12 Beispiele:* Der stets verschuldete Baudelaire hatte offenbar von Delacroix am 4. April 1847 Geld geliehen (Austin, 18). – *16 schlecht verkauften:* Vgl. dazu Baudelaires Bemerkung im ›Salon 1859‹ (Bd. V, S. 131 und Anm.). – *17 Lohn:* Für die Ausmalung im Thronsaal des Palais Bourbon erhielt Delacroix 35.000 und für die Bibliothek 60.000 Francs, für die Apollogalerie im Louvre 24.000 und für die Allegorien im Hôtel de Ville 30.000 Francs. Baudelaire übertreibt sicher mit seiner Bemerkung, Delacroix habe zuzahlen müssen. – *36 Stendhals Ansicht:* Baudelaire zitiert aus dem Gedächtnis eine Passage aus Stendhals *De l'Amour* (III. Buch, Fragment 61).

S. 299, *16 geschickten Stechern:* Die Reproduktionsgraphik – im wesentlichen Kupferstich und Radierung – war das wichtigste Mittel zur Verbreitung von Bildwerken bis zum 19. Jahrhundert. Danach wurden Kunstwerke mehr und mehr durch Photographien bekannt gemacht. Delacroix' ›Frauen von Algier‹ z. B. wurden 1853 für Silvestres Buch *Les Artistes vivants* photographiert (Johnson III, 165, Nr. 356). Fast alle seine Gemälde wurden lithographiert, radiert oder in Holz gestochen, meistens ohne künstlerischen Anspruch. Es gibt keinen Radierer oder

Stecher, der sein Werk kongenial umgesetzt hat. Delacroix betrachtete Dürer, Lucas van Leyden, Marcantonio Raimondi als vorbildliche *Übersetzer,* die »den Geist der Maler wiedergeben« (Journal, 23. Januar 1857). – *31 Chateaubriand* war 1848, *Balzac* 1850 und *Alfred de Vigny* am 17. September 1863 gestorben, zwei Monate vor Erscheinen dieses Artikels.

ÜBER EUGÈNE DELACROIX
SEIN WERK, SEINE IDEEN, SEINE SITTEN
[Vortext zu der Lesung in Brüssel, Mai 1864]

Juli 1902, L'Art; Œuvres/Conard V, 1925; Œuvres/Pl II.

Auf Einladung des *Cercle artistique et littéraire* in Brüssel las Baudelaire dort am 2. Mai 1864 Auszüge aus seinem im November des Vorjahrs in der *Opinion nationale* erschienenen umfangreichen Gedenkartikel über Delacroix. Dieser Lesung schickte er den hier gedruckten Text voraus. In der Pariser *Chronique des arts et de la curiosité* vom 29. Mai 1864 wird seine Lesung als ein »wahrhafter Erfolg« bezeichnet, obwohl Baudelaire nur wenige Zuhörer hatte und nur ein niedriges Honorar erhielt.

S. 301, *19 eines der klassischen Länder der Malerei:* Später liest man in Baudelaires Aufzeichnungen zu dem Pamphlet *Pauvre Belgique!,* in Belgien gebe es überhaupt keine Kunst.

S. 302, *12 alten Jenny:* s. o. zu S. 292, 13. – *22 Verkauf von Delacroix' Bildern:* Der Erlös der Auktion brachte 360.000 Francs. – *25 das Zwanzigfache:* Baudelaire scheint zu übertreiben, obgleich die Preissteigerung wenige Jahre später immens werden sollte. Die Skizze der *Pietà* für Saint-Denis-du-Saint-Sacrement (siehe Bd. I, S. 216) brachte 1.200 Francs gegenüber 6.000 Francs für das vollendete Gemälde (Bortolatto Nr. 378), eine Skizze für den Plafond der Apollogalerie erzielte 5.450 Francs (für das große Deckengemälde im Louvre waren 24.000 Francs bezahlt worden); Skizzen für die *Bataille de Nancy* und die *Bataille de Taillebourg* erzielten 4.500 und 7.500 Francs. Gemälde wie *Les Convulsionnaires de Tanger* brachten bereits 1869 nicht weniger als 48.500 Francs, was einer Steigerung auf den zehnfachen Wert im Verhältnis zu den Preisen zu Lebzeiten des Meisters entsprechen mag (H. Mireur, *Dictionnaire des ventes d'art,* Paris 1901-1912, II, 417 ff.). – *29 Alfred Stevens* (1823-1906), belgischer Genremaler und Porträtist, meist in Paris tätig. Trotz seiner Vorbehalte gegenüber dessen Malerei war Baudelaire mit ihm und seinen Brüdern, dem Tiermaler Joseph (siehe Bd. VIII, S. 300 ff.) und dem Kunsthändler Arthur, befreundet. Siehe auch Jean Adhémar, *Baudelaire, les frères Stevens, la modernité,* in: Gazette des Beaux-Arts, Februar 1958, 123-126. – *34 républicains de la veille: »Republikaner vom Tag zuvor«* im Gegensatz zu den gleich erwähnten *»Republikanern vom Tag danach«.*

VERKAUF DER SAMMLUNG EUGÈNE PIOT

24. April 1864, Figaro; AR; Œuvres/Pl II.

Eugène Piot (1812-1890), Kunsthändler und Sammler, hatte mit Victor Hugo und Théophile Gautier an der Bewegung der Romantik teilgenommen. Auf seinen ausgedehnten Studienreisen nach Deutschland, Holland, Spanien (mit Gautier) und insbesondere Italien erwarb er Antiquitäten, die er möglicherweise in Erwartung eines baldigen Todes, auf den Baudelaire in seinen einleitenden Bemerkungen anzuspielen scheint, veräußerte. Baudelaire konnte beim Abfassen seines Artikels nicht wissen, daß Piot die bedeutendsten Stücke zurückkaufte (die weiter unten erwähnten Michelangelos, den Raffael und Donatello usw.) und weiterhin auf seinen Reisen durch Italien, Griechenland und den Orient ständig neue Werke kaufte. Er vermachte dem Louvre und dem Kupferstichkabinett der Pariser Nationalbibliothek einige seiner besten Werke. – Baudelaires Artikel erschien am Tage seiner Abreise nach Brüssel.

S. 304, *20 Le Cabinet de l'amateur et de l'antiquaire* wurde von Piot 1842 gegründet. Die Septembernummer des gleichen Jahres enthielt ein von ihm erstelltes kritisches Verzeichnis von Goyas Werken, das Gautiers Artikel über den spanischen Maler und Radierer ergänzte. 1846 wurde das Erscheinen dieser Zeitschrift eingestellt, doch 1861 erneut fortgesetzt. – *29 Donatello* (um 1386-1466), Hauptmeister der florentinischen Skulptur der Frührenaissance. Wahrscheinlich handelt es sich um die sog. ›Piot-Madonna‹ (um 1460; Terrakotta; Paris, Louvre), die heute nicht mehr als eigenhändiges Werk Donatellos betrachtet wird (Charles Avery, *Donatello's Madonnas revisited,* in: Italienische Forschungen, hrsg. vom Kunsthistorischen Institut in Florenz, 3. Folge, XVI, München 1989, 230f., Abb. 25). – *Giovanni da Bologna,* gen. Giambologna (1529-1608), flämisch-italienischer Bildhauer der Spätrenaissance, war vornehmlich in Florenz tätig. – *30 Luca della Robbia* (1399-1482) war einer der Hauptmeister der florentinischen Skulptur des Quattrocento. Neben den Arbeiten in Marmor und Bronze schuf er farbige, glasierte Tonreliefs, die ihn – wie auch andere Mitglieder seiner Familie – berühmt machten. Von Luca konnte kein Werk aus dieser Sammlung nachgewiesen werden, wohl aber von seinem Neffen und Schüler Andrea della Robbia (1435-1525) die Büsten ›Christus und Johannes als Knaben‹ (Allan Marquand, *Andrea della Robbia and his Atelier,* Princeton-Oxford 1922, II, 227, Nr. 394). – *34 Kopf der heiligen Elisabeth:* Dieser wird der Schule Raffaels zugeschrieben. Er gilt als Studie für das Gemälde einer ›Heimsuchung‹ im Museum von Madrid. Piot kaufte das Werk zurück, das als sein Vermächtnis 1891 in den Louvre gelangte.

S. 305, *1 Rosalba Carriera* (1675-1757), berühmte venezianische Miniatur- und Pastellmalerin. Zwei ihrer Pastelle, ›Studie eines weiblichen Kopfes‹ und ›Bildnis einer Frau‹, wurden nach Piots Tod im Hôtel Drouot, Paris, Mai 1890 versteigert (Bernardina Sani, *Rosalba Carriera,* Turin 1988, 286, 302, Nr. 84, 197). – *2 Meissonier:* s. o. zu S. 294, 25. – *10 Charles Sauvageot* (1781-1860), Violinist, hatte Kunstgegenstände der Renaissance zusammengetragen – Möbel, Porträts, Schmuck, Geschirr usw. –, die seine Wohnung zu einem kleinen, berühmt gewordenen Museum machten. Noch zu Lebzeiten vermachte er die Sammlung dem Staat (A. Sauzay, *Collection Sauvageot, dessinée et gravée à l'eau-forte, d'après les originaux du musée du Louvre, par Edouard Lièvre,* 1863). – *14 drei Bronzen Michelangelos:* Es handelt sich wahrscheinlich um kleine Figuren, wie sie in der Casa Buonarotti in Florenz aufbewahrt werden.

Œ P (Kapitel XXIV und XXV, Auszüge); 15. März 1890 (Kapitel I bis XVIII des *Argument*); 1890 und 1903 (das komplette *Argument*); Œuvres/Conard, Bd. III der Œuvres posthumes, hrsg. von J. Crépet und Claude Pichois, 1952 (und 1953 als Einzeldruck); Œuvres/Pl II; Fusées, Mon cœur mis à nu. La Belgique déshabillée, suivi de Amoenitates Belgicae. Édition d'André Guyaux, Paris 1986.

Baudelaire war am 24. April 1864 in Brüssel eingetroffen und im Hôtel du Grand Miroir, rue de la Montagne, abgestiegen. Wie vereinbart gab er fünf *conférences,* zu denen der *Cercle artistique et littéraire* ihn eingeladen hatte: über Delacroix am 2. Mai, über Théophile Gautier am 14. Mai, über die Rauschgifte am 12. und 23. Mai und 3. Juni. Am 1. Juni schon ist in einem Brief an den Verleger Michel Lévy von einer Serie *Lettres belges* die Rede, deren baldiges Erscheinen im *Figaro,* unter dem Decknamen Charles de Féyis, in Aussicht gestellt wird. Und am 11. Juni heißt es in einem Brief an Madame Aupick: »Ich wollte den 20. abreisen; aber da ich nun einmal genötigt bin, meinen Lebensunterhalt zu verdienen, bin ich auf den Einfall gekommen, aus meiner Reise ein Buch zu machen, in eine Reihe von Briefen unterteilt, die gewiß im *Figaro* erscheinen werden. Dann werde ich diese Briefe noch als Buch verkaufen. Du siehst, ich habe Mut gefaßt; aber dazu muß man rasch nach Antwerpen fahren, nach Gent, Lüttich, Namur, Audenaarde, Brügge; man muß sehen und Fragen stellen; und wenn Du wüßtest, mit was für Bestien ich es hier zu tun habe!« (Bd. VIII, S. 42) Am 17. Juni liest man in einem weiteren Brief an die Mutter: »Wenn ich meine Studien über Belgien zum guten Ende bringe, wirst Du sehr komische Dinge lesen, die bisher niemand zu sagen gewagt hat.« Und am 22. August: »Meine Fahrt nach Paris habe ich auf das Ende des Monats verschoben. Je mehr Manuskripte ich mitbringe, desto größer sind meine Aussichten, zu Geld zu kommen. Hinsichtlich der fünf oder sechs Städte, die ich noch sehen muß, bin ich sicher, daß eine Woche dafür ausreicht.« (Bd. VIII, S. 38 und S. 42) »Laß mir noch einen Monat in Belgien, bevor ich mich in Honfleur niederlasse. Ich habe dieses verfluchte Buch begonnen, nun muß es auch fertiggeschrieben werden. Über Brüssel habe ich mir alles Nötige notiert; fünf Kapitel sind redigiert; doch muß ich mich noch in den Provinzen umtun, 14 Tage werden genügen.« (An Madame Aupick, 31. Juli 1864) »Kannst Du Dir vorstellen, daß ich die Geduld gehabt habe – ich, der von Geschichte nichts versteht – 2400 Seiten eines unverdaulichen Buches zu lesen, um mich über die Geschichte dieses garstigen Volkes zu unterrichten?« (An dieselbe, 8. August 1864) »Ich bin zufrieden mit meinem Buch, alles, was Sitten, Kultus, Kunst und Politik angeht, ist abgeschlossen. Es fehlt noch die Ausarbeitung meiner Exkursionen in die Provinz. Das werde ich in Honfleur erledigen.« (An Ancelle, 2. September 1864)

Baudelaire hatte unterdessen bereits Namur, Antwerpen und Mecheln besucht; im September hoffte er Lüttich, Gent, Brügge, Tournai und Audenaarde zu sehen. Auch weiterhin ist in seinen Briefen immer wieder von diesem Projekt die Rede. Villemessant, der Leiter des *Figaro,* zeigt sich interessiert. Dann jedoch bekommt Baudelaire es mit der Angst zu tun. In Anbetracht der Ungeheuerlichkeiten, die zu sagen und zu drucken er entschlossen ist, hätte er Belgien vorher verlassen und nach Paris zurückkehren müssen, wo seine Gläubiger auf ihn lauern. Mehrmals kündigt er seine Rückkehr an. Kränklichkeit, Niedergeschlagenheit, Unentschlossenheit lassen ihn diese Rückkehr immer wieder hinausschieben. Sein Groll, sein Abscheu, seine Menschenverachtung nehmen unterdes zu: »Was für ein Haufe von

Schuften! – und ich, der Frankreich für ein völlig barbarisches Land hielt, sehe mich nun genötigt zuzugeben, daß es ein noch barbarischeres Land als Frankreich gibt! Kurzum, ob ich nun mit Schulden hierzubleiben genötigt sein werde, oder ob ich mich nach Honfleur rette, ich werde dieses kleine Buch vollenden, das mich denn doch gezwungen hat, meine Krallen zu schärfen. Später werde ich mich ihrer dann gegen Frankreich bedienen. – Dies ist das erste Mal, daß ich gezwungen bin, ein völlig humoristisches, ein zugleich närrisches und ernstes Buch zu schreiben, in dem alles und jedes zur Sprache kommen soll. Damit scheide ich mich von der modernen Dummheit. Vielleicht wird man mich, endlich, verstehen!« (An Ancelle, 13. Oktober 1864; Bd. VIII, S. 46) »Dieses Buch über Belgien ist, wie ich Ihnen bereits sagte, ein Versuch, meine Krallen zu schärfen. Später werde ich mich derer gegen Frankreich bedienen. Ich werde geduldig alle Gründe meines Abscheus für das ganze menschliche Geschlecht darlegen. Wenn ich dann *völlig allein* sein werde, will ich mir eine Religion aussuchen (eine tibetische oder japanische, denn ich verachte den *Koran* zu sehr), und auf dem Totenbett werde ich dieser letzten Religion abschwören, um meinen Abscheu vor der universalen Dummheit nachdrücklich zu bekunden.« (An denselben, 13. November 1864)

Am 17. Dezember 1864 (und am 29. April 1865) erscheint in Poulet-Malassis' *Petite Revue* eine kleine Annonce: »M. Baudelaire arbeitet an einem umfangreichen Buch, das er unter dem Titel *Pauvre Belgique* veröffentlichen wird. Er hat sich ins Exil begeben, um von dem Exil abzuraten; er schließt Belgien in seine Arme, um es besser zu ersticken.« Als Baudelaire Anfang Februar 1865 mit Julien Lemer einen Vertrag über vier Bände mit seinen Prosawerken, darunter *Pauvre Belgique!*, abzuschließen beabsichtigt, gesteht er, daß dieses »anti-freidenkerische Buch« noch nicht abgeschlossen sei, zwei oder drei Kapitel über die Provinzen, über die alten Städte fehlten noch, doch das Wetter sei zu schlecht, um sich wieder auf die Beine zu machen (Corr/Pl II, 442). Wenige Tage später erleidet Baudelaire einen »teuflischen Anfall«, und am 11. Mai liest man in einem Brief an Manet: »*Pauvre Belgique* hier abzuschließen, bin ich leider außerstande; ich bin geschwächt, ich bin erledigt.« (Bd. VIII, S. 85) Dennoch ist von diesem Buch unter wechselnden Titeln in Baudelaires Briefen bis in den Februar 1866 weiterhin die Rede. Und immer wieder sträubt er sich, nach Frankreich zurückzukehren, da es unerläßlich sei, daß er gewisse belgische Provinzen noch näher kennenlerne. Andererseits lassen die erhaltenen Niederschriften erkennen, daß Baudelaire nicht mehr die Kraft fand, die Ausarbeitung ernstlich in Angriff zu nehmen. Als er sich Mitte März in Namur bei Rops aufhält, bricht er in der Kirche Saint-Loup zusammen. Nach Brüssel zurückgebracht, wird er Anfang April mit Gehirnerweichung, rechtsseitiger Lähmung, Agraphie und Aphasie in das Institut Saint-Jean et Sainte-Elisabeth eingeliefert. – Siehe auch Lucien Aressy, *Les Dernières Années de Baudelaire*, Paris 1947, und *Baudelaire belge (Les écrits de Bruxelles)*, in: Jérôme Thélot, *Baudelaire, violence et poésie*, Paris 1992.

So enttäuschend, aufs Ganze gesehen, diese Bekundungen des Ingrimms und Abscheus sich lesen, so sehr wird man doch anderseits durch die Aufzeichnungen entschädigt, die Baudelaire sich über seine Streifzüge durch die belgischen Kirchen, Museen und Sammlungen gemacht hat. Sie bereichern nicht nur unsere Kenntnis von Baudelaires Kunstverständnis, sie haben darüber hinaus eine Bedeutung für die Neubewertung des Barocks überhaupt.

Die Auseinandersetzung mit der belgischen Architektur regte Baudelaire an, eine, wie er schreibt, »Philosophie der Geschichte der Baukunst« (siehe S. 355, 17) zu konzipieren. Seine Hauptthese besagt, daß es in der Geschichte der bildenden Kunst keine Lücken, sondern einen beständigen »Zustand des Übergangs« gibt. Damit zielt er auf die Unmöglichkeit einer scharfen Abgrenzung der Epochen gegeneinander. Besonders in Belgien unterbrach in der Tat die Renaissance keineswegs die Kontinuität der Kunst des ausklingenden Mittelalters. Der flamboyante Stil, in den die Gotik mündete, ging nach der Renaissance – in Flandern mehr eine intermediäre Phase der Klassik – in die barocke Formfülle fast kontinuierlich über. Paul Fierens spricht von einem »geheimen Einverständnis von Gotik und Barock« (*Chaires et confessionnaux baroques,* Brüssel 1943, 7f.), ähnlich wie Georg Dehio und Wilhelm Worringer. Baudelaire betrachtete mit der ihm eigenen Radikalität den Barock, den er »Jesuitenstil« nannte, und zwar »flamboyanten« Jesuitenstil, als »Ende der Gotik«. Er ging mit einer damals außerordentlichen Kühnheit sogar so weit zu schreiben, »daß das Rokoko die letzte Blüte der Gotik ist« (S. 355ff.). Dieser Blick für große Zusammenhänge künstlerischer Gestaltung beweist, daß Baudelaire sehr viel mehr als ein literarischer Kunstkritiker war. Er wurde zum Vorläufer der neueren Historiker, die in verschiedenen Jahrhunderten überepochalen Konstanten des Barocks im Gegenspiel zur klassischen Formensprache nachgingen, wie etwa Eugenio d'Ors, Wylie Sypher oder Gustav René Hocke.

Baudelaire sprach vom Rubens- oder Jesuitenstil und meinte den Barock. Viele der barocken Kirchen, die ihn in Belgien faszinierten, standen in keinem Zusammenhang mit dem Orden. Aber Baudelaire hatte insofern recht, als Giacomo da Vignola mit seiner römischen Jesuitenkirche Il Gesù (1568-1584) für die Entwicklung der Barockarchitektur entscheidende Impulse gegeben hatte. So interpretierte Werner Weisbach 1921 den Barock als »Kunst der Gegenreformation«. Wichtiger als die Frage der Terminologie ist Baudelaires positive Einschätzung des Barocks, den noch wenige Jahre zuvor Jacob Burckhardt in seinem ›Cicerone‹ (1855) als einen »verwilderten Dialekt« der Renaissance bezeichnet hatte. Erst Heinrich Wölfflin suchte nach Gesetzmäßigkeiten des Barocks, den er als eine eigenständige Epoche zu betrachten begann (›Renaissance und Barock‹, 1988). Vor diesem Hintergrund werden Baudelaires Aufzeichnungen zu einem erregenden Zeugnis einer der frühesten Apologien in nuce des damals meist als bizarr und exzentrisch verspotteten Stils. Der an Widersprüchen und Sensationen reiche Stil entsprach seinem Denken und Fühlen. Ihm gefiel in Antwerpen Saint-Borromée, eine der vollkommensten Ausprägungen des belgischen Barocks, die Mischung von Sensualismus und Spiritualität in der Skulptur der Kanzeln, der »katholische Luxus« der Kirchen mit ihrem schweren, berauschenden Duft. In Saint-Loup zu Namur schienen im Katafalk und Boudoir ineinander überzugehen, das Makabre und das Galante, Intimität und Prunk, Sinnlichkeit und mystische Spiritualität sich zu mischen. Die Ästhetik des Barocks entsprach seinem Fühlen. Die vorliegenden Notizen geben uns – nach einer ungedruckten Formulierung Hugo Friedrichs – »feste Fakten an die Hand zur Erklärung der immer auffälligen, aber nur in Teilen erkannten Verbindung der modernen Dichtung mit dem Manierismus des 17. Jahrhunderts«. Der Dichter der FM beabsichtigte, trotz seiner Vorbehalte gegenüber Rubens, ein Lob auf den verkannten »Stil des 17. Jahrhunderts« zu singen, einen *»style de génie«,* »von dem es in Belgien prachtvolle Beispiele gibt«.

Nach Baudelaires Tod gelangten diese Papiere in die Hände von Asselineau, dann von Poulet-Malassis, der die Blätter durchnumerierte, dann über Eugène Crépet und andere zuletzt in die Bibliothèque de Chantilly. Die häufig auch auf der Rückseite beschriebenen Blätter und zahlreichen Zeitungsausschnitte, die Baudelaire als Belege und um daraus zu zitieren aufgehoben hatte, verteilen sich auf 33 Kapitel. Es handelt sich um insgesamt 323 Blätter; hinzukommen mehrere zusätzliche Blätter und auf 10 Blättern durchlaufend die geraffte Inhaltsübersicht *(Argument)* sämtlicher Kapitel. Die Einzelstücke dieses *Argument* wurden schon 1952/53 von J. Crépet und Cl. Pichois unter den jeweiligen Kapitelüberschriften als erster Text abgedruckt. Nur dieser erste vollständige Druck und A. Guyau bieten auch die ungekürzten Texte sämtlicher Zeitungsausschnitte, die in Œuvres/Pl II häufig resümiert werden. Es handelt sich um Ausschnitte (gelegentlich auch um Abschriften) aus rund 20 belgischen und französischen Zeitungen; die wichtigsten waren: *La Gazette belge, L'Indépendance belge, L'Etoile belge, Le Libre Examen, L'Espiègle, Sancho.*

Die in diesem Band enthaltenen Aufzeichnungen beschränken sich auf eine umfangreiche Auswahl, wobei vor allem auf häufige Varianten und die Mehrzahl der Wiederholungen verzichtet wurde. Ebenso wurden die Zeitungsausschnitte nur von Fall zu Fall in den Anmerkungen berücksichtigt. Um eine leichte Orientierung in den französischen Drucken zu ermöglichen, werden jeweils die Blattzahl und dahinter die Seitenzahl in Œuvres/PL II angegeben.

S. 309, 1 Titel: 3/820. – *9 I. Präliminarien:* 352/820. – *10 Danton:* Als er sich weigerte, vor seinen Gegnern zu fliehen, soll Danton gesagt haben, man trage das Vaterland nicht an den Schuhsohlen mit fort. – *15* Joseph *Joubert* (1769-1824), französischer Moralist (s.o. zu S. 216, *20*). Der Ausspruch, den Baudelaire ihm zuschreibt, stammt jedoch von George Farcy, einem jungen Dichter, der als Opfer der Julirevolution (1830) starb. 1831 erschien eine Sammlung seiner Gedichte und kleinen Schriften, die Sainte-Beuve in der *Revue des Deux Mondes* besprach. Diese Besprechung nahm er später in seine *Portraits littéraires* auf, in denen Baudelaire sie vermutlich gelesen hat. Sainte-Beuve zitiert dort Farcys Ausspruch: »Ich danke Gott. Daß er mich als Mann und nicht als Frau erschaffen hat; daß er mich als Franzosen erschaffen hat ...« – 18 *Man spricht von der Langeweile:* Variante 2/1475: »Unterhaltsam sein, während man von der Langeweile spricht; unterrichtend sein, während man von dem Nichtigen spricht; etwas auf einer Nadelspitze erbauen; auf dem schlaffen Seil tanzen; in einem Asphaltsee schwimmen, oder auf einem stehenden Gewässer.«

S. 310, 1 *Ein kleines Gedicht ...: – Amina Boschetti:* Die Tänzerin Amina Boschetti war in Brüssel im September 1864 aufgetreten, und man hatte sie nach Baudelaires Meinung nicht genügend geschätzt. Siehe das Gedicht *Sur les Débuts d'Amina Boschetti* in den *Épaves* (Bd. IV, S. 72). – *6 Gnerri,* eigentlich Elisa Neri, eine Freundin der Madame Sabatier. Auf sie schrieb Baudelaire das Gedicht *Sisina;* siehe Bd. III, S. 174/175. Beide Frauen, die Boschetti wie die Gnerri, haben in Baudelaires Augen etwas scharf Belebendes wie der *Gin.* – *11 Anfang:* 5/820. – 22 *vor der Eisenbahn herläuft:* ein Beamter, der mit einem roten Warnschild und einer Glocke vor den Eisenbahnzügen herlief, die in Brüssel mit einer Geschwindigkeit von 5 Kilometern in der Stunde die Stadt durchquerten. – 24 *Soll ich sagen ...:* 8/821. – *25 II. Brüssel:* 352/822 f.

S. 311, *32 Belgische Putzwut:* 334/824.

S. 312, *1 Hunde:* 25/825. Siehe hierzu das Prosagedicht *Les Bons Chiens,* Bd. VIII,

S. 300ff. – *11 Brüssel. Erste Eindrücke:* 26/825. – *29 Pensionate:* 27/826. – *32* François *Béroalde* de Verville (1558-1612), Verfasser eines scherzhaft satirischen Werkes in Dialogform, *Le Moyen de parvenir;* Baudelaire zitiert Kap. XXIX.

S. 313, *1 Der Tick ...:* 29/827. – *4 Charakteristische Züge ...:* 32/828. – *11 Allgemeine Charakterzüge:* 33/828.

S. 314, *1 Das belgische Gesicht ...:* 35/829. – *11 Verse Pétrus Borels:* s.u. zu S. 367, *3*. – *15 Seltsamer Anblick ...:* 36/829. – *24 Gewiß, die trostloseste Ansicht ...:* 307/830. – *28 Brüssel:* 38/830.

S. 315, 2 Adrien van *Ostade* (1621-1657), holländischer Maler. – David *Teniers* (1582-1649) und sein Sohn (1610-1694), flämische Maler, beide in Antwerpen geboren. – *6 Das belgische Auge ...:* 15/831. – *14 Rücken wir ...:* 39/831. – *21 Ein junger Schriftsteller:* Stéphane Mallarmé (1842-1898) in seinem Prosagedicht *Le Phénomène futur,* das jedoch erst im Dezember 1875 in der Zeitschrift *La République des lettres* im Druck erschien. Ein gemeinsamer Freund muß Baudelaire ein Manuskript dieses Prosagedichtes zugänglich gemacht haben. – 23 *Barnum* (1810-1891), seinerzeit berühmter amerikanischer Charlatan und Schausteller. – *31 Die Belgier können nicht ...:* 40/832.

S. 316, *12 Brüssel. – Gewohnheiten ...:* 41/832. – *25 III. Brüssel:* 352, 353/833.

S. 317, *20 Faro:* in der Gegend von Brüssel gebrautes bitteres, dunkles Bier. – 24 *IV. Sitten:* 353/836f.

S. 318, *16 biches:* Damen der Halbwelt. – *19 Die Frau im allgemeinen:* 52/837. – 31 *Die Frauen auf der Straße:* 53/837.

S. 319, *6 Sitten. Brüssel:* 55/838. – *26 Die Liebe glänzt ...:* 57/839. – *29 Keine Galanterie ...:* 58/839.

S. 320, *9 V. Sitten (Fortsetzuung):* 353/840. – *10 unter den Offizieren:* In einem Ausschnitt aus der *Gazette belge,* vom 3. November 1865, findet sich die Schilderung, wie fünf Offiziere den Herausgeber des *Nouvelliste de Gand,* eines seiner Artikel wegen, auf der Redaktion überfallen und zum Duell herausfordern. Auf seine Weigerung hin kommt es zu einer Auseinandersetzung, bei der die Offiziere den Journalisten blutig schlagen (Guyaux 63). – *13 Verletzte belgische Eitelkeit ... in Mexiko:* Erzherzog Maximilian von Österreich (1832-1867) war 1864 Kaiser von Mexiko geworden. Seine Gemahlin war Marie-Charlotte, eine Tochter König Leopolds I. von Belgien. Ein belgisches Expeditionskorps hatte Maximilian 1864 nach Mexiko begleitet. Über gewisse Vorkommnisse unter den Offizieren dieses Expeditionskorps, die sich zurückgesetzt fühlten und daraufhin auszuscheiden wünschten, hat Baudelaire zwei Ausschnitte aus der *Gazette belge,* vom 5. November 1865, aufgehoben (Guyaux 64/65), deren zweiten er mit dem Vermerk »Belgische Eitelkeit« versehen hat. – *15 domestikenhafte Gesinnung:* hierzu ein Ausschnitt aus dem *Sancho* vom 21. August 1864, mit dem handschriftlichen Vermerk »Konformismus. Niedrigkeit. Domestikenhafte Gesinnung« (Guyaux 66). – *17 Gerichtliche Entscheidungen ...:* Ausschnitt aus dem *Sancho,* vom 14. Mai 1865, über gewisse Mißbräuche der Gemeinden bei der öffentlichen Ausschreibung der Unterstützungen für Waisen und alte Leute (Guyaux 72). – *19 unmenschlicher:* Ausschnitt aus dem *Echo de Bruxelles,* vom 5. August 1864; Bericht über einen Prozeß vor dem Schwurgericht in Brüssel. »Jean-Baptiste Périn und seine Schwester waren angeklagt, ein neugeborenes Kind getötet zu haben. Sie sollen dieses Kind erst erwürgt, dann gekocht, das Fleisch dann einem Schwein zu fressen gegeben und die Knochen ins Feuer geworfen haben.« (Guyaux 68). – *23 Besonders roher ...:* 70/843. – *30 Roheit:* 71/843.

S. 321, *1 VI. Sitten (Fortsetzung):* 354/844f. – *25* Eugène *de Valbezen:* war von 1857 bis 1862 französischer Konsul in Belgien. Was ihm dort widerfuhr, ist nicht näher bekannt. – *31 Belgische Zivilisation:* 17/846. – *34 Quiévrain:* kleiner belgischer Ort an der französischen Grenze; siehe S. 392.

S. 322, *3 Belgische Unwissenheit:* 77/846f. – *24 Je me la casse: se la casser,* sich aus dem Staub machen (Argot). – *25 vous me la faites à l'oseille:* Sie wollen sich wohl über mich lustig machen; Sie wollen mich wohl übers Ohr hauen (Argot). – *27 Ça schlingue rudement ici!* Hier stinkt's aber ganz entsetzlich! (Argot) – *29 Herzog von Brabant:* der Kronprinz, der spätere Leopold II. – *31 Erstaunliche Anmaßung ...:* 78/847.

S. 323, *1 Unfähigkeit ...:* 13/847. – *8 Ein einziges Mal ...:* 79/848. – *17 Von der Verachtung ...:* 80/848. – *20 Marolles:* ein Vorort von Brüssel. – *23 Homo sum ...:* Ich bin Mensch, und nichts Menschliches ist mir fremd; sprichwörtlich gewordener Vers aus einer Komödie des Terenz (ca. 195/90-159 v. Chr.).

S. 324, *1 Bei soviel Schwerfälligkeit ...:* 82/849. – *11 Eselstritt:* den der Esel in der Fabel dem sterbenden Löwen versetzt. – *Vae victis:* Wehe den Besiegten. – *15 Das Bonmot in Belgien:* 16/850f. – *16 encore un Français ...:* noch ein Franzose, der hergekommen ist, um Belgien zu entdecken. – *17 Vaudevillisten:* Verfasser von Gassenhauern oder von kleinen Bühnenstücken mit eingelegten Liedern nach bekannten Melodien.

S. 325, *1 VII. Sitten in Brüssel:* 354/853. – *7 Neugier einer Kleinstadt:* 90/854.

S. 326, 4 *Wenn man sich längere Zeit ...:* 95/856. – *13 VIII. Sitten in Brüssel:* 354/857. – *20 Gesellschaft der Joyeux:* ein Verein von vierzig Leuten, die sich auf die Verfertigung von Aprilscherzen verlegten. – 24 *Gehorsam und Konformismus:* 97/857.

S. 327, *9 Die Belgier denken ...:* 98/858. – *11 Gesellschaften für die Aufzucht von Buchfinken:* Es gab mehrere *Sociétés des pinsonniers;* eine davon war die *Société des pinsonniers* in Namur, die schon seit mehreren Jahrhunderten existierte. Die *pinsonniers* stachen den Finken die Augen aus, damit sie besser sängen. – *17 Liebe der Belgier ...:* 99/858. – *25* Charles-Nicolas *Van der Noot* (1735-1827), der wegen seines Despotismus berüchtigte Präsident der belgischen Exekutive nach der Befreiung von der österreichischen Herrschaft (1790). – *28 Es gibt kein anderes Volk ...:* 100/858f.

S. 328, *9 IX. Sitten in Brüssel:* 354/860. – *10 Spione:* kleine Spiegel, die man vor den Fenstern anbrachte, damit man die Vorübergehenden oder Leute, die einen aufsuchen wollten, unbemerkt beobachten konnte. – *14 Pißmännchen:* Baudelaire denkt an die berühmte Brunnenfigur des *Manneken-Pis* in Brüssel. – *16 Die belgische Herzlichkeit ...:* 103/860.

S. 329, *1 Malassis' Aufzeichnungen:* 104/860f. Baudelaires Verleger und Freund Poulet-Malassis lebte seit dem Herbst 1863 in Belgien. – *5 Pierre Dupont:* siehe S. 183ff. und die Anmerkungen dazu. Baudelaire spielt hier auf ein Gedicht *Les Bœufs*, aus der Sammlung *Chants et chansons,* an. – *10* Louis *Dubois* (1830-1880), belgischer Maler. – *16 »Kratze einen zivilierten Russen ...«:* 105/861. – *21 Grobe Ungezogenheiten ...:* 106/861f. – *33* Jakob *Jordaens* (1593-1678), flämischer Maler aus Antwerpen.

S. 330, *3 X. Sitten in Brüssel* 354/862. – *9 Belgische Langsamkeit:* 109/862. – *18 Ein Volk, das nicht schreibt ...:* 338/864. – *27 XI. Sitten in Brüssel:* 355/864f. – *29 Jefferson Davis* (1808-1889), Präsident der südamerikanischen Konföderation während des Sezessionskrieges. Als Richmond, die Hauptstadt der Südstaaten, im

April 1865 in die Hände der Unionisten fiel, floh er nach Florida, um sich nach Havana einzuschiffen. Er wurde jedoch am 10. Mai ergriffen und bis 1867 in Gefangenschaft gehalten. Baudelaires Aufzeichnung dürfte demnach aus dem Frühjahr 1865 stammen. Bei dem Maler handelt es sich um den weiter unten mit Namen genannten Alfred *Verwée* (1838-1905), einen belgischen Landschafts- und Tiermaler.

S. 331, *17 Belgische Moralität. – Es gibt hier ...:* 113/865. – 24 Hippolyte *Babou* (1824-1878), französischer Journalist, dem die Erfindung des Titels der *Fleurs du Mal* zugeschrieben wird. Baudelaire hatte ihn in Brüssel wiedergetroffen. – *28 J. Leys:* Hendrik Leys, belgischer Maler; s.u. zu S. 352, 27 und 363, 17.

S.332, 4 *In einem Land ...:* 114/866. – *6 Vorsichtsmaßnahmen ...:* 332/866. – *12 Allgemein verbreitete Unredlichkeit:* 116/866. – *20 Der Belgier bleibt ...:* 335/867.

S. 333, *1 Feindliche Atmosphäre:* 118/868. – *8 Eine unsympathische Rasse:* 120/868. – *16 Madame Müller:* vermutlich die Frau des belgischen Journalisten Clément Müller. – *19 XII. Sitten in Brüssel:* 355/868 f. – *23 Badeanstalten:* siehe *La Propreté belge,* S. 376.

S. 334, *1 Belgische Sauberkeit:* 123/869. – *10 Häßlichkeit und Elend:* 124/869 f. – *26 XIII. Belgische Vergnügungen:* 355/870.

S. 335, *16 Vielzahl der Feste:* 126/871. – *20 Der ernsten Musik ...:* 128/871. – *27 Brüssel. Vergnügungsstätten:* 129/871 f. – *29 Pavane:* ernstfeierlicher Tanz.

S. 336, 2 *Les pots plus que pourris:* »Die mehr als faulen Töpfe«, die schrecklichen Potpourris. Wortspiel mit der Grundbedeutung des Wortes *pot-pourri,* ein Düftetopf, in dem man allerlei wohlriechende Pflanzen trocknen läßt, die darin »faulen«. – *5 Volksvergnügungen. Maskenbälle:* 130/872. – *19 XIV. Unterrichtswesen:* 355/873. – *21 Athenäen:* eine Art gelehrter Gesellschaften. – *25 Hannon,* Professor der Naturwissenschaft an der Freien Universität in Brüssel. – *Altmeyer,* Professor für die Geschichte des Altertums an derselben Universität. – Pierre-Joseph *Proudhon* (1809-1865), französischer Sozialist. – *28 Belgien haßt ...:* 134/873. – Jean de *La Bruyère* (1645-1696) französischer Moralist, Verfasser der *Caractères,* die Baudelaire sehr bewunderte.

S. 337, *1 XV. Die französische Sprache ...:* 356/874. – *3 Proben des belgischen Vokabulars:* hierzu und zu den *belgischen Redewendungen* drei Zeitungsausschnitte (Guyaux 148-150). – *8 Brüssel. Belgische Redwendungen:* 145, 146/876 f. – *9 maladies confidentielles:* »vertrauliche Krankheiten«, die Geschlechtskrankheiten, die in Frankreich eher *maladies honteuses* (Krankheiten, deren man sich schämt) heißen. – *22 Ce jeune homme ...:* Dieser junge Mann hat mir die Syphilis angehängt! – *25 Elle m'a poivré!:* wörtlich: Sie hat mich gepfeffert!

S. 338, *1 XVI. Journalisten und Literaten:* 356/879 f. – *5 Bérangers Schlüpfrigkeiten:* siehe S. 239. – *7 Champfleury* s.o. zu S. 77. – *21 Ganz Belgien ...:* 153/880. – *Siècle: Le Siècle,* eine der am meisten von Baudelaire verabscheuten republikanisch-fortschrittlich gesinnten Zeitungen. – 24 *XVII. Belgische Gottlosigkeit:* 356/886. – *26 des Papstes:* Pius IX., Papst von 1846-1878. Er verkündigte 1854 das Dogma von der Unbefleckten Empfängnis Mariens und verurteilte 1864 in dem vielumstrittenen und bekämpften Syllabus achtzig der »hauptsächlichsten Irrtümer unserer Zeit«. Die Verkündigung des Dogmas von der Unfehlbarkeit des Papstes erfolgte erst 1870. Hierzu zwei Ausschnitte aus *L'Espiègle* und *Le Grelot,* beide vom Januar 1865 (Guyaux 167/168). – *27 Tod des Erzbischofs von Paris:* Denis-Auguste Affre (geb. 1793) wurde am 25. Juni 1848 auf den Barrikaden tödlich verwundet, wohin er sich begeben hatte, um zur Versöhnung zu mahnen. Hierzu ein Ausschnitt aus *L'Espiègle* (15. Februar 1865; Guyaux 170). – *28* René-Charles Guilbert de *Pixerécourt* (1773-1844), der »Corneille der Boulevards«, fruchtbarer Verfasser von Komödien, komischen Opern, Melodramen und Vaudevilles. Sein mit Ducange zusammen verfaßtes Melodram *Le Jésuite* war 1830 in Paris uraufgeführt worden. Im August 1864 wurde es am Théâtre lyrique in Brüssel gespielt. Dazu ein Ausschnitt aus *L'Entracte* (Guyaux 171). – *Der Jesuit als Marionette:* »Der Jesuit ist die Hauptmarionette der doktrinären Jahrmarktsgaukler; er spielt genau die gleiche Rolle wie der Teufel ...« (Auszug aus *La Paix,* vom 31. Juli 1864; Guyaux 172). – *29 Eine Prozession:* hierzu ein langer spöttischer Artikel im »belgischen Stil« aus *Le Grelot. Charivari belge,* vom 15. September 1864 (Guyaux 173/174). – *Königliche Subskription:* Der König hatte der katholischen Association de Sainte-Barbe, die sich für die religiöse Betreuung der ärmeren Volksklassen in Krankheits- und Todesfällen einsetzte, eine Spende von 1000 Franken zukommen lassen, woran die liberale Presse als an einer »wahren politischen Verirrung« des Königs Anstoß genommen hatte. (Auszug aus *Le Libre Examen. Journal Rationaliste,* vom 10. Dezember 1864; Guyaux 175, 176) – *30 Gegen eine katholische Lehrerin:* bezieht sich auf den Brief eines Abonnenten aus Gent, vom 25. Mai 1864, an das *Libre Examen* (Guyaux 177), gegen Mélanie Van Biervliet, die Verfasserin wohlmeinender pädagogischer und erbaulicher Schriften, die einen Streit zwischen der ultramontanen und der liberalen Presse auslösten. – *31 Gesetzes über die Friedhöfe:* Hierzu hat Baudelaire sich einen »wichtigen Artikel« aus dem *Sancho,* vom 25. September 1864, aufgehoben: »Ein paar einfache Fragen im Hinblick auf das Gesetz über die Friedhöfe. – Warum nur halten diese wackeren Freidenker, diese unerschrockenen Solidaires [s. u. zu S. 339, *1*], welche die Riten und Zeremonien der Katholiken so weidlich verspotten und sich darüber lustig machen, es für *unehrenhaft,* wenn man sie in dem Winkel des Friedhofs begräbt, den der Priester nicht geweiht hat? / Wollten sie konsequent und logisch sein, müßten sie es nicht vielmehr für ehrenhaft halten, auf dem einzigen Teil des Friedhofs verscharrt zu werden, der nicht *durch das Affentheater des katholischen Priesters entehrt* wurde? / Warum nur respektieren die Freidenker und diese großen Philosophen, die entdeckt haben: *daß man den Seelenfrieden aus der Leugnung Gottes schöpft ...,* warum nur respektieren sie die protestantischen und jüdischen Friedhöfe und legen sie solchen Wert darauf, ihren Unrat vor der Türe der Katholiken abzusondern ...?« (Guyaux 178) – *Bürgerliche Begräbnisse:* Hierzu findet sich unter Baudelaires Belegen eine achtseitige Broschüre mit den Statuten der »*Libre Pensée,* Vereinigung für die Einrichtung bürgerlicher Begräbnisse« (Guyaux 179). – *32 Leichname, die man sich streitig macht:* hierzu ein Ausschnitt aus *La Tribune du peuple,* vom 10. November 1865, in dem die Solidaires sich gegen gewisse Angriffe in klerikalen Blättern verwahren und Anschuldigungen gegen die *cléricaille* erheben: in Rom habe man den jungen Juden Mortara insgeheim seinen Eltern entwendet; in Brüssel entzieht man den Freidenker Paz auf dem Totenbett seinen Freunden. (Guyaux 184)

S. 339, *1 Solidaire.* Hierzu ein Ausschnitt aus dem *Journal de Bruxelles,* vom 5. Juni 1864 (Guyaux 185). Die *Solidaires* und die *Affranchis* waren zwei freidenkerische Vereinigungen, die jeden Einfluß der Kirche oder des Klerus auf das bürgerliche Leben bekämpften. – *Bürgerliches Begräbnis einer Frau:* hierzu ein Ausschnitt aus *Le Libre Examen,* vom 1. Juni 1864 (Guyaux 186). – *2 Satzungen der Libre Pensée:* s. o. zu S. 338, *31 Bürgerliche Begräbnisse.* – *Testamentsformel:* Baudelaire hatte sich solche Testamentsformeln, wie die freidenkerischen Vereinigungen sie ihren Mitgliedern nahelegten, abschreiben lassen. (Guyaux 180, 181) – *3 Eine*

Wette ...: Variante: »Die Wette der beiden Hostienesser.« Im Januar 1865 berichtete die belgische Presse über zwei Einwohner von Löwen, die nach einer Wette im Zustand der Trunkenheit das Abendmahl empfangen hatten. – *5 XVIII. Gottlosigkeit und Pretrophobie:* 356, 357/894f. – *Pretrophobie:* Priesterscheu, Abscheu vor den Priestern. – *8 Charles Sauvestre:* ein antiklerikaler belgischer Journalist; er lieferte regelmäßige Beiträge an die Pariser Zeitung *L'Opinion nationale, journal du soir.* Der Artikel dort, der Baudelaires Empörung auslöste und den er aufgehoben hat, enthält eine Todesanzeige folgenden Wortlauts: »Gesellschaft der Freidenker / Sitz: rue des Brasseurs, 1. / Keine Priester mehr bei der Geburt, bei der Hochzeit, noch beim Tod. / Bürger. / Das Komitee erfüllt den schmerzlichen Auftrag, Ihnen mitzuteilen, daß Louis-Alexandre Jardin am 18. Juli 1864, um 6 Uhr abends, im Alter von 10 Jahren und 14 Tagen gestorben ist, ohne ein Sakrament irgendeiner Konfession empfangen zu haben. / Seine Eltern, die Freidenker sind, machen es sich zur Pflicht, ihn durch die Gesellschaft der Freidenker bestatten zu lassen ...« (Guyaux 189) – *12 De Buck:* Es handelt sich um ein Gerichtsverfahren, das in Belgien großes Aufsehen erregte. De Buck haßte die Jesuiten und beschuldigte sie, ihm das Erbe eines Onkels entwendet zu haben; er verfolgte sie mit Morddrohungen, wurde vor Gericht gestellt und schließlich freigesprochen. – *16 »Ah! zut! alors! si Nadar est malade!«:* Gassenhauer; andere Version: *»... si ta sœur est malade!«* – »Ach, verflixt noch mal! wenn Nadar (deine Schwester; hier soviel wie: deine Hure) krank ist!« – *18 Boniface:* eines der Pseudonyme von Louis-Joseph *Defré,* Bürgermeister von Brüssel und seit 1858 Mitglied des Repräsentantenhauses, der ein ungetauft gestorbenes Kind wieder ausgraben ließ, um es in geweihter Erde zu bestatten. Er war ein Anhänger von Fourier (s. o. zu S. 157, *6*) und ließ sich in Zeitungsartikeln auf einen Streit mit Proudhon (s. u. zu S. 395 *N*) ein, worauf dieser Belgien verließ. – *22 Paul-Louis Courier* de Méré (1772-1825), bissiger und stilistisch bedeutender Pamphletist. Courier war von seinem Förster aus Eifersucht ermordet worden.

S. 340, 2 Félicien *Rops* (1833-1898) war der einzige belgische Künstler, den Baudelaire gelten ließ und dem er in seinem Buch über Belgien ein eigenes Kapitel widmen wollte (Œuvres/Pl II, 952). Rops war berühmt durch seine Druckgraphik, deren unverhüllte Erotik, gemischt mit diabolischem Beiwerk, Baudelaire anzog. Der Dichter seinerseits faszinierte den zwölf Jahre jüngeren Maler, der ihre Gemeinsamkeit in »einer seltsamen Liebe« zu kristallographischen Formen und der »Leidenschaft für das Skelett« sah (zitiert nach Maurice Kunel, *Félicien Rops,* Brüssel 1943, 52). Ein Werk wie *La Mort du Bal masqué* (›Der Tod des Maskenballs‹) zeigt Parallelen zu Baudelaires *Danse macabre* (Bd. III, S. 252 ff.); wie auch andere Darstellungen eine innere Verwandtschaft mit den erotischen Gedichten aufweisen, die durch Gerichtsurteil 1857 aus den FM entfernt werden mußten und 1866 in den *Épaves* (Bd. IV) mit einem Frontispiz von Rops wiedergedruckt wurden (Ico, Nr. 115-118). Die beiden Männer begegneten sich offenbar erst in Belgien. In einem Sonett an Poulet-Malassis aus dem April 1865 (Bd. VIII, S. 81) preist Baudelaire das Talent des Freundes: *»... j'aime Ce tant folâtre Monsieur Rops Qui n'est pas un grand prix de Rome, Mais dont le talent est haut comme La Pyramide de Chéops.«* (»Ich liebe den so spaßigen Monsieur Rops, der zwar kein *Grand Prix de Rome* ist, dessen Begabung jedoch bis an die Spitze der Cheopspyramide hinaufreicht.«) Die von Baudelaire erwähnte Lithographie, *L'Enterrement au Pays Wallon* (›Begräbnis im wallonischen Land‹; Abb. bei Maurice Kunel, *Félicien Rops,* Brüssel 1943), entstand 1863 und verrät den Einfluß von Courbets ›Begräbnis in

Ornans‹ (Louvre). – *7* Alfred *de Caston* trat am 24. November 1864 mit einer *Soirée artistique, composée d'expériences recréatives et de littérature historique* in Brüssel auf. Baudelaire hat die Ankündigung des Programms aufgehoben, die er mit Unterstreichungen und Anmerkungen versehen hat (Guyaux 201). »Dieses Programm entspricht genau den religiösen Bedürfnissen des stupiden Belgiens. Belgien hatte zwei Religionen, den Atheismus und das Tischrücken. Dritte Religion: CASTON.« (Œuvres/Pl II, 902; vgl. hierzu ›Mein entblößtes Herz‹ XXXIII: »Theorie der wahren Zivilisation. Sie liegt weder im Gas, noch im Dampf, noch im Tischrücken, sondern einzig und allein in der Verminderung der Spuren der Erbsünde.« Bd. VI, S. 245). – Zu einer Darbietung des Programms, *Le Dernier Marchand de miracle,* bemerkt Baudelaire: »Ich weiß nicht, in welchem Jahr Robert Houdin sich gerühmt hat, die französische Regierung habe ihm den Auftrag erteilt, bei den Arabern in Algerien den Aberglauben und den Glauben an Wunder zu zerstören. Das war einer *modernen* Regierung würdig – *wenn es wahr ist.*« (Œuvres/Pl II, 902; siehe auch ›Raketen‹ VII, Bd. VI, S. 199.) – *8* Charles-François *Dumouriez* (1730-1824), General des französischen Revolutionsheeres, der Sieger von Valmy und Jemappes; er eroberte Belgien; durch den Konvent seines Postens enthoben, trat er in englische Dienste. Es besteht jedoch kein Anlaß, anzunehmen, daß Gadolle je ein Gefährte Dumouriez' gewesen sei. – *9 Es gibt nur zwei Parteien ...:* Der Ausspruch, den Baudelaire hier »zitiert«, geht auf eine Broschüre von P. Cadolle, *La Fortune publique assurée* (1794) zurück. Aus derselben Broschüre hat Baudelaire sich einen Abschnitt für *Pauvre Belgique!* abgeschrieben (19/955); auch dort wird Gadolle *Le compagnon de Dumouriez* genannt. – *11 Belgien ist ...:* 188/895 f. – *17 Politik. Pretrophobie:* 194/898 f. Die Versammlung des Vereins *La Libre Pensée* im *Hôtel du Grand Miroir* fand am 28. November 1864 abends statt. Baudelaire hat die Einladung zu dieser Versammlung aufgehoben (Guyaux 182). Auf der Tagesordnung steht auch die Diskussion folgender Punkte, bei denen es auf eine »vollständige und radikale Trennung von Kirche und Staat« hinausläuft: »a) Der Theologiestudent ist nicht vom Militärdienst zu befreien; b) bei kultischen Zeremonien sind in Zukunft keine militärischen Ehrenbezeugungen mehr zu erweisen; c) die Verordnung, welche die Mitglieder der Behörden verpflichtet, an den Prozessionen teilzunehmen, werden endgültig aufgehoben; d) kirchliche Zeremonien außerhalb der Gottesdienste sind verboten; e) die Begräbnisse werden überall von den Gemeinden übernommen; f) die von den Gläubigen gespendeten Naturalien dürfen nicht mehr öffentlich zum Nutzen der Kirchen verkauft werden; g) Einkünfte aus den Gütern der Pfarreien sind der Gemeinde zu erstatten; h) ausländischen männlichen und weiblichen Ordensangehörigen soll es nicht mehr gestattet sein, sich im Lande niederzulassen; i) den geistlichen Orden soll jedes Betteln verboten werden ...« Mit Ausnahme von a) hat Baudelaire sämtliche Punkte voll unterstrichen. – *25 Telemach:* der Sohn des Odysseus. – *Kalypso:* die Nymphe, bei der Odysseus sich sieben Jahre lang aufhält, bevor er die endgültige Heimfahrt nach Ithaka antritt. – *32 Armellinis bürgerliches Begräbnis:* siehe Baudelaires Brief an Catulle Mendès vom 3. September 1865. (Corr/Pl II, 526 f.) Armellini war einer der Berater Pius' IX., dann mit Mazzini und Saffi Triumvir der Römischen Republik; geht nach dem Einmarsch der Franzosen und nach der Wiederherstellung des Kirchenstaats (1849) nach Belgien ins Exil; lebt seither in Brüssel, wo er 1862 stirbt.

S. 341, *1 Politik. Pretrophobie:* 196/899. – *Defré:* s. o. zu S. 339, *18*. – *8 Abschaffung der Todesstrafe:* Im Februar 1865 fand in Mailand ein großes Treffen der Gegner der Todesstrafe statt. Victor Hugo hatte sich durch zwei Briefe auf deren

Seite gestellt. Courbet war gewiß ein Gegner der Todesstrafe. Baudelaire meint hier jedoch vermutlich: wie Hugo den Humanitarismus beherrscht, so beherrsche Courbet den Realismus. Zu den Verteidigern der Todesstrafe gehörte der von Baudelaire hochverehrte Joseph de Maistre. – *11 Du zitterst ...* Anspielung auf ein Wort Robespierres; s. o. zu S. 227, 27). – *18 Drei Gesellschaften:* 196/900. – *23 Le Libre Examen ...:* Ausschnitt vom 10. Juni 1864 (Guyaux 183) über zwei bürgerliche Begräbnisse. – *31 Gestohlene Leichname:* hierzu ein Ausschnitt aus der *Tribune du peuple,* vom 10. November 1865 (Guyaux 184).

S. 342, *1 Und dann kehren sie ...:* 197/900. – *2 Ah! zut! alors ...:* s. o. zu S. 339, *16.* – *6 Robespierre:* Baudelaire zitiert den gleichen Ausspruch Robespierres in *Mon Cœur mis à nu* (XXXI; siehe Bd. VI, S. 245). – *7 Testamentsformeln der Freidenker:* Guyaux 180, 181. – *9* Eugène *Pelletan,* ein Mitarbeiter des *Siècle* und der *Presse,* ein leidenschaftlicher Vertreter des Fortschritts und des Freidenkertums. Baudelaire kannte ihn flüchtig. – *12 Würde des belgischen Klerus:* 196/900. Baudelaire spielt auf einen Bericht in der *Indépendance belge* vom 27. November 1865 an. – *15 Die Frage der Friedhöfe ...:* 199/901. – *18 »Das Begräbnis«:* s. o. zu S. 340, 2. – *19 Cadart:* In einem Artikel *Gavarni en Belgique,* der Félicien Rops (dem »belgischen Gavarni«) gewidmet ist, schreibt Fortuné Calmels (*Revue nouvelle,* 1. Januar 1864): »Es ist noch nicht lange her, da sah man in Cadarts Auslage eine Lithographie mit der Unterschrift *Enterrement au pays wallon.*« Calmels stellt dann Betrachtungen darüber an, was wohl ein Priester denken würde, wenn er diese Lithographie im Schaufenster erblickt. Näheres über Alfred Cadart s. o. zu S. 261, 3. – *26 Bei den Belgiern ...:* 200/901.

S. 343, *1 XIX. Politik:* 357/903. Hierzu mehrere Ausschnitte (Guyaux 209-223; Œuvres/Pl II, 905-913). – *8 Das republikanische Meeting:* Über dieses Meeting »der Mitglieder der *Association Le Peuple,* der Mitglieder der *Société des Solidaires,* der Redakteure der *Liberté* und ganz allgemein der sozialistischen Demokraten Brüssels«, das am 3. November 1865 stattfand, hat Baudelaire einen Ausschnitt aus der Wochenzeitung *La Rive gauche* vom 5. November 1865 aufgehoben. Es handelt sich um ein aus Paris im Mai 1864 emigriertes anti-bonapartistisches Organ. Einer seiner Mitarbeiter war Auguste Rogeard (1820-1896; über ihn und *La Rive gauche* siehe Guyaux, S. 684 f.). Am Ende des umfangreichen Ausschnitts liest man folgende Anzeige: »Erhältlich bei allen Buchhändlern in Brüssel: *Pauvre France!* von A. Rogeard, Verfasser der [gegen Napoleon III. gerichteten] *Propos de Labiénus.*« – *11 (Nichts ist lächerlicher ...:* 204/903. – *17 Hinsichtlich des billigen Lebens ...:* 211/906. – *24 XX. Politik:* 357/914. – *28 Brabanter Revolution:* von 1790; mit dem *philosophischen König* ist der den Ideen der Aufklärung zugeneigte Kaiser Joseph II. gemeint, der 1790 starb.

S. 344, *1 Wahlzensus:* Die Wahlfähigkeit und Wählbarkeit der Bürger richtete sich nach ihrem Vermögensstand. – *13 Es gibt kein belgisches Volk ...:* 225/914. – *17 Belgien ist ein Homunculus:* 226/914. Gegen das auf dem Wiener Kongreß gegründete Königreich der Niederlande (das Holland, die frühere Republik der Niederlande, und das österreichische Belgien vereinigte) brach am 25. August 1830 in Brüssel und bald im ganzen Lande ein Aufstand aus. Ein Nationalkongreß erklärte Belgien für unabhängig; nach einer Übergangszeit wird der neue Staat im Januar 1831 international anerkannt. Er gibt sich eine freisinnige monarchische Verfassung, und Herzog Leopold von Sachsen-Coburg-Gotha wird zum ersten König der Belgier gewählt. Über ihn s. u. zu S. 348, 25. – *21 Antwerpen möchte frei sein:* 227/915. – *26 Mißverständnis:* 229/916.

S. 345, *1 Belgien ist das öffentliche Schaugerüst:* 231/916. – *11 In Frankreich wird ...:* 232/916f. – *19 Nach Mexiko ...:* Anspielung auf das belgische Expeditionskorps, das den österreichischen Erzherzog Maximilian 1864 nach Mexiko begleitete; s.o. zu S. 320, *13*. – *20 XXI. Die Annexion:* 357, 358/919. Hierzu zwei Ausschnitte aus der *Gazette Belge*, vom 23. September 1865 (Guyaux 320).

S. 346, 4 *Turcos:* algerische Tirailleurs. – *13 Epilog:* siehe S. 366-369. – *15 Invasion, Annexion:* 316/920. – *21 Invasion:* 315/920f. – *25 Razzia:* 318/921. – *Herzog von Alba:* Ferdinando Alvares, Herzog von Alba (1508-1582), spanischer General Karls V. und Philipps II., der den Aufstand der Niederlande 1567 blutig unterdrückte. – 27 *Zwanzigsten:* eine steuerliche Abgabe, wonach jeder Grundeigentümer 5% seiner Einkünfte zu zahlen hatte.

S. 347, *1 Annexion. Razzia:* 321/922. – *3 der Kaiser:* Napoleon III. – 4 *Kladderadatsch:* deutsche satirische Zeitschrift, die am 12. März 1865 Karikaturen gegen Napoleon III. brachte und daraufhin in Brüssel verboten wurde. – *8 Verwée:* s.o. zu S. 330, 27. – 27 *Wiertz:* Baudelaire spielt hier auf sein Gemälde *Bruxelles capitale, Paris province* an. Siehe S. 354, *18* und die Anmerkung dazu. – *29 Hyperboreer:* ein sagenhaftes glückliches Volk, das im äußersten Norden, jenseits des Boreas, wohnt. Hier zugleich Anspielung auf Verse von Pétrus Borel; siehe S. 367, *3* und die Anmerkung dazu. – *30 Verlogener Patriotismus:* 317/923. – *31 Victor Joly* (1807-1870), Verfasser von Broschüren und Vaudevilles; seit 1852 Chefredakteur der Zeitschrift *Le Sancho, Journal du Dimanche. Revue des Hommes et des Choses.*

S. 348, 4 *XXII. Die Armée:* 358/923f. – *25 XXIII. Der König Leopold I.:* 358, 359/924. Dieser erste König der Belgier war der jüngste Sohn des Herzogs Franz von Sachsen-Coburg-Gotha (gest. 1806). Er wurde am 16. Dezember 1790 in Coburg geboren und starb am 10. Dezember 1865 in seinem Schloß in Laeken. Er war in erster Ehe vermählt mit Prinzessin Charlotte, einer Tochter des englischen Königs Georgs IV. Er nahm in russischen Diensten an den Kriegen gegen Napoleon teil. Durch die Vermählung einer seiner Schwestern mit dem Herzog von Kent wurde er der Onkel der späteren Königin Viktoria. Nachdem er den griechischen Königsthron ausgeschlagen hatte, wurde er am 25. Mai 1831 von dem Nationalkongreß mit überwältigender Mehrheit zum König der Belgier gewählt, und am 21. Juli legte er den Eid auf die konstitutionelle Verfassung ab. Nach dem Tode seiner ersten Frau (1817) heiratete er 1832 Louise-Marie d'Orléans (gest. 1850), eine Tochter des »Bürgerkönigs« Louis-Philippe, und 1853 die Großherzogin Marie-Henriette. Der zweiten Ehe entsprang 1835 der Kronprinz, der nach seinem Ableben bis 1909 als Leopold II. regierte. 1856 wurde sein fünfundzwanzigjähriges Regierungsjubiläum mit großem Aufwand gefeiert. Im April 1862 erkrankte er an einem Leiden, dem er am 10. Dezember 1865 erlag. Unter Baudelaires Unterlagen befinden sich die beiden umfangreichen Nekrologe der *Indépendance belge* vom 11. und des *Moniteur* vom 10. Dezember (Guyaux 348).

S. 349, 2 Gustave *Vapereau:* hatte sich selber in der ersten Ausgabe seines *Dictionnaire de mes contemporains* einen recht umfangreichen Artikel gewidmet. – *10 Die Pension ...* die er als Gemahl der Prinzessin Charlotte erhielt und die Napoleon III. weiterbezahlte. – *12 Anekdote von dem Gärtner:* nicht bekannt. – *18 der Innenminister:* s.u. zu S. 351, *25*. – *21 seine Mätresse:* die später (S. 351) genannte Madame Meyer, die er mit einem »gefälligen« Gemahl verheiratet hatte. – 22 *Herzogin von Brabant:* die Kronprinzessin und künftige Königin. Über den Tod des Königs und dessen nähere Umstände hat Baudelaire einen Artikel aus *L'Économie. Office de publicité du Tournaisis,* vom 24. Dezember 1865, aufgehoben (Guyaux 346). – 27 Frédéric-Guillaume *Becker* (1819-1885), seit 1884 Pfarrer in Brüssel; seit 1853 Hofkaplan. Auf Wunsch des kranken Königs richtete er sich ab 8. Dezember 1864 im Schloß von Laeken ein. Er war in seiner Todesstunde bei ihm und leitete die Trauerfeierlichkeiten am 16. Dezember. Er begleitete den Leichenwagen bis an die Schwelle der katholischen Kirche von Laeken. – *36 Der neue König:* Leopold II. (1835-1909). Über seinen Einzug in die Hauptstadt hat Baudelaire einen Ausschnitt aus *La Publicité belge*, vom 24. Dezember 1865, aufgehoben (Guyaux 345). – *37 C'est un roi barbu que s'avance:* Arie aus der Operette »Die schöne Helena« von Jacques Offenbach.

S. 350, *1 Soyons soldats:* nationalistisches, antifranzösisches Soldatenlied. – *fransquillons:* die Belgier, die eine Annexion durch Frankreich befürworteten. – *3 Da der König ...:* 255/928. – *8 Der Tod des Königs:* 256/928. – *19 Leichnam des Patroklus:* Im XVII. Gesang der Ilias streiten die Griechen und Trojaner um den Leichnam des von Apoll dem Tode ausgelieferten Patroklus. Von Wiertz stammt ein Kolossalgemälde: *Les Grecs et les Troyens se disputant le cadavre de Patrocle.* – *22 Die drei Kaplane:* 257/929.

S. 351, *3 Courbet:* s. o. zu S. 262, *19*. – Charles *Neyt:* Photograph in Brüssel, von dem eine schöne Aufnahme Baudelaires überliefert ist (Ico Nr. 57; Album 249). – *7 XXIV. Schöne Künste:* 359/931. – *14 Spezialisten:* Angesichts der Universalität Delacroix' wetterte Baudelaire gegen die »traurigen Spezialisten« (s. o. S. 272). Die *Zusammenarbeit* verschiedener Spezialisten, von der Baudelaire wenige Zeilen später spricht, ist auch aus dem 17. Jahrhundert bekannt, wie z. B. zwischen Rubens und dem Stillebenmaler Snyders (siehe Bd. I, S. 215, 23 und 448). – *25 Crabbe:* s. u. zu S. 370. – *26* Jules *Van Praet* (1807-1887), Historiker und seit 1840 Minister des Königshauses, der auf Leopold I. einen nachhaltigen Einfluß ausübte. Er hatte Baudelaire durch seine damals berühmte Sammlung geführt. Hinsichtlich seiner *Niederträchtigkeiten* siehe das Gedicht *L'Amateur des beaux-arts en Belgique* (S. 376). Siehe auch Carlo Bronne, *Jules Van Praet, ministre de la Maison du roi Léopold Ier*, Brüssel 1934. – *29 puffiste:* Anglizismus, abgeleitet von *puff*, lautmalendes Wort für aufdringliche Reklame. – *30* Antoine *Wiertz* (1806-1865), Maler und Bildhauer, der Rubens und Michelangelo nachzueifern suchte. Der Rompreis erlaubte ihm, in Italien die alten Meister zu studieren. Mit dem Gemälde ›Kampf der Griechen und Trojaner um den Leichnam des Patroklus‹ (s. o. zu S. 350, *19*) fand er weder in Rom noch 1839 in Brüssel und Paris den erhofften Erfolg. Von einem maßlosen Ehrgeiz und Sendungsbewußtsein getrieben, malte er Kolossalgemälde mit moralphilosophischem Inhalt. Als einer der Vertreter der »philosophischen Kunst« war Wiertz – im Gegensatz zu seinem französischen Malerkollegen Chenavard (siehe Bd. V, S. 262 ff.) – von dem missionarischen Eifer besessen, die Welt zu verbessern. Seine sich im Tendenziösen erschöpfende Produktion widersprach Baudelaires Kunstauffassung. Er gehört zu den »allzu literarischen« Malern. – Siehe auch Hubert Colleye, *Antoine Wiertz*, Brüssel 1957; Jacques Damase (Hrsg.), *Antoine Wiertz (1806-1865)*, Paris-Brüssel, 1974. – *31 Museums:* Das Königliche Museum in *Brüssel* wurde 1846 gegründet. Sein Kern stammte aus einer Sammlung, die 1797 im ehemaligen Palais Karls von Lothringen untergebracht war. Zum damaligen Bestand siehe Edouard Fétis, *Catalogue descriptif et historique du Musée Royal de Belgique*, Brüssel 1864. – *32 schwächere Bilder:* Im Brüsseler Museum befinden sich von Rubens ›Christus und die Ehebrecherin‹, ›Die Anbetung der Heiligen drei Könige‹ und ›Die Besteigung des Kalvarienberges‹ u. a.

S. 352, *1 Die flämische Malerei ...:* 260/931 f. Rubens (1577-1640), Jacob Jordaens (1593-1678), Van Dyck (1599-1641) sind die Hauptvertreter der flämischen Malerei des 17. Jahrhunderts, Adriaen Brouwer (1605/6-1638) und David Teniers d. J. (1610-1690) zwei der vielen Kleinmeister. – *5 unwürdige Sujets:* Die von Baudelaire genannten Motive finden sich auf Bildern mit Bauernfesten und Wirtshausszenen (z. B. bei Adriaen Brouwer, ›Trinker am Tisch‹, Brüssel, Museum). – *15 Alfred Stevens:* s. o. zu S. 302, *29*. Der Maler rühmte sich seiner freundschaftlichen Beziehungen zu dem Dichter: *»Baudelaire aimait ma peinture et j'en étais fier«* (»Baudelaire liebte meine Malerei, und ich war stolz darauf«; Expo 1968/69, 158, Nr. 706). Baudelaires Bemerkungen über Stevens' Bilder in der Sammlung Crabbe sind in der Tat recht wohlwollend (siehe S. 372). – *19* Achille *Devéria:* s. o. zu S. 259, *6*. Baudelaire sprach 1845 nicht ohne Wohlgefallen von seinen »koketten, sanft sinnlichen Frauen«, jenen Lithographien, »die die Händler für drei Sous kaufen und für einen Franc verkaufen« (›Salon 1845‹, Bd. I, S. 143). Nach Beraldi waren vier Fünftel seines graphischen Werkes rein geschäftliche Produktion. – *26 Nachahmung der Natur:* Diese »kunstfeindliche Doktrin« erörtert Baudelaire im 3. Kapitel des ›Salon 1859‹ (Bd. V, S. 140 ff.). – *27 Moderne Malerei:* 261/932. Die moderne Malerei in Belgien entwickelte sich parallel zur französischen. Die Romantik stand in engem Zusammenhang mit dem erwachenden Nationalgefühl, das 1831 zur Gründung des Königreichs führte. G. Wappers (1803-1874), Nicaise De Keyser (1813-1887) und L. Gallait (1810-1887) sind die Hauptvertreter dieser sich in Antwerpen entwickelnden Richtung, im Gegensatz zu dem in Brüssel weiter bestehenden Klassizismus mit François-Joseph Navez (1787-1869). Während Hendrik Leys (1815-1869) in seiner oft dramatischen Historienmalerei die Liebe zum Mittelalter mit einer archäologisch genauen Rekonstruktion und Kenntnis alter Meister verband, weisen die romantischen Visionen des Eklektikers Antoine Wiertz auf den Symbolismus hin. Ferdinand de Braekeleer (1792-1883) und Verboeckhoven (s. u. zu S. 372, *23*) führten die Tradition des 17. Jahrhunderts mit Teniers und Ostade fort, bis um 1850 der Einfluß Courbets eine Wendung zur Aktualität veranlaßte. Maler wie Alfred Stevens (s. o. zu S. 302, *29*) stehen im Bann der Pariser Salonmalerei des Second Empire. – *28 nur Pfingstrosen malt:* Baudelaire denkt wahrscheinlich an den Blumen- und Früchtemaler Henri Robbe (1807-1899). – *33 Die Kunst hat sich ...:* 262/932 f.

S. 353, *2 Viehbestand:* Baudelaire mag an einen Künstler wie Alfred Jacques Verwée (1838-1895) denken, der Tiere in der freien Natur malt, ähnlich wie der dem Dichter verhaßte Troyon (siehe Bd. V, S. 188). – *3 Philosophie unseres Freundes Courbet:* Louis Artan de Saint Martin (1837-1890), Louis Dubois (1830-1880) und einige andere wandten sich unter Courbets Einfluß dem Realismus zu. Baudelaire wird Dubois, den er persönlich kannte (siehe Expo 1968/69, Nr. 704), weiter unten erwähnen (S. 367, *7*). – *6 Es gibt literarische Maler ...:* 263/933. – *14 Die Art, wie die Belgier ...:* 264/933 f. – *24 Bildersammler und -liebhaber:* 329/934. – *27 eines Ministers:* Van Praet (s. o. zu S. 351, *26*). – *David:* s. o. zu S. 270, *1*.

S. 354, *1 Die Herren Belgier ...;* 265/934. – *7 Unabhängige Malerei:* 270/935 f. – *8 Wiertz:* s. o. zu S. 351, *8*. – *12 Contemplations:* bedeutende Gedichtsammlung Victor Hugos, im Exil auf Jersey entstanden (1856). Baudelaire denkt insbesondere an das Gedicht *Ce que dit la Bouche d'Ombre*. – *13* Die *Abschaffung der Todesstrafe* forderte Wiertz in dem Triptychon *Pensées et visions d'une tête coupée* (›Gedanken und Visionen eines abgeschlagenen Kopfes‹; 1853). – *14 Unendliche Macht des Menschen:* Ein Bild von Wiertz trägt den Titel *La Puissance humaine n'a pas de limites* (›Die menschliche Macht kennt keine Grenzen‹; 1855). – *15 kupferfarbenen*

Mengen: Viele Gestalten bei Wiertz sind in einem Kupfer- oder Goldton gemalt. – *18 Paulin Gagne:* (1808-1876), Erfinder einer künstlichen Universalsprache, *Monopanglotte,* Autor eines gigantischen Gedichts über die Einheit des Kosmos, *L'Unitéide ou la femme du Messie* (1856). In der exzentrischen Philosophie des Vielschreibers sah Baudelaire Parallelen zu Wiertz. – *Inschriften:* Wiertz hatte die Wände seines Ateliers mit Inschriften und »philosophischen« Texten bedeckt, die in seinen Werken (s. u. zu S. 354, *20*) unter der Rubrik *»placards«* zu finden sind. – *Brüssel, die Hauptstadt der Welt ...:* Der genaue Titel dieses Werks, offenbar einer mit einem Rahmen versehenen Schmähschrift (*»un factum encadré«,* nach H. Colleye, *A. Wiertz,* Brüssel 1957, 150), lautet: *Bruxelles capitale, Paris province.* Der von Wiertz verfaßte Text in vier Spalten ist mit Zeichnungen und Plänen illustriert. – *19* Eugène *Bignon* (1812-1858); erfolgreicher französischer Schauspieler, der sich auch als dramatischer Autor versuchte. – *20 Die Bücher ...:* Wiertz schrieb Abhandlungen über die Monumentalmalerei (1826), über sein Malrezept, die *»peinture mate«,* sowie eine preisgekrönte Schrift über Rubens (1840), die 1858 erschien (A. J. Wiertz, *Œuvres littéraires,* Brüssel 1869, Paris 1870). – *24 nach seinem Tode:* Nach Wiertz' Tod (1865) wurde sein Haus mit allen Gemälden ein vielbesuchtes Museum. Wiertz hatte dem belgischen Staat seine großformatigen Bilder als Gegengabe für die Einrichtung eines entsprechend großen Ateliers vermacht, in welchem sich die meisten der hier genannten Gemälde befinden. – *25 Das Trompe-l'oeil:* Wiertz liebte dieses Verfahren. So glaubt der in sein Museum Eintretende einem Hund gegenüber zu stehen, der in seiner Hundehütte zu liegen scheint; ein Mädchen reicht dem Besucher aus einem Fenster eine Rose entgegen (*Le Bouton de rose;* Roger Bodart, *Antoine Wiertz,* Antwerpen 1949, Abb. 12). – *26 Der Backenstreich:* Das Gemälde *De Kaakslag van een Belgische vrouw* (›Der Backenstreich einer belgischen Dame‹) zeigt, wie eine wenig bekleidete Frau auf einen sie bedrängenden Soldaten mit einer Pistole schießt (Roger Bodart, *A. Wiertz,* Antwerpen 1949, Abb. 17). – *27 Napoleon in der Hölle:* Auf diesem Gemälde sind die Opfer der napoleonischen Kriege dargestellt, die dem Kaiser ihre in seinen Schlachten verlorenen Gliedmaßen vorwurfsvoll entgegenhalten (Roger Bodart, *A. Wiertz,* Antwerpen 1949, Abb. 18). – *28 Der Löwe von Waterloo:* Titel eines Gemäldes (1860), das die Inschrift trägt: *»He would rush from the mount to redress the wrongs of Europe«* (»Er würde vom Sockel springen, um den Nöten Europas abzuhelfen«). – *30* XXV. *Architektur ...:* 359, 360/938 f.

S. 355, *1 Der blaue Stein:* An den Fassaden der Grand'Place, z. B. an dem heutigen Stadtmuseum, der Maison du Roi oder an der Kirche Saint-Aubain in Namur (s. u. zu S. 364, *32*) wurde Blaustein, d. h. Kleingranit aus den Steinbrüchen des Landes, verwendet. – *5 Beschreibung der Grand'Place:* Der Grote Markt in Brüssel mit dem Rathaus und seinen Zunfthäusern war 1695 durch die Bombardierung der französischen Truppen unter Villeroi schwer beschädigt worden. Den Wiederaufbau leitete der Architekt Guillaume de Bruyne (1649-1719). Unter Baudelaires Papieren befindet sich, von fremder Hand, eine Aufstellung mit näheren Angaben über die wichtigsten Zunfthäuser, das Rathaus, das Reiterstandbild Karls von Lothringen (nach A. G. B. Schayes, *Histoire de l'Architecture en Belgique,* 4 Bde., 1849-1850, und Henne de Wauters, *Histoire de la ville de Bruxelles,* 3 Bde., 1843-1845; Guyaux 280/281). – *10 Jesuitenstil:* G. da Vignola hatte mit dem Bau der Jesuitenkirche Il Gesù in Rom (1568-1584) eine vorbildliche Lösung für den Kirchenbau des Barocks gegeben. In seinem Enthusiasmus für die belgische Barockarchitektur beabsichtigte Baudelaire, die Schönheit dieser »kompositen Kunst«, die er »genial« nennt, zu analysieren und seine Ursprünge zu ergründen. Er unterscheidet jedoch nicht zwischen Jesuitenstil und Barock (Drost 1960, 304f.). – *12 Béguinage in Brüssel:* die ehemalige Beginenkirche St.-Jean-Baptiste-au-Béguinage, 1657-1676 erbaut, freilich nicht von Coebergher, wie Baudelaire annimmt, sondern von einem unbekannten Architekten (Drost 1960, 299, Abb. 3, 16 ; van Ackere, Abb. 24f.). – *Saint-Pierre in Mecheln:* Saint-Pierre-et-Saint-Paul, frühere Klosterkirche der Jesuiten, 1670-1677 nach einem Entwurf des Ordensmitglieds Andreas Losson erbaut, war Baudelaires Lieblingsaufenthalt. Er nannte sie »wunderbar« (Brief an Ancelle vom 2. Sept. 1864, Corr/Pl II, 404). (Joseph Braun, ›Die belgischen Jesuitenkirchen‹, Freiburg 1907, Abb. 68f.; van Ackere, Abb. 22f.) – *13 Jesuitenkirche in Antwerpen:* Saint-Charles-Borromée, 1614-1621 im Auftrag der Jesuiten von François d'Aguilon und Pater Pieter Huyssens (1577-1637) erbaut. Für Baudelaire war sie ein »Meisterwerk« (Drost 1960, Abb. 1f.; van Ackere, Abb. 7-9). – *Saint-Loup in Namur:* Jesuitenkirche, gleichfalls von Pieter Huyssens 1621-1645 erbaut. An Ancelle schreibt Baudelaire am 30. Januar 1866, er werde in Namur Rops besuchen und »von neuem diese *Jesuitenkirche* bewundern, deren ich nie müde werde« (Corr/Pl II, 582; siehe Drost 1960, Abb. 4; van Ackere, Abb. 11f.) – *15 V. Hugos Eintreten zugunsten der Gotik:* Victor Hugos Roman *Notre-Dame de Paris* (1831) bildete einen Höhepunkt der Begeisterung der Romantiker für ein malerisch verklärtes Mittelalter. Er tat dort die Kunst der Epoche Ludwigs XV. als »schlechten Geschmack« ab, als »Nudel- und krausen Salatstil« *(»style des vermicelles et des chicorées«),* der die »gotischen Spitzen« ersetze (in dem *Notre-Dame de Paris* überschriebenen Kapitel). Hugo bewunderte jedoch Künstler des belgischen Barocks wie Verbruggen. – *17 Philosophie der Geschichte der Baukunst:* Baudelaire sah »in den Schöpfungen der Natur, wie in den Werken des Menschen, das allgemeine und ewige Gesetz der Steigerung«, das zu studieren er sich vornahm, »wie *nach und nach kleinstes zu Kleinstem* kommt, bei fortschreitender Zunahme der Kräfte, wie die Gesamtverzinsung im Geldverkehr«. (›Mein entblößtes Herz‹, XXXVII; Bd. VI, S. 249) – *21 letzte Blüte der Gotik:* Zwischen dem »style flamboyant« der Hochgotik und der Vorliebe der barocken Meister für eine elegante Lineatur mit Kurven und Gegenkurven besteht eine stilgeschichtliche Parallele. Baudelaire ist wahrscheinlich der erste französische Kunstkritiker, der eine Umwertung des Rokoko einleitete, das er in diesem Zusammenhang nannte und das zum Teil in Frankreich heute noch negativ besetzt ist (Drost 1960, 319f.). – *23* Wenzel *Coebergher* (auch Cobergher, Koeberger; 1561-1634), flämischer Maler und Stecher, als Architekt einer der Hauptvertreter des italienisch-flämischen Stils. – Lukas *Faydherbe* (auch Faidherbe; 1617-1697), niederländischer Bildhauer, von dem sich mehrere Werke in der Kathedrale Saint-Rombout in Mecheln befinden. Sein Anteil an den zahlreichen ihm als Architekten zugeschriebenen Kirchen (Beginenkirche in Brüssel, Saint-Pierre in Mecheln, s. o. zu S. 355, *12*) ist umstritten. – Jacques *Francquaert* (auch Francart; 1582/83-1651). Von ihm stammt die das Hochbarock einleitende Jesuitenkirche in Brüssel (1616-1621; 1812 abgerissen) und die Beginenkirche in Mecheln. – *24 Victor Joly:* s. o. zu S. 347, *31*. – *30 Beichtstühle des Béguinage:* s. u. zu S. 361, *29*. Siehe auch P. Fierens, *Chaires et confessionnaux baroques,* Brüssel 1943. – *32 Chaires de Vérité:* Kanzeln, von denen aus die christlichen Glaubenswahrheiten verkündet werden.

S. 356, *22 Brüssel. Architektur:* 277/939f. – *23 Ein Topf:* Das heute nicht mehr existierende Haus mit einem Topf auf dem Dach befand sich in der Rue du Roi. – *ein Reiter:* das Reiterstandbild Karls von Lothringen auf dem Haus der Bierbrauer.

– *32 Cabinets:* Schränke mit vielen kleinen Schubladen, in denen man wertvolle Gegenstände, wie Schmuck oder Dokumente, aufbewahrte. Die bemerkenswertesten Exemplare stammen aus der 2. Hälfte des 16. Jahrhunderts.

S. 357, *1 Die Grand' Place:* 279/940. – 2 *Villeroi:* Bei der Bombardierung Brüssels durch François de Villeroi, Marschall von Frankreich, im Jahre 1695 hatte die Grand' Place sehr gelitten. Die zerstörten Holzhäuser wurden zwischen 1696 und 1700 durch reiche Innungen neu errichtet. – 7 *Dubois:* s. o. zu S. 353, *3.* – *8 Wauters:* Alexandre Henne und Alphonse Wauters sind die Verfasser einer dreibändigen *Histoire de la ville de Bruxelles* (Brüssel 1845). – *11 Coebergher und Victor Joly:* 282/941; siehe S. 355, *23* und S. 347, *31.* – *14* Baumeister der Kirche des Béguinage: s. o. zu S. 355, 12. – *15 der Augustiner und der Birgittinen:* Die Pläne zu der 1620-1642 errichteten ehemaligen Augustinerkirche in Brüssel, die meist Coebergher zugeschrieben werden, stammen vermutlich von Jacques Francquaert (s. o. zu S. 355, *23;* van Ackere, Abb. 3). – Die ehemalige Birgittinenkirche zu Brüssel mit ihrer prachtvollen Fassade im italienisch-flämischen Stil wurde 1662 von L. van Heil begonnen (van Ackere, Abb. 27). – *16 Magasin pittoresque:* Dort erschien Anfang 1865 ein Artikel über Coebergher. – *18 Notre-Dame de Paris:* s. o. zu S. 355, *15.* – *23 Kirchen. Brüssel:* 186/941 f. – *30 Delacroix' Wort über die Fahnen:* nicht überliefert.

S. 358, *3 Eine weitere Prozession:* 284/942. – *Wunders der durchbohrten Hostien:* eine Mirakel-Geschichte, die sich im 14. Jahrhundert in Löwen ereignet haben soll. Ein junger Mann verkauft einem reichen Juden geweihte Hostien. Dessen Glaubensgenossen ziehen ihre Dolche und durchbohren die Hostien, die hierauf zu bluten beginnen. Eine Jüdin, die dem Wunder beigewohnt hat, bringt die Hostien dem Bischof von Köln und erbittet von ihm die Taufe. – *13 Kirchen. Brüssel:* 285/942. – *14 Sainte-Gudule:* Die heutige Kathedrale Saint-Michel, bis 1962 Kollegiatskirche Saint-Michel-et-Sainte-Gudule, erbaut im 13.-15. Jahrhundert. Die Fenster mit Stifterbildnissen wurden u. a. von Nicolas Rombouts (ca. 1520-1525), Jan Haeck (1537-1547) und Jan Labaer (1654-1663) angefertigt (Richard Graul, ›Die Glasmalereien in St. Gudula zu Brüssel‹, in: Belgische Kunstdenkmäler II, München 1923, 41-62). Gautier bezeichnete sie als die schönsten der Welt (H. Van der Tuin, *Gautier en Belgique,* in: Revue de littérature comparée, Okt.-Dez. 1957, 504). – *18 Sainte-Catherine:* in eklektischem Stil mit Elementen der Romanik, Gotik und Renaissance von Jozef Poelaert und Winand Janssens ab 1854 erbaut; der barocke Turm (1629-1664) des Vorgängerbaus wurde beibehalten. Unter den wertvollen alten Kunstwerken ist die sog. *Vierge Noire* (Schwarze Madonna) aus dem ausgehenden Mittelalter besonders bekannt. – *21 theatralischen Kanzeln:* s. u. S. 359, *28, 29.* – *29 dort liest man:* »Die Besucher werden gebeten, dem Mesner eine Gabe zu entrichten.« – *30 Ein wackerer Buchhändler* ... 287/943.

S. 359, *3 Versuch ...:* 289/943 f. – *8 Kapelle in Versailles:* Die barocke Schloßkapelle wurde 1699-1710 von Jules Hardouin-Mansart errichtet. – *9 Das Collège in Lyon:* In den »Seitenkapellen aus verschiedenfarbigem Marmor« von Saint-Charles-Borromée in Antwerpen (Œuvres/Pl II, 950; Drost 1960, Abb. 2) erinnert sich Baudelaire an die Jesuitenkapelle seiner Schule in Lyon aus der 1. Hälfte des 17. Jahrhunderts, deren Chor mit farbigen Marmorarten geschmückt ist. Im Vergleich mit dem belgischen Barock erscheint die Ausstattung dort jedoch sehr nüchtern. – *13 Säulen Salomos:* Im 1. Buch der Könige, Kap. VII, 15-22, werden im Zusammenhang mit dem Bau des Tempels zwei besonders kunstreiche eherne Säulen beschrieben, die Salomo anfertigen und vor der Halle des Tempels aufstellen ließ. – *21 (J.-B. Rousseau):* Das Grabmal des Dichters Jean-Baptiste Rousseau (1671-1741), der aus Frankreich verbannt dreißig Jahre im Exil verbrachte, befindet sich in der Kirche Notre-Dame-des-Victoires, auch Notre-Dame-du-Sablon genannt. – *28 Palmbäume:* An der Kanzel von Denis Plumier (1688-1721) in Notre-Dame-de-la-Chapelle ragen große Palmen in den Raum hinein (Drost 1960, Abb. 8). – *Ochsen, Adler:* Die zwei Evangelistensymbole stehen in Lebensgröße am Fuß der 1697 von Marc de Vos geschnitzten Kanzel in Notre-Dame-du-Sablon (Drost 1960, Abb. 5). – *29 Adam und Eva.* Die ›Vertreibung aus dem Paradies‹ befindet sich am Fuß der Kanzel von Hendrik Frans Verbruggen in Saint-Michel-Sainte-Gudule (1699-1702; Drost 1960, Abb. 6) wie auch in der Liebfrauenkirche in Mecheln.

S. 360, *1 Jesuitenkirchen:* 290/944f. – *style flamboyant:* letzte Stilphase der Gotik (s.o. zu S. 355, *21*). – *3 Diacre Pâris:* Bei dem Grab des jansenistischen Geistlichen François de Pâris (1690-1727) ereigneten sich auf dem Friedhof von Saint-Médard in Paris die exzentrischen Wunder der ekstatischen *convulsionnaires.* – *4 Béguinage:* s.o. zu S. 355, *12.* – *13 Kirche der Chapelle:* Ihre ältesten Teile stammen aus der Zeit des Übergangs von der Romantik zur Gotik, das Schiff aus dem 15., der Westturm aus dem 17. Jahrhundert. – *14 Nuestra Señora de la Soledad:* eine spanische Statue des 17. Jahrhunderts; eine Schmerzensmadonna (Drost 1960, 310f., Abb. 9). – *24 (De Quincey, Unsere Lieben Frauen):* Anspielung auf eine der »Visionen« des »englischen Opiumessers« Thomas De Quincey (1785-1859), in dessen von Baudelaire übersetzten und bearbeiteten *Confessions:* »Levana und Unsere Lieben Frauen von den Traurigkeiten«; siehe Bd. VI, S. 176ff. – *25 Ein weißes Gerippe:* auf dem 1671 geschaffenen Grabmal des Chevalier Charles d'Hovyne von G. van Delen (Expo 1968/69, Nr. 720). – *27 Saint-Nicolas-du-Chardonnet:* Kirche in Paris aus der zweiten Hälfte des 17. Jahrhunderts. Dort befindet sich das von Collignon ausgeführte Grabmal der Mutter des Malers Charles Le Brun, der die Pläne entworfen hatte. Siehe auch ›Salon 1859‹, Bd. V, S. 197. – *28 XXVI. Die Landschaft rings um Brüssel:* 360/945.

S. 361, *1 Die Umgebung von Brüssel ...:* 293/945f. – *16 Die Landschaft:* 326/946. – *20 Die Schönheit ...:* 294/946. – *25 XXVII. Spaziergang in Mecheln:* 360/946f. – *26 Mecheln:* Baudelaire liebte die Stille des verträumten Mechelns: *»si Malines n'était pas en Belgique, et peuplée de Flamands, j'aimerais y vivre et surtout y mourir«* (»wenn Mecheln nicht in Belgien läge, und nicht von Flamen bewohnt wäre, dann würde ich gerne dort leben und vor allem dort sterben«; Brief an Ancelle vom 2. Sept. 1864; Corr/Pl II, 404). – *29 Das Béguinage:* Beginenhof mit Häusern aus dem 16.-18. Jahrhundert. Die Beginenkirche wurde nach Plänen von Francquaert und Huyssens von Lucas Faydherbe 1647 vollendet (van Ackere, Abb. 4f.). – *30 Saint-Rombout:* St.-Rombouts-Kathedrale im Stil der Brabanter Gotik, mit überaus reicher Innenausstattung. – *Notre-Dame:* die Kirchen O.-L.-Vrouw-over-de-Dyle aus dem 14./15. Jahrhundert (mit baulichen Veränderungen im 16. und 17. Jahrhundert) und O.-L.-Vrouw-van-Hanswijk, eine Barockkirche, errichtet von Lucas Faydherbe 1663-1678. – *31 Saint-Pierre:* s.o. zu 355, *12.* – *32 Durchlaufendes Beichtgestühl:* in Saint-Pierre-et-Saint-Paul, siehe S. 362, 24. – *Die Kanzel:* s.u. zu S. 362, *28.*

S. 362, *3 Rubens:* In der Kirche O.-L.-Vrouw-over-de-Dyle befindet sich ein Triptychon mit der Darstellung des ›Wunderbaren Fischzugs‹ (1618/19), in der Mechelner St. Janskerk auf dem Hochaltar ein weiteres Triptychon mit ›Die Anbetung der Könige‹ als Mittelstück (1616-1619). – Anton *Van Dyck* (1599-1641); von ihm besitzt die St.-Rombouts-Kathedrale eine Kreuzigung (um 1630). – *5*

Sondergesellschaft: ein aus irgendeinem Vorwand, bei irgendeiner Gelegenheit gegründeter Verein. – *6 Botanischer Garten:* 296, 297/947. – *17 Franciscus Xaverius:* der erste Gefährte des heiligen Ignatius, Missionar in Indien und Japan (gest. 1552). – *von zwei Brüdern:* In Saint-Pierre-et-Saint-Paul befinden sich zwei Szenen aus dem Leben des Hl. Franz Xaver, die von dem Rubensschüler Lucas Franchoys (1616-1681) gemalt wurden. Dieser war allerdings kein Jesuit, ebensowenig wie sein Bruder Peeter Franchoys (1606-1654), von dem sich nach Auskunft älterer Schriftsteller mehrere – heute nicht mehr nachweisbare – Bilder in Mechelner Kirchen befunden haben sollen. Ein weiteres Gemälde in Saint-Pierre-et-Saint-Paul mit einer Szene aus dem Leben des Heiligen, ›Der Hl. Franciscus Xaverius, einen Besessenen heilend‹ (1696), stammt von Lambert Blendeff (um 1650-1721). – *18 symbolische Anklänge an diese Geschichte:* Die Fassade von Saint-Pierre besaß im Obergeschoß ein heute nicht mehr existierendes Relief ›St. Franciscus Xaverius in der Glorie, verehrt von Indern‹ (J.H. Plantenga, *L'Architecture religieuse dans l'ancien duché de Brabant,* La Haye 1926, Abb. 196). – *21* Jean *Restout* (1692-1768), dessen ›Christus, einen Gelähmten heilend‹ im Louvre und die ›Taufe Christi‹ in Saint-Nicolas-du-Chardonnet Baudelaire gewiß kannte. – *28 Der Weltglobus:* Die hölzerne Kanzel in Saint-Pierre-et-Saint-Paul ist ein Werk Hendrik Frans Verbruggens (um 1655-1724) aus dem Jahre 1700 (Drost 1960, 308, Abb. 7; van Ackere, Abb. 58). – *29* Aloysius von *Gonzaga* (1568-1591) trat schon in jungen Jahren in den Jesuitenorden ein und starb an der Pest. Als Patron der Jugend wurde er wegen seiner Reinheit und Keuschheit verehrt. – *Stanislas Kostka,* ein gleichfalls jungverstorbener Jesuit (gest. 1568), ebenfalls Patron der Jugend, der vor allem in seinem Geburtsland Polen verehrt wird. – *François Régis:* ein weiterer Heiliger des Jesuitenordens (1597-1640), der »Apostel des Vivarais«. – *34 Hallen der Tuchhändler:* Die unvollendet gebliebene Tuchhalle mit Belfried stammt aus dem 14. Jahrhundert.

S. 363, *1 Ein rascher, grüner Bach:* 298, 948; die Dyle. – *12 Hymnus der Kanaille:* s.o. zu S. 160 N. – *19 Und wenn du so viele Altäre ...:* [6]/948.

S. 364, *1 XXVIII: Spaziergang in Antwerpen:* 360/949. – *5 Rubens-Haus:* Wohnung und Werkstatt des Malers bis zu seinem Tode. – *6 Kirche der Jesuiten:* s.o. zu S. 355, *12.* – *12 Gemälden von Rubens:* In der Liebfrauenkathedrale von Antwerpen befinden sich die großen Altartriptychen ›Kreuzaufrichtung‹ (1610/11), ›Kreuzabnahme‹ (1611-1614) und die ›Himmelfahrt Mariens‹ (vollendet 1627; Drost 1960, 313 ff., Abb. 11). Auch die St. Jakobskirche, St. Paul und die Augustinerkirche beherbergen Gemälde von Rubens. – *13 Kalvarienberge:* Der Kalvarienberg an der Kirche St. Paul, an dessen Ausführung H.F. Verbruggen beteiligt war, erschien Baudelaire »lächerlich« (Œuvres/Pl II, 950); die Grenze des guten Geschmacks war für ihn überschritten (Drost 1960, 307f.). – *17* Hendrik *Leys* (1815-1869), war Baudelaire im ›Salon 1859‹ positiv aufgefallen (Bd. V, S. 176). Er stammte aus Antwerpen, wo Baudelaire ihm auch begegnet ist. – *Das Haus des Verlegers Plantin:* Christoph Plantin (um 1520-1589) gründete 1555 sein berühmtes, heute als Museum eingerichtetes Verlagshaus in Antwerpen. – *18 Rydeck:* ein von Seeleuten auf Landurlaub gern besuchter Tanzsaal in Antwerpen. – *24 XXIX. Spaziergang in Namur:* 361/950f. – *27 Vauban:* Sébastien Le Prestre, Seigneur de *Vauban* (1633-1707), Marschall von Frankreich, der große Festungsbaumeister Ludwigs XIV. Vauban war an der Verstärkung der neuen Festung von Namur, *Terra Nova,* beteiligt. – Nicolas *Boileau*-Despréaux (1636-1711) schrieb Satiren, Episteln, ein *Art poétique* und ein »heroisches« Scherzgedicht *Le Lutrin* (›Das Chorpult‹). Er verfaßte 1693 eine ›Ode auf die Einnahme von Namur‹. – Adam Frans *van der Meulen* (1632-1690), flämischer Schlachtenmaler, geboren in Brüssel. – Jacques-Bénigne de *Bossuet* (1627-1704), Bischof von Meaux, der große Kanzelredner unter Ludwig XIV. – *28* François de Salignac de La Mothe-*Fénelon* (1651-1715), Erzbischof von Cambrai, Verfasser des *Télémaque* (1699), eines Fürstenspiegels in Romanform; vermutlich der einflußreichste geistliche Autor des 17. Jahrhunderts. – Jean *Jouvenet* (1644-1717), französischer Historienmaler. – Hyacinthe *Rigaud* (1659-1743), französischer Maler, bedeutender Porträtist der Zeit Ludwigs XIV. – *Restout:* s.o. zu S. 362, *21*. – *29 Saint-Loup:* s.o. zu S. 355, *13*. – *32 Kirche der Rekollekten:* Die ehem. Franziskanerkirche Notre-Dame wurde 1749-1753 anstelle einer gotischen Kirche neu errichtet. – *Saint-Aubain:* von dem Mailänder Architekten Gaetano Pizzoni in klassizistischer Manier 1751-1763 erbaut (van Ackere, Abb. 136-138).

S. 365, *1* Jacques *Nicolaï* (1605-1678), Jesuit und Nachahmer von Rubens. Im Chor von Saint-Aubain befinden sich von ihm sechs große Gemälde, darunter das ›Abendmahl‹ und die ›Heimsuchung Mariä‹ (Drost 1960, Abb. 13). – *2 Straße der blinden Finken:* s.o. zu S. 327, *11*. – *7 Félicien Rops:* s.o. zu S. 351, *10*. – *Schwiegervater:* Théodore Polet de Faveaux, Vizepräsident des Gerichtshofs von Namur, schrieb unter dem Pseudonym Sylvain ein Buch über die Jagd, das sein Schwiegersohn mit 26 Vignetten illustrierte (Paris 1862). Er starb fünfundsechzigjährig am 17. April 1866, einen Monat nach Baudelaires Zusammenbruch in Namur. – *18 XXX. Spaziergang in Lüttich:* 361/952. – *21 XXXI. Spaziergang in Gent:* 361/952. – *25 XXXII. Spaziergang in Brügge:* 361/952 f.

S. 366, *1 Werk, das Michelangelo zugeschrieben wird:* eine weiße Marmorgruppe der Jungfrau Maria mit Kind in der Kirche Notre-Dame. – *3 XXXIII Epilog:* 361/953. – *2 Noli me tangere:* Rühr mich nicht an! – *27 Dem verdrießlichen Kritiker ...:* 308/953. – *30 Man hat den Belgier ...:* 309/954.

S. 367, *3 Ein Hyperboreer:* Baudelaire zitiert drei Verse aus Pétrus Borels Prolog zu dem Roman *Madame Putiphar* (1839). Pétrus Borel (siehe S. 165 ff. und die Anmerkungen dazu) beschreibt dort drei Ritter, die sich in seiner Brust befehden (s.o. zu S. 187 *N*): »der dritte Ritter ist ein Mann aus Stein, gleich dem finsterschrecklichen Komtur [in Mozarts *Don Giovanni*]; ein Hyperboreer; ein Gnom ohne Lider, ohne Augäpfel und ohne Stirn, und der hohl klingt, wie ein leeres Grab, wenn man mit seiner Waffe daran stößt.« Die Hyperboreer sind eine sagenhafte Völkerschaft, die hoch im Norden (jenseits des Boreas) in frommer Glückseligkeit leben. – *6 Belgien ist ein Fall ...:* 310/954. – *11 Nach langem Suchen ...:* 311/954. – *16 Es ist mir bisweilen ...:* 312/954. – *24 Das Schicksal Belgiens ...:* 313/955.

S. 368, *1 Politik. Epilog. Invasion:* 314/955 f. – *5 Böoter:* Einwohner der altgriechischen Landschaft Böotien, die für träge und dumm galten. – *6 Fröschen, die sich als Ochsen aufspielen möchten:* bis sie zerplatzen; wie in der Fabel von Jean de La Fontaine (I, 3) *La Grenouille qui se veut faire aussi grosse que le bœuf*. – *12 Epilog. Heute, Montag ...:* [7]/956. – *28 Styx:* ein Fluß der Unterwelt, die er in vielfachen Windungen durchfließt. – *Briareus:* ein hundertarmiger Riese mit fünfzig Köpfen; ein Repräsentant der gewaltigen Macht des Wassers. – *32 Die belgische Gastfreundschaft:* 337/959.

S. 369, *6 Kaiser:* Napoleon III. – *15 Wenn man den Belgiern zumutet ...:* [8]/961.

Sommer 1975, Buba XI, 1; Œuvres/Pl II.

Es handelt sich um eine Abschrift, die Arthur Stevens von einem verschollenen Manuskript Baudelaires machte.

S. 370, *3 Die Sammlung Goethals* beabsichtigte Baudelaire ebenso wie die des Duc d'Arenberg und von Coûteaux zu besuchen (Œuvres/Pl II, 958). – *4 Sammlung Crabbe:* s.u. zu S. 371. – *5 Sammlung Van Praet:* s.o. zu S. 351, *25*. Sie galt als sorgfältig und mit Geschmack zusammengetragen. – *8 Leys:* s.o. zu S. 364, *17*. – Jean Baptiste *Madou* (1796-1877), Genremaler und sehr produktiver Lithograph und Buchillustrator, dessen Humor und Sinn für Komik gewisse Parallelen zu *Charlet* aufweisen (s.o. zu S. 294, *5*). – Die Brüder Alfred (1800-1837) und Tony *Johannot* (1803-1852) waren Maler und Graphiker. Tony Johannot war einer der bedeutendsten Meister der romantischen Buchillustration. – Florent *Willems* (1823-1905), Genremaler, der seine Figuren im Kostüm des 16. und 17. Jahrhunderts darstellte. Siehe S. 371, *36*. – *12 Arthur Stevens* (1825-1890), Kunsthändler und Impresario seiner Brüder, war der jüngste der drei Brüder. Der Tiermaler Joseph war 1819 geboren und Alfred, der Maler des Pariser Salonlebens, 1823. Arthur schrieb Kunstkritiken wie den *Salon de 1863, suivi d'une étude sur Eugène Delacroix* (Paris 1866). – *18* Constantin *Guys* (1802-1892). Siehe Baudelaires Aufsatz über den ›Maler des modernen Lebens‹ (Bd. V, S. 213-258). – *30* Edmond *About* (1828-1885), Romancier, Journalist, Verfasser umfangreicher Berichte über die Weltausstellung 1855 und die Salons 1857 und 1864. – *33* Von Arthur *Stevens* besaß Van Praet das Gemälde *Tous les Bonheurs* (1861; ›Alles mögliche Glück‹), das sich im Musée d'Art Moderne von Brüssel befindet.

KATALOG DER SAMMLUNG M. CRABBE

14. Juni 1890, Gil Blas (auszugsweise); 1907, L'Art et les artistes, Nr. 26 (auszugsweise); Œ P 1908; Œuvres/Pl II.

Der Wechselmakler Prosper Crabbe hatte für Baudelaire am 11. Juni 1864 eine Soirée organisiert (Corr/Pl II, 380 f.), um ihn mit den Verlegern Lacroix und Verboeckhoven zusammenzubringen. Die Begegnung fand nicht statt, aber Baudelaire wird damals die Sammlung gesehen haben. Sie wurde am 12. Juni 1890 in der Pariser Galerie Sedelmeyer von Paul Chevalier unter Mitwirkung von Arthur Stevens verkauft. Der Verkaufskatalog enthält nur einige der von Baudelaire erwähnten Bilder.

S. 371, *9* Narcisse-Virgile *Diaz* de la Peñas (1808-1876) Gemälde *La Meute sous bois* (›Die Meute im Unterholz‹) befand sich in der Sammlung Crabbe. Die »magische Farbgebung« (Bd. I, S. 159) und das »sprühende Kolorit« (Bd. V, S. 173) seiner Bilder hatten Baudelaire zwar gefallen, ihn aber doch zu dem Vorwurf veranlaßt, daß Zeichnung und Modellierung fehlten und der Gesamteindruck dem eines Kaleidoskops gleichkomme. Die Darstellung des Dickichts der Wälder, in das Sonnenstrahlen eindringen, gehört zu den besonderen Stärken des Malers. – *11* Jules *Dupré* (1811-1889), bedeutender französischer Landschaftsmaler, der wie Diaz zur Schule von Barbizon gehörte. Es ist das einzige Mal, daß Baudelaire ihn erwähnt. Baudelaire sah von ihm in der Sammlung Crabbe *La Forêt* (›Der Wald‹).

– *12 Leys:* s. o. zu S. 352, *26*. In der Sammlung Crabbe befand sich *Une Ronde* (›Eine Patrouille‹). Leys wandte sich nach einer Reise 1852 durch Deutschland, während der er Dürer und Cranach studiert hatte, der Darstellung geschichtlicher Baudenkmäler und des Lebens in seiner Heimatstadt Antwerpen zu. – *Seine erste Manier war naiver:* Baudelaire meint wahrscheinlich seine romantische Phase mit Szenen aus dem bürgerlichen Leben, Überfällen, Hinrichtungen, Schlachten, in der die Dramatik seiner Bilder Delaroche nahekam. Er vollzog den Bruch mit der Romantik in den 1840er Jahren, indem er durch die Annäherung an alte Meister wie Rembrandt, Pieter de Hooch, Dürer, Cranach sich immer mehr einem mit archaischen Elementen verbundenen Realismus zuwandte. Aus dieser Periode stammen die Bilder, die Baudelaire auf der Weltausstellung 1855 gesehen hat. – *13 Rosa Bonheur* (1822-1899), außerordentlich erfolgreiche Malerin von Tierbildern und Szenen des Landlebens, die häufig in den Pariser Salons ausstellte und 1855 eine Goldmedaille erhielt. Es ist die einzige Erwähnung der Künstlerin in Baudelaires Schriften. – *15 Decamps:* s. o. zu S. 294, 3. – *17 Balaams Esel:* 4. Mose XXII, 21-35. Als der Prophet Balaam auf einer Eselin zu den Moabitern reitet, vertritt ein Engel, der zuerst unsichtbar bleibt, ihm den Weg. Balaam schlägt die Eselin, die den Engel erblickt. »Da tat der Herr der Eselin den Mund auf ...«. Decamps hatte um 1857/58 die Szene ›Der Engel erscheint Balaam‹ gemalt (Otterlo, Rijksmuseum Kröller-Müller; D.F. Mosby, *Alexandre Gabriel Decamps,* New York/London 1977, II, 503 f. Nr. 223, Abb. 109-A), von der es nach Adolphe Moreau (*Decamps et son œuvre,* Paris 1869, 291, Nr. 10) noch eine kleinere Version gab, die möglicherweise diejenige aus der Sammlung Crabbe ist. – *18* Gustave *Doré* (1832-1883), einer der erfolgreichsten Buchillustratoren der 2. Hälfte des 19. Jahrhunderts. In einem Brief an Nadar vom 16. Mai 1859 (Bd. VI, S. 21) spricht Baudelaire von dessen »Kindereien [...], in die er bei aller Genialität bisweilen verfällt«. – *20 Salvator Rosa* (1615-1673), italienischer Schlachten- und Landschaftsmaler, den Baudelaire 1845 und 1846 gleichfalls in einem Atemzug mit Decamps genannt hatte (Bd. I, S. 165, 263). – *22 Madou* (s. o. zu S. 370, *8*) war in der Sammlung Crabbe mit einem *Intérieur de cabaret* (›Im Wirtshaus‹) vertreten. – *Charlet:* s. o. zu S. 294, *5*. – *23* Louis *Cabat* (1812-1893), Freund von Jules Dupré (s. o. zu S. 371, *11*), einst eine Hoffnung der französischen Romantiker. Nach zwei Italienreisen wandte er sich zum Bedauern Baudelaires dem Klassizismus zu (Bd. I, S. 267 f.). – 27 Von Louis-Gustave *Ricard* (1823-1873) befand sich in der Sammlung Crabbe das ›Brustbild einer jungen Frau‹ *(Buste de jeune femme).* Baudelaire hatte den populären Porträtisten gegen den nicht unberechtigten Vorwurf des Eklektizismus (Rembrandt, Van Dyck, Tizian als Vorbilder) mit viel Sympathie verteidigt: er sei imstande, »die *Seele,* die er vor sich hat, zu malen« (›Salon 1859‹, Bd. V, S. 185). Er schätzte ihn als interessanten Gesprächspartner (ebd. S. 130). – *28 Paul Delaroche:* s. o. zu S. 294, *37*. Für Baudelaire gehörten seine Bilder zu den »mittleren Bereichen des Talents und des guten Geschmacks« (›Musée Classique‹, Bd. I, S. 191). – *30 Meissonier:* s. o. zu S. 294, *25*. – *32* Constant *Troyon* (1810-1865). Baudelaire, der den Landschafts- und Tiermaler schon früh kritisierte (Bd. I, S. 169), führte ihn 1859 als »das schönste Beispiel für die seelenlose Geschicklichkeit« an (Bd. V, S. 188). Das Gemälde »Der Pointer«, datiert 1860, befindet sich in Boston, Museum of Fine Arts (Dario Durbé/Anna Maria Damigella, ›Corot und die Schule von Barbizon‹, München 1975, Tafel 19).

S. 372, 2 Joseph-Nicolas-Robert Fleury, gen. *Robert-Fleury* (1797-1890), wichtiger Vertreter der französischen romantischen Historienmalerei; »ein vortrefflicher, ein distinguierter, ein suchender Künstler, dem zur Genialität nur ein winziges unmeßbares oder unwägbares Etwas fehlt« (›Salon 1845‹; Bd. I, S. 141 f.). – *4 Jules Breton* (1827-1906) wurde von Baudelaire im Zusammenhang mit einigen Landschaftsmalern als ein Beispiel für die »Überlegenheit des Könnens« flüchtig im ›Salon 1859‹ erwähnt (Bd. V, S. 187). – *5 Alfred Stevens:* s. o. S. 302, *29* und 352, *15*). Der in Paris lebende Belgier war ein überaus erfolgreicher Maler des dortigen mondänen Lebens. Der Freund Manets ließ sich vom Japonismus beeinflussen, gelangte aber nur selten über eine manuelle Virtuosität hinaus. – *6 Falten seines Kleides:* Siehe das von P. und V. Berko im *Dictionnaire des peintres belges nés entre 1750 et 1875*, Brüssel 1981, S. 606, abgebildete Gemälde. – *7 Ein junges Mädchen ...:* Baudelaires Beschreibung paßt auf das Gemälde *Miss Fauvette* (ca. 1862; Privatbesitz; William A. Coles, *Alfred Stevens,* Ausstellungskatalog Ann Arbor-Baltimore-Montreal 1977-1978, Abb. S. 14), das von seiner ersten Ausstellung im Brüsseler Salon 1863 an zu einem großen Erfolg wurde. – *14 Joseph Stevens:* s. o. zu S. 370, *12*. Baudelaire spricht von dem Bild *L'Intérieur du Saltimbanque* (›Zimmer des Gauklers‹), das 1857 im Pariser Salon ausgestellt war und von dort in die Sammlung Crabbe kam (später Sammlung van Hulst, Brüssel). Stevens schenkte Baudelaire eine Weste unter der Bedingung, »daß er etwas über die Hunde der Armen« schriebe: das dem Maler gewidmete Prosagedicht *Les Bons Chiens* enthält eine summarische Beschreibung dieses Bildes (siehe Bd. VIII, S. 300 ff.; Abb. einer Version bei Drost, *L'Inspiration plastique chez Baudelaire,* in: Gazette des Beaux-Arts, 49, 1957, 333). – *19* Charles *Jacque* (1813-1894); Baudelaire schätzte seine Radierungen (Bd. I, S. 178). Er nannte ihn einen »vortrefflichen Künstler von vielseitiger Intelligenz«, der auch ein »empfehlenswerter Karikaturist« gewesen sei (Bd. I, S. 328). Jacque malte vornehmlich ländliche Szenen. Hühnerhöfe waren eines seiner Lieblingsthemen: er veröffentlichte 1858 ein illustriertes Werk *Le Poulailler* (›Geflügelhaus‹). Ein Gemälde ›Hühnerhof‹ befindet sich in Béziers. – *21* Alfred de *Knyff* (1819-1886), belgischer Landschaftsmaler, Freund von Troyon, lebte in Paris und stellte dort in den Salons aus. – *22 Daubigny:* s. o. zu S. 265, *2*. – *23* Eugène Joseph *Verboeckhoven* (1799-1881), Tier-, Landschafts- und Bildnismaler, Vater des mit dem Verleger Lacroix assoziierten Verboeckhoven. – *24* Sir E. *Landseer* (1802-1873), englischer Maler, der 1855 in Paris auf der Weltausstellung mehrere Tierbilder ausgestellt hatte. Baudelaire erwähnt ihn in seinem Aufsatz über Théophile Gautier (Bd. V, S. 106). – Horace *Vernet:* s. o. zu S. 276, *18* und 294, *22*. – *25* Jean-Louis *Demarne* (1754-1829) malte Hafen- und Marktszenen und Landschaften in der Art der niederländischen Meister des 17. Jahrhunderts wie Karel Dujardin, Adriaen van de Velde und Nicolas Berchem. – *26* Barend Cornelis *Koekkoek* (1803-1862) war seinerzeit der erfolgreichste holländische Landschaftsmaler. 1855 hatte er in Paris auf der Weltausstellung eine 1. Medaille erhalten. – *28 Verwée:* s. o. zu 353, *2*. 1863 hatte der erst 25jährige Verwée mit *Animaux en prairie* (›Tiere auf der Wiese‹) im Brüsseler Salon debütiert und eine Goldmedaille erhalten. – *29* Jean-Baptiste Camille *Corot* (1796-1875): Baudelaire hatte seine Vorzüge in der »Naivität«, der »Schlichtheit der Farbe«, der »Einheitlichkeit« seiner Werke und seinem »tiefen Gefühl für den Aufbau« gesehen (Bd. I, S. 167, 267; Bd. II, S. 190), doch vermißte er 1859 ein gewisses Maß an Temperament, sozusagen den »Teufel im Leib« (Bd. II, S. 189). In der Sammlung Crabbe befanden sich *Le Matin* und *Le Soir* (›Morgen‹ und ›Abend‹), Themen, die Corot mehrfach gestaltet hat. – *31* Théodore *Rousseau* (1812-1867), einer der Hauptvertreter der Schule von Barbizon. Baudelaire liebte die »tiefe Schwermut« seiner Malerei, die »viel von seiner Seele« mitteilte (›Salon 1846‹, Bd. I, S. 270f.). 1859 bekannte er freilich, daß Rousseau ihn zwar »immer entzückt«, aber auch »mitunter ermüdet« habe, und tadelte, ähnlich wie hier, den Mangel an Komposition (Bd. V, S. 189). 1890 befanden sich in der Sammlung Crabbe drei Gemälde: *Les Chênes* (›Die Eichen‹), *La Plaine, près Barbizon* (›Ebene, bei Barbizon‹), *Paysage, soleil couchant* ›Landschaft, Sonnenuntergang‹); es ist jedoch nicht sicher, welches Bild Baudelaire 1864 gesehen hat. – *33 Millet:* s.o. zu S. 265, 2. 1863 erhielt Alfred Stevens Millets *L'Homme à la houe* (›Der Mann mit der Hacke‹; 1863; Privatsammlung, USA) geschenkt; sein Bruder Arthur vermittelte es Crabbe (Etienne Moreau-Nélaton, *Millet raconté par lui-même,* Paris 1921, II, 143, Abb. 182). Millet hatte dieses Gemälde im Pariser Salon 1863 ausgestellt und sich dabei – ähnlich wie 1859 (siehe Bd. V, S. 188) – dem Vorwurf ausgesetzt, unwürdige Modelle wie Kretins sklavisch zu kopieren (Ausstellungskatalog *Millet,* Paris, Grand Palais 1975/76, 199-201). – Jean de *La Bruyère* (1645-1696), ein Moralist aus der Zeit Ludwigs XIV., dessen Hauptwerk *Les Caractères* mit der darin enthaltenen Darstellung der armen Landbevölkerung (in dem Kapitel *De l'homme*) von den Kunstkritikern, wie Théophile Gautier 1863, zur Charakterisierung von Millets Figuren angeführt wurde. – *34 Bonington:* s.o. zu S. 288, *6*. – *Diorama:* Panoramabilder, die, von hinten wechselnd beleuchtet, die Illusion der Wirklichkeit hervorrufen (Bd. V, zu S. 196, *17*). – *so groß wie die Hand:* Bonington war ein Meister der kleinformatigen Aquarelle, die häufig nur 14 × 11 cm maßen. – *36 Willems:* s.o. zu 370, *8*.

S. 373, *1 Gustave De Jonghe* (1829-1893), belgischer Porträt- und Genremaler, der zwischen 1855 und 1860 nach Paris übergesiedelt war und dort im Salon ausgestellt hatte. Er wurde von seinem Mitschüler Alfred Stevens zu seinen Darstellungen der mondänen Pariser Damen angeregt, die ihn berühmt machten. Baudelaire erwähnt ihn nur hier. – *3 Tigerjagd:* Es handelt sich wahrscheinlich um das 1854 datierte Ölgemälde ›Tigerjagd‹, das sich heute im Louvre befindet. Es soll aber erst 1866 aus dem Besitz Tabouriers in die Sammlung Crabbe gekommen sein (Johnson III, 21, Nr. 194; IV, Tafel 12). Baudelaire hätte es also 1864 nicht sehen können, wenn sich nicht das von Johnson angegebene Jahr 1866 als Irrtum herausstellt.

AMOENITATES BELGICAE

1866, Nouveau Parnasse satyrique du dix-neuvième siècle; 1872, Charles Baudelaire, Souvenirs – Correspondances, bibliographie; 1881 Nouveau Parnasse satyrique (in allen drei Publikationen jeweils nur einzelne Stücke); 1925, hrsg. von François Montel, Éditions Excelsior, Paris, und gleichzeitig von Pierre Dufay, Jean Fort éditeur, Paris; Œuvres/Conard, Œuvres posthumes III, 1952; Œuvres/Pl II.

Die unter dem Titel *Amoenitates belgicae* (Belgische Ergötzlichkeiten) vereinigten Epigramme, zu denen sich häufig Vorstufen in den Aufzeichnungen zu dem Buche *Pauvre Belgique!* finden, entstanden in denselben Jahren wie diese.

S. 374, 2 *Vénus Belga:* siehe hierzu Kap. IV, S. 317ff. – *16 La Propreté des Demoiselles belges:* siehe hierzu Kap. IV.

S. 376, *12 L'Amateur des Beaux-Arts en Belgique:* Gemeint ist Jules Van Praet; s.o. zu S. 351, *26* und S. 370f.

S. 378, 2 *Joseph Delorme:* Anspielung auf das Gedicht *Le Creux de la Vallée* in Sainte-Beuves Erstling *Vie, Poésies et Pensées de Joseph Delorme* (1829). – *9 Senne:* siehe S. 317, *21*.

S. 380, *16 Épigraphe ...:* Dieser Monsieur Rops, der seine Werkstatt in Ixelles hatte, ist nicht mit dem Maler verwandt. Wie üblich stellte er seine Särge öffentlich aus.

S. 382, *1 La Nymphe de la Senne:* parodistischer Titel. Racine schrieb ein Gedicht *La Nymphe de la Seine*. – *2 un ami singulier:* höchstwahrscheinlich Poulet-Malassis; allenfalls könnte auch der Verleger Pierre-Jules *Hetzel* gemeint sein, mit dem Baudelaire sich in dem nächsten Epigramm unterhält. – *10 faro:* ein in der Gegend von Brüssel gebrautes bitteres, dunkles Bier aus Gerstenmalz und ungekeimtem Weizen; siehe S. 317, *21*.

S. 384, *2 Van Swieten:* Das Van-Swieten-Wasser *(l'eau de Van Swieten)* hatte prophylaktische und antisyphilitische Wirkungen. – *13 L'Inviolabilité de la Belgique:* siehe Kap. XXI, S. 345 ff. – *18 Épitaphe pour Léopold Ier:* siehe Kap. XXIII, S. 348 ff.

S. 386, *6 L'Esprit conforme I, Cet imbécile de Tournai:* wohl derselbe redselige und mitteilungsbedürftige Herr wie jener *bavard, venu de Tournai* in dem Gedicht *A M. Eugène Fromentin* (*Les Épaves*, Bd. IV, S. 72 ff.). – *22 L'Esprit conforme II:* siehe S. 321.

S. 388, *1 Les Panégyriques du Roi:* siehe Kap. XXIII, S. 348 ff. – *10* Georges *Cuvier* (1773-1832), berühmter Naturforscher, Begründer der vergleichenden Anatomie und der Paläontologie. – *17 singes ... mollusques:* siehe S. 321, *6*.

S. 390, *12 Béotie:* Böotien, eine Landschaft Mittelgriechenlands; die Athener hielten die Böoter für träge und stumpfsinnig. – *17 Poperinghe:* alte Hansestadt bei Ypern.

S. 392, *1 La civilisation belge:* siehe Kap. VI, S. 321. – *17 Outre-Quiévrain: Quiévrain,* kleiner belgischer Ort an der französischen Grenze; siehe S. 321, *34*.

S. 394, *1 La mort de Lépold I.:* siehe Kap. XXIII, S. 348 ff.

S. 395, *5 Ausreißer:* Der Bürgerkönig Louis-Philippe (1773-1850) hatte 1848 nach der Februarrevolution mit seiner Familie die Flucht ergriffen. Er starb in England im Exil. – N** Pierre-Joseph *Proudhon* hatte in einem Artikel an Napoleon III. die (ironische) Aufforderung gerichtet, Belgien zu annektieren. Von Defré (s. o. zu S. 339, *18*) dieserhalb in einem Pamphlet angegriffen, hatte Proudhon darauf in seiner Schrift *La Fédération et l'Unité en Italie* (1862) erwidert. Proudhon schreibt dort, der Flame neige allzusehr zur Vereinfachung, er sei naiv wie die Griechen Homers; er habe deshalb seine Schwierigkeiten mit jenen rednerischen Wendungen, »in denen die Wahrheit sich mit der Ironie vermischt«.

BIBLIOGRAPHIE

I. Postume Ausgaben

Charles Baudelaire, *Œuvres complètes* III. *L'Art romantique*, Michel Lévy frères, Paris 1869.

Charles Baudelaire, *Œuvres complètes* V. *Quelques-uns de mes contemporains. L'Art romantique,* Notice, notes et éclaircissements de Jacques Crépet, Louis Conard, Paris 1925.

Charles Baudelaire, *Juvenilia, Œuvres posthumes, Reliquiae* I-III, Notes et éclaircissements de Jacques Crépet et Claude Pichois, Louis Conard, Paris 1939-1952.

Charles Baudelaire, *Pauvre Belgique,* Texte publié par Jacques Crépet et Claude Pichois, Louis Conard, Paris 1953.

Charles Baudelaire, *Œuvres complètes* I/II, Texte établi, présenté et annoté par Claude Pichois, »Bibliothèque de la Pléiade«, Gallimard, Paris 1975; [5]1990.

Charles Baudelaire, *Fusées. Mon coeur mis à nu. La Belgique déshabillée.* Édition d'André Guyaux, Gallimard, Paris 1975, 1976 und 1986.

II. Deutsche Übersetzungen

Wagner in Paris: In: Werke in deutscher Ausgabe, Im Verlage von J. C. C. Bruns, Minden (Westf.), Bd. 3, 1902.

Richard Wagner und der »Tannhäuser« in Paris, Inhaltsangabe eines Buches über Belgien, übersetzt von Heinrich Steinitzer. In: Kritische und nachgelassene Schriften (Ausgewählte Werke, Band 3), Georg Müller, München 1925.

Richard Wagner, »Tannhäuser« (übersetzt von Heinrich Steinitzer), hrsg. von Dietrich Mack, Insel Taschenbuch 378, Frankfurt 1979.

Schriften zur Literatur. Hrsg. von Manfred Starke, mit Übersetzungen von Ursula Mania, Christina Mansfeld und M. Starke, Insel-Verlag, Frankfurt/Leipzig 1992.

III. Literatur zu diesem Band

Verzeichnis der Siglen und Abkürzungen

1. Allgemein

Album	*Album Baudelaire,* Iconographie réunie et commentée par Claude Pichois, Bibliothèque de la Pléiade, Gallimard, Paris 1974.
AR	*L'Art romantique.*
B/Asselineau	*Baudelaire et Asselineau.* Textes recueillis par Jacques Crépet et Claude Pichois, Nizet, Paris 1953.
B/Contemporains	*Baudelaire devant ses Contemporains.* Témoignages rassemblés et présentés par W. T. Bandy et Claude Pichois, Coll. 10-18, Union Générale d'Edition, Paris 1967.
B/Crépet	*Baudelaire.* Étude biographique d'Eugène Crépet, revue et mise à jour par Jacques Crépet, Léon Vanier, Paris 1906; mehrere spätere Auflagen bei Messein.
B/Études	Claude Pichois, *Baudelaire.* Études et Témoignages, La Baconnière, Neuchâtel 1967.
B/Paris	Claude Pichois, *Baudelaire à Paris.* Photographies de Maurice Rué, »Albums littéraires de la France«, Hachette, Paris 1967.
B/Souvenirs	*Charles Baudelaire – Souvenirs, Correspondance, Biographie,* hrsg. von René Pincebourde, Paris 1872.
B/Urteil	*Baudelaire im Urteil seiner Zeitgenossen.* Auswahl und Anordnung der Texte von W. T. Bandy und Claude Pichois, Übersetzung und Bibliographie von Felix Philipp Ingold und Robert Kopp, Insel Verlag, Frankfurt 1969 (deutsche Ausgabe von B/Contemporains).
Buba	*Bulletin baudelairien,* publié par le Centre d'Études baudelairiennes, Vanderbilt University, Nashville/Tenn., U.S.A. Herausgeber: W. T. Bandy, James S. Patry, Raymond Poggenburg und, seit 1971, Claude Pichois.
CE	*Curiosités esthétiques.*
Corr/Conard	Charles Baudelaire, *Correspondance générale* Bd. I-VI, in Œuvres complètes, Louis Conard, Paris 1947-1953.
Corr/Pl	Charles Baudelaire, *Correspondance,* texte établi, présenté et annoté par Claude Pichois, avec la collaboration de Jean Ziegler, Bd. I/II, »Bibliothèque de la Pléiade«, Gallimard, Paris 1973.
Etba	*Études baudelairiennes,* publiées sous la direction de Marc Eigeldinger, Robert Kopp et Claude Pichois, La Baconnière, Neuchâtel.
Expo 1957	Katalog der Ausstellung in der Bibliothèque Nationale, Paris 1957, aus Anlaß der Jahrhundertfeier des Erscheinens der *Fleurs du Mal.*
Expo 1968/69	Katalog der Baudelaire-Ausstellung im Petit Palais, Paris November 1968-März 1969.

FM	*Les Fleurs du Mal.*
Ico	*Iconographie Charles Baudelaire,* recueillie et commentée par Claude Pichois et François Ruchon, Pierre Cailler, Genf 1960.
Lettres/B	*Lettres à Baudelaire,* publiées par Claude Pichois avec la collaboration de Vincenette Pichois, La Baconnière, Neuchâtel 1973 (Etba IV/V).
Lloyd	Rosemary Lloyd, *Baudelaire's Literary Criticism,* Cambridge University Press, Cambridge-London-New York 1981.
Œ P	*Œuvres posthumes et correspondances inédites,* hrsg. von Eugène Crépet, Paris 1887.
Œuvres/Conard	*Œuvres complètes* de Charles Baudelaire, hrsg. von Jacques Crépet (und Claude Pichois), Bd. I-XIX, Conard, Paris 1922-1953.
Œuvres/Pl	Charles Baudelaire, *Œuvres complètes.* Texte établi, présenté et annoté par Claude Pichois, Bd. I/II, »Bibliothèque de la Pléiade«, Gallimard, Paris [5]1990, [3]1990.
PA	*Les Paradis artificiels.*
Pichois/Ziegler	Claude Pichois/Jean Ziegler, *Baudelaire,* Coll. »Les Vivants«, Juillard, Paris 1987.
Wagner/GS	Richard Wagner, *Gesammelte Schriften und Dichtungen,* Band I-X, 4. Auflage, Leipzig 1907.
Wagner/Leben	Richard Wagner, *Mein Leben.* Vollständige, kommentierte Ausgabe. Hrsg. von Martin Gregor-Dellin, München 1963.
Wagner/ZM	*»Zukunftsmusik«.* An einen französischen Freund (Fr. Villot) als Vorwort zu einer Prosa-Übersetzung meiner Operndichtungen (deutscher Originaltext der *Lettre sur la musique*); in: Wagner/GS VII, 87-137.

In den Anmerkungen finden folgende Siglen Verwendung: *Dr* (Druck), *K* (Korrektur), *Ms* (Manuskript), *N* (Fußnote), s. o./s. u. (siehe oben/siehe unten; Verweis auf den Anmerkungsteil des betreffenden Bandes), *T* (Titel, Überschrift), *W* (Widmung).

Bandangaben in römischen Ziffern verweisen auf die übrigen Bände dieser Ausgabe.

2. Zur bildenden Kunst

van Ackere	Jules van Ackere/Photographies de Hugues Boucher, *Belgique baroque et classique* (1600-1789), *Architecture, art monumental,* Marc Vokaer, Brüssel 1972.
Austin	Lloyd James Austin, *Baudelaire et Delacroix,* in: Baudelaire. – Actes du colloque de Nice (25.-27. Mai 1967), Annales de la Faculté des Lettres et Sciences humaines de Nice, no 4, Minard, Paris 1968, 13-23.

Bailly-Herzberg — Janine Bailly-Herzberg, *L'Eau-forte de peintre au dix-neuvième siècle: La Société des Aquafortistes (1862-1867)*, Laget, Paris 1972, I-II.

Beraldi — Henri Beraldi, *Les Graveurs du 19e siècle*, Paris 1885-1892, I-XII.

Berko — P. und V. Berko, *Dictionnaire des peintres belges nés entre 1750 et 1875*, Brüssel 1981.

Bortolatto — Luigina Rossi Bortolatto, *Das gemalte Gesamtwerk von Delacroix*, Luzern-Wien-Freudenstadt 1975.

Delacroix, Corr/Gén. — *Correspondance générale d'Eugène Delacroix*, hrsg. von André Joubin, Paris, Plon, 1936-1938, I-V.

Delacroix, Journal — *Journal d'Eugène Delacroix*, hrsg. von André Joubin, Avant-propos von Jean-Louis Vaudoyer, Paris ^{2}1960, I-III.

Delacroix, Œuvres littér. — Eugène Delacroix, *Œuvres littéraires. I: Études esthétiques; II: Essais sur les artistes célèbres*, Paris, Crès 1923.

Delacroix, Frankfurt — Eugène Delacroix. Katalog der Ausstellung in Frankfurt, Städel, September 1987 – Januar 1988.

Delteil — Loys Delteil, *Le Peintre-graveur illustré (XIXe et XXe siècles)*, Paris 1906-1908, Reprint 1968-1970, I: J.F. Millet, Th. Rousseau, J. Dupré, J.B. Jongkind, II: C. Meryon, III: Ingres et Delacroix.

Drost 1960 — Wolfgang Drost, *Baudelaire und der belgische Barock*, in: Das Werk des Künstlers. Studien zur Ikonographie und Formgeschichte, Hubert Schrade zum 60. Geburtstag, Stuttgart 1960, 296-324 (16 Abb.). Leicht verkürzte Übersetzung von dem in der Revue d'esthétique XII, 1959, 33-60 erschienenen Aufsatz *Baudelaire et le baroque belge*.

Drost 1976 — Wolfgang Drost, *Kriterien der Kunstkritik Baudelaires*, in: Baudelaire, hrsg. von A. Noyer-Weidner, Darmstadt 1976, 410-442.

Drost 1989 — Wolfgang Drost, *Des Principes esthétiques de la critique d'art du dernier Baudelaire*, in: Jean-Paul Bouillon (Hrsg.), La Critique d'Art en France 1850-1900. Actes du Colloque de Clermont-Ferrand, 25, 26 et 27 mai 1987, 1989, 13-24.

Horner — Lucie Horner, *Baudelaire critique de Delacroix*, Genf 1956.

Johnson — Lee Johnson, *The Paintings of Eugène Delacroix, A Critical Catalogue*, I-VI, Oxford 1981-1989.

Mayne — *The Painter of Modern Life and other Essays by Charles Baudelaire*. Translated and edited by Jonathan Mayne, London 1964.

Meryon — Ausstellungskatalog *Charles Meryon*, Frankfurt/M., Städel, und Hamburg, Kunsthalle 1975/76.

Moss — Armand Moss, *Baudelaire et Delacroix*, Paris, Nizet, 1973.

Pillement — Georges Pillement, *Les Pré-Impressionnistes*, Zug 1974.

Rouart/Wildenstein	Denis Rouart/Daniel Wildenstein, *Édouard Manet, Catalogue raisonné,* I. Peintures, Lausanne-Paris 1975.
Seltzer	Alexander Seltzer, *Alphonse Legros: The Development of an Archaic Visual Vocabulary in 19th Century Art,* Diss. State University of New York at Binghamton 1980.
Sérullaz	Maurice Sérullaz, *Les Peintures murales de Delacroix,* Paris, Les Editions du Temps, 1963.
Silvestre	Théophile Silvestre, *Documents Nouveaux sur Eugène Delacroix,* in: Les Artistes Français, I. Romantiques, Paris, Crès, 1926, 38-75.

REGISTER

ABBILDUNGEN

1 Baudelaire, Foto von Carjat (1861/62); Sammlung Viollet, Paris

2 Baudelaire, Porträtskizze von Édouard Manet, Radierung (1862); in: Charles Asselineau, *Charles Baudelaire. Sa Vie et son Œuvre,* Paris 1869

3 Baudelaire, Foto von Nadar (1862); Sammlung Viollet, Paris

4 Baudelaire, Autograph: Notizen zu *Pauvre Belgique!;* Bibliothèque Spoelberch de Lovenjoul, Chantilly (Foto von Thomas d'Hoste); siehe S. 317f.

5 Victor Hugo, Photographie von Maes & Michaux (1862), in: Henri Lemaitre, *Du Romantisme au Symbolisme,* Paris 1982

6 Richard Wagner, Photographie von Pierre Petit & Trinquart (Paris 1860); Bildarchiv Bayreuther Festspiele

7 Eugène Delacroix, Porträt von François-Joseph Heim, schwarze Kreide (1858); Musée du Louvre

8 Eugène Delacroix, La Lutte de Jacob avec l'Ange, Wandgemälde in der Kirche Saint-Sulpice, Paris; Archives Larousse-Giraudon, Paris

9 Eugène Delacroix, Héliodor chassé du Temple, Deckengemälde in der Kirche Saint-Sulpice, Paris; Archives Larousse-Giraudon, Paris

10 Pierre Dupont, Photographie; Sammlung Viollet, Paris

11 Hégésippe Moreau; Sammlung Viollet, Paris

12 Pétrus Borel, Radierung von Émile Ulm; Frontispiz in: Jules Claretie, *Pétrus Borel. Le Lycanthrope,* Paris 1865

13 Théodore de Banville, Photographie; Sammlung Viollet, Paris

14 Jules Janin, Karikatur aus *Le Charivari;* Sammlung Viollet, Paris

15 Jules Janin, Photographie; Sammlung Viollet, Paris

16 Marceline Desbordes-Valmore, Porträtmedaillon von Pierre Jean David d'Angers (vor 1851)

17 Léon Cladel, Photographie von Philippe Benque; Archives Larousse-Giraudon, Paris

18 Barocke Kanzel von Notre-Dame-de-la-Chapelle, Brüssel; mit freundlicher Genehmigung des Bildarchivs Foto Marburg im Kunstgeschichtlichen Institut der Philipps-Universität, Marburg

19 Félicien Rops, »Portrait d'un graveur« von Paul Mathey, Öl auf Leinwand; Ancien Musée du Luxembourg (Sammlung Viollet, Paris)

20 Baudelaire, Foto von Carjat (um 1863); Sammlung Viollet, Paris

INHALTSVERZEICHNIS

ARMES BELGIEN!

307

ANHANG

397

Charles Baudelaire
Sämtliche Werke / Briefe

Band 8

Charles Baudelaire
Sämtliche Werke/Briefe

In acht Bänden

Herausgegeben von
Friedhelm Kemp und Claude Pichois
in Zusammenarbeit mit
Wolfgang Drost

Band 8

Zweitausendeins

Le Spleen de Paris
Gedichte in Prosa

Übersetzung und Kommentar von Friedhelm Kemp.

Lizenzausgabe mit freundlicher Genehmigung
des Carl Hanser Verlages.

Herstellung der Lizenzausgabe:
Dieter Kohler & Bernd Leberfinger, Nördlingen.
Druck: Brönner & Daentler, Eichstätt.
Einband: G. Lachenmaier, Reutlingen.
Umschlag: Angelo Marabese.

Diese Ausgabe gibt es nur bei Zweitausendeins im Versand (Postfach, D-60381 Frankfurt am Main) oder in den Zweitausendeins-Läden in Berlin, Essen, Frankfurt, Freiburg, Hamburg, Köln, München, Nürnberg, Saarbrücken, Stuttgart.

In der Schweiz über buch 2000,
Postfach 89, CH-8910 Affoltern a. A.

ISBN 3-86150-094-9

BRIEFE

1861-1866

AN ARSÈNE HOUSSAYE

[Paris, um den 20. Dezember 1861]

Mein lieber Houssaye, nun bin ich wieder krank geworden. Ich habe allerlei für Sie erledigt (nur für *L'Artiste,* noch nicht für *La Presse*). Ihr Gedanke, die Sachen abwechselnd in *L'Artiste* und *La Presse* zu bringen, gefällt mir sehr. Die nötigen Angaben für meine Kandidatur sind geschrieben. (Das Gerücht ist wieder zu mir gedrungen, da diese Kandidatur eine *Verunglimpfung* der Akademie sei, hätten mehrere jener Herren beschlossen, für mich nicht sichtbar zu sein. Aber das ist allzu unwahrscheinlich, um möglich zu sein.)

Ich könnte Ihnen dies alles durch einen Boten überbringen lassen, doch ich möchte Sie sehr viel lieber selber sehen. Falls es mir nicht gelingt, Sie morgen vormittag zu sehen, so komme ich mit Sicherheit übermorgen.

Ich glaube, ich habe endlich einen Titel gefunden, der dem, was mir vorschwebt, entspricht:

LA LUEUR ET LA FUMÉE
Gedicht, in Prosa

mindestens vierzig, höchstens fünfzig Gedichte.
Davon zwölf fertig:

Der Fremde
Die Verzweiflung des alten Weibleins
Das Confiteor des Künstlers
Die Frau des Wilden
Eros, Plutus und der Ruhm
Die Schöne Dorothee
Ein Souper mit Satan
Der großmütige Spieler
Das zweifache Zimmer
Das Ende der Welt
Der Neue Mithridat
Auf der Höhe der Buttes Chaumont.

Ganz der Ihrige. Ch. Baudelaire

AN ARSÈNE HOUSSAYE

[Paris,] Weihnachten 1861

So unbeschäftigt, wie Sie aussehen, sind Sie doch jemand, der einen Tag gut auszufüllen versteht. Bitte, finden Sie dennoch einige Augenblicke, um diese Mustersendung von Gedichten in Prosa durchzusehen, die ich Ihnen hier schicke. Seit langem versuche ich mich in dieser Richtung, und ich habe die Absicht, sie Ihnen zu widmen. Ende des Monats werde ich Ihnen alle bis dahin fertigen Stücke übergeben (ein Titel wie *Le Promeneur solitaire* oder *Le Rôdeur parisien* wäre vielleicht noch besser). Sie werden Nachsicht haben; denn auch Sie haben ja einige Versuche in dieser Gattung unternommen, und Sie kennen die Schwierigkeiten, insbesondere wenn man den Anschein vermeiden möchte, man gebe nur den Entwurf von etwas, das dann in Verse zu setzen wäre.

Ich habe es für angebracht gehalten, eine große Torheit zu begehen; meine Kandidatur für die Akademie. Sie, der Sie, wie man mir gesagt hat, sich dessen auch einmal unterzogen haben, Sie wissen, was für eine schreckliche Odyssee das ist, eine Odyssee ohne Sirenen und ohne Lotos. Sie würden mir einen großen Gefallen tun, wenn Sie diese unerhörte *Kandidatur* in ihrem *Courrier des Artiste* und in Ihrem *Pierre de l'Estoile* anzeigen könnten. Vielleicht sind Sie selber Kandidat! Aber ich schwöre Ihnen, eine solche Großzügigkeit mir gegenüber wäre für Sie völlig ungefährlich. Und auch *wenn* sie gefährlich wäre, würden Sie dennoch großzügig sein. – Sie werden mich übrigens leicht verstehen, wenn ich Ihnen sage, daß ich, da ich persönlich keinerlei Hoffnungen nähre, mir *ein Vergnügen* daraus gemacht habe, mich als *Sündenbock* für alle unglücklichen Schriftsteller herzugeben.

Ich wollte Ihnen zwei Manuskripte bringen: eines für *La Presse* (von dem wir schon gesprochen haben), eines für *L'Artiste*; letzteres ist am weitesten vorangetrieben. Schon seit mehreren Jahren beschäftigt mich das Projekt meiner Gedichte in Prosa.

Ich werde Sie gleichzeitig bitten, mir den schon *abgeschlossenen* Teil, oder das *abgeschlossene* Ganze, zu bezahlen; denn der jähe und gleichzeitige Sturz der *Fantaisiste* und der *Européenne* hat mich an den Bettelstab gebracht; aber da Neujahr bevorsteht; da

Sie vielleicht in Verlegenheit sind; da es sich außerdem nicht gehört, die Leute so ungewarnt zu überfallen, und da ich Ihnen schließlich durch eine sofortige Behebung meiner Notlage keine Ungelegenheiten machen möchte, – so würde ich Sie, in Ermangelung des Geldes, um eine schriftliche Zusicherung bitte, daß Sie meine Gedichte bringen werden; unter diesen Bedingungen kann ich mich an einen Freund wenden, dessen Börse mir immer offen steht.

Das Gute an dieser Arbeit ist, daß man einhalten kann, wo man will. Ich könnte mir denken, daß Hetzel darin Material fände für einen romantischen Band mit Bildern.

Mein Ausgangspunkt war *Gaspard de la Nuit* von Aloysius Bertrand, den Sie zweifellos kennen; aber ich habe sehr bald gemerkt, daß ich dieses *pastiche* nicht fortsetzen konnte und daß das Werk unnachahmlich war. Ich begnügte mich also, ich selbst zu sein. Wenn ich nur unterhaltsam bin, so werden Sie zufrieden sein, nicht wahr?

Es ist schon einige Zeit her, daß ich Ihnen diesen kleinen Band zueignen wollte, und ich erfahre, daß Sie ein Wunder vollbringen, oder daß Sie es zumindest vollbringen wollen, durch eine Verjüngung des *Artiste.* Das wäre prächtig; das würde *uns* selber verjüngen.

Kurzum, wie es auch gehn mag, und wenn Sie auch nur wenig für mich tun können, Dank im voraus. Ganz der Ihrige.

Ch. Baudelaire

AN MADAME ALPHONSE BAUDELAIRE

[Paris,] Sonntag, 11. [Mai] 1862

Meine liebe Schwägerin,

Ich glaube, ich werde Sie endlich morgen besuchen können, nach so vielen Jahren! Vor allem aber schulde ich Ihnen viele Entschuldigungen und Erklärungen meines Verhaltens wegen, das Ihnen mehr als wunderlich vorgekommen sein mag. Ich schrieb Ihnen nicht, weil Monsieur Ancelle mir unaufhörlich sagte: »*Wir wer-*

den nach Fontainebleau gehen, am Montag, – am Dienstag, – am Donnerstag, – am Samstag, – etc.«
Als die schreckliche Nachricht mich erreichte, geschah dies in einem Augenblick, wo ich mich durch eine jener Verpflichtungen gebunden sah, wie sie den Schauspielern zufallen, wenn sie Komödie spielen sollen just an dem Tag, an dem ein Familienunglück sie getroffen hat. *Ich mußte* den ganzen Tag in einer Setzerei zubringen. Hinzu kamen meine unerträglichen Rheumatismen. – Das Leben ist sehr hart, versichere ich Ihnen.
Es überkam mich eine Empfindung, die halb aus Bedauern, halb aus Selbstvorwürfen bestand. Meinen Bruder so selten nur gesehen zu haben, vor allem während der letzten Jahre! Aber niemand, bitte glauben Sie mir, niemand hatte mir erklärt, wie ernst es um ihn stand. Ein schreckliches Laster aller Menschen, alle ihre Pflichten immer auf morgen zu verschieben. Man denkt immer, *man habe noch Zeit,* und dann kommt *unversehens der Tod,* das heißt das *Nicht-wieder-gut-zu-Machende.*
Ich habe einen reizenden Brief von meiner Mutter erhalten, der Sie betrifft. Ich hätte ihn gerne zur Hand, um ihn Ihnen schicken zu können – aber ich kann ihn nicht wiederfinden. Sie sollen aber wissen, daß sie, als ich in Honfleur war, sehr oft von Ihnen gesprochen hat. Meine Mutter hat Tugenden, die mich beschämen.
Sie werden nun, denke ich, bei einem Ihrer Brüder leben. Meine Mutter hofft, daß Sie sich auch ein wenig bei uns aufhalten werden. Anfang Juni fahre ich wieder zu ihr.
Ich bin sehr traurig; empfangen Sie mich nicht allzu ungnädig. Ich drücke Ihnen zärtlich und herzlich die Hände.

Charles Baudelaire

AN ARSÈNE HOUSSAYE

[Paris,] 15. Mai 1862

Mein lieber Houssaye,
Obwohl Sie mich soeben, aufs Ganze gesehen, sehr glücklich gemacht haben, indem Sie eine entscheidende Erklärung herausfor-

derten, bin ich noch gerührt genug, um Ihnen, was ich sagte, *schriftlich* wiederholen zu wollen. Sie werden meinem Brief die Ehre erweisen, ihn aufzuheben, wenn es Ihnen gefällt. Sie haben über sehr vieles zu mir gesprochen, das mich nicht betrifft, – die Undankbarkeit der Jugend, zum Beispiel, usw.

Von alldem beschäftigt mich nur eines, weil es einen unserer nahen Freunde angeht, Banville. Er selber hat mir erzählt, daß Sie unzufrieden seien; und um die Wahrheit zu sagen, ich fand Sie ungerecht. Ich glaube, er hat sagen wollen: »*Jede Direktion* der Comédie-Française ist *außerstande,* etwas Vernünftiges zuwege zu bringen, weil ... (gleichviel aus welchem Grund).« Und er hat nicht gesagt: »Es hat dort schlechte Direktionen gegeben, und es gibt eine gute« – was übrigens absurd wäre. Wenn demnach Arsène Houssaye nichts zuwege gebracht hat (was nicht einmal gesagt wurde), so war das ebenso wenig oder so viel seine Schuld wie die jedes anderen Direktors, dem eine abscheuliche Organisation Hände und Füße band.

Jetzt möchte ich von mir sprechen und von dem, was mich betrifft. Sie haben mich heute morgen veranlaßt, Ihnen eine völlig überflüssige Freundschaftserklärung zu machen. Es wäre sehr viel gescheiter gewesen, Sie hätten mir die Gelegenheit geboten, Ihnen einen Gefallen zu erweisen. Das war schon oft mein Wunsch, und der Zufall hat sie mir nie geboten. Ich bitte Sie nochmals, mir dies zu glauben.

Ich komme auf die Angelegenheit der Sammlung Crépet, denn ich sehe, daß diese Sie bedrückt. Sie sind, wie mir scheint, mit Recht, verärgert über Crépets Unentschlossenheit. (Auch mein Name wäre beinahe unterdrückt worden.)

Folgendes hat sich ereignet: als Crépet, ich glaube vor etwa drei Jahren, Ihnen von seinem Plan erzählte, wurde eine Namensliste angelegt; Philoxène und ich, und Asselineau (Banville war verreist), legten eine vorläufige Liste für das sechzehnte, siebzehnte, achtzehnte und neunzehnte Jahrhundert an. Boyer vergaß keinen einzigen Namen. Sie kennen sein erstaunliches Gedächtnis. Und dies war der Grund, warum ich, als es um die Modernen ging, Ihren Namen vorschlug; wenn man schon, sagte ich, manchem vergessenen Dichter soviel Raum gönnt, dann mußte die ROMAN-

TISCHE SCHULE *ohne Abstrich vollzählig* vertreten sein. Philoxène war ganz meiner Ansicht. *Crépet wollte davon nichts wissen,* vergen Sie es ihm nicht; das ist ein guter Kerl, der von nichts eine Ahnung hat, und der, eben *seiner Unentschiedenheit* wegen, immer *den starken Mann spielen* möchte.

Ich habe jedoch, falls er sich eines anderen besinnen sollte, einen Beitrag für Sie vorbereitet, der übrigens nicht angenommen worden wäre, ebensowenig wie mein *Hégésippe Moreau* und mein *Auguste Barbier,* die zurückgewiesen wurden, *weil sie einige kritische Anmerkungen enthielten;* wenn Crépet, der nicht wollte, daß von Ihnen die Rede war, anderen Sinnes geworden wäre, hätte er zu mir gesagt: »*Wir können doch keinen Beitrag drucken, der für den genannten Dichter hie und da unangenehm wäre.*«

Verstehen Sie jetzt, wie vertrackt das alles ist? Philoxène und ich, wir haben uns verteidigt, Crépet hat uns auf seine Manier abgewiesen, und seither hat er sich eines anderen besonnen, was ihm immer wieder zustößt.

Wahrscheinlich werde ich keine weiteren geschäftlichen Verbindungen mit diesem braven Burschen haben, den ich sehr schätze, der mir aber schließlich auf die Nerven gegangen ist mit seinen Ausflüchten, seinen Ängstlichkeiten, seinen gräßlichen Befürchtungen, er könnte nicht für unabhängig gelten. Lassen Sie all diese Bagatellen unter uns bleiben.

Es gibt Besseres, mein Lieber. Ich erinnere mich noch des allgemeinen Tones, in dem mein Beitrag gehalten war: ich sprach dort von der Ausdruckskraft Ihrer Gedichte, von den ersten Eindrücken, die ich bei ihrer Lektüre empfunden hatte; ich verwies mit Nachdruck auf ihre melodischen Qualitäten und die völlige Aufrichtigkeit des Tones. Ich sprach auch von dem nahen Zusammenhang zwischen Ihren Gedichten und einigen Ihrer frühen *Novellen.* Ich entsinne mich sogar, daß ich von Ihren Gedichten das zu sagen gewagt habe, was ich insgesamt von den Gedichten einiger anderer und insbesondere von den meinigen denke, nämlich daß sie, so sehr sie gefallen und bezaubern, einem Lust machten, sie umzuschreiben, – was zugleich Lob und Kritik ist; zuletzt beklagte ich eine Anzahl geringfügiger Fehler, eine allzugroße Kürze, eine Art sozusagen ein- und wieder aussetzender Inspiration, usw.

Indem ich Sie überzeugen möchte, kränke ich Sie vielleicht ein wenig; aber ich ziehe es vor, mich auf meine Weise zu rechtfertigen.

Lassen wir das alles, und versprechen Sie mir, lieber Freund, daß davon zwischen uns nicht mehr die Rede sein soll. Ich verspreche Ihnen dafür, daß ich die nächste sich bietende Gelegenheit, Ihnen einen Gefallen zu tun, wahrnehmen werde, da Sie wie der heilige Thomas sind und die Finger in die Beweisstücke stecken wollen. Das wird dann (für mich) der wahre Ertrag der kleinen Unstimmigkeit von heute morgen sein.

Und nun, da wir so schrecklich schnell gesprochen haben, erlauben Sie mir, hier zu wiederholen, was ich Ihnen hinsichtlich meiner Angelegenheiten gesagt habe:

– Ich bin heute morgen nicht gekommen, um Sie um Geld zu bitten, ich bedarf sogar nur einer kleinen Summe am Ende des Monats, um Paris verlassen zu können.

Ich bin gekommen, um Ihnen zu sagen: Tun Sie Ihr Möglichstes, *L'Artiste* und *La Presse* eine Zeitlang mit meiner Person zu füllen. *Guys, Villemain, Mercier, Dandysme littéraire, Peinture didactique* werden ausgezeichnete Beiträge sein. Die *poëmes en prose* ebenfalls. Sie werden so rasch wie möglich vorgehen; aber ich verlange nicht das Absurde von Ihnen. Ich glaubte Ihnen – nicht angenehm – doch weniger unangenehm zu sein, wenn ich von Banknoten mit Ihnen sprach; ich glaubte, Ihnen derart ein bequemes Mittel zu bieten, mir nützlich zu sein. Sie ließen mich wissen, daß Sie dadurch in Schwierigkeiten geraten könnten; lassen wir das fallen; aber nehmen Sie soviel Beiträge wie möglich.

Nur zwei Geldkrisen stehen mir noch bevor, eine Ende dieses Monats, ehe ich aufbreche, die andere am 15. Juli; und wenn ich diese Arbeiten, zu denen ich mich erdreistet habe, auch zustande bringe, so sehe ich nicht, wie Sie, eben Sie, mir nicht aus der Klemme helfen könnten.

Lesen Sie meinen *Guys, peintre de mœurs*. Und Sie werden verstehen, warum ich so großen Wert auf diese Arbeit lege.

Auf bald. Ganz der Ihrige.

Ch. Baudelaire

AN MADAME AUPICK

[Paris,] Montag, 22. September 1862

Meine liebe Mutter,

Seit mehreren Monaten will ich Dir schreiben. Ich schulde Dir zahlreiche Erklärungen. Warum ich hier geblieben bin, wie es mit mir steht, wann ich abreisen werde, usw. Aber alle Tage kommt etwas andres dazwischen, und die Tage sind so kurz; ein paar beschriebene Blätter, dringende Gänge, schon ist der Tag zu Ende. Und ein gewisses Behagen ist unerläßlich, wenn ich Dir schreiben soll. Zorn und Wut aber sind mein gewöhnlicher Zustand. So schreibe ich Dir heute in einem der Schreibzimmer der *Presse* (wo ich endlich ein Unterkommen gefunden zu haben glaubte, denn seit elf Monaten war ich ohne ein solches), und nun leide ich hier Martern, *wahre Martern,* und es könnte leicht der Fall eintreten, daß ich darauf verzichte, die Fortsetzung meiner *Poëmes en prose* zu veröffentlichen, die in fünfzehn Feuilletons erscheinen sollten. Aber ich brauche *das Geld!*

Daran hängt alles. Ich will keine Mißstände hinter mir lassen, die sich bis nach Honfleur auswirken könnten.

Zwanzig Seiten könnte ich Dir vollschreiben, wenn ich den Kopf frei hätte. So schreibe ich denn nur, um Dich um die Erlaubnis zu bitten, Dir erst dann wieder zu schreiben, wenn ich dazu imstande bin.

Mein Plan, nach Honfleur zurückzukehren, liegt in allen Stücken fest; aber immerfort kommt etwas dazwischen, was unmöglich vorauszusehen war.

Ich verspreche Dir, daß ich Dir noch diese Woche wieder schreiben werde; aber heute ist mein Kopf wirklich nicht frei genug dazu.

Meine Schwägerin singt Dein Lob; was mich nicht überrascht hat.

Ich umarme Dich sehr zärtlich.

Ich habe mehreres, das ich Dir schicken möchte; aber ich weiß nicht, wann ich es verpacken kann.

Charles

AN AUGUSTE POULET-MALASSIS

[Paris,] 13. Dezember 1862

In der Tat, lieber Freund, derjenige, der Sie hat einsperren lassen, hat mir einen argen Streich gespielt; so sehr zählte ich auf Sie, um meine geschäftlichen Angelegenheiten zu regeln. Ich bin so ungeschickt!

Hetzel hat mir einen sehr schönen Vorschlag für *zwei* Werke gemacht, die sich gegenseitig ergänzen. Er wollte sie sorgfältig *lancieren,* sich jedoch nur für eine Auflage verpflichten; ich hätte mir mehr erwartet.

Und Michel schiebt nach wie vor alles auf die lange Bank. Ich schrecke zurück, nach Art der Träumer, wie vor jeder Realität.

Warum zum Teufel bieten Sie mir jemand an, der mich leiten könnte? Ich muß doch endlich lernen, eine geschäftliche Angelegenheit selber zu bewältigen.

Aber wie ungerecht Sie mir gegenüber sind! Wie kann man Ihnen nur einen Gefallen erweisen? Sie bitten mich um eine literarische Zeitung. Wie alle Gefangenen glauben Sie, draußen ereigne sich etwas. Es gibt nichts Neues, es sei denn, Sie spielten auf den *Fils de Giboyer* an. Aber Sie wissen doch, daß ich mich um solche Erbärmlichkeiten nicht kümmere.

Salammbô allerdings, ein großer, großer Erfolg. Eine Auflage von zweitausend in zwei Tagen verkauft. *Tatsächlich.* Ein schönes Buch, voller Fehler, das die Witzbolde zur Verzweiflung bringt, vor allem Babou. *Einige werfen Flaubert vor, er habe antike Autoren nachgeahmt.* Was Flaubert gemacht hat, konnte nur er allein machen. Vielzuviel Gerümpel, aber auch viele großartige Partien, epische, historische, politische und sogar animalische Prachtstücke. Etwas Erstaunliches in der Gestikulation all dieser Wesen. Was die 30000 Francs angeht, eine schiere Übertreibung! Warum hat Flaubert das zugelassen? 30000 Francs, sei's drum! aber die *Bovary,* deren Vertrag auslief, wurde abermals abgetreten: also 15000 Francs, ferner Abzug der Zinsen von 30000 Francs, für zehn Jahre. – Ich glaube, Flaubert hat 12 oder 13000 Francs erhalten (für beide Werke), aber in bar.

Champfleury und La Fizelière haben mir gesagt, daß man Sie noch

nicht sehen könnte. Also habe ich mir grundlos Gewissensbisse gemacht – denn das war wirklich der Fall –, daß ich noch nicht hingelaufen bin, um Sie zu sehen.
Aber wann wird sich das ändern? Und wann wird man Sie besuchen können? Das würde ich gerne bald wissen. Geben Sie mir Nachricht, wie es Ihrer Mutter geht. Ich werde ihr vielleicht schreiben müssen, ehe vier oder sogar ehe zwei Wochen um sind. Mir geht es sehr schlecht, und meine sämtlichen Leiden, des Körpers wie des Geistes, nehmen in erschreckendem Maße zu.
Was ich brauchte, wäre ein Arzt wie Mesmer, Cagliostro oder das Grab des Diakon Pâris. Ich scherze nicht.
Ganz der Ihrige. Ch. Baudelaire

Ich habe etwas Wichtiges vergessen, das Sie so leicht nicht erraten würden. Ich habe Madame Paul Meurice gesehen, wegen Lègros', der ein schönes Porträt von Hugo gemalt hat. Sie wollte wissen, wie es Ihnen geht, sie hat mich mit Fragen bestürmt, sie war sichtlich bewegt (wie auch ich allenthalben Auskünfte über Sie zu erlangen suche); dann sah ich, wie ihr die Tränen kamen und wie es sie im Halse würgte, und ich glaube wirklich, sie wäre in Tränen ausgebrochen, wenn man nicht einen Besuch gemeldet hätte.
Wahrhaftig, ich wäre sehr stolz, solche Anteilnahme zu erregen, *selbst bei einer weißhaarigen Frau*. Ihr Mann war unsichtbar. Er steckt tief in der Arbeit an einem neuen *Spektakel*.

AN MADAME AUPICK

[Paris,] 13. Dez[ember] 1862

Warum fällt es einem so schwer, seiner Mutter zu schreiben, und warum geschieht dies so selten? Etwas so Einfaches, und das zu tun, eine Freude sein sollte. – Aber es fällt ja nicht minder schwer, irgendetwas Gutes zu tun, das zudem unsere Pflicht ist. Und die Menge der Sorgen, die mit dem Alter zunimmt, hindert einen, all dem zu genügen, was man als Pflicht anerkennt, und sogar als eine angenehme Pflicht.

Kurzum, meine liebe Mutter, vor allem allem anderen, *wie geht es Dir?* Wenn Du meine Gedanken aus der Ferne vernehmen könntest, wie oft würdest Du Dir sagen: Jetzt denkt mein Sohn an mich! – doch das alles sind Worte und dichterische Unterstellungen. Du sähest es weit lieber, wenn ich Dir meinen Eifer bewiese.
Wie hart Du gegen mich warst in einem Deiner letzten Briefe! Diese gräßlichen 500 Francs! Die einzige ernsthafte Angelegenheit in Deinem Brief, die mir nahegegangen ist, *war der Felsabsturz.* Aber ich nehme immer an, daß Du sehr vieles errätst. Konnte ich ahnen, daß mir so viele Ziegel auf den Kopf fallen würden, eben als ich im Begriff stand, hier aufzubrechen? – zum Beispiel Malassis' Konkurs, von dem Du gewiß gehört hast, – der auch mich beinahe in Mitleidenschaft gezogen hätte, und der jedenfalls vieles in meinem Leben durcheinanderbringt. Ich schulde ihm 5000 Francs. Ich bin entschlossen, sie der Justiz zu verheimlichen, um sie Malassis oder seiner Mutter später zurückerstatten zu können. – Und dann *Les Fleurs du Mal* und die *Paradis,* die nun beide Gefahr laufen, zu Schleuderpreisen verkauft zu werden. – Doch von alldem verstehst Du nichts.
In der Überstürzung habe ich den Briefbogen verkehrt hingelegt und an der unrechten Stelle begonnen, was mich nötigt, damit du Dich leichter zurechtfindest, die Seiten zu numerieren. Ein abergläubischer Mensch sähe darin ein schlechtes Vorzeichen.
Ich habe Dir einige Bücher zu Deiner Zerstreuung geschickt. – Gute Bücher. Die *Lettres sur les animaux* (bis auf die Vorrede jenes schwachsinnigen Arztes) und *Rameaus Neffe,* den Du wahrscheinlich schon kanntest, sind ganz wunderbare Werke. Aber Du hast ganz und gar nicht erraten, weshalb ich Dir die *Poëtes français* geschickt hatte; keineswegs, wie Du geglaubt hast, um Dir allerlei alten Kram von mir vorzulegen, sondern damit Du den mich betreffenden Artikel von Gautier lesen solltest, das heißt den Teil, den er mir in der Geschichte der Poesie einräumt. Er ist Dir vielleicht entgangen. – Und Deine Spione? was wollen wir von denen sagen? Welche Schwachköpfe! Man hat Dir hinterbracht, ich sei fröhlich? – Niemals. – Ist das möglich? – Oder ich bin es auf eine furchterregende Art, um mir die Leute rasch vom Halse zu schaffen. – Man hat Dir erzählt, ich sei gut gekleidet? – Es ist

gerade acht Tage her, daß ich meine alten Lumpen abgelegt habe. – Man hat Dir berichtet, es ginge mir gut? Keines meiner Leiden hat mich verlassen; weder die Rheumatismen noch die Albträume, weder die Angstzustände, noch jene unerträgliche Fähigkeit, jeden Lärm wie einen Stoß in der Magengegend zu hören; – noch vor allem die Furcht; die Furcht, unversehens zu sterben; – die Furcht, allzu lange zu leben, die Furcht, Dich sterben zu sehen, die Furcht vor dem Einschlafen, und das Grauen des Erwachens; und diese andauernde Lähmung, die mich das Allerdringlichste Monat um Monat hinausschieben läßt, – seltsame Leiden, die, ich weiß nicht wie, mich in meinem Haß auf die ganze Welt bestärken.
Aber berichte mir von Dir, mit den kleinsten Umständen, vor allem von Deiner Gesundheit. Vor langer Zeit schon, *bei Gelegenheit der 500 Francs,* bin ich einmal – *wohlverstanden, ganz allein* – nach Versailles gegangen. Ich liebe Versailles und die beiden Trianons. Das sind gute, einsame Orte. Den ganzen Weg hinaus mußte ich an Dich denken, weil wir die gleiche Strecke vor einigen Jahren zusammen zurückgelegt haben, von der Rue d'Amsterdam bis nach Saint-Cloud, glaube ich. Du warst damals aus Madrid oder Konstantinopel zurückgekommen. Ich erkannte jeden der Aussichtspunkte wieder, an denen Du mit Deiner gewohnten Emphase ausriefst: »Wie schön das ist!« und dann hinzufügtest: »Doch die Schönheiten der Natur lassen dich kalt, du bist noch zu jung dazu.« – Denn so pflegtest Du Dich auszudrücken. – Die Anlagen von Trianon waren wirklich zum Entzücken; da habe ich mir vorgestellt, Du wärest bei mir; – und ich habe Dich gesehen, wirklich gesehen, wie Du eine Miene aufsetztest, die ich so gut kenne, und dazu sagtest: *»Das alles ist ja recht schön;* aber siehst du, liebes Kind, *mein Garten ist mir doch lieber.«* Liebe Mutter, ich wollte Dich ein wenig zum Lachen bringen.
Also, liebe Mutter, berichte mir ausführlich von Dir.
Ich stecke in einer sehr bedeutsamen Sache; aber ich werde sie schwerlich zu einem guten Ende bringen. Alle Welt weiß, daß Berge von Schulden auf mir lasten. Ich werde mich abschlachten lassen. – Wenn ich Dir in acht Tagen schreibe: alles ist getan und gut geraten, – dann darfst Du auf mein Kommen zählen, und auf ein angenehmeres Leben.

Und wenn Deine Einbildungskraft Dir erlaubt, Dir vorzustellen, was ich erdulde, *so bedenke die Vormundschaft.* – Willst Du mich darunter sterben lassen? Ich umarme Dich.

Charles

AN MADAME AUPICK

[Paris,] 3. Januar 1863

Arme, liebe Maman! Du hast nicht erraten, daß ich Dir am Neujahrstag selber nicht geschrieben hatte, weil ich Dir gerne etwas geschenkt hätte und es nicht konnte. Wenn mein großes Vorhaben gelungen wäre, hätte ich Dir 5000 Francs erstatten können und etwas, um Dein Boudoir instand zu setzen. Über Deine Sendung, die heute morgen eintraf, komme ich gar nicht aus dem Staunen und aus der Beschämung heraus. Aber du bist wirklich erstaunlich. Zuerst schickst Du mir zwei sehr harte, sehr bittere Briefe (die kühle Gerechtigkeit ist nicht Dein Fall), und dann kommen noch Geschenke! So mischst Du Schläge und Liebkosungen. Aber woher nimmst Du all dieses Geld? Es ist also das Ergebnis von Einschränkungen, die ich nicht kenne? Das ist hart zu denken; das ist demütigend. Ich, dem es immer an Geld fehlt, finde keine Erklärung für diese Fruchtbarkeit der Liebe.

Liebe Mutter, die Zeit wird Dir lang. Mitte des Monats werden wir uns wiedersehen; ich will einige Verträge hervorsuchen, die irgendwo unter meinen unzähligen Papieren vergraben sein müssen. Es handelt sich, in zwei Worten, um folgendes: – Ich wollte auf einen Schlag 25 000 Francs, als Gegenwert für die *gänzliche, bedingungslose, unbefristete Abtretung* meiner Autorenrechte an meinen Werken, wie sie jetzt vorliegen, das heißt zehn Bände (fünf Bände Poe; hier sind inzwischen zwei weitere Bände hinzugekommen; und fünf Bände von mir, *Fleurs, Paradis, Poèmes en prose,* und *zwei Bände mit kritischen Arbeiten*). Du ahnst wohl, daß die Vormundschaft bei dem Entschluß zu dieser Operation eine gewisse Rolle gespielt hat (hat ein kleines niederträchtiges Winkelblatt sich doch erfrecht, kürzlich darauf anzuspielen!)

Kurz und gut, gegen mein Vorhaben war rechtens nichts einzuwenden, da ich keine Kinder habe. – Niemals würden alle möglichen 500 Francs, 300 und 200 Francs den Wert einer großen, auf einmal ausbezahlten Summe aufweisen: 1000 Francs sind sehr viel mehr wert als 10mal 100 Francs.

Meine Freunde sagen, es sei ein großes Glück, daß das schiefgegangen ist: meine Werke seien sehr viel mehr wert, und man dürfe niemals das Unvorhergesehene, das Unbekannte und das Mögliche verkaufen. Aber die haben gut reden. Sie sind reich, klug, haben keine Schulden und können warten. – Ein Verlagsbuchhändler hat mir 2000 Francs für *eine einzige Ausgabe* der *Fleurs* und der *Poëmes* angeboten. Doch ich wollte meine fünf Bände anbringen, und auf immer verkaufen. Ich habe stolz abgelehnt; er fand sich beleidigt; – und wenn ich die ganze Wahrheit gestehen soll: jetzt bereue ich es doch ein wenig.

Michel Lévy, um auf den zu kommen, hat sich wie ein Pedant betragen; vor allem, als er sah, daß ich von ihm abhängig war. Er hat mir die Veräußerung meines Eigentums vorgeschlagen, wie für den *Poe,* gegen eine kleine unregelmäßige Rente, je nach dem Absatz der einzelnen Bücher. Ich habe ihm den Rücken gekehrt.

Und nun versuche ich, die fünf Bände bei einem und dem anderen unterzubringen. Das ist nun das Gegenteil dessen, was ich wollte. Diese Verstreuung ist mit allerlei Nachteilen verbunden.

Indessen mach Dir keine Sorgen über die Affäre Malassis, die Dich beunruhigt. Ich werde aus allen Auseinandersetzungen völlig unbescholten hervorgehen, sollte es mich auch Erhebliches kosten. Ich kann Dir hier nicht zehn Seiten mit ermüdenden Details vollschreiben.

Da ich nun einmal nicht für alle Zeiten verkaufen kann, und demnach genötigt bin, auf begrenzte Zeit zu verkaufen, so möchte ich genug Geld zusammenraffen können, um es zwischen Dir, Malassis und mir zu teilen.

Aber wird mir das gelingen? und in welchem Maße? Nächsten Sonntag wird es für *zwei* Bände zu einer Lösung kommen. Aber wird sie auch gut sein? Was zum Beispiel soll ich mit 1000 Francs anfangen? Und die drei übrigen Bände? Welche Marter, welche unaufhörliche Marter!

Du bist vielleicht erstaunt über die Leichtigkeit, mit der ich Dein Geschenk annehme, trotz der 23 000 Francs, die ich Dir schulde. Meine erste Regung war, sie Dir zurückzuschicken. Doch ein einziges Wort wird Dich über mein Betragen ins Licht setzen: kaum hatte ich dieses Geld in der Tasche, lief ich zu einem Drucker, von dem ich mir eines Abends 50 Francs geliehen hatte und gegen den ich vor einem Richter aussagen muß. Ich war wie besessen von der Vorstellung, ein Mensch, gegen den ich vor Gericht eine Aussage machen mußte, könnte sagen: »Monsieur Baudelaire, der hier gegen mich aussagt, ist mein Schuldner.« Was für ein wüstes Durcheinander ist doch das Leben! und in was für wunderliche Situationen man geraten kann! Ich liebe Dich und ich umarme Dich aus allen meinen Kräften. Die Zeit drängt; ich muß einige Wörter und Satzzeichen übersprungen haben.
Wenn Du meinen Brief recht verstanden hast, wirst Du einsehen, daß es mir unmöglich ist, jetzt gleich zu Dir zu kommen. Ich werde Dich im Januar aufsuchen, den 15. oder den 20., und wenn alles klappt, werde ich in Honfleur vier weitere Bände abschließen.
Gewiß würde ich gerne mit Dir einen langen Bummel *in* Paris und *um* Paris unternehmen. Doch ich würde, leider! so vieles bezahlen wollen.
Ich liebe Dich, und bitte Dich um Nachsicht. Sprich mir von Deiner Gesundheit. Möchtest Du einen guten Tee? Ich kann Dir im Augenblick nichts anderes anbieten.

Charles

Es ist nun schon fünfzehn Monate her, seit wir uns das letzte Mal umarmt haben; unterdes sind alle meine Haare grau geworden, so sehr, daß ich mit dem Gedanken spiele, sie zu pudern, um sie weiß zu machen. Lache mich nicht aus, wegen dieser Alterseitelkeiten.

[Paris,] 3. Juni 1863

Meine liebe Mutter,

ich bin entzückt, daß dieses Spielzeug Dir Vergnügen bereitet hat. Es ist sorgfältig ausgearbeitet. Das war Dein Neujahrsgeschenk, und mit diesem, wie mit so vielem anderen, war ich schrecklich im Verzug. – Verliere den Artikel im *Spectator*, der englischen Zeitung, nicht. – Dein Boudoir ist instand gesetzt worden; das hat mich zuerst betrübt, weil ich, seit langem schon die Absicht hatte, etwas Prächtiges zu kaufen; aber es ist besser so; alle Stoffe, die man in diesem Raum anbringt, werden unweigerlich vom Sonnenlicht zerfressen. – Sobald Du Zeit findest, schicke mir *mit der Eisenbahn*, in einem einzigen Paket, die drei anderen Bände von Edgar Poe, gestreifter Einband, die Rücken in grünem Maroquin; Du weißt ja, wo sie in meinem Bücherschrank stehen, da Du mir schon einen davon geschickt hast. Du kennst den enormen Preis, den dieses Exemplar mich gekostet hat; verpacke die Bücher demnach so, daß keinerlei Reibung die Einbände beschädigen kann. – Frankiere oder frankiere nicht, das ist nicht so wichtig. Übrigens, wenn Du eine Sendung frankierst, unterläuft es Dir häufig, daß Du die grünen Freimarken (1 Sou) mit den blauen (4 Sous) verwechselst. –

Du würdest mir einen großen Gefallen tun, wenn Du mich wissen ließest, ob man in meinen beiden Zimmern umgeräumt hat, ob Papiere und Kartons an ihrem alten Platz geblieben sind, und ob die Feuchtigkeit Schäden angerichtet hat.

Du wirst Dir wohl den Kopf darüber zerbrochen haben, warum ich Dir nicht mehr geschrieben habe; der wahre, der einzige Grund war das Mißvergnügen, das ich mir selbst gegenüber empfand. Du hast es ein wenig erraten. Ich hatte mir das Wort gegeben, Dir nur zu schreiben, wenn ich die Last der Lethargie abgeschüttelt hätte, die mich seit so langen Monaten bedrückt hat. Wie ich so tief gesunken bin, derart, daß ich schon nicht mehr glaubte, mich da je wieder herausarbeiten zu können, und wie ich dennoch wieder hochgekommen bin, wie ich mit einem Schlag meine Krankheit *ausgebrannt* habe, durch eine unablässige, unermüdliche, verbissene Arbeitskraft, ich weiß es ganz und gar nicht. *Ich weiß aber, daß ich völlig geheilt bin,* und daß ich ein aus Trägheit und Gewaltsamkeit zusammengesetztes elendes Geschöpf bin, und daß allein die Gewöhnung allen Lasters meines Temperaments als Gegengewicht zu dienen imstande ist. Die Untätigkeit ist ein so heftiger Schmerz geworden, die verrückte Vorstellung meines schriftstellerischen Unvermögens hat mich derart entsetzt, daß ich mich in die Arbeit gestürzt habe; da erkannte ich, daß ich keine meiner Fähigkeiten eingebüßt hatte; aber sich in Schlummer zu wiegen, ist eine große Gefahr. Es gibt Leute, die mehr Unheil bei mir anrichten, als sie glauben, wenn sie sagen: *Wann werden Sie ein Buch erscheinen lassen?* oder aber: *Sie tun wohl gar nichts mehr?*

Folgendermaßen steht es mit mir; – und es ist um so nötiger, daß Du mich recht verstehst, als ich absolut gezwungen bin, Ancelle (mit Deiner Unterstützung) um eine Summe von 1000 Francs zu bitten, zur sofortigen Erleichterung, um in Frieden den Zeitpunkt zu erreichen, wo ich mein Leben von Grund auf ändern werde; denn ich kann nicht nach Honfleur zurückkehren, ehe ich meine literarischen Schulden nicht abgetragen, oder wenigstens die dauernde Gewöhnung ans Arbeiten zurückgewonnen habe. Ich kann auch dort ein Nichtstuer sein, wie ich es hier gewesen bin, und die Angst vor der Langeweile wird mich in Honfleur ebensowenig antreiben wie in Paris, wo ich mich seit mehreren Monaten langweile, wie noch niemand auf der Welt sich gelangweilt hat.

So also steht es mit meinen literarischen Angelegenheiten. Manches recht Gute, das seit langem geschrieben wurde, ist nicht erschienen, dank der Dummheit der Zeitungs- und Zeitschriftendirektoren; aber diese Sachen sind doch zumindest geschrieben, und das ist wichtig.

Ich habe niemandem die Sammlung meiner kritischen Arbeiten *(Malerei und Literatur)* verkaufen können. Es bleibt abzuwarten, welche Wirkung meine nächsten Bände hervorrufen werden. Die einen werden die anderen nachziehen. Wenn alles, was noch in Arbeit ist, im Oktober fertig gewesen wäre, hätte ich diesen Winter alles herausbringen können; jetzt heißt es, alles unverzüglich abschließen, um im September oder Oktober zu erscheinen, der üblichen Zeit der Neuveröffentlichungen.

Ich habe die *Fleurs du Mal,* in der dritten, erweiterten Ausgabe, auf fünf Jahre an die Firma Hetzel verkauft, den *Spleen de Paris* auf fünf Jahre, 600 Francs pro Band, und für eine Auflage von 2000 Stück. Beide Bücher werden es in fünf Jahren auf je fünf Auflagen bringen.
Der *Spleen de Paris* ist unvollendet, und er ist nicht rechtzeitig abgeliefert worden. Vierzehn Tage Arbeit, freilich gehöriger Arbeit, müßten genügen, ihn abzuschließen. Ich habe den Fehler begangen, den Schwung wieder absinken zu lassen, der mich getragen hatte. Doch ich bin sehr zufrieden mit dem ganzen Teil, der vorliegt. Das wird ein seltsames Buch.
An die Firma Lévy habe ich zwei neue Bände verkauft, um die Sammlung Edgar Poe zu erweitern. Der vierte ist fast fertig; es fehlen nur noch wenige Seiten, zwei oder drei Tage Ausdauer. Der fünfte verlangt etwa zehn Tage, nicht mehr.
Die *Paradis artificiels* habe ich noch nicht wieder verkauft.
Schon vor einigen Monaten sagte ich mir: ich will nichts mehr hören von all diesen kleinen Autorenrechten, die immer nur im Abstand von mehreren Monaten eintreffen, – und da kam ich auf den Gedanken, von gleichviel wem eine Summe von mehreren Tausend Francs zu fordern, als Gegenleistung für eine Überschreibung meiner sämtlichen Rechte, so lange, bis ich ihm alles zurückzahlen könnte. Ich hatte meinen Gedanken Ancelle mitgeteilt, um ihn hinsichtlich einer derartigen hypothekarischen Anleihe zu konsultieren. Ich brauche Dir nicht zu sagen, daß er meinen Einfall abscheulich fand. Er wundert sich, daß ich nicht in aller Ruhe abwarte, bis jeweils eine Zahlung fällig wird, und daß ich bereit bin, im voraus Zinsen zu zahlen, um mehrere Tausend Francs auf einen Schlag an mich zu bringen. – Der Wackere hätte recht, wenn es sich um einen reichen Autor handelte, der warten kann.
Zwei oder drei Personen haben sich für mein Angebot interessiert. Es fehlt niemals an Leuten, die sich an einem Literaten bereichern wollen! Endlich fand sich ein wahrer Bankier, Monsieur Namslauer, der sich im Buchhandel ein wenig auskennt; er sagte mir: »Ich leihe Ihnen, soviel Sie wollen; aber *ich verlange, daß Sie mir alle Ihre Verträge zeigen* (einige sind in Houfleur; ich werde sie dort suchen müssen), – *daß Ihre Verleger mir die Abrechnung*

vorlegen über das, was sie Ihnen seit mehreren Jahren gegeben haben, damit ich weiß, was Ihre Bücher einbringen, – und daß Sie mir schließlich bescheinigen, daß sämtliche Bücher *abgeschlossen und abgeliefert sind!«* – Da liegt der Hase im Pfeffer, für den Augenblick. – Ich bedarf aber nun einmal einer sofortigen Erleichterung. Er hat sich erboten, mir für die *Edgar Poe*-Bände nicht nur einen Betrag vorzustrecken, sondern mir dafür bei gänzlicher Veräußerung aller meiner Autorenrechte auf ewige Zeiten eine bestimmte Summe zu zahlen. Dieser Mann versteht sich offensichtlich auf literarische Werte. Ich gestehe, daß ich der gänzlichen Abtretung zuneige, – allerdings nicht für meine eigenen Werke. Kommt dieses Geschäft zustande, so werde ich mich folgendermaßen verhalten: – Wie hoch die Summe auch sein mag, 10 000 oder 20 000, die Hälfte bekäme Ancelle, der damit, nach Ermessen, das vielberedete *Vorgestreckte* wieder hereinbekäme, doch auch einige Individuen, die ich ihm nennen werde, beruhigen könnte. Die andere Hälfte wird zwischen einigen Freunden geteilt (zu denen Du mehr als von Rechts wegen gehörst). Dann Rückkehr nach Honfleur, wo ich sechs Monate bleiben werde. Dort werde ich einige *Novellen* zu schreiben versuchen, von denen ich besessen bin, *Mon cœur mis à nu* völlig ausarbeiten, das die wahre Leidenschaft meines Kopfes geworden ist, und das ganz etwas anderes sein wird als Jean-Jacques' vielberedete *Confessions*. Schließlich werde ich nach Paris zurückkehren, um eine große Affäre abzuschließen, die ich Dir gegenüber vor einigen Jahren schon einmal flüchtig berührt habe. Ich habe einen solchen Abscheu vor dem Theater, daß ich lieber Stücke bestelle, als sie selber verfertige. Es gibt in Paris ein Theater, *das einzige, an dem man nicht Bankrott machen kann,* und an dem man in vier Jahren einen Gewinn von 400 000 Francs erzielen kann. Dieses Theater will ich. Wenn Monsieur Fould, wie dies bei dem Trott der politischen Verhältnisse wahrscheinlich ist, in das Staatsministerium zurückkehrt, so werde ich dieses Theater bekommen, dank meiner Freunde, dank Pelletiers, Sainte-Beuves und Mérimées. Ehe ich Paris verlasse, erhalte ich eine genaue Aufstellung der Ausgaben, der Einnahmen, und ich weiß, wann das Privileg des augenblicklichen Direktors abläuft. Ich will das, und ich werde es bekommen. Die Jahre vergehen, und ich will *reich* sein. Wie wenig wird das sein, was ich *Reichtum* nenne! Du ahnst, daß es in diesem Falle, trotz all meiner Sparprogramme, unumgänglich wäre, in Paris ein kleines Haus einzurichten, in dem Du einige Monate des Jahres bei mir verbrächtest. Übrigens macht man an diesem Theater drei Monate Ferien. Ich glaube, das Privileg des jetzigen Direktors ist um zwei oder drei Jahre verlängert worden; 100 oder 150000 Francs jedoch dürften genügen, um ihn zum Rücktritt zu bewegen. Du siehst, ein ungeheuerlicher Traum; ich werde ihn sorgfältig verfolgen, vielleicht gelingt es mir, ihn Wirklichkeit werden zu lassen, und ich bin sogar gesonnen, inmitten all der Scherereien einer Verwaltung, den Kult meines eigenen Geistes nicht zu vernachlässigen.

Es liegt schon ein Angebot für *Mon cœur mis à nu* vor, das bisher nur aus Notizen besteht. Aber es ist immer das Gleiche, *soundsoviel* pro Auflage, zahlbar nach Maßgabe der Bestellungen. Davon will ich nichts mehr hören. Ich will hinfort den ganzen fragwürdigen Wert eines Buches auf einen Schlag verkaufen.

Ich erbitte deshalb, mit Deiner Unterstützung, 1000 Francs von Ancelle, die ich ihm zurückzahle, sobald die Abtretung zustande gekommen ist. Ich kann ihm dann vielleicht 2000, wer weiß, sogar 3000 zurückzahlen.

Ancelle wird sein Mißfallen merken lassen; und wie immer bei ihm, wird alles nur sehr schleppend erledigt werden; zudem wird er von den Wahlen sehr erschöpft sein, wo sein Pflichtgefühl ihn genötigt hat, gegen die Leute zu stimmen, die er liebt; und am Ende hat er vielleicht gar kein Geld zu Hause; ich bitte Dich deshalb sehr herzlich, soviel, wie Du erübrigen kannst, in einen eingeschriebenen Brief zu stecken (500, wenn Du sie hast), die ich Dir zwei oder drei Tage später zurückschicken werde.

Bitte, verschone mich mit Predigten über die bereits eingeleiteten Verhandlungen; das alles wäre nur eine Dummheit, wenn ich nicht noch anderes im Kopf hätte als das, was bereits vorliegt. Meine Entscheidung ist getroffen; und ich würde die gleiche Regelung für andere Werke anstreben, wenn es nicht anders geht.

Ich flehe Dich an, sei vor allem auf die Antwort bedacht, und verschiebe die Angelegenheit mit dem Bücherpaket auf übermorgen.

Ich bin noch hinlänglich mit dem vierten Band beschäftigt. Dem fünften werde ich mich erst in vier bis fünf Tagen zuwenden.
Wenn ich in meiner täglichen Arbeit fortfahren kann, zwanzig Tage oder einen Monat lang, so bin ich gerettet, ich hätte sogar mehr Geld, als nötig wäre, um mich mehrere Monate lang ausruhen zu können.
Jetzt kommt für Dich die schöne Jahreszeit, die Zeit, wo Du Dich Deines Gartens erfreuen kannst. Im Juli komme ich, um mir das anzuschauen; wenn ich diesen Monat schon komme, so wird das leider nur einiger Papiere wegen der Fall sein. – Du warst so gut, Dich meiner Albträume zu erinnern; Du denkst an alles, Du vergißt nichts. Du führst freilich ein Leben in Einsamkeit, was die Helle des Geistes und des Charakters erhöht. Nun, dieses unerträgliche Leiden ist verschwunden. Nachdem ich es sehr gründlich studiert hatte, glaubte ich zu bemerken, daß zwei Dinge es verursachten, erstens eine fürchterliche Magenreizung, und zum andern etwas Seelisches, eine Art geistiger Krankheit, eine dauernde Ängstlichkeit, die durch meine Einbildungskraft noch gesteigert wurde, weil ich wichtige Dinge aufgeschoben und vernachlässigt hatte.
Das ist sehr dunkel, nicht wahr?
Ich umarme Dich, und bitte Dich tausendmal um Vergebung, daß ich Dich bemühe, Dich beunruhige und Dich erzürne, Dich, der ich Vergnügen und Ruhe verschaffen möchte.

C. B.

Ich hätte Dir noch vieles zu sagen; aber ich habe keine Zeit mehr. – Ich habe diesem Namslauer die Aufstellung überbringen lassen, die er von mir erbeten hatte. Ich werde Dich auf dem laufenden halten.

AN MADAME AUPICK

[Paris,] 5. Juni 1863

Meine liebe Mutter,

Die 500 Francs, die drei Bände, und die Briefe meines Vaters habe ich erhalten; es liegt ein eigentümlicher Zauber in diesen alten Papieren. Du hättest nichts Besseres ersinnen können, um mich zu rühren. Aber wie ungeschickt waren sie untergebracht! Fast wären sie mit den Hüllen des Pakets in den Abfall gewandert.

Du bist gut, immer und immer! Allerdings war ich ein wenig enttäuscht, daß Du mir bei Ancelle nicht behilflich sein wolltest; so gehe es denn nach Deinem Willen. Es ist gut, wenn ich ein wenig leide.

Der Rest Deines Briefes war bitter.

Undurchführbar! Das wird sein, und ich werde nicht ablassen, die Sache zu betreiben! Auch von all meinen Verhandlungen mit den Verlegern hast Du nichts begriffen. (*Edgar Poe* gehört mir nicht.)

Ich werde alle meine Erklärungen morgen wieder aufnehmen.

Soeben erhalte ich Fahnen des *Spleen de Paris;* mein Gott! wieviel Zeit mich das noch kosten wird!

Verkaufe Deinen Wagen nicht vor sechs Wochen. Ich umarme Dich tausendmal.

Charles

Was Du mir über *Mon cœur mis à nu* sagst, ist mir ebenso unangenehm wie Dein Widerwille, mich als Herrn einer großen Verwaltung zu sehen.

Nun ja, dieses so sehr erträumte Buch wird ein Buch der Rachsucht sein. Selbstverständlich werden meine Mutter und sogar mein Stiefvater verschont bleiben. Aber während ich meine Erziehung erzähle, die Art und Weise, wie meine Gedanken und Gefühle sich entwickelt haben, möchte ich unablässig merken lassen, daß ich mich in der Welt und angesichts dessen, was sie verehrt, wie ein Fremder empfinde. Ich werde *ganz Frankreich* meine wirkliche Begabung zur Unverschämtheit spüren lassen. Ich habe ein Bedürfnis nach Rache, wie ein erschöpfter Mensch eines Bades bedarf.

Und Deine Bewunderung für Edgar Poe läßt Dich ein wenig meine eigenen Arbeiten vergessen, die sehr viel bedeutender erscheinen würden, wenn ich alles neu herausbringen könnte. Ich werde Dich in Zukunft die Wunden nicht mehr sehen lassen, die Du mir schlägst. Doch es ist wohl wahr, daß die Familien, die Eltern, die Mutter sich auf die Kunst der Schmeichelei nur sehr wenig verstehen. Das ist eine alte Beobachtung.
Was das Theater angeht, so werde ich, ehe ein Monat, ehe sechs Wochen um sind, alle meine Auskünfte haben, ich werde die Protektionen überprüft haben, und in drei Jahren, in einem Jahr vielleicht schon, zerfetze ich Deine Vormundschaft (und müßte ich sie dem Ministerium selber eingestehen), wie ein Gaukler durch einen Papierreifen springt.
Sei versichert, ich werde *Mon cœur mis à nu* erst veröffentlichen, wenn ich ein ausreichendes Vermögen besitze, das mir erlaubt, mich außerhalb Frankreichs in Sicherheit zu bringen, wenn das nötig ist.

C. B.

Warum denn 42 Sous auf der Post ausgeben, wo Du doch weißt, daß die Eisenbahn das für 10 oder 20 Sous befördern könnte?

AN GERVAIS CHARPENTIER

[Paris,] 20. Juni [18]63

Monsieur,
Soeben habe ich die beiden Auszüge (*Les Tentations* und *Dorothée*) in der *Revue nationale* gelesen. Ich stoße dort auf ungewöhnliche Änderungen, die nach der von mir erteilten *Druckerlaubnis* vorgenommen wurden. Dies, Monsieur, ist der Grund, warum ich von so vielen Zeitungen und Zeitschriften davongelaufen bin.
Ich hatte Ihnen gesagt: Streichen Sie *ein ganzes Stück*, wenn *ein Komma* darin Ihnen mißfällt, aber streichen Sie nicht das Komma; es hat seine Daseinsberechtigung.
Ich habe mein ganzes Leben damit zugebracht, zu lernen, wie man

einen Satz baut, und ich behaupte, ohne Scheu, mich dem Gelächter auszusetzen: was ich einer Druckerei abliefere, ist *vollkommen fertig.*

Glauben Sie ernstlich, »*les formes de son corps*« biete eine angemessene Entsprechung für »*à son dos creux et sa gorge pointue*«? – Vor allem, wenn von der schwarzen Rasse der Ostküsten die Rede ist?

Und glauben Sie, es sei *unmoralisch*, von einem Mädchen zu sagen, sie sei *reif* mit *elf Jahren*, wo man doch weiß, daß Aischa (die keine unter dem Wendekreis geborene Negerin war) noch jünger war, als Mohammed sie heiratete?

Monsieur, ich wünsche aufrichtig, Ihnen für das Wohlwollen zu danken, das Sie mir entgegengebracht haben; aber ich *weiß, was ich schreibe*, und ich erzähle nur, *was ich gesehen habe.*

Wenn ich wenigstens noch zeitig genug unterrichtet worden wäre, so hätte ich das ganze Stück herausnehmen können.

Genehmigen Sie, Monsieur, die Versicherung meiner vorzüglichen Hochachtung.

Ch. Baudelaire

AN MADAME AUPICK

[Paris,] Montag, 10. August [1863]

Meine liebe Mutter, ich bin voller Plagen und dauernd unterwegs. Mach mir keine Vorwürfe, wenn ich Dir nur kurz antworte.

Die bewußte große Sache ist schiefgegangen, oder vielmehr vertagt worden. Ich war Schurken in die Hände gefallen, und Schurke hin, Schurke her, habe ich doch lieber mit Michel Lévy zu tun, und verhandele mit ihm direkt.

Er kommt den 25. zurück.

Die Sache mit den öffentlichen Vorträgen ist auf den November vertagt worden. Ich habe einen Brief von Monsieur Verwoort erhalten, dem Präsidenten der Abgeordnetenkammer, und Präsidenten des *Club artistique*, der mein Angebot für den November vermerkt hat.

Dennoch glaube ich, daß ich Freitag oder Samstag nach Belgien aufbrechen werde, um Artikel in der *Indépendance belge* zu schreiben, und vor allem, um meine unterbrochenen Bücher abzuschließen; ich habe gegen Paris und Frankreich ein Grauen gefaßt. Wenn es nicht Deinetwegen wäre, so wünschte ich, niemals dorthin zurückzukehren.
Wenn ich Freitag aufbreche, so kehre ich nach Paris zurück, nachdem ich Geschäfte in Belgien angeknüpft habe; ich werde dann die Angelegenheit Poe mit Michel verhandeln, und ich komme nach Honfleur, um dort den November abzuwarten.
Bitte, keine Vorwürfe, bitte. Es scheint, daß meine arme Schwägerin einen schwachen Charakter hat. Aber wer hat ihn nicht, diesen schwachen Charakter, auf die eine oder andere Weise?
Wenn ich Samstag in Brüssel bin, werde ich selbstverständlich von dort aus gleich an Dich schreiben.
Inzwischen umarme ich Dich aus der Ferne. Charles

AN VICTOR HUGO

[Paris,] 17. Dez[ember] 1863

Monsieur,
Obwohl ich immer zögere, Menschen, für die ich die höchste Zuneigung und Achtung hege, um irgendetwas zu bitten, so komme ich heute doch, Sie um einen *großen* Gefallen, einen *ungeheuren* Gefallen zu bitten. Unzufrieden mit den Pariser Verlegern, und nicht ohne Grund der Ansicht, man lasse mir keineswegs Gerechtigkeit widerfahren, hatte ich den Entschluß gefaßt, im Ausland einen Verleger für die drei Bände zu suchen, deren einer die *Paradis artificiels* sind, und deren beide anderen die *Réflexions sur mes contemporains* (Schöne Künste und Theater) enthalten sollen. Um eine starke Neugier für diese Werke zu erregen, hatte ich beschlossen, in Brüssel öffentliche Lesungen zu halten, mit wohlausgewählten Stücken, selbstverständlich den besten, zum Beispiel: *De l'essence du rire, – Eugène Delacroix, son œuvre, ses idées et ses mœurs, – Le Peintre de la vie moderne, – Edgar Poe, sa vie et ses*

œuvres, – Victor Hugo, – Théophile Gautier, – Th. de Banville und Leconte de Lisle, – Richard Wagner, – und dabei meine Würdigungen durch Zitate zu stützen, die aus den genannten Autoren gezogen wären; denn ich mißtraue ein wenig der Bildung der Belgier.

Nun höre ich, daß Monsieur Lacroix Sie aufsuchen wird. Der große Gefallen bestünde darin, daß Sie ihm sagen, was Ihnen Angenehmes über meine Bücher und über mich einfällt, und ihn über meine beabsichtigten Lesungen ins Bild setzen. Das wäre, ich wiederhole es, ein sehr großer Gefallen, denn Monsieur Lacroix muß ein unbegrenztes Vertrauen in Ihr Urteil setzen, und ich hoffe, die Lesungen werden ihn vollends überzeugen.

Ich erkundige mich sehr oft nach Ihnen; man sagt mir, es gehe Ihnen vorzüglich. Die Gesundheit im Dienste des Genius! Wie glücklich Sie sind, Monsieur!

Ich habe die Absicht, Ihnen demnächst die (abermals vermehrten) *Fleurs du Mal* zu schicken, samt dem *Spleen de Paris,* der ihnen als Pendant zu dienen bestimmt ist. Ich habe versucht, die ganze Bitterkeit und alle schlechte Laune, deren ich voll bin, hineinzulegen. Ich hätte Ihnen, vor einigen Tagen, *Eureka* (den vierten Band meiner *Poe*-Übersetzung) zuschicken sollen, ein seltsames Buch, das beansprucht, die verschiedenen Arten zu enthüllen, wie Welten entstehen und wieder vergehen; aber Michel Lévy hat es für gut befunden, von meiner Verteilungsliste die Namen derjenigen Personen zu streichen, die ihm nicht unmittelbar nützlich sein könnten. Ich werde mein, oder vielmehr sein Verschulden Ihnen gegenüber ein andermal wiedergutmachen.

Wenige Tage vor dem Monatsende werde ich nach Brüssel aufbrechen. Sie würden mich glücklich machen, wenn Sie zehn Minuten Ihrer Zeit erübrigen könnten, um mir zu schreiben, und das würde mir Zuversicht für mein Unternehmen schenken. Doch ich kann mir vorstellen, wie lästig Ihnen das Briefschreiben oft ist, und ich möchte Sie um nichts in der Welt behelligen.

In Paris wohne ich: *22, rue d'Amsterdam.* Ich weiß noch nicht, wo ich in Brüssel wohnen werde.

Leben Sie wohl, Monsieur; glauben Sie allezeit an meine Zuneigung und meine Bewunderung. Sie sind ein mächtiger Herr, doch

Sie sind, wie Sie sehen, auch allen Unbequemlichkeiten des Herrscheramtes ausgesetzt. Jeder hat etwas von Ihnen zu erbitten.

Charles Baudelaire

AN MADAME AUPICK

[Paris] 31. Dez[ember] 1863

Meine gute liebe Mutter, es gibt nichts Unangenehmeres, als mit dem Blick auf die Uhr an seine Mutter zu schreiben; aber ich will, daß Du morgen einige liebe Worte und einige gute Versprechen erhältst, von denen Du glauben magst, was Du willst. Ich habe die abscheuliche Angewohnheit, alle meine Pflichten, *selbst die angenehmsten,* auf den andern Tag zu verschieben. So habe ich die Erledigung so vieler wichtiger Dinge während so vieler Jahre immer auf morgen verschoben, und deshalb befinde ich mich heute, trotz meines Alters und trotz meines Namens, in einer so lächerlichen Lage, die ebenso schmerzhaft wie lächerlich ist. Noch nie war mir am Ausgang eines Jahres so feierlich zumute wie diesmal. Und so wirst Du, was ich hier sage, trotz der gewaltigen Verkürzungen des Gedankens, seinem vollen Sinn nach verstehen: – *daß ich Dich von Herzen bitte, es Dir gut gehen zu lassen, Dich zu pflegen, so lange zu leben, wie Du kannst, und mir noch eine Zeitlang Deine Nachsicht zu gönnen.*

Alles, was ich tun werde, oder alles, was ich in diesem Jahr (1864) zu tun hoffe, hätte ich in dem verflossenen tun sollen und tun können. Aber ich bin von einer fürchterlichen Krankheit befallen, die noch nie so verheerend war wie dieses Jahr; sie hat mehrere Namen: *Verträumtheit, Lebensüberdruß, Mutlosigkeit* und *Unentschlossenheit.* Allen Ernstes, der Mensch, dem es gelingt, sich von einem Laster zu heilen, ist in meinen Augen unendlich viel tapferer als der Soldat oder der Mann, der sich in einem Duell schlagen wird. Wie aber findet man Heilung? Wie macht man Hoffnung aus Verzweiflung, Entschlossenheit aus Feigheit? Ist diese Krankheit eingebildet oder wirklich? Ist sie Wirklichkeit geworden, nachdem sie zuvor Einbildung war? Sollte sie das Ergebnis einer körperlichen Erschöpfung sein, einer unheilbaren Schwermut als der Folge so vieler Jahre voller Erschütterungen, Jahre der trostlosen Einsamkeit und des Unwohlseins? Ich weiß es nicht; ich weiß nur, daß ich vor allem und jedem nichts als Ekel empfinde, und dies namentlich vor jedem Vergnügen (das hat sein Gutes), und daß das einzige Gefühl, das mir noch eine Empfindung des Lebendigseins gibt, ein *unbestimmtes* Verlangen nach Berühmtheit, Rache und Reichtum ist.

Aber selbst in Anbetracht des wenigen, das ich vollbracht habe, hat man mir so wenig Gerechtigkeit widerfahren lassen!

Ich habe einige Personen gefunden, die den Mut gehabt haben, *Eureka* zu lesen. Das Buch wird schlecht gehen, doch darauf mußte ich gefaßt sein; das ist zu abstrakt für Franzosen.

Meine Abreise ist beschlossene Sache. Ich gönne mir noch *fünf*, höchstens *acht* Tage, um bei drei Zeitungen Geld zusammenzuscharren, ein paar Leute zu bezahlen, und meine Sachen zu verpacken.

Wenn nur der Abscheu vor der belgischen Expedition mich nicht schon bei meinem Eintreffen in Brüssel überfällt! Dabei handelt es sich um eine wichtige Sache. Die Lesungen, die mir nur eine unerhebliche Summe einbringen können (1000, 1500 oder 2000 Francs), immer vorausgesetzt, daß ich die Geduld dazu aufbringe und die Bereitschaft, einem schwerfälligen Publikum zu gefallen, sind nur der Nebenzweck meiner Reise. Den wahren kennst Du; es geht darum, an Monsieur Lacroix, einen belgischen Verleger, die drei Bände *Variétés* zu verkaufen, und zwar gut zu verkaufen.

Mich schaudert, wenn ich an mein Leben dort unten denke. Die *Lesungen*, die *Lektüre von Probeabzügen aus Paris*, von *Zeitungen*, und die Fahnen von *Michel Lévy* und schließlich, während dessen, die abschließende Arbeit an den *Poèmes en prose*. Ich habe jedoch die unbestimmte Vorstellung, die Neuheit des Ortes könnte mir gut tun und mir zu einiger Tätigkeit verhelfen.

Ich habe allzuviel von mir geredet; aber ich weiß, Du hast das gern. Erzähl mir von Dir, *von Deiner Gemütsverfassung und Deiner Gesundheit*.

Ich hatte Hugo als Komplizen für mein Unternehmen gewinnen wollen. Ich wußte, daß Monsieur Lacroix an einem bestimmten

Tage auf Guernesey sein würde. Ich hatte Hugo gebeten, sich für mich einzuschalten. Soeben erhalte ich einen Brief von Hugo. Die Stürme über dem Ärmelkanal haben meine Berechnungen durcheinandergebracht, und mein Brief ist *vier Tage nach der Abreise des Verlegers* eingetroffen. Hugo schreibt, er werde dies durch einen Brief wettmachen, doch nichts wiegt *das gesprochene Wort* auf.

Ich umarme Dich von ganzem Herzen. C. B.

Vor meiner Abreise schicke ich Dir noch eine Kleinigkeit zu Neujahr, wahrscheinlich ein Buch, das Dir gefallen wird. Ich weiß schon, welches.

AN GAVARNI

[Paris,] 4. Februar 1864

Monsieur,

Der *Figaro* läßt mir heute, den 4. Februar, einen Brief von Ihnen zukommen, der, wenn ich recht lese, das Datum des 28. Novembers trägt.

Daß ich gehofft hatte, Ihnen durch die Zusendung von *Eureka* ein Vergnügen zu machen, ist allzu natürlich, als daß es eines Dankes bedürfte.

Guys geht es sehr gut. Er wohnt 11, rue Grange-Batelière. Die Artikel, die ich im Hinblick auf sein seltsames Talent geschrieben habe, haben ihn derart verschüchtert, daß er sich einen Monat lang geweigert hat, sie zu lesen. Jetzt hat er sich darauf verlegt, Englischstunden zu geben.

Ich hoffe, Ihnen in diesem Jahr mehrere Bücher schicken zu können, die Sie interessieren werden, und in einem derselben werden Sie sehen, was ich vor längerer Zeit über Sie geschrieben habe; doch was ich damals schrieb, lag weit unterhalb dessen, was ich denke.

Genehmigen Sie, Monsieur, die Versicherung meiner aufrichtigsten Ergebenheit. Charles Baudelaire

In Honfleur, rue de Neubourg.
In Paris, 22, rue d'Amsterdam; doch ich stehe im Begriff, zu verreisen.

AN JUDITH GAUTIER

[Paris,] 9. April 1864

Mademoiselle,
Kürzlich habe ich bei einem meiner Freunde Ihren Artikel gefunden, in dessen Probeabzüge Ihr Vater mir einige Zeit zuvor Einblick verstattet hatte. Er wird Ihnen gewiß erzählt haben, welches Erstaunen mich überkam, als ich sie las. Nur Schüchternheit war schuld, daß ich Ihnen nicht sogleich geschrieben habe, um Ihnen zu danken. Ein von Natur wenig schüchterner Mann kann einem schönen Mädchen gegenüber verlegen sein, selbst wenn er sie als kleines Kind gekannt hat, – vor allem, wenn sie ihm einen Dienst erweist, – und er kann fürchten, entweder zu respektvoll und zu kühl zu sein, oder ihr zu überschwenglich zu danken.
Mein erster Eindruck, wie gesagt, war Erstaunen, – eine übrigens immer angenehme Empfindung. – Dann, als jeder Zweifel zerstreut war, überkam mich eine schwer beschreibbare Empfindung, halb aus dem Vergnügen bestehend, so gut verstanden worden zu sein, und halb aus der Freude, zu sehen, daß einer meiner ältesten und teuersten Freunde eine Tochter hatte, die seiner wahrhaft würdig war.
In Ihrer, so zutreffenden, Analyse von *Eureka* haben Sie das fertig gebracht, was ich in Ihrem Alter vielleicht nicht fertig gebracht hätte, und wozu eine ganze Anzahl sehr reifer Männer, die sich für Kenner der Literatur ausgeben, gänzlich außerstande wäre. Kurzum, Sie haben mir bewiesen, was ich gerne für unmöglich gehalten hätte: daß ein junges Mädchen in den Büchern ernsthafte Unterhaltungen finden kann, die durchaus verschieden sind von den so törichten und vulgären, die das Leben aller Frauen ausfüllen.
Wenn ich nicht fürchtete, Sie durch weitere Verleumdungen Ihres

Geschlechtes zu beleidigen, so sagte ich Ihnen, daß Sie mich genötigt haben, selber an den garstigen Meinungen zu zweifeln, die ich mir hinsichtlich der Frauen im allgemeinen gebildet habe.
Ärgern Sie sich nicht an diesen von Unziemlichkeiten so wunderlich durchsetzten Komplimenten; ich habe ein Alter erreicht, wo man sich zu bessern verlernt hat, und sei es für die beste und anmutigste Person.
Glauben Sie, Mademoiselle, daß ich die Erinnerung an das Vergnügen, das Sie mir gewährt haben, nie vergessen werde.

Charles Baudelaire

AN EDOUARD MANET

[Brüssel,] 27. Mai 1864

Mein lieber Manet,
Ich danke Ihnen für Ihren herzlichen Brief. Übermitteln Sie Ihrer Mutter und Ihrer Frau meine freundschaftlichsten Grüße, und wenn Sie mir über das Schicksal Ihrer Bilder etwas Angenehmes mitzuteilen haben, schreiben Sie mir. Ihre Glückwünsche erwidere ich.
Die Belgier sind Dummköpfe, Lügner und Diebe. Ich bin dem schamlosesten Schwindel zum Opfer gefallen. Betrug ist hier die Regel und entehrt nicht. Das große Geschäft, dessentwegen ich hergekommen bin, habe ich noch nicht in Angriff genommen; doch alles, was mir hier begegnet, weckt die düstersten Befürchtungen; – ganz abgesehen davon, daß ich hier für einen Helfer der französischen Polizei gelte. – Glauben Sie niemals, was man Ihnen von der belgischen Gutmütigkeit erzählt. Hinterlist, Argwohn, verlogene Liebenswürdigkeit, Grobheit, Gaunerei, das ja.
Ganz der Ihrige.

C.B.

[Brüssel,] Samstag, 11. Juni 1864

Meine liebe Mutter, Du bist ganz und gar nicht verlassen, doch Du bist eine Frau, Du bist nervös. Und mich widert es an, Dir zu schreiben, wenn ich Dir nur Kläglichkeiten zu berichten habe. Außerdem bin ich entsetzlich beschäftigt; ich bin vollgestopft mit Sorgen hinsichtlich dessen, wie es weitergehen soll, wie die Dinge in Paris stehen; *wie es um ein Buch bestellt ist,* das *in meiner Abwesenheit* gedruckt wird, und dessen Druckfahnen mir nur *unregelmäßig* zugehen; und endlich war ich, ohne meine sämtlichen Plagen aufzuzählen, während der letzten sechs Wochen ununterbrochen krank, *körperlich* wie seelisch.

Um sogleich den Gegenstand Deines Briefes zu beantworten, so sage ich: *ja,* weil ich spüre, *daß es Dir Vergnügen macht.* Aber es ist völliger Blödsinn. Daß nur keiner an meine Kartons rührt, mehr verlange ich nicht. Ich weiß nicht einmal mehr, wo all diese Papiere, literarische Papiere, Geschäftspapiere usw. ..., untergebracht sind, und ich weiß nicht, wo ich meine Schlüssel hingetan habe. So werde ich denn ein wenig später nach Honfleur kommen, das ist alles. Nicht etwa, um meiner Schwägerin aus dem Wege zu gehen, sondern weil ich wirklich Anspruch auf ein wenig Ruhe habe und allzu beengt wäre. Schreibe mir, um welche Zeit meine Schwägerin kommt, und wie lange sie bleiben wird.

Inzwischen habe ich den Eindruck, als ob meine Geschäfte eine Wendung nähmen, die mich veranlassen könnte, etwas länger hier zu bleiben, als ich dachte. Ich wollte den 20. abreisen; aber da ich nun einmal genötigt bin, meinen Lebensunterhalt zu verdienen, und da ich in Paris nicht Station machen kann, ohne Geld zu verteilen, bin ich auf den Einfall gekommen, aus meiner Reise ein Buch zu machen, in eine Reihe von Briefen unterteilt, die gewiß im *Figaro* erscheinen werden. Dann werde ich diese Briefe noch als Buch verkaufen. Du siehst, ich habe Mut gefaßt; aber dazu muß man rasch nach Antwerpen fahren, nach Gent, Lüttich, Namur, Audenarde, Brügge; man muß sehen und Fragen stellen; und wenn Du wüßtest, mit was für Bestien ich es hier zu tun habe!

(Kannst Du mir, noch ein Mal, ohne Dein armes Budget völlig

durcheinanderzubringen, eine kleine Summe schicken, 200 oder 100 oder auch nur 50?)

Wenn wir erst einmal zusammen sind, will ich alles, alles mir Mögliche tun, um mein Los zu verbessern und *um mich zu retten;* denn *ich will die Vormundschaft loswerden;* ich will mein Leben damit hinbringen, zu arbeiten, und Dich zu zerstreuen, und *ich will nicht im Elend sterben.*

Und nun den Bericht meiner traurigen Epopöe (traurig bis hierher); danach wirst Du beurteilen können, ob ich der Schuldige bin.

Ich bin *eines Verlegers* wegen hergekommen, um ihm 3 Bände auf fünf Jahre anzubieten und um 20000 Francs oder den höchstmöglichen Preis pro Auflage von ihm dafür zu fordern, unter der Voraussetzung, daß jeder Titel es auf mehrere Auflagen bringt.

Die fünf Vorträge sind nur für ihn veranstaltet worden. Er hat fünf Einladungen erhalten, er ist nicht gekommen.

Obwohl die Vorträge (der letzte hat am 23. stattgefunden) schrecklich lang waren, das Doppelte dessen, was man gewöhnt ist, zwei Stunden statt einer, waren sie ein so großer Erfolg, daß man sich eines ähnlichen nicht entsinnen kann. – Anfangs hatte ich den Großzügigen gespielt; als die Rede auf meine Bedingungen gekommen war: »*Arrangieren Sie das nach Ihrem Gutdünken, ich verstehe mich nicht darauf, solche Fragen zu erörtern.*« Dies meine Worte. Man ließ undeutlich etwas von 100 Francs verlauten. Man werde an die Vereine in Lüttich, Gent, Antwerpen und Brügge schreiben. Und dann hat man alles derart verschleppt, daß die geeignete Saison vorüber war. Am 24. suchte mich ein Bote des Vereins auf und übergab mir 100 Francs (statt 500), sowie einen Brief, darin man, meine offensichtliche Verachtung des Geldes allzu sehr beim Wort nehmend, mich wissen ließ, daß die Mittel der Vereinskasse am Ende der Saison erschöpft seien, daß man mich jedoch in guter Erinnerung behalten und mich nächstes Jahr entschädigen werde. So also betragen sich Leute von Welt, Advokaten, Künstler, Amtspersonen, dem Anschein nach wohlerzogene Leute, die an einem Fremden, der sich ihnen ausgeliefert hat, einen regelrechten Diebstahl begehen.

Was tun! *keine schriftliche Abmachung!* Hier entehrt die Unredlichkeit niemanden, sie gilt als Geschicktheit. Hätte ich das Geld den Armen geschenkt, so wäre mir dies als Beleidigung des *Vereins* ausgelegt worden, und alle Welt wäre über mich hergefallen. Und da ich dringendst Geld brauchte, habe ich also am 24. mein Hotel bezahlt, und dann fehlten mir noch 3 Sous.

Du glaubst vielleicht, damit hätte mein Unglück ein Ende. Keineswegs.

Plötzlich verbreitete sich das Gerücht, *ich gehörte der französischen Polizei an!!!!!!* Dieses infame Gerücht kam aus Paris, einer von der Bande V. Hugos, dem die Dummheit und Leichtgläubigkeit der Belgier sehr gut bekannt war, hatte es in Umlauf gesetzt. Das ist die Rache für einen Brief, den ich in Paris veröffentlicht habe, und in dem ich mich über das berühmte Shakespeare-Bankett lustig machte. – Vielleicht verstehst Du das nicht. – Der fragliche Verleger ist jedoch der Verleger V. Hugos, und ich könnte mir denken, daß er zu den Vorträgen nicht erschienen ist, weil man ihn gegen mich eingenommen hatte.

Doch ich muß zu einem Ende kommen, und ich will Montag alles aufs Spiel setzen, mit einer *Lesung,* die ich selber organisiert habe, bei einem Makler, der mir seinen Salon zur Verfügung stellt.

Dem Verleger Lacroix habe ich soeben eine sechste schriftliche Einladung geschickt. Eine weitere Einladung habe ich dem Minister des Königshauses gesandt, der mich übrigens geziemend empfangen hat. Ich will, daß Leute besserer Kreise kommen. Ich will eine sichtbare Wiedergutmachung dieser albernen Diffamierung.

Es ist mir nicht leicht gefallen, Dir dies alles zu schreiben. Ich liebe und umarme Dich.

Dein letzter Brief war nicht angemessen frankiert. Nötige mich nicht, bei der Portiersfrau Schulden zu machen.

Du wirst diesen Brief morgen, Sonntagabend, erhalten; wenn Du mir montags, vor 5 Uhr, antwortest, wird Dein Brief Dienstagabend in meinen Händen sein. Charles

Und *Fracasse,* unterhält er Dich? Er hat erstaunliche Schönheiten. Ich habe Antwerpen gesehen. Das ist *ganz wunderbar*. Doch die Bevölkerung ist ein noch gröberer Menschenschlag als hier. Alles ist vielleicht nicht verloren. Wer weiß?

AN MADAME AUPICK

[Brüssel,] Freitag, 17. Juni 1864

Meine liebe Mutter,

Es ist 6 Uhr, es war nicht recht, ich hätte Dir heute morgen schon schreiben sollen. Ich habe eine große Entscheidung getroffen. Ich sehe niemanden mehr. Der Franzose, einer meiner Freunde, mit dem ich mich über diese niederträchtigen Belgier lustig machen konnte, ist abgereist. Ich bin allein; ich stehe früh auf; ich arbeite.

Donnerstag werde ich wissen, woran ich bin.

Und nun der Bericht des famosen Abends: ich hatte fünfzehn Personen eingeladen, fünf davon sind gekommen, die besseren, doch ohne Einfluß, – zwei nur, der Minister und der Direktor der *Indépendance belge,* haben sich schriftlich entschuldigt; der Hausherr hatte ebenfalls fünfzehn Personen eingeladen, von denen fünf gekommen sind. Und nun stelle Dir *drei riesige Salons* vor, von *Lüstern und Kandelabern* erleuchtet, wunderbare Gemälde an den Wänden, ein *unsinniger* Überfluß an Kuchen und Weinen; das alles für zehn oder zwölf *kümmerliche* Personen!

Ein Journalist neben mir beugt sich herüber und sagt zu mir: *»Il y a dans vos œuvres quelque chose de* CHRÉTIEN *qu'on n'a pas assez remarqué.«* Am andern Ende des Salons, auf dem Kanapee der Börsenmakler, vernehme ich ein Gemurmel. Diese Herren sagten: *»Il dit que nous sommes des* CRÉTINS!«

Da hast Du die belgische Intelligenz und die belgischen Sitten.

Wie ich sah, daß ich alle Welt langweilte, habe ich meine Lesung abgebrochen, und habe mich ans Essen und Trinken gemacht, meine fünf Freunde waren beschämt und betreten, ich allein lachte.

Du hast es sehr gut getroffen, wie ich Dir schon sagte: 100 Francs für mein Hotel, 50 für einen Schuster, der sich nicht abweisen ließ (hier kann man keine Schulden machen) – und 50 Francs für die täglichen kleinen Ausgaben.

Ich bin in einem unerträglichen nervösen Zustand; aber ich denke an die schreckliche Zukunft, und ich will Gott und das Glück auf meine Seite bringen.

Ich umarme Dich. Charles

Tatsächlich war auch einer der Aktionäre der Firma Lacroix zu den Vorträgen gekommen, und dieser hat mir eine Zusammenkunft mit Verboeckhoven vermittelt, die gestern Donnerstag stattfand. Doch Lacroix hat, fürchte ich, das Übergewicht.
Wenn ich meine Studien über Belgien zum guten Ende bringe, wirst Du sehr komische Dinge lesen, die bisher niemand zu sagen gewagt hat.

AN MADAME AUPICK

[Brüssel,] Montag, 22. [August?] 1864

Meine gute liebe Mutter, ich habe sehr unrecht daran getan, Dir von meinem belgischen Gesundheitszustand zu sprechen, weil Du Dir das derart zu Herzen genommen hast. Hat man jemals eine Mutter in Deinem Alter gesehen, die sich auf die Reise machen wollte, weil ihr Sohn sich in einem schlechten Klima den Magen verdorben hat!
Ganz allgemein ist mein Befinden ausgezeichnet, weil ich niemals irgendeine Krankheit gehabt habe. Daß ich an einigen kleinen Übeln leide, Rheumatismen, Neuralgien, etc., was macht das schon? Das ist Menschenlos. Damit muß man sich abfinden. Was die erwähnte Störung betrifft, so wiederhole ich Dir, daß ich andere Franzosen gesehen habe, die es ebenfalls erwischt hat, und die sich an dieses abscheuliche Klima nicht gewöhnen konnten. Kannst Du Dir vorstellen, daß es hier schon wieder kalt geworden ist, und daß, nach ein paar Tagen schlaffer, erstickender Hitze, der Sommer auf und davon ist? – Übrigens wird mein Aufenthalt hier nicht mehr von langer Dauer sein. Meine Fahrt nach Paris habe ich auf das Ende des Monats verschoben. Je mehr Manuskripte ich mitbringe, desto größer sind meine Aussichten, zu Geld zu kommen. Hinsichtlich der fünf oder sechs Städte, die ich noch sehen muß, bin ich sicher, daß eine Woche dafür ausreicht. Diesen Teil des Buches könnte ich in Paris oder in Honfleur ausarbeiten. Ich brauche Dir nicht zu sagen, daß ich Dich benachrichtigen werde, falls ich mich entschließen sollte, den Anfang vor meiner Abreise veröffentlichen zu lassen.

Ich habe Mecheln besucht. Das ist eine seltsame kleine Stadt, sehr fromm, sehr malerisch, voller Kirchen, voller Stille, viele Rasenflächen, und überall machen die Glocken eine unaufhörliche Musik.
Ich umarme Dich von ganzem Herzen.

Charles

Solange die Verhandlungen über meine vier Bände: *Belgique, Paradis artificiels,* und *Contemporains,* nicht abgeschlossen sind, so lange werde ich unruhig und mißgestimmt sein.
Sag mir, wie es Dir geht.
Du hast mir einen großartigen Dienst erwiesen, ich danke Dir nochmals dafür.

AN NARCISSE ANCELLE

[Brüssel,] Donnerstag, 13. Oktober [18]64

Mein lieber Ancelle, Verschiedenes ist schuld daran, daß ich eine sehr lange Zeit verstreichen ließ, ehe ich Ihnen nun antworte. Der erste Grund ist, daß ich wieder krank geworden war (aber das braucht meine Mutter, falls Sie ihr schreiben sollten, nicht zu erfahren). Diesmal ist es nicht mehr der Unterleib, sondern ein Fieber, das mich um ein oder zwei Uhr morgens weckt und mir erst gegen 7 Uhr wieder einzuschlafen erlaubt. Dieser allnächtliche Anfall läßt mich im Finstern eine Menge schöner Dinge erblicken, die ich gerne beschreiben wollte; unglücklicherweise aber ist die Folge davon eine große Müdigkeit, die sich durch den ganzen Tag hinzieht.
Der zweite Grund ist, daß ich mir, trotz des liebenswürdigen und herzlichen Tones in Ihrem Brief und trotz Ihres wohlwollenden Angebots, *in den Kopf gesetzt hatte, ohne Sie auszukommen.* Heute muß ich einsehen, daß dies nicht möglich ist. – Verstehen Sie mich recht: – Die vorliegenden Bruchstücke sind wohl 1 000 Francs wert. Aber ich werde sie nicht veröffentlichen lassen, *solange ich noch in Belgien bin.* – Ich muß also nach Frankreich zurückkehren, um zu Geld zu kommen, und ich benötige Geld, um

dorthin zurückzukehren, – und ebenfalls, um einen neuerlichen Abstecher nach Namur, Brügge und Antwerpen zu unternehmen (es geht um Malerei und Architektur; sechs Tage höchstens). – Das also ist der *circulus vitiosus*. Monsieur de Villemessant *(Figaro)* erwartet meine Artikel voller Ungeduld. Ihn um Geld zu bitten, und ihm gleichzeitig zu sagen: – *Veröffentlichen Sie noch nicht,* – das hieße, offengestanden, seine Gefälligkeit mißbrauchen. – Und zudem werden diese 1 000 Francs,, die ich für meine Auszüge aus diesem Buch erwarte, vielleicht nur nach Maßgabe ihres Erscheinens gezahlt.

Hinzukäme dann noch der Erlös aus der Buchausgabe bei einem Verleger. Mein Buch ist nicht fertig; ich werde es in Honfleur ausarbeiten, wohin ich meine sämtlichen Aufzeichnungen mitnehmen werde.

Ich habe an einen Pariser Literaturagenten geschrieben, um ihn zu bitten, in meinem Namen Verhandlungen über den Verkauf von vier Bänden zu führen:

Pauvre Belgique	1 Band
Paradis artificiels	1 Band
Mes contemporains	2 Bände

und ich habe ihm angeboten, ihm einen Anteil (einen beträchtlichen Anteil!) zu überlassen, wenn er einen guten Vertrag aushandelt.

Wenn ich diese Angelegenheit bei meiner Rückkehr nach Paris geregelt finde, dann, *aber nur dann,* werde ich meiner Mutter oder Ihnen etwas zurückerstatten können.

Meine Reise nach Belgien wird mir nur drei Dinge eingebracht haben: die Bekanntschaft mit dem dümmsten Volk der Erde (dies dürfte aller Wahrscheinlichkeit nach zutreffen), ein sehr seltsames kleines Buch, das vielleicht einen Verleger locken und ihn veranlassen könnte, die übrigen zu erwerben; – und schließlich die Gewohnheit einer andauernden gänzlichen Keuschheit (lachen Sie, wenn Sie wollen, über dieses schmutzige Detail), *die übrigens ohne jedes Verdienst ist,* in Erwägung, daß der Anblick des belgischen Weibchens jede Vorstellung von Lust verjagt.

Schließlich bin ich mit den *Histoires grotesques et sérieuses* fast zu Ende gekommen, – die bald erscheinen werden. Wie sehr reut es mich heute, meine sämtlichen Rechte an meinen fünf Bänden für 2000 Francs veräußert zu haben, wenn ich bedenke, daß Michel vielleicht noch mehr als beträchtliche Summen aus dem weiteren Verkauf erzielen wird!

Bis hierher meine geistige Bilanz. Jetzt gehe ich dazu über, Ihnen die materiellen Details zu liefern, die Sie mich Ihnen mit völliger Offenheit zu geben bitten.

Aber, mein Lieber, stellen Sie sich vor, was ich durchmache! Der Winter ist plötzlich gekommen. Hier sieht man das Feuer nicht, weil das Feuer in einem Ofen ist. Ich arbeite gähnend, – wenn ich arbeite. Bedenken Sie, was ich erdulde, ich, dem Le Havre wie ein düsterer amerikanischer Hafen vorkommt, – ich, der in Bordeaux, auf Bourbon und Maurice, in Kalkutta Bekanntschaft mit Himmel und Meer gemacht hat; bedenken Sie, was ich erdulde in einem Land, wo die Bäume schwarz sind und *wo die Blumen keinen Duft haben!* Und über die Küche habe ich mich, wie Sie sehen werden, auf einigen Seiten meines kleinen Buches geäußert! – Was das Gespräch betrifft, dieses große, dieses einzige Vergnügen eines geistigen Wesens, so könnten Sie ganz Belgien nach allen Richtungen durchstreifen, ohne eine Seele zu finden, *die der Rede fähig wäre.* Viele Leute haben sich, mit der Neugier von *Gaffern,* um den Autor der *Fleurs du Mal* gedrängt. Der Autor der besagten *Fleurs* konnte nur ein monströser Exzentriker sein. Alle diese Kanaillen haben mich für ein Monstrum gehalten, und als sie sahen, daß ich kühl, bescheiden und höflich war, – und daß mir die Freidenker, der Fortschritt und die ganze moderne Dummheit ein Greuel waren, haben Sie, vermute ich, dekretiert, ich sei gar nicht *der Autor meines Buches* ... Welche komische Verwechslung zwischen dem Autor und seinem Gegenstand! Dieses verfluchte Buch *(auf das ich sehr stolz bin)* muß demnach sehr dunkel, sehr unverständlich sein! Ich werde es noch lange zu büßen haben, daß ich es wagte, das Böse mit einiger Begabung zu schildern.

Übrigens muß ich gestehen, daß ich meinem Charakter seit zwei oder drei Monaten die Zügel habe schießen lassen, daß es mir ein besonderes Vergnügen bereitet, die Menschen zu verletzen, mich *impertinent* zu betragen, ein Talent, in dem ich, wenn ich will, Vorzügliches leiste. Aber hier genügt das nicht, man muß *grob* sein, um verstanden zu werden. – Was für ein Haufe von Schuften! – und ich, der Frankreich für ein völlig barbarisches Land hielt, sehe mich nun genötigt, zuzugeben, daß es ein noch barbarischeres Land als Frankreich gibt!

Kurzum, ob ich nun mit Schulden hierzubleiben genötigt sein werde, oder ob ich mich nach Honfleur rette, ich werde dieses kleine Buch vollenden, das mich denn doch gezwungen hat, meine Krallen zu schärfen. Später werde ich mich ihrer dann gegen Frankreich bedienen. – Dies ist das erste Mal, daß ich gezwungen bin, ein völlig humoristisches, ein zugleich närrisches und ernstes Buch zu schreiben, in dem alles und jedes zur Sprache kommen soll. Damit scheide ich mich von der modernen Dummheit. Vielleicht wird man mich, endlich, verstehen!

Ja, die Rückkehr nach Honfleur ist unerläßlich. Ich bedarf meiner Mutter, ich benötige mein Zimmer und meine Sammlungen. Außerdem schreibt meine Mutter mir düstere Briefe und enthält sich, mit einer Zurückhaltung, die mir weh tut, aller Vorwürfe gegen mich, als fürchte sie, ihre Autorität in ihren letzten Jahren zu mißbrauchen, aus Angst, mir eine bittere Erinnerung zu hinterlassen. – Das drückt mir das Herz ab. – Ich werde in Honfleur diese ganze Masse unvollendeter Sachen abschließen, den (seit so lange unterbrochenen) *Spleen de Paris, Pauvre Belgique!* und *Mes contemporains*.

Sie erraten gewiß (was unschwer zu erraten ist), warum es mir widerstrebt, Ihnen zu antworten und Ihr Angebot anzunehmen: – es annehmen, hieße abermals Ihr Vertrauen in mich mindern, hieße Ihnen zeigen, daß es mir gänzlich an Voraussicht, Kombinationsgabe und Erwerbssinn mangelt. – Überdies, greife ich in Ihren Geldbeutel, so greife ich in den meiner Mutter, – und das wird mir unerträglich. – Kurzum, ich muß Sie darauf vorbereiten, *daß der Betrag Ihnen sehr hoch vorkommen wird,* – ferner, – daß ich, sobald das Geld in meinen Händen ist, nachdem ich den *Grand Miroir* bezahlt habe, (für sechs, sieben Tage) nach Brügge, Namur und Antwerpen aufbrechen werde, um dort weitere Aufzeichnungen zu machen, und daß ich mich schließlich drei oder vier Tage in Paris aufhalten werde, ehe ich nach Hause zurückkehre. Dies alles ist unerläßlich zur Regelung meiner Angelegenheiten.

Hier habe ich niemals weniger als 7 Francs pro Tag ausgeben können, obwohl ich meine Abendmahlzeit fast immer (wenn mein Magen es gestattet) außerhalb des Hotels einnehme. – Das Datum meiner Ankunft war der 24. April.

April	5 Tage	35 Francs
Mai	–	210
Juni	–	210
Juli	–	210
August	–	210
September	–	210
Oktober	15 Tage	105
	Insgesamt:	1190 Francs.

Mehrere Monate lang habe ich gezahlt; dann habe ich die Zahlungen Anfang August eingestellt; damals schuldete ich noch 154 Francs.
Ich schulde demnach noch:

	154
August	210
September	210
Oktober	105
	679 Francs.

Benötigt werden ferner 100 Francs (grob gerechnet) für das Versatzamt (in Brüssel), 100 Francs für unerläßliche kleine Einkäufe, für die ich Anzahlungen geleistet habe, und 100 Francs für meine letzte Reise; – darin 53 Francs für Eisenbahnfahrten.

Hotel	679
Versatzamt	100
Einkäufe	100
Reisen	100
	979 Francs.

Und dabei bin ich noch genötigt, etwas sehr Schönes fahren zu lassen, das ich in Mecheln gekauft und worauf ich bereits eine Anzahlung geleistet hatte.
Das ist sehr viel, nicht wahr? Dennoch, ich nehme Ihr Wohlwollen beim Wort; – unter einer einzigen Bedingung allerdings, einer Bedingung, die Sie lachen machen wird; denn nichts steht dem entgegen, daß ich diese Bedingung verletze, – und ich habe Ihnen viele Versprechungen gemacht, die ich immer gebrochen habe; – die nämlich, daß Sie von dem Tag an, wo ich mich in Honfleur wieder häuslich eingerichtet habe, mir nicht mehr als genau 50 Francs pro Monat schicken, – und daß diese Regelung beibehalten werden soll, – auf unabsehbare Zeit, wenn ich will, – zumindest jedoch so lange, bis ich Ihnen nichts mehr schulde, – und bis alle Ihre (alten oder jüngeren) Vorschüsse völlig zurückerstattet sind. Davon werden Sie mich dann in Kenntnis setzen. Wer weiß, vielleicht halte ich Ihnen dieses Wort.
Was die Zahlung meiner Schulden angeht, sowie die Wiedereinbringung eines kleinen Vermögens, wie es einem Menschen, der nur die Freiheit liebt, ansteht, so ist es, davon zu reden, leider noch zu früh.
Ich fasse zusammen: Sobald ich das Geld von Ihnen erhalte, zahle ich hier alles; ich mache drei Exkursionen, rasch hintereinander; ich breche nach Paris auf; ich bleibe dort nur so lange, *bis ich meinen Agenten, Hetzel, Michel* und *Villemessant* gesehen habe, und ich kehre nach Honfleur zurück, wo ich mich gewöhnlich aufhalten werde, abgesehen von gelegentlichen Fahrten, in größeren Abständen, nach Paris, für acht oder zehn Tage.
Ich muß noch etwas hinzufügen, das von einiger Wichtigkeit ist: Sie werden diesen Brief morgen, Freitag, den 14., in der Frühe erhalten. Ist es Ihnen möglich, mir nicht nur vor fünf Uhr zu antworten, sondern Ihrem Brief überdies irgendeinen Betrag, etwa 500 Francs, beizulegen? – Ich fürchte, zudringlich zu sein. Niemals hat jemand unverzüglich 1000 Francs zur Hand. Vielleicht sind Sie genötigt, sich mit meiner Mutter zusammenzutun, um die Gesamtsumme aufzubringen; – schicken Sie mir jedenfalls *was Sie können* sofort, das heißt am 15. morgens. Man war sehr gefällig gegen mich, solange ich gezahlt habe; seit zweieinhalb Monaten

jedoch *verzieht man das Gesicht:* ich habe Samstag, den 15., vor Mittag zu zahlen versprochen, *und ich bin hier* EIN AUSLÄNDER.
Mein Lieber, dieser Brief hat mich erschöpft. Wenn ich nur fünfzig Zeilen geschrieben habe, habe ich einen dumpfen Schädel. Ich wollte meiner Mutter heut abend schreiben, um ihr Rechenschaft abzulegen über alles, was ich Ihnen hier schreibe. Ich werde ihr erst morgen früh, Freitag, den 14., schreiben; mein Brief wird also Samstag, den 15., bei ihr eintreffen, vormittags oder abends.
– Ja, das war ich, der Ihnen einige Lieferungen des Berichtes über den Kongreß von Mecheln zugeschickt hat. Sie haben gesehen, daß Dupanloups Rede fehlte. Sie ist in einer Lieferung erschienen, die mir entgangen ist. Sie ist inzwischen in Paris herausgekommen, Rue de Tournon, bei Douniol. Ihr famoser Pater Félix hat mich nicht interessiert. Das ist ein Cicero. Die Rede des Pater Hermann schien mir sehr bemerkenswert und sehr merkwürdig.
Ich wußte, daß die Operation, der Sie sich unterziehen mußten, weder gefährlich noch sehr schmerzhaft war. Etwas jedoch gilt es dabei zu beachten: – wenn ich mich recht entsinne, haben diese Zysten oder diese Fettgeschwulste die Neigung, sich an der gleichen Stelle oder an einer anderen wieder zu bilden, wenn man nicht, nach der Operation, eine Zeitlang eine gewisse Diät (die ich nicht kenne) einhält.
Vergessen Sie mich *morgen* nicht.
Empfehlen Sie mich Ihrer Gattin. C.B.

Ich werde Ihnen ein seltsames Buch über das Kaiserreich mitbringen, ein wirklich lesenswertes Buch, und kein dummer Exilanten-Schund. –

AN AUGUSTE POULET-MALASSIS

[Brüssel, 1864-1865]
5 Uhr, in der Hermitage

Mon cher, je suis venu chez vous
Pour entendre une langue humaine;
Comme un, qui, parmi les Papous,
Chercherait son ancienne Athène.

Puisque chez les Topinambous
Dieu me fait faire quarantaine,
Aux sots je préfère les fous
– Dont je suis, chose, hélas! certaine.

Offrez à Mam'selle Fanny
(qui ne répondra pas: Nenny,
Le salut n'étant pas d'un âne,)

L'hommage d'un bon écrivain.
– Ainsi qu'à l'ami Lécrivain
Et qu'à Mam'selle Jeanne.

(Mein Lieber, ich wollte Sie besuchen, um eine menschliche Zunge zu vernehmen; wie einer, der unter den Papuas sein altes Athen suche würde.

Da Gott mir eine Quarantäne unter den Erdäpfelknollen verordnet hat, so ziehe ich den Dummköpfen die Narren vor – deren ich einer bin, was, leider! gewiß ist.

Übermitteln Sie Mamsell Fanny (die nicht »nicht doch« sagen wird, da der Gruß nicht von einem Esel kommt,)

Die Empfehlungen eines guten Schriftstellers – ebenso wie Freund Lécrivain und Mamsell Jeanne.)

C.B.

AN MADAME AUPICK

[Brüssel,] Sonntag, 1. Januar 1865

Meine liebe Mutter, es bedarf nicht der Feierlichkeit dieses Tages, des so traurigen unter allen Tagen des Jahres, um an Dich zu denken, und um an alle meine Verpflichtungen zu denken, und an alle Verantwortlichkeiten, die ich mir seit so vielen Jahren aufgeladen habe. Meine Hauptpflicht, meine einzige sogar, wäre es, Dich glücklich zu machen. Unaufhörlich denke ich daran. Wird es mir je vergönnt sein?

Manchmal denke ich mit Schaudern, Gott könnte mir diese Möglichkeit plötzlich entziehen. Als erstes verspreche ich Dir, daß ich Dich dieses Jahr mit keiner Bitte um Unterstützung behelligen werde. Ich schäme mich, wenn ich an all die Entbehrungen denke, die ich Dir zugemutet haben mag. Ich will sogar versuchen, Dir dieses Jahr etwas Geld zurückzuerstatten. Ich verspreche Dir auch, daß kein Tag dieses Jahres ohne Arbeit vergehen soll. Das muß am Ende unfehlbar seinen Lohn zeitigen.

Mein Kopf steckt voll düsterer Vorstellungen. Wie schwierig ist es doch, *alle Tage* ohne die geringste Unterbrechung seine Pflicht zu tun! Wie schwierig ist es, ein Buch nicht nur zu planen, sondern unermüdlich daran fortzuschreiben, – und endlich, alle Tage neuen Mut zu fassen! – Ich habe nachgerechnet: alles, was ich seit langem im Kopf habe, hätte mich nur fünfzehn Monate Arbeit gekostet, wenn ich beharrlich fortgearbeitet hätte. Wie oft habe ich mir gesagt: »Trotz meiner Nerven, trotz des schlechten Wetters, trotz meiner Ängste, trotz meiner Gläubiger, trotz des Trübsinns der Einsamkeit, nimm dich zusammen! Warum sollte dein Bemühen keine Frucht tragen?« Wie oft hat mir Gott schon fünfzehn Monate gewährt! Und ich, wie oft, ach nur allzu oft, habe ich die Ausführung aller meiner Pläne unterbrochen. Werde ich die Zeit haben (vorausgesetzt, ich habe den Mut), alles das wiedergutzumachen, was nach Wiedergutmachung verlangt? Wenn ich wenigstens sicher wäre, fünf oder sechs Jahre vor mir zu haben! Aber wer darf dessen sicher sein? Das ist jetzt für mich zu einer fixen Idee geworden, der Gedanke an den Tod; nicht, daß er von törichten Schrecken begleitet wäre, – ich habe schon so viel gelitten und bin so sehr bestraft worden, daß ich glaube, vieles kann mir vergeben werden, – und doch ein verhaßter Gedanke, weil er alle meine Pläne zunichte machen würde, und weil ich noch nicht ein Drittel von dem zustande gebracht habe, was ich in dieser Welt zu tun habe.

Du hast gewiß erraten, wie sehr ich davor zurückscheue, ohne Geld durch Paris zu kommen, in Paris, meiner Hölle, mich auch nur sechs oder sieben Tage aufzuhalten, ohne einigen Gläubigern zuverlässige Versicherungen geben zu können. Ich will *siegreich* nach Frankreich zurückkehren. Mein Exil hat mich gelehrt, auf alle möglichen Zerstreuungen Verzicht zu tun. Es fehlt mir an der notwendigen Energie zu ununterbrochener Arbeit. Wenn ich die habe, werde ich stolz und ruhiger sein.

Ich bin voll guter Hoffnung. Ich habe in Paris jemanden mit meinen literarischen Angelegenheiten beauftragt, – ich vermute, ich werde Dir mit nächstem dieserhalb zu schreiben haben. – Ich glaube, man beschäftigt sich mit mir.

Du weißt, was alles ich zu veröffentlichen habe, ach! wieviel verschleppte Dinge:

1. – *Histoires grotesques et sérieuses.*

(Das erscheint, sobald der Rummel des Neujahrstages vorüber ist. Michel wird Dir ein Exemplar schicken.)

2. – *Fleurs du Mal* (vermehrt).

3. – *Spleen de Paris.*

(Ich habe die Arbeit daran wieder aufgenommen, wie Du aus der Nummer der *Revue de Paris* ersehen kannst, die ich Dir geschickt habe.)

4. – *Paradis artificiels.*

5. – *Mes contemporains.*

6. – *Pauvre Belgique.*

(Hinsichtlich dieser drei letzten Werke erwarte ich sehnlichst Antwort aus Paris.)

Was ferner eine Reihe *Novellen* und *Mon Cœur mis à nu* betrifft, so werde ich diese beiden bei Dir vollenden. Das werden dann die großen Tage der Mutterschaft sein. Wenn es nur nicht Tage eines vorweggenommenen Alters sind!

Berichte mir *sehr eingehend* über Dein Befinden, ich bitte Dich darum. Die Erkältungen? – Was bedeuten die Schwächeanfälle in den Beinen und im Kreuz, die Du letzthin erwähntest? Laß mich wissen, worum es sich handelt! Es scheint, daß da etwas Neues aufgetreten ist, da Du zum ersten Mal davon sprichst. – Bist Du mit Aimée weiterhin zufrieden?

Ich umarme Dich sehr zärtlich, mit der ganzen Überschwänglichkeit eines Kindes, das nur seine Mutter liebt.

Ich bringe Dir zwei oder drei Kleinigkeiten mit, die Dir gefallen werden.

Charles

AN MADAME PAUL MEURICE

[Brüssel,] Dienstag, 3. Januar 1865

Liebe gnädige Frau,

Es wäre mir sehr unangenehm, es ist mir sogar verboten, ein neues Jahr beginnen zu lassen, ohne zu wünschen, daß es Ihnen *ein gutes und glückliches* sei. Wir alle bedürfen dieses Wunsches, und ich meinesteils empfinde eine Art Zuneigung für die Leute, die mir zu Neujahr auf angenehme Weise aufwarten.

Muß ich Ihnen sagen, wie sehr ich Sie liebe? Muß ich Ihnen sagen, wie sehr ich Ihnen Ruhe, Gedeihen und jene stillen Vergnügungen wünsche, deren wir alle, selbst die männlichsten Seelen, bedürfen? Soll ich Ihnen auch sagen, wie viele Male ich an Sie gedacht habe (jedesmal, wenn ich einen Belgier nötigte, ein Stück von Wagner zu spielen; jedesmal, wenn ich in Auseinandersetzungen über die französische Literatur geriet; jedesmal, wenn sich ein neues Beweisstück jener belgischen Dummheit präsentierte, über die Sie mir gegenüber so beredt waren)?

Ich galt hier für einen *Polizeiagenten (ein trefflicher Einfall!)*, (dank jenes schönen Artikels, den ich über das Shakespeare-Bankett geschrieben habe), – für einen *Päderasten* (dieses Gerücht habe ich selber verbreitet; und *man hat mir geglaubt!*); dann galt ich für einen *Korrektor,* der im Auftrag einer Druckerei aus Paris gekommen sei, um die Druckbogen *schändlicher Bücher* zu korrigieren.

Aus lauter Verzweiflung, daß man mir immer glaubte, habe ich das Gerücht verbreitet, daß ich meinen Vater *umgebracht* und *ihn dann aufgegessen hätte;* daß ich im übrigen die Erlaubnis, mich aus Frankreich in Sicherheit zu bringen, den Diensten verdankte, die ich der französischen Polizei erwiesen hätte, UND MAN HAT MIR GEGLAUBT! ... *Ich schwimme in der Ehrlosigkeit wie ein Fisch im Wasser.*

Liebe gnädige Frau, antworten Sie mir nicht; unbeschadet alles Ihres Geistes wären Sie in Verlegenheit, einen solchen Brief zu beantworten. Haben Sie Nachsicht mit einem Geist, der bisweilen einen anderen sucht, dem er sich anvertrauen kann, und der niemals aufgehört hat, Ihrer Anmut und Güte zu gedenken.

In meinen Gebeten bitte ich, daß Sie glücklich sein möchten (denn ich bete für alle, die ich liebe), und ich bitte Sie herzlich, mich in den Ihrigen nicht zu vergessen, *wenn Sie soviel Demut besitzen, wie Sie Geist besitzen.*

Übermitteln Sie Ihrem Gatten meine guten Wünsche zum neuen Jahr.

Ch. Baudelaire

AN CHARLES HUGO

[Brüssel,] Freitag, 27. Januar 1865

Cher Monsieur,

Nicht nur bitte ich Sie um Vergebung, wenn ich Ihrer liebenswürdigen Einladung heute abend nicht Folge leiste, sondern ich bitte Sie darüber hinaus, sich zu meinem Anwalt bei Madame Hugo und Ihrem Bruder François zu machen, den kennenzulernen ich mich glücklich geschätzt hätte. Doch ich hoffe zuversichtlich, daß dies ein andermal der Fall sein wird. Im übrigen werde ich mir erlauben, Ihrer Mutter demnächst meine Aufwartung zu machen.

Sie wissen, es gibt keine Leute, die mehr mit Geschäften geplagt sind als die Faulen, wenn sie das Gefühl der Pflichtversäumnis haben. Ich bin diesfalls sehr vielen Leuten gegenüber mit sehr vielen Dingen im Verzug. Ich habe mir eine Bußfrist von zehn

Tagen auferlegt, und ich bin sicher, daß, insbesonders heute, *mein Tagespensum* um 6 Uhr noch nicht abgeleistet ist.
Bitte, bringen Sie Ihrer Mutter und Ihrem Bruder die Empfindungen meiner Wertschätzung zum Ausdruck.

Charles Baudelaire

AN MADAME AUPICK

[Brüssel,] Freitag, 3. Februar 1685

Meine liebe Mutter, ich habe eine schreckliche Erkältung erwischt, die mir mehrere Tage lang das Denken und Schreiben unmöglich gemacht hat.
Der Brief, den Du mir Anfang Januar geschrieben hast, hat mich besonders gerührt. Zu erfahren, daß Du einer Gefahr entronnen warst, – kannst Du Dir die Wirkung vorstellen, die das bei mir hervorrufen mußte? Zu gleicher Zeit die Krankheit und die Heilung zu erfahren! Mir war, als wäre auch ich einer sehr ernsten Gefahr entronnen. Ich will Dir auch ein sehr schändliches Gefühl, das mich überkam, ein egoistisches Gefühl, nicht verheimlichen. Ich war sehr froh, daß Du mir das Übel verheimlicht hattest; ich hätte zu sehr gelitten. – Aber bist Du auch wirklich und gewiß geheilt? Gib mir darüber genaue Auskünfte. Du schreibst, Du habest eine Gesundheit wiedererlangt, die Du seit langem nicht mehr kanntest, – Du seiest gut zu Fuß und das Essen schmecke Dir; – das freut mich über alle Maßen, doch beobachtest Du auch alle Vorsichtsmaßnahmen, um keinen Rückfall zu erleiden, um Dir diese Gesundheit zu erhalten?
So war ich denn, was Dich betraf zumindest, unbesorgt; ich wußte wohl, daß du Dich langweiltest, aber ich hatte Vertrauen auf Deine Geduld und Deinen Mut. Da, mit einmal, kam der andere Brief, derjenige, in welchem Du auf so schreckliche Weise von Deinem Lebensüberdruß sprichst, von Deiner Einsamkeit und Deiner Mutlosigkeit, und zuletzt gar von Paris! Du hast mir einen heftigen Schmerz bereitet. Aber Du hast recht daran getan. Ich möchte gerne alles wissen, was Du denkst, selbst das Unange-

nehme. Auch eine Beschämung war dieser Brief für mich. Denn es wäre doch augenscheinlich meine Aufgabe, Dich zu trösten und Dich bei Laune zu halten. Niemals war ich so unglücklich darüber, nicht unverzüglich meinen Willen in die Tat umsetzen zu können. Wenn ich sofort hätte aufbrechen können, ich hätte es getan. Doch wie das anstellen? Auch wenn ich viel Geld hätte, bliebe ich hier. Es geht nicht nur um Brüssel; es geht um Paris; es geht um Geschäftliches; es geht um Literatur. – Diesen Monat, das hoffe ich zuversichtlich, werde ich wichtige Nachrichten erhalten, und wenn ich Dir von verkauften Büchern berichte, so darfst Du sagen: Seine Rückkehr nach Paris steht kurz bevor, – und wenn ich Dir von Paris aus schreibe, so darfst Du sagen: Jetzt wird er bald wieder bei mir sein.

Ich weiß aus eigener Erfahrung, welche gräßliche Marter die Langeweile ist. Ich betrachte mich hier wie einer, der im Gefängnis oder in einer Bußzelle sitzt. Ich hoffe, meine Bußfrist bald abgesessen zu haben. Ich versichere Dir, das belgische Gefängnis ist für mich härter als das von Honfleur für Dich. Du wohnst in einem hübschen Haus, und Du siehst *niemanden*. Ich habe keine Bücher, ich bin schlecht untergebracht; es fehlt mir an Geld, ich sehe nur Leute, die ich hasse, schlechterzogene Leute, die auftreten, als hätten sie eine ganz besondere Sorte Dummheit eigens für sich erfunden, und jeden Morgen steige ich, klopfenden Herzens, zum Portier hinab, um nachzusehen, ob Briefe für mich eingetroffen sind, ob meine Freunde sich um mich kümmern, ob meine Artikel erscheinen, ob Geld für mich da ist, ob die Verhandlung über meine Bücher abgeschlossen ist, – und dann: nichts, immer wieder nichts. Ancelle, dem ich drei Aufträge erteilt hatte, die ich meinesteils für wichtig erachte, hat mir seit einem Monat nicht mehr geschrieben (das soll Dich nicht veranlassen, ihm zu schreiben). Ich gäbe ich weiß nicht was dafür, in einer Schenke von Le Havre oder von Honfleur mit einem Matrosen, ja mit einem Sträfling zu zechen, wenn er nur kein Belgier wäre. Und erst das fröhliche Haus wiederzusehen, wo meine Mutter wohnt, meine Bücher und meine Sammlungen, das ist eine Freude, die ich mir gar nicht auszumalen wage.

Unter all meinen Plagen übergehe ich die Briefe der Gläubiger aus

Paris, die einzigen Leute, die mir schreiben. Auch glaube ich, daß die Inhaberin des Hotels hier mir nicht mehr sonderlich gewogen ist.

(A propos meine Sammlungen, laß mich doch wissen, wieviel uneröffnete Kisten, die mir gehören, befinden sich bei Dir, eine, zwei oder drei?)

Und dann noch, ob die Mauern feucht sind?

Was mich in Deinem bestürzenden Brief am meisten erstaunt hat, war der Gedanke, Dich nach Paris zu begeben. Dieses wunderliche Verlangen ist das einzig Tröstliche, das ich darin finde. Im übrigen, der helle Wahnsinn!

Bei dieser Jahreszeit! in einer Sintflut von Wasser, Schmutz und Schnee! Paris ist nur schön unter der Sonne, mit seinen wunderbaren Gärten. Und denke schließlich auch ein wenig an mich, an meine Besorgtheit, wenn ich Dich, alt und allein, in diesem Chaos wüßte. Ich habe dort immer Angst! wahrhaftig, ich fände keinen Schlaf mehr.

Eben schlägt es fünf. Besser einen unvollkommenen Brief geschrieben, als Dir gar nichts geschickt. Ich umarme Dich von ganzem Herzen, und ich will mich bemühen, Dir jede Woche zweimal zu schreiben.

Mit der *Revue de Paris* geht es abwärts. Abermals verlorenes Geld, nicht nur all der Sachen wegen, die sie von mir hat, sondern sogar des wenigen wegen, das erschienen ist.

Charles

AN MADAME PAUL MEURICE

[Brüssel,] Freitag, 3. Februar 1865

Wenn man einen sehr reizenden, und vor allem sehr unerwarteten und sehr wenig verdienten Brief empfängt, dann ist die erste Pflicht die, ihn unverzüglich zu beantworten; so bin ich denn höchst schuldig, weil ich fast dreißig Tage lang das Vergnügen, Ihnen zu antworten und zu danken, auf morgen verschoben habe. Ich könnte Ihnen wahrheitsgemäß sagen, daß ich sehr häufig krank bin; aber das wäre eine schlechte Entschuldigung, weil eine Erkältung, eine Neuralgie und ein Fieber niemals dreißig Tage dauern. So will ich Ihnen denn lieber die Wahrheit sagen, die nämlich, daß ich nur allzu geneigt bin, die Nachsicht meiner Freunde zu mißbrauchen; und ferner, daß in diesem abscheulichen Klima ich weiß nicht was für eine Atmosphäre herrscht, die nicht nur den Geist verdummt, sondern auch das Herz verhärtet und uns all unsere Pflichten vernachlässigen läßt.

Sie werden, liebe gnädige Frau, erraten können, welches Vergnügen Sie mir bereitet haben, wenn ich Ihnen gestanden habe, wie beschämt ich war, Ihnen solche närrischen Ungeheuerlichkeiten geschrieben zu haben, fast so rückhaltlos wie an einen Kameraden, daß ich, als ich den erzenen Briefkasten nicht zertrümmern konnte, in dem sich mein Brief nun befand, und keiner Antwort gewärtig, mir schon allerlei auszudenken begonnen hatte, wodurch ich Ihre Vergebung erlangen könnte. Da empfand ich denn bei der Lektüre Ihrer so unverhofften Antwort ein doppeltes Vergnügen, zum ersten das Vergnügen, *Sie sprechen zu hören,* und zum andern das Vergnügen des Staunens. Das Geständnis ist also wohlangebracht, daß Sie entschieden die allerschönsten Eigenschaften der Welt besitzen.

Ich will nun sogleich auf einige Ihrer Zeilen antworten, die mich ganz besonders gerührt haben. Nein, ich versichere Ihnen, ich leide an keinem *sehr besonderen* Kummer. Ich bin immer schlechter Laune (und das ist eine Krankheit!), weil ich an der Dummheit ringsum leide, und weil ich unzufrieden mit mir selbst bin. Doch in Frankreich, wo die Dummheit seltener, wo sie höflicher ist, würde ich gleichfalls leiden; – und selbst wenn ich mir durchaus nichts vorzuwerfen hätte, wäre ich ebenso mißvergnügt, weil mir vorschwebte, was ich besser machen könnte. Ob ich demnach in Paris bin, in Brüssel, oder in einer unbekannten Stadt, so weiß ich doch mit Sicherheit, daß ich krank und unheilbar wäre. Es gibt eine Menschenverachtung, die keine Folge eines schlechten Charakters ist, sondern einer allzu hohen Empfindsamkeit und einer Neigung, sich allzu leicht zu empören. – Warum ich in Brüssel bleibe, – das ich doch verabscheue? – *Nun, zum ersten, weil ich dort bin,* und weil ich mich in meinem augenblicklichen Zustand überall unwohl fühlen würde, – dann, weil ich mir zur Buße einen Arrest auferlegt habe; – einen Arrest, der so lange dauern soll, bis ich von meinen Lastern geheilt bin (das geht sehr langsam), und so lange auch, bis eine gewisse Person, die ich in Paris mit meinen literarischen Angelegenheiten beauftragt habe, gewisse Fragen gelöst haben wird.

Da Sie mir alles vergeben, und da Sie mir erlauben, mir gegen Sie jeden Ton herauszunehmen, so will ich Ihnen sagen, daß dieses so hassenswerte Belgien mir bereits einen großen Dienst erwiesen hat. *Es hat mich gelehrt, auf alles zu verzichten.* Das ist viel. *Ich bin weise geworden; die Unmöglichkeit, hier eine Befriedigung zu finden, hat mich dahin gebracht.* Ich habe immer das Vergnügen geliebt, und das vielleicht hat mir am meisten geschadet. In einem kleinen Seehafen hat man das Vergnügen, die Bewegung im Hafen zu beobachten, die Schiffe, die ein- und auslaufen, das Vergnügen, in der Schenke mit Leuten zu zechen, die zwar unter mir stehen, deren Gefühle mich aber nicht beschäftigen. Hier gibt es nichts. Hier erregen nicht einmal die Armen mein Mitleid. In Paris gibt es Soupers mit Freunden, Museen, Musik und Mädchen. Hier gibt es nichts. Ein feiner Gaumen kommt hier nirgends auf seine Kosten. Sie wissen, daß es keine belgische Küche gibt, und daß diese Leute sich weder darauf verstehen, ein Ei zu kochen, noch ein Fleisch zu rösten. Ein trinkbarer Wein ist hier eine Seltenheit, eine Kostbarkeit, ein Wunder und ein Fund. Ich glaube, Gott soll mich verdammen! diese Tiere trinken ihn nur aus Eitelkeit, um sich das Ansehen zu geben, sie verstünden etwas davon. Und einen frischen Wein, der wohlfeil ist, den man aus vollen Gläsern trinkt, wenn man Durst hat, – ein unbekanntes Ding. – Um die Galanterie ist es noch ärger bestellt. Beim Anblick einer belgischen Frau wandelt mich eine vage Lust an, in Ohnmacht zu fallen. Der Gott Eros selber, wollte er augenblicks all sein Feuer zu Eis erstarren lassen, brauchte nur einer Belgierin ins Angesicht zu blicken.

Nehmen Sie hinzu, daß die Grobheit der Frauen, die jener der Männer nichts nachgibt, ihren Charme zerstören würde, wenn die Unglücklichen etwas dergleichen ihr eigen nennen dürften. Vor einigen Monaten hatte ich mich bei Nacht in einer Vorstadt verlaufen, die ich nicht kannte; ich habe zwei Mädchen nach dem

Weg gefragt, und ihre Antwort war: *Gott for damn!* (oder *domn!*) (ich schreibe das schlecht; noch nie hat ein Belgier mir auch nur sagen können, wie der Nationalfluch orthographisch richtig zu schreiben wäre; doch das heißt soviel wie *Sacré nom de Dieu!*). – Die Antwort der beiden hübschen Mädchen war demnach: *Sacré nom de Dieu, fichez-nous la paix!* – Die Männer ihrerseits verfehlen niemals ihrer besonderen Berufung zur Grobheit nachzukommen. Eines Tages, es war Glatteis, habe ich eine kleine Schauspielerin vom *Théâtre du Parc* ausrutschen und zu Boden stürzen sehen. Sie hatte sich sehr weh getan, und als ich mich bemühte, ihr aufzuhelfen, versetzte ein Belgier, der vorbeikam, ihrem Muff, der über die Straße rollte, einen kräftigen Fußtritt und sagte dazu: »Na, und das da! – ja nicht vergessen!« Das war vielleicht ein Abgeordneter, ein Minister, ein Prinz, vielleicht der König höchstselbst. Ein Pariser Arbeiter hätte ihn höflich aufgehoben, um ihn der Dame zurückzubringen.

Wie ich Ihnen schon sagte, würde ich gerne allen Lüstlingen einen Aufenthalt in Belgien anraten. Sie wären rasch geheilt, und in wenigen Monaten verdankten sie dem Ekel *eine neue Jungfernschaft*.

Noch ein Dienst, den mir dieses Land der Schufte erwiesen hat! – Sie haben mich mehr als einmal wegen meiner Neigung zum Mystizismus geneckt! – Ich versichre Ihnen, Sie selber, auch Sie würden hier fromm, – aus Selbstliebe, – aus dem Bedürfnis, sich zu unterscheiden. Der Anblick all dieser atheistischen Vierhänder hat mich nachhaltig in meinen religiösen Vorstellungen bestärkt. Nicht einmal von den *Katholiken* habe ich Gutes zu berichten. Die Liberalen sind Atheisten, die Katholiken sind abergläubisch, und ebenso grobschlächtig; bei beiden Parteien herrscht die gleiche Heuchelei.

Noch zwei kleine, ausbündig belgische Anekdoten – zu Ihrer Unterhaltung.

Eines Tages sagte der Kellner, der mich in einem Café bediente, zu mir: »Sie gehen ja in die Kirchen, Monsieur? Man hat Sie Weihnachten in der und der Kirche gesehen.« Ich erwiderte: »Sagen Sie es nicht weiter!« In mir selber aber sagte ich mir: »Das wird im Ministerrat zur Sprache kommen.« – Zwei Tage später treffe ich einen Belgier, der zu mir sagt: »Na, hören Sie mal! Sie gehen ja zur Messe! *Gott for domn!* (immer der nämliche Fluch, von dem ich nicht weiß, wie ich ihn schreiben soll). Was haben Sie in der Messe zu suchen, WO SIE DOCH KEIN MESSBUCH HABEN?« Eine echt belgische Überlegung. Man betet nicht ohne Buch. Man denkt nicht ohne Vorschriften. Dennoch hapert es hier an einem Punkt, denn das Meßbuch wäre einem Belgier nichts nütze, weil er die geschriebenen Gebete nicht versteht.

Eines Tages führt man mich, mit großer Emphase, zu einem Minister, der eine kostspielige Gemäldesammlung besitzt. Zuletzt geleitet man mich zu einem Bild von Ingres, einem Bartolini. Da hätte ich nun in Begeisterung ausbrechen sollen. Aber man hatte mich nicht vorbereitet. Ich sagte: »Ja, ein Ingres, vermutlich. Hände und Gesicht sind zu groß geraten; das hat keinen *Stil*, und überall das schmutzige Rot. Ingres hat einen großen Vorläufer gehabt, der sehr viel genialer war: David.« Worauf der Minister sich meinem Bärenführer zuwendet (denn ich glaube, auch *ich* sollte da gezeigt werden) und die zarte Frage an ihn richtet: »Ja, nicht wahr, David soll seit einiger Zeit EN HAUSSE sein?« Ich konnte nicht länger an mich halten; ich erwiderte, es genüge, daß er bei den Leuten von Geist niemals *en baisse* gewesen sei.

Und noch ein Dienst, den ich Belgien verdanke! Sagen Sie das Bracquemond. Daß ich hier von meiner Illusion über Rubens kuriert worden bin. Ich hatte, als ich Paris verließ, eine allzu hohe Meinung von diesem Rüpel. Rubens ist die einzige Art Edelmann, die Belgien hervorbringen konnte, das heißt ein in Seide gekleideter Grobian. Dem besten Rubens würde ich heute ein kleine römische Bronze, oder einen ägyptischen Löffel, – aus Holz, – vorziehen.

Übermitteln Sie Ihrem Gatten meine herzlichen Grüße. Einen Gruß auch an Fantin und Manet. – Ich bin beauftragt, Ihnen die besten Empfehlungen von Monsieur Charles Hugo auszurichten. – Es heißt, sein Vater werde herkommen, um sich hier häuslich einzurichten. Zum Teufel! Beinahe hätte ich die sehr ernste und sehr interessante Frage Ihrer Toiletten vergessen. Sie haben recht daran getan, das zu erwähnen. Sie wissen, das interessiert mich. Ich bin, was die Mode angeht, beinahe ebenso gelehrt wie Malassis, was alte Scharteken oder die Botanik angeht. Denn der Unglückselige hat sich auf die Botanik geworfen (nicht auf die Entomologie, denn es gibt keine Insekten in den Wäldern dieses Landes, ebensowenig wie Vögel; die Tiere meiden die Belgier). Ich habe alle Ihre Toiletten begriffen; und Sie haben mir eine Epoche zurückgerufen, die mir unvergeßlich geblieben ist.

Die Frisur hingegen habe ich weniger begriffen, wie ich zu meiner Schande gestehen muß. Nur eine einzige Anmerkung scheint mir hier angebracht: wenn eine sehr liebenswürdige Frau weißes Haar hat, so sollte sie, gleichviel welche Frisur sie versucht, nicht verabsäumen, ihr weißes Haar zu *zeigen*. Weil es verschönt.

Ich küsse Ihnen höflichst beide Hände, und drücke sie sehr fest.

C. B.

AN NARCISSE ANCELLE

[Brüssel,] Mittwoch, 8. Februar [18]65

Mein lieber Ancelle, ich schreibe Ihnen in der Ruhepause, die mir eine meiner Krisen gönnt, die bisweilen so heftig sind, daß ich heute morgen mehr als eine Stunde benötigte, um Ihren Brief zu entziffern.

Das ist mehr als gut, das ist sehr gut, und ich danke Ihnen dafür. Auch ist es weniger teuer, als ich fürchtete.

Nur, was das Pult anbelangt (das man wohl nur obenhin wieder gerichtet hat; die Kosten sind zu niedrig), hat Madame Desoye Ihnen auch den Schlüssel ausgehändigt, und hat man das Schloß gerichtet, oder ist etwa ein neues angebracht worden?

Und was Jacquinet betrifft, so versichere ich Ihnen auf das allergewisseste, daß ich Ihnen diese Rechnung in meinem ersten Brief zugesandt habe. Sie wird Ihnen beim Öffnen des Briefes herausgefallen sein. Ich lege Ihnen eine neue Abschrift bei.

So werde ich denn, wenn ich nach Honfleur zurückkehre (falls ich Honfleur jemals wiedersehe), all diese Sachen bei Ihnen verpacken lassen, vorausgesetzt, es gibt Packer in Neuilly.

Ich kannte die Affäre Renard. Ein Freund Renards, den ich nie gesehen habe, und den ich nur durch seine Werke kenne, hat es für angebracht gehalten, ein Gemälde Goyas im Palast der ehemaligen Herzogin von Alba für mich zu kopieren. Natürlich habe ich nach Madrid geschrieben, um ihm zu danken. Ich empfange manchmal, aus weiter Ferne, und von Leuten, die mir unbekannt sind, Sympathiebeweise, die mich sehr rühren, die mich jedoch nicht hinwegtrösten über mein gräßliches Elend, meine demütigende Lage, noch vor allem über meine Laster.

Proudhons Brief hätte einen stärkeren Eindruck auf Sie machen sollen, Sie behandeln ihn allzu leichtfertig als einen Narren. Ich habe Ihnen diesen Brief geschickt, um Ihnen zu beweisen, daß Proudhon, allem Gerede zum Trotz, *immer der Gleiche geblieben war*. Am Ende seines Lebens, wie zu Beginn seiner Laufbahn, waren die Fragen der Güterproduktion und der Finanzen diejenigen, die ihn am nachhaltigsten beschäftigten. Wenn es um Kunst ginge, ja, da hätten Sie Recht, von Proudhon zu sagen: Er ist ein Narr. – Aber in wirtschaftlichen Fragen scheint er mir äußerst respektabel.

Ich sehe nur eine einzige Art und Weise, wie man Proudhons Utopien, seine Ideen, seine Paradoxa und Prophezeiungen über die Rente und über das Eigentum zunichte machen könnte, und die bestünde darin, daß man unwidersprechlich bewiese (ist das je geschehen? ich bin auf diesem Felde gänzlich unbewandert), *daß die Völker durch Schuldenmachen reich werden*. Sie sind in Finanzsachen erfahrener als ich; Sie müssen wissen, ob diese These jemals vertreten worden ist.

Sie beglückwünschen mich zu meinem Befinden. Seit acht Tagen leide ich höllische Schmerzen. Meine beiden Augen waren abwechselnd von einer Erkältung, von Kopfschmerzen oder einem Rheuma verschwollen. Angefangen hatte es, wie Sie wissen, mit Magenschmerzen und Leibweh, die durch vier Monate hin fortdauerten. Im August und September hatten wir hier ein wenig Licht und Wärme. Damals ging es mir gut. Seit zwei Monaten aber setzt gewöhnlich um Mitternacht Fieber ein. Die langen Stunden verinnen dann in einem unaufhörlichen Schüttelfrost; endlich, gegen Morgen, schlafe ich vor Erschöpfung ein, ohne daß ich meine Schlaflosigkeit zur Arbeit nutzen konnte, und ich erwache spät, in gräßlichen Schweißausbrüchen, ganz erschöpft vom Schlaf. Seit acht Tagen vor allem haben die Schmerzen erheblich zugenommen. Und Sie wissen, gegen den Schmerz hilft keine andere Tapferkeit als die des Erduldens. Dem Willen bleibt nur die völlige Abdankung.

Unter diesen Bedingungen bitte ich Sie, auf mein Einsparungsprogramm verzichten zu dürfen, zumindest für zwei Monate; ich werde dieses Programm dann in Honfleur wieder aufgreifen. Nehmen wir einmal an, mein Aufenthalt hier verlängere sich bis Ende März; das ist noch eine sehr lange Zeit. Seit Mitte November habe ich von niemandem etwas erhalten, und hier habe ich nichts gegeben. Bis zum 1. Oktober war meine Rechnung vollständig bezahlt. Im Winter gibt man hier sehr viel mehr aus als im Sommer. Im Sommer waren es 200 oder 220 pro Monat. Für drei Wintermonate dürfte sich das auf 900 Francs belaufen. Ich sage: *dürfte sich belaufen*, denn man verweigert mir meine Rechnung. Man ist, wie ich wohl sehe, nicht gut auf mich zu sprechen. Und schließlich gibt es da noch eine Menge kleiner Ausgaben, außerhalb des Hotels, denen ich seit zwei Monaten nicht ohne lächerliche Listen genügen kann: – Tabak, Papier, Briefmarken, Flick- und Stopfarbeiten, etc. ... So hat sich zum Beispiel der Traum, über Chinarindenwein zu verfügen, derart meines Hirns bemächtigt, daß ich davon besessen bin, wie ein von Krätze Befallener von der Vorstellung einer Badewanne voll Wasser. Auch nach starken Abführmitteln verlangt mich. Von all dem kann ich mir nichts verschaffen.

(In Parenthese: bitte, sagen Sie von all dem meiner Mutter kein Sterbenswort. Sie kennen ihre schreckliche Begabung, sich jedes Unheil auszumalen. *Also kein Sterbenswort*. Ich bin überzeugt, all diese Leiden verschwinden mit dem Erfolg und der Ortsveränderung.)

Ich erwähnte das Demütigende der kleinen Bedürfnisse. Verzeihen Sie mir, wenn ich Sie beiläufig darauf aufmerksam mache, daß Ihre Briefe, mit Ausnahme der eingeschriebenen, allesamt unzureichend frankiert sind. Daß ich dem überhaupt Beachtung geschenkt habe, zeigt eben, wie elend ich dran bin. Wenn die Portiersfrau sagt: *Monsieur, da sind noch 40 Centimes zu zahlen*, – überkommt mich mein ganzes Unglück wieder. Sie frankieren, als schickten Sie Ihren Brief in ein französisches Departement. Sie müssen eine rote Freimarke aufkleben, oder zwei blaue. Nichts für ungut! –

Ich werde vom Pech förmlich verfolgt. Seit dem 1. des Monats erwarte ich 300 Francs von der *Revue de Paris*, und 400 vom *Figaro*. Mit der *Revue de Paris* steht es erbärmlich schlecht; sie kann mir nicht einmal das wenige bezahlen, das fällig ist. Der *Figaro* findet, was ich ihm geschickt habe, viel zu ernst und die Fassungskraft seiner Leser übersteigend. Das ist eine höfliche Form, das Wort *langweilig* zu vermeiden. Und da es sich hier um Stücke aus dem letzten für Michel Lévy verfertigten Buche handelt, und da dieses Buch vor dem Erscheinen steht, so habe ich dabei 700 Francs eingebüßt.

Hinsichtlich des großen Geschäftes, des Verkaufs der *Paradis*, der *Contemporains* und *Pauvre Belgique!*, warte ich weiter ab.

Ich kann mir nicht vorstellen, daß mein Name so wenig zählt und daß meine Freunde mich so sehr vergessen haben, daß der Verkauf der ersten Auflage jedes Bandes nicht mindestens 600 Francs einbrächte, was zusammen 2400 ausmachte. Aber meine Leiden haben mich gezwungen, meine sowieso schon unregelmäßige Arbeit zu unterbrechen; an der *Belgique* fehlen vier Kapitel, und drei an den *Contemporains*.

Mein Lieber, mein Kopf ist so erschöpft, daß ich hier aufhören muß. Schicken Sie mir meine vollen Monatsbezüge für Januar, Februar und März. Heute nur Januar und Februar. Sind es 150 oder 180, ich weiß es nicht mehr. Auf gut Glück nehme ich einmal 300 an, und ziehe davon 100 ab, die ich am 2. Januar erhalten habe. Die Empfangsbestätigung haben sie auf dem zweiten Blatt der Aufstellung Jacquinet. Ich werde das Unmögliche möglich zu machen suchen und die Leute bewegen, sich bis zum Abschluß meiner Geschäfte in Frankreich zu gedulden.

Sie haben den Brief nicht verstanden, in dem ich mich entschuldigte, daß ich mich der 400 oder 600 Francs nicht bedient habe, um hier fortzugehen.

Ich leide und ich langweile mich. Und dennoch, auch wenn ich viel Geld hätte, *ich ginge nicht. Ich sitze hier einen Arrest ab, und ich bleibe so lange*, bis das, was mich zu diesem Arrest veranlaßt hat, verschwunden ist. Es geht, nicht nur um Geld, sondern um zu schreibende und zu verkaufende Bücher, die mir in Frankreich mehrere ruhige Monate sichern.

Meine Mutter hat mir einen reizenden Brief voller Weisheit geschrieben. Welche Geduld! Und welches Vertrauen in mich! Wissen Sie, daß sie sehr krank war und unversehens wieder gesund geworden ist? Zum Glück für mich erhielt ich die beiden Nachrichten, die schlechte und die gute, auf einmal!

Keinen Aufschub, bitte; nicht nur, weil ich Geld brauche, sondern weil Ihre Briefe für mich eine Zerstreuung sind. Ich verlasse mein Zimmer nicht. Wohin sollte ich mich auch begeben, wenn ich ausgehen könnte?

Ganz der Ihre. Charles

AN MADAME AUPICK

[Brüssel,] Samstag, 11. Februar 1865

Meine liebe Mutter, ich trödelte die Antwort an Dich ein wenig hinaus, weil ich hoffte, Dir eine wichtige Nachricht aus Paris verkünden zu können. Immer noch nichts; – außer einer zweiten schlechten Nachricht. Nach der *Revue de Paris,* um deren Befinden es sehr schlecht bestellt ist, habe ich nun auch noch Scherereien mit dem *Figaro,* von dem ich 400 Francs erwartete. Der *Figaro* weigert sich grundsätzlich, das zu bringen, was ich ihm habe zustellen lassen: es sei zu hoch für das Fassungsvermögen seiner Leser. Das ist zweifelsohne eine höfliche Art, mir zu verstehen zu geben, es sei langweilig. Das Unglück will, daß die der *Revue de Paris* und dem *Figaro* zugeschickten Stücke aus meinem fünften Bande mit Übersetzungen Edgar Poes stammen, und da das Erscheinen dieses Bandes kurz bevorsteht, werde ich keine Zeit haben, sie anderswo unterzubringen.

Ich habe Dir, glaube ich, schon gesagt, daß ich – weil ich fühlte, daß ich selber in geschäftlichen Dingen immer den kürzeren ziehen würde, – eine einzige Person mit allen meinen literarischen Angelegenheiten betraut habe, versteht sich, gegen eine Entschädigung, die von dem abgeschlossenen Geschäft in Abzug gebracht würde. Ich erwartete als erstes einen Bescheid: »ja« oder »nein« – und dann »davon soundsoviel Prozent für mich«. Kein Bescheid. Wer schweigt, stimmt zu. Ich schloß also daraus, daß er für mich tätig sei, und daß er es sich vorbehalte, mich seine Bedingungen erst nach dem ersten Vertragsabschluß wissen zu lassen. – Aber habe ich mir auch den rechten Mann ausgesucht? Das ist die große Frage. Ich habe jemanden gewählt, der dieses Gewerbe schon seit langem für andere Literaten betreibt; er ist selber Verlagsbuchhändler, und geschäftlich ziemlich übel dran. Aber eben weil er in der Klemme steckt, habe ich ihn gewählt, in der Hoffnung, er erblicke in meinem literarischen Schicksal das Mittel, zu etwas Geld zu gelangen. – (Ich bin überzeugt, – mein Stolz wird Dir vielleicht übertrieben vorkommen, – daß, mag ich auch nur wenige Werke hinterlassen, diese Werke sich nach meinem Tode sehr gut verkaufen werden. Was die Autorenrechte angeht, es sei denn, ich verschwände vor Dir, so wird niemand da sein, sie zu beanspruchen. Die Verleger werden ein gutes Geschäft machen.)

Ich erträume mir keinen Reichtum mehr. Mein einziger Traum ist, meine Schulden zu bezahlen, und etwa zwanzig Bände zustande zu bringen, deren häufige Neuauflagen mir eine fast regelmäßige Rente sichern. Wenn nicht die Welt untergeht, ist das so sicher wie Renten oder Aktien. – Wie sehr bedauere ich die lächerliche Abtretung der Rechte an meinen Übersetzungen für 2000 Francs in bar, von denen ich nicht einen einzigen Sou für mich ausgeben konnte. Diese fünf Bände stellten eine Rente von jährlich ungefähr 400 bis 600 Francs dar, unerachtet der Geringfügigkeit meiner Rechte. Da sieht man, zu welchen Dummheiten einen die Gläubiger treiben. Niemals mehr werde ich einen solchen Handel abschließen, es sei denn um einen sehr hohen Betrag, oder für eine Leibrente.

Ja, Du hast tausendmal recht hinsichtlich der sieben Jahre. Ancelle hätte meine Schulden nicht mit 14000 Francs bezahlen können, *aber wir hätten,* wie Du sagst, *glückliche Jahre verbringen können*. Oh! der schreckliche Satz!

Ich kenne sie vollkommen, diese Theorie des Mißgeschicks, die Du anführst, und ich kenne auch vollkommen mich selbst.

Die gefährliche Tugend ist eine höhere Sensibilität, ein erhabeneres oder zarteres Gemüt als das des Durchschnitts der Kollegen, der Kameraden, der Menge mit einem Wort.
– Das *noch gefährlichere* Laster ist die Feigheit, die Mutlosigkeit, und die Gewohnheit, die Jahre hingehen zu lassen, während man immer alles auf morgen verschiebt. Wenn ich Dinge zu erledigen habe, mit denen ich im Rückstand bin, finde ich bisweilen den nötigen Schwung, – was beweist, daß es mir nicht völlig an Kraft mangelt. Wenn ich zu etwas entschlossen bin, betreibe ich es mit Heftigkeit, doch ohne Ausdauer. Hat man aber schon einmal eine geistige Überlegenheit *gegen sich*, so bedarf es um so größerer *Geduld, Hartnäckigkeit* und *Beharrlichkeit*. Ich weiß vollkommen, wie man sein Leben führen soll, aber ich besitze nicht die Kraft, dieses Wissen in die Tat umzusetzen. Begreifst Du nun, warum es so viele mehr als mittelmäßige Autoren gibt, die es zu großem Erfolg und reichlich Geld bringen? Sie haben alles für sich, zuvörderst ihre Mittelmäßigkeit, und ferner alle Chancen, die mit der Beharrlichkeit verbunden sind.
Ich weiß nicht, wie oft Du mir gegenüber schon *meine Leichtigkeit* erwähnt hast! Das ist ein sehr geläufiger Ausdruck, der nur auf die oberflächlichen Geister anwendbar ist. Leichtigkeit der Erfindung? oder Leichtigkeit des Ausdrucks?
Ich habe nie weder die eine noch die andere besessen, und es muß in die Augen springen, daß das wenige, was ich zustande gebracht habe, das Ergebnis sehr mühsamer Arbeit ist.
Von Zeit zu Zeit nehme ich meine *Poèmes en prose* wieder vor. Ich muß sie endlich abschließen. Ich weiß, der Verleger wird die *Fleurs du Mal* erst nach den *Poèmes en prose* wieder neu herausbringen. Bücher, die nicht wieder gedruckt werden, werden vergessen, und sind verlorenes Geld. – Doch es bedarf einer gewissen Ausgeruhtheit des Geistes, um Gedanken, Bilder, Worte zusammenzufügen. Und an dieser Ausgeruhtheit fehlt es mir bei weitem.
Du bist auf den Gedanken verfallen, ich emfände für niemanden Freundschaft. Hinsichtlich Deiner soll dies unerörtert bleiben, denn wenn ich für Dich nur Freundschaft empfände, wäre ich ein Schuft. Aber es gibt in Paris drei oder vier Menschen, die mir

solche Freundschaftsbeweise gegeben haben, daß ich ihnen deren gewiß viele schulde.
Du erwähnst, was für Zerstreuungen sich Dir in Honfleur bieten könnten, und daß Du nicht hingehst, weil Du überall Dein *kummervolles* Herz mitbringen würdest! Ich bitte Dich, laß sie Dir nicht entgehen; ergreife jedes Mittel, Dich zu zerstreuen. Obwohl ich mit sehr vielem, Geld, Pflichten, Arbeit, im Verzug bin, so sollst Du doch noch nicht verzweifeln.
Ich kann das, was ich durchgemacht habe, nicht Erkältung nennen, – und es ist auch noch nicht ganz verschwunden. Ich wage nicht einmal, in den Hof hinunterzugehen. Es sitzt mir so etwas wie ein heftiges Rheuma im Kopf, mit Anfällen, die in Abständen wiederkehren. Mehrmals glaubte ich schon, es losgeworden zu sein, und dann hatte ich doch, ohne erkennbaren Anlaß, anderntags einen Rückfall. –
– (Ich glaubte, es wären da noch andere Kisten von mir in dem unbewohnten Haus.)
Ich umarme Dich. Vergiß mich nicht. Ich langweile mich entsetzlich.

Charles

Gottlob hat mich wenigstens das Fieber verlassen! – Doch ich bitte Dich sehr herzlich, zermartere Dir den Kopf nicht meiner Leiden wegen. Bloße Unpäßlichkeiten, die sehr rasch verschwänden, wenn ich zufrieden wäre.

AN NARCISSE ANCELLE

[Brüssel,] Sonntag, 12. Februar 1865

Mein lieber Freund, ich danke Ihnen. Ich werde mich erinnern, daß ich schon 300 Francs auf dieses Jahr erhalten habe, – und 500 auf die acht letzten Monate des letzten Jahres. Welche Beträge ich während der ersten vier Monate erhalten habe, habe ich nirgends vermerkt. Schreiben Sie mir, sobald Sie können, nicht nur, weil ich gerne bald wüßte, woran wir sind, und ebenfalls, ob all meine kleinen Bibelots bei Ihnen in Sicherheit sind, sondern auch deshalb, weil ich mich tödlich langweile. Es gibt hier nur einen einzigen Menschen, den zu sehen mir Vergnügen macht, und der wohnt am Ende der Welt, weit weg in einer Vorstadt.

Ich glaube, es empfiehlt sich, wenn Sie Jacquinet wiedersehen, die Gegenstände *anhand der Rechnung* einzeln durchzugehen, um zu sehen, ob auch alles stimmt. Auf dieser Rechnung sind einige nähere Angaben vermerkt, die zu beachten sind; zum Beispiel: *Zeichnung fixieren* (wenn sie nicht fixiert ist), was besagt, daß sie einer Behandlung bedarf, die sie unverwischbar macht. – *Schlecht aufgezogene Zeichnung, ist aufzuziehen;* – usw. ... – Dieser Jacquinet hat nur Geschick zum Reinigen, und ist im übrigen ein unordentlicher Mensch.

Ich bitte Sie tausendmal um Vergebung, daß ich Sie mit all diesen Umständlichkeiten behellige. Ich bin noch nie so wütend gewesen wie in diesen letzten zehn Tagen, immer auf Nachrichten lauernd und immer nur schlechte erhaltend, und gänzlich außerstande, etwas zu unternehmen. Seit zehn Tagen erwarte ich sehnlich wichtige Neuigkeiten hinsichtlich der Werke, die ich verhökern möchte, und Nichts, Nichts, Nichts!

Heute morgen habe ich, zum ersten Mal seit langem, was Kräftiges gegessen, mit dem Heißhunger eines Kindes. Es war zu früh. Ich merke schon, wie die Migräne zurückkommt.

Ich habe vor wenigen Tagen einen Packen mit Briefen von Proudhon durchgelesen, sehr merkwürdige Briefe, die er an belgische Freunde geschrieben hat. Théophile Thoré (Sie erinnern sich seiner; derjenige, der seit einigen Jahren, was er schreibt, mit William Bürger unterzeichnet) hat mich neulich aufgesucht. Wir hatten uns seit zwanzig Jahren oder beinahe so lange nicht gesehen. Ihn wiederzusehen war eine große Freude. Ich bin aber auch in einer Stimmung, in der ich bereit bin, jeden Franzosen für ein halbes Genie zu halten. Thoré ist zwar Republikaner, aber er hat doch immer elegante Umgangsformen gehabt. Er hat mir erzählt, daß er einmal eine Reise mit Proudhon gemacht habe, daß er sich aber genötigt gesehen hätte, diesen zu verlassen, des Abscheus wegen, den ihm, Thoré, Proudhons affektierte Bäuerlichkeit eingeflößt habe, ein affektierter Grobianismus in allem, eine bäurische Unverschämtheit. – So kann man zugleich ein *schöner Geist* und ein *Flegel* sein, – wie man gleichzeitig ein *besonderes Genie* besitzen und ein *Dummkopf* sein kann. Victor Hugo hat es uns wohl bewiesen. – Übrigens wird letzterer nach Brüssel übersiedeln. Er hat ein Haus im Leopoldsviertel gekauft. Es scheint, als hätten er und der Ozean sich überworfen. Entweder hat er nicht die Kraft gehabt, den Ozean auszuhalten, oder *sogar der Ozean* ist ihn am Ende leid geworden. – Wozu nun der ganze Aufwand, sich eigens einen Palast auf einem Felsen einzurichten? – Ich meinesteils, auch allein, von aller Welt vergessen, verkaufte ich doch das Häuschen meiner Mutter nur in der äußersten Not. – Aber mein Hochmut ist noch größer als der Victor Hugos, und ich fühle, ich weiß, daß ich niemals so dumm sein werde wie er. – Es läßt sich überall leben (vorausgesetzt, es geht einem gut, und man hat Bücher und Gravüren), *selbst im Angesicht des Ozeans*.

Proudhon hatte Victor Hugo niemals gelesen; er hätte die Gedichte lesen sollen; doch man lieh ihm *Les Misérables* (Hugos Schandtat); er versah die ersten beiden Bände Zeile um Zeile mit Randbemerkungen. Das muß von überwältigender Komik gewesen sein; die Verbesserungen der Logik, wo jegliche Logik fehlt! – Als der belgische Eigentümer des Exemplars (bewundern Sie den Belgier!) dieses derart verschmutzt sah, hat er sämtliche Anmerkungen sorgfältig getilgt. Und so sind wir um dieses Denkmal gekommen!

Wer nur hat auf die Rückseite Ihres Briefkuverts geschrieben: *Salut et Confraternité!* oder *Salut confraternel,* oder *Salutations confraternelles,* – Worte, die der Poststempel verschmutzt hat? – Diese Sprache ist nicht die *Ihrer Freunde*. Aber dabei mußte ich an die Begeisterungsstürme im Februar 48 und das ganze komische Treiben damals denken. Wie abgestanden das schon ist!

Wissen Sie, daß die Söhne König Leopolds, mit Genehmigung ihres Papas, eine Rente von Kaiser Napoleon III. erhalten, als Entschädigung für ihren Anteil an dem Erbe des Hauses Orléans, den sie bei dessen Beschlagnahme eingebüßt haben? Nichtswürdige Seelen! Zum Untergang verurteilte Dynastien! – Unser Kaiser ist vielleicht ein großer Schuft, aber der Ruhm gilt ihm mehr als das Geld; das macht ihn interessant. – Übrigens werde ich dieses Faktum verifizieren, ehe ich es öffentlich bekannt mache. – Das wird nicht leicht sein.

Auf *La Vie de César* warte ich mit Ungeduld; ich wüßte doch gerne, ob Napoléon-Louis ein wirklicher Schriftsteller ist.

Meine Empfehlungen an Ihre Frau.

Ganz der Ihre. Vergessen Sie mich nicht. C. B.

AN MADAME PAUL MEURICE

[Brüssel,] Samstag, 18. Februar 1865

Ihre Briefe, liebe gnädige Frau, sind immer voller Güte; doch das Vergnügen, das diese Güte mir bereitet, läßt mich die Augen nicht vor Ihrer Begabung zur Satire verschließen, die ich übrigens schon immer vermutet hatte. – Was Sie mir von den Gefühlen schreiben, die Ihr Gatte mir entgegenbringt, hat mich ganz besonders gerührt. Danken Sie ihm dafür in meinem Namen.

Manet hatte mir ein Wort über diese Affäre *Melmoth* geschrieben. Ich war aus zwei Gründen verärgert; einmal, weil ich stets von dem bizarren Gefühl durchdrungen war, daß man die schönen Dinge verbergen und sich ihrer als Aristokrat erfreuen soll; zum andern, weil ich mich sehr deutlich entsinne, vor acht Monaten mit Verboeckhoven von einigen Büchern gesprochen zu haben, die aus dem Grabe zu holen sich lohnte. Er kannte Maturin nicht, und ich habe ihm erklärt, wer das war. Er sagte: »Ich will das mit Lacroix besprechen.« Aber ich trug mich nicht als Übersetzer an. Ich scheue diese Tätigkeit. Ich habe sehr viel Zeit mit meinen Übersetzungen Edgar Poes verloren, und der große Vorteil, den mir das eingebracht hat, ist, daß einige schnöde Zungen behauptet haben, ich hätte Poe *meine* Gedichte entlehnt, die zehn Jahre früher entstanden waren, bevor die Werke dieses Autors zu meiner Kenntnis gelangten.

Übersetzungen sind in meinen Augen ein Mittel für Faulpelze, um zu Geld zu kommen. – Was ich Ihnen hier erzähle, steht nicht im Widerspruch zu der Art, wie Sie mir die Angelegenheit schildern. Ich habe nur, ohne es zu ahnen, Mademoiselle Judith ins Geschäft gebracht. Ich hatte mich nicht erboten, das Buch zu übersetzen, doch sobald diese Herren sich entschlossen hatten, Maturin herauszubringen, wäre es eine Pflicht der Höflichkeit gewesen, die Arbeit dem anzubieten, der sie dazu angeregt hatte.

Ich habe daraufhin zwei Pariser Verlegern geschrieben, Michel Lévy und Julien Lemer, und ihnen geraten, diese Übersetzung schleunigst in Auftrag zu geben. Aber auch diesmal habe ich mich nicht selber angeboten. Ich gestehe, daß es mir ein gewisses Vergnügen bereiten würde, Monsieur Lacroix einen Streich zu spielen, – *den ich im übrigen nicht kenne, mit dem ich niemals gesprochen, den ich niemals gegrüßt habe.*

Und nun beantworte ich einige der Gedanken, die Sie mir so anmutig darlegen. Zum ersten, Meurice täuscht sich , wenn er Maturin für einen schwerverständlichen Autor hält. Sein Englisch ist so einfach, so hell und klar wie nur möglich. – Die Schwierigkeit, falls eine solche bestehen sollte, liegt nicht im Verständnis, sondern in der Wiedergabe. Es gibt bei diesem Autor eine Bizarrerie und eine maßlose Gewalt der Empfindungen, sowie Gewohnheiten der übersteigerten Metaphern, kurz einen seltsamen Stil, aus einer anderen Epoche. Das ist ein *alter Romantiker,* und um ihn angemessen wiederzugeben, muß man selber ein *alter Romantiker* sein.

Mit Mademoiselle Judith zusammenarbeiten? Welch verrückter Einfall!

Und was einen kritischen und biographischen Beitrag angeht, falls diese Herren einem solchen zustimmen sollten, so sehe ich da einen weiteren Mißstand. In einer solchen Arbeit müßte man erklären, was Maturin ist, welchen Rang er in der Geschichte der modernen Literatur einnimmt, was die satanische Literatur ist, wodurch er mit Byron zusammenhängt, etc., etc. – Und nun stellen Sie sich vor, wie ein solches Vorwort sich ausnimmt, wenn die Übersetzung keine hinreichend hohe Vorstellung von dem gepriesenen Autor vermittelt! – Ich will gerne annehmen, daß Mademoiselle Judith eine gute Übersetzung liefern wird; aber ich weiß, daß die von Lacroix in Auftrag gegebenen Übersetzungen in der Regel abscheulich sind. Ich habe deren einige vor Augen gehabt. Das ist *mit dem sparsamsten Aufwand* gearbeitet, und von Leuten, die, ihrem Stand nach verpflichtet, zwei Sprachen zu kennen, nicht einmal eine davon beherrschen. (Sehen Sie, zum Beispiel, die *Histoire de la guerre de Crimée,* von Kinglake. Man errät die sinnwidrig übersetzten Stellen, auch ohne das Original zu Rate zu ziehen.) Vielleicht täten Sie gut daran, Meurice meinen Brief vorzulesen. Er wird es ganz natürlich finden, daß Manet und Sie mich unterrichtet haben. Jedenfalls danken Sie ihm herzlich für den Anteil, den er in dieser Sache an mir genommen hat.

Ich teile keineswegs all Ihre strengen Ansichten über die Frauen, die allzu vieles an sich entblößen. Das ist sehr angenehm für diejenigen, die keine Frau zu verlieren haben, für diejenigen, die sich außerhalb der menschlichen Interessen gestellt haben, und die sich am Schauspiel genügen lassen. Ich glaube sogar, es hat auch seine Annehmlichkeiten für diejenigen, die eher geneigt wären, ihre Frauen zu verstecken. Es macht sie stolz.

Reden Sie mir niemals von den Herren St.... Das sind übrigens beneidenswerte Leute, insbesondere Arthur, der glaubt, daß alle Frauen sich ihm an den Hals geworfen hätten. Aber das ist *keine Besonderheit, wenigstens nicht in diesem Lande.* Jeder Belgier ist, was ihn selber betrifft, der gleichen Überzeugung.

Seien Sie meiner beständigen Freundschaft versichert.

Ch. Baudelaire

P.S. – Ich mißbillige, wie Sie, all jene brutalen Männer, die den Umgang mit den Frauen meiden; zu ihrer Entlastung aber darf man sagen, daß die Frauen sehr viel weniger liebenswürdig sind als früher.

AN AUGUSTE POULET-MALASSIS

[Um den 1. März 1865]

An Monsieur E. R.

Mein lieber Freund, eben lese ich Ihre seltsamen Bemerkungen über Proudhon, und ich finde, auf Seite 11 der achtundsechzigsten Nummer der *Petite Revue,* eine Anekdote, die ich Ihnen vor langer

Zeit einmal erzählt habe, und die sich in Ihrer Erinnerung entstellt hat.

»Ein Citoyen betrachtete ihn auf der Redaktion des *Peuple*, usw. ...«

Dieser Citoyen, mein Freund, war ich. Ich hatte mich eines Abends aufgemacht, um den Citoyen Jules Viard auf der Redaktion des *Représentant du Peuple* zu treffen.

Proudhon war dort, umgeben von seinen Mitarbeitern; er erteilte ihnen Anweisungen und Ratschläge für die Nummer des nächsten Tages.

Nach und nach gingen alle hinaus und ich blieb allein mit ihm; er sagte mir, Viard sei schon seit langem aufgebrochen, und wir begannen zu plaudern. Wie ich ihn, im Laufe des Gesprächs, wissen ließ, daß wir einige gemeinsame Freunde hätten, unter anderen Ricourt, sagte er zu mir: »Citoyen, es ist Zeit zum Abendessen; wollen wir es zusammen einnehmen?«

Wir gingen zu einem kleinen Traiteur, der sein Lokal vor kurzem in der Rue Neuve-Vivienne aufgemacht hatte; Proudhon schwatzte viel, ungestüm, weit ausholend, wobei er mich, einen ihm Unbekannten, in seine Pläne und Projekte einweihte und, unwillkürlich sozusagen, eine Fülle von Bonmots von sich gab.

Ich bemerkte, daß dieser Polemiker große Mengen verschlang und daß er fast nichts trank, während meine Enthaltsamkeit und mein Durst mit seinem Appetit kontrastierten. »Für einen Schriftsteller«, sagte ich zu ihm, »essen Sie erstaunlich viel.«

»Weil ich große Dinge zu vollbringen habe«, erwiderte er mit einer solchen Einfalt, daß ich nicht erraten konnte, ob er im Ernst sprach oder ob er den Possenreißer spielen wollte.

Ich muß hinzufügen, – weil Sie den kleinsten Details eine oft berechtigte Aufmerksamkeit entgegenbringen, – daß nach beendigter Mahlzeit, als ich dem Kellner läutete, um unsere gemeinsame Zeche zu begleichen, Proudhon sich meiner Absicht so lebhaft widersetzte, daß ich ihn seine Börse ziehen ließ; aber er erstaunte mich dann doch ein wenig, als er nur genau sein Essen bezahlte. – Vielleicht schließen Sie daraus auf ein entschiedenes Gefallen an der Gleichheit und eine übertriebene Liebe zum Recht?

Ganz der Ihre. C. B....

[Brüssel,] Donnerstag, 30. März 1865

Mein lieber Freund,

Ich danke Ihnen für Ihren vortrefflichen Brief; aber können Sie überhaupt andere als vortreffliche schreiben? Wenn Sie mich *Mon cher Enfant* nennen, rühren Sie mich und machen mich gleichzeitig lachen. Trotz meiner langen weißen Haare, die mir (im Ausland) das Aussehen eines Akademikers verleihen, bedarf ich dringend eines Menschen, der mich genügend liebt, um mich sein Kind zu nennen; aber ich kann mich des Gedankens an jenen Burggrafen von hundertzwanzig Jahren nicht erwehren, der im Gespräch mit einem Burggrafen von achtzig sagt: *»Jeune homme, taisez-vous!«* (In Parenthese, und dies ganz unter uns: wenn ich jemals eine Tragödie schriebe, so fürchtete ich, es könnten mir *derartige Ungeheuerlichkeiten* unterlaufen, und ich könnte *ein anderes Ziel* erreichen, als ich mir vorgesetzt hätte.)

Ich stelle jedoch fest, daß Sie in Ihrem Brief das Exemplar der *Histoires grotesques et sérieuses* mit keinem Wort erwähnen, das Ihnen zu übersenden ich Michel Lévy gebeten hatte. Ich bin wohl zu dem Schluß berechtigt, daß dieser Verleger, als ein Angehöriger der Rasse, die Unsern Herrn ans Kreuz geschlagen hat, sehr natürlicherweise ein Exemplar zu Ihrem Nachteil eingespart hat. Ich beteure Ihnen im übrigen, daß ich keineswegs beabsichtige, Ihnen die geringste *Reklame* für dieses Buch zu entlocken. Meine einzige Absicht war, da ich weiß, wie wohl Sie Ihre Zeit einzuteilen wissen, Ihnen eine Gelegenheit zu bieten, sich noch einmal an einer erstaunlichen Subtilität der Logik und der Gefühle zu erfreuen. Manche Leute werden finden, dieser fünfte Band stehe nicht auf der Höhe der früheren; aber das ist mir völlig gleichgültig.

Wir blasen nicht soviel Trübsal, wie Sie glauben, Malassis und ich. Wir haben gelernt, *alles zu entbehren,* in einem Land, *wo es nichts gibt,* und wir haben begriffen, daß gewisse Vergnügen (das des Gesprächs zum Beispiel) in dem Maße zunehmen, als gewisse Bedürfnisse abnehmen.

Was übrigens Malassis betrifft, so möchte ich Ihnen doch sagen, daß ich immer wieder voller Verwunderung bin, über seinen Mut, seine Tatkraft und seine unverwüstliche gute Laune. Über Bücher und Stiche hat er sich eine ganz erstaunliche Gelehrsamkeit erworben. Alles unterhält und alles unterrichtet ihn. – Eine unserer großen Belustigungen besteht darin, daß er sich darauf verlegt, den Atheisten zu spielen, während ich mich bemühe, einen Jesuiten zu vertreten. Sie wissen, daß ich aus Widerspruchsgeist fromm werden kann *(vor allem hier)*, ebenso wie es, um mich zum Gottlosen zu machen, genügt, mich mit einem *schmuddeligen* Pfaffen (schmuddelig an Leib und Seele) zusammenzubringen. – Was die Veröffentlichung einiger *leichtfertiger* Bücher betrifft, die er zu seinem Vergnügen mit der selben Gewissenhaftigkeit korrigiert hat, mit der er sich Bossuets oder des heiligen Ignatius angenommen hätte, so habe ich daraus sogar einen kleinen, kleinen unerwarteten Gewinn gezogen, *nämlich eine genauere Einsicht in die Französische Revolution*. Wenn die Leute sich auf eine gewisse Weise amüsieren, so darf man die Diagnose stellen, daß eine Revolution nicht mehr fern ist.

Soeben hat uns Alexandre Dumas verlassen. Dieser brave Mensch hat sich hier mit seiner üblichen Unbefangenheit zur Schau gestellt. Während sie rings um ihn her anstanden, um einen Händedruck zu erwischen, haben die Belgier sich über ihn lustig gemacht. Das ist abscheulich. Ein Mann kann seiner *Vitalität* wegen unseren Respekt verdienen. Er hat freilich die Vitalität eines Negers. Aber ich glaube doch, daß *La Dame de Montsoreau* und *Balsamo* es nicht nur mir, sondern noch manchem anderen Liebhaber ernster Dinge angetan haben.

Da es mich drängt, nach Frankreich zurückzukehren, habe ich Julien Lemer geschrieben, um ihn mit meinen kleinen Angelegenheiten zu betrauen. Ich möchte die besten meiner Artikel über die *Rauschmittel*, über die *Maler* und die *Dichter* in *drei* bis *vier* Bänden versammeln, und eine Reihe *Betrachtungen über Belgien* hinzufügen. Sollten Sie auf einem Ihrer seltenen Spaziergänge über den Boulevard de Gand kommen, so spornen Sie doch ein bißchen seinen guten Willen, und übertreiben Sie ihm, was Sie von mir halten.

Ich muß gestehen, daß drei wichtige Stücke noch fehlen, – eines über die *didaktische Malerei* (Cornelius, Kaulbach, Chenavard,

Alfred Rethel), – ein anderes, *Biographie der Fleurs du Mal* – und schließlich ein letztes: *Chateaubriand und die Seinen.* – Sie wissen, daß meine leidenschaftliche Verehrung für diesen alten Dandy unverbesserlich ist. – Kurzum, nur wenig Arbeit; zehn Tage vielleicht. Ich habe einen reichlichen Vorrat an Notizen.

Verzeihen Sie mir, wenn ich mich in eine heikle Angelegenheit mische. Was mich entschuldigt, ist mein Wunsch, Sie zufrieden zu sehen (unter der Voraussetzung, daß gewisse Dinge Ihnen Zufriedenheit verschaffen könnten), und zu sehen, daß alle Welt Ihnen Gerechtigkeit widerfahren läßt. Ich höre viele Leute sagen: »Wie! Sainte-Beuve ist noch nicht Senator?« – Schon vor vielen Jahren sagte ich zu E. Delacroix, dem gegenüber ich kein Blatt vor den Mund zu nehmen brauchte, daß viele junge Leute es vorzögen, ihn im Stand des Parias und Empörers verbleiben zu sehen. (Das war eine Anspielung auf die Hartnäckigkeit, mit der er sich um die Aufnahme in das Institut bewarb.) Er antwortete mir: »Mein lieber Herr, wenn mein rechter Arm von einer Lähmung befallen würde, so berechtigte meine Eigenschaft als Mitglied des Instituts mich dazu, Unterricht zu erteilen, und angenommen, ich bleibe gesund, so kann das Institut mir dazu dienen, meinen Kaffee und meine Zigarren zu bezahlen.« Mit zwei Worten, ich glaube, nicht nur in meinem, sondern auch in anderen Köpfen bildet sich, hinsichtlich Ihrer, so etwas wie eine Neigung, die Regierung Napoleons der Undankbarkeit zu beschuldigen. – Sie vergeben mir, nicht wahr? daß ich derart die Grenzen der Zurückhaltung überschreite; Sie wissen, wie sehr ich Sie liebe; und außerdem schwätze ich wie einer, der nur selten Gelegenheit hat, sich mit jemandem zu unterhalten.

Soeben lese ich die lange Rede von Emile Ollivier. Das ist sehr seltsam. Er spricht, scheint es, mit der Autorität eines Mannes, der ein großes Geheimnis in der Tasche hat.

Haben Sie Janins abscheuliches Feuilleton gegen die melancholischen und spottsüchtigen Dichter (anläßlich Heinrich Heines) gelesen? *Und Viennets Name unter den großen Dichtern* Frankreichs! – und vierzehn Tage später ein Feuilleton, *in dem er Cicero herausstreicht!* Hält er Cicero etwa für einen Orleanisten oder für einen Akademiker?

Monsieur de Sacy sagt: »*Cicero ist* UNSER *Cäsar!*« Oh! nein, nicht wahr?
Ihr sehr ergebener Charles Baudelaire

Ohne jede Überleitung muß ich Ihnen noch sagen, daß ich eine wunderbare schwermütige Ode von Shelley entdeckt habe, die am Golf von Neapel geschrieben wurde, und die folgendermaßen endet: »*Ich weiß, daß ich zu denen gehöre, welche die Menschen nicht lieben; aber ich gehöre zu denen, deren sie sich erinnern werden!*« Bravo! das ist Dichtung.

Donnerstag, 4. Mai 1865

Mein lieber Sainte-Beuve, wie ich die Feder ergreife, um Ihnen ein paar glückwünschende Worte zu Ihrer Ernennung zu schreiben, stoße ich auf einen Brief, den ich Ihnen am 30. März schrieb, und der dann nicht abgegangen ist, infolge einer Unachtsamkeit meinerseits oder seitens des Hotelpersonals.
Ich lese ihn wieder durch; ich finde ihn bubenhaft, kindisch. Aber ich schicke ihn dennoch. Macht er Sie lachen, so sage ich nicht: um so schlimmer, sondern: um so besser. Da ich Ihre Nachsicht kenne, fürchte ich mich keineswegs, nackt vor Ihnen zu erscheinen.
Zu der Stelle, wo von Lemer die Rede ist, muß ich nachtragen, daß ich die besagten unvollendeten Stücke seither fertig geschrieben habe (mit Ausnahme des Buches über *Belgien,* das hier abzuschließen ich nicht den Mut habe), und daß ich, weil ich nach Honfleur fahren muß, um dort die übrigen Stücke zu holen, die in die Lemer angekündigten Bücher gehören, am 15. vermutlich durch Paris kommen werde, um ihn ein wenig aufzuscheuchen. Sollten Sie ihn zufällig sehen, so können Sie ihm dies ankündigen.
Was Malassis betrifft, so kommt die gräßliche Sache am 12. zur Verhandlung. Er rechnet mit einer Verurteilung zu fünf Jahren Gefängnis. Das Schlimme daran ist, daß ihm dies Frankreich auf fünf Jahre hinaus versperrt. Daß es ihn augenblicklich seines Lebensunterhalts beraubt, scheint mir kein so großes Übel. Er wird sich etwas anderes einfallen lassen müssen. Für den, der das obligate öffentliche Schamgefühl herausfordert, ist auf die allgemeine

Duldung nun einmal kein Verlaß. Ich bin gewiß nicht zimperlich, aber ich habe niemals eines dieser albernen Bücher besessen, auch wenn sie schön gedruckt und mit schönen Stichen geschmückt waren.

Mit den *Poëmes en prose*, auf die Sie kürzlich noch eine Ermunterung losgelassen haben, bin ich leider sehr im Rückstand. Ich lade mir immer schwierige Geschäfte auf. *Hundert* mühselige Bagatellen, zu deren Verfertigung eine dauernde gute Laune unerläßlich ist (auch traurige Gegenstände bedürfen dieser guten Laune), eine wunderlich gesteigerte Stimmung, die ohne Theater, Menschenmengen, Musik, ja sogar Straßenlaternen nicht zustande kommt, das schwebte mir vor! Erst *sechzig* liegen davon vor, und ich komme nicht weiter. Ich bedarf dieses berüchtigten *bain de multitude,* dessen Inkorrektheit Sie mit Recht gestört hatte.

Monselet ist hierhergekommen. Ich habe Ihren Artikel gelesen. Ich habe Ihre Geschmeidigkeit bewundert und Ihre Fähigkeit, in die Seele jedes Talents zu schlüpfen. Aber diesem Talent fehlt etwas, das ich nicht zu bestimmen wüßte. Monselet ist nach Antwerpen gegangen, wo es ganz wunderbare Dinge gibt, namentlich Beispiele dieses monströsen Jesuitenstils, der mir so sehr gefällt, und den ich nur durch die Kapelle des Collège in Lyon kannte, wo man mehrere verschiedenfarbige Marmorsorten benutzt hat; Antwerpen hat ein sehr besonderes Museum, voller Dinge, auf die man nicht gefaßt ist, selbst für denjenigen, der die flämische Schule auf den ihr gebührenden Platz zurückzuverweisen weiß. Kurz, diese Stadt hat die große Feierlichkeit einer ehemaligen Hauptstadt, die durch einen großen Fluß noch erhöht wird. Ich glaube, der brave Junge hat von dem allen nichts gesehen. Er hat nur eine große Portion gebratener Fische gesehen, die zu verzehren er über die Schelde gegangen ist. Ansonsten ein reizender Mensch.

Ja, ich beglückwünsche Sie von ganzem Herzen. Damit sind Sie nun (von Amts wegen) einer ganzen Reihe mittelmäßiger Leute gleichgestellt. Das macht mir nichts aus. Es lockte Sie? Sie brauchten es vielleicht? Sie sind zufrieden, also bin ich glücklich.

Ganz der Ihre. C.B.

[Etwa 12. April 1865]

Sonnet

pour s'excuser de ne pas accompagner un ami à Namur.

Puisque vous allez vers la ville
Qui bien qu'un fort mur l'encastrât,
Défraya la verve servile
Du fameux poète Castrat,

Puisque vous allez en vacances
Goûter un plaisir recherché,
Usez toutes vos éloquences,
Mon bien cher Coco-Malperché

(Comme je le ferais moi-même)
A dire là-bas combien j'aime
Ce tant folâtre Monsieur Rops

Qui n'est pas un grand prix de Rome,
Mais dont le talent est haut comme
La Pyramide de Chéops.

(Sonett

Er entschuldigt sich, seinen Freund nicht nach Namur zu begleiten.

Da Sie sich nun nach der Stadt begeben, die, obwohl eine starke Mauer sie umschloß, dennoch die Begeisterung des berühmten Kastratendichters in Schwung setzte,

Da Sie sich auf eine Urlaubsreise begeben, um eine ausgesuchte Lust zu verkosten, wenden Sie bitte alle Ihre Redekünste auf, mein teuerster Coco-Malperché

(Wie ich es selber tun würde), dort auszurichten, wie sehr ich den so spaßigen Monsieur Rops liebe,

Der zwar kein *Grand Prix de Rome* ist, dessen Begabung jedoch bis an die Spitze der Cheopspyramide hinaufreicht!)

AN MADAME AUPICK

[Brüssel,] Montag, 8. Mai [1865]

Meine liebe Mutter, Dein Brief vom Freitag hat mich erst gestern, Sonntag morgens, erreicht. Verschiedene Abhaltungen haben verhindert, daß ich Dir schon gestern geantwortet hätte.

Als ich den Anfang Deines Briefes las, überfiel mich eine große Reue, Dir geschrieben zu haben. Doch ich habe ein solches Verlangen und sogar ein solches Bedürfnis, nach Paris und nach Honfleur zu gehen, daß ich mich an das halbe Angebot klammerte, das Du mir machst. Da ich nicht wußte, in welcher Lage Du Dich befändest, hatte ich Dir zuerst die Freiheit gelassen, annähernd zu erraten, wieviel ich benötigte, und mir zu schicken, was Du erübrigen konntest. Jetzt gebe ich Dir die Zahlen, die Du wissen möchtest. Ich bleibe jedoch dabei, daß es mein sehr aufrichtiger Wunsch ist, Dir dieses Geld von dem Erlös aus dem Verkauf meiner Bücher zurückzuerstatten, über welchen ein Vertrag vor Monatsende unterzeichnet wird.

Es steht Dir frei, über mein Versprechen zu lachen. Ich muß auch einräumen, daß ich Dir oft ein Recht dazu gegeben habe. Jetzt aber, *solltest Du mich für fähig halten, Dich unter dem entsetzlichen Druck meiner Gläubiger zu vergessen,* so bedenke, daß ich Dir im Juni, nach meiner endgültigen Niederlassung in Honfleur, meine monatlichen Bezüge geben könnte, weil ich nach dieser Seite (wiederum dank Deiner) frei bin.

Die Wintermonate im Hotel kosten ungefähr 300 Francs; die Sommermonate 250. Vor drei Monaten betrug meine Schuld demnach 900 – wozu am 1. Mai eine weitere Schuld von 250 kam.

Soeben habe ich mit der Inhaberin des Hotels gesprochen. Ich

habe nicht abgelassen, ihr eine Abzahlung zu versprechen, und ich habe ihr noch nicht zu sagen gewagt, daß ich beabsichtigte, mich für etwa acht Tage zu entfernen.
Ich denke, eine Abzahlung von 500 Francs wäre eine großartige Sache.
Ich bin genötigt, etwa hundert Francs hinzuzurechnen für Wäscheeinkäufe und andere, und noch einmal hundert für die Reise. Das reichte zwar nicht ganz, wenn ich nicht sicher wäre, in Paris gratis unterkommen zu können.
Sollte diese enorme Summe Dich nun in allzu große Ungelegenheiten stürzen, so schicke, was Du kannst. Und sollte ich mich hier heimlich davonmachen müssen, ich gehe auf jeden Fall nach Paris, um meine geschäftlichen Angelegenheiten dort persönlich zu besprechen, und nach Honfleur, um Dich zu umarmen und von dort die unvollendeten Manuskripte herzubringen, die mir fehlen.
Ich habe Dir tausend Dinge zu schreiben. Aber ich will sie Dir lieber erzählen. Und dieses Vergnügen werde ich gewiß bald haben. – Was für abenteuerliche Dinge Du mir in bezug auf Sainte-Beuve schreibst! Hältst Du mich denn für einen Flegel? – Und Du glaubst also, ich sollte allen Ernstes, klug und verschlagen, den Schmeichler spielen, einem Manne gegenüber, der mich, trotz meines verhältnismäßig jüngeren Alters, immer für seinesgleichen genommen hat. Zehnmal schon habe ich mich mit ihm zerstritten; denn trotz seines Alters ist er mutwilliger als ich. Und schließlich glaubst Du, seine neue Würde erhöhe seinen literarischen Einfluß. Was für ein seltsamer Irrtum! Hinsichtlich meiner, der ich ihn durch und durch kenne, kann ich Dir versichern, daß er, selbst gesetzt den Fall, ich verletze seine sämtlichen Ansichten, jederzeit alles für mich tun wird, worum ich ihn bitte, wenn es nur im Bereich des Möglichen liegt.
Man hat mich *genötigt*, gestern abend bei Madame Hugo zu essen, mit ihren Söhnen. (Ich mußte mir dazu ein Hemd ausleihen.) – Mein Gott! wie lächerlich ist doch eine ehmals schöne Frau, wenn sie durchblicken läßt, wie sehr sie es bedaure, keine Anbeter mehr zu haben. – Und diese kleinen Herren, die ich gekannt habe, als sie noch winzige Bürschlein waren, und die nun die Welt lenken wollen! Ebenso dumm wie der Vater! – Sie haben mir sehr

zugesetzt, mich ordentlich geschunden, und ich habe es mir gefallen lassen wie ein munterer Biedermann. – Wenn ich ein berühmter Mann wäre, und wenn ich das Unglück hätte, einen Sohn zu haben, der meine Fehler nachahmte, ich brächte ihn um, aus Entsetzen über mich selbst. Aber da Du die lächerlichen Eigenschaften all dieser Leute nicht kennst, kannst Du weder mein Lachen noch meine Wutanfälle begreifen.

– Es geht Dir gut, nicht wahr?

Ich habe gerade noch genug Platz, um Dir zu sagen, daß ich Dich umarme. Vier oder fünf Tage, nachdem Dein Brief hier eingetroffen ist, werde ich aufbrechen. Charles

AN EDOUARD MANET

[Brüssel,] Donnerstag, 11. Mai 1865

Mein lieber Freund, ich danke Ihnen für den guten Brief, den Monsieur Chorner mir heute morgen überbracht hat, ebenso wie für die Musiknoten.

Ich habe seit einiger Zeit die Absicht, zweimal durch Paris zu kommen, einmal, um nach Honfleur zu fahren, und einmal auf der Rückreise; ich hatte das nur diesem närrischen Rops anvertraut, mit der Bitte, es geheimzuhalten, da ich kaum die Zeit finden werde, zwei oder drei Freunden die Hand zu drücken; aber nach dem, was mir Monsieur Chorner sagt, hat Rops es mehreren Personen weitererzählt, was natürlich zur Folge hat, daß nun viele Leute mich in Paris glauben und mich des Undanks und der Vergeßlichkeit beschuldigen.

Wenn Sie Rops sehen, nehmen Sie es mit einem gewissen betont provinziellen Betragen nicht zu genau. Rops liebt Sie, Rops hat begriffen, wie intelligent Sie sind, und er hat mir sogar gewisse Beobachtungen anvertraut, die er an den Leuten gemacht hat, die Sie hassen (denn Sie haben, scheint es, die Ehre, Haß einzuflößen). Rops ist *der einzige wahre Künstler* (in dem Sinne, in dem ich, und ich vielleicht ganz alleine, das Wort *Künstler* verstehe), dem ich in Belgien begegnet bin.

So soll ich Ihnen denn nochmals sagen, was und wer Sie sind. Ich soll mich der Mühe unterziehen, Ihnen zu beweisen, was Sie wert sind. Sie stellen einem wirklich dumme Forderungen! *Man macht sich über Sie lustig;* die *Späße* gehen Ihnen auf die Nerven; man ist unfähig, Ihnen Gerechtigkeit widerfahren zu lassen, etc., etc. Glauben Sie denn, Sie wären der erste Mensch, dem das widerfährt? Haben Sie mehr Genie als Chateaubriand, als Wagner? Und über die hat man sich doch auch lustig gemacht. Sie sind nicht daran gestorben. Und um Sie nicht gar zu hochmütig zu machen, sage ich Ihnen, diese Männer sind musterhaft, ein jeder auf seine Art, und *Sie sind nur der Erste in dem Zerfall Ihrer Kunst.* Ich hoffe, Sie verargen mir die Ungeniertheit nicht, mit der ich Sie behandle. Sie kennen meine Freundschaft für Sie.

Ich wollte mir einen *persönlichen* Eindruck von diesem Monsieur Chorner verschaffen, soweit ein Belgier überhaupt als *eine Person* gelten kann. Ich muß gestehen, daß er liebenswürdig war, und was er mir gesagt hat, stimmt mit dem überein, was ich von Ihnen weiß, und was einige kluge Köpfe von Ihnen sagen: *»Er hat Fehler, Schwächen, es mangelt ihm an Sicherheit, aber er hat einen unwiderstehlichen Zauber.«* Ich weiß das alles; ich bin einer der ersten, die es begriffen haben. Er hat hinzugefügt, das Bild mit der nackten Frau, der Negerin, und der Katze (ist es auch wirklich eine Katze?), sei sehr viel besser als das religiöse Gemälde.

Bezüglich Lemers nichts Neues. – Ich werde wohl selber kommen und Lemer aufrütteln müssen. *Pauvre Belgique* hier abzuschließen, bin ich leider außerstande; ich bin geschwächt, ich bin erledigt. Ich habe eine größere Menge Prosagedichte, die an zwei oder drei Zeitschriften zu verteilen sind. Aber ich kann nicht mehr gehen. Ich leide an einem Übel, das ich nicht habe, wie als ich ein kleiner Junge war und als ich am Ende der Welt lebte. Und ich bin doch kein Patriot.

C.B.

AN MADAME PAUL MEURICE

[Brüssel,] Mittwoch, 24. Mai 1865

Meine liebe gnädige Frau, Sie müssen insgeheim sehr kokett sein oder keinen rechten Glauben an die Freundschaft hegen, um die Krankheit gesegnet zu haben, in der Hoffnung, sie könnte Sie interessanter machen. Sie bedürfen dessen nicht, ich schwöre es Ihnen, daß eine Gelegenheit Sie mit einem höheren Reiz ausstatte, und ich füge hinzu, daß Sie auch sehr leichtgläubig sein müssen, wenn Sie der Meinung sind, die Krankheit ziehe die Freundschaft an. Sie kann die wahre Freundschaft anziehen (jene, die *mein* Gott uns einflößt; denn hinsichtlich Ihres Gottes sehe ich nicht recht, *wer er ist*, es sei denn, er wäre derjenige der Herren Rogeard, Michelet, Benjamin Gastineau, Mario Proth, Garibaldi, und des Abbé Chatel). Aber sie zieht niemals die banale und oberflächliche Freundschaft an. Ich erinnere mich, daß ich eines Tages, als mir etwas Ernstliches zugestoßen war, einen meiner Freunde viermal habe bitten lassen, mich doch zu besuchen. Schließlich kam, statt seiner, von seinem Vater der Bescheid, er bitte mich, seinen Sohn zu entschuldigen, aber, da dieser *ein unüberwindliches Grauen vor dem Blute* habe, könne er es nicht über sich bringen, mich zu besuchen. Ich wurde wieder gesund, ich habe meinen Freund wiedergesehen, und habe ihn niemals wegen seiner Feigherzigkeit angesichts des Blutes geneckt.
Ich bin es zufrieden, daß Sie von Zeit zu Zeit ein wenig leiden. – Nur hindurch durchs Feuer! Das kommt jedem zugute; ich will die Brutalität nicht so weit treiben, Ihnen wie jener Stoffel von Veuillot zu sagen, daß, *wenn Sie leiden, dies darin seinen Grund hat, daß Sie gesündigt haben!* Ich glaube, daß es gut ist, wenn die Unschuldigen leiden. Ich bin sehr wenig galant, nicht wahr? und ich wage an eine Frau zu schreiben, ohne meinen Brief mit Galanterien und Seichtheiten zu würzen. Wie oft, wenn Sie mir so liebenswürdig, so anmutig und so gut erschienen, wandelte mich die Lust an, Ihnen um den Hals zu fallen und Sie zu umarmen? Aber das wäre *unschicklich* gewesen; Sie kennen meinen Respekt vor dem, *was sich schickt;* außerdem, um mein Geständnis zu vollenden, sagte ich mir: *Sie ist eine Frau; also wird sie nicht verstehen,*

was meine Umarmung bedeutet. Uff! da ist es heraus; und nun soll nie wieder davon die Rede sein!

Wenn Sie Manet sehen, sagen Sie ihm, was ich Ihnen sage, daß die kleine oder große Feuersglut, daß der Spott, daß die Beleidigung, daß die Ungerechtigkeit vortreffliche Dinge sind, und daß er undankbar wäre, wenn er sich bei der Ungerechtigkeit nicht bedankte. Ich weiß wohl, daß es ihn einige Mühe kosten wird, meine Theorie zu begreifen; die Maler wollen immer unmittelbare Erfolge; aber Manet hat, wahrhaftig, so glanzvolle und beschwingte Fähigkeiten, daß es ein Unglück wäre, wenn er den Mut sinken ließe. Niemals wird er die Mängel seines Temperaments endgültig ausgleichen. Aber er hat *ein Temperament,* darauf kommt es an; und er scheint keine Ahnung davon zu haben, daß, je mehr die Ungerechtigkeit überhand nimmt, die Lage sich desto mehr verbessert, – immer vorausgesetzt, er verliert nicht den Kopf (Sie werden ihm das alles schonend beibringen, und ohne ihn zu verletzen).

Ich war, vor einiger Zeit, *genötigt,* bei Madame Hugo zu Abend zu essen; ihre beiden Söhne haben unentwegt auf mich eingepredigt, aber ich habe das brave Kind gespielt, ich, der lange vor ihnen Republikaner war, und dabei sah ich im Geiste einen boshaften Stich vor mir, der Heinrich IV. auf allen Vieren zeigt, wie er seinen Kindern als Reittier dient. – Madame Hugo hat mir ein gewaltiges Projekt der *internationalen Erziehung* entwickelt (das scheint eine neue Marotte dieser großen Partei zu sein, die sich das Glück des Menschengeschlechts zum Ziel gesetzt hat). Da mir das Wort nicht zu jeder Stunde leicht vom Munde geht, zumal nach dem Essen, zumal, wenn ich lieber vor mich hinträume, so fand ich es äußerst beschwerlich, ihr zu erklären, daß es große Männer auch schon VOR *der internationalen Erziehung* gegeben habe; und daß, da Knaben nichts anderes im Sinn haben, als Kuchen zu essen, heimlich Likör zu trinken, und den Mädchen nachzusteigen, die Zahl der großen Männer auch NACHHER nicht größer sein werde. – Zu meinem Glück gelte ich für verrückt, und man schuldet mir Nachsicht.

Sehr ernstlich, sehr endgültig werde ich Sie zwischen dem 1. und 3. Juni aufsuchen, um Ihnen die Hand zu drücken. – Sollte in Ihren

Gesprächen mit Ihrem Gatten mein Name auftauchen, so versichern Sie ihn meiner Freundschaft, und erklären Sie ihm, inwiefern – obwohl *ich anders denke als er* – ich doch das Recht habe, mich für *einen Ehrenmann* zu halten.

Der berühmte   hat mir ebenfalls eine Predigt von zwei Stunden gehalten (er hält das für ein Gespräch), auf die ich ihm, als sie zu Ende war, schlicht und einfach erwidert habe: *»Monsieur, fühlen Sie sich stark genug, einen Scheißkerl zu lieben, der nicht wie Sie denkt?«* Das hat dem armen Tropf die Stimme verschlagen!

Ganz der Ihrige, Ihr sehr ergebener C.B.

AN MADAME AUPICK

[Brüssel,] Samstag, 3. Juni [1865]

Allen Ernstes, meine gute liebe Maman, es ist schierer Wahnsinn, die Leute so sehr zu lieben! Ich bin beschämt. Hinfort werde ich Dir nicht mehr von all meinen Wehwehchen erzählen. Wie Du weißt, leide ich seit langen Jahren unter Rheumatismen und Neuralgien. Das ist schmerzhaft, doch das ist auch alles. Das sind keine Krankheiten. Und was diese Verstopfung angeht, die sich nach den Durchfällen einstellt, und die das äußerst Mißliche an sich hat, daß sie den Charakter verbittert, so wäre da wohl eine kleine Diät einzuhalten, die ich einhalten werde, wenn ich meine Ruhe habe.

Ja, ich werde demnächst aufbrechen. Aber wirst Du es glauben, daß ich es jetzt mit der Angst zu tun bekomme; – Angst wovor? – Angst vor dem Mißerfolg! Hier liegt die Erklärung für jene Unentschlossenheit, die mir immer so grausame Streiche gespielt hat. Dabei liegt es auf der Hand, daß, um eine Sache zu Ende zu führen, die erste Bedingung die ist, daß man sie in Angriff nimmt.

Ich erinnere mich, daß ich in Paris oft acht Tage lang herumstrich und es nicht wagte, nach Hause zu gehen, aus Furcht, dort eine unangenehme Nachricht vorzufinden. Das ist schmählich, aber es ist unüberwindlich.

Ich sollte, glaube ich, einfach Roggenbrot zu allen Mahlzeiten essen. Das ist eine maßvoll frische Nahrung, die besser ist als die Abführmittel. Aber wer das in einem Hotel verlangt, gilt unweigerlich für verrückt. Gleich anfangs schon hat man mich für verrückt gehalten, weil ich einen *großen* Tisch zum Schreiben verlangte, und ein *großes* Zimmer, um darin auf und ab gehen zu können.
Auf bald; ich umarme Dich, wütend und untröstlich, daß ich Dir Sorgen gemacht habe. Charles

AN MADAME AUPICK

Brüssel, 3. September 1865

Meine gute liebe Mutter,
Was soll ich Dir sagen, wenn nicht, wie Du leicht errätst, daß ich mich sehr langweile, daß ich mir vorstelle, wie glücklich ich bei Dir wäre, daß ich oft darüber nachdenke, wie ich alles das wiedergutmachen könnte, was der Wiedergutmachung bedarf, daß mich der gewaltige Umfang dieser Aufgabe entsetzt, usw.? Schließlich, daß ich demnächst nach Paris zu gehen hoffe, mit einer gewissen Anzahl von Manuskripten, um sie zu Geld zu machen und mit diesem meine Schuld hier zu verringern; denn ich kann mich nicht dazu verstehen, die erhofften 4000 Francs hier im voraus aufzuessen, von denen sowieso schon ein erheblicher Betrag in Abzug zu bringen ist. Vermutlich werde ich, wenn ich erst einmal in Paris bin, dem Wunsch nicht widerstehen können, nach Honfleur zu fahren, um Dich zu umarmen.
Sollte meine Schwägerin noch bei Dir sein, übermittle ihr meine herzlichen Grüße, und sage ihr, wie sehr ich ihr für all die Liebe danke, die sie Dir zuwendet.
Was aber soll ich Dir auf Deinen letzten Brief antworten? Man ist darauf gekommen, daß Madame Ancelle ein fühlendes Herz hatte. Ich kann nicht anders, ich werde das mein Leben lang bezweifeln.
Daß ich meine Rückkehr beschleunigen muß, um meine Schulden nicht zu vergrößern, weiß ich.

Daß Monsieur Ancelle mir zurückzukommen rät, ohne hier zu bezahlen, *unter Zurücklassung meiner Bücher und Manuskripte!!!* Das ist der Gipfel: er ist verrückt, erzverrückt!
Ich liebe Dich, ich liebe Dich sehr; ich bin voll Traurigkeit; ich bedarf großer Kraft. Erbitte mir diese Kraft von Gott. Vielleicht hilft mir das, sie zu finden.
Lemer hat mir endlich geschrieben, am 9. August. Er sollte am 12. mit Monsieur Garnier abschließen, vor dessen Abreise. Seither bin ich ohne Nachrichten. Ist die Sache schiefgegangen? Das ist nicht wahrscheinlich, da sie über diese Affäre bereits dreimal miteinander gesprochen hatten. Ist Garnier vor dem Abschluß des Geschäftes verreist, und ist er noch abwesend? Ich weiß nichts. Die Leute, die nicht im Exil leben, wissen nicht, wie es um die Nerven derer bestellt ist, die im Ausland festgenagelt sind, ohne Verbindungen und ohne Nachrichten.
Ich habe soeben an Sainte-Beuve geschrieben, um ihn zu fragen, ob man ihn zu Rate gezogen hat.
Ich langweile mich, und ich umarme Dich. Wie geht es Dir?

Charles

AN MADAME AUPICK

[Brüssel,] Freitag, 22. Dezember 1865

Meine liebe gute kleine Mutter,
Ich hätte Dir gleich antworten sollen, wie Du mich gebeten hast; aber ich habe das törichterweise drei bis vier Tage vor mir hergeschoben, und außerdem hatte sich eine Neuralgie oder ein stechendes Rheuma meines Kopfes bemächtigt, wie das vom Vorjahr, nur daß es länger dauert, denn diese Marter währt nun schon *vierzehn Tage.* Die Schmerzen lassen zwar zuweilen nach, sonst könnte ich Dir nicht schreiben, aber ich bin niemals sicher, ob sie mir auch nur zwei Stunden Ruhe gönnen. Ich habe Abführmittel genommen; ich habe mir den Kopf mit Tüchern umwunden, die ich in schmerzlinderndes Wasser getaucht habe. Ich habe momentane Erleichterungen erzielt; doch das Leiden will nicht weichen. Ich

bin nicht mehr Herr meiner Zeit. Da überfällt einen denn die Reue, an den gesunden Tagen nicht gearbeitet zu haben.
Das Wort *Rente* war wohl danach angetan, Dir aufzufallen, nicht wahr? – Es stimmt nicht ganz, und doch kommt das, was ich damit ausdrücken möchte, einer Rente sehr nahe. Es gibt Bücher, die einen Augenblickserfolg haben; und es gibt andere, die sich immer verkaufen. Meine Poe-Übersetzung, deren Rechte ich vor zwei Jahren für 2000 Francs abgetreten habe, brachte mir jährlich im Schnitt 500 oder 600 Francs ein. Wenn ich mich seit neun Jahren der *Fleurs du Mal* mit Umsicht angenommen hätte, sie wären *mindestens* neunmal, wenn nicht öfter, wiedergedruckt worden, und jedesmal wäre mir aus dem Erlös mein Anteil zugefallen. Unter den Werken, deren Verkauf Lemer übernommen hat, gibt es, glaube ich, nur drei, die zu der Hoffnung, wenn auch nicht auf einen ewigen Absatz, so doch auf mehrere Auflagen berechtigen, das sind die *Fleurs du Mal,* der *Spleen de Paris,* und die *Paradis artificiels.* – Kritische Arbeiten bringen es selten zu einer Neuauflage. Du hast nun sehr wohl begriffen, daß ein Schriftsteller, wenn er Herr seines *Eigentums* bleibt, und wenn er über eine gewisse Anzahl von Werken verfügt, die sich leicht verkaufen, eine Art Rente besitzt. Um Dir die Sache mit einem Wort begreiflich zu machen: stelle Dir vor, die Gesetze erlaubten, das literarische Eigentum auf unabsehbare Zeit zu übertragen, und die Erben Racines hätten seit seinem Ableben ihren Anteil vom Verkauf der Neuauflagen seiner Tragödien erhalten, kannst Du Dir vorstellen, welche ungeheuren Summen ihnen zugefallen wären, selbst wenn man den Anteil des Autors mit einem sehr geringen Betrag ansetzt? Der Eigentümer seiner eigenen Werke zu sein (wenn einige dieser Werke sich langfristig verkaufen lassen), heißt beinahe reich sein.
– Ein Dummkopf hat soeben den schlechten Einfall gehabt, mich zu besuchen. Nach seinem Weggang hat die Neuralgie ihren Galopp in meinem Kopf wieder aufgenommen. Ich unterbreche meinen Brief. Es gibt gegen die Neuralgien Pillen, die, glaube ich, aus Chinin, *Kodein* und *Morphium* zusammengesetzt sind. Das Grauen, das ich seit langem vor dem Opium habe, hat mich abgehalten, sie einzunehmen. Aber wenn die Schmerzen andauern, werde ich sie in zwei oder drei Tagen versuchen.

Samstag, 23. [Dezember 1865]

Hinsichtlich des *Mißgeschicks*, das ich beklage (und für das ich Rache nehmen werde, wenn ich kann), so kann ich mich, meine liebe kleine Mutter, Deiner Ansicht nicht anschließen, unbeschadet all meiner Ergebenheit für Dich. Ich kenne meine Laster, ich kenne meine Irrtümer, meine Feigheiten ebensogut wie Du; ich bin bereit zuzugeben, daß ich in sehr vielem falsch gehandelt habe, und dennoch – dennoch bleibe ich dabei, daß Paris mir niemals Gerechtigkeit hat widerfahren lassen, – daß man mir niemals, an Achtung ebenso wenig wie an Geld, das entrichtet hat, WAS MIR ZUSTEHT. Und der beste Beweis dafür, daß eine Art Verhängnis über meinem Haupte schwebt, liegt darin, daß selbst meine Mutter, bei mancher Gelegenheit, sich gegen mich stellt. – In drei und einem halben Monat werde ich fünfundvierzig Jahre alt. Es ist zu spät, daß ich mir auch nur ein kleines Vermögen erwerben könnte, vor allem mit meinem ungefälligen und unpopulären Talent. Es ist vielleicht sogar zu spät, daß ich meine Schulden überhaupt noch bezahlen und etwas retten könnte, das mir ein ungestörtes und ehrenhaftes Alter sicherte? Aber wenn es mir je gelingt, die Frische und Energie zurückzugewinnen, deren ich mich manchmal erfreute, so werde ich meinem Zorn durch entsetzliche Bücher Luft machen. Ich möchte das ganze Menschengeschlecht gegen mich aufbringen. Ich sehe darin einen Genuß, der mich für alles entschädigen würde.

Unterdessen *schlummern* meine Bücher, verlorene Werte für den Augenblick. Und außerdem vergißt man mich.

Ein junger Mann, mit dem ich befreundet bin, war in Paris und kam auf der Rückreise durch Brüssel; er erzählte mir, er habe Julien Lemer getroffen, wie dieser eben das Haus der Garniers verließ, und er habe ihm abermals versichert, es sei nun bald so weit. Er spricht nicht mehr von 4000 Francs, sondern von 5000, oder gar 6000 Francs. Aber wie rätselhaft sind alle diese Verzögerungen! Sobald der Neujahrstrubel vorbei ist, werde ich endlich selber nach Paris gehen, um mich dort über das alles zu unterrichten, und ich werde dann gewiß auch nach Honfleur kommen.

Julien Lemer hat mir sagen lassen, er sähe gerne den Plan und einige Stücke aus dem Buch über Belgien. So ist Belgien gar in

Mode gekommen, durch den Tod dieses alten Trottels von König, und durch eine Menge kleiner Umstände. Ich habe Lemer im Verdacht, daß er dieses Buch gerne selber nähme. Aber vorausgesetzt, es läge abgeschlossen vor, so würden 800 Francs (und mehr könnte er mir nicht bieten) mir nicht aus der Klemme helfen; außerdem kann ich, aus Gründen, die Du leicht erraten wirst, das Buch nicht drucken und an die Öffentlichkeit bringen lassen, solange ich nicht *außer Landes* bin. – Ich muß also auf die Affäre Garnier zurückkommen, weil er darauf versessen ist. Aber sechs verlorene Monate! völlig unerklärlich!

Unterdes, meine liebe Mutter, langweile ich mich zu Tode; meine große Zerstreuung ist es, an Dich zu denken. Immer liegst Du mir im Sinn. Ich sehe Dich in Deinem Zimmer oder Deinem Salon, arbeitend, hin und her gehend, beschäftigt, unwirsch, und mir aus der Ferne Vorwürfe machend. Und dann sehe ich meine ganze Kindheit wieder, die ich mit Dir verbracht habe, und die Rue Hautefeuille, und die Rue Saint-André-des-Arts; von Zeit zu Zeit aber schrecke ich aus meinen Träumereien auf, und mit einer Art Grauen sage ich mir: »Das einzig Wichtige ist die Gewöhnung an die Arbeit, und daß es mir gelingt, aus dieser unangenehmen Gefährtin meinen einzigen Genuß zu machen. Denn es wird eine Zeit kommen, wo ich keinen anderen mehr habe.«

Mir zu schreiben ist für Dich eine Anstrengung, nicht wahr? Du läßt das in Deinem letzten Brief durchblicken. Schreib mir von Zeit zu Zeit zwei Zeilen, um mir zu sagen, daß es Dir gut geht, wenn es auch wahr ist. Denn Wahrheit vor allem will ich.

Ich hätte sehr gerne Dein Bild. Das ist eine Idee, *die sich meiner bemächtigt hat.* Es gibt in Le Havre einen ausgezeichneten Photographen. Aber ich fürchte freilich, daß sich das jetzt nicht einrichten läßt. *Ich müßte dabeisein; Du weißt da nicht Bescheid,* und alle Photographen, auch die vorzüglichen, haben lächerliche Manien; ein gutes Bild ist in ihren Augen ein Bild, auf dem alle Warzen, alle Runzeln, alle Mängel, alle Trivialitäten sehr sichtbar, sehr übertrieben wiedergegeben sind; je HÄRTER das Bild ist, desto zufriedener sind sie. Außerdem hätte ich gern, daß das Gesicht eine Höhe von mindestens einem oder zwei Daumen hätte. Was ich mir wünsche, bringt man in Paris zustande, das heißt: ein genaues

Porträt, das aber den *Flou* einer Zeichnung hätte. Kurz, wir werden das in die Wege leiten, nicht wahr?

Ich habe mir für Dich, seit längerer Zeit schon, zwei Kleinigkeiten besorgt, die Dir, hoffe ich, Vergnügen machen werden. Sobald ich etwas in Händen habe, um die Verpackung und das Porto zu bezahlen, werde ich sie Dir schicken. Wenn sie Dir mißfallen, scheue Dich nicht, es mir zu sagen, aber Du wirst wenigstens die gute Meinung eines Sohnes nicht verkennen, der sehr glücklich wäre, Dir *alle Tage* ein Neujahrspräsent zu machen, und der sich zerreißen würde, um für allen Kummer, den er Dir bereitet hat, Vergebung zu finden. Schreibe mir, wie es Dir geht.
Dieser Brief wird morgen früh abgehen. Du wirst ihn Sonntag vormittags erhalten, wenn die Post in Honfleur auch sonntags ausgetragen wird.

AN SAINTE-BEUVE

[Brüssel,] 15. Januar 1866

Mein lieber Freund, ich kann Ihnen gar nicht genug danken für Ihre guten Briefe. Das ist umso liebenswürdiger von Ihnen, als ich Sie sehr beschäftigt weiß. Wenn es bisweilen längere Zeit dauert, bis ich Ihnen antworte, so liegt dies daran, daß ich mich in einem Gesundheitszustand befinde, der meinen Willen bricht und mich manchmal sogar für mehrere Tage ins Bett wirft. – Ich werde Ihren Rat befolgen, ich werde nach Paris gehen und die Garniers selber aufsuchen. Vielleicht werde ich dann so unbescheiden sein, Sie abermals um Ihre Hilfe zu bitten. Aber wann? Seit sechs Wochen nehme ich Arzneien über Arzneien. Daß ich auf das Bier verzichten soll, ist mir nur recht. Tee und Kaffee, das ist schon ärger; mag aber noch hingehen. Der Wein? zum Teufel, das ist hart! Aber da kommt ein noch unbarmherzigeres Tier daher und sagt, ich dürfe weder lesen noch studieren. Eine komische Medizin, welche die Hauptfunktionen ausschaltet! Ein anderer sagt mir zum einzigen Trost, ich sei *hysterisch*. Teilen Sie meine Bewunde-

rung für den elastischen Gebrauch dieser großen Worte, die eigens dafür geschaffen zu sein scheinen, um unsere gänzliche Unwissenheit zu verschleiern?
Ich habe versucht, mich wieder in den *Spleen de Paris* (Gedichte in Prosa) zu versenken, denn er war noch nicht abgeschlossen. Nun aber habe ich doch die Hoffnung, in nicht allzu ferner Zeit einen neuen Joseph Delorme zeigen zu können, einen Flaneur, dessen rhapsodisches Gemüt bei allem, was ihm begegnet, verweilt und aus jedem Gegenstand eine unangenehme Moral entwickelt. Wie schwer aber sind solche Kleinigkeiten zu machen, wenn man ihnen einen zugleich tiefdringenden und schwebenden Ausdruck verleihen möchte!
Joseph Delorme hat sich da ganz zwangsloserweise eingestellt. Ich habe die Lektüre Ihrer Gedichte *ab ovo* wieder aufgenommen. Mit Vergnügen entdeckte ich, jedesmal, wenn ich eine Seite umschlug, Verse, die alte Freunde waren. Ich hatte, scheints, als ich noch ein halbes Kind war, keinen gar so schlechten Geschmack. (Das Gleiche ist mir im Dezember hinsichtlich Lukans wiederfahren. Die stets funkelnde, schwermütige, herzzerreißende, stoische *Pharsalia* hat mich über meine Neuralgien hinweggetröstet. Und dieses Vergnügen hat mich auf den Gedanken gebracht, daß wir uns im Grunde wenig ändern. Das heißt, daß da etwas Unveränderliches in uns steckt.) [...]
Doch Sie sind krank, und womöglich langweile ich Sie.
Der Ihrige.

Ch. Baudelaire

AN CHARLES ASSELINEAU

[Brüssel, 5. Februar 1866]

[...] Das Schreiben fällt mir nicht leicht. Wenn Sie mir einen guten Rat zu geben haben, würden Sie mir einen Gefallen tun. Mit dürren Worten: seit zwanzig Monaten bin ich fast dauernd krank gewesen ... Im Februar des letzten Jahres litt ich fast vierzehn Tage lang an einer tobenden Neuralgie, oder war es ein heftiges stechendes Rheuma? Vielleicht auch handelt es sich um etwas anderes? Die gleichen Anfälle im Dezember. – Im Januar ein neuerliches Abenteuer: eines Abends, völlig nüchtern, taumle ich und stürze kopfüber zu Boden wie ein Betrunkener; ich klammere mich an die Möbel und reiße sie mit mir. Ich erbreche Galle oder weißen Schaum. Das verläuft jedesmal unveränderlich nach der gleichen Stufenfolge: ich fühle mich vollkommen wohl, ich bin nüchtern, und plötzlich, ohne jedes Vorzeichen und scheinbar grundlos, etwas Wankendes, eine Art Zerstreutheit, eine Betäubung; und dann ein gräßlicher Kopfschmerz. Es reißt mich unwiderstehlich zu Boden, wenn ich in diesem Augenblick nicht bereits ausgestreckt liege. – Dann kalter Schweiß, Erbrechen, lange Betäubung. Gegen die Neuralgien hat man mich Pillen einnehmen lassen, die sich aus Chinin, Digitalis, Belladonna und Morphium zusammensetzen. Dann Umschläge mit schmerzlinderndem Wasser und Terpentin, die übrigens nichts bewirken, wie mir scheint. Gegen die Schwindelanfälle Eau de Vichy, Baldrian, Äther, Eau de Pullna. – Das Übel wollte nicht weichen. Nun nahm ich Pillen, die, wenn ich mich recht entsinne, unter anderem Baldrian, oder Zinkoxyd, Assa foetida, usw. enthalten. Also ein krampflösendes Mittel? – Doch das Übel will nicht weichen. Und der Arzt hat das große Wort Hysterie ausgesprochen. In gutem Französisch: Ich bin ratlos. Er will, daß ich viel, sehr viel spazieren gehe. Das ist absurd. Ganz abgesehen davon, daß ich zu ängstlich und unbeholfen geworden bin, um das Gehen auf der Straße noch ertragen zu können, ist es hier überhaupt unmöglich auszugehen, des Zustandes wegen, in dem sich die Straßen und Landstraßen befinden, vor allem bei diesem Wetter. Dies ist das erste Mal, daß ich dem Verlangen zu klagen nachgebe. Kennen Sie diese Art Leiden? Haben Sie dergleichen schon einmal gesehen? …

Dank noch einmal für Ihren lieben Brief. Verschaffen Sie mir die Zerstreuung einer Antwort. Einen Händedruck für Banville, Manet, Champfleury, wenn Sie sie sehen.

Charles Baudelaire

AN MADAME AUPICK

[Brüssel,] Mittwoch 6. Februar [18]66

Meine gute liebe Mutter, obwohl ich unablässig an Dich denke, könnte ich doch jede Minute sagen, daß ich es Dir durch nichts beweise. Das kommt daher, daß mir das Schreiben sehr schwer fällt. Du sagst sehr weise, es sei niemals recht, unsere Freunde zu erschrecken. Und ich will auch nicht, daß Du erschrickst. Vor allem, ich habe *überhaupt keine Schmerzen,* sobald die Anfälle vorüber sind. Aber da ich mit meinem Arzt nicht zufrieden bin, der sehr unsicher zu sein scheint, so bitte ich Dich, die Beilage Deinem Freund, Monsieur Lacroix, vorzulesen, *vorausgesetzt, es geht Dir gut genug,* um das Haus zu verlassen. Vielleicht reizt ihn das nur zum Lachen. Auch mein Arzt nahm die Sache nicht allzu ernst, bis einer meiner Anfälle sich vor seinen Augen ereignete. Im übrigen ist es reichlich absurd, sein Leben liegend hinzubringen, und nicht mehr arbeiten zu können. Ich bin jetzt eine *Auster.* Vielleicht kennt Monsieur Lacroix diese Art Leiden.

(Meine Schulden, meine Unfähigkeit zu arbeiten, die Vormundschaft, Deine Gesundheit, die Affäre Garnier, dies alles wirbelt mir im Hirn herum, und dieser Wirbel wird durch meine Unbeweglichkeit noch verstärkt.)

Und dann, vor allem, wie steht es mit Dir?

Die Beine? das Rückgrat und das Terpentin? – Ancelle hat, wie Du weißt, etwas unbesonnenerweise die Garniers überfallen, ohne Aufzeichnungen, ohne Unterlagen, und ohne eine Ahnung von den Gewohnheiten des Hauses. Soll ich ihm zürnen? Unmöglich, da es in guter Absicht geschah. – Ich habe verlangt, daß er zu Lemer ginge, um dort Unterlagen zu erhalten. (Er hatte nur den üblen Garnier gesehen), hinzukommt, daß ich ihn nur brieflich lenken kann (welche Mühen mich das kostet!). Schließlich ist einer meiner (französischen) Freunde nach Paris gefahren, er wird ihn ein wenig über die Verleger ins Bild setzen.

Deine Vettern würde ich gerne sehen. Aber wann? Übermittle Ihnen meine herzlichen Grüße.

Ich wiederhole Dir, ich habe überhaupt keine Schmerzen. Aber meine Ohnmacht bringt mich zur Verzweiflung. Ich fühle, daß *es nichts ist,* wie unangenehm es auch sein mag. Wenn ich ein paar Meilen zu Fuß gehen könnte, in der Sonne um Paris, ich wäre, scheint mir, geheilt. Aber wann?

Ich liebe Dich sehr. Schreibe mir, wenn Du kannst, ein paar Zeilen.

Charles

Beilage

Februar 1865, Neuralgie (?) oder stechendes Rheuma im Kopf (?) – kein Heilmittel, Diät. – Gelegentlich setzten die Schmerzen aus und kamen dann wieder. Zehn Tage.

Dezember 1865, neuerdings Neuralgie oder Rheuma im Kopf (?), abklingend und wieder einsetzend; dies lange Zeit hindurch, vierzehn Tage vielleicht (Pillen aus Chinin, Digitalis, Belladonna und Morphium).

Besteht ein Zusammenhang mit Folgendem:?

Im Januar, und jetzt noch, bei nüchternem Zustand, ohne erkennbaren Grund, plötzlich wird mir anders, ich bin zerstreut, Betäubung überkommt mich. Und dann ein gräßlicher Schmerz im Kopf, Schwindel. Auch wenn ich sitze, reißt es mich zu Boden. Dann kalter Schweiß, ich erbreche Galle oder weißen Schaum. Verhältnismäßig lange Betäubung.

(Behandlung: Baldrian, Äther, Eau de Vichy, Eau de Pullna (abführend).

Einige Tage geht es besser.

Neuerliche Anfälle.

(Pillen, die sich unter anderem, wenn ich mich recht entsinne, zusammensetzen aus Baldrian, einem Zinkoxyd, Assa foetida, usw.; also krampflösende Mittel.)

Anhaltende Zerstreutheit und Betäubung. – Schweregefühl im Kopf. –

Große Unbeholfenheit, große Ungeschicklichkeit, große Schwäche.

Dem Arzt ist das Wort Hysterie entfahren. Was soviel heißt wie: Ich bin ratlos.

[Brüssel,] Montag, 12. Februar [18]66

Ich bin wirklich untröstlich, daß ich Dir meinen Gesundheitszustand geschildert habe. Jetzt sehe ich, welches Durcheinander ich damit bei Dir angerichtet habe. Zuvörderst hatte ich Dir (wahrheitsgemäß) gesagt, daß ich überhaupt keine Schmerzen habe. Jetzt muß ich Dir sagen, daß ich Dich mit dieser Störung behelligte, als sie schon ihrem Ende zuging. So kann ich Dir melden, daß mir das Rauchen schon wieder Spaß macht (selbst der Tabak war mir verleidet) und daß mich gestern nicht nur ein großer Abscheu vor allen Pillen überkam, sondern auch ein großer Hunger, was mir seit drei Wochen nicht mehr begegnet ist. Auch die Ängstlichkeit, die mich unglücklich machte, läßt nach; oftmals während dieser endlosen Tage, die ich im Bett zubrachte, sagte ich mir: »Nun heißt es überlegen! Wenn das, was da näherkommt, der Schlag oder die Lähmung ist, was soll ich tun und wie kann ich meine Angelegenheiten in Ordnung bringen?« Ich muß noch etwas sehr Seltsames hinzusetzen: *wenn ich an den Schwindel dachte, dann kam der Schwindel auch,* und anschließend das Erbrechen. Und alle übrigen Erscheinungen wiederholten sich. Wenn ich das eingestände, würde man mich als *eingebildeten Kranken* behandeln. Kurzum, ich muß sagen, daß ich von dem, was mir da zugestoßen ist, nichts verstehe, und daß ich zumindest gerne einen Arzt hätte, der, weil er mich kennt, mir eine endgültige Hygiene zur Vorschrift machte. Denn *das ist nun schon das fünfte Mal, daß ich die Sache losgeworden zu sein glaube.* Wenn ich ein paar Stunden hintereinander arbeiten könnte, ohne Schwindelanfälle und Purzelbäume, ich würde mich geheilt glauben. Heute abend will ich den Versuch machen.

Die einzigen Verordnungen, die feststehen, sind: regelmäßige Spaziergänge, kalte Bäder, und gänzliche Enthaltung von Kaffee, Branntwein, Tee und Bier.

Ich kehre zu Deinem Brief zurück. Ich will weder Dich noch Ancelle um Hilfe bemühen, für den Augenblick.

Ich sehe Ancelle nicht gerne in diesen Geldangelegenheiten.

(Das wäre auch, von unserer Seite, eine Art Zumutung. Es genügt doch schon, ihm die Sorge aufgebürdet zu haben, zwei Verträge, und vielleicht sogar sechs, abzuschließen.)

Weder von Dir noch von ihm würde ich Geld annehmen, es wäre denn *nach* einer endgültigen Regelung mit den Verlegern, falls diese sagen sollten: »Wir werden nur jeweils nach erfolgter Drucklegung zahlen.«

Das bringt mich wieder auf die Garniers und Lemer. Wie leichtgläubig Ancelle ist! und wie leichtgläubig Du bist!

Lemer hat zu ihm gesagt: »Baudelaires fünf Bände stellen ein Investitionskapital von 11 bis 12000 Francs dar. Man kann ihm 600 Francs pro Band für eine Auflage von 1500 Exemplare zahlen, macht insgesamt 3000 Francs.«

Lécrivain, dem ich Ancelles Brief vorgelesen habe, sagte sogleich: »So ins einzelne gehende Angaben setzen voraus, daß ein Geschäft abgeschlossen sei. Diese Details gehen zu sehr ins einzelne, als daß irgendetwas Wahres daran sein könnte. Lemer ist ein Faulpelz, und er hat seine Trägheit in Monsieur Ancelles Augen verschleiern wollen, – das heißt, er hat die Kombinationen seines Geistes für *abgemachte Tatsachen* ausgegeben.« Ist das klar?

Ich erwartete Monsieur Lécrivain gestern. Er ist nicht einmal heute wiedergekommen. Er ist freilich mit seinen eigenen Angelegenheiten beschäftigt.

Daraus ergibt sich für mich Folgendes:

Ancelle ist ein wohlerzogener Mann, er steht den Garniers allein gegenüber; ich werde demnach durch ihn als Vermittler fordern: 15000 Francs für die Auswertung der fünf Bände auf fünf Jahre, – und sollten, aller Wahrscheinlichkeit nach, die Herren Garnier sich weigern, 15000 Francs für einen Autor auf einmal springen zu lassen, so werde ich mich mit 600 Francs (pro Band, bei einer Auflage von 1500 Stück) begnügen, zahlbar bei jeder Neuauflage, was am Ende von fünf Jahren auf die gleiche Summe hinausläuft: 15000 Francs.

Dabei hätte allerdings als stillschweigende Voraussetzung zu gelten: die Herren Garnier rechnen mit mir auf der Grundlage eines jährlichen Absatzes von 1500 Exemplaren von jedem der Bände ab (ob sie mehr oder weniger absetzen, geht mich nichts an, das ist ihre Sache). – Das läßt sich folgendermaßen resümieren: »Fünf

Jahre lang jährlich eine Rente von 3000 Francs, als Gegenwert für die Auswertung von fünf Bänden während fünf Jahren.« Freilich, falls die Frage so gestellt wird, werden die Garniers vermutlich antworten: »*Und die Revolutionen! Und die Cholera! Und die Stockungen im Handel! Dürfen wir auch sicher sein, Herrn Baudelaires sämtliche Bücher, immer vorausgesetzt, daß es vortreffliche Werke sind, fünf Jahre lang regelmäßig zu verkaufen?*« – Ich antworte: »Sie sind Verlagsbuchhändler. Sie müssen alle Risiken auf sich nehmen. Im übrigen bin ich mit einem sehr bescheidenen Anteil zufrieden; übersteigt der Verkauf eines einzigen Bandes, fünf Jahre hindurch, die 1500 Exemplare, so wird dies Ihre Verluste an den übrigen Bänden reichlich wettmachen.«
Doch davon verstehst Du nichts, nicht wahr?
Was mein *Belgien*-Buch angeht, muß ich mich beeilen, einen Verleger zu finden. Die Ereignisse drängen. Die Abstimmung über ein neues Wahlrecht steht bevor; Leopold I. ist bereits vergessen. Mein Manuskript wird schon veraltet sein, wenn Ancelle zu einem Abschluß gelangt ist.
Du *mußt* mir berichten, wie es mit Deiner Gesundheit steht. Jedes Mal, wenn ich Dir schreibe, richte ich dieselbe Bitte an Dich.

Es gibt in Paris einen Mann, der mir dienlich hätte sein können. Ich werde ihn bei meiner nächsten Durchreise aufsuchen. Es ist Charles Lasègue, ein ehemaliger Philosophierepetent, als ich ein Knabe war. Er hat die Philosophie an den Nagel gehängt. Er ist Arzt geworden, und zwar ein berühmter Arzt. Seine Spezialität sind die *Verrückten* und die *Hysteriker*.
Schreibe mir. Ich umarme Dich. Charles

AN MADAME AUPICK

[Brüssel,] Freitag, 16. Februar 1866

Meine liebe Mutter,
Da kommt nun schon wieder Geld; warum nur? Ich will keines mehr. Von den 50 Francs blieben mir noch 20 Francs, die ich für

die Duschen verwenden wollte. Ich bin sicher, ich würde Dich kränken, wenn ich Dir diese 100 Francs zurückschickte. Ich werde sie auf die Seite legen, und sobald etwas Geld aus Frankreich eintrifft, werde ich es zu diesen 100 Francs hinzufügen, um meiner Hotelinhaberin einen nicht allzu unerheblichen Betrag anzubieten, damit sie sich bis zur Regelung meiner Pariser Angelegenheiten geduldet. Monsieur Lécrivain ist zurückgekommen. Er behauptet, *Lemer habe nichts getan, die Zahlen, die er Ancelle genannt habe,* seien *rein hypothetisch,* und *die Garniers wären nicht gesonnen, einen endgültigen Vertrag abzuschließen, weder mit Lemer noch mit Ancelle.* Aber wann nur werde ich arbeiten können, und wann nach Frankreich gehen können?

Nein, ich will Dein Geld nicht. Ich schulde Dir ja bereits 30000 Francs. Bin ich denn ein Schuft oder ein Feigling, daß ich einwilligen sollte, Deine Pension anzunagen?

Nein, ich will auch kein Geld von Ancelle. Schon deshalb, *weil er nicht zahlen würde, davon bin ich überzeugt. Er würde eine Reihe von Vorauszahlungen versprechen, und das würde mir eine Menge Demütigungen bereiten.*

Einen solchen Gefallen würde ich nur dann in Anspruch nehmen, wenn er alles auf einen Schlag bezahlte, und nur nach der Unterzeichnung meines Vertrages.

Ich weiß nicht, warum Du nach einer Antwort auf Deinen vorletzten Brief verlangst. Sie muß Dienstag, den 15., bei Dir eingetroffen sein.

Jeder Brief, der in Brüssel abends abgeht, trifft anderntags abends in Honfleur ein. Jeder Brief, der hier in aller Frühe abgeht, trifft am folgenden Morgen in Honfleur ein.

Madame Victor Hugo, die mir nur lächerlich vorkam, ist durchaus eine gute Frau. Aber sie neigt ein wenig dazu, all ihre Freunde zu bemuttern. Sie hat darauf bestanden, daß ihr Arzt mich aufsuche. Dieser hat die bisher angewandte Behandlung gebilligt, aber er ist der Überzeugung, es müsse eine stark eisenhaltige Diät hinzutreten, weil, wie er sagt, das Vorherrschen der Galle und der Nerven eine *Blutarmut* erkennen lassen. Darauf wäre ich nie gekommen. Einige Leute in Paris haben, scheint es, von meiner lächerlichen Krankheit reden hören. Sainte-Beuve hat seinen Arzt

konsultiert und hat mir Ratschläge geschickt. Ein anderer meiner Freunde hat desgleichen getan. Alle diese Ratschläge treffen ungefähr überein.
Lécrivain hat etwas sehr Bedenkenswertes gesagt. Er behauptet, daß die Garniers, so wie er sie kenne, vor allem einem Vertrag zuneigten, *der die Abtretung der Eigentumsrechte in sich schlösse.* Darauf werde ich mich niemals einlassen. Ich entsinne mich noch, wie es mir bei der *Affäre Edgar Poe* gegangen ist. Ich setze pro Auflage 600 Francs für einen Band, 3000 Francs für fünf Bände an. Sie werden mir vielleicht 4000 Francs für die unbeschränkte Verwertung zu meinen Lebzeiten und auf dreißig Jahre über meinen Tod hinaus anbieten. Da will ich doch lieber den Erfolg abwarten, wenn er sich einstellen sollte, und lieber vielleicht 10mal, vielleicht 20mal kleine Beträge erhalten. Ich bin ohne Vermögen, und ich will meine Nachfolgerechte nicht abtreten.
Wenn Du glaubst, was Du mir über Deine Schläfrigkeit und Deine schreckliche Magenschwäche abends schreibst, wäre danach angetan, mich zu beruhigen, so irrst Du Dich gewaltig. *Ich bitte Dich inständigst, befrage dieserhalb einen Arzt. Versprich mir das. Ich bin sicher, trotz Deines Alters läßt sich etwas dagegen tun.*
Ich will versuchen, das Geld für einige Abzahlungen an die Hotelinhaberin zu verdienen. Wenn es mir gelungen ist, ein paar Stunden hintereinander zu arbeiten, sage ich es Dir. – Und dann komme ich nach Honfleur, um die fehlenden Manuskripte hervorzusuchen, und ich will sehen, daß ich mit den Garniers zu einem Abschluß gelange.
Ich drücke Dich fest in meine Arme, und ich danke Dir für all Deine Güte.

Charles

AN NARCISSE ANCELLE

[Brüssel,] Sonntag, 18. Februar 1866

Mein lieber Freund, [...] wie konnten Sie nur so EINFÄLTIG sein, sich diesen Trottel von Deschanel anzuhören! Ein Professor für

höhere Töchter! ein Demokrat, der nicht an die Wunder glaubt und nur an den *gesunden Menschenverstand* (!) glaubt, der rechte Vertreter der kleinen Literatur, ein kleiner Vulgarisator vulgärer Dinge, etc., etc.!
Gestern, Samstag, den 17., hat man ihm anläßlich dieses Vortrags gehörig die Meinung gesagt, in der *Chronique* des *Temps*, die mit *De la Madelène* unterzeichnet ist. Und die Abstrafung erfolgte mit wahrhaft lässiger und scherzender Hand.
Und sie waren EINFÄLTIG genug, um zu vergessen, daß Frankreich die Poesie VERABSCHEUT, die *wahre* Poesie; daß es nur solche Schmierfinken wie Béranger und Musset liebt; *daß wer immer auf Rechtschreibung Wert legt, für einen herzlosen Menschen gilt* (was übrigens eine gewisse Logik hat, da die Leidenschaft sich immer schlecht ausdrückt); kurzum, daß eine tiefe, jedoch schwierige, bittere und (dem Anschein nach) kalt diabolische Poesie weniger als jede andere für die unausrottbare Leichtfertigkeit geschaffen ist. –!
Muß ich es Ihnen erst sagen, der Sie es ebensowenig erraten haben wie die andern, daß ich in dieses *furchtbare* Buch mein ganzes *Herz*, meine ganze *Zärtlichkeit*, meine ganze *Religion* (travestiert) hineingelegt habe, meinen ganzen *Haß?* Freilich werde ich das Gegenteil schreiben, ich werde bei allen Göttern schwören, dies sei ein Buch *der reinen Kunst*, nichts als *Grimassen* und *Gaukelstücke;* und ich werde lügen wie ein Jahrmarkts-Zahnausreißer.
A propos! was soll eigentlich mit *poésie fantaisiste* gemeint sein? Das werde ich niemals erraten können. Ich halte Deschanel für außerstande, es zu erklären, wie ich jeden beliebigen Journalisten oder Professor für unfähig halte, *auch nur den Sinn eines einzigen Wortes, dessen er sich bedient, zu erklären.* – Es gibt demnach eine *fantastische Poesie*, und eine, *die es nicht ist*. Was aber soll das für eine Poesie sein, die nicht auf der Phantasie des Künstlers, des Dichters, das heißt *auf seiner Art* zu empfinden, beruht?
Was im übrigen das *Gefühl*, das *Herz*, und andere weibliche Unappetitlichkeiten angeht, denken Sie an das tiefe Wort von Leconte de Lisle: »Alle Elegiker sind Kanaillen!«
Genug, nicht wahr? Und Sie vergeben mir diese Diatribe. Berauben Sie mich nicht des einzigen Freundes, dem ich Beleidigungen

sagen darf! Doch was für ein unbegreiflicher Einfall, sich zu einem Vortrag von Deschanel zu begeben!

Die Hygiene, die Sie mir anraten, wird von mir seit zwei Monaten befolgt und angewandt.

Ihr Anerbieten, zu intervenieren, um mir Brüssel vom Halse zu schaffen, ist mir höchst zuwider, es wäre denn, wir hätten hinter uns die Garantie der literarischen Verträge, mit festgelegten Zahlungsterminen. Davon soll in meinem nächsten Briefe die Rede sein.

Ihre Zeilen über diesen garstigen Pedanten haben mich in Wut versetzt. Bedenken Sie doch, daß der Irrtum im allgemeinen Nervenkrisen bei mir auslöst, außer wenn ich die Dummheit vorsätzlich kultiviere, wie ich das zwanzig Jahre lang für das *Siècle* getan habe, um ihre Quintessenz herauszudestillieren.

Außer Chateaubriand, Balzac, Stendhal, Mérimée, de Vigny, Flaubert, Banville, Gautier, Leconte de Lisle ist mir das ganze moderne Geschmeiß ein Greuel. Ihre Akademiker, ein Greuel. Ihre Liberalen, ein Greuel. Die Tugend, ein Greuel. Das Laster, ein Greuel. Der flüssige Stil, ein Greuel. Der Fortschritt, ein Greuel. Verschonen Sie mich in Zukunft mit allen Phrasendreschern!

Ganz der Ihrige. C. B.

Ich nehme an, die 100 Francs sind unterwegs. Seien Sie vorsichtig mit Dentu. – Sie können, wahrheitsgemäß, hinzufügen, *La Belgique déshabillée* werde, in scherzhafter Form, in mancher Hinsicht ein einigermaßen ernsthaftes Buch sein, und der Zweck dieses satyrischen Buches sei die Verspottung alles dessen, was man *Fortschritt* nennt, und was ich *das Heidentum der Dummköpfe* nenne, – und die Demonstration der Herrschaft Gottes. Ist das klar? [...]

C. B.

[Brüssel, 21. Februar 1866]

Mein lieber Rops,
Ich nehme an, dieses Teufelsbecken, das als Sonne über Ihrem Briefe strahlt, ist eine Anspielung auf diese Verse:

Mon rein, mon poumon, mon jarret
Ne me laissent plus rendre hommage
A ce Seigneur, comme il faudrait.
»Hélas! c'est vraiment dommage!«
Disent mon rein et mon jarret.

(Mein Kreuz, meine Lunge, meine Wade gestatten mir ferner nicht, diesem Herrn, wie sichs geziemte, meine Huldigung zu erweisen. »Das ist wahrhaftig schade!« sagen mein Kreuz und meine Wade.)

In welchem Falle Ihre Anspielung kein Kompliment ist, sondern eine Satire auf meine verminderte *virtus*.
Übernehmen Sie das Frontispiz und den Anschlag der *Fleurs*. Nach sieben Monaten unerquicklicher Streitereien in Briefen haben ich und einige Freunde nun die Entscheidung gefällt, daß ich nach Paris gehe, um diese Angelegenheiten dort selber zu ordnen. Ein Verleger müßte schön dumm sein, um nicht einzusehen, welchen Gewinn es für ein düsteres Buch bedeutet, wenn Sie es ausschmücken.
Wollen Sie mir einen großen Gefallen tun, der Sie wenig kostet?
Sie wissen, welche Bedeutung ich dem tiefsinnigen Leichtsinn in der Kunst, dem Ernst in der Maske der Frivolität beimesse. Wenn je ein Mensch ausersehen war, dieses anspruchsvolle Programm durchzuführen, so sind Sie es. Sie aber verstreuen Ihre Werke und Erinnerungen nicht anders als diejenigen, welche sich auf freiem Felde den Hintern wischen, ihre Papiere verstreuen. Und der Wind trägt sie davon (diese Papiere).
Die aber, die Sie lieben und schätzen, haschen vergeblich danach.
Bringen Sie mir doch einige Ihrer Fetzen nach Brüssel, *Zeichnungen, Radierungen, Pariser Erinnerungen*. (Ich entsinne mich eini-

ger reizender Radierungen, die sich bei Malassis befinden, unter anderem zweier Dirnen, die sich über ein Kanapee beugen (mit einem Monokel im Auge!) (zwei verschiedene Zustände).

Machen Sie sich darauf gefaßt: falls ich eines Tages, was ja durchaus im Bereich der Wahrscheinlichkeit liegt, für alle meine Elukubrationen einen Verleger finde, könnte ich, wenn es mir paßt, bei aller Würdigung Ihrer Talente doch anmerken, daß ein ernster Mann wie Sie einen übertriebenen Aufwand mit seidenen Leitern und mauergrauen Mänteln treibt.

Ich merke, ich werde geschmackslos und verfalle auf Schändlichkeiten. Ich will damit sagen: wenn Sie mich nicht schmieren, werde ich Sie bloßstellen.

Versichern Sie bitte Monsieur Polet und Madame Rops meiner aufrichtigen Ergebenheit. Es erübrigt sich, daß Sie ihnen diese Späße zeigen.

Der Ihrige. C.B.

Ah! ein Postskript!

Mir scheint, eine hübsche Radierung (mit einer Anspielung auf *Danse macabre, La Coquette maigre* ...) wäre als Frontispiz völlig ausreichend.

Sehr erschrecklich, doch zierlichst herausstaffiert, gräßlich, doch voller Koketterien.

21. Februar 1866

Ich finde Ihr Frontispiz für die *Épaves* vorzüglich, vor allem *voller ingenium.* Aber man hat Unrecht daran getan, mir die Zeichnung zu zeigen. Das Licht ist verschwunden. Leider bin ich nicht vom Handwerk, und es bleibt mir unerklärlich, wie Sie Ihren ersten Einfall gedämpft haben. O weh! Sie werden mir die Freiheiten, die ich mir mit Ihnen herausnehme, doch nicht nachtragen? Da dürften Sie sich darauf gefaßt machen, daß ich Ihr Feind würde.

[Brüssel,] Montag, 5. März 1866

Meine liebe Mutter, da ich weiß, daß die geringsten Kleinigkeiten, die mich betreffen, Dich unterhalten, so schicke ich Dir diesen Artikel, der, vor langer Zeit schon, in drei Nummern (Du bekommst nur zwei davon; die erste habe ich nicht erhalten) erschienen ist.

Diese jungen Leute haben Talent; aber wieviel Narrheiten! was für Übertreibungen und wieviel jugendliche Selbstgefälligkeit! Seit einigen Jahren gewahrte ich hie und da Nachahmungen und Tendenzen, die mich erschreckten. Ich kenne nichts, das kompromittierender wäre als die Nachahmer, und ich liebe nichts so sehr als allein zu sein. Aber das ist nicht möglich; und es gibt nun einmal, scheint es, eine *école Baudelaire*.

Dein Brief steckt voller Extravaganzen, meine liebe Mutter, und Deine Vorwürfe über meine Unbesonnenheit trösten mich nicht. – Ich bin hereingefallen, hereingefallen auf Belgien, und dann auf Lemer. Zwei Jahre länger, als ich glaubte, habe ich Dich entbehren müssen, nachdem dies schon so lange Zeit der Fall gewesen war. Nun muß ich mich ganz allein herausarbeiten, und den Schaden wiedergutmachen. Du könntest mich wohl meinem Schicksal überlassen, und mir Deine Vorwürfe ersparen.

Doch schließlich sind mir Vorwürfe noch lieber als gar nichts. Denn nichts beunruhigt mich so sehr als Dein Schweigen. Da Du mir nichts von Deinem Ergehen schreibst, heißt das wohl, das alles in Ordnung ist, *nicht wahr?*

Ich werde vierzehn Tage aktiv an meinem *Spleen de Paris* arbeiten, und an einigen Kleinigkeiten; ist dies alles abgeschlossen (mit Ausnahme des *Belgien*-Buches), so fahre ich nach Paris, um selber mein Glück zu versuchen. Offensichtlich werde ich genötigt sein, nach Brüssel zurückzukehren; aber wenn ich in Paris etwas erreicht habe, wenn es mir gelungen ist, meine Verkaufsaktion durchzusetzen, so werde ich nur für wenige Tage nach Belgien zurückkehren. Einige Gänge sind zu tun, meine Rechnungen zu begleichen und der Umzug zu bewerkstelligen.

Glaubst Du, es mache mir Vergnügen, an einem Ort zu leben, der

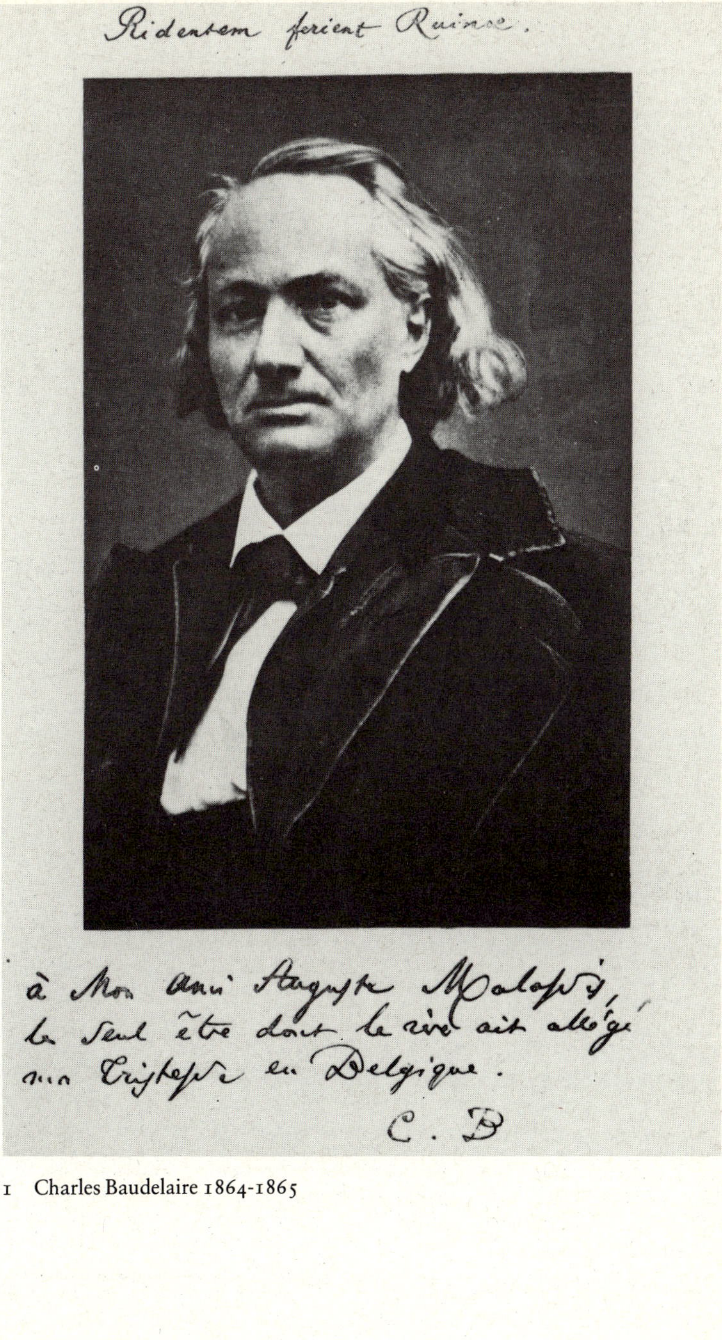

1 Charles Baudelaire 1864-1865

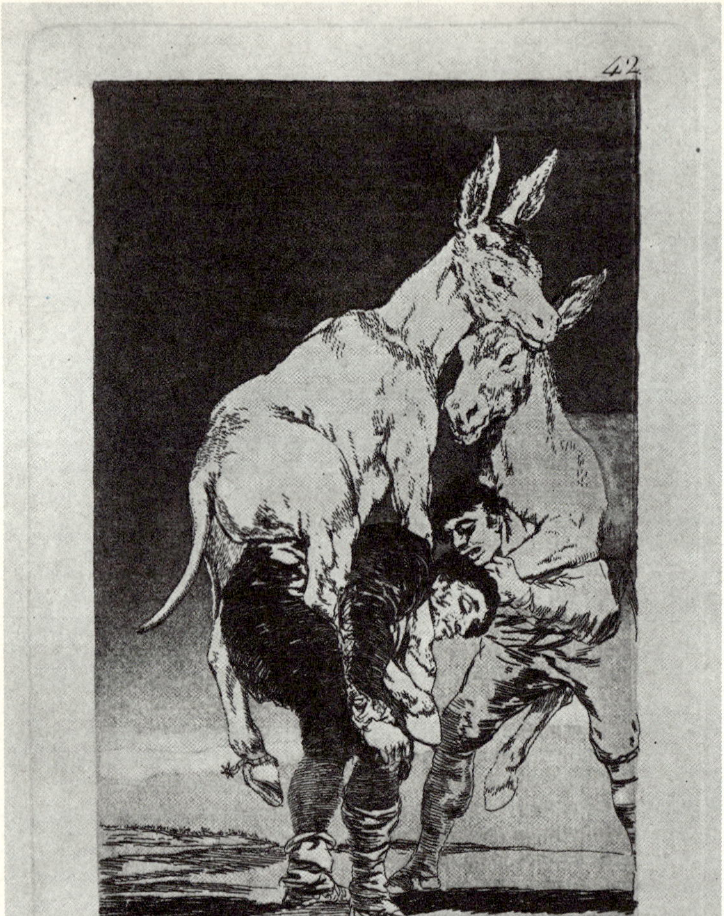

2 Francisco de Goya, Capricho 42 »Tu que no puedes«

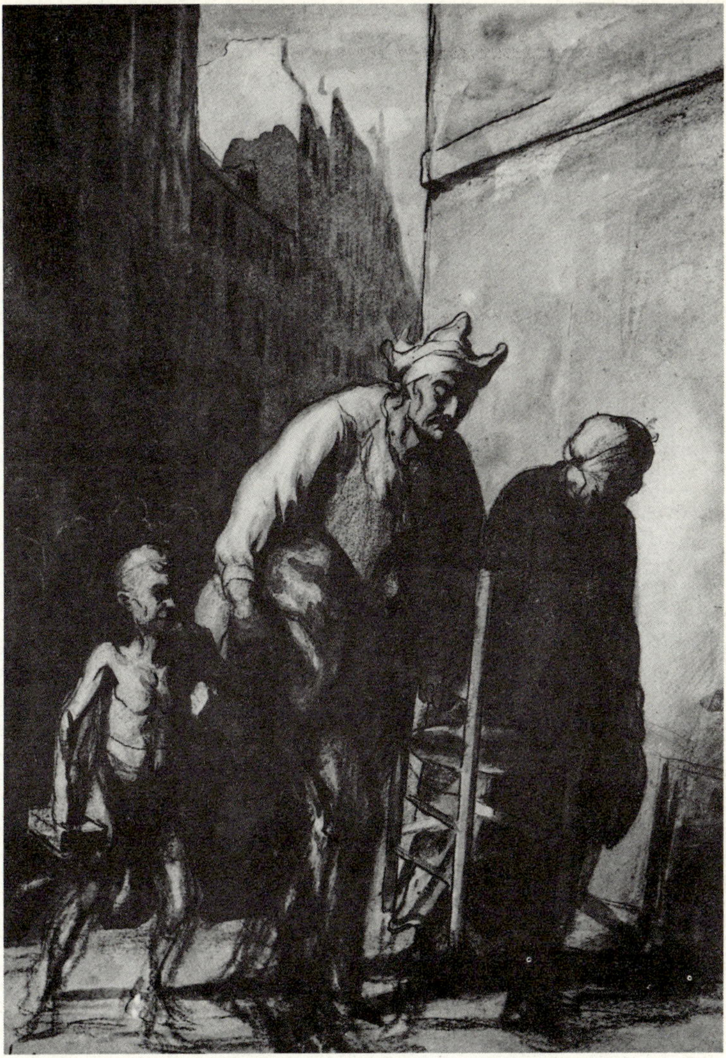

3 Honoré Daumier, Le Déménagement des saltimbanques

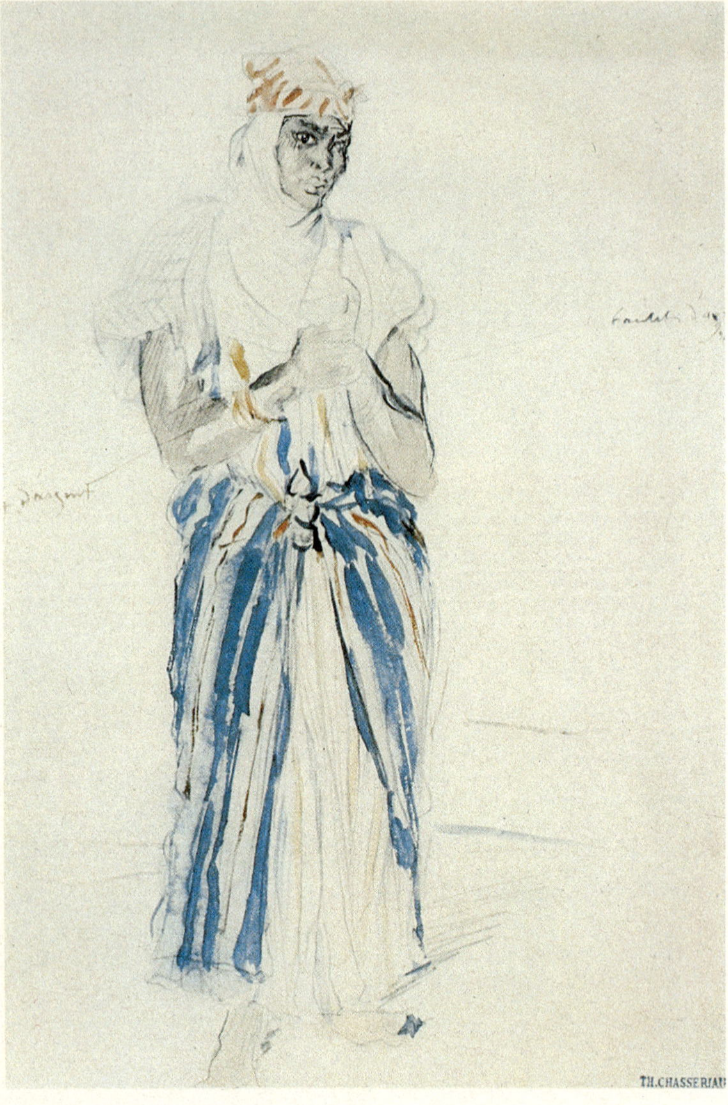

4 Théodore Chassériau, Négresse d'Alger

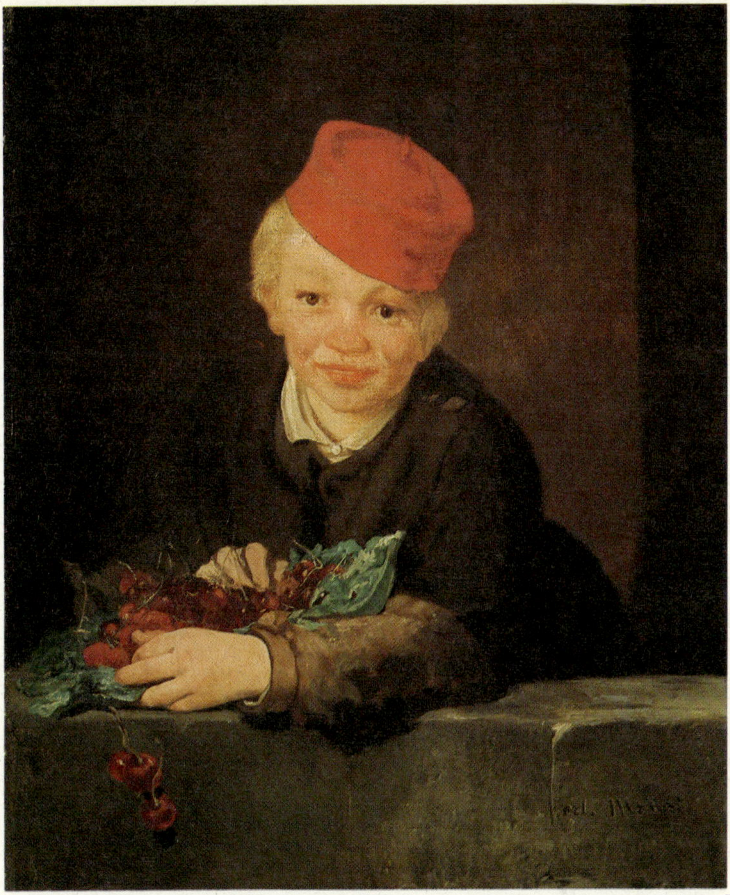

5 Édouard Manet, L'Enfant aux cerises

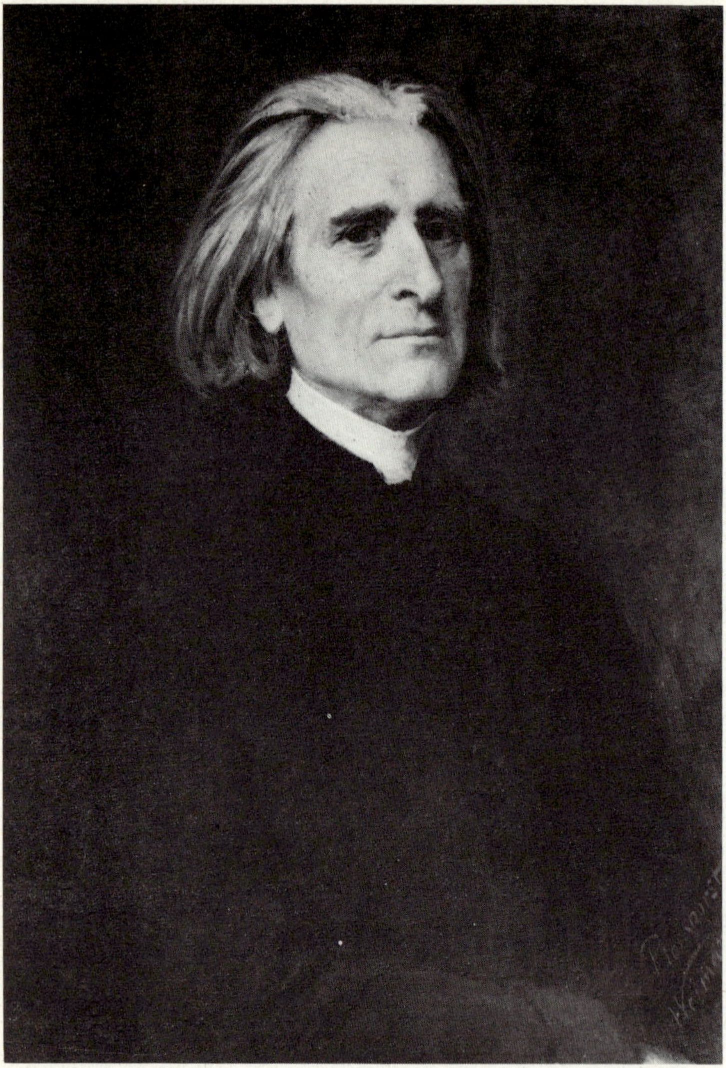

6 Franz Liszt, Porträt von Bernhard Plockhorst

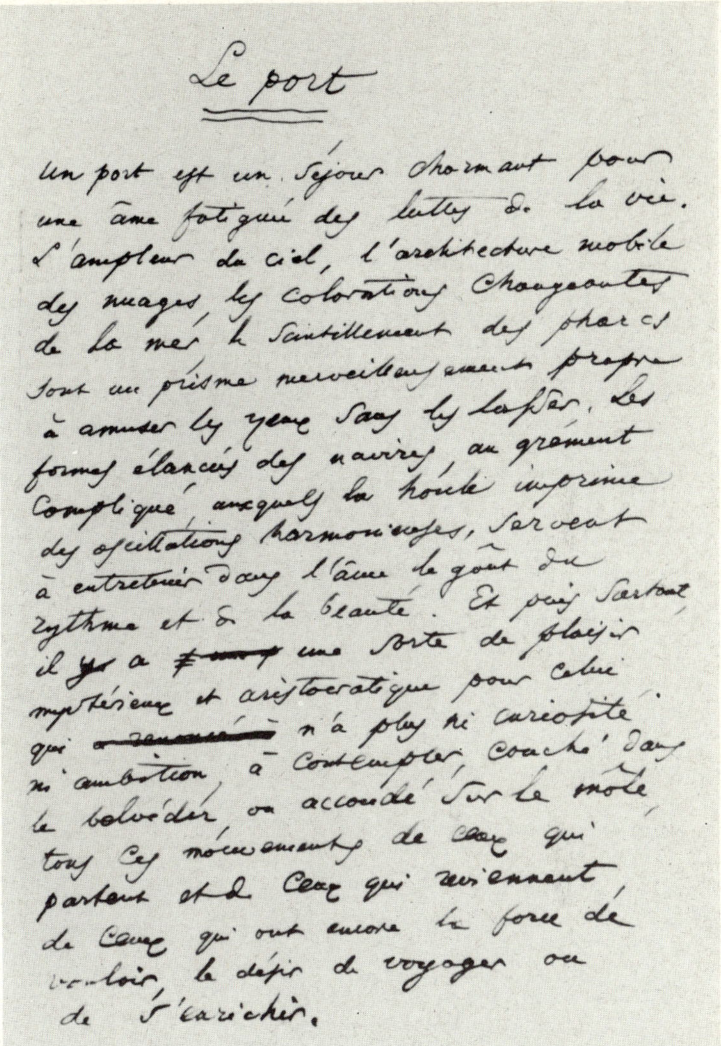

Le port

Un port est un séjour charmant pour
une âme fatiguée des luttes de la vie.
L'ampleur du ciel, l'architecture mobile
des nuages, les colorations changeantes
de la mer, le scintillement des phares
sont un prisme merveilleusement propre
à amuser les yeux sans les lasser. Les
formes élancées des navires, au gréement
compliqué, auxquels la houle imprime
des oscillations harmonieuses, servent
à entretenir dans l'âme le goût du
rythme et de la beauté. Et puis surtout,
il y a ~~[illegible]~~ une sorte de plaisir
mystérieux et aristocratique pour celui
qui ~~[illegible]~~ n'a plus ni curiosité
ni ambition, à contempler, couché dans
le belvédère, ou accoudé sur le môle,
tous ces mouvements de ceux qui
partent et de ceux qui reviennent,
de ceux qui ont encore la force de
vouloir, le désir de voyager ou
de s'enrichir.

7 Charles Baudelaire, »Le Port«, Manuskript eines Gedichts in Prosa

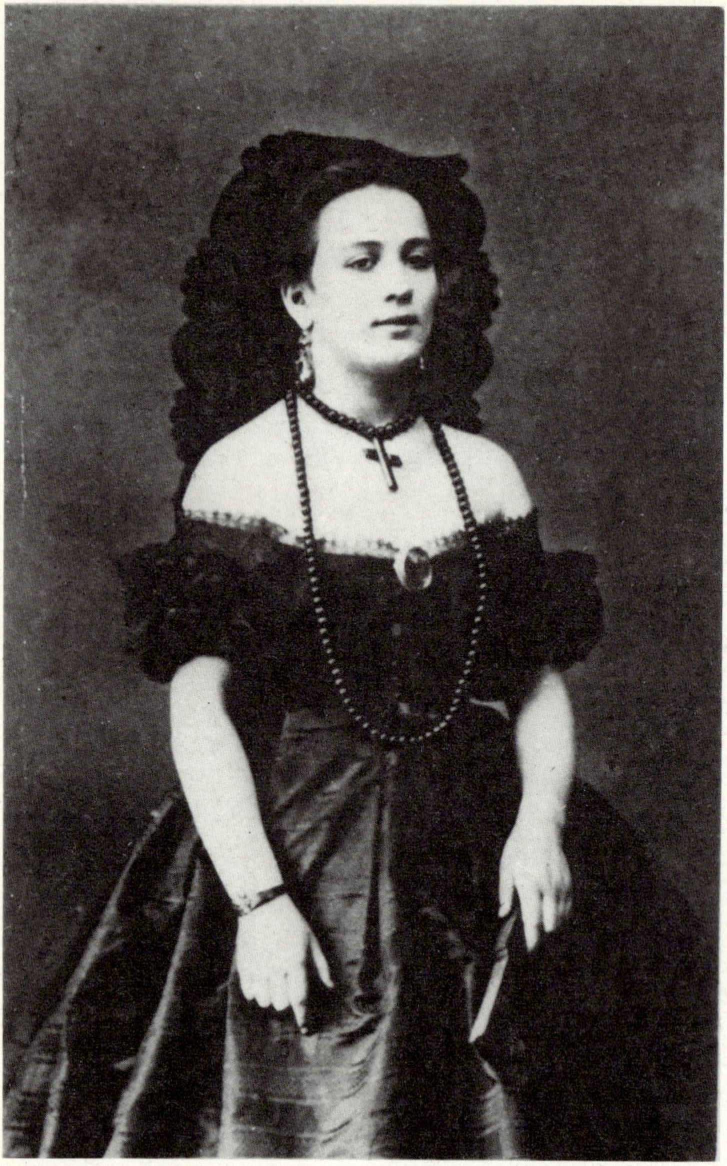

8 Berthe

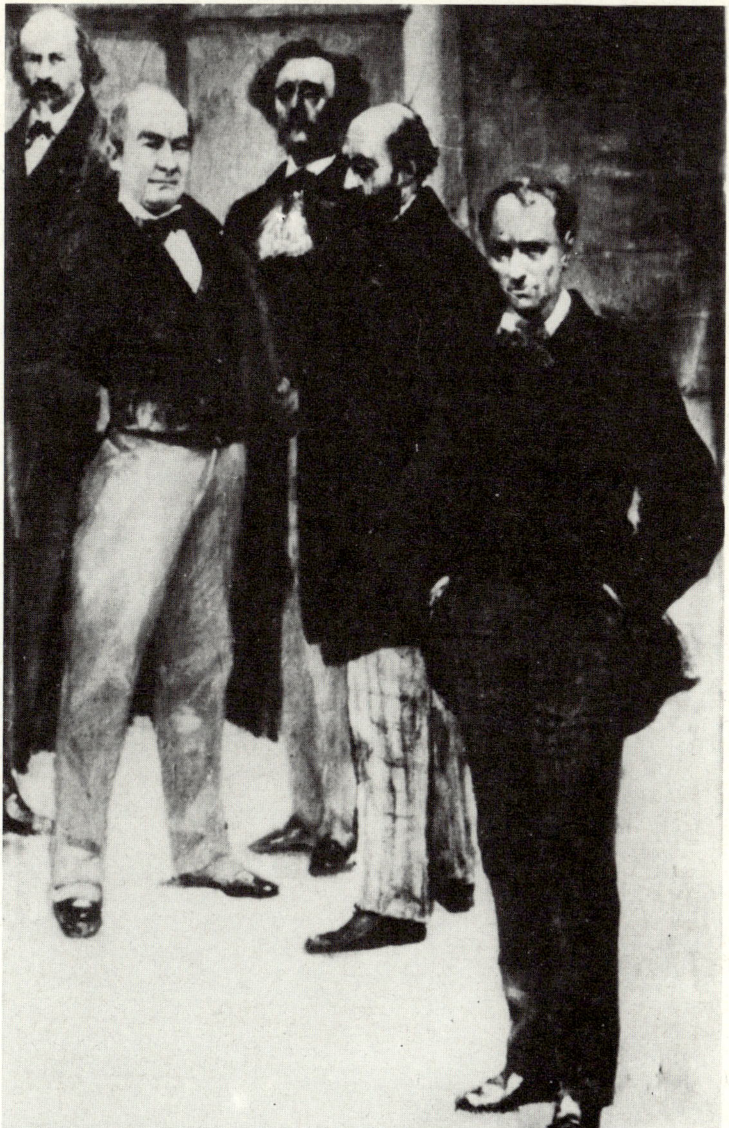

9 Alfred Stevens und Henri Gervex, Panorama du siècle

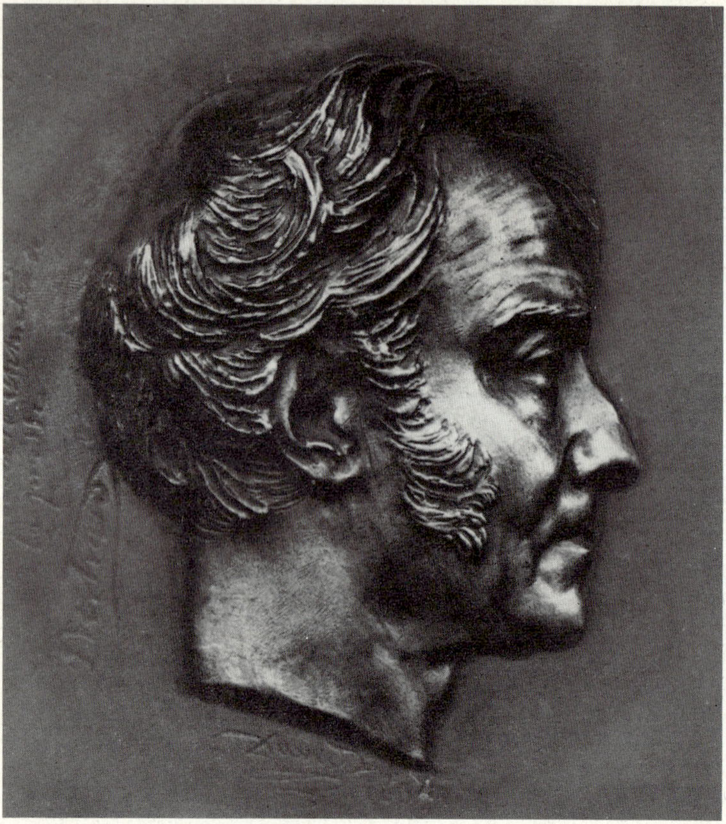

10 David d'Angers, Aloysius Bertrand

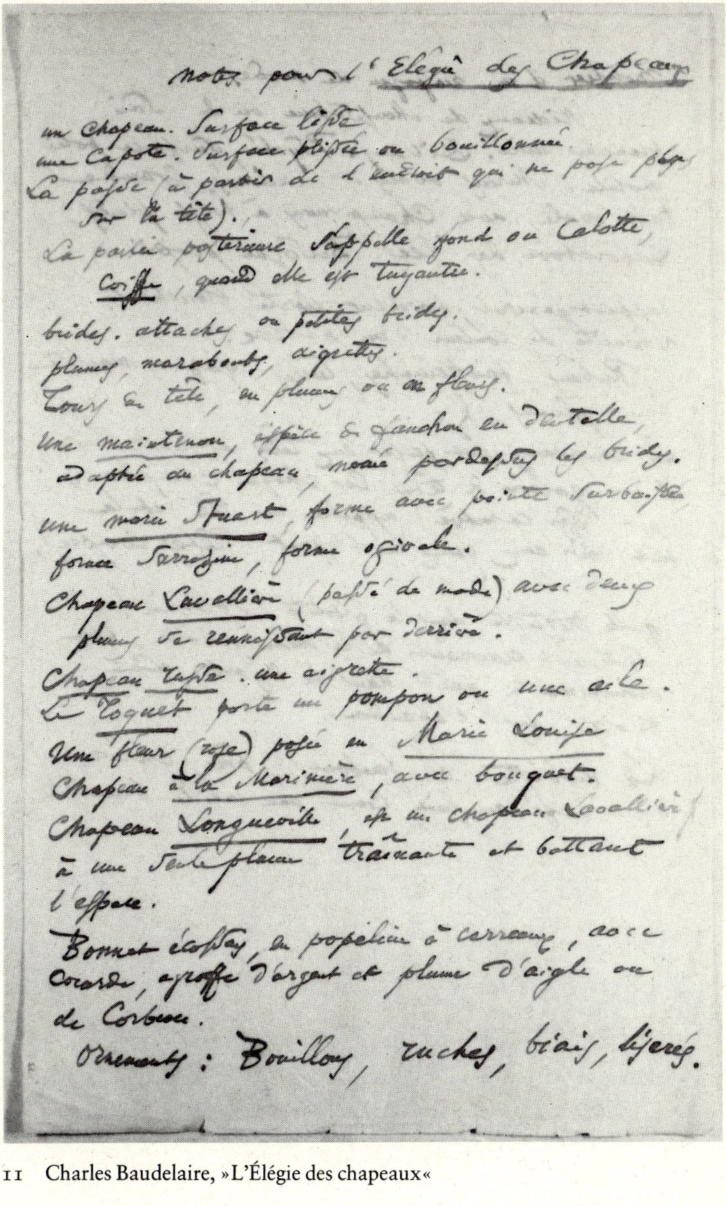
notes pour l'Elégie des Chapeaux

un chapeau. Surface lisse
une Capote. Surface plissée ou bouillonnée
La passe (à partir de l'endroit qui ne pose pas
sur la tête).
La partie postérieure s'appelle fond ou Calotte,
Coiffe, quand elle est tuyautée.
brides. attaches ou petites brides.
plumes, marabouts, aigrettes.
Tours de tête, en plumes ou en fleurs.
Une maintenon, espèce de fanchon en dentelle,
adaptée au chapeau, nouée par dessus les brides.
une marie Stuart, forme avec pointe surbaissée
forme Sarrasine, forme ogivale.
Chapeau Lavallière (passé de mode) avec deux
plumes se réunissant par derrière.
Chapeau Tudor. une aigrette.
Le Toquet porte un pompon ou une aile.
Une fleur (rose) posée en Marie Louise
Chapeau à la Marinière, avec bouquet.
Chapeau Longueville, est un chapeau Lavallière
à une seule plume traînante et battant
l'épaule.
Bonnet écossais, en popeline à carreaux, avec
cocarde, agrafe d'argent et plume d'aigle ou
de Corbeau.
Ornements : Bouillons, ruches, biais, lisérés.

11 Charles Baudelaire, »L'Élégie des chapeaux«

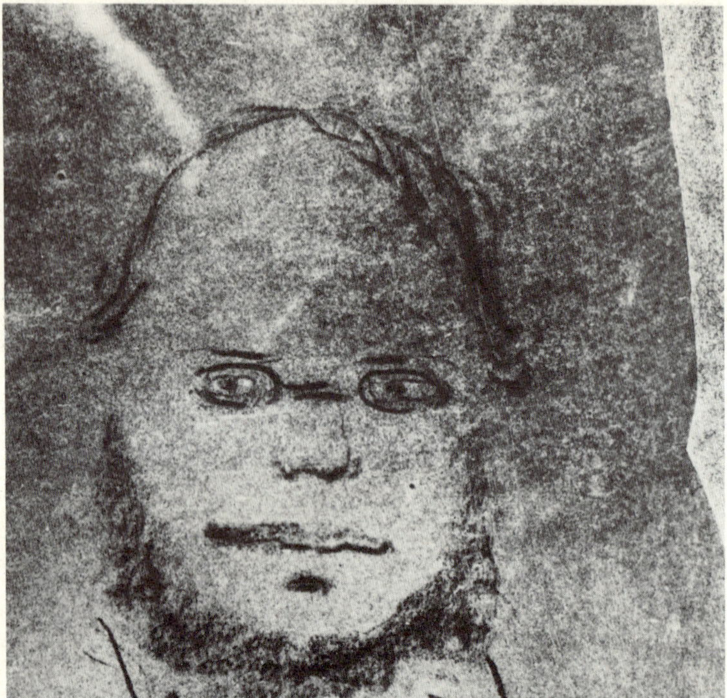

12 Charles Baudelaire, Pierre-Joseph Proudhon

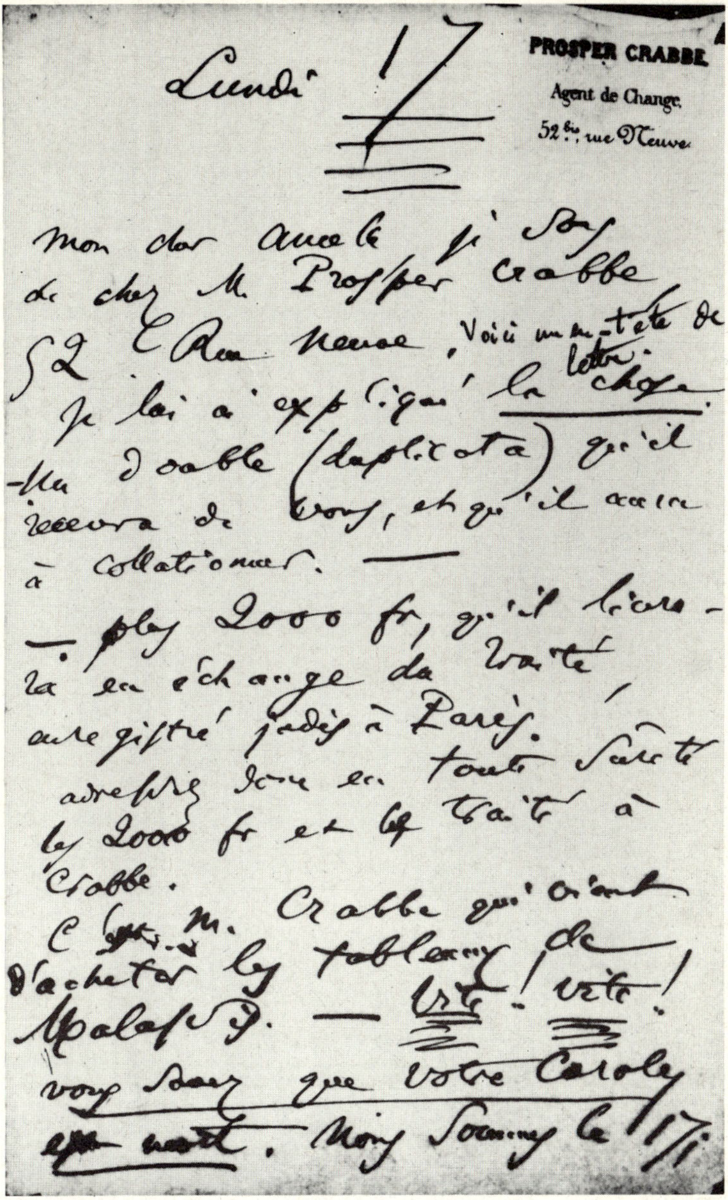

PROSPER CRABBE
Agent de Change
52 bis, rue Neuve

Lundi 17

Mon cher Ancelle, je sors de chez M. Prosper Crabbe 52 bis Rue Neuve. Voici un en-tête de lettre. Je lui ai expliqué la chose. M. Crabbe (duplicata) qu'il recevra de vous, et qu'il aura à collationner. — Plus 2000 fr, qu'il livrera en échange du traité, enregistré jadis à Paris. Adressez donc en toute sûreté les 2000 fr et les traités à Crabbe. C'est M. Crabbe qui vient d'acheter les tableaux de Malassis. — Vite! vite!

Vous savez que votre Carolus ... Nous sommes le 17.

13 Brief Baudelaires vom 12. Februar 1865 an Ancelle

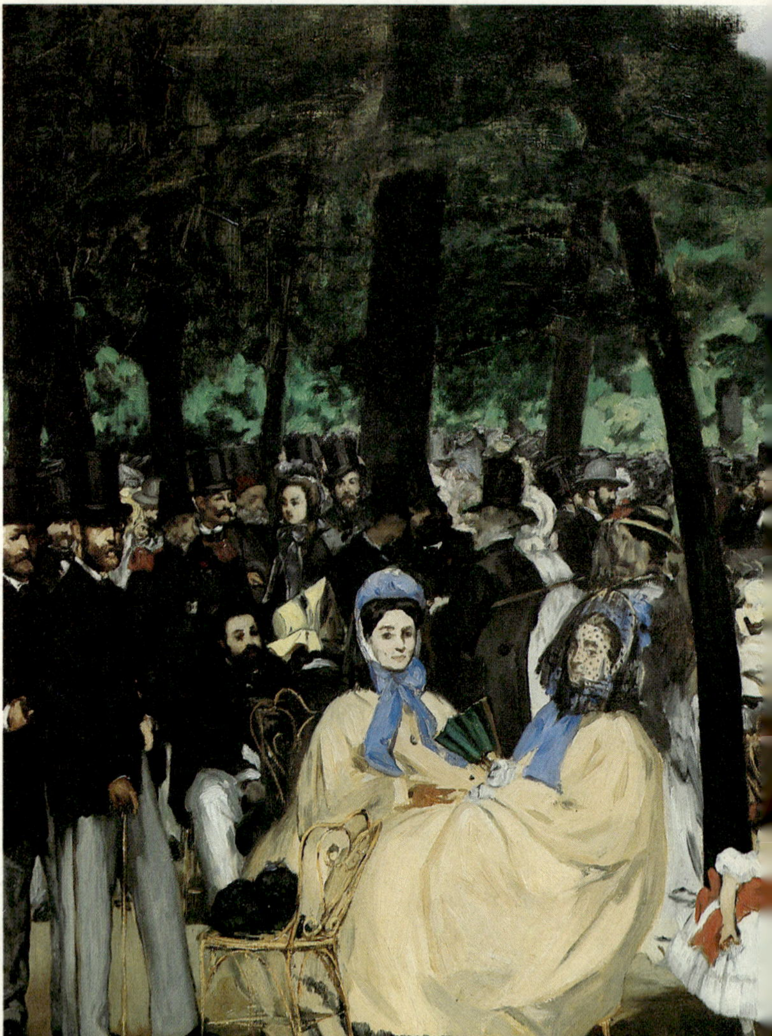

14 Édouard Manet, La Musique aux Tuileries

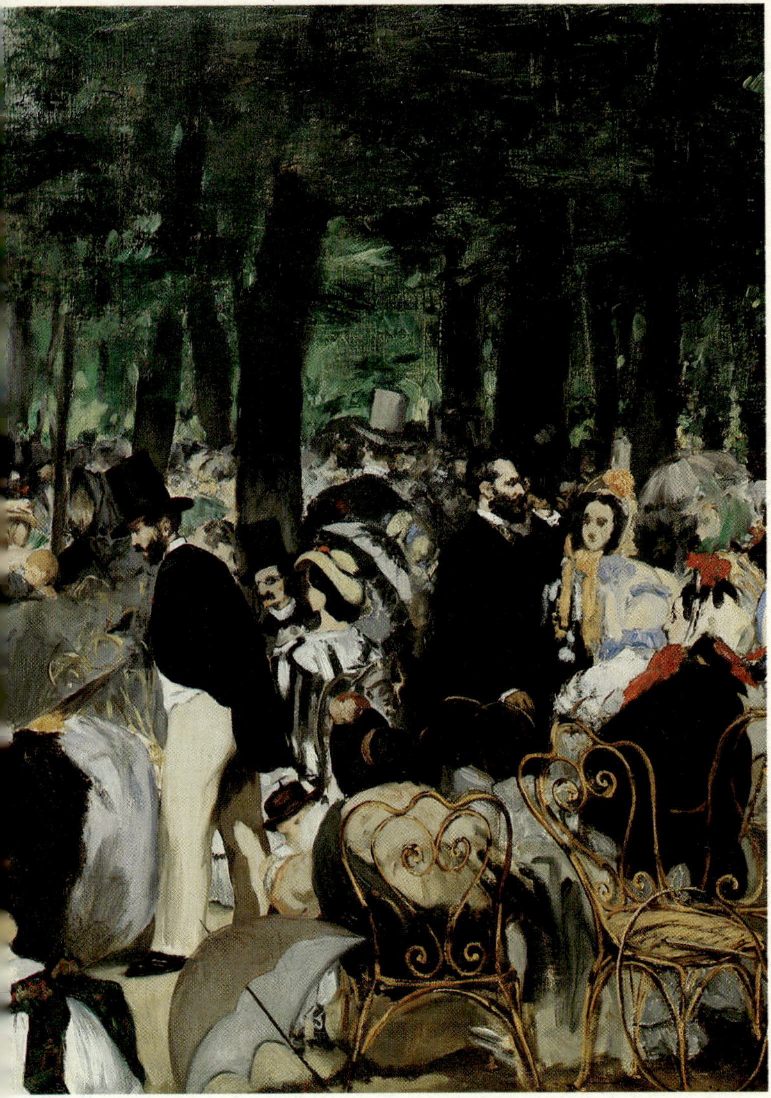

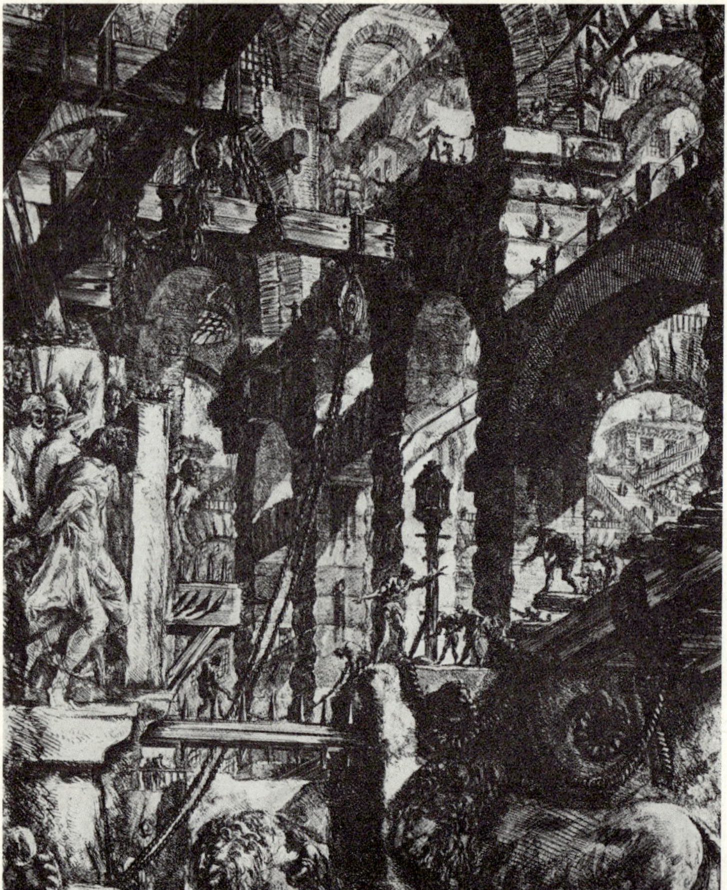

15 Giambattista Piranesi, Carceri

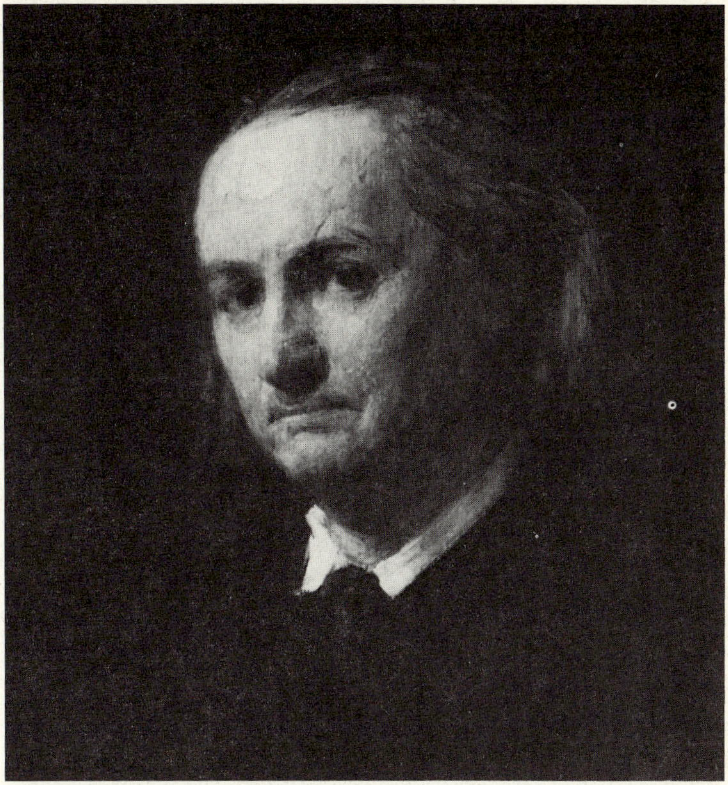

16 Henri Fantin-Latour, Charles Baudelaire

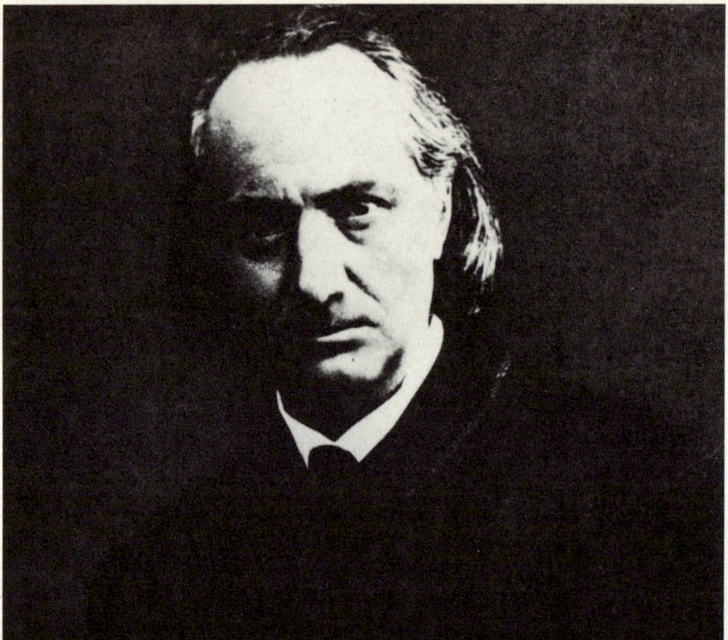

17 Charles Baudelaire 1864-1865

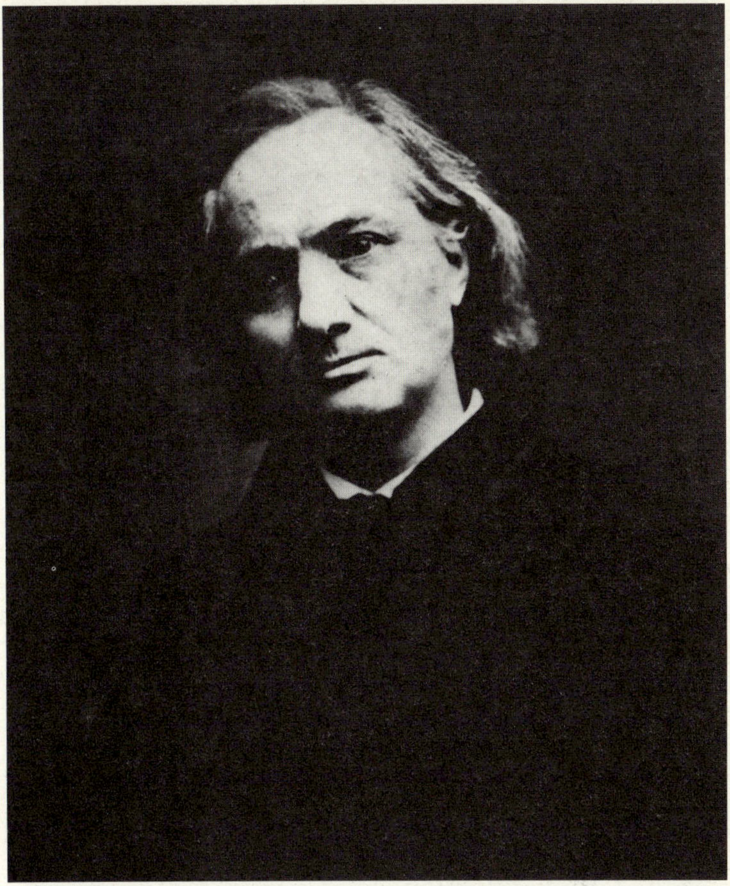

18 Charles Baudelaire 1866

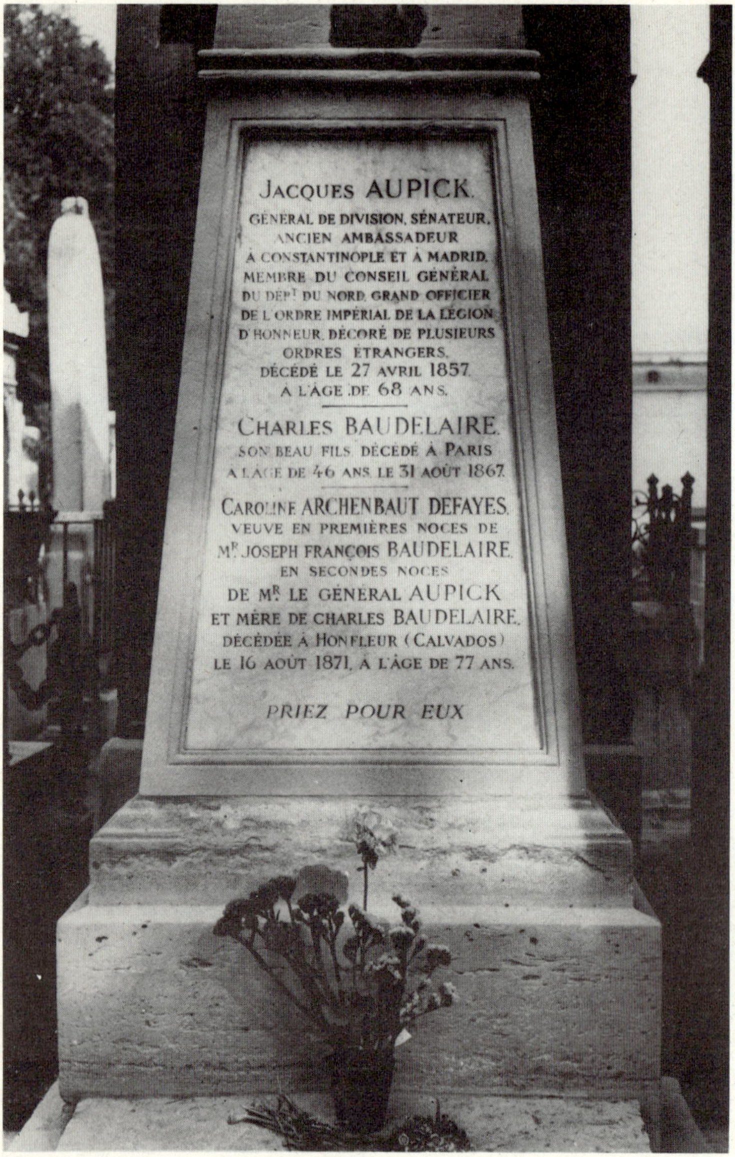

19 Grab Baudelaires auf dem Friedhof Montparnasse

von Dummköpfen und Feinden bevölkert ist, wo ich mehreren Franzosen begegnet bin, die sich mit ähnlichen Krankheiten plagen wie ich, und wo, wie ich glaube, der Geist nicht minder als der Körper in Mitleidenschaft gezogen wird, *ganz abgesehen davon, daß man mich vergißt,* und daß, wider meinen Willen, *all meine Beziehungen zu Frankreich sich lockern?*
Mich in Honfleur niederzulassen, ist immer mein Lieblingstraum gewesen.
Ich habe erfahren, daß Sainte-Beuve sehr krank war. Er schreibt mir, daß es ihm gut gehe. Hat er nicht, als der ehemalige Medizinstudent, der er ist, obwohl alle Welt ihm davon abriet, und trotz der durch sein Alter erhöhten Gefährdung, darauf bestanden, sich einer schmerzhaften Operation zu unterziehen? Und es ist gut ausgegangen.
Seit einigen Tagen habe ich den Wein vormittags abgeschafft. Kaltes Fleisch und Tee, nach englischer Manier. – Der große Vorteil dabei ist, daß man sogleich arbeiten kann und lange Zeit. Aber die leichte Benommenheit, die der Tee bewirkt, verursacht eine Art Blutandrang, ein ähnliches Gefühl, wie man es manchmal im Kopf hat, wenn man ein Eis ißt. Nun fürchte ich aber im Augenblick nichts so sehr wie Kopfschmerzen. Dieser Monsieur Lécrivain (der Lemer aufgesucht hat, und der hierher zurückgekehrt ist) ist wiederum ein Opfer seiner Neuralgien, seiner Gallenkoliken und kalter Schweißausbrüche. Dieser Mann ist ein Koloß an Kraft, und dennoch befindet er sich in einem sehr viel kläglicheren Zustand, als der meinige war.
Ich umarme Dich. C.B.

Von Ancelle kein Wort mehr, seit langem schon. Sollte ich ihn gekränkt haben, *so habe ich es doch gewiß nicht an Behutsamkeit fehlen lassen.* – Ich werde ihn in Paris sehen.

AN NARCISSE ANCELLE

Brüssel, Freitag, 30. März 1866

Mein lieber Freund,

Ich danke Ihnen aufrichtig für Ihren so herzlichen Brief, ich weiß alle darin zum Ausdruck gebrachten Gefühle nach Gebühr zu schätzen, aber ich sehe mit Betrübnis, daß Sie sich einerseits ein wenig zu sehr bemühen, und *daß dies anderseits nur geschieht, um meiner Mutter gefällig zu sein.*

1. Ich kann mich nicht rühren;
2. Ich habe Schulden;
3. Um meine Arbeit abschließen zu können, muß ich noch fünf bis sechs Städte besuchen.

Über eine ganze Anzahl von Punkten werden wir uns brieflich mühelos verständigen können. Vernachlässigen Sie die Hotelinhaberin nicht. Ohne noch einmal auf die Affäre Dentu einzugehen, suchen Sie lediglich in Erfahrung zu bringen, was in seinem Geiste vorgegangen ist, und überlassen Sie ihm den Plan nur, wenn er das Buch herausbringen will. Sagen Sie ihm nicht, wie es in Wahrheit um mich steht.

Schreiben Sie mir ein paar Worte, und versichern Sie Ihre Frau meiner Ergebenheit.

Meine Mutter wollte diesem Biest tausend Francs anbieten; tun Sie, was sie verlangt.

Entschuldigen Sie meinen abgerissenen Stil, ich bediene mich der Feder eines anderen.

Ganz der Ihre. Charles Baudelaire

AN MADAME AUPICK

Brüssel, Freitag, 30. März 1866

Meine liebe Mutter,

Die am Montag aufgegebene Antwort ist Dienstagabend in Deine Hände gelangt. Mittwoch, Donnerstag und heute Freitag hättest Du mir eine Nachricht zukommen lassen können; daß Du nicht geschrieben hast, kommt wohl daher, daß Du meinst, ich sorge mich nur um mich.

Du *mußt* mir Nachricht von Dir geben.

Von Ancelle habe ich einen Brief erhalten, darin er schreibt, er käme bald. Das ist unnötig, zumindest verfrüht.

1. Weil ich mich nicht rühren kann;

2. Weil ich Schulden habe;

3. Weil ich sechs Städte besuchen muß, was etwa vierzehn Tage beanspruchen dürfte. Ich möchte den Ertrag einer langen Arbeit nicht einbüßen.

Ich fühle, daß ihm vor allem darum zu tun ist, Dir gefällig zu sein und Dir zu gehorchen; deshalb schreibe ich Dir davon; ich bin übrigens bereit, so bald wie möglich zurückzukehren.

Schreibe mir lang und ausführlich von Dir.

Ich umarme Dich von ganzem Herzen.

Charles.

[illegible] hast, kannst wohl haben, daß Du mein [illegible]
mich [illegible].
[illegible] nach [illegible] aussehen.
Von Angelika habe ich einen Brief erhalten, worin er schreibt, er käme bald. Das ist notwendig, zumindest er [illegible].
1. Weil ich mich nicht [illegible] kann.
2. Weil ich Schulden habe.
3. Weil ich sechs Stunden [illegible] etwa vierzehn Tage [illegible] dürfte. Ich möchte der [illegible] einen langen Brief [illegible].
[illegible], daß Du vor allem darum zu tun [illegible]. Dir [illegible] gehorchen, [illegible] halb [illegible] Dir davon [illegible] bereit, so bald wie möglich zurückzukehren.
[illegible] mir lang [illegible]
Ich umarme Dich [illegible]

Ch[illegible]

LE SPLEEN DE PARIS
GEDICHTE IN PROSA

À ARSÈNE HOUSSAYE

Mon cher ami, je vous envoie un petit ouvrage dont on ne pourrait pas dire, sans injustice, qu'il n'a ni queue ni tête, puisque tout, au contraire, y est à la fois tête et queue, alternativement et réciproquement. Considérez, je vous prie, quelles admirables commodités cette combinaison nous offre à tous, à vous, à moi et au lecteur. Nous pouvons couper où nous voulons, moi ma rêverie, vous le manuscrit, le lecteur sa lecture; car je ne suspends pas la volonté rétive de celui-ci au fil interminable d'une intrigue superflue. Enlevez une vertèbre, et les deux morceaux de cette tortueuse fantaisie se rejoindront sans peine. Hachez-la en nombreux fragments, et vous verrez que chacun peut exister à part. Dans l'espérance que quelques-uns de ces tronçons seront assez vivants pour vous plaire et vous amuser, j'ose vous dédier le serpent tout entier.

J'ai une petite confession à vous faire. C'est en feuilletant, pour la vingtième fois au moins, le fameux *Gaspard de la Nuit,* d'Aloysius Bertrand (un livre connu de vous, de moi et de quelques-uns de nos amis, n'a-t-il pas tous les droits à être appelé *fameux?*) que l'idée m'est venue de tenter quelque chose d'analogue, et d'appliquer à la description de la vie moderne, ou plutôt d'*une* vie moderne et plus abstraite, le procédé qu'il avait appliqué à la peinture de la vie ancienne, si étrangement pittoresque.

Quel est celui de nous qui n'a pas, dans ses jours d'ambition, rêvé le miracle d'une prose poétique, musicale sans rythme et sans rime, assez souple et assez heurtée pour s'adapter aux mouvements lyriques de l'âme, aux ondulations de la rêverie, aux soubresauts de la conscience?

C'est surtout de la fréquentation des villes énormes, c'est du croisement de leurs innombrables rapports que naît cet idéal obsédant. Vous-même, mon cher ami, n'avez-vous pas tenté de traduire en une *chanson* le cri strident du *Vitrier,* et d'exprimer dans une prose lyrique toutes les désolantes suggestions que ce cri envoie jusqu'aux mansardes, à travers les plus hautes brumes de la rue?

Mais, pour dire le vrai, je crains que ma jalousie ne m'ait pas porté

AN ARSÈNE HOUSSAYE

Lieber Freund, hier schicke ich Ihnen ein kleines Werk, von dem sich, ohne ihm Unrecht zu tun, nicht sagen ließe, es habe weder Kopf noch Schwanz, da vielmehr alles daran, abwechselnd und wechselseitig, Kopf und Schwanz ist. Bedenken Sie bitte, welche wunderbaren Bequemlichkeiten diese Kombination uns allen bietet, Ihnen, mir und dem Leser. Jeder kann einhalten, wo er mag, ich in meiner Träumerei, Sie beim Druck, der Leser bei seiner Lektüre; denn ich lasse dessen widerspenstigen Willen nicht am unabsehbaren Faden einer überflüssigen Intrige zappeln. Nehmen Sie einen Wirbel heraus, und die beiden Teile dieser gewundenen Folge kleiner Phantasiestücke werden sich mühelos wieder zusammenfügen. In der Hoffnung, daß einige dieser Stummel lebendig genug sind, um Ihnen zu gefallen und Sie zu unterhalten, wage ich es, Ihnen die ganze Schlange zu widmen.

Ich muß Ihnen ein kleines Geständnis machen. Während ich, gewiß zum zwanzigsten Mal, in dem berühmten *Gaspard de la Nuit* von Aloysius Bertrand blätterte (ein Buch, das Sie, ich und einige unserer Freunde lieben, darf doch wohl zu Recht *berühmt* genannt werden?), verfiel ich darauf, etwas Ähnliches zu versuchen und auf die Schilderung des modernen Lebens, oder vielmehr *eines Aspektes* des modernen und sehr viel abstrakteren Lebens, das Verfahren anzuwenden, dessen er sich bedient hat, um das höchst pittoreske Leben der Vergangenheit zu malen.

Wer von uns hätte nicht, in den Tagen seines Ehrgeizes, von dem Wunder einer poetischen Prosa geträumt, einer musikalischen Prosa ohne Rhythmus und ohne Reim, schmiegsam genug, doch auch uneben und rauh genug, um sich den lyrischen Regungen der Seele anzupassen, den Wellenbewegungen der Träumerei, den jähen Ängsten des Gewissens?

Vor allem der Aufenthalt in den riesigen Weltstädten, wo unzählige Beziehungen sich kreuzen, läßt dieses quälende Ideal entstehen. Sie selbst, lieber Freund, haben Sie nicht versucht, den durchdringenden Ruf des *Glasers* in ein *Chanson* zu übersetzen, und in lyrischer Prosa all jene trostlosen Vorstellungen auszudrücken, die bonheur. Sitôt que j'eus commencé le travail, je m'aperçus que non seulement je restais bien loin de mon mysterieux et brillant modèle, mais encore que je faisais quelque chose (si cela peut s'appeler *quelque chose*) de singulièrement différent, accident dont tout autre que moi s'enorgueillirait sans doute, mais qui ne peut qu'humilier profondément un esprit qui regarde comme le plus grand honneur du poète d'accomplir *juste* ce qu'il a projeté de faire.

Votre bien affectionné,
C.B.

dieser Ruf durch den dichtesten Nebel der Straßen bis zu den Dachstuben hinaufträgt?
Um jedoch die Wahrheit zu gestehen: ich fürchte, meine Begier, mit Ihnen zu wetteifern, hat mir kein Glück gebracht. Kaum hatte ich mit der Arbeit begonnen, da bemerkte ich, daß ich nicht nur hinter meinem geheimnisvollen und brillanten Vorbild weit zurückblieb, sondern mehr noch, daß ich da etwas machte (falls dies ein *Etwas* genannt werden darf), das davon seltsam abwich, – ein unerwartetes Ergebnis, das jeden anderen außer mir gewiß mit Stolz erfüllen würde, das aber nur danach angetan ist, einen Geist aufs tiefste zu demütigen, der es für die höchste Ehre des Dichters erachtet, genau das zustande zu bringen, was er sich vorgenommen hat.

Ihr herzlich ergebener
C. B.

I

L'ÉTRANGER

»Qui aimes-tu le mieux, homme énigmatique, dis? ton père, ta mère, ta sœur ou ton frère?

– Je n'ai ni père, ni mère, ni sœur, ni frère.

– Tes amis?

– Vous vous servez là d'une parole dont le sens m'est resté jusqu'à ce jour inconnu.

– Ta patrie?

– J'ignore sous quelle latitude elle est située.

– La beauté?

– Je l'aimerais volontiers, déesse et immortelle.

– L'or?

– Je le hais comme vous haïssez Dieu.

– Eh! qu'aimes-tu donc, extraordinaire étranger?

– J'aime les nuages … les nuages qui passent … là-bas … là-bas … les merveilleux nuages!«

I

DER FREMDLING

»Wen liebst du am meisten, rätselhafter Mensch, sprich? deinen Vater, deine Mutter, deine Schwester oder deinen Bruder?«

»Ich habe weder Vater noch Mutter, weder Schwester noch Bruder.«

»Deine Freunde?«

»Du bedienst dich da eines Wortes, dessen Bedeutung mir bis heute unbekannt geblieben ist.«

»Dein Vaterland?«

»Ich weiß nicht, auf welchem Breitengrad es liegt.«

»Die Schönheit?«

»Wie gerne liebte ich sie, die göttliche, unsterbliche.«

»Das Gold?«

»Ich hasse es, wie du Gott hassest.«

»Was liebst du denn, seltsamer Fremdling?«

»Ich liebe die Wolken ... die ziehenden Wolken ... dort ... dort in der Ferne ... die wunderbaren Wolken!«

II

LE DÉSESPOIR DE LA VIEILLE

La petite vieille ratatinée se sentit toute réjouie en voyant ce joli enfant à qui chacun faisait fête, à qui tout le monde voulait plaire; ce joli être, si fragile comme elle, la petite vieille, et, comme elle aussi, sans dents et sans cheveux.

Et elle s'approcha de lui, voulant lui faire des risettes et des mines agréables.

Mais l'enfant épouvanté se débattait sous les caresses de la bonne femme décrépite, et remplissait la maison de ses glapissements.

Alors la bonne vieille se retira dans sa solitude éternelle, et elle pleurait dans un coin, se disant: – »Ah! pour nous, malheureuses vieilles femelles, l'âge est passé de plaire, même aux innocents; et nous faisons horreur aux petits enfants que nous voulons aimer!«

II

DIE VERZWEIFLUNG DES ALTEN WEIBLEINS

Ganz fröhlich wurde der verhutztelten Alten ums Herz, als sie das hübsche Kind sah, dem jeder schön tat, dem alle Welt gefallen wollte; so zerbrechlich war das reizende Geschöpf wie sie, und wie sie auch hatte es weder Zähne noch Haare.

Und sie trat näher, um ihm zuzulächeln und ihm ein freundliches Gesicht zu zeigen.

Das erschrockene Kind aber suchte sich der Liebkosungen der klapperdürren Alten zu erwehren, und erfüllte das Haus mit seinem Geschrei.

Da zog die gute Alte sich in ihre ewige Einsamkeit zurück, und saß weinend im Winkel: »Ach, wir armen alten Weiblein! wir gefallen niemandem mehr; und selbst den unschuldigen kleinen Kindern, die wir lieben wollen, graust vor uns!«

III

LE CONFITEOR DE L'ARTISTE

Que les fins de journées d'automne sont pénétrantes! Ah! pénétrantes jusqu'à la douleur! car il est de certaines sensations délicieuses dont le vague n'exclut pas l'intensité; et il n'est pas de pointe plus acérée que celle de l'Infini.

Grand délice que celui de noyer son regard dans l'immensité du ciel et de la mer! Solitude, silence, incomparable chasteté de l'azur! une petite voile frissonnante à l'horizon, et qui par sa petitesse et son isolement imite mon irrémédiable existence, mélodie monotone de la houle, toutes ces choses pensent par moi, ou je pense par elles (car dans la grandeur de la rêverie, le *moi* se perd vite!); elles pensent, dis-je, mais musicalement et pittoresquement, sans arguties, sans syllogismes, sans déductions.

Toutefois, ces pensées, qu'elles sortent de moi ou s'élancent des choses, deviennent bientôt trop intenses. L'énergie dans la volupté crée un malaise et une souffrance positive. Mes nerfs trop tendus ne donnent plus que des vibrations criardes et douloureuses.

Et maintenant la profondeur du ciel me consterne; sa limpidité m'exaspère. L'insensibilité de la mer, l'immuabilité du spectacle, me révoltent … Ah! faut-il éternellement souffrir, ou fuir éternellement le beau? Nature, enchanteresse sans pitié, rivale toujours victorieuse, laisse-moi! Cesse de tenter mes désirs et mon orgueil! L'étude du beau est un duel où l'artiste crie de frayeur avant d'être vaincu.

III

DAS CONFITEOR DES KÜNSTLERS

Wie durchdringend sind die Abende im Herbst! Ah! durchdringend bis zu Schmerzen! denn es gibt gewisse köstliche Empfindungen, deren Unbestimmtheit nicht die Stärke ausschließt; und es gibt keine schärfere Spitze als die der Unendlichkeit.

Welche Wonne, seinen Blick in die Unermeßlichkeit von Himmel und Meer zu tauchen! Einsamkeit, Schweigen, unvergleichliche Keuschheit des Azur! ein kleines bebendes Segel am Horizont, das, durch seine Kleinheit und Vereinzeltheit, mein unheilbares Dasein nachahmt, die eintönige Weise der Brandung, all diese Dinge denken durch mich, oder ich denke durch sie (denn in der Weite der Träumerei löst das *Ich* sich rasch auf!); sie denken, sage ich, aber musikalisch und malerisch, ohne Spitzfindigkeiten, ohne Syllogismen, ohne Schlußfolgerungen.

Doch diese Gedanken, ob sie nun von mir ausgehen oder von den Dingen herkommen, werden bald allzu stark. Die Heftigkeit der Lust bewirkt ein Unbehagen und ein tatsächliches Leiden. Meine allzu gespannten Nerven geben nur noch schreiende und schmerzhafte Schwingungen von sich.

Und nun bestürzt mich die Tiefe des Himmels; seine Helle bringt mich zur Verzweiflung. Die Fühllosigkeit des Meeres, das ewig gleichbleibende Schauspiel empören mich ... Ah! müssen wir ewig leiden, oder ewig die Schönheit fliehen? Natur, du mitleidlose Zauberin, immer siegreiche Rivalin, laß mich! Laß ab, meine Begierden und meinen Stolz zu versuchen! Das Studium des Schönen ist ein Duell, bei dem der Künstler vor Entsetzen aufschreit, ehe er besiegt wird.

IV

UN PLAISANT

C'était l'explosion du nouvel an: chaos de boue et de neige, traversé de mille carrosses, étincelant de joujoux et de bonbons, grouillant de cupidités et de désespoirs, délire officiel d'une grande ville fait pour troubler le cerveau du solitaire le plus fort.
Au milieu de ce tohu-bohu et de ce vacarme, un âne trottait vivement, harcelé par un malotru armé d'un fouet.
Comme l'âne allait tourner l'angle d'un trottoir, un beau monsieur ganté, verni, cruellement cravaté et emprisonné dans des habits tout neufs, s'inclina cérémonieusement devant l'humble bête, et lui dit, en ôtant son chapeau: »Je vous la souhaite bonne et heureuse!« puis se retourna vers je ne sais quels camarades avec un air de fatuité, comme pour les prier d'ajouter leur approbation à son contentement.
L'âne ne vit pas ce beau plaisant, et continua de courir avec zèle où l'appelait son devoir.
Pour moi, je fus pris subitement d'une incommensurable rage contre ce magnifique imbécile, qui me parut concentrer en lui tout l'esprit de la France.

IV

EIN SPASSVOGEL

Das Neujahr war ausgebrochen: ein Chaos von Schmutz und Schnee, von tausend Kutschen durchfahren, blitzend von Spielzeug und Zuckerwaren, wimmelnd von Begehrlichkeiten und Verzweiflungen, der offizielle Wahnsinn einer großen Stadt, wie geschaffen, um den Kopf des stärksten Einsamen zu verwirren.

Inmitten dieses Tohuwabohu und dieses Lärmes kam ein Esel in lebhaftem Trott daher, den ein Rüpel mit seiner Peitsche antrieb.

Wie der Esel im Begriff war, das Trottoir entlang um eine Ecke zu biegen, stand da ein feiner Herr in Handschuhn, geschniegelt, mit eng geschlungener Krawatte und eingeschnürt in ganz neue Kleider; umständlich vor dem demütigen Tier sich verbeugend, rief er, indem er seinen Hut schwang: »Ein gutes und glückliches Neues Jahr!« Dann wandte er sich nach irgendwelchen Kameraden um mit eingebildeter Miene, als bäte er sie, seine Selbstzufriedenheit durch ihre Billigung zu bestätigen.

Der Esel sah den schönen Spaßvogel nicht und lief eifrig weiter, wohin seine Pflicht ihn rief.

Mich aber überfiel eine maßlose Wut gegen diesen prächtigen Dummkopf, der den ganzen Witz Frankreichs in sich zu vereinigen schien.

V

LA CHAMBRE DOUBLE

Une chambre qui ressemble à une rêverie, une chambre véritablement *spirituelle*, où l'atmosphère stagnante est légèrement teintée de rose et de bleu.

L'âme y prend un bain de paresse, aromatisé par le regret et le désir. – C'est quelque chose de crépusculaire, de bleuâtre et de rosâtre; un rêve de volupté pendant une éclipse.

Les meubles ont des formes allongées, prostrées, alanguies. Les meubles ont l'air de rêver; on les dirait doués d'une vie somnambulique, comme le végétal et le minéral. Les étoffes parlent une langue muette, comme les fleurs, comme les ciels, comme les soleils couchants.

Sur les murs nulle abomination artistique. Relativement au rêve pur, à l'impression non analysée, l'art défini, l'art positif est un blasphème. Ici, tout a la suffisante clarté et la délicieuse obscurité de l'harmonie.

Une senteur infinitésimale du choix le plus exquis, à laquelle se mêle une très légère humidité, nage dans cette atmosphère, où l'esprit sommeillant est bercé par des sensations de serre chaude.

La mousseline pleut abondamment devant les fenêtres et devant le lit; elle s'épanche en cascades neigeuses. Sur ce lit est couchée l'Idole, la souveraine des rêves. Mais comment est-elle ici? Qui l'a amenée? quel pouvoir magique l'a installée sur ce trône de rêverie et de volupté? Qu'importe? la voilà! je la reconnais.

Voilà bien ces yeux dont la flamme traverse le crépuscule; ces subtiles et terribles *mirettes*, que je reconnais à leur effrayante malice! Elles attirent, elles subjuguent, elles dévorent le regard de l'imprudent qui les contemple. Je les ai souvent étudiées, ces étoiles noires qui commandent la curiosité et l'admiration.

À quel démon bienveillant dois-je d'être ainsi entouré de mystère,

V

DAS ZWEIFACHE ZIMMER

Ein Zimmer, das einem Traum gleicht, ein wahrhaft *geistiges* Zimmer, in dessen regloser Luft ein zartes Rosa, ein weiches Blau schwimmt.

Die Seele nimmt dort ein Trägheitsbad, von Wehmut und Wünschen aromatisiert. – Es ist etwas Dämmriges, Bläuliches, Rosenfarbenes; ein wollüstiger Traum während einer Sonnenfinsternis.

Die Möbel haben längliche, hingesunkene, schmachtende Formen. Die Möbel scheinen zu träumen; als wären sie mit einem bewußtlosen Leben begabt, wie die Pflanzen und Mineralien. Die Stoffe sprechen eine stumme Sprache, wie die Blumen, wie die Himmel, wie die Sonnenuntergänge.

An den Wänden keine Greuel der Kunst. Dem reinen Traum verglichen, dem unzerlegten Eindruck, ist die verdeutlichende, die positive Kunst eine Lästerung. Hier hat alles die genügende Helle und das köstliche Dunkel der Harmonie.

Ein kaum merklicher Wohlgeruch von erlesenster Wahl, dem eine leichte Feuchtigkeit beigemischt ist, schwimmt in dieser Luft, wo der schläfrige Geist sich wie von einer Treibhausatmosphäre gewiegt fühlt.

Reichlich rieselt Musselin vor den Fenstern und vor dem Bett; er ergießt sich in schneeigen Kaskaden. Auf dem Bett ruht die Göttin, die Herrin der Träume. Doch wie kam sie hierher? Wer hat sie hergeführt? welche Zaubermacht hat sie auf diesen Thron des Traumes und der Wollust gelagert? Gleichviel! sie ist da! ich erkenne sie!

Ja, das sind diese Augen, deren Flamme die Dämmerung durchdringt; diese schlauen, sehr schrecklichen *Glitzäuglein,* die ich an ihrer Schalkheit und Arglist erkenne! Sie locken, sie unterjochen, sie verzehren den Blick des Unvorsichtigen, der sie betrachtet. Oftmals habe ich sie erforscht, diese schwarzen Sterne, die Neugier und Bewunderung fordern.

Welchem wohlwollenden Dämon verdanke ich es, so umgeben zu

de silence, de paix et de parfums? Ô béatitude! ce que nous nommons généralement la vie, même dans son expansion la plus heureuse, n'a rien de commun avec cette vie suprême dont j'ai maintenant connaissance et que je savoure minute par minute, seconde par seconde!

Non! il n'est plus de minutes, il n'est plus de secondes! Le temps a disparu; c'est l'Éternité qui règne, une éternité de délices!

Mais un coup terrible, lourd, a retenti à la porte, et, comme dans les rêves infernaux, il m'a semblé que je recevais un coup de pioche dans l'estomac.

Et puis un Spectre est entré. C'est un huissier qui vient me torturer au nom de la loi; une infâme concubine qui vient crier misère et ajouter les trivialités de sa vie aux douleurs de la mienne; ou bien le saute-ruisseau d'un directeur de journal qui réclame la suite du manuscrit.

La chambre paradisiaque, l'idole, la souveraine des rêves, la *Sylphide,* comme disait le grand René, toute cette magie a disparu au coup brutal frappé par le Spectre.

Horreur! je me souviens! je me souviens! Oui! ce taudis, ce séjour de l'éternel ennui, est bien le mien. Voici les meubles sots, poudreux, écornés; la cheminée sans flamme et sans braise, souillée de crachats; les tristes fenêtres où la pluie a tracé des sillons dans la poussière; les manuscrits, raturés ou incomplets; l'almanach où le crayon a marqué les dates sinistres!

Et ce parfum d'un autre monde, dont je m'enivrais avec une sensibilité perfectionnée, hélas! il est remplacé par une fétide odeur de tabac mêlée à je ne sais quelle nauséabonde moisissure. On respire ici maintenant le ranci de la désolation.

Dans ce monde étroit, mais si plein de dégoût, un seul objet connu me sourit: la fiole de laudanum; une vieille et terrible amie; comme toutes les amies, hélas! féconde en caresses et en traîtrises.

Oh! oui! le Temps a reparu; le Temps règne en souverain maintenant; et avec le hideux vieillard est revenu tout son démoniaque sein von Geheimnis, von Schweigen, von Frieden und Duft? O Seligkeit! was wir gemeinhin das Leben nennen, selbst in seiner glücklichsten Gelöstheit, hat nichts gemein mit diesem höchsten Leben, das ich jetzt erfahre und das ich genieße, Minute um Minute, Sekunde um Sekunde!

Nein! es gibt keine Minuten mehr, es gibt keine Sekunden mehr! Die Zeit ist verschwunden; die Ewigkeit herrscht, eine Ewigkeit der Wonnen!

Aber dumpf dröhnend hat ein gräßlicher Schlag die Türe erschüttert, und wie in Höllenträumen war mir, als träfe der Hieb einer Hacke mich in den Magen.

Und ein Gespenst trat herein. Ein Gerichtsvollzieher, der mich im Namen des Gesetzes foltern kommt; eine niederträchtige Konkubine, die mit ihrem Jammergezeter die Erbärmlichkeiten ihres Lebens den Schmerzen des meinen hinzufügt; oder auch der Laufbursche eines Zeitungsdirektors, der die Fortsetzung des Manuskripts fordert.

Das paradiesische Gemach, die Göttin, die Herrin der Träume, die »Sylphide«, wie der große René sagte, aller dieser Zauber ist vor dem rohen Faustschlag des Gespenstes zerstoben.

O Grauen! ich weiß! ich weiß! Ja, dieses Loch, diese Stätte der ewigen Verdrossenheit, ist wohl mein Aufenthalt. Da sind sie: die albernen, verstaubten, abgestoßenen Möbel; der Kamin ohne Flamme, ohne Glut, widrig verspuckt; die trüben Fenster, wo der Regen seine Furchen durch den Staub gezogen hat; die Manuskripte, durchstrichen oder unabgeschlossen; der Almanach, in dem die bösen Tage mit Bleistift vermerkt sind!

Und dieser Duft einer anderen Welt, an dem ich mich, ach! mit so verfeinerter Empfindung berauschte, ist von Tabakgestank verdrängt, dem ein seltsamer Moder beigemischt ist. Jetzt atmet man hier den ranzigen Geruch der Trostlosigkeit.

Nur ein einziger Gegenstand, in dieser engen, doch von Ekel erfüllten Welt, lächelt mir zu: die Laudanum-Flasche; eine alte, schreckliche Geliebte; wie alle Geliebten, ach! fruchtbar an Liebkosungen und Treulosigkeiten.

Oh! ja! die Zeit ist wieder da; die Zeit herrscht als Gebieterin jetzt; und mit dieser scheußlichen Alten ist ihr ganzes teuflisches Gecortège de Souvenirs, de Regrets, de Spasmes, de Peurs, d'Angoisses, de Cauchemars, de Colères et de Névroses.

Je vous assure que les secondes maintenant sont fortement et solennellement accentuées, et chacune, en jaillissant de la pendule, dit: – »Je suis la Vie, l'insupportable, l'implacable Vie!«

Il n'y a qu'une Seconde dans la vie humaine qui ait mission d'annoncer une bonne nouvelle, la *bonne nouvelle* qui cause à chacun une inexplicable peur.

Oui! le Temps règne; il a repris sa brutale dictature. Et il me pousse, comme si j'étais un bœuf, avec son double aiguillon. – »Et hue donc! bourrique! Sue donc, esclave! Vis donc, damné!«

folge zurückgekehrt: Erinnerungen, Versäumnisse, Krämpfe, Angst, Schrecken und Grauen, Wutanfälle und Nervenleiden.
Ich versichere euch, die Sekunden sind jetzt stark und feierlich betont, und jede, wie sie mit dem Pendelschlag von der Uhr springt, spricht: »Ich bin das Leben, das unerträgliche, das unerbittliche Leben!«
Es gibt nur *eine* Sekunde im Leben des Menschen, die beauftragt ist, ihm eine frohe Botschaft, die *frohe Botschaft* zu verkünden, die jedem eine unerklärliche Furcht einflößt.
Ja! die Zeit herrscht; mit roher Gewalt diktiert sie wieder ihr Gesetz. Als wäre ich ein Ochse, treibt sie mich mit ihrem Doppelstachel. – »He, vorwärts! alter Narr! Schwitze nur, Sklave! Lebe, Verdammter!«

VI

CHACUN SA CHIMÈRE

Sous un grand ciel gris, dans une grande plaine poudreuse, sans chemins, sans gazon, sans un chardon, sans une ortie, je rencontrai plusieurs hommes qui marchaient courbés.

Chacun d'eux portrait sur son dos une énorme Chimère, aussi lourde qu'un sac de farine ou de charbon, ou le fourniment d'un fantassin romain.

Mais la monstrueuse bête n'était pas un poids inerte; au contraire, elle enveloppait et opprimait l'homme de ses muscles élastiques et puissants; elle s'agrafait avec ses deux vastes griffes à la poitrine de sa monture; et sa tête fabuleuse surmontait le front de l'homme, comme un de ces casques horribles par lesquels les anciens guerriers espéraient ajouter à la terreur de l'ennemi.

Je questionnai l'un de ces hommes, et je lui demandai où ils allaient ainsi. Il me répondit qu'il n'en savait rien, ni lui, ni les autres; mais qu'évidemment ils allaient quelque part, puisqu'ils étaient poussés par un invincible besoin de marcher.

Chose curieuse à noter: aucun de ces voyageurs n'avait l'air irrité contre la bête féroce suspendue à son cou et collée à son dos; on eût dit qu'il la considérait comme faisant partie de lui-même. Tous ces visages fatigués et sérieux ne témoignaient d'aucun désespoir; sous la coupole spleenétique du ciel, les pieds plongés dans la poussière d'un sol aussi désolé que ce ciel, ils cheminaient avec la physionomie résignée de ceux qui sont condamnés à espérer toujours.

Et le cortège passa à côté de moi et s'enfonça dans l'atmosphère de l'horizon, à l'endroit où la surface arrondie de la planète se dérobe à la curiosité du regard humain.

Et pendant quelques instants je m'obstinai à vouloir comprendre ce mystère; mais bientôt l'irrésistible Indifférence s'abattit sur moi, et j'en fus plus lourdement accablé qu'ils ne l'étaient eux-mêmes par leurs écrasantes Chimères.

VI

JEDER HAT SEINE CHIMÄRE

Unter einem großen grauen Himmel, in einer weiten staubigen Ebene, weglos, ohne Rasen, ohne eine Distel, ohne eine Brennessel, traf ich mehrere Menschen, die gebeugt einherzogen.
Jeder von ihnen trug auf seinem Rücken eine riesige Chimäre, so schwer wie ein Sack Mehl oder ein Sack Kohlen, oder die Montur eines römischen Fußsoldaten.
Aber das Ungeheuer war keine träge Bürde; vielmehr umschlang und preßte es den Menschen mit seinen mächtigen elastischen Muskeln; es klammerte sich mit seinen beiden riesigen Tatzen an die Brust seines Reittiers; und sein unausdenkliches Haupt stand über der Stirn des Menschen wie einer jener grausen Helme, durch welche die Krieger des Altertums dem Feind noch schrecklicher zu erscheinen hofften.
Ich wandte mich an einen dieser Menschen und fragte ihn, wohin sie in diesem Aufzug gingen. Er antwortete, er wisse es nicht, weder er noch die andern; augenscheinlich aber gingen sie irgendwohin, da sie von einem unwiderstehlichen Drang getrieben würden.
Und sonderbar: keiner dieser Wanderer sah aus, als zürne er dem wilden Scheusal, das an seinem Halse hing und ihm am Rücken klebte; man hätte meinen sollen, er betrachte es als einen Teil seiner selbst. Alle diese erschöpften ernsten Gesichter ließen keinerlei Verzweiflung erkennen; unter der spleenigen Wölbung des Himmels, die Füße im Staub eines Bodens schleifend, der so trostlos wie dieser Himmel war, zogen sie ihres Weges mit dem ergebenen Ausdruck derer, die zu ewiger Hoffnung verdammt sind.
Und der Zug ging an mir vorüber und verschwand in dem Dunst des Horizonts, dort, wo die gerundete Oberfläche des Planeten sich der Neugier des menschlichen Blicks entzieht.
Und einige Augenblicke lang wollte ich darauf bestehen, dieses Mysterium zu ergründen; bald aber fiel die unwiderstehliche Gleichgültigkeit über mich, und sie lastete schwerer auf mir als auf jenen ihre erdrückenden Chimären.

VII

LE FOU ET LA VÉNUS

Quelle admirable journée! Le vaste parc se pâme sous l'œil brûlant du soleil, comme la jeunesse sous la domination de l'Amour.
L'extase universelle des choses ne s'exprime par aucun bruit; les eaux elles-mêmes sont comme endormies. Bien différente des fêtes humaines, c'est ici une orgie silencieuse.
On dirait qu'une lumière toujours croissante fait de plus en plus étinceler les objets; que les fleurs excitées brûlent du désir de rivaliser avec l'azur du ciel par l'énergie de leurs couleurs, et que la chaleur, rendant visibles les parfums, les fait monter vers l'astre comme des fumées.
Cependant, dans cette jouissance universelle, j'ai aperçu un être affligé.
Aux pieds d'une colossale Vénus, un de ces fous artificiels, un de ces bouffons volontaires chargés de faire rire les rois quand le Remords ou l'Ennui les obsède, affublé d'un costume éclatant et ridicule, coiffé de cornes et de sonnettes, tout ramassé contre le piédestal, lève des yeux pleins de larmes vers l'immortelle Déesse.
Et ses yeux disent: »– Je suis le dernier et le plus solitaire des humains, privé d'amour et d'amitié, et bien inférieur en cela au plus imparfait des animaux. Cependant je suis fait, moi aussi, pour comprendre et sentir l'immortelle Beauté! Ah! Déesse! ayez pitié de ma tristesse et de mon délire!«
Mais l'implacable Vénus regarde au loin je ne sais quoi avec ses yeux de marbre.

VII

DER NARR UND DIE VENUS

Welch wunderbarer Tag! Der weite Park schmachtet unter dem brennenden Auge der Sonne, wie die Jugend unter der Herrschaft der Liebe.

Kein Geräusch verkündet die Verzückung aller Dinge ringsum; die Wasser selber gehn wie im Schlafe. Sehr zum Unterschied von den Festen der Menschen ist dies eine lautlose Orgie.

Es ist, als ob unter einem immer stärkeren Licht die Gegenstände immer leuchtender erstrahlten; als ob die erregten Blumen glühten, an Kraft ihrer Farben mit dem Blau des Himmels zu wetteifern, und als ob die Hitze, indem sie die Düfte sichtbar macht, sie zu dem Gestirn aufsteigen ließe wie Räucherwolken.

Und doch bemerkte ich in diesem Freudenrausch ringsum ein betrübtes Geschöpf.

Zu Füßen einer riesigen Venus einen jener künstlichen Narren, einen jener freiwilligen Possenreißer, deren Aufgabe es ist, die Könige zum Lachen zu bringen, wenn ihr Gewissen sie plagt oder die Langeweile: nah zum Sockel gekauert, lächerlich in seinem grellbunten Gewand, unter einer gehörnten Kappe mit Schellen dran, hebt er seine tränennassen Augen zu der unsterblichen Göttin empor.

Und seine Augen sagen: »Ich bin der letzte und der einsamste der Menschen, aller Liebe und Freundschaft bar, und derart noch unter das unvollkommenste Tier gestellt. Und dennoch, auch ich bin erschaffen, um die unsterbliche Schönheit zu verstehen und zu empfinden! Ah! Göttin! erbarme dich meiner Traurigkeit und meines Wahnsinns!«

Doch die unerbittliche Venus blickt teilnahmslos in die Ferne mit ihren Marmoraugen.

VIII

LE CHIEN ET LE FLACON

»– Mon beau chien, mon bon chien, mon cher toutou, approchez et venez respirer un excellent parfum acheté chez le meilleur parfumeur de la ville.«

Et le chien, en frétillant de la queue, ce qui est, je crois, chez ces pauvres êtres, le signe correspondant du rire et du sourire, s'approche et pose curieusement son nez humide sur le flacon débouché; puis, reculant soudainement avec effroi, il aboie contre moi, en manière de reproche.

»– Ah! misérable chien, si je vous avais offert un paquet d'excréments, vous l'auriez flairé avec délices et peut-être dévoré. Ainsi, vous-même, indigne compagnon de ma triste vie, vous ressemblez au public, à qui il ne faut jamais présenter des parfums délicats qui l'exaspèrent, mais des ordures soigneusement choisies.«

IX

LE MAUVAIS VITRIER

Il y a des natures purement contemplatives et tout à fait impropres à l'action, qui cependant, sous une impulsion mystérieuse et inconnue, agissent quelquefois avec une rapidité dont elles se seraient crues elles-mêmes incapables.

Tel qui, craignant de trouver chez son concierge une nouvelle chagrinante, rôde lâchement une heure devant sa porte sans oser rentrer, tel qui garde quinze jours une lettre sans la décacheter, ou ne se résigne qu'au bout de six mois à opérer une démarche nécessaire depuis un an, se sentent quelquefois brusquement précipités vers l'action par une force irrésistible, comme la flèche d'un arc. Le moraliste et le médecin, qui prétendent tout savoir, ne peuvent pas expliquer d'où vient si subitement une si folle énergie à ces

VIII

DER HUND UND DAS FLAKON

»Mein schöner Hund, mein braver Hund, mein lieber Wauwau, komm her und rieche an diesem köstlichen Parfum, das ich bei dem besten Parfümeur der Stadt gekauft habe.«

Und schweifwedelnd, was, denke ich, bei diesen armen Wesen das Zeichen ist, das unserm Lachen und Lächeln entspricht, nähert der Hund sich und legt neugierig seine feuchte Nase auf das geöffnete Flakon; erschreckt aber weicht er zurück und bellt mich vorwurfsvoll an.

»Ach! elender Hund, hätte ich dir einen Haufen Kot angeboten, du hättest ihn entzückt beschnuppert und wohl gar verschlungen. So also gleichst auch du, unwürdiger Gefährte meines traurigen Daseins, dem Publikum, dem man niemals zarte Wohlgerüche vorhalten darf, die es zur Verzweiflung treiben, sondern nur sorgfältig ausgesuchten Dreck.«

IX

DER SCHLECHTE GLASER

Es gibt rein betrachtende und zu allem Tun ganz ungeeignete Naturen, die dennoch, unter einem geheimnisvollen, unerforschten Zwang, zuweilen mit einer Schnelligkeit handeln, die sie sich selber niemals zugetraut hätten.

Jemand, der bei seinem Hausmeister eine betrübliche Nachricht vorzufinden fürchtet und deshalb eine Stunde unentschlossen vor seiner Türe herumschleicht; ein anderer, der einen Brief vierzehn Tage uneröffnet mit sich herumträgt oder sich erst nach sechs Monaten aufrafft, einen seit einem Jahr notwendigen Schritt zu unternehmen, fühlen sich manchmal unversehens und unwiderstehlich, wie der Pfeil vom Bogen schnellt, zur Tat getrieben. Der Moralist und der Arzt, die alles zu wissen vorgeben, haben keine Erklärung dafür, woher diese trägen, weichlichen Seelen so plötzâmes paresseuses et voluptueuses, et comment, incapables d'accomplir les choses les plus simples et les plus nécessaires, elles trouvent à une certaine minute un courage de luxe pour exécuter les actes les plus absurdes et souvent même les plus dangereux. Un de mes amis, le plus inoffensif rêveur qui ait existé, a mis une fois le feu à une forêt pour voir, disait-il, si le feu prenait avec autant de facilité qu'on l'affirme généralement. Dix fois de suite, l'expérience manqua; mais, à la onzième, elle réussit beaucoup trop bien.

Un autre allumera un cigare à côté d'un tonneau de poudre, *pour voir, pour savoir, pour tenter la destinée,* pour se contraindre lui-même à faire preuve d'énergie, pour faire le joueur, pour connaître les plaisirs de l'anxiété, pour rien, par caprice, par désœuvrement.

C'est une espèce d'énergie qui jaillit de l'ennui et de la rêverie; et ceux en qui elle se manifeste si inopinément sont, en général, comme je l'ai dit, les plus indolents et les plus rêveurs des êtres.

Un autre, timide à ce point qu'il baisse les yeux même devant les regards des hommes, à ce point qu'il lui faut rassembler toute sa pauvre volonté pour entrer dans un café ou passer devant le bureau d'un théâtre, où les contrôleurs lui paraissent investis de la majesté de Minos, d'Éaque et de Rhadamante, sautera brusquement au cou d'un vieillard qui passe à côté de lui et l'embrassera avec enthousiasme devant la foule étonnée.

Pourquoi? Parce que ... parce que cette physionomie lui était irrésistiblement sympathique? Peut-être; mais il est plus légitime de supposer que lui-même il ne sait pas pourquoi.

J'ai été plus d'une fois victime de ces crises et de ces élans, qui nous autorisent à croire que des Démons malicieux se glissent en nous et nous font accomplir, à notre insu, leurs plus absurdes volontés.

Un matin je m'étais levé maussade, triste, fatigué d'oisiveté, et poussé, me semblait-il, à faire quelque chose de grand, une action d'éclat; et j'ouvris la fenêtre, hélas!

lich eine solche Energie nehmen und wie sie, sonst zu den allereinfachsten und allernotwendigsten Verrichtungen außerstande, mit einemmal den überschüssigen Mut finden, die absurdesten und oft auch gefährlichsten Taten zu vollbringen.

Einer meiner Freunde, der harmloseste aller Träumer, hat einmal einen Wald in Brand gesetzt, um, sagte er, festzustellen, ob das Feuer sich so rasch ausbreite, wie allgemein behauptet wird. Zehnmal hintereinander schlug der Versuch fehl; beim elften Mal aber glückte er nur allzu gut.

Ein anderer wird seine Zigarre neben einem Pulverfaß anzünden, bloß *der Empfindung, der Erfahrung wegen, um das Schicksal herauszufordern,* um sich zu einem Kraftakt zu nötigen, um spielenderweise die Wonnen der Angst auszukosten, um nichts, aus Laune, aus Beschäftigungslosigkeit.

Es handelt sich um eine Art Energie, die der Langeweile und der Träumerei entspringt; und die Menschen, bei denen sie sich so unerwarteterweise äußert, sind gewöhnlich, wie bereits erwähnt, ganz in ihre Träume verlorene Nichtstuer.

Ein anderer wiederum, der so schüchtern ist, daß er selbst vor Männerblicken die Augen niederschlägt, so schüchtern, daß er seine ganze kümmerliche Entschlußkraft zusammenraffen muß, um ein Café zu betreten oder durch die Sperre eines Theaters zu gehen, wo die Kontrolleure ihm mit der Majestät eines Minos, Äakus und Rhadamanth bekleidet zu sein scheinen, wird unversehens einem vorbeigehenden alten Mann begeistert um den Hals fallen und ihn vor der erstaunten Menge mit Küssen bedecken.

Warum? Weil ... weil dieses Gesicht eine unwiderstehliche Zuneigung in ihm weckte? Vielleicht; noch berechtigter ist die Annahme, daß er selber nicht weiß, warum.

Ich bin mehr als einmal ein Opfer solcher Anfälle und Anwandlungen gewesen, die uns zu dem Glauben berechtigen, daß hinterhältige Dämonen sich unserer bemächtigen und uns, ohne daß wir es gewahr werden, ihre absurdesten Anschläge auszuführen zwingen.

Eines Morgens war ich mißmutig, traurig, erschöpft vom Nichtstun aufgestanden und, wie mir schien, ganz dazu aufgelegt, etwas Großes, eine strahlende Tat zu vollbringen; und ich öffnete das Fenster, leider!

(Observez, je vous prie, que l'esprit de mystification qui, chez quelques personnes, n'est pas le résultat d'un travail ou d'une combinaison, mais d'une inspiration fortuite, participe beaucoup, ne fût-ce que par l'ardeur du désir, de cette humeur, hystérique selon les médecins, satanique selon ceux qui pensent un peu mieux que les médecins, qui nous pousse sans résistance vers une foule d'actions dangereuses ou inconvenantes.)

La première personne que j'aperçus dans la rue, ce fut un vitrier dont le cri perçant, discordant, monta jusqu'à moi à travers la lourde et sale atmosphère parisienne. Il me serait d'ailleurs impossible de dire pourquoi je fus pris à l'égard de ce pauvre homme d'une haine aussi soudaine que despotique.

»– Hé! hé!« et je lui criai de monter. Cependant je réfléchissais, non sans quelque gaieté, que, la chambre étant au sixième étage et l'escalier fort étroit, l'homme devait éprouver quelque peine à opérer son ascension et accrocher en maint endroit les angles de sa fragile marchandise.

Enfin il parut: j'examinai curieusement toutes ses vitres, et je lui dis: »Comment? vous n'avez pas de verres de couleur? des verres roses, rouges, bleus, des vitres magiques, des vitres de paradis? Impudent que vous êtes! vous osez vous promener dans des quartiers pauvres, et vous n'avez pas même de vitres qui fassent voir la vie en beau!« Et je le poussai vivement vers l'escalier, où il trébucha en grognant.

Je m'approchai du balcon et je me saisis d'un petit pot de fleurs, et quand l'homme reparut au débouché de la porte, je laissai tomber perpendiculairement mon engin de guerre sur le rebord postérieur de ses crochets; et le choc le renversant, il acheva de briser sous son dos toute sa pauvre fortune ambulatoire qui rendit le bruit éclatant d'un palais de cristal crevé par la foudre.

Et, ivre de ma folie, je lui criai furieusement: »La vie en beau! la vie en beau!«

Ces plaisanteries nerveuses ne sont pas sans péril, et on peut souvent les payer cher. Mais qu'importe l'éternité de la damnation à qui a trouvé dans une seconde l'infini de la jouissance?

(Man vergesse nicht, daß der Trieb zur Mystifikation, der bei manchen Menschen keiner Tätigkeit oder Berechnung entspringt, ebenfalls in hohem Maße, und sei es nur seiner Heftigkeit wegen, etwas von dieser Laune an sich hat, in der die Ärzte eine Art Hysterie und die tiefer Denkenden etwas Satanisches sehen, – von dieser Laune, die uns widerstandslos zu einer ganzen Anzahl gefährlicher und ungebührlicher Handlungen treibt.)

Der erste Mensch, den ich auf der Straße erblickte, war ein Glaser, dessen gellender, mißtönender Ruf durch den schmutzigen Dunst der Stadt Paris zu mir heraufdrang. Ich wüßte übrigens nicht zu erklären, warum mich bei dem Anblick dieses armen Menschen ein ebenso plötzlicher wie unbezwingbarer Haß überfiel. »He! He!« rief ich und hieß ihn heraufkommen. Unterdessen vergnügte mich die Vorstellung, daß, da mein Zimmer im sechsten Stock lag und die Treppe sehr eng war, der Mann einige Mühe haben dürfte, seinen Aufstieg zu bewerkstelligen und mit seiner zerbrechlichen Ware mehrfach anstoßen mußte.

Endlich erschien er: neugierig musterte ich seine sämtlichen Scheiben, und ich sagte zu ihm: »Was? Sie haben kein buntes Glas, rosa Glas, rotes, blaues, magisches, paradiesisches Glas? Sie Unverschämter! Sie wagen es, in einem Armenviertel herumzulaufen, und Sie haben nicht einmal Scheiben, durch die man das Leben in Schönheit sieht!« Und mit einem heftigen Stoß beförderte ich ihn zur Treppe, die er brummend hinabstolperte.

Ich trat auf den Balkon und ergriff dort einen kleinen Blumentopf, und als der Mann unten aus der Haustür trat, ließ ich mein Kriegsgerät lotrecht auf den hinteren Rand seiner Traglade fallen; der Aufprall riß ihn zu Boden, und unter seinem Rücken zerschellte der ganze Kram seiner ärmlichen Habe, mit einem Geprassel, als hätte der Blitz in einen Kristallpalast eingeschlagen.

Und trunken vor Narrheit, rief ich ihm wütend zu: »Das Leben in Schönheit! das Leben in Schönheit!«

Solche nervösen Späße sind nicht ganz ungefährlich, und oft muß man sie teuer bezahlen. Aber was kümmert die Ewigkeit der Höllenstrafen den, der eine Sekunde lang die Unendlichkeit der Lust erfahren hat?

X

À UNE HEURE DU MATIN

Enfin! seul! On n'entend plus que le roulement de quelques fiacres attardés et éreintés. Pendant quelques heures, nous posséderons le silence, sinon le repos. Enfin! la tyrannie de la face humaine a disparu, et je ne souffrirai plus que par moi-même.

Enfin! il m'est donc permis de me délasser dans un bain de ténèbres! D'abord, un double tour à la serrure. Il me semble que ce tour de clef augmentera ma solitude et fortifiera les barricades qui me séparent actuellement du monde.

Horrible vie! Horrible ville! Récapitulons la journée: avoir vu plusieurs hommes de lettres, dont l'un m'a demandé si l'on pouvait aller en Russie par voie de terre (il prenait sans doute la Russie pour une île); avoir disputé généreusement contre le directeur d'une revue, qui à chaque objection répondait: »– C'est ici le parti des honnêtes gens«, ce qui implique que tous les autres journaux sont rédigés par des coquins; avoir salué une vingtaine de personnes, dont quinze me sont inconnues; avoir distribué des poignées de main dans la même proportion, et cela sans avoir pris la précaution d'acheter des gants; être monté pour tuer le temps, pendant une averse, chez une sauteuse qui m'a prié de lui dessiner un costume de *Vénustre;* avoir fait ma cour à un directeur de théâtre, qui m'a dit en me congédiant: »– Vous feriez peut-être bien de vous adresser à Z....; c'est le plus lourd, le plus sot et le plus célèbre de tous mes auteurs, avec lui vous pourriez peut-être aboutir à quelque chose. Voyez-le, et puis nous verrons«; m'être vanté (pourquoi?) de plusieurs vilaines actions que je n'ai jamais commises, et avoir lâchement nié quelques autres méfaits que j'ai accomplis avec joie, délit de fanfaronnade, crime de respect humain; avoir refusé à un ami un service facile, et donné une recommandation écrite à un parfait drôle; ouf! est-ce bien fini?

X

EIN UHR NACHTS

Endlich! allein! Kein Laut mehr, nur hie und da noch ein verspäteter Fiaker, der lendenlahm über das Pflaster holpert. Ein paar Stunden werden wir die Stille besitzen, wenn nicht gar die Ruhe. Endlich! verschwunden ist die Tyrannei der Menschengesichter, und ich werde nur noch unter mir selber leiden.

Endlich! So darf ich mich denn erholen in einem Bad der Finsternisse! Als erstes, zweimal den Schlüssel im Türschloß herumgedreht. Mir ist, als vermehre dieses Abschließen meine Einsamkeit und verstärke die Barrikaden, die mich jetzt von der Welt trennen.

Gräßliches Leben! Gräßliche Stadt! Noch einen Blick zurück auf den Tag: habe mehrere Literaten gesehen, von denen einer mich fragte, ob man auf dem Landweg nach Rußland gelangen könne (er schien Rußland für eine Insel zu halten); habe mannhaft gegen den Direktor einer Zeitschrift gestritten, der auf jeden Einwand erwiderte: »Wir vertreten die anständigen Leute«, was besagt, daß alle übrigen Zeitungen von Schuften redigiert werden; habe an die zwanzig Personen gegrüßt, darunter fünfzehn Unbekannte; habe im gleichen Verhältnis Leuten die Hand gedrückt, ohne mir vorsorglicherweise Handschuhe gekauft zu haben; bin, um die Zeit totzuschlagen, während eines Regengusses zu einer Tanzmamsell hinaufgestiegen, die mich gebeten hat, ihr ein Kostüm als *Venustra* zu zeichnen; habe einem Theaterdirektor den Hof gemacht, der mich mit den Worten verabschiedete: »Sie täten vielleicht gut daran, sich an Z. zu wenden; das ist der plumpste, dümmste und berühmteste aller meiner Autoren; mit ihm zusammen brächten Sie vielleicht etwas zustande. Suchen Sie ihn auf, dann wollen wir weitersehen«; habe mich (warum nur?) mehrerer gemeiner Handlungen gerühmt, die ich niemals begangen habe, und habe feige einige andere Schandtaten geleugnet, die ich mit Freuden vollbracht habe; Prahlsucht und verbrecherische Menschenfurcht; habe einem Freund einen leicht zu erweisenden Dienst abgeschlagen und einem ausgemachten Halunken eine schriftliche Empfehlung gegeben; uff! ist das auch alles?

Mécontent de tous et mécontent de moi, je voudrais bien me racheter et m'enorgueillir un peu dans le silence et la solitude de la nuit. Âmes de ceux que j'ai aimés, âmes de ceux que j'ai chantés, fortifiez-moi, soutenez-moi, éloignez de moi le mensonge et les vapeurs corruptrices du monde, et vous, Seigneur mon Dieu! accordez-moi la grâce de produire quelques beaux vers qui me prouvent à moi-même que je ne suis pas le dernier des hommes, que je ne suis pas inférieur à ceux que je méprise!

XI

LA FEMME SAUVAGE ET LA PETITE-MAÎTRESSE

»Vraiment, ma chère, vous me fatiguez sans mesure et sans pitié; on dirait, à vous entendre soupirer, que vous souffrez plus que les glaneuses sexagénaires et que les vieilles mendiantes qui ramassent des croûtes de pain à la porte des cabarets.

»Si au moins vos soupirs exprimaient le remords, ils vous feraient quelque honneur; mais ils ne traduisent que la satiété du bien-être et l'accablement du repos. Et puis, vous ne cessez de vous répandre en paroles inutiles: ›Aimez-moi bien! j'en ai tant besoin! Consolez-moi par-ci, caressez-moi par-là!‹ Tenez, je veux essayer de vous guérir; nous en trouverons peut-être le moyen, pour deux sols, au milieu d'une fête, et sans aller bien loin.

»Considérons bien, je vous prie, cette solide cage de fer derrière laquelle s'agite, hurlant comme un damné, secouant les barreaux comme un orang-outang exaspéré par l'exil, imitant, dans la perfection, tantôt les bonds circulaires du tigre, tantôt les dandinements stupides de l'ours blanc, ce monstre poilu dont la forme imite assez vaguement la vôtre.

Unzufrieden mit allen und unzufrieden mit mir, wollte ich mich gerne entsühnen und meinen Stolz ein wenig aufrichten in der nächtlichen Stille und Einsamkeit. Ihr Seelen derer, die ich geliebt, ihr Seelen derer, die ich besungen habe, stärket mich, stützet mich, haltet die Lüge fern von mir und die verderblichen Dünste der Welt; und du, Herr mein Gott! gewähre mir die Gnade, einige schöne Verse hervorzubringen, die mir selber beweisen, daß ich nicht der letzte der Menschen bin, und daß ich nicht niedriger bin als jene, die ich verachte!

XI

DAS WILDE WEIB UND DIE KLEINE FREUNDIN

»Wahrhaftig, meine Liebe, du plagst mich ohne Maß und Erbarmen; wenn man dich seufzen hört, sollte man meinen, du littest größere Schmerzen als die sechzigjährigen Ährenleserinnen oder die alten Bettelweiber, die vor den Wirtshaustüren die Brotkrusten aufsammeln.

Wenn deine Seufzer wenigstens zum Ausdruck brächten, daß dich dein Gewissen drückt, so gereichten sie dir doch etwas zur Ehre; aber sie verraten die Übersättigung des Wohlbefindens und die Erschlaffung des Nichtstuns. Und zu alledem hörst du nicht auf, dich in unnützen Worten zu ergehen: ›Hab mich recht lieb! ich brauche es so nötig! Tröste mich hier, streichle mich dort!‹ Wie wär's, wenn ich versuchte, dich zu heilen? Vielleicht finden wir das Mittel, für zwei Groschen, mitten in einem Fest, und ohne einen weiten Weg machen zu müssen.

Laß uns, ich bitte dich, diesen festen Eisenkäfig genauer betrachten, hinter welchem, mit dem Geheul eines Verdammten, wie ein heimwehkranker Orang-Utan an den Stäben rüttelnd, bald die runden Sprünge des Tigers zur Vollkommenheit nachahmend, bald stumpfsinnig wie ein Eisbär sich hin und her wiegend, dieses

»Ce monstre est un de ces animaux qu'on appelle généralement ›mon ange!‹ c'est-à-dire une femme. L'autre monstre, celui qui crie à tue-tête, un bâton à la main, est un mari. Il a enchaîné sa femme légitime comme une bête, et il la montre dans les faubourgs, les jours de foire, avec permission des magistrats, cela va sans dire.
»Faites bien attention! Voyez avec quelle voracité (non simulée peut-être!) elle déchire des lapins vivants et des volailles piaillantes que lui jette son cornac. ›Allons, dit-il, il ne faut pas manger tout son bien en un jour‹, et, sur cette sage parole, il lui arrache cruellement la proie, dont les boyaux dévidés restent un instant accrochés aux dents de la bête féroce, de la femme, veux-je dire.
»Allons! un bon coup de bâton pour la calmer! car elle darde des yeux terribles de convoitise sur la nourriture enlevée. Grand Dieu! le bâton n'est pas un bâton de comédie, avez-vous entendu résonner la chair, malgré le poil postiche? Aussi les yeux lui sortent maintenant de la tête, elle hurle *plus naturellement*. Dans sa rage, elle étincelle tout entière, comme le fer qu'on bat.
»Telles sont les mœurs conjugales de ces deux descendants d'Ève et d'Adam, ces œuvres de vos mains, ô mon Dieu! Cette femme est incontestablement malheureuse, quoique après tout, peut-être, les jouissances titillantes de la gloire ne lui soient pas inconnues. Il y a des malheurs plus irrémédiables, et sans compensation. Mais dans le monde où elle a été jetée, elle n'a jamais pu croire que la femme méritât une autre destinée.
»Maintenant, à nous deux, chère précieuse! À voir les enfers dont le monde est peuplé, que voulez-vous que je pense de votre joli enfer, vous qui ne reposez que sur des étoffes aussi douces que votre peau, qui ne mangez que de la viande cuite, et pour qui un domestique habile prend soin de découper les morceaux?
»Et que peuvent signifier pour moi tous ces petits soupirs qui gonflent votre poitrine parfumée, robuste coquette? Et toutes ces

behaarte Scheusal tobt, dessen Gestalt undeutlich der deinen gleicht.
Dieses Scheusal ist eines jener Tiere, die man gemeinhin ›mein Engel!‹ nennt, das heißt: eine Frau. Das andere Scheusal, das, einen Stock in der Hand, aus Leibeskräften schreit, ist ein Gatte. Er hat seine ihm rechtmäßig angetraute Ehehälfte wie ein Tier an die Kette gelegt, und zeigt sie an Jahrmarktstagen in den Vorstädten, mit Genehmigung der Obrigkeit, selbstverständlich.
Und nun gib acht! Sieh, mit welcher Gier (die vielleicht nicht einmal gespielt ist!) sie lebendige Kaninchen und kreischendes Geflügel zerfleischt, die ihr Wärter ihr zuwirft. ›Halt!‹ ruft er, ›wer wird seinen ganzen Vorrat an einem Tag verzehren?!‹ Und mit dieser weisen Bemerkung entreißt er ihr grausam die Beute, deren loses Gedärm für einen Augenblick an den Zähnen des wilden Tieres, der Frau, wollte ich sagen, hängen bleibt.
Hopp! einen kräftigen Hieb mit dem Stock, das wird sie beruhigen! denn sie starrt mit gräßlich gefräßigen Augen auf die ihr entrissene Nahrung. Großer Gott! der Stock ist kein Theaterstekken; hast du ihn auf das Fleisch klatschen hören, trotz des übergezogenen Zottelfells? Darum treten ihr auch die Augen aus den Höhlen, und ihr Gebrüll klingt sehr viel *natürlicher*. Sie sprüht und funkelt vor Wut, wie das Eisen auf dem Amboß.
Solcherart sind die ehelichen Sitten dieser beiden Abkömmlinge Adams und Evas, dieser Werke deiner Hände, o mein Gott! Dieses Weib ist ganz gewiß unglücklich, obwohl der genußreiche Kitzel des Ruhmes ihr vielleicht nicht völlig unbekannt ist. Es gibt heilloseres Unglück, ohne jede Entschädigung. In der Welt jedoch, in die hinein sie geworfen wurde, hat sie niemals glauben können, daß die Frau ein anderes Schicksal verdiene.
Und nun zu uns beiden, du teure Köstlichkeit! Was soll ich angesichts der Höllen, deren die Welt voll ist, von deiner niedlichen Hölle denken? Von dir, die du nur auf Stoffen ruhst, die so weich wie deine Haut sind, die du nur gekochtes Fleisch issest, das ein geschickter Diener dir sorgsam vorschneidet?
Und was können mir all diese schwachen Seufzer bedeuten, die deinen duftenden Busen schwellen? Gesund und kokett, wie du bist, was sollen diese angelesenen Sentimentalitäten, und diese

affectations apprises dans les livres, et cette infatigable mélancolie, faite pour inspirer au spectateur un tout autre sentiment que la pitié? En vérité, il me prend quelquefois envie de vous apprendre ce que c'est que le vrai malheur.

»A vous voir ainsi, ma belle délicate, les pieds dans la fange et les yeux tournés vaporeusement vers le ciel, comme pour lui demander un roi, on dirait vraisemblablement une jeune grenouille qui invoquerait l'idéal. Si vous méprisez le soliveau (ce que je suis maintenant, comme vous savez bien), gare la grue *qui vous croquera, vous gobera et vous tuera à son plaisir!*

»Tant poète que je sois, je ne suis pas aussi dupe que vous voudriez le croire, et si vous me fatiguez trop souvent de vos *précieuses* pleurnicheries, je vous traiterai en *femme sauvage,* ou je vous jetterai par la fenêtre, comme une bouteille vide.«

XII

LES FOULES

Il n'est pas donné à chacun de prendre un bain de multitude: jouir de la foule est un art; et celui-là seul peut faire, aux dépens du genre humain, une ribote de vitalité, à qui une fée a insufflé dans son berceau le goût du travestissement et du masque, la haine du domicile et la passion du voyage.

Multitude, solitude: termes égaux et convertibles pour le poète actif et fécond. Qui ne sait pas peupler sa solitude, ne sait pas non plus être seul dans une foule affairée.

Le poète jouit de cet incomparable privilège, qu'il peut à sa guise être lui-même et autrui. Comme ces âmes errantes qui cherchent un corps, il entre, quand il veut, dans le personnage de chacun. Pour lui seul, tout est vacant; et si de certaines places paraissent lui

durch nichts zu vertreibende Melancholie, die wohl danach angetan ist, dem Betrachter ein weit anderes Gefühl als das Mitleid einzuflößen? Wahrhaftig, manchmal überkommt es mich, dich zu lehren, was wahres Unglück ist.
Wenn man dich so sieht, schön und empfindsam, die Füße im Schlamm und die Augen schwärmerisch gen Himmel verdreht, als wolltest du dir einen König herabflehen, dann möchte man dich fast für einen jungen Frosch halten, der das Ideal anruft. Wenn du den ›Klotz‹ verachtest (der ich jetzt bin, wie du wohl weißt), so hüte dich vor dem Kranich, *der dich zerknacken, verschlingen und töten wird, wie ihm beliebt!*
Obzwar ein Poet, bin ich doch kein solcher Einfaltspinsel, wie du glauben möchtest, und wenn du mich allzu oft plagst mit deinen gezierten Wehleidigkeiten, so werde ich dich als *wildes Weib* traktieren, oder dich aus dem Fenster werfen, wie eine leere Flasche.«

XII

DIE MENGE

Nicht jedem ist es gegeben, ein Bad in der Menge zu nehmen: die Menge zu genießen, ist eine Kunst; und der allein versteht es, auf Kosten des Menschengeschlechts sich Lebenskraft zu erschwelgen, dem in seiner Wiege schon eine Fee die Lust zur Verkleidung und zur Maske, den Abscheu vor der Seßhaftigkeit und einen leidenschaftlichen Reisetrieb eingegeben hat.
Multitudo, solitudo: gleichwertige Ausdrücke und vertauschbar für den tätigen, den fruchtbaren Dichter. Wer seine Einsamkeit nicht zu bevölkern weiß, ist auch außerstande, in einer geschäftigen Menge allein zu sein.
Der Dichter genießt jenes unvergleichliche Vorrecht, nach Belieben er selbst und ein anderer zu sein. Wie jene irrenden Seelen, die nach einem Körper auf der Suche sind, schlüpft er, wenn es ihn gelüstet, in eines jeden Rolle. Ihm allein steht alles offen; und

être fermées, c'est qu'à ses yeux elles ne valent pas la peine d'être visitées.
Le promeneur solitaire et pensif tire une singulière ivresse de cette universelle communion. Celui-là qui épouse facilement la foule connaît des jouissances fiévreuses, dont seront éternellement privés l'égoïste, fermé comme un coffre, et le paresseux, interné comme un mollusque. Il adopte comme siennes toutes les professions, toutes les joies et toutes les misères que la circonstance lui présente.
Ce que les hommes nomment amour est bien petit, bien restreint et bien faible, comparé à cette ineffable orgie, à cette sainte prostitution de l'âme qui se donne tout entière, poésie et charité, à l'imprévu qui se montre, à l'inconnu qui passe.
Il est bon d'apprendre quelquefois aux heureux de ce monde, ne fût-ce que pour humilier un instant leur sot orgueil, qu'il est des bonheurs supérieurs au leur, plus vastes et plus raffinés. Les fondateurs de colonies, les pasteurs de peuples, les prêtres missionnaires exilés au bout du monde, connaissent sans doute quelque chose de ces mystérieuses ivresses; et, au sein de la vaste famille que leur génie s'est faite, ils doivent rire quelquefois de ceux qui les plaignent pour leur fortune si agitée et pour leur vie si chaste.

wenn gewisse Orte ihm verschlossen zu sein scheinen, so nur darum, weil sie in seinen Augen den Besuch nicht lohnen.
Einer, der nachdenklich einsam umhergeht, schöpft eine seltsame Berauschung aus dieser Gemeinsamkeit mit allen. Wer sich leicht mit der Menge vermählt, kennt glühende Genüsse, deren der wie eine Truhe verschlossene Egoist und der molluskenhaft in sich verkapselte Träge auf ewig beraubt sind. Er übernimmt als die seinigen alle Berufe, alle Freuden und alles Elend, welche die Gelegenheit ihm bietet.
Was die Menschen Liebe nennen, ist sehr unbedeutend, eingeschränkt und schwächlich, im Vergleich mit jener unsäglichen Orgie, jener heiligen Prostitution der Seele, die sich, dichtend, erbarmend, ganz dahingibt dem Ungeahnten, das sich zeigt, dem Unbekannten, das vorübergeht.
Die Glücklichen dieser Welt sollen von Zeit zu Zeit erfahren – und sei es nur, um ihren albernen Dünkel zu dämpfen –, daß es höhere Wonnen, umfassendere, erlesenere, als die ihren gibt. Die Gründer von Kolonien, die Lenker von Völkern, die ans Ende der Welt verschlagenen Missionare kennen gewiß etwas von solchen geheimnisvollen Berauschungen; und im Schoß der unabsehbaren Familie, die ihr Genius sich geschaffen hat, mögen sie wohl manchmal lachen über diejenigen, die sie ihres so unruhigen Geschicks, ihres so enthaltsamen Lebens wegen beklagen.

XIII

LES VEUVES

Vauvenargues dit que dans les jardins publics il est des allées hantées principalement par l'ambition déçue, par les inventeurs malheureux, par les gloires avortées, par les cœurs brisés, par toutes ces âmes tumultueuses et fermées, en qui grondent encore les derniers soupirs d'un orage, et qui reculent loin du regard insolent des joyeux et des oisifs. Ces retraites ombreuses sont les rendez-vous des éclopés de la vie.

C'est surtout vers ces lieux que le poète et le philosophe aiment diriger leurs avides conjectures. Il y a là une pâture certaine. Car s'il est une place qu'ils dédaignent de visiter, comme je l'insinuais tout à l'heure, c'est surtout la joie des riches. Cette turbulence dans le vide n'a rien qui les attire. Au contraire, ils se sentent irrésistiblement entraînés vers tout ce qui est faible, ruiné, contristé, orphelin.

Un œil expérimenté ne s'y trompe jamais. Dans ces traits rigides ou abattus, dans ces yeux caves et ternes, ou brillants des derniers éclairs de la lutte, dans ces rides profondes et nombreuses, dans ces démarches si lentes ou si saccadées, il déchiffre tout de suite les innombrables légendes de l'amour trompé, du dévouement méconnu, des efforts non récompensés, de la faim et du froid humblement, silencieusement supportés.

Avez-vous quelquefois apercu des veuves sur ces bancs solitaires, des veuves pauvres? Qu'elles soient en deuil ou non, il est facile de les reconnaître. D'ailleurs il y a toujours dans le deuil du pauvre quelque chose qui manque, une absence d'harmonie qui le rend plus navrant. Il est contraint de lésiner sur sa douleur. Le riche porte la sienne au grand complet.

Quelle est la veuve la plus triste et la plus attristante, celle qui traîne à sa main un bambin avec qui elle ne peut pas partager sa rêverie, ou celle qui est tout à fait seule? Je ne sais ... Il m'est arrivé

XIII

DIE WITWEN

Vauvenargues sagt einmal, in den öffentlichen Gärten gebe es gewisse Alleen, die vornehmlich der enttäuschte Ehrgeiz, der unglückliche Erfinder, der gescheiterte Erfinder, der gescheiterte Ruhm, die gebrochenen Herzen aufsuchen, alle jene stürmischen und verschlossenen Seelen, in denen noch die letzten dunklen Seufzerlaute eines Gewitters nachzittern, und die sich vor dem frechen Blick der sorglosen Müßiggänger zurückziehen. In diesen schattigen Abgelegenheiten treffen sich die vom Leben Verkrüppelten.

Zu diesen Orten vor allem zieht es den Dichter und den Philosophen, die sich gerne in Mutmaßungen ergehen. Dort finden sie eine sichere Weide. Denn wenn es eine Stätte gibt, die zu besuchen sie verschmähen, so ist es, wie ich schon andeutete, vor allem die Freude der Reichen. Dieser Wirbel im Leeren hat nichts Verlokkendes für sie. Hingegen fühlen sie sich unwiderstehlich angezogen von allem, was schwach, zerrüttet, bekümmert, verwaist ist.

Ein erfahrenes Auge täuscht sich da nie. In diesen starren oder niedergeschlagenen Mienen, diesen hohlen und trüben Augen, in denen vielleicht noch die letzten Blitze des Kampfes flackern, diesen unzähligen, tiefen Furchen, diesem so schleppenden oder stokkenden Gang entziffert er alsbald die zahllosen Legenden der betrogenen Liebe, der verkannten Aufopferung, der unbelohnten Mühen, des in stummer Demut ertragenen Hungers und Frosts.

Habt ihr manchmal eine Witwe auf diesen einsamen Bänken gesehen, eine jener armen Witwen? Ob sie Trauer tragen oder nicht, sie sind leicht zu erkennen. Übrigens ist da in der Trauer des Armen immer irgendetwas, das fehlt, ein Mangel an Harmonie, der sie noch ergreifender macht. Er ist genötigt, an seinem Schmerz etwas abzusparen. Der Reiche trägt den seinen in vollem Staat.

Welche ist die traurigste Witwe, und die uns am traurigsten stimmt? Jene, die ein Kind an der Hand schleift, mit dem sie ihren Traum nicht teilen kann, oder jene, die ganz allein ist? Ich weiß es nicht …

une fois de suivre pendant de longues heures une vieille affligée de cette espèce; celle-là roide, droite, sous un petit châle usé, portait dans tout son être une fierté de stoïcienne.

Elle était évidemment condamnée, par une absolue solitude, à des habitudes de vieux célibataire, et le caractère masculin de ses mœurs ajoutait un piquant mystérieux à leur austérité. Je ne sais dans quel misérable café et de quelle façon elle déjeuna. Je la suivis au cabinet de lecture; et je l'épiai longtemps pendant qu'elle cherchait dans les gazettes, avec des yeux actifs, jadis brûlés par les larmes, des nouvelles d'un intérêt puissant et personnel.

Enfin, dans l'après-midi, sous un ciel d'automne charmant, un de ces ciels d'où descendent en foule les regrets et les souvenirs, elle s'assit à l'écart dans un jardin, pour entendre, loin de la foule, un de ces concerts dont la musique des régiments gratifie le peuple parisien.

C'était sans doute là la petite débauche de cette vieille innocente (ou de cette vieille purifiée), la consolation bien gagnée d'une de ces lourdes journées sans ami, sans causerie, sans joie, sans confident, que Dieu laissait tomber sur elle, depuis bien des ans peut-être! trois cent soixante-cinq fois par an.

Une autre encore:

Je ne puis jamais m'empêcher de jeter un regard, sinon universellement sympathique, au moins curieux, sur la foule de parias qui se pressent autour de l'enceinte d'un concert public. L'orchestre jette à travers la nuit des chants de fête, de triomphe ou de volupté. Les robes traînent en miroitant; les regards se croisent; les oisifs, fatigués de n'avoir rien fait, se dandinent, feignant de déguster indolemment la musique. Ici rien que de riche, d'heureux; rien qui ne respire et n'inspire l'insouciance et le plaisir de se laisser vivre; rien, excepté l'aspect de cette tourbe qui s'appuie là-bas sur la barrière extérieure, attrapant gratis, au gré du vent, un lambeau de musique, et regardant l'étincelante fournaise intérieure.

C'est toujours chose intéressante que ce reflet de la joie du riche au

Einmal bin ich lange Stunden einer betrübten Alten dieser Art nachgegangen: steif und gerade, unter einem kurzen schäbigen Umhang, trug sie in ihrem ganzen Wesen den Stolz einer Stoikerin.
Die völlige Einsamkeit verurteilte sie offensichtlich zu den Gewohnheiten eines alten Junggesellen, und der männliche Zug in ihrem Betragen fügte ihrer Strenge einen geheimnisvollen Reiz hinzu. Ich weiß nicht, in welcher elenden Kneipe und wie sie dort ihre Mahlzeit einnahm. Ich folgte ihr in das Lesekabinett; und ich belauerte sie lange, während sie in den Zeitungen, mit eifrigen, von einstigen Tränen verbrannten Augen, nach Neuigkeiten forschte, die für sie von hoher persönlicher Wichtigkeit sein mochten.
Nachmittags endlich, unter einem zauberhaften Herbsthimmel, einem jener Himmel, aus denen Bedauern und Erinnern in Scharen niedersteigen, ließ sie sich abseits in einem Garten nieder, um, fern von der Menge, einem jener Konzerte zu lauschen, mit denen eine Regimentskapelle das Pariser Volk beglückt.
Das war gewiß die kleine Ausschweifung dieser alten Unschuld (oder dieser alten Geläuterten), der wohlverdiente Trost für einen jener lastenden Tage ohne Freund, ohne Gespräch, ohne Freude, ohne Vertrauten, die Gott auf sie herabfallen ließ, seit soviel Jahren vielleicht schon! dreihundertfünfundsechszigmal im Jahr.
Eine andere noch:
Ich kann mich niemals enthalten, einen, wenn auch nicht allgemein teilnehmenden, so zumindest doch neugierigen Blick auf die Menge der Parias zu werfen, die sich an der Umzäunung eines öffentlichen Konzertes drängen. Das Orchester streut seine Festgesänge, seine Siegesweisen, seine schmachtenden Melodien in die Nacht hinaus. Die schimmernden Roben schleifen; die Blicke kreuzen sich; die vom Nichtstun ermüdeten Müßiggänger wiegen sich, als schlürften sie lässig die Klänge der Musik. Hier sieht man nur Reichtum und Glück; nichts, das nicht Sorglosigkeit atmete und einflößte und das Vergnügen des Sich-leben-Lassens; nichts, außer jenem Gesindel, das sich dort über die äußere Schranke lehnt, um gratis, je nach dem Wind, einen Fetzen der Musik zu erhaschen, und in die funkelnde Glut im Innern starrt.
Das hat immer etwas Anziehendes, wie die Freude des Reichen tief

fond de l'œil du pauvre. Mais ce jour-là, à travers ce peuple vêtu de blouses et d'indienne, j'aperçus un être dont la noblesse faisait un éclatant contraste avec toute la trivialité environnante.

C'était une femme grande, majestueuse, et si noble dans tout son air, que je n'ai pas souvenir d'avoir vu sa pareille dans les collections des aristocratiques beautés du passé. Un parfum de hautaine vertu émanait de toute sa personne. Son visage, triste et amaigri, était en parfaite accordance avec le grand deuil dont elle était revêtue. Elle aussi, comme la plèbe à laquelle elle s'était mêlée et qu'elle ne voyait pas, elle regardait le monde lumineux avec un œil profond, et elle écoutait en hochant doucement la tête.

Singulière vision! »À coup sûr, me dis-je, cette pauvreté-là, si pauvreté il y a, ne doit pas admettre l'économie sordide; un si noble visage m'en répond. Pourquoi donc reste-t-elle volontairement dans un milieu où elle fait une tache si éclatante?«

Mais en passant curieusement auprès d'elle, je crus en deviner la raison. La grande veuve tenait par la main un enfant comme elle vêtu de noir; si modique que fût le prix d'entrée, ce prix suffisait peut-être pour payer un des besoins du petit être, mieux encore, une superfluité, un jouet.

Et elle sera rentrée à pied, méditant et rêvant, seule, toujours seule; car l'enfant est turbulent, égoïste, sans douceur et sans patience; et il ne peut même pas, comme le pur animal, comme le chien et le chat, servir de confident aux douleurs solitaires.

in den Augen des Armen widerscheint. An jenem Tage aber gewahrte ich, unter diesem Volk in Arbeitskitteln und billigem Kattun, ein Wesen, dessen Adel in einem auffälligen Kontrast stand zu der allgemeinen Trivialität seiner Umgebung.

Es war eine stattliche, majestätische und ihrer ganzen Haltung nach so vornehme Frau, daß ich mich nicht entsinne, ihresgleichen in den Sammlungen aristokratischer Schönheiten vergangener Zeiten gesehen zu haben. Ein Duft stolzer Tugend entströmte ihrer ganzen Erscheinung. Traurig und abgehärmt, stimmte ihr Antlitz vollkommen mit ihrer strengen Trauerkleidung überein. Wie der Pöbel, unter den sie sich gemischt hatte und den sie nicht sah, betrachtete auch sie die leuchtende Welt vor sich mit einem tiefen Blick, und lauschte, sacht mit dem Kopfe nickend.

Ein seltsamer Anblick! »Diese Armut da«, dachte ich bei mir, »falls es sich um Armut handelt, kennt kein schmutziges Knausern; dafür bürgt mir ein so edles Gesicht. Warum denn bleibt sie freiwillig in einer Umgebung, von der sie so sichtbarlich absticht?«

Als ich aber neugierig an ihr vorüberging, glaubte ich den Grund zu erraten. Die hochgewachsene Witwe hielt ein Kind an der Hand, ebenfalls in Schwarz gekleidet; so niedrig der Eintrittspreis auch sein mochte, dieser Betrag genügte vielleicht, um eines der Bedürfnisse des kleinen Wesens zu bezahlen, mehr noch: etwas Überflüssiges, ein Spielzeug.

Und sie wird zu Fuß nach Hause gegangen sein, nachdenklich, in Träumen, allein, allzeit allein; denn das Kind ist lärmend, selbstsüchtig, ohne Sanftheit und ohne Geduld, und es kann uns nicht einmal, wie das unschuldige Tier, ein Hund oder eine Katze, zum Vertrauten dienen, dem man seine einsamen Schmerzen klagt.

XIV

LE VIEUX SALTIMBANQUE

Partout s'étalait, se répandait, s'ébaudissait le peuple en vacances. C'était une de ces solennités sur lesquelles, pendant un long temps, comptent les saltimbanques, les faiseurs de tours, les montreurs d'animaux et les boutiquiers ambulants, pour compenser les mauvais temps de l'année.

En ces jours-là il me semble que le peuple oublie tout, la douleur et le travail; il devient pareil aux enfants. Pour les petits c'est un jour de congé, c'est l'horreur de l'école renvoyée à vingt-quatre heures. Pour les grands c'est un armistice conclu avec les puissances malfaisantes de la vie, un répit dans la contention et la lutte universelles.

L'homme du monde lui-même et l'homme occupé de travaux spirituels échappent difficilement à l'influence de ce jubilé populaire. Ils absorbent, sans le vouloir, leur part de cette atmosphère d'insouciance. Pour moi, je ne manque jamais, en vrai Parisien, de passer la revue de toutes les baraques qui se pavanent à ces époques solennelles.

Elles se faisaient, en vérité, une concurrence formidable: elles piaillaient, beuglaient, hurlaient. C'était un mélange de cris, de détonations de cuivre et d'explosions de fusées. Les queues-rouges et les Jocrisses convulsaient les traits de leurs visages basanés, racornis par le vent, la pluie et le soleil; ils lançaient, avec l'aplomb des comédiens sûrs de leurs effets, des bons mots et des plaisanteries d'un comique solide et lourd comme celui de Molière. Les Hercules, fiers de l'énormité de leurs membres, sans front et sans crâne, comme les orangs-outangs, se prélassaient majestueusement sous les maillots lavés la veille pour la circonstance. Les danseuses, belles comme des fées ou des princesses, sautaient et cabriolaient sous le feu des lanternes qui remplissaient leurs jupes d'étincelles.

Tout n'était que lumière, poussière, cris, joie, tumulte; les uns dépensaient, les autres gagnaient, les uns et les autres également joyeux. Les enfants se suspendaient aux jupons de leurs mères

XIV

DER ALTE MARKTSCHREIER

Überall erging sich, ergoß sich, ergötzte sich das feiertägliche Volk. Es war eine jener Festlichkeiten, auf welche lange Zeit hindurch die Marktschreier, Gaukler, Tierbändiger und Budenbesitzer zählen, um die schlechten Zeiten des Jahres auszugleichen.
An solchen Tagen, scheint mir, vergißt das Volk alles: Leid und Arbeit; es wird wie die Kinder. Für die Kleinen ist es ein freier Tag, auf vierundzwanzig Stunden sind sie dem Grauen der Schule entronnen. Für die Großen ist es ein Waffenstillstand, den sie mit den boshaften Mächten des Lebens geschlossen haben, ein Atemschöpfen in dem allgemeinen Ringen und Kämpfen.
Selbst der Weltmann und der Mann der geistigen Arbeit können sich dem Eindruck eines solchen Volksfestes kaum entziehen. Auch sie atmen, ohne es zu wollen, von dieser Atmosphäre der Sorglosigkeit ihr Teil ein. Ich wenigstens, als ein echter Pariser, versäume es niemals, die Buden in Augenschein zu nehmen, die zu solchen Festzeiten die Schaulustigen locken.
Sie machten sich freilich aufs fürchterlichste Konkurrenz; sie plärrten, kreischten, brüllten. Das war ein Getöse von Schreien, von schmetterndem Blech und berstenden Raketen. Hanswurst und Dummer August schnitten wilde Grimassen mit ihren von Wind, Regen und Sonne gebräunten und verhärteten Gesichtern; wie Komödianten, die ihrer Wirkung sicher sind, ließen sie Witze und Späße los, die der Komik Molières an Drastik und Schwerfälligkeit nichts nachgaben. Auf ihre mächtigen Glieder stolz, mit fliehender Stirn und flachem Schädel, wie die Orang-Utans, brüsteten die Herkulesse sich majestätisch in ihren für diesen Auftritt am Vorabend frisch gewaschenen Trikots. Schön wie Feen oder Prinzessinnen sprangen und hüpften die Tänzerinnen im Schein der Laternen, die ihre Röcke mit Funken übersäten.
Alles war nur Licht, Staub, Schreie, Freude, Tumult; die einen gaben aus, die andern verdienten, beide gleichermaßen vergnügt. Die Kinder klammerten sich an die Röcke ihrer Mütter, um eine

pour obtenir quelque bâton de sucre, ou montaient sur les épaules de leurs pères pour mieux voir un escamoteur éblouissant comme un dieu. Et partout circulait, dominant tous les parfums, une odeur de friture qui était comme l'encens de cette fête.

Au bout, à l'extrême bout de la rangée de baraques, comme si, honteux, il s'était exilé lui-même de toutes ces splendeurs, je vis un pauvre saltimbanque, voûté, caduc, décrépit, une ruine d'homme, adossé contre un des poteaux de sa cahute; une cahute plus misérable que celle du sauvage le plus abruti, et dont deux bouts de chandelles, coulants et fumants, éclairaient trop bien encore la détresse.

Partout la joie, le gain, la débauche; partout la certitude du pain pour les lendemains; partout l'explosion frénétique de la vitalité. Ici la misère absolue, la misère affublée, pour comble d'horreur, de haillons comiques, où la nécessité, bien plus que l'art, avait introduit le contraste. Il ne riait pas, le misérable! Il ne pleurait pas, il ne dansait pas, il ne gesticulait pas, il ne criait pas; il ne chantait aucune chanson, ni gaie ni lamentable, il n'implorait pas. Il était muet et immobile. Il avait renoncé, il avait abdiqué. Sa destinée était faite.

Mais quel regard profond, inoubliable, il promenait sur la foule et les lumières, dont le flot mouvant s'arrêtait à quelques pas de sa répulsive misère! Je sentis ma gorge serrée par la main terrible de l'hystérie, et il me sembla que mes regards étaient offusqués par ces larmes rebelles qui ne veulent pas tomber.

Que faire? À quoi bon demander à l'infortuné quelle curiosité, quelle merveille il avait à montrer dans ces ténèbres puantes, derrière son rideau déchiqueté? En vérité, je n'osais; et, dût la raison de ma timidité vous faire rire, j'avouerai que je craignais de l'humilier. Enfin, je venais de me résoudre à déposer en passant quelque argent sur une de ses planches espérant qu'il devinerait mon

Zuckerstange zu bekommen, oder kletterten auf die Schultern ihrer Väter, um einen Taschenspieler besser sehen zu können, der wie ein Gott in tausend Farben gleißte. Und über allem schwebte, alle Düfte beherrschend, ein Geruch nach Schmalzgebackenem, der wie der Weihrauch dieses Festes war.

Am Ende, am äußersten Ende der Zeile, der die Buden entlangstanden, erblickte ich, als hätte er sich schamhaft selber aus all diesem Glanz verbannt, einen armen Marktschreier, gebeugt, gebrechlich, altersschwach, ein Wrack von einem Menschen, der an einem Pfosten seiner Hütte lehnte; einer Hütte, die noch elender war als die des tierähnlichsten Wilden, und deren ganzen Jammer zwei tropfende, schwelende Kerzenstümpfe nur zu sehr erhellten.

Überall die Freude, der Gewinst, die Verschwendung; überall die Gewißheit des Brotes für kommende Wochen; überall frenetisch überschäumende Lebenslust. Hier das völlige Elend, das Elend, das sich, um das Grauen voll zu machen, mit komischen Lumpen behängt hatte, bei denen die Not mehr als die Kunst den Kontrast bewirkte. Er lachte nicht, der Armselige! Er weinte nicht, er tanzte nicht, er gestikulierte nicht, er schrie nicht; er sang kein Lied, kein lustiges, kein klägliches, er bat, er flehte nicht. Stumm und reglos stand er da. Er hatte aufgegeben, er hatte abgedankt. Sein Schicksal war besiegelt.

Doch welchen tiefen, unvergeßlichen Blick ließ er über die Menge und die Lichter wandern, deren Brandung einige Schritte vor seinem abstoßenden Elend halt machte! Ich fühlte, wie die schreckliche Hand der Hysterie sich um meine Kehle spannte, und mir schien, meine Blicke wären von jenen widerspenstigen Tränen getrübt, die nicht fließen wollen.

Was tun? Wozu den Unglücklichen fragen, welche Sehenswürdigkeit, welches Wundertier er in diesem stinkenden Düster, hinter seinem zerfetzten Vorhang, vorzuführen hätte? Um aufrichtig zu sein: ich wagte es nicht; und sollte der Grund meiner Scheu euch auch lachen machen, so gestehe ich doch, daß ich ihn zu demütigen fürchtete. Als ich mich endlich entschlossen hatte, im Vorbeigehn ein paar Münzen auf eines dieser Bretter zu legen, in der Hoffnung, daß er meine Absicht erraten würde, riß, ich weiß nicht

intention quand un grand reflux de peuple, causé par je ne sais quel trouble, m'entraîna loin de lui.
Et, m'en retournant, obsédé par cette vision, je cherchai à analyser ma soudaine douleur, et je me dis: Je viens de voir l'image du vieil homme de lettres qui a survécu à la génération dont il fut le brillant amuseur; du vieux poète sans amis, sans famille, sans enfants, dégradé par sa misère et par l'ingratitude publique, et dans la baraque de qui le monde oublieux ne veut plus entrer!

XV

LE GÂTEAU

Je voyageais. Le paysage au milieu duquel j'étais placé était d'une grandeur et d'une noblesse irrésistibles. Il en passa sans doute en ce moment quelque chose dans mon âme. Mes pensées voltigeaient avec une légèreté égale à celle de l'atmosphère; les passions vulgaires, telles que la haine et l'amour profane, m'apparaissaient maintenant aussi éloignées que les nuées qui défilaient au fond des abîmes sous mes pieds; mon âme me semblait aussi vaste et aussi pure que la coupole du ciel dont j'étais enveloppé; le souvenir des choses terrestres n'arrivait à mon cœur qu'affaibli et diminué, comme le son de la clochette des bestiaux imperceptibles qui paissaient loin, bien loin, sur le versant d'une autre montagne. Sur le petit lac immobile, noir de son immense profondeur, passait quelquefois l'ombre d'un nuage, comme le reflet du manteau d'un géant aérien volant à travers le ciel. Et je me souviens que cette sensation solennelle et rare, causée par un grand mouvement parfaitement silencieux, me remplissait d'une joie mêlée de peur. Bref, je me sentais, grâce à l'enthousiasmante beauté dont j'étais environné, en parfaite paix avec moi-même et avec l'univers; je crois

durch welche Störung verursacht, ein heftiger Sog der Menge mich weit von ihm weg.
Und mich entfernend, versuchte ich, von diesem Anblick besessen, mir meinen jähen Schmerz zu erklären, und sprach zu mir: »Was ich gesehen habe, war das Bild des alten Literaten, der die Generation überlebt hat, deren geistsprühender Unterhalter er war; des alten Dichters ohne Freunde, ohne Angehörige, ohne Kinder, erniedrigt durch sein Elend und den öffentlichen Undank; die Welt hat ihn vergessen, und niemand will seine Bude noch betreten!«

XV

DER KUCHEN

Es war auf einer Wanderung. Die Landschaft, in der ich mich befand, war von unwiderstehlicher Großartigkeit und Hoheit. Und etwas davon teilte unverkennbar in diesem Augenblick sich meiner Seele mit. Leicht wie die Luft schwangen meine Gedanken sich empor; die niederen Leidenschaften, Haß oder Sinnenlust, schienen mir ebenso fern wie die Gewölke, die in den Tiefen unter mir dahinzogen; meine Seele schien mir so weit und rein wie das Himmelsgewölbe, das mich umfing; die Erinnerung an das Irdische drang nur schwach und gedämpft zu meinem Herzen, wie aus weiter, weiter Ferne der Glockenton der Rinder, die kaum wahrnehmbar auf dem Abhang eines anderen Berges weideten. Über den reglosen kleinen See, dessen Schwärze von seiner unermeßlichen Tiefe zeugte, glitt manchmal der Schatten einer Wolke, als spiegelte sich dort der Mantel eines luftigen Riesen, der hoch im Himmel flog. Und ich erinnere mich, daß dieses seltene Gefühl der Feierlichkeit, welches eine mächtige, vollkommen lautlose Bewegung in mir auslöste, mich mit einer Freude erfüllte, in die sich ein leiser Schauer mischte. Kurzum, dank der erhebenden Schönheit ringsum fühlte ich mich in vollkommenem Frieden mit mir selbst und der ganzen Schöpfung; ich glaube sogar, in meiner schrankenmême que, dans ma parfaite béatitude et dans mon total oubli de tout le mal terrestre, j'en étais venu à ne plus trouver si ridicules les journaux qui prétendent que l'homme est né bon; – quand la matière incurable renouvelant ses exigences, je songeai à réparer la fatigue et à soulager l'appétit causés par une si longue ascension. Je tirai de ma poche un gros morceau de pain, une tasse de cuir et un flacon d'un certain élixir que les pharmaciens vendaient dans ce temps-là aux touristes pour le mêler dans l'occasion avec de l'eau de neige.

Je découpais tranquillement mon pain, quand un bruit très léger me fit lever les yeux. Devant moi se tenait un petit être déguenillé, noir, ébouriffé, dont les yeux creux, farouches et comme suppliants, dévoraient le morceau de pain. Et je l'entendis soupirer, d'une voix basse et rauque, le mot: *gâteau!* Je ne pus m'empêcher de rire en entendant l'appellation dont il voulait bien honorer mon pain presque blanc, et j'en coupai pour lui une belle tranche que je lui offris. Lentement il se rapprocha, ne quittant pas des yeux l'objet de sa convoitise; puis, happant le morceau avec sa main, se recula vivement, comme s'il eût craint que mon offre ne fût pas sincère ou que je m'en repentisse déjà.

Mais au même instant il fut culbuté par un autre petit sauvage, sorti je ne sais d'où, et si parfaitement semblable au premier qu'on aurait pu le prendre pour son frère jumeau. Ensemble ils roulèrent sur le sol, se disputant la précieuse proie, aucun n'en voulant sans doute sacrifier la moitié pour son frère. Le premier, exaspéré, empoigna le second par les cheveux; celui-ci lui saisit l'oreille avec les dents, et en cracha un petit morceau sanglant avec un superbe juron patois. Le légitime propriétaire du gâteau essaya d'enfoncer ses petites griffes dans les yeux de l'usurpateur; à son tour celui-ci appliqua toutes ses forces à étrangler son adversaire d'une main, pendant que de l'autre il tâchait de glisser dans sa poche le prix du combat. Mais, ravivé par le désespoir, le vaincu se redressa et fit losen Glückseligkeit und in dem gänzlichen Vergessen alles irdischen Übels war ich dahin gelangt, die Zeitungen nicht mehr so lächerlich zu finden, die da behaupteten, der Mensch sei von Natur gut; – als die unheilbare Materie ihre Forderungen geltend machte, so daß ich beschloß, der Müdigkeit stattzugeben und den Hunger zu stillen, welche ein so langwieriger Anstieg verursacht hatte. Ich zog aus meiner Tasche ein großes Stück Brot, einen Lederbecher und eine Flasche mit einem gewissen Elixier, das die Apotheker damals den Bergsteigern verkauften, um es im Bedarfsfall mit etwas Schneewasser zu mischen.

Ich schnitt gerade in aller Ruhe mein Brot, als ein Geräusch mich aufblicken ließ. Vor mir stand ein kleiner Kerl, zerlumpt, schwarz, struppig, dessen hohle, scheue und gleichsam flehende Blicke das Stück Brot gierig verschlangen. Und mit rauher Stimme hörte ich ihn leise das Wort: *Kuchen!* seufzen. Ich konnte mich des Lachens nicht enthalten, als ich die Bezeichnung vernahm, deren er sich meinem fast weißen Brot zu Ehren bediente; ich schnitt ihm eine gehörige Scheibe herunter und bot sie ihm an. Zögernd kam er näher, wobei er den Gegenstand seiner Begehrlichkeit nicht aus den Augen ließ; dann schnappte die Hand danach, und hastig wich er zurück, als fürchtete er, mein Angebot wäre nicht aufrichtig gemeint und es reute mich schon.

In dem nämlichen Augenblick jedoch wurde er von einem anderen kleinen Wilden über den Haufen gerannt, der ich weiß nicht woher aufgetaucht war und der dem ersten so völlig glich, daß man sie für Zwillingsbrüder hätte halten sollen. Sie wälzten sich zusammen auf dem Boden, bestritten einander die kostbare Beute, von der offensichtlich keiner seinem Bruder die Hälfte überlassen wollte. Wütend packte der erste den anderen bei den Haaren; dieser verbiß sich in dessen Ohr, und spuckte ein kleines blutiges Stück, das er herausgebissen hatte, mit einem prächtigen Fluch in seiner Mundart von sich. Der rechtmäßige Besitzer des Kuchens versuchte dem Räuber seine kleinen Klauen in die Augen zu schlagen; dieser seinerseits bot alle Kräfte auf, seinen Gegner mit der einen Hand zu erwürgen, während die andre bemüht war, den Kampfpreis in seine Tasche zu praktizieren. Doch die Verzweiflung verlieh dem Besiegten neuen Mut, er raffte sich wieder auf rouler le vainqueur par terre d'un coup de tête dans l'estomac. À quoi bon décrire une lutte hideuse qui dura en vérité plus longtemps que leurs forces enfantines ne semblaient le promettre? Le gâteau voyageait de main en main et changeait de poche à chaque instant; mais, hélas! il changeait aussi de volume; et lorsque enfin, exténués, haletants, sanglants, ils s'arrêtèrent par impossibilité de continuer, il n'y avait plus, à vrai dire, aucun sujet de bataille; le morceau de pain avait disparu, et il était éparpillé en miettes semblables aux grains de sable auxquels il était mêlé.

Ce spectacle m'avait embrumé le paysage, et la joie calme où s'ebaudissait mon âme avant d'avoir vu ces petits hommes avait totalement disparu; j'en restai triste assez longtemps, me répétant sans cesse: »Il y a donc un pays superbe où le pain s'appelle du *gâteau,* friandise si rare qu'elle suffit pour engendrer une guerre parfaitement fratricide!«

und versetzte dem Sieger mit dem Kopf einen Stoß in den Magen, daß er hintüber fiel. Wozu einen so abscheulichen Kampf beschreiben, der weitaus länger dauerte, als ihre kindlichen Kräfte erwarten ließen? Der Kuchen wanderte von Hand zu Hand und war alle Augenblicke in einer anderen Tasche: aber ach! er verlor dabei auch an Umfang, und als sie endlich, erschöpft, keuchend, blutend, abließen voneinander, weil die Fortsetzung des Kampfes unmöglich geworden war, da hatte sich, die Wahrheit zu sagen, der Gegenstand des Kampfes in nichts aufgelöst: das Stück Brot war verschwunden, es war zu Krümeln zerfallen, die von den Sandkörnern, mit denen sie sich vermischt hatten, nicht mehr zu unterscheiden waren.

Dieses Schauspiel hatte mir die Landschaft wie mit einem Nebel überzogen, und die stille Freudigkeit, an der meine Seele sich erlabte, ehe diese beiden Menschlein erschienen, war verflogen: lange noch saß ich in traurigen Gedanken und wiederholte mir immerfort: »Es gibt also ein herrliches Land, wo das Brot *Kuchen* heißt und ein so seltener Leckerbissen ist, daß er genügt, einen mörderischen Bruderkrieg zu entfachen!«

XVI

L'HORLOGE

Les Chinois voient l'heure dans l'œil des chats.

Un jour un missionnaire, se promenant dans la banlieue de Nankin, s'aperçut qu'il avait oublié sa montre, et demanda à un petit garçon quelle heure il était.

Le gamin du cèleste Empire hésita d'abord; puis, se ravisant, il répondit: »Je vais vous le dire.« Peu d'instants après, il reparut, tenant dans ses bras un fort gros chat, et le regardant, comme on dit, dans le blanc des yeux, il affirma sans hésiter: »Il n'est pas encore tout à fait midi.« Ce qui était vrai.

Pour moi, si je me penche vers la belle Féline, la si bien nommée, qui est à la fois l'honneur de son sexe, l'orgueil de mon cœur et le parfum de mon esprit, que ce coit la nuit, que ce soit le jour, dans la pleine lumière ou dans l'ombre opaque, au fond de ses yeux adorables je vois toujours l'heure distinctement, toujours la même, une heure vaste, solennelle, grande comme l'espace, sans divisions de minutes ni de secondes, – une heure immobile qui n'est pas marquée sur les horloges, et cependant légère comme un soupir, rapide comme un coup d'œil.

Et si quelque importun venait me déranger pendant que mon regard repose sur ce délicieux cadran, si quelque Génie malhonnête et intolérant, quelque Démon du contretemps venait me dire: »Que regardes-tu là avec tant de soin? Que cherches-tu dans les yeux de cet être? Y vois-tu l'heure, mortel prodigue et fainéant?« je répondrais sans hésiter: »Oui, je vois l'heure; il est l'Eternité!«

N'est-ce pas, madame, que voici un madrigal vraiment méritoire, et aussi emphatique que vous-même? En vérité, j'ai eu tant de plaisir à broder cette prétentieuse galanterie, que je ne vous demanderai rien en échange.

XVI

DIE UHR

Die Chinesen lesen die Zeit im Auge der Katzen.
Ein Missionar ging einmal in der Umgebung von Nanking spazieren, als er bemerkte, daß er seine Uhr vergessen hatte; er fragte einen Knaben, wie spät es sei.
Der kleine Bengel aus dem Reich des Himmels zögerte erst; dann bedachte er sich und erwiderte: »Gleich werde ich es Ihnen sagen.« Wenige Augenblicke später erschien er wieder und hielt eine große, dicke Katze im Arm. Er schaute ihr, wie man so sagt, ins Weiße der Augen und versicherte ohne Zögern: »Es ist noch nicht ganz Mittag.« Und es stimmte.
Ich meinerseits, wenn ich mich zu der schönen Féline neige, der so Wohlbenannten, die zugleich die Zierde ihres Geschlechts, der Stolz meines Herzens und der Duft meines Geistes ist, sei es bei Nacht, sei es bei Tag, im hellen Licht oder im finsteren Schatten, – stets lese ich am Grunde ihrer anbetungswürdigen Augen deutlich die Stunde, stets die gleiche, eine weite, feierliche Stunde, unermeßlich wie der Raum, unabgeteilt in Minuten und Sekunden, – eine unbewegliche Stunde, die keine Uhr uns anzeigt, und dennoch leicht wie ein Seufzer, rasch wie ein Lidschlag.
Und käme ein Störenfried, während mein Blick auf diesem köstlichen Zifferblatt ruht, käme ein grober Quälgeist, ein Dämon der Unzeit, und fragte mich: »Was betrachtest du da mit solcher Sorgfalt? Was suchst du in den Augen dieses Wesens? Siehst du darin die Stunde, du Zeitvergeuder, du tatenloser Sterblicher?« so antwortete ich ohne Zaudern: »Ja, ich sehe die Stunde; es ist die Ewigkeit!«
Nicht wahr, Madame, ist dies nicht in der Tat ein verdienstliches Madrigal, und so emphatisch wie Sie selbst? Wahrhaftig, dieses zierliche Angebinde zu verfertigen, hat mir soviel Vergnügen bereitet, daß ich auf jegliche Gegenleistung Verzicht tue.

XVII

UN HÉMISPHÈRE DANS UNE CHEVELURE

Laisse-moi respirer longtemps, longtemps, l'odeur de tes cheveux, y plonger tout mon visage, comme un homme altéré dans l'eau d'une source, et les agiter avec ma main comme un mouchoir odorant, pour secouer des souvenirs dans l'air.

Si tu pouvais savoir tout ce que je vois! tout ce que je sens! tout ce que j'entends dans tes cheveux! Mon âme voyage sur le parfum comme l'âme des autres hommes sur la musique.

Tes cheveux contiennent tout un rêve, plein de voilures et de mâtures; ils contiennent de grandes mers dont les moussons me portent vers de charmants climats, où l'espace est plus bleu et plus profond, où l'atmosphère est parfumée par les fruits, par les feuilles et par la peau humaine.

Dans l'océan de ta chevelure, j'entrevois un port fourmillant de chants mélancoliques, d'hommes vigoureux de toutes nations et de navires de toutes formes découpant leurs architectures fines et compliquées sur un ciel immense où se prélasse l'éternelle chaleur.

Dans les caresses de ta chevelure, je retrouve les langueurs des longues heures passées sur un divan, dans la chambre d'un beau navire, bercées par le roulis imperceptible du port, entre les pots de fleurs et les gargoulettes rafraîchissantes.

Dans l'ardent foyer de ta chevelure, je respire l'odeur du tabac mêlé à l'opium et au sucre; dans la nuit de ta chevelure, je vois resplendir l'infini de l'azur tropical; sur les rivages duvetés de ta chevelure je m'enivre des odeurs combinées du goudron, du musc et de l'huile de coco.

Laisse-moi mordre longtemps tes tresses lourdes et noires. Quand je mordille tes cheveux élastiques et rebelles, il me semble que je mange des souvenirs.

XVII

EINE HALBE WELT IN EINEM HAAR

Laß mich lange, lange den Geruch deines Haares atmen, mein Gesicht ganz hineintauchen, wie ein Dürstender in das Wasser einer Quelle; laß es mit meiner Hand mich schwenken wie ein duftendes Tuch, Erinnerungen in die Luft zu schütteln.

Wenn du wissen könntest, was alles ich sehe, was alles ich rieche! was alles ich höre in deinem Haar! Meine Seele reist auf den Düften, wie die Seele anderer Menschen auf den Klängen der Musik.

Dein Haar birgt einen ganzen Traum, mit reichem Segel- und Mastwerk; weite Meere enthält es, deren Monsune mich zauberischen Küsten zuwehen, wo der Himmel blauer und tiefer ist, wo die Luft geschwängert ist von den Düften der Früchte, des Laubes und der menschlichen Haut.

In dem Ozean deines Haares schaue ich einen wimmelnden Hafen, voll schwermütiger Gesänge, voll kräftiger Männer aller Nationen und voller Schiffe jeglicher Gestalt, deren zarte und vielfältige Architekturen sich vor einem unermeßlichen Himmel abzeichnen, der von ewiger Hitze bebt.

In den Liebkosungen deines Haares koste ich die süße Mattigkeit der langen Stunden wieder, wie auf einem Divan in der Kajüte eines schönen Schiffes, sanft gewiegt von dem unmerklichen Geschaukel des Hafens, zwischen Blumentöpfen und kühlenden Krügen aus feinem Ton.

In dem Glutherd deines Haares atme ich das Arom des Tabaks, mit Opium und Zucker vermischt; in der Nacht deines Haares sehe ich die Unendlichkeit des tropischen Azurs funkeln; auf den flaumigen Gestaden deines Haares berausche ich mich an den vereinten Gerüchen von Teer, Moschus und Kokosöl.

Laß mich lange deine schweren, schwarzen Flechten beißen. Wenn ich meine Zähne in dein elastisches, dein störrisches Haar grabe, ist mir, als äße ich Erinnerungen.

XVIII

L'INVITATION AU VOYAGE

Il est un pays superbe, un pays de Cocagne, dit-on, que je rêve de visiter avec une vieille amie. Pays singulier, noyé dans les brumes de notre Nord, et qu'on pourrait appeler l'Orient de l'Occident, la Chine de l'Europe, tant la chaude et capricieuse fantaisie s'y est donné carrière, tant elle l'a patiemment et opiniâtrement illustré de ses savantes et délicates végétations.

Un vrai pays de Cocagne, où tout est beau, riche, tranquille, honnête; où le luxe a plaisir à se mirer dans l'ordre; où la vie est grasse et douce à respirer; d'où le désordre, la turbulence et l'imprévu sont exclus; où le bonheur est marié au silence; où la cuisine elle-même est poétique, grasse et excitante à la fois; où tout vous ressemble, mon cher ange.

Tu connais cette maladie fiévreuse qui s'empare de nous dans les froides misères, cette nostalgie du pays qu'on ignore, cette angoisse de la curiosité? Il est une contrée qui te ressemble, où tout est beau, riche, tranquille et honnête, où la fantaisie a bâti et décoré une Chine occidentale, où la vie est douce à respirer, où le bonheur est marié au silence. C'est là qu'il faut aller vivre, c'est là qu'il faut aller mourir!

Oui, c'est là qu'il faut aller respirer, rêver et allonger les heures par l'infini des sensations. Un musicien a écrit l'*Invitation à la valse;* quel est celui qui composera l'*Invitation au voyage,* qu'on puisse offrir à la femme aimée, à la sœur d'élection?

Oui, c'est dans cette atmosphère qu'il ferait bon vivre, – là-bas, où les heures plus lentes contiennent plus de pensées, où les horloges sonnent le bonheur avec une plus profonde et plus significative solennité.

Sur des panneaux luisants, ou sur des cuirs dorés et d'une richesse sombre, vivent discrètement des peintures béates, calmes et profondes, comme les âmes des artistes qui les créèrent. Les soleils couchants, qui colorent si richement la salle à manger ou le salon,

XVIII

AUFFORDERUNG ZUR REISE

Es gibt ein herrliches Land, ein Schlaraffenland, sagt man, und ich träume davon, es mit einer alten Freundin zu besuchen. Ein seltsames Land, versunken in den dichten Nebeln unseres Nordens, das man den Orient des Okzidents, das China Europas nennen könnte, so sehr hat die heiße, einfallsreiche Phantasie sich dort freien Lauf gegönnt, so geduldig und unermüdlich hat sie es mit kunstvollen und zarten Gewächsen ausgeziert.

Ein wahres Schlaraffenland, wo alles schön, reich, ruhig und rechtschaffen ist; wo es dem Luxus gefällt, sich in der Ordnung zu spiegeln; wo das Leben fett ist und einen guten Geruch von sich gibt; wo die Unordnung, der Lärm, das Unvorhergesehene verbannt sind; wo das Glück der Stille vermählt ist; wo selbst die Küche poetisch ist, fett und anreizend in einem; wo alles dir gleicht, geliebter Engel.

Kennst du jenes Fieber, das uns in Kälte, Armut und Elend befällt, diese Sehnsucht nach dem Land, wo man noch niemals war, diese quälende Neugier? Es gibt eine Gegend, die dir gleicht, wo alles schön, reich, ruhig und rechtschaffen ist, wo die Phantasie ein China des Westens erbaut und ausgeschmückt hat, wo das Leben guten Geruch von sich gibt, wo das Glück der Stille vermählt ist. Dahin, dahin, laß uns ziehn, dahin, dort zu leben, dort zu sterben!

Ja, dort laß uns atmen, träumen und die Stunden dehnen durch die Unendlichkeit der Empfindungen! Ein Musiker hat die *Aufforderung zum Tanz* geschrieben; wer wird die *Aufforderung zur Reise* komponieren, die man der geliebten Frau, der Schwester seiner Wahl, zum Geschenk machen kann?

Ja, in jener Luft ließe es sich leben, – dort, dort, wo die langsameren Stunden gedankenreicher sind, wo die Uhren uns tiefer, bedeutender, feierlicher die Stunden des Glückes schlagen.

Auf leuchtendem Getäfel, oder auf vergoldeten Ledertapeten von dunkler Pracht, führen selige Malereien ihr stilles Leben, ruhig und tief wie die Seelen der Künstler, die sie schufen. Die Sonnenuntergänge, die Speisesaal und Wohnzimmer mit ihrem reichen sont tamisés par de belles étoffes ou par ces hautes fenêtres ouvragées que le plomp divise en nombreux compartiments. Les meubles sont vastes, curieux, bizarres, armés de serrures et de secrets comme des âmes raffinées. Les miroirs, les métaux, les étoffes, l'orfèvrerie et la faïence y jouent pour les yeux une symphonie muette et mystérieuse; et de toutes choses, de tous les coins, des fissures des tiroirs et des plis des étoffes s'échappe un parfum singulier, un *revenez-y* de Sumatra, qui est comme l'âme de l'appartement.

Un vrai pays de Cocagne, te dis-je, où tout est riche, propre et luisant, comme une belle conscience, comme une magnifique batterie de cuisine, comme une splendide orfèvrerie, comme une bijouterie bariolée! Les trésors du monde y affluent, comme dans la maison d'un homme laborieux et qui a bien mérité du monde entier. Pays singulier, supérieur aux autres, comme l'Art l'est à la Nature, où celle-ci est réformée par le rêve, où elle est corrigée, embellie, refondue.

Qu'ils cherchent, qu'ils cherchent encore, qu'ils reculent sans cesse les limites de leur bonheur, ces alchimistes de l'horticulture! Qu'ils proposent des prix de soixante et de cent mille florins pour qui résoudra leurs ambitieux problèmes! Moi, j'ai trouvé ma *tulipe noire* et mon *dahlia bleu!*

Fleur incomparable, tulipe retrouvée, allégorique dahlia, c'est là, n'est-ce pas, dans ce beau pays si calme et si rêveur, qu'il faudrait aller vivre et fleurir? Ne serais-tu pas encadrée dans ton analogie, et ne pourrais-tu pas te mirer, pour parler comme les mystiques, dans ta propre *correspondance?*

Des rêves! toujours des rêves! et plus l'âme est ambitieuse et délicate, plus les rêves l'éloignent du possible. Chaque homme porte en lui sa dose d'opium naturel, incessamment sécrétée et renouvelée, et, de la naissance à la mort, combien comptons-nous d'heures remplies par la jouissance positive, par l'action réussie et décidée? Vivrons-nous jamais, passerons-nous jamais dans ce tableau qu'a peint mon esprit, ce tableau qui te ressemble?

Schimmer färben, werden von schönen Stoffen gedämpft oder von jenen hohen, kunstvoll gearbeiteten Fenstern, die das Blei in zahlreiche Felder teilt. Die Möbel sind ausladend, wunderlich, bizarr, mit Schlössern und Geheimfächern bewehrt wie verfeinerte Seelen. Spiegel, Metalle, Stoffe, Goldschmiedearbeiten und Fayencen spielen dort für die Augen eine lautlose, geheimnisvolle Symphonie; und aus allen Dingen, aus allen Winkeln, aus den Ritzen der Schubläden, den Falten der Stoffe dringt ein eigentümlicher Duft, ein *Kehr-zurück* aus Sumatra, das gleichsam die Seele des Hauses ist.

Ein wahres Schlaraffenland, sage ich dir, wo alles reich, reinlich und leuchtend ist, wie ein schönes Gewissen, wie blankgescheuertes Küchengerät, wie glänzendes Goldschmiedewerk, wie buntes Geschmeide! Hier strömen die Schätze aus aller Herren Länder zusammen, wie im Hause eines arbeitsamen Mannes, der sich um die ganze Welt verdient gemacht hat. Ein seltsames Land, und den andern überlegen, wie die Kunst der Natur überlegen ist, wo der Traum die Natur verwandelt hat, wo diese verbessert, verschönert, erneuert ist.

Laß sie nur suchen und suchen, laß sie die Grenzen ihres Glücks immer weiter hinausrücken, jene Alchimisten der Gartenkunst! Laß sie Preise von sechzig-, von hunderttausend Florin aussetzen für den, der ihre anspruchsvollen Forderungen erfüllt! Ich habe sie gefunden, meine *schwarze Tulpe* und meine *blaue Dahlie!*

O Blume ohnegleichen, wiedergefundene Tulpe, allegorische Dahlie, dahin, nicht wahr, in dieses schöne Land, so still, so verträumt, dahin laß uns ziehn, dort laß uns leben und blühen! Umrahmte es dich nicht als dein Gleichnis, und böte es dir nicht, mit den Mystikern zu reden, den Spiegel deiner *Entsprechung?*

Träume, immer nur Träume! und je anspruchsvoller und je empfindlicher eine Seele ist, desto weiter liegen ihre Träume außer dem Bereich des Möglichen. Jeder Mensch trägt seine Dosis natürliches Opium in sich, die er unaufhörlich absondert und erneuert, und wieviel Stunden, von der Geburt bis zum Tode, zählen wir, die von wahrem Genuß erfüllt sind, von entschiedenem Tun und erfolgreichem Gelingen? Werden wir je in diesem Bilde leben, das mein Geist gemalt hat, werden wir je eingehen in dieses Bild, das dir gleicht?

Ces trésors, ces meubles, ce luxe, cet ordre, ces parfums, ces fleurs miraculeuses, c'est toi. C'est encore toi, ces grands fleuves et ces canaux tranquilles. Ces énormes navires qu'ils charrient, tout chargés de richesses, et d'où montent les chants monotones de la manœuvre, ce sont mes pensées qui dorment ou qui roulent sur ton sein. Tu les conduis doucement vers la mer qui est l'Infini, tout en réfléchissant les profondeurs du ciel dans la limpidité de ta belle âme; – et quand, fatigués par la houle et gorgés des produits de l'Orient, ils rentrent au port natal, ce sont encore mes pensées enrichies qui reviennent de l'Infini vers toi.

XIX

LE JOUJOU DU PAUVRE

Je veux donner l'idée d'un divertissement innocent. Il y a si peu d'amusements qui ne soient pas coupables!

Quand vous sortirez le matin avec l'intention décidée de flâner sur les grandes routes, remplissez vos poches de petites inventions à un sol, – telles que le polichinelle plat mû par un seul fil, les forgerons qui battent l'enclume, le cavalier et son cheval dont la queue est un sifflet, – et le long des cabarets, au pied des arbres, faites-en hommage aux enfants inconnus et pauvres que vous rencontrerez. Vous verrez leurs yeux s'agrandir démesurément. D'abord ils n'oseront pas prendre; ils douteront de leur bonheur. Puis leurs mains agripperont vivement le cadeau, et ils s'enfuiront comme font les chats qui vont manger loin de vous le morceau que vous leur avez donné, ayant appris à se défier de l'homme.

Sur une route, derrière la grille d'un vaste jardin, au bout duquel apparaissait la blancheur d'un joli château frappé par le soleil, se

Diese Schätze, diese Möbel, dieser Luxus, diese Ordnung, diese Wohlgerüche, diese Wunderblumen, das alles bist du. Und auch das bist du: diese großen Ströme und die stillen Kanäle. Diese riesigen Schiffe, die auf ihnen dahinfahren, mit Reichtümern beladen, und von denen die eintönigen Gesänge der Mannschaft erklingen, sind meine Gedanken, die auf deinem Busen schlafen oder sich dort wiegen, während die Tiefen des Himmels sich in der Klarheit deiner schönen Seele spiegeln; – und wenn sie wogenmüde mit den Erzeugnissen des Orients einlaufen in den Hafen, von dem sie ausfuhren, so sind dies immer noch meine Gedanken, die bereichert aus der Unendlichkeit heimkehren zu dir.

XIX

DAS SPIELZEUG DES ARMEN

Ich möchte den Leser zu einer arglosen Unterhaltung ermuntern. Es gibt so wenig schuldlose Vergnügungen!

Wenn du morgens das Haus verläßt, fest entschlossen, den lieben langen Tag spazierengehender Weise auf den Landstraßen zu verbringen, so fülle deine Taschen mit jenen kleinen Erfindungen, die kaum einen Groschen kosten, – flache Hampelmänner, die an einer Schnur tanzen, Schmiede, die ihre Hämmer auf einen Amboß niedergehen lassen, Reiter auf Pferden, deren Schwanz ein Pfeifchen ist, – und längs den Schenken, am Fuß der Bäume verehre diese Kleinigkeiten den unbekannten armen Kindern, die du unterwegs antriffst. Mit weitaufgerissenen Augen werden sie zuerst nicht zuzugreifen wagen; ihr Glück kommt ihnen nicht geheuer vor. Dann schlagen sie ihre Hände rasch um das Geschenk und nehmen reißaus, wie die Katzen tun, die sich mit dem Stück Fleisch, das man ihnen zuwarf, davonmachen, um es abseits zu verzehren, da sie den Menschen zu mißtrauen gelernt haben.

An einer Landstraße, hinter dem Gitter eines weiten Gartens, in dessen Tiefe ein hübsches weißes Schloß im hellen Sonnenlicht lag, tenait un enfant beau et frais, habillé de ces vêtements de campagne si pleins de coquetterie.

Le luxe, l'insouciance et le spectacle habituel de la richesse, rendent ces enfants-là si jolis, qu'on les croirait faits d'une autre pâte que les enfants de la médiocrité ou de la pauvreté.

À côté de lui, gisait sur l'herbe un joujou splendide, aussi frais que son maître, verni, doré, vêtu d'une robe pourpre, et couvert de plumets et de verroteries. Mais l'enfant ne s'occupait pas de son joujou préféré, et voici ce qu'il regardait:

De l'autre côté de la grille, sur la route, entre les chardons et les orties, il y avait un autre enfant, sale, chétif, fuligineux, un de ces marmots-parias dont un œil impartial découvrirait la beauté, si, comme l'œil du connaisseur devine une peinture idéale sous un vernis de carrossier, il le nettoyait de la répugnante patine de la misère.

À travers ces barreaux symboliques séparant deux mondes, la grande route et le château, l'enfant pauvre montrait à l'enfant riche son propre joujou, que celui-ci examinait avidement comme un objet rare et inconnu. Or, ce joujou, que le petit souillon agaçait, agitait et secouait dans une boîte grillée, c'était un rat vivant! Les parents, par économie sans doute, avaient tiré le joujou de la vie elle-même.

Et les deux enfants se riaient l'un à l'autre fraternellement, avec des dents d'une *égale* blancheur.

stand ein schönes, frisches Kind, allerliebst herausstaffiert in seinem ländlichen Kostüm.
Der Luxus, die Sorglosigkeit und der gewohnte Anblick des Reichtums verleihen diesen Kindern ein so hübsches Aussehen, daß man glauben sollte, sie wären aus anderem Stoff gemacht als die Kinder kleiner Leute oder der Armen.
Neben ihm im Grase lag ein prächtiges Spielzeug, ebenso frisch wie sein Besitzer, lackiert, vergoldet, in ein purpurnes Gewand gekleidet, mit Federn und Glasperlen geschmückt. Doch das Kind schenkte seinem Lieblingsspielzeug keinerlei Beachtung; etwas anderes hatte es ihm angetan:
Jenseits des Gitters, auf der Landstraße, zwischen Disteln und Nesseln, stand ein anderes Kind, schmutzig, schmächtig, rußverschmiert, einer jener Gassenjungen, jener Parias, deren Schönheit einem unvoreingenommenen Auge nicht verborgen bliebe, wenn es, wie das Auge des Kenners ein köstliches Gemälde unter einer dunklen Kruste von Firniß errät, ihn von der abstoßenden Patina des Elends säuberte.
Durch dieses symbolische Gitter hindurch, das zwei Welten trennte, die Landstraße und das Schloß, zeigte der arme Knabe dem reichen sein eigenes Spielzeug, das dieser mit begehrlichen Blicken betrachtete, wie eine nie gesehene Seltenheit. Dieses Spielzeug aber, das der kleine Schmierfink in einem vergitterten Kasten neckte, schwenkte und schüttelte, war eine lebendige Ratte! Aus Sparsamkeit vermutlich hatten die Eltern sein Spielzeug dem Leben selbst entnommen.
Und die beiden Kinder lachten einander brüderlich zu, mit schimmernd weißen Zähnen *beide*.

XX

LES DONS DES FÉES

C'était grande assemblée des Fées, pour procéder à la répartition des dons parmi tous les nouveau-nés, arrivés à la vie depuis vingt-quatre heures.

Toutes ces antiques et capricieuses Sœurs du Destin, toutes ces Mères bizarres de la joie et de la douleur, étaient fort diverses: les unes avaient l'air sombre et rechigné, les autres, un air folâtre et malin; les unes, jeunes, qui avaient toujours été jeunes; les autres, vieilles, qui avaient toujours été vieilles.

Tous les pères qui ont foi dans les Fées étaient venus, chacun apportant son nouveau-né dans ses bras.

Les Dons, les Facultés, les bons Hasards, les Circonstances invincibles, étaient accumulés à côté du tribunal, comme les prix sur l'estrade, dans une distribution de prix. Ce qui'il y avait ici de particulier, c'est que les Dons n'étaient pas la récompense d'un effort, mais tout au contraire une grâce accordée à celui qui vait pas encore vécu, une grâce pouvant déterminer sa destinée et devenir aussi bien la source de son malheur que de son bonheur.

Les pauvres Fées étaient très affairées; car la foule des solliciteurs était grande, et le monde intermédiaire, placé entre l'homme et Dieu, est soumis comme nous à la terrible loi du Temps et de son infinie postérité, les Jours, les Heures, les Minutes, les Secondes.

En vérité, elles étaient aussi ahuries que des ministres un jour d'audience, ou des employés du Mont-de-Piété quand une fêté nationale autorise les dégagements gratuits. Je crois même qu'elles regardaient de temps à autre l'aiguille de l'horloge avec autant d'impatience que des juges humains qui, siégeant depuis le matin, ne peuvent s'empêcher de rêver au dîner, à la famille et à leurs chères pantoufles. Si, dans la justice surnaturelle, il y a un peu de

XX

DIE GABEN DER FEEN

Die Feen waren in großer Zahl zusammengekommen, um ihre Gaben unter die Neugeborenen zu verteilen, die in den letzten vierundzwanzig Stunden das Licht der Welt erblickt hatten.

All diese launischen Urgeschwister des Schicksals, all diese wunderlichen Mütter der Freuden und Schmerzen boten einen höchst verschiedenartigen Anblick: die einen finster und mürrisch, die anderen mutwillig und schalkhaft; jung die einen, die schon immer jung gewesen, alt die anderen, die schon immer alt gewesen waren.

Alle Väter, die an die Feen glaubten, waren gekommen, und jeder trug sein Neugeborenes auf dem Arm.

Die Gaben, die Fähigkeiten, die günstigen Gelegenheiten, die unüberwindlichen Umstände waren neben dem Tribunal an erhöhter Stelle aufgestapelt, wie die Preise bei einer Preisverleihung. Das Besondere war jedoch, daß sie nicht als Lohn für eine aufgewandte Mühe vergeben wurden, sondern ganz im Gegenteil als eine Gnade, die jemandem gewährt wurde, der noch gar nicht gelebt hatte, eine Gnade, die über sein Schicksal entscheiden und ihm ebenso zum Heil wie zum Unheil ausschlagen konnte.

Die armen Feen hatten alle Hände voll zu tun, denn die Menge der Bittsteller war groß, und das Zwischenreich, das sich zwischen den Menschen und Gott erstreckt, ist ebenso wie wir dem schrecklichen Gesetz der Zeit und ihrer zahllosen Nachkommenschaft, den Tagen, Stunden, Minuten und Sekunden, unterworfen.

In Wahrheit waren sie ebenso aufgeregt wie Minister an einem Audienztag, oder wie die Angestellten des Versatzamtes, wenn ein Nationalfeiertag die kostenlose Auslösung gestattet. Ich glaube sogar, sie blickten von Zeit zu Zeit nach dem Uhrzeiger, nicht weniger ungeduldig als ein menschlicher Richter, der, seit dem frühen Morgen die Verhandlungen leitend, sich nicht enthalten kann, seine Gedanken zum häuslichen Familientisch und den geliebten Pantoffeln wandern zu lassen. Wenn schon bei der übernaprécipitation et de hasard, ne nous étonnons pas qu'il en soit de même quelquefois dans la justice humaine. Nous serions nous-mêmes, en ce cas, des juges injustes.

Aussi furent commises ce jour-là quelques bourdes qu'on pourrait considérer comme bizarres, si la prudence, plutôt que le caprice, était le caractere distinctif, éternel des Fées.

Ainsi la puissance d'attirer magnétiquement la fortune fut adjugée à l'héritier unique d'une famille très riche, qui, n'étant doué d'aucun sens de charité, non plus que d'aucune convoitise pour les biens les plus visibles de la vie, devait se trouver plus tard prodigieusement embarrassé de ses millions.

Ainsi furent donnés l'amour du Beau et la Puissance poétique au fils d'un sombre gueux, carrier de son état, qui ne pouvait, en aucune façon, aider les facultés, ni soulager les besoins de sa déplorable progéniture.

J'ai oublié de vous dire que la distribution, en ces cas solennels, est sans appel, et qu'aucun don ne peut être refusé.

Toutes les Fées se levaient, croyant leur corvée accomplie; car il ne restait plus aucun cadeau, aucune largesse à jeter à tout ce fretin humain, quand un brave homme, un pauvre petit commerçant, je crois, se leva, et empoignant par sa robe de vapeurs multicolores la Fée qui était le plus à sa portée, s'écria:

»Eh! madame! vous nous oubliez! Il y a encore mon petit! Je ne veux pas être venu pour rien.«

La Fée pouvait être embarrassée; car il ne restait plus *rien*. Cependant elle se souvint à temps d'une loi bien connue, quoique rarement appliquée, dans le monde surnaturel, habité par ces déités impalpables, amies de l'homme, et souvent contraintes de s'adapter à ses passions, telles que les Fées, les Gnomes, les Salamandres, les Sylphides, les Sylphes, les Nixes, les Ondins et les Ondines, – je türlichen Rechtsprechung etwas Übereilung und einige Zufälligkeiten mit unterlaufen, so braucht es uns nicht zu wundern, daß es bei der menschlichen Rechtsprechung mitunter ebenso zugeht. Wir wären sonst selber ungerechte Richter.

So wurden auch an jenem Tag einige Mißgriffe getan, die einem unerklärlich vorkommen mochten, wenn der seit je entscheidende Grundzug der Feen die Klugheit und nicht die Laune wäre.

Demnach wurde die Macht, den Reichtum mit magnetischer Gewalt an sich zu ziehen, dem einzigen Erben einer sehr wohlhabenden Familie zugesprochen, dem der Sinn weder nach Mildtätigkeit noch nach dem Genuß der augenscheinlichsten Güter des Lebens stand, so daß der Unglückselige sich einst den Kopf zerbrechen würde, was er mit seinen Millionen anfangen sollte.

Und die Liebe zum Schönen, die dichterische Kraft wurden dem Sohn eines armseligen Steinklopfers zuteil, der völlig außerstande war, die Begabung seines bedauernswerten Sprößlings zu fördern, noch dessen Bedürftigkeit aufzuhelfen.

Ich vergaß zu sagen, daß es gegen die Zuteilung bei solchen feierlichen Gelegenheiten keine Berufung gibt, und daß keine Gabe zurückgewiesen werden kann.

Alle Feen erhoben sich, da sie sich ihres Geschäftes entledigt zu haben glaubten; die Geschenke waren verteilt, all diese Menschlein waren überreichlich bedacht worden, als ein braver Mann, ein armer kleiner Krämer, glaube ich, sich erhob und die nächste Fee in seiner Reichweite bei einem Zipfel ihres buntschillernden Nebelgewandes packte.

»He! Madame!« rief er: »Sie vergessen uns. Mein Kleiner ist auch noch da. Ich will doch nicht für nichts und wieder nichts gekommen sein.«

Die Fee hatte allen Grund, verlegen zu sein. Denn es war rein *gar nichts* mehr übrig. Doch entsann sie sich noch rechtzeitig eines wohlbekannten, wenn auch nur selten angewandten Gesetzes in der übernatürlichen Welt, welche jene ungreifbaren Gottheiten bewohnen, die, weil sie dem Menschen wohlgesinnt sind, sich häufig genötigt sehen, seinen Leidenschaften sich zu bequemen, als da sind die Feen, die Zwerge, die Salamander, die Sylphiden, die Sylphen, die Nixen, die Meermänner und Wasserfräulein, – ich veux parler de la loi qui concède aux Fées, dans un cas semblable à celui-ci, c'est-à-dire le cas d'épuisement des lots, la faculté d'en donner encore un, supplémentaire et exceptionnel, pourvu toutefois qu'elle ait l'imagination suffisante pour le créer immédiatement.

Donc la bonne Fée répondit, avec un aplomb digne de son rang: »Je donne à ton fils … je lui donne … le *Don de plaire!*«

»Mais plaire comment? plaire …? plaire pourquoi?« demanda opiniâtrement le petit boutiquier, qui était sans doute un de ces raisonneurs si communs, incapable de s'élever jusqu'à la logique de l'Absurde.

»Parce que! parce que!« répliqua la Fée courroucée, en lui tournant le dos; et rejoignant le cortège de ses compagnes, elle leur disait: »Comment trouvez-vous ce petit Français vaniteux, qui veut tout comprendre, et qui ayant obtenu pour son fils le meilleur des lots, ose encore interroger et discuter l'indiscutable?«

meine jenes Gesetz, das die Feen, in einem Fall wie dem vorliegenden, wenn nämlich die zu verteilenden Lose erschöpft sind, ermächtigt, ausnahmsweise eine zusätzliche Gabe zu verleihen, vorausgesetzt freilich, daß die betreffende Fee über genügend Phantasie verfügt, sie auf der Stelle zu erfinden.

Die gute Fee erwiderte demnach, mit einem ihrer Würde entsprechenden Nachdruck: »Ich gebe deinem Sohn ... Ich gebe ihm ... die *Gabe zu gefallen!*«

»Ja, wie denn gefallen? gefallen ...? gefallen warum?« fragte der kleine Ladner störrisch, der gewiß einer von jenen so häufigen rechthaberischen Querköpfen war, die sich nicht zur Logik des Absurden erheben können.

»Warum? Darum!« erwiderte die erzürnte Fee und kehrte ihm den Rücken; und während sie sich dem Zuge ihrer Gefährtinnen anschloß, sagte sie zu ihnen: »Wie findet ihr diesen eingebildeten kleinen Franzosen, der alles begreifen möchte? Nachdem seinem Sohn das beste von allen Losen zugefallen ist, wagt er es noch, zu fragen und das Unbestreitbare zu bestreiten.«

XXI

LES TENTATIONS

OU ÉROS, PLUTUS ET LA GLOIRE

Deux superbes Satans et une Diablesse, non moins extraordinaire, ont la nuit dernière monté l'escalier mystérieux par où l'Enfer donne assaut à la faiblesse de l'homme qui dort, et communique en secret avec lui. Et ils sont venus se poser glorieusement devant moi, debout comme sur une estrade. Une splendeur sulfureuse émanait de ces trois personnages, qui se détachaient ainsi du fond opaque de la nuit. Ils avaient l'air si fier er si plein de domination, que je les pris d'abord tous les trois pour de vrais Dieux.

Le visage du premier Satan était d'un sexe ambigu, et il y avait aussi, dans les lignes de son corps, la mollesse des anciens Bacchus. Ses beaux yeux languissants, d'une couleur ténébreuse et indécise, ressemblaient à des violettes chargées encore des lourds pleurs de l'orage, et ses lèvres entrouvertes à des cassolettes chaudes, d'où s'exhalait la bonne odeur d'une parfumerie; et à chaque fois qu'il soupirait, des insectes musqués s'illuminaient, en voletant, aux ardeurs de son souffle.

Autour de sa tunique de pourpre était roulé, en manière de ceinture, un serpent chatoyant qui, la tête relevée, tournait langoureusement vers lui ses yeux de braise. À cette ceinture vivante étaient suspendus, alternant avec des fioles pleines de liqueurs sinistres, de brillants couteaux et des instruments de chirurgie. Dans sa main droite il tenait une autre fiole dont le contenu était d'un rouge lumineux, et qui portait pour étiquette ces mots bizarres: »Buvez, ceci est mon sang, un parfait cordial«; dans la gauche, un violon qui lui servait sans doute à chanter ses plaisirs et ses douleurs, et à répandre la contagion de sa folie dans les nuits de sabbat.

À ses chevilles délicates traînaient quelques anneaux d'une chaîne

XXI

DIE VERSUCHUNGEN

ODER EROS, PLUTUS UND DIE GÖTTIN DES RUHMES

Zwei prächtige Teufel und eine nicht minder bemerkenswerte Teufelin sind in der vergangenen Nacht die verborgene Treppe heraufgestiegen, durch die der schwache Mensch im Schlaf insgeheim mit der Hölle in Verbindung steht und über die sie ihre Angriffe auf seine Seele bewerkstelligt. In all ihrer Herrlichkeit traten sie wie auf einer Estrade vor mich hin. Ein schwefliger Glanz ging von diesen drei Gestalten aus, die sich vor dem düsteren Hintergrund der Nacht abhoben. So stolz und gebieterisch sahen sie aus, daß ich sie anfangs alle drei für wirkliche Götter hielt.

Das Antlitz des ersten Teufels war von zweideutigem Geschlecht, und in den Linien seines Körpers lag die Weichlichkeit eines antiken Bacchus. Seine schönen, schmachtenden Augen, von dunkel dämmernder Farbe, glichen Veilchen, auf denen noch die schweren Tränen des Gewitters ruhen, und seine halbgeöffneten Lippen heißen Räucherpfannen, aus denen der angenehme Duft einer Parfümerie herwehte; und jedesmal, wenn er seufzte, leuchteten moschusduftende Insekten auf, die in der Glut seines Atems wirbelten.

Um seine purpurne Tunika wand sich, anstatt eines Gürtels, eine schillernde Schlange, die hocherhobenen Hauptes aus funkelnden Augen ihn schmelzend anblickte. An diesem lebendigen Gürtel hingen, zwischen Phiolen voll unheimlicher Flüssigkeiten, blitzende Messer und chirurgische Instrumente. In der Rechten hielt er eine andere Phiole mit einem leuchtend roten Inhalt, auf der folgende seltsame Worte zu lesen standen: „Trinket, dies ist mein Blut, das vortrefflichste Herzmittel"; in der Linken hielt er eine Geige, die ihm wohl dazu diente, seine Lust und seine Pein zu singen und die Walpurgisnachttänzer mit seinem Wahnsinn anzustecken.

An seinen zarten Knöcheln schleiften einige Ringe einer zerbroche-

d'or rompue, et quand la gêne qui en résultait le forçait à baisser les yeux vers la terre, il contemplait vaniteusement les ongles de ses pieds, brillants et polis comme des pierres bien travaillées.
Il me regarda avec ses yeux inconsolablement navrés, d'où s'écoulait une insidieuse ivresse, et il me dit d'une voix chantante: »Si tu veux, si tu veux, je te ferai le seigneur des âmes, et tu seras le maître de la matière vivante, plus encore que le sculpteur peut l'être de l'argile; et tu connaîtras le plaisir, sans cesse renaissant, de sortir de toi-même pour t'oublier dans autrui, et d'attirer les autres âmes jusqu'à les confondre avec la tienne.«
Et je lui répondis: »Grand merci! je n'ai que faire de cette pacotille d'êtres qui, sans doute, ne valent pas mieux que mon pauvre moi. Bien que j'aie quelque honte à me souvenir, je ne veux rien oublier; et quand même je ne te connaîtrais pas, vieux monstre, ta mystérieuse coutellerie, tes fioles équivoques, les chaînes dont tes pieds sont empêtrés, sont des symboles qui expliquent assez clairement les inconvénients de ton amitié. Garde tes présents.«
Le second Satan n'avait ni cet air à la fois tragique et souriant, ni ces belles manières insinuantes, ni cette beauté délicate et parfumée. C'était un homme vaste, à gros visage sans yeux, dont la lourde bedaine surplombait les cuisses, et dont toute la peau était dorée et illustrée, comme d'un tatouage, d'une foule de petites figures mouvantes représentant les formes nombreuses de la misère universelle. Il y avait de petits hommes efflanqués qui se suspendaient volontairement à un clou; il y avait de petits gnomes difformes, maigres, dont les yeux suppliants réclamaient l'aumône mieux encore que leurs mains tremblantes; et puis de vieilles mères portant des avortons accrochés à leurs mamelles exténuées. Il y en avait encore bien d'autres.
Le gros Satan tapait avec son poing sur son immense ventre, d'où sortait alors un long et retentissant cliquetis de métal, qui se termi-

nen goldenen Kette, und wenn die Behinderung, die sie ihm verursachten, ihn nötigte, die Blicke zu Boden zu senken, so betrachtete er selbstgefällig die Nägel seiner Zehen, deren glatte Wölbungen wie schöngeschliffene Steine funkelten.
Er schaute mich mit seinen herzenswund untröstlichen Augen an, aus denen eine verfängliche Trunkenheit troff, und sprach mit singender Stimme: »Wenn du willst, wenn du willst, mache ich dich zum Gebieter der Seelen, und du wirst ein Meister sein über den lebendigen Stoff, mehr noch als der Bildhauer über den weichen Ton; und du wirst die unaufhörlich sich erneuernde Lust genießen, aus dir selbst herauszutreten, um dich in dem Anderen zu vergessen, und andere Seelen anzuziehen, bis sie mit der deinen verschmelzen.«
Und ich antwortete ihm: »Dankeschön! was habe ich mit diesem Gesindel zu schaffen, das gewiß nicht mehr taugt als mein armes Ich. Obwohl ich mich meiner Erinnerungen manchmal schäme, will ich doch nichts vergessen; und selbst wenn ich dich nicht kennte, altes Scheusal, so sind doch deine mysteriösen Messer und Klingen, deine verdächtigen Phiolen, die Ketten, die deine Füße nachschleifen, deutliche Anzeichen der Unannehmlichkeiten, die deine Freundschaft mit sich bringt. Behalte deine Geschenke.«
Der zweite Teufel zeigte ein anderes Aussehen: weder blickte er mit so tragischer und zugleich doch lächelnder Miene, noch hatte er solchen einschmeichelnden Anstand oder solche zarte, salbenduftende Schöngestalt. Dieser war ein breiter Kerl, mit einem feisten Gesicht ohne Augen, dessen schwerer Wanst über die Schenkel herabhing, und dessen Haut überall vergoldet und wie mit einer Tätowierung überzogen war, welche in einer Menge kleiner beweglicher Gestalten die unzähligen Formen des menschlichen Elends darstellte. Man sah da ausgemergelte kleine Männer, die sich freiwillig an einem Nagel erhängten; mißgestaltete, magere Wichte, deren bettelnde Augen noch flehentlicher um ein Almosen baten als ihre zitternden Hände; auch alte Mütter, deren Mißgeburten sich an ihre schlaffen Brüste klammerten; und viele andere mehr.
Der feiste Teufel hieb mit der Faust auf seinen ungeheuren Bauch, aus dem jedesmal ein langanhaltendes metallisches Gerassel er-

nait en un vague gémissement fait de nombreuses voix humaines. Et il riait, en montrant impudemment ses dents gâtées, d'un énorme rire imbécile, comme certains hommes de tous les pays quand ils ont trop bien dîné.

Et celui-là me dit: »Je puis te donner ce qui obtient tout, ce qui vaut tout, ce qui remplace tout!« Et il tapa sur son ventre monstrueux, dont l'écho sonore fit le commentaire de sa grossière parole.

Je me détournai avec dégoût, et je répondis: »Je n'ai besoin, pour ma jouissance, de la misère de personne; et je ne veux pas d'une richesse attristée, comme un papier de tenture, de tous les malheurs représentés sur ta peau.«

Quant à la Diablesse, je mentirais si je n'avouais pas qu'à première vue je lui trouvai un bizarre charme. Pour définir ce charme, je ne saurais le comparer à rien de mieux qu'à celui des très belles femmes sur le retour, qui cependant ne vieillissent plus, et dont la beauté garde la magie pénétrante des ruines. Elle avait l'air à la fois impérieux et dégingandé, et ses yeux, quoique battus, contenaient une force fascinatrice. Ce qui me frappa le plus, ce fut le mystère de sa voix, dans laquelle je retrouvais le souvenir des *contralti* les plus délicieux et aussi un peu de l'enrouement des gosiers incessament lavés par l'eau-de-vie.

»Veux-tu connaître ma puissance?« dit la fausse déesse avec sa voix charmante et paradoxale. »Écoute.«

Et elle emboucha alors une gigantesque trompette, enrubannée, comme un mirliton, des titres de tous les journaux de l'univers, et à travers cette trompette elle cria mon nom, qui roula ainsi à travers l'espace avec le bruit de cent mille tonnerres, et me revint répercuté par l'écho de la plus lointaine planète.

»Diable!« fis-je, à moitié subjugué, »voilà qui est précieux!« Mais en examinant plus attentivement la séduisante virago, il me sembla vaguement que je la reconnaissais pour l'avoir vue trinquant avec quelques drôles de ma connaissance; et le son rauque du scholl, das in einem matten Ächzen vieler menschlicher Stimmen verklang. Und er lachte, indem er schamlos seine verdorbenen Zähne entblößte: ein dröhnendes Gelächter des Schwachsinns, wie es gewisse Leute in allen Ländern von sich geben, wenn sie zu gut gegessen haben.

Und er sprach zu mir: »Ich kann dir geben, was alles verschafft, was alles aufwiegt, was alles ersetzt!« Und er paukte sich auf seinen unförmigen Bauch, dessen dumpfer Widerhall den Kommentar zu seinen plumpen Worten lieferte.

Voll Abscheu wandte ich mich ab, und antwortete: »Ich bedarf keines Elends der anderen zu meiner Lust; und ich will keinen Reichtum, der wie eine Tapete verunstaltet ist von allen Greueln des Unglücks, die auf deiner Haut abgebildet sind.«

Was die Teufelin angeht, so müßte ich lügen, wenn ich nicht gestände, daß sie mir beim ersten Anblick mit einem seltsamen Reiz ausgestattet schien. Diesen Reiz zu beschreiben, wüßte ich keinen besseren Vergleich als den Charme sehr schöner Frauen, wenn sie verblühen, ohne dann doch weiter zu altern, und deren Schönheit den ergreifenden Zauber der Ruinen bewahrt. Sie hatte zugleich etwas Herrscherliches und Schlottriges an sich, und in ihren Augen lag, trotz der dunklen Ringe, eine tiefe Verlockung. Am meisten fiel mir ihre Stimme auf, die etwas Geheimnisvolles hatte; sie erinnerte mich an die köstlichsten *contralti* und ein wenig auch an die Heiserkeit gewisser Kehlen, die der Branntwein unaufhörlich hinabgeflossen ist.

»Willst du meine Macht kennenlernen?« sprach die falsche Göttin mit ihrer bezaubernden und paradoxen Stimme. »So höre.«

Und sie setzte alsbald eine riesige Trompete an, die wie eine Kinderschnarrflöte bebändert war, und auf diesen Bändern standen die Titel sämtlicher Zeitungen der Welt. Durch diese Trompete schrie sie meinen Namen, welcher derart mit dem Getöse von zehntausend Donnerwettern durch den Raum rollte, daß der Widerhall mir von dem fernsten Planeten zurückkam.

»Teufel!« rief ich, halb schon gefangen, »das macht was her!« Doch als ich die verführerische Virago etwas näher ins Auge faßte, kam sie mir fast bekannt vor; als hätte ich sie schon einigen Halunken aus meiner Bekanntschaft zutrinken sehen; und der hei-

cuivre apporta à mes oreilles je ne sais quel souvenir d'une trompette prostituée.
Aussi je répondis, avec tout mon dédain: »Va-t'en! Je ne suis pas fait pour épouser la maîtresse de certains que je ne veux pas nommer.«
Certes, d'une si courageuse abnégation j'avais le droit d'être fier. Mais malheureusement je me réveillai, et toute ma force m'abandonna. »En vérité, me dis-je, il fallait que je fusse bien lourdement assoupi pour montrer de tels scrupules. Ah! s'ils pouvaient revenir pendant que je suis éveillé, je ne ferais pas tant le délicat!«
Et je les invoquai à haute voix, les suppliant de me pardonner, leur offrant de me déshonorer aussi souvent qu'il le faudrait pour mériter leurs faveurs; mais je les avais sans doute fortement offensés, car ils ne sont jamais revenus.

XXII

LE CRÉPUSCULE DU SOIR

Le jour tombe. Un grand apaisement se fait dans les pauvres esprits fatigués du labeur de la journée; et leurs pensées prennent maintenant les couleurs tendres et indécises du crépuscule.
Cependant du haut de la montagne arrive à mon balcon, à travers les nues transparentes du soir, un grand hurlement, composé d'une foule de cris discordants, que l'espace transforme en une lugubre harmonie, comme celle de la marée qui monte ou d'une tempête qui s'éveille.
Quels sont les infortunés que le soir ne calme pas, et qui prennent, comme les hiboux, la venue de la nuit pour un signal de sabbat? Cette sinistre ululation nous arrive du noir hospice perché sur la montagne; et, le soir, en fumant et en contemplant le repos de

sere Ton des Blechs gemahnte mein Ohr an ich weiß nicht welche käufliche Trompete.
So antwortete ich denn, mit der ganzen Verachtung, deren ich fähig war: »Pack dich! Ich bin nicht dazu da, die Mätresse gewisser Leute zu heiraten, die hier besser ungenannt bleiben.«
Gewiß, ich hatte einigen Grund, auf eine so mutige Ablehnung stolz zu sein. Doch unglücklicherweise erwachte ich, und alle Kraft verließ mich. »Wahrlich«, sprach ich zu mir, »ich muß sehr tief geschlafen haben, um soviel Bedenken Raum zu geben. Ach! wenn sie doch wiederkämen, jetzt, wo ich wach bin, ich wollte nicht so zimperlich sein.«
Und ich rief mit lauter Stimme, sie möchten wiederkehren; ich flehte sie an, mir zu verzeihen; ich erbot mich, mich so oft zu entehren, als es nötig wäre, um ihre Gunst zu verdienen. Doch ich hatte sie offenbar zu schwer beleidigt, denn sie ließen sich nie wieder blicken.

XXII

DIE ABENDDÄMMERUNG

Der Tag sinkt. Friede breitet sich aus in den armen, von ihrem Tagwerk ermüdeten Seelen, und ihre Gedanken nehmen nun die zarten, verschwimmenden Farben der Dämmerung an.
Doch durch die lichten Abendwolken dringt von der Höhe des Berges ein lautes Heulen zu meinem Balkon, ein vielfältiges Gemenge mißtönender Schreie, die in den Lüften zu einer schauerlichen Harmonie verschmelzen, wie das Rauschen der Brandung oder ein Sturm, der sich erhebt.
Wer sind die Unglücklichen, denen der Abend keine Linderung bringt, und denen, wie den Eulen, der Anbruch der Dunkelheit als ein Zeichen gilt, daß nun die Hexen ausfliegen? Diese grausigen Rufe kommen von der düsteren Irrenanstalt, die auf dem Berg hockt; und abends, wenn ich rauchend die Ruhe des weiten Tales

l'immense vallée, hérissée de maisons dont chaque fenêtre dit: »C'est ici la paix maintenant; c'est ici la joie de la famille!« je puis, quand le vent souffle de là-haut, bercer ma pensée étonnée à cette imitation des harmonies de l'enfer.

Le crépuscule excite les fous. – Je me souviens que j'ai eu deux amis que le crépuscule rendait tout malades. L'un méconnaissait alors tous les rapports d'amitié et de politesse, et maltraitait, comme un sauvage, le premier venu. Je l'ai vu jeter à la tête d'un maître d'hôtel un excellent poulet, dans lequel il croyait voir je ne sais quel insultant hiéroglyphe. Le soir, précurseur des voluptés profondes, lui gâtait les choses les plus succulentes.

L'autre, un ambitieux blessé, devenait, à mesure que le jour baissait, plus aigre, plus sombre, plus taquin. Indulgent et sociable encore pendant la journée, il était impitoyable le soir; et ce n'était pas seulement sur autrui, mais aussi sur lui-même, que s'exerçait rageusement sa manie crépusculeuse.

Le premier est mort fou, incapable de reconnaître sa femme et son enfant; le second porte en lui l'inquiétude d'un malaise perpétuel, et fût-il gratifié de tous les honneurs que peuvent conférer les républiques et les princes, je crois que le crépuscule allumerait encore en lui la brûlante envie de distinctions imaginaires. La nuit, qui mettait ses ténèbres dans leur esprit, fait la lumière dans le mien; et, bien qu'il ne soit pas rare de voir la même cause engendrer deux effets contraires, j'en suis toujours comme intrigué et alarmé.

Ô nuit! ô rafraîchissantes ténèbres! vous êtes pour moi le signal d'une fête intérieure, vous êtes la délivrance d'une angoisse! Dans la solitude des plaines, dans les labyrinthes pierreux d'une capitale, scintillement des étoiles, explosion des lanternes, vous êtes le feu d'artifice de la déesse Liberté!

Crépuscule, comme vous êtes doux et tendre! Les lueurs roses qui traînent encore à l'horizon comme l'agonie du jour sous l'oppression victorieuse de sa nuit, les feux des candélabres qui font des betrachte, Haus an Haus, und jedes Fenster spricht: »Hier ist Friede jetzt; hier freuen sich Eltern und Kinder!« dann kann ich, wenn der Wind herweht von dort oben, mein erstauntes Gemüt zu diesen Klängen wiegen, welche die Harmonien der Hölle nachzuahmen scheinen.

Die Dämmerung reizt die Narren. – Ich erinnere mich zweier Freunde, welche die Dämmerung ganz krank machte. Der eine vergaß dann alle Forderungen der Freundschaft und Höflichkeit, und mißhandelte wie ein Wilder den Erstbesten, der ihm in den Weg kam. Ich habe gesehen, wie er einem Oberkellner ein vorzügliches Huhn an den Kopf warf, in dem er wer weiß welche beleidigende Hieroglyphe zu entdecken wähnte. Der Abend, ein Vorbote tiefer Lüste, verdarb ihm die saftigsten Genüsse.

Der andere, den ein verwundeter Ehrgeiz plagte, wurde, je mehr das Licht schwand, desto bitterer, düsterer, spottsüchtiger. Tagsüber noch nachsichtig und umgänglich, wurde er abends erbarmungslos; und nicht nur gegen die andern, sondern auch gegen sich selbst wütete er in seinem Dämmerungswahn.

Der erste ist im Irrenhaus gestorben, ohne sein Weib und sein Kind erkennen zu können; den zweiten plagt eine unaufhörliche innere Unrast, und würden ihm sämtliche Ehren zuteil, welche Republiken und Fürsten zu verleihen haben, dennoch würde, glaube ich, die Dämmerung weiterhin die brennende Begierde nach eingebildeten Auszeichnungen in ihm entzünden. Die Nacht, die ihren Geist verfinsterte, erhellt den meinigen; und obwohl es keine Seltenheit ist, daß die nämliche Ursache zwei entgegengesetzte Wirkungen hervorbringt, wundert und verstört mich dies doch immer wieder.

O Nacht! o erfrischende Finsternisse! ihr verkündet mir ein Fest in meinem Innern; was mich ängstete, löst sich! In der Verlassenheit der weiten Ebenen, in den steinernen Labyrinthen einer Großstadt seid ihr, funkelnde Sternensaat, aufsprühende Straßenlichter, das Feuerwerk der Göttin Freiheit!

Abenddämmerung, wie sanft und zärtlich du bist! Der rosige Schimmer, der noch am Horizont zaudert wie die letzten Zuckungen des Tages, wenn seine Nacht ihn als Siegerin niedertritt, die Flammen der Kandelaber, die düsterrote Flecken in die letzten taches d'un rouge opaque sur les dernières gloires du couchant, les lourdes draperies qu'une main invisible attire des profondeurs de l'Orient, imitent tous les sentiments compliqués qui luttent dans le cœur de l'homme aux heures solennelles de la vie.

On dirait encore une de ces robes étranges de danseuses, où une gaze transparente et sombre laisse entrevoir les splendeurs amorties d'une jupe éclatante, comme sous le noir présent transperce le délicieux passé; et les étoiles vacillantes d'or et d'argent, dont elle est semée, représentent ces feux de la fantaisie qui ne s'allument bien que sous le deuil profond de la Nuit.

XXIII

LA SOLITUDE

Un gazetier philanthrope me dit que la solitude est mauvaise pour l'homme; et à l'appui de sa thèse, il cite, comme tous les incrédules, des paroles des Pères de l'Église.

Je sais que le Démon fréquente volontiers les lieux arides, et que l'Esprit de meurtre et de lubricité s'enflamme merveilleusement dans les solitudes. Mais il serait possible que cette solitude ne fût dangereuse que pour l'âme oisive et divagante qui la peuple de ses passions et de ses chimères.

Il est certain qu'un bavard, dont le suprême plaisir consiste à parler du haut d'une chaire ou d'une tribune, risquerait fort de devenir fou furieux dans l'île de Robinson. Je n'exige pas de mon gazetier les courageuses vertus de Crusoé, mais je demande qu'il ne décrète pas d'accusation les amoureux de la solitude et du mystère.

Il y a dans nos races jacassières des individus qui accepteraient avec moins de répugnance le supplice suprême, s'il leur était permis de faire du haut de l'échafaud une copieuse harangue, sans

Helligkeiten des Abendhimmels brennen, die schweren Draperien, die eine unsichtbare Hand aus den Tiefen des Ostens herzieht, dies alles ist wie ein Bild der widerstreitenden Gefühle, die in den feierlichen Stunden des Lebens das Menschenherz bedrängen.
Oder es ist auch wie eines jener seltsamen Kleider der Tänzerinnen, wo unter einer leichten dunklen Gaze ein leuchtender Rock gedämpft hervorschimmert, wie die köstliche Vergangenheit die düstere Gegenwart durchbricht; und die goldenen und silbernen Glitzersterne, mit denen dieser Rock übersät ist, sind die Feuer der Phantasie, die nur unter dem tiefen Trauerschleier der Nacht entbrennen und funkeln.

XXIII

DIE EINSAMKEIT

Ein philantropischer Zeitungsschreiber sagt mir, der Mensch vertrage die Einsamkeit nicht; und um seine Behauptung zu stützen, zitiert er, wie alle Ungläubigen, Worte der Kirchenväter.
Ich weiß, der Teufel haust gerne an kahlen Stätten, und der Geist des Mordes und der Geilheit entzündet sich auf das prächtigste in der Einsamkeit. Aber es wäre doch möglich, daß diese Einsamkeit nur der müßigen und unsteten Seele gefährlich wäre, die sie mit ihren Leidenschaften und Chimären bevölkert.
Ein Schwätzer, dessen höchte Lust darin besteht, von einer Kanzel oder einer Tribüne herab zu sprechen, würde sicher ernstlich Gefahr laufen, auf Robinsons Insel dem Wahnsinn zu verfallen. Ich verlange ja von meinem Zeitungsschreiber nicht den Mut und die Entschlossenheit eines Crusoe, aber ich erwarte, daß er nicht als Kläger gegen die Liebhaber der Einsamkeit und des Mysteriums auftritt.
Unter unseren Klappermäulern gibt es Individuen, die noch das Todesurteil weniger widerwillig hinnähmen, wenn man ihnen erlaubte, von der Höhe des Schaffotts eine ausgiebige Rede an das

craindre que les tambours de Santerre ne leur coupassent intempestivement la parole.
Je ne les plains pas, parce que je devine que leurs effusions oratoires leur procurent des voluptés égales à celles que d'autres tirent du silence et du recueillement; mais je les méprise.
Je désire surtout que mon maudit gazetier me laisse m'amuser à ma guise. »Vous n'éprouvez donc jamais, – me dit-il, avec un ton de nez très apostolique, – le besoin de partager vos jouissances?« Voyez-vous le subtil envieux! Il sait que je dédaigne les siennes, et il vient s'insinuer dans les miennes, le hideux trouble-fête!
»Ce grand malheur de ne pouvoir être seul! ...« dit quelque part La Bruyère, comme pour faire honte à tous ceux qui courent s'oublier dans la foule, craignant sans doute de ne pouvoir se supporter eux-mêmes.
»Presque tous nos malheurs nous viennent de n'avoir pas su rester dans notre chambre«, dit un autre sage, Pascal, je crois, rappelant ainsi dans la cellule du recueillement tous ces affolés qui cherchent le bonheur dans le mouvement et dans une prostitution que je pourrais appeler *fraternitaire,* si je voulais parler la belle langue de mon siècle.

Volk zu halten, ohne befürchten zu müssen, daß die Trommler von Santerre ihnen zur Unzeit das Wort abschneiden.
Ich beklage sie nicht, weil ich ahne, daß ihre rednerischen Ergießungen ihnen ähnliche Wonnen verschaffen, wie andere sie aus dem Schweigen und der Sammlung schöpfen; aber ich verachte sie.
Ich wünsche vor allem, daß mein verfluchter Zeitungsschreiber mir gestattet, mich auf meine Weise zu vergnügen. »Empfinden Sie denn niemals«, läßt er sich höchst apostolisch durch die Nase vernehmen, »das Bedürfnis, Ihre Vergnügungen zu teilen?« So ein durchtriebener Neidhammel! Er weiß, daß ich die seinen verschmähe, und da will er sich in die meinen drängen, der widerwärtige Spielverderber!
»Dieses große Unglück, nicht allein sein zu können! ...« sagt irgendwo La Bruyère, als wollte er all jene beschämen, die hinlaufen, um sich in der Menge zu vergessen, weil sie vermutlich fürchten, daß sie sich selbst nicht ertragen könnten.
»Fast all unser Unglück kommt daher, daß wir es nicht verstanden haben, in unserem Zimmer zu bleiben«, sagt ein anderer Weiser, Pascal, glaube ich, der derart all jene Narren in die Zelle der Andacht zurückruft, die das Glück in der Bewegung suchen, und in einer Prostitution, die ich *verbrüderlichend* nennen könnte, wenn ich mich dem schönen Sprachgebrauch meines Jahrhunderts bequemen wollte.

XXIV

LES PROJETS

Il se disait, en se promenant dans un grand parc solitaire: »Comme elle serait belle dans un costume de cour, compliqué et fastueux, descendant, à travers l'atmosphère d'un beau soir, les degrés de marbre d'un palais, en face des grandes pelouses et des bassins! Car elle a naturellement l'air d'une princesse.«

En passant plus tard dans une rue, il s'arrêta devant une boutique de gravures, et, trouvant dans un carton une estampe représentant un paysage tropical, il se dit: »Non! ce n'est pas dans un palais que je voudrais posséder sa chère vie. Nous n'y serions pas *chez nous*. D'ailleurs ces murs criblés d'or ne laisseraient pas une place pour accrocher son image; dans ces solennelles galeries, il n'y a pas un coin pour l'intimité. Décidément, c'est *là* qu'il faudrait demeurer pour cultiver le rêve de ma vie.«

Et, tout en analysant des yeux les détails de la gravure, il continuait mentalement: »Au bord de la mer, une belle case en bois, enveloppée de tous ces arbres bizarres et luisants dont j'ai oublié les noms ..., dans l'atmosphère, une odeur enivrante, indéfinissable ..., dans la case un puissant parfum de rose et de musc ..., plus loin, derrière notre petit domaine, des bouts de mâts balancés par la houle ..., autour de nous, au-delà de la chambre éclairée d'une lumière rose tamisée par les stores, décorée de nattes fraîches et de fleurs capiteuses, avec de rares sièges d'un rococo portugais, d'un bois lourd et ténébreux (où elle reposerait si calme, si bien éventée, fumant le tabac légèrement opiacé!), au delà de la varangue, le tapage des oiseaux ivres de lumière, et le jacassement des petites négresses ..., et, la nuit, pour servir d'accompagnement à mes songes, le chant plaintif des arbres à musique, des mélancoliques filaos! Oui, en vérité, c'est bien *là* le décor que je cherchais. Qu'ai-je à faire de palais?«

DIE PLÄNE

Während er in einem großen einsamen Park spazierenging, sprach er zu sich: »Wie schön wäre sie in einem prächtig ausgezierten Hofgewand, wenn sie, in milder Abendluft, die Marmorstufen eines Schlosses niederstiege, angesichts der großen Rasenflächen und der Wasserbecken! Hat sie doch natürlicherweise etwas von einer Fürstin an sich.«

Als er etwas später durch eine Straße kam und vor einem Laden mit Kupferstichen stehen blieb, fand er in einer Schachtel einen Stich, der eine tropische Landschaft darstellte, und er sprach zu sich: »Nein! nicht in einem Schloß wollte ich ihr geliebtes Leben besitzen. Wir wären dort nicht daheim. Und diese allenthalben goldstarrenden Wände ließen keinen Raum frei, ihr Bild dort aufzuhängen; in diesen feierlichen Galerien gibt es keinen Winkel für ein vertrauliches Beisammensein. Dort aber, ja *dort* wäre der rechte Aufenthalt, um den Traum meines Lebens zu pflegen.«

Und während er eine um die andere die Einzelheiten des Stiches näher betrachtete, fuhr er im Geiste fort: »Am Meeresufer, ein hübsches Holzhaus, dicht umstanden von all jenen seltsamen und schimmernden Bäumen, deren Namen ich vergessen habe ..., in der Luft ein berauschender, unbestimmbarer Geruch ..., in dem Hause ein starker Duft von Rosen und Moschus ..., weiter weg, hinter unserer kleinen Besitzung, die Spitzen von Masten, die sich in der Brandung wiegen ..., um uns, jenseits des Zimmers, durch dessen heruntergelassene Vorhänge ein sanftes rosiges Licht dringt, es ist mit frischen Matten geschmückt und mit starkduftenden Blumen, mit wenigen Sitzen in einem portugiesischen Rokoko, aus schwerem dunklen Holz (und dort würde sie ruhen, so still, so angenehm umfächelt, einen leicht opiumhaltigen Tabak rauchend!), jenseits der Veranda die Schreie der lichttrunkenen Vögel und das Geschnatter der kleinen Negerinnen ..., und nachts, als Begleitung zu meinen Träumen, der klagende Gesang der Musikbäume, der schwermütigen Filaos! Ja, *dort* ist die Umgebung, die ich suchte. Was gehen mich die Schlösser an?«

Et plus loin, comme il suivait une grande avenue, il aperçut une auberge proprette, où d'une fenêtre égayée par des rideaux d'indienne bariolée se penchaient deux têtes rieuses. Et tout de suite: »Il faut, – se dit-il, – que ma pensée soit une grande vagabonde pour aller chercher si loin ce qui est si près de moi. Le plaisir et le bonheur sont dans la première auberge venue, dans l'auberge du hasard, si féconde en voluptés. Un grand feu, des faïences voyantes, un souper passable, un vin rude, et un lit très large avec des draps un peu âpres, mais frais; quoi de mieux?«
Et en rentrant seul chez lui, à cette heure où les conseils de la Sagesse ne sont plus étouffés par les bourdonnements de la vie extérieure, il se dit: »J'ai eu aujourd'hui, en rêve, trois domiciles où j'ai trouvé un égal plaisir. Pourquoi contraindre mon corps à changer de place, puisque mon âme voyage si lestement? Et à quoi bon exécuter des projets, puisque le projet est en lui-même une jouissance suffisante?«

Und wieder etwas weiter, als er eine große Avenue entlangging, gewahrte er einen schmucken Gasthof, und aus einem Fenster, zwischen lustigen buntbedruckten Kattunvorhängen, beugten sich zwei lachende Köpfe heraus. Und alsbald: »Mein Geist«, sprach er bei sich selbst, »muß ein rechter Vagabund sein, um derart in der Ferne zu suchen, was mir doch so nahe liegt. Glück und Vergnügen wohnen in der erstbesten Herberge, in dem Gasthof ›Zum Zufall‹, in dem es an Genüssen nicht mangelt. Ein großes Feuer, bunte Fayencen, ein leidliches Abendessen, ein kräftiger Landwein, und ein recht breites Bett mit etwas rauhen, aber frischen Laken; was will man mehr?«
Und während er sich allein auf den Nachhauseweg machte, zur Stunde, da die Ratschläge der Weisheit nicht mehr von dem Getöse des äußeren Lebens erstickt werden, sprach er zu sich: »Ich habe heute, im Traume, drei Wohnstätten gehabt, wo ich das nämliche Vergnügen gefunden habe. Warum sollte ich meinen Körper zu einer Ortsveränderung nötigen, da meine Seele doch so mühelos auf Reisen geht? Und wozu Pläne in die Wirklichkeit umsetzen, wenn Plänemachen selber schon zu unserer Lust genügt?«

XXV

LA BELLE DOROTHÉE

Le soleil accable la ville de sa lumière droite et terrible; le sable est éblouissant et la mer miroite. Le monde stupéfié s'affaisse lâchement et fait la sieste, une sieste qui est une espèce de mort savoureuse où le dormeur, à demi éveillé, goûte les voluptés de son anéantissement.

Cependant Dorothée, forte et fière comme le soleil, s'avance dans la rue déserte, seule vivante à cette heure sous l'immense azur, et faisant sur la lumière une tache éclatante et noire.

Elle s'avance, balançant mollement son torse si mince sur ses hanches si larges. Sa robe de soie collante, d'un ton clair et rose, tranche vivement sur les ténèbres de sa peau et moule exactement sa taille longue, son dos creux et sa gorge pointue.

Son ombrelle rouge, tamisant la lumière, projette sur son visage sombre le fard sanglant de ses reflets.

Le poids de son énorme chevelure presque bleue tire en arrière sa tête délicate et lui donne un air triomphant et paresseux. De lourdes pendeloques gazouillent secrètement à ses mignonnes oreilles.

De temps en temps la brise de mer soulève par le coin sa jupe flottante et montre sa jambe luisante et superbe; et son pied, pareil aux pieds des déesses de marbre que l'Europe enferme dans ses musées, imprime fidèlement sa forme sur le sable fin. Car Dorothée est si prodigieusement coquette, que le plaisir d'être admirée l'emporte chez elle sur l'orgueil de l'affranchie, et, bien qu'elle soit libre, elle marche sans souliers. Elle s'avance ainsi, harmonieusement, heureuse de vivre et souriant d'un blanc sourire, comme si elle apercevait au loin dans l'espace un miroir reflétant sa démarche et sa beauté.

À l'heure où les chiens eux-mêmes gémissent de douleur sous le soleil qui les mord, quel puissant motif fait donc aller ainsi la paresseuse Dorothée, belle et froide comme le bronze?

XXV

DIE SCHÖNE DOROTHEE

Die Sonne brennt unbarmherzig senkrecht auf die Stadt hernieder; der Sand blendet und das Meer schillert. Die betäubte Welt gibt ihrer Erschlaffung nach und hält Siesta; eine Siesta, die eine Art köstlichen Hinsterbens ist, in dem der Schläfer, halbwach, die Wollust seiner Auflösung genießt.

Stark und stolz wie die Sonne indessen kommt Dorothee auf der verlassenen Straße daher, das einzige lebende Wesen zu dieser Stunde unter der unermeßlichen Bläue: ein leuchtend schwarzer Fleck in der Helle ringsum.

Sie kommt daher, den schmalen Körper weich über ihren breiten Hüften wiegend. Eng anliegend ihr Kleid, aus heller rosiger Seide, steht in einem scharfen Kontrast zu den Dunkelheiten ihrer Haut; schmiegsam folgt es ihrer schlanken Taille, höhlt sich mit dem Rücken und läßt die spitzen Brüste hervortreten.

Ihr roter Sonnenschirm dämpft das Licht und schminkt ihr dunkles Gesicht mit seinem blutroten Widerschein.

Das Gewicht ihres reichen, fast blauen Haares zieht ihren niedlichen Kopf nach hinten und verleiht ihr einen Ausdruck lässigen Triumphes. Schwere Gehänge zwitschern heimlich an ihren niedlichen Ohren.

Manchmal hebt der Seewind einen Zipfel ihres wehenden Gewandes und zeigt ihr prächtiges, schimmerndes Bein; und ihr Fuß, der dem Fuß der Marmorgöttinnen gleicht, die Europa in seinen Museen gefangen hält, hinterläßt seinen getreuen Abdruck in dem feinen Sande. Denn Dorothee ist so überaus kokett, daß die Lust, bewundert zu werden, stärker ist als der Stolz der Freigelassenen, und obwohl sie keine Sklavin mehr ist, geht sie ohne Schuhe.

So kommt sie daher, ein Wesen ganz in Harmonie, das sich seines Lebens freut und ein weißes Lächeln lächelt, als erblickte sie in der Ferne einen Spiegel, der ihr ihren Gang und ihre Schönheit zeigte.

Was hat die träge Dorothee, schön und kühl wie Bronze, nur bewogen, sich hinauszubegeben zur Stunde, da selbst die Hunde schmerzlich ächzen unter der glühenden Sonne?

Pourquoi a-t-elle quitté sa petite case si coquettement arrangée, dont les fleurs et les nattes font à si peu de frais un parfait boudoir; où elle prend tant de plaisir à se peigner, à fumer, à se faire éventer ou à se regarder dans le miroir de ses grands éventails de plumes, pendant que la mer, qui bat la plage à cent pas de là, fait à ses rêveries indécises un puissant et monotone accompagnement, et que la marmite de fer, où cuit un ragoût de crabes au riz et au safran, lui envoie, du fond de la cour, ses parfums excitants?

Peut-être a-t-elle un rendez-vous avec quelque jeune officier qui, sur des plages lointaines, a entendu parler par ses camarades de la célèbre Dorothée. Infailliblement elle le priera, la simple créature, de lui décrire le bal de l'Opéra, et lui demandera si on peut y aller pieds nus, comme aux danses du dimanche, où les vieilles Cafrines elles-mêmes deviennent ivres et furieuses de joie; et puis encore si les belles dames de Paris sont toutes plus belles qu'elle.

Dorothée est admirée et choyée de tous, et elle serait parfaitement heureuse si elle n'était obligée d'entasser piastre sur piastre pour racheter sa petite sœur qui a bien onze ans, et qui est déjà mûre, et si belle! Elle réussira sans doute, la bonne Dorothée; le maître de l'enfant est si avare, trop avare pour comprendre une autre beauté que celle des écus!

Warum hat sie ihre kleine, so hübsch eingerichtete Hütte verlassen, die mit dem geringen Aufwand ihrer Blumen und Matten ein vollkommenes Boudoir ist; ein so angenehmer Aufenthalt, dort sich zu kämmen, zu rauchen, sich Kühlung zufächeln zu lassen oder sich zu betrachten in dem Spiegel ihrer großen Federfächer, während das Meer, das hundert Schritte entfernt an den Strand schlägt, ein mächtige, monotone Begleitmusik zu ihren unbestimmten Träumen spielt, und während der eiserne Kessel, in dem ein Krabbenragout mit Reis und Safran kocht, vom Grund des Hofes seine aufreizenden Düfte herüberschickt?
Vielleicht hat sie ein Stelldichein mit einem jungen Offizier, dem seine Kameraden auf fernen Küsten von der berühmten Dorothee erzählt haben. Unfehlbar wird sie, in ihrer liebenswürdigen Einfalt, ihn bitten, ihr den Opernball zu beschreiben, und ihn fragen, ob man dort auch barfuß gehen kann, wie sonntags bei den Tänzen, wo selbst die alten Kaffernweiber sich trunken in einem Freudentaumel drehen; auch wird sie wissen wollen, ob die schönen Damen in Paris denn alle schöner als sie sind.
Dorothee wird von allen bewundert und verhätschelt, und sie wäre vollkommen glücklich, wenn sie nicht gezwungen wäre, Piaster auf Piaster zu häufen, um ihre kleine Schwester freizukaufen, die nun elfjährig ist, und schon mannbar, und so schön! Und es wird ihr gewiß gelingen, der guten Dorothee; der Eigentümer des Kindes ist ja so geizig; zu geizig, um eine andere Schönheit zu verstehen als die der Taler!

XXVI

LES YEUX DES PAUVRES

Ah! vous voulez savoir pourquoi je vous hais aujourd'hui. Il vous sera sans doute moins facile de le comprendre qu'à moi de vous l'expliquer; car vous êtes, je crois, le plus bel exemple d'imperméabilité féminine qui se puisse rencontrer.

Nous avions passé ensemble une longue journée qui m'avait paru courte. Nous nous étions bien promis que toutes nos pensées nous seraient communes à l'un et à l'autre, et que nos deux âmes désormais n'en feraient plus qu'une; – un rêve qui n'a rien d'original, après tout, si ce n'est que, rêvé par tous les hommes, il n'a été réalisé par aucun.

Le soir, un peu fatiguée, vous voulûtes vous asseoir devant un café neuf qui formait le coin d'un boulevard neuf, encore tout plein de gravois et montrant déjà glorieusement ses splendeurs inachevées. Le café étincelait. Le gaz lui-même y déployait toute l'ardeur d'un début, et éclairait de toutes ses forces les murs aveuglants de blancheur, les nappes éblouissantes des miroirs, les ors des baguettes et des corniches, les pages aux joues rebondies traînés par les chiens en laisse, les dames riant au faucon perché sur leur poing, les nymphes et les déesses portant sur leur tête des fruits, des pâtés et du gibier, les Hébés et les Ganymèdes présentant à bras tendu la petite amphore à bavaroises ou l'obélisque bicolore des glaces panachées; toute l'histoire et toute la mythologie mises au service de la goinfrerie.

Droit devant nous, sur la chaussée, était planté un brave homme d'une quarantaine d'années, au visage fatigué, à la barbe grisonnante, tenant d'une main un petit garçon et portant sur l'autre bras un petit être trop faible pour marcher. Il remplissait l'office de bonne et faisait prendre à ses enfants l'air du soir. Tous en guenilles. Ces trois visages étaient extraordinairement sérieux, et ces six yeux contemplaient fixement le café nouveau avec une admiration égale, mais nuancée diversement par l'âge.

XXVI

DIE AUGEN DER ARMEN

Ach, du willst wissen, warum ich dich heute hasse. Es zu begreifen, wird dir freilich schwerer fallen, als mir, es dir zu erklären; denn du bist, glaube ich, weit und breit das schönste Beispiel weiblicher Undurchlässigkeit.

Wir hatten einen langen Tag zusammen verbracht, der mir kurz erschienen war. Wir hatten einander versprochen, daß alle unsere Gedanken uns gemeinsam sein, daß unser beider Seelen fortan nur eine einzige sein sollten; – ein Traum, der schließlich nichts Besonderes an sich hat, außer daß er, von allen Menschen geträumt, von keinem verwirklicht wurde.

Abends wolltest du, ein wenig ermüdet, dich vor einem neuen Café niederlassen, an der Ecke eines neuen Boulevards, auf dem noch der Schutt lag und der schon mit seinen unvollendeten Herrlichkeiten prunkte. Das Café strahlte. Das Gas selber entfaltete dort allen Glanz eines Debüts, und erhellte mit aller Kraft die blendend weißen Wände, die schimmernden Spiegelflächen, die vergoldeten Leisten und Gesimse, die pausbäckigen Pagen, die an straffer Leine der Meute folgen, die Damen, die dem Falken auf ihrer Faust zulächeln, die Nymphen und Göttinnen, die Früchte, Pasteten oder Wildbret auf dem Haupt tragen, die Heben und Ganymede, die mit ausgerecktem Arm in kleiner Amphore eine Bavaroise oder den zweifarbigen Obelisk aus panaschiertem Eis reichen; die ganze Historie und die ganze Mythologie im Dienste der Schlemmerei.

Gerade vor uns, auf dem Fahrdamm, stand ein braver Mann von etwa vierzig Jahren, mit müdem Gesicht, ergrauendem Bart; an der Hand hielt er einen Knaben, und auf dem anderen Arm trug er ein kleines Wesen, das zu schwach zum Laufen war. Er versah den Dienst eines Kindermädchens und führte seine Kinder an die Abendluft. Alle in Lumpen. Diese drei Gesichter waren ungewöhnlich ernst, und diese sechs Augen waren starr auf das neue Café gerichtet, mit der gleichen, nur durch das Alter abgestuften Bewunderung.

Les yeux du père disaient: »Que c'est beau! que c'est beau! on dirait que tout l'or du pauvre monde est venu se porter sur ces murs.« – Les yeux du petit garçon: »Que c'est beau! que c'est beau! mais c'est une maison où peuvent seuls entrer les gens qui ne sont pas comme nous.« – Quant aux yeux du plus petit, ils étaient trop fascinés pour exprimer autre chose qu'une joie stupide et profonde.
Les chansonniers disent que le plaisir rend l'âme bonne et amollit le cœur. La chanson avait raison ce soir-là, relativement à moi. Non seulement j'étais attendri par cette famille d'yeux, mais je me sentais un peu honteux de nos verres et de nos carafes, plus grands que notre soif. Je tournais mes regards vers les vôtres, cher amour, pour y lire *ma* pensée; je plongeais dans vos yeux si beaux et si bizarrement doux, dans vos yeux verts, habités par le Caprice et inspirés par la Lune, quand vous me dites: »Ces gens-là me sont insupportables avec leurs yeux ouverts comme des portes cochères! Ne pourriez-vous pas prier le maître du café de les éloigner d'ici?«
Tant il est difficile de s'entendre, mon cher ange, et tant la pensée est incommunicable, même entre gens qui s'aiment!

Die Augen des Vaters sagten: »Wie schön ist das! wie schön! als hätte alles Gold der armen Welt sich über diese Wände ergossen.« – Die Augen des Knaben: »Wie schön ist das! wie schön! aber in dieses Haus dürfen nur die Leute, die nicht wie wir sind.« Und die Augen des Kleinsten waren allzu verzaubert, um etwas anderes auszudrücken als eine tiefe freudige Benommenheit.

Die Liederdichter sagen, das Glück mache die Seele gut und erweiche das Herz. Das Lied hatte recht an jenem Abend, zumindest was mich betraf. Nicht nur war ich gerührt durch diese Familie von Augen, sondern ich schämte mich auch ein wenig unserer Gläser und Karaffen, die größer waren als unser Durst. Ich wandte meine Augen, liebstes Herz, und blickte in die deinen, um *meinen* Gedanken in ihnen zu lesen; ich versank in deinen Augen, die so schön, so seltsam süß sind, in deinen grünen Augen, den launischen, vom Mond beseelten, als du sagtest: »Diese Leute da sind unerträglich mit ihren sperrangelweit aufgerissenen Augen! Könntest du den Cafétier nicht bitten, sie von hier zu entfernen?«

So schwer ist es, teurer Engel, sich zu verstehen, und so wenig lassen Gedanken sich mitteilen, selbst unter Menschen, die sich lieben!

XXVII

UNE MORT HÉROÏQUE

Fancioulle était un admirable bouffon, et presque un des amis du Prince. Mais pour les personnes vouées par état au comique, les choses sérieuses ont de fatales attractions, et, bien qu'il puisse paraître bizarre que les idées de patrie et de liberté s'emparent despotiquement du cerveau d'un histrion, un jour Fancioulle entra dans une conspiration formée par quelques gentilshommes mécontents.

Il existe partout des hommes de bien pour dénoncer au pouvoir ces individus d'humeur atrabilaire qui veulent déposer les princes et opérer, sans la consulter, le déménagement d'une société. Les seigneurs en question furent arrêtés, ainsi que Fancioulle, et voués à une mort certaine.

Je croirais volontiers que le Prince fut presque fâché de trouver son comédien favori parmi les rebelles. Le Prince n'était ni meilleur ni pire qu'un autre; mais une excessive sensibilité le rendait, en beaucoup de cas, plus cruel et plus despote que tous ses pareils. Amoureux passionné des beaux-arts, excellent connaisseur d'ailleurs, il était vraiment insatiable de voluptés. Assez indifférent relativement aux hommes et à la morale, véritable artiste lui-même, il ne connaissait d'ennemi dangereux que l'Ennui, et les efforts bizarres qu'il faisait pour fuir ou pour vaincre ce tyran du monde lui auraient certainement attiré, de la part d'un historien sévère, l'épithète de »monstre«, s'il avait été permis, dans ses domaines, d'écrire quoi que ce fût qui ne tendît pas uniquement au plaisir ou à l'étonnement, qui est une des formes les plus délicates du plaisir. Le grand malheur de ce Prince fut qu'il n'eut jamais un théâtre assez vaste pour son génie. Il y a de jeunes Nérons qui

XXVII

EIN HELDENTOD

Fanciullo war ein wunderbarer Spaßmacher, der fast zu den Freunden des Fürsten zählte. Aber auf Menschen, die von Berufs wegen Komiker sind, üben die ernsten Dinge einen verhängnisvollen Reiz aus, und obgleich es wunderlich anmuten möchte, daß Ideen wie Vaterland und Freiheit sich eines Komödiantenhirns bemächtigen konnten, – eines Tages schloß Fanciullo sich einer Verschwörung an, die einige unzufriedene Edelleute angezettelt hatten.

Es gibt überall Ehrenmänner, die es für angebracht halten, den Machthabern jene milzsüchtigen Gesellen anzuzeigen, welche die Fürsten absetzen und die Gesellschaft, ohne sie zu fragen, umstürzen wollen. Die betreffenden Herren wurden verhaftet, ebenso Fanciullo, und zu einem sicheren Tode verurteilt.

Ich bin gerne bereit, anzunehmen, daß es den Fürsten fast betrübte, seinen Lieblingsschauspieler unter den Aufrührern zu finden. Der Fürst war weder besser noch schlechter als ein anderer; aber eine gewisse Überempfindlichkeit machte ihn in vielen Fällen grausamer und despotischer als alle seinesgleichen. Als ein leidenschaftlicher Liebhaber der schönen Künste, und übrigens ein vorzüglicher Kenner, war er wahrhaft unersättlich im Genuß. Verhältnismäßig gleichgültig in allem, was die Menschen und die Moral anging, selbst ein echter Künstler, kannte er nur einen gefährlichen Feind: die Langeweile; und die seltsamen Anstrengungen, die er unternahm, um diesem Tyrannen der Welt zu entfliehen oder ihn zu besiegen, hätten ihm gewiß von seiten eines strengen Geschichtsschreibers den Beinamen eines »Ungeheuers« eingetragen, wenn es in seinen Landen erlaubt gewesen wäre, irgendetwas zu schreiben, das nicht ausschließlich dem Vergnügen diente, oder dem Erstaunen, das eine der feinsten Formen des Vergnügens ist. Das große Unglück dieses Fürsten war, daß der Schauplatz, auf dem sein Genius sich hätte entfalten können, immer zu klein war. Es gibt wohl hie und da einen jungen Nero, der in allzu engen étouffent dans des limites trop étroites, et dont les siècles à venir ignoreront toujours le nom et la bonne volonté, L'imprévoyante Providence avait donné à celui-ci des facultés plus grandes que ses États.

Tout d'un coup le bruit courut que le souverain voulait faire grâce á tous les conjurés; et l'origine de ce bruit fut l'annonce d'un grand spectacle où Fancioulle devait jouer l'un de ses principaux et de ses meilleurs rôles, et auquel assisteraient même, disait-on, les gentilshommes condamnés; signe évident, ajoutaient les esprits superficiels, des tendances généreuses du Prince offensé.

De la part d'un homme aussi naturellement et volontairement excentrique, tout était possible, même la vertu, même la clémence, surtout s'il avait pu espérer y trouver des plaisirs inattendus. Mais pour ceux qui, comme moi, avaient pu pénétrer plus avant dans les profondeurs de cette âme curieuse et malade, il était infiniment plus probable que le Prince voulait juger de la valeur des talents scéniques d'un homme condamné à mort. Il voulait profiter de l'occasion pour faire une expérience physiologique d'un intérêt *capital,* et vérifier jusqu'à quel point les facultés habituelles d'un artiste pouvaient être altérées ou modifiées par la situation extraordinaire où il se trouvait; au-delà, existait-il dans son âme une intention plus ou moins arrêtée de clémence? C'est un point qui n'a jamais pu être éclairci.

Enfin, le grand jour arrivé, cette petite cour déploya toutes ses pompes, et il serait difficile de concevoir, à moins de l'avoir vu, tout ce que la classe privilégiée d'un petit État, à ressources restreintes, peut montrer de splendeurs pour une vraie solennité. Celle-là était doublement vraie, d'abord par la magie du luxe étalé, ensuite par l'intérêt moral et mystérieux qui y était attaché.

Le sieur Fancioulle excellait surtout dans les rôles muets ou peu

Grenzen erstickt, dessen Name und guter Wille künftigen Jahrhunderten deshalb immer unbekannt bleiben werden. Die kurzsichtige Vorsehung hatte diesen mit Fähigkeiten ausgestattet, die größer waren als seine Staaten.

Plötzlich verbreitete sich das Gerücht, der Herrscher wolle sämtliche Verschworenen begnadigen; und der Ursprung dieses Gerüchtes war die Ankündigung eines großen Schauspiels, in dem Fanciullo eine seiner besten Hauptrollen spielen sollte, und dem, hieß es, sogar die verurteilten Edelleute beiwohnen würden: ein offenkundiges Zeichen, fügten die oberflächlichen Köpfe hinzu, daß der beleidigte Fürst gesonnen sei, Großmut walten zu lassen.

Von seiten eines so natürlicher- und vorsätzlicherweise exzentrischen Menschen durfte man auf alles gefaßt sein, sogar auf Tugend, sogar auf Milde, vor allem, wenn er sich dabei unerwartete Vergnügungen hätte versprechen dürfen. Denjenigen aber, denen es, wie mir, vergönnt gewesen war, einen tieferen Blick in die Abgründe dieser neugierkranken Seele zu tun, schien es sehr viel wahrscheinlicher, daß der Fürst sich ein Urteil bilden wollte über die schauspielerischen Fähigkeiten eines zum Tode Verurteilten. Er wollte die Gelegenheit wahrnehmen, um ein psychologisches Experiment von *hochnotpeinlicher* Bedeutung zu unternehmen und dabei festzustellen, bis zu welchem Grade die gewöhnlichen Fähigkeiten eines Künstlers durch die außergewöhnliche Lage, in der er sich befand, verändert oder beeinträchtigt werden möchten; ob, darüber hinaus, in seiner Seele ein mehr oder minder fester Entschluß zur Milde bestand? Das ist ein Punkt, der niemals geklärt werden konnte.

Der große Tag war endlich herbeigekommen, der kleine Hof entfaltete seine ganze Pracht, und es wäre, wenn man es nicht mit eigenen Augen gesehen hätte, schwer vorstellbar, was die privilegierte Klasse eines Kleinstaates mit beschränkten Einkünften an Aufwand zu bieten vermochte, wenn es darum ging, ein wahrhaft feierliches Fest zu begehen. Was diesmal in einem zweifachen Sinne der Fall war, einmal des Zaubers wegen, den all dieser Luxus ausstrahlte, zum andern des geheimnisvollen seelischen Reizes wegen, der damit verbunden war.

Unser Fanciullo glänzte vor allem in den stummen oder wortarchargés de paroles, qui sont souvent les principaux dans ces drames féeriques dont l'objet est de représenter symboliquement le mystère de la vie. Il entra en scène légèrement et avec une aisance parfaite, ce qui contribua à fortifier, dans le noble public, l'idée de douceur et de pardon.

Quand on dit d'un comédien: »Voilà un bon comédien«, on se sert d'une formule qui implique que sous le personnage se laisse encore deviner le comédien, c'est-à-dire l'art, l'effort, la volonté. Or, si un comédien arrivait à être, relativement au personnage qu'il est chargé d'exprimer, ce que les meilleures statues de l'antiquité, miraculeusement animées, vivantes, marchantes, voyantes, seraient relativement à l'idée générale et confuse de beauté, ce serait là, sans doute, un cas singulier et tout à fait imprévu. Fancioulle fut, ce soir-là, une parfaite idéalisation, qu'il était impossible de ne pas supposer vivante, possible, réelle. Ce bouffon allait, venait, riait, pleurait, se convulsait, avec une indestructible auréole autour de la tête, auréole invisible pour tous, mais visible pour moi, et où se mêlaient, dans un étrange amalgame, les rayons de l'Art et la gloire du Martyre. Fancioulle introduisait, par je ne sais quelle grâce spéciale, le divin et le surnaturel, jusque dans les plus extravagantes bouffonneries. Ma plume tremble, et des larmes d'une émotion toujours présente me montent aux yeux pendant que je cherche à vous décrire cette inoubliable soirée. Fancioulle me prouvait, d'une manière péremptoire, irréfutable, que l'ivresse de l'Art est plus apte que toute autre à voiler les terreurs du gouffre; que le génie peut jouer la comédie au bord de la tombe avec une joie qui l'empêche de voir la tombe, perdu, comme il est, dans un paradis excluant toute idée de tombe et de destruction.

Tout ce public, si blasé et frivole qu'il pût être, subit bientôt la toute-puissante domination de l'artiste. Personne ne rêva plus de mort, de deuil, ni de supplices. Chacun s'abandonna, sans inquiétude, aux voluptés multipliées que donne la vue d'un chef-d'œuvre men Rollen, die oft die Hauptrollen in jenen Feenstücken und Zauberpossen sind, die das Geheimnis des Lebens in symbolischer Gestalt darzustellen bestimmt sind. Leicht und in vollendeter Ungezwungenheit betrat er die Bühne, was das adlige Publikum in seiner Meinung von Milde und Vergebung bestärkte.

Wenn man von einem Schauspieler sagt: »Das ist ein guter Schauspieler«, so bedient man sich einer Formel, die zu verstehen gibt, daß man in der Rolle immer noch den Schauspieler, das heißt die Kunst, das Bemühen, den Willen, wahrnimmt. Wenn es aber einem Schauspieler gelänge, hinsichtlich der darzustellenden Person das zu *sein,* was die besten Bildwerke der Antike – falls sie, durch ein Wunder beseelt, lebendig unter uns wandelten und uns anblickten, – hinsichtlich der dunklen Allgemeinvorstellung von Schönheit wären, so wäre dies gewiß ein einzigartiger und gänzlich unerwarteter Fall. Fanciullo war an diesem Abend von solch idealer Vollkommenheit, daß es unmöglich war, dergleichen nicht für lebendig, wirklich, möglich zu halten. Dieser Spaßmacher ging, kam, lachte, weinte, schnitt Gesichter, mit einer unzerstörbaren Aureole um sein Haupt, einer für alle unsichtbaren, für mich jedoch sichtbaren Aureole, in welcher in einer seltsamen Mischung die Strahlen der Kunst und die Glorie des Märtyrers verschmolzen. Eine besondere Gnade muß dabei mit im Spiel gewesen sein, daß es Fanciullo gelang, das Göttliche und Übernatürliche in die verwegensten Narrenspossen zu mengen. Meine Feder zittert, und die Tränen einer immer bereiten Rührung steigen mir in die Augen, während ich diesen unvergeßlichen Abend zu schildern versuche. Fanciullo bewies mir, auf eine zwingende, unwiderlegliche Weise, daß die Trunkenheit der Kunst mehr als jede andere imstande ist, das Grauen des Abgrundes zu verhüllen, daß der Genius am Rande des Grabes Komödie spielen kann, in einer Freudigkeit, die ihn das Grab nicht sehen läßt, – verloren, wie er ist, in einem Paradies, das jeden Gedanken an Grab und Zerstörung ausschließt.

Das Publikum mochte noch so blasiert und frivol sein, alle erlagen alsbald der Allgewalt des Künstlers. Niemand dachte noch an Tod, Trauer oder Martern. Jeder überließ sich sorglos den gesteigerten Genüssen, die der Anblick eines lebendigen Meisterwerkes d'art vivant. Les explosions de la joie et de l'admiration ébranlèrent à plusieurs reprises les voûtes de l'édifice avec l'énergie d'un tonnerre continu. Le Prince lui-même, enivré, mêla ses applaudissements à ceux de sa cour.

Cependant, pour un œil clairvoyant, son ivresse, à lui, n'était pas sans mélange. Se sentait-il vaincu dans son pouvoir de despote? humilié dans son art de terrifier les cœurs et d'engourdir les esprits? frustré de ses espérances et bafoué dans ses prévisions? De telles suppositions non exactement justifiées, mais non absolument injustifiables, traversèrent mon esprit pendant que je contemplais le visage du Prince, sur lequel une pâleur nouvelle s'ajoutait sans cesse à sa pâleur habituelle, comme la neige s'ajoute à la neige. Ses lèvres se resserraient de plus en plus, et ses yeux s'éclairaient d'un feu intérieur semblable à celui de la jalousie et de la rancune, même pendant qu'il applaudissait ostensiblement les talents de son vieil ami, l'étrange bouffon, qui bouffonnait si bien la mort. À un certain moment, je vis Son Altesse se pencher vers un petit page, placé derrière elle, et lui parler à l'oreille. La physionomie espiègle du joli enfant s'illumina d'un sourire; et puis il quitta vivement la loge princière comme pour s'acquitter d'une commission urgente.

Quelques minutes plus tard un coup de sifflet aigu, prolongé, interrompit Fancioulle dans un de ses meilleurs moments, et déchira à la fois les oreilles et les cœurs. Et de l'endroit de la salle d'où avait jailli cette désapprobation inattendue, un enfant se précipitait dans un corridor avec des rires étouffés.

Fancioulle, secoué, réveillé dans son rêve, ferma d'abord les yeux, puis les rouvrit presque aussitôt, démesurément agrandis, ouvrit ensuite la bouche comme pour respirer convulsivement, chancela un peu en avant, un peu en arrière, et puis tomba roide mort sur les planches.

Le sifflet, rapide comme un glaive, avait-il réellement frustré le bourreau? Le Prince avait-il lui-même deviné toute l'homicide effider Kunst uns verschafft. Tosende Ausbrüche der Freude und Bewunderung erschütterten zu wiederholten Malen die Wölbung des Hauses mit der Gewalt eines langhinrollenden Donners. Der Fürst selbst vereinigte, berauscht, seine Beifallsbezeugungen mit denen seines Hofes.

Für ein scharfblickendes Auge jedoch war seine Trunkenheit nicht ohne Beimischung. Fühlte er sich besiegt in seiner despotischen Macht? gedemütigt in seiner Kunst, die Herzen in Schrecken zu versetzen und die Geister zu lähmen? um seine Hoffnungen betrogen und in seiner Voraussicht verhöhnt? Solche Mußmaßungen, schwer zu rechtfertigen, doch nicht gänzlich ungerechtfertigt, gingen mir durch den Kopf, während ich das Gesicht des Fürsten betrachtete, in dem unaufhörlich eine neue Blässe seine übliche Blässe vermehrte, wie Schnee den Schnee vermehrt. Seine Lippen wurden immer schmäler, und in seinen Augen glomm ein inneres Feuer auf, gleich dem Feuer der Eifersucht und des Grolls, das nicht erlosch, während er den Gaben seines alten Freundes so sichtlich Beifall spendete, diesem sonderbaren Narren, der den Tod so trefflich zum Narren hielt. In einem bestimmten Augenblick sah ich Seine Hoheit sich zu einem kleinen Pagen hinabbeugen, der hinter ihr stand, und ihm etwas ins Ohr flüstern. Ein helles Lächeln huschte über die schelmische Miene des hübschen Knaben; dann glitt er rasch aus der fürstlichen Loge, als hätte er sich eines eiligen Auftrags zu entledigen.

Wenige Minuten später unterbrach ein schriller, langhingezogener Pfiff Fanciullo an einer seiner besten Stellen, und zerriß zugleich die Ohren wie die Herzen. Und von der Stelle des Saales, woher diese unerwartete Mißfallensäußerung gekommen war, stürzte ein Kind mit ersticktem Lachen in einen Korridor davon.

Jäh aus seinem Traum wachgerüttelt, schloß Fanciullo zuerst die Augen, riß sie alsbald wieder auf, maßlos vergrößert, öffnete dann den Mund, als wollte er krampfhaft Atem schöpfen, taumelte ein wenig nach vorn, ein wenig nach hinten, und brach tot auf den Brettern zusammen.

Hatte der Pfiff, rasch wie ein Schwert, wirklich den Henker um sein Opfer gebracht? Hatte der Fürst selber die ganze mörderische Wirkung seiner List vorausgeahnt? Man darf es bezweifeln. Trau-

cacité de sa ruse? Il est permis d'en douter. Regretta-t-il son cher et inimitable Fancioulle? Il est doux et légitime de le croire.
Les gentilshommes coupables avaient joui pour la dernière fois du spectacle de la comédie. Dans la même nuit ils furent effacés de la vie.
Depuis lors, plusieurs mimes, justement appréciés dans différents pays, sont venus jouer devant la cour de***; mais aucun d'eux n'a pu rappeler les merveilleux talents de Fancioulle, ni s'élever jusqu'à la même *faveur*.

XXVIII

LA FAUSSE MONNAIE

Comme nous nous éloignions du bureau de tabac, mon ami fit un soigneux triage de sa monnaie; dans la poche gauche de son gilet il glissa de petites pièces d'or; dans la droite, de petites pièces d'argent; dans la poche gauche de sa culotte, une masse de gros sols, et enfin, dans la droite, une pièce d'argent de deux francs qu'il avait particulièrement examinée.
»Singulière et minutieuse répartition!« me dis-je en moi-même.
Nous fîmes la rencontre d'un pauvre qui nous tendit sa casquette en tremblant. – Je ne connais rien de plus inquiétant que l'éloquence muette de ces yeux suppliants, qui contiennent à la fois, pour l'homme sensible qui sait y lire, tant d'humilité, tant de reproches. Il y trouve quelque chose approchant cette profondeur de sentiment compliqué, dans les yeux larmoyants des chiens qu'on fouette.
L'offrande de mon ami fut beaucoup plus considérable que la mienne, et je luis dis: »Vous avez raison; après le plaisir d'être étonné, il n'en est pas de plus grand que celui de causer une

erte er seinem lieben, seinem unnachahmlichen Fanciullo nach? Wir wollen und dürfen es gerne glauben.
Die schuldigen Edelleute hatten zum letzten Mal das Schauspiel einer Komödie genossen. In der gleichen Nacht noch wurden sie aus dem Leben getilgt.
Seither sind mehrere Mimen, die sich in verschiedenen Ländern eines berechtigten Ansehens erfreuen, nach *** gekommen, um vor dem dortigen Hof aufzutreten; doch ist es keinem gelungen, uns Fanciullos wunderbare Gaben zurückzurufen oder zu gleicher *Gunst* sich aufzuschwingen.

XXVIII

DAS FALSCHE GELDSTÜCK

Während wir uns von dem Tabaksladen entfernten, begann mein Freund, die verschiedenen Münzsorten seines Geldes sorgfältig zu sondern; die kleinen Goldstücke wanderten in die linke, die kleinen Silberstücke in die rechte Westentasche; in die linke Hosentasche ließ er eine größere Menge Kupfermünzen gleiten, und in die rechte endlich ein silbernes Zweifrankenstück, das er einer besonderen Prüfung unterzogen hatte.
»Was für eine wunderlich umständliche Art, sein Geld auf sich zu verteilen«, sprach ich bei mir selbst.
Wir begegneten einem Armen, der uns zitternd seine Mütze hinhielt. – Ich kenne nichts Quälenderes als die stumme Beredsamkeit dieser flehenden Augen, aus denen für den fühlenden Menschen, der darin zu lesen versteht, soviel Demut und zugleich so viele Vorwürfe sprechen. Er gewahrt dort etwas, das an Tiefe der vieldeutigen Empfindung nahekommt, wie sie in den tränenden Augen geschlagener Hunde liegt.
Die Spende meines Freundes war sehr viel ansehnlicher als die meine, und ich sagte zu ihm: »Nächst dem Vergnügen, sich überraschen zu lassen, gibt es kein größeres, als einem anderen eine

surprise. – C'était la pièce fausse«, me répondit-il tranquillement, comme pour se justifier de sa prodigalité.
Mais dans mon misérable cerveau, toujours occupé à chercher midi à quatorze heures (de quelle fatigante faculté la nature m'a fait cadeau!), entra soudainement cette idée qu'une pareille conduite, de la part de mon ami, n'était excusable que par le désir de créer un événement dans la vie de ce pauvre diable, peut-être même de connaître les conséquences diverses, funestes ou autres, que peut engendrer une pièce fausse dans la main d'un mendiant. Ne pouvait-elle pas se multiplier en pièces vraies? ne pouvait-elle pas aussi le conduire en prison? Un cabaretier, un boulanger, par exemple, allait peut-être le faire arrêter comme faux-monnayeur ou comme propagateur de fausse monnaie. Tout aussi bien la pièce fausse serait peut-être, pour un pauvre petit spéculateur, le germe d'une richesse de quelques jours. Et ainsi ma fantaisie allait son train, prêtant des ailes à l'esprit de mon ami et tirant toutes les déductions possibles de toutes les hypothèses possibles.
Mais celui-ci rompit brusquement ma rêverie en reprenant mes propres paroles: »Oui, vous avez raison; il n'est pas de plaisir plus doux que de surprendre un homme en lui donnant plus qu'il n'espère.«
Je le regardai dans le blanc des yeux, et je fus épouvanté de voir que ses yeux brillaient d'une incontestable candeur. Je vis alors clairement qu'il avait voulu faire à la fois la charité et une bonne affaire; gagner quarante sols et le cœur de Dieu; emporter le paradis économiquement; enfin attraper gratis un brevet d'homme charitable. Je lui aurais presque pardonné le désir de la criminelle jouissance dont je le supposais tout à l'heure capable; j'aurais trouvé curieux, singulier, qu'il s'amusât à compromettre les pauvres; mais je ne lui pardonnerai jamais l'ineptie de son calcul. On n'est jamais excusable d'être méchant, mais il y a quelque mérite à savoir qu'on l'est; et le plus irréparable des vices est de faire le mal par bêtise.

Überraschung zu bereiten.« – »Es war das falsche Geldstück«, antwortete er gelassen, als wollte er seine Freigebigkeit rechtfertigen.
In meinem elenden Gehirn aber, das immer damit beschäftigt ist, sich in abwegigen Vermutungen zu ergehen (welche beschwerliche Gabe hat die Natur mir da verliehen!), entstand alsbald die Vorstellung, ein solches Verhalten meines Freundes sei nur entschuldbar, wenn es dem Verlangen entsprang, in dem Leben dieses armen Teufels ein Ereignis zu schaffen, vielleicht gar die verschiedenen möglichen Folgen zum Schlimmen oder Guten festzustellen, die ein falsches Geldstück in der Hand eines Bettlers nach sich ziehen kann. Konnte es sich nicht in echten Geldstücken vervielfältigen? Konnte es ihn nicht auch ins Gefängnis bringen? Ein Schankwirt, ein Bäcker etwa würden ihn vielleicht als Falschmünzer oder als jemand, der Falschgeld verbreitet, verhaften lassen? Ebensogut aber könnte das falsche Geldstück für einen armen kleinen Spekulanten zum Grundstock eines kurzfristigen Reichtums werden. Und so ließ ich meiner Phantasie die Zügel schießen, lieh meinem Freunde Geistesflügel und zog alle nur denkbaren Schlüsse aus allen nur denkbaren Hypothesen.
Jäh aber unterbrach mein Freund mich in meinem Sinnieren, und meine eigenen Worte aufgreifend, sagte er: »Ja, Sie haben recht; es gibt kein süßeres Vergnügen, als einen Menschen dadurch zu überraschen, daß man ihm mehr gibt, als er erwartet.«
Ich blickte ihm tief in die Augen, und sah mit Entsetzen, daß seine Augen von unbestreitbarer Treuherzigkeit leuchteten. Da erkannte ich denn, daß er zugleich ein Almosen geben und ein gutes Geschäft machen wollte; zwanzig Groschen und Gottes Herz dazu gewinnen, das Paradies erknausern und zuletzt noch kostenlos als ein Wohltäter dastehen wollte. Ich war fast bereit gewesen, ihm das Verlangen nach dem verbrecherischen Vergnügen zu verzeihen, dessen ich ihn soeben für fähig gehalten hatte; ich hätte es merkwürdig, seltsam gefunden, daß er sich einen Spaß daraus machte, den Armen Ungelegenheiten zu bereiten; aber seine törichte Berechnung werde ich ihm nie verzeihen. Man ist niemals entschuldbar, wenn man böse ist, aber es liegt ein gewisses Verdienst darin, zu wissen, daß man es ist; und es ist das ärgste von allen unheilbaren Lastern, das Böse aus Dummheit zu begehen.

XXIX

LE JOUEUR GÉNÉREUX

Hier, à travers la foule du boulevard, je me sentis frôlé par un Être mystérieux que j'avais toujours désiré connaître, et que je reconnus tout de suite, quoique je ne l'eusse jamais vu. Il y avait sans doute chez lui, relativement à moi, un désir analogue, car il me fit, en passant, un clignement d'œil significatif auquel je me hâtai d'obéir. Je le suivis attentivement, et bientôt je descendis derrière lui dans une demeure souterraine, éblouissante, où éclatait un luxe dont aucune des habitations supérieures de Paris ne pourrait fournir un exemple approchant. Il me parut singulier que j'eusse pu passer si souvent à côté de ce prestigieux repaire sans en deviner l'entrée. Là régnait une atmosphère exquise, quoique capiteuse, qui faisait oublier presque instantanément toutes les fastidieuses horreurs de la vie; on y respirait une béatitude sombre, analogue à celle que durent éprouver les mangeurs de lotus quand, débarquant dans une île enchantée, éclairée des lueurs d'une éternelle après-midi, ils sentirent naître en eux, aux sons assoupissants des mélodieuses cascades, le désir de ne jamais revoir leurs pénates, leurs femmes, leurs enfants, et de ne jamais remonter sur les hautes lames de la mer.

Il y avait là des visages étranges d'hommes et de femmes, marqués d'une beauté fatale, qu'il me semblait avoir vus déjà à des époques et dans des pays dont il m'était impossible de me souvenir exactement, et qui m'inspiraient plutôt une sympathie fraternelle que cette crainte qui naît ordinairement à l'aspect de l'inconnu. Si je voulais essayer de définir d'une manière quelconque l'expression singulière de leurs regards, je dirais que jamais je ne vis d'yeux brillant plus énergiquement de l'horreur de l'ennui et du désir immortel de se sentir vivre.

XXIX

DER GROSSMÜTIGE SPIELER

Gestern, mitten im Gewühl des Boulevards, fühlte ich, wie mich ein geheimnisvoller Jemand streifte, dessen Bekanntschaft ich schon immer hatte machen wollen, und den ich sofort erkannte, obgleich ich ihn noch nie gesehen hatte. Offensichtlich schien auch ich ihm ein ähnliches Verlangen einzuflößen, denn er zwinkerte mir im Vorbeigehn so bedeutungsvoll zu, daß ich mich beeilte, diesem Wink nachzukommen. Aufmerksam folgte ich ihm, es ging hinab, und bald schon betrat ich hinter ihm eine unterirdische Behausung, wo in strahlender Helle ein Luxus sich entfaltete, mit dem in Paris keine der oberen Wohnungen sich auch nur annähernd hätte vergleichen dürfen. Ich wunderte mich, daß ich an dieser Wunderhöhle so oft vorbeigegangen war, ohne ihren Einschlupf zu vermuten. Eine köstliche Luft umgab einen dort, deren berauschendes Arom einen fast augenblicklich all die gräßlichen Beschwernisse des Lebens vergessen ließ; man atmete dort ein schwermütiges Glück, wie es die Lotosesser empfunden haben mögen, wenn sie an einem Zaubereiland gelandet waren, das im Glanze eines ewigen Nachmittags lag, und bei dem einschläfernden Rauschen melodischer Wasserfälle den Wunsch in sich aufsteigen fühlten, nie wieder heimzukehren zu ihren Penaten, zu Weib und Kind, und die hohen Wogen des Meeres nie wieder zu befahren.
Merkwürdige Gesichter sah man da, Männer und Frauen, die von einer verhängnisvollen Schönheit gezeichnet waren und die ich schon einmal gesehen zu haben glaubte, in Ländern und Zeiten, an die mir keine Erinnerung geblieben war; darum flößten sie mir auch eher ein Gefühl brüderlicher Zuneigung ein, statt jener Furcht, wie man sie gewöhnlich beim Anblick des Unbekannten empfindet. Wollte ich irgendwie zu beschreiben versuchen, welch sonderbarer Ausdruck in ihren Blicken lag, so möchte ich sagen, daß ich mich nicht entsinnen kann, jemals Augen gesehen zu haben, aus deren Glanz ein so heftiger Abscheu vor der Langeweile sprach und eine so unersättliche Lust, sich leben zu fühlen.

Mon hôte et moi, nous étions déjà, en nous asseyant, de vieux et parfaits amis. Nous mangeâmes, nous bûmes outre mesure de toutes sortes de vins extraordinaires, et, chose non moins extraordinaire, il me semblait, après plusieurs heures, que je n'étais pas plus ivre que lui. Cependant le jeu, ce plaisir surhumain, avait coupé à divers intervalles nos fréquentes libations, et je dois dire que j'avais joué et perdu mon âme, en partie liée, avec une insouciance et une légèreté héroïques. L'âme est une chose si impalpable, si souvent inutile et quelquefois si gênante, que je n'éprouvai, quant à cette perte, qu'un peu moins d'émotion que si j'avais égaré, dans une promenade, ma carte de visite.
Nous fumâmes longuement quelques cigares dont la saveur et le parfum incomparables donnaient à l'âme la nostalgie de pays et de bonheurs inconnus, et, enivré de toutes ces délices, j'osai, dans un accès de familiarité qui ne parut pas lui déplaire, m'écrier, en m'emparant d'une coupe pleine jusqu'au bord: »À votre immortelle santé, vieux Bouc!«
Nous causâmes aussi de l'univers, de sa création et de sa future destruction; de la grande idée du siècle, c'est-à-dire du progrès et de la perfectibilité, et, en général, de toutes les formes de l'infatuation humaine. Sur ce sujet-là, Son Altesse ne tarissait pas en plaisanteries légères et irréfutables, et elle s'exprimait avec une suavité de diction et une tranquillité dans la drôlerie que je n'ai trouvées dans aucun des plus célèbres causeurs de l'humanité. Elle m'expliqua l'absurdité des différentes philosophies qui avaient jusqu'à présent pris possession du cerveau humain, et daigna même me faire confidence de quelques principes fondamentaux dont il ne me convient pas de partager les bénéfices et la propriété avec qui que ce soit. Elle ne se plaignit en aucune façon de la mauvaise réputation dont elle jouit dans toutes les parties du monde, m'assura qu'elle était, elle-même, la personne la plus intéressée à la destruction de la *superstition,* et m'avoua qu'elle n'avait eu peur, relativement à son propre pouvoir, qu'une seule fois, c'était le jour

Als wir uns setzten, waren mein Gastgeber und ich bereits gute alte Freunde. Wir aßen, wir tranken eine Unzahl der außergewöhnlichsten Weinsorten und, was nicht weniger außergewöhnlich war, nach mehreren Stunden schien mir, daß ich nicht berauschter war als er. Inzwischen hatte das Spiel, dieses übermenschliche Vergnügen, unser Gelage in unregelmäßigen Abständen unterbrochen, und ich muß gestehen, daß ich meine Seele mit heldenhaftem Gleichmut und Leichtsinn eingesetzt und *en suite* verloren hatte. Die Seele ist ein so ungreifbares, oft so überflüssiges und manchmal so lästiges Ding, daß ich mir diesen Verlust nicht mehr zu Herzen nahm, als hätte ich auf einem Spaziergang meine Visitenkarte verloren.

Wir rauchten lange einige unvergleichliche Zigarren, deren Geschmack und Duft die Sehnsucht nach unbekannten Ländern und ihren Glückseligkeiten weckte, und berauscht von all diesen Genüssen, schwenkte ich beherzt, in einem Anfall von Vertraulichkeit, der ihm nicht zu mißfallen schien, eine bis zum Rand gefüllte Schale und rief: »Auf Eure ewige Gesundheit, alter Bock!«

Wir sprachen über dies und das, auch über die Welt, über ihre Erschaffung und ihre zukünftige Vernichtung; über die große Idee des Jahrhunderts, das heißt über den Fortschritt und die Vervollkommnung des Menschengeschlechts, und über dessen Anmaßung und Eitelkeit im allgemeinen. Über diesen Gegenstand war Ihre Hoheit unerschöpflich an scherzhaften und treffenden Bemerkungen, und Sie drückte sich mit solcher Anmut der Rede und einer bei aller Komik gleichbleibenden Gelassenheit aus, wie ich dergleichen noch bei keinem der berühmten Plauderer der Menschheit gefunden habe. Sie erläuterte mir die Ungereimtheit der verschiedenen philosophischen Lehren, die sich bis heute des menschlichen Gehirns bemächtigt hatten, ja Sie geruhte sogar, mir einige Hauptgrundsätze anzuvertrauen, deren Kenntnis und deren Vorteile ich jedoch für mich behalten möchte. Sie beklagte sich keineswegs über den schlechten Ruf, den Sie allenthalben in der Welt genoß, und versicherte mir, daß Sie persönlich mehr als jeder andere daran interessiert sei, den *Aberglauben* endgültig beseitigt zu sehen. Ein einziges Mal nur, gestand Sie mir, habe Sie um Ihre Macht zu fürchten begonnen, und zwar an jenem Tage, da Sie

où elle avait entendu un prédicateur, plus subtil que ses confrères, s'écrier en chaire: »Mes chers frères, n'oubliez jamais, quand vous entendrez vanter le progrès des lumières, que la plus belle des ruses du diable est de vous persuader qu'il n'existe pas!«
Le souvenir de ce célèbre orateur nous conduisit naturellement vers le sujet des académies, et mon étrange convive m'affirma qu'il ne dédaignait pas, en beaucoup de cas, d'inspirer la plume, la parole et la conscience des pédagogues, et qu'il assistait presque toujours en personne, quoique invisible, à toutes les séances académiques.
Encouragé par tant de bontés, je lui demandai des nouvelles de Dieu, et s'il l'avait vu récemment. Il me répondit, avec une insouciance nuancée d'une certaine tristesse: »Nous nous saluons quand nous nous rencontrons, mais comme deux vieux gentilshommes, en qui une politesse innée ne saurait éteindre tout à fait le souvenir d'anciennes rancunes.«
Il est douteux que Son Altesse ait jamais donné une si longue audience à un simple mortel, et je craignais d'abuser. Enfin, comme l'aube frissonnante blanchissait les vitres, ce célèbre personnage, chanté par tant de poètes et servi par tant de philosophes qui travaillent à sa gloire sans le savoir, me dit: »Je veux que vous gardiez de moi un bon souvenir, et vous prouver que Moi, dont on dit tant de mal, je suis quelquefois *bon diable,* pour me servir d'une de vos locutions vulgaires. Afin de compenser la perte irrémédiable que vous avez faite de votre âme, je vous donne l'enjeu que vous auriez gagné si le sort avait été pour vous, c'est-à-dire la possibilité de soulager et de vaincre, pendant toute votre vie, cette bizarre affection de l'Ennui, qui est la source de toutes vos maladies et de tous vos misérables progrès. Jamais un désir ne sera formé par vous, que je ne vous aide à le réaliser; vous régnerez sur vos vulgaires semblables; vous serez fourni de flatteries et même d'adorations; l'argent, l'or, les diamants, les palais féeriques, viendront vous chercher et vous prieront de les accepter, sans que vous ayez fait un effort pour les gagner; vous changerez de patrie et de

einen Prediger, der etwas scharfsinniger als seine Mitbrüder war, auf der Kanzel ausrufen hörte: »Liebe Brüder, vergeßt niemals, wenn ihr den Fortschritt der Aufklärung rühmen hört, daß es die höchste List des Teufels ist, euch einzureden, es gäbe ihn nicht!«
Die Erinnerung an diesen berühmten Redner brachte uns wie von selbst auf das Thema der Akademien, und mein seltsamer Tischgenosse versicherte mir, daß er es in vielen Fällen nicht verschmähe, der Feder, dem Wort und dem Gewissen der Pädagogen seinen Geist einzuhauchen, und daß er fast täglich höchstpersönlich, wenn auch unsichtbar, allen akademischen Sitzungen beiwohne.
Von soviel Güte ermutigt, bat ich ihn um Auskünfte über Gott, und ob er ihn jüngst gesehen habe. Mit einer Unbekümmertheit, die von leiser Trauer überschattet war, antwortete er: »Wir grüßen uns, wenn wir einander begegnen, doch wie zwei alte Edelleute, bei denen eine angeborene Höflichkeit die Erinnerung an ehemalige Zwistigkeiten nicht ganz zu tilgen vermag.«
Man darf wohl bezweifeln, daß Seine Hoheit einem gewöhnlichen Sterblichen jemals eine so lange Audienz gewährt hat, und ich fürchtete schon, lästig zu fallen. Endlich, als die Schauer der Frühe die Scheiben bleichten, sprach diese berühmte Persönlichkeit, die von so vielen Dichtern besungen wird, für die so viele Philosophen am Werk sind, welche, ohne es zu wissen, Ihren Ruhm befördern: »Ich möchte, daß Sie mich in gutem Angedenken behalten, und ich will Ihnen beweisen, daß Ich, dem man soviel Böses nachsagt, manchmal ein *guter Teufel* bin, um mich einer eurer Redensarten zu bedienen. Um den unwiederbringlichen Verlust Ihrer Seele aufzuwiegen, schenke ich Ihnen den Einsatz, den Sie gewonnen hätten, wenn das Glück auf Ihrer Seite gewesen wäre. Ich schenke Ihnen die Macht, Ihr ganzes Leben lang jenes wunderliche Leiden der Langeweile zu lindern und zu überwinden, dem all eure Krankheiten und all eure kläglichen Fortschritte entspringen. Nie sollen Sie einen Wunsch aussprechen, zu dessen Verwirklichung ich Ihnen nicht behilflich wäre; Sie sollen über die gewöhnlichen Sterblichen herrschen; Schmeicheleien, ja Anbetung sollen Ihnen reichlich zuteil werden; Silber, Gold, Diamanten, Feenschlösser sollen herkommen und Sie bitten, sie anzunehmen, ohne daß Sie die geringste Anstrengung unternommen hätten, dies alles zu er-

contrée aussi souvent que votre fantaisie vous l'ordonnera; vous vous soûlerez de voluptés, sans lassitude, dans des pays charmants où il fait toujours chaud et où les femmes sentent aussi bon que les fleurs, – et cætera, et cætera ...«, ajouta-t-il en se levant et en me congédiant avec un bon sourire.

Si ce n'eût été la crainte de m'humilier devant une aussi grande assemblée, je serais volontiers tombé aux pieds de ce joueur généreux, pour le remercier de son inouïe munificence. Mais peu à peu, après que je l'eus quitté, l'incurable défiance rentra dans mon sein; je n'osais plus croire à un si prodigieux bonheur, et, en me couchant, faisant encore ma prière par un reste d'habitude imbécile, je répétais dans un demi-sommeil: »Mon Dieu! Seigneur, mon Dieu! faites que le diable me tienne sa parole!«

werben; Sie sollen Vaterland und Aufenthalt wechseln, so oft es Sie gelüstet; immer unermattet sollen Sie in Lüsten schwelgen, in der ewigen Wärme reizender Länder, wo Frauen und Blumen den gleichen Wohlgeruch hauchen, – undsoweiter, undsoweiter ...«, fügte er hinzu, indem er sich erhob und mich mit einem freundlichen Lächeln verabschiedete.

Hätte ich mich nicht gescheut, mich vor einer so zahlreichen Gesellschaft zu erniedrigen, ich wäre diesem großmütigen Spieler gern zu Füßen gefallen, um ihm für seine überschwengliche Gnade zu danken. Nach und nach aber, als ich ihn verlassen hatte, beschlich mich wieder mein unheilbares Mißtrauen; ich wagte nicht mehr, an ein so überwältigendes Glück zu glauben, und als ich beim Zubettgehen nach alter, törichter Gewohnheit mein Gebet verrichtete, wiederholte ich noch im Halbschlaf: »Mein Gott! Herr, mein Gott! mach, daß der Teufel mir sein Wort hält!«

XXX

LA CORDE

À Édouard Manet

»Les illusions, – me disait mon ami, – sont aussi innombrables peut-être que les rapports des hommes entre eux, ou des hommes avec les choses. Et quand l'illusion disparaît, c'est-à-dire quand nous voyons l'être ou le fait tel qu'il existe en dehors de nous, nous éprouvons un bizarre sentiment, compliqué moitié de regret pour le fantôme disparu, moitié de surprise agréable devant la nouveauté, devant le fait réel. S'il existe un phénomène évident, trivial, toujours semblable, et d'une nature à laquelle il soit impossible de se tromper, c'est l'amour maternel. Il est aussi difficile de supposer une mère sans amour maternel qu'une lumière sans chaleur; n'est-il donc pas parfaitement légitime d'attribuer à l'amour maternel toutes les actions et les paroles d'une mère, relatives à son enfant? Et cependant écoutez cette petite histoire, où j'ai été singulièrement mystifié par l'illusion la plus naturelle.

»Ma profession de peintre me pousse à regarder attentivement les visages, les physionomies, qui s'offrent dans ma route, et vous savez quelle jouissance nous tirons de cette faculté qui rend à nos yeux la vie plus vivante et plus significative que pour les autres hommes. Dans le quartier reculé que j'habite, et où de vastes espaces gazonnés séparent encore les bâtiments, j'observai souvent un enfant dont la physionomie ardente et espiègle, plus que toutes les autres, me séduisit tout d'abord. Il a posé plus d'une fois pour moi, et je l'ai transformé tantôt en petit bohémien, tantôt en ange, tantôt en Amour mythologique. Je lui ai fait porter le violon du vagabond, la Couronne d'Épines et les Clous de la Passion, et la Torche d'Éros. Je pris enfin à toute la drôlerie de ce gamin un plaisir si vif, que je priai un jour ses parents, de pauvres gens, de

XXX

DER STRICK

Für Edouard Manet

»Die Illusionen«, sagte mein Freund zu mir, »sind vielleicht ebenso zahllos wie die Beziehungen der Menschen untereinander, oder der Menschen zu den Dingen. Und wenn die Illusion verschwindet, das heißt, wenn wir den Menschen oder den Tatbestand so sehen, wie er außer uns existiert, überkommt uns eine seltsame Empfindung, eine Mischung halb aus Bedauern über das verschwundene Phantom, halb aus einer angenehmen Überraschung angesichts des Neuen, des wirklichen Sachverhalts. Wenn es ein offenkundiges, alltägliches, immergleiches Phänomen gibt, über dessen Natur keine Täuschung möglich sein sollte, so ist es die Mutterliebe. Man kann sich ebensowenig eine Mutter ohne Mutterliebe vorstellen wie ein Licht ohne Wärme; sind wir nicht völlig berechtigt, der Mutterliebe sämtliche Handlungen und Worte einer Mutter hinsichtlich ihres Kindes zuzuschreiben? Und dennoch: hören Sie diese kleine Geschichte, bei der mich die natürlichste aller Illusionen so seltsam genarrt hat.

Mein Beruf als Maler treibt mich, die Gesichter, die Physiognomien, die mir begegnen, aufmerksam zu betrachten, und Sie wissen, welchen Genuß wir aus dieser Fähigkeit schöpfen, die unseren Augen das Leben so viel lebendiger und bedeutungsvoller erscheinen läßt als den übrigen Menschen. In dem entlegenen Viertel, wo ich wohne, und wo sich zwischen den Gebäuden noch weite Wiesenflächen erstrecken, beobachtete ich häufig einen Knaben, dessen sprühender und schelmischer Gesichtsausdruck mich sogleich mehr als alle anderen reizte. Er hat mir mehrmals Modell gestanden, und ich habe ihn bald als kleinen Zigeuner herausstaffiert, bald als Engel, bald als mythologischen Liebesgott. Ich ließ ihn die Geige des Vagabunden tragen, die Dornenkrone und die Nägel der Passion, und die Fackel des Eros. Schließlich fand ich ein so lebhaftes Vergnügen an der Schalkhaftigkeit dieses Burschen, daß ich die Eltern, arme Leute, eines Tages bat, ihn mir zu überlassen; ich vouloir bien me le céder, promettant de bien l'habiller, de lui donner quelque argent et de ne pas lui imposer d'autre peine que de nettoyer mes pinceaux et de faire mes commissions. Cet enfant, débarbouillé, devint charmant, et la vie qu'il menait chez moi lui semblait un paradis, comparativement à celle qu'il aurait subie dans le taudis paternel. Seulement je dois dire que ce petit bonhomme m'étonna quelquefois par des crises singulières de tristesse précoce, et qu'il manifesta bientôt un goût immodéré pour le sucre et les liqueurs; si bien qu'un jour où je constatai que, malgré mes nombreux avertissements, il avait encore commis un nouveau larcin de ce genre, je le menaçai de le renvoyer à ses parents. Puis je sortis, et mes affaires me retinrent assez longtemps hors de chez moi.

»Quels ne furent pas mon horreur et mon étonnement quand, rentrant à la maison, le premier objet qui frappa mes regards fut mon petit bonhomme, l'espiègle compagnon de ma vie, pendu au panneau de cette armoire! Ses pieds touchaient presque le plancher; une chaise, qu'il avait sans doute repoussée du pied, était renversée à côté de lui; sa tête était penchée convulsivement sur une épaule; son visage, boursouflé, et ses yeux, tout grands ouverts avec une fixité effrayante, me causèrent d'abord l'illusion de la vie. Le dépendre n'était pas une besogne aussi facile que vous le pouvez croire. Il était déjà fort roide, et j'avais une répugnance inexplicable à le faire brusquement tomber sur le sol. Il fallait le soutenir tout entier avec un bras, et, avec la main de l'autre bras, couper la corde. Mais cela fait, tout n'était pas fini; le petit monstre s'était servi d'une ficelle fort mince qui était entrée profondément dans les chairs, et il fallait maintenant, avec de minces ciseaux, chercher la corde entre les deux bourrelets de l'enflure, pour lui dégager le cou.

»J'ai négligé de vous dire que j'avais vivement appelé au secours; mais tous mes voisins avaient refusé de me venir en aide, fidèles en cela aux habitudes de l'homme civilisé, qui ne veut jamais, je ne sais pourquoi, se mêler des affaires d'un pendu. Enfin vint un versprach, ihn ordentlich zu kleiden, ihm etwas Geld zu geben und ihm keine andere Arbeit aufzubürden, als meine Pinsel zu reinigen und meine Einkäufe zu besorgen. Nachdem er gesäubert war, wurde er ein reizendes Kind, und das Leben, das er bei mir führte, kam ihm wie ein Paradies vor, im Vergleich zu dem, das ihm in der elenden Unterkunft seiner Eltern beschieden gewesen wäre. Ich muß jedoch gestehen, daß der kleine Kerl mich manchmal durch seltsame Anfälle einer frühreifen Gemütsverdüsterung in Erstaunen setzte, und daß er bald eine unmäßige Begierde nach Zucker und Likören entwickelte; derart, daß ich eines Tages, als ich wieder einmal feststellte, daß er ungeachtet meiner häufigen Ermahnungen einen neuerlichen Raub dieser Art begangen hatte, ihm androhte, ihn zu seinen Eltern zurückzuschicken. Dann verließ ich das Haus, und da ich allerlei zu erledigen hatte, kehrte ich erst spät zurück.

Wie entsetzt und betroffen aber war ich, als das Erste, was mir bei meinem Eintritt ins Auge fiel, mein Bürschlein war, der schelmische Lebensgefährte, der sich an der Türfüllung dieses Schrankes da erhängt hatte! Seine Füße berührten fast den Boden; ein Stuhl, den er wohl mit dem Fuß weggestoßen hatte, lag umgestürzt neben ihm; sein Kopf war krampfhaft über eine Schulter geneigt; sein gedunsenes Gesicht und die weit offenen Augen, die mich mit erschreckender Starrheit anblickten, ließen mich einen Augenblick glauben, er lebte noch. Ihn abzunehmen war keineswegs so einfach, wie Sie glauben möchten. Er war schon sehr steif, und ich empfand einen unerklärlichen Widerwillen, ihn roh auf den Boden stürzen zu lassen. So galt es denn, die ganze Last des Körpers mit einem Arm zu halten, indes die Hand des anderen Armes den Strick durchschnitt. Aber auch damit war es noch nicht getan; das kleine Ungeheuer hatte eine sehr dünne Schnur benutzt, die tief in sein Fleisch eingedrungen war, und so war ich genötigt, mit einer feinen Schere dem Strick zwischen den beiden Wülsten des geschwollenen Halses nachzugehen, um diesen freizumachen.

Ich vergaß zu sagen, daß ich laut um Hilfe gerufen hatte; aber sämtliche Nachbarn hatten sich geweigert, mir Beistand zu leisten, getreu den Gewohnheiten des zivilierten Menschen, der niemals, ich weiß nicht warum, mit einem Erhängten zu tun haben will.

médecin qui déclara que l'enfant était mort depuis plusieurs heures. Quand, plus tard, nous eûmes à le déshabiller pour l'ensevelissement, la rigidité cadavérique était telle, que, désespérant de fléchir les membres, nous dûmes lacérer er couper les vêtements pour les lui enlever.

»Le commissaire, à qui, naturellement, je dus déclarer l'accident, me regarda de travers, et me dit: ›Voilà qui est louche!‹ mû sans doute par un désir invétéré et une habitude d'état de faire peur, à tout hasard, aux innocents comme aux coupables.

»Restait une tâche suprême à accomplir, dont la seule pensée me causait une angoisse terrible: il fallait avertir les parents. Mes pieds refusaient de m'y conduire. Enfin j'eus ce courage. Mais, à mon grand étonnement, la mère fut impassible, pas une larme ne suinta du coin de son œil. J'attribuai cette étrangeté à l'horreur même qu'elle devait éprouver, et je me souvins de la sentence connue: ›Les douleurs les plus terribles sont les douleurs muettes.‹ Quant au père, il se contenta de dire d'un air moitié abruti, moitié rêveur: ›Après tout, cela vaut peut-être mieux ainsi; il aurait toujours mal fini!‹

»Cependant le corps était étendu sur mon divan, et, assisté d'une servante, je m'occupais des derniers préparatifs, quand la mère entra dans mon atelier. Elle voulait, disait-elle, voir le cadavre de son fils. Je ne pouvais pas, en vérité, l'empêcher de s'enivrer de son malheur et lui refuser cette suprême et sombre consolation. Ensuite elle me pria de lui montrer l'endroit où son petit s'était pendu. ›Oh! non! madame, – lui répondis-je, – cela vous ferait mal.‹ Et comme involontairement mes yeux se tournaient vers la funèbre armoire, je m'aperçus, avec un dégoût mêlé d'horreur et de colère, que le clou était resté fiché dans la paroi, avec un long bout de corde qui traînait encore. Je m'élançai vivement pour arracher ces derniers vestiges du malheur, et comme j'allais les lancer au-dehors par la fenêtre ouverte, la pauvre femme saisit

Endlich kam ein Arzt, der erklärte, daß das Kind bereits seit mehreren Stunden tot sei. Als wir später genötigt waren, ihn für das Begräbnis zu entkleiden, war die Leichenstarre schon so weit fortgeschritten, daß wir, angesichts der Unmöglichkeit, seine Glieder zu biegen, die Kleider zerreißen und zerschneiden mußten, um sie ihm abzuziehen.
Der Polizeikommissar, dem ich den Unglücksfall natürlich melden mußte, sah mich von der Seite an, und sagte: »Das sieht verdächtig aus!« Seinesgleichen hat nun einmal diese unausrottbare Lust und berufsmäßige Gewohnheit, Unschuldigen wie Schuldigen auf alle Fälle erst einmal Angst einzujagen.
Blieb noch eine letzte Aufgabe zu erfüllen, woran nur zu denken, mich schon in eine gräßliche Beklemmung versetzte: die Eltern mußten benachrichtigt werden. Meine Füße weigerten sich, mich zu ihnen zu tragen. Endlich nahm ich allen Mut zusammen. Zu meinem großen Erstaunen blieb die Mutter ungerührt, nicht eine Träne sickerte aus ihrem Augenwinkel. Ich schrieb dieses seltsame Verhalten dem Grauen zu, das sie empfinden mußte, und ich entsann mich der bekannten Redensart: »Stumme Schmerzen sind die ärgsten.« Der Vater seinerseits begnügt sich, halb stumpfsinnig, halb nachdenklich zu sagen: »Wer weiß, vielleicht ist es besser so; es hätte allemal ein schlimmes Ende mit ihm genommen!«
Unterdessen lag der Tote auf meinem Diwan, und ich war gerade dabei, mit Hilfe einer Magd die letzten Zurüstungen zu treffen, als die Mutter mein Atelier betrat. Sie wollte, wie sie sagte, die Leiche ihres Sohnes sehen. Ich konnte sie wahrlich nicht hindern, sich an ihrem Unglück zu berauschen, und ihr diesen letzten düsteren Trost verweigern. Dann bat sie mich, ihr die Stelle zu zeigen, wo ihr Kleiner sich erhängt hatte. »Oh! nein! liebe Frau«, antwortete ich, »das wäre zu schmerzlich für Sie.« Und wie meine Augen sich unwillkürlich dem unseligen Schrank zuwandten, gewahrte ich mit einem Ekel, in den sich Zorn und Grauen mischten, daß der Nagel in der Türwandung stecken geblieben war, von dem noch ein langes Stück des Strickes herabhing.
Ich sprang auf, um diese letzten Spuren des Unglücks zu entfernen, und als ich eben im Begriff stand, sie durch das offene Fenster hinauszuwerfen, fiel mir die arme Frau in den Arm und sagte mit

mon bras et me dit d'une voix irrésistible: ›Oh! monsieur! laissez-moi cela! je vous en prie! je vous en supplie!‹ Son désespoir l'avait, sans doute, me parut-il, tellement affolée, qu'elle s'éprenait de tendresse maintenant pour ce qui avait servi d'instrument à la mort de son fils, et le voulait garder comme une horrible et chère relique. – Et elle s'empara du clou et de la ficelle.

»Enfin! enfin! tout était accompli. Il ne me restait plus qu'à me remettre au travail, plus vivement encore que d'habitude, pour chasser peu à peu ce petit cadavre qui hantait les replis de mon cerveau, et dont le fantôme me fatiguait de ses grands yeux fixes. Mais le lendemain je reçus un paquet de lettres: les unes, des locataires de ma maison, quelques autres des maisons voisines; l'une, du premier étage; l'autre, du second; l'autre, du troisième, et ainsi de suite, les unes en style demi-plaisant, comme cherchant à déguiser sous un apparent badinage la sincérité de la demande; les autres, lourdement effrontées et sans orthographe, mais toutes tendant au même but, c'est-à-dire à obtenir de moi un morceau de la funeste et béatifique corde. Parmi le signataires il y avait, je dois le dire, plus de femmes que d'hommes; mais tous, croyez-le bien, n'appartenaient pas à la classe infime et vulgaire. J'ai gardé ces lettres.

»Et alors, soudainement, une lueur se fit dans mon cerveau, et je compris pourquoi la mère tenait tant à m'arracher la ficelle et par quel commerce elle entendait se consoler.«

einer Stimme, der ich nicht widerstehen konnte: »Oh! Monsieur! lassen Sie mir das! Ich bitte Sie! ich flehe Sie an!« Ihre Verzweiflung hatte sie, schien mir, offensichtlich derart verwirrt, daß ihre mütterliche Zärtlichkeit sich nun auf das richtete, was ihrem Sohn zum Werkzeug seines Todes gedient hatte, um es als eine gräßliche und teure Reliquie zu bewahren. – Und sie bemächtigte sich des Nagels und der Schnur.

Endlich! endlich! alles war getan. Mir blieb nur noch, mich wieder an die Arbeit zu machen, eifriger noch als sonst, um nach und nach diesen kleinen Leichnam zu verjagen, der sich in meinen Gehirnwindungen festgesetzt hatte, und dessen Gespenst nicht aufhörte, mich mit seinen großen starren Augen zu peinigen. Andertags jedoch erhielt ich einen Packen Briefe: die einen von den Mietern des Hauses, einige andere aus den Nachbarhäusern; einen aus dem ersten, einen anderen aus dem zweiten, wieder einen aus dem dritten Stock, und so fort; die einen in einem halb scherzhaften Stil, der die ernstgemeinte Bitte bemänteln sollte; andere plump zudringlich und voller Rechtschreibefehler; alle aber auf das Gleiche zielend, das sie von mir zu erhalten hofften: ein Stück des schauerlichen glückbringenden Strickes. Unter den Schreibern waren, ich muß es gestehen, mehr Frauen als Männer; doch nicht alle, glauben Sie mir, gehörten der untersten Volksklasse an. Ich habe diese Briefe aufbewahrt.

Und da, plötzlich, ging mir ein Licht auf, und ich begriff, warum die Mutter so sehr darauf aus war, mir die Schnur zu entreißen, und mit welchem Handel sie sich zu trösten gedachte.«

XXXI

LES VOCATIONS

Dans un beau jardin où les rayons d'un soleil automnal semblaient s'attarder à plaisir, sous un ciel déjà verdâtre où des nuages d'or flottaient comme des continents en voyage, quatre beaux enfants, quatre garçons, las de jouer sans doute, causaient entre eux.

L'un disait: »Hier on m'a mené au théâtre. Dans des palais grands et tristes, au fond desquels on voit la mer et le ciel, des hommes et des femmes, sérieux et tristes aussi, mais bien plus beaux et bien mieux habillés que ceux que nous voyons partout, parlent avec une voix chantante. Ils se menacent, ils supplient, ils se désolent, et ils appuient souvent leur main sur un poignard enfoncé dans leur ceinture. Ah! c'est bien beau! Les femmes sont bien plus belles et bien plus grandes que celles qui viennent nous voir à la maison, et, quoique avec leurs grands yeux creux et leurs joues enflammées elles aient l'air terrible, on ne peut pas s'empêcher de les aimer. On a peur, on a envie de pleurer, et cependant l'on est content ... Et puis, ce qui est plus singulier, cela donne envie d'être habillé de même, de dire et de faire les mêmes choses, et de parler avec la même voix ...«

L'un des quatre enfants, qui depuis quelques secondes n'écoutait plus le discours de son camarade et observait avec une fixité étonnante je ne sais quel point du ciel, dit tout à coup: »Regardez, regardez là-bas ...! *Le* voyez-vous? Il est assis sur ce petit nuage isolé, ce petit nuage couleur de feu, qui marche doucement. *Lui* aussi, on dirait qu'*il* nous regarde.«

»Mais qui donc?« demandèrent les autres.

»Dieu!« répondit-il avec un accent parfait de conviction. »Ah! il est déjà bien loin; tout à l'heure vous ne pourrez plus le voir. Sans doute il voyage;, pour visiter tous les pays. Tenez, il va passer derrière cette rangée d'arbres qui est presque à l'horizon ... et maintenant il descend derrière le clocher ... Ah! on ne le voit plus!« Et l'enfant resta longtemps tourné du même côté, fixant sur

XXXI

DIE BERUFUNGEN

In einem schönen Garten, wo die Strahlen einer herbstlichen Sonne noch gerne zu verweilen schienen, unter einem grünlichen Himmel, an dem goldene Wolken wie Kontinente auf Reisen hinzogen, hatten vier hübsche Kinder, vier Knaben, vom Spiel abgelassen und plauderten nun miteinander.

Der eine sagte: »Gestern hat man mich ins Theater mitgenommen. In großen, düsteren Palästen, in deren Hintergrund man auf Meer und Himmel hinausblickt, sprechen mit singender Stimme ernste Männer und Frauen, düster auch sie, aber sehr viel schöner und viel prächtiger gekleidet als die Leute, die man überall sieht. Sie drohen, sie flehen, sie jammern, und oft greifen sie mit der Hand nach einem Dolch, der in ihrem Gürtel steckt. Ach! ist das schön! Die Frauen sind sehr viel schöner und auch viel größer als die Damen, die uns besuchen kommen, und obwohl sie schrecklich anzusehen sind mit ihren großen hohlen Augen und ihren glühenden Wangen, kann man doch nicht anders, man muß sie lieben. Man fürchtet sich, man möchte weinen, und doch ist man glücklich ... Und was noch merkwürdiger ist, man möchte auch solche Gewänder tragen wie sie, die gleichen Dinge sagen und tun, und mit der gleichen Stimme sprechen ...«

Eines der vier Kinder, das schon seit einigen Sekunden nicht mehr darauf achtete, was sein Kamerad redete, und mit seltsam starrem Blick einen Punkt am Himmel beobachtete, sagte plötzlich: »Schaut nur, schaut nur ...! Seht ihr Ihn? Er sitzt auf jener kleinen einzelnen Wolke, jener kleinen feuerroten Wolke, die langsam dahinzieht. Und auch Er – man sollte meinen, Er schaut uns an.«

»Aber wer denn?« fragten die anderen.

»Gott!« antwortete er mit dem Tonfall der tiefsten Überzeugung. »Ach! er ist schon weit weg; bald werdet ihr ihn nicht mehr sehen können. Gewiß, er reist, um alle Länder zu besuchen. Seht, gleich wird er hinter dieser Baumreihe hinziehen, dort, fast am Horizont ... und jetzt sinkt er hinter dem Kirchturm nieder ... Ach! man sieht ihn nicht mehr!« Und der Knabe blieb noch lange abgewandt

la ligne qui sépare la terre du ciel des yeux où brillait une inexprimable expression d'extase et de regret.
»Est-il bête, celui-là, avec son bon Dieu, que lui seul peut apercevoir!« dit alors le troisième, dont toute la petite personne était marquée d'une vivacité et d'une vitalité singulières. »Moi, je vais vous raconter comment il m'est arrivé quelque chose qui ne vous est jamais arrivé, et qui est un peu plus intéressant que votre théâtre et vos nuages. – Il y a quelques jours, mes parents m'ont emmené en voyage avec eux, et, comme dans l'auberge où nous nous sommes arrêtés, il n'y avait pas assez de lits pour nous tous, il a été décidé que je dormirais dans le même lit que ma bonne.« – Il attira ses camarades plus près de lui, et parla d'une voix plus basse. – »Ça fait un singulier effet, allez, de n'être pas couché seul et d'être dans un lit avec sa bonne, dans les ténèbres. Comme je ne dormais pas, je me suis amusé, pendant qu'elle dormait, à passer ma main sur ses bras, sur son cou et sur ses épaules. Elle a les bras et le cou bien plus gros que toutes les autres femmes, et la peau en est si douce, si douce, qu'on dirait du papier à lettre ou du papier de soie. J'y avais tant de plaisir que j'aurais longtemps continué, si je n'avais pas eu peur, peur de la réveiller d'abord, et puis encore peur de je ne sais quoi. Ensuite j'ai fourré ma tête dans ses cheveux qui pendaient dans son dos, épais comme une crinière, et ils sentaient aussi bon, je vous assure, que les fleurs du jardin, à cette heure-ci. Essayez, quand vous pourrez, d'en faire autant que moi, et vous verrez!«
Le jeune auteur de cette prodigieuse révélation avait, en faisant son récit, les yeux écarquillés par une sorte de stupéfaction de ce qu'il éprouvait encore, et les rayons du soleil couchant, en glissant à travers les boucles rousses de sa chevelure ébouriffée, y allumaient comme une auréole sulfureuse de passion. Il était facile de deviner que celui-là ne perdrait pas sa vie à chercher la Divinité dans les nuées, et qu'il la trouverait fréquemment ailleurs.

und starrte auf jenen Strich, der Himmel und Erde trennt, mit Augen, in denen ein unaussprechlicher Ausdruck der Verzückung und der Trauer glänzte.

»Wie dumm der ist, mit seinem lieben Gott, den nur er allein sehen kann!« sagte da der dritte, dessen ganze kleine Person eine sonderbare Lebendigkeit und Lebhaftigkeit erkennen ließ. »Hört zu, was ich euch erzählen will: ein Erlebnis, wie ihr noch keines erlebt habt, und auch ein bißchen aufregender als euer Theater und eure Wolken. – Vor ein paar Tagen war ich mit meinen Eltern auf einer Reise, und da es in dem Gasthof, wo wir übernachteten, nicht genug Betten für uns alle gab, so beschloß man, ich sollte mit dem Kindermädchen in einem Bett schlafen.« – Er zog seine Gefährten näher an sich heran, und fuhr mit leiserer Stimme fort: »Da wird einem ganz sonderbar, kann ich euch sagen, wenn man nicht alleine liegt, sondern mit seinem Kindermädchen unter der gleichen Decke, im Dunkeln. Da ich nicht schlafen konnte, vergnügte ich mich damit, meine Hand, während sie schlief, über ihre Arme, ihren Hals und ihre Schultern gleiten zu lassen. Ihre Arme und ihr Hals sind sehr viel voller als bei allen anderen Frauen, und ihre Haut ist so weich, so weich, als führe man über Briefpapier oder Seidenpapier. Ich fand ein solches Vergnügen daran, daß ich noch lange hätte fortfahren können, wenn ich nicht Angst gehabt hätte, Angst zuerst, sie aufzuwecken, und dann noch Angst ich weiß nicht wovor. Dann habe ich meinen Kopf in ihre Haare gewühlt, die ihr über den Rücken hingen, dicht wie eine Mähne, und sie rochen so gut, glaubt mir, wie die Blumen jetzt in diesem Garten. Versucht nur, wenn ihr könnt, es ebenso zu machen wie ich, und ihr werdet sehen!«

Der junge Autor dieser erstaunlichen Enthüllungen hatte, während er erzählte, die Augen weit aufgerissen, wie in einer Art Erstaunen über das, was er immer noch empfand, und während die Strahlen der untergehenden Sonne durch die rotblonden Locken seines zerzausten Kopfes fielen, entzündeten sie dort gleichsam einen schwefligen Glorienschein der Leidenschaft. Es war nicht schwer zu erraten, daß dieser sein Leben nicht damit verlieren würde, die Gottheit in den Wolken zu suchen, und daß er sie häufig anderswo finden würde.

Enfin le quatrième dit: »Vous savez que je ne m'amuse guère à la maison; on ne me mène jamais au spectacle; mon tuteur est trop avare; Dieu ne s'occupe pas de moi et de mon ennui, et je n'ai pas une belle bonne pour me dorloter. Il m'a souvent semblé que mon plaisir serait d'aller toujours droit devant moi, sans savoir où, sans que personne s'en inquiète, et de voir toujours des pays nouveaux. Je ne suis jamais bien nulle part, et je crois toujours que je serais mieux ailleurs que là où je suis. Eh bien! j'ai vu, à la dernière foire du village voisin, trois hommes qui vivent comme je voudrais vivre. Vous n'y avez pas fait attention, vous autres. Ils étaient grands, presque noirs et très fiers, quoique en guenilles, avec l'air de n'avoir besoin de personne. Leurs grands yeux sombres sont devenus tout à fait brillants pendant qu'ils faisaient de la musique; une musique si surprenante qu'elle donne envie tantôt de danser, tantôt de pleurer, ou de faire les deux à la fois, et qu'on deviendrait comme fou si on les écoutait trop longtemps. L'un, en traînant son archet sur son violon, semblait raconter un chagrin, et l'autre, en faisant sautiller son petit marteau sur les cordes d'un petit piano suspendu à son cou par une courroie, avait l'air de se moquer de la plainte de son voisin, tandis que le troisième choquait, de temps à autre, ses cymbales avec une violence extraordinaire. Ils étaient si contents d'eux-mêmes, qu'ils ont continué à jouer leur musique de sauvages, même après que la foule s'est dispersée. Enfin ils ont ramassé leurs sous, ont chargé leur bagage sur leur dos, et sont partis. Moi, voulant savoir où ils demeuraient, je les ai suivis de loin, jusqu'au bord de la forêt, où j'ai compris seulement alors, qu'ils ne demeuraient nulle part.
»Alors l'un a dit: ›Faut-il déployer la tente?
»– Ma foi! non! a répondu l'autre, il fait une si belle nuit!‹
»Le troisième disait en comptant la recette: ›Ces gens-là ne sentent pas la musique, et leurs femmes dansent comme des ours. Heureusement, avant un mois nous serons en Autriche, où nous trouverons un peuple plus aimable.

Endlich sagte der vierte: »Ihr wißt, ich habe es nicht vergnüglich zu Hause; niemand geht mit mir ins Theater; mein Vormund ist zu geizig; Gott kümmert sich nicht um mich und meine Langeweile, und ich habe kein schönes Kindermädchen, um mich von ihr verwöhnen zu lassen. Oft denke ich, was mich freuen könnte, wäre: immer geradeaus vor mich hin zu gehen, ohne zu wissen wohin, ohne daß irgendwer sich Gedanken darüber macht, und immer neue Länder zu sehen. Ich fühle mich nie und nirgends wohl, und ich glaube immer, es ginge mir anderswo besser als dort, wo ich bin. Neulich aber, auf dem letzten Jahrmarkt in unserem Nachbardorf, habe ich drei Männer gesehen, die so leben, wie ich leben möchte. Ihr andern habt sie nicht beachtet. Sie waren groß, fast schwarz und sehr stolz, trotz ihrer Lumpen, und sahen aus, als hätten sie niemand nötig. Ihre großen dunklen Augen begannen immer mehr zu funkeln, während sie Musik machten; eine so überwältigende Musik, das man bald tanzen, bald weinen, bald beides zugleich tun möchte, und bei der man verrückt würde, wenn man ihnen zu lange zuhörte. Der eine strich mit dem Bogen über seine Geige, als wollte er einen tiefen Gram erzählen; der andere ließ sein Hämmerchen über die Saiten eines kleinen Klaviers hüpfen, das er an einem Riemen um den Hals trug: das klang, als mache er sich über den Wehgesang seines Nachbarn lustig, während der dritte von Zeit zu Zeit seine Zimbeln mit ungewöhnlicher Heftigkeit zusammenschlug. Sie waren so zufrieden mit sich selbst, daß sie noch fortfuhren, ihre Wildenmusik zu spielen, als die Menge sich schon verlaufen hatte. Schließlich haben sie die Münzen zusammengeklaubt, haben ihr Gepäck auf den Rücken genommen, und sind davongegangen. Ich wollte wissen, wo sie wohnten; ich bin ihnen von weitem nachgeschlichen, bis zum Waldrand, und da begriff ich, daß sie nirgends wohnten.
Dann hat der eine gesagt: ›Sollen wir das Zelt aufschlagen?‹
›Nein, wozu?‹ hat der andere geantwortet, ›die Nacht ist doch so schön!‹
Und während der dritte ihre Einnahmen zählte, sagte er: ›Die Leute hier haben kein Gefühl für Musik, und ihre Weiber tanzen wie die Bären. Gottlob, noch ehe der Monat um ist, sind wir in Österreich; da finden wir ein liebenswürdigeres Volk.‹

»– Nous ferions peut-être mieux d'aller vers l'Espagne, car voici la saison qui s'avance; fuyons avant les pluies et ne mouillons que notre gosier‹, a dit un des deux autres.

»J'ai tout retenu, comme vous voyez. Ensuite ils ont bu chacun une tasse d'eau-de-vie et se sont endormis, le front tourné vers les étoiles. J'avais eu d'abord envie de les prier de m'emmener avec eux et de m'apprendre à jouer de leurs instruments; mais je n'ai pas osé, sans doute parce qu'il est toujours très difficile de se décider à n'importe quoi, et aussi parce que j'avais peur d'être rattrapé avant d'être hors de France.«

L'air peu intéressé des trois autres camarades me donna à penser que ce petit était déjà un *incompris*. Je le regardais attentivement; il y avait dans son œil et dans son front ce je ne sais quoi de précocement fatal qui éloigne généralement la sympathie, et qui, je ne sais pourquoi, excitait la mienne, au point que j'eus un instant l'idée bizarre que je pouvais avoir un frère à moi-même inconnu.

Le soleil s'était couché. La nuit solennelle avait pris place. Les enfants se séparèrent, chacun allant, à son insu, selon les circonstances et les hasards, mûrir sa destinée, scandaliser ses proches et graviter vers la gloire ou vers le déshonneur.

›Wäre es nicht besser, wir gingen nach Spanien? Es ist schon spät im Jahr, bald kommt die Regenzeit; wir wollen uns fortmachen, es genügt, wenn wir unsere Kehle befeuchten‹, sagte einer der beiden andern.

Ich habe alles behalten, wie ihr seht. Dann haben sie jeder einen Becher Branntwein getrunken und sind eingeschlafen, die Stirne den Sternen zugewandt. Zuerst wollte ich sie bitten, mich mitzunehmen und mir das Spielen auf ihren Instrumenten beizubringen; aber dann habe ich es doch nicht gewagt; wahrscheinlich, weil es immer sehr schwer ist, sich für irgendetwas zu entscheiden, was es auch sein mag, und dann, weil ich Angst hatte, man könnte mich aufgreifen, ehe wir Frankreich verlassen hätten.«

Aus der geringen Teilnahme, mit der seine Gefährten ihm zuhörten, schloß ich, daß dieser Kleine schon jetzt ein *Unverstandener* war. Ich sah ihn aufmerksam an: in seinen Augen und auf seiner Stirne lag etwas wie ein Schatten späterer Verhängnisse, der für gewöhnlich keine Zuneigung einflößt, und der, ich weiß nicht warum, eine so starke Anziehung auf mich ausübte, daß mich für einen Augenblick der wunderliche Gedanke durchzuckte, ich könnte einen mir selbst unbekannten Bruder haben.

Die Sonne war untergegangen. Feierlich hatte die Nacht sich herniedergesenkt. Die Knaben trennten sich; ahnungslos ging jeder, je nach den Umständen und Zufällen, seiner Bestimmung entgegen: das zur Reife zu bringen, wozu er berufen war, seinen Nächsten ein Ärgernis zu sein und seine Bahn zu durchlaufen, dem Ruhm oder der Schande zu.

XXXII

LE THYRSE

À Franz Liszt

Qu'est-ce qu'un thyrse? Selon le sens moral et poétique, c'est un emblème sacerdotal dans la main des prêtres ou des prêtresses célébrant la divinité dont ils sont les interprètes et les serviteurs. Mais physiquement ce n'est qù'un bâton, un pur bâton, perche à houblon, tuteur de vigne, sec, dur et droit. Autour de ce bâton, dans des méandres capricieux, se jouent et folâtrent des tiges et des fleurs, celles-ci sinueuses et fuyardes, celles-là penchées comme des cloches ou des coupes renversées. Et une gloire étonnante jaillit de cette complexité de lignes et de couleurs, tendres ou éclatantes. Ne dirait-on pas que la ligne courbe et la spirale font leur cour à la ligne droite et dansent autour dans une muette adoration? Ne dirait-on pas que toutes ces corolles délicates, tous ces calices, explosions de senteurs et de couleurs, exécutent un mystique fandango autour du bâton hiératique? Et quel est, cependant, le mortel imprudent qui osera décider si les fleurs et les pampres ont été faits pour le bâton, ou si le bâton n'est que le prétexte pour montrer la beauté des pampres et des fleurs? Le thyrse est la représentation de votre étonnante dualité, maître puissant et vénéré, cher Bacchant de la Beauté mystérieuse et passionnée. Jamais nymphe exaspérée par l'invincible Bacchus ne secoua son thyrse sur les têtes de ses compagnes affolées avec autant d'énergie et de caprice que vous agitez votre génie sur les cœurs de vos frères. – Le bâton, c'est votre volonté, droite, ferme et inébranlable; les fleurs, c'est la promenade de votre fantaisie autour de votre volonté; c'est l'élément féminin exécutant autour du mâle ses prestigieuses pirouettes. Ligne droite et ligne arabesque, intention et expression, roideur de la volonté, sinuosité du verbe, unité du but, variété des moyens, amalgame tout-puissant et indivisible du génie, quel analyste aura le détestable courage de vous diviser et de vous séparer?

XXXII

DER THYRSUS

An Franz Liszt

Was ist ein Thyrsus? Seinem geistigen und dichterischen Sinne nach ist er ein Zeichen der Weihe in der Hand der Priester und Priesterinnen, welche die Gottheit feiern, deren Vermittler und Diener sie sind. Doch seiner Natur nach ist er nur ein Stab, ein einfacher Stecken, eine Hopfenstange, ein Rebpfahl, trocken, hart und gerade. Um diesen Stab spielen und scherzen in mutwilligen Mäandern Ranken und Blüten, jene gewunden und wankend, diese überhangend wie Glocken oder umgekehrte Becher. Und ein wunderbarer Glanz bricht aus dieser Vielfalt von Linien und Farben, zarten oder leuchtenden. Ist es nicht, als machten die gebogene Linie und die Spirale der Geraden den Hof und umtanzten sie in stummer Anbetung? Ist es nicht, als vollführten all diese zarten Blüten, all diese Kelche, dieser ganze Überschwang von Düften und Farben, einen mystischen Fandango um den hieratischen Stab? Welcher törichte Sterbliche aber wäre verwegen genug, entscheiden zu wollen, ob die Blumen und Ranken für den Stab geschaffen wurden, oder ob der Stab nur ein Vorwand ist, die Schönheit der Ranken und Blumen zu zeigen? Der Thyrsus ist das Sinnbild Ihrer wunderbaren Doppelnatur, mächtiger und verehrter Meister, teurer Bacchant der geheimnisvollen und leidenschaftlichen Schönheit. Nie hat ein Nymphe unter dem Stachel des immer sieghaften Bacchus den Thyrsus so kräftig und mit solchem Mutwillen über den Häuptern ihrer Gefährtinnen geschwungen, wie Sie Ihren Genius schwenken über den Herzen Ihrer Brüder. – Der Stab, das ist Ihr Wille, gerade, fest und unerschütterlich; die Blumen sind die Windungen, mit denen Ihre Phantasie den Stab umspielt; sie sind das weibliche Element, das um das männliche seine betörenden Pirouetten ausführt. Die gerade Linie und die Arabeske, Absicht und Ausdruck, Strenge des Willens, Schmiegsamkeit des Wortes, Einheit des Zieles, Vielfalt der Mittel, allmächtiges und unzerlegbares Amalgam des Genies, welcher Zergliederer hätte die Vermessenheit, euch zu zerlegen und zu trennen?

Cher Liszt, à travers les brumes, par-delà les fleuves, par-dessus les villes où les pianos chantent votre gloire, où l'imprimerie traduit votre sagesse, en quelque lieu que vous soyez, dans les splendeurs de la ville éternelle ou dans les brumes des pays rêveurs que console Cambrinus, improvisant des chants de délectation ou d'ineffable douleur, ou confiant au papier vos méditations abstruses, chantre de la Volupté et de l'Angoisse éternelles, philosophe, poète et artiste, je vous salue en l'immortalité!

XXXIII

ENIVREZ-VOUS

Il faut être toujours ivre. Tout est là: c'est l'unique question. Pour ne pas sentir l'horrible fardeau du Temps qui brise vos épaules et vous penche vers la terre, il faut vous enivrer sans trêve.
Mais de quoi? De vin, de poésie ou de vertu, à votre guise. Mais enivrez-vous.
Et si quelquefois, sur les marches d'un palais, sur l'herbe verte d'un fossé, dans la solitude morne de votre chambre, vous vous réveillez, l'ivresse déjà diminuée ou disparue, demandez au vent, à la vague, à l'étoile, à l'oiseau, à l'horloge, à tout ce qui fuit, à tout ce qui gémit, à tout ce qui roule, à tout ce qui chante, à tout ce qui parle, demandez quelle heure il est; et le vent, la vague, l'étoile, l'oiseau, l'horloge, vous répondront: »Il est l'heure de s'enivrer! Pour n'être pas les esclaves martyrisés du Temps, enivrez-vous; enivrez-vous sans cesse! De vin, de poésie ou de vertu, à votre guise.«

Lieber Liszt, durch die Nebel, über die Ströme, über die Städte, wo die Klaviere Ihren Ruhm singen, wo die Druckerei Ihre Weisheit übersetzt, an jeder Stätte, wo Sie weilen mögen, im Glanz der ewigen Stadt oder in den Nebeln der verträumten Länder, die Gambrinus tröstet, ob Sie Gesänge der Wonne oder unsagbaren Wehs improvisieren, oder dem Papier Ihre tiefsinnigen Betrachtungen anvertrauen, Sänger der ewigen Lust und des ewigen Grauens, Denker, Dichter und Künstler, ich grüße Sie in der Unsterblichkeit!

XXXIII

BERAUSCHT EUCH

Man muß immer trunken sein. Darum geht es: das ist das einzige Geheimnis. Um die Last der Zeit nicht zu fühlen, die eure Schultern zerbricht und euch zu Boden drückt, müßt ihr euch ohne Unterlaß berauschen.

Womit aber? Mit Wein, mit Poesie oder Tugend, nach eurem Belieben. Aber berauscht euch.

Und wenn ihr manchmal erwacht, ob auf den Stufen eines Schlosses, im grünen Gras eines Straßengrabens, oder in der trüben Verlassenheit eurer Kammer, und der Rausch ist schon halb oder ganz verflogen, so fragt den Wind, die Welle, den Stern, den Vogel, die Uhr, alles, was flieht, alles, was seufzt, alles, was rollt, was singt, was spricht, fragt, welche Stunde es sei; und der Wind, die Welle, der Stern, der Vogel, die Uhr werden euch antworten: »Es ist die Stunde des Rausches! Um nicht die geschundenen Sklaven der Zeit zu sein, berauscht euch; berauscht euch ohne Unterlaß! An Wein, an Poesie, an Tugend, nach eurem Belieben.«

XXXIV

DÉJÀ!

Cent fois déjà le soleil avait jailli, radieux ou attristé, de cette cuve immense de la mer dont les bords ne se laissent qu'à peine apercevoir; cent fois il s'était replongé, étincelant ou morose, dans son immense bain du soir. Depuis nombre de jours, nous pouvions contempler l'autre côté du firmament et déchiffrer l'alphabet céleste des antipodes. Et chacun des passagers gémissait et grognait. On eût dit que l'approche de la terre exaspérait leur souffrance. »Quand donc«, disaient-ils, »cesserons-nous de dormir un sommeil secoué par la lame, troublé par un vent qui ronfle plus haut que nous? Quand pourrons-nous manger de la viande qui ne soit pas salée comme l'élément infâme qui nous porte? Quand pourrons-nous digérer dans un fauteuil immobile?«

Il y en avait qui pensaient à leur foyer, qui regrettaient leurs femmes infidèles et maussades, et leur progéniture criarde. Tous étaient si affolés par l'image de la terre absente, qu'ils auraient, je crois, mangé de l'herbe avec plus d'enthousiasme que les bêtes.

Enfin un rivage fut signalé; et nous vîmes, en approchant, que c'était une terre magnifique, éblouissante. Il semblait que les musiques de la vie s'en détachaient en un vague murmure, et que de ces côtes, riches en verdures de toute sorte, s'exhalait, jusqu'à plusieurs lieues, une délicieuse odeur de fleurs et de fruits.

Aussitôt chacun fut joyeux, chacun abdiqua sa mauvaise humeur. Toutes les querelles furent oubliées, tous les torts réciproques pardonnés; les duels convenus furent rayés de la mémoire, et les rancunes s'envolèrent comme des fumées.

Moi seul j'étais triste, inconcevablement triste. Semblable à un prêtre à qui on arracherait sa divinité, je ne pouvais, sans une navrante amertume, me détacher de cette mer si monstrueusement séduisante, de cette mer si infiniment variée dans son effrayante simplicité, et qui semble contenir en elle et représenter par ses

XXXIV

SCHON!

Hundertmal schon war die Sonne, strahlend oder trüb, diesem unermeßlichen Becken des Meeres entstiegen, dessen Ränder kaum sichtbar sind: hundertmal war sie, funkelnd oder grämlich, wieder hinabgesunken in ihr unermeßliches Abendbad. Seit vielen Tagen konnten wir die andere Seite des Firmaments betrachten und das himmlische Alphabet der Antipoden entziffern. Und jeder der Passagiere ächzte und murrte. Je näher das Land kam, desto unerträglicher schienen sie zu leiden. »Wann endlich«, klagten sie, »werden wir schlafen können ohne dieses ewige Geschaukel, ohne daß der Wind uns aufweckt, der noch lauter schnarcht als wir? Wann werden wir Fleisch essen, das nicht gesalzen ist wie dieses garstige Element, das uns trägt? Wann werden wir in einem Lehnstuhl verdauen, der sich nicht vom Fleck rührt.«

Einige dachten an ihr Heim, sehnsüchtig wanderten ihre Wünsche zurück zu ihren mißgelaunten, treulosen Ehefrauen, und ihren kreischenden Sprößlingen. Das Nichtvorhandensein des festen Landes hatte sie so verstört, daß sie vermutlich seliger als die Kühe Gras gefressen hätten.

Endlich hieß es, eine Küste sei in Sicht; und wie wir näher kamen, sahen wir ein wunderbares, leuchtendes Land. Die Klänge des Lebens schienen wie eine leise Musik herüberzuwehen, und von den dichtübergrünten Hängen, die noch Meilen entfernt lagen, hauchte ein köstlicher Duft von Blumen und Früchten uns an.

Alsbald war jeder freudig erregt, jeder entschlug sich seines Mißmuts. Aller Zank war vergessen, alles Unrecht, das man einander angetan hatte, verziehen; die vereinbarten Duelle wurden aus dem Gedächtnis getilgt, aller Groll war wie Rauch zerstoben.

Ich allein war traurig, unausdenkbar traurig. Einem Priester gleich, dem man seine Gottheit geraubt hat, konnte ich nicht ohne herzzerreißende Wehmut mich lösen von diesem Meer und seiner ungeheuerlichen Verführung, diesem in seiner erschreckenden Einförmigkeit so unendlich vielgestaltigen Meer, das in seinen jeux, ses allures, ses colères et ses sourires, les humeurs, les agonies et les extases de toutes les âmes qui ont vécu, qui vivent et qui vivront!

En disant adieu à cette incomparable beauté, je me sentais abattu jusqu'à la mort; et c'est pourquoi, quand chacun de mes compagnons dit: »Enfin!« je ne pus crier que: *»Déjà!«*

Cependant c'était la terre, la terre avec ses bruits, ses passions, ses commodités, ses fêtes; c'était une terre riche et magnifique, pleine de promesses, qui nous envoyait un mystérieux parfum de rose et de musc, et d'où les musiques de la vie nous arrivaient en un amoureux murmure.

Spielen, seinem Gehen und Kommen, seinem Zürnen und Lächeln die wechselnden Stimmungen, die Qualen und Verzückungen aller Seelen, die je gelebt haben, die leben und die leben werden, zu enthalten und darzustellen schien!

Als ich Abschied nehmen sollte von dieser Schönheit ohnegleichen, war ich betrübt bis auf den Tod; und als jeder meiner Gefährten »Endlich!« rief, entrang sich mir nur der Schmerzensschrei: *»Schon!«*

Und doch, es war Land: die Erde mit ihren lauten und leisen Geräuschen, ihren Leidenschaften, ihren Bequemlichkeiten, ihren Festen; ein wunderbares, üppiges Land, voller Verheißungen, das uns einen geheimnisvollen Hauch von Rosen und Moschus entgegensandte, und von dem die Klänge des Lebens herkamen einladend wie ein Liebesflüstern.

XXXV

LES FENÊTRES

Celui qui regarde du dehors à travers une fenêtre ouverte, ne voit jamais autant de choses que celui qui regarde une fenêtre fermée. Il n'est pas d'objet plus profond, plus mystérieux, plus fécond, plus ténébreux, plus éblouissant qu'une fenêtre éclairée d'une chandelle. Ce qu'on peut voir au soleil est toujours moins interéssant que ce qui se passe derrière une vitre. Dans ce trou noir ou lumineux vit la vie, rêve la vie, souffre la vie.

Par-delà des vagues de toits, j'aperçois une femme mûre, ridée déjà, pauvre, toujours penchée sur quelque chose, et qui ne sort jamais. Avec son visage, avec son vêtement, avec son geste, avec presque rien, j'ai refait l'histoire de cette femme, ou plutôt sa légende, et quelquefois je me la raconte à moi-même en pleurant.

Si c'eût été un pauvre vieux homme, j'aurais refait la sienne tout aussi aisément.

Et je me couche, fier d'avoir vécu et souffert dans d'autres que moi-même.

Peut-être me direz-vous: »Es-tu sûr que cette légende soit la vraie?« Qu'importe ce que peut être la réalité placée hors de moi, si elle m'a aidé à vivre, à sentir que je suis et ce que je suis?

XXXV

DIE FENSTER

Wer von draußen durch ein offenes Fenster blickt, sieht niemals soviel wie einer, der ein geschlossenes Fenster betrachtet. Nichts ist so tief, so geheimnisvoll, so fruchtbar, so licht und so finster zugleich wie ein Fenster, hinter dem eine Kerze brennt. Was man im Sonnenlicht sehen kann, ist immer weniger reizvoll als das, was hinter einer Scheibe vorgeht. In diesem düsteren oder strahlenden Loch lebt das Leben, träumt das Leben, leidet das Leben.

Über die Wogen der Dächer hin sehe ich eine bejahrte Frau; sie hat schon Falten im Gesicht, sie ist arm, immer sitzt sie über etwas gebeugt, und niemals verläßt sie das Haus. Aus ihren Zügen, ihrer Kleidung, ihren Bewegungen habe ich die Geschichte dieser Frau herausgelesen, oder vielmehr ihre Legende, und manchmal erzähle ich sie mir unter Tränen.

Wenn es ein alter Mann gewesen wäre, hätte ich die seinige ebenso leicht herausgelesen.

Und ich lege mich nieder, stolz darauf, in anderen als mir selbst gelebt und gelitten zu haben.

Man wird mir vielleicht entgegenhalten: »Bist du so sicher, daß diese Legende auch wahr ist?« Was liegt daran, wie die Wirklichkeit außer mir beschaffen ist, wenn sie mir leben hilft, wenn sie mir empfinden hilft, daß ich bin und was ich bin?

XXXVI

LE DÉSIR DE PEINDRE

Malheureux peut-être l'homme, mais heureux l'artiste que le désir déchire!

Je brûle de peindre celle qui m'est apparue si rarement et qui a fui si vite, comme une belle chose regrettable derrière le voyageur emporté dans la nuit. Comme il y a longtemps déjà qu'elle a disparu!

Elle est belle, et plus que belle; elle est surprenante. En elle le noir abonde: et tout ce qu'elle inspire est nocturne et profond. Ses yeux sont deux antres où scintille vaguement le mystère, et son regard illumine comme l'éclair: c'est une explosion dans les ténèbres.

Je la comparerais à un soleil noir, si l'on pouvait concevoir un astre noir versant la lumière et le bonheur. Mais elle fait plus volontiers penser à la lune, qui sans doute l'a marquée de sa redoutable influence; non pas la lune blanche des idylles, qui ressemble à une froide mariée, mais la lune sinistre et enivrante, suspendue au fond d'une nuit orageuse et bousculée par les nuées qui courent; non pas la lune paisible et discrète visitant le sommeil des hommes purs, mais la lune arrachée du ciel, vaincue et révoltée, que les Sorcières thessaliennes contraignent durement à danser sur l'herbe terrifiée!

Dans son petit front habitent la volonté tenace et l'amour de la proie. Cependant, au bas de ce visage inquiétant, où des narines mobiles aspirent l'inconnu et l'impossible, éclate, avec une grâce inexprimable, le rire d'une grande bouche, rouge et blanche, et délicieuse, qui fait rêver au miracle d'une superbe fleur éclose dans un terrain volcanique.

Il y a des femmes qui inspirent l'envie de les vaincre et de jouir d'elles; mais celle-ci donne le désir de mourir lentement sous son regard.

XXXVI

DAS VERLANGEN ZU MALEN

Unglücklich vielleicht der Mensch, doch glücklich der Künstler, den sein Verlangen peinigt!

Ich brenne, Jene zu malen, die mir so selten erschienen und so rasch entflohen ist, wie etwas Schönes, schmerzlich Vermißtes hinter dem nächtlichen Reisenden verweht. Wie lange schon ist sie entschwunden!

Sie ist schön, und mehr als schön; sie ist überraschend. Alles an ihr ist von Schwärze durchstrahlt: und alles, wozu sie begeistert, ist nächtlich und tief. Ihre Augen sind zwei Höhlen, in denen unergründlich das Geheimnis funkelt, und ihr Blick zuckt auf wie der Blitz: eine jähe Helle in der Finsternis.

Gerne würde ich sie einer schwarzen Sonne vergleichen, wenn ein schwarzes Gestirn denkbar wäre, das Licht und Glück ausgießt. Aber mehr noch erinnert sie an den Mond, der sie gewiß mit seinem verhängnisvollen Einfluß gezeichnet hat; nicht der weiße Mond der Idyllen, der einer kalten Braut gleicht, sondern der unheimliche und berauschende Mond, hochhangend in einer Sturmnacht und von jagenden Wolken überrannt; nicht der friedliche, verschwiegene Mond, der die reinen Menschen im Schlaf besucht, sondern der Mond, den die thessalischen Hexen vom Himmel reißen, der überwältigte, widerspenstige, den sie mit hartem Zauberspruch auf dem erschreckten Gras zum Tanze zwingen!

Hinter ihrer kleinen Stirn wohnen Starrsinn und Raublust. In der unteren Hälfte aber dieses beunruhigenden Gesichtes, wo bewegliche Nüstern das Unbekannte und Unmögliche wittern, bricht mit unbeschreiblicher Anmut das Lachen eines großen Mundes auf, eines köstlichen, rot und weißen Mundes, der an eine prächtige Blume gemahnt, wie sie auf vulkanischem Boden erblühen.

Es gibt Frauen, die uns die Begierde einflößen, sie zu besitzen und zu genießen; diese aber weckt das Verlangen, langsam unter ihrem Blick zu sterben.

XXXVII

LES BIENFAITS DE LA LUNE

La Lune, qui est le caprice même, regarda par la fenêtre pendant que tu dormais dans ton berceau, et se dit: »Cette enfant me plaît.«

Et elle descendit moelleusement son escalier de nuages et passa sans bruit à travers les vitres. Puis elle s'étendit sur toi avec la tendresse souple d'une mère, et elle déposa ses couleurs sur ta face. Tes prunelles en sont restées vertes, et tes joues extraordinairement pâles. C'est en contemplant cette visiteuse que tes yeux se sont si bizarrement agrandis; et elle t'a si tendrement serrée à la gorge que tu en as gardé pour toujours l'envie de pleurer.

Cependant, dans l'expansion de sa joie, la Lune remplissait toute la chambre comme une atmosphère phosphorique, comme un poison lumineux; et toute cette lumière vivante pensait et disait: »Tu subiras éternellement l'influence de mon baiser. Tu seras belle à ma manière. Tu aimeras ce que j'aime et ce qui m'aime: l'eau, les nuages, le silence et la nuit; la mer immense et verte; l'eau informe et multiforme; le lieu où tu ne seras pas; l'amant que tu ne connaîtras pas; les fleurs monstrueuses; les parfums qui font délirer; les chats qui se pâment sur les pianos et qui gémissent comme les femmes, d'une voix rauque et douce!

»Et tu seras aimée de mes amants, courtisée par mes courtisans. Tu seras la reine des hommes aux yeux verts dont j'ai serré aussi la gorge dans mes caresses nocturnes; de ceux-là qui aiment la mer, la mer immense, tumultueuse et verte, l'eau informe et multiforme, le lieu où ils ne sont pas, la femme qu'ils ne connaissent pas, les fleurs sinistres qui ressemblent aux encensoirs d'une religion inconnue, les parfums qui troublent la volonté, et les animaux sauvages et voluptueux qui sont les emblèmes de leur folie.«

XXXVII

DIE WOHLTATEN DES MONDES

Der Mond, der die Laune selbst ist, blickte durchs Fenster, als du in deiner Wiege schliefst, und sprach zu sich: »Dieses Kind gefällt mir.«

Und weich glitt er über seine Wolkentreppe herab und drang lautlos durch die Scheiben. Dann breitete er sich über dich mit der sanften Zärtlichkeit einer Mutter, und legte seine Farben auf dein Gesicht. Davon sind deine Augäpfel grün geblieben, und deine Wangen von dieser ungewöhnlichen Bleichheit. Während du deine Besucherin betrachtetest, haben deine Augen sich so seltsam geweitet; und mit so zärtlichem Griff hat er dir die Kehle umklammert, daß du seither immer dem Weinen nahe bist.

So sehr indes wallte seine Freudigkeit über, daß der Mond das ganze Zimmer wie ein Phosphordunst, wie ein leuchtendes Gift erfüllte; und all dies lebendige Licht dachte und sprach: »Ewig wird der Einfluß meines Kusses in dir währen. Du wirst schön sein auf meine Weise. Du wirst lieben, was ich liebe und was mich liebt: das Wasser, die Wolken, die Stille und die Nacht; die grüne Weite des Meeres; das gestaltlose und vielgestaltige Wasser; den Ort, wo du nicht sein, den Geliebten, den du nicht kennen wirst; die ungeheuerlichen Blumen; die Düfte, die uns der Sinne berauben; die Katzen, die sich auf den Klavieren dehnen, und die wie die Frauen ächzen, mit heiserer und sanfter Stimme!

Und du wirst geliebt werden von meinen Liebhabern, angebetet werden von meinen Anbetern. Du wirst die Königin der Männer mit den grünen Augen sein, deren Kehle ich auch bei meinen nächtlichen Liebkosungen umklammert habe; der Männer, die das Meer lieben, die grüne Weite des tobenden Meeres, das gestaltlose und vielgestaltige Wasser, den Ort, wo sie nicht sind, die Frau, die sie nicht kennen, die unheimlichen Blumen, die wie Weihrauchfässer eines unbekannten Gottesdienstes sind, die Düfte, die den Willen verwirren, und die wilden, wollüstigen Tiere, die Sinnbilder ihres Wahnes.«

Et c'est pour cela, maudite chère enfant gâtée, que je suis maintenant couché à tes pieds, cherchant dans toute ta personne le reflet de la redoutable Divinité, de la fatidique marraine, de la nourrice empoisonneuse de tous les *lunatiques*.

XXXVIII

LAQUELLE EST LA VRAIE?

J'ai connu une certaine Bénédicta, qui remplissait l'atmosphère d'idéal, et dont les yeux répandaient le désir de la grandeur, de la beauté, de la gloire et de tout ce qui fait croire à l'immortalité.

Mais cette fille miraculeuse était trop belle pour vivre longtemps; aussi est-elle morte quelques jours après que j'eus fait sa connaissance, et c'est moi-même qui l'ai enterrée, un jour que le printemps agitait son encensoir jusque dans les cimetières. C'est moi qui l'ai enterrée, bien close dans une bière d'un bois parfumé et incorruptible comme les coffres de l'Inde.

Et comme mes yeux restaient fichés sur le lieu où était enfoui mon trésor, je vis subitement une petite personne qui ressemblait singulièrement à la défunte, et qui, piétinant sur la terre fraîche avec une violence hystérique et bizarre, disait en éclatant de rire: »C'est moi, la vraie Bénédicta! C'est moi, une fameuse canaille! Et pour la punition de ta folie et de ton aveuglement, tu m'aimeras telle que je suis!«

Mais moi, furieux, j'ai répondu: »Non! non! non!« Et pour mieux accentuer mon refus, j'ai frappé si violemment la terre du pied que ma jambe s'est enfoncée jusqu'au genou dans la sépulture récente, et que, comme un loup pris au piège, je reste attaché, pour toujours peut-être, à la fosse de l'idéal.

Und darum, verwünschtes, liebes, verwöhntes Kind, liege ich dir nun zu Füßen und suche in deinem ganzen Wesen den Widerschein der gefährlichen Gottheit, der verhängnisvollen Gevatterin, der vergiftenden Amme aller *Mondsüchtigen*.

XXXVIII

WELCHE IST DIE WAHRE?

Ich habe eine gewisse Benedicta gekannt, welche alles ringsum idealisch verklärte. Aus ihren Augen sprach die Sehnsucht nach Größe, nach Schönheit, nach Ruhm und nach allem, was uns an die Unsterblichkeit glauben läßt.

Aber dieses Wundergeschöpf war zu schön, um lange auf Erden zu weilen; und so starb sie denn auch, wenige Tage, nachdem ich ihre Bekanntschaft gemacht hatte, und ich selber habe sie begraben, an einem Tage, da der Frühling sein Weihrauchfaß bis in die Kirchhöfe schwang. Ich selber habe sie begraben, wohlverschlossen in einem Totenschrein aus wohlriechendem und unverweslichem Holz wie die indischen Truhen.

Und wie ich die Augen noch auf die Stätte geheftet hielt, wo mein Schatz verscharrt lag, erblickte ich plötzlich eine kleine Person, die der Verstorbenen seltsam ähnlich sah; unter hysterischem Gelächter sprang sie auf der frischen Erde mit einer seltsamen Heftigkeit herum und rief dabei: »Ich, ich bin die wahre Benedicta! Ich, ein berüchtigtes Luder! Und zur Strafe für deine Narrheit und deine Verblendung wirst du mich lieben, so wie ich bin!«

Doch wütend schrie ich aus Leibeskräften: »Nein! nein! und abermals nein!« Und um meiner Weigerung stärkeren Nachdruck zu verleihen, stampfte ich so heftig mit dem Fuß auf, daß mein Bein bis ans Knie in die Erde der frischgeschaufelten Grube einsank, und daß ich, wie ein Wolf in der Falle, vielleicht für immer, an das Grab des Ideals gefesselt bleibe.

XXXIX

UN CHEVAL DE RACE

Elle est bien laide. Elle est délicieuse pourtant!

Le Temps et l'Amour l'ont marquée de leurs griffes et lui ont cruellement enseigné ce que chaque minute et chaque baiser emportent de jeunesse et de fraîcheur.

Elle est vraiment laide; elle est fourmi, araignée, si vous voulez, squelette même; mais aussi elle est breuvage, magistère, sorcellerie! en somme, elle est exquise.

Le Temps n'a pu rompre l'harmonie pétillante de sa démarche ni l'élégance indestructible de son armature. L'Amour n'a pas altéré la suavité de son haleine d'enfant; et le Temps n'a rien arraché de son abondante crinière d'où s'exhale en fauves parfums toute la vitalité endiablée du Midi français: Nîmes, Aix, Arles, Avignon, Narbonne, Toulouse, villes bénies du soleil, amoureuses et charmantes!

Le Temps et l'Amour l'ont vainement mordue à belles dents; ils n'ont rien diminué du charme vague, mais éternel, de sa poitrine garçonnière.

Usée peut-être, mais non fatiguée, et toujours héroïque, elle fait penser à ces chevaux de grande race que l'œil du véritable amateur reconnaît, même attelés à un carrosse de louage ou à un lourd chariot.

Et puis elle est si douce et si fervente! Elle aime comme on aime en automne; on dirait que les approches de l'hiver allument dans son cœur un feu nouveau, et la servilité de sa tendresse n'a jamais rien de fatigant.

XXXIX

EIN RASSEPFERD

Sie ist wohl häßlich. Und doch ist sie entzückend!

Zeit und Liebe haben sie mit ihren Krallen gezeichnet und sie grausam gelehrt, was jede Minute und jeder Kuß an Jugend und Frische hinwegnimmt.

Sie ist wirklich häßlich; sie ist Ameise, Spinne, meinetwegen, ja sogar Gerippe; doch ist sie auch Heiltrank, Zauber, Hexerei! kurzum, sie ist köstlich.

Die Zeit hat der sprühenden Anmut ihres Ganges nichts anhaben können, noch der unzerstörbaren Eleganz ihres Körperbaus. Die Liebe hat die Süße ihres Kinderatems nicht verdorben; und die Zeit hat ihrer üppigen Mähne nichts entrissen, aus der wie ein Wildgeruch die übermütige Vitalität des französischen Südens mich anhaucht: Nîmes, Aix, Avignon, Narbonne, Toulouse, Städte, die die Sonne gesegnet hat, verliebte, bezaubernde Städte!

Zeit und Liebe haben vergeblich ihre Zähne in sie geschlagen; sie haben den unbestimmbaren, doch unverwüstlichen Reiz ihrer knabenhaften Brust um nichts verringert.

Verbraucht vielleicht, doch nicht erschöpft, und immer unbezwungen, gemahnt sie an jene Pferde edler Rasse, die dem Auge des wahren Kenners nicht entgehen, mögen sie auch vor eine Mietsdroschke oder einen Lastkarren gespannt sein.

Und so sanft ist sie, so glühend! Sie liebt, wie man im Herbst liebt; als ob der nahende Winter ein neues Feuer in ihrem Herzen entfachte, und die Dienste ihrer Zärtlichkeit sind niemals ermüdend.

XL

LE MIROIR

Un homme épouvantable entre et se regarde dans la glace.
»– Pourquoi vous regardez-vous au miroir, puisque vous ne pouvez vous y voir qu'avec déplaisir?«
L'homme épouvantable me répond: »– Monsieur, d'après les immortels principes de 89, tous les hommes sont égaux en droits; donc je possède le droit de me mirer; avec plaisir ou déplaisir, cela ne regarde que ma conscience.«
Au nom du bon sens, j'avais sans doute raison; mais, au point de vue de la loi, il n'avait pas tort.

XLI

LE PORT

Un port est un séjour charmant pour une âme fatiguée des luttes de la vie. L'ampleur du ciel, l'architecture mobile des nuages, les colorations changeantes de la mer, le scintillement des phares, sont un prisme merveilleusement propre à amuser les yeux sans jamais les lasser. Les formes élancées des navires, au gréement compliqué, auxquels la houle imprime des oscillations harmonieuses, servent à entretenir dans l'âme le goût du rythme et de la beauté. Et puis, surtout, il y a une sorte de plaisir mystérieux et aristocratique pour celui qui n'a plus ni curiosité ni ambition, à contempler, couché dans le belvédère ou accoudé sur le môle, tous ces mouvements de ceux qui partent et de ceux qui reviennent, de ceux qui ont encore la force de vouloir, le désir de voyager ou de s'enrichir.

XL

DER SPIEGEL

Ein abstoßend häßlicher Mensch tritt herein und betrachtet sich im Spiegel.

»Was betrachten Sie sich im Spiegel, da Ihr Bild dort Ihnen nur mißfallen kann?«

Der abstoßend häßliche Mensch erwidert mir: »Monsieur, nach den unsterblichen Prinzipien von 1789 haben alle Menschen die gleichen Rechte; also habe ich das Recht, mich zu spiegeln; ob ich mir wohlgefalle oder mißfalle, darüber befinde ich allein.«

Im Namen des gesunden Menschenverstandes hatte ich zweifellos recht; doch vom Standpunkt des Gesetzes aus hatte er nicht unrecht.

XLI

DER HAFEN

Ein Hafen ist ein reizender Aufenthalt für eine von den Kämpfen des Lebens ermüdete Seele. Die Weite des Himmels, die bewegliche Architektur der Wolken, die wechselnden Färbungen des Meeres, das Funkeln der Leuchttürme sind ein Prisma, das wunderbar geeignet ist, die Augen zu vergnügen, ohne sie je zu ermüden. Die schlanken Formen der Schiffe, mit dem reich- und vielfachen Takelwerk, welche die Dünung in harmonisches Schaukeln versetzt, sind wie geschaffen, in der Seele die Freude am Rhythmus und an der Schönheit zu unterhalten. Und vor allem: der, den weder Neugier noch Ehrgeiz mehr plagt, findet eine geheimnisvolle und aristokratische Lust darin, auf hochgelegener Terrasse ruhend oder auf die Mole gestützt, all die Bewegungen derer zu betrachten, die ausfahren und die heimkehren, derer, die noch die Kraft besitzen, zu wollen, das Verlangen, zu reisen oder sich zu bereichern.

PORTRAITS DE MAÎTRESSES

Dans un boudoir d'hommes, c'est-à-dire dans un fumoir attenant à un élégant tripot, quatre hommes fumaient et buvaient. Ils n'étaient précisément ni jeunes ni vieux, ni beaux ni laids; mais vieux ou jeunes, ils portaient cette distinction non méconnaissable des vétérans de la joie, cet indescriptible je ne sais quoi, cette tristesse froide et railleuse qui dit clairement: »Nous avons fortement vécu, et nous cherchons ce que nous pourrions aimer et estimer.«

L'un d'eux jeta la causerie sur le sujet des femmes. Il eût été plus philosophique de n'en pas parler du tout; mais il y a des gens d'esprit qui, après boire, ne méprisent pas les conversations banales. On écoute alors celui qui parle, comme on écouterait de la musique de danse.

»Tous les hommes, disait celui-ci, ont eu l'âge de Chérubin: c'est l'époque où, faute de dryades, on embrasse, sans dégoût, le tronc des chênes. C'est le premier degré de l'amour. Au second degré, on commence à choisir. Pouvoir, délibérer, c'est déjà une décadence. C'est alors qu'on recherche décidément la beauté. Pour moi, messieurs, je me fais gloire d'être arrivé, depuis longtemps, à l'époque climatérique du troisième degré où la beauté elle-même ne suffit plus, si elle n'est assaisonnée par le parfum, la parure, et cætera. J'avouerai même que j'aspire quelquefois, comme à un bonheur inconnu, à un certain quatrième degré qui doit marquer le calme absolu. Mais, durant toute ma vie, excepté à l'âge de Chérubin, j'ai été plus sensible que tout autre à l'énervante sottise, à l'irritante médiocrité des femmes. Ce que j'aime surtout dans les animaux, c'est leur candeur. Jugez donc combien j'ai dû souffrir par ma dernière maîtresse.

»C'était la bâtarde d'un prince. Belle, cela va sans dire; sans cela, pourquoi l'aurais-je prise? Mais elle gâtait cette grande qualité par

XLII

MÄTRESSEN, VIER PORTRÄTS

In einem Herren-Boudoir, das heißt in dem Rauchsalon eines eleganten Spielklubs, saßen vier Herren, rauchten und tranken. Sie waren nicht eigentlich jung noch alt, weder schön noch häßlich; doch ob alt oder jung, aus ihren Zügen sprach unverkennbar jenes der Beschreibung sich entziehende Etwas, das die Veteranen der Lust auszeichnet, jene kalte und spöttische Traurigkeit, die offen erklärt: »Wir haben das Leben genossen; nun suchen wir etwas, das wir lieben und schätzen könnten.«

Einer brachte das Gespräch auf die Frauen. Weiser wäre es gewesen, überhaupt nicht von ihnen zu sprechen; aber es gibt nun einmal Leute von Geist, die, wenn sie getrunken haben, die abgegriffenen Themen nicht verschmähen. Man hört ihnen dann zu, wie man einer Tanzmusik zuhört.

»Alle Männer«, sagte er, »sind einmal in Cherubins Alter gewesen; das ist die Zeit, da man, in Ermangelung einer Dryade, sich nicht scheut, einen Eichenstamm zu umarmen. Das ist die erste Stufe der Liebe. Auf der zweiten Stufe beginnt man, wählerisch zu werden. Erwägungen anzustellen, ist schon ein Abstieg. Man sucht entschieden die Schönheit. Ich meinesteils, meine Herren, rühme mich, seit langem das Klimakterium der dritten Stufe erreicht zu haben, wo die Schönheit selber nicht mehr genügt, wenn nicht Parfüm, Schmuck und dergleichen als Würze hinzukommen. Ich gestehe sogar, daß ich manchmal, wie nach einem unbekannten Glück, nach einer gewissen vierten Stufe trachte, auf welcher man der vollkommenen Ruhe genießt. Doch mein ganzes Leben hindurch, außer im Alter des Cherubin, war mir nichts so unausstehlich wie die entnervende Dummheit, die aufreizende Mittelmäßigkeit der Frauen. Was ich an den Tieren vor allem liebe, ist ihre Unbefangenheit. Ermessen Sie demnach, wie sehr ich unter meiner letzten Geliebten gelitten habe.

Sie war die illegitime Tochter eines Fürsten. Schön, das versteht sich; warum hätte ich sie sonst genommen? Aber sie verdarb diese une ambition malséante et difforme. C'était une femme qui voulait toujours faire l'homme. ›Vous n'êtes pas un homme! Ah! si j'étais un homme! De nous deux, c'est moi qui suis l'homme!‹ Tels étaient les insupportables refrains qui sortaient de cette bouche d'où je n'aurais voulu voir s'envoler que des chansons. À propos d'un livre, d'un poème, d'un opéra pour lequel je laissais échapper mon admiration: ›Vous croyez peut-être que cela est très fort? disait-elle aussitôt; est-ce que vous vous connaissez en force?‹ et elle argumentait.

»Un beau jour elle s'est mise à la chimie; de sorte qu'entre ma bouche et la sienne je trouvai désormais un masque de verre. Avec tout cela, fort bégueule. Si parfois je la bousculais par un geste un peu trop amoureux, elle se convulsait comme une sensitive violée…

– Comment cela a-t-il fini? dit l'un des trois autres. Je ne vous savais pas si patient.

– Dieu, reprit-il, mit le remède dans le mal. Un jour je trouvai cette Minerve, affamée de force idéale, en tête à tête avec mon domestique, et dans une situation qui m'obligea à me retirer discrètement pour ne pas les faire rougir. Le soir je les congédiai tous les deux, en leur payant les arrérages de leurs gages.

– Pour moi, reprit l'interrupteur, je n'ai à me plaindre que de moi-même. Le bonheur est venu habiter chez moi, et je ne l'ai pas reconnu. La destinée m'avait, en ces derniers temps, octroyé la jouissance d'une femme qui était bien la plus douce, la plus soumise et la plus dévouée des créatures, et toujours prête! et sans enthousiasme! ›Je le veux bien, puisque cela vous est agréable.‹ C'était sa réponse ordinaire. Vous donneriez la bastonnade à ce mur ou à ce canapé, que vous en tireriez plus de soupirs que n'en tiraient du sein de ma maîtresse les élans de l'amour le plus forcené. Après un an de vie commune, elle m'avoua qu'elle n'avait jamais connu le plaisir. Je me dégoûtai de ce duel inégal, et cette fille incomparable se maria. J'eus plus tard la fantaisie de la revoir, hohe Auszeichnung durch einen völlig unangebrachten und geradezu abstoßenden Ehrgeiz. Sie war eine Frau, die immer den Mann spielen wollte. ›Du bist kein Mann! Ach! wenn ich doch ein Mann wäre! Von uns beiden bin ich der Mann!‹ Dergleichen war der unerträgliche Kehrreim aus einem Munde, der mir wie geschaffen schien, mich mit Chansons zu unterhalten. Es mochte ein Buch, ein Gedicht, eine Oper sein, für die ich meine Bewunderung zu erkennen gab, gleich hieß es: ›Du hältst das wohl für sehr stark? Was verstehst du schon von Stärke!‹ und alsbald erging sie sich in Argumenten und Gegengründen.

Eines Tages warf sie sich auf die Chemie; die Folge war, daß von nun an eine gläserne Maske zwischen ihrem Mund und dem meinen stand. Zu alledem war sie auch noch prüde. Wenn ich sie bisweilen in einem Anfall von Verliebtheit ein wenig unsanft berührte, zuckte sie zusammen wie eine mißhandelte Mimose ...«

»Und wie ging das aus?« fragte einer der drei anderen. »Ich wußte nicht, daß Sie so geduldig waren.«

»Gott«, antwortete er, »legte die Heilung in das Übel selbst. Eines schönen Tages überraschte ich diese nach idealischer Kraft lechzende Minerva in vertraulichem Tête-à-tête mit meinem Kammerdiener; die näheren Umstände ließen es ratsam erscheinen, mich diskret zurückzuziehen, um ihnen das Erröten zu ersparen. Abends dann verabschiedete ich die beiden, und zahlte ihnen den rückständigen Lohn aus.«

»Ich«, begann nun derjenige, der ihn vorhin unterbrochen hatte, »ich habe mich nur über mich selbst zu beklagen. Das Glück hatte bei mir Wohnung genommen, und ich habe es nicht erkannt. Das Schicksal hatte mir in diesen letzten Zeiten den Genuß einer Frau auferlegt, die wohl das sanfteste, unterwürfigste, ergebenste Geschöpf der Welt war, und immer bereit! und ohne jede Glut! ›Ja, gerne; wenn es dir Spaß macht‹, war ihre gewöhnliche Antwort. Wenn Sie diese Wand prügelten, oder dieses Kanapee, Sie würden ihnen mehr Seufzer entlocken als die höchste Liebesraserei der Brust meiner Geliebten entlockte. Wir hatten schon ein Jahr zusammengelebt, da gestand sie mir, daß sie niemals die Lust erfahren habe. Dieses allzu ungleiche Duell verdroß mich, und diese musterhafte Person heiratete. Nach Jahren ließ ich mir einfallen, et elle me dit, en me montrant six beaux enfants: ›Eh bien! mon cher ami, l'épouse est encore aussi *vierge* que l'était votre maîtresse.‹ Rien n'était changé dans cette personne. Quelquefois je la regrette: j'aurais dû l'épouser.«

Les autres se mirent à rire, et un troisième dit à son tour:

»Messieurs, j'ai connu des jouissances que vous avez peut-être négligées. Je veux parler du comique dans l'amour, et d'un comique qui n'exclut pas l'admiration. J'ai plus admiré ma dernière maîtresse que vous n'avez pu, je crois, haïr ou aimer les vôtres. Et tout le monde l'admirait autant que moi. Quand nous entrions dans un restaurant, au bout de quelques minutes, chacun oubliait de manger pour la contempler. Les garçons eux-mêmes et la dame du comptoir ressentaient cette extase contagieuse jusqu'à oublier leurs devoirs. Bref, j'ai vécu quelque temps en tête à tête avec un *phénomène* vivant. Elle mangeait, mâchait, broyait, dévorait, engloutissait, mais avec l'air le plus léger et le plus insouciant du monde. Elle m'a tenu ainsi longtemps en extase. Elle avait une manière douce, rêveuse, anglaise et romanesque de dire: ›J'ai faim!‹ Et elle répétait ces mots jour et nuit en montrant les plus jolies dents du monde, qui vous eussent attendris et égayés à la fois. – J'aurais pu faire ma fortune en la montrant dans les foires comme *monstre polyphage*. Je la nourrissais bien; et cependant elle m'a quitté … – Pour un fournisseur aux vivres, sans doute? – Quelque chose d'approchant, une espèce d'employé dans l'intendance qui, par quelque tour de bâton à lui connu, fournit peut-être à cette pauvre enfant la ration de plusieurs soldats. C'est du moins ce que j'ai supposé.

– Moi, dit le quatrième, j'ai enduré des souffrances atroces par le contraire de ce qu'on reproche en général à l'égoïste femelle. Je vous trouve mal venus, trop fortunés mortels, à vous plaindre des imperfections de vos maîtresses!«

Cela fut dit d'un ton fort sérieux, par un homme d'un aspect doux et posé, d'une physionomie presque cléricale, malheureusement sie wiederzusehen; sie zeigte mir sechs reizende Kinder und sagte: ›Ja, lieber Freund, die Gattin ist immer noch so *jungfräulich*, wie Ihre Geliebte es war.‹ Nichts an ihr hatte sich verändert. Manchmal trauere ich ihr nach: ich hätte sie heiraten sollen.«

Die anderen begannen zu lachen, und nun ergriff der Dritte das Wort:

»Meine Herren, ich habe Freuden gekostet, die Ihnen vielleicht entgangen sind. Ich meine die Komik in der Liebe, und zwar eine Komik, welche die Bewunderung nicht ausschließt. Ich habe meine letzte Geliebte mehr bewundert als Sie die Ihrigen, glaube ich, je haben hassen oder lieben können. Und alle Welt bewunderte sie mit mir. Wenn wir ein Restaurant betraten, unterbrach nach wenigen Minuten jeder seine Mahlzeit, um sie zu betrachten. Sogar die Kellner und die Dame an der Kasse starrten sie wie verzückt an und vergaßen ihre Obliegenheiten. Kurzum, ich habe eine Zeitlang mit einem leibhaftigen *Wundertier* zusammengelebt. Sie aß, sie kaute, zermalmte, schluckte, verschlang, doch auf die anmutigste, sorgloseste Manier der Welt. Lange Zeit war ich ganz hingerissen von ihr. Sie hatte eine so sanfte, träumerische, englische und romantische Art zu sagen: ›Ich habe Hunger!‹ Tag und Nacht wiederholte sie diese Worte und zeigte dabei die allerzierlichsten Zähne, die Sie zugleich bekümmert und erheitert hätten. – Ich hätte ein Vermögen verdienen können, wenn ich sie auf den Jahrmärkten als *monströsen Vielfraß* gezeigt hätte. Ich habe sie immer gut gefüttert; und dennoch hat sie mich verlassen ...« – »Gewiß um eines Viktualienhändlers willen?« – »Nun, etwas Ähnliches, um einen Angestellten bei der Intendantur, der sich wohl auf einige Schliche verstand, durch die er diesem armen Kind die Ration mehrerer Soldaten zuschanzte. Das war wenigstens meine Vermutung.«

»Ich«, sagte der Vierte, »habe gräßliche Qualen ausgestanden durch das Gegenteil dessen, was man gewöhnlich dem weiblichen Egoismus vorwirft. Ich begreife nicht recht, warum ihr allzuglücklichen Sterblichen euch über die Unvollkommenheiten eurer Geliebten beklagt!«

Dies wurde in einem sehr ernsten Ton vorgebracht, von einem Mann, der sanft und gesetzt aussah, und fast etwas von einem illuminée par des yeux d'un gris clair, de ces yeux dont le regard dit: »Je veux!« ou: »Il faut!« ou bien: »Je ne pardonne jamais!«

»Si, nerveux comme je vous connais, vous, G..., lâches et légers comme vous êtes, vous deux, K... et J..., vous aviez été accouplés à une certaine femme de ma connaissance, ou vous vous seriez enfuis, ou vous seriez morts. Moi, j'ai survécu, comme vous voyez. Figurez-vous une personne incapable de commettre une erreur de sentiment ou de calcul; figurez-vous une sérénité désolante de caractère; un dévouement sans comédie et sans emphase; une douceur sans faiblesse; une énergie sans violence. L'histoire de mon amour ressemble à un interminable voyage sur une surface pure et polie comme un miroir, vertigineusement monotone, qui aurait réfléchi tous mes sentiments et mes gestes avec l'exactitude ironique de ma propre conscience, de sorte que je ne pouvais pas me permettre un geste ou un sentiment déraisonnable sans apercevoir immédiatement le reproche muet de mon inséparable spectre. L'amour m'apparaissait comme une tutelle. Que de sottises elle m'a empêché de faire, que je regrette de n'avoir pas commises! Que de dettes payées malgré moi! Elle me privait de tous les bénéfices que j'aurais pu tirer de ma folie personnelle. Avec une froide et infranchissable règle, elle barrait tous mes caprices. Pour comble d'horreur, elle n'exigeait pas de reconnaissance, le danger passé. Combien de fois ne me suis-je pas retenu de lui sauter à la gorge, en lui criant: ›Sois donc imparfaite, misérable! afin que je puisse t'aimer sans malaise et sans colère!‹ Pendant plusieurs années, je l'ai admirée, le cœur plein de haine. Enfin, ce n'est pas moi qui en suis mort!

– Ah! firent les autres, elle est donc morte?

– Oui! cela ne pouvait continuer ainsi. L'amour était devenu pour moi un cauchemar accablant. Vaincre ou mourir, comme dit la Politique, telle était l'alternative que m'imposait la destinée! Un soir, dans un bois ... au bord d'une mare ..., après une mélancoli-

Geistlichen an sich hatte, nur daß in seinem Gesicht ein paar hellgraue Augen blitzten, deren Blick sagte: »Ich will!« oder »Es muß sein!« oder gar: »Ich verzeihe niemals!«

»Wenn Sie, lieber G..., nervös wie ich Sie kenne, oder ihr beide, K... und J..., locker und leichtsinnig wie ihr seid, mit einer gewissen Frau, die ich gekannt habe, hättet zusammenleben müssen, ihr wäret davongelaufen, oder gestorben. Ich, wie Sie sehen, habe überlebt. Stellen Sie sich eine Person vor, der nie ein Fehler unterläuft, kein falsches Gefühl, keine falsche Rechnung; stellen Sie sich eine trostlose Ausgeglichenheit des Gemüts vor; eine ungeheuchelte Ergebenheit ohne jede Übertreibung; eine Sanftmut ohne Schwäche; ein Stärke ohne Heftigkeit. Die Geschichte meiner Liebe gleicht einer ununterbrochenen Fahrt auf einer blanken Fläche ohne jede Rauhigkeit, wie ein Spiegel von unheimlicher Eintönigkeit, der mir jedes meiner Gefühle, jede Bewegung mit der ironischen Genauigkeit meines eigenen Bewußtseins zurückwarf, derart daß ich mir keine unvernünftige Empfindung oder Bewegung gestatten durfte, ohne alsbald den stummen Vorwurf meines unzertrennlichen Gespenstes zu gewahren. Die Liebe kam mir wie eine Bevormundung vor. Wie viele Dummheiten hat sie mich zu begehen verhindert, die nicht begangen zu haben ich heute bedaure. Wie viele Schulden habe ich wider Willen bezahlt! Sie beraubte mich aller Vorteile, die ich aus der mir eigenen Narrheit hätte ziehen können. Mit einer kalten und unübersteigbaren Schranke verlegte sie allen meinen Launen den Weg. Um das Maß des Abscheulichen voll zu machen, forderte sie keinen Dank, wenn die Gefahr vorüber war. Wie oft habe ich mich nicht enthalten, ihr an die Kehle zu springen und ihr zuzurufen: ›So sei doch einmal unvollkommen, Elende! damit ich dich lieben kann, ohne unter dir zu leiden und dir zu zürnen!‹ Mehrere Jahre habe ich sie bewundert, während mir der Haß das Herz zerfraß. Schließlich bin nicht ich daran gestorben!«

»Ach!« riefen die anderen, »sie lebt nicht mehr?«

»Ja! das konnte nicht so weitergehen. Die Liebe war ein unerträglicher Albdruck für mich geworden. Siegen oder Untergehen, wie es in der Politik heißt, war die Wahl, vor die mich das Schicksal stellte! Eines Abends ... am Rand eines Teiches ... nach einem

que promenade où ses yeux, à elle, réfléchissaient la douceur du ciel, et où mon cœur, à moi, était crispé comme l'enfer ...
– Quoi!
– Comment!
– Que voulez-vous dire?
– C'était inévitable. J'ai trop le sentiment de l'équité pour battre, outrager ou congédier un serviteur irréprochable. Mais il fallait accorder ce sentiment avec l'horreur que cet être m'inspirait; me débarrasser de cet être sans lui manquer de respect. Que vouliez-vous que je fisse d'elle, *puisqu'elle était parfaite?*«
Les trois autres compagnons regardèrent celui-ci avec un regard vague et légèrement hébété, comme feignant de ne pas comprendre et comme avouant implicitement qu'ils ne se sentaient pas, quant à eux, capables d'une action aussi rigoureuse, quoique suffisamment expliquée d'ailleurs.
Ensuite on fit apporter de nouvelles bouteilles, pour tuer le Temps qui a la vie si dure, et accélérer la vie qui coule si lentement.

schwermütigen Spaziergang, bei dem ihre Augen die Sanftheit des Himmels widerspiegelten; während Höllenqualen mein Herz durchwühlten ...«

»Was!«

»Wie!«

»So reden Sie doch!«

»Es war unvermeidlich. Ich bin ein zu rechtlich denkender Mensch, um einen Diener, der sich nichts hat zuschulden kommen lassen, zu prügeln, zu beleidigen oder davonzujagen. Doch es galt, diese Gesinnung in Übereinstimmung zu bringen mit dem Grauen, das dieses Geschöpf mir einflößte; und mich ihrer zu entledigen, ohne es an der schuldigen Achtung fehlen zu lassen. Was schließlich hätte ich mit ihr anfangen sollen, *da sie vollkommen war?*«

Die drei anderen Gefährten betrachteten diesen mit einem entgeisterten und leicht benommenen Blick, als hätten sie nicht verstanden und als wollten sie zugleich gestehen, daß sie sich, trotz aller ansonsten einleuchtenden Erklärungen, doch außerstande fühlten zu einer solchen Unerbittlichkeit.

Dann ließ man neue Flaschen bringen, um die Zeit totzuschlagen, die ein so zähes Leben hat, und das Leben zu beschleunigen, das so träge dahinfließt.

XLIII

LE GALANT TIREUR

Comme la voiture traversait le bois, il la fit arrêter dans le voisinage d'un tir, disant qu'il lui serait agréable de tirer quelques balles pour *tuer* le Temps. Tuer ce monstre-là, n'est-ce pas l'occupation la plus ordinaire et la plus légitime de chacun? – Et il offrit galamment la main à sa chère, délicieuse et exécrable femme, à cette mystérieuse femme à laquelle il doit tant de plaisirs, tant de douleurs, et peut-être aussi une grande partie de son génie.

Plusieurs balles frappèrent loin du but proposé; l'une d'elles s'enfonça même dans le plafond; et comme la charmante créature riait follement, se moquant de la maladresse de son époux, celui-ci se tourna brusquement vers elle, et lui dit: »Observez cette poupée, là-bas, à droite, qui porte le nez en l'air et qui a la mine si hautaine. Eh bien! cher ange, *je me figure que c'est vous.*« Et il ferma les yeux et il lâcha la détente. La poupée fut nettement décapitée.

Alors s'inclinant vers sa chère, sa délicieuse, son exécrable femme, son inévitable et impitoyable Muse, et lui baisant respectueusement la main, il ajouta: »Ah! mon cher ange, combien je vous remercie de mon adresse!«

XLIII

DER GALANTE SCHÜTZE

Wie der Wagen durch den Bois fuhr, ließ er in der Nähe einer Schießbude anhalten; er würde gerne, sagte er, ein paar Schüsse abgeben, um die Zeit *totzuschlagen*. Ist dieses Ungeheuer totzuschlagen nicht die gewöhnlichste und berechtigste Beschäftigung eines jeden? – Und mit galanter Bewegung bot er seiner lieben, köstlichen, unausstehlichen Frau die Hand, dieser geheimnisvollen Frau, der er so viel Wonnen, so viel Schmerzen und vielleicht auch einen großen Teil seines Genies verdankt.

Mehrere Kugeln schlugen weit vom Ziel ein; eine bohrte sich gar in die Decke; und wie das reizende Geschöpf, seiner Ungeschicklichkeit spottend, sich vor Lachen schüttelte, wandte er sich jäh ihr zu und sagte: »Betrachte diese Puppe dort, hinten rechts, die ihre Nase in die Luft reckt und so hochmütig dreinblickt. Wohlan, mein Engel, und *jetzt stelle ich mir vor: das bist du!*« Er schloß die Augen und drückte ab. Der Schuß riß der Puppe glatt den Kopf herunter.

Da verneigte er sich vor seiner lieben, seiner köstlichen, seiner unausstehlichen Frau, seiner unentrinnbaren und unerbittlichen Muse, küßte ihr ehrerbietig die Hand und setzte hinzu: »Ach! teuerster Engel, wie danke ich dir für meine Geschicklichkeit!«

XLIV

LA SOUPE ET LES NUAGES

Ma petite folle bien-aimée me donnait à dîner, et par la fenêtre ouverte de la salle à manger je contemplais les mouvantes architectures que Dieu fait avec les vapeurs, les merveilleuses constructions de l'impalpable. Et je me disais, à travers ma contemplation: »– Toutes ces fantasmagories sont presque aussi belles que les yeux de ma belle bien-aimée, la petite folle monstrueuse aux yeux verts.«

Et tout à coup je reçus un violent coup de poing dans le dos, et j'entendis une voix rauque et charmante, une voix hystérique et comme enrouée par l'eau-de-vie, la voix de ma chère petite bien-aimée, qui disait: »– Allez-vous bientôt manger votre soupe, s.... b..... de marchand de nuages?«

XLIV

DIE SUPPE UND DIE WOLKEN

Meine närrische kleine Liebste hatte mir das Essen gerichtet, und durch das offene Fenster des Speisezimmers betrachtete ich die beweglichen Architekturen, die Gott aus den Dünsten errichtet, die wunderbaren Gebilde des Ungreifbaren. Und während ich so in Betrachtung versunken war, sprach ich zu mir: »Alle diese Phantasmagorien sind fast so schön wie die Augen meiner schönen Liebsten, des kleinen närrischen Ungeheuers mit den grünen Augen.«

Und plötzlich fuhr eine Faust mir hart in den Rücken, und ich hörte eine rauhe und reizende Stimme, eine hysterische Stimme und wie vom Branntwein heiser, die Stimme meiner kleinen Allerliebsten, die sagte: »Wirst du wohl deine Suppe essen, du dummes Luder von einem Wolkengucker!«

XLV

LE TIR ET LE CIMETIÈRE

– *À la vue du cimetière, Estaminet.* – »Singulière enseigne, – se dit notre promeneur, – mais bien faite pour donner soif! À coup sûr, le maître de ce cabaret sait apprécier Horace et les poètes élèves d'Épicure. Peut-être même connaît-il le raffinement profond des anciens Égyptiens, pour qui il n'y avait pas de bon festin sans squelette, ou sans un emblème quelconque de la brièveté de la vie.«

Et il entra, but un verre de bière en face des tombes, et fuma lentement un cigare. Puis, la fantaisie le prit de descendre dans ce cimetière, dont l'herbe était si haute et si invitante, et où régnait un si riche soleil.

En effet, la lumière et la chaleur y faisaient rage, et l'on eût dit que le soleil ivre se vautrait tout de son long sur un tapis de fleurs magnifiques engraissées par la destruction. Un immense bruissement de vie remplissait l'air, – la vie des infiniment petits, – coupé à intervalles réguliers par la crépitation des coups de feu d'un tir voisin, qui éclataient comme l'explosion des bouchons de champagne dans le bourdonnement d'une symphonie en sourdine.

Alors, sous le soleil qui lui chauffait le cerveau et dans l'atmosphère des ardents parfums de la Mort, il entendit une voix chuchoter sous la tombe où il s'était assis. Et cette voix disait: »Maudites soient vos cibles et vos carabines, turbulents vivants, qui vous souciez si peu des défunts et de leur divin repos! Maudites soient vos ambitions, maudits soient vos calculs, mortels impatients, qui venez étudier l'art de tuer auprès du sanctuaire de la Mort! Si vous saviez comme le prix est facile à gagner, comme le but est facile à toucher, et combien tout est néant, excepté la Mort, vous ne vous fatigueriez pas tant, laborieux vivants, et vous troubleriez moins souvent le sommeil de ceux qui depuis longtemps ont mis dans le But, dans le seul vrai but de la détestable vie!«

XLV

SCHIESSPLATZ UND FRIEDHOF

Zum Friedhofsblick, Ausschank. – »Ein seltsames Schild für eine Schenke«, sagte sich unser Spaziergänger, »aber ganz danach angetan, Durst zu machen! Der Schankwirt weiß gewiß Horaz zu schätzen und die Dichterschüler des Epikur. Vielleicht kennt er gar das tiefsinnige Raffinement der alten Ägypter, für die zu einem rechten Festmahl ein Gerippe gehörte, oder sonst ein Emblem für die Kürze des Lebens.«

Und er trat ein, trank ein Glas Bier angesichts der Gräber, und rauchte langsam eine Zigarre. Dann wandelte ihn die Lust an, diesen Friedhof zu besuchen, dessen Gras so hoch und einladend war, und auf den die Sonne so reichlich herabschien.

Wahrhaftig, Licht und Hitze wüteten dort, und es war, als wälzte die trunkene Sonne sich ihrer ganzen Länge nach auf einem Teppich aus prächtigen Blumen, deren Wurzeln die Verwesung düngte. Ein ungeheures lebendiges Brausen erfüllte die Luft, – das Leben der unendlich Kleinen, – in regelmäßigen Abständen unterbrochen von dem Krachen der Schüsse auf einem nahegelegenen Schießplatz, die wie der Knall von Champagnerkorken in das symphonische Summen eines gedämpften Orchesters einfielen.

Da vernahm er unter der Sonne, die ihm den Schädel wärmte, und in der von den glühenden Düften des Todes gesättigten Luft, eine flüsternde Stimme aus dem Grabe, auf dem er sich niedergelassen hatte. Und diese Stimme sprach: »Verflucht seien eure Schießscheiben und eure Karabiner, lärmwütige Lebende, die ihr euch um die Toten so wenig kümmert, und um ihre göttliche Ruhe! Verflucht euer Ehrgeiz, verflucht eure Berechnungen, ungeduldige Sterbliche, die ihr herkommt, um bei dem Heiligtum des Todes die Kunst des Tötens zu erlernen! Wenn ihr wüßtet, wie leicht der Preis zu erringen, wie leicht das Ziel zu treffen und wie nichtig alles ist, außer dem Tod, ihr würdet euch weniger abarbeiten, mühselige Lebende, und weniger oft den Schlummer derer stören, die seit langem das Ziel erreicht haben, das einzige wahre Ziel des unausstehlichen Lebens!«

XLVI

PERTE D'AURÉOLE

»Eh! quoi! vous ici, mon cher? Vous, dans un mauvais lieu! vous, le buveur de quintessences! vous, le mangeur d'ambroisie! En vérité, il y a là de quoi me surprendre.

– Mon cher, vous connaissez ma terreur des chevaux et des voitures. Tout à l'heure, comme je traversais le boulevard, en grande hâte, et que je sautillais dans la boue, à travers ce chaos mouvant où la mort arrive au galop de tous les côtés à la fois, mon auréole, dans un mouvement brusque, a glissé de ma tête dans la fange du macadam. Je n'ai pas eu le courage de la ramasser. J'ai jugé moins désagréable de perdre mes insignes que de me faire rompre les os. Et puis, me suis-je dit, à quelque chose malheur est bon. Je puis maintenant me promener incognito, faire des actions basses, et me livrer à la crapule, comme les simple mortels. Et me voici, tout semblable à vous, comme vous voyez!

– Vous devriez au moins faire afficher cette auréole, ou la faire réclamer par le commissaire.

– Ma foi! non. Je me trouve bien ici. Vous seul, vous m'avez reconnu. D'ailleurs la dignité m'ennuie. Ensuite je pense avec joie que quelque mauvais poète la ramassera et s'en coiffera impudemment. Faire un heureux, quelle jouissance! et surtout un heureux qui me fera rire! Pensez à X, ou à Z! Hein! comme ce sera drôle!«

XLVI

VERLUST EINER AUREOLE

»Was sehe ich, mein Lieber! Sie! hier! In einem schlecht beleumdeten Lokal finde ich Sie – den Mann, der Essenzen schlürft, den Mann, der Ambrosia zu sich nimmt! Wirklich! für mich zum Verwundern!«

»Sie wissen, mein Lieber, von der Angst, die mir Pferde und Wagen machen. Eben überquerte ich eilig den Boulevard, und wie ich in diesem bewegten Chaos, wo der Tod von allen Seiten auf einmal im Galopp auf uns zustürmt, eine verkehrte Bewegung mache, löst sich die Aureole von meinem Haupt und fällt in den Schlamm des Asphalts. Ich hatte den Mut nicht, sie aufzuheben. Ich habe mir gesagt, daß es minder empfindlich ist, seine Insignien zu verlieren, als sich die Knochen brechen zu lassen. Und schließlich, habe ich mir gesagt, zu irgend etwas ist Unglück immer gut. Ich kann mich jetzt inkognito bewegen, schlechte Handlungen begehen und mich gemein machen wie ein gewöhnlicher Sterblicher. So bin ich, wie Sie sehen, hier, ganz wie Sie!«

»Sie sollten doch den Verlust der Aureole bekanntgeben oder auf dem Fundbüro danach fragen lassen.«

»Ich denke nicht daran! mir ist wohl hier! Nur Sie haben mich erkannt. Außerdem ist Würde mir langweilig. Und dann habe ich Freude an dem Gedanken, daß irgendein schlechter Dichter sie aufheben und keinen Anstand nehmen wird, sich mit ihr herauszuputzen. Einen Glücklichen machen! darüber geht mir nichts! Und vor allem einen Glücklichen, über den ich lache! Stellen Sie sich X. vor oder auch Z. Nein, wird das komisch sein.«

XLVII

MADMOISELLE BISTOURI

Comme j'arrivais à l'extrémité du faubourg, sous les éclairs du gaz, je sentis un bras qui se coulait doucement sous le mien, et j'entendis une voix qui me disait à l'oreille: »Vous êtes médecin, monsieur?«

Je regardai; c'était une grande fille, robuste, aux yeux très ouverts, légèrement fardée, les cheveux flottant au vent avec les brides de son bonnet.

»– Non; je ne suis pas médecin. Laissez-moi passer. – Oh! si! vous êtes médecin. Je le vois bien. Venez chez moi. Vous serez bien content de moi, allez! – Sans doute, j'irai vous voir, mais plus tard, *après le médecin,* que diable! ... – Ah! ah! – fit-elle, toujours suspendue à mon bras, et en éclatant de rire, – vous êtes un médecin farceur, j'en ai connu plusieurs dans ce genre-là. Venez.«

J'aime passionnément le mystère, parce que j'ai toujours l'espoir de le débrouiller. Je me laissai donc entraîner par cette compagne, ou plutôt par cette énigme inespérée.

J'omets la description du taudis; on peut la trouver dans plusieurs vieux poètes français bien connus. Seulement, détail non aperçu par Régnier, deux ou trois portraits de docteurs célèbres étaient suspendus aux murs.

Comme je fus dorloté! Grand feu, vin chaud, cigares; et en m'offrant ces bonnes choses et en allumant elle-même un cigare, la bouffonne créature me disait: »Faites comme chez vous, mon ami, mettez-vous à l'aise. Ça vous rappellera l'hôpital et le bon temps de la jeunesse. – Ah çà! où donc avez-vous gagné ces cheveux blancs? Vous n'étiez pas ainsi, il n'y a pas encore bien longtemps, quand vous étiez interne de L... Je me souviens que c'était vous qui l'assistiez dans les opérations graves. En voilà un homme qui aime couper, tailler et rogner! C'était vous qui lui tendiez les

XLVII

FRÄULEIN MESSER

Als ich beim Schein der Gaslaternen das äußerste Ende der Vorstadt erreicht hatte, fühlte ich einen Arm, der sich sanft unter den meinen schob, und eine Stimme an meinem Ohr fragte: »Sie sind Arzt, Monsieur?«

Ich sah sie an: ein großes, kräftiges Mädchen, mit weitoffenen Augen, leicht geschminkt, das Haar mit den Haubenbändern im Winde flatternd.

»Nein; ich bin kein Arzt. Lassen Sie mich vorbei.« – »Oh! freilich sind Sie Arzt. Das sehe ich doch. Kommen Sie zu mir. Sie werden mit mir zufrieden sein, kommen Sie!« – »Ja gewiß, ich werde Sie besuchen, aber später, *nach dem Arzt,* zum Teufel!« – »Ah! ah«, sagte sie, immer noch an meinem Arm hängend, und in ein Gelächter ausbrechend, »Sie sind ein spaßhafter Mediziner, von der Sorte hab ich mehrere gekannt. Kommen Sie.«

Ich liebe das Geheimnis leidenschaftlich, weil ich immer die Hoffnung habe, es zu entwirren. So ließ ich mich denn von dieser Begleiterin, oder vielmehr diesem unverhofften Rätsel, fortziehen.

Ich übergehe die Beschreibung des Loches, in dem sie hauste; man kann sie bei mehreren älteren französischen Dichtern finden, die jeder kennt. Nur daß – eine Einzelheit, die Regnier entgangen ist, – zwei oder drei Bildnisse berühmter Ärzte an den Wänden hingen.

Wie wurde ich da verwöhnt! Ein großes Feuer, Glühwein, Zigarren; und während sie mir diese guten Dinge anbot, sich auch selber eine Zigarre ansteckte, sagte das närrische Geschöpf zu mir: »Fühlen Sie sich wie zu Hause, lieber Freund, machen Sie sich's bequem. Das wird Sie an das Krankenhaus erinnern und an die schöne Zeit der Jugend. Ach, schau an! wie kommen Sie denn zu diesen weißen Haaren? Die hatten Sie noch nicht, als Sie vor nicht zu langer Zeit bei L. assistierten. Sie waren es, ich erinnere mich, der ihm bei den schweren Operationen zur Hand gehen mußte. Das ist ein Mann, dem das Schneiden, Säbeln und Schnippeln

instruments, les fils et les éponges. – Et comme, l'opération faite, il disait fièrement, en regardant sa montre: ›Cinq minutes, messieurs!‹ – Oh! moi, je vais partout. Je connais bien ces Messieurs.«
Quelques instants plus tard, me tutoyant, elle reprenait son antienne, et me disait: »Tu es médecin, n'est-ce pas, mon chat?«
Cet inintelligible refrain me fit sauter sur mes jambes. »Non! criai-je furieux.
– Chirurgien, alors?
– Non! non! à moins que ce ne soit pour te couper la tête! S... s... c... de s... m...!
– Attends, reprit-elle, tu vas voir.«
Et elle tira d'une armoire une liasse de papiers, qui n'était autre chose que la collection des portraits des médecins illustres de ce temps, lithographiés par Maurin, qu'on a pu voir étalée pendant plusieurs années sur le quai Voltaire.
»Tiens! le reconnais-tu celui-ci?
– Qui! c'est X. Le nom est au bas d'ailleurs; mais je le connais personnellement.
– Je savais bien! Tiens! voilà Z., celui qui disait à son cours, en parlant de X.: ›Ce monstre qui porte sur son visage la noirceur de son âme!‹ Tout cela, parce que l'autre n'était pas de son avis dans la même affaire! Comme on riait de ça à l'École, dans le temps! Tu t'en souviens? – Tiens, voilà K., celui qui dénonçait au gouvernement les insurgés qu'il soignait à son hôpital. C'était le temps des émeutes. Comment est-ce possible qu'un si bel homme ait si peu de cœur? – Voici maintenant W., un fameux médecin anglais; je l'ai attrapé à son voyage à Paris. Il a l'air d'une demoiselle, n'est-ce pas?«
Et comme je touchais à un paquet ficelé, posé aussi sur le guéridon: »Attends un peu, dit-elle; – ça, c'est les internes, et ce paquet-ci, c'est les externes.«
Et elle déploya en éventail une masse d'images photographiques, représentant des physionomies beaucoup plus jeunes.
»Quand nous nous reverrons, tu me donneras ton portrait, n'est-ce pas, chéri?

Spaß macht! Sie reichten ihm dabei die Instrumente, die Fäden und Schwämme. Und wie stolz er, wenn die Operation vorbei war, auf die Uhr blickte und sagte: ›Fünf Minuten, meine Herren!‹ Oh, ich komme überall hin. Ich kenne diese Herren sehr gut.«

Etwas später verfiel sie wieder auf die alte Leier, und duzte mich plötzlich: »Du bist doch Mediziner, nicht wahr, mein Kater?«

Dieser unbegreifliche Refrain machte, daß ich aufsprang.

»Nein«, schrie ich wütend.

»Dann Chirurg?«

»Nein! nein! es sei denn, um dir den Kopf abzuschneiden! Himmelherrgottshurenelement!«

»Warte«, fing sie wieder an, »ich will dir etwas zeigen.«

Und aus einem Schrank holte sie ein Bündel Papiere, das nichts anderes war als eine Sammlung von Bildnissen berühmter Ärzte dieser Zeit, von Maurin lithographiert, wie man sie etliche Jahre auf dem Quai Voltaire ausliegen sehen konnte.

»Schau! erkennst du den?«

»Ja! das ist X. Der Name steht übrigens darunter; aber ich kenne ihn auch persönlich.«

»Das wußte ich doch! Schau! das ist Z., der in seinen Vorlesungen, wenn er auf X. zu sprechen kam, immer sagte: ›Dieses Ungeheuer, dem die Schwärze seiner Seele im Gesicht geschrieben steht.‹ Und das bloß, weil der andere in der gleichen Angelegenheit nicht seiner Meinung war! Wie sehr hat man damals in der Fakultät darüber gelacht! Entsinnst du dich? – Schau, das ist K., der die Insurgenten, die er in seinem Krankenhaus pflegte, bei der Regierung anzeigte. Das war zur Zeit der Aufstände. Wie kann ein so schöner Mann nur so wenig Herz haben? – Und das hier ist W., ein berühmter englischer Arzt; ich habe ihn auf seiner Reise nach Paris erwischt. Er sieht wie ein Fräulein aus, nicht wahr?«

Und als ich einen verschnürten Packen berührte, der ebenfalls auf dem Tischchen lag: »Warte«, sagte sie, »das hier sind die Spitalärzte, und in dem Packen dort sind die Privatärzte.«

Und wie einen Fächer entfaltete sie eine ganze Anzahl Photographien, die sehr viel jüngere Gesichter zeigten.

»Wenn wir uns wiedersehen, schenkst du mir dein Bild, nicht wahr, Liebling?«

– Mais, lui dis-je, suivant à mon tour, moi aussi, mon idée fixe, – pourquoi me crois-tu médecin?
– C'est que tu es si gentil et si bon pour les femmes!
– Singulière logique! me dis-je à moi-même.
– Oh! je ne m'y trompe guère; j'en ai connu un bon nombre. J'aime tant ces messieurs, que, bien que je ne sois pas malade, je vais quelquefois les voir, rien que pour les voir. Il y en a qui me disent froidement: ›Vous n'êtes pas malade du tout!‹ Mais il y en a d'autres qui me comprennent, parce que je leur fais des mines.
– Et quand ils ne te comprennent pas...?
– Dame! comme je les ai dérangés *inutilement,* je laisse dix francs sur la cheminée. – C'est si bon et si doux, ces hommes-là! – J'ai découvert à la Pitié un petit interne, qui est joli comme un ange, et qui est poli! et qui travaille, le pauvre garçon! Ses camarades m'ont dit qu'il n'avait pas le sou, parce que ses parents sont des pauvres qui ne peuvent rien lui envoyer. Cela m'a donné confiance. Après tout, je suis assez belle femme, quoique pas trop jeune. Je lui ai dit: ›Viens me voir, viens me voir souvent. Et avec moi, ne te gêne pas; je n'ai pas besoin d'argent.‹ Mais tu comprends que je lui ai fait entendre ça par une foule de façons; je ne le lui ai pas dit tout crûment; j'avais si peur de l'humilier, ce cher enfant! – Eh bien! croirais-tu que j'ai une drôle d'envie que je n'ose pas lui dire? – Je voudrais qu'il vînt me voir avec sa trousse et son tablier, même avec un peu de sang dessus!«
Elle dit cela d'un air fort candide, comme un homme sensible dirait à une comédienne qu'il aimerait: »Je veux vous voir vêtue du costume que vous portiez dans ce fameux rôle que vous avez créé.«
Moi, m'obstinant, je repris: »Peux-tu te souvenir de l'époque et de l'occasion où est née en toi cette passion si particulière?«
Difficilement je me fis comprendre; enfin j'y parvins. Mais alors elle me répondit d'un air très triste, et même, autant que je peux me souvenir, en détournant les yeux: »Je ne sais pas ... je ne me souviens pas.«

»Aber«, sagte ich, indem auch ich meiner fixen Idee nachhing, »warum nur hältst du mich für einen Mediziner?«
»Weil du so nett und so gut zu den Frauen bist.«
»Seltsame Logik«, sprach ich zu mir selbst.
»Oh! da täusche ich mich nicht; ich habe eine ganze Menge gekannt. Ich hab diese Herren so gern, daß ich, obwohl ich nicht krank bin, sie manchmal aufsuche, nur um sie zu sehen. Manche sagen dann kalt: ›Sie sind überhaupt nicht krank!‹ Andere aber verstehen mich, weil ich ihnen Augen mache.«
»Und wenn sie nicht verstehen ...?«
»Mein Pech! da ich sie *zwecklos* gestört habe, lasse ich zehn Franken auf dem Kamin. – So etwas Gutes und Sanftes wie diese Männer! – In der Pitié habe ich einen kleinen Assistenten entdeckt, hübsch wie ein Engel, und so höflich! und wie er arbeitet, der arme Junge! Seine Kameraden haben mir verraten, daß er keinen Pfennig hat, weil seine Eltern arm sind und ihm nichts schicken können. Das hat mir Vertrauen eingeflößt. Immerhin bin ich doch eine gutaussehende Frau, wenn auch nicht mehr ganz jung. Ich hab zu ihm gesagt: ›Komm mich besuchen, komm mich oft besuchen. Und genier dich nicht mit mir: ich brauche kein Geld.‹ Aber du verstehst schon, daß ich ihm das auf Umwegen beigebracht habe; nicht so geradezu; ich hatte solche Angst, ihn zu demütigen, das liebe Kind! – Kannst du dir vorstellen, daß ich ein seltsames Gelüst habe, das ich ihm nicht einzugestehen wage? Ich möchte, daß er einmal mit seinem Besteck und im Operationskittel käme, womöglich mit ein paar Blutspritzern darauf!«
Sie sagte das mit sanfter Miene, wie ein gefühlvoller Mann zu einer Schauspielerin, die er liebt, sagen würde: »Ich möchte Sie so gerne in dem Kostüm sehen, das Sie in der berühmten Rolle trugen, die Sie kreiert haben.«
Hartnäckig drang ich weiter in sie: »Kannst du dich entsinnen, wann und bei welcher Gelegenheit diese seltsame Leidenschaft in dir entstanden ist?«
Es war nicht leicht, mich ihr verständlich zu machen; schließlich gelang es mir. Da aber antwortete sie mir mit sehr trauriger Miene, wobei sie gar, wenn ich mich recht erinnere, die Augen abwandte: »Ich weiß nicht ... ich entsinne mich nicht.«

Quelles bizarreries ne trouve-t-on pas dans une grande ville, quand on sait se promener et regarder? La vie fourmille de monstres innocents. – Seigneur, mon Dieu! vous, le Créateur, vous, le Maître; vous qui avez fait la Loi et la Liberté; vous, le souverain qui laissez faire, vous, le juge qui pardonnez; vous qui êtes plein de motifs et de causes, et qui avez peut-être mis dans mon esprit le goût de l'horreur pour convertir mon cœur, comme la guérison au bout d'une lame; Seigneur, ayez pitié, ayez pitié des fous et des folles! Ô Créateur! peut-il exister des monstres aux yeux de Celui-là seul qui sait pourquoi ils existent, comment ils *se sont faits* et comment ils auraient pu *ne pas se faire?*

XLVIII

ANY WHERE OUT OF THE WORLD

N'IMPORTE OÙ HORS DU MONDE

Cette vie est un hôpital où chaque malade est possédé du désir de changer de lit. Celui-ci voudrait souffrir en face du poêle, et celui-là croit qu'il guérirait à côté de la fenêtre.

Il me semble que je serais toujours bien là où je ne suis pas, et cette question de déménagement en est une que je discute sans cesse avec mon âme.

»Dis-moi, mon âme, pauvre âme refroidie, que penserais-tu d'habiter Lisbonne? Il doit y faire chaud, et tu t'y ragaillardirais comme un lézard. Cette ville est au bord de l'eau; on dit qu'elle est bâtie en marbre, et que le peuple y a une telle haine du végétal, qu'il arrache tous les arbres. Voilà un paysage selon ton goût; un paysage fait avec la lumière et le minéral, et le liquide pour les réfléchir!«

Mon âme ne répond pas.

Was für Seltsamkeiten findet man doch in einer großen Stadt, wenn man umherzugehen und zu beobachten versteht!
Das Leben wimmelt von unschuldigen Ungeheuern. – Herr, mein Gott! Du, der Schöpfer, du, der Meister; du, der du das Gesetz und die Freiheit geschaffen hast; du, der Herrscher, der gewähren läßt, du, der Richter, der vergibt; du, der du voller Gründe und Ursachen bist, und der du vielleicht die Lust am Grauen in meinen Geist gelegt hast, um mein Herz zu bekehren, wie die Heilung auf der Spitze einer Klinge sitzt; Herr, erbarme dich, erbarme dich der Narren und Närrinnen! O Schöpfer! kann es denn Ungeheuer geben in den Augen Dessen, der allein weiß, warum sie sind, wie sie *geworden sind,* und was verhindert hätte, *daß sie so wurden?*

XLVIII

ANY WHERE OUT OF THE WORLD

IRGENDWO AUSSER DER WELT

Dieses Leben ist ein Spital, wo jeder Kranke von dem Wunsch besessen ist, das Bett zu wechseln. Der eine möchte dem Ofen gegenüber leiden, und der andere glaubt, am Fenster würde er genesen.
Mir scheint immer, dort, wo ich nicht bin, wäre ich glücklich, und wo wir unseren Aufenthalt nehmen könnten, ist eine der Fragen, über die ich mich unaufhörlich mit meiner Seele unterrede.
»Sag, meine Seele, arme, durchkältete Seele, wie wäre es, wenn wir in Lissabon wohnten? Da muß es warm sein, und du würdest wieder munter werden wie eine Eidechse. Diese Stadt liegt am Meer; es heißt, sie sei aus Marmor erbaut, und das Volk dort habe einen solchen Abscheu vor den Gewächsen, daß es alle Bäume ausreißt. Das wäre eine Landschaft nach deinem Geschmack; eine Landschaft aus Licht und Mineral, und Wasserflächen, sie zu spiegeln!«
Meine Seele gibt keine Antwort.

»Puisque tu aimes tant le repos, avec le spectacle du mouvement, veux-tu venir habiter la Hollande, cette terre béatifiante? Peut-être te divertiras-tu dans cette contrée dont tu as souvent admiré l'image dans les musées. Que penserais-tu de Rotterdam, toi qui aimes les forêts de mâts, et les navires amarrés au pied des maisons?«

Mon âme reste muette.

»Batavia te sourirait peut-être davantage? Nous y trouverions d'ailleurs l'esprit de l'Europe marié à la beauté tropicale.«

Pas un mot. – Mon âme serait-elle morte?

»En es-tu donc venue à ce point d'engourdissement que tu ne te plaises que dans ton mal? S'il en est ainsi, fuyons vers les pays qui sont les analogies de la Mort. – Je tiens notre affaire, pauvre âme! Nous ferons nos malles pour Tornéo. Allons plus loin encore, à l'extrême bout de la Baltique; encore plus loin de la vie, si c'est possible; installons-nous au pôle. Là le soleil ne frise qu'obliquement la terre, et les lentes alternatives de la lumière et de la nuit suppriment la variété et augmentent la monotonie, cette moitié du néant. Là, nous pourrons prendre de longs bains de ténèbres, cependant que, pour nous divertir, les aurores boréales nous enverront de temps en temps leurs gerbes roses, comme des reflets d'un feu d'artifice de l'Enfer!«

Enfin, mon âme fait explosion, et sagement elle me crie: »N'importe où! n'importe où! pourvu que ce soit hors de ce monde!«

»Da du die Ruhe so sehr liebst und das Schauspiel der Bewegung, willst du mit nach Holland kommen, in jenem Land der Behaglichkeit zu wohnen? Vielleicht gefällt es dir in jener Gegend, deren Bild du in den Museen so oft bewundert hast. Was hältst du von Rotterdam, du, die du die Wälder der Masten liebst, und die Schiffe, die am Fuß der Häuser vor Anker liegen?«
Meine Seele bleibt stumm.
»Doch vielleicht lockt dich Batavia mehr? Da fänden wir obendrein den Geist Europas mit der Schönheit der Tropen vermählt.«
Kein Wort. – Sollte meine Seele gestorben sein?
»Ist es denn schon so weit gekommen, daß du an deiner Erstarrung Gefallen findest? Wenn dem so ist, laß uns nach jenen Ländern flüchten, die Gleichnisse des Todes sind? – Ich hab's, arme Seele! Wir werden unsere Koffer packen und nach Tornio reisen. Fahren wir noch weiter, bis ans äußerste Ende des Nordmeers; weiter, weiter vom Leben weg, wenn es möglich ist; in der Polarwelt wollen wir uns niederlassen. Dort streift die Sonne die Erde nur mit schrägen Strahlen, und der langsame Wechsel von Helle und Dunkel löscht das Vielerlei und vermehrt die Monotonie, dieses halbe Nichts. Dort werden wir uns lange baden können in den Finsternissen, während das Nordlicht uns zu unserer Unterhaltung von Zeit zu Zeit seine rötlichen Garben zuwirft, wie den Widerschein eines höllischen Feuerwerks!«
Endlich bricht meine Seele ihr Schweigen, und sehr weise ruft sie mir zu: »Wohin auch immer! wohin auch immer! wenn es nur außer der Welt ist!«

XLIX

ASSOMMONS LES PAUVRES!

Pendant quinze jours je m'étais confiné dans ma chambre, et je m'étais entouré des livres à la mode dans ce temps-là (il y a seize ou dix-sept ans); je veux parler des livres où il est traité de l'art de rendre les peuples heureux, sages et riches, en vingt-quatre heures. J'avais donc digéré, – avalé, veux-je dire, – toutes les élucubrations de tous ces entrepreneurs de bonheur public, – de ceux qui conseillent à tous les pauvres de se faire esclaves, et de ceux qui leur persuadent qu'ils sont tous des rois détrônés. – On ne trouvera pas surprenant que je fusse alors dans un état d'esprit avoisinant le vertige ou la stupidité.

Il m'avait semblé seulement que je sentais, confiné au fond de mon intellect, le germe obscur d'une idée supérieure à toutes les formules de bonne femme dont j'avais récemment parcouru le dictionnaire. Mais ce n'était que l'idée d'une idée, quelque chose d'infiniment vague.

Et je sortis avec une grande soif. Car le goût passionné des mauvaises lectures engendre un besoin proportionnel du grand air et des rafraîchissants.

Comme j'allais entrer dans un cabaret, un mendiant me tendit son chapeau, avec un de ces regards inoubliables qui culbuteraient les trônes, si l'esprit remuait la matière, et si l'œil d'un magnétiseur faisait mûrir les raisins.

En même temps, j'entendis une voix qui chuchotait à mon oreille, une voix que je reconnus bien; c'était celle d'un bon Ange, ou d'un bon Démon, qui m'accompagne partout. Puisque Socrate avait son bon Démon, pourquoi n'aurais-je pas mon bon Ange, et pourquoi n'aurais-je pas l'honneur, comme Socrate, d'obtenir mon brevet de folie, signé du subtil Lélut et du bien avisé Baillarger?

XLIX

VERPRÜGELN WIR DIE ARMEN!

Vierzehn Tage lang hatte ich mich in mein Zimmer eingeschlossen und mich mit Büchern umgeben, wie sie damals (das ist nun schon sechzehn oder siebzehn Jahre her) in Mode waren; ich meine solche Bücher, die von der Kunst handeln, die Völker binnen vierundzwanzig Stunden glücklich, weise und reich zu machen. Ich hatte das alles verdaut – verschlungen, wollte ich sagen, – all diese Elukubrationen all dieser Beförderer der öffentlichen Wohlfahrt, – derer, die allen Armen predigen, sich in die Sklaverei zu begeben, und derer, die ihnen einreden, sie seien allesamt entthronte Könige. – Niemand wird es demnach verwunderlich finden, daß meine damalige Geistesverfassung an Schwindel oder Verblödung grenzte.
Immerhin war es mir so vorgekommen, als regte sich in der untersten Tiefe meines Verstandes etwas wie der dunkle Keim einer Idee, die all diesen wohlgemeinten Rezepten aus Großmutters Hausbuch, die ich da kürzlich durchmustert hatte, überlegen wäre. Aber es war nur die Idee einer Idee, nur ein unendlich vager Verdacht.
Als ich auf die Straße trat, war ich sehr durstig. Denn die leidenschaftliche Beschäftigung mit schlechten Büchern erzeugt ein entsprechendes Bedürfnis nach freier Luft und Erfrischungen.
Wie ich eine Schenke betreten wollte, hielt ein Bettler mir seinen Hut hin, mit einem jener unvergeßlichen Blicke, die Throne stürzen würden, wenn der Geist den Stoff bewegen, und wenn das Auge eines Magnetiseurs Weintrauben zur Reife bringen könnte.
Gleichzeitig vernahm ich eine Stimme, die mir ins Ohr flüsterte, eine wohlbekannte Stimme; es war diejenige meines guten Engels, oder meines guten Dämons, der mich überall begleitet. Da Sokrates seinen guten Dämon hatte, warum sollte ich nicht meinen guten Engel haben, und warum sollte ich nicht, wie Sokrates, die Ehre haben, mir meine Narrheit von dem scharfsinnigen Lélut und dem wohlweisen Baillarger bescheinigen zu lassen?

Il existe cette différence entre le Démon de Socrate et le mien, que celui de Socrate ne se manifestait à lui que pour défendre, avertir, empêcher, et que le mien daigne conseiller, suggérer, persuader. Ce pauvre Socrate n'avait qu'un Démon prohibiteur; le mien est un grand affirmateur, le mien est un Démon d'action, un Démon de combat.

Or, sa voix me chuchotait ceci: »Celui-là seul est l'égal d'un autre, qui le prouve, et celui-là seul est digne de la liberté, qui sait la conquérir.«

Immédiatement, je sautai sur mon mendiant. D'un seul coup de poing, je lui bouchai un œil, qui devint, en une seconde, gros comme une balle. Je cassai un de mes ongles à lui briser deux dents, et comme je ne me sentais pas assez fort, étant né délicat et m'étant peu exercé à la boxe, pour assommer rapidement ce vieillard, je le saisis d'une main par le collet de son habit, de l'autre, je l'empoignai à la gorge, et je me mis à lui secouer vigoureusement la tête contre un mur. Je dois avouer que j'avais préalablement inspecté les environs d'un coup d'œil, et que j'avais vérifié que dans cette banlieue déserte je me trouvais, pour un assez long temps, hors de la portée de tout agent de police.

Ayant ensuite, par un coup de pied lancé dans le dos, assez énergique pour briser les omoplates, terrassé ce sexagénaire affaibli, je me saisis d'une grosse branche d'arbre qui traînait à terre, et je le battis avec l'énergie obstinée des cuisiniers qui veulent attendrir un beefteack.

Tout à coup, – ô miracle! ô jouissance du philosophe qui vérifie l'excellence de sa théorie! – je vis cette antique carcasse se retourner, se redresser avec une énergie que je n'aurais jamais soupçonnée dans une machine si singulièrement détraquée, et, avec un regard de haine qui me parut de *bon augure,* le malandrin décrépit se jeta sur moi, me pocha les deux yeux, me cassa quatre dents, et avec la même branche d'arbre me battit dru comme plâtre. – Par mon énergique médication, je lui avais donc rendu l'orgueil et la vie.

Zwischen dem Dämon des Sokrates und dem meinigen besteht jedoch ein Unterschied: der des Sokrates tat sich nur kund, um ihm etwas zu verbieten, ihn zu warnen, ihm abzuraten, während der meinige mir Ratschläge zu erteilen geruht, mich lockt, mich anspornt. Der arme Sokrates hatte nur einen prohibitiven Dämon; meiner ist ein großer Bejaher, meiner ist ein Dämon der Tat, ein Dämon des Kampfes.
Und diesmal flüsterte seine Stimme mir zu: »Nur der ist einem anderen ebenbürtig, der es ihm beweist, und nur der ist der Freiheit würdig, der sie zu erobern versteht.«
Alsbald stürzte ich mich auf meinen Bettler. Mit einem einzigen Faustschlag traf ich ihn ins Auge, das innerhalb einer Sekunde zur Kugel anschwoll. Einer meiner Nägel zerbrach, als ich ihm zwei Zähne einschlug, und da ich mich nicht kräftig genug fühlte – ich bin von zarter Konstitution und im Boxkampf wenig geübt –, den Alten rasch niederzustrecken, packte ich ihn mit einer Hand am Rockkragen, umschloß mit der andern seine Gurgel, und begann, ihn mit dem Kopf kräftig gegen eine Mauer zu stoßen. Ich muß allerdings gestehen, daß ich die Umgebung zuvor mit einem schnellen Blick durchflogen und dabei festgestellt hatte, daß ich mich in dieser verlassenen Vorstadt für geraume Zeit außer der Reichweite jeder polizeilichen Aufsichtsperson befand.
Nachdem ich hierauf den geschwächten Sechziger durch einen kräftigen Tritt in den Rücken, der ihm leicht die Schulterblätter hätte brechen können, niedergeworfen hatte, ergriff ich einen dikken Ast, der am Boden lag, und mit der verbissenen Kraft eines Kochs, der ein Beefsteak weich klopfen will, drosch ich auf ihn ein.
Plötzlich – o Wunder! o Wonne des Philosophen, der die Gültigkeit seiner Theorie bestätigt findet! – sah ich dieses vorsintflutliche Gerippe sich umwälzen, sich aufrichten, und mit einer Kraft, die ich einem solchen Klappergerüst niemals zugetraut hätte, und mit einem haßerfüllten Blick, der mir von *guter Vorbedeutung* schien, warf das Lumpenbündel sich auf mich, schlug mir beide Augen blau, zerbrach mir vier Zähne und prügelte mich mit demselben Aste windelweich. Meine Gewaltkur hatte ihm seinen Stolz und das Leben zurückgegeben.

Alors, je lui fis force signes pour lui faire comprendre que je considérais la discussion comme finie, et me relevant avec la satisfaction d'un sophiste du Portique, je lui dis: »Monsieur, *vous êtes mon égal!* veuillez me faire l'honneur de partager avec moi ma bourse; et souvenez-vous, si vous êtes réellement philanthrope, qu'il faut appliquer à tous vos confrères, quand ils vous demanderont l'aumône, la théorie que j'ai eu la *douleur* d'essayer sur votre dos.«

Il m'a bien juré qu'il avait compris ma théorie, et qu'il obéirait à mes conseils.

»Qu'en dis-tu, Citoyen Proudhon?«

L

LES BONS CHIENS

À M. Joseph Stevens.

Je n'ai jamais rougi, même devant les jeunes écrivains de mon siècle, de mon admiration pour Buffon; mais aujourd'hui ce n'est pas l'âme de ce peintre de la nature pompeuse que j'appellerai à mon aide. Non.

Bien plus volontiers je m'adresserais à Sterne, et je lui dirais: »Descends du ciel, ou monte vers moi des champs Élyséens, pour m'inspirer en faveur des bons chiens, des pauvres chiens, un chant digne de toi, sentimental farceur, farceur incomparable! Reviens à califourchon sur ce fameux âne qui t'accompagne toujours dans la mémoire de la postérité; et surtout que cet âne n'oublie pas de porter, délicatement suspendu entre ses lèvres, son immortel macaron!«

Arrière la muse académique! Je n'ai que faire de cette vieille bégueule. J'invoque la muse familière, la citadine, la vivante, pour qu'elle m'aide à chanter les bons chiens, les pauvres chiens, les

Durch wiederholte Zeichen gelang es mir, ihm zu verstehen zu geben, daß ich die Auseinandersetzung für beendet erachtete, und indem ich mich mit der Befriedigung eines Sophisten des Porticus erhob, sprach ich zu ihm: »Mein Herr, *Sie sind meinesgleichen!* Erweisen Sie mir die Ehre, den Inhalt meiner Börse mit mir zu teilen; und sollte künftig einer Ihrer Mitbrüder Sie um ein Almosen angehen, so vergessen Sie nicht, falls Sie wirklich ein Philanthrop sind, in jedem Fall die Theorie anzuwenden, die auf Ihrem Rücken zu erproben ich das *schmerzliche* Vergnügen hatte.«
Er hat mir geschworen, daß er diese Theorie begriffen habe, und daß er meinen Rat befolgen werde.
»Und was sagst du dazu, Bürger Proudhon?«

L

DIE GUTEN HUNDE

Für Monsieur Joseph Stevens

Niemals, nicht einmal vor den jungen Schriftstellern meines Jahrhunderts, habe ich mich meiner Bewunderung für Buffon geschämt; heute aber will ich nicht die Seele dieses Schilderers der prächtigen Natur um ihren Beistand bitten. Nein.
Sehr viel lieber möchte ich Sterne anrufen und zu ihm sagen: »Steige vom Himmel hernieder, oder hebe dich herauf aus den Gefilden Elysiums, um mir zum Lobe der guten, der armen Hunde einen Gesang einzugeben, der deiner würdig wäre, empfindsamer Schöpfer unvergleichlicher Späße! Kehre wieder, rittlings auf dem berühmten Esel, der dich immer im Gedächtnis der Nachwelt begleitet; der Esel aber vergesse ja nicht, seine unsterbliche Makrone behutsam zwischen den Lefzen zu halten!«
Fort mit der akademischen Muse! Ich habe nichts zu schaffen mit dieser alten Zimperliese! Ich rufe die Muse des Alltags, die Muse der Stadt, des lebendigen Lebens an; sie helfe mir die guten, die armen Hunde zu besingen, die schmutzigen Hunde, die für verpe-

chiens crottés, ceux-là que chacun écarte, comme pestiférés et pouilleux, excepté le pauvre dont ils sont les associés, et le poète qui les regarde d'un œil fraternel.

Fi du chien bellâtre, de ce fat quadrupède, danois, king-charles, carlin ou gredin, si enchanté de lui-même qu'il s'élance indiscrètement dans les jambes ou sur les genoux du visiteur, comme s'il était sûr de plaire, turbulent comme un enfant, sot comme une lorette, quelquefois hargneux et insolent comme un domestique! Fi surtout de ces serpents à quatre pattes, frissonnants et désœuvrés, qu'on nomme levrettes, et qui ne logent même pas dans leur museau pointu assez de flair pour suivre la piste d'un ami, ni dans leur tête aplatie assez d'intelligence pour jouer au domino!

À la niche, tous ces fatigants parasites!

Qu'ils retournent à leur niche soyeuse et capitonnée! Je chante le chien crotté, le chien pauvre, le chien sans domicile, le chien flâneur, le chien saltimbanque, le chien dont l'instinct, comme celui du pauvre, du bohémien et de l'histrion, est merveilleusement aiguillonné par la nécessité, cette si bonne mère, cette vraie patronne des intelligences!

Je chante les chiens calamiteux, soit ceux qui errent, solitaires, dans les ravines sinueuses des immenses villes, soit ceux qui ont dit à l'homme abandonné, avec des yeux clignotants et spirituels: »Prends-moi avec toi, et de nos deux misères nous ferons peut-être une espèce de bonheur!«

»Où vont les chiens?« disait autrefois Nestor Roqueplan dans un immortel feuilleton qu'il a sans doute oublié, et dont moi seul, et Sainte-Beuve peut-être, nous nous souvenons encore aujord'hui.

Où vont les chiens, dites-vous, hommes peu attentifs? Ils vont à leurs affaires.

Rendez-vous d'affaires, rendez-vous d'amour. À travers la brume, à travers la neige, à travers la crotte, sous la canicule mordante, sous la pluie ruisselante, ils vont, ils viennent, ils trottent, ils passent sous les voitures, excités par les puces, la passion, le besoin ou stet und verlaust gelten, und die jeder fortscheucht, außer dem Armen, dessen Gefährten sie sind, und dem Dichter, der sie mit brüderlichem Blick betrachtet.

Pfui über den geschleckten Hund, diesen vierfüßigen Gecken – Däne, King Charles, Mops oder Spaniel –, der derart in sich selbst verliebt ist, daß er sich dem Besucher zudringlich zwischen die Beine wirft und ihm auf den Schoß springt, als müsse er jedem gefallen, unruhig wie ein Kind, dumm wie eine Kokotte, manchmal mürrisch und frech wie ein Domestike! Pfui vor allem über die vierpfotigen Schlangen, jene fröstelnden Nichtstuer, die man Windspiele nennt, und die in ihrer spitzen Schnauze nicht einmal Witterung genug haben, um der Fährte eines Freundes zu folgen, noch in ihrem flachen Schädel soviel Verstand, um Domino zu spielen!

In die Ecke mit all diesen lästigen Schmarotzern!

Zurück mit ihnen auf das Seidenpolster ihres Körbchens! Ich besinge den schmutzigen Hund, den armen Hund, den Hund ohne Heim, den Herumtreiber, den Jahrmarktshund. Wie dem Armen, dem Zigeuner und dem Gaukler hat ihm die Notdurft seinen wunderbar geschärften Instinkt verliehen, diese gute Mutter, diese wahre Schutzhelferin der Verständigen!

Ich besinge die geplagten Hunde, die einsam in den gewundenen Schluchten der riesigen Städte irren, oder jene, die dem verlassenen Menschen aus klugen Augen zugezwinkert haben: »Nimm mich zu dir; vielleicht gelingt es uns, aus unser beider Elend so was wie ein Glück zu machen!«

»*Wohin gehen die Hunde?*« fragte einst Nestor Roqueplan in einem unsterblichen Feuilleton, das er selbst wohl längst vergessen hat, und dessen nur ich und vielleicht Sainte-Beuve sich noch erinnern.

Wohin gehen die Hunde, fragt ihr unachtsamen Menschen? Sie gehen ihren Geschäften nach.

Eine geschäftliche Verabredung, ein Rendezvous. Durch Nebel, Schnee und Straßenschmutz, unter dem glühenden Hundsstern, im strömenden Regen, von Flöhen gepeinigt, von Leidenschaft, Not und Pflicht getrieben, gehen und kommen sie, trotten sie ihres Weges, schlüpfen sie unter den Wagen durch. Wie wir sind sie le devoir. Comme nous, ils se sont levés de bon matin, et ils cherchent leur vie ou courent à leurs plaisirs.

Il y en a qui couchent dans une ruine de la banlieue et qui viennent, chaque jour, à heure fixe, réclamer la sportule à la porte d'une cuisine du Palais-Royal; d'autres qui accourent, par troupes, de plus de cinq lieues, pour partager le repas que leur a préparé la charité de certaines pucelles sexagénaires, dont le cœur inoccupé s'est donné aux bêtes, parce que les hommes imbéciles n'en veulent plus.

D'autres qui, comme des nègres marrons, affolés d'amour, quittent, à de certains jours, leur département pour venir à la ville, gambader pendant une heure autour d'une belle chienne, un peu négligée dans sa toilette, mais fière et reconnaissante.

Et ils sont tous très exacts, sans carnets, sans notes et sans portefeuilles.

Connaissez-vous la paresseuse Belgique, et avez-vous admiré comme moi tous ces chiens vigoureux attelés à la charrette du boucher, de la laitière ou du boulanger, et qui témoignent, par leurs aboiements triomphants, du plaisir orgueilleux qu'ils éprouvent à rivaliser avec les chevaux?

En voici deux qui appartiennent à un ordre encore plus civilisé! Permettez-moi de vous introduire dans la chambre du saltimbanque absent. Un lit, en bois peint, sans rideaux, des couvertures traînantes et souillées de punaises, deux chaises de paille, un poêle de fonte, un ou deux instruments de musique détraqués. Oh! le triste mobilier! Mais regardez, je vous prie, ces deux personnages intelligents, habillés de vêtements à la fois éraillés et somptueux, coiffés comme des troubadours ou des militaires, qui surveillent, avec une attention de sorciers, *l'œuvre sans nom* qui mitonne sur le poêle allumé, et au centre de laquelle une longue cuiller se dresse, plantée comme un de ces mâts aériens qui annoncent que la maçonnerie est achevée.

N'est-il pas juste que de si zélés comédiens ne se mettent pas en route sans avoir lesté leur estomac d'une soupe puissante et solide? Et ne pardonnerez-vous pas un peu de sensualité à ces pauvres

frühmorgens aufgestanden und suchen nun ihren Lebensunterhalt oder jagen ihren Vergnügungen nach.
Manche von ihnen hausen draußen am Rand der Stadt in einem alten Gemäuer, und Tag für Tag zur gleichen Stunde stellen sie sich im Palais Royal ein, um an einer Küchentür ihre Sporteln zu fordern. Andere kommen scharenweise über fünf Meilen gelaufen, um eine Mahlzeit zu teilen, die ihnen die Mildtätigkeit gewisser sechzigjähriger Jungfern zubereitet hat, welche ihr unbeschäftigtes Herz den Tieren zugewandt haben, weil die törichten Menschen nicht mehr danach fragen.
Andere wieder verlassen wie entlaufene Neger, die die Liebe plagt, an gewissen Tagen ihren ländlichen Bereich und kommen in die Stadt, um dort eine Stunde lang eine schöne Hündin zu umtanzen, deren Toilette nicht gerade die sorgfältigste ist, die sich aber geschmeichelt fühlt und sich erkenntlich zeigt.
Alle sind sehr pünktlich, ohne Kalender, ohne Notizbuch und ohne Brieftasche.
Kennt ihr das träge Belgien, und habt ihr wie ich all jene kräftigen Hunde bewundert, die, vor den Karren des Metzgers, der Milchfrau oder des Bäckers gespannt, durch ihr freudiges Bellen bekunden, wie stolz sie sind, es den Pferden gleichtun zu dürfen?
Und hier nun zwei andere Hunde, die schon einem gehobeneren Stande angehören. Laßt euch in das Zimmer des Gauklers führen, das er soeben verlassen hat. Ein Bett aus gestrichenem Holz, ohne Vorhänge, die verwanzten, schmutzstarrenden Decken schleifen am Boden, zwei Stühle mit Strohsitzen, ein gußeiserner Ofen, ein oder zwei ramponierte Musikinstrumente – ein klägliches Mobiliar! Aber seht doch die beiden klugen Geschöpfe in der zerschlissenen Pracht ihrer Kleidung, mit bunten Mützen auf dem Ohr, wie sie die Troubadoure oder Kriegsleute schmücken. Mit der Aufmerksamkeit eines Hexenmeisters überwachen sie *das namenlose Werk,* das da auf dem angezündeten Ofen brodelt, und aus dem ein langer Löffel heraussteht, dem luftigen Mast gleich, der anzeigt, daß die Maurer ihr Werk vollendet haben.
Ist es nicht ganz in der Ordnung, daß so anstellige Komödianten, ehe sie sich auf den Weg machen, ihren Magen mit einer kräftigen und nahrhaften Suppe füllen? Und wollen wir den armen Teufeln

diables qui ont à affronter tout le jour l'indifférence du public et les injustices d'un directeur qui se fait la grosse part et mange à lui seul plus de soupe que quatre comédiens?

Que de fois j'ai contemplé, souriant et attendri, tous ces philosophes à quatre pattes, esclaves complaisants, soumis ou dévoués, que le dictionnaire républicain pourrait aussi bien qualifier d'*officieux*, si la république, trop occupée du *bonheur* des hommes, avait le temps de ménager l'*honneur* des chiens!

Et que de fois j'ai pensé qu'il y avait peut-être quelque part (qui sait, après tout?), pour récompenser tant de courage, tant de patience et de labeur, un paradis spécial pour les bons chiens, les pauvres chiens, les chiens crottés et désolés. Swedenborg affirme bien qu'il y en a un pour les Turcs et un pour les Hollandais!

Les bergers de Virgile et de Théocrite attendaient, pour prix de leurs chants alternés, un bon fromage, une flûte du meilleur faiseur, ou une chèvre aux mamelles gonflées. Le poète qui a chanté les pauvres chiens a reçu pour récompense un beau gilet, d'une couleur, à la fois riche et fanée, qui fait penser aux soleils d'automne, à la beauté des femmes mûres et aux étés de la Saint-Martin.

Aucun de ceux qui étaient présents dans la taverne de la rue Villa-Hermosa n'oubliera avec quelle pétulance le peintre s'est dépouillé de son gilet en faveur du poète, tant il a bien compris qu'il était bon et honnête de chanter les pauvres chiens.

Tel un magnifique tyran italien, du bon temps, offrait au divin Arétin soit une dague enrichie de pierreries, soit un manteau de cour, en échange d'un précieux sonnet ou d'un curieux poème satirique.

Et toutes les fois que le poète endosse le gilet du peintre, il est contraint de penser aux bons chiens, aux chiens philosophes, aux étés de la Saint-Martin et à la beauté des femmes très mûres.

ihre Gier nicht ein wenig nachsehen, die den ganzen Tag der Gleichgültigkeit der Menge und den Ungerechtigkeiten eines Direktors ausgesetzt sind, der sich den Hauptanteil zuschanzt, und der allein mehr Suppe ißt als vier seiner Akteure?
Wie oft habe ich nicht mit gerührtem Lächeln diese vierbeinigen Philosophen betrachtet, diese gefälligen, unterwürfigen oder ergebenen Sklaven, denen es wohl zustünde, im Wörterbuch der Republik unter die *officieux* eingereiht zu werden, wenn die Republik, die sich das *Glück* der Menschen so sehr angelegen sein läßt, noch Zeit fände, die *Ehre* der Hunde zu schonen!
Und wie oft ist es mir durch den Sinn gegangen, ob es nicht doch vielleicht irgendwo (wer weiß da so genau Bescheid?), zum Lohn für soviel Mut, soviel Geduld und Mühsal, ein eigenes Paradies für die Hunde gibt, die guten Hunde, die armen Hunde in ihrem Schmutz und ihrer Trostlosigkeit. Swedenborg versichert uns doch, daß es ein Sonderparadies für die Türken und eines für die Holländer gibt!
Der Preis, den die Hirten Vergils oder Theokrits für ihre Wechselgesänge erwarteten, war ein guter Käse, eine Flöte von Meisterhand oder eine Ziege mit strotzendem Euter. Der Dichter, der die armen Hunde besungen hat, empfing als Lohn eine schöne Weste von prächtiger Farbe und doch schon ein wenig verblichen, die einen an herbstliche Sonnen, an die Schönheit reifer Frauen und an Altweibersommer denken läßt.
Keiner von denen, die dabei waren in der Taverne der Rue Villa-Hermosa, wird je vergessen, wie der Maler aufsprang und sich seiner Weste entledigte, um sie dem Dichter zu schenken, weil er begriffen hatte, wie angemessen und ehrenvoll es ist, die armen Hunde zu besingen.
So beschenkte ein prachtliebender Tyrann in Italiens großer Zeit den göttlichen Aretino mit einem edelsteinbesetzten Dolch oder einem Mantel, wie man ihn bei Hofe trägt, als Gegengabe für ein köstliches Sonett oder ein sonderbares satirisches Gedicht.
Und jedesmal, wenn der Dichter die Weste des Malers anlegt, muß er an die guten Hunde denken, an die philosophischen Hunde, an den Altweibersommer und an die Schönheit sehr reifer Frauen.

PLÄNE, ENTWÜRFE, NOTIZEN

I

Zu schreibende Gedichte

PARISER THEMEN

LEICHT (gestr.)

1 Der kleine atheistische Greis
2 Der Posthof
3 Die Elegie von den Hüten
4 Das schwarze Huhn
5 Das Ende der Welt
6 Blick von den Buttes Chaumont
7 Ein Aschermittwoch
8 Der Dichter und der Geschichtsschreiber
9 Orest und Pylades
10 Die beiden Trunkenbolde
11 Die Irrenärzte
12 Der Philosoph im Karneval
13 Die Vorwürfe des Porträts
14 Der rote Fisch
15 Kavaliersdiebstahl
16 Kirchengesänge
17 Zu Ehren meines Schutzheiligen (4. November)
18 Der Altar des Moloch
19 Für fünf Groschen
20 Der verführerische Leichenträger
21 Der Saal der Märtyrer
22 Der Mann mit den Diamanten
23 Der alte Zuhälter
24 Vor dem Reifsein
25 Die Drehorgel
26 Die Taubstumme

27 Lebensmittelverteilung
? Ein Pariser Lazzarone
28 Die Hölle im Theater
29 Der sanfte Besuch
30 Die Cholera in der Oper
31 Melencholia
32 Das Gasthaus im Walde
33 Hochzeitsnächte
34 Auto-cocu oder Blutschänder

ONEIROKRITIE

35 Anzeichen des Verfalls
36 Meine Anfänge
37 Rückkehr ins Collège
38 Unbekannte Wohnungen
39 Baumlose Landschaften
40 Zum Tode verurteilt
41 Der Tod
42 Die Mausefalle
43 Fest in einer öden Stadt
44 Das Schloß überm Meer
45 Die Treppen
46 Gefangener in einem Leuchtturm
47 Ein Verlangen

SYMBOLE UND MORALITÄTEN

48 Kindlicher Undank
49 Ein Wort des Johann Huß
50 Die geheiligte Täuschung
51 (gestr.) Weder Gewissensbisse noch Bedauern
51 Die Rokoko-Sphinx
52 Das große Gebet
53 Lukans letzte Gesänge
54 Das Gebet des Pharisäers
Der Rosenkranz
Kränken wir nicht die Manen

II

SPLEEN DE PARIS
zu schreiben

48bis Kränken wir nicht die Manen
48ter Der Rosenkranz

48* Den Philosophen, die gerne Maskenbälle besuchen
49 Der verführerische Leichenträger
50* Das schwarze Huhn
51* Der Posthof
52 Die Vorwürfe des Porträts (Porträt meines Vaters)
53* Das Ende der Welt
54 Die Irrenärzte. (Eine schlechte Kommunion. Weltkanzlei)
55* Der rote Fisch
56 Der Saal der Märtyrer
57 Der Mann mit den Diamanten
58 Hochzeitsnächte (Die Prüfungen. Die neuen Stiefel. Das Gebet)
59 Der alte Zuhälter
60 Vor dem Reifsein
61* Die beiden Trunkenbolde
62* Die Drehorgel
63* Der Altar des Moloch
64 Die Taubstumme
65* Kavaliersdiebstahl (Sammler. Besessene. Kleptomanen, Porträts mit Brillen)
66* Die Elegie von den Hüten
67 Ein Aschermittwoch am Schlagbaum von St.-Jacques (vier letzte Worte gestr.)
68* Lebensmittelverteilung
69 Fest in einer öden Stadt (Paris bei Nacht, während des Krieges mit Italien)
70 Der kleine atheistische Greis
71 Kirchengesänge (In exitu Israel ... ponam inimicos tuos ...)
72 Auto-cocu oder Blutschänder?

73 Der madegassische Bewerber (Erinnerung wiedergesehen in Paris, durch eine Wachspuppe) (Novelle)
74 Die Boa (Erinnerung an Indien) (Novelle)
75* Orest und Pylades
76 Für fünf Groschen
77 Der Wind schlägt um
78 Ein befriedigter Groll (Geschichte von Feuchères, *vielleicht eine Novelle*)
79 Der wartende Vater (Narrengewand und Spielzeug, *vielleicht eine Novelle*)
80* Der Lazzarone (in Paris)
81* Meinem Schutzheiligen zu Ehren. (Das Billard)
82 Kindlicher Undank (Die Vögel) (Erfahrung)
83 Der warnende Traum (*vielleicht eine Novelle*)
84 Das Gasthaus im Walde (Jugenderinnerung, durch den Duft, die Farbe, den frischen Wind)
85* Der Dichter und der Geschichtsschreiber (Carlyle und Tennyson)
86* Anzeichen des Verfalls
87* Meine Anfänge
88* Die Rückkehr ins Collège (Beratung)
89* Unbekannte Wohnungen. (Bekannte und unbekannte, doch wiedererkannte Orte. Verstaubte Wohnungen. Umzüge. Wiedergefundene Bücher)
90 Das Schloß überm Meer
91 Baumlose Landschaften
92 Die Mausefalle
93 Die Treppen. (Schwindel. Mächtige Kurven. Menschen, die sich anklammern, ein sphärischer Körper, Nebel oben und unten)
94 Gefangener in einem Leuchtturm
95 Zum Tode verurteilt (ein Vergehen, das ich vergessen hatte, dessen ich mich jedoch plötzlich entsinne, nach der Verurteilung)
96 Der Tod
97* Die geheiligte Täuschung
98 Melencholia
99* Ein Verlangen

100 Der Traum des Sokrates
101* Ein Wort des Johann Huß
102 Weder Gewissensbisse noch Bedauern
103 Lukans letzte Gesänge
104 Die Rokoko-Sphinx
105 Der sanfte Besuch
106* Die Cholera auf dem Maskenball
107 Die Statistik und das Theater (Die Hölle im Theater)
108 Any where, out of the world (fertig)
109 Das große Gebet
110 Verprügeln wir die Armen! (fertig)
111 Die guten Hunde (fertig)
112 Das Gebet des Pharisäers

ANORDNUNG
Pariser Themen
Träume
Symbole und Moralitäten
Andere zu findende Unterabteilungen

III

Leicht zu schreibende Gedichte

1 Der Posthof
2 Die Elegie von den Hüten
3 Blick von den Buttes Chaumont
4 Das Ende der Welt
5 Der Altar des Moloch
6 Anzeichen des Verfalls
7 Letztes Wort des Johannes Huß
8 Der Traum des Sokrates (gestr.)
9 Das schwarze Huhn
10 Die Irrenärzte
11 Ein Ascherwittwoch
12 Auto-cocu oder Blutschänder?
13 Der kleine atheistische Greis
14 Für fünf Groschen
15 Orest und Pylades
16 Der Dichter und der Geschichtsschreiber
17 Die geheiligte Täuschung

IV

GEDICHTE IN PROSA

1 Johann Huß (Untersuchung seiner letzten Worte)
2 Die große schwermütige Witwe vor dem Jardin de Musard
3 Die Armen vor einem neuen Café
Meine Träume
4 Die Komödie in der Provinz
5 Das Collège
6 Der Tod
7 Die Leere. (Empfindung der unendlichen Leere)
8 Zum Tode verurteilt für ein Vergehen, das ich vergessen habe. (Gefühl des Entsetzens. Ich bestreite die Anklage nicht. Großes Vergehen, das im Traum nicht erklärt wird.)
9 Unbekannte Wohnungen, arm, doch vornehm und poetisch.
10 Der alte Marktschreier
11 Die Elegie von den Hüten. Blumen in der Wüste. Die Verse Thomas Grays.

V

GEDICHTE IN PROSA

(Für den Bürgerkrieg)

Die Kanone donnert … die Glieder fliegen … man hört das Ächzen der Opfer und das Geheul der Opferer … Das ist die Menschheit auf der Suche nach dem Glück.

VI

NACHTGEDICHTE

Der Brief eines Gecken.
Eine Mischung von aufrichtiger und ironischer Emphase.
Es gibt Tage, an denen ich mich so mächtig fühle, daß …
Die Weltkarte.

VII

Anzeichen des Verfalls. Ungeheure Baulichkeiten. Mehrere, eine über der anderen, Wohnungen, Zimmer, *Tempel,* Galerien, Treppen, *coecums.* Belvedere, Laternen, Brunnen, Statuen. – *Sprünge, Risse. Feuchtigkeit, die aus einem Reservoir stammt, das dem Himmel nahe liegt.* – Wie soll man die Leute, die Völkerschaften warnen –? Warnen wir die Klügsten durch ein Wort in ihr Ohr.

Ganz oben birst eine Säule, und ihre beiden Enden rücken von der Stelle. Noch ist nichts eingestürzt. Ich kann den Ausgang nicht mehr finden. Ich steige hinab, dann steige ich wieder hinauf. *Ein labyrinthischer Turm. Aus dem ich niemals einen Weg ins Freie finden konnte. Ich bewohne auf immer ein Gebäude, das dem Einsturz nahe ist, ein Gebäude, in dem eine heimliche Krankheit am Werk ist.* – Ich überlege, bei mir selbst, zu meiner Unterhaltung, ob eine so gewaltige Masse von Steinen, von Marmorblökken, von Statuen, von Mauern, die aufeinanderprallen werden, von dieser Unzahl menschlicher Hirne, menschlichen Fleisches und zermalmter Knochen sehr besudelt sein werden. – Ich sehe so gräßliche Dinge im Traum, daß ich manchmal nicht mehr schlafen möchte, wenn ich gewiß wäre, daß mich dies nicht allzu sehr ermüdete.

VIII

NOTIZEN FÜR DIE *Elegie von den Hüten*

Ein Hut. Mit glatter Oberfläche.
Eine *Capote.* Die Oberfläche ist gefältelt oder gekraust.
Die Passe (von der Stelle an, die nicht mehr auf dem Kopf ruht).
Der hintere Teil heißt *fond* oder *calotte, coiffe,* wenn er in Röhrenfalten gelegt ist.
Kinnbänder. Schleifen oder kleine Bänder.
Federn, Marabufedern, Aigretten.
Umkränzungen, aus Federn oder aus Blumen.

Ein *Maintenon,* eine Art Kopftuch aus Spitzen, der über den Hut gestülpt und oberhalb der Kinnbänder verknotet ist.
Ein *Marie Stuart,* die Form mit stark herabgebogener Spitze, Sarazenenform, Spitzbogenform.
Ein *Chapeau Lavallière* (aus der Mode) mit zwei Federn, die hinten zusammengehen.
Russenhut. Eine Aigrette.
Das *Toquet* trägt einen Pompon oder einen Flügel.
Eine Blume (Rose), *à la Marie-Louise* aufgesteckt.
Ein *Chapeau à la Marinière,* mit einem Strauß.
Chapeau Longueville, ist ein *Chapeau Lavallière* mit einer einzigen freischwebend herabhängenden Feder.
Schottische Mütze, aus karierter Popeline, mit Kokarde, silberner Agraffe und einer Adler- oder Rabenfeder.
Aufputz: Tollen, Rüschen, Schrägbänder, Borten.
Mobiliar eines Modegeschäfts:
Vorhänge aus Musselin oder glatter weißer Seide. Divane. Eine Toilette mit beweglicher Spiegelfläche. Ovale und geneigte Spiegel. Großer ovaler Tisch, mit Hutständern auf hohen Füßen. Eine Werkstatt der Feen. Ein reinliches Tun.

Allgemeiner Anblick: Frische, Helle, Weiße, lebhafte Buntheit eines Blumenbeetes.
Bänder, Flitter, Tüll, Gaze, Musselin, Federn, usw....
Die Hüte gemahnen an die Köpfe, als sähe man eine Galerie von Köpfen. Denn durch seine besondere Beschaffenheit verlangt jeder Hut nach einem Kopf und läßt ihn für die Augen des Geistes erscheinen. Abgeschlagene Köpfe.

Wie trübsinnig wirkt die vereinsamte Frivolität! Schmerzliches Gefühl des tändelnden Verfalls. Ein Monument der Fröhlichkeit in der Wüste. Die Frivolität in der Verlassenheit.
Die Vorstadtmodistin, blaß, bleichsüchtig, milchkaffeefarben, wie eine alte Tabakverkäuferin.

Schmerzliches Gefühl.

IX

Der Posthof

Mitten in einer Gruppe verschiedener Leute, die aus einer Postkutsche steigen, fällt eine Frau, die von ihren Kindern umgeben ist, einem Mann um den Hals, der eine wollene Mütze trägt. Kalter Tag in Paris. Ein Kleiner reckt sich auf die Fußspitzen, um einen Kuß zu bekommen.
Etwas weiter weg lädt ein anderer Reisender einem Lastträger seine Pakete auf.
Im Vordergrund links hält ein Bettler einem Militär mit gelbem Federbusch seinen Hut hin, einem *officier de fortune,* mager wie Bonaparte, und ein Nationalgardist versucht eine üppige Blumenverkäuferin, die ihre Sträuße auf einem kleinen Gestell trägt, zu umarmen; sie erwehrt sich seiner ohne sonderlichen Eifer.
Rechts spricht ein Herr, den Hut in der Hand, mit einer Frau, die ein Kind hält; nahe dieser Gruppe zwei sich balgende Hunde. Boilly. 1803.

X

Der Tod als Erwürger.
Erster Auftritt der Cholera auf einem Maskenball in Paris, 1831.
Der Tod als Freund.

ANHANG

ZU DIESEM BAND

Diese erste deutsche Gesamtausgabe der Schriften Charles Baudelaires ist chronologisch angeordnet. Der hier vorgelegte achte Band enthält Baudelaires anderes dichterisches Hauptwerk aus seinem letzten Lebensjahrzehnt: die fünfzig Prosagedichte des unvollendet gebliebenen Buches *Le Spleen de Paris* samt Plänen, Entwürfen und Notizen nach der von Claude Pichois in der Bibliothèque de la Pléiade herausgegebenen kritischen Ausgabe der *Œuvres Complètes* von 1975/76. Den übersetzten Briefen aus den Jahren 1861 bis 1866 liegt die gleichfalls von Claude Pichois in der Bibliothèque de la Pléiade besorgte kritische Ausgabe der *Correspondance* von 1973 zugrunde.

Der Anmerkungsteil zu den Briefen ist folgendermaßen angelegt: bei jedem Brief werden, soweit erforderlich, die zu seinem Verständnis nützlichen biographischen Fakten, ferner Auskünfte über seine Veranlassung und den Empfänger gegeben; anschließend folgen nähere Angaben und Erklärungen zu einzelnen Stellen, die jeweils unter Beifügung der Seiten- und Zeilenzahl in Stichworten angeführt werden.

Bei den Prosagedichten des *Spleen de Paris* werden jedesmal zuerst die *Überlieferung*, dann allgemeine *Auskünfte* gegeben; es folgen die *Lesarten* und *Erläuterungen* zu einzelnen Stellen. Bei drei Prosagedichten (XII, XXIII, XXIV) werden die *Frühfassungen* nebst Übersetzung, Lesarten und Erläuterungen geboten.

Die *Überlieferung* verzeichnet jeweils lückenlos die erhaltenen Handschriften, Korrekturfahnen oder -bogen, sowie sämtliche nachweisbaren Drucke bis zum Jahre 1869, in dem die postume Sammelausgabe des *Spleen de Paris* erschien.

Von den *Lesarten* werden, wie bei den *Fleurs du Mal*, nur die den Wortlaut betreffenden angeführt, diese jedoch vollständig. Unberücksichtigt bleiben in der Regel die Varianten der Orthographie und Zeichensetzung.

Zwei Ausgaben wurden für den Anmerkungsteil zu Rate gezogen und ausgiebig benützt: die kritische Edition der *Petits Poëmes en prose* von Robert Kopp in dem Druck von 1969 mit ihren reichhaltigen Erläuterungen; die bereits erwähnten kritischen Ausgaben der Werke und Briefe von Claude Pichois, der auch den Text des Anhangs vor dem Druck gelesen, überprüft und durch manchen Hinweis verbessert und vervollständigt hat. Dafür sei ihm an dieser Stelle sehr herzlich gedankt. Dank auch sei gesagt Susanne Schaup, München, für sachkundige Sorgfalt und Geduld bei der Überwachung der Drucklegung und für die Erstellung des Registers.

ANMERKUNGEN

BRIEFE

1861-1867

7 AN ARSÈNE HOUSSAYE, UM DEN 20. DEZEMBER 1861

Arsène Houssaye (1814-1896) hatte seit dem Januar 1844 die Zeitschrift *L'Artiste* übernommen. Von November 1849 bis April 1856 verwaltete er mit Geschick und Erfolg die Comédie-Française. 1859 war er in die Redaktion des *Artiste* zurückgekehrt; 1861/62 ist er Direktor der Zeitung *La Presse*. Über die ganze Angelegenheit des Vorabdrucks der ihm gewidmeten *Petits Poëmes en Prose* siehe S. 344ff. – *6 meine Kandidatur:* Baudelaire hatte sich am 11. Dezember durch ein Schreiben an Abel-François Villemain (1790-1870; s.u. zu S. 8, *21* und S. 13, *19*), den ständigen Sekretär der Académie Française, um einen der beiden nach dem Tode des Dramatikers Eugène Scribe (10. Juli) und des Dominikanerpaters Jean-Baptiste-Henri Lacordaire (21. November) freigewordenen Sitze beworben. Da jeder Bewerber um einen Sitz in der Académie Française sämtlichen Mitgliedern derselben einen Besuch abstatten mußte, hatte er auch bereits begonnen, die diesbezüglich nötigen Schritte zu unternehmen; als erster hatte ihn um den 16. Dezember Alfred de Vigny sehr freundlich empfangen. – *18 ›La Lueur et la Fumée‹:* etwa: Schimmer und Rauch, Helle und Dunst. Von den nachstehend aufgeführten Prosagedichten wurden ›Der Fremde‹ (S. 119), ›Die Verzweiflung des alten Weibleins‹ (S. 121), ›Das Confiteor des Künstlers (S. 123), ›Die Frau des Wilden‹ (S. 145) und ›Das zweifache Zimmer‹ (S. 127) im August 1862 unter dem Sammeltitel *Petits Poëmes en prose* in *La Presse* veröffentlicht; ›Die Versuchungen oder Eros. Plutus und der Ruhm‹ (S. 187) und ›Die schöne Dorothee‹ (S. 205) erschienen erst im Juni 1863 in der *Revue nationale et étrangère,* abermals unter dem Sammeltitel *Petits Poëmes en prose,* ›Der großmütige Spieler‹ (S. 225) mit vier weiteren Texten im Februar 1864 im *Figaro,* unter dem Sammeltitel *Le Spleen de Paris. Poëmes en Prose.* Baudelaires Angabe, zwölf Gedichte seien bereits fertig, ist unzutreffend, da es sich bei ›Ein Souper mit Satan‹ um das gleiche Prosagedicht wie ›Der großmütige Spieler‹ und bei den drei letztgenannten Titeln um nicht geschriebene oder nicht vollendete Gedichte handelt. Mit ›Das Ende der Welt‹ ist ohne Zweifel der Text gemeint, der heute zu Blatt XV der *Fusées* gehört (s.u. zu S. 309, *10* und Bd. VI). Über ›Der neue Mithridat‹ fehlen nähere Angaben. Der pontische König Mithridates V. der Große, Eupator (121-64 v. Chr.), soll sich durch ständiges Einnehmen kleiner Dosen Giftes immun gemacht haben; so daß er sich, als er im Krieg gegen die Römer unterlegen war, zuletzt in sein Schwert stürzte. – *33 Auf der Höhe der Buttes Chaumont:* s.u. zu S. 309, *11*.

8 AN ARSÈNE HOUSSAYE, WEIHNACHTEN 1861

9 Le Promeneur solitaire: Der einsame Spaziergänger. – *10 Le Rôdeur parisien:* Der Pariser Herumstreifer. – *11 einige Versuche in dieser Gattung:* siehe die Widmung an Arsène Houssaye (S. 115). – *16 meine Kandidatur:* s.o. zu S. 7, *6*. – *20 Courrier:* hier soviel wie »Nachrichten«. – *21 Pierre de L'Estoile:* das Pseudonym, unter dem Houssaye in *La Presse* schrieb. Unter seinem anderen Pseudonym, Pierre Dax, schrieb er am 1. Februar 1863 in *L'Artiste:* »Als Bewerber um die Stelle des romanesken Lacordaire macht der romantische Baudelaire seine Besuche. ›Ich kenne Sie nicht‹, hat ihm Monsieur Villemain gesagt. ›Je nun, Monsieur‹, gab Baudelaire ihm mit ernster Miene zurück, ›ich bin, glaube ich, der einzige Dichter, der sich Ihnen vorstellt. So werden Sie denn genötigt sein, die *Fleurs du Mal* zu lesen; denn Sie sind zu gerecht, um mir Ihre Stimme zu verweigern, bevor Sie mich nicht angehört haben‹.« – Houssaye selber hatte nicht kandidiert. – *35 Sturz der Fantaisiste und der Européenne:* Die *Revue fantaisiste* hatte mit der Nummer vom 15. November, die *Revue européenne* mit der Nummer vom 1. Dezember, die einen Artikel Leconte de Lisles über die zweite Ausgabe der *Fleurs du Mal* enthielt, ihr Erscheinen eingestellt.

9 *10 Hetzel ... einen romantischen Band mit Bildern:* Ein Vertrag mit dem Verleger Pierre-Jules Hetzel über eine Ausgabe der *Petits Poëmes en prose* und die dritte Ausgabe der *Fleurs du Mal* wurde im Januar 1863 abgeschlossen. Von Illustrationen zu den Prosagedichten ist dort nicht die Rede. – *12 Gaspard de la Nuit:* siehe S. 347. – *20 Verjüngung des Artiste:* die nicht zustande kam. Dieser Zeitschrift hatte Baudelaire 1844/45 seine ersten Sonette, zum Teil unter dem Namen seines Freundes Privat d'Anglemont, angeboten.

9 AN MADAME ALPHONSE BAUDELAIRE, 11. MAI 1862

Alphonse Baudelaire (geb. 1805), Baudelaires Halbbruder aus der ersten Ehe seines Vaters, war am 14. April 1862 in Fontainebleau gestorben. Er hatte 1829 Anne-Félicité Ducessois (1812-1902) geheiratet. Um 1846 hatte der junge Baudelaire seiner Schwägerin kurze Zeit den Hof gemacht (siehe Bd. I, S. 52 f.).

33 Narcisse-Désiré *Ancelle* (1801-1888), Notar in Neuilly-sur-Seine, in welcher Eigenschaft er im September 1844 durch einen Familienrat zu Baudelaires amtlichem Vormund bestellt wurde, der ihm von den Zinsen und kleineren Einkünften aus seinem Vermögen einen regelmäßigen monatlichen Betrag von 200 Francs zukommen läßt; von 1851 bis 1868 Bürgermeister von Neuilly. Zwischen Ancelle und Baudelaire sowie dessen Mutter findet seit Jahren ein reger Briefwechsel statt, in dem es vornehmlich um Geldangelegenheiten – Vorauszahlungen, Zuschüsse, Darlehen, Schuldentilgung – geht.

10 *7 den ganzen Tag in einer Setzerei:* Es handelte sich um Baudelaires Rezension über Victor Hugos soeben erschienenen Roman *Les Misérables,* die am 20. April 1862 in *Le Boulevard* erschien (siehe Bd. VII).

11 AN ARSÈNE HOUSSAYE, 15. MAI 1862

7 Théodore de *Banville* (1823-1891), einer der frühesten und engsten Freunde Baudelaires, als Dichter berühmt durch seine beiden Versbände *Les Cariatides* (1842) und *Les Stalactites* (1846); nach Baudelaires Tod, zusammen mit Charles Asselineau, Herausgeber der ersten Werkausgabe von 1868-1870. – *9 Direktion der Comédie-Française:* s. o. zu S. 7. – *25 Sammlung Crépet:* Eugène Crépet (1827-1892), der spätere erste kritische Herausgeber Baudelaires, den dieser durch die Vermittlung von *Philoxène Boyer* (1827-1867) kennengelernt hatte, ließ 1861/62 eine Anthologie *Les Poëtes français*

erscheinen. Den ausgewählten Gedichten jedes Dichters ging dort jeweils eine *notice* voraus. Diese Vortexte stammen zum größten Teil von Philoxène Boyer und Charles Asselineau. Davon, daß Arsène Houssaye von dieser Anthologie hätte ausgeschlossen werden sollen, scheint niemals die Rede gewesen zu sein. Den Text zu seinen Gedichten verfaßte Pierre Malitourne. Den Text zu Baudelaires Gedichten übernahm Théophile Gautier (siehe S. 17). – *31* Charles *Asselineau* (1820-1874), ebenfalls ein Jugendfreund Baudelaires und Mitherausgeber der postumen Werkausgabe. Baudelaire schrieb eine Rezension über seine Novellensammlung *La Double Vie* (1859; siehe Bd. VII). Zu seinen *Mélanges tirés d'une petite bibliothèque romantique* (1866) steuerte Banville als Einleitungsgedicht eine Ode *L'Aube romantique* und Baudelaire das *»Sonnet-Épilogue« »Soleil couché«* (= *Le Coucher du Soleil romantique;* siehe Bd. IV, S. 6) bei. Von Asselineau stammt auch die erste Monographie über den Dichter der FdM: *Charles Baudelaire. Sa Vie et son Œuvre* (1869); mit fünf Radierungen (zwei von Manet, die übrigen von Félix Bracquemond nach Émile Deroy, Courbet und einer Zeichnung von Baudelaire); wiederabgedruckt in B/Asselineau.

12 *6 einen Beitrag für Sie:* Dieser Beitrag dürfte niemals geschrieben worden sein. – *8 mein Hégésippe Moreau und mein Auguste Barbier:* Baudelaires Essay über den frühverstorbenen Hégésippe Moreau (1810-1838) wurde von dem Herausgeber gestrichen und durch einen Text von Banville ersetzt. Er erschien zum erstenmal in der postumen Sammlung *Réflexions sur quelques-uns de mes contemporains* (Bd. VII), für die Baudelaire ihn ebenso wie die *notice* über Auguste Barbier (1805-1882), den Verfasser der satirischen Gedichtsammlung *Ïambes* (1832), bestimmt hatte. Ein Vorabdruck der letzteren war am 15. Juli 1861 in der *Revue fantaisiste* erschienen.

13 *19* Constantin *Guys* (1805-1892); über ihn schrieb Baudelaire seinen großen Essay *Le Peintre de la vie moderne* (siehe Bd. V), der erst im November/Dezember 1863 im *Figaro* erschien. – *Villemain:* Baudelaire verabscheute Villemain, dem er im Januar 1862, im Zusammenhang mit seiner Kandidatur für die Académie Française, einen Besuch abgestattet hatte (s. o. zu S. 8, 21). Villemain hatte ihn sehr frostig empfangen, und Baudelaire beabsichtigte, sich dafür durch einen satirischen Aufsatz über Villemains Geist und Stil zu rächen; siehe Bd. VII. – Louis-Sébastien *Mercier* (1740-1814), Dramatiker und Prosaautor; sein wichtigstes Werk *Tableau de Paris,* das Baudelaire sehr bewunderte, erschien 1781-1788; Aufzeichnungen zu einem Aufsatz über Mercier haben sich nicht erhalten. – *Dandysme littéraire:* ein Lieblingsprojekt Baudelaires, das unausgeführt blieb. Der bedeutendste literarische Dandy unter den französischen Autoren war für ihn Chateaubriand. – *Peinture didactique:* der letzte Titel eines Aufsatzes, von dem Notizen und ausgearbeitete Stücke erhalten sind (siehe Bd. V). Frühere Titel seit dem April 1857 lauten: *Peintres raisonneurs, Peintres philosophes, Les Peintres qui pensent, Les Peintres idéalistes, L'Art enseignant, L'Art philosophique.* Zu dieser Gattung rechnet Baudelaire vor allem die deutschen Maler Peter Cornelius (1783-1867), Wilhelm von Kaulbach (1805-1874), Alfred Rethel (1816-1859) und den Lyoneser Maler Paul Chenavard (1807-1895), den er 1846 persönlich kennengelernt hatte. – *33 peintre de mœurs:* Sittenschilderer; diese Bezeichnung findet sich in dem ursprünglichen Titel des Essays über Constantin Guys, der damals noch ungedruckt war.

14 AN MADAME AUPICK, 22. SEPTEMBER 1862

Nach dem Tode ihres zweiten Gatten, des Generals, Botschafters und Senators James (Jémis, dann Jacques) Aupick, der am 27. April 1857 in Paris gestorben war, gab Baudelaires Mutter ihren Wohnsitz in Paris auf und zog für den Rest ihres Lebens nach Honfleur, wo der General 1855 ein Anwesen am Meeresufer erworben hatte: die sogenannte »*Maison-joujou*«. Baudelaire hat sich wiederholt dort aufgehalten; ein Teil seiner Möbel, Bücher, Papiere war dort untergestellt.

14 *12 Unterkommen:* für seine literarischen Arbeiten. – *15 Fortsetzung meiner Poëmes en prose:* Das dritte Feuilleton mit Prosagedichten erschien in *La Presse* am 24. September 1862. Das vierte wurde zwar gesetzt, blieb dann jedoch ungedruckt. Als Begründung wurde geltend gemacht, es handle sich größtenteils um bereits veröffentlichte Stücke. In einem Brief an Houssaye vom 8. Oktober rechtfertigt Baudelaire sich mit dem Hinweis, daß die beanstandeten Erstdrucke an entlegener Stelle erschienen und daß die meisten der betreffenden Gedichte gründlich überarbeitet worden seien. – *30 meine Schwägerin:* siehe den Brief an Madame Alphonse Baudelaire vom 11. Mai 1862, S. 9.

15 AN AUGUSTE POULET-MALASSIS, 13. DEZEMBER 1862

3 der Sie hat einsperren lassen: Baudelaires Verleger, Auguste Poulet-Malassis (1815-1878), bei dem 1857 die Erstausgabe der *Fleurs du Mal* erschienen war, hatte Konkurs gemacht. Einer seiner Gläubiger, der Drucker Poupart-Davyl, hatte ihn eines betrügerischen Scheinverkaufs seiner Firma bezichtigt. Daraufhin war Poulet-Malassis am 12. November verhaftet und in Clichy gefangengesetzt worden. Nach einer Untersuchungshaft von fünf Monaten wurde er am 12. April 1863 zu einer Gefängnisstrafe von nur einem Monat verurteilt. Im September desselben Jahres emigrierte er nach Belgien, wo er Pamphlete gegen das Zweite Kaiserreich und illustrierte Ausgaben »galanter Literatur« herausbrachte. Bei ihm erschienen im Frühjahr 1866 *Les Épaves* von Baudelaire (siehe Bd. IV). Poulet-Malassis war auch vom November 1863 bis zum November 1866 der Hauptredakteur der *Petite Revue,* die sein Nachfolger und ehemaliger Angestellter René Pincebourde in Paris verlegte. – *7 Hetzel:* s.o. zu S. 9, 10. – *10 Michel* Lévy (1821-1875) gründete 1836 mit seinen Brüdern Calmann und Nathan das Verlagshaus Michel Lévy frères, an das Baudelaire am 1. November 1863 sämtliche Rechte an seinen Poe-Übersetzungen abtrat und das, nach seinem Tod, am 4. Dezember 1867 für den Betrag von 750 Francs die Rechte für das Gesamtwerk erwarb. – *18 Le Fils de Giboyer:* »Sozialkomödie« in fünf Akten und in Prosa von Émile Augier (1820-1889), die am 1. Dezember an der Comédie-Française uraufgeführt worden war und wegen mancher Angriffe auf die Moral bürgerlicher Bank- und Geschäftskreise eine langanhaltende öffentliche Diskussion verursachte. – *21 Salammbô:* Flauberts zweiter Roman, der soeben erschienen war. Michel Lévy hatte die Rechte für 10000 Francs erworben, begünstigte jedoch die Verbreitung des Gerüchtes, daß er das Dreifache bezahlt habe. – 24 Hippolyte *Babou* (1824-1878), Kritiker und Romancier; er soll Baudelaire 1854/55 für seinen Gedichtband den Titel *Les Fleurs du Mal* vorgeschlagen haben. – *31 Bovary:* Flauberts Erstling, der Roman *Madame Bovary,* war 1856 erschienen. – *35 Champfleury:* Jules Husson, genannt Fleury, dann Champfleury (1821-1889), einer von Baudelaires treuesten Freunden; Mitherausgeber des *Salut Public* (siehe Bd. II, S. 396). – Albert de *La Fizelière* (1819-1878), Hauptredakteur des *Artiste* von 1841-1843, weiterhin Herausgeber und Mitarbeiter verschiedener literarischer Zeitschriften; veröffentlichte 1868 mit Georges Decaux die erste Bibliographie Baudelaires. – *daß man Sie noch nicht sehen könnte:* Poulet-Malassis war unterdessen von Clichy in die Haftanstalt der Madelonettes in Paris verbracht worden.

16 *10* Franz Anton *Mesmer* (1733-1815), Erfinder der Lehre vom tierischen Magnetismus. – Joseph Balsamo Graf von *Cagliostro* (1743-1795), der bekannte Arzt, Okkultist und Charlatan, der am Hofe Ludwigs XVI. großen Erfolg hatte. – *11 Diakon Pâris:* François de Pâris (1690-1727), ein jansenistischer Diakon, dessen Grab auf dem Friedhof von Saint-Médard eine Art Wallfahrtsstätte wurde, wo sich die anstößigsten Verzückungen seiner Anhänger und anderer von ihrem Beispiel angesteckten Personen, der sogenannten *convulsionnaires,* ereigneten. – *14 Madame Paul Meurice:* geb. Éléonore-Palmyre Granger (1819-1874), Gattin des Dramatikers Paul Meurice (1820-1905). Ihr Vater war Maler gewesen, ein Schüler Davids und ein Kamerad Ingres' an der École de Rome. Sie war eine der getreuesten Freundinnen Baudelaires während seiner letzten Lebensjahre. – Alphonse *Legros* (1837-1911) war einer der bedeutendsten Radierer seiner Zeit; von ihm sind zwei Porträts Victor Hugos überliefert, eines davon nach einer Photographie vom Sommer 1862. – *23 neuen Spektakel: François les Bas-Bleus,* Drama in fünf Akten und sieben Teilen; Uraufführung am 31. Januar 1863 am L'Ambigu.

17 AN MADAME AUPICK, 13. DEZEMBER 1862

7 Diese gräßlichen 500 Francs!: die Madame Aupick ihrem Sohn am 21. Juni vorgestreckt hatte. – *8 Felsabsturz:* Madame Aupicks Haus befand sich auf einem Grundstück, das über Felsen steil zum Meer hin abfiel. Die Steilküste wurde beständig von den Wellen unterwühlt, so daß eine dauernde Einsturzgefahr bestand, die erhebliche Kosten verursachte. – *11 Malassis' Konkurs:* s.o. zu S. 15, 3. – *18 zu Schleuderpreisen verkauft zu werden:* Baudelaire hatte Poulet-Malassis am 1. Juli 1862 das Exklusivrecht an diesen beiden Titeln abgetreten. – *25 Lettres sur les animaux:* ›Briefe über die Tiere‹, von Charles-Georges Leroy (1723-1789). Poulet-Malassis hatte dieses Buch, das 1768 in Nürnberg erschienen war, 1862 neu herausgebracht, mit einem Vorwort von einem Dr. Robinet. – *26 Rameaus Neffe: Le Neveu de Rameau* von Denis Diderot (1713-1784), der 1805 zuerst von Goethe »nach dem Manuskript übersetzt« erschienen war. Poulet-Malassis hatte diese beiden Werke kurz vor seinem Bankrott neu herausgebracht. – *28 Poëtes français:* s.o. zu S. 11, 25.

18 *15 die beiden Trianons:* das große und das kleine Trianon, zwei Lustschlösser im Park von Versailles; das kleine Trianon war Anfang des Jahrhunderts die Residenz Joséphine Bonapartes, der ersten Gemahlin Napoleons, gewesen. – *17 Rue d'Amsterdam:* wo Baudelaire von Juni 1859 bis April 1864 ein kleines Zimmer im fünften Stock des Hôtel de Dieppe bewohnte. – *18 Madrid oder Konstantinopel:* wo der General Aupick 1848-1851 und 1851-1853 Botschafter gewesen war. – *31 in einer sehr bedeutsamen Sache:* Bau-

delaire beabsichtigte, sich um die Leitung eines staatlich subventionierten Theaters, wahrscheinlich des Théâtre de l'Odéon, zu bewerben (siehe S. 25).

19 2 *die Vormundschaft:* s.o. zu S. 9, 33. Baudelaire träumte unausgesetzt davon, sich dieser Vormundschaft zu entledigen und wieder Herr seines Vermögens zu werden.

19 AN MADAME AUPICK, 3. JANUAR 1863

9 *mein großes Vorhaben:* die Bewerbung um die Leitung eines Theaters; s.o. zu S. 18, 31. – 32 *Winkelblatt:* nicht identifiziert.

20 10 *Ein Verlagsbuchhändler:* Hetzel. – 15 *jetzt bereue ich es doch ein wenig:* Zehn Tage später wurde über beide Titel ein Vertrag zwischen Baudelaire und Hetzel abgeschlossen. Baudelaire scheint jedoch noch einen anderen Verleger im Sinn gehabt zu haben. – 16 *Michel Lévy:* s.o. zu S. 15, 10. – 24 *Affäre Malassis:* s.o. zu S. 15, 3.

21 5 *Drucker:* Poupart-Davyl, der gegen Poulet-Malassis Klage erhoben hatte. – 18 *vier weitere Bände:* zwei Bände mit Übersetzungen nach E. A. Poe: *Eureka* und *Histoires grotesques et sérieuses;* zwei Bände mit kritischen Arbeiten zur Literatur und bildenden Kunst.

22 AN MADAME AUPICK, 3. JUNI 1863

4 *dieses Spielzeug:* nicht zu ermitteln. – 7 *Artikel im Spectator:* ein ohne Namensnennung veröffentlichter Artikel über Baudelaire, den der Dichter Algernon Charles Swinburne (1837-1909) am 6. September 1862 in *The Spectator* veröffentlicht hatte. Baudelaire muß sich bemüht haben, den Verfasser zu ermitteln. In einem Brief des ihm befreundeten Malers Henri Fantin-Latour an den englischen Maler James MacNeill Whistler von Ende April 1863 heißt es: »Sage M. Swinburne, Baudelaire habe seinen Artikel mit großem Vergnügen gelesen [...]; wenn er ihm noch nicht geschrieben hat, so wird dies doch bald geschehen. Er hat Legros um seine Adresse gebeten. Baudelaire schien sehr begeistert.« Baudelaire bedankte sich dann für diesen Artikel in einem Brief vom 10. Oktober 1863, den er seinem Freund, dem Journalisten, Photographen und Aeronauten Nadar (Félix Tournachon, 1820-1910), als Empfehlungsschreiben nach London mitgab. Ende des Jahres schickte er Swinburne seine Broschüre über Richard Wagner (siehe Bd. VII) mit einer Widmung. Auf die verfrühte Nachricht von Baudelaires Tod schrieb Swinburne im April 1867 sein großes Gedicht *Ave atque vale, In Memory of Charles Baudelaire,* das im Januar 1868 in *The Fortnightly Review* erschien; deutsche Übersetzung von Friedhelm Kemp, in: Das goldene Tor, Jhg. 2, 3/4, 1947, 256-261. – 13 *die drei anderen Bände von Edgar Poe:* Es handelt sich um die zweite Ausgabe der *Works of the Late Edgar Allan Poe* von 1856, die Baudelaire selber hatte binden lassen und deren vierten Band seine Mutter ihm schon im Februar 1862 geschickt hatte.

23 14 *Ancelle:* s.o. zu S. 9, 33.

24 12 *zwei neue Bände: Eureka* und *Histoires grotesques et sérieuses.* – 33 *Monsieur Namslauer:* Eine Aufstellung seiner Werke mit genaueren Angaben hatte Baudelaire diesem nicht näher bekannten Bankier bereits Ende Mai zugestellt.

25 15 *Vorgestreckte:* die Beträge, die Baudelaire von Ancelle als Vorauszahlung auf seine Einkünfte erhalten hatte. – 20 *Novellen:* In dem Vertrag mit Hetzel vom 13. Januar 1863 verpflichtet dieser sich, Baudelaires »ersten Novel-

lenband« und *Mon cœur mis à nu* zu den gleichen Bedingungen herauszubringen. – 23 *Jean-Jacques' vielberedete Confessions:* Jean-Jacques Rousseaus (1712-1778) autobiographische Aufzeichnungen *Les Confessions* (geschrieben zwischen 1764 und 1770) sind 1781 und 1788 postum erschienen. – 24 *große Affäre:* s.o. zu S. 18, 31. – 31 Achille *Fould* (1800-1867), Finanzmann und Politiker, der unter Napoleon III. eine bedeutende Rolle spielte. – 34 Jules *Pelletier* (1823-1875), Staatsrat und Generalsekretär des Staatsministeriums. – Charles-Augustin *Sainte-Beuve* (1804-1869), der bedeutendste Literaturkritiker und Biograph der Epoche. Baudelaire schätzte ihn von Jugend auf; siehe die frühen Verse, die er 1843/45 an ihn richtete (Bd. I, S. 68 ff.). – Prosper *Mérimée* (1803-1870); der Verfasser der *Carmen* und anderer Novellen war seit 1834 Generalinspektor der historischen Baudenkmäler, unter dem Zweiten Kaiserreich wurde er Senator; sein Einfluß bei Hof war bedeutend, dank seiner langjährigen Freundschaft mit der Kaiserin Eugénie. – 36 *Privileg des augenblicklichen Direktors:* Der Direktor des Théâtre de l'Odéon war seit 1856 Charles de La Rounat (1818-1884), und er blieb es bis 1867.

26 19 *1000 Francs von Ancelle:* Statt dieses Betrages schickte Madame Aupick selber 500 Francs. – 25 *Wahlen:* Am 31. Mai fanden die allgemeinen Wahlen für die Erneuerung der Gesetzgebenden Versammlung statt. Trotz des Drucks der Regierung wurden neun Gegner des Regimes – darunter der Orléanist Adolphe Thiers – gewählt. Die Katholiken, zu denen Ancelle gehörte, warfen Napoleon III. seine italienische Politik vor, da er, statt Rom und den Kirchenstaat aktiv zu schützen, die Freiheitsbewegung Garibaldis unterstützte.

28 AN MADAME AUPICK, 5. JUNI 1863

4 *die drei Bände:* der Werke Poes; s.o. zu S. 22, 13. – *Briefe meines Vaters:* Diese Briefe haben sich nicht erhalten. – 14 *Undurchführbar!:* die Theaterangelegenheit. – 18 *Fahnen des Spleen de Paris:* Am 10. Juni erschienen in der *Revue nationale et étrangère* die beiden Prosagedichte *Les Tentations* und *La Belle Dorothée* (siehe den folgenden Brief an Gervais Charpentier) und am 14. Juni in *Le Boulevard* die Prosagedichte *Les Bienfaits de la Lune* (S. 260) und *Laquelle est la vraie?* (S. 262). – 20 *Deinen Wagen:* eine Kalesche, für die seit dem Tod des Generals Aupick keine Pferde mehr vorhanden waren.

29 11 *Deine Vormundschaft:* s.o. zu S. 9, 33.

29 AN GERVAIS CHARPENTIER, 20. Juni 1863

Gervais Charpentier war der Verleger der *Revue nationale et étrangère,* in der am 10. Juni die beiden Prosagedichte *Les Tentations* (S. 186) und *La Belle Dorothée* (S. 204) erschienen waren; mit redaktionellen Veränderungen, die Baudelaires Zorn erregten.

30 9 *Aischa:* die junge Gemahlin des Propheten Mohammed.

30 AN MADAME AUPICK, 10. AUGUST 1863

24 *Die bewußte große Sache:* die Abmachung mit dem Bankier Namslauer; s.o. zu S. 24, 33. – 29 *öffentlichen Vorträgen:* die Baudelaire in Belgien halten wollte und deretwegen bereits Verhandlungen geführt worden waren. – 30 *Monsieur Verwoort:* belgischer Politiker, Verteidiger am Berufungsgericht in Brüssel und Präsident des dortigen *Cercle littéraire et artistique,* wo Baudelaire 1864 seine Vorlesungen halten wird.

31 2 *Artikel in der Indépendance belge:* Der Herausgeber dieser Brüsseler Zeitung war Léon Bérardi, mit dem Baudelaire schon in Korrespondenz stand. – *11 meine arme Schwägerin:* die Witwe seines Halbbruders Alphonse.

31 AN VICTOR HUGO, 17. DEZEMBER 1863

Victor Hugo (1802-1885), Lyriker, Dramatiker, Romancier, das »Haupt der romantischen Schule«, lebte damals freiwillig im Exil auf der Insel Guernsey; seine Frau und seine beiden Söhne wohnten in Brüssel.

31 *31 De l'essence du rire:* Vom Wesen des Lachens; siehe Bd. I, S. 284-505. – *32 Eugène Delacroix, son œuvre ...:* Eugène Delacroix, sein Werk, seine Ideen und seine Lebensführung. Es handelt sich um Baudelaires großen Nekrolog auf Delacroix, der am 13. August 1863 gestorben war: *L'Œuvre et la vie d'Eugène Delacroix,* 2. September, 14. und 22. November in *L'Opinion nationale* (siehe Bd. VII). – *33 Le Peintre de la vie moderne:* der im November/Dezember 1863 in *Le Figaro* erschienene Essay über den Maler Constantin Guys (siehe Bd. V). – *Edgar Poe, sa vie ...:* Edgar Poe, sein Leben und seine Werke (siehe Bd. II, S. 314-340).

32 *1 Victor Hugo:* Hier sowohl als auch bei *Théodore de Banville* und *Leconte de Lisle* (s. u. zu S. 104, 34) handelt es sich um die *notices,* die Baudelaire für Eugène Crépets Anthologie *Les Poëtes français* (s. o. zu S. 11, 25) verfaßt hatte. – *Théophile Gautier* (1811-1872), Dichter und Romancier, mit seinen Freunden Gérard de Nerval und Pétrus Borel ein früher Anhänger der »romantischen Schule«. Baudelaire, der mit ihm befreundet war, schätzte vor allem seine Dichtung *Albertus ou l'Ame et le Péché* (1832) und den Roman *Mademoiselle de Maupin* (1835), aus dem Baudelaires Verteidiger 1857 in dem Prozeß gegen die FdM einige Passagen zitierte. Über Théophile Gautier hatte Baudelaire einen umfangreichen Essay geschrieben, der zuerst im März 1859 in *L'Artiste* und im November desselben Jahres bei Poulet-Malassis als Broschüre erschienen war. Mit Texten aus diesem Essay bestritt er dann eine seiner Brüsseler Lesungen. – *2 Richard Wagner: Richard Wagner et Tannhäuser à Paris,* Erstdruck April 1861 in der *Revue européenne,* dann im gleichen Jahr als Broschüre erschienen (siehe Bd. VII). – *6 Monsieur Lacroix:* Mitinhaber der Verlagsfirma Lacroix et Verboeckhoven, bei der Hugos Werke in Belgien erschienen. – *16 die (abermals vermehrten) Fleurs du Mal:* Baudelaire hatte Hugo im Frühjahr 1861 ein Exemplar der zweiten Ausgabe der *Fleurs du Mal* geschickt; mit der Widmung: *»à Victor Hugo / Témoignage d'admiration, / de sympathie et de Dévouement. / C. B.«* (Als Zeugnis der Bewunderung, der Sympathie und Ergebenheit.) In dieser zweiten Ausgabe enthielt der Band in der neuen Abteilung *Tableaux parisiens* zum ersten Mal zwei längere Gedichte mit einer Widmung an Victor Hugo: *Les Sept Vieillards* und *Les Petites Vieilles* (siehe Bd. III, S. 232 ff. und S. 236 ff.).

34 AN MADAME AUPICK, 31. DEZEMBER 1863

29 Fahnen von Michel Lévy: bei dem mit dem Druck der *HGS* begonnen worden war.

35 *2 einen Brief von Hugo:* Dieser Brief ist verloren gegangen. Er war Baudelaire über Paul Meurice zugeleitet worden. In einem Begleitschreiben Hugos an diesen heißt es: »Man sagt mir, er [Baudelaire] sei mir fast feindlich gesinnt. Dennoch will ich ihm den Dienst erweisen, um den er mich bittet.

Ich denke, Sie werden meiner Meinung sein. Hier im übrigen meine Antwort.« – *10 ein Buch, das Dir gefallen wird:* nicht bekannt.

35 AN GAVARNI, 4. FEBRUAR 1864
Der Zeichner und Karikaturist Gavarni (eigentlich Sulpice-Guillaume Chevalier, 1804-1866), einer der größten Sittenschilderer im Frankreich des 19. Jahrhunderts, war Mitarbeiter mehrerer Zeitschriften, insbesondere des *Charivari.* 1847 bis 1851 lebte er in London. Die erste Gesamtwürdigung verfaßten die Brüder Goncourt: *Gavarni, l'homme et l'œuvre,* Paris 1876.

35 *15 einen Brief von Ihnen:* Nicht erhalten. Gavarni hatte vermutlich im *Figaro* vom 26. November den Anfang von Baudelaires Studie über Constantin Guys *(Le Peintre de la vie moderne)* gelesen. Dort heißt es in dem 2. Kapitel: »Man hat die Werke Gavarnis und Daumiers mit Recht als Gegenstücke zu der *Comédie humaine* [von Honoré de Balzac] bezeichnet.« – *28 was ich vor längerer Zeit über Sie geschrieben habe:* in *Quelques caricaturistes français,* Oktober 1857 in *Le Présent;* siehe ›Einige französische Karikaturisten‹, Bd. I, S. 324 f.

36 AN JUDITH GAUTIER, 9. April 1864
Judith Gautier (1845-1917) war die älteste Tochter Théophile Gautiers; sie heiratete Catulle Mendès und wurde eine begeisterte Wagnerianerin, die auch in Wagners Leben eine Rolle gespielt hat. Erinnerungen an Baudelaire finden sich in ihrem Buch *Le Collier des jours,* Paris o. J.; siehe B/Urteil, 118, 186-187, 209-211.

7 Ihren Artikel: Unter dem Titel *Essai sur l'univers matériel et spirituel* war am 28./29. März in *Le Moniteur universel* eine Rezension von *Eureka* erschienen (abgedruckt in Œ/Conard IX, 255-260). Die Verfasserin hatte diese umfangreiche Besprechung mit dem Pseudonym Judith Walter gezeichnet.

37 AN ÉDOUARD MANET, 27. MAI 1864
Mit Édouard Manet (1832-1883) war Baudelaire seit etwa 1862 befreundet. Zwei Porträtstiche Baudelaires nahm Asselineau 1869 in seine kleine Monographie *Charles Baudelaire. Sa Vie et son Œuvre* auf; die zweite, Baudelaire mit Zylinder, wurde nach einer Vorzeichnung für Baudelaires Porträt auf dem Gemälde *La Musique aux Tuileries* (1861; London, Tate Gallery) angefertigt.

12 Brüssel: wo Baudelaire am 24. April eingetroffen war. – *16 Ihrer Bilder:* Gemeint sind die beiden Gemälde, die Manet in dem diesjährigen Salon ausgestellt hatte: eine ›Episode aus einem Stierkampf‹ und einen ›Auferstehenden Christus‹. – *21 Das große Geschäft:* die Verhandlungen mit Lacroix et Verboeckhoven.

38 AN MADAME AUPICK, 11. JUNI 1864
8 ein Buch ... das in meiner Abwesenheit gedruckt wird: die *Histoires grotesques et sérieuses.* – *13 Gegenstand Deines Briefes:* Madame Aupick hatte ihrem Sohn den Vorschlag gemacht, seine verwitwete Schwägerin für einige Zeit in Honfleur in dem Zimmer wohnen zu lassen, wo seine Bücher, Papiere und anderes untergebracht waren. – *29 ein Buch zu machen: Pauvre Belgique!*

39 *10 3 Bände auf fünf Jahre:* die *Paradis artificiels* und zwei Bände mit kritischen Arbeiten. – *14 Die fünf Vorträge:* Vorlesungen aus seinen Werken im

Cercle artistique et littéraire von Brüssel. Die erste Lesung, am 2. Mai, war Eugène Delacroix gewidmet, die zweite, am 11. Mai, Théophile Gautier; am 12., 23. Mai und 3. Juni las Baudelaire ausgewählte Stücke aus den *Paradis artificiels.*

40 *11 Rache für einen Brief:* für den anonym erschienenen Artikel Baudelaires *Anniversaire de la naissance de Shakespeare,* im *Figaro* vom 14. April 1864. Zum 100. Geburtstag Shakespeares hatte der »Klan Hugo« für den 23. April 1864 in Paris ein Bankett vorbereitet, zu dem auch Baudelaire eingeladen worden war; er hatte abgesagt, mit dem Hinweis, daß er im Begriff stehe, eine Reise nach Belgien anzutreten. Victor Hugos jüngster Sohn, François-Victor, übersetzte damals Shakespeares Dramen, die in 18 Bänden von 1859 bis 1866 erschienen; sein Vater verfaßte dazu als eine Art Vorwort sein Buch *William Shakespeare,* das am 15. April 1864 ausgeliefert werden sollte. Baudelaire betrachtete das geplante Bankett, dessen Ehrenvorsitz man dem im Exil abwesenden Hugo angeboten hatte, als eine Veranstaltung, um den Erfolg seines Buches anzuheizen und die Tugenden und Schönheiten der Demokratie zu feiern. Siehe Bd. VII. – *13 der fragliche Verleger:* Albert Lacroix. – *19 bei einem Makler:* Prosper Crabbe, einer der zwanzig Makler an der Brüsseler Börse, dessen Gemäldegalerie Baudelaire bereits besucht hatte. – *21 Minister des Königshauses:* Van Praet, der eine bedeutende Gemäldesammlung besaß, die Baudelaire ebenfalls besuchte (siehe den Brief an Madame Paul Meurice vom 3. Februar 1865, S. 61). – *32 Fracasse:* Théophile Gautiers Roman *Le Capitaine Fracasse,* der Ende 1863 in zwei Bänden erschienen war.

41 AN MADAME AUPICK, 17. Juni 1864

6 Der Franzose: vermutlich der Verleger Pierre-Jules Hetzel (1814-1886), der sich wirksam gegen die belgischen Raubdrucke französischer Bücher einsetzte. Lebte als überzeugter Demokrat von 1852 bis zur Amnestie von 1859 in Brüssel, wo er sich jedoch auch weiterhin häufig aufhielt. Baudelaire hatte ihm am 13. Januar 1863 die Rechte an den *Petits poëmes en prose* und an einer dritten Ausgabe der *Fleurs du Mal* verkauft. – *10 Bericht des famosen Abends:* bei Prosper Crabbe; s. o. zu S. 40, 19. – *12 der Minister:* Van Praet. – *der Direktor der Indépendance belge:* Léon Bérardi. – *24 Il y a dans vos œuvres ...:* In Ihren Werken liegt etwas Christliches, dem man noch nicht genügend Beachtung geschenkt hat ... Er sagt, wir seien Kretins.

42 AN MADAME AUPICK, 22. AUGUST 1864

31 des Buches: das Manuskript der *Lettres belges* oder *Pauvre Belgique!*

43 7 *Contemporains:* die beiden Sammlungen seiner kritischen Aufsätze zur Literatur und bildenden Kunst. – *10 einen großartigen Dienst:* Madame Aupick hatte Mitte August einen größeren Betrag geschickt, mit dem Baudelaire seine dringendsten Schulden begleichen konnte.

43 AN NARCISSE ANCELLE, 13. OKTOBER 1864

44 4 Hippolyte de *Villemessant,* Eigentümer und Direktor des *Figaro.* – *15 Pariser Literaturagenten:* Nicht näher bestimmbar. Man darf jedoch vermuten, daß Baudelaire hier einen beabsichtigten Schritt als einen bereits vollzogenen darstellt. Erst am 3. Februar 1865 wendet er sich in einem ausführlichen Brief an Julien Lemer mit der Bitte, sich seiner Bücher als Agent anzunehmen (s. u. zu S. 66, 32).

45 *1 an meinen fünf Bänden:* den Übersetzungen nach E.A. Poe, deren Rechte Baudelaire am 1. November 1863 ohne jede Einschränkung an Michel Lévy abgetreten hatte. – *13 in Kalkutta:* Daß er auf seiner Seereise 1841/42 bis nach Indien gelangt sei, war eine Legende, die Baudelaire zu verbreiten liebte. Ancelle und seine Mutter waren jedoch vermutlich die einzigen, die darüber Bescheid wußten, daß er seinen Bestimmungsort Kalkutta niemals erreicht hatte.

46 *25 Ihr Angebot:* Ancelle hatte Baudelaire abermals einen größeren Vorschuß angeboten. – *32 Le Grand Miroir:* Name des Hotels, in dem Baudelaire in Brüssel wohnte.

48 *1 etwas sehr Schönes:* Baudelaire hatte in Mecheln eine Anzahlung auf zwei Delfter Fayencen, zwei kleine fächerförmige *porte-bouquets*, geleistet. Die beiden Fayencen wurden dann doch erworben und blieben nach Baudelaires Tod im Besitz seiner Mutter.

49 *10 Kongreß von Mecheln:* Ein Kongreß der liberalen französischen Katholiken, der Anhänger Montalemberts und Gegner der Ultramontanen. Monseigneur *Dupanloup* vertrat dort Montalemberts Standpunkt. Charles-Forbes-René Graf von Montalembert (1810-1870), der Freund und Gesinnungsgenosse Lamennais' und Lacordaires, war unter dem Zweiten Kaiserreich der Führer der militanten Katholiken. – *13 Pater Félix:* ein Jesuit, Prediger an Notre-Dame. – *14 Cicero:* den Baudelaire nicht schätzte; siehe auch den Brief an Sainte-Beuve vom 30. März 1865, S. 78. – *Pater Hermann* Cohen (1821-1871) aus Hamburg, ein Schüler Liszts in Paris, konvertierte 1847 zum Katholizismus; trat 1849 in den Orden der Karmeliter ein und wurde ein bedeutender Prediger. – *25 ein seltsames Buch: Napoléon, l'empéreur et son gouvernement. Études parisiennes par un non-diplomate,* aus dem Deutschen übersetzt, Dresden 1864. Die deutsche Ausgabe war in demselben Jahr erschienen.

50 AN AUGUSTE POULET-MALASSIS, 1864-65

Dieses Scherzgedicht wurde vor dem Ende April 1865 geschrieben, da Malassis die beiden Vierzeiler am 29. April 1865 in der *Petite Revue* veröffentlicht hat. Malassis wohnte damals in Ixelles, einem entlegenen Vorort von Brüssel. Die *Hermitage* war ein Brüsseler Café.

50 *19 Papuas:* Australneger. – *24 Mamsell Fanny:* Françoise Daum, Malassis' Freundin. – *25 Lécrivain:* der Buchhändler Alphonse Lécrivain. – *Mamsell Jeanne:* dessen Freundin.

51 AN MADAME AUPICK, 1. JANUAR 1865

52 *14 jemanden mit meinen literarischen Angelegenheiten beauftragt:* s.o. zu S. 44, 15. – *26 Nummer der Revue de Paris:* vom 25. Dezember 1864, in der unter dem Titel *Le Spleen de Paris* sechs Prosagedichte, darunter zwei bisher unveröffentlichte, *Le Port* und *Le Miroir* (beide S. 266), erschienen waren.

53 *5 Aimée;* Madame Aupicks Hausangestellte. – *7 das nur seine Mutter liebt:* Am 6. Januar schickte Madame Aupick einen Auszug aus diesem Brief abschriftlich an Ancelle, mit folgenden Begleitworten: »Mein lieber Monsieur Ancelle, Ich habe einen so guten Brief von Charles erhalten, mit so zärtlichen Ausdrücken, und so schönen Entschlüssen für die Zukunft, daß ich in der Freude, die er mir bereitet, mich nicht enthalten kann, Ihnen einige Zeilen

daraus abzuschreiben. Ich denke, Sie werden sie mit der gleichen Anteilnahme lesen, die Sie mir entgegenbringen.«

53 AN MADAME PAUL MEURICE, 3. JANUAR 1865
Von Madame Paul Meurice (s.o. zu S. 16, *14*) haben sich drei Briefe an Baudelaire aus dem Januar, Februar und Mai 1865 erhalten; siehe Lettres/B, 262-271.

53 *23 ein Stück von Wagner:* Madame Meurice war Pianistin und eine Anhängerin Wagners. – *29 das Shakespeare-Bankett:* zu dessen Anregern Paul Meurice, einer der getreuesten Anhänger Hugos, gehört hatte; Näheres s.o. zu S. 40, *11*.

54 *8 antworten Sie mir nicht:* Madame Meurice antwortete Baudelaire um den 5. Januar: »Wenn ich, *cher Monsieur,* Ihnen schreibe, so geschieht dies ohne Verlegenheit. Nicht *mein Geist* maßt sich an, Ihnen zu antworten, sondern meine Einfalt und meine gewöhnliche Bonhommie ... Zuerst habe ich gelächelt, als ich Ihre Narrheiten las; beim Wiederlesen habe ich eine Art Mitleid empfunden. Werden Sie mir nicht ungebärdig: dies Mitleid hat nichts Verletzendes, im Gegenteil. Sollte ich mich getäuscht haben, mir schien, als litten Sie, und als hätten Sie ein Verlangen gehabt, mir dieses Leiden zu erzählen. Doch Ihr Mißtrauen, Ihr Stolz haben Sie davon abgehalten, das ist nicht recht. Sie sollten mich genügend kennen, um zu wissen, daß ich nicht immer lache und daß ich Ihre alte Freundin bin.
Was soll ich noch sagen, damit Sie begreifen, wie unerläßlich es ist, daß Sie herkommen? – Ach! beinahe hätte ich eine ernste Frage vergessen, die Sie allein entscheiden können. Soll ich zu meinen *Bandeaux* zurückkehren oder soll ich bei einer gewissen Frisur bleiben, die ich eben ausprobiere, vielleicht in Erinnerung an Sie? Die Haare sind dabei muschelförmig über den Kopf hinauffrisiert, mit Locken, die zur Stirne niederfallen; Ohren und Hals sind frei.
Und meine Robe *Robin des Bois,* mit Karneolen geschmückt, ohne die leiseste Falte auf den Hüften. Und mein Kleid aus grünem Taffet, nach Art eines Incroyable, und das aus weißem 15/16, den meine Urgroßmutter selber bestickt hat! das alles erwartet Sie ...
Schreiben Sie mir rasch, was Sie zurückhält, oder nehmen Sie die Eisenbahn und kommen Sie her.
Wollen Sie ein liebenswürdiger Mann sein, so läuten Sie Samstag an meiner Tür; wir essen um 7 Uhr. Das ist unser Musiktag, Sie wären da, die Freunde wären verdutzt und glücklich, Sie wiederzusehen.
Überlassen Sie die Belgier sich selbst; das sind alles Gauner, für die ich eine solche Verachtung habe und die mir derart verhaßt sind, daß ich es keine 24 Stunden bei ihnen aushielte, und wäre der Beweggrund ein noch so triftiger ...« (Lettres/B, 262ff.).

54 AN CHARLES HUGO, 27. JANUAR 1865
Baudelaire schätzte Madame Hugo, die damals mit ihren beiden Söhnen in Brüssel wohnte, versuchte jedoch die Begegnung mit letzteren zu vermeiden. Charles (geb. 1826) war der ältere, François-Victor (geb. 1828), der Shakespeare-Übersetzer, war der jüngere Sohn Hugos. Mit Victor Hugo selber traf Baudelaire Ende Oktober 1865 in Brüssel zusammen.

55 AN MADAME AUPICK, 3. FEBRUAR 1865

56 *28 drei Aufträge:* In einem Brief vom 29. Dezember 1864 hatte Baudelaire Ancelle gebeten: 1.) auf dem Pfandhaus die abgelaufene Frist für eine versetzte Uhr zu verlängern; 2.) den Bilderhändler und Restaurator Jacquinet aufzusuchen, dem Baudelaire vor längerer Zeit mehrere Kunstgegenstände übergeben hatte; 3.) den Inhaber eines Geschäftes mit japanischen Bronzen und Porzellanartikeln zu bitten, sich noch etwas gedulden zu wollen: das in Reparatur gegebene Lackpult werde demnächst abgeholt und bezahlt.

57 AN MADAME PAUL MEURICE, 3. FEBRUAR 1865

28 einen sehr reizenden ... Brief: s. o. zu S. 54, 8.

59 *13 In einem kleinen Seehafen:* vgl. das im Dezember 1864 in der *Revue de Paris* veröffentlichte Prosagedicht *Le Port* (S. 266).

60 *8 eine kleine Schauspielerin:* vielleicht Louise Deschamps, die im Oktober in Brüssel im *Théâtre du Parc* auftrat. Baudelaire kannte sie aus Paris, wo sie im Mai 1863 am Odéon in der Hauptrolle von Racines *Andromaque* debütiert hatte.

61 *9 Minister:* der bereits mehrfach erwähnte Van Praet. Baudelaire hat ihn und seine Sammlung in dem Gedicht *L'Amateur des Beaux-arts en Belgique* in den *Amoenitates Belgicae* verspottet (siehe Bd. VII), das sich auf denselben Vorfall bezieht. – *15* Jean-Auguste-Dominique *Ingres* (1780-1867), das Haupt des französischen Klassizismus. Baudelaire hatte ihm in seiner Besprechung der Weltausstellung 1855 ein eigenes Kapitel gewidmet; siehe Bd. II, S. 236-244. Ingres hatte den Bildhauer Lorenzo *Bartolini* 1820 in Florenz gemalt (Georges Wildenstein, Ingres, London 1954, N.F. 142 und Abb. 49). – *16* Jacques-Louis *David* (1748-1825), der Begründer des Klassizismus in der französischen Malerei, Anhänger der Französischen Revolution, unter dem Ersten Kaiserreich zum Maler Napoleons ernannt. Baudelaire schätzte ihn sehr, insbesondere seine Darstellung des ermordeten Marat; siehe Bd. I, S. 186f. – *meinem Bärenführer:* der belgische Maler Arthur Stevens; siehe die Anmerkung zu *Les Bons Chiens,* S. 379. – *23* Félix *Bracquemond* (1835-1914), ein Freund Poulet-Malassis', für den er eine Anzahl Bücher illustrierte. Er entwarf ein Frontispiz für die zweite Ausgabe der FdM von 1861, das jedoch nicht verwendet wurde. Für Asselineaus *Baudelaire* (s. o. zu S. 10, *31*) stach er die Porträts von Deroy, Baudelaire und Courbet. – *Rubens:* vgl. die erste Strophe des Gedichtes *Les Phares* in den FdM (Bd. III, S. 72). – *31* Henri *Fantin*-Latour (1836-1904), Porträtist und Stillebenmaler; malte 1863/64 ein *Hommage à Delacroix,* das dessen Freunde (darunter Baudelaire) um ein Bildnis Delacroix' versammelt zeigt. – *33 sein Vater werde herkommen:* Hugo blieb auf Guernsey, kam jedoch öfters nach Brüssel zu Besuch, vor allem zu der Hochzeit seines Sohnes Charles. – *35 Ihrer Toiletten:* s. o. zu S. 54, *8*.

62 AN NARCISSE ANCELLE, 8. FEBRUAR 1865

22 das Pult: ein Lackpult, das Baudelaire *Madame Desoye,* der Inhaberin eines japanischen Bronze- und Porzellanladens, zur Reparatur übergeben hatte; s. o. zu S. 56, *28*. – *26 Jacquinet:* der Restaurateur, bei dem Ancelle verschiedene Zeichnungen und Bilder Baudelaires abgeholt hatte; s. o. zu S. 56, *28*. – *33 Affäre Renard:* Nicht näher bestimmbar. Die Kopie nach einem Gemälde des spanischen Maler Goya, samt dem Namen Renard, findet sich in einer Liste seiner Kunstwerke erwähnt, die Baudelaire 1864 aufstellte.

63 9 *Proudhons Brief:* Es handelt sich um einen Brief des Sozialisten Pierre-Joseph Proudhon (1809-1865) an seinen Freund Félix Delhasse, den Herausgeber des *Journal de Liège,* in dem Proudhon einen allgemeinen Bankrott voraussagt (*Correspondance de P.-J. Proudhon,* Bd. XIV, Brüssel 1875, S. 62-68). Baudelaire hatte Ancelle den Wortlaut dieses Briefes, den er vermutlich durch Malassis kennengelernt hatte, am 4. Februar mitgeteilt. Über Baudelaire und Proudhon siehe Baudelaires Brief an Poulet-Malassis um den 1. März 1865 (S. 74 f.) und die Anmerkung zu S. 300, *11*.

64 6 *auf mein Einsparungsprogramm verzichten:* siehe den Brief an Ancelle vom 13. Oktober 1864, S. 48.

65 7 *das fällig ist:* für die Vorabdrucke einiger Poe-Übersetzungen aus den *HGS.* – *8 was ich ihm geschickt habe:* die Übersetzung einer Kriminalerzählung von E. A. Poe: *Le Mystère de Marie Roget.* – *21 drei an den Contemporains:* Gemeint sind die Arbeiten über *La Peinture didactique* (s. o. zu S. 13, *19*), über die Dandies in der Literatur und die *Histoire des Fleurs du Mal;* siehe auch den Brief an Sainte-Beuve vom 30. März 1865, S. 77 f. – *29 Aufstellung Jacquinet:* siehe den Brief an Ancelle vom 12. Februar 1865, S. 70.

66 AN MADAME AUPICK, 11. FEBRUAR 1865

32 eine einzige Person: Baudelaire hatte durch einen Brief vom 3. Februar 1865 Julien Lemer mit dieser Angelegenheit betraut. Lemer war der Inhaber der Librairie Centrale, auf dem Boulevard des Italiens.

67 23 *die lächerliche Abtretung der Rechte:* an Hetzel. – *33 nicht mit 14000 Francs bezahlen können:* falls man, wie erwogen worden war, die Gesindewohnung der »*Maison-joujou*« in Honfleur verkauft hätte.

69 AN NARCISSE ANCELLE, 12. FEBRUAR 1865

70 *1 kleinen Bibelots:* das Lackpult, die Bilder und Zeichnungen, die Ancelle inzwischen bei dem Restaurator Jacquinet und bei Madame Desoye bezahlt und abgeholt hatte. – *2 einen einzigen Menschen:* Poulet-Malassis, der in dem Brüsseler Vorort Ixelles wohnte. – *26 Théophile Thoré* (1807-1869). Baudelaire hatte diesen wahren Demokraten vor oder unter der Zweiten Republik kennengelernt. Thoré, der unter dem Pseudonym William Bürger schrieb und seit dem Staatsstreich im Exil lebte, hatte am 15./16. Juni 1864 in der *Indépendance belge* über den Pariser Salon geschrieben, in dem Manet die beiden Bilder ausgestellt hatte, auf die Baudelaire in seinem Brief an Manet vom 27. Mai 1864 anspielt (s. o. zu S. 37, *16*). Baudelaire hatte Thoré daraufhin um den 20. Juni 1864 geschrieben und ihm gedankt, daß er für Manet eingetreten war.

71 4 *nach Brüssel übersiedeln:* s. o. zu S. 61, *33*. – *17 Les Misérables:* Victor Hugos Roman, der 1862 erschienen war und den Baudelaire im April dieses Jahres besprochen hatte. – *31 die Söhne König Leopolds:* Leopold I. (1790-1865), seit 1831 König der Belgier, war mit Marie-Louise d'Orléans (1812-1850), einer Tochter des Bürgerkönigs Louis-Philippe, vermählt gewesen.

72 3 *La Vie de César: Histoire de Jules César,* von Napoleon III., drei Foliobände der Imprimerie Impériale, Paris 1865/66.

72 AN MADAME PAUL MEURICE, 18. FEBRUAR 1865

15 *Manet hatte mir ein Wort:* in einem Brief vom 14. Februar (B/Lettres, 230). – *Affäre Melmoth:* Madame Meurice hatte Baudelaire um den 15. Februar einen längeren Brief (B/Lettres, 265 ff.) geschrieben, in dem sie ihm von einem Gespräch zwischen ihrem Mann und einem Vertreter der Librairie Internationale, die den belgischen Verlegern Lacroix und Verboeckhoven gehörte, berichtet. Der Vertreter hatte erzählt, es bestünde die Absicht, das schöne, wenn auch vermutlich kaum sehr erfolgreiche Buch *Melmoth the Wanderer* (1820) von Charles Robert Maturin (1782-1824) in einer neuen Übersetzung herauszubringen; mit der Übersetzung wolle man *Mademoiselle Judith* vom Théâtre-Français beauftragen. (Diese Übersetzung erschien dann 1867 bei Lacroix et Verboeckhoven.) Paul Meurice habe daraufhin Baudelaire als möglichen Übersetzer ins Gespräch gebracht. Mademoiselle Judith habe etwas später selber den Wunsch geäußert, Baudelaire möge an der Übersetzung mitarbeiten. – 23 *Lacroix:* um den Baudelaire sich so nachdrücklich bemüht und den er sechsmal vergebens zu seinen Lesungen eingeladen hatte.

73 30 George Gordon Lord *Byron* (1788-1824), der in England und auf dem Kontinent vielgelesene und weitberühmte Dichter, einer der großen romantischen Dandies, die Baudelaire bewunderte.

74 3 *Kinglake:* Seine umfangreiche ›Geschichte des Krimkriegs‹ erschien bei Lacroix et Verboeckhoven unter dem Titel *L'Invasion de la Crimée, origine et histoire de la guerre jusqu'à la mort de Lord Raglan.* Die Übersetzung stammte von Théodore Karcher. – 16 *Herren St ...:* die beiden Brüder Arthur und Joseph (oder Alfred) Stevens; siehe die Anmerkung zu *Les Bons Chiens,* S. 379.

74 AN AUGUSTE POULET-MALASSIS, UM DEN 1. MÄRZ 1865

29 *An Monsieur E. R.:* Poulet-Malassis bediente sich gelegentlich des Pseudonyms Emmanuel Rouillon. Emmanuel war einer seiner Vornamen, Rouillon der Mädchenname seiner Mutter. Unter diesem Pseudonym hatte er den kürzlich erfolgten Tod Proudhons zum Anlaß genommen, am 25. Februar 1865 in der *Petite Revue* einige Erinnerungen *(Proudhon en Belgique)* zu veröffentlichen. Die von Baudelaire berichtigte Anekdote lautete dort: »Ein Citoyen betrachtete ihn auf der Redaktion des *Peuple,* wie er die einzelnen Stücke seines enormen und frugalen Mittagessens hinabschlang. ›Sie sind erstaunt, mich soviel essen zu sehen, Citoyen‹, sagte er freudestrahlend; ›mein Appetit entspricht den großen Dingen, die ich zu vollbringen habe.‹« Baudelaires Berichtigung erschien dann am 11. März in der *Petite Revue,* mit den Initialen »C. B.«.

75 6 *Jules Viard:* der, wie Poulet-Malassis in einer Anmerkung zu Baudelaires Brief schrieb, Begründer des *Représentant du Peuple* (1848), der dann ein Jahr später »Proudhons Zeitung« wurde. – 15 Achille *Ricourt* (1797-1879), Gründer und Direktor der Zeitschrift *L'Artiste* (1831-1838).

76 AN SAINTE-BEUVE, 30. MÄRZ 1865

4 *Ihren vortrefflichen Brief:* vom 27. März 1865, Sainte-Beuves Antwort auf einen kurzen Brief Baudelaires vom 15. März, mit dem er seinem Gönner ein Exemplar der *HGS* übersandt hatte. Sainte-Beuves Brief abgedruckt in B/Lettres, 343. – 10 *Burggrafen von hundertzwanzig Jahren:* Anspielung auf

Victor Hugos letztes Drama *Les Burgraves* (1843), in dem vier Generationen von Burggrafen auftreten: der uralte Job, Burggraf von Heppenheff, sein über sechzig Jahre alter Sohn Magnus, Burggraf von Wardeck, sein Enkel Hatto, Burggraf von Nollig, und sein Urenkel, der Bastard Gorlois, Burggraf von Sareck. – *12 »Jeune homme, taisez vous!«:* Schweigt, junger Mann! Erste Worte des uralten Job an seinen Sohn Magnus in der 6. Szene des I. Teils. – *24 Reklame für dieses Buch:* Im Unterschied zu den beiden anderen Bänden mit Erzählungen E. A. Poes, die wiederholt aufgelegt wurden, fand dieser dritte Sammelband nur wenige Käufer und Leser.

77 12 Jacques-Bénigne *Bossuet* (1627-1704), Bischof von Meaux, berühmter Kanzelredner und einer der bedeutendsten Prosaisten des 17. Jahrhunderts. – *Ignatius* von Loyola (1491-1556), der Gründer des Jesuitenordens. – *14 genauere Einsicht in die Französische Revolution:* siehe hierzu Baudelaires Aufzeichnungen zu Choderlos de Laclos' Roman *Les Liaisons dangéreuses,* Bd. V. – *18 Alexandre Dumas* (1802-1870); seine beiden Romane *La Dame de Monsoreau* und *Joseph Balsamo* (der bürgerliche Name des Grafen Cagliostro) waren 1846 und 1846-48 erschienen. – *33 Boulevard de Gand:* Spottname des Boulevard des Italiens, wo Lemers Buchhandlung lag. Dieser Boulevard war 1815 während der »hundert Tage«, als Ludwig XVIII. nach Gent geflüchtet war, der Treffpunkt der Royalisten. – *37 die didaktische Malerei:* s. o. zu S. 13, 19.

78 2 *Chateaubriand:* s. o. zu S. 13, *19*. – *16 Institut:* das 1661 von Mazarin gegründete Institut de France. – *29 Émile Ollivier:* damals Parlamentsabgeordneter; hatte am 27. März eine erwartete und vielbeachtete Rede über die Freiheiten gehalten, die das kaiserliche Regime Napoleons III. den Franzosen gewähren solle. – *32 Janins abscheuliches Feuilleton:* Jules Janin (1804-1874) hatte am 11./12. Februar unter seinem Pseudonym Eraste in der *Indépendance belge* einen Artikel *Henri Heine et la jeunesse des poètes* veröffentlicht, der Baudelaires heftiges Mißfallen erregte. Eine Zeitlang trug er sich mit dem Gedanken einer Entgegnung auf diesen Artikel durch einen offenen Brief. Sein Mißfallen wurde noch gesteigert durch einen weiteren Artikel Janins in der *Indépendance belge* vom 8. März, in dem Janin anläßlich der *Histoire de Jules César* von Napoleon III. (s. o. zu S. 72, *3*) eine Parallele zwischen Cäsar und *Cicero* zog, zu Gunsten Ciceros und, wie ihm Baudelaire unterstellt, um dem Cicero-Bewunderer Villemain (s. o. zu S. 7, S. 8, *21* und S. 13, 19) und anderen Orleanisten zu gefallen (Baudelaires Aufzeichnungen zu seinem offenen Brief an Janin, siehe Bd. VII). – *34* Jean-Pons-Guillaume *Viennet* (1777-1868), ein unermüdlicher Verfasser von Fabeln, Episteln und Satiren nach klassizistischem Muster; Mitglied der Académie Française. Als Baudelaire ihn 1861/62 wegen seiner Kandidatur auf einen Sitz in dieser Akademie besuchte, soll er, nach Asselineaus Erinnerung, unter anderem gesagt haben: »Es gibt nur fünf Gattungen, mein Herr! Die Tragödie, die Komödie, die epische Dichtung, die Satire und – die leichte Poesie, zu der auch die Fabel gehört, eine Gattung, worin *ich glänze*!« (B/Urteil, 141)

79 *1* Samuel-Ustazade Silvestre *de Sacy* (1801-1879), Sohn des berühmten Orientalisten Antoine-Isaac Silvestre de Sacy, Chefredakteur des *Journal des Débats,* ein Anhänger der Orléanisten, hatte am 14. und 20. März Napoleons III. *Histoire de Jules César* besprochen; dort las man: »Cäsars Herrschaft wurde gestürzt, Ciceros Herrschaft wird niemals stürzen.« – *5 Ode*

von Shelley: Stances written in dejection, near Naples, Dezember 1818. Percy Bysshe Shelley (1792-1822), ein Freund Byrons und einer der bedeutendsten Dichter der englischen Romantik, lebte seit 1818 in Italien; er ertrank auf einer Segelfahrt in der Bucht von La Spezia. Die Verse, auf die Baudelaire anspielt, lauten: – *for I am one / Whom men love not, – and yet regret.* (– denn ich bin einer von denen, die die Menschen nicht lieben, – und doch vermissen.) – *12 Zu Ihrer Ernennung:* Sainte-Beuve war inzwischen zum Senator ernannt worden. – *29 die gräßliche Sache:* Poulet-Malassis hatte gewisse »leichtfertige Bücher« und politische Pamphlete, die er in Brüssel herausgab, auf dem Postweg oder als Schmuggelware nach Frankreich gelangen lassen und dort verbreitet. Gegen ihn und eine Reihe anderer Verleger wurde am 12. Mai ein Prozeß eröffnet, der am 2. Juni dazu führte, daß er »nach mehrfacher Verurteilung wegen Verleumdung, Verbreitung obszöner Bücher und einfachen Bankrotts« in contumaciam zu einem Jahr Gefängnis und einer Geldstrafe von 500 Francs verurteilt wurde.

80 *12 Erst sechzig liegen davon vor:* Nach einer Aussage Poulet-Malassis' fanden sich in der Tat in Baudelaires Nachlaß sechzig Manuskripte mit Prosagedichten. Zwanzig davon blieben bei der ersten Gesamtausgabe in Buchform unberücksichtigt, weil es sich entweder um Doubletten handelte oder weil die Herausgeber die Texte für zu schwach hielten. Diese Manuskripte sind nicht wieder zum Vorschein gekommen. – *13 bain de multitude:* Dieser beanstandete Ausdruck findet sich in dem ersten Satz des Prosagedichtes *Les Foules* (siehe S. 148). – *15 Monselet ist hierhergekommen:* Charles Monselet (1825-1888), Journalist, Literatur- und Theaterkritiker, der zu Poulet-Malassis' Autoren gehörte. Anläßlich dieses Besuches von Monselet in Belgien dürfte das Gedicht der *Épaves: Un Cabaret folâtre sur la route de Bruxelles à Uccle,* geschrieben worden sein (siehe Bd. IV, S. 76 ff.). – *Ihren Artikel:* vom 24. April, in *Le Constitutionnel* (wiederabgedruckt in den *Nouveaux Lundis*). Sainte-Beuve hatte dort geschrieben: »Das ist prosaischer als Baudelaire, der auf Email malt (ich erinnere an *Le Vieux Saltimbanque, Les Petites Vieilles, Le Café neuf* oder *Les Yeux des pauvres*); es ist auch weniger gesucht.« Bei der kurz zuvor erwähnten *Ermunterung* Sainte-Beuves hat Baudelaire wohl diese Stelle im Sinne. – *20 dieses monströsen Jesuitenstils:* auf den in seinem Buch *Pauvre Belgique!* etwas näher einzugehen, Baudelaire sich vorgenommen hatte (siehe Bd. VII). – *21 Collège in Lyon:* das Baudelaire von 1832 bis 1836 besucht hatte.

81 AN AUGUSTE POULET-MALASSIS, ETWA 12. APRIL 1865

23 des berühmten Kastratendichters: Nicolas Boileau-Despréaux (1636-1711), der, um zu zeigen, daß man auch unter Ludwig XIV. mit Pindar wetteifern könne, eine programmatische ›Ode auf die Einnahme von Namur‹ (1691) schrieb. – *27 Coco-Malperché: Coco,* Kinder- und Scherzname für den Hahn. *Poulet,* das Hühnchen, avanciert hier zum Hahn; allerdings, in Anspielung auf den zweiten Namen seines Freundes (Mal-assis: einer, der schlecht sitzt) und zugleich auf dessen wirtschaftliche (und sonstige) Lage, zu einem »schlecht gestängelten«; um hier an Goethes Übersetzung des Wortes *perché* (von *perche,* Stange) in dem Gedicht ›Sommernacht‹ seines ›West-östlichen Divans‹ zu erinnern: »Einer sitzt auch wohl gestängelt / Auf den Ästen der Cypresse ...«

82 2 Félicien *Rops* (1833-1898), den Baudelaire vermutlich erst in Brüssel durch Poulet-Malassis kennenlernte, hatte sich bereits durch seine Lithographien einen Namen gemacht. Er hat verschiedene Bücher für Poulet-Malassis illustriert. Auch das Frontispiz zu Baudelaires *Épaves* stammt von ihm (siehe Bd. IV, S. 297). – 3 *Grand prix de Rome:* der große Preis, der alljährlich von der französischen Akademie in Rom verliehen wurde.

82 AN MADAME AUPICK, 8. MAI 1865

11 Dir geschrieben zu haben: Baudelaire hatte seiner Mutter am 4. Mai in einem längeren Brief abermals seine Schwierigkeiten dargelegt und sie um eine größere Summe Geldes gebeten, die es ihm ermöglichen sollte, seine Schulden in dem Hotel in Brüssel zu bezahlen, um sich zur Regelung seiner geschäftlichen Angelegenheiten nach Paris und Honfleur begeben zu können.

83 *18 Sainte-Beuve:* siehe hierzu Baudelaires Brief an Sainte-Beuve vom 30. März und 4. Mai (S. 76ff.). – *31 Madame Hugo:* Von ihr hat sich ein sehr freundliches Billet an Baudelaire von Ende 1865/Anfang 1866 erhalten: »Wie geht es Ihnen? *cher Monsieur*. Ich schicke Ihnen dieses Wort, um Sie zu beruhigen. Nicht als ob ich Sie ernstlich krank glaubte, aber es ist schon genug, nicht bei völliger Gesundheit zu sein. Mögen Ihre Plagen wenigstens gemildert werden durch die Überzeugung, daß Sie in uns Freunde besitzen, die Ihnen uneingeschränkt ergeben sind. / Ihr Gedeck hier liegt immer auf, lassen Sie also Ihren Platz nicht leer. / Von Herzen die Ihrige, *cher Monsieur*. / Adèle Victor Hugo« (Lettres/B, 196). An ihren Gatten schrieb Madame Hugo am 26. November 1865, daß Baudelaire ein häufiger Gast in ihrem Hause sei. – *35 diese kleinen Herren:* Hugos Söhne Charles und Jean-François.

84 AN ÉDOUARD MANET, 11. MAI 1865

14 Brief, den Monsieur Chorner ... überbracht hat: ein Brief Manets vom Anfang Mai; siehe Lettres/B, 233. Chorner war ein belgischer Komponist. Er hatte Baudelaire eine Ungarische Rhapsodie oder vielmehr die Ungarischen Rhapsodien von Liszt überbracht. – *26 Rops:* s. o. zu S. 82, 2.

85 *21 das Bild mit der nackten Frau:* Manets *Olympia,* die in dem Salon des Indépendants Aufsehen und Ärgernis erregte. – *23 das religiöse Gemälde:* eine Verspottung Jesu. – *29 Ich leide an einem Übel:* an dem Heimweh nach Paris und den Freunden dort.

86 AN MADAME PAUL MEURICE, 24. Mai 1865

4 die Krankheit: In ihrem Brief von Mitte Mai, den Baudelaire hier beantwortet, hatte Madame Meurice ihm geschrieben, sie leide seit dem 2. Mai an einem Karbunkel. »*Harmlos,* sagt der Arzt. Mir erscheint er sehr bösartig, denn er bereitet mir große Schmerzen und hindert mich daran, auszugehen. Ich wollte es auch einmal mit der Krankheit versuchen; ich glaubte, sie würde mich ein wenig interessant machen. Aber leider! sehe ich weder bleich aus, noch bin ich abgemagert. Weit davon entfernt, mich wegen meiner Krankheit zu bemitleiden, läßt man mich mit meinem Fieber allein. Pfui über die Menschen, pfui über die Freunde! Wenn man stöhnt, lassen sie einen allein.« (Lettres/B, 269). – *11 hinsichtlich Ihres Gottes:* Madame Meurice hatte geschrieben: »Ich bete zu meinem Gott, der kaum dem Ihrigen gleicht.« – *12 Rogeard:* Auguste Rogeard, während des Staatstreichs 1852 Gymnasiallehrer in Pau; er weigerte sich, Napoleon III. den Treueid zu leisten und mußte um seine Entlassung einkommen. Von 1852 bis 1865 lebte er in Paris, wo er als Privatlehrer Lateinstunden gab; dann ging er nach Belgien und veröffentlichte dort ein Pamphlet *Les Propos de Labienus,* das von den französischen Behörden verurteilt und dessen beschlagnahmte Exemplare vernichtet wurden. Poulet-Malassis brachte davon 1866 eine »endgültige« (die zehnte belgische) Ausgabe heraus. – *13* Jules *Michelet* (1798-1874), der große romantische Geschichtsschreiber. Sein Hauptwerk *La Révolution française* erschien von 1847 bis 1853. Auch er verweigerte 1851 Napoléon III. den Treueid und verlor dadurch seinen Posten als Kustos der Archives Nationales und als Professor am Collège de France. – *Benjamin Gastineau,* ein Bohemien, der 1848 eine Rolle gespielt hatte. – *Mario Proth:* ein Mitarbeiter der in Genf erscheinenden *Revue internationale,* die Baudelaire verabscheute. – Giuseppe *Garibaldi* (1807-1882), der italienische Freiheitskämpfer gegen Österreich, das Königreich Neapel und den Kirchenstaat. – *14 Abbé Chatel* (1795-1857), Gründer einer gallikanischen Église Catholique Française, zu deren Bischof er sich ernannt hatte. Ihn ausgenommen waren die hier Genannten mehr oder weniger entschieden antiklerikale Republikaner. – *16 einen meiner Freunde:* Théodore de Banville. Baudelaire spielt hier auf die Affäre seines vorgetäuschten Selbstmords vom 30. Juni 1845 an; siehe Baudelaires Brief vom gleichen Tag, den er seinem Vormund Ancelle durch Jeanne Duval überbringen ließ (Bd. I, S. 48 ff.). – *26* Louis *Veuillot* (1813-1880), Journalist, ein militanter Vorstreiter des Katholizismus, gegen den Baudelaire seit einem Artikel in der reaktionären Zeitschrift *Le Réveil* Verschiedenes auf dem Herzen hatte; siehe Œuvres/Pl II, 338 ff.

87 *11 die Mängel seines Temperaments:* siehe den Brief Baudelaires an Manet vom 11. Mai 1865, S. 85. – *18 Madame Hugo:* siehe Baudelaires Brief an Madame Aupick vom 8. Mai 1865, S. 83. – *21 einen boshaften Stich:* Baudelaire denkt an ein bekanntes Gemälde von Ingres, das als Stich große Popularität erlangte.

88 *5 der berühmte* : Der hier nicht Genannte konnte bisher nicht ermittelt werden.

89 AN MADAME AUPICK, 3. SEPTEMBER 1865

21 die erhofften 4000 Francs: die Baudelaire aus dem Verkauf seiner Werke durch Lemer zu erlösen hoffte. – *30 Madame Ancelle:* Louise-Julie, geb. Blondel, die Ancelle 1832 geheiratet und mit der er fünf Kinder hatte.

90 *7 am 9. August:* Lemers Brief stammte vom 7. August; Baudelaire hatte ihn am 9. August erhalten. – *8 Monsieur Garnier:* Hippolyte Garnier, der mit seinem Bruder Auguste das Verlagshaus Garnier frères leitete.

90 AN MADAME AUPICK, 22. DEZEMBER 1865

91 *7 vor zwei Jahren:* Der Vertrag mit Michel Lévy war am 1. November 1863 abgeschlossen worden.

92 *27 Ein junger Mann:* Léon Massenet de Marancourt, Verfasser von Romanen, Theaterstücken, politischen und humoristischen Schriften.

93 *1 Tod dieses alten Trottels von König:* Leopold I., König der Belgier, war am 10. November in Lacken gestorben. – *16 die Rue Hautefeuille und die Rue Saint-André-des-Arts:* Baudelaire denkt an sein Geburtshaus und an das Haus, das er nach dem Tod des Vaters mit seiner Mutter bis zu deren Wieder-

verehelichung bewohnte. – 27 *Dein Bild:* Das einzige von Madame Aupick überlieferte Photo zeigt sie vor ihrem Haus in Honfleur auf der Terrasse; doch sind ihre Gesichtszüge hier nicht zu erkennen.

94 3 *zwei Kleinigkeiten:* unbekannt.

94 AN SAINTE-BEUVE, 15. JANUAR 1866

18 *Ihre guten Briefe:* Sainte-Beuve hatte Baudelaire am 5. Januar 1866 einen ausführlichen Brief geschrieben; siehe Lettres/B, 346f. – 25 *Sie abermals um Ihre Hilfe zu bitten:* wie schon am 11. Juli und 3. September 1865. – 29 *ein noch unbarmherzigeres Tier:* der Doktor Léon Marcq, den Baudelaire im Januar konsultiert hatte.

95 7 *Joseph Delorme:* Sainte-Beuves Erstling *Vie, Poésies et Pensées de Joseph Delorme* (1829), den Baudelaire sehr früh gelesen hatte und der nicht ohne Einfluß auf ihn geblieben war. Sainte-Beuve ist hier ein »Intimist«, nach Art der englischen *lake-poets,* auch ein Dichter von Volksszenen und des Pariser Straßenlebens. – 18 *Lukans:* Annaeus Lucanus (39-65 n. Chr.); hinterließ das vermutlich unvollendete Epos *Pharsalia,* das Baudelaire sehr schätzte. – 23 *in uns steckt ...:* In den hier ausgelassenen Passagen erörtert Baudelaire einzelne Gedichte aus *Joseph Delorme,* sowie aus Sainte-Beuves beiden Gedichtsammlungen *Consolations* und *Pensées d'août,* die er in einer Sammelausgabe von 1863 las und mit Randbemerkungen versah. Der Brief blieb dann liegen und wurde erst am 5. Februar zu Ende geschrieben und expediert.

95 AN CHARLES ASSELINEAU, 5. FEBRUAR 1866

Dieser Briefauszug ist überliefert in Asselineaus Buch *Charles Baudelaire. Sa Vie et son Œuvre,* Paris 1869, 92ff.; wiederabgedruckt in B/Asselineau, 140ff. Das Original wurde aus Asselineaus Nachlaß versteigert und ist seither verschollen. Asselineau hatte seinen Freund Anfang des Jahres 1866 gebeten, ihm doch entweder einen Krankheitsbericht seines Arztes oder eine genaue Beschreibung seines Zustandes, sowie der angewandten Behandlung und der ärztlichen Vorschriften, zu schicken, damit er anhand dessen seinerseits einen Arzt in Paris konsultieren könne.

96 17 *Eau de Vichy:* ein zum Trinken und Baden gegen viele Leiden empfohlenes Mineralwasser. – *Eau de Pullna:* ein abführendes Mineralwasser. – 20 *Assa foetida:* stinkender Asant, Teufelsdreck, Stinkharz, der harzige, heilkräftige Saft aus der Wurzel einer persischen Schirmpflanze. – 22 *Hysterie:* siehe Baudelaires Brief an Sainte-Beuve vom 15. Januar 1866, S. 94. – 29 *Haben Sie dergleichen schon einmal gesehen?:* Asselineau konsultierte hierauf ihren gemeinsamen Freund, den Doktor Piogey, der die Symptome sehr bedenklich fand, sich jedoch weigerte, eine Diagnose zu stellen, ohne den Kranken gesehen zu haben. – 32 *Banville:* s.o. zu S. 11, 7. – *Manet:* s.o. zu S. 37. – 33 *Champfleury:* s.o. zu S. 15, 35.

97 AN MADAME AUPICK, 6. FEBRUAR 1866

28 *den üblen Garnier:* Auguste. – 30 *einer meiner (französischen) Freunde:* der mit Poulet-Malassis befreundete Buchhändler Alphonse Lécrivain, den Baudelaire im April 1865 in seinem Scherzgedicht an Poulet-Malassis erwähnt; siehe S. 50. – 33 *deine Vettern:* die drei Brüder Levaillant, ein Divisionsgeneral, ein Brigadegeneral und ein Bataillonschef.

99 AN MADAME AUPICK, 12. FEBRUAR 1866

101 *16 Leopold I.:* der am 10. November 1865 gestorben war. – *23 Charles Lasègue:* Als Baudelaire im April 1839 das Collège Louis-le-Grand verlassen mußte, wurde er zu einer Familie Lasègue in Pension gegeben; dort gab ihm Charles Lasègue, der selber noch Student war, Nachhilfestunden.

101 AN MADAME AUPICK, 16. FEBRUAR 1866

102 *31 ihr Arzt:* der Doktor Jottrand. – *37 Sainte-Beuve hat seinen Arzt:* Sainte-Beuve und Asselineau hatten beide den Doktor Piogey konsultiert.

103 *8 Affäre Edgar Poe:* der Vertrag mit Michel Lévy vom 1. November 1863, durch den Baudelaire seine Rechte an sämtlichen Poe-Übersetzungen abtrat.

103 AN NARCISSE ANCELLE, 18. FEBRUAR 1866

33 Émile *Deschanel* (1819-1904), Mitschüler Baudelaires am Collège Louis-le-Grand; später Gymnasialprofessor in Bourges, dann in Paris, Mitarbeiter mehrerer bedeutender Zeitschriften; ging 1851 nach Belgien ins Exil, hielt in Brüssel gutbesuchte Vorlesungen, schloß sich Victor Hugo an; kehrte 1859 nach Paris zurück, war Mitarbeiter des *Journal des Débats* und durchlief unter der Dritten Republik eine erfolgreiche politische und Universitätskarriere. Deschanel hatte einen Vortrag über Baudelaire und Banville gehalten, über den Henry *de La Madelène* (1825-1887) am 16. Februar in *Le Temps* berichtet hatte. La Madelène war ein Freund Baudelaires, und dieser bedankte sich am 18. Februar bei ihm für diese Chronik.

104 *11* Pierre-Jean de *Béranger* (1780-1857), der beliebte Verfasser volkstümlicher und politisch-satirischer Chansons, dem Baudelaire vor allem seinen Optimismus und seine spießige Frivolität verübelte. – Alfred de *Musset* (1810-1857), Lyriker, Romanautor und Dramatiker, dessen Sentimentalität und Frivolität Baudelaire beide gleichermaßen unausstehlich fand. – *18 dieses furchtbare Buch: Les Fleurs du Mal.* – *25 poésie fantaisiste:* die Schule, deren »Haupt« Théodore de Banville und deren Organ die *Revue fantaisiste* war. Zwischen dieser Schule und Baudelaire bestand durchaus eine gewisse Verwandtschaft. – *34* Charles-Marie-René *Leconte de Lisle* (1818-1894), das Haupt der »Parnassiens«; veröffentlichte 1852 und 1862 seine beiden berühmten, später erweiterten Gedichtsammlungen *Poèmes antiques* und *Poèmes barbares.* Der ihm von Baudelaire zugeschriebene Ausspruch klingt authentisch, hat sich jedoch nirgends nachweisen lassen. – *36 Diatribe:* Ausfall, Schmähschrift.

105 *13 Siècle:* die 1836 gegründete republikanische Zeitschrift. – *22 die 100 Francs:* die Baudelaire erwartete, um der Inhaberin seines Hotels eine Abzahlung zu leisten. – *23 Dentu:* der Verleger Édouard Dentu, dem Baudelaire durch einen Brief vom 18. Februar sein Buch über Belgien angetragen hatte.

106 AN FELICIEN ROPS, 21. FEBRUAR 1866

4 Teufelsbecken: Die Zeichnung zu diesem Brief ist nicht überliefert. Die folgenden Verse aus dem Gedicht *Le Monstre* (in den *Épaves;* siehe Bd. IV, S. 44 ff.) lassen jedoch erraten, was dort abgebildet war. – *12 meine Huldigung:* »Was fordert denn das Ritual? – Zeremonienmeister: Beliebt dem Herrn, den hintern Teil zu küssen!« (Goethe, Faust, Erster Teil, Paralipomena zur Walpurgisnacht). – *16 virtus:* in der Doppelbedeutung: Kraft, Vermögen und Tugend. – *17 Frontispiz:* Der Entwurf dazu ist erhalten (siehe Album S. 261).

107 2 *zweier Dirnen:* nicht nachweisbar. – 5 *Elukubrationen:* wörtlich, bei Licht oder zur Nachtzeit ausgearbeitete Schriften. – 8 *mit seidenen Leitern und mauergrauen Mänteln:* wie romantische Liebhaber à la Musset, die sich in unkenntlicher Kleidung unter den Balkon der Geliebten schleichen, um an einer seidenen Leiter in ihr Schlafgemach zu steigen. Rops' erotisches Temperament neigte eher anderen Unternehmungen zu. – 13 *Polet:* Polet de Faveaux, Rops' Schwiegervater, Vizepräsident des Amtsgerichts von Namur. – 18 *Danse macabre:* das Gedicht in den FdM (siehe Bd. III, 252 ff.). – *La Coquette maigre:* Anspielung auf den 4. Vers dieses Gedichtes: *(la désinvolture) / D'une coquette maigre* ... – das lässige Gehaben einer hageren Koketten. Mit dieser Koketten ist der Tod gemeint. – 23 *Frontispiz für die Épaves:* siehe Bd. IV, S. 297; Ico, Nr. 115, 116. – 24 *ingenium:* Geist, Genie, Erfindungskraft.

108 AN MADAME AUPICK, 5. MÄRZ 1866

4 *diesen Artikel:* von dem damals noch nicht zweiundzwanzigjährigen Paul Verlaine (1844-1896). Diese Studie, die Verlaine später, in veränderter Gestalt, in sein Buch *Les Poètes maudits* (1884) aufnahm, war am 16. und 30. November und 23. Dezember in der Zeitschrift *L'Art* erschienen.

110 AN NARCISSE ANCELLE, 30. MÄRZ 1866

Dieser und der folgende sind die beiden letzten Briefe Baudelaires. Beide wurden diktiert. Der Schreiber war möglicherweise der Brüsseler Photograph Charles Neyt. Mitte März hatte Baudelaire zum zweiten Mal Félicien Rops in Namur besucht. Er war dort in der Kirche Saint-Loup zusammengebrochen und wurde mit Gehirnstörungen nach Brüssel in sein Hotel zurückgebracht.

7 *zu sehr bemühen ...:* Ancelle hatte abermals Geld geschickt, um Baudelaires Hotelrechnung zu begleichen, und sich anderseits erboten, baldmöglichst nach Brüssel zu kommen. – 17 *den Plan:* des Buches *Pauvre Belgique!*, das Baudelaire bei dem Verleger *Dentu* unterzubringen versuchte. – 22 *diesem Biest:* der Hotelinhaberin in Brüssel.

Baudelaires Zustand verschlimmerte sich in der Nacht vom 30. auf den 31. März zur Gehirnerweichung, rechtsseitiger Lähmung, Agraphie und Aphasie. Nach einem Aufenthalt in einem Brüsseler Hospital bringen Madame Aupick und Arthur Stevens den Kranken Anfang Juli nach Paris, wo er am 31. August 1867 in der Klinik des Dr. Duval, Rue du Dôme, stirbt, ohne seine volle Bewegungsfähigkeit oder die Sprache wiedererlangt zu haben. Baudelaire wird am 4. September auf dem Friedhof von Montparnasse in dem Grab seines Stiefvaters, des Generals Aupick, beigesetzt. Banville und Asselineau halten Grabreden.

LE SPLEEN DE PARIS
GEDICHTE IN PROSA

Baudelaires *Petits poëmes en prose* hätten in seinen Augen das Gegenstück zu den *Fleurs du Mal* bilden sollen. Die im Laufe der Jahre vollendeten Stücke erschienen ab 1857 in dem *Hommage à C.F. Denecourt,* in Zeitschriften und Zeitungen, unter meist wechselnden Sammeltiteln: *Poëmes nocturnes* (1857), *Poëmes en prosé* (1861, 1864), *Petits Poëmes en prose* (1862, 1863, 1864), *Le Spleen de Paris, Poëmes en prose* (1864) und *Petits Poëmes lycanthropes* (1866); siehe die nachstehende chronologische Übersicht. Weitere in Baudelaires Briefen in Erwägung gezogene Titel sind *La Lueur et la Fumée* (Das Leuchten, der Glanz, die Helle und der Rauch), *Le Promeneur solitaire* (Der einsame Spaziergänger) und *Le Rôdeur parisien* (Der Pariser Herumstreicher, Vagabund).

In dem frühesten Sammeltitel *Poëmes nocturnes* dürfte noch die Erinnerung an Bertrands *Gaspard de la Nuit* nachklingen. Der Titel *Petits Poëmes lycanthropes* sollte den Leser an den von Baudelaire geschätzten exzentrischen Romantiker Pétrus Borel (1809-1859) erinnern, der sich selber den Beinamen *Le Lycanthrope* (Der Werwolf) zugelegt hatte. Aufschlußreich sind auch die Stichworte *promeneur* und *rôdeur*, zu denen als drittes *flâneur* zu stellen wäre. In einem Brief vom 15. Januar 1866 an Sainte-Beuve nennt Baudelaire, dem dessen *Joseph Delorme* (s.o. zu S. 95, 7) von Jugend auf vertraut war, den Betrachter des *Spleen de Paris* einen neuen Joseph Delorme, »dessen rhapsodisches Gemüt sich an jeden Zufall hängt und aus jedem Gegenstand eine unbehagliche Nutzanwendung zieht«.

Dem Wort *spleen* kommt in diesem Zusammenhang die gleiche Bedeutung zu wie in *Spleen et Idéal*, dem ersten Untertitel der *Fleurs du Mal*. Es bezeichnet den *ennui*, die Schwermut, die seelische Verdüsterung, Gereiztheit und Verstörung des modernen Großstädters, wie sie auch die *Tableaux parisiens* der zweiten Ausgabe der *Fleurs du Mal* durchzieht. Man hat gegen *Le Spleen de Paris* gelegentlich den Einwand erhoben, daß nur etwas über ein Drittel der Prosagedichte Paris zum Schauplatz habe, so daß dieser Titel auf das geplante Buch als Ganzes nicht recht passe. Bedenkt man jedoch, welche Themen außer den *Choses parisiennes* Baudelaire unter diesem Sammeltitel (siehe S. 309f.) noch zu behandeln gedachte, so erkennt man bald, daß Kindheitserinnerungen, Träume, Phantasien, exotische Bilder auf jeden Fall einen breiten Raum hätten einnehmen sollen, als Szenen sozusagen der inneren Welt des Großstädters.

Rêverie und *ironie* charakterisieren nach Baudelaire das *poème en prose* als eine moderne Gattung. Entscheidend ist dabei der weitgehende Verzicht auf fast alle überkommenen Mittel gehobener »poetischer« Diktion (Rhythmus, Klauseln, Alliteration, strophische Gliederung). Poesie, so will es die neue Gattung, soll hier einzig und allein durch Prosa erzeugt werden. Und was die Bilderwelt betrifft, so wird das romantisch Pittoreske des *vieux Paris* zurückgedrängt, zugunsten der »abstrakteren«, künstlicheren, kälteren Realität der neuen Metropole, deren Umgestaltung durch Haussmann in den fünfziger Jahren begonnen hatte. Baudelaires Paris ist nicht mehr das *Paris historique*, wie es Charles Nodier 1838 in den beiden Bänden seiner *Promenade dans les Rues de Paris* geschildert und in 201 Lithographien nach Zeichnungen von Auguste Regnier und Jean Jacques Champin festgehalten hat. Es ist schon das moderne Paris der neuen Zeit, wie Edmond Texier es 1852/53 in den beiden verschwenderisch bebilderten Foliobänden seines *Tableau de Paris* von 1852/53 vorführt: Paris, »dieses Zentrum des Schönen und des Schrecklichen, des Erhabenen und des Lächerlichen, der Eleganz, der Anmut, des Pittoresken, des Bizarren, des Grotesken, des Unmöglichen und des Absurden«.

Als *poème en prose* bezeichneten im 17. Jahrhundert kritisch-didaktische Ästhetiker wie Charles Sorel oder Boileau die Prosafassungen antiker Epen oder mittelalterlicher *romans courtois*, gelegentlich auch erzählende Prosawerke im höheren Stil, wie etwa Honoré d'Urfés *Astrée* (1607-1627) oder Fénelons *Télémaque*

(1699). Ganz allgemein dient der Terminus *poème* bis weit ins 19. Jahrhundert hinauf zur Kennzeichnung einer umfangreicheren Dichtung oder eines längeren Gedichts mit erzählerischem oder didaktischem Einschlag. Hieraus erklärt sich auch, warum Baudelaire seinem Titel oder Untertitel *Poëmes en prose* meist das Wort *petits* beifügt. Denkbar wäre auch *poésies en prose* gewesen; diese Prägung findet sich einmal bei den Brüdern Goncourt, hat sich jedoch nicht durchgesetzt.

Gegen Ende des 18. Jahrhunderts gewinnt die französische Prosa durch Rousseau, vielleicht auch unter dem Einfluß gewisser ausländischer Dichter (Youngs *Night Thoughts,* Macphersons »ossianische Gesänge«, Goethes »Werther«), neue lyrisch-musikalische Qualitäten; sie wird luftig, durchfeuchtet, rhapsodisch-meditativ, sie sättigt sich mit Atmosphäre und Stimmung. Zu nennen wären hier in erster Linie Rousseau selber, mit seinen *Rêveries du promeneur solitaire* (1782), und in seiner Nachfolge Senancours *Oberman* (1804).

Nicht zu vernachlässigen im weiteren Umfeld sind die zahlreichen Nachdichtungen und Kontrafakturen mehr oder minder exotischer »Volkslieder«, als deren frühestes Beispiel der kleine Zyklus der *Chansons madecasses* von Evariste-Désiré de Parny (1753-1814) gelten darf. Auch Prosper Mérimées anonym unter dem Titel *La Guzla* (1825) veröffentlichte Sammlung vorgeblich »illyrischer« Volkslieder verdient genannt zu werden. Hinzu kommt die unübersehbare Menge der Prosaübertragungen von Dichtungen und Gedichten deutscher und englischer Romantiker.

Alles dieses jedoch ist weit davon entfernt, eine eigene Gattung zu begründen. Derartige *prose poétique* bleibt eine Prosa, die beim Gedicht sozusagen Anleihen macht und die keineswegs den Anspruch erhebt, als eigenständiges Gebilde sui generis zu gelten. Baudelaire erst etabliert das moderne Prosagedicht und verleiht ihm literarischen Rang.

Er findet alsbald Nachfolger. Als ersten Stéphane Mallarmé, der am 2. Juli 1864 in der *Semaine de Cusset et de Vichy* zwei Prosagedichte (*La Tête,* später *Pauvre Enfant pâle,* und *L'Orgue de Barbarie,* später *Plainte d'automne*), mit einer Widmung *»À Charles Baudelaire«,* veröffentlicht. Im Februar 1865 folgen in *L'Artiste* unter dem Sammeltitel *Symphonie littéraire* drei »emblematische Landschaften«, deren jede einen Dichter symbolisiert: *Théophile Gautier – Charles Baudelaire – Théodore de Banville.* 1872 bis 1874 vermutlich entstehen Arthur Rimbauds *Illuminations,* die erst 1886 durch Verlaine veröffentlicht wurden. In die Geschichte des *poème en prose,* wie sie Suzanne Bernard dargestellt hat, gehören dann eine ganze Anzahl der Dichter des Symbolismus, Max Jacob mit seinem *Cornet à dés* (1917), Léon-Paul Fargue, Paul Reverdy, die Surrealisten André Breton, Philippe Soupault und Paul Eluard, und schließlich Henri Michaux und Francis Ponge.

Der erste Nichtfranzose, der nach französischem Vorbild Prosagedichte geschrieben hat, dürfte Iwan Turgenjew gewesen sein. Stefan Georges kleine Zyklen ›Träume‹, ›Sonntage auf meinem Land‹, ›Tage und Taten‹ erschienen zuerst in den ›Blättern für die Kunst‹, dann 1903 unter dem Sammeltitel ›Tage und Taten‹. Einen Gipfel erreicht das Prosagedicht in Deutschland, auf Baudelaires Spuren und aus einer erneuerten Erfahrung der Großstadt Paris, in Rilkes ›Aufzeichnungen des Malte Laurids Brigge‹ (1910). Um 1900 etwa beginnt Robert Walsers Produktion kleiner Prosastücke, in denen der »einsame Spaziergänger« Rousseaus wieder auflebt und eine ganze Skala neuer Nuancen und ironischer Variationen prosaischer Poesie oder poetischer Prosa durchgespielt wird. In die Geschichte des deutschen Prosagedichts gehören dann schließlich auch Werke wie Franz Kafkas ›Betrachtung‹ (1913), Ernst Blochs ›Spuren‹ (1930), Robert Musils ›Nachlaß zu Lebzeiten‹ (1936) und Botho Strauß' ›Paare Passanten‹ (1981).

Das Buch, auf das Baudelaire sich als sein fernes Vorbild beruft, war der 1842 unter dem Namen Aloysius Bertrand erschienene kleine Band *Gaspard de la Nuit. Fantaisies à la manière de Rembrandt et de Callot,* dessen Titel bewußt auf E.T.A. Hoffmanns ›Phantasiestücke in Callots Manier‹ (1814/15) anspielt. Der Verfasser war Louis Jacques Napoléon Bertrand (geb. 1807 in Ceva/Piemont; gest. 1841 in Paris); die Herausgeber waren der Bildhauer David d'Angers und Victor Pavie; Sainte-Beuve hatte ein Vorwort beigesteuert. Das Buch fand nur geringe Beachtung und war bald so gut wie vergessen. Baudelaire erst brachte den Verfasser und seine Prosaballaden zu literarischen Ehren. Maurice Ravel schrieb 1908 für Klavier eine Suite *Gaspard de la Nuit,* nach drei Stücken der Sammlung: *Ondine, Le Gibet, Scarbo.* Eine deutsche Übersetzung, von Paul Hansmann, erschien 1911 unter dem Titel ›Junker Voland. Phantasie in der Art von Callot und Rembrandt‹ (Georg Müller, München). Siehe Cargill Sprietsma, *Louis Bertrand,* Dissertation, Champion, Paris 1926; Bernard, 45-75; Fritz Nies, ›Poesie in prosaischer Welt. Untersuchungen zum Prosagedicht bei Aloysius Bertrand und Baudelaire‹, Heidelberg 1964; daraus die gekürzte Fassung des 5. Kapitels, ›Der Poet als Flaneur und der »zyklische« Charakter der *Petits poèmes en prose*‹, in: Baudelaire, hrsg. von Alfred Noyer-Weidner, Darmstadt 1976.

Ein kurzer Blick in Bertrands *Gaspard de la Nuit* läßt rasch erkennen, daß Baudelaire von Anfang an eine Form des Prosagedichts anstrebte, die von seinem »Vorbild« in entscheidenden Punkten abweicht. Bertrand schreibt Lieder und Balladen in Prosa, die durch ihre meist kurzen Absätze und refrainartig wiederkehrenden Sätze auf die Strophenform ihrer durch Metrum und Reim gebundenen Vorgänger verweisen. Seine Texte unterscheiden sich in dieser Hinsicht wenig von Parnys madegassischen oder Mérimées »illyrischen« Liedern oder sonstigen Prosaübertragungen ausländischer Gedichte. Baudelaire selber hat Gedichte von Poe in Prosa übersetzt, Mallarmé ist ihm darin gefolgt, und wie das Beispiel der Ballade ›Die drei Zigeuner‹ von Nikolaus Lenau (s.u. zu S. 245, *11*) zeigt, hat Baudelaire sich einmal auch einer Prosaübersetzung eines Gedichtes als Vorlage bedient.

Die Kommentatoren des *Spleen de Paris* haben wiederholt auf den distanziert ironischen Ton in vielen der Prosagedichte verwiesen. Es wäre interessant zu untersuchen, ob darin nicht eine gewisse Nähe und Verwandtschaft zu Heinrich Heine zum Ausdruck kommt. Was hingegen die Musikalität der Prosa in einigen durchaus lyrisch gestimmten Stücken angeht, so dürfte niemand anders als Chateaubriand hier Pate gestanden haben, vor allem mit seinen 1848-1850 postum erschienenen *Mémoires d'outre-tombe;* wenn Baudelaire auch den vollen Orchesterklang meidet und die klare Linie eines Soloinstruments bevorzugt. Auf kaum eines der *poèmes en prose* will noch die Bezeichnung Chanson oder Ballade passen; statt dessen nähern sich manche der Fabel, der Anekdote, der Kurzgeschichte oder dem, was Baudelaire selber *moralité* genannt hat, eine Mischform von Allegorie und Exempel. Das alles gilt zu Recht als »Gedicht«, weil der Leser des 19. Jahrhunderts hierunter noch nicht, wie wir heutzutage, vornehmlich oder fast ausschließlich den Sonderfall des »lyrischen« Gedichtes im engeren Sinne verstand.

Sämtliche Gedichte in Prosa, deren Thema Baudelaire auch in Versen behandelt hat, dürften *nach* dieser metrischen Gestaltung und in bewußter Abweichung von dieser entstanden sein. Wo die Zeugnisse über diesen Tatbestand fehlen, hat eine genaue Untersuchung der Texte erwiesen, daß die Satzführung des Prosatextes stets »rauher«, »gebrochener« gehalten ist und daß offensichtlich die Satzgliederung den Alexandriner oder Cäsuren, die das Ohr an ihn erinnern könnten, vermeidet.

Der *Spleen de Paris* ist seit 1911 mehrfach ganz oder in Auswahl ins Deutsche übersetzt worden (siehe S. 390). Mehrere dieser Übersetzungen wurden herangezogen, verglichen und gelegentlich benützt. Die Mängel der meisten sind zu offenkundig, als daß sie hier eigens gekennzeichnet werden müßten. Das beginnt mit Laxheiten und Verstößen im Bereich von Grammatik und Syntax, die mit Baudelaires zuchtvoller Haltung in dieser Hinsicht unvereinbar sind. Die vorliegende Übersetzung ist vor allem bemüht, einen durchgehenden Ton zu gewinnen und dabei, wie das Original, die wohlfeile Gehobenheit metrischer Kadenzen zu vermeiden. Als ein Zeichen der Erkenntlichkeit dem einzigen deutschen Fortdenker Baudelaires gegenüber wurde Walter Benjamins Übertragung des Prosagedichtes *Perte d'Auréole* (S. 285) übernommen.

Die erste Gesamtausgabe der Prosagedichte erschien, nach Baudelaires Tod, 1869 im vierten Band der von seinen Freunden Charles Asselineau und Théodore de Banville besorgten Gesamtausgabe, unter dem Titel *Petits Poëmes en prose*, obwohl Baudelaire selber in der einem seiner letzten Briefe an seinen Vormund Narcisse Ancelle, vom 6. Februar 1866, beigefügten Notiz für den Verleger Hippolyte Garnier, im Hinblick auf eine Gesamtausgabe seiner Schriften, einen zweiten Band mit dem Titel *Le Spleen de Paris* vorgesehen hatte. In dieser Ausgabe wurde, wie in Œuvres/Pl I, *Le Spleen de Paris* als Haupttitel und die Gattungsbezeichnung ›Gedichte in Prosa‹ als Untertitel gewählt. In der Anordnung der Texte folgten die Herausgeber der *Œuvres complètes* einer Liste Baudelaires, die in der Bibliothèque littéraire Jacques Doucet in Paris aufbewahrt wird. Von den Texten befanden sich, als diese Liste 1865/66 in Brüssel aufgestellt wurde, nur die 11 in Belgien vollendeten Stücke in Baudelaires Hand; alle übrigen Unterlagen waren bei seiner Mutter in Honfleur. Zu den Vorlagen, deren sich die beiden Herausgeber bedienten, gehörten auch die Ausschnitte der drei 1862 in *La Presse* erschienenen Folgen, ebenso wie die Korrekturfahnen der nicht erschienenen vierten Folge; einige dieser Ausschnitte und Fahnen tragen Korrekturen von Baudelaires Hand, die jedoch erst nach dem September 1862 vorgenommen wurden. Auf Baudelaires Liste fehlt die *Dédicace* an Arsène Houssaye. Er hätte die ganze Sammlung keinesfalls Houssaye zugeeignet; von einem Vorwort, in dem er vielleicht ähnliche Gedanken wie in dieser Widmung entwickelt hätte, findet sich nirgends eine Spur.

Der Text der Erstausgabe von 1869 liegt auch dieser Edition zugrunde. Ebenso wie bei den Gedichten Baudelaires werden auch hier die Varianten der Drucke, Korrekturfahnen und Handschriften berücksichtigt. PPP/Kopp bringt fortlaufend unter dem Text sämtliche Varianten, auch die Abweichungen in der Zeichensetzung, der Klein- oder Großschreibung, der Unterteilung des Textes. Die vorliegende Ausgabe folgt Claude Pichois in Œuvres/Pl I, der durchgängig nur die den Wort- und Lautstand betreffenden Varianten verzeichnet. Nicht berücksichtigt wurden hier die meist unerheblichen Streichungen in den wenigen erhaltenen Handschriften der Bibliothèque Doucet (XLI *Le Port*, Faksimile in Baudelaire, Œuvres complètes, Club du Meilleur Livre, 1955, II, Tafel 20) und der Collection Armand Godoy (XLII *Portrait de maîtresses*, XLIV *La Soupe et les nuages*, XLVII *Mademoiselle Bistouri*, XLIX *Assommons les pauvres!*, L *Les Bons Chiens;* Faksimile in *Le Manuscrit autographe*, numéro spécial consacré à Charles Baudelaire, Paris 1927).

ZEITTAFEL DER EINZELDRUCKE

Die Sternchen hinter einzelnen Titeln bezeichnen die Zweit-, Dritt- und Viertdrucke, bei denen es sich in einigen Fällen um völlige Neufassungen handelt.

1855 *Fontainebleau. – Hommage à C.F. Denecourt. – Paysages – Légendes – Souvenirs – Fantaisies, par Charles Asselineau, Philibert Audebrand, Théodore de Banville, Baudelaire ...*, Hachette

Les Deux crépuscules

À Fernand Desnoyers (Brief)

Le Soir (FdM, *Le Crépuscule du soir*)

Le Matin (FdM, *Le Crépuscule du matin*)

Le Crépuscule du soir

La Solitude

1857 *Le Présent – Revue hebdomadaire de la littérature et des beaux-arts*, 1. Jg., Nr. 8, 24. August

Poëmes nocturnes

*Le Crépuscule du soir**

*La Solitude**

Les Projets

L'Horloge

La Chevelure

L'Invitation au voyage

La suite prochainement.

1861 *Revue fantaisiste*, 18. Lieferung, 1. November

Poëmes en prose

I. – *Le Crépuscule du soir***

II. – *La Solitude***

III. – *Les Projets**

IV. – *L'Horloge**

V. – *La Chevelure**

VI. – *L'Invitation au voyage**

VII. – *Les Foules*

VIII. – *Les Veuves*

IX. – *Le Vieux Saltimbanque*

La suite à la prochaine livraison.

1862 *La Presse*, 26. und 27. August, 27. September und als vierte Folge sechs für den Oktober vorgesehene, auch bereits gesetzte, dann jedoch nicht veröffentlichte Stücke.

Petits Poëmes en prose

À Arsène Houssaye

I. – *L'Étranger*

II. – *Le Désespoir de la vieille*

III. – *Le Confiteor de l'artiste*

IV. – *Un Plaisant*

V. – *La Chambre double*

VI. – *Chacun la sienne*

VII. – *Le Fou et la Vénus*
VIII. – *Le Chien et le flacon*
IX. – *Le Mauvais Vitrier*
La suite à demain.
X. – *À une heure du matin*
XI. – *La Femme sauvage et la petite-maîtresse*
XII. – *Les Foules**
XIII. – *Les Veuves***
XIV. – *Le Vieux Saltimbanque**
La suite prochainement.
XV. – *Le Gâteau*
XVI. – *L'Horloge***
XVII. – *Un hémisphère dans une chevelure**
Poème exotique
XVIII. – *L'Invitation au voyage***
XIX. – *Le Joujou du pauvre*
XX. – *Les Dons des Fées*
La suite prochainement.
XXI. – *Les Tentations,*
ou Eros, Plutus et la Gloire
XXII. – *Le Crépuscule du soir*
XXIII. – *Les Projets*
XXIV. – *La Solitude*
XXV. – *La Belle Dorothée*
XXVI. – *Les Yeux des pauvres*

1863 *Revue nationale et étrangère,* 10. Juni
Petits Poëmes en prose
Les Tentations ou Eros, Plutus et la Gloire
La Belle Dorothée
Le Boulevard, 14. Juni
Poëmes en prose
Les Bienfaits de la lune (ohne Titel)
Laquelle est la vraie?
Revue nationale et étrangère, 10. Oktober und 10. Dezember
Petits Poëmes en prose
I. – *Une mort héroïque*
II. – *Le Désir de peindre*
Le Thyrse (À Franz Liszt)
Les Fenêtres
Déjà!

1864 *Figaro,* 7. und 14. Februar
Le Spleen de Paris, Poëmes en prose
(Vortext von Gustave Bourdin)
La Corde (À Édouard Manet)
*Le Crépuscule du soir****
Le Joueur généreux
Enivrez-vous
Sera continué.

Les Vocations
Un cheval de race
Sera continué.

La Vie parisienne, 2. Juli und 13. August
Les Yeux des pauvres (ohne Namensnennung)
*Les Projets** (unterzeichnet: C.B.)

L'Artiste, 1. November
Petits poëmes en prose
*Une mort héroïque**
La Fausse Monnaie
*La Corde**

Revue de Paris, 1. Jg., 2. Periode, Bd. VIII, 25. Dezember
Le Spleen de Paris, Poëmes en prose
I. – *Les Yeux des pauvres**
II. – *Les Projets****
III. – *Le Port*
IV. – *Le Miroir*
V. – *La Solitude****
VI. – *La Fausse Monnaie**

1865 *L'Indépendance belge,* 21. Juni
Les Bons Chiens (À M. Joseph Stevens)

1866 *Revue du XIX*[e] *siècle,* 1. Juni
Petits Poëmes lycanthropes
I. – *La Fausse Monnaie***
II. – *Le Diable (Le Joueur généreux)**

L'Evénement, 12. Juni
Le Spleen de Paris
(Vortext von Alphonse Duchesne)
La Corde (À Édouard Manet)**

La Petite Revue, 27. Oktober
*Les Bons Chiens (À M. Joseph Stevens)**

Le Grand Journal, 4. November
(Vortext von Auguste Poulet-Malassis)
*Les Bons Chiens (À M. Joseph Stevens)***

1867 *Revue nationale et étrangère,* 2. Serie, Bd. I, Nr. 5, 6, 7, 8, 9 und 10, vom 31. August, 7., 14., 21., 28. September und 11. Oktober
*Les Bons Chiens****
*L'Idéal et le Réel (Laquelle est la vraie?)**
*Les Bienfaits de la lune (À Mademoiselle B.)**
Portraits de maîtresses
»Any where out of the world.« N'Importe où hors du monde
Le Tir et le cimetière

1869 *Œuvres complètes,* Bd. IV, bisher unveröffentlicht, unter dem Sammeltitel
Petits Poëmes en prose
Le Galant Tireur
La Soupe et les nuages
Mademoiselle Bistouri
Assommons les pauvres!

114 AN ARSÈNE HOUSSAYE
La Presse, 26. August 1862; PPP 1869.
Siehe hierzu die beiden Briefe an Arsène Houssaye aus dem Dezember 1861 (S. 7ff.). Zu dieser Widmung hat sich folgender Entwurf erhalten:

»An Houssaye
Die Widmung
Der Titel
Weder Schwanz noch Kopf. Alles Schwanz und Kopf.
Bequem für mich. Bequem für Sie. Bequem für den Leser. Wir alle können einhalten, wo wir wollen, ich in meiner Träumerei, Sie beim Druck, der Leser bei seiner Lektüre. Und ich lasse den widerspenstigen Willen nicht am unabsehbaren Faden einer überflüssigen Intrige zappeln.
Ich habe nach Titeln gesucht. Die 66. Obgleich dieses Werk, das etwas von der Schraube und vom Kaleidoskop an sich hat, leicht bis zu der kabbalistischen 666 und gar 6666 getrieben werden könnte…
Das ist besser als eine Intrige von 6000 Seiten. Man möge mir deshalb Dank wissen für meine Zurückhaltung.
Wer von uns hat nicht von einer besonderen poetischen Prosa geträumt, um die lyrischen Regungen des Geistes, die Wellenbewegungen der Träumerei und die jähen Ängste des Gewissens auszudrücken?
Mein Ausgangspunkt ist Aloysius Bertrand gewesen. Was er für das pittoreske Leben der Vergangenheit getan hat, wollte ich für das moderne und abstrakte Leben tun. Und dann, gleich von Anfang an, habe ich bemerkt, daß ich etwas *anderes* machte als das, dem ich nacheifern wollte. Worauf ein anderer stolz wäre, was mich jedoch demütigt, mich, der ich glaube, daß der Dichter stets genau das machen soll, was er machen will.
Notiz über das berühmte Wort.
Kurzum, kleine Stummel
die ganze Schlange

An Catrin
Die Unterschrift
Fortsetzung folgt.«

Anm. zu diesem Entwurf. – *kabbalistischen 666:* die Zahl des apokalyptischen Tieres in der Offenbarung Johannis (XIII, 18). Nach den Dämonologen umfaßt jede Legion des Teufels 6666 böse Geister. – *Catrin:* ein nicht näher bekannter Mitarbeiter Houssayes in der Redaktion der *Presse*.

S. 115, *1 Arsène Houssaye:* s. o. zu S. 7. – *13 einige dieser Stummel:* 1844 hatte Henri de Latouche (1785-1851) in dem Vorwort seines Gedichtbandes *Adieux* gegen die Verfasser des in Mode gekommenen Feuilletonromans den Vorwurf erhoben, sie willigten ein, ihre Seele in »Schlangenstummel« hacken zu lassen. Ein Rezensent der *Adieux* (vermutlich Pétrus Borel) spricht dann von einer »Literatur, die zu Schlangenstummeln wird (nach dem pittoresken Ausdruck hinsichtlich der Feuilletonromane)«. Baudelaire greift das »berühmte Wort« auf, um es seinen Zwecken dienstbar zu machen. – *17 Gaspard de la Nuit:* siehe S. 347. – *29 jähen Ängste des Gewissens:* frz. *soubresauts de la conscience; soubresaut,* wörtl. plötzlicher Sprung, Zusammenzucken, Zusammenfahren, Schock, Ruck; *conscience,* sowohl Bewußtsein als auch Gewissen. Walter Benjamin übersetzt diese Stelle mit »Chocks des Bewußtseins« (›Das Paris des Second Empire bei Baudelaire‹, Benjamin I, 2, 571). Die Erfahrung des »Chocks« gehört nach Benjamin zu dem, was Baudelaires Modernität ausmacht und den Grübler zum Allegoriker werden läßt. – 34 *Ruf des Glasers:* Arsène Houssaye hatte selber einige *poèmes en prose* geschrieben, darunter ein längeres Stück *La Chanson du Vitrier,* mit einer Widmung an E.T.A. Hoffmann. Der Text dieses Prosagedichtes findet sich in seinen *Poésies complètes* (1850) und den *Œuvres poétiques* (1857); diese letzte Fassung abgedruckt in Œuvres/Pl I, 1309f. Houssaye selber legte großen Wert auf dieses Prosagedicht »im primitiven Rhythmus, ohne Vers und ohne poetische Prosa« (*L'Art et la poésie,* in *Œuvres poétiques*).

118 I L'ÉTRANGER

26. August 1862, La Presse; PPP 1869.

Baudelaire hat von sämtlichen in *La Presse* abgedruckten Texten Ausschnitte aufgehoben und in einige, wohl im Hinblick auf eine künftige Veröffentlichung in Buchform, Korrekturen eingetragen. Das Gleiche gilt von den Korrekturabzügen der vierten, nicht erschienenen Folge (XXII-XXVI). Diese Korrekturen wurden dann in PPP 1869 übernommen. Die Varianten werden nachstehend verzeichnet.

S. 118 *Var* 4 statt: *ton père, ta mère,* – *Dr* 1862: *tes parents,* / deine Eltern. – 5 statt: *ni père, ni mère,* – *Dr* 1862: *ni parents.* – 13 statt: *L'or?* – *Dr* 1862: *L'argent?* / Das Geld?

120 II LE DÉSESPOIR DE LA VIEILLE

26. August 1862, La Presse; PPP 1869. Keine Korrekturen.

Vgl. hierzu das Prosagedicht *Les Veuves* (S. 152) und in den *Fleurs du Mal* den Gedichtzyklus *Les Petites Vieilles* (Bd. III, S. 236ff.); ferner das ›Albumblatt‹ vom 26. August 1851 (Bd. II, S. 181).

122 III LE CONFITEOR DE L'ARTISTE

26. August 1862, La Presse; PPP 1869. Keine Korrekturen.

Vermutlich ebenso wie *L'Étranger* in Honfleur entstanden.

124 IV UN PLAISANT

26. August 1862, La Presse; PPP 1869. Keine Korrekturen.

S. 125, 21 *Witz Frankreichs:* Die Verachtung des *»esprit français«,* des Geistes Voltaires, ist fast ein Gemeinplatz der romantischen Generation und ebenso Flauberts und Baudelaires.

126 V LA CHAMBRE DOUBLE

26. August 1862, La Presse; PPP 1869. Keine Korrekturen.

S. 127, 29 *Glitzäuglein:* frz. *mirettes,* volkstümlich vor allem für hübsche Augen *(belles mirettes)* gebraucht; von dem Argotwort *mirer,* schauen, blikken; seit 1830 belegt.

S. 129, 19 *die »Sylphide«:* So nennt der sechzehnjährige François-René de Chateaubriand (1768-1848) in seinen *Mémoires d'outre-tombe* das *fantôme d'amour,* das er auf Schloß Combourg mit allem Zauber einer schwermütig-phantastischen Leidenschaft umgibt (I. Teil, 3. Buch, Kap. 10 und 11; siehe *Mémoires d'outre-tombe,* Bibl. de la Pléiade, Paris 1957, Bd. I, 93ff., 1133f.).

Die gleiche Gestalt erscheint in seiner Novelle *René* (in *Le Génie du christianisme*, 1802), ohne dort jedoch mit diesem Namen genannt zu werden.

132 VI CHACUN SA CHIMÈRE

26. August 1862, La Presse; PPP 1869.
Baudelaires Ausleger haben diesem Prosagedicht eine Verwandtschaft mit einem Blatt aus den *Caprichos* (1793-1798) von Francisco de Goya (1746-1828) zugesprochen, das vielleicht als Anregung gedient hat. Es handelt sich um das Blatt 42, mit der Unterschrift *»Tu que no puedes«* (Du, der du es nicht kannst): zwei Männer mit gespreizten Beinen tragen riesige Esel auf ihrem gekrümmten Rücken; so trägt das arme arbeitende Volk die Last der regierenden Dummköpfe. In die Nachbarschaft dieses Blattes gehört ein zweites Capricho, Nr. 63, mit der Unterschrift *»Miren que grabes!«* (Schau, wie ernst sie sind!). Hier tragen auf ihren Hinterbeinen stehende, halbaufgerichtete Esel zwei nackte menschliche Gestalten mit phantastischen Tierhäupten und gefalteten Händen; diesmal offensichtlich eine Karikatur der Geistlichkeit.

Var T Dr 1862: *Chacun la sienne* / Jeder die Seinige

134 VII LE FOU ET LA VÉNUS

26. August 1862, La Presse; PPP 1869. Keine Korrekturen.
Vgl. in den *Fleurs du Mal* das Gedicht *La Beauté* (III, S. 90).

136 VIII LE CHIEN ET LE FLACON

26. August 1872, La Presse; PPP 1869. Keine Korrekturen.

136 IX LE MAUVAIS VITRIER

26. August 1862, La Presse; PPP 1869. Keine Korrekturen.
Eine ironische Replik auf Arsène Houssayes *Chanson du Vitrier*. Siehe Arnaldo Pizzorusso, Le Mauvais Vitrier ou L'Impulsion inconnue, Etba VIII, 147-171.
Es besteht eine deutliche innere Verwandtschaft dieses Prosagedichtes zu Poes Erzählung *The Imp of the Perverse*, die Baudelaire 1854 übersetzt hat (*Le Démon de la perversité*, in NHE).

S. 137, 23 *Jemand, der bei seinem Hausmeister ...:* Dieser Jemand, wie der andere, der einen Brief vierzehn Tage uneröffnet mit sich herumträgt, ist, wie sich aus den Briefen belegen läßt, Baudelaire selbst.

S. 139, 19 *Ein anderer wiederum, der so schüchtern ist ...:* einerseits Jean-Jacques Rousseau, anderseits wiederum Baudelaire selbst. In den *Fusées* findet sich die Notiz: »Jean-Jacques sagte, er betrete ein Caféhaus stets in einer gewissen Erregung. Auf einen Schüchternen wirkt schon die Theaterkontrolle ein wenig wie das Gericht der Unterwelt.« (VI; siehe Band VI.)

142 X À UNE HEURE DU MATIN

27. August 1862, La Presse; PPP 1869. Keine Korrekturen.
Vgl. in den *Fleurs du Mal* die Gedichte *La Fin de la journée* (III, S. 326) und *L'Examen de minuit* (IV, 86 f.).

S. 143, 6 *die Tyrannei der Menschengesichter:* ein von De Quincey entlehnter Ausdruck, den Baudelaire in seinem Essay *Un mangeur d'opium* (PA; Bd. VI) kommentiert, der auch in *Pauvre Belgique!* und in abgewandelter Gestalt *(l'horreur de la face humaine)* in einem Brief an die Mutter vom 11. August 1862 wiederkehrt. – 20 *ohne mir vorsorglicherweise Hand-*

schuhe gekauft zu haben: »Viele Freunde, viele Handschuhe – aus Angst vor der Krätze.« (*Fusées* VII; Bd. VI) – 22 *Tanzmamsell:* frz. *sauteuse,* wörtl. eine Springerin, Akrobatin in einem Zirkus oder einer Gauklerbude; hier jedoch wohl verächtliche Bezeichnung für eine Tänzerin minderer Sorte. – 23 *Venustra:* Phantasiename. – 26 *der plumpste, dümmste und berühmteste aller meiner Autoren:* In einem Brief an seine Mutter vom 3. November 1860 schreibt Baudelaire, er werde sich, um sein Theaterstück *Le Marquis du 1er Houzards* (siehe Bd. V) zu schreiben, an einen Mitarbeiter wenden, »den berühmtesten und den dümmsten, den ich ausfindig machen kann«.

144 XI LA FEMME SAUVAGE ET LA PETITE-MAITRESSE
27. August 1862, La Presse; PPP 1869. Keine Korrekturen.
Wie *Les Tentations, La Belle Dorothée* und vielleicht auch *Le Joueur généreux* hatte Baudelaire diesen Stoff zuerst in Versen behandeln wollen, für die zweite Ausgabe der *Fleurs du Mal* von 1861. Die *»femme sauvage«* war ein häufiges Schauspiel auf den Jahrmärkten zu Baudelaires Zeit.

S. 149, 9 *Wenn du den ›Klotz‹ verachtest ...:* Anspielung auf eine Fabel Jean de La Fontaines (III, 4), *Les Grenouilles qui demandent un roi* (Die Frösche, die einen König haben wollen), in welcher Jupiter den Fröschen, die »des demokratischen Zustandes« müde sind, einen friedlichen Holzklotz *(soliveau)* als König vom Himmel fallen läßt. Da ihnen dieser »Klotz« nicht genügt, entsendet der »Monarch der Götter« einen Kranich, *Qui les croque, qui les tue, / Qui les gobe à son plaisir* (der sie zerknackt, der sie tötet, der sie verschlingt, wie es ihm beliebt).

148 XII LES FOULES
1. November 1861, Revue fantaisiste; 27. August 1862, La Presse; PPP 1869. Keine Korrekturen.
Die Anregung zu diesem Prosagedicht entnahm Baudelaire einer Erzählung E. A. Poes, *The Man of the Crowd,* die er 1854 übersetzte (*L'Homme des foules,* in NHE). Das gleiche Thema behandelt er in dem dritten Kapitel seines Essays über den Maler Constantin Guys (*Le Peintre de la vie moderne;* siehe Bd. V), der um die gleiche Zeit entstand wie dieses Prosagedicht. Auch Walter Benjamin, in seiner Abhandlung ›Über einige Motive bei Baudelaire‹ kommt auf Poes Erzählung zu sprechen; er zieht ferner zum Vergleich E. T. A. Hoffmanns letztes Prosastück ›Des Vetters Eckfenster‹ heran, das Champfleury 1856 übersetzt hat (Benjamin I, 2, 605-6537).

S. 149, 18 *ein Bad in der Menge:* Der Ausdruck *un bain de multitude* findet sich bereits in dem Essay über De Quincey (›Ein Opiumesser‹, Kap. III, Bd. VI). Als Sainte-Beuve diesen Ausdruck rügte, verteidigte sich Baudelaire, in einem Brief vom 4. Mai 1865: um hundert »mühselige Bagatellen« wie seine Prosagedichte zu schreiben, von denen erst sechzig vorlägen, benötige er eine beständige gute Laune; und deshalb bedürfe er der Anregung durch das Straßenleben, die Menge, die Musik, die Lichter, kurz dieses *»bain de multitude dont l'incorrection vous avait justement choqué«.*

S. 151, 12 *heiligen Prostitution der Seele:* »Die Liebe ist der Hang zur Prostitution. Es gibt sogar keinen edlen Genuß, der sich nicht auf die Prostitution zurückführen ließe. Bei einem Schauspiel, auf einem Ball genießt jeder Anwesende alle andern ... Das Vergnügen, sich unter der Menge zu befinden, ist ein geheimnisvoller Ausdruck des Genusses, den die Vervielfältigung der

Zahl gewährt. *Alles* ist Zahl. Die Zahl ist in *allem*. Die Zahl ist im Einzelnen. Der Rausch ist eine Zahl. Bei einem reifen Menschen soll der Geschmack an der schöpferischen Konzentration an die Stelle des Geschmacks am schleuderhaften Sich-Ausgeben treten.« (*Fusées* I; Bd. VI)

152 XIII LES VEUVES

1. November 1861, Revue fantaisiste; 27. August 1862, La Presse; PPP 1869. Korrekturen 1862; weiterhin unverändert.

Vgl. in den *Fleurs du Mal* den Gedichtzyklus *Les Petites Vieilles* (Bd. III, 236 ff.). Siehe auch S. 314, 4.

S. 152 *Var 30* statt: *la plus attristante,* – *Dr* 1861: *la plus désolante à voir,* / die am kläglichsten anzusehen ist.

S. 154 *Var 2* statt: *roide.* – *Dr* 1861: *raide.* – *3* statt: *fierté de stoïcienne.* – *Dr* 1861: fierté stoïcienne / stoischer Stolz. – *6* statt: *Je ne sais* – *Dr* 1861, 1862: Je sais / Ich weiß. – *30* statt: *excepté l'aspect de cette tourbe* – *Dr* 1861: *excepté cette tourbe.*

S. 156 *Var 23* statt: *le chien et le chat,* – *Dr 1861: le chien ou le chat.*

S. 153, *3* Luc de Clapier, marquis de *Vauvenargues* (1715-1747), französischer Moralist. Der Text auf den Baudelaire anspielt, erschien zum ersten Mal 1857 in einer Ausgabe der *Œuvres* (hrsg. von D.-L. Gilbert); es handelt sich um die 40. der *Réflexions sur divers sujets: Sur les misères cachées* (zitiert in PPP/Kopp, 228 f. und Œuvres/Pl, 1318 f.).

S. 155, *26 eines öffentlichen Konzertes:* Als Besucher eines solchen Konzertes hat Manet, auf seinem Gemälde *La Musique aux Tuileries* (1860/62), Baudelaire dargestellt, zwischen dem Maler Fantin-Latour und Théophile Gautier.

158 XIV LE VIEUX SALTIMBANQUE

1. November 1861, Revue fantaisiste; 27. August 1862, La Presse; PPP 1869. Korrekturen 1862; weiterhin unverändert.

Zum Thema siehe Jean Starobinski: *Portrait de l'artiste en saltimbanque,* Genf 1970; Robert L. Füglister, *Baudelaire et le thème des bohémiens,* in Etba II, 99-143; ferner PPP/Kopp, 233-238.

S. 158 *Var 6* statt: *compenser* – *Dr* 1861: *réparer.* – *8* statt: *il me semble* – *Dr* 1861 *il semble.* – *9* statt: *il devient pareil aux enfants.* – *Dr* 1861: *il se fait l'égal des enfants.* / er macht sich den Kindern gleich. – *14* statt: *lui-même et l'homme* – *Dr* 1861 *lui-même, l'homme.* – *28* statt: *sous les maillots* – *Dr* 1861: *sous leurs maillots.* – *34* statt: *jupons* – *Dr* 1861 *jupes.*

S. 159, *21 Hanswurst und Dummer August:* frz. *Les queues-rouges et les Jocrisses. Queune-rouge,* Rotschwanz, ein Bajazzo, dessen Perücke in einen Schwanz mit einem roten Band ausgeht. *Jocrisse,* auch Hanswurst, Tolpatsch.

162 XV LE GÂTEAU

24. September 1862, La Presse; PPP 1869. Keine Korrekturen.

S. 163, *12 auf einer Wanderung:* Erinnerung an die Pyrenäenreise, die Baudelaire 1838 zusammen mit seinem Stiefvater unternommen hatte. Vgl. auch das Jugendgedicht *Tout là-haut, tout là-haut* ... (Bd. I, S. 56).

S. 165, *3 der Mensch sei von Natur gut:* Baudelaire war bekanntlich ein erbitterter Gegner dieser Lehre Rousseaus. In seinen Augen ist der Mensch

»naturellement dépravé« (von Natur aus verdorben). »Der *von Natur* gute Mensch, was ist das? wo hat es den je gegeben? Der von Natur gute Mensch wäre ein *Monstrum,* will sagen ein *Gott.*« (Brief an Alphonse Toussenel, 21. Januar 1856)

168 XVI L'HORLOGE

24. August 1857, Le Présent; 1. November 1861, Revue fantaisiste; 24. September 1862, La Presse; PPP 1869. Korrekturen 1861, 1862 und 1869.
Die Quelle dieses Prosagedichtes ist ein Erlebnis, das der Pater Evariste Régis Huc in seinem Buch *L'Empire chinois* (Paris 1854) erzählt (zitiert in PPP/Kopp, 242 f. und Œuvres/Pl I, 1319 f.).

S. 168 *Var 3* statt: *des chats.* – *Dr* 1857: *des chats; – moi aussi.* / ich auch. – 4 statt: *se promenant* – *Dr* 1857 *qui se promenait.* – 12 statt: *Pour moi, si je me penche ...* – *Dr* 1857: *Pour moi, quand je prends dans mes bras mon beau chat, mon cher chat, qui est à la fois l'honneur de sa race,* / Ich meinerseits, wenn ich meine gute Katze, meine liebe Katze in die Arme nehme, die zugleich die Zierde ihrer Rasse ist; *Dr* 1861: *Pour moi, quand je prends dans mes bras ce chat extraordinaire, qui est à la fois l'honneur de sa race,* / diese ungewöhnliche Katze. – 15 statt: *dans l'ombre opaque,* – *Dr* 1857: *dans l'ombre parfaite* / im völligen Dunkel. – 17 statt: *sans divisions* – *Dr* 1857, 1861, 1862: *sans division.* – 22 statt: *ce délicieux cadran,* – *Dr* 1857: *cet aimable cadran,* / diesem liebenswürdigen Zifferblatt. – 23 *quelque Démon du contre-temps* – fehlt *Dr* 1857, 1861. – 25 statt: *mortel prodigue et fainéant?* – *Dr* 1857: *imbécile?* / Dummkopf, Narr? – 27 *N'est-ce pas, madame, ...* – Dieser letzte Absatz fehlt *Dr* 1857, 1861.

S. 169, 12 *Und es stimmte:* Hier verwies in *Le Présent* ein Sternchen auf folgende Fußnote: »Setzt man ein vollkommenes oder zumindest sehr geübtes Gedächtnis voraus, so ist es nicht schwierig zu begreifen, wie man die Tageszeit aus dem Auge eines Tieres erraten kann, dessen Pupille sehr lichtempfindlich ist.« – 13 *Féline:* die Katzenhafte; siehe auch in den *Fleurs du Mal* das Gedicht *Le Chat* (Bd. III, S. 118 f.). In einem Brief an Arsène Houssaye, um den 22. September 1862, beschwert sich Baudelaire, daß Houssaye diesen Namen umändern und durch Nyssia ersetzen wollte. Ein Exemplar der zweiten Ausgabe der *Fleurs du Mal* von 1861 trägt die Widmung: *»Hommage à ma très chère Féline, Ch. Baudelaire«.* Auch in Baudelaires *Carnet* aus den Jahren 1861/63 findet sich auf einem Blatt, das aus dem Jahr 1861 stammen dürfte, zweimal der Name Féline; offensichtlich die gleiche Person, der Baudelaire seinen Gedichtband gewidmet hat.

170 XVII UN HÉMISPHÈRE DANS UNE CHEVELURE

24. August 1857, Le Présent; 1. November 1861, Revue fantaisiste; 24. September 1862, La Presse; PPP 1869. Korrekturen 1861 und 1862.
Vgl. die vorausliegenden Gedichte *Parfum exotique* und *La Chevelure* in *Les Fleurs du Mal* (Bd. III, 98 ff.).

S. 170 *Var T* 1857, 1861: *La Chevelure.* – Untertitel 1862: *poëme exotique.* – 13 statt: *plus bleu et plus* – *Dr* 1857: plus *vaste et plus* / weiter. – 18 statt: *formes découpant ... l'éternelle chaleur.* – *Dr* 1857: *formes enlevant leurs silhouettes élégantes sur un ciel immense où frémit une chaleur éternelle.* / deren elegante Silhouetten sich erheben; *Dr* 1861: *formes découpant leurs architectures arachnéennes sur* / ihre spinnwebartigen Architekturen. – *20* statt: *des longues heures passées sur un divan,* – *Dr* 1857: des longues journées passées sur le divan, / der langen Tage auf einem Divan. – *29* statt: *mordre longtemps* – *Dr* 1857, 1861: *mordre, mordre longtemps.* – statt: *tes cheveux élastiques et rebelles,* – *Dr* 1857: *tes cheveux solides et crépus,* / dein festes und krauses Haar. – *31* statt: *mange des souvenirs.* – *Dr* 1857, 1861: *mange mes souvenirs.* / meine Erinnerungen.

S. 171, 34 *als äße ich Erinnerungen:* Als dieses Prosagedicht 1857 in *Le Présent* erschien, forderte es, wie auch *L'Horloge,* den Spott der Journalisten heraus, die an gewissen Details und vor allem an dem Essen der Erinnerungen Anstoß nahmen. Die beiden Artikel von J. Habans und Gustave Bourdin, aus dem *Figaro* vom 10. November und 10. Dezember 1857, abgedruckt in PPP/Kopp, XXXI f. Über den nämlichen Bourdin siehe auch S. 372.

172 XVIII L'INVITATION AU VOYAGE

24. August 1857, Le Présent; 1. November 1861, Revue fantaisiste; 24. September 1862, La Presse; PPP 1869. Korrekturen 1861 und 1862.
Siehe in den *FdM* das Gedicht mit dem nämlichen Titel *L'Invitation au voyage* und die Anmerkung dazu (Bd. III, 185, 386). Das älteste Vorbild solcher »Aufforderungen zur Reise« dürfte Mignons Lied (»Kennst du das Land, wo die Zitronen blühn ...«) in Goethes Roman »Wilhelm Meisters Lehrjahre« (1795/96) gewesen sein, das in vielen Übersetzungen und Vertonungen verbreitet war und immer wieder nachgeahmt wurde (siehe PPP/Kopp, 251). Auch Théophile Gautier schrieb eine *Chanson de Mignon* (1833) nach Goethes Vorlage. In seinem *Albertus* (1833) schon wandelt er das Thema ab; nicht mehr das südliche Italien ist das Land der Sehnsucht, wohin die Reise gehen soll, sondern das nördlich Flandern:

Confort et far-niente! – toute une poésie
De calme et de bien-être, à donner fantaisie
De s'en aller là-bas être Flamand; ...

(Komfort und Farniente – eine ganze Poesie der Ruhe und des Wohlbehagens, daß einen die Lust ankommen könnte, sich dorthin zu begeben und als Flame zu leben ...).
Siehe auch Roger Bauer: Baudelaire und die deutsche Romantik, in: Euphorion, Bd. 75/1984, 430-443.

S. 172 *Var 4* statt: *avec une vieille amie. Pays* – *Dr* 1857: *avec une maîtresse chérie; pays* / mit einer geliebten Mätresse, einer lieben Freundin; *Dr* 1861: *avec une maîtresse chérie. Pays.* – *10* statt: *où le luxe a plaisir* – *Dr* 1857: *où le luxe a l'air de prendre plaisir* / wo der Luxus sich darin zu gefallen scheint. – *11* statt: *respirer; d'où ... sont exclus; où le bonheur* – *Dr* 1857: *respirer; où ... n'existent pas, – où le bonheur.* – *15* statt: *Tu connais cette maladie ... angoisse de la curiosité?* – *Dr* 1857: *Ah, si j'étais ta Mignon, ta Mignon aimée et protégée, toujours tendre, toujours soumise, mais toujours rêveuse et désireuse, je te dirais à toi, mon poète et mon ami: Tu connais cette maladie qui s'empare de notre esprit dans les plus dures misères, cet amour du pays qu'on ignore, cette nostalgie de la curiosité?* / Ach, wenn ich deine Mignon wäre, deine geliebte und beschützte Mignon, immer zärtlich, immer ergeben, doch immer verträumt und voller Wünsche, so spräche ich zu dir, mein Dichter und mein Freund: Kennst du dieses Weh, das sich unseres Geistes im härtesten Elend bemächtigt, diese Liebe zu einem unbekannten Land, diese Sehnsucht der Neugier? – *Dr* 1861: *Ah! si tu étais le poète et si j'étais ta Mignon, aimée et protégée, toujours tendre, toujours soumise, mais toujours rêveuse et désireuse, je te dirais à toi, mon poète et mon ami: »Tu connais cette maladie fiévreuse qui s'empare de nous dans les froides misères, cet amour du pays qu'on ignore, cette nostalgie de la curiosité?* / Ach! wenn du der Dichter wärest und ich deine Mignon ... jenes fiebernde Weh ... im kalten Elend ... – *22* statt: *par l'infini des sensations.* – *Dr* 1857, 1861: *par la multiplication des sensations.* / durch die Vervielfältigung der Empfindungen. – *23* statt: *Un musicien a écrit ... à la sœur d'élection?* – *Dr* 1857: *Comme on a écrit* l'Invitation à la valse, *je voudrais qu'un musicien de génie se chargeât d'écrire* l'Invitation au voyage, *pour l'offrir ... d'élection.* / Wie man die *Aufforderung zum Tanz* geschrieben hat, so wollte ich, ein genialer Musiker übernähme es, die *Aufforderung zur Reise* zu schreiben, um sie ... zum Geschenk zu machen. – *31* statt: *des peintures béates, calmes et profondes,* – *Dr* 1857: *des peintures heureuses, pleines de calme,* / glückliche Bilder, voller Ruhe; *Dr* 1861: *des peintures heureuses, calmes,* / glückliche, stille Bilder. – *33* statt: *couchants, qui colorent si richement* – *Dr* 1857: *couchants, qui réjouissent mélancoliquement* / die schwermütig erheitern.

S. 174 *Var 1* statt: *étoffes ou par* – *Dr* 1857, 1861: *étoffes et par.* – *4* statt: *âmes raffinées.* – *Dr* 1857: *âmes civilisées.* – *5* statt: *y jouent pour les yeux* – *Dr* 1857: *y font pour les yeux.* – *8* statt: *un* revenez-y *de Sumatra,* – *Dr* 1857: *un léger parfum d'Orient* / ein leichter Duft des Orients; *Dr* 1861: *un léger parfum oriental.* – nach *appartement. Dr* 1857, als selbständiger Absatz: *Soleils couchants qui embellissez si mélancoliquement la chambre de la femme aimée, de la sœur d'élection, quand vous coucherez-vous dans mon horizon?* / Untergehende Sonnen, die ihr das Zimmer der geliebten Frau, der Schwester meiner Wahl, so melancholisch verschönt, wann werdet ihr an meinem Horizont untergehen? – In *Dr* 1861 statt eines neues Absatzes nur ein Gedankenstrich. Auch sonst häufige Abweichungen in der Interpunktion und in der Unterteilung des Textes. – *20* statt: *de soixante et* – *Dr* 1857: *de soixante mille et.* – *23* statt: *Fleur incomparable,* – *Dr* 1857: *Fleur impossible,* / Unmögliche Blume. – *25* statt: *analogie, et ne pourrais-tu pas te mirer ... correspondance?* – *Dr* 1857: *analogie, et pour me servir du langage de ces livres qui traînent toujours sur ma table et qui te font ouvrir de si grands yeux, n'aurais-tu pas pour miroir ta propre* correspondance? / und um mich der Sprache dieser Bücher zu bedienen, die immer auf meinem Tisch herumliegen und über die du so große Augen machst, solltest du nicht deine eigene *Entsprechung* zum Spiegel haben? – *Dr* 1861: *analogie, et n'aurais-tu pas pour miroir ta propre* correspondance? – *28* statt: *plus l'âme est ambitieuse et délicate, plus* – *Dr* 1857, 1861: *plus l'âme est délicate, plus.* – *31* statt: *combien comptons-nous d'heures* – *Dr* 1857: *combien y a-t-il d'heures* / wieviel Stunden gibt es.

S. 173, *3 ein herrliches Land:* Holland, das schon seit dem 17. Jahrhundert ein beliebtes Reiseland der Franzosen war; für das 19. Jahrhundert siehe M. M. C. Koumans, *La Hollande et les Hollandais au XIXe siècle, vus par les Français,* Maestricht 1930, und ergänzend PPP/Kopp, 252 ff. – *17 Kennst du ... Dahin, dahin ...:* Anklänge an Mignons Lied. – *23 dort zu leben, dort zu sterben!:* In Gautiers erweiternder Fassung von Mignons Lied, endet die erste Strophe mit den Versen: *»C'est là, maître, c'est là qu'il faut mourir et vivre, / C'est là qu'il faut aller, c'est là qu'il faut me suivre.«* – 25 *Aufforderung zum Tanz:* Rondo für Klavier von Carl Maria von Weber (1819, opus 65), das Weber in seine Oper ›Der Freischütz‹ (1821) übernommen und das Hector Berlioz 1831 für Orchester bearbeitet hat.

S.175, 23 *schwarze Tulpe:* Anspielung auf das utopische Ideal der holländischen Blumenzüchter im 17. Jahrhundert. 1850 erschien von Alexandre Dumas (1802-1870) der Roman *La Tulipe noire,* der innerhalb von zehn Jahren sechs Neuauflagen erlebte. – *blaue Dahlie: Le Dahlia bleu,* Titel eines Chanson von Pierre Dupont, mit einer Walzermelodie, aus dem ersten Band der *Chants et chansons,* für die Baudelaire ein Vorwort geschrieben hatte (siehe Bd. II, S. 169ff.). Die Dahlie war Ende des 18. Jahrhunderts aus Mexiko eingeführt worden, und es war lange ein Traum der Gärtner, eine blaue Dahlie zu züchten. Schon vor Dupont, der sie populär machte, findet sich die blaue Dahlie als ein Symbol des Unmöglichen erwähnt, so, wohl zum ersten Mal, in Balzacs Roman *Honorine* (1843): »ich suche die blaue Dahlie, ich schwärme für blaue Blumen. Ist Blau nicht die Lieblingsfarbe der schönen Seelen?« Zu beiden Blumen siehe George Blin, *»Les Fleurs de l'impossible«,* in: Revue des sciences humaines, Juli/September 1957, und PPP/Kopp, 257ff. – 27 *mit den Mystikern zu reden:* Anspielung auf die Lehre von den Entsprechungen bei Emmanuel Swedenborg (siehe in den FdM das Gedicht *Correspondances* und die Anmerkung dazu; Bd. III, S. 68, 371). Ein Band Swedenborg liegt auch auf Samuel Cramers Tisch in der Novelle *La Fanfarlo* (Bd. II, S. 88).

176 XIX LE JOUJOU DU PAUVRE
24. September 1862, La Presse; PPP 1869. Keine Korrekturen.
Baudelaire entnahm dieses Prosagedicht der 1853 zum ersten Mal erschienenen Arbeit *La Morale du joujou* (›Die Moral des Spielzeugs‹, Bd. II, S. 196 bis 203), deren diesbezügliche Abschnitte (Bd. II, 199f.) er überarbeitete.

180 XX LES DONS DES FÉES
24. September 1862, La Presse; PPP 1869. Keine Korrekturen.

186 XXI LES TENTATIONS OU ÉROS, PLUTUS ET LA GLOIRE
K Oktober 1862; La Presse; 10. Juni 1863, Revue nationale et étrangère; PPP 1869. Korrekturen 1862 und 1863.
Baudelaire hatte dieses erste Stück der nicht erschienenen vierten Folge der *Petits poèmes en prose* in *La Presse* (s. o. S. XXX) ursprünglich in Versen schreiben wollen.

S.186 *Var 6* statt: *donne assaut – K* 1862: *donne l'assaut.* – 24 statt: *brillants couteaux – K* 1862: *brillants poignards* / blitzende Dolche. – 27 statt: *ceci est mon sang, – K* 1862 zuerst: *ceci est mon âme potable,* / dies ist meine trinkbare Seele.

S.188 *Var 1* statt: *le forçait – K* 1862 *le contraignait* / nötigte ihn. – 15 statt: *mystérieuse coutellerie, – K* 1862 *mystérieuse armurerie,* / geheimnisvolle Bewaffnung. – 28 statt: *exténuées. Il – K* 1862, *Dr* 1863: *exténuées. Et il.*

S.190 *Var 6* statt: *ventre monstrueux, dont – K* 1862: *ventre, dont.* – 22 statt: *gosiers incessamment lavés – Dr* 1863: *gosiers lavés.*

– *30* statt: *»voilà qui est précieux!«* – *K* 1862, *Dr* 1863: *»ceci est sérieux!«* / »das ist Ernst!« – *33* statt: *le son rauque* – *K* 1862 zuerst: *le son même.*

S. 192 *Var 1* statt: *souvenir d'une trompette* – *K* 1862 zuerst: *souvenir de trompette.* – *3* statt: *»Va-t-en! ... nommer.« Certes,* – *K* 1862: *»Va-t-en! – et dis, si tu veux, à tes amants que c'est eux qui me détournent de toi.« Certes,* / »Pack dich! – und wenn du willst, sag deinen Liebhabern, daß sie es sind, die mich veranlassen, mich abzukehren von dir.« – *7* statt: *Mais malheureusement je me réveillai,* – *K 1862 zuerst: Mais malheureusement mon sommeil se rompit,* / mein Schlaf brach ab. – *10* statt: *éveillé, je ne ferais pas tant le délicat!* – *K* 1862 zuerst: *éveillé!* – *11* statt: *à haute voix, les suppliant de me pardonner, leur offrant* – *K* 1862 zuerst: *à haute voix, leur offrant.*

S. 187 *T* In den Briefen, in denen von diesem Gedicht »Der Traum« seit 1859 die Rede ist, sind die drei Gestalten zuerst *»la fortune, l'amour et la gloire«*, dann *»Plutus, l'Amour et la Gloire«*. – *Plutus:* der Gott des Reichtums. – *29 blitzende Messer und chirurgische Instrumente:* In der frühesten Fassung waren diese Messer Dolche. In den *Fusées* entwickelt Baudelaire den Gedanken: »Der Liebesakt hat eine große Ähnlichkeit mit der Folter oder einer chirurgischen Operation« (XI, III; Bd. VI).

S. 189, *11 aus dir selbst herauszutreten:* »Was ist die Liebe? Das Bedürfnis, aus sich herauszugehen. Der Mensch ist ein anbetendes Tier. Anbeten heißt sich opfern, sich prostituieren. Daher ist jede Liebe Prostitution.« (*Mon Cœur mis à nu,* XXV; Bd. VI)

S. 191, 28 *Trompete:* das übliche Attribut der Fama, der Personifikation des Gerüchts und des Ruhmes.

192 XXII LE CRÉPUSCULE DU SOIR

1855, Hommage à C. F. Denecourt. – Fontainebleau. – Paysages, Légendes, Souvenirs, Fantaisies ...; 24. August 1857, Le Présent; 1. November 1861, Revue fantaisiste; *K* Oktober 1862, La Presse; 7. Februar 1864, Figaro; PPP 1969.

Als die beiden frühesten Prosagedichte erschienen in dem Sammelband für C. F. Denecourt *Le Crépuscule du soir* und *La Solitude,* zusammen mit den beiden Gedichten Le *Crépuscule du soir* und *Le Crépuscule du matin* (Bd. III, S. 226f. und 248f.) und einem Brief an Fernand Desnoyers (siehe Bd. III, S. 405).

Die erste Fassung dieses Prosagedichtes von 1855 bis 1861 war wesentlich kürzer, sie wurde für *La Presse,* wo sie dann nicht erschien, überarbeitet und erweitert. Nachstehend die erste Fassung samt Übersetzung und Varianten; anschließend die Varianten der Fassungen ab 1862.

LE CRÉPUSCULE DU SOIR

La tombée de la nuit a toujours été pour moi le signal d'une fête intérieure et comme la délivrance d'une angoisse. Dans les bois comme dans les rues d'une grande ville, l'assombrissement du jour et le scintillement des étoiles ou des lanternes éclairent mon esprit.

Mais j'ai eu deux amis que le crépuscule rendait malades. L'un méconnaissait alors tous les rapports d'amitié et de politesse, et brutalisait sauvagement le premier venu. Je l'ai vu jeter un excellent poulet à la tête d'un maître d'hôtel. La venue du soir gâtait les meilleures choses.

L'autre, à mesure que le jour baissait, devenait plus aigre, plus sombre, plus taquin. Indulgent pendant la journée, il était impitoyable le soir; – et ce n'était pas seulement sur autrui, mais sur lui-même que s'exerçait abondamment sa manie crépusculaire.

Le premier est mort fou, incapable de reconnaître sa maîtresse et son fils; le second porte en lui l'inquiétude d'une insatisfaction perpétuelle. L'ombre qui fait la lumière dans mon esprit fait la nuit dans le leur. – Et, bien qu'il ne soit pas rare de voir la même cause engendrer deux effets contraires, cela m'intrigue et m'étonne toujours.

Die Abenddämmerung

Der Anbruch der Nacht war für mich immer das Zeichen zu einem inneren Fest und gleichsam die Befreiung von einer Angst. In den Wäldern wie in den Straßen einer großen Stadt erhellen die Verdüsterung des Tages und das Funkeln der Sterne oder der Laternen meinen Geist.

Aber ich habe zwei Freunde gehabt, welche die Dämmerung krank machte. Der eine vergaß dann alle Forderungen der Freundschaft und der Höflichkeit und mißhandelte wie ein Wilder den Erstbesten, der ihm in den Weg kam. Ich habe gesehen, wie er ein vorzügliches Huhn einem Oberkellner an den Kopf warf. Der heraufkommende Abend verdarb die besten Dinge.

Der andere wurde, je mehr das Licht schwand, desto bitterer, düsterer, spottsüchtiger. Tagsüber nachsichtig, war er abends erbarmungslos; – und nicht nur an den andern, sondern an sich selbst ließ er seinen Dämmerungswahn reichlich aus.

Der erste ist im Irrenhaus gestorben, unfähig, seine Geliebte und seinen Sohn zu erkennen; den zweiten plagt die Unrast eines unaufhörlichen Mißvergnügens. Das Dunkel, das meinen Geist erhellt, umnachtet den ihrigen. – Und obwohl es keine Seltenheit ist, daß die nämliche Ursache zwei entgegengesetzte Wirkungen hervorbringt, erregt dies doch immer wieder meine Verwunderung und mein Erstaunen.

Var der ersten Fassung 3 statt: *Dans les bois comme ... – Dr* 1857: *Dans les forêts comme; Dr* 1861: *Dans les solitudes* / Einsamkeiten, *comme dans les rues d'une capitale.* – 6 statt: *Mais j'ai ... rendait malades. – Dr* 1861: *Cependant j'ai ... faisait tout malades.* / ganz krank machte. – 7 statt: *brutalisait sauvagement – Dr* 1861: *maltraitait comme un sauvage.* – 8 statt: *La venue du soir gâtait les meilleures choses. – Dr* 1857: *gâtait pour lui les; Dr* 1861: *Le soir, précurseur des voluptés, lui gâtait les choses les plus succulentes.* – 12 statt: *s'exerçait abondammant – Dr* 1857, 1861: *s'exerçait rageusement.* – statt: *manie crépusculaire. – Dr* 1861: *manie crépusculeuse.* – 15 statt: *d'une insatisfaction perpétuelle. – Dr* 1861: *d'un malaise perpétuel.*

S. 192, *Var* 21 statt: *les nues – K* 1862, *Dr* 1864: *les nuées.* – 27 statt: *du noir hospice perché ... la montagne; et, le soir – K* 1862: *du noir hospice des Antiquailles, et le soir.*

S. 194, *Var* 1 statt: *chaque fenêtre dit: – K* 1862: *chaque fenêtre illuminée dit:* / jedes erleuchtete Fenster. – 3 statt: *souffle de là-haut, – K* 1862: *souffle de Fourvières.* – 4 statt: *à cette imitation des harmonies de l'enfer. – K* 1862: *à ce redoutable écho de l'Enfer.* / diesem gräßlichen Widerhall der Hölle. – 5 statt: *les fous. – Je me souviens que j'ai eu – K* 1862: *les fous.*

Bizarre! Bizarre! J'ai eu. – *15* statt: *mais aussi sur lui-même,* – *K* 1862: *mais sur lui-même.* – *31* statt: *doux et tendre!* – *K* 1862: *doux et tendre et brillant!* / und schimmernd! – *33* statt: *de sa nuit, les feux des candélabres* – *K* 1862: *de la nuit, les feux des lampes.*

S. 196, *Var 5* statt: *encore une* – *K* 1862, *Dr* 1864: *encore d'une.*

S. 193, *30 düsteren Irrenanstalt:* Wie die Varianten des Fahnenabzugs von 1862 zeigen, erinnert Baudelaire sich hier der Irrenanstalt Les Antiquailles auf der Montagne de Fourvière in Lyon.

S. 195, *29 o erfrischende Finsternisse!:* Dieselben Worte bilden den letzten Vers des Sonetts *La Fin de la journée* (Bd. III, S. 326).

196 XXIII LA SOLITUDE

1855, Hommage à C.F. Denecourt (s.o. zu S. 192); 24. August 1857, Le Présent; 1. November 1861, Revue fantaisiste; *K* Oktober 1862, La Presse; 25. Dezember 1864, *K* und *Dr* Nouvelle Revue de Paris; PPP 1869.

Auch hier war die erste Fassung des Prosagedichtes wesentlich kürzer; es bildete bis 1861 die Fortsetzung der Erstfassung des *Crépuscule du soir*. Nachstehend die erste Fassung samt Übersetzung und Varianten; anschließend die Varianten der Fassungen ab 1862.

LA SOLITUDE

Il me disait aussi, – le second, – que la solitude était mauvaise pour l'homme, et il me citait, je crois, des paroles des Pères de l'Eglise. Il est vrai que l'esprit de meurtre et de lubricité s'enflamme merveilleusement dans les solitudes; le démon fréquente les lieux arides.

Mais cette séduisante solitude n'est dangereuse que pour ces âmes oisives et divagantes qui ne sont pas gouvernées par une importante pensée active. Elle ne fut pas mauvaise pour Robinson Crusoë; elle le rendit religieux, brave, industrieux; elle le purifia, elle lui enseigna jusqu'où peut aller la force de l'individu.

N'est-ce pas La Bruyère qui a dit: »Ce grand malheur de ne pouvoir être seul? …«

Il en serait donc de la solitude comme du crépuscule; elle est bonne et elle est mauvaise, criminelle et salutaire, incendiaire et calmante, selon qu'on en use, et selon qu'on a usé de la vie.

Quant à la jouissance, – les plus belles agapes fraternelles, les plus magnifiques réunions d'hommes électrisés par un plaisir commun n'en donneront jamais de comparable à celle qu'éprouve le Solitaire, qui, d'un coup d'œil, a embrassé et compris toute la sublimité d'un paysage. Ce coup d'œil lui a conquis une propriété individuelle inaliénable.

Die Einsamkeit

Er sagte mir auch – der zweite –, der Mensch vertrage die Einsamkeit schlecht, und er zitierte mir, glaube ich, Worte der Kirchenväter. Freilich, der Geist des Mordes und der Geilheit entzündet sich aufs prächtigste in der Einsamkeit; der Teufel haust an kahlen Stätten.

Doch diese verführerische Einsamkeit ist nur jenen müßigen und unsteten Seelen gefährlich, die kein wichtiger tätiger Gedanke beherrscht. Sie war Robinson Crusoe nicht schädlich; sie machte ihn fromm, tapfer, geschäftig; sie reinigte ihn, sie lehrte ihn, wie weit die Kraft des Einzelnen reichen kann.

Hat nicht La Bruyère von »diesem großen Unglück, nicht allein sein zu können …«

gesprochen? Es verhielte sich demnach mit der Einsamkeit wie mit der Dämmerung: sie ist gut und sie ist schlecht, verbrecherisch und heilsam, zu wilder Glut entzündend und beruhigend, je nachdem, wie man sie nutzt, und je nachdem, wie man das Leben genutzt hat.

Was aber den Genuß angeht – die schönsten brüderlichen Liebesmahle, die prächtigsten Versammlungen der Menschen, die ein gemeinsames Vergnügen elektrisiert, werden niemals Genüsse bereiten, die sich demjenigen vergleichen ließen, welchen der Einsame empfindet, der mit einem Blick die ganze Erhabenheit einer Landschaft umfangen und erfaßt hat. Dieser Blick hat ihm einen unveräußerlichen individuellen Besitz erobert.

Var der ersten Fassung 2 statt: *aussi, – le second, – que* – *Dr* 1861: *aussi, le second ami, que.* – 3 statt: *je crois, des paroles* – *Dr* 1857, 1861: *je crois, à l'appui de sa thèse, des paroles.* – 4 statt: *solitudes; le démon* – *Dr* 1861: *solitudes. On sait que le Démon.* – 6 statt: *pour ces âmes ... pensée active.* – *Dr* 1861: *pour les âmes oisives et divagantes, qu'une idée despotique ne tient pas en lisière.* / für die müßigen und schweifenden Seelen, die keine despotische Idee am Gängelband führt. – 14 statt: *Quant à la jouissance, – les plus belles* – *Dr* 1857: *Quant à la question de jouissance, – les plus belles; Dr* 1861: *Quant à la pure jouissance, je crois que les plus belles.*

S. 196 *Var* 13 statt: *Un gazetier philanthrope* – *K* 1862: *Un grand politique de gazette* / Ein großer Zeitungspolitiker. – 19 statt: *que pour l'âme oisive ... chimères.* – *K* 1862, *K* 1864: *que pour ceux dont l'âme oisive et divagante la peuple de leurs passions et de leurs chimères.* / nur für diejenigen, deren müßige und schweifende Seele sie mit ihren Leidenschaften und Chimären bevölkert. – 21 statt: *certain qu'un bavard,* – *K* 1862, *K* 1864: *certain qu'un homme.* – 25 statt: *les amoureux de la solitude* – *K* 1862, *K* 1864 *les amateurs de la solitude.* – 27 statt: *Il y a dans nos races ... intempestivement* – *K* 1862, *K* 1864: *Il y a, dans nos races bavardes, des individus qui accepteraient volontiers le supplice suprême, pourvu qu'ils pussent faire de haut un interminable »speech«, et que les tambours de Santerre ne leur coupassent pas intempestivement.*

S. 198 *Var* 5 statt: *du recueillement; mais je les méprise. / Je désire surtout que mon maudit gazetier* – *K* 1862, *K* 1864: *recueillement. / Mais je désire que mon gazetier.* – 7 *avec un ton de nez très-apostolique,* – fehlt *K* 1862, *K* 1864. – 9 statt: *Voyez-vous le subtil envieux!* – *K* 1862: *Voyez-vous le subtil égoïste?* – statt: *Il sait que je dédaigne ... trouble-fête!* – *K* 1862: *Il sait que je ne veux pas des siennes, et il réclame sa part des miennes, l'insidieux usurpateur!* / Er weiß, daß ich von den seinen nichts wissen will, und er beansprucht seinen Anteil an den meinen, der heimtückische Usurpator! – *K* 1864: *veut entrer dans les miennes.* – 11 statt: *seul! ... dit quelque part ... à tous ceux* – *K* 1862: *seul ... dit La Bruyère, donnant ainsi une belle semonce à tous ceux* / eine schöne Ermahnung; *K* 1864: *faisant ainsi.* – 19 statt: *si je voulais ... de mon siècle.* – *K* 1862: *pour parler la belle langue du dix-neuvième siècle; K* 1864: *si je voulais parler la belle langue du dix-neuvième siècle.* / des neunzehnten Jahrhunderts.

Anm. zu S. 196 *Var* 27 *les tambours de Santerre:* Antoine-Joseph Santerre (1752-1809), ein Brauer, war unter der Französischen Revolution der Anführer der Garde Nationale. Als Ludwig XVI. das Schaffott bestieg, soll er, als dieser sich zu einer Abschiedsrede an die Menge anschickte, dies durch den Befehl, die Trommeln zu rühren, verhindert haben.

S. 197, 29 *Individuen:* Ein solches »Individuum« war Philoxène Boyer (1827-1867), der »infame kleine Lyriker«. In seinen Aufzeichnungen über Boyer und Baudelaire berichtet Asselineau, Baudelaire habe eines Tages zu diesem vor allem im Griechischen beschlagenen und als Schwätzer gefürchteten Autor gesagt: »Philoxène, bei der nächsten Revolution werden Sie das Schaffott besteigen.« – »Jawohl, aber ich werde auch sprechen«, sagte Philoxène in Verzückung. – »Nein! man wird Sie nicht sprechen lassen. Santerres Trommler werden da sein.« (B/Asselineau, 194)

S. 199, 10 *das Bedürfnis, Ihre Vergnügungen zu teilen:* Vgl. hierzu das Gedicht *À M. Eugène Fromentin. À propos d'un importun qui se disait son ami* in den *Épaves* (Bd. III, S. 72 ff.), dessen Keim in einem Gespräch steckt, das sich unter den Aufzeichnungen zu dem Buch *Pauvre Belgique!* findet: »Wenn Sie glaubten, das Glück gefunden zu haben, würden Sie sich nicht gedrängt fühlen, das Rezept mitzuteilen? – Nein. – Ich, doch – ich glaubte nicht, daß ich glücklich wäre, wenn ich andere Menschen nicht ebenso wie ich leben sähe. *Dadurch beweise ich mir mein Glück.* / Das waren die Reden eines Belgiers, der sich, ohne daß ich ihn dazu ermuntert hätte, an mich gehängt hatte, vier Stunden lang, um mir zu sagen, daß er reich sei, daß er allerlei Kuriositäten besitze, daß er verheiratet sei ..., – und dies alles, weil ich, in der Hoffnung, ihn loszuwerden, ihm gesagt hatte, daß es für mich kein Glück gäbe außer in der Einsamkeit.« – 14 *»Dieses große Unglück ...«:* »All unser Übel kommt daher, daß wir nicht allein sein können; daher das Spiel, der Luxus, die Verschwendung, der Wein, die Frauen, die Unwissenheit, die Verleumdung, der Neid, das Vergessen seiner selbst und Gottes.« (*Les Caractères, De l'homme,* § 99). Den von Baudelaire zitierten Satz hatte Poe als Motto über seine Erzählung *The Man of the Crowd* (*L'Homme des foules,* NHE, 56) gesetzt; er findet sich, gleichfalls als ein Zitat nach La Bruyère, in dem ersten Abschnitt der Erzählung *Metzengerstein* (HE, 333). – 18 *»Fast all unser Unglück ...«: »j'ai découvert que tout le malheur des hommes vient d'une seule chose, qui est de ne savoir demeurer en repos, dans une chambre.«* (Pascal, *Pensées,* Ed. Brunschvig, Nr. 139). – 22 *Prostitution:* »Unüberwindliche Neigung zur Prostitution im Herzen des Menschen, der sein Abscheu vor der Einsamkeit entspringt. – Er will *zwei* sein. Der geniale Mensch will *einer,* also einsam sein. Der Ruhm, das bedeutet, *einer* zu bleiben und sich dennoch auf eine besondere Weise zu prostituieren. Und dieser Abscheu vor der Einsamkeit, dieses Bedürfnis, sein *Ich* im äußeren Fleisch zu vergessen, hat der Mensch mit dem edlen Namen des *Bedürfnisses nach Liebe* geschmückt.« (*Mon Cœur mis à nu,* XXXVI, Bd. VI). – 23 *schönen Sprachgebrauch meines Jahrhunderts:* In einem »Vorwort« für die zweite Ausgabe der *FdM* versichert Baudelaire, nichts werde ihn dahin bringen, »das beispiellose Kauderwelsch dieses Jahrhunderts zu sprechen oder die Tinte mit der Tugend zu verwechseln« (Bd. IV, S. 116).

200 XXIV LES PROJETS

24. August 1857, Le Présent; 1. November 1861, Revue fantaisiste; *K* Oktober 1862, La Presse; 13. August 1864, La Vie parisienne; 25. Dezember 1864, Nouvelle Revue de Paris; PPP 1869.

Wie die beiden vorhergehenden Prosagedichte hat Baudelaire auch dieses für die Veröffentlichung in *La Presse*, wo es dann nicht erschien, einer gründlichen Überarbeitung unterzogen. Diese zweite Fassung diente dann als Vorlage für den Druck in *La Vie parisienne*. Erst nach diesem Druck hat Baudelaire die Fahnenabzüge von 1862 ebenfalls überarbeitet. Nachstehend die erste Fassung samt Übersetzung und den Varianten von 1861; anschließend die Varianten der Fassungen ab 1862.
Zur Thematik vgl. in den *FdM* das Gedicht *Les Hiboux* (Bd. III, S. 188) und in den *Épaves* das Gedicht *Bien loin d'ici* (Bd. IV, S. 94).

LES PROJETS

Comme tu serais belle, dans un costume de cour compliqué et fastueux, descendant, à travers l'atmosphère d'un beau soir, les degrés de marbre d'un palais, en face des grandes pelouses et des bassins!
Mais à quoi bon de si beaux décors? Insensé! j'oubliais que je hais les rois et leurs palais. – Non, ce n'est pas dans un palais que je voudrais te posséder et jouir de ton amitié. Nous n'y serions pas *chez nous*. D'ailleurs, ces murs gaufrés, galonnés, insolents, éblouissants comme des militaires, ressemblent à l'âme du *Grand Roi*, qui n'avait pas de coins pour l'intimité. – Ici, pas un *rêvoir;* sur ces murs criblés d'or, je ne vois pas la place d'un seul clou pour y accrocher ton image.
Ah! je sais bien où je voudrais t'aimer interminablement! – Au bord de la mer, une belle case en bois, enveloppée d'ombrages! Dans l'atmosphère, une odeur flottante d'huile de coco, et partout un parfum indescriptible de musc; à l'horizon, des bouts de mâts, auxquels une houle insensible fait décrire lentement des courbes dans l'air; autour de nous, au-delà de la chambre silencieuse, obscure, pleine de fleurs et de nattes, avec de rares meubles d'un rococo portugais en bois des îles, où tu reposerais si douce, si nonchalante, si bien éventée, fumant le tabac mêlé à l'opium et au sucre, – au-delà de la varangue, le tapage des oiseaux et le jacassement délicat des négresses.
Mais non! – Pourquoi cette vaste mise en scène? – Elle coûterait beaucoup d'or, et l'or ne danse que dans les poches des imbéciles qui ne comprennent pas le Beau. – Le plaisir est à quelques lieues d'ici, il est à deux pas, il est dans la première auberge venue, dans l'auberge du hasard, si féconde en bonheurs. Un grand feu, des faïences voyantes sur les murs, un souper passable, beaucoup de vin, et un lit très-large avec des draps un peu rudes, mais frais.
... Le rêve! Le rêve! toujours le rêve maudit! – il tue l'action et mange le temps! – Les rêves soulagent un moment la bête dévorante qui s'agite en nous. C'est un poison qui la soulage, mais qui la nourrit.
Où donc trouver une coupe assez profonde et un poison assez épais pour noyer la *Bête!*

Die Pläne

Wie schön wärest du in einem prächtig ausgezierten Hofgewand, wenn du, in milder Abendluft, die Marmorstufen eines Schlosses niederstiegest, angesichts der großen Rasenflächen und der Wasserbecken!
Doch wozu eine so schöne Umgebung? Ich Unsinniger vergaß, daß ich die Könige und ihre Schlösser hasse. – Nein, nicht in einem Schloß wollte ich dich besitzen und mich deiner Freundschaft erfreuen. Wir wären dort nicht *zuhause*. Auch gleichen diese mit gepreßten Ledertapeten überzogenen, diese wie Militärs galonnierten,

unverschämten, gleißenden Wände der Seele des *Großen Königs,* in der es keinen vertraulichen Winkel gab. – Wo wäre dort ein Raum, um zu *träumen?* Auf diesen allenthalben goldstarrenden Wänden sehe ich keinen Platz für einen Nagel, um dein Bild daran aufzuhängen.

Ach! ich weiß wohl, wo ich dich ohne Aufhören lieben wollte! – Am Meeresufer, ein hübsches Holzhaus, im Schatten dichter Bäume! In der Luft schwimmt ein Geruch von Kokosöl, und überall ein unbeschreiblicher Moschusduft; am Horizont die Spitzen von Masten, die, von einer unmerklichen Dünung geschaukelt, langsame Kurven in der Luft beschreiben; um uns, jenseits des stillen, dunklen Zimmers voller Blumen und Matten, mit einigen wenigen Möbeln in einem portugiesischen Rokoko, aus dem Holz der Inseln, und dort ruhtest du, so sanft, so lässig, so angenehm umfächelt, einen Tabak rauchend, der mit Opium und Zucker vermischt ist, – jenseits der Veranda die Schreie der Vögel und das leise Geschnatter der Negerinnen.

Aber nein! – Wozu eine solche Inszenierung! – Sie kostete des Goldes zuviel, und das Gold tanzt nur in den Taschen der Dummköpfe, die das Schöne nicht begreifen. – Das Vergnügen liegt nur wenige Meilen weit, zwei Schritte nur, in der erstbesten Herberge, in dem Gasthof »Zum Zufall«, wo es an Glück nicht mangelt. Ein großes Feuer, bunte Fayencen an den Wänden, ein leidliches Abendessen, viel Wein, und ein sehr breites Bett mit etwas rauhen, aber frischen Laken.

Der Traum! Der Traum! immer wieder der verfluchte Traum! – er tötet das Handeln und frißt die Zeit! Die Träume besänftigen zwar für einen Augenblick das gefräßige Tier, das sich in unserem Innern windet. Sie sind ein Gift, das ihm Erleichterung schafft, zugleich aber dienen sie ihm zur Nahrung.

Wo, wo gäbe es einen Becher, der tief genug, und ein Gift, das stark genug wäre, dieses *Untier* darin zu ertränken!

Var 6 statt: *jouir de ton amitié.* – *Dr* 1861: *jouir de tout ton être.* / dein ganzes Wesen genießen. – *13* statt: *partout un parfum indescriptible de musc;* – *Dr* 1861: *partout, dans la maison et dans le jardin, un puissant parfum de rose et de musc.* / überall, im Haus und im Garten, ein starker Duft nach Rosen und Moschus. – *14* statt: *des courbes dans l'air;* – *Dr* 1861: *des courbes magiques dans l'air.* – *16* statt: *nattes, avec de rares* – *Dr* 1861: *nattres, décorée de rares.* – *16* statt: *portugais en bois des îles,* – *Dr* 1861: *portugais, d'un bois lourd et ténébreux,* / aus schwerem, dunklem Holz. – *24* statt: *beaucoup de vin,* – *Dr* 1861: *un vin rude,* / ein herber Wein. – *25* statt: *des draps un peu rudes,* – *Dr* 1861: *des draps un peu âpres.* – *26* statt: *toujours le rêve maudit!* – *Dr* 1861: *toujours le rêve maudit qui tue* / der tötet. – *27* statt: *un poison qui la soulage,* – *Dr* 1861: *un poison qui l'apaise,* / ein Gift, das ihm Linderung schafft.

Anm. zu *Dr* 1861 großen Königs: Ludwig XIV.

S. 200 *Var 7* statt: *Car elle a naturellement l'air* – *Dr* Aug. 1864: *Car elle a l'air.* – *11* statt: *posséder sa chère vie.* – *Dr* Aug. 1864: *posséder sa vie.* – *13* statt: *image; dans* – K 1862, *Dr* Aug. 1864: *image, et dans.* – *14* statt: *c'est* là *qu'il* – *Dr* Aug. 1864: *C'est* ici *qu'il* / *hier.* – *19* statt: *enivrante, indéfinissable* – K 1862 *Dr* Aug. 1864: *enivrante et indéfinissable.* – *20* statt: *musc ..., plus loin, derrière notre petit domaine, des bouts* – K 1862, *Dr* Aug. 1864: *musc ..., à l'horizon, des bouts.* – *23* statt: *stores, décorée de nattes fraîches et de fleurs capiteuses, avec de rares sièges d'un rococo portugais,* – K 1862, *Dr* Aug. 1864: *stores, pleine de nattes fraîches et de fleurs capiteuses, décorée de rares meubles d'un rococo portugais.* – *26* statt: *la varangue, le tapage des oiseaux ivres de lumière, et le jacassement* – *K* 1862, *Dr* Aug. 1864: *la varangue, dis-je, le tapage des oiseaux, et le jacassement.* – *29* statt: *des mélancoliques filaos!* / – *K* 1862, *Dr* Aug. 1864: *des délicieux filaos;* / der köstlichen Filaos!

S. 202, *Var 11* statt: *par les bourdonnements* – *K* 1862, *Dr* Aug. 1864: *par les bruissements* / die Geräusche, das Rauschen.

S. 201, *36 Filaos:* Kasuarinen, bis zu 20 m hohe Bäume in Australien und auf den Inseln der Südsee, von schachtelhalmähnlichem Wuchs und kasuarfederartigem Zweigwerk.

204 XXV LA BELLE DOROTHÉE

K Oktober 1862, La Presse; 10. Juni 1863, Revue nationale et étrangère; PPP 1869.

Eine Erinnerung an seinen Aufenthalt auf La Réunion, die Baudelaire zuerst in Versen behandeln wollte. Vgl. in den *Épaves* das Gedicht *Bien loin d'ici* (Bd. IV, S. 94). Über die ohne Baudelaires Wissen vorgenommenen Änderungen bei dem Druck in der *Revue nationale et étrangère* siehe den Brief an Gervais Charpentier vom 20. Juni 1863, S. 29.

S. 204 *Var 14* statt: *moule exactement sa taille longue, son dos creux et sa gorge pointue.* – *Dr* 1863: *moule exactement les formes de son corps.* / ihre Körperformen. – *16* statt: *son ombrelle rouge, tamisant* – *K* 1862: *son ombrelle, tamisant.*

S. 206, *Var 11* statt: *de la célèbre Dorothée.* – *K* 1862: *la belle Dorothée.* – *18* statt: *sa petite sœur qui a bien onze ans, et qui est déjà mûre, et si belle!* – *K* 1862: *sa petite sœur qui est si belle et déjà presque mûre; Dr* 1863: *sa petite sœur qui est dejà si belle.* Schluß des Textes, der Rest wurde von Charpentier gestrichen. – *19* statt: *la bonne Dorothée; le Maître de l'enfant est si avare, trop avare pour* – K 1862: *cette bonne Dorothée; car le maître de l'enfant est si avare, si avare! trop avare pour.*

208 XXVI LES YEUX DES PAUVRES

K Oktober 1862, La Presse; 2. Juli 1864, La Vie parisienne; 25. Dezember 1864, Nouvelle Revue de Paris; PPP 1869.

Die Varianten in den Fahnenabzügen von 1862 wurden wahrscheinlich erst nach dem anonymen Abdruck in *La Vie parisienne* vorgenommen. Das Prosagedicht findet sich auf Baudelaires Listen (siehe S. 314) erwähnt: »Die Armen vor einem neuen Café«.

S. 208 *Var 3* statt: *Il vous sera sans doute moins facile de le comprendre qu'à moi de vous l'expliquer;* – *Dr* Juli 1864: *Il me sera sans doute beaucoup plus facile de vous l'expliquer, qu'â vous de le comprendre;* / Es wird mir freilich sehr viel leichter fallen, es dir zu erklären, als dir, es zu verstehen; *K* 1862, Text nach Korrektur wie PPP 1869, nur *beaucoup* ist geblieben. – *11* statt: *il n'a été réalisé par aucun.* – *K* 1862: *Il n'a jamais pu être réalisé.* / niemals verwirklicht werden konnte; *Dr* Juli 1864: *Il n'a jamais pu être réalisé par aucun.* / niemals von jemand. – *13* statt: *asseoir devant un café neuf qui* – *Dr* Juli 1864: *asseoir chez un glacier qui* / Eiskonditorei. – *19* statt: *corniches, les pages* – *Dr* Juli 1864: *corniches, sur les murs les pages* / auf den Wänden. – 27 statt: *d'une quarantaine d'années,* – *Dr* Juli 1864: *d'une cinquantaine d'années,* / von etwa fünfzig Jahren. – 30 statt: *Tous en guenilles. Ces* – *Dr* Juli 1864: *Tous en guenille. Les.*

S. 210 *Var* 3 statt: *garçon: »Que* – *Dr* Juli 1864: *garçon disaient: »Que.* – 8 statt: *Les chansonniers disent que* – *Dr* Juli 1864: *C'est Paul de Kock, je crois, qui a le plus popularisé cette idée, que;* K 1862, zuerst: *C'est Paul de Kock, je crois, qui à le plus contribué à populariser cette idée, que.* – 9 statt: *La chanson avait raison* – K 1862, *Dr* Juli 1864: *Peut-être avait-il raison.* – 11 statt: *carafes, plus grands que notre soif. Je* – K 1862, *Dr* Juli 1864: *carafes. Je* – 16 statt: *yeux ouverts comme* – K 1862, *Dr* Juli 1864: *yeux semblables à des.*

Anm. zu *K* 1862 *Paul de Kock* (1794-1871), fruchtbarer und sehr erfolgreicher Romanautor.

212 XXVII UNE MORT HÉROIQUE

10. Oktober 1863, Revue nationale et étrangère; 1. November 1864, L'Artiste; PPP 1869. PPP 1869 folgt dem Druck von 1863.

Das längste der *petits poèmes en prose* und dasjenige, das der Erzählung oder Novelle am nächsten kommt. Gewisse Ähnlichkeiten mit Erzählungen E. A. Poes sind unverkennbar. Der Fürst erinnert an den Fürsten Prospero in *The Mask of the Red Death (Le Masque de la Mort rouge,* NHE, 163 ff.) und Fanciullo an den Narren in *Hop-Frog* (NHE, 139 ff.). Jean Starobinski interpretiert das Prosagedicht als eine dreifache Projektion des Dichters: in den Fürsten, in den Narren und in den Erzähler (*Sur quelques répondants allégoriques du poète,* in: Revue d'histoire littéraire de la France, April/Juni 1967, 402-412).

S. 212 *Var* 11 statt: *partout des hommes de bien* – *Dr* 1864: *partout des traîtres* / Verräter – 17 statt: *parmi les rebelles.* – *Dr* 1864: *parmi ces rebelles.* – 21 statt: *de voluptés.* – *Dr* 1864: *de volupté.*

S. 214 *Var* 13 statt: *espérer y trouver* – *Dr* 1864: *espérer d'y trouver.* – 17 statt: *mort. Il voulait* – *Dr* 1864: *mort; voulait.*

S. 216 *Var* 17 statt: *tête, auréole invisible* – *Dr* 1864: *tête, invisible.*

S. 218 *Var* 6 statt: *despote? humilié ... esprits? frustré* – *Dr* 1864: *despote? Se sentait-il humilié ... esprits? Se sentait-il frustré.* – 16 statt: *qui bouffonnait si bien la mort.* – *Dr* 1864: *qui bouffonnait la mort.* – 23 statt: *déchira à la fois* – *Dr* 1864 *déchira tout à la fois.* – 30 statt: *roide mort,* – *Dr* 1864: *raide mort.*

S. 220 *Var* 4 statt: *Dans la même nuit ils furent effacés de la vie.* – *Dr* 1864 *Ils moururent dans la nuit.* / Sie starben in der Nacht.

220 XXVIII LA FAUSSE MONNAIE

1. November 1864, L'Artiste; 25. Dezember 1864, Revue de Paris; 1. Juni 1866, Revue du XIXe siècle; PPP 1869. PPP 1869 folgt dem Druck vom Dezember 1864.

Der Keim zu diesem Prosagedicht, für welches zuerst möglicherweise der Titel *Le Paradoxe de l'aumône* vorgesehen war, findet sich in einem Essay aus dem Jahre 1852, *L'Ecole païenne* (Bd. II, S. 189 ff.):

»Ich erinnere mich der Worte eines Spaßvogels von Künstler, dem man ein falsches Geldstück gegeben hatte: ›Das hebe ich mir für einen Armen auf.‹

Der Elende fand ein teuflisches Vergnügen daran, die Armen zu bestehlen und sich gleichzeitig des Vorteils zu erfreuen, für wohltätig zu gelten.«

S. 220 *Var* 12 statt: *un soigneux triage – Dr* 1866: *un triage.* – 15 statt: *une masse de gros sols, – Dr* Nov. 1864, 1866: *un paquet de gros sols.* – 22 statt: *tant d'humilité, tant – Dr* Nov. 1864, 1866: *tant de soumission, tant* / Unterwürfigkeit. – 23 statt: *Il y trouve – Dr* Nov. 1864, 1866: *J'ai trouvé* / Ich habe gefunden.

S. 222 *Var* 5 statt: *entra soudainement – Dr* Nov. 1864 *entre soudainement.* – 6 statt: *ami, n'était excusable ... la main d'un mendiant. – Dr* Nov. 1864, 1866: *ami, n'était légitimable que par le désir de connaître ou de préjuger les conséquences diverses, ... dans la main d'un pauvre.* / sei nur gerechtfertigt, wenn es dem Verlangen entsprang, die verschiedenen möglichen Folgen zu erkennen oder zu vermuten ... in der Hand eines Armen. – 14 statt: *un pauvre petit spéculateur, – Dr* Nov. 1864, 1866: *un spéculateur heureux,* / ein glücklicher Spekulant, – 16 statt: *prêtant des ailes – Dr* Nov. 1864, 1866: *prêtant ses ailes* / ihre Flügel. – 19 statt: *paroles: »Oui – Dr* Nov. 1864, 1866: *paroles, presque aussi fidèlement que l'imbécile Pandore répondant au légendaire brigadier: »Oui* / fast ebenso treuherzig wie der törichte Pandore mit seinen Antworten an den sprichwörtlich gewordenen Brigadier (Obergefreiten). – 24 statt: *qu'il avait voulu faire ... brevet d'homme charitable. – Dr* Nov. 1864, 1866: *qu'il avait voulu gagner à la fois quarante sols, et le cœur de Dieu, emporter le paradis et faire des économies, bien mieux encore, ne rien dépenser, c'est-à-dire donner ce qui ne vaut rien, ou, en d'autres termes, attraper gratis un brevet de charité.* / daß er zugleich zwanzig Groschen und Gottes Herz hatte gewinnen wollen, das Paradies davontragen und Ersparnisse machen, besser noch, nichts ausgeben, das heißt, etwas Wertloses hingeben, oder, mit andern Worten, gratis als ein patentierter Wohltäter dastehen.

Anm. zu *Dr* Nov. 1864, 1866 *Pandore:* der Gendarm Pandore in einem populär gewordenen Lied von Gustave Nadaud (1820-1893), einem der erfolgreichsten Chansonniers der Epoche neben Béranger und Dupont: *Pandore ou les deux Gendarmes.* Die beiden Gendarmen reiten eines Sonntags einen Feldweg entlang und auf alle Albernheiten und Aufschneidereien seines Vorgesetzten antwortet der blindergebene Pandore immer nur: *»Brigadier, vous avez raison!«*

224 XXXIX LE JOUEUR GÉNÉREUX

7. Februar 1864, Figaro; 1. Juni 1866, Revue du XIXe siècle; PPP 1869. Ursprünglich als Gedicht geplant, unter dem Titel *Une âme perdue.* Für das Prosagedicht war zuerst der Titel *Souper avec Satan* vorgesehen.

Über verwandte Erscheinungen eines mondänen, eleganten Teufels in der deutschen und französischen Literatur siehe PPP/Kopp, 294f. Kopp verweist insbesondere auf ein Gedicht von Heinrich Heine (»Ich rief den Teufel und er kam ...«, ›Buch der Lieder‹, ›Die Heimkehr‹, XXXV), das im Juli 1854 in der *Revue des Deux Mondes* in einer Prosaübersetzung von Saint-René Taillandier erschienen war; ferner auf Jean Pauls ›Beichte des Teufels bei einem großen Staatsbeamten‹ (in ›Des Feldpredigers Schmelzle Reise nach Flätz‹, 1809), deren Übersetzung im Mai 1857 in der *Revue française* veröffentlicht worden war, und auf eine Erzählung von Baudelaires Jugendfreund Louis

Ménard, *Le Diable au café. Manuscrit inédit de Diderot* (Juni 1864, in der *Revue germanique*).

S. 224 *Var T* 1866: *Le Diable.* – *11* statt: *un exemple approchant.* – *Dr* 1864, 1866: *un exemple approximatif.* – *26* statt: *ordinairement â l'aspect* – *Dr* 1866: *ordinairement de l'aspect.* – *27* statt: *l'expression singulière* – *Dr* 1866: *l'expression étrange.* – *28* statt: *d'yeux brillant plus* – *Dr.* 1866: *d'yeux briller plus*

S. 226 *Var 2* statt: *Nous mangeâmes, nous bûmes* – *Dr* 1866: *Nous bûmes.* – *3* statt: *non moins extraordinaire,* – *Dr* 1866: *non moins bizarre.* – *9* statt: *si souvent inutile et quelquefois gênante, que* – *Dr* 1864, 1866: *si inutile, que* – *16* statt: *d'une coupe pleine jusqu'au bord ... santé, vieux Bouc!«* – *Dr* 1866: *d'une coupe pleine ... santé!«* – *23* statt: *que je n'ai trouvées dans* – *Dr* 1866: *que je n'ai vues dans* / gesehen. – *30* statt: *elle jouit* – *Dr* 1866: *elle jouissait.*

S. 228 *Var 1* statt: *plus subtil que ses confrères,* – *Dr* 1866: *plus subtil que le reste du troupeau humain,* / scharfsichtiger als das übrige menschliche Herdenvieh. – *5* statt: *naturellement vers le* – *Dr* 1866: *naturellement sur le.* – *12* statt: *Dieu, et s'il l'avait ... d'anciennes rancunes.« / Il est douteux* – *Dr* 1866: *Dieu, – qui n'a pas ses heures d'impiété? – surtout en compagnie du diable. Il me répondit avec une insouciance menacée d'une tristesse; mais il parla en hébreu. / Il est douteux* / Gott – wer hat nicht gelegentliche Anwandlungen von Ruchlosigkeit? – vor allem in Gesellschaft des Teufels. Er antwortete mit einer Unbekümmertheit, die doch von Trauer verschattet war; aber er sprach Hebräisch. – *19* statt: *blanchissait les vitres, ce* – *Dr* 1866: *approchait, ce* / kam herauf. – *22* statt: *de moi un bon souvenir,* – *Dr* 1866: *de moi bon souvenir.* – *26* statt: *vous auriez gagné si* – *Dr* 1866: *vous auriez pu gagner si* / hättet gewinnen können. – *31* *vous serez fourni de flatteries et même d'adorations;* – fehlt *Dr* 1866.

S. 230 *Var 1* statt: *vous vous soûlerez de voluptés,* – *Dr* 1866: *vous aurez toutes les voluptés.* – *9* statt: *défiance rentra* – *Dr* 1866: *défiance entra.* – *11* statt: *un reste d'habitude imbécile,* – *Dr* 1866: *un reste de bonne habitude.*

S. 225, *18 Lotosesser:* eine Reminiszenz an Tennysons Gedicht *The Lotus-Eaters,* an das diese Schilderung erinnert (siehe PPP/Kopp, 397ff.; s.u. zu S. 309, *13*). – *25 verhängnisvollen Schönheit:* vgl. hierzu Blatt X der *Fusées* (Bd. VI): »Ich habe die Definition des Schönen gefunden – meines Schönheitsbegriffes. Etwas zugleich voller Trauer und voll verhaltener Glut ... Gestützt auf – andere würden sagen: besessen von – solchen Vorstellungen, wird man begreifen, daß es mir fast unmöglich wäre, aus all diesem nicht den Schluß zu ziehen, daß der vollkommenste Typus männlicher Schönheit niemand anders ist als *Satan* – wie Milton ihn geschildert hat.«

S. 227, *8 en suite:* im Original *en partie liée,* ein Spiel mit der Bedingung, daß derjenige den Einsatz erhält, der von einer vorher festgesetzten Anzahl von Partien die meisten gewonnen hat.

S. 229, *1 einen Prediger ... ausrufen hörte:* Es wäre müßig, diesen Prediger identifizieren zu wollen, handelt es sich doch um einen alten Satz der Scholastiker: *Diabolum negare est diabolum credere,* der nie ganz in Vergessenheit geriet. Vgl. in den *Épaves* das Gedicht *L'Imprévu* (Bd. IV, S. 62ff.) und den Entwurf zu einem Vorwort für die zweite Ausgabe der *Fleurs du Mal*

(Bd. III, S. 115): »Es ist schwieriger, Gott zu lieben als an ihn zu glauben. Hingegen ist es für die Leute dieses Jahrhunderts schwieriger, an den Teufel zu glauben als ihn zu lieben. Alle Welt dient ihm, und keiner glaubt an ihn. Höchste List des Teufels.«

S. 231, 13 *nach alter, törichter Gewohnheit:* Edouard Le Barbier, der Redaktionssekretär der *Revue libérale,* hatte diesen Ausdruck beanstandet, worauf Baudelaire sein Manuskript zurückzog. Auch die Änderung in der *Revue du XIX*^e^ *siècle* dürfte ohne Baudelaires Wissen und Billigung erfolgt sein, da er damals bereits gelähmt in einem Brüsseler Krankenhaus lag. – 15 *mach, daß der Teufel mir sein Wort hält!«* Vgl. hierzu *Mon Cœur mis à nu,* XLIII (Bd. VI): »Man kann ein Mann von Geist sein, und in Gott den Freund und Genossen suchen, die einem immer fehlen. Gott ist der ewige Vertraute in diesem Trauerspiel, dessen Held jeder einzelne ist. Vielleicht gibt es Wucherer und Mörder, die zu Gott sprechen: »Herr, gib, daß mein nächstes Unternehmen gelingt!« Aber das Gebet dieser verworfenen Menschen verdirbt nicht die Ehre und das Vergnügen meines eigenen Gebetes.«

232 XXX LA CORDE

7. Februar 1864, Figaro; 1. November 1864, L'Artiste; 12. Juni 1866, L'Événement; PPP 1869.

PPP 1869 folgt dem Druck vom Februar 1864; ebenso der Druck von 1866.

Den vier Prosagedichten, die der *Figaro* am 7. Februar 1864 als erste Folge ausgewählter Stücke aus *Le Spleen de Paris* abdruckte, ging ein Text von Gustave Bourdin voraus – dem nämlichen Journalisten, von dem 1857 der Artikel stammte, der die Justiz auf die *Fleurs du Mal* aufmerksam machte (siehe Bd. IV, S. 124 f.) –, der hier gewisse Wendungen aus Baudelaires Widmung an Arsène Houssaye von 1862 aufgreift, der jedoch zugleich erkennen läßt, daß er sich mit Baudelaire unterhalten oder schriftliche Auskünfte und Anregungen von ihm benützt hat.

»*Le Spleen de Paris* lautet der Titel, den M. C. Baudelaire für ein Buch gewählt hat, daß er vorbereitet und das ein würdiges Gegenstück zu den *Fleurs du Mal* bilden soll. Alles, was aus dem rhythmischen und gereimten Werk natürlicherweise ausgeschlossen bleibt, oder dort schwieriger zum Ausdruck käme, all die Kleinigkeiten des prosaischen Lebens, finden ihre Stelle in dem Prosawerk, wo das Ideale und das Triviale zu einem untrennbaren Amalgam verschmelzen. Im übrigen ist die verdüsterte und kranke Seele, die der Verfasser voraussetzen mußte, um die *Fleurs du Mal* zu schreiben, nahezu die gleiche, die den *Spleen de Paris* dichtet. In dem Prosawerk, wie in dem Verswerk, dürfen alle Eindrücke des Straßenlebens, des Zufalls unter dem Pariser Himmel, alle jähen Ängste des Gewissens, alle Sehnsüchte der Träumerei, die Philosophie, der Traum und selbst die Anekdote erscheinen und einander ablösen. Es geht nur darum, eine Prosa zu finden, die sich den verschiedenen Stimmungen des trübsinnigen Flaneurs anpaßt. Unsere Leser mögen selber urteilen, ob dies M. Charles Baudelaire gelungen ist.

Gewisse Leute glauben, nur London habe das aristokratische Privileg des Spleen, und Paris, das heitere Paris, habe diese finstere Krankheit niemals gekannt. Vielleicht gibt es dennoch, wie der Verfasser behauptet, eine Art Pariser Spleen; und er versichert, die Anzahl derer, die ihn kennen und wiedererkennen werden, sei nicht klein.«

Alexandre, der »Held« dieses Prosagedichtes, den Edouard Manet zu sich genommen hatte, muß sich etwa 1859/60 in dem Atelier des Malers erhängt haben. Manet hat ihn gemalt, als *L'Enfant aux cerises* (Fondation Goubelkian, Lissabon); außerdem zeigt ihn eine Radierung aus dem Jahr 1861, *Le Garçon et le chien,* zu der eine Feder- und eine Sepiazeichnung als Vorlagen gedient haben (siehe PPP/Kopp, 302ff.). Über die Beziehungen zwischen dem Dichter und dem Maler, siehe Philippe Rebeyrol, *Baudelaire et Manet,* in: Les Temps modernes, Nr. 48, Oktober 1949, 707-725.

S. 232 *Var* W fehlt *Dr* Nov. 1864. – 19 statt: *qui s'offrent dans ma route,* – *Dr* Nov. 1864: *qui se rencontrent sur ma route.* – 24 *plus que toutes las autres,* – fehlt *Dr* Nov. 1864.

S. 234 *Var* 6 statt: *le taudis paternel.* – *Dr* Nov. 1864: *le domicile paternel.* / die väterliche Wohnung. – statt: *petit bonhomme* – *Dr* Febr. 1864, 1866: *petit homme.* – statt: *Seulement, je dois dire ... si bien qu'un jour* – *Dr* Nov. 1864: *Seulement, il manifesta bientôt un goût immodéré pour le sucre et les liqueurs; si bien qu'un jour.* – 10 statt: *un nouveau larcin* – *Dr* Nov. 1864: *un larcin.* – 18 statt: *repoussée du pied, était* – *Dr* Nov. 1864: *repoussée était.* – 22 statt: *vous le pouvez croire.* – *Dr* Nov. 1864: *vous pouvez croire.* – 23 statt: *fort roide,* – *Dr* Febr. 1864, Nov. 1864: *fort raide.* – 30 statt: *le cou.* – *Dr* Nov. 1864: *le col.*

S. 236 *Var* 7 statt: *mû sans doute* – *Dr* Nov. 1864 *sans doute.* – 13 statt: *impassible, pas une larme* – *Dr* Nov. 1864: *impassible, pas un muscle de sa figure ne bougea, pas une larme* / kein Muskel in ihrem Gesicht regte sich. – 24 statt: *suprême et sombre consolation.* – *Dr* Nov. 1864: *suprême et terrible consolation.* / letzten schrecklichen Trost. – 27 statt: *se tournaient* – *Dr* Nov. 1864: *se tournèrent.*

S. 238 *Var* 15 statt: *Sous un apparent badinage la sincérité* – *Dr* Nov. 1864: *sous le badinage le sérieux.* – 18 *et béatifique* fehlt *Dr* Nov. 1864.

K In *Dr* Nov. 1864 als nur hier erscheinender letzter Absatz: *»Parbleu! répondit-je à mon ami, un mètre de corde de pendu, à cent francs le décimètre, l'un dans l'autre, chacun payant selon ses moyens, cela fait mille francs, un réel, un efficace soulagement pour cette pauvre mère!«* / »Wahrhaftig!« – antwortete ich meinem Freund – »ein Meter vom Strick eines Gehängten, zu hundert Francs das Dezimeter, eins am andern, wenn jeder nach seinen Mitteln zahlt, so macht das tausend Francs, eine wirkliche, eine wirksame Erleichterung für diese arme Mutter!«

240 XXXI LES VOCATIONS

14. Februar 1864, Figaro; 28. Mai 1864, La Semaine de Cusset et de Vichy; PPP 1869.

PPP 1869 folgt dem *Dr* Febr. 1864. Der Druck vom Mai 1864 ist verschollen. Dieses Gedicht, das gleichsam vier kindliche Selbstporträts Baudelaires enthält, lag schon im September 1862 vor. Es wurde vermutlich von Houssaye für *La Presse,* jedenfalls aber von Le Barbier für *La Revue libérale* abgelehnt. Unter Baudelaires Romanprojekten findet sich auch der Titel *Les Enfants précoces* (Die frühreifen Kinder).

S. 244 *Var* 4 statt: *Il m'a souvent semblé* – *Dr* Febr. 1864: *Il m'a toujours semblé* / Immer. – 7 statt: *et je crois toujours que* – *Dr* Febr. 1864: *et il me semble toujours* / Und mir scheint immer.

S. 241, *8 ins Theater:* vgl. hierzu *Mon Cœur mis à nu,* X und XL (Bd. VI). – *26 »Schaut nur, schaut nur ...«:* vgl. hierzu *Mon Cœur mis à nu,* XLV: »Seit meiner Kindheit Neigung zu allem mystischen Wesen. Meine Gespräche mit Gott.«

S. 243, *11 mit dem Kindermädchen in einem Bett schlafen:* Diese Schilderung vor allem hatte Le Barbiers Unwillen erregt, und die Befürchtung, sie könnte seiner Revue Unannehmlichkeiten von seiten der Justiz zuziehen (siehe seinen Brief an Taine vom 19. Januar 1864; Œuvres / PL I, 1340). In den *Fusées* liest man: »Das frühreife Gefallen an den Frauen. Der Duft des Pelzwerks vermischte sich mir mit dem Duft des Weibes. Ich erinnere mich ...« (XII; Bd. VI), und unter den Roman- und Novellenprojekten findet sich die Notiz: »Ganz jung, die Unterröcke, die Seide, die Parfums, die Knie der Frauen.«

S. 245, *11 habe ich drei Männer gesehen:* Die Quelle dieser Schilderung dürfte Nikolaus Lenaus Gedicht ›Die drei Zigeuner‹ (»Drei Zigeuner fand ich einmal / Liegen an einer Weide ...«) gewesen sein. Baudelaire kannte dieses Gedicht in einer Prosaübersetzung aus Franz Liszts Buch *Des Bohémiens et de leur musique en Hongrie* (Paris 1859), von dem Liszt ihm ein Exemplar mit der Widmung zugesandt hatte: *»à Charles Baudelaire sympathie admirative et dévouée / F. Liszt«.* – »Die Landstreicherei verherrlichen«, liest man in *Mon Cœur mis à nu* (XXXVIII), »und was man Zigeunertum und Bohème nennen könnte, Kult der vervielfältigten Empfindung, die ihren Ausdruck in der Musik findet. Auf Liszt beziehen.« Unter Baudelaires Dramenprojekten findet sich auch eines »über die Zigeuner«; siehe ferner in den *FdM* das Gedicht *Bohémiens en voyage* (Bd. III, S. 82 ff.).

248 XXXII LE THYRSE

10. Dezember 1863, Revue nationale et étrangère; PPP 1869.
Siehe W. T. Bandy, *Baudelaire and Liszt,* in: Modern Language Notes, Dez. 1938, 584 f. Melvin Zimmermann, *La Genèse du symbole du thyrse chez Baudelaire,* in: Buba II, 1, 8-11; Marc Eigeldinger, *Le Thyrse, lecture thématique,* Etba VIII.

S. 249, *3 Franz Liszt:* Über Baudelaires Umgang mit Liszt finden sich einige Erinnerungen in Richard Wagners autobiographischen Aufzeichnungen ›Mein Leben‹ (siehe Bd. VII die Anmerkungen zu ›Richard Wagner und *Tannhäuser* in Paris‹). Baudelaire hat Liszt ein Exemplar der *Paradis artificiels* gewidmet.

S. 251, *5 Gambrinus:* der Gott des Bieres.

250 XXXIII ENIVREZ-VOUS

7. Februar 1864, Figaro; PPP 1869.

252 XXXIV DÉJÀ!

10. Dezember 1863, Revue nationale et étrangère; PPP 1869.

256 XXXV LES FENÊTRES

10. Dezember 1863, Revue nationale et étrangère; PPP 1869.

S. 156 *Var 12* statt: *avec presque rien,* – *Dr 1863: avec très peu de données,* / mit sehr wenig an Vorgegebenem. – *20 ce que Dr* 1863 durch Kursivdruck hervorgehoben.

258 XXXVI LE DÉSIR DE PEINDRE

10. Oktober 1863, Revue nationale et étrangère; PPP 1869.

Die *inspiratrice* dieses und des folgenden Prosagedichtes dürfte die gleiche Berthe sein, der auch das Prosagedicht *La Soupe et les nuages* und in den *Épaves* das Gedicht *Les Yeux de Berthe* gelten (Bd. IV, S. 38).

S. 259, *14 einer schwarzen Sonne:* Bild und Ausdruck haben eine lange Geschichte, an der in Deutschland Dürer, Jean Paul und Heine, in Frankreich Mme de Staël, Gautier und Gérard de Nerval teilhaben; siehe Claude Pichois, *L'Image de Jean-Paul Richter dans les lettres françaises*, Paris 1963, 283 bis 293. – *22 den die thessalischen Hexen vom Himmel reißen:* eine Erinnerung an Lukans *Pharsalia* (VI, 499 ff.), wo von den thessalischen Hexen die Rede ist, die durch ihre Zauberlieder den Mond vom Himmel herabziehen und ihn zischend im Grase tanzen lassen.

260 XXXVII LES BIENFAITS DE LA LUNE

14. Juni 1863, Le Boulevard; 14. September 1867, Revue nationale et étrangère; PPP 1869.

Dr 1863 ohne Titel, einige Varianten; der postume *Dr* 1867 trägt die Widmung: *A Mademoiselle B.*

S. 260 *Var 6* statt: *moelleusement* – *Dr* 1863: *lestement* / hurtig. – *11* statt: *sont si bizarrement* – *Dr* 1863: *sont bizarrement.* – *12 pour toujours* fehlt *Dr* 1863. – *13* statt: *dans l'expansion* – *Dr* 1863: *dans l'expression* (wohl Druckfehler). – *24 aussi* fehlt *Dr* 1863. – *25 de ceux-là* fehlt *Dr* 1863.

S. 262 *Var 1* statt *enfant gâtée,* – *enfant adorée,* / angebetetes Kind.

262 XXXVIII LAQUELLE EST LA VRAIE?

14. Juni 1863, Le Boulevard; 7. September 1867, Revue nationale et étragère; PPP 1869.

Dr 1867 eine Woche nach Baudelaires Tod, einige Varianten.

S. 262 *Var T Dr* 1863: *L'Idéal et le Réel.* – *13* statt: *encensoir jusque dans* – *Dr* 1863: *encensoir même dans* / selbst in den. – *19* statt: *violence hystérique et bizarre ...: »C'est moi* – *Dr* 1863: *violence frénétique et bizarre, disait, dans ce patois familier de la canaille que ma pudeur ne saurait reproduire: »C'est moi* / in diesem dem Gesindel geläufigen Jargon, den wiederzugeben mein Schamgefühl versagt. – *20 une fameuse canaille!* fehlt *Dr* 1863. – *26* statt: *je reste attaché ... à la fosse* – *Dr* 1863: *je restai* / blieb ... *à la folie* (wohl Druckfehler).

264 XXXIX UN CHEVAL DE RACE

14. Februar 1864, Figaro; PPP 1869.

Dieses Prosagedicht gehört in die Nachbarschaft des Gedichtes *Le Monstre ou le Paranymphe d'une Nymphe macabre* in den *Épaves* (Bd. IV, S. 44 ff.), das jedoch erst Anfang 1866, zwei Jahre nach *Un cheval de race* geschrieben wurde.

S. 264 *Var 8* statt: *sorcellerie!* – *Dr* 1864: *sorcière!* (Druckfehler).

266 XL LE MIROIR

25. Dezember 1864, Revue de Paris; PPP 1869.

266 XLI LE PORT

25. Dezember 1864, Revue de Paris; PPP 1869.

Von diesem Prosagedicht hat sich eine Handschrift erhalten, die sich heute in der Bibliothèque Doucet in Paris befindet.

Keine Varianten zwischen *Ms* und *Dr*.

268 XLII PORTRAITS DE MAITRESSES

21. September 1867, Revue nationale et étrangère; PPP 1869.

Auch von diesem Prosagedicht hat sich eine Handschrift erhalten (Coll. Armand Godoy).

Einige Varianten zwischen *Ms* und *Dr*.

S. 268 *Var 9* statt *aimer et estimer*. – *Ms: aimer ou estimer*.

S. 270 *Var 17* statt: *mit le remède – Ms: met le remède* / legt.

S. 273, *16 Wundertier:* frz. *phénomène;* dieser Ausdruck bezeichnete zu Baudelaires Zeiten eine ausgefallene Rarität oder eine menschliche Abnormität, wie sie auf Jahrmärkten gezeigt wurden. Ein Prosagedicht Mallarmés, das noch zu Baudelaires Kenntnis gelangt ist, trägt den Titel *Le Phénomène futur:* In der zuletzt vergreisten Welt wird, in einer Schaubude, eine *Frau* gezeigt, eine lebendige nackte Frau in ihrer ganzen ehemaligen Schönheit.

278 XLIII LE GALANT TIREUR

PPP 1869.

Auch dieses Prosagedicht gehört zu den 1865 von der *Revue nationale et étrangère* abgelehnten Stücken.

Eine Vorstufe findet sich in den *Fusées*, XI, (Bd. VI): »Ein Mann in Begleitung seiner Frau tritt an eine Schießbude. – Er legt auf eine Schießfigur an und sagt zu seiner Frau: Ich stelle mir vor, das seiest du. – Er schließt die Augen und schießt die Figur um. – Dann küßt er seiner Begleiterin die Hand und spricht: Mein Engel, wie danke ich dir für meine Geschicklichkeit!«

280 XLIV LA SOUPE ET LES NUAGES

PPP 1869.

Eine Handschrift (Coll. Armand Godoy).

Gehört ebenfalls zu den von der *Revue nationale et étrangère* abgelehnten Stücken.

Vgl. in den *Épaves* das Gedicht *Les Yeux de Berthe* (Bd. IV, S. 38). Auf die nämliche Berthe beziehen sich die beiden Prosagedichte *Le Désir de peindre* und *Les Bienfaits de la lune* (S. 258 und 260).

Der Keim zu diesem Prosagedicht findet sich neben der Sepiazeichnung eines Frauenkopfes (Bibliothèque Doucet): »als ich während des Abendessens durch das offene Fenster die Wolken betrachtete, sagte sie: Wirst du wohl deine Suppe essen, du alberner Wolkengucker!«

S. 280 *Var 13* statt: *s.... b..... – Ms: sacré bougre.*

282 XLV LE TIR ET LE CIMETIÈRE

11. Oktober 1867, Revue nationale et étrangère; PPP 1869.

Gleichzeitig entstand in Brüssel das Gedicht *Un Cabaret folâtre* (*Épaves*, Bd. IV, S. 76ff.). Der Keim zu diesem Prosagedicht findet sich in den Aufzeichnungen zu dem Buch *Pauvre Belgique!: »A la vue du Cimetière, estaminet / Zum Friedhofsblick. Ausschank* – für Monselet, als ich eines Tages das Begräbnis eines *solidaire* und ein Bier vor der Tür einer Schenke betrachtete.«

(Charles Monselet, 1825-1888, Dichter und Kritiker.) – Die »*Solidaires*« waren eine belgische Vereinigung von antireligiösen und antiklerikalen Freidenkern.

S. 282 *Var 11* statt: *ce cimetière*, – *Dr* 1867: *le cimetière*. – *14* statt: *rage, et l'on* – *Dr* 1867: *rage, l'on*. – *27* statt: *tuer auprès* – *Dr* 1867: *tuer près*.

284 XLVI PERTE D'AURÉOLE

PPP 1869.

Gehört ebenfalls zu den von der *Revue nationale et étrangère* abgelehnten Prosagedichten.

Eine Vorstufe in den *Fusées* (Bd. VI), auf dem gleichen Blatt XI wie die Vorstufe zu *Le Galant Tireur:* »Wie ich den Boulevard überquerte, und da ich ein wenig hastig versuchte, den Wagen auszuweichen, glitt mir mein Heiligenschein herab und fiel in den Schmutz des Fahrdamms. Glücklicherweise fand ich gerade noch Zeit, ihn wieder aufzuheben; aber einen Augenblick später beschlich mich die unglückliche Vorstellung, dies möchte ein Zeichen von schlimmer Vorbedeutung sein; und diese Vorstellung ließ mich nicht mehr los; den ganzen Tag über verfolgte sie mich und gönnte mir keine Ruhe.«

Die Übersetzung dieses Prosagedichtes von Walter Benjamin, in dessen Essay ›Über einige Motive bei Baudelaire‹ (Benjamin I, 2, 651 f.), wurde mit freundlicher Genehmigung des Suhrkamp Verlags, Frankfurt, übernommen.

286 XLVII MADEMOISELLE BISTOURI

PPP 1869.

Eine Handschrift (Coll. Armand Godoy).

Ebenfalls von der *Revue nationale et étrangère* abgelehnt, die indes im September 1867 dreimal die Veröffentlichung dieses Prosagedichtes ankündigte.

Varianten zwischen *Ms* und *Dr* PPP 1869.

In *L'Epoque* vom 30. Januar 1866 findet sich in einer »Pariser Chronik« von Adrien Marx die biographische Skizze einer »seltsamen Doktorin« amerikanischer Herkunft, *La Mère Bistouri*, der Marx vor etwa zehn Jahren im Hôtel-Dieu von Paris begegnet war: »eine dürre alte Jungfer, mit gelbem Teint, immer schwarz gekleidet. Sie wohnte im Krankenhaus« und arbeitete dort als ärztliche Assistentin.

S. 288 *Var 9* statt: *S... s... c... de s... m...!* – *Ms: Sacré Saint Ciboire de Sainte Maquerelle!* – *23* statt: *voilà K.* – *Ms: voici K.* – *29* statt: *posé aussi* – *Ms: également posé*.

S. 290 *Var 4* statt: *à moi-même.* – *Ms: en moi-même.*

S. 292 *Var 9 monstres* in *MS* in Kursivdruck.

S. 287, 22 Mathurin *Régnier* (1573-1613), Satiriker, den Baudelaire sehr geschätzt hat; siehe B/Asselineau, 64.

S. 289, *15 Maurin:* vermutlich Antoine Maurin (1799-1850), ein Schüler Ary Scheffers, den Baudelaire in seinem ›Salon 1845‹ erwähnt (Bd. I, S. 144 und S. 177). – *27 zur Zeit der Aufstände:* Juni 1848.

292 XLVIII ANY WHERE OUT OF THE WORLD

28. September 1867, Revue nationale et étrangère; PPP 1869.

Vgl. das Gedicht *L'Invitation au voyage* (Bd. III, S. 158 ff.) und das Prosagedicht gleichen Titels (S. 172); ferner in den *FdM* die beiden Gedichte *Rêve parisien* und *Le Voyage* (Bd. III, S. 262 ff. und S. 328 ff.).

S. 192 *T:* Die richtige Schreibung wäre *Anywhere.* Dieser Titel ist ein Zitat aus dem Gedicht *The Bridge of Sighs* von Thomas Hood (1799-1845), das Baudelaire im April 1865 übersetzt hat (*Le Pont des soupirs,* Œuvres/Pl I, 269 ff.). Das gleiche Zitat findet sich schon in Poes Aufsatz *The Poetic Principle.* Siehe Margaret Gilman, *Baudelaire and Thomas Hood,* in: The Romanic Review, Bd. XXVI, Juli/Sept. 1935, 241-244.

S. 295, *14 Tornio:* finnische Hafenstadt am Bottnischen Meerbusen, nahe der schwedischen Grenze.

296 XLIX ASSOMMONS LES PAUVRES!

PPP 1869.

Eine Handschrift (Coll. Armand Godoy).

Ebenfalls von der *Revue nationale et étrangère* abgelehnt.

Vgl. hierzu einen Brief an Nadar vom 30. August 1864: »Könntest Du Dir *mich* vorstellen, wie ich einen Belgier *verprügle?* Unglaublich, nicht wahr? Daß ich jemanden schlagen könnte, das ist absurd. Und was noch ungeheuerlicher war, ich hatte vollkommen Unrecht. Weshalb ich denn auch, als das Gerechtigkeitsempfinden die Oberhand gewann, hinter dem Mann herlief, um mich bei ihm zu entschuldigen. Aber es gelang mir nicht, ihn wieder ausfindig zu machen.«

Dieses Prosagedicht ist in jüngster Zeit mehrfach kommentiert worden; siehe vor allem Dolf Oehler, Pariser Bilder I (1830-1848), Antibourgeoise Ästhetik bei Baudelaire, Daumier und Heine, edition suhrkamp 725, Frankfurt 1979, 155-168; Oskar Sahlberg, Baudelaire und seine Muse auf dem Weg zur Revolution, Frankfurt 1980, 178-188. Über Baudelaire und Proudhon siehe auch Wolfgang Fietkau, Schwanengesang auf 1848, Reinbek 1978, 395-406.

S. 296 *Var 17* statt: *quelque chose d'infiniment – Ms: quelque chose infiniment.*

S. 300 *Var 11 »Qu'en dis-tu, Citoyen Proudhon?«* – Dieser Schlußsatz wurde im *Dr* 1869 gestrichen.

S. 297, *5 vor sechzehn oder siebzehn Jahren:* das heißt um 1848. – *27 das Auge eines Magnetiseurs:* Anspielung auf umlaufende Zeitungsgerüchte, wonach es gewissen Magnetiseuren gelungen sei, »Blumen, Bäume und Früchte zu magnetisieren«. Nachdem ein gewisser Doktor Picard in Saint-Quentin eine Aprikose acht Tage lang magnetisiert hatte, erreichte diese Frucht die Größe einer Melone; zwölf Personen aßen jede eine Scheibe, und es blieb noch etwas übrig. (Alphonse Karr, *Les Fleurs,* 1861; siehe PPP/Kopp, 355 f.). – *33 Lélut … Baillarger:* zwei berühmte Irrenärzte der Zeit. In einem Brief vom 2. Januar 1866 an Sainte-Beuve schreibt Baudelaire: »Sie sehen, mehr denn je, einem Beichtvater und einem Geburtshelfer der Seelen ähnlich. Man sagte, glaube ich, das gleiche von Sokrates; doch die Herren Lélut und Baillarger haben, *auf ihr Gewissen,* erklärt, daß er verrückt war.« Louis-Francisque Lélut hatte in seinem Buch *Du Démon de Socrate* (1836; 2. Aufl. 1856) eine ganze Anzahl von Genies für verrückt erklärt; nicht nur Sokrates, sondern auch Tasso, Pascal, Rousseau, Swedenborg (siehe PPP/Kopp, 356 f.).

S. 300, *11* Pierre-Joseph *Proudhon* (1809-1865), Sozialist und Publizist, den Baudelaire sehr geschätzt hat; siehe die beiden Briefe an ihn vom 21. und 22. August 1848 (Bd. II, S. 16 f.). Noch in dem Aufsatz ›Die sittsamen Dramen und Romane‹ von 1851 liest man: »Proudhon ist ein Schriftsteller, um den Europa uns immer beneiden wird« (Bd. II, S. 185). In einem Brief hingegen vom 2. Januar 1866 an Sainte-Beuve, der mehrere Artikel über Proudhon geschrieben hatte, heißt es: »Glauben Sie nur nicht, daß ich die Reaktion zu seinen Gunsten unberechtigt finde. Ich habe ihn viel gelesen, und ein wenig gekannt. Die Feder in der Hand war er ein *guter Kerl (un bon bougre);* aber er war kein Dandy und wäre es auch niemals gewesen. Das werde ich ihm nicht verzeihen. Und das werde ich zum Ausdruck bringen, sollte ich damit auch alle wohlmeinenden Dickköpfe des *Univers* verärgern.« Da nicht feststeht, ob das erhaltene *Ms* als Satzvorlage gedient hat, ist nicht zu entscheiden, ob die Streichung des letzten Absatzes auf Baudelaire zurückgeht, oder ob sie von den Herausgebern der PPP vorgenommen wurde.

300 L LES BONS CHIENS

21. Juni 1865, L'Indépendance belge; 27. Oktober 1866, La Petite Revue; 4. November 1866, Le Grand Journal; 31. August 1867, Revue nationale et étrangère; PPP 1869.

Le Grand Journal vom 4. November 1866 übernimmt den Text der *Petite Revue* vom 27. Oktober 1866; ein *Ms* in der Coll. Armand Godoy.

Varianten zwischen dem Manuskript und den verschiedenen Drucken.

Baudelaire hatte dieses Prosagedicht nach Paris geschickt und Champfleury gebeten, es beim *Figaro* oder in *La Vie parisienne* unterzubringen. Der Erstdruck in der belgischen Zeitung erfolgte ohne sein Wissen. Das Prosagedicht war dort von einem einführenden Text begleitet: »Wir liefern unsern Lesern hier ein merkwürdiges unveröffentlichtes Stück, das M. Charles Baudelaire anläßlich einer Weste schrieb, die M. Joseph Stevens ihm geschenkt hatte, unter der Bedingung, daß er etwas über die Hunde der Armen schriebe. In einigen Zeilen dieses Gedichtes, in denen von den Hunden des Gauklers die Rede ist, wird der Leser die summarische Beschreibung eines der besten Bilder dieses Malers wiedererkennen.«

Gemeint ist das Bild *L'Intérieur du saltimbanque,* das der belgische Maler Joseph Stevens 1857 in Paris ausgestellt hatte und das von dort in die Sammlung Crabbe nach Brüssel wanderte, wo Baudelaire es sah oder wiedersah (ausführliche nähere Angaben und Literatur siehe PPP/Kopp, 359 ff.).

Baudelaire war schon von Paris her mit den drei Brüdern Stevens befreundet; Joseph (1816-1892), der älteste, war Tiermaler, Alfred (1823-1906) Genremaler und Porträtist, und Arthur (1825-1890) ein in Frankreich und Belgien geschätzter und erfolgreicher Kunsthändler; siehe Jean Adhémar, *Baudelaire et les frères Stevens, la modernité,* in: Gazette des Beaux-Arts, Februar 1958, 123-126.

Dieser Vortext wurde dann, in wesentlich erweiterter Gestalt, von der *Petite Revue* und dem *Grand Journal* übernommen; diese erweiterte Fassung liefert eine ausführliche Schilderung dessen, was Baudelaire in den drei letzten Absätzen seines Prosagedichtes berichtet; sie stammt vermutlich von seinem Verleger Poulet-Malassis (siehe PPP/Kopp, 360 f.).

S. 300 *Var* 14 *Ms* ohne Widmung. – 16 statt: *ce n'est pas l'âme – Dr* 1865: *ce n'est plus l'âme* / nicht mehr. – 20 statt: *Champs Élyséens, – Dr* 1865, Okt./Nov. 1866: *Champs-Élysées.* – 28 statt: *la muse familière, la citadine, la vivante, pour – Dr* Okt. 1866: *la Muse familière, la jeune, la citadine, la vivante pour; Dr* Nov. 1866: *la vivifiante, pour* / die lebendige, die belebende.

S. 302 *Var* 2 statt: *excepté le pauvre – Ms, Dr* 1867: *excepté les pauvres* / die Armen. – 7 statt: *sot comme une lorette, quelquefois hargneux et insolent comme – Ms, Dr* 1867: *sot comme une lorette, à moins qu'il ne soit insolent et hargneux comme.* – 11 statt: *piste d'un ami, – Dr* Okt./Nov. 1866: *piste de l'ami.* – 12 statt: *au domino! – Ms* und alle *Dr* vor 1869: *aux dominos!* – 18 statt: *cette si bonne mère, – Dr* Okt./Nov. 1866: *cette bonne mère.* – 23 *peut-être* fehlt in *Ms* und allen *Dr* vor 1869. – 32 statt: *la pluie ruisselante, – Dr* Okt./Nov. 1866: *la pluie accablante,* / dem bedrükkenden Regen.

S. 304 *Var* 3 statt: *dans une ruine de la banlieue – Dr* 1865: *dans une remise de la banlieue* / einem Schuppen. – 5 *par troupes* fehlt *Dr* Okt./Nov. 1866, 1867. – 7 statt: *certaines pucelles sexagénaires, – Dr* 1865: *certaines demoiselles sexagénaires; Dr* Nov. 1866: *certaines sexagénaires; Dr* 1867: *certaines vierges sexagénaires.* – 12 *pendant* fehlt *Dr* Okt./Nov. 1866. – 16 statt: *avez-vous admiré, comme moi, tous ces chiens vigoureux, attelés – Dr* 1865: *avez-vous admiré, comme moi, en Belgique, tous ces; Dr* Okt./Nov. 1866: *vigoureux* fehlt. – 18 statt: *boulanger, et qui – Dr* Okt./Nov. 1866: *boulanger, qui.* – 24 statt: *un poêle de fonte, – Dr* Okt./Nov. 1866: *un poêle, allumé et ronflant* / ein angezündeter und summender Ofen. – 26 statt: *personnages intelligents, habillés ... militaires, qui surveillent – Dr* Okt./Nov. 1866: *personnages intelligents, qui, habillés ... militaires, surveillent.* – 30 statt: *longue cuiller se dresse, – Ms* und *Dr* 1867: *longue cuiller de bois se dresse,* / Holzlöffel. – 35 statt: *pardonnerez-vous – Dr* Okt./Nov. 1866: *pardonnez-vous.*

S. 306 *Var* 2 statt: *la grosse part – Dr* Okt./Nov. 1866: *la grasse part* / den fetten Anteil. – 3 statt: *quatre comédiens? – Dr* Okt./Nov. 1866: *quatre bons comédiens?* – 4 statt: *souriant – Ms* und alle *Dr* vor 1869: *riant* / lachend. – 6 *républicain* fehlt *Dr* 1867. – 7 statt: *si la république, trop occupée du bonheur des hommes, – Dr* 1867: *si* l'homme *trop occupé de son bonheur.* – 13 statt: *un pour les Turcs et un pour les Hollandais! – Ms: un pour les Hollandais et un pour les Turcs; Dr* 1867: *un pour les Chinois et un pour les Turcs.* – 15 statt: *leurs chants alternés, – Ms* und alle *Dr* vor 1869: *leur chant alterné.* – 24 statt: *au divin Arétin – Dr* 1867: *à l'Arétin.* – 28 statt: *endosse le gilet – Dr* Okt./Nov. 1866: *revêt le gilet.*

S. 301, 17 Georges-Louis Leclerc, comte de *Buffon* (1707-1788), französischer Naturforscher, Verfasser einer 44 Bände umfassenden *Histoire naturelle* (1749-1804). – 20 Laurence *Sterne* (1713-1786), englischer Humorist, Verfasser des Romans *The Life and Opinions of Tristram Shandy* (1760 bis 1767). Die Episode von dem Esel und der Makrone findet sich dort (VII. Buch, Kap. XXXII). Baudelaire hatte darauf bereits in seinem *Salon de 1859* angespielt (siehe Bd. V).

S. 303, 8 *Kokotte:* frz. *lorette,* eine Dame der Halbwelt; das Wort findet sich schon 1840 bei Heine; 1841 erschien im *Charivari* von Gavarni eine Folge von 79 Lithographien *Les Lorettes.* Die Erfindung dieses Neologismus nahm *Nestor Roqueplan* (1804-1870), Journalist und Dandy, der Begründer des *Figaro,* für sich in Anspruch; er hatte 1840 das Wort zuerst in seinen *Nouvelles à la main* gebraucht. Der Erstdruck seines *unsterblichen Feuille-*

tons, das vermutlich in *Le Constitutionel* erschien, ist bis heute unauffindbar geblieben. PPP/Kopp (S. 365 f.) zitiert die Stelle, auf die Baudelaire sich bezieht, nach Roqueplans *Parisine* (1869), einem Sammelband seiner Feuilletons. Sie läßt erkennen, daß Baudelaire diesem Feuilleton noch weitere Anregungen entnommen hat.

S. 307, *8 officieux:* soviel wie *obligeant, serviable* / gefällig, dienstbeflissen. Dieses Adjektiv wurde unter der Französischen Revolution in substantivierter Form als Euphemismus für *valet, domestique* eingeführt. – *16 für die Türken und für die Holländer:* In Swedenborgs Jenseits gibt es zahllose Gesellschaften und einen Himmel für jede Nation, auch für die Heiden und Nichtchristen. Von dem »Himmel der Mahometaner« und dem »Himmel der Holländer« ist in seinem Werk *Vera Christiana Religio* (1769-1771) die Rede, das Baudelaire vermutlich in einer 1855 erschienenen französischen Übersetzung kannte. – *18 Hirten Vergils und Theokrits:* Vergil schrieb die zehn Hirtengesänge seiner *Bucolica;* sein griech. Vorbild waren die Idyllen *Theokrits* (3. Jh. v. Chr.). – *25 die Taverne der Rue Villa-Hermosa:* Eine englische Gaststätte in Brüssel, *Horton's Prince of Wales,* ein Treffpunkt der französischen Flüchtlinge und Verbannten. – *31 göttlichen Aretino:* Pietro Aretino (1492-1557), ital. Satiriker, der sich selber den Ehrenbeinamen *Il Divino* verliehen hatte.

PLÄNE, ENTWÜRFE, NOTIZEN

Unter Baudelaires nachgelassenen Papieren haben sich zu den PPP mehrere Listen, einzelne Entwürfe und Notizen aufgefunden. Die Zahlen bei den einzelnen Titeln in I und II stammen von Baudelaire; die Zahlen in III und IV wurden von dem Herausgeber hinzugefügt. Die Sternchen in II bezeichnen die Titel, die in dem Original mit einem Rotstift zart unterstrichen sind.

S. 309, *4 Pariser Themen: Choses parisiennes;* ebenso S. 313. – *6 Der kleine atheistische Greis, Le vieux petit athée:* I, 1; II, 70; III, 13. – *7 Der Posthof, La Cour des Messageries:* I, 2; II, 51; III, 1; IX; s. u. zu S. 317, 2. – *8 Die Elegie von den Hüten, L'élégie des chapeaux:* I, 3; II, 66; III, 2; IV, 11; VIII; s. u. zu S. 315. – *9 Das schwarze Huhn, La poule noire:* I, 4; II, 50; III, 9. – *10 Das Ende der Welt, La fin du Monde:* I, 5; II, 53; III, 4. Derselbe Titel *La Fin du Monde* findet sich auf den Listen geplanter Romane und Novellen; dazu folgende Notizen: »Ein Roman über die Letzten Menschen. Die gleichen Laster wie ehemals. – Von dem Krieg, den Ehen, der Politik, usw. … unter den letzten Menschen.« – »*Romane.* Die letzten Zuckungen der Welt. Die letzten Menschen. Kämpfe, Rivalitäten. Der Haß. Das Wohlgefallen an der Zerstörung und am Eigentum. Die Liebe, im Verfallsstadium der Menschheit. (Zu vermeiden *der letzte Mensch*) Ungeheure Entfernungen. Jeder Souverän hat nur 50 Mann in Waffen.« – Der Titel ›Der letzte‹ Mensch war schon mehrfach verwendet worden. 1805 erschien ein Epos *Le Dernier Homme* von Jean-Baptiste Cousin de Grainville (1746-1805), das Charles Nodier 1811 neu herausgab und zu dem Creuzé de Lesser 1831 eine Nachahmung lieferte. Vielleicht kannte Baudelaire auch Thomas Campbells (1777-1844) Gedicht *The Last Man.* In einem Brief an Arsène Houssaye, Ende Dezember 1861, heißt es, dieses *poëme en prose* sei bereits geschrieben. Baudelaire dachte dabei wohl an den Text, der in dem überlieferten Manuskript den Beschluß der *Fusées* bildet und der in der Tat eine erste Fassung dieses Prosagedichtes darzustellen scheint. *»Le monde va finir ...«*.

Die Welt geht ihrem Untergang entgegen. Der einzige Grund für ihren weiteren Bestand ist ihr tatsächliches Vorhandensein. Wie schwach ist dieser Grund im Vergleich zu all denen, die das Gegenteil ankündigen, insbesondere zu diesem: Was hat die Welt in Zukunft noch unter dem Himmel zu schaffen? – Denn, gesetzt selbst, sie würde in ihrer materiellen Existenz fortdauern, wäre das noch eine Existenz, die dieses Namens und des historischen Wörterbuches würdig wäre? Ich will nicht behaupten, daß die Welt der äußersten Ratlosigkeit und dem possenhaften Durcheinander der südamerikanischen Republiken verfallen wird – daß wir vielleicht auf die Stufe der Wilden zurücksinken und, das Gewehr in der Hand, durch die überwucherten Trümmer unserer Zivilisation unserer Nahrung nachgehen werden. Nein; – denn ein solches Schicksal, solche Abenteuer setzten immer noch eine gewisse vitale Energie, einen Nachhall der Urzeit, voraus. Als neues Beispiel und neuerliches Opfer der unerbittlichen Gesetze der Moral werden wir an dem zugrunde gehen, von dem wir uns Leben versprachen. Die Mechanisierung wird uns derart amerikanisiert haben, der Fortschritt die Verkümmerung unseres geistigen Teiles zu vollkommen gemacht haben, daß auch der blutrünstigste, ruchloseste und widernatürlichste aller Träume der Utopisten harmlos erscheinen wird im Vergleich zu solchen positiven Ergebnissen. Ich fordere jeden denkenden Menschen auf, mir zu zeigen, was denn vom Leben noch übriggeblieben ist. Was die Religion angeht, so halte ich es für überflüssig, sie auch nur zu erwähnen und nach ihren Überresten zu forschen, denn daß sich einer noch die Mühe macht, Gott zu leugnen, ist das einzige Ärgernis auf diesem Gebiet. Das Eigentum war im Grunde schon mit der Aufhebung des Majoratsrechtes verschwunden; aber es wird eine Zeit kommen, wo die Menschheit, wie ein rächender Oger, denen ihr letztes Stück entreißen wird, die sich für die rechtmäßigen Erben der Revolutionen halten. Immerhin, das wäre nicht einmal das schlimmste.

Die menschliche Einbildungskraft kann sich ohne große Mühe Republiken oder andere Gemeinwesen vorstellen, die einiges Ruhmes würdig sind, wenn sie von geweihten Männern, von gewissen Aristokraten, gelenkt werden. Aber nicht eigentlich die politischen Einrichtungen werden den allgemeinen Verfall offenbaren, oder den allgemeinen Fortschritt – denn die Benennung ist mir gleichgültig. Dieser wird vielmehr deutlich werden durch die Erniedrigung des menschlichen Herzens. Brauche ich noch hinzuzufügen, daß nur noch kümmerliche Reste eines politischen Lebens in der ansteigenden Flut bloßer tierischer Begierden übrigbleiben werden, und daß die Regierenden, um sich an der Macht zu erhalten und auch nur einen Schein von Ordnung zu schaffen, zu Mitteln ihre Zuflucht nehmen werden, vor denen die heutige Menschheit, die doch schon abgebrüht genug ist, zurückschaudern würde? – Dann wird der Sohn seiner Familie nicht erst mit achtzehn, sondern schon mit zwölf Jahren entfliehen; frühreife Gier wird ihn hinaustreiben, nicht um heldenhafte Abenteuer zu bestehen, nicht um eine gefangene Schöne aus ihrem Turmverlies zu befreien, nicht um eine armselige Dachkammer durch erhabene Gedanken unsterblich zu machen, vielmehr um ein Geschäft zu gründen, um sich zu bereichern und seinem schändlichen Vater Konkurrenz zu machen – dem Gründer und Aktionär einer Zeitung, welche dann das Licht der Aufklärung verbreiten, und mit der verglichen das *»Siècle«* dann als ein Pfuhl des Aberglaubens erscheinen wird. – Dann werden die Schweifenden, die Erniedrigten, die einmal ein paar Liebhaber hatten und die man mitunter »Mein Engel« nennt, zum Dank für jene

Unbesonnenheit, die als ein zufälliges Leuchten in ihrem Dasein von der Folgerichtigkeit des Bösen aufglänzt, – diese, sage ich, werden dann nichts anderes mehr kennen als erbarmungslose Klugheit, die alles außer dem Gelde verurteilt, alles, selbst *die Verirrungen der Sinne!* – Was dann noch der Tugend ähnlich sieht – was sage ich, – alles, was nicht ausschließlich Gier nach dem Golde ist, wird einer grenzenlosen Lächerlichkeit anheimfallen. Die Justiz, wenn es in diesen glückseligen Zeiten überhaupt noch so etwas wie eine Justiz geben sollte, wird diejenigen Bürger, die sich nicht auf den Vermögenserwerb verstehen, ihres Amtes entheben. – Deine Gattin, o Bürger! deine keusche Ehehälfte, der gesetzlich verbunden zu sein dein Herz mit dichterischer Wonne erfüllt, wird künftig in diesen gesetzlichen Bund eine Verworfenheit einführen, die über jeden Vorwurf erhaben ist; als wachsame und verliebte Hüterin deines Geldschranks ist sie nur noch das vollkommene Ideal der ausgehaltenen Frau. Deine Tochter wird mit kindlicher Frühreife schon in der Wiege davon träumen, daß sie sich für eine Million verkauft. Und du selbst, o Bürger! – noch weniger poetisch gestimmt, als du es heute schon bist – wirst nichts dagegen einzuwenden finden; und du wirst nichts bedauern. Denn es gibt Dinge im Menschen, die sich kräftigen und gedeihen in dem Maße, wie andere schrumpfen und schwinden, und dank dem Fortschritt jener Zeiten werden die Organe deines Innern nur noch ihre rein körperlichen Funktionen erfüllen! – Diese Zeiten stehen vielleicht schon unmittelbar bevor; wer weiß, ob sie nicht gar schon angebrochen sind und ob die Abstumpfung unserer Natur nicht das einzige Hindernis ist, das uns verwehrt, die Umwelt, in der wir atmen, richtig einzuschätzen!

Was mich betrifft, der ich manchmal die lächerlichen Anwandlungen zum Propheten in mir verspüre, ich weiß nur allzu gut, daß ich keine Anlagen zur Menschenfreundlichkeit des Arztes habe. Verloren in dieser niederträchtigen Welt, umhergestoßen von der Menge, bin ich wie einer, der erschöpft ist, und dessen Blick hinter sich, in der Tiefe der Jahre, nur Enttäuschung und Bitternis wahrnimmt, und vor sich nichts als ein drohendes Unwetter, das ihm nichts Neues bringen wird, weder Erfahrungen, noch Schmerzen. Und hat dieser Mann eines Abends dem Geschick einige Stunden des Vergnügens abgelistet, so läßt er sich wiegen von seiner Verdauung, versucht – soweit das möglich ist – das Vergangene zu vergessen, mit der Gegenwart zufrieden zu sein und im voraus auf die Zukunft zu verzichten; dann spricht er vielleicht zu sich selbst, im Vollgefühl seiner Kaltblütigkeit und seines Dandysmus, stolz, nicht ebenso niedrig zu sein wie die, die unter ihm vorbeigehen – spricht, indem er sinnend dem Rauch seiner Zigarre nachblickt: Was kümmert mich ihr Gewissen und wohin es sie treibt!

Ich glaube, ich bin da abgeschweift in etwas, das die Leute vom Fach als Beiwerk bezeichnen. Doch ich will diese Seiten lassen – als ein Zeugnis meines Zornes (*Var.:* meiner Traurigkeit).

11 *Blick von den Buttes Chaumont, Du haut des Buttes Chaumont:* I, 6; II, 3. Die Buttes Chaumont sind ein im Nordosten von Paris gelegenes hügelartiges Parkgelände, das im 19. Jahrhundert über ehemaligen Gipsbrüchen errichtet wurde. Die Thematik dieses projektierten Prosagedichtes, das in dem Brief an Arsène Houssaye vom Dezember 1861 ebenfalls als »fertig« bezeichnet wird, wäre wohl der des unvollendeten Gedichtes verwandt gewesen, das Baudelaire als Epilog für die zweite Ausgabe der *FdM* vorgesehen hatte (siehe Bd. IV, 110ff. und 314f.). – 12 *Ein Aschermittwoch, Un mercredi des Cendres:* I, 7; II, 67; III, 11. – 13 *Der Dichter und der Geschichtsschreiber, Le poète et l'historien:* I, 8; II, 85; III, 16. Wie II, 85 erkennen läßt, dachte Baudelaire an Alfred Tennyson

(1809-1892) und Thomas Carlyle (1795-1881). Tennyson war für Baudelaire, neben Byron und Poe, einer der »Sterne erster Größe« am »schwermütigen Himmel der modernen Poesie«. Über die Verwendung des Gedichtes *The Lotus-Eaters* in dem Schlußgedicht der *FdM, Le Voyage,* siehe Bd. III, 423 f. Carlyle findet sich bei Baudelaire an keiner anderen Stelle erwähnt. – *14 Orest und Pylades, Oreste et Pylade:* I, 9; II, 76; III, 15. – *15 Die beiden Trunkenbolde, Les deux ivrognes:* I, 10; II, 61. In dem zweiten Kapitel des Essays ›Wein und Haschisch‹ finden sich zwei Geschichten von zwei Trunkenbolden (Bd. II, 125 ff.). Eine von diesen beiden Geschichten hätte wohl für das Prosagedicht Verwendung finden sollen. Wolfgang Drost verweist in diesem Zusammenhang auf ein Gemälde Daumiers, *Les Ivrognes* (um 1843), das vielleicht schon Baudelaire zu der ersten Geschichte in ›Wein und Haschisch‹ inspiriert hat. Siehe W. Drost, *L'Inspiration plastique chez Baudelaire,* in: Gazette des Beaux-Arts, Mai 1957, 334. – *16 Die Irrenärzte, Les aliénistes:* I, 11; II, 54; III, 10. Vielleicht wollte Baudelaire hier noch einmal, wie in dem Prosagedicht *Assommons les pauvres!,* die beiden Irrenärzte Lélut und Baillarguer zur Zielscheibe seines Spottes machen (s.o. zu S. 297, 33). – *17 Der Philosoph im Karneval, Le philosophe au Carnaval:* I, 12; II, 48. In seiner Besprechung von Champfleurys Erzählungen (Bd. II, 163 ff.) verweist Baudelaire in der Sammlung *Chien-Caillou* (1847) auf die Erzählung *Carnaval,* die »einige kostbare Bemerkungen« enthalte »über diese seltsamen Umzüge, diesen bändergeschmückten und buntangestrichenen Schmerz, über den die Dummköpfe lachen, den aber die Pariser respektieren«. In den gleichen Zusammenhang gehört vielleicht Baudelaires Antwort an Charles Monselet, als dieser ihm im Casino Cadet, jener »Hochburg des Cancan«, begegnete und ihn fragte, was er hier täte. »Lieber Freund«, sagte Baudelaire, »ich lasse Totenköpfe Revue passieren!« (B/Urteil, 133 f.). – *18 Die Vorwürfe des Porträts, Les Reproches du portrait:* I, 13; II, 62. Es handelt sich um das Porträt seines Vaters, Joseph-François Baudelaire, gemalt von dem Chevalier Jean-Baptiste Regnault, das Baudelaire bei seinen zahlreichen Umzügen immer begleitete. In einem großen Bekenntnisbrief an die Mutter, vom 6. Mai 1861, heißt es: »Ich bin allein, ohne Freunde, ohne Mätresse, ohne Hund und ohne Katze, denen ich mein Leid klagen könnte. Ich habe nur das Porträt meines Vaters, das immer stumm ist.« – *19 Der rote Fisch, Le poisson rouge:* I, 14; II, 55. – *20 Kavaliersdiebstahl, Vol de Cavaliers:* I, 15; II, 65. – *21 Kirchengesänge, Chants d'Église:* I, 16; II, 78. Bei den unter II, 78 angeführten lateinischen Worten handelt es sich um die Eingangsworte des 113. und 109. Psalms, des fünften und ersten Psalms des sonntäglichen Vespergottesdienstes. – *22 Zu Ehren meines Schutzpatrons, En l'honneur de mon patron (4 novembre):* des heiligen Karl Borromäus, Erzbischof von Mailand und Kardinal (gest. 1584), dessen Fest am 4. November begangen wird. – *23 Der Altar des Moloch, L'autel de Moloch:* I, 18; II, 63; III, 5. Vielleicht besteht ein Zusammenhang mit einem Romanprojekt *L'holocauste* oder *L'holocauste volontaire.* – *24 Für fünf Groschen, Pour cinq sols:* I, 19; II, 76; III, 14. – *25 Der verführerische Leichenträger, Le séduisant Croque-Mort:* II, 49. Vermutlich handelt es sich um das gleiche »Individuum«, das mit dem Tode Brüderschaft trinkt, wie auf Daumiers Lithographie *Association en commandite pour l'exploitation de l'humanité* (Kommanditgesellschaft zur Ausbeutung der Menschheit), in *Le Charivari* vom 26. Mai 1840, die Baudelaire in seinem Essay ›Einige französische Karikaturisten‹ beschreibt (siehe Bd. I, S. 317 und 484). – *26 Der Saal der Märtyrer, La salle des martyrs:* I, 21; II, 56. – *27 Der Mann mit den Diamanten, L'homme aux Diamants:* I, 22; II, 57.

Im fünften Band der *Filles de plâtre* von Xavier de Montépin (1823-1902) ist des längeren die Rede von einem greisen Lüstling, der jungen Mädchen nachstellt und der bei seinen Opfern unter dem Namen *L'Homme aux diamants* bekannt ist. – *28 Der alte Zuhälter, Le Vieil Entreteneur:* I, 23; II, 59. Das Stichwort *L'entreteneur* taucht bei Baudelaire gelegentlich auch als Titel eines zu schreibenden Gedichtes, eines Romans oder einer Novelle auf. – *29 Vor dem Reifsein, Avant d'être mûr:* I, 24; II, 60. – *30 Die Drehorgel, L'Orgue de Barbarie:* I, 25; II, 62. – *31 Die Taubstumme, La Sourde muette:* I, 26; II, 64.

S. 310, *1 Lebensmittelverteilung, Distribution de vivres:* II, 68. Unter Baudelaires Romanprojekten findet sich auch der Titel *Un affamé* (Ein Ausgehungerter) und die Notiz: »Angenommen ein armer verhungerter Mensch möchte auf einem öffentlichen Fest bei einer Lebensmittelverteilung etwas zu essen ergattern. Er wird zu Boden geworfen und von der Menge erschlagen.« – *2 Ein Pariser Lazzarone, Un Lazzarone parisien:* I, nach 27; II, 80. – *3 Die Hölle im Theater, L'enfer au Théâtre:* I, 28; II, 107. Vielleicht steckt der Keim zu diesem Prosagedicht in *Le Mauvais Vitrier*, wo Baudelaire von einem seiner Freunde spricht, der so schüchtern sei, »daß er seine ganze kümmerliche Entschlußkraft zusammenraffen« müsse, »um ein Café zu betreten oder durch die Sperre eines Theaters zu gehen«, wo die Kontrolleure ihm mit der gan en Majestät der drei Unterweltsrichter bekleidet zu sein schienen (siehe S. 139). – *4 Der sanfte Besuch:* I, 29; II, 105; X; frz. *La douce visiteuse* (Die sanfte Besucherin). Gemeint ist, in Erinnerung an einen Holzschnitt Alfred Rethels, der Tod; s. u. zu S. 317, *19*. – *5 Die Cholera in der Oper, Le choléra à l'Opéra:* I, 30; II, 106; X; s. u. zu S. 317, *19*. – *31 Melencholia:* I, 31; II, 98. Baudelaire denkt an Albrecht Dürers Kupferstich (1514) »Melencolia I«, von dem auch in dem Entwurf zu dem Artikel *L'Art philosophique* (Bd. V) die Rede ist. Der Holzschnitt zeigt eine brütend sitzende Frauengestalt, welche die Melancholie (Baudelaires *ennui, spleen, acedia*) symbolisiert. – *7 Das Gasthaus im Wald, L'Auberge du Bocage:* I, 32; II, 84. Wie II, 98 erkennen läßt, eine Jugenderinnerung. – *8 Hochzeitsnächte, Nuits de noces:* I, 33; II, 58. – *9 Auto-cocu oder Blutschänder, Auto-cocu ou incestueux:* I, 34; II, 72; III, 12. Der *cocu* ist der Hahnrei, der betrogene Ehemann; ein *auto-cocu* demnach jemand, der dadurch, daß er mit seiner eigenen Frau schläft (die er nicht als solche erkennt), sich selbst zum Hahnrei macht. In der von Baudelaire geplanten Geschichte stellt sich offensichtlich die Alternative, ob es sich bei der Beischläferin um seine Frau oder eine Blutsverwandte handelt. – *10 Oneirokritie:* oder Oneiromantie, Traumdeutung. – *11 Anzeichen des Verfalls, Symptômes de Ruine:* I, 35; II, 86; III, 6; VII; s. u. zu S. 315, 2. – *12 Meine Anfänge, Mes Débuts:* I, 36; II, 87. – *13 Rückkehr ins Collège, Retour au Collège:* I, 37; II, 88; IV, 5. Entweder handelt es sich um das Collège Royal in Lyon, das Baudelaire in den Jahren 1832 bis 1836 besuchte, oder um das Collège Louis-le-Grand in Paris, in das er im Mai 1836 als Pensionär aufgenommen wurde und das er im April 1839 verlassen mußte. Unter Baudelaires Entwürfen zu Romanen und Novellen finden sich auch die Titel »Ein räudiges Schaf«, »Das Vergehen im Collège«. – *14 Unbekannte Wohnungen, Appartements inconnus:* I, 38; II, 89; IV, 9. – *15 Baumlose Landschaften, Paysages sans arbres:* I, 39; II, 91; vgl. in den *FdM* das Gedicht *Rêve parisien* (Bd. III, S. 262 ff.) und unter den Prosagedichten *Any where out of the world* (S. 292). – *16 Zum Tode verurteilt, Condamnation à mort:* I, 40; II, 95; IV, 8. – *17 Der Tod, La Mort:* I, 41; II, 96. – *18 Die Mausefalle, La Souricière:* I, 42; II, 92. – *19 Fest in einer öden Stadt, Fête dans une ville déserte:* I, 43;

II, 69. In der *Revue cosmopolite* vom 28. März 1867 berichtet Fortuné Camels folgende Unterhaltung mit Baudelaire: »Gehen Sie zu dem Fest? – Ja. – Kommen Sie mit? – Nein. – Warum? – Es ist noch zu früh. Ich werde um zwei Uhr morgens aufbrechen. Sie wissen nicht, was mir gefällt? In einer Stadt wie Paris spazieren zu gehen, wenn sie noch beflaggt und erleuchtet ist, während die Passanten bereits von den Straßen verschwunden sind. Ich stelle mir dann vor, dies alles sei allein für mich da; und man bereite mir einen Triumph vor!« Unter dem Zweiten Kaiserreich war der 15. August Nationalfeiertag. Der festlichste dieser Nationalfeiertage war der 15. August 1859; man feierte die Rückkehr der siegreichen Truppen aus Italien, denen Napoleon III. selber durch die großen Straßen von Paris voranritt. – 20 *Das Schloß überm Meer, Le Palais sur la Mer:* I, 44; II, 90. – 21 *Die Treppen, Les escaliers:* I, 45; II, 93. Hier dürfte es sich um ähnliche Albträume handeln wie jene, die Baudelaire unter dem Stichwort *Symptômes de ruine* behandeln wollte; s. u. zu S. 315, 2. – 22 *Gefangener in einem Leuchtturm, Prisonnier dans un phare:* I, 46; II, 94. – 23 *Ein Verlangen, Un désir:* I, 47; II, 99. – 24 *Moralitäten: Moralités* hießen im Mittelalter die öffentlichen geistlichen Schauspiele, in denen vor allem allegorische Figuren auftraten. Hier bezeichnet das Wort fast soviel wie eine Anekdote mit moralischer Nutzanwendung – 25 *Kindlicher Undank, L'ingratitude filiale:* I, 48; II, 82. – 26 *Ein Wort des Johann Huß, Une parole de Jean Hus:* I, 49; II, 101; III, 7; IV, 1. Wie III, 7 und IV, 1 erkennen lassen, handelt es sich um den Ausspruch: »O sancta simplicitas!« den Johann Huß auf dem Scheiterhaufen getan haben soll, als er sah, wie ein Bäuerlein aus frommem Eifer ein Reisigbündel zu seinem Holzstoß herbeischleppte. – 27 *Die geheiligte Täuschung, L'illusion sacrée:* I, 50; II, 97; III, 18. – 28 *Weder Gewissensbisse noch Bedauern, Ni Remords ni Regrets:* I, nach 50; II, 102. Erscheint auch als Titel eines Gedichtes, eines Romans oder einer Novelle. Dazu die Notiz: »*Weder Gewissensbisse noch Bedauern.* Was schiert es einen, viel zu leiden, wenn man viel genossen hat? Das ist ein Gesetz, ein Gleichgewicht. Die moralische Algebra finden, die in dieser Redensart zum Ausdruck kommt. Abwechslungen im Refrain.« – In seinem *Recueil d'anecdotes* erzählt Charles Asselineau, die beste Kritik des Romans *Les Misérables* von Victor Hugo habe Baudelaire geliefert. »Ach!« sagte er zornig, »was sollen diese sentimentalen Verbrecher, die sich über Zweifrankenstücke Gewissensbisse machen, die sich auf stundenlange Erörterungen mit ihrem Gewissen einlassen und Tugendpreise stiften? Räsonieren diese Leute denn wie die übrigen Menschen? Warten Sie, ich werde einen Roman schreiben, in dem ich einen Verbrecher, einen Mörder, Dieb, Brandstifter und Korsaren, auftreten lasse, der mit folgendem Satz enden wird: ›Und im Schatten dieser Bäume, die ich gepflanzt habe, umgeben von einer Familie, die mich verehrt, von Kindern, die mich lieben, und einer Frau, deren Abgott ich bin, – genieße ich in Frieden die Früchte all meiner Verbrechen!‹« (B/Crépet 300) – 29 *Die Rokoko-Sphinx, Le Sphinx Rococo:* I, 51; II, 104. – 30 *Das große Gebet, La grande prière:* I, 52; II, 109. Gebete Baudelaires finden sich in seinen Tagebuchaufzeichnungen sowie am Ende der beiden Prosagedichte *À une heure du matin* (S. 144) und *Mademoiselle Bistouri* (S. 292). – 31 *Lukans letzte Gesänge, Les derniers chants de Lucain:* I, 53; II, 103. Baudelaire war ein großer Bewunderer des röm. Dichters Marcus Annaeus Lucanus (39-65 n. Chr.) und seines Epos *Pharsalia.* Die Vorausnummer einer von B. Saint-Edme geplanten Zeitung *Mouvement* brachte 1846 die Ankündigung eines Artikels *Les Amours et la mort de Lucain* von Baudelaire-Dufays, und am 1. Juni 1860 stellte Albert Glatigny den Lesern des *Orphéon* eine Übersetzung der

Pharsalia von Baudelaire in Aussicht. – 32 *Das Gebet des Pharisäers, La prière du pharisien:* Anspielung auf ein Gleichnis Jesu (Luk. XVIII, 10-14): »Es gingen zween Menschen hinauf in den Tempel, zu beten, einer ein Pharisäer, der andre ein Zöllner. Der Pharisäer stund, und betete bei sich selbst also: Ich danke dir, Gott, daß ich nicht bin wie die andern Leute, Räuber, Ungerechte, Ehebrecher, oder auch wie dieser Zöllner; ich faste zweimal in der Woche, und gebe den Zehnten von allem, das ich habe. Und der Zöllner stund von ferne, wollte auch seine Augen nicht aufheben gen Himmel, sondern schlug an seine Brust: Gott, sei mir Sünder gnädig! Ich sage euch: Dieser ging hinab gerechtfertigt in sein Haus vor jenem. Denn wer sich selbst erhöhet, der wird erniedriget werden; und wer sich selbst erniedriget, der wird erhöhet werden.« – Vgl. hierzu die Fußnote zu der Abteilung *Révolte* in der ersten Ausgabe der FdM (Bd. III, S.418). Auch in Baudelaires Briefen finden sich häufige Anspielungen auf dieses Gleichnis; so in einem Brief an die Mutter vom 6. November 1865, anläßlich des Gedichtbandes *Chansons des rues et des bois* von Victor Hugo: »Das ist schrecklich schwerfällig. Ich sehe darin, wie in so vielem anderen, eine abermalige Gelegenheit, Gott zu danken, daß er mich nicht mit soviel Dummheit ausgestattet hat. Ich verrichte ohn Unterlaß das Gebet des Pharisäers.« – 33 *Der Rosenkranz, Le chapelet:* I, nach 54; II, 48ter. Man liest in den *Fusées* (XI): »Der Rosenkranz ist ein Medium, ein Vehikel; die allen mögliche und zugängliche Form des Gebets.« Unter den Zeitungsausschnitten, die Baudelaire im Hinblick auf sein Buch *Pauvre Belgique!* gesammelt hat, befindet sich ein Artikel aus *Le Libre Examen* vom 1. Juni 1864, mit folgender Randbemerkung Baudelaires: »Brief eines Abonnenten gegen eine katholische Lehrerin. Abermals die Behauptung, daß nichts zählt außer dem *natürlichen Leben.*« Der erste Absatz dieses Artikels, den Baudelaire mit heftigen Unterstreichungen versehen hat, lautet: »Wenn eine Frau zu schreiben wagt, ein junges Mädchen, das nicht mehr den Rosenkranz in Händen hält, sei bereits ›ein verlorenes Mädchen‹, und wenn es keine ultrakatholischen Gedanken habe, so habe der *Hauch der Begierden* seine Blüte bereits welk gemacht; wenn eine Frau dergleichen und manches andere schreibt und derart vergißt, was sie ihrem Geschlecht schuldig ist, so muß die Galanterie verschwinden, ja, sie wäre ganz fehl am Platze.« Auch der Titel *Le Chapelet* findet sich auf einem Blatt der Notizen zu dem Buch *Pauvre Belgique!;* ebenso wie der folgende Titel *N'offensons pas les mânes;* beide unter dem Stichwort *Spleen de Paris.* – 34 *Kränken wir nicht die Manen:* I, nach 54; II, 48bis.

S. 312, 1 *Der madegassische Bewerber, Le prétendant malgache:* einer der ältesten Pläne zu einer Novelle, den Baudelaire schon in einem Brief aus den vierziger Jahren an das Comité der Société des Gens de Lettres erwähnt; siehe Bd. II, S. 7. – 3 *Die Boa, Le boa:* noch zweimal als Novellentitel belegt. Da Baudelaire niemals in Indien war, kann es sich nur um ein Erlebnis während seines Aufenthalts auf der Ile Maurice oder auf Saint-Denis-de-la-Réunion im Jahre 1841 handeln. – 6 *Der Wind schlägt um:* Dieser Titel *Un saut de vent* findet sich, zusammen mit dem vorigen, auch auf einem Blatt mit anderen Titeln geplanter Novellen. Vermutlich handelt es sich um den ungewöhnlich heftigen Seesturm, der das Schiff, auf dem Baudelaire sich befand, auf der Fahrt nach der Ile Maurice überfiel. Siehe hierzu B/Crépet, 221 ff. – 7 *Ein befriedigter Groll, Une rancune satisfaite:* II, 78. Ein Titel, der ebenfalls häufig unter den Titeln geplanter Novellen und Romane wiederkehrt. So einmal: »*Une Rancune satisfaite,* mein Abenteuer mit Feuchères.« Und ein andermal: »*Une rancune* (Feuchères). Seine Tochter. Die Stute. Die Besuche bei dem Hausmeister.« Es handelt sich wahrscheinlich um den Bildhauer Jean-

Jacques Feuchère (1807-1852), den Baudelaire in den beiden Salons von 1845 und 1846 erwähnt (siehe Bd. I, S. 181, 274, 426f., 469). Über Baudelaires näheres Verhältnis zu Feuchère und über das »Abenteuer« mit ihm ist nichts bekannt. – 9 *Der wartende Vater, Le père qui attend:* II, 79. Unter den Plänen zu Novellen findet sich auch der Titel ›Der Vater, der immer wartet‹. – 14 *Der warnende Traum:* II, 83; derselbe Titel *Le rêve avertisseur* unter den Plänen zu Novellen; unter den Titeln zu Romanen *Le rêve prophète.*

S. 313, 1 *Der Traum des Sokrates, Le rêve de Socrate:* II, 100; III, 8. Vermutlich hatte Baudelaire den Traum des Sokrates in der Nacht vor seinem Tode im Sinn, den Plato in dem Dialog ›Kriton‹ überliefert; ebenfalls ein »verkündender« Traum. – 9 *Any where, out of the world:* siehe S. 292ff. – 11 *Verprügeln wir die Armen!:* siehe S. 296ff. – 12 *Die guten Hunde:* siehe S. 300ff.

S. 314, 4 *Die große schwermütige Witwe ...:* siehe das Prosagedicht *Les Veuves,* S. 152ff. – 5 *Die Armen vor einem neuen Café:* siehe das Prosagedicht *Les yeux des pauvres,* S. 208ff. – 6 *Meine Träume:* siehe S. 310 die Rubrik *Oneirokritie,* I, 35-47. – 7 *Die Komödie in der Provinz:* vielleicht Erinnerungen an Schulaufführungen in Lyon, an denen Baudelaire mitgewirkt hat. – 15 *Der alte Marktschreier:* siehe das Prosagedicht *Le Vieux Saltimbanque,* S. 158ff. – 16 *Blumen in der Wüste:* Anspielung auf das Gedicht *Le Guignon* (Bd. III, S. 80), dessen beide Terzette die freie Übersetzung einer Strophe aus der berühmten *Elegy written in a Country Churchyard* (1751) des englischen Dichters *Thomas Gray* (1716-1771) sind; siehe Bd. III, S. 374.

S. 315, 2 *Anzeichen des Verfalls, Symptômes de ruine:* Diese Notizen zu dem Prosagedicht, das Baudelaire als einleitenden Text für die Abteilung der Traumgedichte in Aussicht genommen hatte, dürfte eine der spätesten Niederschriften aus dem Umkreis der PPP sein. Manche Einzelheiten erinnern an Texte von Théophile Gautier, von Gérard de Nerval und vor allem von Thomas de Quincey. Unverkennbar spielen Erinnerungen an die *Carceri* von Giambattista Piranesi (1720 bis 1778) herein, von denen De Quincey in seinen *Confessions of an English Opium Eater* berichtet, daß Coleridge sie ihm geschildert habe. Siehe PPP/Kopp 405 bis 408. – 4 *caecums:* lat. caecum, wörtl. Blinddarm; hier finstere, ausweglose Gänge. – 19 *daß ich ... nicht mehr schlafen möchte:* Das 4. Kapitel des großen Essays über Thomas de Quincey, ›Ein Opiumesser‹ (in PA; siehe Bd. VI), endet mit einem Zitat von De Quincey: »Und ich erwachte unter Krämpfen, und ich rief mit lauter Stimme: ›Nein! ich will nicht mehr schlafen!‹ «

S. 317, 2 *Der Posthof:* Baudelaire liefert die Beschreibung eines Bildes von Louis Boilly (1761-1845), das sich seit 1854 im Louvre befindet. Es wurde 1803 gemalt und 1804 zum ersten Mal ausgestellt; es trägt den Titel *L'Arrivée de la diligence dans la cour des messageries* (Ankunft der Postkutsche auf dem Posthof). Baudelaire hatte von seinem Vater ein Gemälde von Boilly geerbt, das er später Manet vermachte. Die *Messageries* waren um 1800 staatlich konzessionierte Privatgesellschaften für die Beförderung von Personen und Gütern. *Diligence* hießen die Eilpostwagen, die den Personenverkehr zwischen den größeren Städten besorgten. – 19 *Der Tod als Erwürger ...:* Der ganze Text auf deutsch, dann folgt die Übersetzung; wobei Baudelaire *Erwürger* durch *bourreau* (Henker) wiedergibt. Es handelt sich um drei Holzschnitte von Alfred Rethel (1816-1859), den Baudelaire sehr bewunderte (siehe *L'Art philosophique,* Bd. V). ›Der Tod als Erwürger‹ gehört zu der Folge ›Auch ein Totentanz, aus dem Jahre 1848‹, der im Mai 1849 erschien. Schon am 28. Juli und 1. August brachte *L'Illustration* eine Reproduktion der ganzen Folge, die auch in Frankreich großen Erfolg hatte. Am 1. September 1849 erschien über Rethels Totentanz ein Artikel von Baudelaires Freund Champfleury in *L'Artiste*. Baudelaire in *L'Art philosophique* nennt die Folge ein »reaktionäres Gedicht«, dem er einen »moralischen Wert« zuspricht. Anschließend schildert er zwei weitere Holzschnitte von Rethel aus dem Jahr 1851 (veröffentlicht 1852), die er ebenso wie den Totentanz selber besaß, eben den ›Ersten Auftritt der Cholera auf einem Maskenball in Paris, 1831‹ (I, 30; II, 106) und das Gegenstück ›Der Tod als Freund‹, das auch mit dem Titel ›Der sanfte Besuch‹ (I, 29; II, 105) gemeint sein dürfte.

BIBLIOGRAPHIE

I. Postume Ausgaben

Charles Baudelaire, *Œuvres complètes* IV. *Petits Poëmes en prose. Les Paradis artificiels,* Michel Lévy frères, Paris 1869.
Charles Baudelaire, *Œuvres complètes* II, *Petits Poëmes en prose (Le Spleen de Paris),* Notice, Notes et éclaircissements de Jacques Crépet, Louis Conard, Paris 1926.
Charles Baudelaire, *Petits Poèmes en prose* (Le Spleen de Paris), Introduction, notes, bibliographie et choix de variantes par Henri Lemaitre, Garniers Frères, Paris 1962.
Charles Baudelaire, *Petits Poëmes en prose.* Édition critique par Robert Kopp, José Corti, Paris 1969.
Charles Baudelaire, *Petits Poëmes en prose* (Le Spleen de Paris). Édition présentée, établie et annotée par Robert Kopp, Coll. Poésie, Gallimard, Paris 1973.
Charles Baudelaire, *Œuvres complètes* I, Texte établi, présenté et annoté par Claude Pichois, »Bibliothèque de la Pléiade«, Gallimard, Paris 1975.

II. Deutsche Übersetzungen

Novellen und kleine Dichtungen in Prosa. Übersetzt von Margarete Bruns. In: Werke in deutscher Ausgabe, Im Verlage von J.C.C. Bruns, Minden (Westf.), 1904.
Gedichte in Prosa. Übertragen von Camill Hoffmann, Insel-Bücherei 135, Insel Verlag, Leipzig 1914.
Kleine Gedichte in Prosa. Übertragen von Dieter Bassermann, Axel Juncker Verlag, Berlin W 15 1920.
Kleine Gedichte in Prosa. Ausgewählt und übertragen von Erik-Ernst Schwabach. Mit 6 Originalkupferstichen von Eddy Smith, Sanssouci-Bücher 1, Müller & Co. Verlag, Potsdam 1923.
Gedichte in Prosa. Ins Deutsche übertragen von Erik-Ernst Schwabach. In: Ausgewählte Werke, hrsg. von Franz Blei, Band 2, Die künstlichen Paradiese, Georg Müller Verlag, München 1925.
Pariser Spleen [Auswahl]. [Einführung von Hans Rüttner und illustriert von René Robert], Scientia-Verlag, Zürich 1945.
Le Spleen de Paris. Übersetzt von Dieter Roser, Rainer Wunderlich Verlag (Hermann Leins), Tübingen und Stuttgart 1946.
Kleine Gedichte in Prosa. Neu übertragen und mit einem Nachwort versehen von Dieter Bassermann, Hübener Verlag, Berlin und Buxtehude 1947.
Prosadichtungen. Übertragen von Walther Küchler, Verlag Lambert Schneider, Heidelberg 1947; ^{3}1974; Lizenzausgabe unter dem Titel: Die Tänzerin Fanfarlo und Der Spleen von Paris. Prosadichtungen, Diogenes Taschenbuch 144, Zürich 1977.
Vingt Poèmes en Prose. Zwanzig *Gedichte in Prosa.* Auswahl, Übersetzung und Nachwort von Ulrich Friedrich Müller, Deutscher Taschenbuch Verlag, München 1973.

III. Literatur zu diesem Band

Verzeichnis der Siglen und Abkürzungen

Album	*Album Baudelaire,* Iconographie réunie et commentée par Claude Pichois, Bibliothèque de la Pléiade, Gallimard, Paris 1974.
AR	*L'Art romantique*
B/Asselineau	*Baudelaire et Asselineau.* Textes recueillis et commentés par Jacques Crépet et Claude Pichois, Nizet, Paris 1953.
B/Contemporains	*Baudelaire devant ses Contemporains.* Témoignages rassemblés et présentés par W.T. Bandy et Claude Pichois, Coll. 10-18, Union Générale d'Édition, Paris 1967.
B/Crépet	*Baudelaire.* Étude biographique d'Eugène Crépet, revue et mise à jour par Jacques Crépet, Léon Vanier, Paris 1906; mehrere spätere Auflagen bei Messein.
B/Études	Claude Pichois, *Baudelaire.* Études et Témoignages, La Baconnière, Neuchâtel 1967.
B/Paris	Claude Pichois, *Baudelaire à Paris.* Photographies de Maurice Rué, »Albums littéraires de la France«, Hachette, Paris 1967.
B/Souvenirs	*Charles Baudelaire – Souvenirs, Correspondance, Bibliographie,* hrsg. von René Pincebourde, Pincebourde, Paris 1872.
B/Urteil	*Baudelaire im Urteil seiner Zeitgenossen.* Auswahl und Anordnung der Texte von W.T. Bandy und Claude Pichois, Übersetzung und Bibliographie von Felix Philipp Ingold und Robert Kopp, Insel Verlag, Frankfurt 1969 (deutsche Ausgabe von B/Contemporains).
Benjamin	Walter Benjamin, *Gesammelte Schriften,* Band I-V, Suhrkamp Verlag, Frankfurt 1977-1982.
Bernard	Suzanne Bernard, *Le Poème en prose de Baudelaire jusqu'à nos jours,* Nizet, Paris 1959.
Blin	Georges Blin, *Le Sadisme de Baudelaire,* Corti, Paris 1948.
Buba	*Bulletin baudelairien* publié par le Centre d'Études baudelairiennes, Vanderbilt University, Nashville/Tenn., U.S.A. Herausgeber: W.T. Bandy, James S. Patry, Raymond Poggenburg und, seit 1971, Claude Pichois.
CE	*Curiosités esthétiques*
Corr/Conard	Charles Baudelaire, *Correspondance générale* Bd. I-VI, in Œuvres complètes, Louis Conard, Paris 1947-1953.
Corr/Pl	Charles Baudelaire, *Correspondance,* texte établi, présenté et annoté par Claude Pichois, avec la collaboration de Jean Ziegler, Bd. I/II, »Bibliothèque de la Pléiade«, Gallimard, Paris 1973.
Etba	*Études baudelairiennes,* publiées sous la direction de Marc Eigeldinger, Robert Kopp et Claude Pichois, La Baconnière, Neuchâtel.

HE	*Histoires extraordinaires*
Ico	*Iconographie de Charles Baudelaire,* recueillie et commentée par Claude Pichois et François Ruchon, Pierre Caillet, Genève 1960.
Lettres/B	*Lettres à Baudelaire,* Publiées par Claude Pichois avec la collaboration de Vincenette Pichois, La Baconnière, Neuchâtel 1973 (Etba IV/V).
Moreau	Pierre Moreau: *La Tradition du poème en prose avant Baudelaire.* Archives des lettres modernes, Nr. 19/20, Januar/Februar 1959.
NHE	*Nouvelles Histoires extraordinaires*
Œ P	*Œuvres posthumes et correspondances inédites,* hrsg. von Eugène Crépet, Paris 1887.
Œuvres/Conard	*Œuvres complètes de Charles Baudelaire,* hrsg. von Jacques Crépet (und Claude Pichois), Bd. I-XIX, Conard, Paris 1922-1953.
Œuvres/Pl	*Œuvres complètes,* Texte établi, présenté et annoté par Claude Pichois, Bd. I/II, »Bibliothèque de la Pléiade«, Gallimard, Paris 1975/76.
PA	*Les Paradis artificiels*
Pommier	Jean Pommier, *La Mystique de Baudelaire,* Slatkine Reprints, Genf 1967.
PPP	*Petits Poëmes en prose*
PPP/Kopp	*Petits Poëmes en prose,* Edition critique par Robert Kopp, Corti, Paris 1969.
Prévost	Jean Prévost, *Baudelaire. Essai sur l'inspiration et la création poétiques,* Mercure de France. Paris 1953, [2]1964.
Rauhut	Franz Rauhut, *Das französische Prosagedicht,* Friedrichsen & de Gruyter, Hamburg 1929.
Streit	Gertrud Streit, *Die Doppelmotive in Baudelaires »Fleurs du Mal« und »Petits Poèmes en prose«,* Heits, Zürich 1929.

In den Anmerkungen zu den Prosagedichten finden folgende Siglen Verwendung: *Dr* (Druck), *F* (Fahnenabzug, *placard*), *K* (Korrekturabzug, *épreuve*), *Ms* (Manuskript), s.o./s.u. (Verweis auf den Anmerkungsteil dieses Bandes), *T* (Titel), *Var* (Variante), *W* (Widmung).
Bandangaben in römischen Ziffern verweisen auf die übrigen Bände dieser Ausgabe.

PERSONENREGISTER

INHALTSVERZEICHNIS

ABBILDUNGEN

Dieses Buch wurde auf Recyclingpapier gedruckt.
Es besteht zu 100% aus bedrucktem Altpapier.
Das Papier des Schutzumschlages und das Vor- und Nachsatzpapier
des Buches wurden zu 75% aus Altpapier gefertigt.
Das Einbandleinen, das Kapitalband und das Leseband sind
aus 100% ungefärbter und ungebleichter Baumwolle.